BASTEI LÜBBE

John Jakes

DIE ERBEN KAINS

Aus dem Amerikanischen übersetzt
von Odette Anne Brändli

BASTEI
LÜBBE

BASTEI-LÜBBE-TASCHENBUCH
Band 10867

1. Auflage Febr. 1987
2.–3. Auflage März 1987
4.–5. Auflage April 1987
6. Auflage Mai 1987
7. Auflage Jan. 1988
8. Auflage Juni 1989
9. Auflage Juli 1989

Titel der Originalausgabe: NORTH AND SOUTH

Lizenzausgabe: Gustav Lübbe Verlag GmbH,
Bergisch Gladbach
Printed in West Germany 1989
Einbandgestaltung: Roland Winkler
Gesamtherstellung: Ebner Ulm
ISBN 3-404-10867-1

Der Preis dieses Bandes versteht sich einschließlich
der gesetzlichen Mehrwertsteuer

Meine Freunde und Nächsten hast du mir entfremdet,
und meine Verwandten hältst du fern von mir.

Psalm 88

Prolog

Zwei Schicksale

1686: *Der Köhlerjunge*

»Es ist nun wirklich an der Zeit, daß der Junge meinen Namen annimmt«, sagte Windom nach dem Abendbrot. Die Sache verdroß ihn. Jedesmal, wenn er zuviel getrunken hatte, kam er darauf zu sprechen. Die Mutter des Jungen saß neben dem kleinen Feuer und schloß die Bibel, die sie auf den Knien hielt. Bess Windom hatte sich selbst, wie jeden Abend, etwas vorgelesen. Der Junge konnte an ihren Lippenbewegungen erkennen, daß sie nur langsam vorwärtskam. Sie war gerade bei ihrem Lieblingsvers im 5. Kapitel des Matthäus-Evangeliums angelangt: »Selig sind, die um Gerechtigkeit willen verfolgt werden; denn ihrer ist das Himmelreich«, als Windom mit seiner Bemerkung herausplatzte.

Der Junge, Joseph Moffat, saß mit dem Rücken zur Kaminecke und schnitzte ein kleines Boot. Er war zwölf, von untersetztem Körperbau wie seine Mutter, mit breiten Schultern, hellbraunem Haar und blaßblauen Augen, die manchmal farblos schienen.

Windom warf seinem Stiefsohn einen finsteren Blick zu. Frühlingsregen prasselte auf das Strohdach. Windoms Augen waren von Kohlestaub verschmiert, die abgebrochenen Fingernägel wiesen einen Trauerrand auf. Windom war eine verkrachte Existenz, vierzig Jahre alt. Wenn er nicht gerade betrunken war, hackte er Holz und ließ es während zwei Wochen in zwanzig Fuß hohen Stapeln verschwelen. Er stellte Holzkohle für die kleinen Hochöfen am Fluß her, eine schmutzige, erniedrigende Arbeit. Bezeichnenderweise warnten die Mütter die umherstreunenden Nachbarskinder vor dem Schwarzen Mann.

Joseph sagte nichts und starrte vor sich hin. Windom entging jedoch

nicht, daß der Junge nervös mit dem Zeigefinger auf den Messergriff trommelte. Der Junge war temperamentvoll, und manchmal fürchtete sich Windom vor ihm. Aber jetzt nicht. Das hartnäckige Schweigen des Jungen, sein herausfordernder Trotz, brachten den Stiefvater in Harnisch.
Schließlich sagte Joseph: »Mein eigener Name gefällt mir« und widmete sich wieder seinem halbfertig geschnitzten Boot.
»Du unverschämter Kerl«, stieß Windom mit barscher Stimme hervor und stürzte sich auf den Jungen. Sein Stuhl kippte um. Bess warf sich dazwischen. »Laß ihn, Thad, kein wahrer Jünger unseres Herrn würde einem Kind etwas zuleide tun.«
»Fragt sich, wer wem etwas antun will. Sieh ihn dir an!« Joseph stand mit dem Rücken zum Kamin. Er keuchte. Mit starrem Blick hielt er das Messer auf Hüfthöhe, bereit zuzustechen. Langsam öffnete Windom seine geballte Faust, trat linkisch ein paar Schritte zurück und rückte seinen Stuhl zurecht. Wie immer war es Bess, die litt, wenn die Angst und der Groll des Jungen sich gegen ihn richteten. Joseph nahm seine Stellung beim Kamin wieder ein und fragte sich, wie lange er das noch aushalten konnte.
»Ich will nichts mehr von deinem heiligen Herrn hören«, sagte Windom zu seiner Frau. »Du sagst immer, daß er den armen Mann erhöhen werde. Dein erster Mann war ein Idiot, daß er für einen solchen Mist gestorben ist. Wenn dein lieber Jesus sich mal seine Hände an meinen Kohlen schmutzig macht, werde ich an ihn glauben, vorher nicht.« Er langte nach der grünen Ginflasche.
Später in der Nacht, als Joseph regungslos auf seinem Strohsack in der Ecke lag, hörte er, wie Windom seine Mutter hinter dem zerschlissenen Bettvorhang mit Worten und Fäusten mißhandelte. Bess schluchzte, und der Junge preßte die Zähne zusammen. Dann hörte er Bess stöhnen. Der Streit war wieder mal in der typischen Weise beigelegt worden, dachte er zynisch. Er konnte es seiner Mutter nicht verübeln, daß sie ein bißchen Geborgenheit und Liebe suchte. Sie hatte den falschen Mann geheiratet, das war alles. Lange nachdem das Bett schon nicht mehr quietschte, lag Joseph noch wach und dachte darüber nach, wie er den Köhler töten könnte. Nie würde er den Namen seines Stiefvaters annehmen. Er konnte etwas Besseres werden als Windom. Mit seinem Trotz zeigte er, daß er an ein besse-

res Leben für sich selbst glaubte. An ein Leben, wie es Andrew Archer führte, der Eisenhüttenbesitzer, zu dem Windom ihn vor zwei Jahren in die Lehre geschickt hatte.
Manchmal jedoch wurde Joseph mutlos, dann nämlich, wenn ihm seine Hoffnungen und sein Glaube an ein besseres Leben wie dumme Tagträume vorkamen. Er war doch keinen Dreck wert. Sein Körper war schmutzig, sein Verstand taugte nichts, und seine Kleider waren dauernd voller Kohlestaub. Obwohl er nicht verstand, welches Verbrechens sein Vater sich in Schottland schuldig gemacht hatte und wofür er gestorben war, konnte er es nicht ungeschehen machen; es haftete wie ein Makel an ihm. »Selig sind, die um Gerechtigkeit willen verfolgt werden . . .« Kein Wunder war dies der Lieblingsvers seiner Mutter.
Sein Vater, ein hagerer, strenger Bauer, an den er sich nur schemenhaft erinnerte, war ein fanatischer Verfechter des Presbyterianismus in Schottland gewesen. Er war an den Spanischen Stiefeln und der Daumenschraube verblutet. Dies geschah während der »Zeit des Mordens«, wie Bess es nannte, nämlich während den ersten Monaten der Amtszeit des Duke of York, der später als Jakob II. den Thron bestieg. Nach einer Zeit heftiger Auseinandersetzungen zwischen Staat und Kirche hatte er geschworen, den Presbyterianismus auszurotten und die Episkopalkirche im ganzen Land zu institutionalisieren. Kaum war Robert Moffat im Gefängnis eines blutigen Todes gestorben, eilten Freunde zu seinem Hof, um seiner Frau mitzuteilen, sie solle fliehen. Knapp eine Stunde, bevor der Herzog mit seinen Männern eintraf, hatte sie sich mit ihrem einzigen Sohn auf den Weg gemacht. Ihr ganzer Besitz wurde niedergebrannt. Nach Monaten der Wanderschaft gelangten Mutter und Sohn schließlich zu den Hügeln im südlichen Shropshire. Bess war müde und erschöpft, und so entschloß sie sich, dort zu bleiben.
Der Severn River schlängelte sich im Süden und im Westen durch das bewaldete Hochland, die Gegend machte einen einigermaßen sicheren und ländlichen Eindruck. Mit dem letzten Geld, das sie aus ihrer Heimat hatte retten können, mietete sie ein Häuschen. Sie arbeitete als Magd, und innerhalb von zwei Jahren begegnete sie schließlich Windom und heiratete ihn. Sie gab sogar vor, der offiziellen Kirche beigetreten zu sein, denn obwohl Robert Moffat ihr einen inbrünsti-

gen Glauben eingeflößt hatte, hatte er ihr nicht den Mut eingeflößt, nach seinem Tod weiterhin den Behörden Widerstand zu leisten. Angesichts des Elends verwandelte sich ihr Glaube zusehends in Resignation. Ein halt- und wertloser Glaube, wie Joseph oft dachte. Das wollte er nicht für sich. Sein Vorbild war der willensstarke Archer, der oberhalb des Flusses am Hügel in einem herrschaftlichen Haus wohnte und der Besitzer der Eisenhütte war. Hatte nicht auch der alte Giles Joseph gesagt, daß er intelligent und willensstark genug sei, um einen ebensolchen Erfolg im Leben zu haben? Und in letzter Zeit hatte er es oft wiederholt. Meistens glaubte Joseph dem Alten. So lange zumindest, bis er wieder einmal den Kohlestaub unter seinen Fingernägeln sah und hörte, wie die andern Lehrlinge sich über ihn lustig machten: »Dreckiger Joe, schwarz wie ein Neger.« Dann sah er, wie verblendet seine Träume waren, und lachte so lange über seine Blödheit, bis die Scham seine blaßblauen Augen mit schier endlosen Tränen füllte.
Der alte Giles Hazard, ein Junggeselle, war einer der drei wichtigsten Männer in Archers Eisenhütte. Ihm war der mit Kohle angefeuerte Frischofen anvertraut, in welchem die vom Schmelzofen kommenden Roheisenbarren wieder eingeschmolzen wurden, damit überschüssiger Kohlenstoff und andere Elemente ausgeschieden wurden; das Gußeisen wäre sonst für die Herstellung von Hufeisen, Faßreifen und Pflugscharen zu spröde geworden. Giles Hazard hatte eine rauhe Stimme, seine Gesellen und Lehrlinge mußten wie Sklaven arbeiten. Sein ganzes Leben lang hatte er in unmittelbarer Nähe des Hochofens gewohnt und schon im Alter von neun Jahren dort zu arbeiten begonnen. Seine untersetzte, behäbige Gestalt strotzte nur so vor Energie. Man hätte ihn für eine ältere Ausgabe von Joseph halten können, und vielleicht behandelte er den Jungen deshalb wie einen Sohn. Aber Joseph lernte auch sehr schnell, und das gefiel Giles. Joseph war Giles im letzten Sommer aufgefallen, als er gerade sein zweites Lehrjahr begann. Der Hochofen-Meister hatte damit geprahlt, wie geschickt Joseph an der Sandrinne arbeitete, von wo aus das glänzende geschmolzene Eisen in weitere kleine Wannen floß. Da Giles in der Eisenhütte der Dienstälteste war, hatte er keinerlei Schwierigkeiten, den Jungen in die Frischerei versetzen zu lassen. Hier mußte Joseph nun mit der langen Eisenstange gleichzeitig in drei oder vier Wannen

arbeiten, damit das Roheisen einheitlich geschmolzen werden konnte. Joseph erwies sich als sehr geschickt, und bald ertappte Giles sich dabei, wie er ihm ein Kompliment machte.
»Du bist geschickt und hast das für dieses Gewerbe nötige Verständnis. Zudem bist du umgänglich, außer wenn — wie ich festgestellt habe — die andern dich wegen dem Beruf deines Stiefvaters hänseln. Nimm dir ein Beispiel an Herrn Archer. Zugegeben, er ist ein Dickkopf, aber er weiß auch, daß es manchmal besser ist, nachzugeben. Er verkauft seine Erzeugnisse mit einem Lächeln und mit liebenswürdigen Worten und zwingt seinen Kunden nichts auf.«
Im stillen war der alte Mann davon überzeugt, daß Joseph gar nicht zuhörte. Josephs Leben und Charakter hatten bereits starre Formen angenommen. Ohne Zweifel hatten ihn Lebensumstände und ungebildete Eltern zu einem Leben im Abseits verurteilt. Und doch ermutigte Giles Joseph weiterhin. Vielleicht deshalb, weil er älter wurde und sah, daß es nicht klug von ihm gewesen war, sein Leben lang Junggeselle zu bleiben. Er zeigte Joseph nicht nur, wie man Eisen herstellt, sondern vermittelte ihm auch das dazugehörige Wissen.
»Eisen regiert die Welt, mein Junge. Es bricht Erde auf und verbindet Kontinente — und auch Kriege werden damit gewonnen.« In Archers Öfen wurden Kanonenkugeln für Kriegsschiffe hergestellt. Giles wandte sein großflächiges Gesicht dem Mond zu und sagte: »Eisen kam von irgendwoher auf die Welt, von woher, weiß nur Gott. Schon in den frühesten Tagen der Menschheit kannte man Meteorsteine.«
»Was ist ein Meteor?« warf der Junge ein.
Giles lächelte. »Eine Sternschnuppe. Sicher hast du schon welche gesehen.« Der Junge nickte nachdenklich. Giles sprach von vielen Dingen, die nach und nach, je mehr Joseph vom Gewerbe erlernte, an Bedeutung gewannen. Giles erzählte die Geschichte der Eisenherstellung. Er sprach vom Stück- und vom Flüßofen, die es seit dem 10. Jahrhundert in Deutschland gab, von den *hauts fourneaux*, die im 15. Jahrhundert in Frankreich aufkamen, und von den Wallonen, die vor etwa sechzig Jahren in Belgien das Wiedereinschmelzungsverfahren der Schlacken entwickelt hatten. »Doch all das ist bloß ein Ticken der großen Eisenuhr. Vor 700 Jahren hat der heilige Dunstan Eisen bearbeitet. Man sagt, er habe in seinem Schlafzimmer in Glas-

tonbury eine Schmiede gehabt. Die ägyptischen Pharaonen wurden mit eisernen Amuletten und eisernen Dolchklingen begraben, weil das Metall so wertvoll, edel und mächtig war. Ich habe über Dolche aus Babylonien und Mesopotamien gelesen, die es bereits Jahrtausende vor Christus gegeben haben soll.«

»Ich kann nicht gut lesen.«

»Dann sollte es dir jemand beibringen, oder du solltest es selber lernen«, brummte Giles. »Ein Mann kann vieles durch Lesen lernen, Joseph, nicht alles, aber vieles. Ich meine, ein Mann, der nicht unbedingt Köhler werden möchte.« Joseph verstand und nickte ohne eine Spur von Ärger. »Kannst du überhaupt lesen?« fragte Giles.

»Ja, doch.« Schweigend blickte Joseph Giles an. »Nur ein bißchen«, schränkte er ein. »Meine Mutter versuchte es mir mit der Bibel beizubringen. Ich mag die Heldengeschichten über Samson und David. Aber Windom wollte nicht, daß Mutter mir das Lesen beibrachte, und so hörte sie damit auf.« Giles überlegte. »Wenn du jeden Abend eine halbe Stunde länger bleibst, könnte ich es versuchen.« »Aber Windom . . .« »Du mußt eben schwindeln«, unterbrach ihn Giles. »Wenn er fragt, warum du zu spät kommst, dann mußt du ihm eben eine Lüge auftischen. Das heißt, wenn du wirklich etwas werden willst. Wenn du nicht Köhler werden möchtest.«

»Glauben Sie, daß ich das kann, Meister Hazard?«

»Und du, glaubst du es?«

»Ja.«

»Dann wirst du's können. Dem Mutigen gehört die Welt.«

Dieses Gespräch hatte im Sommer stattgefunden. Im Herbst und Winter unterrichtete Giles den Jungen. Und sein Unterricht war gut, so gut, daß Joseph dies seiner Mutter mitteilen mußte. Eines Abends, als Windom irgendwo herumpolterte, zeigte er ihr ein Buch, das er heimlich nach Hause genommen hatte. Es war ein sehr umstrittenes Buch mit dem Titel »Metallum Martis«. Verfasser war der jüngst verstorbene Dud Dudley, ein unehelicher Sohn des fünften Lord Dudley. Dud Dudley nahm für sich in Anspruch, Eisen erfolgreich durch Mineralkohle — oder *Steinkohle* — eingeschmolzen zu haben, wie Joseph seiner Mutter, zwar mit etlicher Anstrengung, aber doch mit Erfolg, vorlas. Ihre Augen glühten vor Bewunderung, doch dann erlosch der Glanz. »Lernen ist etwas Herrliches, mein Junge, aber es kann zu Hochmut führen. Jesus sollte der Mittelpunkt deines Lebens sein.« Joseph hörte dies nur ungern, aber er sagte nichts. »Es gibt nur zwei Dinge, die im Leben wichtig sind«, fuhr seine Mutter fort, »die Liebe zu Gottes Sohn und die Nächstenliebe. Die Liebe, die ich für dich empfinde«, sagte sie abschließend und drückte ihn plötzlich an sich. Er hörte ihr Weinen und fühlte, wie sie zitterte. Seit der Zeit des Mordens hatte sie resigniert und keine Hoffnungen mehr. Sie hoffte nur noch auf das Jenseits und glaubte nur noch an den Heiland und an ihren Sohn. Joseph hatte seine Zweifel. Er empfand Mitleid mit ihr, aber er mußte sein eigenes Leben leben. Bess erzählte Windom nichts von den Unterrichtsstunden. Sie konnte jedoch einen Anflug von Stolz nicht verbergen, was Windom zutiefst ärgerte.

An einem Sommerabend, nicht lange, nachdem der Streit darüber stattgefunden hatte, ob Joseph den Namen seines Stiefvaters annehmen würde, kam Joseph nach Hause und fand seine Mutter blutend, grün und blau geschlagen, beinahe bewußtlos auf dem schmutzigen Boden. Windom war weggegangen. Sie wollte nicht sagen, was geschehen war, und flehte Joseph so lange an, bis er versprach, seine Drohungen nicht wahrzumachen. Doch der Haß auf seinen Stiefvater wuchs in ihm.

Als die Hügel von Shropshire mit dem Nahen des nächsten Herbstes rot und golden leuchteten, hatte Joseph so große Fortschritte gemacht, daß Giles einen weiteren kühnen Schritt wagte.

»Ich werde mich mit Herrn Archer unterhalten und ihn darum bitten, daß er dir eine Stunde pro Woche mit dem Hauslehrer, der im Herrenhaus wohnt, erlaubt. Sicher wird er es gestatten, daß der Lehrer dir ein bißchen Mathematik und vielleicht sogar etwas Latein beibringt.«

»Weshalb sollte er, ich bin doch niemand.«

Der alte Giles lachte und strich Joseph übers Haar, bis es ganz zerzaust aussah. »Er wird sich darüber freuen, zu einem so redlichen Gesellen zu kommen, und dies praktisch ohne Kosten. Das ist mal eins. Zum andern ist Herr Archer ein anständiger Mensch. Es gibt nur wenige auf dieser Welt.«

Joseph glaubte ihm nicht, bis Giles ihm mitteilte, daß Herr Archer seine Einwilligung gegeben hatte. Als er an jenem Abend nach Hause rannte, vergaß er in seiner Freude und Aufregung seine sonst übliche

Vorsicht. Über dem Fluß und den Hügeln lag schwerer Nebel, und er fröstelte, als er die Hütte erreichte. Windom war da, rußig und halb betrunken. Joseph, der sich so darüber freute, daß jemand ihm wohlgesinnt war, reagierte nicht auf die warnenden Blicke seiner Mutter und sprudelte mit der Neuigkeit heraus. Windom war nicht beeindruckt. »Um Himmels willen, weshalb sollte der junge Narr einen Lehrer brauchen!« Er blickte den Jungen voller Spott an, und Joseph hatte das Gefühl, als ob ein Schwert ihn durchbohre. »Er ist unwissend. Genauso unwissend wie ich.« Bess nestelte an ihrer Schürze herum. Sie war verwirrt und wußte nicht, wie sie aus der Falle herauskommen sollte.
Mit raschen Schritten ging sie auf das Feuer zu und warf in ihrer Nervosität den Schürhaken um. Joseph blickte seinem Stiefvater fest in die Augen, als er sagte: »Nicht mehr. Der alte Giles hat mir Unterricht erteilt.«
»Worin?«
»Im Lesen. In Allgemeinbildung.«
Windom grinste und bohrte mit dem kleinen Finger in der Nase. Dann wischte er ihn an seinen Kniehosen ab und lachte. »Welche Verschwendung. Du brauchst doch keine Bücher, um im Frischwerk zu arbeiten.«
»Doch, wenn man so reich werden will wie Meister Archer.«
»Oho, du glaubst also wirklich, daß du eines Tages reich sein wirst.«
Joseph preßte die Lippen aufeinander. »Verdammt soll ich sein, wenn ich so arm und dumm bleibe wie du.«
Windom brüllte und stürzte sich auf den Jungen. Bess, die nervös im Schmortopf, der an einer Kette über dem Herd hing, herumgerührt hatte, rannte mit offenen Armen auf ihren Mann los.
»Er hat es nicht so gemeint, Thad. Sei barmherzig, so wie Jesus es uns gelehrt h . . .«
»Blöde, fromme Hure. Ich tue mit ihm, was ich will«, schrie Windom und schlug sie an die Schläfe. Sie stolperte, prallte mit der Schulter hart auf dem Kaminsims auf und stieß einen Schrei aus. Der Schmerz war stärker als ihre Gottergebenheit. Sie erspähte den Schürhaken, riß ihn hastig an sich und hielt ihn abwehrend hoch. Es sah pathetisch aus, doch Windom empfand es als Bedrohung und fiel über sie her. Voller Angst und Wut fing Joseph an, mit seinem Stief-

vater zu ringen, aber Windom schüttelte ihn ab. Voller Entsetzen tastete Bess nach dem verlorenen Schürhaken, war aber nicht in der Lage, ihn fest in den Griff zu bekommen. Windom konnte ihn ihr leicht entreißen und streckte sie mit zwei Schlägen an die Schläfe zu Boden. Ein feiner Blutfaden rann über Bess' Wangen.

Joseph starrte sie einen Augenblick lang an, dann stürzte er sich in einer unbändigen Wut auf den Schürhaken. Windom warf ihn gegen die Wand. Joseph rannte zum Herd, ergriff die Kette, an der der Topf hing, und goß den heißen Inhalt des Topfes über Windom. Windom schrie und preßte die Hände auf seine verbrühten Augen. Joseph hatte Brandwunden an den Händen, aber er spürte sie kaum. Er hob den leeren Topf und ließ ihn auf Windoms Kopf niedersausen. Als Windom wimmernd zu Boden fiel, wickelte Joseph die Kette um den Hals seines Stiefvaters und zog so lange daran, bis sie sich ins Fleisch eingefressen hatte. Windom bewegte sich nicht mehr.

Joseph rannte in den Nebel hinaus und erbrach sich. Seine Handflächen brannten, und es wurde ihm bewußt, was er getan hatte. Er wollte sich gehenlassen und heulen, er wollte wegrennen, aber er tat keines von beidem. Er zwang sich, in die Hütte zurückzugehen. Als er drinnen war, sah er, wie sich seine Mutter schwach bewegte. Sie war also nicht tot! Nach vielen Versuchen gelang es ihm schließlich, sie auf die Füße zu stellen. Sie murmelte zusammenhangloses Zeug und lachte dazwischen. Er hüllte sie in einen Schal und geleitete sie langsam durch den Nebel bis zur Wohnung von Giles Hazard, der etwa zwei Meilen weit weg wohnte. Sie strauchelte mehrmals auf dem Weg, aber auf sein Drängen hin ging sie weiter. Verdrossen öffnete Giles die Tür. Durch den Kerzenschimmer konnte man sein Gesicht sehen. Wenige Augenblicke später half er Bess in sein noch warmes, niedriges Bett. Nachdem er sie untersucht hatte, strich er sich nachdenklich übers Kinn.

»Ich werde den Arzt rufen«, sagte Joseph. »Wo finde ich ihn?«

Der alte Giles konnte seine Besorgnis nicht verbergen. »Ein Arzt wird hier nicht mehr viel machen können.«

Joseph war wie betäubt, und endlich kamen die Tränen. »Das darf nicht wahr sein.«

»Sieh sie dir an. Sie atmet kaum noch. Und was den hiesigen Barbier anbelangt, er ist ein Analphabet. Er kann nichts für sie tun und wird

bloß Fragen stellen.« Dieser Satz war bereits eine versteckte Frage, denn Joseph hatte Giles nur berichtet, daß Windom seine Mutter geschlagen hatte.
»Jetzt hilft nur warten«, sagte Giles schließlich und rieb sich die Augen.
»Und zu Gott beten«, sagte Joseph verzweifelt.
Giles setzte einen Topf auf den Herd. Joseph sank neben dem Bett auf die Knie, faltete die Hände und betete voller Inbrunst. Es gab keine Anzeichen dafür, daß sein Gebet erhört worden war. Im Gegenteil, Bess atmete leiser und schwächer. Als sich der Nebel über dem Fluß lichtete, berührte Giles behutsam Josephs Schulter, damit er aufwache. »Setz dich ans Feuer«, sagte er und zog eine Bettdecke über das zerschundene und friedliche Gesicht von Bess. »Es ist vorbei. Sie ist unterwegs zu ihrem Jesus, und wir können nichts mehr tun. Aber wie steht es mit dir? Was mit dir geschieht, hängt davon ab, ob man dich erwischt.« Giles atmete tief. »Dein Stiefvater ist tot, nicht wahr?« Der Junge nickte. »Das dachte ich mir. Sonst wärst du nicht hierhergekommen. Er hätte sie gepflegt.«
Josephs ganzer Schmerz verschaffte sich mit einem Schrei Luft: »Ich bin froh, daß ich ihn getötet habe.«
»Das glaube ich dir. Aber damit bist zu zum Mörder geworden. Herr Archer wird keinen Mörder einstellen, und ich kann es ihm nicht verübeln. Aber . . .« Seine Stimme wurde weicher, die aufgesetzte Strenge verflog. »Ich will nicht, daß man dich hängt oder vierteilt. Was können wir tun?« Er fing an, auf und ab zu schreiten. »Sie werden nach Joseph Moffat suchen, oder nicht? Nun gut, dann wirst du eben nicht mehr so heißen.«
Nach dieser Entscheidung verfertigte Giles ein Schreiben, das besagte, daß der Inhaber, Joseph Hazard, sein Neffe, in Familiengeschäften auf Reisen sei. Nach kurzem Zögern unterschrieb er mit seinem Namen, fügte noch die Worte Onkel und Vormund hinzu sowie einige Schnörkel; letztere verliehen dem Ganzen ein echt urkundliches Aussehen.
Giles versprach Joseph ein christliches Begräbnis für Bess und bestand darauf, daß der Junge nicht helfen und nicht bleiben konnte. Nachdem er ihm zwei Schilling, ein in ein Halstuch gebundenes Brot und den Rat, keine Hauptstraße zu benützen, gegeben hatte, verab-

schiedete er sich mit einer väterlichen Umarmung und entließ den verwirrten Joseph in die nebelgrauen Hügel.

Irgendwo auf einer einsamen Straße in Gloucestershire hielt Joseph inne und schaute auf. Die Nacht war sternenklar. Im Osten, über dem Dach eines kleinen Bauernhofs, sah er einen weißen Streifen. Etwas Brennendes, das rasch zu Boden fiel. Eisen. Gott sandte den Menschen Eisen, genau wie Giles gesagt hatte. Der Junge verstand, weshalb Eisenhüttenbesitzer so stolz auf ihren Beruf waren. Es war ein im Himmel geborenes und gesegnetes Gewerbe. Voller Ehrfurcht wartete Joseph, bis der weiße Streifen am Horizont verschwunden war. Er stellte sich einen enormen Meteor vor, der irgendwo in einem frischen Krater schwelte. Es konnte kein mächtigeres Material in der ganzen Schöpfung geben. Kein Wunder, wurden damit Kriege gewonnen, Distanzen überwunden. Von diesem Augenblick an zweifelte er nie mehr an seinem Lebensweg.

Joseph marschierte eilends in Richtung des Hafens von Bristol. Er wurde nicht einmal angehalten oder nach dem Schreiben gefragt, das Giles so sorgfältig für ihn aufgesetzt hatte. So sehr vermißte die Welt Thad Windom also nicht! Joseph trauerte um seine Mutter, bedauerte jedoch kaum, seinen Stiefvater erschlagen zu haben. Er hatte getan, was er hatte tun müssen; die Rache hatte sich mit dem Gebot der Stunde verbrüdert.

Unterwegs wurde er von neuartigen Gedanken überrascht, die oft um Religion kreisten. Er hatte sich nie mit dem Glauben seiner Mutter an einen liebenden, vergebenden und offenbar machtlosen Christus anfreunden können, aber er entdeckte seine Sympathie für das Alte Testament. Bess hatte ihm viele Geschichten von starken, tapferen Männern vorgelesen, die keine noch so kühne Tat scheuten. Auf seinem mühseligen Marsch durch Felder und Wälder auf dem Weg nach dem großen Hafen von Westengland fühlte er sich mehr und mehr mit jenen Gestalten und ihrem Gott verwandt.

Nach mehreren Fehlschlägen konnte er endlich einen Kapitän ausfindig machen, der demnächst in die Neue Welt segeln würde; in jenen Teil der Erde, der vielen Engländern eine zweite Heimat bot. Der Kapitän mit dem Holzbein hieß Smollet, sein Schiff *Möwe von Portsmouth*. Er machte Joseph einen klaren Vorschlag.

»Du unterschreibst ein Dokument, mit dem du dich mir verdingst. Dafür biete ich dir die Überfahrt und die Verpflegung an Bord. Wir werden Bridgetown auf Barbados anlaufen und anschließend die Kolonien in Amerika. Dort braucht man gelernte Arbeiter. Wenn du wirklich so gut mit Eisen umgehen kannst, wie du behauptest, wird es für mich nicht so schwierig sein, dir eine Stelle zu verschaffen.«
Der Kapitän sah Joseph verstohlen über den Rand des Bierkruges an. Der Junge nahm ihm seinen harten Handel nicht übel, er bewunderte ihn sogar dafür. Er sagte sich im stillen, daß ein Mann, der Erfolg haben wollte, immer wieder schwierige Entscheidungen treffen mußte. So war es auch mit den Helden des Alten Testaments gewesen, mit Abraham und mit Moses. Wenn er sich jemanden zum Vorbild nehmen sollte, dann sie.
»Nun, Hazard, wie lautet deine Antwort?«
»Sie haben mir nicht gesagt, wie lange ich Ihnen dienen soll.«
Kapitän Smollet lächelte bewundernd. »Die meisten sind so aufgeregt oder so schuldbeladen« — Josephs Gesicht zeigte keinerlei Regung, er ignorierte den Test —, »daß sie glattweg vergessen, danach zu fragen, bis wir aus der Meeresbucht segeln.« Er blickte in seinen Bierkrug.
»Der Vertrag läuft sieben Jahre.«
Erst wollte Joseph nein schreien. Aber er unterließ es. Smollet faßte sein Schweigen als Absage auf; mit einem Achselzucken stand er auf und warf einige Münzen auf den schmierigen Tisch. Es würde nicht leicht sein, während sieben jahren der Sklave eines andern Mannes zu sein, dachte Joseph. Doch konnte er die Zeit geschickt und klug nutzen. Er konnte sich weiterbilden, wie Giles ihm eindringlich geraten hatte, und er konnte sich noch mehr Fachwissen über sein Gewerbe aneignen. Nach sieben Jahren würde er ein freier Mann in einem neuen Land sein, wo man Eisenhüttenbesitzer brauchte und wo niemals jemand etwas von Thad Windom gehört hatte. Kapitän Smollet blieb an der Kneipentür stehen, als Joseph rief: »Ich werde unterschreiben.«
An jenem Abend, als Joseph über den Kai zur *Möwe von Portsmouth* eilte, regnete es. Die Fenster am Heck des Schiffes, dort wo der Kapitän wohnte, waren erleuchtet. Es sah sehr einladend aus, und bald würde Joseph in jener Kabine sein Zeichen unter den Ver-

dingungsvertrag setzen. Er lächelte, als er an Smollet dachte; ein Schurke. Er hatte nur einige flüchtige Fragen zu Josephs Vergangenheit gestellt. Joseph, der befürchtet hatte, das Angebot könnte zurückgezogen werden, hatte etwas vorschnell Giles' Dokument vorgezeigt! Der Kapitän hatte es kritisch betrachtet und mit einem Grinsen zurückgegeben.
»Familiengeschäfte. Bis in die Kolonien! Man stelle sich so was vor.«
Ihre Blicke trafen sich. Smollet wußte, daß der Junge auf der Flucht war, aber das kümmerte ihn nicht. Joseph bewunderte die Skrupellosigkeit des Kapitäns. Er mochte ihn mehr denn je. Sieben Jahre würden vorbeigehen; es war gar nicht so lange. Mit diesen Gedanken hielt er an einer Treppe an, die zum Wasser führte. Er kletterte die halbe Treppe hinunter, hielt sich mit der einen Hand am glitschigen Holz fest und tauchte die andere einmal, zweimal, dreimal ins Salzwasser. Sollte noch symbolisches Blut an ihm haften, so fühlte er sich jetzt gereinigt. Er fing ein neues Leben an. Im Lichte der Schiffslaterne betrachtete er seine Finger und lachte laut. Früher hatte er noch Kohlestaub unter den Fingernägeln gehabt. Auch der war jetzt verschwunden.
Pfeifend schlenderte er auf das Fallreep zu und ging mit zunehmend besserer Stimmung an Bord. Obwohl er sich für die nächsten sieben Jahre verpflichtet hatte, betrachtete er das Ganze nun mit einem neuen Gefühl persönlicher Freiheit. Das Leben in der Neuen Welt würde für Joseph Mof — nein, für Joseph Hazard anders werden. Gott würde schon dafür sorgen. Der Gott, an den er glaubte, und der ihm in dieser Stunde vertrauter wurde, war eine Gottheit, die dem tapferen Mann, der keine harte Arbeit scheute, wohlgesinnt war. In den letzten Tagen waren sich Joseph und sein Gott nähergekommen. Jetzt waren sie Freunde geworden.

1687: *Der Aristokrat*

Im Frühsommer des darauffolgenden Jahres träumte jenseits des Ozeans, in der königlichen Kolonie Carolina, noch jemand davon, reich zu werden. Sein Ehrgeiz steigerte sich zur Besessenheit. Reichtum, Macht und Sicherheit hatte er bereits erlebt. Doch die Sicherheit hatte sich als Illusion erwiesen; Wohlstand und Macht waren hinweggefegt worden wie der schimmernde Sand am Strand von Charles Town, wenn die Sturmflut kam. Charles de Main war dreißig Jahre alt. Seit zwei Jahren war er mit seiner schönen Frau Jeanne in der Kolonie. Es waren erst siebzehn Jahre her, seitdem die ersten Europäer nach Carolina eingewandert waren und sich dort niedergelassen hatten. Die insgesamt zwei- oder dreitausend weißen Einwohner waren also alle mehr oder weniger Neuankömmlinge.

Unter den Ansiedlern befand sich eine Gruppe von Abenteurern, die ursprünglich von Barbados gekommen waren. Sie hatten sich im Dorf Charles Town niedergelassen und hatten es unter den Lords Proprietors, den englischen Aristokraten, die die Kolonie wie ein Finanzgeschäft gegründet hatten, rasch zu einer gewissen Macht gebracht. Es dauerte nicht lange, bis die Einwanderer aus Barbados ihren Hochmut offen zeigten. Charles war der Meinung, daß sie unpraktische Idioten waren. Sie träumten von einem landwirtschaftlichen Paradies, das sie mit dem Anbau von Seide, Zucker, Tabak und Baumwolle reich machen würde. Charles war realistischer. Das Küstentiefland von Carolina war für die traditionelle Landwirtschaft viel zu feucht. Im Sommer war das Klima fast unerträglich heiß und fieberverseucht, nur die Widerstandsfähigsten überlebten. Im allgemeinen gründete der gegenwärtige Wohlstand der Kolonie auf drei Einnahmequellen: Pelze, mit denen Charles bereits handelte, Viehzucht und jene Art von Wohlstand, die er sich nun eben mit dem Gewehr aus dem Hinterland zu verschaffen versuchte: Indianer für den Sklavenhandel.

Charles de Main war keineswegs in dieses Land der Küstensümpfe und lichten Wälder gekommen, weil es ihn geographisch oder kommerziell interessiert hätte. Er und Jeanne waren aus dem Loiretal geflohen, wo Charles als der vierzehnte Herzog seiner Dynastie zur Welt gekommen war. Er hatte mit zwanzig geheiratet und die Verwaltung der Weinberge, die seiner Familie gehörten, übernommen. Während einiger Jahre führte das junge Paar ein idyllisches Leben, abgesehen von der traurigen Tatsache, daß Jeanne keine Kinder bekam. Doch dann hatte der sich von Generation auf Generation übertragene Glaube der Familie sie in den Ruin geführt. Als Ludwig XIV. 1685 das Edikt von Nantes aufhob, war es mit dem Waffenstillstand zwischen den französischen Katholiken und Protestanten vorbei. Wie alle andern stolzen Hugenotten — einige Franzosen ersetzten das Wort *stolz* durch *verräterisch* — waren Charles de Main und seine Gemahlin von der nun in Frankreich wütenden Säuberungswelle bedroht. Nachdem der Terror einmal ausgebrochen war, wurde jeder Versuch, das Land zu verlassen, als schwerwiegendes Verbrechen angesehen. Doch genau wie Tausende von anderen Hugenotten schmiedeten auch die de Mains Fluchtpläne. Im Dorf, in der Nähe des Château de Main mit seinen runden Türmen, wohnte ein gewisser Rechtsanwalt namens Emilion, der hinter der Frömmigkeit, die er an den Tag legte, ebenso bigott wie unehrlich war. Er wußte sehr wohl, wie in England aus den samtigen Rotweinen und den fruchtigen Weißweinen des Schlosses Profit zu schlagen war. Es gelüstete ihn sehr nach den Weinbergen der de Mains, und um an sie heranzukommen, bestach er einen Knecht, der ihm Informationen über seinen Herrn und seine Herrin liefern sollte. Emilion schürte den Verdacht, daß die de Mains fliehen wollten, und es dauerte auch nicht lange, bis der Knecht die ersten Anzeichen von Fluchtvorbereitungen beobachten konnte.

Ein Wort an den zuständigen Beamten genügte. In der Nacht, als sich die de Mains auf den Weg machten, wurden sie — erst knapp einen halben Kilometer vom Schloß entfernt — bereits von den Behörden gestellt.

Der junge Adlige und seine Frau mußten siebzehn Tage im Gefängnis verbringen. Sie wurden verhört und mit Messern und glühenden Eisen gefoltert. Doch keiner von beiden wurde schwach, zumindest nicht nach außen hin, obwohl Jeanne gegen das Ende hin nur noch schrie oder weinte. Sie wären im Verlies in Chalonnes gestorben, wenn nicht Charles' Onkel aus Paris ihnen geholfen hätte. Er war ein kluger Politiker, der es verstand, seinen Glauben so mühelos zu wechseln wie seine Seidenkleider. Er kannte einige wichtige Männer, deren katholische Prinzipien nichts mit ihrer Börse gemein hatten. Bestechungsgelder wurden bezahlt, und eine bestimmte Hintertür wurde offengelassen. Charles und Jeanne de Main flüchteten im Kielraum eines altersschwachen Bootes, das in den rauhen Gewässern des Ärmelkanals beinahe kenterte. In London wurde ihnen von andern Hugenotten geraten, nach Carolina auszuwandern. Die religiös liberale Kolonie war zum sicheren Hafen für viele Hugenotten geworden.

Monate später, nachdem sie den Ozean überquert hatten, fragte sich der durch die Hitze und die in der Kolonie herrschende Arroganz deprimierte junge Adlige, ob die Reise — oder das Leben überhaupt — die Anstrengung überhaupt wert gewesen sei. Charles Town war nicht unbedingt ein Glücksbringer für diejenigen, die Charles hießen. Wenigstens dachte er dies damals.
Er hatte seinen Nachnahmen in Main umgewandelt, um zu zeigen, daß er in einem neuen Land ein neues Leben anfing. Seinen Pessimismus hatte er schnell überwunden. In Carolina war er von vielen Regeln befreit, an die er sich hatte halten müssen, solange er seinen Adelstitel trug. Er hatte die Folter überlebt — die Narben an seinen Beinen und auf seiner Brust zeugten davon —, und er würde auch die Armut überleben. Der geldgierige kleine Rechtsanwalt hatte zwar seine Ländereien und sein Schloß gestohlen, aber er würde neues Land besitzen und ein neues großes Haus bauen. Oder seine Nachkommen würden dies tun, vorausgesetzt natürlich, daß Jeanne ihm jemals einen Erben schenken würde.
Arme Jeanne. Ihre grauen Augen waren so klar und schön wie eh und je. Doch eine schmale weiße Strähne in ihrem Haar ließ auf die im Gefängnis erduldeten Schmerzen schließen. Genau wie das liebliche Jung-Mädchen-Lächeln und die Art und Weise, wie sie auf jede ernsthafte Frage als Antwort einfach summte oder lachte. Manchmal erkannte sie ihren Gatten, doch glaubte sie immer noch, daß sie in Frankreich lebe. Ihr Geist hatte die Folter nicht so erfolgreich überstanden wie ihr Körper. Der Zusammenbruch ihres Geistes tat ihrer Leidenschaft jedoch keinen Abbruch. Und doch gingen keine Kinder aus ihrem Beisammensein hervor. Zudem war Charles nicht mehr der Jüngste, und so kam es, daß er manch schlaflose Nacht in dieser Sorge verbrachte. Mit dreißig wurde ein Mann langsam alt; mit vierzig konnte er sagen, daß er ein langes Leben geführt hatte.
Im Bemühen, an einer Furt des Cooper River, oberhalb von Charles Town, einen kleinen Handelsposten zu gründen, hatte sich Charles auch körperlich verändert: Er sah nicht mehr aus wie ein Aristokrat. Er war zwar immer noch groß und hatte deswegen eine etwas gebeugte Haltung, doch Armut, Arbeit und Anspannung hatten sein einst gutes Aussehen entstellt. Sein ehemals fröhliches und häufiges Lächeln schien falsch, ja fast grausam und zeigte sich überdies nur noch

selten. Seine Haltung hatte jeglichen Stolz eingebüßt. Er saß schlaff auf dem Rücken des kleinen Ponys, das schwer unter seiner Last zu tragen hatte. Er war beinahe zur unmenschlichen Karikatur seiner selbst geworden.
Besonders heute sah er kaum wie ein Weißer aus. Sein braunes Haar hing bis zur Mitte seines Rückens herab und wurde von einem roten Band zusammengehalten. Seine Haut war ebenso braun wie diejenige der acht gefesselten, halbnackten menschlichen Wesen, die in einer Reihe hinter ihm her stolperten. Obwohl es ein äußerst heißer Frühlingsmorgen war, trug Charles lange Wildlederhosen und ein Wams aus altem, rissigem Leder. An seinem perlenverzierten Gürtel hingen zwei geladene Pistolen und zwei Messer. Über den Knien hielt er eine Muskete. Ein vorsichtiger Sklavenhändler und ein guter Schütze.
Dies war die vierte Expedition, die Charles zu den Siedlungen der Tscherokesen an den Hügeln am Fuße des Berges unternommen hatte. Hätte er nicht ab und zu einige Indianer verkaufen können, wäre er längst ruiniert gewesen. Der kleine Handelsposten am Fluß brachte nicht genug Geld ein, obwohl die Agenten in Charles Town ihm alle Pelze abkauften, die er von jenen Stämmen bezog, deren Dörfer er ab und zu auch überfiel und plünderte.
Die acht Männer und Frauen, die sich alle mühsam in ihren Ketten dahinschleppten, waren nicht älter als dreißig. Es waren schöne, dunkelhäutige Menschen mit schlanken Gliedern und dem schönsten schwarzen Haar, das er je gesehen hatte. Besonders das Mädchen war sehr attraktiv, dachte er. Bereits war ihm aufgefallen, daß sie ihn häufig anstarrte. Zweifellos verbarg sich hinter ihren großen, sanften Augen der Wunsch, ihm die Kehle durchzuschneiden. Charles hatte seinen Gefangenen den Rücken zugewandt, denn am Ende der Kolonne ritt ein Helfer, der ebenso schwer bewaffnet war wie er. Es handelte sich um einen bulligen Halbblutindianer, der offensichtlich von einem aus Florida kommenden Spanier gezeugt worden war.
Vor einem Jahr war er zum kleinen Handelsposten gestoßen. Er konnte bereits etwas Französisch. Er behauptete, sein einziger Ehrgeiz sei es, die feindlichen Stämme zu bekämpfen. Offenbar arbeitete er gern für Charles, vielleicht deshalb, weil es in Carolina an die dreißig verschiedene Stämme gab und die meisten Beutezüge gegeneinander unternahmen. Und somit war für das Halbblut, der sich selbst

»König Sebastian« nannte, Beruf und Berufung ein und dasselbe. König Sebastian hatte das Gesicht eines Schurken, und wie viele andere Indianer liebte er es, sich wie ein Weißer herauszustaffieren. Heute trug er schmutzige Kniehosen, die früher einmal aus rosa Seide gewesen waren, einen flaschengrünen Brokatmantel, der offen über seine imposante schweißbedeckte Brust fiel, und einen riesigen, schlampigen, mit unechtem Geschmeide geschmückten Turban. König Sebastian fand Gefallen an seiner Arbeit. Immer wieder trieb er sein Pony neben die Gefangenen und stieß einen oder mehrere mit der Muskete ins Gesäß. In den meisten Fällen hatte dies haßerfüllte Blicke zur Folge, worauf das Halbblut giftig lachte und eine Warnung ausstieß, wie eben jetzt: »Aufgepaßt, kleiner Bruder, oder ich brauche dieses Feuereisen, um aus dir weniger als einen Mann zu machen.«
»Auch du solltest aufpassen«, sagte Charles auf Französisch, nachdem er sein Pony angehalten hatte und die Kolonne vorbeiziehen ließ. Er stellte fest, daß die ohnehin finsteren Blicke der Gefangenen ungewöhnlich haßerfüllt waren. »Ich möchte meine Beute unversehrt am Auktionstisch abliefern.«
König Sebastian war nicht empfänglich für Kritik und ließ seinen Ärger an einem sich etwas langsam dahinschleppenden Gefangenen aus, dem er seine Reitpeitsche zu kosten gab. Charles ließ es widerwillig geschehen.
Mit dem Auktionstisch war die örtliche Versteigerung gemeint. Es handelte sich um eine geheime Versteigerung auf dem Land oberhalb von Charles Town. Seit mehreren Jahren war der Sklavenhandel mit Indianern in der Kolonie ein zwar illegales, aber ertragreiches und durchaus übliches Geschäft. Attraktiv daran war das relativ geringe Risiko. Charles hatte die Indianer in der Abenddämmerung, als sie auf einem kleinen Stück Land ihre Melonen anbauten, gefangengenommen. Dabei hatte er nur das Gewehr auf sie gerichtet. Die Tscherokesen waren sowohl Krieger als auch Bauern. Wenn man sie auf ihren Feldern am Fuß der Hügel erwischte, war es relativ einfach, sie gefangenzunehmen. Natürlich war immer eine gewisse Gefahr damit verbunden. Auf der Wanderung zur Küste starben nur wenige Indianer, wohingegen viele von den über Bridgetown aus Afrika gebrachten Schwarzen auf der langen Seereise umkamen. Außerdem konnte

man sich kaum am Afrikagewerbe beteiligen, wenn man nicht Schiffe oder wenigstens etwas Kapital besaß. Aber alles, was Charles sein Eigentum nennen konnte, war sein kleiner Handelsposten, sein Pony und seine Gewehre.

Die Hitze nahm zu, und Schwärme von winzigen Insekten überfielen die sich durch sandige Hügel schlängelnde Prozession der Gefangenen. Die Temperatur und die wie Kleckse aussehenden Wälder am Horizont waren für Charles ein Hinweis, daß sie sich dem Küstengebiet näherten. Eine Nacht und einen halben Tag noch, und sie würden seinen Handelsposten erreichen, wo Jeanne wartete. Er fühlte sich jedesmal ruhelos auf diesen Streifzügen. Heute jedoch war er mehr als nur wachsam, er war gereizt. Es fiel ihm auf, daß das Mädchen ihn wiederum anstarrte. Wartete sie auf einen günstigen Augenblick, in dem sie den Männern ein Zeichen geben konnte, sich davonzumachen? Er zügelte sein Pony und ritt für den Rest des Nachmittags neben König Sebastian einher.

In der Nacht zündeten sie ein Lagerfeuer an, nicht um sich daran zu wärmen, sondern um die Insekten fernzuhalten. König Sebastian übernahm die erste Wache. Charles legte sich ausgestreckt hin; seine Waffen lagen griffbereit auf seiner Brust. Träge und schläfrig begann er darüber nachzudenken, wie er wieder zu Vermögen kommen könnte. Er mußte anders vorgehen. Die Tatsache, daß Soll und Haben ausgeglichen waren, brachte kein Geld ein. Abgesehen davon war die Abgeschiedenheit des Postens für Jeanne in ihrem bedauerlichen Geisteszustand nicht bekömmlich. Sie hatte etwas Besseres verdient, und er wollte es ihr geben. Er liebte sie tief. Aber man mußte praktisch denken. Auch wenn es ihm gelang, wieder Grundbesitz zu erwerben, stellte sich die Frage, wer ihn erben sollte. Seine arme Frau, der er treu geblieben war — das einzige Positive in seinem Leben —, war nicht nur verrückt, sie war unfruchtbar.

Er war beinahe eingeschlafen, als ein Kettenklirren ihn aufschreckte. Seine Augen öffneten sich genau in dem Augenblick, als König Sebastian einen Warnschrei ausstieß. Auch er war eingeschlafen, wie man aus seiner sitzenden Haltung und der hektischen Art und Weise, mit der er nach der Muskete griff, schließen konnte. Die acht Indianer, die an den Fuß- und Handgelenken aneinandergekettet waren, stürzten in einer Reihe auf ihre Häscher los. Das Mädchen, als dritte von

rechts, wurde mitgeschleppt. Sie mußte direkt über das Feuer springen. Voller Entsetzen griff Charles nach einer seiner Pistolen. Gott im Himmel, bitte laß das Pulver nicht von der Nachtluft feucht sein! Die Pistole ging nicht los. Er schnappte die nächste. Der Tscherokese am linken Ende der Reihe war mit einem Stein bewaffnet. Er schleuderte ihn auf König Sebastian, der eben versuchte, sowohl auf die Knie zu kommen, als auch mit seiner Muskete zu zielen. Er duckte sich, aber der Stein traf ihn an der rechten Schläfe. Es war nicht schlimm, aber als seine Muskete endlich losging, verpuffte das Pulver sinnlos in der Dunkelheit. Einer der Angreifer wollte Charles eben seinen nackten Fuß auf den Hals setzen, und er hätte ihn erdrosselt, wenn Charles sich nicht blitzartig auf die linke Seite gerollt, seine rechte Hand erhoben und abgedrückt hätte. Die Kugel durchbohrte den Unterkiefer des Indianers und fegte einen Teil seines Schädels weg. Ein fürchterlicher Anblick, der den Mut der Angreifer brach, obwohl der Kampf nicht sofort aufhörte. Charles war gezwungen, einen zweiten Indianer zu erschießen, und König Sebastian tötete einen weiteren mit seiner Muskete, bevor die vier andern das Mädchen und die Toten zurückzogen. Das Haar des einen Leichnams streifte die glühenden Kohlen und fing Feuer.
Charles zitterte. Er war schwarz von Dreck und Pulver und vom Blut und Hirn des ersten Indianers bespritzt. Zum Abendessen hatte er stark gesalzenes Wildfleisch gekaut, das ihm jetzt Magenschwierigkeiten bereitete. Als er wieder hinter dem Gebüsch hervortrat, fand er einen offensichtlich erschütterten König Sebastian vor, der die noch lebenden Indianer auspeitschte. Er hatte die drei Toten von den Ketten befreit, jedoch ohne lange nach den Schlüsseln für die Handschellen zu suchen, er hatte einfach zum Messer gegriffen. Irgendwo im Dunkeln machten sich bereits Geier über die Körper her. Das Halbblut riß den Kopf des Mädchens an den Haaren hoch. »Ich denke, die Hure hat auch eine Strafe verdient.«
Einen Augenblick lang konnte Charles hinter dem verrutschten Mieder des Fellkleides die dunklen Brüste des Mädchens sehen. Der Anblick rührte ihn. Ihre Brüste waren voll und kräftig. Lauernd sah sie König Sebastian an und änderte ihre Haltung, so daß das Kleid wieder saß und ihren Körper bedeckte. Charles packte seinen Helfer am Handgelenk, als dieser eben zugreifen wollte. Im Schein des Feuers

sah sein blutverschmiertes Gesicht wie dasjenige eines Tscherokesen in voller Kriegsbemalung aus.
»Du bist derjenige, der bestraft werden sollte«, sagte Charles. »Du bist auf der Wache eingeschlafen.«
König Sebastian sah aus, als ob er jeden Augenblick über seinen Arbeitgeber herfallen würde. Charles sah ihn unverwandt an.
Obwohl das Mädchen das Französisch des großen Mannes nicht verstehen konnte, verstand sie den Sinn seiner Worte. Sie wagte nicht zu lächeln, aber ihre Augen leuchteten kurz vor Dankbarkeit auf. Eine Minute verging. Dann eine weitere. Das Halbblut verscheuchte eine Mücke, die auf seinem Hals saß, und blickte weg. Und damit war die Sache erledigt.
Aber nicht für Charles. Die ganze Angelegenheit hatte ihn tief erschüttert. König Sebastian löste ihn wieder mit der Wache ab, doch Charles konnte nicht einschlafen. Die Berührung mit dem Tod hatte ihn an seine Kinderlosigkeit erinnert. Drei Brüder waren als Kinder gestorben. Eine Schwester war zu Beginn der Unruhen in Frankreich über die Pyrenäen geflohen. Er war der letzte Mann seines Geschlechts. Als er schließlich doch in Schlaf sank, hatte er merkwürdige Träume von den fruchtbaren Feldern der Tscherokesen und den Brüsten der Indianerin.
Am frühen Nachmittag des nächsten Tages gelangten sie zur Handelsstation am Cooper, einem der beiden nach Anthony Ashley Cooper benannten Flüsse. Cooper, Graf von Shaftesbury, war einer der ersten Grundbesitzer in Carolina gewesen.
Jeanne ging es gut. Sie und Charles gingen eine halbe Stunde am Flußufer spazieren. Er hatte den Arm um sie gelegt. Sie plauderte wie ein Kind, und sie beobachteten einen Silberreiher, der im seichten Gewässer auf einem Bein balancierte. Jeanne hatte Besseres verdient — ein Haus und beschützende Dienstboten.
Am nächsten Morgen traf er die Vorbereitungen für die Reise zur Küste. Er wollte um die Mittagszeit mit den Indianern und einigen Fellen, die er für diesen Zweck aufbewahrt hatte, aufbrechen. Wie immer auf seinen Reisen zu der geheimen Auktion würde er die Hauptstraßen meiden, wo man ihn und seine Schmugglerware sehen könnte. Eine halbe Stunde vor seiner Abreise kam Jeanne aufgeregt und schreiend zu ihm gelaufen. Er konnte sich keinen Reim darauf

machen, doch bald kam auch König Sebastian. Er sah verängstigt aus und suchte verzweifelt nach den richtigen französischen Ausdrücken. »Wer kommt?« unterbrach ihn Charles. »Herren? Provinzgouverneure? Ist es das, was du sagen willst?« Das erschrockene Halbblut nickte und zeigte fünf ausgestreckte Finger. »Viele.«
Die Nachricht schlug Charles auf den Magen. Blitzartig brachten sie die Gefangenen in den aus Palmettobaumstämmen und Zypressenbrettern gebauten Schuppen. Voller Panik kettete Charles die vier Männer und das Mädchen in einem der Ponyställe an, und König Sebastian knebelte sie. Wenn die Gefangenen auch nur einen Ton von sich gäben, würde der ganze Sklavenhandel auffliegen, und Charles wäre verloren. Die wilden Blicke der Gefangenen ließen keinen Zweifel daran aufkommen, daß dies ihre ganze Hoffnung war. Auf Befehl von Charles überprüfte das Halbblut die Knebel ein zweites Mal. Zu allem Übel war der wichtigste Gast ein Mitglied des Regierungsrats der Kolonie, ein eleganter Engländer namens Moore. Er bereiste — wie er es nannte — das »verdammte widerliche Hinterland« mit vier schwarzen Dienern. Der eine von ihnen schien alles aufs genaueste zu beobachten. Moore war auf der Suche nach einem Stück Land für eine Sommerresidenz, fernab der fieberverseuchten Küste. Er blieb drei Stunden. Die ganze Zeit über konnte Charles seine Nervosität kaum verbergen. Einmal hörte er dumpfes Stampfen und Kettenrasseln aus dem Schuppen, aber Moore, der eben etwas erzählte, schien es nicht zu hören. Mit der den Engländern eigenen Arroganz erging er sich in einem Schwall von Kritik am Wetter, dem primitiven Landleben und an der Neuen Welt im allgemeinen. Gegen vier Uhr, als die Hitze etwas nachgelassen hatte, machte er sich mit seinen Dienern wieder auf den Weg.
Charles schenkte sich einen großzügigen Gin ein, kippte ihn in zwei Schlucken, küßte Jeanne und eilte zum Schuppen. König Sebastian hielt vor der Tür Wache. Als er eintrat, sah er, wie die vier Männer dem Mädchen wütende Blicke zuwarfen. Ihr Knebel war heruntergerutscht. Sie hätte schreien können.
Sie starrte Charles wieder mit der ihr eigenen Intensität an, und endlich verstand er. Vielleicht hatte er sie bereits die ganze Zeit über verstanden, dies aber aus Schuldgefühlen und Rücksichtnahme auf Jeanne nicht wahrhaben wollen. Abrupt wandte er sich um und rann-

te in die gleißende Sonne hinaus. Der Sklavenhandel mit Indianern wurde langsam zu gefährlich. Auch am nächsten Morgen, als er verspätet zu seiner Reise aufbrach, hing er diesem Gedanken nach, der ihn auch auf den sumpfigen Pfaden bis zum Küstengebiet nicht losließ — als würde ein Kobold auf seinen Schultern mitreiten.
Die Verkaufsstelle befand sich in der Nähe der Palisade, die Charles Town umzäunte. Der Platz war sorgfältig ausgewählt worden, nicht so nah, daß man ihn leicht hätte entdecken können, und nicht so weit abseits, daß es in der Dunkelheit gefährlich gewesen wäre hinzugehen. Man konnte ihn in einem Zehn-Minuten-Ritt entlang des Cooper erreichen. Ein halbes Dutzend Männer hatte sich bereits eingefunden, alles »snobistische Anglikaner«, wie Charles sie insgeheim nannte. Es waren Plantagenbesitzer aus dem Distrikt, die alle auf eine reiche Ernte hofften, um damit die Träume aus ihrer Einwanderungszeit zu verwirklichen. Doch bis dahin waren ihre Anstrengungen erfolglos geblieben. Die ganze Kolonie war ein mißlungenes Unterfangen. Trotzdem behaupteten sie nach wie vor, daß das Leben in Carolina in mancher Hinsicht ideal sei. Sie nahmen den neuesten Stadtklatsch durch. Sie beglückwünschten Charles zu seinem Angebot, hielten sich aber nicht zu nahe bei ihm auf. Sein Geruch und seine Herkunft waren für sie eine Beleidigung.
Der aus Palmettoscheiten gezimmerte Verkaufstisch war von Fackeln umsäumt, die ein rauchiges Licht abgaben. Die Versteigerung wurde von einem dieser ehrwürdigen Herren durchgeführt, dafür erhielt er einen bestimmten Prozentsatz der Gesamtverkaufssumme. Charles hatte gehört, wie sich der Mann in der Stadt über die Übel des Indianerhandels ausgelassen hatte. Solches Gerede war üblich. Die meisten der Anwesenden hatten mindestens schon einen Indianer besessen. Sie verurteilten die Versklavung von Menschen nicht, sie befürchteten höchstens eine mögliche Beeinträchtigung des Indianerhandels für den Fall, daß sich die verschiedenen Stämme einmal einmütig zur Wehr setzten. Sie hatten Angst vor einem Indianeraufstand, aber das hinderte sie nicht daran, an diesem Abend dabeizusein. Verdammte Heuchler, dachte Charles.
Die vier Indianer wurden einer nach dem andern verkauft. Der Preis stieg. Charles stand abseits, und sein Zorn schwand zusehends, als er — eine Tonpfeife rauchend — seinen Gewinn betrachtete. Er hörte

den Gesprächen zu. Einer der Männer erwähnte, daß er seinen neuerworbenen Sklaven zur Abhärtung nach Westindien schicken würde, um den Willen des Mannes zu brechen. Ein anderer erörterte die neuen Erleichterungen beim Erwerb von Land, das an Flüsse und Bäche grenzte.
»Ja, aber was nützt Grundbesitz, wenn man die Pacht nicht bezahlen kann und es keine Ernte gibt, die anstelle von Bargeld angenommen wird?«
»Vielleicht gibt es jetzt eine Ernte«, sagte der erste Mann, der auffällig an einem kleinen prallen Sack herumhantierte. Die andern traten neugierig hinzu. Auch Charles rückte etwas näher, um zuzuhören. Die Auktion wurde unterbrochen, während der Mann eine an ihn gerichtete Frage beantwortete. »Dies sind Samen. Aus Madagaskar. Von derselben Sorte, wie sie in den überbewässerten Stadtgärten so prächtig gedeiht.« Ein Mann zeigte aufgeregt auf den Samen. »Ist das jener Reis, den Captain Thurber letztes Jahr Dr. Woodward gegeben hat?« Thurber war der Kapitän eines kleinen Zweimasters, der in Charles Town überholt wurde. Charles hatte gehört, daß Reis mitgebracht worden war.
Der Mann steckte die Körner sorgfältig in seine Tasche. »Genau. Reis wächst in nassem Boden — das heißt, er ist darauf angewiesen. In der Stadt ist man ganz begeistert, weil er so vielseitig verwendbar ist. Alle wollen jetzt plötzlich Land kaufen, und es scheint, als sei für diese verdammten Sümpfe endlich eine ertragbringende Verwendung gefunden.«
Der Mann, der Zweifel hegte, meldete sich mit einer weiteren Frage. »Ja, aber welcher weiße Mann hält die Arbeit in Sumpf und Morast aus?«
»Kein einziger, Manigault. Dazu braucht es Männer, die an große Hitze und beinahe unerträgliche Arbeitsbedingungen gewöhnt sind.« Der Redner machte eine Kunstpause. »Afrikaner — und zwar bedeutend mehr, als derzeit in der Kolonie sind.«
Charles de Main hatte in Frankreich wegen seiner Religion schweres Leiden auf sich genommen. Die Heuchelei der Kirche, die Intrigen und Gemeinheiten von Leuten wie Emilion, und die Grausamkeiten, denen Jeanne ausgesetzt gewesen war, hatten jedoch seinen Glauben, der ihn ja in diese Feuerprobe geführt hatte, beinahe zerstört. Es war

sein Wille gewesen, und nicht eine höhere Macht, der ihn trotz der glühenden Eisen der Folterer am Leben erhalten hatte. Zwar glaubte er immer noch an ein höheres Wesen, doch das Bild, das er sich davon machte, hatte sich geändert: Gott war gleichgültig. Er hatte keinen wohlwollenden Plan für den Kosmos oder dessen Kreaturen, wahrscheinlich hatte er überhaupt keinen Plan. Ein Mann sollte sich deshalb ausschließlich auf sich selbst verlassen. Sicher schadete es nicht, wenn man Gott ab und zu höflich die Ehre erwies, so wie man das auch mit einem altersschwachen Onkel tat, doch wenn es um die eigene Zukunft ging, tat ein weiser Mann besser daran, sein Geschick in die eigenen Hände zu nehmen. Und doch geschah in dieser vom Feuer erhellten Lichtung, inmitten eines großen dichten Waldes mit dampfender, warmer Erde und Vogelgeschrei plötzlich etwas Merkwürdiges mit Charles. Sein alter Glaube flammte unvermutet mit ungeahnter Kraft wieder auf. Einen Augenblick lang spürte er intensiv die Anwesenheit einer außerirdischen Kraft, die ihn in genau diesem Augenblick an genau diese Stelle geführt hatte. Und in diesem Augenblick gab er seinem Leben eine neue Richtung. Nicht einen Schilling von seinem Verdienst würde er wieder in die Handelsstation investieren. Was immer er auch einem jener Winkeladvokaten zahlen mußte, um zu erfahren, wie er hier, näher am Meer, ein Stück Land pachten könnte, er würde es bezahlen. Er wollte noch mehr über die Samen aus Madagaskar in Erfahrung bringen. Er war ein Mann, der das Land bearbeitet hatte, und wenn er Wein anbauen konnte, dann auch Reis. Doch das Hauptproblem blieb die Feldarbeit. Charles kannte die Ungastlichkeit dieser Landstriche. Er würde es nicht einen Monat aushalten, brusttief in verseuchtem Wasser zu arbeiten, ganz abgesehen von den Alligatoren. Die Antwort war klar: ein Negersklave. Zwei, wenn sein Verdienst ihm das gestatten würde. Mit der verzerrten Logik von jemandem, der sich schuldig fühlt und den Beweis zu seiner Entlastung erbringen muß, hatte Charles sich bis jetzt immer als einen Mann betrachtet, der zwar Sklaven verkaufte, ohne jedoch das System unterstützen zu wollen. In seinem Innersten schreckte er davor zurück. Überdies wußte er nie, was mit den Indianern, die er verkaufte, eigentlich geschah. Vielleicht — so rechtfertigte er sich mit einiger Spitzfindigkeit — wurden sie später vom Besitzer freigelassen? Doch jetzt konnte er sich kein Gewissen mehr lei-

sten. Er selbst mußte mindestens einen erstklassigen Neger sein eigen nennen können. Es war eine Frage der Wirtschaftlichkeit, des Überlebens. Ein Mann tat, was er tun mußte.
»Meine Herren«, rief der Versteigerer. »Die vielen Gespräche lenken uns vom besten Angebot des heutigen Abends ab.«
Er stieg auf den Tisch, hob das Fellkleid des Mädchens hoch und zeigte auf ihre Geschlechtsteile. Die Männer schienen plötzlich sehr aufmerksam.
Ein Mann tat, was er tun mußte. Charles wurde auf einmal klar, daß dies auch auf das Problem der Nachfolge zutraf. Sollte es ihm gelingen, in Carolina sein Vermögen wiederaufzubauen — und jetzt endlich gab es einen Hoffnungsschimmer, etwas, das er seit zwei Jahren nicht mehr gekannt hatte —, dann mußte er sich mit gewissen Tatsachen abfinden. Er hatte nicht die Absicht, seine geliebte Jeanne zu verlassen. Er konnte es sich aber auch nicht mehr leisten, es mit der ehelichen Treue ganz genau zu nehmen.
»Meine Herren, wer macht das erste Angebot für diese anmutige Squaw? Wer bietet mir einen Preis von —?«
»Aufhören.« Charles stieß die Menge mit kräftigen Händen beiseite.
»Was ist, Main?« fragte der Versteigerer. Die Herren, die Charles zur Seite gestoßen hatte, wischten sich den Staub von den Ärmeln und machten höhnische Bemerkungen. Er mochte zwar ein Protestant sein, aber er war auch ein Grobian. Was hätte man auch anderes von einem Franzosen erwarten können!
In aufrechter Haltung wie früher blickte Charles auf den überraschten und leicht verärgerten Versteigerer. »Ich habe mich anders entschieden. Sie wird nicht verkauft.« Langsam lenkte er seinen Blick auf das Mädchen. Der Versteigerer ließ das Kleid fallen. Sie sah Charles mit ihren großen Augen unverwandt an. Sie verstand.
Natürlich war ihm klar, daß es besser war, nicht in Charles Town zu übernachten. Nicht einmal die allerschmutzigsten Herbergen an der Spitze der Halbinsel, dort wo die beiden Flüsse zusammenkamen und sich in den Ozean ergossen, würden einen weißen Mann mit einer Indianerin, die offensichtlich nicht seine Sklavin war, aufnehmen. Statt dessen fand er eine abgeschlossene Lichtung nicht weit von der Palisade. Trotz der Gefahr von Schlangen und Insekten breitete er seine Leintücher aus, stellte seine geladenen Schußwaffen in Reichweite,

legte sich neben das Mädchen in die heiße, feuchte Dunkelheit und nahm sie.
Er kannte nur einige wenige Worte in ihrer Sprache, und keines davon war zärtlich. Doch sie wußte um seine Bedürfnisse und wollte, daß er sie berührte. Von Anfang an hatte sie nur eines gewollt: seinen Mund auf ihrem Mund, und seine Hand auf ihrem Bauch. Er hatte es in ihren Augen lesen können, aber nicht verstanden. Charles war ein ausgezeichneter Liebhaber, und er hatte seine Kunst nicht ganz vergessen. Jeannes Treue und ihr Bedürfnis nach Rücksichtnahme hatten dafür gesorgt. Doch bald ging sein anfänglich ruhiger und etwas träger Rhythmus in schnellere, gezieltere Körperbewegungen über. Seine Erregung steigerte sich. Diejenige des Mädchens auch. Ihr passives Vergnügen wurde zur aktiven Leidenschaft. Auf der feuchten, fruchtbaren Erde, inmitten einer Vielfalt von summendem und kreischendem Leben, unter einem nachtschwarzen, von tausend Sternen übersäten Himmel hielten sie sich eng umschlungen. In jener Nacht pflanzte er seinen Samen ebenso zielbewußt, wie er dies mit jenem neuartigen Samen tun würde, mit dessen Ernte er das künftige Main-Vermögen aufbauen wollte.

Zu jener Zeit bestand Charles Town aus weniger als hundert einfachen Wohn- und Geschäftshäusern. Viele der Männer aus Barbados redeten davon, jene für ihre Insel typischen, geräumigen und luftigen Häuser zu bauen. Doch dazu bedurfte es einer besseren wirtschaftlichen Situation und einer erfolgversprechenden Zukunft. Noch umgab sich das Städtchen aber mit einer Vornehmheit, die offenkundig vorgetäuscht war, und wirkte deshalb schäbig.
Charles sah all das am nächsten Morgen mit anderen Augen. Ein erfrischender Wind blies von Nordwesten. Er schlenderte zum Kai, das Indianermädchen folgte einen Schritt hinter ihm. Seine Haltung hatte sich geändert. Er strahlte jetzt Sicherheit und Kraft aus. Charles war sich der verachtenden Blicke, die ihm folgten, bewußt. Eine Liaison mit einer Farbigen, ob braun oder schwarz, war gestattet, es war jedoch etwas anderes, dies öffentlich zur Schau zu stellen. Nach einer Weile brachte ihn die Haltung der Bewohner auf einen neuen Gedanken. Die meisten Einwohner Carolinas waren in bezug auf ihre Herkunft extreme Snobs. Wenn bekannt wurde, daß sein Kind ein halber

Tscherokese war, würden sie weder ihn noch seine Nachkommen jemals in ihren Kreis aufnehmen, egal wieviel Geld er haben mochte oder wie blaublütig seine eigene Abstammung war.
Charles wußte, daß das Indianermädchen schwanger werden würde. Er mußte irgendwo im Hinterland eine Blockhütte für sie finden und dafür sorgen, daß niemand außer ihm und vielleicht König Sebastian sie zu Gesicht bekam. Dann konnte er Jeanne mitteilen, daß er die Absicht habe, einen Knaben zu adoptieren. Er zweifelte keinen Augenblick daran, daß die Indianerin einem Sohn das Leben schenken würde. Ebensowenig zweifelte er an seiner Fähigkeit, mit ihrem Zorn fertig zu werden, wenn er ihr das Kind wegnahm. Er war ein Mann, das war ein Vorteil. Er war ein Weißer — ein weiterer Vorteil. Er konnte notfalls Gewalt anwenden, wenn es soweit kommen sollte. Es gab wenig, zu dem Charles nicht bereit war, den Fortbestand seines Geschlechts zu sichern. Später würde er vor Fremden den Knaben als Waisen seiner Schwester ausgeben.
Dieser Plan erregte sein Gemüt, und es gelang ihm nicht, seine Reaktion zu verbergen. Das Mädchen ging nun neben ihm. Sie bemerkte sein unvermutetes, hartes Lächeln, das ebenso schnell wieder verschwand. Er sah ihren fragenden Blick. Zärtlich berührte er ihren Arm und sah sie auf eine Art an, die sie offensichtlich als Beruhigung empfand. Sein schnelles, geräuschvolles Atmen normalisierte sich wieder, und sie schritten weiter.
Er erkundigte sich über Schiffe, die Negersklaven zu verkaufen hatten, und erfuhr, daß erst in drei Wochen eins erwartet wurde. Das einzige Schiff, das Beachtung verdiente, gehörte einem Geschäftsmann aus Bridgetown und hatte nur wenige Passagiere an Bord. Es trug den Namen *Möwe von Portsmouth*. Charles ging an einer Gruppe von fünf jungen Männern vorbei, die offensichtlich von der Aussicht des Hafens fasziniert waren. Er war schon vielen ihrer Art begegnet: Schiffsjungen. Sie machten alle einen geschlagenen Eindruck, mit einer Ausnahme. Ein untersetzter Bursche mit breiten Schultern, hellbraunem Haar und Augen, die wie Eis in der Sonne glitzerten. Sein Gang drückte einen gewissen Stolz aus. Da sie beide in entgegengesetzte Richtungen gingen, sahen sie einander nur kurz an. Der Schiffsjunge wunderte sich über den Mann mit den primitiven Kleidern, der aristokratischen Haltung und dem sprießenden

Bart. Der ehemalige Sklavenhändler und zukünftige Sklavenbesitzer fragte sich, wie jemand sich freiwillig in solche Knechtschaft begeben konnte. Ein Matrose lehnte über die Reling des Schiffes. »Zurück an Bord, Jungs. Die Flut kommt. In Penn's Town werdet ihr schönere Dinge blöd angucken können.« Die Burschen eilten aufs Schiff zurück, und der großgewachsene Aristokrat verschwand langsam in der Menge; das Tscherokesenmädchen folgte ihm mit bewundernden Augen. Beide Männer hatten einander im strahlenden Morgenlicht bereits vergessen.

Erstes Buch

Der Ruf der Trommeln

. . . In zukünftigen Kriegen muß die Nation ihr Augenmerk auf die Militärakademie richten; dort findet sich das Talent, das Heldenmut zum Sieg führt.

John C. Calhoun, US-Kriegsminister, zu Sylvanus Thayer, Direktor der US-Militärakademie, 1818

1

»Hilfe gefällig, um das an Bord zu bringen, junger Herr?« Der Stauer lächelte zwar, aber in seinen Augen war keine Spur von Freundlichkeit, sondern reine Geldgier. Kurz vorher hatte der Fahrer des Astor House Passagier-Wagens den zerbeulten Koffer auf den Pier geschmissen. Orry hatte ihn an dem einzigen noch unbeschädigten Seilgriff gepackt und sorgfältig einige Meter weit geschleppt, bevor der Stauer sich zwischen ihn und das Fallreep gestellt hatte.

Es war ein herrlicher, windstiller Morgen im Juni 1842. Orry war bereits nervös wegen des ihm bevorstehenden Tages, und das falsche Lächeln des Stauers sowie dessen kalter Blick trugen nicht eben zur Besserung seiner Stimmung bei. Genausowenig wie der Anblick der beiden lässig in der Nähe stehenden Kumpane. Nervosität und Feigheit sind jedoch nicht ein und dasselbe, und Orry hatte nicht die geringste Absicht, den ersteren in letzteren Zustand überwechseln zu lassen. Man hatte ihn davor gewarnt, daß es in New York nur so von Schwindlern aller Art wimmelte, und offensichtlich war er jetzt einem von ihnen begegnet. Er nahm seinen großen, feschen Filzhut ab und wischte sich die Stirn mit einem Leinentaschentuch, das er dem Innenband des Huts entnahm.

Orry Main war sechzehn Jahre alt und fast einen Meter neunzig groß. Seine Schlankheit unterstrich seine Größe und verlieh seinen Bewegungen eine gewisse Anmut. Er hatte ein langgezogenes, ebenmäßiges Gesicht und einen Teint, der verriet, daß er sich viel in der Sonne aufhielt. Seine Nase war schmal und aristokratisch, seine braunen Haare leicht gewellt. Die ebenfalls braunen Augen lagen eher tief. Wenn er nicht gut geschlafen hatte, so wie vergangene Nacht, zeigten sich Ringe unter den Augen. Diese Schatten verliehen seinem Gesicht einen Anstrich von Melancholie. Von Natur aus war er jedoch nicht melancholisch, wie sein häufiges Lächeln bewies. Trotzdem war er ein eher bedächtiger junger Mann, der meistens innehielt, um erst mal nachzudenken, bevor er eine wichtige Entscheidung traf. Der Stauer setzte ungeduldig einen Fuß auf den Koffer. »Mann, ich habe Sie gefragt, ob . . .«

»Ich habe Sie verstanden, Sir; ich kann selbst mit dem Koffer fertig werden.«

»Man höre sich das an«, spottete einer der andern beiden Stauer. »Woher kommst du denn, Bauer?« Es war Orrys Akzent, der ihn verriet, denn seine Kleider sahen nicht aus, als ob er vom Land käme.

»Aus South Carolina.« Sein Herz klopfte. Die drei Männer waren stark und derb. Aber er wollte nicht klein beigeben. Er langte nach dem Griff. Der erste Stauer packte ihn am Handgelenk.

»O nein, entweder wir bringen ihn aufs Schiff, oder Sie reisen ohne den Koffer nach West Point.«

Orry war verblüfft, sowohl über die Drohung als auch über die Leichtigkeit, mit der man sein Reiseziel erkannt hatte. Er brauchte Zeit, um nachzudenken, Zeit, um sich zu sammeln, damit er besser mit diesen Lümmeln umgehen konnte. Er schüttelte die Hand des Stauers ab und setzte seinen Hut wieder auf. Drei weibliche Passagiere, zwei hübsche Mädchen und eine ältere Dame, hasteten vorbei. Die konnten ihm sicher nicht helfen. Dann kam ein kleiner uniformierter Mann über die Gangway, wahrscheinlich ein Schiffsbeamter. Ein knapper Wink des Stauers genügte, und der Beamte blieb stehen.

»Wieviel kostet das Verladen?« fragte Orry. Irgendwo hinter ihm klapperten Pferdehufe über das Pflaster und Wagenräder kreischten. Er hörte Gelächter, fröhliche Stimmen. Weitere Passagiere.

»Zwei Dollar.«

»Das ist etwa achtmal zuviel.«

Der Stauer grinste. »Mag sein, schlauer Bursche, aber das ist der Preis.«

»Wenn's dir nicht paßt, dann geh und beklag dich beim Bürgermeister«, sagte der zweite Stauer. »Beklag dich doch bei Bruder Jonathan.« Die drei lachten. Im Volksmund nannte man den Staat Bruder Jonathan.

Orry schwitzte vor Nervosität und Hitze. Er bückte sich, um erneut nach dem Koffer zu greifen. »Ich weigere mich, Ihnen auch nur einen —« Der erste Stauer rempelte ihn an. »Dann bleibt der Koffer eben hier.«

Orry versuchte, seine Angst hinter einem strengen Blick zu verbergen. »Sir, fassen Sie mich nicht wieder an.« Doch die Worte bewirkten genau das Gegenteil. Ungeschickt versuchte der Stauer, Orry zu schütteln. Als Antwort rammte Orry dem Stauer die Faust in den Magen.
»Aufhören!« rief der Beamte und kam auf sie zu. Der zweite Stauer stieß ihn so unsanft zurück, daß er beinahe im Wasser gelandet wäre. Der erste Stauer packte Orry an den Ohren. Dann stieß er ihm das Knie in die Leistengegend. Orry taumelte rückwärts und prallte gegen jemanden, der offenbar in der Zwischenzeit hinzugetreten war und jetzt um Orry herumflitzte und mit geballten Fäusten auf die drei Stauer losstürmte. Ein junger Mann, kaum älter als Orry, wie dieser feststellte, als er sich wieder an der Schlägerei beteiligte. Ein kurzgewachsener, untersetzter Kerl, der scharfe Schläge austeilte. Orry sprang vor, schlug eine Nase blutig und erhielt dafür Kratzspuren von Fingernägeln auf die Wangen. Offenbar kämpfte man in den Docks wie in den Pionierzeiten. Der erste Stauer versuchte, seinen Daumen in Orrys Augen zu bohren, doch bevor er sein Ziel erreichen konnte, kam ein langer, mit einem Goldknauf versehener Spazierstock von rechts dazwischen. Der Knauf sauste auf die Stirn des Stauers nieder, der aufschrie und rückwärts taumelte.
»Schufte!« brüllte ein Mann. »Wo bleiben die Ordnungshüter?«
»William, reg dich bitte nicht auf«, sagte eine Frau. Der untersetzte junge Mann sprang auf Orrys Koffer und wartete gelassen auf die Fortsetzung des Kampfes. Zwei Besatzungsmitglieder des Dampfers hatten sich nun zu dem Beamten gesellt. Die Stauer traten etwas zurück, betrachteten die veränderte Lage und entfernten sich eilends vom Pier, nicht ohne noch einige Flüche auszustoßen, die die Atemfrequenz der beiden eben angekommenen Damen beträchtlich beschleunigten.
Orry holte tief Luft. Der junge Mann sprang vom Koffer herunter. Seine eleganten Kleider waren kaum in Unordnung geraten. »Ich danke Ihnen sehr für Ihre Hilfe, Sir.« Die Höflichkeit gestattete Orry, seine Nervosität gegenüber den Yankees — und offensichtlich wohlhabenden Yankees zu verbergen.
Der junge Mann grinste. »Fast hätten wir sie geschlagen.«
Auch Orry lächelte. Sein Gegenüber reichte ihm knapp bis an die

Schulter. Obwohl er nicht dick war, machte sein Körper einen massigen Eindruck. Sein Gesicht hatte die Form eines großen U. Er hatte seinen Hut verloren, und das braune Haar — es war etwas heller als dasjenige von Orry — wies einige sonnengebleichte Strähnen auf. Die blaßblauen Augen wirkten nicht streng, sondern strahlten einen humorvollen Glanz aus. Auch das Lächeln erweckte diesen Eindruck, obwohl jemand, der den jungen Mann nicht mochte, es sicher als frech bezeichnet hätte.

»Wir haben sie geschlagen«, sagte Orry.

»Unsinn«, sagte ein beleibter, bläßlich aussehender Mann, der drei oder vier Jahre älter war als Orrys Retter. »Sie hätten beide verletzt oder gar getötet werden können.«

Der junge Mann wandte sich Orry zu. »Das gefährlichste, das mein Bruder je tut, ist Fingernägel schneiden.« Die Frau, die sich vorher bemerkbar gemacht hatte, klein, etwa in den Vierzigern, sagte: »George, bitte, sei nicht unverschämt Stanley gegenüber. Er hat recht. Du bist viel zu waghalsig.«

Es handelte sich also offensichtlich um eine Familie. Orry tippte mit den Fingern an den Hutrand. »Ob wir nun gewonnen oder verloren haben, Sie alle haben mich aus einer mißlichen Lage befreit. Nochmals meinen Dank.«

»Ich helfe Ihnen mit dem Koffer«, sagte George. »Sie nehmen wohl dieses Schiff?«

»Ja, zur Militärakademie.«

»Sind Sie dieses Jahr einberufen worden?«

Orry nickte. »Ja, vor zwei Monaten.«

»Na so was«, sagte George und grinste wieder, »ich auch.« Dann streckte der junge Mann Orry die Hand entgegen. »Ich heiße George Hazard und komme aus Pennsylvania. Aus einer kleinen Stadt, von der Sie sicher noch nie etwas gehört haben: Lehigh Station.«

»Orry Main. Aus Saint George, South Carolina.«

Sie blickten einander an, als sie sich die Hände schüttelten. Orry hatte den Eindruck, daß dieser kampflustige Yankee sein Freund werden würde.

Einige Schritte weiter weg schimpfte Georges Vater mit dem Beamten, der während der Auseinandersetzung tatenlos zugesehen hatte. Der Beamte wies lauthals darauf hin, daß er für diesen Pier nicht zuständig sei, das sei öffentlicher Grund und Boden. Der älteste Hazard rief: »Ich habe mir Ihren Namen notiert, und ich versichere Ihnen, daß es eine Untersuchung des Falles geben wird.«

Finsteren Blickes gesellte er sich wieder zu seiner Familie. Seine Frau besänftigte ihn, indem sie einige Worte murmelte und ihn sanft tätschelte. George räusperte sich und stellte mit gesitteter Miene die Familienmitglieder vor. William Hazard war ein ernster, beeindruckender Mann, mit scharfen, klaren Gesichtszügen. Abgesehen von den Eltern und den beiden älteren Söhnen gab es noch eine Tochter, Virgilia — die älteste der Kinder, wie Orry vermutete — und einen etwa sechs- oder siebenjährigen Jungen. Seine Mutter nannte ihn William, für die anderen hieß er Billy. Der Junge fummelte an seinem hohen Kragen herum, der dauernd seine Ohrläppchen streifte. Alle Männer, auch Orry, trugen einen ähnlichen Kragen. Billy starrte seinen Bruder mit unverhohlener Bewunderung an.

»Da Stanley der älteste ist, wird er die Eisenwerke übernehmen«, erklärte George, als er und Orry den Koffer auf den Dampfer schleppten. »Es war von jeher klar, daß er nie etwas anderes tun würde.«

»Eisen, haben Sie gesagt?«

»Ja, das produziert unsere Familie bereits seit sechs Generationen. Früher hieß die Firma 'Hazard Werke', aber mein Vater hat den Namen in 'Hazard Eisen' umgewandelt.«

»Mein älterer Bruder wäre fasziniert. Er interessiert sich für alles Wissenschaftliche oder Technische.«

»Sind Sie auch der Zweitälteste?« fragte Georges Vater, der mit der restlichen Familie an Bord gekommen war.

»Ja, Sir. Mein Bruder Cooper hat den Ruf an die Akademie abgelehnt, so gehe ich an seiner Stelle.« Weiter sagte er nichts. Es hatte keinen Sinn, über Familienstreitigkeiten zu reden und Fremden mitzuteilen, daß Cooper, den Orry bewunderte, seinen Vater dauernd mit seiner selbständigen Art ärgerte und enttäuschte.

»Dann sind Sie also der Glückliche«, bemerkte Hazard senior und stützte sich auf seinen Stock. »Man sagt, daß die Akademie eine Zufluchtsstätte für Aristokraten ist, aber das ist falsch. In Wirklichkeit vermittelt die Akademie die beste wissenschaftliche Ausbildung in ganz Amerika.« Er betonte jeden Satz, indem er lange Pausen einschaltete. Der Mann spricht wie ein Staatsmann, dachte Orry.

Die Schwester von George trat vor; eine ernste junge Frau von etwa zwanzig Jahren. Ihr eher kantiges Gesicht wies einige unschöne Pokkennarben auf. Sie war nicht gerade schlank und etwas zu drall für das taillierte, mit Puffärmeln versehene bestickte Batistkleid. Sie trug Handschuhe und eine mit Blumen verzierte Tasche. Miss Virgilia Hazard sagte: »Darf ich Sie bitten, Ihren Vornamen zu wiederholen, Mr. Main?«

Er konnte verstehen, wieso sie nicht verheiratet war. »Orry«, sagte er und buchstabierte. Er erklärte, daß seine Vorfahren zu den ersten Siedlern in South Carolina gehört hatten, und daß er der dritte seines Geschlechtes war, der diesen Namen trug. Es war eine Verballhornung von Horry, ein bei den Hugenotten üblicher Name, wobei das H am Anfang stumm war. Die dunklen Augen von Virgilia blickten herausfordernd. »Darf ich erfahren, welchen Geschäften Ihre Familie nachgeht?« Er fühlte sich sofort in die Defensive gedrängt und wußte, worauf sie aus war.

»Wir sind Besitzer einer Reisplantage, Ma'am. Sie ist recht groß und sehr ertragreich.« Es wurde ihm bewußt, daß seine Beschreibung überflüssig und großspurig war: Er fühlte sich offensichtlich angegriffen.

»Ich nehme an, daß Sie in diesem Fall auch Sklaven haben?«

Sein Gesicht war jetzt sehr ernst. »Ja, Ma'am, mehr als hundertfünfzig. Ohne Sklaven könnten wir keinen Reis anbauen.«

»Solange der Süden Sklaverei betreibt, Mr. Main, wird er unterentwickelt bleiben.«

Die Mutter berührte ihre Tochter am Arm. »Virgilia, dies ist weder der Ort noch die Zeit für eine derartige Diskussion. Deine Bemerkung war unhöflich und unchristlich. Du kennst diesen jungen Mann kaum.«

Sie blinzelte, offenbar die einzige Form von Entschuldigung, die Orry erhalten würde.

»Besucher von Bord, Besucher von Bord bitte!« Ein schriller Glokkenton ertönte. George wirbelte herum, umarmte Billy, seine Mutter und seinen Vater. Er schüttelte dem langweiligen Stanley die Hand und verabschiedete sich nur knapp von Virgilia.

Bald darauf wurde der Anker gelichtet. Die Familie winkte vom Pier aus und verschwand schließlich aus der Sicht, als das Schiff strom-

aufwärts fuhr. Die beiden Reisenden sahen einander an, und es wurde ihnen klar, daß sie jetzt ganz auf sich gestellt waren.
Der siebzehnjährige George Hazard glaubte, sich bei dem jungen Mann aus dem Süden für das Verhalten seiner Schwester entschuldigen zu müssen. Er verstand seine Schwester nicht, nahm jedoch an, daß sie es der Welt übelnahm, daß sie nicht als Mann — mit dessen Rechten und Chancen — geboren worden war. Ihre Wut machte sie zum sozialen Außenseiter; sie war zu direkt, um einen Verehrer zu finden.
Auch verstand der junge Pennsylvanier die Ansichten seiner Schwester nicht. Er hatte sich nie die geringsten Gedanken über Sklaverei gemacht. Sie war eine Tatsache, obwohl viele sie abschaffen wollten. Auf keinen Fall würde er deswegen diesen jungen Burschen verurteilen.
Das Schaufelrad des Dampfers ließ das sonnenbeschienene Wasser aufschäumen. Die Hafenanlagen und die Gebäude von New York verschwanden aus dem Blickfeld. George sah Orry verstohlen an. Einerseits erinnerte er ihn an Stanley. *Denke, bevor du handelst.* Und doch gab es einen wesentlichen Unterschied: Orry hatte ein echtes, natürliches Lächeln. Stanleys Lächeln hingegen war geziert und gezwungen.
George räusperte sich. »Meine Schwester war frech zu Ihnen.« Er bemerkte, wie Orrys Schultern sich spannten, doch schien ihn der Klang seiner Worte zu beruhigen. »Ist sie für dic Abschaffung der Sklaverei?« fragte Orry.
»Ich glaube nicht. Auf jeden Fall ist sie keine aktive Gegnerin, obwohl ich ihr das zutrauen würde. Ich hoffe, Sie nehmen ihre Bemerkung nicht persönlich. Virgilia wäre wohl mit jedem aus Ihrer Gegend unverschämt. Wahrscheinlich sind Sie der erste Südstaatler, dem sie begegnet ist. Es gibt nicht viele in Pennsylvania, und ich kann nicht behaupten, selbst mal einen getroffen zu haben.«
»In der Akademie werden Sie reichlich Gelegenheit dazu haben.«
»Schön. Ich möchte gerne wissen, wie sie wirklich sind. Sehen Sie, ich hab' so meine Vorstellungen.«
»Und wie sind diese Vorstellungen?«
»Leute aus dem Süden essen Schweinefleisch und Kohl, kämpfen mit dem Messer und mißhandeln die Nigger.«

Obwohl sich Orry durch diese Beschreibung verletzt fühlte, merkte er doch, daß sie humorvoll gemeint war. »Das alles trifft zwar für einige Südstaatler zu, aber beileibe nicht für alle. So entstehen Mißverständnisse, nehme ich an.« Er dachte kurz nach. »Aber ich habe mir auch ein Bild von den Yankees gemacht.«

George grinste. »Das dachte ich mir. Wie sieht es aus?«

»Ein Yankee möchte am liebsten laufend etwas Neues erfinden und ist darauf aus, seinen Nachbarn vor Gericht auszustechen. Er ist vorlaut, versucht jedem seine Taschenmesser oder Blechwaren anzudrehen, und am allerliebsten schröpft er andere Leute.«

George lachte laut. »Ich bin einigen von dieser Sorte begegnet.«

»Mein Vater sagt, daß die Yankees jetzt versuchen, das Land zu regieren.«

Das konnte George nicht durchgehen lassen. »Auf die Art und Weise, wie dies Virginia während so vielen Jahren getan hat?«

Orry legte die Hände auf die Reling. »Sehen Sie —«

»Nein, sehen Sie da!« Wenn sie Freunde werden sollten, mußte George das Thema sofort wechseln. Er deutete auf das Heck, wo zwei junge Damen unter einem Sonnenschirm kicherten. Die ältere Dame, in deren Begleitung sie waren, war auf einer Bank eingenickt.

George hatte zu Hause bereits zwei Mal mit einem Mädchen geschlafen und fühlte sich deshalb sehr weltmännisch. »Sollen wir sie ansprechen?« Orry wurde rot und schüttelte den Kopf. »Wenn Sie möchten, ich bleibe hier. Es liegt mir nicht besonders, Damen den Hof zu machen.«

»Tun Sie es nicht gerne?«

»Ich weiß nicht, wie«, gab Orry scheu zu.

»Nun, dann tun Sie gut daran, es zu lernen; Sie verpassen sonst das halbe Leben.«

George lehnte sich an die Reling. »Ich glaube, ich werde sie nicht ansprechen. Eine Romanze zwischen hier und West Point wäre nicht besonders praktisch.«

Er schwieg und gab schließlich seiner Angst nach, die, seitdem er von zu Hause weg war, zugenommen hatte. Seine Familie würde in New York bleiben; sein Vater, um einige Geschäfte zu erledigen, und die andern, um Restaurants, Museen und Theater zu genießen. Er jedoch reiste einer ungewissen Zukunft entgegen. Und der Einsamkeit.

Auch wenn er die spartanische Disziplin der Akademie überleben sollte, würde er seine Heimat erst in zwei Jahren wiedersehen. Die Kadetten hatten nur einen Diensturlaub, und zwar zwischen dem zweiten und dritten Jahr.

Natürlich mußte er, bevor es so weit sein würde, eine Reihe von Hindernissen überwinden. Die Akademie war für harte Arbeit bekannt. Noch härter waren die Schikanen, denen die Neuankömmlinge von seiten der Senioren ausgesetzt waren. Das Institut wurde deswegen des öfteren kritisiert, und zwar meistens von Demokraten, die mit dem ganzen Konzept nicht einverstanden waren.

Das Schiff glitt stromaufwärts. Kein Anzeichen menschlicher Siedlungen an den Steilhängen der Ufer. Der Dampfer führte sie in die Wildnis. George freute sich, daß jemand da war, der dem gleichen Schicksal ausgesetzt war und der, sofern er sich nicht täuschte, unter den gleichen Zukunftsängsten litt.

2

Der Dampfer fuhr nordwärts, Richtung Hudson Highlands. Etwa gegen ein Uhr gelangte er in die Gegend von West Point. Orry sah sich gespannt nach dem Denkmal des bekannten polnischen Freiheitshelden Kosciusko auf dem Hügel um, doch es blieb hinter Laub versteckt.

Als das Schiff ins Norddock hineinmanövriert wurde, bot sich den beiden jungen Männern eine atemberaubende Aussicht auf die nach Norden drängende Schlucht des Hudson. Alte Gletscher hatten das Gebirge terrassenförmig ausgehöhlt und jene Berggipfel entstehen lassen, die Orry aus Büchern kannte: Am Ostufer, hinter ihnen, befand sich der Mount Taurus, Crow-Nest lag im Westen und etwas weiter flußaufwärts die Shawangunk-Kette.

»Dort hinten, bei Constitution Island, hatten die Amerikaner während der Revolution eine Hafensperre errichtet, um die Schiffahrt zu behindern. Dort oben, auf dem Gipfel, stand das nach dem britischen General benannte Fort Clinton, und dort drüben sind die Ruinen von Fort Putnam.«

»Du bist wohl sehr an Geschichte interessiert?« fragte George spitz.
»Ja, einige Mains haben während der Revolution gekämpft.«
»Nun, ich nehme an, daß auch einige Hazards gekämpft haben. Aber wir führen in Pennsylvania nicht Buch über solche Sachen.« Georges Stimme klang gereizt. Hitze und Einsamkeit hatten wohl dazu beigetragen. Er wurde sich dessen bewußt und versuchte, witzig zu sein. »Oh, jetzt verstehe ich, weshalb du keine Zeit für Mädchen hast. Du steckst deine Nase wohl dauernd in Bücher!«
Orry wurde rot. George machte eine beschwichtigende Handbewegung. »Nun, versteh mich bitte nicht falsch! Was du erzählt hast, ist zwar interessant, aber bist du immer so ernst?«
»Na und? Etwas Ernst täte dir auch ganz gut, wenn du dein erstes Sommercamp überleben willst.«
George war ernüchtert. »Ja, du hast wahrscheinlich recht.«
Als George und Orry an Land gingen, winkten ihnen die beiden Mädchen auf Wiedersehen. Die Hitze war jetzt fast unerträglich geworden, und George zog seinen Mantel aus.
Auf dem Pier wurden sie von zwei Soldaten in Uniform erwartet. Der eine, der eher einfältig aussah, lehnte sich gegen ein wackliges Fuhrwerk. Er trug eine kurze Uniformjacke mit Messingknöpfen, lange Hosen und Handschuhe — alles weiß, aber schmutzig. Auf dem Kopf saß eine flache runde Kappe mit einem Messingornament. Ein schwerer Degen war an seinem breiten Gürtel befestigt.
Orry und George waren die einzigen Ankömmlinge. Matrosen warfen ihre Koffer ohne Rücksicht auf deren Inhalt auf den Pier. Während Orry und George noch etwas verloren um sich starrten, wurde die Gangway bereits wieder an Bord gezogen. Die Schiffsglocke läutete, die Ruder peitschten das Wasser, und lautes Tuten mahnte zur Weiterfahrt.
Der kleinere der beiden Soldaten, der in einer etwas saubereren Uniform steckte, umfaßte das Heft seines Degens und machte einen langen Schritt vorwärts. Auch er trug eine jener runden Kappen. Sein Gesicht war faltig und sein Akzent eindeutig irisch.
»Unteroffizier Owens, US-Armee.«
»Wir sind neue Junioren —«, begann George.
»Nein, Sir!«
»Wie bitte?«

»Sie sind ein Ding, Sir. Bevor Sie Junior werden, müssen Sie erst mal die Eintrittsprüfung bestehen. Bis dahin sind Sie beide weniger als Junioren. Sie sind *Dinge*. Vergessen Sie das nicht, und benehmen Sie sich entsprechend.«
George bekam das in den falschen Hals. »Aha, alles schön dem Rang nach und mit einem Etikett versehen, ja?«
Mit einem Naserümpfen antwortete Owens: »Genau, Sir. Die Akademie legt großen Wert auf die Rangordnung. Sogar die einzelnen Truppenverbände haben eine Rangordnung. Die Pioniertruppen bilden die Elite, das Non plus ultra, und nehmen nur die Kadetten mit den besten Noten auf. Die mit den schlechtesten Noten werden Dragoner. Vergessen Sie das nicht, und benehmen Sie sich entsprechend!«
Verdammter Lümmel, dachte Orry. Er mochte Owens nicht. Es sollte sich noch zeigen, daß er diese Abneigung mit vielen Kadetten teilte.
Owens zeigte auf das Fuhrwerk. »Dort ist Platz für Ihr Gepäck. Nehmen Sie den Weg, der auf den Hügel hinaufführt, und melden Sie sich beim Adjutanten.« George wollte wissen, wo sich dessen Büro befinde, aber Owens gab ihm keine Antwort.
Die beiden Neuankömmlinge wanderten mühsam den stark gewundenen Pfad hinauf; die flache, baumlose Hochebene bot einen entsetzlich staubigen und heißen Anblick. Orry hatte Heimweh. Er versuchte, es zu überwinden, indem er sich in Erinnerung rief, weshalb er hier war. Die Akademie bot ihm die beste Chance seines Lebens, das zu erreichen, was er seit jeher angestrebt hatte: eine Karriere als Offizier.
Falls George sich verloren vorkam, so vermochte er es jedenfalls gut zu verbergen. Während Orry die verschiedenen Steinbauten am Rande der Ebene betrachtete, konzentrierte sich George auf ein Holzhaus unmittelbar zu ihrer Linken, auf dessen schattiger Veranda sich mehrere Besucher unterhielten.
»Mädchen«, bemerkte George überflüssigerweise. »Das muß das Hotel sein. Ich frage mich, ob es dort Zigarren zu kaufen gibt.«
»Kadetten rauchen nicht. Das ist Vorschrift.«
George zuckte die Achseln. »Ich werde sie zu umgehen wissen.«
Orry war zwar sehr von der Umgebung der Akademie beeindruckt, fand die Gebäude selbst jedoch eher spartanisch. Das paßte natürlich

zur Armee. Es strafte zweifellos jene Kritiker Lügen, die behaupteten, die Akademie verhätschle ihre Zöglinge. West Point war keine Hochburg der Trägheit, denn wenn auch jedes Jahr im Juni neunzig bis hundert Neue ankamen, so promovierten vier Jahre später jeweils nur vierzig bis fünfzig. Orry und sein neuer Freund hatten noch einen weiten Weg vor sich, bis sie in vier Jahren den Ort als voll anerkannte Mitglieder der Klasse von 1846 verlassen würden.

Die Akademie bestand erst seit knapp vierzig Jahren, war aber vom Kongreß und auch von der Öffentlichkeit schon oft stark angefochten worden. Gegenwärtig genoß sie sowohl in den Staaten als auch in Europa hohes Ansehen, doch war ein guter pädagogischer Ruf noch lange nicht gleichbedeutend mit einem guten öffentlichen Ruf. Die Akademie hatte sich dauernd gegen Anklagen zur Wehr zu setzen, sie sei zu elitär oder sie sei nur für die Söhne aus betuchten und berühmten Familien.

Obwohl die Akademie 1802 gegründet worden war, war ihr bis nach dem Krieg von 1812 gegen England wenig Aufmerksamkeit oder Unterstützung vom Kongreß oder dem Kabinett zuteil geworden. Während des Krieges hatte sich gezeigt, daß ein großer Teil der militärischen Führungskräfte versagt hatte. 1817 wurde Major Sylvanus Thayer zum neuen Akademievorsteher gewählt. Es gelang ihm, sowohl die militärische als auch die sonstige Ausbildung in kurzer Zeit auf ein besseres Niveau zu bringen. Seither hatte die Akademie immer wieder hervorragende Offiziere hervorgebracht. Doch in den vergangenen Jahrzehnten hatten die militärischen Fähigkeiten der Absolventen der skeptischen Bevölkerung nie vorgeführt werden können, da keinerlei Kriege stattgefunden hatten, und ohne Krieg blieben die Behauptungen West Points, ein wertvolles Programm zu haben, leere Worte. Die Skepsis wurde noch durch die Haltung vieler Kadetten geschürt: Die wenigsten waren auf eine lange Militärakarriere aus, sondern benützten die Akademie, um zu einer guten Ausbildung zu kommen. Unter dem gegenwärtig gültigen Gesetz mußte man nach Abschluß nur vier Jahre Armeedienst leisten. George hatte Orry auf dem Dampfer erzählt, daß er genau so lange Dienst leisten wolle, und dann wieder ins Zivilleben zurückkehren werde. Es war also begreiflich, daß einige Leute behaupteten, es sei ein Verbrechen, Gelder der öffentlichen Hand für junge Männer auszugeben, die nicht die geringste Absicht hatten, dies mit einer langen Dienstzeit abzugelten.

Vom andern Ende der Ebene her hörte man Geschrei. Orry und George entdeckten die Ursache ziemlich schnell: uniformierte Kadetten, die in den staubigen Straßen um die beiden Kasernen herum Befehle ausstießen. Als Antwort auf das Herumkommandieren bildeten andere junge Männer in Zivilkleidern stolpernd militärische Formationen. Die unordentliche Art und Weise, in der sie in Reih und Glied antraten, verriet, daß es sich um Neuankömmlinge handelte. Irgendwo rührte jemand eine Trommel, ein Stakkato mit einem klar erkennbaren Rhythmus. Ein junger Kadett marschierte munter auf das Hotel los. George hob die Hand, um ihn auf sich aufmerksam zu machen.

»Entschuldigung!«

Der Kadett hielt inne, stand stramm und fixierte sie mit einem harten Blick. »Haben Sie mit mir gesprochen, Sir?« bellte er. George brachte es fertig, weiter zu lächeln. »Jawohl, wir suchen —«

»Wenn Sie ein Neuling sind, Sir«, schrie der Kadett, »dann nehmen Sie ihren Hut ab, Sir.« Er warf Orry einen funkelnden Blick zu: »Sie auch, Sir. Sie müssen immer den Hut abnehmen, wenn Sie sich an einen Vorgesetzten wenden, Sir.« Dann wandte er sich wieder George zu: »Nun, Sir. Was sagten Sie, Sir?«

George, der durch das Gebrüll und die vielen 'Sirs' eingeschüchtert war, war kaum noch in der Lage, sich nach dem Büro des Adjutanten zu erkundigen.

»In dieser Richtung, Sir. Wir werden uns wiedersehen, Sir. Da können Sie sicher sein, Sir.«

Er marschierte weiter. George und Orry tauschten einen bestürzten Blick aus. Zum erstenmal hatten sie erfahren, wie man sich in West Point ansprach. Keiner von beiden war davon angetan.

Der Sekretär des Adjutanten, ebenfalls ein Ire, aber ein freundlicher, sah sich ihre Papiere an. Ein zweiter Assistent erleichterte sie um ihr Taschengeld und notierte den Betrag in einer Akte. Dann schickte man sie zu Sergeant Stribling, Südkaserne, Zimmer 14. Kurz vor der Kaserne hielten die beiden bei der Wasserpumpe an und bemerkten, abgesehen von einer grasenden Kuh, junge Männer beim Exerzieren. Orry und George sahen sofort, daß es sich um Neulinge handelte, denn sie trugen noch Zivil. Auf Orrys Frage nach der Uniform hatte der Sekretär des Adjutanten geantwortet: »Sie bekommen erst eine, wenn Sie offiziell Junior sind. Und Junior sind Sie erst, wenn Sie die Eintrittsprüfung bestanden haben.« Die auf dem Feld Marschierenden führten die Befehle nur nachlässig aus und stolperten oft, was zur Folge hatte, daß ihr Ausbilder um so lauter schrie. Die Neulinge wurden bald von uniformierten Kadetten des Bataillons abgelöst, die derart geschmeidig und synchron exerzierten, daß Orry große Hoffnungen für die Neuankömmlinge hegte.

Stribling trug makellos weiße Hosen und die für die Kadetten typische graue Jacke, die mit schwarzen Kordeln und drei Reihen kugelförmigen Goldknöpfen verziert war. Genau wie der Kadett von vorhin, schrie Stribling George und Orry erst mal an, bevor er sie zum Zeughaus schickte, wo sie ihre Requisiten zu beziehen hatten: Eimer und Schrubber, einen Blechnapf, ein Stück Seife, ein Rechenbuch und eine Schiefertafel und Wolldecken, die so neu waren, daß sie noch nach Schaföl rochen. Es war der für die Junioren typische Geruch.

Ihr Zimmer im dritten Stock der Südkaserne war nicht gerade luxuriös: ein einziges Fenster, einige Bücherregale, ein Kamin. Orry fragte sich, ob das Zimmer in verschneiten Winternächten wohl genügend Wärme speichern würde. Er hatte erst einmal Schnee gesehen, und das Ganze hatte nur zwei Stunden gedauert; aber hier war er ja schließlich nicht in South Carolina.

George musterte die schmalen Eisenbetten mit Kennermiene. Die Füße seien schlecht gegossen, bemerkte er. Ein weiterer Trommelschlag, anders als der erste, drang durch die schwüle Luft an ihr Ohr. George verzog das Gesicht: »Jede Tätigkeit scheint hier mit Trommelschlag geregelt zu sein. Ich fühle mich jetzt schon als Sklave.«

»Glaubst du, daß dies das Zeichen für das Abendessen ist?« fragte Orry hoffnungsvoll.

»Hoffen wir's. Ich hab' einen Mordshunger.«

Aber es war noch nicht Essenszeit. Als sie unten ankamen, wurden sie aufgefordert, der Abendparade beizuwohnen. Eine Militärkapelle spielte einen Marsch, und Orry hatte seinen Hunger schnell vergessen. Geschulterte Bajonette flammten rötlich in der Abendsonne auf; ein Tanz aus Farben und Offiziershutfedern in der Abendbrise. Orry wurde von der Musik und der Parade ganz aufgeregt und hatte schon fast kein Heimweh mehr. Ja, er fühlte sich schon beinahe zu Hause. West Point schien doch die Erfüllung des Jugendtraums zu sein, der sein Leben bis dahin bestimmt hatte.

Er konnte sich nicht mehr genau erinnern, wann er beschlossen hatte, Soldat zu werden, aber es war ihm sehr bewußt, weshalb der Beruf ihm so viel bedeutete. Er war von einem schillernden Glanz umgeben — viel mehr als derjenige eines Reispflanzers —, und er hatte universelle Bedeutung. Viele Menschen standen der Armee herablassend gegenüber, und doch konnte niemand abstreiten, daß Generäle und ihre Armeen oft die Grenzen einer Nation und den Lauf der Geschichte bestimmten. In seiner Jugendzeit hatte er zahllose Bücher zu diesem Thema gelesen. Er erinnerte sich an Alexander den Großen, an Hannibal, Dschingis Khan und an Napoleon, dessen apokalyptischer Schatten vor knapp fünfzig Jahren Europa bedeckt hatte. Orrys Entscheidung für das Soldatenleben war jener Lektüre und seinen Knabenträumen entwachsen; Träume, die eine Mischung aus gefährlichem Abenteuer und historischem Schauspiel, aus Heldenmut und Blutvergießen waren. Sein Leben lang würde er dankbar sein, daß sein älterer Bruder den Ruf nach West Point abgelehnt hatte.

Nachdem die eindrucksvolle Abendzeremonie zu Ende war, rief die Trommel wieder — diesmal zum Abendessen. Kadett Stribling kommandierte den Zug der Neuankömmlinge, die in liederlicher Art und Weise zur Offiziersmesse abmarschierten. Alle warteten stehend, bis der dienstälteste Kadettenhauptmann ein Zeichen gab.

Sie saßen an einem für Neuankömmlinge reservierten wackligen Holztisch. Orry sah jedoch, daß gewisse neue Kadetten an andern Tischen mit den Senioren saßen. Er konnte sich dies nur damit erklären, daß jene *Dinger* schon am Vortag angekommen sein mußten. Diejenigen aus der obersten, d.h. der vierten Klasse, hatten die besten Plätze am Ende der Tische. An den Seiten saßen diejenigen aus der dritten Klasse, dann kamen diejenigen aus der zweiten Klasse und dann die Junioren. Schließlich, genau in der Mitte der Seitenteile — am weitesten vom Essen entfernt —, saßen die nervösen Neuankömmlinge, die Orry beobachtete. Die Senioren gaben verächtliche Kommentare über sie ab und reichten die Schüsseln nur langsam wei-

ter. Orry war dankbar, daß er sich für heute abend nicht an einem jener Tische befand.
Jemand hatte gesagt, daß das Mittagessen die Hauptmahlzeit sei. Folglich gab es zum Abendessen die üblichen Armeereste: Steak und Dampfkartoffeln. Doch George und Orry waren so hungrig, daß es ihnen nichts ausmachte. Abgesehen davon gab es noch Leckerbissen wie hausgemachtes Brot, Landbutter und starken Kaffee.
Als alle fertig gegessen hatten, gab der Hauptmann den Befehl, aufzustehen. Die Kadetten und die Neuankömmlinge marschierten unter Pfeifen- und Trommelklang zu ihren Unterkünften zurück. George und Orry breiteten ihre Decken auf den Eisenbetten aus. Georges düstere Blicke schienen zu fragen, weshalb sie an diese Stätte der Abgeschiedenheit und der Disziplin gekommen waren.
In der Zeit bis zum Zapfenstreich kamen einige Senioren vorbei, um sich vorzustellen. Einer, ein baumlanger Kerl namens Barnard Bee, stammte aus South Carolina, worüber sich Orry sehr freute. George wurde von einem Kadetten aus seinem Heimatstaat begrüßt, Winfield Hancock.
Die meisten Neuankömmlinge waren in der Südkaserne untergebracht. George und Orry lernten an jenem Abend noch mehrere junge Männer kennen. Einer war ein gescheiter, redegewandter Kerl aus Philadelphia, der sich als George McClellan vorstellte.
»Gehört zu den oberen Zehntausend«, bemerkte George, nachdem McClellan gegangen war. »Jeder in Ostpennsylvania kennt die Familie. Man sagt, er sei intelligent. Vielleicht sogar ein Genie. Er ist erst fünfzehn.«
Orry hörte auf, sein Konterfei im Spiegel über dem Waschbecken zu betrachten. Er hatte bereits Befehl erhalten, die Haare schneiden zu lassen.
»Fünfzehn? Wie ist das möglich? Man muß doch mindestens sechzehn sein, um hierherkommen zu können.«
George sah ihn zynisch an. »Nicht, wenn man Beziehungen in Washington hat. Mein Vater sagt, daß mächtig politischer Druck ausgeübt wird, damit gewisse Leute zugelassen werden. Und auch, damit sie hierbleiben können, wenn sie ihre Pflichten nicht erfüllen oder in Schwierigkeiten geraten.«
Etwas später kamen noch zwei Neuankömmlinge herein. Der eine

war ein mittelgroßer, elegant gekleideter junger Mann aus Virginia namens George Pickett, der oft lächelte und dunkles, glänzendes, bis auf die Schultern fallendes Haar hatte. Pickett sagte, er sei aus Illinois einberufen worden, wo er im Advokaturbüro seines Onkels als Sekretär gearbeitet habe, weil Virginia keine weiteren Plätze mehr für West Point vergeben durfte. Pickett schien noch weniger von den Zulassungsbestimmungen zu halten als George. Sie mochten ihn sofort wegen seiner frischen Art.

Der zweite stammte ebenfalls aus Virginia, doch Picketts Begeisterung schien etwas gezwungen, als er ihn vorstellte. Vielleicht hatte Pickett mit dem großen, merkwürdigen Kerl Bekanntschaft geschlossen und bereute das jetzt. Zwischen George Pickett aus Fauquier County und dem neuen Kadetten aus Clarksburg bestand ein wesentlicher Unterschied. Natürlich konnte man den äußersten Westzipfel des Staates kaum noch als dem Süden zugehörig betrachten, denn in dieser gebirgigen Gegend wohnten eher primitive Leute, die kaum des Lesens und Schreibens mächtig waren.

Tom Jackson, wie er sich nannte, konnte seine Herkunft nicht verleugnen. Seine Haut war fahl, seine lange dünne Nase sah aus wie eine Messerklinge. Die Intensität seiner blaugrauen Augen machte Orry nervös. Jackson versuchte sich ebenso lustig wie Pickett zu geben, doch sein mangelhaftes Benehmen war allen höchst unangenehm.

»Mit seiner Visage sollte er Priester werden und nicht Soldat«, sagte George, als er die Kerze ausblies. »Er sieht aus, als ob er sich über irgend etwas Sorgen machte. Vielleicht hat er Magenschmerzen oder Darmkrämpfe. Na ja, was macht's schon. Er wird es ohnehin nicht lange aushalten.«

Orry fiel fast aus dem Bett, als jemand die Tür aufstieß und mit Stentorstimme schrie:

»Und Sie, Sir, werden es nicht einmal halb so lange aushalten, wenn Sie zu bestimmten Zeiten nicht geziemend schweigen können, Sir! Gute Nacht, Sir.« Die Tür fiel krachend ins Schloß. Sogar in Ruhezeiten konnte man dem System, das heißt den Senioren, nicht entkommen.

Schon vor Tagesanbruch rief die Trommel wieder. Der nun folgende Morgen war merkwürdig und unangenehm. Ein Leutnant aus Kentucky schmiß all ihre Decken auf den Boden und gab ihnen Anweisungen, wie man das Bettzeug auf korrekte Art und Weise zu falten und das Zimmer vor der Inspektion in Ordnung zu bringen hatte. George kochte vor Wut, aber es hätte noch schlimmer sein können. Ein Neuankömmling im Nebenzimmer erhielt Besuch von zwei Unteroffizieren vom Dienst; der eine stellte den anderen als Barbier vor. Der vertrauensselige Neue überließ sich Rasierklinge und Schere. Als Orry ihn das nächste Mal sah, war er kahlgeschoren.

Nicht alle Senioren waren darauf erpicht, die Neuen zu schikanieren. Einige boten sogar ihre Hilfe an. Kadett Bee meldete sich freiwillig bei seinen Zimmergenossen, um ihnen beim Lernen des Lehrstoffes zu helfen, den sie für die Eintrittsprüfung beherrschen mußten — Lesen, Schreiben, Orthographie, Bruch- und Dezimalrechnen.

George bedankte sich bei Bee, meinte jedoch, daß er ohne seine Hilfe bestehen würde. Orry nahm das Angebot dankbar an. Er hatte seit jeher nicht zu den besten Schülern gezählt, hatte ein schlechtes Gedächtnis und machte sich keine Illusionen. George hielt es nicht einmal für nötig, viel zu büffeln, sondern verbrachte seine Morgenstunden damit, den weniger feindlich gesinnten Senioren Fragen zu stellen. Dabei entdeckte er einiges, was ihm riesige Freude bereitete.

Er erfuhr, daß ein Bootsmann regelmäßig zu einem geschützten Ort am Ufer im unteren Tal ruderte und dort Kadetten erwartete, die Bettzeug oder Schmuggelware bei sich führten. Unter den illegalen Gütern befanden sich Kuchen, Whiskey und — Gott sei Dank — Zigarren. George hatte schon mit vierzehn zu rauchen angefangen.

Noch erfreulicher war die Nachricht, daß das ganze Jahr über im 'Roe'-Hotel junge Mädchen abstiegen. Frauen jeden Alters schienen alle von derselben Krankheit befallen zu sein — boshafterweise »Kadettenfieber« genannt. Das vierjährige Exil würde für George also nicht ganz so hart sein.

Zwar wußte er, daß er mit der Disziplin Mühe haben würde, doch die von der Akademie gebotene Ausbildung war als sehr gut bekannt. Und er würde die Vorschriften zu umgehen wissen. Sein Zimmergenosse gefiel ihm einigermaßen. Sogar ganz gut. Er legte nicht halb so viel Wert auf die Familie, wie das einige der Südstaatler, die er beobachtet hatte, taten. In weniger als einem Tag hatten viele von ihnen und auch viele Yankees Bekanntschaft geschlossen und sich in kleinen Gruppen gefunden.

Nach dem Mittagessen rief die Trommel zum Exerzieren. George freute sich einen Augenblick lang, als er sich zu seinem Zug auf der Straße gesellte. Doch jegliches Hochgefühl verging ihm, als er den Ausbilder sah.

Der Kerl mußte mehr als 100 Kilo schwer sein. Unter seiner Uniform zeichnete sich der Ansatz eines Wanstes ab. Er hatte schwarzes Haar, listige, dunkle Augen, und sein Gesicht nahm in der Sonne eine eher rote als braune Tönung an. Er mochte etwa achtzehn oder neunzehn Jahre alt sein. Er erinnerte George an ein Mastschwein oder an einen Dickhäuter und war ihm auf Anhieb unsympathisch.

»Meine Herren, ich bin Ihr Exerziermeister, Kadett Bent. Aus dem großen, souveränen Staat Ohio.« Bent blieb ruckartig vor Orry stehen. »Haben Sie etwas dazu zu sagen, Sir?«

Orry schluckte leer. »Nein.«

»Sie haben mit 'Nein, Sir' zu antworten!«

George dämmerte es plötzlich, daß der fette Kadett sich Zeit genommen haben mußte, um zu erfahren, woher seine Zöglinge kamen, und benutzte jetzt die Information, um sie zu provozieren. Viele Südstaatler dachten, wenn das Wort *Ohio* fiel, nur an eines: In Ohio befand sich das Oberlin College, wo weiße und schwarze Studenten friedlich nebeneinander studierten.

»Die Herren aus den Südstaaten fühlen sich wohl dem Westen über legen, wie, Sir?« Orry bekam einen roten Kopf. »Nein, Sir.«

»Nun, ich freue mich, daß Sie mit mir einig sind, Sir. Ich bin zwar überrascht, aber es freut mich.«

Bent stolzierte langsam am Zug vorbei und wählte sich schließlich George als nächstes Opfer aus. »Und Sie, Sir? Was halten Sie vom Westen, Sir? Sie kommen doch aus dem Osten, wenn ich mich nicht irre? Welche der drei Gegenden ist Ihrer Meinung nach überlegen, Sir?« George bemühte sich, wie ein perfekter Idiot zu lächeln. »Nun, der Osten, Sir.«

»Was sagten Sie?«

Es konnte einem übel werden von Bents schlechtem Atem, aber George lächelte. »Der Osten, Sir. Im Westen gibt's nur Bauern. Anwesende natürlich ausgenommen, Sir.«

»Würden Sie dasselbe behaupten, wenn ich Ihnen sagte, daß die Bents Beziehungen zu wichtigen und hochgestellten Leuten in Washington pflegen. Freunde, für die ein Wort genügt, um Sie hier ihre Stellung verlieren zu lassen!«
Aufgeblasener Pfau, dachte George. Grinsend sagte er: »Ja, natürlich.« Bevor Bent losbrüllen konnte, fügte er mit zuckersüßer Stimme hinzu: »Sir«.
»Ihr Name ist Mr. Hazard, wenn ich mich richtig erinnere, Sir. Treten Sie vor! Sie werden den hier anwesenden Herren eines der Grundprinzipien des Marschierens demonstrieren. Haben Sie mich verstanden, Sir? Vorgetreten, hab' ich gesagt!«
George trat so rasch er konnte vor. Er hatte dem Befehl nicht sofort Folge leisten können, weil er vom boshaften Glimmen in Bents Augen wie betäubt war. Dies war nicht reine Schikane; der Kerl fand offensichtlich Gefallen daran! Trotz der Hitze fröstelte es George.
»Nun, Sir, werde ich Ihnen besagtes Prinzip vorführen. Man nennt es gemeinhin Stechschritt. Stehen Sie auf einem Bein, so«, Bent hob das rechte Bein, schwankte jedoch, da sein massiger Körper ihn aus dem Gleichgewicht brachte. »Auf den Befehl *'vor'* wird das Bein nach vorn geschwungen, so. Vor!« Er war jedoch so schwer, daß er das Bein kaum anheben konnte. Schwitzend hielt er sich mühsam im Gleichgewicht. Dann brüllte er »Zurück« und versuchte, das Bein abwärts und nach hinten zu schwingen. Er fiel beinahe um. Jemand kicherte. George stellte mit Entsetzen fest, daß es aus Orrys Reihe kam.
»Sie, Sir, Sie Südstaatenpflanze. Ich vermute, Sie haben sich bei diesem Militärmanöver über mich lustig gemacht?«
»Sir«, sagte ein offensichtlich bestürzter Orry.
»Wenn Sie formell als Junior aufgenommen worden wären, würde ich einen Bericht über Sie schreiben, und Sie würden zwanzig Fehlerpunkte bekommen. Sie wissen ja, Sir, wenn Sie innerhalb eines Jahres auf 200 Fehlerpunkte kommen, werden Sie entlassen. Sogar höhere Akademiemitglieder können dann nichts mehr für Sie tun. Also zügeln Sie Ihren Leichtsinn, Sir!«
Bent fand sogar noch Gefallen an seiner Eigensucht und Einbildung. Beides genoß er offensichtlich. »Und was noch wichtiger ist: Zeigen Sie, daß Sie dieses Manöver kapiert haben! Sie werden es üben, Sir, Sie und Ihr Zimmergenosse. Beide vortreten!«

George und Orry standen nebeneinander. Bent stolzierte vor ihnen auf und ab. In seinem lautesten Möchtegern-Offizierston brüllte er. »Auf ein Bein! Stehen! Fertig! Los! Vor! Zurück!«

Schon nach einer Minute fühlte George Schmerzen im rechten Bein. Aber er würde um keinen Preis aufgeben. Einer der Offiziere vom Dienst schlenderte vorbei und nickte Bent zustimmend zu. Bents Befehle wurden immer lauter und schneller. George lief der Schweiß über das ganze Gesicht. Das Bein zuckte, besonders der Oberschenkel.

Zwei Minuten vergingen. Dann noch zwei. Er hatte Ohrensausen, und vor seinen Augen verschwamm alles. Er würde dies wahrscheinlich keine zehn Minuten aushalten. Eigentlich hatte er eine gute Kondition, aber diese Zermürbung war er nicht gewohnt.

»Vor, zurück, vor, zurück!« Bents Stimme überschlug sich vor Erregung. Einige der Gruppenmitglieder tauschten nervöse Blicke aus. Der Spaß, den der fette Kadett sich erlaubte, ging über das normale Maß hinaus.

Orry fiel als erster um. Er schlug schmerzhaft auf Handflächen und auf Knien auf. Bent machte einen schnellen Schritt auf ihn zu und wirbelte wie versehentlich einigen Staub auf, der Orry ins Gesicht flog. Bent wollte ihm eben den Befehl geben, aufzustehen und mit der Übung fortzufahren, als er bemerkte, daß der Offizier vom Dienst immer noch dastand.

»Zurücktreten, Sir«, sagte Bent. In seiner Stimme schwang fast so etwas wie Bedauern mit. Er warf George einen vernichtenden Blick zu. »Sie auch, Sir. Vielleicht haben Sie das nächste Mal mehr Respekt vor einer militärischen Übung, und vielleicht sind Sie Ihrem Vorgesetzten gegenüber etwas weniger vorlaut.«

George hatte entsetzliche Schmerzen im rechten Bein. Doch er schaffte es zu den andern zurück und versuchte, so wenig wie möglich zu hinken. Die Junioren wurden ziemlich schikaniert, dachte er, aber dieses gehässige Schwein, dem der Schweiß nur so herunterlief, war mehr als nur ein Zuchtmeister. Es war ein Sadist.

Bents schlauer Blick suchte den seinigen. George sah ihn herausfordernd an. Er wußte, daß er nun einen Feind hatte.

Die beiden Freunde informierten sich über Bent und erfuhren rasch mehr, als ihnen lieb war. Der Mann aus Ohio war ein Student der höheren Semester; äußerst unbeliebt. Seine Klassenmitglieder unterhielten sich gerne über seine Mißerfolge, ein außerordentliches und selten vorkommendes Verhalten, das bloß zeigte, wie gering man Bent achtete.

Während seines Juniorenjahres hatte man ihn ungewöhnlich stark schikaniert. Nach Meinung von Hancock und anderen war er selbst schuld daran gewesen mit seinem pompösen Gerede über Krieg und seiner Prahlerei über die Beziehungen seiner Familie zu Washington.

»Ich vermute, er ist ein Farmer, er ist doch so fett«, sagte Bee. »Ich habe einige dicke Burschen gekannt, denen man das Leben schwermachte, als sie jung waren. Aus ihnen sind ganz gemeine Erwachsene geworden. Aber das erklärt nicht, weshalb Bent derart niederträchtig ist. Seine Haltung sprengt bei weitem den für Soldaten normalen Rahmen. Man könnte ihn schon beinahe als verrückt bezeichnen«, schloß Bee und tippte sich an die Stirn.

Ein anderer Klassenkamerad erzählte von Bents Ergebenheit gegenüber einem der wichtigsten Professoren, Dennis Mahan, der Kriegswissenschaften und Technik unterrichtete. Mahan vertrat die Auffassung, daß der nächste große Krieg — wo und von wem er auch immer ausgefochten werden mochte — nach den neuesten strategischen Grundsätzen ausgetragen würde.

Einer der Grundsätze war Geschwindigkeit. Die schnellste Armee würde im Vorteil sein. Sowohl in Amerika als auch in der übrigen Welt war das Transportwesen in revolutionärer Umwälzung begriffen. Auch in den wirtschaftlich relativ schlechten 1840er Jahren gewann die Eisenbahn immer mehr an Wichtigkeit, und damit würde dieser Grundsatz nicht nur Theorie bleiben, sondern in die Praxis umgesetzt werden können.

Das zweite neue Prinzip war, laut Mahan, Information. Der Professor meinte damit nicht nur den herkömmlichen Weg durch die Aufklärungstruppen, sondern er spekulierte gern über die Einsatzmöglichkeiten von Beobachtungsfreiballons und über Experimente, die man mit chiffrierten Botschaften machte, die kilometerweit über einen Draht gesandt wurden.

Viele Kadetten nahmen Mahans Ideen auf, doch wenige vertraten sie

auf so fanatische Art und Weise wie Bent. Dies zeigte sich sehr eindrücklich, als sie zu ihrem Unglück Bent ein zweites Mal als Zuchtmeister erhielten. Mahan lehrte, daß die großen Generäle wie Friedrich und Napoleon nie bloß um ein Stück Land kämpften, sondern daß es ihnen um ein sehr viel wichtigeres Ziel ging — nämlich darum, den Widerstand des Feinds zu brechen. Während des Drills hielt Bent einen seltsamen, kurzen Vortrag, in dem er sich auf die Lehren Mahans bezog und dann betonte, daß es Pflicht der Senioren sei, die militärische Disziplin zu fördern, indem sie jeglichen Widerstand der Junioren brechen würden.
Ein Lächeln huschte über sein Gesicht, als er fortfuhr, doch seine dunklen, kleinen Augen blieben kalt. Jackson war auch in jener Gruppe und wurde an diesem Tag zur besonderen Zielscheibe von Bent. Er nannte den Mann aus Virginia Dummkopf, und zwar nicht nur einmal, sondern gleich ein halbes dutzendmal.
Als sie wieder in der Kaserne waren, erklärte Jackson, daß Bent seiner Meinung nach etwas »gereizt« sei. »Und ein Christ ist er schon gar nicht«, fügte er in seinem üblichen Eifer hinzu.
George zuckte die Achseln. »Wenn man dich Elkanah getauft hätte, wärst du vielleicht auch verrückt.«
»Ich weiß nicht viel über die Armee«, sagte Orry, »aber ich weiß, daß Bent nicht geeignet ist, andere Leute zu führen, und er wird es auch niemals sein.«
»Aber er gehört zu denen, die sich durchsetzen«, bemerkte George. »Besonders wenn er diese Beziehungen wirklich hat, mit denen er überall herumprahlt.«

Es war Tradition, daß die Schulabsolventen bei ihrer letzten Parade ihre Hüte in die Luft warfen, sie dann mit dem Fuß im Tal herumkickten und auf ihren Bajonetten aufspießten. Das war die ganze Entlassungsfeier von West Point. Die Absolventen verließen die Akademie bald nach der Zeremonie; meistens hatten sie ihre Uniformen und ihr Bettzeug den zurückbleibenden Freunden verkauft oder vermacht. Die Klassen rückten dann jeweils um eine weitere auf, und die unter General Winfield Scott einberufene Aufsichtsbehörde zur Prüfung der tauglichen Absolventen wandte nun ihre volle Aufmerksamkeit den Junioren zu.

General Scott war ehedem *der* Soldat der Nation gewesen; er hatte ein pompöses Auftreten und war dickwanstig, aber ein großer Held. Er ließ sich mit seinen Töchtern im Hotel nieder und führte den Vorsitz bei den Eintrittsprüfungen, obwohl er meistens mittendrin einschlief. Das taten übrigens die meisten der Aufsichtsbeamten. Die Professoren leiteten die Prüfungen. Man konnte sie an ihrer Kleidung erkennen — sie trugen nicht die üblichen Uniformen, sondern dunkelblaue Mäntel und Hosen im Militärschnitt.

Die neuen Kadetten waren nach dem Zufallsprinzip in kleine Gruppen eingeteilt worden; die gesamte Tätigkeit der Akademie war in Gruppenarbeiten aufgeteilt. Die Prüfungen wurden im üblichen Unterrichtsstil abgehalten. Die Studenten in West Point wurden nicht mit Vorlesungen berieselt, die sie dann später vor ihrem Ausbilder wiederkauen mußten. Gemäß einem festen Plan mußten jeden Tag einige Gruppenmitglieder einen Vortrag halten. Zu diesem Zweck wurde jeweils eine Wandtafel benutzt.

Während der Prüfung mußten George, Orry und die andern vor eine Wandtafel treten und ihr erworbenes Wissen in den verlangten Fächern beweisen. George hatte nicht gebüffelt, aber die Prüfungen schienen ihn keineswegs zu beunruhigen, wie seine entspannte Haltung bezeugte. Er bestand ohne Schwierigkeiten. Als Orry an der Reihe war, fand er das Prüfungszimmer heißer als einen Stollen; drei Offiziere schienen gelangweilt — Scott schnarchte —, und die Arbeit an der Wandtafel brachte ihn in große Verlegenheit. Er wurde zusammen mit Jackson geprüft. Es war völlig klar, wer von beiden mehr schwitzen oder mehr Kreide auf der Kleidung haben würde. Lohnte sich eine solche Folter für das fürstliche Kadettengehalt von vierzehn Dollar pro Monat? Orry mußte sich selbst dauernd daran erinnern, daß der Kampf an der Wandtafel der Preis für ein Soldatenleben war.

Er hatte Glück. Zwanzig junge Männer bestanden nicht und wurden nach Hause geschickt. Der Rest wurde mit einer Uniform eingekleidet. Nach diesen ersten, schier endlosen Wochen waren sie nun offiziell Junioren. Und die Tatsache, daß er nun ein Abzeichen auf dem Ärmel seines Schwalbenschwanzes trug, war für Orry das Ereignis seines Lebens.

3

Das gesetzlich vorgeschriebene zweimonatige Sommercamp begann am 1. Juli. Mit Ausnahme der neuen zweitletzten Klasse, die zu Hause auf Urlaub war, schlug das gesamte Kadettenkorps im Tal Zelte auf. Orry wurde in die Geheimnisse des Wachestehens eingeführt und lernte, wie man mit Senioren umging, die in der Dunkelheit herumschnüffelten, um festzustellen, ob sie die neue Wache ablenken konnten.

Bent war jetzt Unteroffizier. Er schrieb dreimal wegen verschiedener Vergehen einen Bericht über Orry. Orry war der Meinung, daß zwei der Anschuldigungen aus der Luft gegriffen waren, die dritte stark übertrieben. George drängte ihn, für letztere eine schriftliche Entschuldigung an den Kadettenkommandanten, Hauptmann Thomas, zu schreiben. Sollte die Entschuldigung überzeugend genug ausfallen, so würden die Fehlerpunkte annulliert werden. Doch Orry hatte gehört, daß Hauptmann Thomas ein eifriger Verfechter der Grammatik und ein Liebhaber von gewählter und treffender Ausdrucksweise war; oft behielt er einen Kadetten eine Stunde lang zurück, und dann korrigierten sie die schriftliche Entschuldigung gemeinsam. Es hörte sich für ihn zu sehr nach der berüchtigten Wandtafel an; also ließ er den Bericht gelten und steckte seine Fehlerpunkte ein.

George schien die bevorzugte Zielscheibe von Bent zu sein. Als die Junioren das Camp in Ordnung brachten, schikanierte der Dickwanst George bis zur Erschöpfung, indem er ihn zwang, Kieselsteine aufzulesen und Grashalme zu glätten, die seiner Meinung nach krumm waren. Zum Vergnügen Bents konnte George sein Temperament nur schwer zügeln und kassierte mit rasanter Geschwindigkeit Fehlerpunkte.

Trotz der engen Zelte, dem schlechten Essen und den dauernden Schikanen von seiten der Senioren, die so ziemlich alles an den Junioren kritisierten — vom Salutieren bis zu ihren Ahnen — war Orry vom Camp begeistert. Er fand Gefallen an den Infanterie- und Artillerieübungen, die den größten Teil des Tages in Anspruch nahmen. Die Abendparaden, die von Hotelgästen besucht wurden, waren herrliche militärische Demonstrationen, für die sich alle Mühe lohnte.

Jede Woche wurde ein Kadettentanzfest abgehalten. Damit auch sicher genügend Tanzpartner für die anwesenden Damen vorhanden waren, erlaubte die Akademie ihren Studenten einen deutschen Tanzlehrer. George polierte seine Tanzkenntnisse auf und war, wenn er nicht Dicnst hatte, bei jedem Treffen dabei. Es war den Junioren gestattet, sich unter die Damen zu mischen, sie mußten jedoch den Senioren den Vortritt gewähren. Trotzdem vergnügte sich George ungeheuer und wandelte bei mehreren Gelegenheiten mit einem Mädchen auf den sogenannten Flirtwegen — dies war ein Verstoß gegen die Vorschriften, wonach bestimmte Bezirke des Camps für seine Klasse nicht zugänglich waren.

Eines Abends, nach einem solchen Tanzfest, kam George ins Zelt gekrochen; er roch stark nach Zigarren. Orry lag noch wach, und George forderte seinen Freund auf, doch am nächsten Tanzfest mitzumachen.

»Ich bin ein sehr schlechter Tänzer«, sagte Orry gähnend. »Ich habe einfach nicht die Nerven, um ein Mädchen fest in den Armen zu halten. Das Problem ist, daß die Frau für mich ein Objekt darstellt, das man wie eine Statue aus der Ferne bewundert.«

»Blödsinn«, flüsterte George. »Frauen sind dazu da, angefaßt und gebraucht zu werden — wie schöne alte Winterhandschuhe. Sie mögen das.«

»Das kann ich nicht glauben, George. Frauen denken anders als Männer. Sie sind sensible Geschöpfe. Edel.«

»Sie geben bloß vor, edel und sensibel zu sein, weil es ihnen manchmal in den Kram paßt. Glaub mir Orry, eine Frau will genau dasselbe wie ein Mann — sie darf es bloß nicht zugeben, das ist alles. Du tätest besser daran, diese romantische Vorstellung über das schwache Geschlecht fallenzulassen. Wenn nicht, dann könnte es passieren, daß eines schönen Tages eine Dame dir das Herz bricht.«

Orry war nahe daran, George recht zu geben, aber er konnte sich in jenem Sommer doch nicht überwinden, ein Tanzfest zu besuchen.

Ende August kehrten die andern vom Diensturlaub zurück, und das Kadettenkorps zog wieder in die Kaserne um. Die Senioren benutzten die Gelegenheit, die Junioren als Lastesel zu benutzen, und kommandierten sie dazu ab, ihre Habe zu tragen. Unteroffizier Bents Wahl fiel auf George, der bei 36 Grad Hitze viermal mit erdrückenden Lasten hin und her eilen mußte. Beim fünften Mal erteilte Bent ihm den Befehl zu rennen. George schaffte es bis zur Mitte der Treppe der Nordkaserne, schnappte nach Luft und wurde ohnmächtig. Er stieß sich die Stirn am Treppenabsatz blutig. Weder entschuldigte sich Bent, noch zeigte er irgendwelche Anteilnahme. Er schrieb einen Bericht über George, in dem er ihn beschuldigte, durch Sorglosigkeit die Habe eines Seniors beschädigt zu haben. Orry drängte seinen Freund, eine Entschuldigung zu schreiben. Aber George wollte nicht. »Ich müßte zugeben, daß ich wie ein Mädchen in Ohnmacht gefallen bin. Das will ich aber nicht in meinem Bericht drin haben. Doch mach dir keine Sorgen, ich werde dieses Schwein schon noch kriegen. Wenn nicht nächste Woche, so nächsten Monat oder nächstes Jahr.«

Das Morgenschießen, das Abendschießen, die Pfeifen und Trommeln waren bald zur vertrauten, ja sogar freundlichen Geräuschkulisse geworden. Orry mochte die Trommeln am liebsten. Sie waren nicht nur eine Art Uhr, sondern erinnerten ihn auch stets daran, weshalb er hier war. Sie munterten ihn auf, wenn er das Studium zu hart fand — was jedesmal der Fall war, wenn er an die Wandtafel mußte.

Am Vormittag wurden die Junioren in Mathematik unterrichtet, am Nachmittag erhielten sie Französischunterricht. Während der ersten Woche setzten sich die Arbeitsgruppen rein zufällig zusammen. Gegen Ende der Woche wurde den neuen Kadetten ein Rang zugewiesen. In Mathematik war Orry in der zweitletzten Gruppe. In Französisch befand er sich in der letzten Gruppe, unter den 'Unsterblichen', wie sie von den Kadetten genannt wurden.

Orrys Französischgruppe war Leutnant Théophile d'Orémieux unterstellt, einem gebürtigen Franzosen, der vom Scheitel bis zur Sohle ein Gallier war. Er reagierte besonders stark auf den Akzent seiner Schüler, was sich in den Noten, die er erteilte, niederschlug.

Der Gruppenrang wurde einmal pro Woche bei der Parade bekanntgegeben. Einige Kadetten stiegen ab und zu aus der Gruppe auf und wurden dann vielleicht wieder rückfällig — aber Orry blieb unten. Dies veranlaßte d'Orémieux, ihn nach seinem familiären Hintergrund zu fragen. Orry mußte zugeben, daß der Gründer der Main-Familie ein Franzose gewesen war.

»Dann spricht Ihre Familie sicherlich französisch?«

»Nein, nicht mehr, leider. Meine Mutter kann es ein bißchen lesen,

und meine Schwestern haben französische Hauslehrer, aber das ist alles.«
»Gott im Himmel«, rief der Lehrer und rannte wie wild im Zimmer umher. »Wie kann man von mir erwarten, daß ich Barbaren etwas beibringe. Genausogut könnte ich versuchen, M'sieu Attila das Bemalen von Teetassen beizubringen.«
Dieses Gespräch hatte die Beziehung zwischen Orry und dem Lehrer keineswegs verbessert. Eines schönen Oktobertages, als Orry einen ganz besonders mühseligen Beweis seiner mangelnden Französischkenntnisse erbracht hatte, konnte d'Orémieux nicht mehr an sich halten:
»Lassen Sie mich Ihnen etwas sagen, M'sieu Main. Wenn M'sieu *Jésus-Christ* mich fragte: 'M'sieu d'Orémieux, wollen Sie M'sieu Mains Französisch anhören oder wollen Sie in die Hölle gehen?' so würde ich ihm antworten: 'Ich gehe lieber in die Hölle, *s'il vous plaît*, M'sieu *Jésus-Christ.'* Setzen Sie sich. *Setzen Sie sich!*«
Am folgenden Tag übte Orry laut französisch. Er tat dies, sobald er allein im Zimmer war. Bent schnüffelte dauernd herum und erwischte ihn zwei Tage später bei einer dieser lauten Übungen. Er fragte brüllend, was los sei. Als Orry es ihm erklärte, verhöhnte ihn Bent.
»Sie unterhalten doch jemanden hier, Sir. Sie haben Gesellschaft.«
Orry errötete. »Nein, Sir. Überzeugen Sie sich selbst, Sir.«
Doch der Unteroffizier war bereits davongewatschelt. Im Bericht stand, Orry hätte versucht, einen Vorgesetzten hinters Licht zu führen.
Orry schrieb eine Entschuldigung. Nach einem unangenehmen Verhör durch Hauptmann Thomas wurde der Bericht aus seiner Akte entfernt. Später erfuhr er, daß Bent zehn Minuten lang getobt und geflucht hatte, als er die Nachricht erhalten hatte.
Der Herbst verging schneller, als es Orry erwartet hatte. Paraden, Exerzieren, Klassenarbeiten und unermüdliches Studium ließen kaum Zeit für andere Beschäftigungen. Das West-Point-System war darauf ausgerichtet, die Kadetten im Wachzustand voll zu beschäftigen. Die Junioren konnten nur über ihre Samstagnachmittage frei verfügen, und oft mußten sie an diesen Nachmittagen zusätzlichen Wachtdienst leisten, um Fehlerpunkte abzuarbeiten.
Bei schlechtem Wetter war der Dienst mühselig. Superintendent De-

lafield mit dem Spitznamen Old Dickey hatte eine merkwürdige Art, Einsparungen zu machen. Er weigerte sich zum Beispiel, bis nach den Januarprüfungen Überzieher herauszugeben. Weshalb sollte man einem Kadetten einen teuren Mantel geben, den er bloß mitnehmen würde, falls man ihn entließ? Folglich schoben die neuen Kadetten im Herbstregen und Hagel Wache in einem dünnen, unglaublich schmutzigen Überzieher, den sie im Wacheraum gefunden hatten und auf dem sich während Jahren Staub und Ungeziefer angesammelt hatten.

George büffelte immer noch nicht, war aber in Mathematik und Französisch stets in der ersten oder zweiten Gruppe. Er hatte bereits 110 Fehlerpunkte, Orry 93. Bent war in beiden Fällen für zwei Drittel der Punkte verantwortlich.

Als die Januarprüfungen näherrückten, ließen die Belästigungen durch Bent etwas nach. Orry hatte es sich zur Gewohnheit gemacht, sich nach dem Lichterlöschen noch in Tom Jacksons Zimmer zu stehlen. Im Lichtschein glimmender Kohlen lernten sie zusammen. Orry entdeckte, daß Jackson von Natur aus intelligent, ja sogar brillant war, aber große Schwierigkeiten mit den Lektionen und dem formellen Unterrichtsablauf hatte. Für jede Versetzungsnote mußte er einen ungeheuren Energieaufwand leisten. Aber er war entschlossen, sich nicht unterkriegen zu lassen; einige der andern Kadetten erkannten dieses Streben — Jackson hatte bereits seinen Spitznamen: General.

Manchmal jedoch dachte Orry, Jackson sei verrückt, dann nämlich, wenn er sich während fünf Minuten ganz aufrecht hinsetzte, damit seine inneren Organe »in der richtigen Position lagen«. In bezug auf seine Gesundheit war er absolut pedantisch.

Weihnachten kam, und obwohl der Kaplan in der Kapelle eine interessante Predigt hielt und in der Kantine ein feines Essen aufgetragen wurde, erlebten die meisten Kadetten diesen Tag in Traurigkeit und Einsamkeit.

Der Januar begann mit bitterer Kälte und düsterem Himmel. Der Hudson wurde langsam von einer Eisdecke zugedeckt, aber Orry bemerkte es kaum. Auch wenn er während eines Schneesturms Wache stehen mußte, waren seine Gedanken beim Französischunterricht. Irgendwie überstand er die Inquisition an der Wandtafel. Nachdem die

Prüfungsergebnisse bekanntgegeben worden waren, jauchzte er vor Freude, während andere Kadetten schweigend ihre Koffer packten. Sechzehn Junioren mußten gehen. Die anderen wurden vereidigt, unterzeichneten die Aufnahmebedingungen — und erhielten endlich ihre Kadcttcnmäntel.

Der Februar hatte kaum begonnen, als George seinem Zimmergenossen einen gewagten Vorschlag unterbreitete.
»Ich hab' keine Zigarren mehr, und eigentlich haben wir unseren schlagenden Erfolg nie gebührend gefeiert. Komm, wir gehen zu Benny.«
Orry blickte in Richtung Fenster. Das Mondlicht malte sternförmige Frostmuster auf die Fensterscheiben. Die Nacht war so kalt, daß auch das Kaminfeuer nicht mehr viel ausrichten konnte. Der Hudson war jetzt beinahe bis auf den Grund gefroren. »Bei diesem Wetter? Zu dieser Stunde?« Orry zog die Brauen hoch. Bald würden der Zapfenstreich und das Signal zum Lichterlöschen ertönen.
George sprang vom Bett. Er war dabei gewesen, einen Roman zu lesen. »Natürlich! Klar! Wir müssen dem Wahrzeichen von West Point noch einen Besuch abstatten. Wir sind uns ein Fest schuldig. Wo bleibt dein Abenteuergeist?« Und schon zog er seinen neuen Mantel an.
Orry wollte eigentlich nein sagen, aber da George früher bereits einige Bemerkungen über seine Unentschlossenheit gemacht hatte, fühlte er sich nun genau zum Gegenteil veranlaßt. Eine halbe Stunde nach dem Lichterlöschen schlichen sie die eiserne Treppe hinunter, stahlen sich am Wachtposten vorbei und rannten durch die klirrende, atemberaubende Kälte zum Fluß. Mühsam kletterten sie den Pfad auf der Hügelflanke hinunter und kämpften sich durch Schnee und gefrorenes Unterholz dem Ufer entlang. Es war ziemlich anstrengend. George schielte auf die glitzernde Eisfläche zu ihrer Linken.
»Es wäre einfacher, wenn wir über das Eis gehen würden.«
»Glaubst du, es trägt uns?«
»Das werden wir schnell herauskriegen.«
Orry folgte seinem Freund auf den Fersen und tadelte sich selbst wegen seiner ewig mangelnden Kühnheit. Was war das für ein Verhalten von jemandem, der vielleicht einmal das Kommando für eine

Schlacht übernehmen mußte? Er machte einen Schritt auf das glitschige Eis und hörte ein Krachen.
George, der ihm voraus war, hielt an. »Was war das?«
Orry starrte auf die schwarze Hügelmasse hinter ihnen und sagte: »Ich glaube, es kam von dort.«
»Du glaubst doch nicht, daß uns jemand folgt?«
Orry blickte umher. Man würde sie auf dem mondhellen Eis vom Ufer aus klar erkennen können. »Zu spät, um sich darüber Gedanken zu machen.«
George pflichtete ihm bei. Sie eilten vorwärts. Das Eis krachte mehrere Male und drohte, unter ihrem Gewicht einzubrechen. Eigentlich war es zu dünn, um einen sicheren Übergang zu gewährleisten. Doch es gab keine Anzeichen dafür, daß ihnen jemand folgte, und bald blickten sie über ein Fenstersims auf ein gemütliches Kaminfeuer, das in Benny Havens kleiner Kneipe am Flußufer brannte. George rieb sich die Hände.
»Das Glück ist auf unserer Seite. Kein Senior in Sicht.« In der Tat hatte Benny heute abend keine Kunden von der Akademie, bloß zwei aus dem Dorf Buttermilk Falls, das auf dem Hügel oberhalb der Taverne lag. Der freundliche Benny mit seinen pechschwarzen Haaren, seiner großen Nase und seinen indianischen Gesichtszügen verkaufte seit vielen Jahren Bier, Wein und Spirituosen. Er begrüßte die beiden Neuankömmlinge herzlich. Die Dorfleute warfen ihnen mürrische Blicke zu.
George bestellte drei Zigarren und zwei Bier. Die Freunde saßen an einem Ecktisch in der Nähe eines Fensters mit Blick auf den Hügel. Sollte sich ein Senior zeigen, so konnten sie durch die Vorhangtür neben dem Kamin aus Feldgestein verschwinden. Orry entspannte sich etwas und genoß sein Bier sowie den Duft von heißem Schinken, der aus der Küche im Hintergrund zu ihnen herüberwehte. Er bestellte einen Teller Schinken und etwas Brot.
Benny trug das Essen auf und begann dann ein Gespräch. Orry sei herzlich willkommen als Neuankömmling, aber sein Akzent verrate, daß er aus dem Süden komme. Höflich erkundigte Benny sich, wie es denn mit der Forderung der Südstaaten nach der Annexion von Texas stand. Steckte dahinter der Wunsch der Politiker, der Union mehr Gebiete hinzuzufügen, wo Sklaverei herrschte?

Orry war schon zu oft deswegen angegriffen worden, als daß er sich verletzt gefühlt hätte. Abgesehen davon sagte sein Bruder Cooper — sehr zum Ärger seines Vaters —, daß dies wahr sei. Orry nahm sich Zeit, um eine Antwort zu formulieren. Während er überlegte, runzelte Benny die Stirn und blickte in Richtung Vorhangtür. Alle hatten ein Geräusch in der Küche gehört. Der Gesichtsausdruck von George deutete darauf hin, daß es Ärger geben würde. Da flog auch schon der Vorhang beiseite und ein vor Kälte geröteter Kopf, der aus einem zitternden Kadettenmantel herausragte, wurde sichtbar.
»Aha, was haben wir denn hier? Zwei Missetäter, wie ich sehe«, sagte Elkanah Bent mit einem hämischen Grinsen.
Orry hatte Magenschmerzen. Er war sicher, daß Bent nicht rein zufällig hier war. Er erinnerte sich an die Geräusche, die sie auf dem Weg hierher gehört hatten. Wie viele Nächte hatte Bent ihnen wohl nachspioniert und auf diese Gelegenheit gewartet?
Plötzlich schmiß George sein leeres Bierglas in den Raum. Bent brüllte und duckte sich, um nicht getroffen zu werden. »Los!« schrie George und rannte wieselflink durch die Küchentür. Orry stürmte hinterher, von einem unsinnigen Gedanken verfolgt: Sie hatten ihre Rechnung nicht bezahlt.

George stolperte über einen Schneehaufen am Ufer. Orry hielt an, rannte zurück und half seinem Freund auf die Füße. Er sah, wie Bent schwerfällig hinter ihnen her war. Benny Haven stand in der Tür und schaute amüsiert zu. Er schien sich keine Sorgen um die Rechnung zu machen.
»Komm doch, George«, keuchte Orry, als sein Freund erneut ausrutschte und im Schnee landete. »Diesmal wird uns der Schweinehund erwischen.«
»Nicht, wenn wir ihn zusammenschlagen.«
»Auch wenn wir das tun, wird er einen Bericht über uns schreiben, und lügen können wir nicht«, sagte Orry keuchend, als sie flußaufwärts rannten. Der Ehrenkodex der Akademie war ihnen bereits in Fleisch und Blut übergegangen.
»Nein, das können wir nicht«, sagte George.
Doch Bent hatte mit seiner Körpermasse zu kämpfen. Die beiden jungen Kadetten konnten viel schneller rennen als er, aber sie hatten

mit dem Gebüsch Schwierigkeiten. Die gefrorenen Äste peitschten ihnen ins Gesicht und brachen mit einem Knall, der wie ein Schuß tönte, wenn sie darauf traten. George änderte nach kurzer Zeit die Richtung. Er sprang über ein niedriges Gebüsch und landete auf dem Eis. Orry sah, wie sich Risse in der mondweißen Eisdecke bildeten und das Eis einbrach.
»Vielleicht können wir ihn dazu bringen, keinen Bericht abzufassen«, sagte George, der vorausging. »Auch er ist schließlich nach dem Lichterlöschen noch draußen, vergiß das nicht.«
Orry gab keine Antwort und rannte weiter. Georges Logik schien irgendwie falsch, aber er konnte den Fehler nicht nachweisen. Es war tückisch, auf dem Eis zu gehen, das dauernd einzubrechen drohte. Er blickte zurück, sah, wie Bent ihnen stolpernd und schwankend auf den Fersen war, ein riesiger Tintenfleck auf der hellen Eisfläche.
»Noch zwanzig Meter und wir sind auf dem Pfad«, schrie George. Im selben Augenblick hörten sie hinter sich einen Schrei. George schlitterte, bremste und warf einen verstohlenen Blick zurück. »O Gott«, stöhnte er.
Orry taumelte gegen ihn und drehte sich um. Der Klecks auf dem Eis war nur noch halb so groß. Man sah hektische Armbewegungen. Durch die weiße Stille drangen Schreckensschreie an ihr Ohr.
»Er ist eingebrochen«, rief Orry.
»Erstaunt dich das bei seinem Gewicht? Komm!«
»George, wir können ihn doch nicht dem Schicksal überlassen. Er könnte ertrinken!«
Bents Schreie wurden lauter. George zog eine Grimasse. »Dachte ich mir doch, daß du dies sagen würdest.«
»Ich glaube nicht, daß du von einer Sekunde zur anderen plötzlich herzlos geworden bist.«
»Halt den Mund und komm«, sagte George und rannte zurück. In seinen Augen glimmte Zorn, und er brauchte Orry nicht ausdrücklich zu sagen, daß das Glück sie plötzlich verlassen hatte.
Orry sah, wie Bent versank. Sie rannten beide noch schneller. Dann verschwand Bents Kopf. Seine Feldmütze schwamm auf dem Wasser, der steife Mützenschirm glänzte im Mondlicht. Gerade als die beiden Kadetten beim Loch in der Eisdecke ankamen, tauchte Bent wieder auf. Schreiend griff er nach ihnen. George und Orry zerrten und zo-

gen, doch die Rettung war schwierig, weil sie dauernd auf dem glatten Eis ausrutschten. Zweimal wären sie beinahe kopfüber ins Wasser gefallen, aber schließlich gelang es ihnen, Bent herauszuziehen. Würgend lag er da, eine enorme Masse. George kniete neben ihm.

»Bent? Sie müssen aufstehen und in die Kasernc zurück. Sie erfrieren sonst.«

»Ja, gut. Helfen Sie mir bitte.«

George und Orry schoben ihre Schultern unter Bents Arme, um ihn zu stützen. Als sie soweit waren, war er schon nicht mehr in der Lage, zusammenhängend zu reden, er stöhnte nur noch und schnappte nach Luft. Da seine Kleider völlig durchtränkt waren, waren auch seine Retter mit der Zeit durchnäßt und fingen an zu frieren. Sie waren nun am Flußufer angelangt. Schweigend kletterte er mühsam den Hügel hinauf. Oben angelangt, schüttelte er sich, holte tief Luft und sagte:

»Ich schätze, was Sie für mich getan haben. Es war — tapfer. Ich gehe besser in diese Richtung. Gehen Sie zur Kaserne zurück.«

Er torkelte in die Dunkelheit hinein. Eine Weile noch konnte man seine quietschenden Schuhe und seinen schweren Atem hören. Orry klapperte mit den Zähnen. Seine Hände waren steif, wie gefroren.

»Merkwürdig, was Bent gesagt hat, wie —« Er konnte den passenden Ausdruck nicht finden.

George konnte die Gefühle seines Freundes in Worte fassen. »Er schien ebenso aufrichtig wie eine Frau, die das Jungfrauendasein lobt. Ich glaube, wir hätten ihn ertrinken lassen sollen.«

Trotz der Kälte mußte Orry lachen. »Nun, da alles vorbei ist, mußt du zugeben, daß wir ein lausiges Fest gehabt haben.«

»Allerdings.« George zog drei gebrochene Zigarren aus der Tasche seines Überziehers hervor. Mit wehem Herzen warf er sie weg. »Der einzige Trost ist, daß sie umsonst waren. Komm, wir gehen hinein, bevor wir an Schüttelfrost sterben.«

Bent erschien nicht zum Frühstück. Er feierte offensichtlich krank. George und Orry berichteten nur den engsten Freunden von ihrer nächtlichen Eskapade. Später am Tag überbrachte ihnen Pickett eine unangenehme Nachricht.

»Es tut mir leid, aber das fette Schwein hat euch nicht die ganze Wahrheit erzählt. Er hatte einen Sonderurlaub für Dienstabwesenheit nach dem Zapfenstreich. Er holte sich die Erlaubnis bei einem der Stabsoffiziere. Er sagte, er wisse, daß zwei der Junioren fast jeden Abend zu Benny gingen, und er wolle sie überraschen.«

Zum Abendbrot gab es Albany Beef in der Messe — es war dies ein Spitzname für Stör, den man noch gefangen hatte, bevor der Hudson zugefroren war. Aus irgendeinem Grund reagierte Orrys Magen schlecht auf den Fisch. Später fragte er sich, ob er eine Vorahnung gehabt hatte. Noch bevor der Abend zu Ende war, hatte Bent einen Bericht über die Kadetten Main und Hazard geschrieben.

Der Ehrenkodex der Akademie beruhte auf dem Glauben an den guten Charakter der Kadetten. Lehnte ein Kadett einen Vorwurf als falsch ab, verließ man sich auf sein Wort und zog die Klage zurück. Orry glaubte an den Kodex, und sogar der eher zynische George glaubte daran. Deshalb leugneten sie ihre Schuld nicht, obwohl die Fehlerpunkte, die sie sich dabei einhandelten, für George fast die Entlassung bedeuteten.

Um einige der Fehlerpunkte abzuarbeiten, mußten die beiden des öfteren zusätzliche Wachtrunden drehen. Das Wetter schien zusehends stürmischer zu werden. George überstand den Wachtdienst, ohne krank zu werden, aber mit Orry war es anders. Seit dem Abenteuer am Fluß hatte er des öfteren niesen müssen, und als er an einem Samstagnachmittag Wache schob, fühlte er sich schwach, und ihm schwindelte.

Von Nordwesten her, aus den Bergen, zog ein heftiger Schneesturm auf, und in knapp einer Stunde war über ein Fuß hoch Schnee gefallen. Orry stapfte am Ausfalltor hin und her und mußte schließlich feststellen, daß er trotz der Kälte beinahe vor Hitze umkam. Auf seinen Wangen vermischte sich Schweiß mit Schnee. Sein Gewehr schien entsetzlich schwer. Er taumelte und lehnte sich an die Kasernenwand, um sich etwas zu erholen. Jemand zupfte ihn am Ärmel. Orry erkannte einen Bekannten aus den höheren Semestern namens Sam Grant, ein unauffälliger Bursche, der aber ein hervorragender Reiter war.

»Wer hat Sie in diesem Wetter hierher geschickt?« fragte Grant. »Sie sind so grün im Gesicht, als ob Sie jeden Moment ohnmächtig würden. Sie gehören ins Krankenhaus.«

»Es geht gut, Sir«, krächzte Orry und machte einen Versuch, geradezustehen.
Der kleine Kadett mit den dunklen Augen blickte skeptisch. »Es geht ihnen so gut wie meiner Tante Bess fünf Minuten vor ihrem letzten Atemzug! Soll ich einen Stabsoffizier auftreiben, damit man Sie ablöst?«
»Nein, Sir, das wäre — Pflichtversäumnis.«
Grant schüttelte den Kopf. »Aus Ihnen wird mal ein guter Soldat, Mr. Main — wenn Sie nicht vorher wegen Halsstarrigkeit sterben.«
»Kennen Sie mich denn?«
»Jeder einzelne des Korps kennt Sie, Ihren Freund und diesen Halunken aus Ohio. Schade, daß Unteroffizier Bent soviel Ansehen genießt. Einige von uns versuchen, das zu ändern, und schikanieren ihn ebenso wie er die andern. Ich wünsche Ihnen, daß Sie das noch erleben, Sir.« Lächelnd stapfte Grant durch den Schnee davon.
Es mußte etwa sechzehn Uhr sein. Dunkel wie mitten in der Nacht. Orry zwang sich zu einer weiteren Wachrunde. Er glaubte, er würde marschieren, aber er taumelte bloß hin und her. Glücklicherweise waren die meisten Offiziere in der Kaserne, so daß niemand sein trauriges Schauspiel mitansehen mußte.
Eine weitere halbe Stunde verging. Er hatte plötzlich Angst, daß er krank war, todkrank vielleicht, und daß sein törichter Wunsch, nur ja keine Schwäche zu zeigen, ihn umbringen würde.
»Ihre Schritte sind aber gar nicht schneidig, Sir, gar nicht schneidig.«
Wie vom Donner gerührt drehte sich Orry um. Bent stand auf der andern Seite des Ausfalltores; in seinem zeltförmigen Überzieher sah er wie ein Riesenschatten in der Dunkelheit aus. Seine Augen blitzten.
»Ich habe gehört, daß Sie hier draußen sind, Sir. Ich wollte mal eben nachsehen, ob —«
Er stockte, als Orry das alte Gewehr von der Schulter nahm. Orrys Angst war verflogen, er wußte nicht mehr, was er tat.
»Weshalb richten Sie das Ding auf mich, Sir?«
»Weil ich Sie erschießen werde, Bent. Wenn Sie mich und meinen Freund nicht in Ruhe lassen, erschieße ich Sie.«
Bent versuchte, ein höhnisches Lächeln aufzusetzen. »Das Gewehr ist nicht geladen, Sir.«

»Nicht geladen?« Orry zog die Brauen hoch und taumelte. »Dann werde ich Sie damit totschlagen, Sir. Und wenn man mich vors Militärgericht bringt oder mich erschießt, ich töte Sie, wenn Sie undankbarer Hund noch fünf Sekunden hier herumstehen.«

»Um Gottes Willen, wir haben einen Verrückten in West Point.«

»Ja, Sir. Einen Wahnsinnigen aus Ohio, der die Junioren wie Tiere behandelt. Nun, Mr. Bent, Sir, hier steht ein Junior, der sich das nicht mehr länger gefallen lassen wird. Sie haben fünf Sekunden, Sir. Eins, *Sir*, zwei, *Sir* . . .«

Bent war wütend, aber er schwieg. Das wilde weiße Gespenst vor ihm schüchterte ihn ein. Mit einem beinahe manischen Gesichtsausdruck kehrte Orry das Gewehr um und faßte es wie einen Stock am Lauf. Bents Gesicht verriet Haß und Demütigung. Plötzlich machte er auf dem Absatz kehrt und schien wie vom Schneesturm verschluckt.

Orry schluckte leer und brüllte: »Und von jetzt an täten Sie besser daran, uns in Ruhe zu lassen!«

»Was sagten Sie eben, Sir?«

Der scharfe Klang einer Stimme ließ ihn herumwirbeln. Ein bis zu den Ohren eingemummter Stabsoffizier stapfte auf ihn zu. Der Wind heulte, und der Offizier mußte schreien. »Kadett Grant hat mich gebeten, hierherzukommen. Er sagte, Sie seien zu krank für diesen Wachtposten. Stimmt das?«

Orry hatte das Strammstehen schon sicher mindestens tausend Mal geübt. Er versuchte es und bemerkte nicht, daß er eben eine Todsünde begangen hatte: Er hatte sein Gewehr in den Schnee fallen lassen. Der Offizier schien hin und her zu schwanken. Orry versuchte klar zu sehen, indem er mit den Augen blinzelte.

»Stimmt das, Sir?«

»Nein, Sir«, schrie Orry und fiel dem Offizier ohnmächtig in die Arme. Eine Stunde später kam George ins Krankenhaus gerannt. Im Wartezimmer erwartete ihn Dr. Wheaton.

»Es steht schlimm mit Ihrem Freund. Er hat außerordentlich hohes Fieber. Wir versuchen es zu senken, aber wenn es innerhalb von vierundzwanzig Stunden nicht zurückgeht, schwebt er in Lebensgefahr.«

George dachte an Bell, an den Schneesturm und an Orry. »Der verdammte Idiot will um jeden Preis Soldat werden«, sagte er mit bitterem Ton.

»Solcher Ehrgeiz wird hier geschürt«, sagte Wheaton mit Stolz und Bedauern in der Stimme. »Sie sehen auch nicht gerade gut aus, junger Mann. Ich verschreibe Ihnen ein Gläschen Rum. Kommen Sie in mein Büro.«

Mit der Erlaubnis des Arztes hielt George an Orrys Bett Nachtwache. Für eine Weile gesellten sich Pickett und danach Jackson dazu. Ein Senior namens Grant schaute kurz herein. George konnte sich nicht vorstellen, woher Orry ihn kannte. Am nächsten Morgen war es kalt und still im Krankenhaus. George rutschte auf seinem Stuhl herum. Die andern waren gegangen. Orrys Gesicht war immer noch genauso weiß wie die ungefärbte Wolldecke, die man ihm bis ans Kinn gezogen hatte. Im flackernden Licht der Fischöllampe sah er zerbrechlich und sehr krank aus.

George starrte auf seinen Freund und stellte zu seinem Erstaunen fest, daß ihm Tränen über die Wangen liefen. Als er das letzte Mal in seinem Leben geweint hatte, war er fünf Jahre alt gewesen. Sein älterer Bruder Stanley hatte ihn verdroschen, weil er mit dessen Lieblingsfrosch gespielt hatte.

Es überraschte George nicht, daß das Schicksal von Orry Main ihm so viel bedeutete. Sie hatten in kurzer Zeit vieles zusammen erlebt. Gemeinsame Hoffnungen und Mühsal hatten ein enges Freundschaftsband geschmiedet. Auch das brachte West Point offensichtlich fertig. Er blieb auf seinem Stuhl sitzen, aß nicht und schlief nicht, bis Orrys Fieber um die Mittagszeit schließlich sank.

Am folgenden Nachmittag, als die Februarsonne hell durch die Fensterscheiben schien, sah Orry wesentlich besser aus. Vor dem Abendessen besuchte ihn George nochmals und brachte ihm eine gute Nachricht.

»Es scheint, als sei Bent es müde geworden, uns zu schikanieren. Ich bin ihm auf dem Weg hierher begegnet. Er blickte in die andere Richtung.«

»Ich würde ihn immer noch gerne umbringen. Gott vergebe mir diesen Gedanken, aber das sind nun mal meine Gefühle.«

George war von der ruhigen Wut Orrys beunruhigt, aber er lächelte und ließ sich nichts anmerken. »Schau, Freund, du bist derjenige gewesen, der Güte und Erbarmen gepredigt hat, als er im eisigen Wasser unterzugehen drohte. Und ich habe auf dich gehört.«

Orry verschränkte die Arme. »Beinahe wünschte ich, du hättest es nicht getan.«

»Es ist besser, ihn leben und zappeln zu lassen. Die Senioren rücken ihm auf die Pelle, wie sie nur können. Das ist süße Rache.«

»Aber er wird uns die Schuld dafür geben. Auch wenn er uns eine Weile in Ruhe läßt, so wird er doch nicht vergessen. Etwas stimmt bei ihm nicht.«

»Nun gräme dich nicht deswegen«, sagte George mit einem Schulterzucken. »Wir können noch genug tun, um unsere Fehlerpunkte unter zweihundert zu halten. Es ist noch lange nicht Juni.«

Orry seufzte. »Ja, wahrscheinlich hast du recht.«

Doch keiner von beiden war davon überzeugt, daß die Gefahr damit gebannt wäre, wenn sie Bent vergessen könnten.

Im Frühling stattete die Hazard-Familie, mit Ausnahme von Virgilia, West Point einen Besuch ab. George beschaffte sich die nötige Erlaubnis, um am Samstag mit ihnen im Hotel essen zu können. Er nahm Orry mit.

William Hazard lud Orry ein, sie irgendwann in Lehigh Station zu besuchen. Orry fand die Familie genauso sympathisch, wie er sie in Erinnerung gehabt hatte — außer Stanley, der dauernd redete oder vielmehr prahlte. Er brüstete sich mit der Tatsache, daß er und sein Vater an diesem Abend mit den Kembles essen würden.

Zwischen zwei Bissen seiner hervorragenden Lammkeule fragte Orry: »Sind Sie mit den Kembles verwandt?«

Stanley kicherte: »O nein, Junge, sie sind die Besitzer der West-Point-Gießerei. Wer, glauben Sie wohl, gießt die meisten von der Armee gekauften Geschütze?«

Das hochtrabende Auftreten Stanleys verleitete seinen kleinen Bruder Billy dazu, Grimassen zu schneiden und ihn nachzuäffen. Billy saß neben Stanley, der das Schauspiel nicht sehen konnte und deshalb auch nicht verstand, weshalb George laut loslachte. Billy handelte sich mit seinen Possen eine Ohrfeige seines Vaters ein. Mrs. Hazard sah bekümmert aus.

Orry sagte förmlich: »Tut mir leid, ich habe noch nie etwas von den Kembles gehört.«

»Sie sind für ihre Samstagabendfeste berühmt.« Stanleys Ton ließ durchblicken, daß Orry und sein Heimatstaat irgendwie jenseits des Lebensstroms der Nation lagen.
Orry wandte sich an Mr. Hazard. »Die Kembles stellen Eisen her, nicht wahr?«
Der alte Mann nickte. »Ich muß ehrlich und neidisch zugeben, daß sie unübertroffen sind.«
»Vielleicht könnten Sie meinem Bruder helfen.«
Stanley stocherte gelangweilt in seinen Kartoffeln herum. Doch William Hazard hörte höflich zu, als Orry erzählte, daß Cooper sich jüngst in seinen Briefen über eine unmäßige Anzahl von Brüchen im Gußeisen der Schwungräder der Reismühle von Mont Royal beklagt hatte.
»Das ist der Name unserer Plantage. Früher wurde die Mühle von der Wasserkraft des Flusses angetrieben, aber mein Bruder hat meinen Vater dazu überredet, eine Dampfmaschine einzusetzen. Mein Vater war dagegen und glaubt nun, recht gehabt zu haben.«
»Die Herstellung von Gußeisen ist eine schwierige Sache«, sagte Mr. Hazard. »Vielleicht können die Kembles Ihrem Bruder helfen. Oder noch besser, vielleicht können wir es. Sagen Sie ihm, er solle mir schreiben.«
»Das werde ich tun, Sir. Vielen Dank.«
Orry war stets darauf bedacht, auf seinen älteren Bruder einen guten Eindruck zu machen. Am nächsten Tag schrieb er Cooper. Postwendend kam Coopers Antwort. Er dankte Orry für seine Hilfe und schrieb, er würde sich für Ratschläge und Beistand sofort an die Hazard-Werke wenden.
Es wurde Juni. Zu seinem Erstaunen stellte Orry fest, daß er gute Aussichten hatte, sein Juniorenjahr zu überleben, obwohl er kaum damit rechnen konnte, eine brillante Militärkarriere zu machen.
George stand weiterhin in hohem akademischen Ansehen, ohne sich große Mühe zu geben. Zwar beneidete Orry seinen Freund, jedoch nie so stark, daß Eifersucht ihre Beziehung beeinträchtigt hätte.
Beiden war es gelungen, die Gesamtsumme ihrer Fehlerpunkte gerade unter zweihundert zu halten, und als die neue Gruppe zukünftiger Junioren eintraf, ließ der Druck auf sie nach. Orry und George machten nun ihrerseits den Neulingen das Leben schwer, aber ohne

jegliche Gemeinheiten. Bent hatte einen allzuguten Anschauungsunterricht vermittelt.
Natürlich war es nicht möglich, dem Mann aus Ohio gänzlich aus dem Weg zu gehen. Jedesmal, wenn sie ihm begegneten, setzte er einen undurchdringlichen Blick auf, als würden die beiden nicht existieren. Doch George und Orry wußten, daß Bent sie nicht vergessen hatte, obwohl er sie während ihrer letzten Juniorenmonate in Ruhe ließ. Und noch klarer wußten sie, daß er ihnen nicht verziehen hatte.
Etwa zehn Tage vor dem Sommercamp kam Cooper überraschend auf Besuch. Er war eben aus Pennsylvania angekommen, wo William und Stanley Hazard einige der zersprungenen Teile der Mont-Royal-Mühle begutachtet hatten. »Ihr Vater und Ihr Bruder haben das Problem in kurzer Zeit gelöst«, sagte er zu George. »Wie ich vermutete, hat der Dummkopf in Columbia, der die Einzelteile der Mühle herstellte, keine Ahnung von der Sache. Anscheinend stimmt seine Schmelztemperatur nicht. Wenn ich ihm das klarmachen kann, werden wir weniger Pannen haben. Es wird natürlich nicht leicht sein, ihn zu überzeugen, da er kaum zugeben wird, daß man von einem Yankee etwas lernen kann.«
George war von Cooper Main fasziniert. Cooper war dreiundzwanzig und größer als Orry. Er trug feine Kleider, die aber irgendwie unordentlich aussahen. Er hatte eingefallene Wangen, stechende, dunkle Augen und einen gewissen Humor, obwohl George fand, daß er eher etwas sarkastisch war. Cooper und Orry teilten einige Gemeinsamkeiten, wie zum Beispiel die schlanke Gestalt, das braune gewellte Haar und die schmale, fast hochmütige Nase. Doch der ältere Bruder wies nicht die gesunde Gesichtsfarbe auf, die bei Orry sofort auftrat, wenn er auch nur einen Tag an der Sonne verbrachte. Coopers schmales Gesicht und sein schmächtiger Körper schienen etwas Ungesundes auszustrahlen — als ob er blaß und schwächlich, aber mit einem unermüdlichen Denkdrang auf die Welt gekommen wäre.
Während der kurzen Zeit, die Cooper in Roe's Hotel verbrachte, schien seine Aufmerksamkeit jedoch dauernd abzuschweifen. Einmal ertappte Orry ihn dabei, wie er mit fast melancholischem Blick die Kaserne anstarrte — vielleicht starrte er auch ins Leere. Doch kurz vor seiner Abreise legte er seine Sorgen und seine ironische Haltung ab und sagte mit einem breiten Lächeln zu George: »Sie müssen

uns einen Besuch abstatten, Sir. Bei uns gibt es viele hübsche Mädchen. Zwei davon sogar in unserer Familie. Sie werden einmal richtige Schönheiten sein. In Lehigh Valley sind mir nicht viele hübsche Mädchen begegnet. Ich habe natürlich die meiste Zeit über in Hochöfen gestarrt. Ihre Familie führt eine höchst eindrückliche Fabrik, Mr. Hazard.«

»Nennen Sie mich doch George!«

»Nein, nenn ihn Stumpf«, warf Orry ein. »Alle Kadetten kriegen früher oder später einen Spitznamen. Wir sind letzte Woche getauft worden.« »Stumpf?« Cooper warf seinem Bruder einen Blick zu. »Und wie heißt du?« »Stiel.«

Cooper mußte lachen. »Nun, Mr. Stumpf, ich möchte betonen, daß ich Ihr Familienunternehmen bewundere.« Wieder trat dieser abwesende, melancholische Blick in seine Augen. »Ehrlich.«

Trotz des Gebrülls von Kälbern, die auf einem Boot den Hudson hinuntergefahren wurden, konnten sie die Glocke des Dampfers am Norddock hören. Cooper packte seinen Koffer und rannte die Verandatreppe des Hotels hinunter.

»Besuchen Sie uns, Mr. Stumpf. Paß auf, daß du richtig ißt, Orry. Wir erwarten dich nächsten Sommer zu Hause.«

Als Cooper außer Sicht war, sagte George: »Dein Bruder scheint ein feiner Kerl zu sein.«

Orry runzelte die Stirn. »Ist er, aber etwas stimmt nicht. Er hat sich zwar ehrlich Mühe gegeben zu lächeln und lustig zu sein — beides ist für ihn normalerweise schon schwer —, aber er war nervös.«

»Weshalb?«

»Ich wollte, ich wüßte es.«

4

Cooper fuhr mit der Flußschaluppe *Eutaw* heimwärts, weg von der Küste. An Bord des Bootes befanden sich Postsendungen und Handelsgegenstände, die von Charleston flußaufwärts zu den verschiedenen Plantagen gesandt wurden.

Es war ein ruhiger, sonniger Vormittag; der Ashley war klar und fast unbewegt. Er gehörte zu den unbedeutenderen »Reisflüssen«, da er den Einflüssen des Ozeans stark ausgesetzt war. Das Salzwasser des Atlantiks, das durch plötzliche Fluten und Orkane manchmal in ihn eindrang, wirkte sich tödlich auf den Reis aus. Doch nach Meinung von Coopers Vater und anderen Reispflanzern wurde dieses Risiko durch die Leichtigkeit, mit der die Ernte nach Charleston verschifft werden konnte, wettgemacht.

Die Hitze der späten Junisonne lastete auf Cooper, als er an der Reling stehend nach dem Main-Dock Ausschau hielt. Oft empfand er bittere Ablehnung für seinen Staat und insbesondere für seine Region, doch tief in seinem Innern liebte er beide. Besonders die vertrauten Flußufer hatten es ihm angetan, die Pinien, die alten Eichen und die Palmettobäume, die gelegentlich auf jenen Flußufern wuchsen, die nicht bewirtschaftet wurden. Spatzen und Rotkehlchen zwitscherten in den Bäumen. An einer Stelle verlief eine Straße längs des Ufers. Cooper sah, wie drei junge Leute auf schnellen Pferden dahindonnerten. Pferderennen waren ein beliebter Sport in diesem Landesteil.

Insekten plagten ihn und nagten an seiner Haut. Er konnte die nun kommende, ungesunde Jahreszeit förmlich riechen. Im Herrenhaus wurden jetzt wohl bereits Vorbereitungen für die Übersiedlung nach Summerville getroffen. Coopers Vater würde von dort aus regelmäßig die Plantage besichtigen und erst wieder nach Mont Royal ziehen, wenn das Wetter kühler wurde. Es gab ein Sprichwort über die Küste von South Carolina, wo jedes Jahr Dutzende von Weißen an ansteckenden Fiebern starben: »Im Frühling ein Himmel, im Sommer eine Hölle, im Herbst ein Krankenhaus.«

Auf der Hafenseite hatte das Laubwerk von Menschenhand geschaffenen Wällen weichen müssen. Dahinter breiteten sich Felder aus, die schon vor langer Zeit dem Sumpfgebiet in harter Arbeit durch Coopers Vorfahren entrissen worden waren. Die Ufer selbst waren ein Schlüsselgebiet für das komplexe landwirtschaftliche Unternehmen, das eine Reisplantage darstellte.

Die Ufer wiesen in regelmäßigen Abständen rechteckige, hölzerne Dolen auf. An beiden Enden der Dolen befanden sich Schleusen, und mittels dieser Schleusen konnte das Flußwasser sorgfältig auf die Reisfelder geleitet oder von ihnen abgeleitet werden. Der Reis gedieh, wenn Tillet Mains Leute ihre Arbeit rechtzeitig und ordentlich verrichteten, wenn die Mai- und die Reisvögel nicht zu zahlreich auftraten, und wenn der Fluß nicht durch die Herbststürme mit Salz verseucht wurde. Es gab zahlreiche Risikofaktoren, viele Enttäuschungen und wenig ungetrübte Erfolge. Der Reisbauer lernte im Laufe seines Lebens, den Naturgewalten gebührenden Respekt zu zollen. Cooper hatte oft das Gefühl, daß die Mains einen etwas weniger launenhaften, moderneren Beruf ausüben sollten.

Ein Rucken des Schiffrads rüttelte ihn aus seiner Träumerei. Die Landungsbrücke war in Sicht, und er hatte es nicht einmal bemerkt. Traurigkeit überfiel ihn plötzlich. *Am besten halte ich den Mund über das, was ich im Norden gesehen habe.*

Er war jedoch nicht sicher, ob ihm dies möglich sein würde.

Und schon eilte er mit großen Schritten über den Weg durch den künstlich angelegten Garten mit Blick auf den Fluß. Es roch nach Veilchen und Jasmin, nach Holzäpfeln und Rosen. Vom Balkon im zweiten Stockwerk des Herrenhauses überwachte seine Mutter Clarissa Gault Main einige Haussklaven, die dabei waren, die oberen Räume abzuschließen. Sie erblickte Cooper, rannte ans Geländer und grüßte ihn. Cooper winkte und warf ihr eine Kußhand zu. Er liebte sie sehr.

Er ging nicht ins Haus hinein, sondern um die eine Seite herum und sagte jedem Neger, der aus dem vom übrigen Haus getrennten Küchengebäude kam, guten Tag. Von hier aus bot sich ein herrlicher Blick auf einen kurzen Weg, der sich zwischen alten Eichen bis zur Uferstraße hin schlängelte. Es wehte plötzlich eine heftige Brise, die Bäume waren von einem grauen Moosbart überzogen.

Am Ende des Wegs sah er zwei kleine Mädchen, seine beiden jüngeren Schwestern, die sich wie üblich balgten; die eine jagte hinter der anderen her. Der nichtsnutzige Vetter Charles war nicht zu sehen.

Hinter der Küche befand sich das Bürogebäude von Mont Royal. Cooper erklomm die Treppe und hörte die Stimme von Rambo, einem der erfahrensten Fuhrleute der Plantage.

»Es keimt in South Square, Mr. Main. Auch in Landing Square.« Er meinte damit bestimmte Felder, die alle einen Namen trugen.

Tillet Main sicherte sein Einkommen, indem er jedes Jahr ein Drittel seines Landes in der Spätsaison, Anfang Juni, anpflanzte, wenn die

Gefahr einer Beschädigung der Ernte geringer war. Der Fuhrmann teilte seinem Vater mit, daß die Samen auf den Feldern, die spät bepflanzt wurden, eben zu keimen begonnen hatten. Bald würde man die Felder entwässern, und dann würde die lange Periode des Trokkenwachstums beginnen.

»Gute Nachricht, Rambo. Weiß es Mr. Jones?«

»Er war da, mit mir, um zu sehen, Sir.«

»Ich möchte, daß du und Mr. Jones alle Leute, die es wissen müssen, informieren.«

»Jawohl, Sir.«

Cooper öffnete die Tür und sagte dem großen, grauhaarigen schwarzen Mann, der eben heraustrat, guten Tag. Jeder in der Familie nannte die Neger einfach Tillets Leute; *Leute* war ein herkömmlicher Begriff, der irgendwie die Wahrheit verschleiern sollte. Cooper fiel es etwas weniger schwer, in seinem Denken ehrlich zu sein und die Schwarzen als das zu bezeichnen, was sie waren: Sklaven.

»Ich hatte schon geglaubt, die Yankees hätten dich entführt«, sagte Tillet Main aus einer Wolke von Pfeifentabakrauch heraus, die über seinem Schreibtisch hing. Er verzog die Mundwinkel; wahrscheinlich würde das die ganze Zuneigung sein, die er an diesem Morgen zeigte, vermutete Cooper.

»Ich habe mir einen Tag freigenommen, um Orry zu besuchen. Es geht ihm gut.«

»Ich erwarte, daß es ihm gutgeht. Ich bin jedoch mehr daran interessiert zu erfahren, was du herausgefunden hast.«

Cooper machte es sich in einem alten Schaukelstuhl, der neben dem aktenbeladenen Schreibtisch seines Vaters stand, bequem. Tillet führte seine Buchhaltung selbst und überprüfte jede Rechnung, die sich auf die Bewirtschaftung von Mont Royal bezog. Wie andere Pflanzer aus dem Flachland betrachtete er sein Land als ein Freigut, aber er war ein Freiherr, der sich persönlich um jeden Pfennig kümmerte.

»Wie sich herausstellte, war mein Verdacht begründet«, sagte Cooper. »Es gibt eine wissenschaftliche Erklärung dafür, weshalb unsere Stangen und Schwungräder so oft brechen. Wenn beim Gußeisenverfahren nicht genügend Kohle oxidiert — Kohle und noch einige andere Elemente — dann ist das Eisen nicht hart genug für Maschinentei-

le, die stark belastet werden. Ich muß das nun diesem Idioten in Columbia klarmachen. Sollte es mir nicht gelingen, dann können wir vielleicht Teile aus einer Gießerei in Maryland oder sogar in Pennsyl—«
»Es wäre mir lieber, wenn wir das Geschäft innerhalb des Staates belassen könnten«, unterbrach ihn Tillet. »Es ist einfacher, Druck auf Freunde als auf Fremde auszuüben.«
»Na gut«, seufzte Cooper. Es war wieder einmal ein väterlicher Befehl an ihn ergangen. Jede Woche erhielt er Dutzende davon. »Aber ich habe nun Freunde in Pennsylvania.« Tillet überhörte die Bemerkung.
Das Oberhaupt der Main-Familie war achtundvierzig Jahre alt. Der Kranz Haare um seinen sonst kahlen Kopf herum war bereits weiß. Cooper hatte Tillets Statur und seine dunklen Augen geerbt. Und doch gab es einen klaren Unterschied zwischen Vater und Sohn. Coopers Blick war weich, nachdenklich, manchmal von bitterem Humor geprägt. Tillets Blick war selten freundlich oder fröhlich, sondern eher direkt, starr und manchmal stechend. Tillet Main, der für das Verhalten und das Wohlergehen von Dutzenden von weißen wie auch schwarzen Menschen verantwortlich war, hatte längst gelernt, nicht mehr schüchtern zu sein.
Die Hälfte der Kinder, die er gezeugt hatte, waren nicht älter als vier Jahre geworden. Coopers Mutter sagte, das sei der Grund, weshalb Tillet so selten lächelte. Doch der älteste Sohn nahm an, daß es noch andere Gründe dafür gab. Tillets Position und sein Erbe verleiteten ihn zu einer Art natürlicher Arroganz. Gleichzeitig litt er jedoch unter zunehmenden Minderwertigkeitsgefühlen, die er weder unter Kontrolle halten noch bekämpfen konnte. Eine Krankheit, die Cooper in letzter Zeit bei vielen Südstaatlern auffiel. Seine Reise hatte ihm erneut bestätigt, daß dies seinen guten Grund hatte.
Tillet betrachtete seinen Sohn. »Du scheinst dich nicht gerade zu freuen, wieder zu Hause zu sein.«
»O doch«, sagte Cooper, und er sagte die Wahrheit. »Aber ich bin seit meinem letzten Jahr in Yale nicht mehr im Norden gewesen. Was ich dort gesehen habe, hat mich gründlich deprimiert.«
»Was hast du denn gesehen?« Tillet war plötzlich sehr aufmerksam geworden. Cooper wußte, daß er sich jetzt hätte zurückhalten müssen, aber er weigerte sich hartnäckig.

»Fabriken, Vater, riesige, schmutzige Fabriken, die Lärm machen und den Himmel verpesten wie die Öfen vom Beelzebub. Der Norden entwickelt sich in einem erschreckenden Tempo, die Maschinen haben die Führung übernommen. Und was die Leute betrifft — mein Gott, ich bin nie so vielen Menschen begegnet. Im Vergleich dazu leben wir hier in der Wildnis.«

Tillet zündete seine Pfeife wieder an und paffte gedankenvoll. »Du glaubst also, Quantität sei besser als Qualität?«

»Nein, aber —«

»Wir wollen nicht von einer Menge nichtsnutziger Fremder überfahren werden.«

Da war er wieder, dieser dumme, halsstarrige Stolz. Cooper schnappte zurück: »War denn Charles Main etwas anderes als ein nichtsnutziger Fremder?«

»Er war ein Herzog, ein Gentleman und einer der ersten Hugenottensiedler.«

»Sehr schön, aber die Verehrung der Vergangenheit baut uns keine Fabriken und hilft unserer Wirtschaft auch nicht auf die Beine. Dies ist das Zeitalter der Maschine, und wir weigern uns, das anzuerkennen. Wir klammern uns an die Landwirtschaft und an die Vergangenheit und fallen mehr und mehr zurück. Einst hat der Süden dieses Land praktisch regiert. Aber jetzt nicht mehr. Jedes Jahr verlieren wir auf nationaler Ebene an Ansehen und Einfluß. Und mit gutem Grund: Wir gehen nicht mit der Zeit.«

Er hielt inne, kurz bevor er das übliche Argument vorbringen wollte, nämlich, daß die Wohlfahrt des Südens genauso abhängig vom System der Sklaverei geworden war wie die Sklaven von ihren Besitzern. Aber Tillet war bereits in Wut geraten. Der alte Mann schlug mit der Faust auf den Schreibtisch. »Halt deinen Mund! Die Südstaatler reden nicht gegen ihre Heimat. Zumindest die loyalen nicht. Es gibt genügend Yankees, die so was tun.«

Der Sohn fühlte sich eingezwängt zwischen seiner eigenen Überzeugung und seiner Unfähigkeit, Tillet zu einer Meinungsänderung zu bewegen. Sie hatten bereits früher ähnliche Auseinandersetzungen gehabt, aber die Diskussion war noch nie so hitzig gewesen wie diesmal. Cooper brüllte: »Wenn du bloß nicht so verdammt halsstarrig wärst wie alle andern *Freiherrn* in diesem umnachteten —«

Ein Schrei von draußen unterbrach den Streit. Vater und Sohn rannten zur Tür.
Der Schrei kam von einem der beiden kleinen Mädchen, die Cooper auf seinem Weg ins Büro gesehen hatte. Ashton Main und ihre Schwester Brett hatten eine halbe Stunde vor Ankunft des Schiffs ihre Leseunterrichtsstunde beendet. Ihr Hauslehrer, ein Deutscher aus Charleston, Herr Nagel, hatte ein Vormittagsnickerchen gemacht; er freute sich über die Wißbegier des jüngeren Mädchens, ärgerte sich jedoch über die Unverschämtheit der Älteren, die alles Intellektuelle langweilig fand.
Beide waren unmißverständlich Mains, und doch waren sie sehr verschieden. Nur die eine fiel Besuchern auf — Ashton; sie war fast acht und beinahe schon schön. Sie hatte viel dunkleres Haar, als es in der Familie üblich war. Je nach Licht sah es schwarz aus. Wenn sie wütend war, glichen ihre Augen genau denjenigen ihres Vaters.
Brett war zwei Jahre jünger, nicht häßlich, aber weniger perfekt als ihre Schwester. Sie würde hochgewachsen und schlank werden wie Tillet und ihre Brüder; sie und Ashton waren beinahe schon gleich groß. Es war ein Erbe, das sich als Nachteil erweisen würde, wenn es darum ging, Verehrer zu finden, wie Ashton oft betonte.
Nach ihrem Unterricht hatten die Mädchen einen Spaziergang am Flußufer gemacht. Brett hatte auf einem Ast im Gehölz, hinter dem letzten Feld, auf dem sich die grünen Keimlinge der Märzsaat stolz erhoben, ein leeres Vogelnest mit einem kleinen, blassen Ei gefunden.
»Ashton, komm, sieh dir das an!« Ashton kam leichtfüßig angesprungen, fast etwas stolz. Jung wie sie war, waren ihr ihre körperlichen Vorzüge im Vergleich zu denjenigen ihrer Schwester wohl bewußt. Sie zeigte sich überlegen, als sie auf das Ei blickte.
Brett sagte: »Ich nehme an, daß es ein Fischreiher vergessen hat.« Sie blinzelte ernst über den Fluß. »Wetten, daß die Vogelmutter bald zurück sein wird, um es auszubrüten.«
Ashton bemerkte den Gesichtsausdruck ihrer Schwester, und sekundenlang spielte ein Lächeln um ihre Mundwinkel. »Nun, dann wird sie enttäuscht sein«, sagte sie, indem sie sich behende nach dem Ei bückte und losrannte. Brett verfolgte sie dem Ufer entlang. »Leg es zurück. Du hast kein Recht, einer Vogelmutter das Kleine zu steh-

len.« »O doch«, sagte Ashton und schüttelte ihr Haar. Damit schien die Angelegenheit für sie erledigt.

Brett kannte ihre Schwester oder glaubte zumindest, sie zu kennen. Die Situation verlangte rasches, geschicktes Handeln. Brett täuschte plötzliches Desinteresse vor. Bald paßte Ashton nicht mehr auf, rannte nicht mehr und betrachtete die Trophäe, die sie auf der Hand hielt. Die jüngere Schwester stürmte von hinten auf sie zu und schnappte ihr das Ei aus der Hand.

Ashton verfolgte sie um das Herrenhaus herum bis zum Weg — dort, wo Cooper sie gesehen hatte. Die Verfolgungsjagd dauerte einige Minuten. Als schließlich beide außer Atem waren, schien es, als ob Ashton von Reue erfaßt würde.

»Tut mir leid, Brett. Du hast recht, und ich bin ein Kamel. Wir sollten es zurücklegen. Laß es mich noch einmal sehen.«

Brett ließ sich von Ashtons süßer Aufrichtigkeit einlullen und gab ihrer Schwester das Ei. Ashtons Lächeln veränderte sich. »Wenn's nicht meins ist, ist es auch nicht deins.« Und damit machte sie eine Faust und zerquetschte das Ei.

Brett ging auf sie los, und da sie drahtig und behende und nicht sehr damenhaft war, hatte sie ihre Schwester bald auf den Boden gezerrt. Sie riß Ashton an den Haaren und schlug auf sie ein, bis sie schrie. Die Schreie veranlaßten Papa und Cooper, aus dem Büro zu stürzen. Papa riß die beiden auseinander, erhielt zwei völlig verschiedene Berichte und legte die beiden nacheinander übers Knie — dies alles, bevor ihre Mutter auf das Geschrei hin aus dem Haus stürzte.

Brett heulte über das ihr angetane Unrecht. Ashton heulte noch lauter, doch als sie ihren Kopf zurückwarf und Grimassen schnitt, leuchteten ihre Augen. Auf den ersten Blick hätte man denken können, es seien Tränen. Bei näherer Betrachtung sah man aber, daß sie sich amüsierte. Clarissa, Tillet und Cooper fiel das nicht weiter auf. Aber Brett bemerkte es.

Etwa dreiviertel Meilen vom Herrenhaus entfernt, in einer getrennten, aber zur Plantage gehörenden Siedlung fand etwa zur selben Zeit ein weiterer Streit statt. Mitten auf der staubigen Straße balgten sich ein weißer und ein schwarzer Knabe um eine Fischerrute aus Bambus. Die Straße war auf beiden Seiten von einer Reihe geweißelter

Sklavenunterkünfte gesäumt. In dieser Straße befand sich — ebenfalls säuberlich vom Herrenhaus getrennt — die Krankenstation der Plantage, die kleine Kirche und am Ende der Straße, etwas erhöht gelegen, eine auf Kalkmörtelsäulen ruhende Fünf-Zimmer-Residenz. Dieses Haus gehörte dem Aufseher von Mont Royal, Salem Jones, von Geburt her ein Neuengländer und von Natur aus ein Leuteschinder. Jones war bei seiner verwitweten Mutter im Süden aufgewachsen und vor etwa elf Jahren mit erstklassigen Referenzen von einer andern Plantage nach Mont Royal gekommen. Tillet betrachtete ihn immer noch als einen Yankee, also als einen Außenseiter. Die guten Leistungen, die Jones für die Mains erbrachte, trugen dazu bei, Tillets Mißtrauen zu mindern, aber ganz verschwand es nie.

Kleine schwarze Mädchen und schwarze Männer, die zu alt zum Arbeiten waren, schauten den beiden Raufbolden teilnahmslos zu. Man hätte nicht sagen können, wer von den beiden der wildere oder drekkigere war. Der weiße Junge — sieben Jahre alt, sonnengebräunt und kräftig — war Charles Main. Vetter Charles nannte ihn Clarissa, um ihn von ihren eigenen Kindern zu unterscheiden.

Charles war ein außerordentlich hübscher Junge. Doch das gute Aussehen war auch schon alles Positive, was er geerbt hatte. Er war der Sohn von Tillets Bruder, einem untauglichen Rechtsanwalt namens Huger Main. Huger Main war zusammen mit seiner Frau 1841 auf einem Dampfer umgekommen, der nach New York fahren sollte und in der Nähe von Kap Hatteras aufgelaufen war. Charles war für die Dauer der Abwesenheit seiner Eltern von seiner Tante und seinem Onkel aufgenommen worden. Er war ein Einzelkind. Nach der Bestattung, bei der zwei leere Särge versenkt worden waren, blieb er bei seinen Verwandten. Charles führte ein einfaches und ein einsames Leben. Mit der Kindern eigenen Intuition spürte er, daß Onkel Tillet nicht viel von seinem Vater gehalten hatte, also hielt er auch nicht viel von ihm. Die Ablehnung, mit der ihm seine Verwandten begegneten, betrachtete Charles eher als Segen. So konnte er seine eigenen Wege gehen; seine Tante und sein Onkel zwangen ihn nicht, sich der Folter des Unterrichts mit dem deutschen Lehrer zu unterwerfen. Er ging oft fischen und streifte durch die umliegenden Wälder und Sumpfgebiete. Seine Freunde waren Negerjungen wie Cuffey, mit dem er sich jetzt um die Angel raufte.

Stimmengeschrei, das aus einer der Sklavenhütten kam, lenkte die Aufmerksamkeit der beiden Kämpfer und einiger Schwarzer auf sich. Aus der Hütte kam mit großen Schritten eine bekannte Gestalt in Stiefeln. Gedrungen, kahlköpfig und mit einem Dickwanst; im Gegensatz dazu das engelhafteste Gesicht der Welt: Salem Jones hielt es für notwendig, seine Autorität damit zu bekräftigen, daß er überall, wo er auch immer hinging, eine Reitpeitsche und einen dicken Holzknüppel an seinem Gürtel mit sich trug.
Die Jungen hörten auf zu kämpfen. Charles hatte die Angel während des Kampfes beinahe zerbrochen. Sein Hemd hing wie gewöhnlich aus der Hose, Wangen und Kinn waren dreckverschmiert. Der Kampf, den er letzte Woche mit James, dem Vetter von Cuffey, ausgefochten hatte, hatte ihn einen Schneidezahn gekostet. Er war der Meinung, daß die Zahnlücke ihm einen verwegenen Ausdruck verlieh.
»Jones hat wieder versucht, mit Semiramis zu schlafen«, flüsterte Cuffey. »Er versucht es bereits seit sechs Monaten, seit seine Frau gestorben ist.«
»Er hat es schon lange vorher versucht, nur so, daß niemand es bemerken sollte«, vertraute Charles ihm an. »Das hat Onkel Tillet gesagt.«
Salem Jones marschierte die Straße entlang und verschwand hinter seiner Residenz. Charles näherte sich der Hütte, in der Semiramis mit ihrer Familie wohnte. Die Tür stand offen, aber das Mädchen war nur undeutlich zu erkennen. Charles konnte sie nicht genau sehen, aber er konnte sie sich lebhaft vorstellen. Semiramis hatte eine seidenweiche schwarze Haut und einen vollkommenen Körper. Alle Jungen auf der Plantage waren sich einig, daß sie etwas Besonderes war.
Verärgert sattelte Jones sein Pferd und ritt eilends in Richtung Felder. Cuffey sagte ahnungsvoll: »Priam wird heute abend darunter leiden müssen. Der alte Jones kriegt nicht, was er will, also wird er sich an ihrem Bruder rächen.«
Charles warf einen Blick auf den Stand der Sonne. »Ich wollte nach Hause essen gehen, aber ich glaube, ich bleibe hier, bis Priam mit seiner Arbeit fertig ist.« Die Familie würde ihn ohnedies nicht vermissen.

Er überlegte sich, was geschehen könnte. Priam, der Bruder von Semiramis, war ein kräftiger Bursche mit einem starken Willen. Obwohl seine Familie schon vor drei Generationen aus Angola gebracht worden war, hatte er immer noch einen unbändigen Drang nach einer Freiheit, die er nie gekannt hatte.
Charles konnte seinen Groll verstehen. Er konnte ein System, das einigen Männern Freiheit bot, weil sie weißer Hautfarbe waren, und anderen diese Freiheit versagte, weil sie nicht weiß waren, nicht begreifen. Er fand dies ungerecht, ja geradezu barbarisch, obwohl er gleichzeitig glaubte, daß es auf der ganzen Welt so sei und es daran nichts zu ändern gebe.
Er hatte mehrere Male über gewisse Aspekte der Sklaverei mit Cuffey diskutiert. Sie hatten beide festgestellt, daß Semiramis nicht das geringste gegen den klassischen Namen hatte, mit dem man sie bei ihrer Geburt bedacht hatte. Sie betrachtete es nicht als Ironie. Priam hingegen verstand die Verhöhnung gut und machte keinen Hehl daraus, daß er seinen Namen haßte.
Einst hatte Cuffey seinem Freund anvertraut, daß Priam nicht ewig Tillets Sklave bleiben wollte. Charles wußte, was das zu bedeuten hatte: Priam würde fliehen. Aber wohin? Gab es denn nicht überall Sklaverei? Cuffey meinte nein, aber beweisen konnte er es nicht.
Charles lungerte den ganzen Nachmittag in der Sklavensiedlung herum. Eine Stunde lang machte er ein Nickerchen in der kühlen, dunklen Kirche. Als die Feldarbeiter mit geschulterter Hacke hereinzuströmen begannen, saß er schnitzend auf einem Schemel.
Vor einer Stunde war Jones nach Hause zurückgekehrt. Er stand jetzt auf der Türschwelle und spielte mit seinem Knüppel.
»Du, Priam«, rief Jones mit einem leutseligen Lächeln. Der Sklave, der fünfzehn Jahre jünger und einen Kopf größer war als der Aufseher, trat aus der Reihe der vorbeidefilierenden Sklaven hervor. Seine Stimme war knapp respektvoll, als er sagte:
»Ja, Mist' Jones?«
»Der Fuhrmann hat mir gesagt, daß du in letzter Zeit in der Arbeit nachgelassen hast. Er sagte mir auch, daß du dich ständig beklagst. Soll ich dir jeden Tag anderthalb Tagwerke geben?«
Priam schüttelte den Kopf. »Ich tue jede Kleinigkeit, die man von mir verlangt. Ich muß die Arbeit ja nicht auch noch lieben, oder?«

Sein Blick huschte über die andern Sklaven, seine Augen blitzten zornig, ja haßerfüllt.
»Der Fuhrmann hat nie zu mir gesagt, daß er nicht zufrieden mit mir ist.«
Jones schritt langsam und majestätisch die Treppe hinunter, blieb aber auf halbem Wege stehen, denn wäre er weitergegangen, so wäre sein Kopf nicht mehr auf Priams Augenhöhe gewesen.
»Glaubst du allen Ernstes, er würde dir das sagen? Nein. Du bist zu dumm, um zu begreifen. Du bist gerade gut genug für die Arbeit, die du tust. Niggerarbeit. Tierarbeit.«
Der Aufseher versetzte Priam mit seinem Knüppel einen Stoß in den Magen, er versuchte ihn zu provozieren. »Ich werde versuchen, dich eine Woche lang etwas mehr zu beschäftigen. Anderthalb mehr Arbeit pro Tag.«
Aus den Reihen der umstehenden Neger kamen einige unterdrückte Seufzer. Ein Tagewerk war das, was man üblicherweise auf den nicht allzu repressiven Plantagen erfüllen konnte. Ein fähiger Mann konnte dieses Tagewerk vor Sonnenuntergang erledigen und hatte dann Zeit, um im eigenen Garten zu arbeiten oder persönliche Arbeiten zu verrichten.
Priam preßte die Zähne zusammen. Er war vernünftig genug, den Aufseher nicht zu reizen. Aber Jones war entschlossen, ihn herauszufordern. Charles haßte den aufgeblasenen kleinen Yankee mit seiner Glatze und seiner weinerlichen, näselnden Stimme.
»Hast du nichts dazu zu sagen, Nigger?« Jones versetzte Priam einen zweiten, diesmal härteren Stoß. »Ich könnte noch mehr tun, als nur dein Tagewerk steigern. Ich könnte dir das geben, was du für deine unverschämten Blicke verdient hast.« Er drohte Priam mit der Peitsche. »Das hier.«
Der einseitige Streit ärgerte Charles, und er sprang wie von der Tarantel gestochen von seinem Schemel auf. »Mr. Jones, Sie haben eine Peitsche und einen Knüppel, aber Priam hat überhaupt nichts. Weshalb sind Sie nicht fair? Geben Sie ihm das eine oder andere und kämpfen Sie dann.«
Schweigen.
Die erschrockenen Sklaven wagten sich nicht zu rühren. Vom Fluß herauf tönte das heisere Gebrüll eines Alligators. Sogar Priams Au-

gen verloren ihren haßerfüllten Ausdruck. Der verblüffte Aufseher starrte den Knaben an.
»Ergreifst du Partei für diesen Nigger?«
»Ich möchte bloß, daß er gerecht behandelt wird. Alle sagen, daß er ein guter Arbeiter ist. Mein Onkel sagt das.«
»Er ist ein Nigger, und es wird von ihm nichts anderes erwartet. Er soll hart arbeiten, wenn nötig, bis er zusammenbricht. Und von dir erwartet man, daß du im Herrenhaus bist, wo du hingehörst. Langsam frage ich mich, weshalb du auf diesem Teil der Plantage herumschnüffelst. Zieht dich etwas hierher? Ein kleines Negerblut vielleicht?«
Nicht die Beleidigung, sondern der Hohn versetzte Charles in Rage. Mit einem Schrei stürzte er los und rammte seinen gesenkten Kopf in Jones' Magen. Schnell versetzte er ihm noch zwei Hiebe und rannte wie besessen davon. Bis zur Dämmerung versteckte er sich am Fluß. Schließlich sagte er sich, daß er nicht länger draußen bleiben könne. Als er durch den großen Garten auf das Herrenhaus zuging, hörte er ein Zischen hinter einem Gebüsch.
Im Dämmerlicht konnte er Cuffeys Gesicht entdecken. Cuffey sagte ihm grinsend, daß das Ablenkungsmanöver erfolgreich gewesen sei. Jones war nach Charles' Angriff so wütend gewesen, daß er kein Interesse mehr an Priam gehabt hatte.
Müde und hungrig schleppte Charles sich zum Haus. Sein Sieg hinterließ kein Glücksgefühl, sondern erschien ihm im Gegenteil katastrophal, als er sah, daß Onkel Tillet ihn mit finsterer Miene erwartete.
»Jones war vor einer Stunde hier. Komm in die Bibliothek, ich erwarte eine Erklärung von dir!«
Charles gehorchte und folgte seinem Onkel. Er liebte das Haus um diese Tageszeit am meisten: die silbernen Geschirre und Gefäße, die Möbel aus Rosenholz und Nußbaum, das warme Kerzen- und Lampenlicht. Der Kristallüster fing die leichte Brise, die vom Fluß her wehte, auf und gab ein sanftes, klirrendes Geräusch von sich. Die Hausbediensteten murmelten leise und lachten sogar nach getaner Arbeit. Doch von all dem hörte und sah er heute abend nichts.
Charles mochte auch Tillets Bibliothek mit ihren schweren, schlichten Möbeln und der faszinierenden und sehr realistischen Wandmale-

rei über dem Kamin; sie stellte römische Ruinen dar. Auf den Bücherregalen standen Hunderte von feinen englischen, lateinischen und griechischen Büchern. Charles hatte kein Interesse daran, obwohl er seinen Onkel bewunderte, der sie alle lesen konnte. An diesem Abend jedoch erschien ihm die Bibliothek unfreundlich und kalt.

Tillet bat Charles, sein Verhalten zu erklären. Stockend sagte der Junge, Jones habe eine Peitsche und einen Knüppel, Priam aber keine Waffe gehabt. Deshalb sei klar, wessen Partei er habe ergreifen müssen.

Tillet schüttelte den Kopf und langte nach seiner Pfeife. »Du darfst bei einem solchen Streit keine Partei ergreifen. Du weißt, daß Priam einer meiner Leute ist. Er hat nicht dieselben Rechte oder Privilegien wie ein Weißer.«

»Aber sollte er das nicht haben? Wenn ihn jemand verletzt, muß er es dann einfach akzeptieren?«

Tillet zündete seine Pfeife mit raschen, fahrigen Bewegungen an. Seine Stimme wurde leiser, ein Zeichen dafür, daß er wütend war.

»Du bist sehr jung, Charles, und du kannst sehr leicht ein Opfer von falschen Vorstellungen werden. Ich kümmere mich um meine Leute. Das wissen sie. Und Mr. Jones ist zwar ein guter Verwalter, aber auch ein verdammter Idiot. Es gibt überhaupt keinen Grund dafür, weshalb er mit Peitsche und Knüppel herumrennen sollte. Bei uns in Mont Royal gibt es keine Nigger, die Unruhe stiften. Nein, ich muß mich korrigieren. Priam und noch ein oder zwei andere zeigen gewisse Anzeichen eines rebellischen Temperaments, aber nicht immer und nicht im Übermaß. Ich gebe mir große Mühe, hier eine gute Atmosphäre aufrechtzuerhalten. Meine Leute sind glücklich.«

Er unterbrach sich und erwartete die Zustimmung des Knaben. Charles fragte: »Wie können sie glücklich sein, wenn sie nicht hingehen können, wo sie hinwollen, und nicht tun dürfen, was sie tun wollen?«

Dies schien eine höchst normale Frage zu sein, aber Tillet reagierte zornig. »Stell keine Fragen über Dinge, von denen du nichts verstehst. Wenn sie nicht hier wären, würden sie in der Wildnis leben. Die Neger sind am glücklichsten, wenn ihr Leben für sie organisiert und verwaltet wird. Und was dich betrifft, junger Mann —«

Tillet blickte rasch zur Tür, die er beim Eintreten nicht ganz geschlossen hatte. Draußen hörte jemand zu. Tillet schien sich keine Sorgen darum zu machen. Mit dem Pfeifenstiel drohend sagte er: »Wenn du Mr. Jones noch mehr Sorgen machst, lege ich dich übers Knie und verabreiche dir was. Ich wünschte mir, daß du dich endlich benehmen und wie ein kleiner Gentleman handeln würdest, obwohl dies wahrscheinlich aufgrund deines Charakters unmöglich ist. Und nun, raus hier!«

Charles machte auf dem Absatz kehrt und rannte los. Er wollte nicht, daß sein Onkel die Tränen sah, die ihm so unverhofft in die Augen gestiegen waren. Er riß die Tür auf und erschrak, als er die Schattengestalt sah — es war Tante Clarissa. Sie streckte ihm tröstend die Hand entgegen. »Charles . . .«

Sein Onkel betrachtete ihn als wertlos. Zweifellos teilte sie seine Meinung. Er wich ihrer Hand aus und rannte in die Dunkelheit hinaus.

Später am Abend half Tillet im großen Schlafzimmer im zweiten Stockwerk auf der Flußseite des Hauses seiner Frau aus dem Korsett. Sie atmete erleichtert auf, ging an mehreren halbgepackten Koffern vorbei und beendete ihre Nachtvorbereitungen hinter einer spanischen Wand.

Tillet zupfte an seinen Leinenhosen, die er bei warmem Wetter zum Schlafen trug. Sie waren zwar nicht modisch, aber bequem. Es war still im Raum. Die Stille regte ihn auf. Er blickte nach der Wand. »Komm, Clarissa! Ich möchte heut nacht einen guten Schlaf haben.«

Sie tauchte in ihrem Nachthemd auf und bürstete ihr offenes, graues Haar. Clarissa Main war eine kleingewachsene Frau mit feinen, aristokratischen Gliedern, die in einem seltsamen Gegensatz zu ihrem eher bäurischen Gesicht standen. Nur wenige Leute waren der Meinung, daß ihre Söhne ihr glichen, außer in einer Hinsicht: sie hatten genau dieselbe Nase. Die Vorfahren von Clarissa, Hugenotten namens Gault, waren zwei Jahre vor Charles de Main nach Carolina gekommen — eine Tatsache, mit der sie ihren Mann, wenn er zu anmaßend wurde, in Schranken weisen konnte.

»Ich habe mich bereits für das Lauschen entschuldigt«, sagte sie. »Es ist deine Angelegenheit, wie du mit Vetter Charles umgehst. Er ist der Sohn deines Bruders.«

»So leicht kommst du mir nicht davon«, sagte Tillet mit schroffem

Sarkasmus, »nicht, wenn ich weiß, daß du ganz klare eigene Vorstellungen von der Sache hast.«
»Würdest du mir denn zuhören?« Die Frage war ernst gemeint, aber ohne Schärfe gestellt. Sie hatten selten Streit, aber zahllose Diskussionen, wie sie es nannten. »Wahrscheinlich nicht, denn du hast den Knaben ja bereits als Versager und Taugenichts abgeschrieben.«
Tillet zog sich mit einem Sprichwort aus der Affäre: »Wie der Vater, so der Sohn.«
»Manchmal. Manchmal auch nicht.«
»Er hat gefährliche Ansichten. Hast du die Fragen, die er gestellt hat, gehört?«
»Tillet, Lieber, Vetter Charles ist nicht der einzige, der Zweifel am System hat, unter dem seine Familie seit sechs Generationen gelebt hat.«
»Gelebt und gut gelebt«, korrigierte er und setzte sich schwer auf das Himmelbett. »Genau wie die Gaults.«
»Das leugne ich keineswegs.«
»Sogar mein eigner Sohn nährt solche Ideen und Vorstellungen.« Sein anklagender Ton erregte ihren Ärger. »Wenn dies der Anfang deiner üblichen Vorlesung über Coopers Wißbegier ist, für die ich verantwortlich sein soll, so kann ich drauf verzichten. Ich erinnere dich lediglich daran, daß Cooper auf dein Drängen hin in Yale studiert hat. Es war deine Wahl. Ja, und ich teile einige seiner Zweifel hinsichtlich der Frage, ob es weise ist, Zehntausende von Menschen als Sklaven zu halten.«
Er machte eine Handbewegung. »Du und deine Angst vor einem Aufstand. Hier wird nichts dergleichen passieren. Wir sind ja schließlich nicht in Haiti. In Mont Royal gibt es keine Veseys.«
Er meinte den Anführer eines Sklavenaufstands aus dem Jahre 1822, ein Mulatte aus Charleston. Der Aufstand hatte jedoch nie stattgefunden, er war vorher entdeckt und unterdrückt worden. Doch die Erinnerung an diese Geschichte verursachte vielen Weißen in South Carolina immer noch schlaflose Nächte.
Tillets herablassender Ton versetzte seine Frau in Wut. »Ja, in der Tat habe ich Angst vor der schwarzen Mehrheit. Aber noch mehr als das, ob du mir glaubst oder nicht, bedrückt mich mein Gewissen.«
Er fuhr hoch. Seine Wangen waren plötzlich rotgefleckt, aber er hielt

sich zurück und brachte seine Wut rasch unter Kontrolle. Er liebte Clarissa, deshalb war sie der einzige Mensch, der mit ihm streiten — und den Streit gewinnen konnte.
Etwas milder gestimmt, sagte er: »Wir sind weit vom ursprünglichen Thema abgekommen.«
»Da hast du recht.« Mit ihrer Zustimmung und ihrem Lächeln gab sie ihm zu verstehen, daß sie den Streit beschließen wollte. »Ich wollte nur anregen, daß du den Knaben vielleicht nicht nur verurteilst. Er hat viel Energie. Vielleicht könntest du sie in positive Bahnen lenken.«
»Wie?«
Sie zuckte die Achseln und seufzte. »Ich weiß es nicht, das ist der Punkt, an dem ich jedesmal scheitere.«
Sie löschten das Licht, zogen eine leichte Baumwolldecke über sich, um sich vor der kühlen Nachtluft zu schützen, und schmiegten sich aneinander. Er legte wie jede Nacht seinen Arm auf ihre Hüfte. Der Konflikt war jedoch nicht beigelegt, vielleicht weil Tillet zuinnerst fühlte, daß seine Frau, was Vetter Charles betraf, recht hatte. So wie Clarissa zerbrach er sich oft den Kopf, um eine Lösung für das Problem zu finden, jedoch ohne Erfolg. Er suchte dann unweigerlich in Feindseligkeiten Zuflucht.
»Nun, ich habe keine Zeit für die Herkulesaufgabe, diesen jungen Nichtsnutz zu bekehren. Sagte ich Herkules? Es gibt keinen besseren Ausdruck. So wie alle andern mit gesundem Menschenverstand ausgestatteten Menschen der Nachbarschaft bin auch ich davon überzeugt, daß er ein schlechtes Ende nehmen wird.«
»Wenn alle so denken«, murmelte Clarissa traurig aus der Dunkelheit, »dann wird es auch so geschehen.«

5

Das Sommercamp 1843 erschien George und Orry weitaus angenehmer als ihr erstes. George wurde zum Unteroffizier befördert, was seinen Freund, der sich weiterhin innigst eine Militärkarriere wünschte, etwas in Verlegenheit brachte. Trotzdem gratulierte er dem neu bestellten Kadetten-Unteroffizier, und dann machten sie sich gemeinsam zu Benny auf, um mit Zigarren und Bier zu feiern. Sie gehörten jetzt zu den Veteranen.

Orry machte sich während des ganzen Camps Sorgen um das Studium im dritten Semester. Er war zwar kein Junior mehr, was aber nicht hieß, daß er sich jetzt hätte entspannen können. Vor allem nicht, wenn er an Französisch, an Darstellende Geometrie und an Technisches Zeichnen dachte.

George überredete ihn, am Sommerschlußfest teilzunehmen. Es wurde wie üblich im Akademiegebäude abgehalten. Orry kam sich bei dem Anlaß idiotisch vor, er war nur hergekommen, damit sein Freund ihn endlich in Ruhe ließ.

Er fühlte sich in seiner Staatsuniform nicht nur unwohl, sondern geradezu komisch. Es gab jedoch einigen Ausgleich für das Leiden. Orry freute sich am Anblick der gepuderten Schultern und an den schäkernden Blicken der weiblichen Gäste, obwohl er mit etwas Bitterkeit feststellen mußte, daß keine der jungen Damen ihm auch nur einen einladenden Blick zugeworfen hätte.

Auch Elkanah Bent sorgte für Unterhaltung. Er traf in Begleitung einer jungen Dame mit einem Pferdegesicht und einem sehr schlechten Teint auf. George versetzte seinem Freund einen Rippenstoß und schmunzelte. Pickett wieherte vor Lachen.

»Unglaublich«, sagte Pickett. »Hat er doch noch ein Mädchen auftreiben können, das gewillt ist, mit einem Elefanten Walzer zu tanzen.« Trotz der Menschenmenge, die sich in der Halle drängte, bemerkte Bent, daß man ihm Aufmerksamkeit zollte. Er blickte giftig in die Runde. George grinste unerschrocken weiter. »Ich schätze, wenn man so häßlich aussieht wie diese unglückliche Kreatur, dann ist man sogar mit Bents Visage zufrieden.«

Doch ob hübsch oder häßlich, Orry fühlte sich unter all diesen jungen Mädchen wie ein Holzklotz. George tanzte bereits mit großem Elan. Orry stand unter den Zuschauern; zwar wollte er gern eine junge Dame zum Tanz auffordern, aber er wußte nicht so recht, wie er vorgehen sollte. Nachdem er etwa eine Stunde herumgestanden war, eilte ihm George zu Hilfe. Er kam in Begleitung von zwei Mädchen und stellte klar, daß eines für Orry bestimmt war. Als George kurz darauf mit dem anderen Mädchen davontanzte, hatte Orry das Gefühl, der

Boden sei ihm unter den Füßen weggezogen worden, und er stehe nur noch auf Luft. Er stellte ungeschickte Fragen, und seine Versuche, schlagfertige Antworten zu geben, waren schlechthin lächerlich. Doch das Mädchen — eine plumpe, sympathische Blondine — schien sehr von seiner makellosen Uniform angetan zu sein — immer wieder blickte sie auf seine Knöpfe — und deshalb gewillt, seine Tolpatschigkeit zu übersehen.
Sie hieß Miss Draper und kam aus Albany. Orrys Unfähigkeit, intelligente — oder überhaupt irgendwelche — Bemerkungen zu machen, führte dazu, daß er schließlich doch mit ihr tanzte. Er stand auf ihren Füßen herum, und seine ganze Konzentration bestand aus Entschuldigungen. Als er fragte, ob sie einen Spaziergang mit ihm machen wollte, sagte sie schnell und atemlos ja.
Aber in der Dunkelheit des Gartens, mit dem Rascheln des Laubs — oder war es das Knistern von Seide und Satin? — fühlte er sich noch verlegener. Wortlos setzten sie sich schließlich auf eine Bank.
Unvermutet öffnete Miß Draper ihre große Handtasche und bot ihm kleine Kekse an, die sie aus dem Hotel mitgebracht hatte. Orry versuchte einen zu knabbern, aber er fiel ihm aus der Hand. Den andern steckte er in seine Manteltasche und zerdrückte ihn dabei. Etwa eine Minute lang starrte ihn Miß Draper erwartungsvoll an, dann sprang sie auf.
»Bitte, bringen Sie mich zurück, Sir. Es ist zu kühl hier draußen.« Es war jedoch eine außergewöhnlich warme Nacht. In tödlichem Schweigen begleitete Orry Miß Draper in den Saal zurück. In weniger als dreißig Sekunden tanzte sie mit einem andern Kadetten. Der Abend war ein Mißerfolg, und er war ein Versager.
»Nie wieder werde ich zu einem dieser verdammten Anlässe gehen«, sagte er nach dem Lichterlöschen zu George. »Ich bin zwar gern in Gesellschaft von Damen, aber ich weiß nicht was tun. Und vor allem weiß ich nicht wie flirten. Miß Draper verabschiedete sich, als hätte ich eine ansteckende Krankheit.«
»Mein Junge, du hast das *quid pro quo* vernachlässigt.«
»Ich verstehe nicht.«
»Hat Miß Draper dir nicht ein kleines Geschenk gemacht? Vielleicht Kekse?«
»Wie um Himmels willen weißt du das?«

»Weil ich auch welche bekommen hab'.«
»Von ihr?«
»Natürlich nicht. Von andern.«
»Wie vielen andern?«
»Mehreren. Das gehört zum Spiel, Orry. Als Gegengeschenk erwartet das Mädchen ein Andenken, und ein Gentleman erfüllt diesen Wunsch immer. Warum glaubst du wohl, daß ich dauernd Ersatzknöpfe schnorre und sie an meinen Mantel nähe?«
»Mir ist aufgefallen, daß du viele Knöpfe verlierst. Meinst du, Miß Draper wollte . . .«
»Die Helden verdienen schöne Frauen«, unterbrach ihn George. »Aber die Schönen wollen dafür die Knöpfe von West Point. Ganz besonders, bevor sie dich umarmen oder küssen. Mein Lieber, ein Knopf einer Kadettenuniform ist das wertvollste Liebespfand der ganzen Nation.«
»O Gott«, sagte Orry, »das hätte ich nie vermutet. Kein Wunder, hat sie mich beinahe mit ihren Blicken durchbohrt. Nun, ich nehme an, daß ich zu jenen Männern gehöre, für die der Allmächtige nur eine Frau bestimmt hat.«
»So wie er für dich nur eine Karriere vorgesehen hat? Orry, du bist zu ernst.«
Georges Eisenbett quietschte, als er sich in der Dunkelheit aufsetzte, um seinen Freund anzusehen. »Wenn wir schon offen und ehrlich miteinander reden — es gibt etwas, was ich dich schon lange fragen wollte. Ich befürchte allerdings, daß ich die Antwort bereits kenne.«
»Nun?«
»Warst du jemals mit einer Frau zusammen?«
»Oh, das ist aber eine persönliche, um nicht zu sagen, unhöfliche —«
»Das kannst du dir sparen; ich möchte keinen deiner berühmten Vorträge hören. Ja oder Nein?«
Orry schluckte die Antwort beinahe hinunter. »Nein.«
»Da müssen wir etwas unternehmen.«
»Etwas unternehmen? Wie? Was?«
»Deine Stimme klingt, als würden wir über Cholera reden.« Orry war klar, daß der Ärger seines Freundes nicht echt war. Er kicherte nervös und murmelte: »Entschuldige. Mach weiter.«
»Im Dorf gibt es einige gefällige Damen. Wenn du einer von ihnen

einen Besuch abstatten würdest, wärst du vielleicht von deinen romantischen Vorstellungen über Frauen erlöst. Mindestens aber würde es dich davon überzeugen, daß Frauen nicht gleich zerbrechen, wenn du ihnen einen schiefen — oder leidenschaftlichen — Blick zuwirfst.«

Orry versuchte ein Gegenargument vorzubringen, aber George war gnadenlos.

»Keine Argumente. Es kostet dich nicht viel, und du wirst eine wertvolle Erfahrung machen. Wenn dir an unserer Freundschaft etwas gelegen ist, dann mußt du hingehen.«

»Ich befürchtete, daß du so was sagen würdest.«

Orry hoffte, daß seine Stimme nicht verriet, wie erfreut er insgeheim war.

Orry hatte erwartet, daß seine Einführung in die körperliche Liebe eine private Angelegenheit sein würde und daß nur George und die entsprechende Frau darüber Bescheid wüßten. Statt dessen trieb George einige Nächte später vier weitere Kadetten auf, und dann machten sie sich alle sechs auf nach Buttermilk Falls. Die Einweihung schien etwa so privat zu werden wie eine öffentliche Versammlung.

Die Dame, die sie aufsuchten, kam ihm alt vor, obwohl sie erst knapp dreiunddreißig war: Alice Peet, brünett und drall. Sie hatte sanfte Augen, aber ein etwas hartes Lächeln und ein Gesicht, das durch Arbeit und Sorgen geprägt war und viel von seiner ursprünglichen Schönheit eingebüßt hatte. George sagte, sie sei eine Witwe, die Wäsche und anderes mache, um für sich selbst, drei Kinder und eine Katze den Lebensunterhalt zu verdienen. Ihr Mann, ein Matrose, sei vor zwei Jahren im Sommer während eines Sturms über Bord gefallen und ertrunken.

Alice Peet hatte ihre Kinder zu einem Bekannten geschickt, und somit waren sie und ihre Besucher allein im Haus. Haus war an sich nicht das richtige Wort, Hütte wäre angebrachter gewesen. Sie bestand aus einem großen Zimmer und einem zusätzlichen kleineren, das wahrscheinlich für die abendlichen Besucher gedacht war. Beide Zimmer waren durch eine locker in den Angeln hängende Tür voneinander getrennt. Orry schluckte den brennenden Whisky hinunter, den ihm Alice Peet angeboten hatte. Er wurde plötzlich von Scham und Verlegenheit erfaßt und wußte, daß er keinen Schritt in das Zimmer tun konnte. Ohne ein Wort zu sagen, schlich er auf die Veranda hinaus.

Die Hütte von Alice Peet stand am südlichen Ende des Dorfes, weit genug vom nächsten Nachbarn entfernt. Wenn der Ort sonst auch keine Reize aufwies, so hatte man doch einen prächtigen Ausblick auf den monderhellten Hudson. Orry setzte sich und entspannte sich. Alice schien ihren Mann offensichtlich nicht stark zu vermissen. Sie lachte, trank und amüsierte sich mit den andern Kadetten. Die Party wurde immer lustiger und lauter. Nach ungefähr einer Stunde glaubte Orry, daß man ihn vergessen habe, und er war dankbar dafür. Da flog die Tür auf.

Kadett Stribling schwankte heraus. »Main? Wo bist du, Sir? Madame Pompadour-Peet erwartet dich, und, wie ich sagen würde, mit einer gewissen Absicht.«

Hier fiel Stribling beinahe von der Veranda herunter. Er fing sich jedoch auf und rülpste. »Mein Gott, sie ist unersättlich. Wir werden die ganze Nacht hier sein. Aber was macht das schon, solange sie die Preise nicht erhöht. Na los, du bist dran!«

»Danke, aber ich glaube, ich bleibe hier —«

»Kadett Orry Main, Sir?« Das war George. »Herein, und tun Sie Ihre Pflicht, Sir.«

Nach einigen weiteren Minuten des Hin und Her ging er schließlich zögernd hinein.

Die boshaften Kadetten jagten ihn durch das Haupt- ins Nebenzimmer und schlossen die Tür hinter ihm ab. Er hatte Angst, und gleichzeitig fühlte er, wie er unter dem Knopfverschluß seiner Hose steif wurde. Dieser Knopfverschluß war eine Neuerung in West Point, die gegen den heftigen Widerstand der Moralhüter, die vor Sittenzerfall warnten, durchgesetzt worden war. Die Sinnlichkeit wurde somit auch von der Regierung anerkannt.

Orry hatte die wildesten Vorstellungen und dachte, die Knöpfe müßten jeden Moment unter dem Druck abspringen. Es roch in der Dunkelheit angenehm nach Moschus, Toilettenwasser, Whisky und warmem Körper.

»Komm her«, murmelte die Frau.

Er stolperte gegen das Bettende und entschuldigte sich höflich und umständlich. Alice Peet machte sich nicht über ihn lustig. Vielleicht war sie betrunken, aber sie klang liebenswürdig.

»Komm, mein Lieber. Du bist Orry, nicht wahr? Dein Freund sagte mir, daß dies neu für dich sei.«

»Nun . . .«

»Du brauchst nicht zu antworten. Setz dich.«

Hatte er Fieber? Er setzte sich vorsichtig auf die Bettkante. »Wir werden es einfach und angenehm machen für dich«, sagte die Frau und faßte ihn auf so schockierende Weise an, daß er über und über rot wurde.

Aber Alice Peet war eine Expertin. Zehn Minuten später seufzte Orry unwillkürlich, und es gab kein Geheimnis mehr.

Auf dem Rückweg versuchte er George zu versichern, daß es schön gewesen sei. Im geheimen jedoch hatten ihn Alice Peets Umarmungen unerfüllt gelassen und merkwürdig traurig gemacht. Vielleicht war er nicht so wie alle anderen, aber ein körperliches Zusammensein mit einer beinah fremden Frau war nichts für ihn. Der Besuch in der Hütte hatte ihn erneut davon überzeugt, daß es in seinem Leben nur eine Frau geben würde. Eine und nur eine. Er war sicher, daß es Liebe auf den ersten Blick sein würde.

Wenn ihn dies zu einem sentimentalen Esel machte — nun gut, dann war er eben einer.

An einem Samstagnachmittag des Frühlings 1844 hatten George und Orry eine Freistunde, da sie keine Fehlerpunkte mehr hatten, die sie mit Extrawachtdienst hätten abarbeiten müssen. Sie wanderten in den Hügeln oberhalb der Akademie herum und kamen an einen runden, flachen Krater. Sein Durchmesser war etwas größer als ein halber Meter. Im unteren Teil hatte sich Schmutz und Dreck gesammelt, und der Rand war von frischem Gras überwachsen, was darauf hinwies, daß der Krater schon vor Monaten entstanden war.

George sah plötzlich sehr erregt aus. Er kniete beim Krater nieder und begann, ohne weitere Erklärung, mit seinen Händen darin herumzugraben.

»George, was um Himmels willen tust —?«

»Augenblick, ich hab' was gefunden.«

Unter dem lockeren Dreck zog er seine Entdeckung hervor — eine

Art Schlacke, kegelförmig und etwa fünfzehn Zentimeter hoch. Orry hatte noch nie eine Schlacke in genau diesem Braunton gesehen. »Was zum Teufel ist das?«

»Nichts Irdisches«, entgegnete George mit einem merkwürdigen, beinahe kalten Lächeln. Als Orry durch Stirnrunzeln zu verstehen gab, daß ihn die Antwort keineswegs befriedigte, zeigte George mit dem Finger auf den wolkenbedeckten Himmel. »Daher kommt es. Es ist ein Meteorit. Die Farbe zeigt an, daß er stark eisenhaltig ist. Sterneisen nennen es die älteren Leute in der Fabrik.« Er betrachtete den rauhen Gegenstand intensiv. Sein Gesichtsausdruck war beinahe ehrfürchtig. Orry war wie vom Donner gerührt.

»Den alten Ägyptern war das Sterneisen ein Begriff«, sagte George mit leiser Stimme. »Vielleicht ist dieses Stück Millionen und Abermillionen von Meilen gewandert, bis es hier zerschellte. Mein Vater sagt, daß der Eisenhandel den Lauf der Geschichte stärker beeinflußt hat als alle Politiker und Generäle seit Beginn der Menschheit.« Er hielt den Meteorit in die Höhe: »Und dies ist der Grund dafür. Eisen kann alles zerstören: Familien, Vermögen, Regierungen, ganze Völker. Es ist das Mächtigste, was es im Universum gibt.«

»Oh?« Orry warf einen skeptischen Blick auf die vor ihnen liegende Ebene. »Glaubst du wirklich, daß es mächtiger ist als eine große Armee?«

»Ohne Waffen — ohne dies hier — gibt es keine starken Armeen.« Er sagte es mit einer solchen Heftigkeit, daß Orry fröstelte. Dann gingen sie weiter. Bald war George wieder wie immer, plauderte und machte Witze. Aber er hatte den Meteorit immer noch in der Hand. Als sie wieder in der Kaserne waren, wickelte er ihn ein und bewahrte ihn wie einen Schatz auf.

Eines Abends, es war Ende Mai, brauchte George Zigarren. In Bennys Taverne brachte eine lärmende Menge dem Besitzer ein Ständchen dar. Jede West-Point-Klasse versuchte, dem Lied eine selbstgedichtete Strophe hinzuzufügen. Die meisten waren unflätig.

George guckte durchs Fenster und runzelte die Stirn. Da drinnen waren zu viele Senioren, einschließlich des verdammten Bent. Zuerst dachte er an Umkehr, aber er hatte nun schon seit mehreren Tagen nicht geraucht.

Ein zweiter Blick durchs Fenster zeigte ihm, daß sich auch einige Studenten aus dem ersten und zweiten Semester in der Gruppe befanden. Die meisten der Kadetten waren betrunken. Ob der Frühling dies bewirkte? Er warf seine Schultern zurück, setzte ein keckes Lächeln auf und ging hinein. Die Senioren drehten sich nach ihm um, aber ihre üblichen Drohungen fielen mechanisch und kurz aus. George kaufte seine Zigarren und war beinahe schon wieder draußen, als Bent auf ihn zuwankte und einen Arm um seine Schulter legte.
George zog sich der Magen zusammen. Er ballte seine rechte Hand zur Faust. Aber das war nicht nötig. Bent hatte einen vagen und benebelten Blick. Er bat George, ein Bier mit ihm zu trinken, wobei er etwas murmelte wie »die Vergangenheit begraben«. George ließ sich nicht beeindrucken, nahm aber die Einladung zu einem Bier an, denn er hatte frei und war durstig. Elkanah Bent war beschwipst und deshalb nicht so förmlich wie üblich. Er erzählte aufgeregt die letzten Neuigkeiten aus Washington. Der Erfinder Morse hatte eine Botschaft per Draht übermittelt, und das bis nach Baltimore.
»Verstehen Sie die Bedeutung nicht, Hazard? Nun ist das Zeitalter des verbesserten Informationswesens der Armee angebrochen. Genau das, was der alte Mahan vorausgesagt hat. Im nächsten Krieg —«
»Welcher Krieg?« unterbrach ihn George.
»Ach, was weiß ich.« Bent lief das Bier übers Kinn und die Uniform, als er trank. »Aber er wird kommen; so sicher wie die Jahreszeiten.« Seine Augen waren jetzt etwas weniger stumpf. »Die Menschen verstehen es nicht, ihre Zwistigkeiten auf andere Art und Weise beizulegen. Die animalische Natur. Gott sei Dank, kann ich nur sagen, für unsere Karriere.«
Einige der andern Kadetten hörten zu. Der eine starrte Bent genauso ungläubig an wie George. Bent schenkte dem keinerlei Beachtung. Seine Stimme wurde ganz aufgeregt. »Wenn dieses Land wieder einmal Krieg führt, wird es sich nach einer neuen Führung umsehen.« Er lehnte sich vor, seine Wangen glänzten, und seine Lippen waren feucht. »Die Armee wird nach einem amerikanischen Bonaparte Ausschau halten.«
George lachte nervös. »Nun, Mr. Bent, Sie scheinen einen weiteren Blickwinkel entwickelt zu haben als ich. Ich hoffe, daß ich nicht mehr in der Armee bin, wenn Ihr gigantischer Krieg ausbricht. Sollte

das jedoch nicht der Fall sein, so werde ich genau zwei Ziele haben: nämlich Befehle rasch und vernünftig ausführen und den Kugeln ausweichen.«

»Ganz richtig«, sagte Bent mit einer Handbewegung. »Ein umsichtiger General setzt sich niemals dem Feuer aus. Der einzelne Soldat ist nur ein Ersatzteil, und es ist besser, 50 000 solcher Ersatzteile kommen um als ein einziger brillanter Führer.«

»Eine interessante Theorie«, murmelte George und stand abrupt auf. Er bedankte sich für das Bier, aber Bent hörte ihm nicht zu. Er war zu sehr damit beschäftigt, George am Ärmel zu zupfen, um ihn zum Zuhören zu bewegen.

George trat beiseite. Diese aufgedunsene Kreatur widerte ihn an. Genauso wie das, was er erzählte. Er benötigte frische Luft und einen andern Anblick als Bents engstehende, irr flackernde Augen.

Einige Tage später lud Pickett George, Orry und ein paar weitere Freunde zu einem Hackfleischabend ein, eine West-Point-Tradition. Drei Tage vor dem Ereignis filzten die geladenen Gäste Fleischreste, Kartoffeln, Butter und Brot aus der Kantine. Sie versteckten das Essen in ihren Schirmmützen, deren Verstärkungsstreifen sie entfernt hatten.

Am Samstagabend, nach der Inspektion der Quartiere, versammelten sich die Gäste in Picketts Zimmer, wo dieser mit den gestohlenen Zutaten und mit ebenfalls gestohlenen Geräten das Mischmasch vorbereitete. Der nächsten Wache wurde eine Portion angeboten, damit man sicher war, daß man bis zum Zapfenstreich ungestört blieb.

Es war ein fröhliches, gelöstes Treffen. Das Gespräch war lebhaft und umfaßte eine ganze Reihe von Themen. Sie unterhielten sich über politische Fragen verschiedenster Art. Diejenigen, die sich wie Orry auf ihren Sommerurlaub freuten, besprachen ihre Ferienpläne. Dann brachte George seine jüngste Begegnung mit Bent zur Sprache.

»Als er von einem amerikanischen Bonaparte redete, meinte er sich selbst, ich könnte drauf schwören. Schlimmer noch, der Mann ist fähig, ein ganzes Regiment in den Tod zu schicken, wenn das seinen Zwecken dient. Er nannte die Soldaten Ersatzteile.«

Pickett langte nach der Bratpfanne im Kamin, in der er den Rest des Gerichts nochmals aufgewärmt hatte.

»Der Mann ist auf dem besten Weg zum Erfolg. Gott erbarme sich dessen, der mit oder ohne Absicht Bent im Weg steht.«
Ein schlanker Kadett aus Missouri sagte: »Ich glaube, ihr nehmt den Mann alle viel zu ernst. Er ist ein Dummkopf, ein Clown.«
»Wenn du ihn so schnell abhandelst, dann bist du der Dummkopf«, entgegnete George.
»Amen«, sagte Orry. »Er ist gefährlich. Vielleicht sogar verrückt. Geht ihm aus dem Weg.«
»Und eßt auf«, fügte Pickett hinzu.

6

Orry fuhr mit dem Dampfer Richtung Süden. Als er sein Essen im Speisesaal einnahm, war er sich der Wirkung seiner Urlaubsuniform wohl bewußt. Auf seinem eleganten Mantel saß eine ganze Reihe edler vergoldeter Knöpfe, genau wie auf den Manschetten. Die Uniform erregte auf jeden Fall Aufsehen. Alle Menschen zeigten sich zuvorkommend und freundlich, mit Ausnahme eines Kaufmanns aus Connecticut, der etwas von einer aufgeblasenen Militäraristokratie murmelte. Er war der Meinung, daß die Akademie von einem Zivilgremium überwacht werden sollte.
In Charleston mietete Orry ein Pferd, damit er seine Reise verlangsamen konnte. Er hatte die Absicht, den Anblick seines Heimatlandes zu genießen. Zwei Jahre war er jetzt von zu Hause fort gewesen und hatte zu seinem eigenen Erstaunen eine ganze Reihe von Charakter- und Fähigkeitsprüfungen bestanden. Diese Erkenntnis verlieh ihm Flügel. Sein Urlaub wäre vollkommen gewesen, wenn ein Mädchen ihn erwartet hätte. Ein besonderes Mädchen, dem er das traditionelle Liebesgeschenk eines Kadetten machen könnte — den goldenen Streifen auf dem schwarzen Samtband seiner Urlaubsmütze. Auf dem Streifen stand in goldenen Lettern: U.S.M.A.
Aber es gab kein solches Mädchen. Er hatte sich bereits halbwegs damit abgefunden, daß er sein ganzes Leben allein würde verbringen müssen. Als er zur Stadt hinausritt, begann es stark zu regnen. Er hielt an, zog seinen blauen Urlaubsmantel an und schob die Mütze

tiefer in die Stirn, damit der Regen ihm nicht in die Augen schlug. Aber er wußte, daß er trotzdem völlig durchnäßt sein würde, bis er in Mont Royal ankam. Dort wollte er Cooper treffen, um mit ihm zusammen zur Sommerresidenz der Familie zu fahren. Zu seiner Rechten erblickte er den regengepeitschten Fluß. Zu seiner Linken erhob sich ein Dickicht aus Palmettobäumen und Eichen, und zwischendurch konnte er einen raschen Blick auf das Sumpfgebiet werfen. Die Luft war schwer und feucht, voller vertrauter Düfte und Geräusche. Er begegnete zwei Schwarzen, die mit einer Wagenladung nach Charleston unterwegs waren. Der eine zog einen Ausweis hervor und zeigte ihn Orry unaufgefordert vor. Kein Sklave durfte irgendwohin reisen, ohne daß er eine schriftliche Bewilligung seines Herrn vorweisen konnte. Patrouillen der Gemeinde durchkämmten die Straßen, um solche Scheine zu überprüfen, obwohl sie das nicht immer mit der von den Pflanzern gewünschten Sorgfalt taten. Das System war Jahre alt und darauf ausgerichtet, Versammlungen von Sklaven, die zu Aufständen hätten führen können, zu verhindern.
Orry war eine Stunde geritten, als er aufgeregte Stimmen hörte. Er galoppierte um eine Biegung und zügelte dann sein Pferd. Eine schöne Kutsche lag umgekippt im Regen.
Er stellte fest, daß die Straße zur Hälfte weggeschwemmt worden war. Die Kutsche mußte beim Versuch, den Engpaß zu überwinden, umgekippt sein. Orry sah zerrissene Zugriemen, aber kein Pferd.
Der weiße Kutscher stand neben dem umgestürzten Gefährt und versuchte angestrengt, die Seitentüre in die Höhe zu stemmen. Orry hörte aufgeregte Frauenstimmen, obwohl er niemanden sehen konnte. Auf der Straße lagen ein halbes Dutzend Taschen und Koffer verstreut. Ein Koffer war aufgesprungen, und weiße spitzenbesetzte Kleider lagen im klebrigen Schlamm. Offenbar handelte es sich nicht um arme Reisende.
Der Kutscher nahm Orrys Uniform zur Kenntnis. »Sind Sie Polizist, Sir?«
»Nein, aber kann ich behilflich sein?«
»Meine Arme scheinen nicht lang genug zu sein, um diese Tür zu öffnen.«
»Lassen Sie mich es versuchen.«
Während er vom Pferd stieg, glaubte er zu sehen, wie etwas Langes,

Dünnes über die Seite der Kutsche huschte und dann durch ein Fenster verschwand. Olivfarben mit dunklen Streifen: Er hatte wohl tatsächlich eine Schlange gesehen.

Orry eilte zur Kutsche. »Ich steige auf«, sagte er zum Fahrer. Er kletterte über die Achse und das Hinterrad auf die Kutsche und blickte dann in die zwei dunkelsten und größten Augen, die er je gesehen hatte. Obwohl er sehr angespannt war, konnte er doch feststellen, daß die weiße Frau jung, blaß und sehr schön war. Sie war in Begleitung einer älteren, schwarzen Frau.

»Bald werden wir Sie befreit haben, meine Damen.«

Er bückte sich, langte nach dem Türgriff und versuchte, so unauffällig wie möglich das Innere der Kutsche in Augenschein zu nehmen. Dann erblickte er sie: reglos in den Falten des Kleides der weißen Frau, die die Schlange noch nicht bemerkt zu haben schien.

Orry schwitzte. »Meine Damen, ich bitte Sie, ruhig Blut zu bewahren und mir zuzuhören.« Seine leise drängende Stimme ließ sie aufhorchen. »Bitte bewegen Sie sich nicht abrupt. Tun Sie überhaupt nichts, bis ich es Ihnen sage. Es ist eine Schlange in der Kutsche . . .«

Ihre Augen weiteten sich vor Schreck. Die schwarze Frau blickte umher, worauf Orry flüsterte: »Tun Sie das nicht. Verhalten Sie sich absolut ruhig.«

Sie taten, wie ihnen geheißen. Die Schlange hatte gerade ihr Maul geöffnet, und man konnte ihre Giftzähne und das baumwollweiße Innere ihres Mauls sehen. Schweiß tropfte von Orrys Stirn; sein Herz klopfte so rasend und laut, daß es ihm wie Donnergrollen vorkam.

»Est-ce que le serpent est venimeux?« fragte das weiße Mädchen. Dann wurde ihr bewußt, daß sie französisch gesprochen hatte. »Ist die Schlange giftig?«

Orrys Stimme blieb leise. »Ja, sehr. Sie beißen zwar nicht, wenn sie sich nicht bedroht fühlen; man kann sie jedoch leicht beunruhigen. Deshalb habe ich Sie gebeten, keine ungestümen Bewegungen zu machen und nicht laut zu reden. Wenn Sie sich daran halten, wird nichts geschehen.«

Er log. Auf jeden Fall übertrieb er. Glücklicherweise konnten sie nicht in seine Haut schlüpfen und seine Spannung und Angst bemerken.

Mit einem knappen entschuldigenden Lächeln sagte das Mädchen:

»Wir verstehen nichts von diesen Dingen, Sir, wir kommen aus der Stadt.«

Aber nicht aus South Carolina, dachte er, als er ihren Akzent hörte. Er beobachtete die Giftschlange. Sie hatte ihr Maul wieder geschlossen.

Plötzlich konnte die schwarze Frau ihre Angst nicht mehr unter Kontrolle halten. Ihre Schultern begannen zu zittern, sie biß sich auf die Unterlippe und versuchte ihre Tränen zurückzuhalten, aber es gelang ihr nicht.

»Beruhigen Sie sie«, flüsterte Orry dem Mädchen zu. »Tun Sie irgendetwas, um Sie stillzuhalten.«

Das Mädchen war offensichtlich entsetzt, aber nicht gelähmt vor Schreck. Langsam und mit großer Sorgfalt bewegte sie ihre behandschuhte Hand über den Arm der schwarzen Frau, zärtlich und mit leiser, murmelnder Stimme.

»Mère Sally, prière de se taire encore un moment. J'ai peur aussi. Mais si nous pouvons rester tranquilles une minute de plus, nous serons en sécurité. J'en suis sûre.«

Die schwarze Frau überwand ihre Furcht. Sie hob die linke Hand und berührte die Hand der jungen Frau — eine Geste der Dankbarkeit. Aber ihre Bewegung war zu abrupt, das Rascheln ihres Kleides zu laut. Bevor Orry eine Warnung ausstoßen konnte, schnellte die Schlange los. Das Mädchen konnte sie auf ihrem Rock spüren und schrie. Orry flimmerte es vor den Augen, und sekundenlang war auch er in Panik. Er packte den Fensterrand, lehnte sich vor und blickte hinunter — die Schlange war verschwunden. Sie war durch eines der unteren Fenster aus der Kutsche herausgefallen und hatte sich in Angst davongemacht.

Orry glaubte die Rettungsaktion verpfuscht zu haben. Die Reisenden waren jedoch nicht mit ihm einverstanden. Alle drei bedankten sich überschwenglich bei ihm, während er das Innere der Kutsche aufs Genaueste inspizierte, die Tür öffnete und die Damen heraushob. Erst half er der schwarzen, dann der jungen weißen Frau. Er hielt sie eine Sekunde länger in der Taille umfangen, als dies notwendig gewesen wäre. Er konnte nicht anders. Ihre schneeweiße Haut, ihre dunklen Augen, ihr glänzendes schwarzes Haar und ihr fester Busen unter dem eleganten Reisekleid übten einen seltsamen Zauber auf ihn

aus. Sie mochte ebenso alt sein wie er. In seinem ganzen Leben war er noch nie einem solch schönen Geschöpf begegnet.
»Wir werden ewig in Ihrer Schuld stehen«, sagte sie mit einem leicht fragenden Unterton in der Stimme.
»Main. Orry Main.«
»Sind Sie Soldat?«
»Noch nicht. Ich besuche die Militärakademie in West Point. Ich bin für einen zweimonatigen Urlaub auf dem Weg nach Hause.«
»Leben Sie hier in der Nähe?«
»Ja, unsere Plantage befindet sich etwas stromaufwärts.«
Er kletterte von der Kutsche herunter, hob die Arme und half ihr, über die Achse und das Rad zu klettern. Der Druck ihrer behandschuhten Finger erfüllte ihn mit Freude. Sie hatte ein volles Gesicht und volle Lippen. Ihr Mund strahlte eine gewisse Sinnlichkeit aus, die im Widerspruch zu ihrem sonstigen Wesen stand.
Orry ließ sie nur zögernd los.
»Ich heiße Madeline Fabray. Wir sind unterwegs zu einer Plantage namens Resolute. Ist sie Ihnen bekannt?«
Er konnte sich nur mit Mühe eines Stirnrunzelns enthalten. »Ja, sie gehört den LaMottes. Es ist nicht weit.«
»Wir alle, Maum Sally, Villefranche und ich, sind den langen Weg von New Orleans bis hierher gereist. Keiner von uns ist je länger als eine Zwei-Tage-Reise von zu Hause fort gewesen. Die Leute in New Orleans sind furchtbar provinziell. Viele sagen, daß es auf dem Kontinent nichts mehr zu sehen gibt, wenn man einmal von der Place d'Armes bis zum Mississippi spaziert ist.«
Sie machte natürlich Spaß. Er hing an jedem Wort, das von ihren Lippen kam. »Auf jeden Fall«, fuhr sie fort, »ist South Carolina Neuland für uns. Wir hatten gehofft, bis zum Abendbrot in Resolute zu sein, aber das wird nicht mehr reichen. Ich muß gestehen, daß sich diese Straßen wirklich in einem schlechten Zustand befinden. So viele Schlaglöcher. Villefranche ist ein guter Kutscher, aber dieses enge Stück schien doch zu schwierig zu sein. Die Pferde rutschten aus und brannten durch, die Kutsche überschlug sich . . .« Sie zuckte die Achseln mit ausdrucksvoller Gestik. Dann lächelte sie ihn mit großer Wärme an. »Glücklicherweise kam gerade ein liebenswürdiger Kavalier dahergeritten, um uns zu retten.«

Orry wurde knallrot. »Sie haben den schlechten Nerven der Schlange mehr zu verdanken als mir.«
»Nein, Mr. Main, Ihnen bin ich dankbar.« Sie berührte spontan seinen Arm. »Immer.«
Einen Augenblick lang sahen sie sich in die Augen. Dann zog sie errötend ihre Hand zurück, und auf ihrem Gesicht zeigte sich eine flüchtige Spur von Kummer.
Orry verstand ihre Reaktion nicht. Er hatte geglaubt, sie hätte ihre Hand absichtlich auf seinen Arm gelegt, aber offensichtlich bedauerte sie dies nun. Er hatte zwar gehört, daß die Frauen in New Orleans höchst subtile Manieren hatten, aber es war doch keine Todsünde, in Dankbarkeit den Arm eines Mannes zu berühren? Natürlich wagte er nicht, eine Frage zu stellen. Und auch wenn er gefragt hätte, so hätte sie ihm vermutlich keine Antwort gegeben. Er hatte den Eindruck, daß sie sehr schüchtern war, daß etwas sie daran hinderte, der Welt bestimmte Gedanken und Gefühle zu zeigen. Hinter diesem Etwas verbarg sich die Antwort auf das Rätsel der behandschuhten Hand auf seinem Arm, die urplötzlich mit einem Ausdruck des Erstaunens und vielleicht eines Schamgefühls zurückgezogen worden war.
Wenn dies auch ein Geheimnis für ihn blieb, so hatte er doch in kurzer Zeit einiges über die charmante Reisende erfahren.
Sie schien intelligent, liebenswürdig und gut erzogen, und doch sagte etwas in ihm, daß sie auch leidenschaftlich sein konnte. Sehr sogar. Diese faszinierenden kurzen Einblicke in ihren Charakter zogen ihn noch mehr an als ihre Schönheit. Während eines berauschenden Augenblicks hatte er das Gefühl, daß sich hier zwei verwandte Seelen getroffen hatten. Romantischer Esel, dachte er eine Minute später. Villefranche bemerkte höflich aber bestimmt, daß man nun weiterfahren müsse. Orry räusperte sich. »Nach etwa einer Meile kommt eine Kreuzung mit einem Laden. Ich werde dort anhalten und zwei Maultiere und zwei oder drei Negerinnen hierherschicken lassen, die Ihnen dabei behilflich sein können, die Kutsche wieder aufzurichten.«
Er half dem Kutscher, das verstreute Gepäck einzusammeln und wieder zu verstauen, aber er tat es ohne jede Hast. Er haßte den Gedanken, daß diese hübsche junge Frau den Eigentümer von Resolute, Justin LaMotte, den er gut kannte und nicht mochte, besuchen sollte.

Die LaMottes waren eine alteingesessene, aristokratische Hugenottenfamilie. Der erste LaMotte war mehr als ein Jahr vor Charles de Main in Carolina angekommen. Deshalb blickten Justin, sein Bruder Francis und der ganze Clan auf die Mains und die meisten andern Familien herab. Und dies, obwohl Justin wegen schlechter Bewirtschaftung der Plantage und einem höchst aufwendigen Lebensstil beinahe vor dem Bankrott stand. Viele, die ihm zum ersten- oder sogar zum zweitenmal begegneten, fanden ihn äußerst charmant. Aber Orry wußte mehr.

Er wollte soviel wie möglich über die Besucherin in Erfahrung bringen. Als er Villefranche eines der schmutzigen Gepäckstücke reichte, sagte er zu Madeline:

»Ihr Name verleitet mich zu der Annahme, daß Sie Französin sind.«

Sie lachte. »In New Orleans hat fast jeder einen französischen Namen. Die Leute behaupten, keine anderen Namen aussprechen oder behalten zu können. Sie wissen ja, wie snobistisch Franzosen sein können.«

»Ja, das ist mir bekannt. Auch in South Carolina haben sich Franzosen niedergelassen.« Er wollte einen Kommentar über Justin abgeben, unterdrückte ihn jedoch. »Woher kommt denn Ihre Familie?«

»Väterlicherseits aus Deutschland. Mein Ur-Großvater Faber kam als einer der ersten an die sogenannte Deutsche Küste, etwa 25 Meilen stromaufwärts von New Orleans. Es gibt Dutzende von Deutschen bei uns, und in den letzten hundert Jahren sind beinahe alle Namen ins Französische übersetzt worden. Buchwalter wurde zu Bouchvaldre. Kerner zu Quernel. Ich könnte Ihnen ein Dutzend davon aufzählen.«

»Aber Ihre Familie lebt jetzt nicht mehr an der Küste, sondern in der Stadt?«

Ihre Gesichtszüge spannten sich wieder. »Ich habe nur noch meinen Vater.« Sie erläuterte, daß er ein Zuckerfabrikant sei, wie sein Vater und sein Großvater. Er hatte sie auf dieser Reise begleiten wollen, aber er war nicht dazu in der Lage gewesen. Vor sechs Monaten hatte er einen Schlaganfall erlitten, der ihn lähmte.

Orry kratzte trockenen Schlamm von der letzten Tasche herunter und machte dann Anstalten zu gehen. »Ich hoffe, daß Sie herrliche Tage in Resolute verbringen werden, Miß Fabray.« Er hatte Angst, noch

mehr zu sagen, aber er wußte, daß er nicht anders konnte; der Augenblick würde nie wiederkommen. »Vielleicht . . .«, er fingerte an seiner Mütze herum, »vielleicht sehen wir uns wieder?«
»Es würde mich freuen, Mr. Main«, sagte sie mit einem kurzen Kopfnicken. Er war zu aufgeregt, um zu bemerken, daß sie nichts anderes als höflich war.
Er winkte noch und ritt davon. In gehobener Stimmung sang er den ganzen Weg über bis zur Kreuzung. Er konnte nicht begreifen, weshalb ein so hübsches und intelligentes Mädchen wie Madeline Fabray bei so arroganten und oberflächlichen Menschen wie den LaMottes Ferien machen wollte. Sollte sie irgendwie mit ihnen verwandt sein? Es schien die einzig vernünftige Erklärung zu sein.
Nun, er könnte es verkraften, mit Justin höflich zu sein, wenn er dafür dessen Gast sehen durfte. Und dazu war er entschlossen. Er würde mehr als anderthalb Monate zu Hause sein, Zeit genug, um Verehrer einer jungen Dame zu werden. Er stellte sich vor, wie er Madeline das gestickte Abzeichen seiner Mütze schenken würde, wie beide am Schluß seiner Ferien sich hoch und heilig versprechen würden, einander zu schreiben.
Wie seltsam waren doch die Wege des Schicksals. Wenn dieser unglückselige Regen nicht die Hälfte der Straße hinweggewaschen hätte, wären sie einander wohl nie begegnet. Aber so war es gekommen, und nun erfreute er sich eines neuen und wunderbaren Glücks. Fünf Minuten, nachdem er in Mont Royal angekommen war, brachte Cooper seine Traumwelt zum Einstürzen.
»Fabray, sagst du. Tut mir leid, aber du bist auf dem Holzweg, Bruder. Fabray ist der Name der jungen Dame, die Justin heiraten wird.«
Nach einem verblüfften Schweigen rief Orry: »Wie ist das möglich? *Wie?*«
Cooper zuckte die Achseln. Sie befanden sich im Eßzimmer, das jetzt, nachdem es erneut zu regnen angefangen hatte, ziemlich düster aussah. Orrys Urlaubsmütze lag in einer Ecke. Er hatte sie voller Freude dorthin geschmissen, nachdem er seinen Bruder begrüßt hatte. Cooper war in Hemdsärmeln. Er hatte zwei Gläser vom besten Rotwein seines Vaters eingeschenkt. Orry hatte noch keinen Schluck genommen.

»Keine Ahnung«, sagte Cooper. Er setzte seinen gestiefelten Fuß auf den teuren Mahagonitisch. »Ich bin nicht gerade ein Busenfreund von Justin oder Francis.«

»Ich kann mir nicht vorstellen, daß dieses Mädchen Justin heiraten soll. Sie kann nicht älter als zwanzig sein. Er muß fünfzehn oder zwanzig Jahre älter sein als sie. Wie lange ist seine erste Frau schon tot?«

»Neun Jahre, glaube ich. Was macht das schon? Wahrscheinlich hat der Vater des Mädchens die Sache arrangiert. Das kommt ja noch oft genug vor. Und die LaMottes haben eine gute Ahnentafel vorzuweisen, auch wenn sie seit Jahren unmenschlich geworden sind.« Dies war das erste Mal, daß Orry ernsthaft Interesse an einem Mädchen gezeigt hatte. Er wütete und bemitleidete sich. Ein Außenstehender hätte es belustigend finden mögen, nicht aber Cooper. Obwohl das Schicksal ihm bis jetzt noch nicht auf diese Weise mitgespielt hatte und er Orrys Schmerz also nicht voll begreifen konnte, zweifelte er nicht daran, daß er höllisch echt war.

Er nippte an seinem Rotwein und kehrte zum Plan der Mühle zurück, mit dem er sich vor der Ankunft seines Bruders befaßt hatte. Orry schritt um den Tisch herum; sein Gesichtsausdruck wurde zusehends aufgewühlter. Er hielt abrupt neben Coopers Stuhl.

»Wann findet die Hochzeit statt?«

»Nächsten Samstag. Wir sind übrigens als Familie eingeladen. Ich nehme an, du wirst wohl nicht hingehen.«

»Samstag schon. Weshalb so schnell?«

»Ich kann nur spekulieren. Justins Mutter hätte die Hochzeit lieber im Herbst gesehen, wenn es kühler ist. Aber er ist ja alt genug, um nein zu sagen. Ich weiß nicht, ob er nicht mehr länger auf die junge Dame oder auf ihre Mitgift warten mag. Justin ist ebenso ungeduldig wie seine Zuchthengste . . . Bitte hör auf mit diesem Herumwandern. Es geht nur um ein Mädchen.«

Orry wirbelte herum. »Sie ist mehr als das. Fünf Minuten, nachdem wir uns getroffen hatten, war ich sicher, daß wir ein gutes . . . ein gutes . . .«

Er wußte nicht, wie er den Satz beenden sollte. Oder vielleicht befürchtete er Spott. Cooper beobachtete, wie sein Bruder die Mütze vom Boden aufhob, das goldene Abzeichen mit dem Zeigefinger berührte und wortlos hinausging.

Cooper seufzte und trank den unberührten Wein seines Bruders. Plötzlich fühlte auch er sich verdammt traurig.
Am nächsten Morgen sattelten die beiden Brüder ihre Pferde und ritten nach Summerville. Bei ihrer Ankunft bemühte sich Orry, die einzelnen Familienmitglieder aufs wärmste zu begrüßen. Aber Clarissa kannte ihre Kinder, und am Abend nach dem Essen nahm sie Cooper beiseite.
»Dein Bruder ist ein schlechter Schauspieler. Weshalb ist er so unglücklich? Freut er sich nicht, zu Hause zu sein?«
»Doch. Aber gestern hat er auf der Straße von Charleston eine junge Dame getroffen. Er verliebte sich in sie und hat dann erfahren, daß sie die zukünftige Frau von Justin LaMotte ist.«
»O Gott. Das Mädchen, das von allen die Kreolin genannt wird?«
»Ich nehme es an. Ist sie Kreolin?«
»Dem Namen nach, ja. O Gott«, antwortete Clarissa. »Dies könnte Probleme geben. Ich meine, im Zusammenhang mit der Hochzeit. Dein Vater weigert sich hinzugehen, aber die Höflichkeit gebietet es, daß die Familie vertreten ist. Ich hatte gehofft, daß du und Orry mich begleiten würden.«
Cooper teilte die Antipathie, die sein Vater gegen die LaMottes hegte. Es waren oberflächliche, niederträchtige Menschen, die Pferdefleisch aßen und Streitigkeiten mit verbotenen Duellen beilegten. Aus Rücksichtnahme auf seine Mutter sagte er:
»Ehrlich gesagt, würde ich lieber nicht hingehen, aber ich komme mit. Ich glaube jedoch, wir sollten Orry nicht dazu zwingen.«
»Natürlich nicht, du hast recht«, sagte Clarissa. »Unter den gegebenen Umständen wird er wohl kaum mitkommen wollen.«
Doch noch am selben Abend überraschte sie Orry, indem er ihnen mitteilte, daß er sie alle am Samstag begleiten würde. Cooper fand sein Vorhaben tollkühn, sagte jedoch nichts. Tillet befahl Clarissa, Vetter Charles ebenfalls mitzunehmen. »Vielleicht läßt er sich vom Benehmen feiner Damen und Herren inspirieren«, sagte er mit Sarkasmus. Der arme Charles wurde doch immer auf irgendeine Art und Weise bestraft, dachte Cooper.

Am Samstag herrschte mildes, klares Wetter, und eine frische Brise vertrieb die Insekten. Da Clarissa beschäftigt war, verzögerte sich die

Abreise nach Resolute um etwa eine Stunde. Gerade vor Sonnenaufgang setzten bei einem der Hausmädchen die Wehen ein.
Clarissa war bei jeder Niederkunft, die auf der Plantage stattfand, behilflich, und sie erwartete dafür weder Komplimente noch irgendwelchen Dank. Sie erfüllte lediglich die traditionelle Pflicht einer Frau ihres Standes. Eines Tages würden Ashton und Brett das gleiche tun.
Die Reise mit der Kutsche dauerte anderthalb Stunden. Vetter Charles war die ganze Zeit über zapplig und beklagte sich. Clarissa hatte ihn in einen feinen Anzug mit hohem Kragen und Krawatte gesteckt. Bis sie jedoch in Resolute ankamen, hatte er es fertiggebracht, den Anzug völlig zu zerknautschen.
Bei den LaMottes war man bereits zum Empfang der Gäste übergegangen, die unter den Eichen und Magnolienbäumen lachten und plauderten. Auf dem Rasen waren vier gelb- und weißgestreifte Pavillons aufgestellt worden. Die Plantage der LaMottes erinnerte Cooper an eine Hure aus Charleston, die versucht hatte, die Spuren der Zeit hinter Puder und Schminke zu verbergen. Auf den ersten Blick machte das riesige Haus zwar einen guten Eindruck, doch bei näherem Hinsehen konnte man fehlende Balken und Moder feststellen. Ganze Mörtelstücke waren aus den Säulen, auf denen die hintere Veranda ruhte, herausgebröckelt — vom Herrenhaus von Resolute aus blickte man auf den Fluß und den kleinen Hügel —, und viele der vom Sturm beschädigten Fensterläden waren nicht repariert worden. Doch die festliche Menge schien sich nicht daran zu stören. Cooper nahm an, daß mit den Familienmitgliedern, den Gästen und den für dieses Fest benötigten Sklaven etwa dreihundert Leute anwesend waren. Auf dem Torweg standen viele schöne Kutschen und Zweispänner. Die Luft war von Rauch erfüllt; es wurde also gegrillt — eine bei Hochzeiten in diesem Teil des Landes übliche Tradition.
Ein Orchester aus Charleston spielte auf. Vetter Charles rannte davon. Orry suchte mit grimmigem Gesicht die Braut. Cooper hoffte, daß der Punsch stark war, denn der restliche Nachmittag würde nur mit Trinken zu ertragen sein.
»Da ist sie«, sagte Orry. »Wir sollten unsere Aufwartung machen, bevor die Schlange noch länger wird.« Clarissa und Cooper waren einverstanden. Sie stellten sich in die Warteschlange und begrüßten

den Pfarrer, die verschiedenen LaMottes, die Braut und den Bräutigam.
Justin LaMotte war ein hübscher, kräftiger Mann mit gesunder Gesichtsfarbe und seidigem, braunem Haar, das wie gefärbt aussah. Er nahm die Glückwünsche der Mains mit einem Lächeln und einigen höflichen Dankesworten entgegen, aber in seinen Augen war keine Wärme.
Cooper betrachtete die Braut. Sie war atemberaubend schön. Kein Wunder, hatte sich sein Bruder sofort in sie verliebt. Justin hatte so etwas nicht verdient. Ob das Mädchen wohl viel über den Mann, den es eben geheiratet hatte, wußte? Armes Geschöpf; es wäre eine Tragödie, wenn sie erst jetzt entdecken würde, was hinter dem oberflächlichen Charme ihres Gatten verborgen war.
Cooper war absichtlich als erster vorgetreten, damit er sich umdrehen und sehen konnte, wie sein Bruder Madeline LaMotte gegenübertrat: Er hoffte, daß es nicht zu einer rührseligen Szene kommen würde. Orry fühlte sich schon so schlecht genug; er brauchte nicht noch weitere Qualen.
Aber er benahm sich wie ein vollkommener Gentleman. Einen Augenblick lang hielt er die Hand der Braut und gab ihr den traditionellen, flüchtigen Kuß auf die Wange. Doch dann sah Cooper, wie die beiden jungen Leute einander anschauten: Ihre Blicke verrieten Kummer und ein kurzes, aber verblüffend ehrliches Anerkennen einer verlorenen Chance.
Dann senkte die Braut mit einem Anflug von Schuld den Blick. Justin begrüßte einen neuen Gast, und der Rest entging Cooper. Er dachte an das, was er vor wenigen Augenblicken in Madelines Augen gesehen hatte, und sagte sich: *Ich hoffe, daß mich wenigstens einmal im Leben eine Frau so anschaut.*
Die Mains traten aus der Reihe der gratulierenden Gäste heraus. Cooper wollte seinem Bruder sein Mitgefühl zeigen, konnte jedoch nicht die richtigen Worte finden. Wahrscheinlich wäre Orry ohnedies beleidigt gewesen. Statt dessen machte Cooper sich nach der Punschbowle auf. Unterwegs bemerkte er, wie Vetter Charles unter einen der Tische kroch. Er hatte einen Teller mit gegrilltem Lammfleisch und Sauce in der Hand; sein Hemd hing bereits wieder aus der Hose heraus.

Cooper sah zu, daß man seine Mutter bediente, und ließ sie dann mit drei älteren Damen — zwei davon waren Basen der Mains und die dritte ein Mitglied der riesigen Smith-Familie — stehen. In einer halben Stunde führte er sich vier Becher Punsch zu Gemüte. Aber es half nicht viel. Von allen Seiten hörte er Komplimente über den Bräutigam, die ihn zusammenzucken ließen.

Kurze Zeit später tanzte er mit einer gutmütigen älteren Dame im Freien: Tante Betsy Bull. Cooper liebte Polkas, aber Tante Betsy verdarb ihm seinen Spaß, als sie sagte: »Das reizendste Paar, das es je gegeben hat. Sie wird außerordentlich glücklich sein. Ich kenne Justin nicht sehr gut, aber er machte immer den Eindruck eines liebenswürdigen und charmanten Mannes.«

»Bei einem Hochzeitsfest sind alle Männer Engel.«

Tante Betsy schien nicht ganz einverstanden. »Wie konnte eine so liebe Frau wie deine Mutter einen so zynischen Nichtsnutz hervorbringen? Ich glaube, du magst Justin nicht. Mit einer solchen Haltung wirst du nie in den Himmel kommen.«

»Ich möchte ja gar nicht in den Himmel, sondern bloß zur Punschbowle zurück«, dachte Cooper, als die Musik aufhörte. »Danke für den Tanz, Tante Betsy. Du entschuldigst mich?« Er verbeugte sich und ging. Mit einem neuen Glas in der Hand tadelte er sich selbst dafür, daß er seine Gefühle gezeigt hatte. Es war ihm egal, was die Leute von ihm hielten, aber er konnte und wollte seine Mutter um nichts in der Welt in Verlegenheit bringen.

Es war schwierig, in bezug auf Justin LaMotte neutral zu bleiben. Der Mann gab vor, ein echter Gentleman zu sein — alles Schwindel. Er behandelte seine Pferde besser als seine Sklaven. Seitdem Justin nach dem Tode seines Vaters die Bewirtschaftung der Plantage übernommen hatte, waren Mißhandlungen, ja offene Grausamkeiten, an der Tagesordnung.

Nachdem Justin im Sommer letzten Jahres beim Pferderennen eine Niederlage erlitten hatte, hatte einer seiner schwarzen Diener etwas getan, was sein Mißfallen erregte. Justins Wut stand in keinem Verhältnis zur Beleidigung. Er hatte befohlen, daß man ein leeres Faß mit Nägeln ausschlug, den Diener hineinsteckte und den Berg hinunterrollen ließ. Die Verletzungen, die er erlitt, machten ihn arbeitsunfähig, für jedermann nutzlos. Vor einem Monat hatte er sich umgebracht.

Solch barbarische Bestrafungsmethoden waren selten in diesem Teil des Landes, und in Mont Royal kamen sie überhaupt nicht vor. Cooper war der Meinung, daß dies einer der Hauptgründe dafür war, daß die Ernten in Resolute schlecht waren und der Bankrott Jahr für Jahr näherrückte.
Auch wenn man alle moralischen Bedenken beiseiteließ, wies dieses merkwürdige System doch eine große praktische Schwäche auf. Schon allein die Tatsache, daß man einen Menschen gegen seinen freien Willen zurückhielt, stellte eine Mißhandlung dar. Kam noch körperliche Gewaltanwendung dazu, wie konnte man dann erwarten, daß ein Mensch bis an die Grenzen seiner Fähigkeiten arbeiten sollte? Alles und noch mehr geben? Für Cooper lag der wesentliche Unterschied zwischen dem Wirtschaftssystem des Nordens und dem des Südens nicht im Gegensatz zwischen Landwirtschaft und Industrie, sondern in der Motivierung. Der freie Yankee arbeitete, damit es ihm besserging; der Sklave im Süden arbeitete, um nicht bestraft zu werden. Und dieser Unterschied war es, der den Süden langsam von innen aushöhlte. Aber wie sollte man so was einem Justin LaMotte oder einem Tillet Main beibringen! In düsterer Stimmung griff Cooper nach einem weiteren Glas Punsch.

Francis LaMotte war drei Jahre älter als sein Bruder. Er war ein ausgezeichneter Reiter und schlug Justin und seine andern Gegner regelmäßig bei den berühmten, hier üblichen mittelalterlichen Turnieren. Francis verstand es, die Zuschauer in Hochspannung zu versetzen. Er war ein kleiner, sehniger Mann mit sonnengebräuntem Gesicht und im Gegensatz zu seinem Bruder ohne jeglichen Charme. Er sah gereizt aus. Da momentan keine Gäste um sie herum waren, tranken er und Justin Punsch. Madeline unterhielt sich ganz in der Nähe mit dem Episkopalisten-Pfarrer.
»Ich weiß nicht, wer im Herbst die Wahlen gewinnen wird, Vater Viktor«, hörten die Brüder sie sagen. »Aber der Ausgang der Wahlen wird offensichtlich von der Annexion von Texas abhängig sein.«
»Sind Sie sich darüber im klaren, daß ein Mann aus South Carolina diese Frage vor die Öffentlichkeit gebracht hat?«
»Sie meinen wohl Mr. Calhoun?«
Vater Viktor nickte. Calhoun war dritter Staatssekretär in der unru-

higen Regierung Tyler. Nachdem er zu Beginn des Jahres in sein Amt berufen worden war, hatte er den Entwurf für den Annexionsvertrag ausgearbeitet, der im April von der Republik Texas und den Vereinigten Staaten unterzeichnet wurde.

»Sie haben vollkommen recht. Die Frage ist von ungeheurer Brisanz«, sagte der Pfarrer. »Bevor das Jahr um ist, wird jeder Mann, der im öffentlichen Leben steht, Stellung beziehen müssen.«

»So sollte es sein«, sagte Madeline. »Man sagt, daß die Texasfrage tiefere Wurzeln hat, als einige der Politiker zugeben wollen. Ich habe gehört, daß es in Tat und Wahrheit um die Expansion der Sklaverei geht.«

Der Pfarrer fuhr auf. »Die einzigen, die so was sagen, sind Agitatoren, skrupellose Agitatoren der Yankees.«

Aus Höflichkeit gab Madeline zu, daß dies möglich sei, dann aber murmelte sie: »Ich frage mich . . .«

Der Pfarrer sagte nicht sonderlich erfreut: »Sollen wir uns etwas zu essen holen?«

Madeline merkte, daß sie ihn verärgert hatte. »Ja, natürlich. Bitte gehen Sie vor.«

Sie lächelte ihren Mann an. Er lächelte eher gezwungen zurück.

Nachdem sie und der Pfarrer in der Menge verschwunden waren, warf Francis seinem Bruder einen verstohlenen Blick zu. »Deine Braut hat zu einer ganzen Reihe von Fragen des öffentlichen Lebens ihre Meinung.«

Justin kicherte.

»So, ist dir das aufgefallen?«

»Sie sollte nicht so offen daherreden. Es ist zwar erfreulich, wenn eine Frau intelligent ist, aber das sollte sich in Grenzen halten.«

»Mein lieber Bruder, alles hat seinen Preis, auch die Mitgift des alten Fabray.« Justin starrte über den Rand seines silbernen Punschbechers auf das gewölbte Mieder von Madelines Hochzeitskleid. Mit halbgeschlossenen, schläfrigen Augen berechnete er den Sonnenstand. In wenigen Stunden würde er all das, was hinter diesem spitzenbesetzten Satin verborgen war, sein Eigentum nennen können. Er konnte kaum noch warten.

Wie merkwürdig war doch das Schicksal, dachte er. Vor etwa zwei Jahren hatte er beschlossen, nach New Orleans zu reisen, obwohl er sich das kaum leisten konnte. Er war in der Absicht hingereist, sich an den Spieltischen zu vergnügen und an einem jener legendären Bälle teilzunehmen. Doch bevor er zum Ball ging und sich die Niggerschönheiten ansehen konnte, lenkte das Schicksal ihn an die Bar eines modischen Spielsalons neben Nicholas Fabray. Fabray spielte nicht, aber er kam öfters hierher, weil sich hier die einflußreichen Männer der Stadt trafen. Dem Besucher wurde bald klar, daß Fabray zu ihnen gehören mußte. Er kannte jedermann, seine Kleidung war elegant und teuer, und er gab sein Geld mit einer Nonchalance aus, die jenen eigen ist, die sich keine Sorgen darüber zu machen brauchen. Später stellte Justin einige Fragen und erfuhr, daß seine Vermutungen richtig gewesen waren.

Zwei Abende später traf er Fabray zufällig wieder am gleichen Ort. Und jetzt erfuhr er, daß der Zuckerfabrikant eine junge, unverheiratete Tochter hatte. Von nun an triefte Justin vor Höflichkeit und guter Laune. Fabray ließ sich beeindrucken; in der Tat, wenn Justin charmant sein wollte, konnte es niemand mit ihm aufnehmen.

Justin ließ einige Male die Bemerkung einfließen, daß er ein Fremder in dieser Stadt sei, worauf Fabray ihn zu sich nach Hause zum Abendessen einlud. Justin lernte die Tochter kennen, und vom Augenblick an, da er sie gesehen hatte, war er fast verrückt nach ihr. Er ließ sich jedoch nichts anmerken und behandelte Madeline Fabray mit derselben zurückhaltenden Höflichkeit wie ihren Vater. Bevor der Abend zu Ende ging, zog Justin die Schlußfolgerung, daß das schöne Geschöpf zwar Respekt vor seinem Alter und seiner Erfahrung, jedoch keine Angst vor ihm hatte.

Er verlängerte seinen Aufenthalt in New Orleans um eine Woche und dann noch um eine weitere. Fabray schien sich darüber zu freuen, daß ein Gentleman von Justins Kaliber seiner Tochter den Hof machte. Und alles, was Justin über den Vater erfuhr, verstärkte bloß seinen Wunsch, Madeline zu besitzen. Vor allen Dingen gab es keine religiösen Probleme. Die Familie war deutsch — der ursprüngliche Name lautete Faber — und protestantisch. Madeline ging zur Kirche, obwohl ihr Vater dies nicht tat; er war nicht an seiner Seele, sondern an seinem Vermögen interessiert. Fabray, der ahnte, was Justin durch den Kopf ging, ließ durchblicken, daß er für seine Tochter eine große Mitgift vorgesehen hatte.

Einmal fragte Justin nach Madelines Mutter. Er erfuhr jedoch bloß, daß sie vor einigen Jahren gestorben sei. Sie war Kreolin gewesen, was bedeutete, daß sie in New Orleans als Kind europäischer Eltern geboren worden war. Wahrscheinlich waren es Franzosen gewesen; es hätten aber auch Spanier sein können. Justin, der sich die kleine Ahnengalerie von Fabray ansah, fragte, ob es irgendwelche Bilder der Frau gab, aber Fabray antwortete ausweichend: »Nein, hier nicht.«

An diesem Punkt beschloß Justin, mit seinen Nachforschungen nicht fortzufahren. Jede ehrbare Familie, einschließlich seiner eigenen, wies einige verborgene Mäkel auf. Meistens handelte es sich um Frauen, die ihrem Mann davonliefen oder einer nervösen Krankheit anheimfielen, so daß man sie bis zu ihrem Tod einsperren mußte. Er hatte nichts Skandalöses über die Verstorbene erfahren — alle, die er befragt hatte, hatten sie nicht einmal erwähnt —, also würde er diese Sorge im Austausch für Madelines Schönheit und das Geld, das er für seinen Lebenswandel so dringend benötigte, begraben.

Wenn Fabrays Tochter überhaupt einen Makel aufwies, so war es ihre offenkundige Intelligenz und die Tatsache, daß sie ihre Meinung zu Fragen, die sonst Männern vorbehalten waren, nicht zu verbergen gewillt war. Fabray hatte dafür gesorgt, daß sie die für eine Frau in New Orleans bestmögliche Ausbildung bekommen hatte — jene, die die Ursulinerinnenschule vermittelte. Fabray hatte viele gute Freunde in der katholischen Gemeinde der Stadt, und es war allgemein bekannt, daß er die katholische Kirche unterstützte. Er hatte die Schwestern dazu bewegen können, eine protestantische Schülerin zu akzeptieren, indem er dem von ihnen geleiteten Kranken- und Waisenhaus eine beträchtliche Summe stiftete.

Doch die direkte Art Madelines konnte Justin nicht abschrecken. Er wußte, wie man mit solchen Problemen fertig wurde, obwohl er die Absicht hatte, diese Methoden zu verbergen, bis sie seine rechtmäßige Frau geworden war.

Bevor er die Stadt verließ, bat er um die Erlaubnis, um Madelines Hand anhalten zu dürfen. Dies wurde ihm auch gestattet. Madeline hörte sich seine lange, komplizierte Liebeserklärung an, und er wurde zusehends sicherer, daß sie am Ende ja sagen würde. Doch sie sagte nein, obwohl sie sich mehrere Male für den Antrag bei ihm bedankte.

Um sich physisch und geistig abzureagieren, nahm er sich an jenem Abend eine Nutte und mißhandelte sie mit Stock und Fäusten. Nachdem sie aus seinem Hotelzimmer hinausgeschlichen war, lag er während mehr als einer Stunde in der Dunkelheit wach. Er rief sich Madelines Gesicht in Erinnerung, als sie ihn ablehnte, und kam zum Schluß, daß sie doch Angst hatte. Da sie aber unmöglich Angst vor *ihm* haben konnte — er war schließlich höflich wie ein Engel gewesen —, mußte sie Angst vor der Heirat an und für sich haben. Diese Haltung war ja unter Mädchen weit verbreitet; dem konnte Abhilfe geschaffen werden. Ihr Nein war eine Verzögerung, keine endgültige Absage.

In den folgenden Wochen und Monaten schrieb Justin Madeline lange und blumige Liebesbriefe, in denen er seinen Antrag wiederholte. Sie beantwortete jeden Brief mit Dank und höflicher Ablehnung. Doch dann änderte sich plötzlich alles mit dem Schlaganfall ihres Vaters.

Justin wußte nicht, was nun genau zu einer Veränderung geführt hatte. Vielleicht hatte Fabray Angst gehabt, daß er nicht mehr lange leben würde, und hatte seine Bemühungen, seine Tochter noch vor seinem Tod zu verehelichen, verstärkt? Auf jeden Fall hatte Madeline zugesagt, und nun wurden die Bedingungen ausgehandelt. Die finanzielle Belohnung für Justins langfristige Bemühungen waren mehr als zufriedenstellend. Abgesehen davon, hätte er bald das Recht, seine Hände auf Madelines . . .

Francis rief ihn gewaltsam in die Wirklichkeit zurück. »Ich sage dir, vielleicht wirst du entdecken, daß Madeline zu unabhängig ist. Man sollte es nicht zulassen, daß eine Frau Ansichten über politische Fragen äußert — und schon gar nicht in der Öffentlichkeit.«

»Ich bin ja einverstanden, aber ich kann doch nicht eine Wandlung in einem Tag bewirken. Es wird etwas Zeit brauchen.«

Francis rümpfte die Nase. »Ich frage mich, ob du jemals mit dieser jungen Dame fertig wirst.«

Justin legte seinem Bruder seine große, gepflegte Hand auf die Schulter. »Hast du nichts aus deinen Erfahrungen mit wilden Tieren gelernt? Eine intelligente Frau ist nicht anders als ein ungezähmtes Pferd. Beiden muß man beibringen, wer der Herr und Meister ist.« Er nahm einen Schluck aus seinem Becher. »Sie müssen abgerichtet werden«, murmelte er.

»Ich hoffe, du weißt, was du sagst«, sagte Francis zweifelnd, aber seine Erfahrungen mit Frauen beschränkten sich auf Sklavinnen, Prostituierte und seine geistig beschränkte und unterdrückte Frau. »Kreolinnen haben nicht unbedingt ein passives Temperament. All dieses südländische Blut! Du bist ein großes Risiko eingegangen, indem du sie geheiratet hast.«
»Unsinn. Madeline mag zwar aus New Orleans kommen, aber sie ist eine Frau. Und Frauen sind trotz allem nur wenig intelligenter als Pferde. Sie wird mir kein — um Himmels willen, was ist denn los?« Er wirbelte herum, Schreie und das Geräusch zerbrechender Teller drangen an sein Ohr. »Jetzt schon Streit?« Er rannte davon.

Einige Minuten vorher war Vetter Charles noch unter einer Eiche gesessen. Er hatte seinen Mantel hingeschmissen und war mit einer zweiten Portion Lammfleisch beschäftigt, als ein Schatten auf ihn fiel.
Er sah auf und bemerkte einen dünnen, gezierten Knaben mit seinen drei Freunden. Der Knabe, der etwa zwei Jahre älter war als Charles, gehörte zum Smith-Clan.
»Das ist die Kreatur von Mont Royal«, sagte der junge Smith und stellte sich vor seinen Bekannten in Positur. Er blickte auf Charles nieder. »Ein einsames Plätzchen. Versteckst du dich?« Charles starrte zurück und nickte. »Jawohl.«
Smith lächelte und fingerte an seiner Krawatte herum. »So, hast du Angst?«
»Vor dir? Nein. Ich wollte bloß in Ruhe essen.«
»Oder schämst du dich deines Aussehens? Werfen Sie bitte einen Blick auf ihn, Gentleman«, sagte Smith in übertrieben geziertem Tonfall. »Bestaunen Sie die unordentliche Kleidung, betrachten Sie den schlechten Haarschnitt; fallen Ihnen die dreckverschmierten Wangen auf? Er sieht eher wie ein Strolch als wie ein Mitglied der Familie Main aus.«
Die Kränkungen versetzten Charles in Wut, aber er beherrschte sich. Er war ziemlich sicher, daß er Smith ärgern konnte, wenn er gelassen blieb. Er hatte recht. Während Smiths Freunde sich über Charles lustig machten, hörte Smith auf zu lächeln und sagte:
»Steh auf und sieh Höherstehende an, wenn sie mit dir reden!« Er

packte Charles am linken Ohrläppchen und zog heftig daran. Charles warf ihm den Teller ins Gesicht. Fleisch und Soße bespritzten die himmelblaue Jacke. Die anderen brachen in Gelächter aus, und Smith wandte sich fluchend um. Charles ergriff die Gelegenheit beim Schopf, sprang auf, packte von hinten Smiths Ohrläppchen und zwickte ihn heftig.

Smith heulte auf. Einer seiner Freunde sagte: »Du gemeiner Hund!« und wollte ihn packen, aber Charles wich aus. Lachend lief er um den Baum herum und auf die Hochzeitsgäste zu. Er war sicher, daß Smith und seine Freunde kein Ärgernis in der Öffentlichkeit erregen wollten. Aber er hatte nicht mit ihrem Temperament gerechnet: Sie rannten ihm nach.

Charles glitt auf einem Grasbüschel, wo jemand einen Drink verschüttet hatte, aus. Er fiel heftig auf den Rücken. Smith holte ihn ein und zerrte ihn auf die Füße.

»Du Lümmel, ich werde dir eine Lektion erteilen, wie man sich . . .« Charles stieß ihn in die Magengrube, und dafür wurde sein Haar mit Soße bespritzt. Das Ergebnis war jedoch die Sache wert. Smith krümmte sich zusammen. In dieser Haltung war sein Gesicht ungeschützt. Charles stieß ihm den Daumen ins Auge.

»Tötet ihn!« schrie einer der andern Jungen. Charles war nicht sicher, ob es ihnen nicht ernst war. Er raste auf die Eßtafel zu, Smiths Freunde hinter ihm her. Auf Händen und Füßen kroch Charles unter einen der Tische. Jemand umklammerte seine Fußknöchel und zog ihn zurück. Er schnellte hoch und warf den Tisch um — das war der Punkt, an dem Justin LaMotte, sein Bruder und viele Gäste aufmerksam geworden waren.

Charles hatte bald herausgefunden, daß Smith sich nicht mit einfachen Kampfmethoden auskannte. Er nahm an, daß die andern drei ebenfalls nicht Bescheid wußten. Im Wissen um diesen Vorteil fing er an, sich zu amüsieren. Er drehte sich abrupt nach dem Knaben um, der ihn am Knöchel gepackt hatte, und als Justin und Francis mit dem zehnjährigen Sohn von Francis, Forbes, im Gefolge eintrafen, saß Charles rittlings auf dessen Brust und hieb ihm den Kopf auf den Boden.

»Schüttle ihn ab!« schrie einer der andern, »er kämpft nicht wie ein Gentleman.«

»Nein, Sir, ich kämpfe, um zu gewinnen.« Charles hob den Kopf des andern an den Ohren hoch und knallte ihn auf den harten Boden.
»Charles! Genug!«
Die Stimme ließ ihn aufhorchen. Er fühlte, wie jemand ihn hochzog, und drehte den Kopf. Da stand Orry in seiner herrlichen Uniform. Seine Augen brannten vor Zorn. Hinter ihm konnte Charles Cooper, Tante Clarissa und ein Meer von Gästen entdecken.
Er hörte, wie eine Frau sagte: »Welche Schande! Diese Intelligenz, das gute Aussehen — alles Verschwendung. Er wird ein schlechtes Ende nehmen, dieser Mainknabe.«
Mehrere stimmten ihr zu. Charles warf der Menge einen herausfordernden Blick zu. Orry schüttelte ihn heftig am Arm, und Tante Clarissa entschuldigte sich für die Unordnung und anerbot sich, für den Schaden aufzukommen. Der Tonfall ihrer Stimme brachte Charles zum Erröten, und er ließ den Kopf hängen.
»Ich glaube, es ist am besten, wenn wir jetzt gehen«, sagte Tante Clarissa.
»Oh, tut mir leid, daß Sie nicht länger bleiben können«, sagte Justin. Charles wußte, daß es überhaupt nicht so gemeint war.
Auf dem Heimweg hielt ihm Orry eine Standpauke. »Das war ein völlig geschmackloses Schauspiel! Es ist mir egal, wie sehr man dich provoziert hat, du hättest dein Temperament zügeln sollen. Es ist an der Zeit, daß du anfängst, dich wie ein Gentleman zu benehmen!«
»Ich kann nicht«, gab Charles zurück. »Ich bin kein *Gentleman*, ich bin eine Waise, und das ist nicht dasselbe. Daran läßt in Mont Royal ja auch niemand einen Zweifel.«
Cooper entdeckte Kränkung hinter der Wut in Charles' Augen. Orry spreizte seine Schultern wie ein General, dessen Befehl man nicht gehorcht hatte. »Du unverschämter —«
»Laß ihn!« sagte Cooper in milder Stimme. »Er ist schon bestraft worden, als all jene Leute über ihn geredet haben.«
Charles schielte zu Cooper hinüber. Er war überrascht, daß der dünne, gelehrte Mann so gut über ihn Bescheid wußte. Um seine Verlegenheit zu verbergen, starrte er zum Fenster hinaus.
Orry brauste auf und fing an zu streiten. Clarissa berührte seine Hand. »Cooper hat recht. Keine weiteren Diskussionen mehr, bis wir zu Hause sind.« Einige Minuten später versuchte sie, ihren Arm um

Charles' Schultern zu legen. Er entzog sich ihr. Sie blickte ihren ältesten Sohn an und schüttelte den Kopf.
Als sie in Mont Royal ankamen, verprügelte Tillet Charles, obwohl Clarissa Einspruch erhob. Tillets Worte waren ein Echo auf das, was die Dame auf der Hochzeit gesagt hatte:
»Er wird ein schlechtes Ende nehmen. Brauchst du noch mehr Beweise?«
Clarissa sah ihren Mann in stummer Bestürzung an.

Irgendwo im Herrenhaus in Resolute schlug eine Uhr zwei. Die Nacht war feucht und drückend, und Madeline LaMotte hatte mehr und mehr das Gefühl, hoffnungslos in der Falle zu sitzen. Ihr feines baumwollenes Nachthemd hatte sie um ihre Taille gewickelt, aber sie wagte nicht, sich zu rühren, aus Angst, ihr Gatte, der neben ihr schnarchte, könnte aufwachen.
Es war ein höchst anstrengender Tag gewesen, aber schlimmer noch, in den letzten paar Stunden hatte sie nichts als Schmerz, Schock und Enttäuschung erlebt. Sie hatte sich Justin als einen zärtlichen und rücksichtsvollen Mann vorgestellt, und zwar nicht nur, weil er älter war, sondern weil er sich in New Orleans so benommen hatte. Jetzt wußte sie, daß alles nur Schwindel gewesen war, nur darauf ausgerichtet, bei ihrem Vater und bei ihr einen falschen Eindruck zu erwecken.
Dreimal hatte sie sich heute nacht bitter belehren lassen müssen. Dreimal hatte Justin seine ehelichen Rechte wahrgenommen. Er war grob gewesen und hatte sich überhaupt nicht um ihre Gefühle gekümmert. Nur etwas verschaffte ihr eine kleine Erleichterung: Nachdem jetzt seine Unehrlichkeit klar zutage getreten war, empfand sie weniger Scham über ihr eigenes Täuschungsmanöver.
Diese Täuschung — das bißchen Blut beim erstenmal — war mit Hilfe von Maum Sally, die in solchen Dingen Bescheid wußte, in die Wege geleitet worden. Es war nötig gewesen, weil Madeline sich in jungen Jahren hatte verführen lassen. Dieser eine Fehltritt hatte ihrem Leben eine andere Wendung gegeben. Ohne diesen Fehler hätte sie ihre eigenen Vorstellungen über persönliche Ehre nicht ignorieren und in ihrer Hochzeitsnacht zu einer Täuschung Zuflucht nehmen müssen. Sie wäre überhaupt nie in diese fürchterliche Lage gekommen.

Madeline war in ihrem vierzehnten Lebensjahr verführt worden. Bis auf den heutigen Tag erinnerte sie sich glasklar an Gerard, den unbeschwerten, gutaussehenden Schiffsjungen von einem der Mississippi-Dampfer. Sie war Gerard zufällig eines Nachmittags am Hafen begegnet. Er war siebzehn und so lustig und aufmerksam, daß sie bald nicht mehr auf die Stimme ihres Gewissens hörte und sich jedesmal, wenn er in der Stadt war, davonschlich, um sich mit ihm zu treffen. Dies war in jenem Sommer etwa alle zehn Tage der Fall gewesen.
Später, im August, an einem dunklen, gewittrigen Nachmittag, gab sie seinem Drängen nach und ging mit ihm auf ein schmutziges Zimmer in einer Gasse des Vieux Carré. Sobald er sie in dieser kompromittierenden Situation hatte, vergaß er seine Höflichkeit und nahm sie, obwohl er darauf bedacht war, ihr nicht weh zu tun.
Er kam nicht zum nächsten vereinbarten Treffen. Sie nahm ein großes Risiko auf sich und begab sich zur Landungsbrücke des Dampfers, um sich nach ihm zu erkundigen. Der Schiffsjunge, mit dem sie redete, reagierte sehr ausweichend; er wisse nicht genau, wo sich Gerard im Augenblick aufhalte. Dann fiel Madelines Blick zufällig auf eines der oberen Decks. Hinter einem runden Kajütenfenster entdeckte sie die Umrisse eines Gesichts. Im Moment, da Gerard bemerkte, daß sie ihn gesehen hatte, verschwand er in der Dunkelheit. Sie sah ihn nie wieder.
Tagelang befürchtete sie, daß sie ein Kind bekommen würde. Als sie dieser quälenden Sorge enthoben war, kamen die Schuldgefühle. Sie hatte mit Gerard schlafen wollen, aber nun, da es geschehen und ihr klargeworden war, daß er nicht mehr als das gewollt hatte, verwandelte sich ihre Leidenschaft in Gewissensbisse und Angst vor allen jungen Männern und dem, was sie von ihr wollten.
In den nächstfolgenden Jahren entmutigte sie alle jungen Männer, die ihr den Hof machten, und ging Männern fast vollständig aus dem Weg, bis ihr Vater Justin LaMotte zum Abendessen einlud. Der Mann aus South Carolina hatte zwei Trümpfe in der Hand: seinen Charme und sein Alter. Sie war überzeugt, daß er nicht wie Gerard von Leidenschaft getrieben war. Deshalb hatte sie schließlich auf Justins wiederholte Anträge hin ihre Meinung geändert. Dies geschah wenige Tage, nachdem ihr Vater den Schlaganfall erlitten hatte. Eines Abends flehte er sie beim bleichen Licht der Kerze auf dem Nachttisch an:

»Ich weiß nicht, wie lange ich noch zu leben habe, Madeline. Tu mir den Gefallen und heirate LaMotte. Er ist ein anständiger und ehrenwerter Mann.«

»Ja«, sagte sie. Die Kerzen flackerten, Fabrays Atemzüge waren unregelmäßig. »Das glaube ich auch.«

Sie hatte ihre Angst vor der Ehe nur überwinden können, weil ihr Vater sie auf seinem Krankenlager so inständig darum gebeten hatte. Aber trotz der Achtung, die sie für ihren Vater empfand, war sie traurig, daß sie ihr Zuhause, ihren Freundeskreis und die Stadt, die sie kannte und liebte, aufgeben mußte. Sie unternahm die lange Reise nach South Carolina, weil sie ihrem Vater den Seelenfrieden schenken wollte und weil sie Justin LaMotte traute.

Doch wie fürchterlich hatte sie sich getäuscht! In bezug auf seine Bedürfnisse war Justin nicht anders als die jungen Männer, und in einer Hinsicht war er schlimmer: Gerard hatte sich wenigstens Mühe gegeben, ihr nicht weh zu tun.

Ihren Vater traf keine Schuld. Und doch glaubte sie, daß es nie so weit gekommen wäre, wenn sie noch eine Mutter gehabt hätte, die sie um Rat hätte fragen können. Madeline hatte ihre Mutter nie gekannt. Nicholas Fabray beschrieb sie als die feinste Frau der Welt. Allem Anschein nach war sie eine intelligente, kultivierte Kreolin von großer Schönheit gewesen. Fabray sagte, Madeline sehe ihr sehr ähnlich, aber es gab kein einziges Bild von ihrer Mutter, um dies zu bestätigen. Kurz bevor seine Frau so rasch und unerwartet gestorben war, hatte Fabray einem Miniaturporträtisten den Auftrag gegeben, seine Frau zu malen. Es sei der zweitgrößte Fehler in seinem Leben gewesen, meinte er später, daß er diese Idee nicht schon früher gehabt habe.

Mein Gott, dachte Madeline, alles war so schrecklich verworren. So voll bitterer Ironie. Wie hatte sie sich doch mit Maum Sally über die Hochzeitsnachttäuschung gestritten! Immer wieder hatte sie es abgelehnt, aber Maum Sally bestand darauf: Die Täuschung sei nicht nur notwendig, sondern in Anbetracht der Vorstellungen der Männer über Jungfräulichkeit auch ein Akt der Liebe Justin gegenüber. Mit der Täuschung würde ihre Ehe einen reibungslosen und problemfreien Anfang nehmen. Wie schrecklich schuldig hatte sie sich gefühlt, weil sie nachgegeben hatte — und wie lächerlich nahm sich dieses Schuldgefühl nun im Verhältnis zum Betrug ihres Gatten aus!

Und dann war da die Begegnung mit dem jungen Militärkadetten Orry Main. Seine liebenswürdige Art, seine guten Manieren und seine dunklen Augen hatten sie bezaubert. Sie hatte ihn berühren wollen und hatte dies getan, wobei sie nur für wenige Sekunden vergessen hatte, daß sie im Begriff stand zu heiraten, und daß er nicht das sein konnte, was er zu sein schien. Immerhin war er in ihrem Alter.
Unerwartet stieg jetzt, da sie neben ihrem Gatten lag, eine Erinnerung an Orry in ihr auf. Sogar beim Empfang hatte sie sich kurz aber heftig von dem jungen Mann angezogen gefühlt. Sie betrachtete sein Gesicht vor ihrem geistigen Auge. Plötzlich wurde sie wieder von Schuldgefühlen erfaßt. Was immer ihr Justin auch angetan hatte, er war ihr Ehemann. Allein der Gedanke an einen andern Mann war gemein. Und doch sah sie Orrys Gesicht immer noch vor sich. Um den Bann zu brechen, legte sie mit einer heftigen Bewegung den Arm auf die Augen. Die Bewegung war geräuschvoller ausgefallen, als sie beabsichtigt hatte, und Justins Atemzüge hörten sich plötzlich ganz anders an. Sie erstarrte. Sie legte die Arme an ihren Körper und ballte die Hände zu Fäusten.
Er war aufgewacht.
Er wollte etwas sagen, fing jedoch an zu husten. Mit schwacher Stimme fragte sie: »Geht es?« Sie fühlte nichts.
Er rollte sich auf die Seite und wandte ihr den Rücken zu. »Sobald ich einen Schluck Bourbon genommen habe, ja.«
Er stieß im Dunkeln ein Glas um und sagte Worte, die Madeline nur wenige Male in ihrem Leben gehört hatte, obwohl Flüche kein Geheimnis für sie waren. Ihr Vater hatte zu vielen Dingen seine eigene Meinung gehabt und sie jeweils mit einem Kraftausdruck unterstrichen.
Justin entschuldigte sich nicht für seine vulgären Ausdrücke. Er trank direkt aus der Flasche. Dann stieß er einen langen Seufzer aus und ließ sich auf seine Ellbogen zurückfallen. Der Mond stand nun am Himmel, und sie konnte sein seidiges Haar und seine kräftige Brust sehen. Für einen Mann in seinem Alter war seine Haut noch gar nicht schlaff. Er grinste. »Du brauchst dir keine Sorgen um meine Gesundheit zu machen. Ich bin kerngesund. Die meisten männlichen LaMottes sind über neunzig Jahre alt geworden. Ich werde mich deiner Gunst also noch lange erfreuen können.«

Sie war zu nervös, um etwas zu sagen. Die Rauheit seiner Stimme und das, was sie durchblicken ließ, machten ihr Angst. In einem fast gereizten Ton fuhr er fort: »Ich möchte, daß du mir Söhne schenkst, Madeline. Meine erste Frau war dazu nicht in der Lage. Francis hat einmal dreist bemerkt, daß die Schuld bei mir liegen könnte, aber das ist natürlich Unsinn, wie wir demnächst beweisen werden.«
Er bewegte sich wieder und kam wie ein lebendiger Moloch auf sie zu. Er riß ihr das Leintuch weg.
»Justin, bitte, ich möchte zuerst aufstehen und —«
»Später«, sagte er. Er schob ihr das Nachthemd hoch und grub seine Hand zwischen ihre Schenkel. Es tat weh.
Als er sich auf sie warf und zu grunzen anfing, schloß sie die Augen. Ihre Fingernägel gruben sich in ihre Handflächen.

7

Orry kehrte zur Akademie zurück. Das gestickte Abzeichen trug er immer noch an seiner Mütze. Der einzige Mensch, mit dem er den ereignisreichen Sommer besprechen konnte, war George, der bemerkte, daß sein Freund melancholisch geworden war. Er versuchte, ihn aufzumuntern.
»Was dir fehlt, Stiel, ist ein Besuch bei Alice Peet. Bei ihr wirst du diese Madeline bald vergessen haben.«
Orry sah ihn lange ausdruckslos an, dann schüttelte er den Kopf. »Niemals.«
George machte sich Sorgen, weil Orry dieses Wort so heftig ausgesprochen hatte. Er hoffte sehr, daß sein Freund sich nicht ein Leben lang wegen einer verheirateten Frau grämen würde. Er legte Orry seinen Arm um die Schultern und versuchte, ihm Mut zu machen. Vergeblich.
Orry selbst war sich darüber im klaren, daß er etwas gegen sein Elend unternehmen mußte. Er versuchte, sich mit übermenschlicher Anstrengung aus den hintersten Klassenrängen emporzuarbeiten, aber der Lehrplan des dritten Jahres war nicht einfacher als derjenige der beiden ersten Jahre. Er mochte die Physikstunden einschließlich der

Mechanik, der Optik, der Astronomie und etwas Elektrizitätslehre. Doch wie sehr er sich auch darum bemühte, er schaffte es nicht, sich in diesen Fächern hochzuarbeiten. Dasselbe galt für das Zeichnen für Fortgeschrittene. Professor Weir war unerbittlich und bezeichnete Orrys Aquarelle als Kleckserei. George hingegen schien überall mühelos durchzukommen.
Eine eindeutige Lehrplanverbesserung im Vergleich zum Vorjahr stellten die Leibes- und Gedächtnisübungen dar. Die Kadetten erhielten Reitunterricht. Orry war ein guter Reiter, was wahrscheinlich ein Segen war. Beim Abschlußexamen hatten die Kadetten theoretisch die Möglichkeit, die Waffengattung, in die sie eintreten wollten, frei zu wählen. In der Praxis sah es jedoch anders aus: Nur die Besten kamen zur Artillerie oder zu den etwas weniger hoch angesehenen Pionieren. Die Mittelmäßigen und Schlechten steckte man in die Infanterie, zu den Dragonern oder den Schützen. Die beiden Letztgenannten standen beim Oberkommando der Armee in dermaßen schlechtem Ansehen, daß all diejenigen, die hier Dienst leisteten, sich einen Schnurrbart wachsen lassen durften. Orry vermutete, daß er einen Bart tragen und viel reiten würde.
Während des Sommercamps war Elkanah Bent zum Kadettenoffizier befördert worden. Er stolzierte nun mit einer scharlachroten Binde und einem gefiederten Hut umher, aber mit dem Dienstgrad hatte sich sein Charakter keineswegs gebessert. Er trieb weiterhin sein grausames und rücksichtsloses Spiel mit den Junioren und den Neulingen. Einer der Junioren, ein schmächtiger Mann aus Kentucky namens Isham, wurde zu seiner ausgesuchten Zielscheibe, weil er wie Orry und George Trotz bot, wenn Bent ihn schikanierte.
Kurz vor den nationalen Wahlen klagte Bent Isham dafür an, daß er bei der Abendparade wiederholt aus dem Schritt gefallen sei. Erschöpft und mit Fieber stellte sich Isham Bent im Laufe des Abends vor der Kaserne und bat ihn, den Bericht zurückzuziehen, da er bereits 164 Fehlerpunkte hatte. Wenn er so weitermachen würde, hätte er nicht einmal mehr die Gelegenheit, festzustellen, ob er sein erstes Examen bestanden hatte oder nicht.
Wie die erfahrenen Kadetten ihm hätten sagen können, machte dies die ganze Sache nur noch schlimmer. Bent beschuldigte Isham der Unverschämtheit einem Senior gegenüber und kommandierte den

Junior dann in der Abenddämmerung zu »disziplinarischem Drill« ab.
Am andern Morgen erfuhren George und Orry, daß sich Isham im Krankenhaus befinde. Stück für Stück brachten sie die Geschichte zusammen. Bent hatte den Junior auf die Anhöhe, von der ein steiler Pfad zum Norddock hinabführte, mitgenommen. Dann hatte er Isham befohlen, den Pfad im Schnellschritt hinauf- und hinunterzulaufen. Es war eine außergewöhnlich warme und feuchte Nacht. Nach vierzig Minuten schwankte Isham. Bent saß in der Mitte des Wegs auf einem Stein, lächelte und machte ironische Bemerkungen. Isham weigerte sich, um Gnade zu bitten, und Bent gewährte von sich aus keine. Der Junior hielt es etwa eine Stunde aus, dann gaben seine Beine nach, er wurde ohnmächtig und stürzte den Hügel hinunter. Bis einige Minuten nach Mitternacht lag er bewußtlos da. Bent war natürlich verschwunden, und Zeugen gab es keine.
Der Junior hatte sich zum Krankenhaus geschleppt, und es stellte sich heraus, daß er eine Gehirnerschütterung und drei gebrochene Rippen hatte. Es kamen Gerüchte auf. Orry hörte von mehreren Kadetten, daß Isham ein Krüppel bleiben würde.
Aber Isham war kräftig und wurde gesund. Erst als man ihn aus dem Krankenhaus entlassen hatte, konnte er einigen Kameraden erzählen, was vorgefallen war, und so hatten George und Orry die Wahrheit erfahren.
Einer der Stabsoffiziere hörte die Geschichte und schrieb einen Bericht über Bent wegen disziplinarischer Übertreibungen. Isham weigerte sich, seinen Peiniger zu beschuldigen, so daß keine Beweise vorlagen. Als man Bent mit der Anklage konfrontierte, stellte er sie mit langen und hitzigen Erklärungen in Abrede. Pickett überbrachte ihnen an einem Samstagnachmittag diese Nachricht. George und Orry und mehrere andere hatten vom Urlaub profitiert und waren in Gee Point schwimmen gegangen. Georges Reaktion war unmißverständlich.
»Der gemeine Hund. Ist die Anklage gestrichen worden?«
»Natürlich«, sagte Pickett. »Was hätte man sonst tun können, nachdem er sie ablehnte?«
George langte nach seinem Hemd, das an einem Ast hing. »Ich glaube, wir sollten endgültig etwas gegen Mr. Bent unternehmen.«

Orry teilte seine Meinung, ließ jedoch wie immer die Vorsicht zu Wort kommen.
»Glaubst du, daß das unsere Angelegenheit ist, George?«
»Jetzt geht es das ganze Korps etwas an. Bent hat gelogen, um sich selbst zu retten. Möchtest du, daß jemand wie er das Kommando über irgendwelche Truppen übernimmt? Er würde eine ganze Kompanie in den Tod schicken und dann ohne weiteres einem andern die Schuld in die Schuhe schieben. Es ist an der Zeit, daß er endlich von hier verschwindet.«

Die Wahlkampagne des Jahres 1844 ging anfangs Dezember ihren letzten Tagen entgegen. Doch George und Orry schenkten den heftigen politischen Debatten und den heißen Wahlkampfthemen keinerlei Beachtung. Sie waren ganz mit ihrem Studium und den Plänen, die Bents Sturz herbeiführen sollten, beschäftigt. Das Ganze blieb jedoch verschwommenes Wunschdenken, bis George Benny Haven seinen nächsten Besuch abstattete. Dort erfuhr er, daß einer der regelmäßigen Kunden von Alice Peet Armeeleutnant Casimir de Jong war, jener Offizier, der in der Isham-Affäre Klage gegen Bent erhoben hatte. George berichtete Orry etwas später:
»Jeden Mittwochabend um zehn holt der alte Jongie seine Wäsche ab. Man sagt, daß die ganze Transaktion mindestens eine Stunde daure. Ich mache jede Wette, daß er nicht nur die Wäsche bei Alice holt.«
Orry war mittlerweile voll und ganz für ein Vorgehen gegen Bent.
»Dann würde ich sagen, daß wir unsere Strategie seinen Gewohnheiten anpassen müssen. Wir sollten Bent an einem der kommenden Mittwochabende ungefähr gegen halb zehn in die Arme von Alice treiben.«
George grinste. »Du wirst eine großartige Karriere auf dem Schlachtfeld machen, aber du solltest deinen Verbündeten ebenso gut kennen wie deinen Feind.«
»Was soll das heißen?«
»Die gute Alice ist zwar ein nettes Wesen, aber sie ist auch eine Hure. Sie wird Bent nicht gratis unterhalten, vor allem nicht, wenn sie ihn sich angesehen hat.«
Die Tatsache war nicht zu umgehen. Während drei Wochen wurde

das Pläneschmieden aufs Eis gelegt; unterdessen beschafften sich einige der Kadetten Leintücher und Küchengeräte. Darüber, wie sie in ihre Hände geraten waren, schwieg man sich aus. Schließlich begab sich die Schmugglerbande zum Flußposten und kam mit Bargeld zurück.

Am Abend vor den Wahlen stattete George Alice einen Besuch ab. Er hatte viel Geld dabei. Nach dem Abendessen des folgenden Tages lief die Maschinerie, die Bents Fall herbeiführen sollte, auf Hochtouren.

George und Pickett inszenierten vor Zeugen einen Streit über die aktuellen politischen Fragen. George vertrat den konservativen Standpunkt. Pickett wurde vor Ärger ganz rot im Gesicht und gab laute und zänkische Antworten. Die zufälligen Zeugen sowie diejenigen, die in das Spiel eingeweiht waren, waren davon überzeugt, daß seine Wut echt war.

In wenigen Tagen war allgemein bekannt geworden, daß die beiden Georges sich miteinander überworfen hatten, und Pickett hatte somit Gelegenheit, sich bei Bent einzuschmeicheln und ihn mit Charme und Köpfchen erfolgreich hinters Licht zu führen. Als es am nächsten Mittwochabend leicht zu schneien anfing, lud Pickett Bent zu Benny Haven ein, um dort mit ihm ein Gespräch unter Männern führen zu können. Als sie sich auf den Weg gemacht hatten, meinte Pickett plötzlich, daß ein Besuch bei Alice Peet sicher stimulierend auf ihr Gespräch wirken würde.

George und Orry sowie die offiziellen Beobachter des Korps verfolgten den Weg der beiden durch den Schnee. Zitternd beobachteten sie hinter dem Fenster, wie Alice ihren Auftritt gestaltete. Sie konnte es in bezug auf schauspielerische Fähigkeiten zwar nicht mit Pickett aufnehmen, aber das machte nichts. Als sie sich Bent näherte, hatte er gerade seine Mütze über die Stuhllehne gehängt, den Kragenknopf geöffnet und sich drei Drinks genehmigt. Sein Blick war bereits glasig.

Alice trat ganz nah an ihn heran und flüsterte ihm etwas ins Ohr. Bent wischte sich einige Speicheltropfen von den Lippen. Durch das halbgeöffnete Fenster konnten die beiden Freunde hören, wie er Alice nach dem Preis fragte. George umklammerte Orrys Oberarm: Dies war der kritische Moment. Der ganze Erfolg des Manövers hing davon ab, ob Bent Alice glauben würde, daß sie kein Geld von ihm haben wollte, weil sie ihn mochte. Als sie den Plan ausheckten, hatte Pickett bemerkt: »Das ist, als ob man jemanden glauben machen wollte, daß die Niagarafälle aufwärts fließen.«

Doch Bent war betrunken, und Orry glaubte in seinen Triefaugen den Blick eines unterwürfigen, fetten, kleinen Jungen zu entdecken, der geliebt werden wollte. Bent gab Pickett ein Zeichen, und dieser stand auf, grinste und wünschte gute Nacht. Pickett kam heraus und schloß die Tür hinter sich. Als er an den andern beiden Verschworenen vorbeimarschierte, flüsterte er, ohne den Kopf zu wenden: »Ich verlasse mich darauf, daß ihr genauestens Bericht erstattet.« Ohne aus dem Schritt zu fallen, ging er durch den knirschenden Schnee davon.

George und Orry konnten durchs Fenster beobachten, wie Alice Bents Hand ergriff und ihn durch die offene Tür ins Schlafzimmer geleitete. Der Köder hatte seine Wirkung getan, die Falle war dabei, sich zu schließen.

Genau um zehn Uhr hörte man Leutnant Casimir de Jong durch den Schnee stapfen. Er war bis an die Ohren eingemummt und summte ein fröhliches Lied. Er ging geradewegs auf Alice' Haustüre zu, klopfte kurz und trat ein.

Die Beobachter hörten, wie Alice einen offensichtlich unechten Schreckensschrei ausstieß. Sie stürzte ins Wohnzimmer, wobei sie mit der einen Hand ihr Hemd glattstrich und mit der andern ihr Haar in Ordnung zu bringen versuchte. Aus dem dunklen angrenzenden Zimmer war ein Schnaufen und das Rascheln von Bettüchern zu vernehmen. Old Jongie griff mit spitzen Fingern nach der Kadettenmütze und betrachtete sie kurz. Dann zerknautschte er sie mit einem Faustschlag und pflanzte sich im Türrahmen auf. Wie alle guten Offiziere beherrschte er die Technik des einschüchternden Gebrülls und brachte sie nun zur praktischen Anwendung.

»Wer ist da drin? Kommen Sie sofort heraus, Sir!«

Einen Augenblick später trat Bent keuchend und mit flatternden Augenlidern heraus. De Jongs Unterkiefer fiel herunter. »Um Himmels willen, Sir — ich traue meinen Augen nicht.«

»Es ist nicht, was Sie glauben«, schrie Bent, »ich bin lediglich hier, um — um meine Wäsche abzuholen.«

»Mit Hosen auf halbmast? Im Namen der Anständigkeit, *bedecken Sie Ihre Blöße, Sir!*«

In gebeugter Haltung gingen George und Orry zur halboffenen Tür der Hütte. George konnte sein Lachen fast nicht unterdrücken. Orry sah im Licht einer Öllampe, wie Bent in frenetischer Hast seine Hosen hochzog. Alice stand händeringend daneben.

»Oh, Herr Bent, Sir, ich war so hingerissen, daß ich glattweg vergessen habe, daß der Leutnant jede Woche um diese Zeit seine Wäsche abholt. Das Bündel, das dort drüben . . .« Sie bückte sich, um Bents Faust auszuweichen. »Hure, halt den Mund!«

»Genug, Sir«, schrie de Jong. »Benehmen Sie sich wie ein Gentleman, solange Sie noch Gelegenheit dazu haben.«

Bents Gesicht glühte. Es war totenstill, und aus dem nahen Wald hörte man das Knacken eines Zweigs. Es nahm sich in der Stille wie ein Schuß aus.

»Solange Sie noch Gelegenheit dazu haben?« flüsterte Bent. »Was meinen Sie damit?«

»Ist das nicht offensichtlich, Sir? Es liegt eine Meldung über Sie vor — über mehr Vergehen, als ich jetzt aufzählen möchte. Aber seien Sie versichert, daß ich keins auslassen werde. Besonders nicht diejenigen, die mit Entlassung geahndet werden.«

Bent sah plötzlich krank aus. »Sir, dies ist alles ein Mißverständnis. Wenn Sie mir gestatten, eine Erklärung —«

»Die Art Erklärung wie in der Sache Isham? Lügen?« De Jong verstand es glänzend, stellvertretend den Zorn einer Behörde zu spielen. Orry tat der fette Kadett beinahe leid.

De Jong ging mit wütenden, schnellen Schritten zur Tür. Bent sah seine ganze Karriere wegen eines Stabsoffiziers davonschwimmen. Er packte de Jong an der Schulter.

»Nehmen Sie Ihre Hände weg, Sie Trunkenbold«, sagte de Jong mit eiskalter, ruhiger Stimme. »Ich erwarte Sie in meinem Büro, sobald Sie sich zurückgemeldet haben — und Sie tun dies besser in den nächsten zehn Minuten, sonst wird man die Hallorufe bis nach New York hören.«

Mit souveräner Verachtung stieg Leutnant de Jong die Treppe hinunter und ging in den fallenden Schnee hinaus. Er bemerkte die beiden im Schatten kauernden Kadetten nicht.

Bent ließ seinen Ärger an Alice aus. »Du blöde, ungeschickte Hure!« Er schob den wackligen Tisch beiseite. Alice rannte zum Herd und grapschte ein Fleischmesser. »Raus hier! Stumpf sagte mir, daß du verrückt bist, aber leider habe ich ihm nicht geglaubt, ich Idiotin. Raus! *Raus!*«

Das Messer blitzte im Licht auf. George und Orry tauschten besorgte Blicke aus, als Bent schwankend und verblüfft stehenblieb.

»Stumpf? Du meinst, Hazard hat mit dieser Sache etwas zu tun gehabt? Es war Picketts Idee hierherzukommen und deine Idee, mit mir — das heißt . . .«

Er war unfähig weiterzufahren. Seine Wut wandelte sich in einen solch rasenden und blinden Zorn, daß Orry glaubte, er werde nie mehr einen solchen Ausdruck auf einem menschlichen Gesicht sehen. Alice nahm die verletzende Bemerkung mit einem schrillen Lachen zur Kenntnis. »Meine Idee? Ich würde ein Schwein wie dich niemals an mich herankommen lassen, es sei denn, man bezahle mich dafür, und man bezahlte mich gut. Aber auch so war es mir fast unmöglich.«

Bent zitterte. »Ich hätte es wissen sollen. Ein Trick. Ein Täuschungsmanöver. Alle gegen mich — das ist es doch, nicht wahr?«

Alice wurde sich ihres Patzers bewußt und versuchte ihn auszubügeln. »Nein, ich meinte nicht —«

»Keine Lügen!« sagte Bent. Die beiden Kadetten draußen konnten nicht sehen, was jetzt geschah. Offenbar bedrohte Bent die Wäscherin, denn sie fing an zu schreien. Es war nicht mehr gespielt.

»Ruhe, das ganze Dorf wacht ja auf!«

Das war genau die Absicht von Alice, und sie schrie um so lauter. Bent stürzte aus der Hütte. Er rannte davon und hielt mit der einen Hand seine Hose hoch. George und Orry starrten einander an. Keiner von beiden fühlte die Freude der Erleichterung, die sie so lange herbeigesehnt hatten.

Knapp drei Tage später war Bent entlassen.

Die meisten Kadetten sagten, sie seien froh, daß er entlassen worden sei. Orry und George waren auf jeden Fall froh darüber. Beide hatten sie jedoch Schuldgefühle wegen der Art und Weise, in der man Bent in die Falle gelockt hatte. Doch mit der Zeit vergaßen sie es. Als Orry

wieder erotische Träume von Madeline hatte, wußte er, daß die Zeit seiner Gewissenskonflikte um war.
An Weihnachten diskutierte man immer noch über den Wahlsieg von James Knox Polk. Da der neugewählte Präsident nach wie vor die Absicht kundtat, Texas zu annektieren, fragte sich Orry, ob er unmittelbar nach seinem Abschluß, der im Juni in einem Jahr stattfinden sollte, wohl gegen eine Armee von Mexikanern kämpfen müßte. Und würde es im Nordwesten eine zweite Front geben, als Folge der mit den Briten laufenden Auseinandersetzung über die Oregongrenze? Die Zukunft kam ihm spannend, aber auch erschreckend vor.
Als am letzten Samstagabend im Dezember in Picketts Zimmer wiederum ein Hackfleischessen stattfand, war plötzlich ein schüchternes Klopfen an der Tür zu vernehmen. Orry öffnete. Tom Jackson stand da. Jackson war es gelungen, sich mit gezielten Bemühungen in einen ausgezeichneten Studenten zu verwandeln. Auch wenn man ihn, weil er etwas eigenartig war, nicht besonders gut mochte, hatte er doch etwas Respekteinflößendes an sich, eine Kraft, eine stille Wildheit. Bei den toleranteren Kadettengruppen, wie jener hier, schätzte man ihn.
»Willkommen, General«, rief George, als Jackson die Tür hinter sich schloß. »Einen Bissen?«
»Nein, danke.« Jackson deutete auf seinen Magen, um anzuzeigen, daß er Verdauungsschwierigkeiten hatte. Er sah noch bekümmerter aus als üblich, richtig traurig.
»Was ist los?« fragte Orry.
»Ich bringe schlechte Nachrichten, besonders für euch beide«, antwortete Jackson mit einem Blick auf George und Orry. »Kadett Bent hat doch mit Beziehungen in Washington geprahlt. Nun, sie sind offensichtlich keine Ausgeburt seiner Phantasie gewesen. Wie ich aus verläßlicher Quelle vom Adjutanten weiß, hat Kriegssekretär Wilkins als eine seiner letzten Amtshandlungen in der Angelegenheit interveniert.«
George fuhr sich mit dem Zeigefinger über die Lippen. »Wie interveniert?«
»Die Entlassung wurde rückgängig gemacht. In zwei Wochen wird Mr. Bent wieder hier sein.«

Es war nicht neu, daß die Akademie eine Entlassung widerrief, sie hatte sich schon oft damit unbeliebt gemacht, weil sie den Familien von Kadetten gestattete, ihre politischen Beziehungen auszunutzen. Es handelte sich um einen Mißbrauch, dem auch der gewissenhafteste Superintendent keinen Einhalt gebieten konnte, da die oberste Instanz für West Point Washington war.
Es dauerte bloß sechs Tage, bis Bent wieder auftauchte. Er hatte seinen früheren Rang verloren. George und Orry machten sich auf irgendeine Form von Rache gefaßt, aber es geschah nichts. Die beiden gingen Bent so gut sie konnten aus dem Weg, aber ganz konnten sie ihm nicht ausweichen. Wenn einer von ihnen Bent begegnete, reagierte er immer gleich: Er verzog keine Miene, sein Gesicht blieb steinern. George und Orry hätten für ihn genausogut Fremde sein können.
»Das macht mir bedeutend mehr Angst, als wenn er schreien und toben würde«, sagte Orry. »Was hat er bloß vor?«
»Ich habe gehört, daß er hart büffelt«, sagte George. »Verlorene Mühe, wenn du mich fragst. Nach dem, was er getan hat, kann er von Glück reden, wenn er es in die Infanterie schafft, auch mit den besten Noten.«
Als es langsam Juni wurde und Bent sich weiterhin absonderte, sprach man immer weniger von der widerrufenen Entlassung, und schließlich wurde sie überhaupt nicht mehr erwähnt. Es gab wichtigere Dinge zu besprechen. Die Nation hatte einen höchst bedeutsamen Frühling hinter sich.
Am ersten März, drei Tage vor dem Amtsantritt des neuen Präsidenten Polk, hatte der abtretende Präsident Tyler gemeinsam mit dem Kongreß eine Resolution unterzeichnet, wonach Texas der Union als Staat beitreten sollte. Polk mußte nun die Konsequenzen dieser Amtshandlung übernehmen, und zwar als erstes die Reaktion der mexikanischen Regierung. Ende des Monats wurde der US-Botschafter in Mexiko City davon unterrichtet, daß die diplomatischen Beziehungen abgebrochen würden.
Einzelne Landesteile, namentlich der Süden, wurden vom Kriegsfieber erfaßt. In einem langen Brief beklagte Cooper sich darüber, wie Tillet vehement für einen militärischen Kreuzzug eintrat. Er war der Meinung, dies sei zum Schutz des neuen Sklavenstaats wichtig, so-

fern die Regierung von Texas sich mit der Annexion einverstanden erklärte, was sie zweifellos tun würde. Im Norden war man sich über einen Krieg uneinig. In der Gegend um Boston, der Hochburg der Sklavereigegner, war die Opposition am schärfsten.

Bent und seine Kommilitonen bereiteten sich auf die Abschlußprüfung vor und unterhielten sich zudem mit den Armeeschneidern, die jedes Jahr um diese Zeit eintrafen. In Bents Klasse, die typisch war, würde etwa die Hälfte der Studenten abschließen. Jeder ausscheidende Kadett würde auf seinem Gebiet ein Titularunteroffizier werden. Da diese nicht den gleichen Sold wie die Offiziere erhielten, waren die meisten Diplomanden darauf bedacht, während des ersten aktiven Dienstjahres die Beförderung zum Offizier zu erlangen.

George hatte in bezug auf Bent recht behalten. Der Mann aus Ohio schaffte es gerade bis zum Titularinfanteristen.

Als zum Schluß des Schuljahrs die Militärparade abgehalten wurde, redete Bent schließlich wieder mit George und Orry. Es war an einem kühlen Juniabend bei Sonnenuntergang. Die sanften Hügel waren halb in rotes Licht getaucht, halb schimmerten sie bläulich. Unten im Tal nahmen die Diplomanden die Glückwünsche von strahlenden Müttern, stolzen Vätern, überschwenglichen Geschwistern und Verehrerinnen entgegen. George war aufgefallen, daß Bent zu den wenigen gehörte, zu denen praktisch keine Familienangehörigen gekommen waren.

Bent sah in seiner Kadettenuniform, die er nun zum letztenmal trug, schmuck aus. Er hatte sich einen großzügigen Backenbart wachsen lassen. In etwa einer Stunde würde er unten am Hafen sein, um nach New York zu reisen, wo immer am Tag nach der Abschlußfeier das Klassenessen in einem eleganten Hotel stattfand. Der Urlaub würde für Bent und die andern Diplomanden am letzten Septembertag zu Ende gehen.

Orry war verwirrt über Bents Lächeln, doch dann sah er in der Abenddämmerung seine Augen. Und er entdeckte Haß darin.

»Meine Herren, ich habe Ihnen kurz und ohne Umschweife etwas zu sagen.« Bent sprach in knappen Sätzen, er keuchte, und es schien, als ob er starke Emotionen im Zaum halten müsse. »Sie haben mir eine militärische Laufbahn fast unmöglich gemacht, eine Tatsache, die ich nie vergessen werde. Eines Tages werde ich einen hohen Rang ein-

nehmen — einen sehr hohen Rang —, merken Sie sich das. Ich werde die Namen derjenigen, die meine Karriere mit einem unauslöschlichen Makel versehen haben, nicht vergessen.« Er wandte sich so abrupt ab, daß George zur Seite trat — eine nervöse Reaktion. Bents Augen schienen rot im Licht der untergehenden Sonne. Schwerfällig marschierte er in Richtung Kaserne. Mit seinem Gewicht hatte er es schwer, eine stramme militärische Haltung einzunehmen.
George warf seinem Freund einen verblüfften Blick zu, als wollte er sagen, daß er den melodramatischen Auftritt, den er eben erlebt hatte, nicht ernst nehmen könnte. Orry hoffte inständig, daß sein Freund das Ganze nicht auf die leichte Schulter nehmen und lachen würde, denn Verrückte sagten die Wahrheit, und man mußte ihnen glauben. Man mußte ihnen glauben und vor ihnen auf der Hut sein.

8

Während des Sommercamps wurde George zum Kadettenleutnant befördert. Orry war der einzige unter den Soldaten, dem kein Rang zugesprochen wurde. Es war entmutigend, denn es zeigte, wie wenig seine Vorgesetzten von ihm hielten. Sie schätzten ihn zwar als Person, doch zweifelten sie an seinen militärischen Fähigkeiten. Der Unterricht in der letzten Klasse schien dies zu bestätigen. George strengte sich weiterhin nicht im geringsten an, doch Orry tat sich schwer mit seinem Kurs: Grundsätze des konstitutionellen Rechts und praktische Anwendung des Kriegsrechts. In den Kursen beim berüchtigten Professor Mahan hatte er noch größere Schwierigkeiten.
Mahan sah in seinem dunkelblauen Mantel, seiner blauen Hose und der Lederweste wie ein perfekter Akademieprofessor aus. Trug ein Kadett etwas vor, so erlaubte er nicht die geringste Abweichung, weder von dem, was er gelehrt noch wie er es gelehrt hatte. War ein Kadett je unvorsichtig genug, mit Mahan nicht einverstanden zu sein — wie schüchtern er seinen Einwand auch immer vortragen mochte —, so sah er sich sofort mit dessen gefürchtetem Sarkasmus konfrontiert und konnte von Glück reden, wenn die intellektuelle Niederlage nicht zu brutal ausfiel. In Mahans Kopf hatten alle Kadetten einen

Rang, und aufgrund dieser Rangordnung, ob sie nun zutraf oder nicht, wurden alle Urteile gefällt. Es gab kein Erbarmen. Aber die Kadetten mochten Mahan, ja, sie verehrten ihn sogar.
Mahan unterrichtete auch Militärwissenschaften. Hier flößte er seinen Schülern Ehrfurcht ein, indem er für das industrielle Zeitalter einen neuen, apokalyptischen Krieg voraussagte. Sie alle würden in dieser neuen Art von Krieg das Kommando übernehmen müssen, sagte er. Und vielleicht würde dieser Krieg schon früher stattfinden, als sie sich das überhaupt vorstellen konnten. Im Juli 1845 war General Zachary Taylor mit 1500 Mann an den Nueces River geschickt worden. Mexiko behauptete immer noch, daß dieser Fluß die nördliche Landesgrenze bilde. In Corpus Christi, einer Stadt an diesem Fluß, bezog Taylor einen bewaffneten Posten, um einem möglichen Angriff der Mexikaner vorzubeugen.
Im Herbst hatte Taylor bereits 4500 Mann um sich geschart. Am 29. Dezember trat Texas der Union als 28. Staat bei und erhob weiterhin die Forderung, daß aufgrund des Friedensvertrages am Ende des Unabhängigkeitskrieges der Rio Grande die Südgrenze des Landes bilde.
Der Protest aus Mexiko wurde zusehends bedrohlicher. Der Vertrag sei wertlos und die Republik Texas ein Betrug — nicht existent. Wie aber könnte ein illegales politisches Gebilde den Vereinigten Staaten beitreten? Die Antwort war klar: Es war unmöglich.
Im Winter 1845/46 schlugen die Bemühungen um Friedensverhandlungen des amerikanischen Botschafters in Mexiko, John Slidell, fehl. Auf Befehl seiner Vorgesetzten in Washington drang General Taylor wieder vor, diesmal südwärts durch die dünn besiedelte Wildnis, auf die sowohl Texas als auch Mexiko Anspruch erhoben — bis zum Rio Grande. Die Bevölkerung faßte den Krieg als reale Möglichkeit ins Auge. »Mr. Polks Krieg« nannte ihn die Opposition.
In jenem unruhigen Frühjahr des Jahres 1846 sah sich George Hazard um, blinzelte und stellte fest, daß in den vier Jahren, in denen er sich mit Zigarren, Mädchen und gelegentlichem Studium beschäftigt hatte, tiefgreifende Veränderungen stattgefunden hatten. Knaben waren zu jungen Männern herangewachsen, junge Männer hatten sich zu lebensfähigen Menschen entwickelt, die wiederum Titularoffiziere würden.

Orry kam in die Infanterie, und so bemühte sich George auch darum. Einige der Professoren und Stabsoffiziere waren nicht damit einverstanden. Sie sagten, daß George mit seinen guten Noten in die Artillerie oder zu den Pioniertruppen kommen könne. Orry beschwor seinen Freund, die Ratschläge zu beherzigen, aber George blieb fest.
»Lieber diene ich in der Infanterie mit einem Freund, als mit lauter Fremden in der Artillerie. Abgesehen davon habe ich immer noch die Absicht, nach vier Jahren auszutreten. Es ist mir gleichgültig, wo ich diese Zeit verbringe, sofern man nicht zu oft auf mich schießt.«
War George nicht unbedingt begeistert über den Gedanken, in den Krieg zu ziehen, so wollte Orry wirklich die Gefahr auf irgendeinem weit entfernten Schlachtfeld in Mexiko kennenlernen. Manchmal hatte er wegen dieses Wunsches Schuldgefühle, aber ein Mann, der Militärkarriere machen wollte, brauchte unbedingt Kriegserfahrung. Obwohl Orrys Vorgesetzte ihn nicht hatten befördern wollen, änderte sich seine Zielsetzung nicht.
Genau wie Orry waren die meisten Senioren hinsichtlich der Möglichkeit einer kriegerischen Auseinandersetzung ganz nervös, ja sogar erregt. Endlich würde das Aristokratenkorps von West Point Gelegenheit bekommen, zu beweisen, was es wert war. Ja, die ganze Armee konnte dies zeigen. Viele Amerikaner verachteten ihre Armeesoldaten und sagten ihnen nur ein Talent nach, die Kunst der Drückebergerei.
Die Frage, ob Krieg ausbrechen würde oder nicht, wurde noch vor Georges und Orrys Examen entschieden. Am 12. April hatte der mexikanische Befehlshaber in Matamaros General Taylor befohlen, sich zurückzuziehen. Die Warnung wurde nicht beachtet, und am Letzten des Monats überquerten mexikanische Soldaten den Rio Grande. Anfang Mai schlugen Taylors Truppen in Palo Alto eine dreimal stärkere feindliche Armee zurück, und einige Tage später ereignete sich dasselbe in Resaca de la Palma. Der Streit hatte begonnen, und der Kongreß beantwortete am 12. Mai die Invasion auf amerikanisches Territorium mit einer Kriegserklärung.
Der Krieg führte zu heißen Kontroversen. George konnte sich für keinen der beiden Gegner begeistern, und nachdem er sich auf vier faule Jahre in der Armee gefreut hatte, kam der Krieg ihm jetzt sehr ungelegen und ärgerte ihn.

Als er sich für den Dienst in der Infanterie entschieden hatte, schrieb George seinem Vater einen Brief und bat ihn, einige Hebel in Bewegung zu setzen. Jetzt erhielt er endlich seinen Befehl: Er sollte in die Achte Infanterie. Orry stellte mit Erstaunen fest, daß er zum selben Regiment abkommandiert worden sei. George gab vor, über diesen Zufall höchst überrascht zu sein.
Während des herrlichen Juniwetters nahmen die Absolventen die Glückwünsche ihrer Professoren entgegen und hielten ihre letzte Parade ab. George und Orry erschienen zum erstenmal in den typischen armeeblauen Kleidern: dem dunkelblauen Mantel, der hellblauen Hose mit den schmalen, weißen Streifen der Infanterie.
Georges Vater sowie sein Bruder Stanley wohnten der letzten Parade bei. Von Orrys Familie war niemand gekommen. Gleich nach der Parade nahmen die Hazards ein Schiff nach Albany, wo sie Geschäfte zu erledigen hatten. Etwa eine Stunde später waren George und Orry startbereit.
Als der Dampfer sich vom Landungssteg entfernte, lehnte sich Orry an die Reling und betrachtete noch einmal den steilen Weg, den sie vor vier Jahren zum erstenmal hinaufgegangen waren.
»Ich werde den Ort vermissen. Wahrscheinlich wirst du jetzt lachen, aber am meisten werde ich die Trommel vermissen. Nach einer Weile geht sie dir in Fleisch und Blut über.«
George lachte nicht, aber schüttelte den Kopf. »Du willst eine Trommel vermissen, die dein Leben in Segmente eingeteilt hat?«
»Ja, sie verlieh den Tagen einen bestimmten Rhythmus, eine Ordnung und ein Muster, auf das man sich verlassen konnte.«
»Nun, keine Sorgen, Mr. Stiel. In Mexiko werden wir viele Trommeln zu hören bekommen.«
Die Nacht brach herein, während sie an Constitution Island vorbeifuhren, und als sie auf dem Hudson waren, war es bereits dunkel. Sie meldeten sich in der City im American House und sahen sich am nächsten Tag New York an. Auf dem Broadway stießen sie auf einige einfache Soldaten, und man salutierte ihnen zum erstenmal in ihrem Leben.
Bevor George in den Zug nach Philadelphia stieg, nahm ihm Orry das Versprechen ab, daß er gegen Urlaubsende nach Mont Royal kommen würde, um mit ihm zusammen zu ihrem Regiment zu rei-

sen. George war einverstanden. In den vergangenen vier Jahren hatte er fast alle Südstaatler, denen er begegnet war, sympathisch gefunden. Abgesehen davon hatte er niemals vergessen, daß Cooper Main ihm gesagt hatte, die Mädchen im Süden seien besonders hübsch.

Als er in Lehigh Station ankam, packte George als erstes den Meteoriten aus, den er in den Hügeln bei West Point gefunden hatte. Er legte ihn in seinem Zimmer sorgfältig auf einen Fenstersims, wo ihn keiner der Dienstboten versehentlich für Trödel halten und wegwerfen würde. Dann setzte er sich hin und versenkte sich in die Trophäe. Zehn Minuten vergingen. Zwanzig Minuten. Das rauhe, eisenhaltige Fragment schien in der Stille stumm und doch mit mächtiger Stimme zu ihm zu sprechen und ihm zu erzählen, mit welcher Macht Eisen alles, was der Mensch erbaute oder erfand, zerstören konnte. Als er schließlich aufstand und sich zum Gehen wandte, liefen ihm Schauer über den Rücken, obwohl es an diesem Sommernachmittag sehr heiß im Haus war.

Es gab wenige Dinge, die George ernst nahm, und es gab noch weniger, die ihn nachhaltig beeindruckten. Doch jener Meteorit, der aus demselben Stoff bestand, welcher das Kernstück des Hazard-Vermögens bildete, war eine seltene Ausnahme. Er hatte nicht die geringste Absicht, in Mexiko einen Heldentod zu sterben, den man schnell vergessen würde; er hatte in den kommenden Jahren Wichtigeres zu tun. Sollte Orry sein Leben damit verbringen, Grenzstreitigkeiten auf dem Schlachtfeld auszutragen. George wollte im Eisengeschäft dazu beitragen, daß die Welt sich veränderte.
Mitte September packte er seine Sachen und verabschiedete sich von seiner Familie. Taylor marschierte während eines achtwöchigen Waffenstillstands mit seiner Armee nach Montery in Mexiko. George verfolgte den Weg jener Armee, weil sein Regiment zu Taylors zweiter Division gehörte. Das Kommando führte General Worth. Das achte Infanterieregiment hatte bereits harte Kämpfe hinter sich und wohl noch einige vor sich.
Während der langen Bahnfahrt nach South Carolina versuchte George, seine Vorstellungen über die Nord- und Südstaaten zu ordnen. In West Point waren sich die Kadetten beider Lager darüber einig gewe-

sen, daß die Yankees besser vorbereitet waren, weil es im Norden bessere Schulen gab. Die Südstaatler jedoch schränkten arrogant ein, daß dies keine Rolle spielte; der mutige und nicht der kluge Feldherr gewann normalerweise die Schlacht.

Hätte man George über regionale Unterschiede ausgefragt, würde er die Yankees als praktisch und als rastlos beschreiben, als neugierig auf den Alltag und darauf aus, alles zu verbessern. Im Gegensatz dazu schienen ihm die Südstaatler mit ihrem Hang zum Theoretisieren und Argumentieren sehr abstrakte Menschen zu sein, besonders in bezug auf Themen wie Politik, Sklaven und Verfassung, um nur drei zu nennen.

Die Sklaverei wurde immer als Positivum verstanden. Interessanterweise erinnerte sich George daran, daß Orry gesagt hatte, dies sei nicht immer so gewesen. Als Junge hatte Orry manchmal Gespräche seines Vaters mit fremden Herren mitangehört. Oftmals hatten sie sich über das merkwürdige System unterhalten, und einmal hatte er von Tillet die Bemerkung gehört, daß einige Aspekte der Sklaverei weder von Gott noch von den Menschen geduldet werden könnten. Doch Orry stellte fest, daß man sich nach dem Vesey- und dem Turner-Aufstand in Mont Royal nie mehr so freimütig geäußert hatte. Tillet sagte, solche Äußerungen könnten einem neuen Aufstand Vorschub leisten. George hatte keine feste Meinung in bezug auf das Sklavensystem. Er beschloß, das Thema in South Carolina nicht aufzuwerfen, und ganz sicher würde er den Mains nicht sagen, was dic andern Hazards zu dieser Frage dachten. Seine Eltern waren zwar keine fanatischen Gegner der Sklaverei, aber sie waren überzeugt, daß das System völlig falsch war.

Orry holte George bei einer kleinen Waldstation der Eisenbahnlinie mit einer Kutsche ab. Auf der Fahrt zur Plantage unterhielten sich die beiden Freunde angeregt über den Krieg und die Ereignisse des vergangenen Monats. Orry teilte ihm mit, daß seine Familie zwei Wochen früher als üblich von ihrer Sommerresidenz zurückgekommen sci, um George begrüßen zu können.

George war von der üppigen Vegetation des Südens fasziniert. Mont Royal überwältigte ihn durch seine Größe und Pracht, und Orrys Familie fand er äußerst sympathisch. Dies galt zumindest für die meisten Familienmitglieder. Tillet Main machte auf ihn den Eindruck eines strengen Mannes, der Fremde scheute. Dann gab es noch Vetter Charles, einen liederlichen, hübschen Jungen, dessen Hauptbeschäftigung wohl darin bestand, trotzig zu lächeln und mit einem großen Messer Scheinangriffe abzuwehren.

Orrys Schwestern waren für George natürlich viel zu jung. Die knapp neunjährige Brett war zwar hübsch und intelligent, wurde aber von der elfjährigen Ashton in den Hintergrund gedrängt. Ashton war eines der hübschesten kleinen Mädchen, die George je gesehen hatte. Mit zwanzig würde sie eine richtige Schönheit sein.

Er verbrachte den ersten Tag in Mont Royal mit einem Besuch auf der Plantage, wo er sich über den Reisanbau informierte. Am späten Nachmittag kam er in die Obhut von Clarissa und ihren Töchtern, die ihn in eine reizvolle Laube in einer Ecke des Gartens mitnahmen. Als sie es sich alle in Korbstühlen bequem gemacht hatten, trugen zwei Negermädchen Limonade und Kuchen auf. Nach einer Weile entschuldigte Clarissa sich, sie mußte in der Küche zum Rechten sehen. Ashton faltete die Hände in ihrem Schoß und sah George mit ihren großen, dunklen Augen an.

»Orry sagt, daß Ihr Spitzname Stumpf ist. Sie sehen aber gar nicht wie ein Stumpf aus.« Sie lächelte, ihre Augen blitzten.

George fuhr sich mit dem Zeigefinger unter den engen Hemdkragen. Für einmal war er um eine Antwort verlegen. Brett kam ihm zu Hilfe: »Das ist die hübscheste Uniform, die ich kenne, obwohl ich ja noch nicht viele gesehen habe.«

»Nicht so hübsch wie das, was drin steckt«, sagte Ashton, und diesmal errötete George. Die Schwestern kamen ihm nicht wie kleine Mädchen, sondern wie Frauen vor. Er fühlte sich höchst unwohl bei diesem kleinen Flirt von Ashton.

Es mußte ihr Alter sein, dachte er. Sie war zu jung, um zu kokettieren — und doch tat sie es. Von hübschen Frauen fühlte sich George angezogen, aber schöne Frauen mied er. Meistens waren sie sich ihres guten Aussehens zu sehr bewußt und waren deshalb oft launisch oder schwierig. Dies würde wahrscheinlich auch Ashton Main so ergehen, dachte er. Ashton beobachtete ihn über den Rand ihres Glases hinweg. Er fühlte sich erleichtert, als er sich später wieder in Männergesellschaft befand.

Zwei Tage später kündigte Clarissa Main beim Abendessen an, daß sie ein Picknick organisieren würde, um George den Nachbarn und Verwandten vorzustellen.

»Wenn wir Glück haben, wird uns auch Senator Calhoun mit seiner Anwesenheit beehren. Er ist für einige Wochen zu Hause in Fort Hill gewesen. Er leidet nämlich an einer Lungenkrankheit, die in der Potomac-Gegend durch das dort herrschende Klima nur verschlimmert wird. Auf dem Land ist die Luft klar und rein; das verschafft ihm Erleichterung und deshalb — Tillet, warum um Himmels willen ziehst du ein solches Gesicht?«

Alle Blicke wandten sich dem Tischende zu. Man hörte ein fernes Donnergrollen. Ashton und Brett tauschten ängstliche Blicke aus. Dies war die Jahreszeit der Hurrikane, die mit zerstörerischer Gewalt vom Ozean her über das Land fegten.

»John benimmt sich kaum noch wie unsereiner«, sagte Tillet und wischte mit einer ärgerlichen Handbewegung ein Insekt beiseite, das auf seiner Stirn landen wollte.

In einer Ecke des Raumes stand ein kleiner Negerjunge mit einem Fliegentöter. Auf Tillets Handbewegung hin sprang der Junge vor und wedelte mit dem Instrument in der Luft, aber er wußte, daß er zu spät war. Er hatte seinen Herrn verärgert. Die Angst, die George in den Augen des Knaben lesen konnte, sagte ihm mehr über die Beziehung zwischen Herrn und Sklaven, als er in langen Gesprächen erfahren hätte.

»Bei jedem öffentlichen Anlaß erweisen wir John die Ehre«, fuhr Tillet fort. »Wir lassen Statuen errichten, die ihn als den größten lebenden Bürger des Staats, ja vielleicht sogar der Nation preisen. Doch dann bummelt er nach Washington und vergißt den Willen seiner Wähler.«

Cooper räusperte sich kurz, was seinen Vater ärgerte. »Aber«, sagte Cooper, »du willst doch nicht sagen, daß Mr. Calhoun nur dann als guter Patriot angesehen werden kann, wenn er mit dir einverstanden ist? Er mag zwar nicht beliebt sein, weil er gegen den Krieg ist, aber er ist aufrichtig. Und die meisten deiner andern Ansichten teilt und unterstützt er ja.«

»Was man von dir nicht behaupten kann. Eine Tatsache, die mir allerdings nicht besonders viel ausmacht.« George fühlte sich bei dem

Sarkasmus nicht wohl und vermutete, daß es Tillet wohl sehr viel ausmachte.

»Schön«, gab Cooper zurück und machte eine Handbewegung mit dem Weinglas. Die bittenden Blicke seiner Mutter beachtete er nicht. »Mach dir keine Sorgen über meine Ansichten. Aber die Meinung der Nation läßt du zu deinem Nachteil außer acht.«

Tillet umschloß die Serviette mit hartem Griff. Er blickte verstohlen auf George und zwang sich zu einem Lächeln. »Mein Sohn hat sich selber zum Fachmann für Staatsangelegenheiten erklärt. Manchmal habe ich das Gefühl, daß er sich im Norden wohler fühlen würde.«

Cooper saß steif in seinem Stuhl. »Unsinn«, sagte er; er lächelte nicht mehr. »Ich verachte die verdammten Sklavengegner mit ihrem selbstgerechten Getue, doch ihre Heuchelei blendet mich nicht so sehr, daß ich die Wahrheit in einigen ihrer Argumente nicht sehen könnte. Sobald jemand uns im Süden kritisiert, benehmen wir uns wie bedrohte Stachelschweine. Die Yankees sagen, daß die Sklaverei ein Übel ist, und wir betrachten sie als Segen. Sie zeigen auf die Narben auf den Rücken der Neger —«

»In Mont Royal hat niemand Narben«, unterbrach ihn Tillet, indem er sich George zuwandte. Cooper kümmerte sich nicht darum.

»— und wir reagieren mit der Pauschalbehauptung, die Sklaven seien glücklich. Kein Mensch, der seine Freiheit nicht mehr hat, ist glücklich.«

»Paß auf, was du vor den Kindern sagst!« schrie Tillet. Doch der junge Mann war ebenso wütend wie der ältere. »Statt der Wahrheit aus dem Weg zu gehen, täten wir besser daran, etwas daraus zu lernen. Wir geben uns mit dem zufrieden, was wir seit hundertfünfzig Jahren gewesen sind: Bauern, deren Ernte vom Schweiß schwarzer Leibeigener abhängig ist. Männer wie Georges Vater ignorieren wir einfach, obwohl es ihrer im Norden immer mehr werden. Georges Vater stellt Eisen her: mit freien Arbeitern. Das Eisen wandert in Maschinen. Und die Maschinen sind die Zukunft. Die Yankees haben verstanden, was es mit diesem Jahrhundert auf sich hat, aber wir begreifen bloß das letzte Jahrhundert. Wenn Senator Calhoun nicht länger wie ein Papagei die institutionalisierten Weisheiten des Staats nachplappert, um so besser. Wir brauchen mehr Männer seines Kalibers.«

Clarissas Stimme war von ungewöhnlicher Schärfe, als sie sagte: »Es ist unhöflich von dir, so zügellos vor unserm Gast zu reden.«
»Ja, zum Teufel mit der Wahrheit! Gute Manieren über alles!« Cooper hob sein Weinglas, als wolle er einen Trinkspruch ausbringen. Tillet schlug ihm das Glas aus der Hand.
Der schwarze Junge mit dem Fliegentöter duckte sich. Das Glas zerschellte an der Wand. Brett stieß einen gellenden Schrei aus und drückte sich in ihren Stuhl, wobei sie ihre Augen mit der Hand bedeckte. Orry blickte seinen Gast an und zuckte die Achseln. Mit einem etwas verzerrten Lächeln bat er um Entschuldigung. Tillet schäumte vor Wut.
»Du hast zuviel Wein getrunken, Cooper. Es wäre besser, wenn du dich zurückziehen würdest, bis du dich wieder unter Kontrolle hast.«
»Ja, in der Tat«, sagte Clarissa. Obwohl sie dies mit sanfter Stimme gesagt hatte, war es ein Befehl.
Cooper schien wirklich ein bißchen angetrunken, dachte George. Der ältere Bruder stand auf, lachte und eilte aus dem Zimmer. Tillet war weiß im Gesicht; offensichtlich brachte ihn Spott noch mehr in Harnisch als ketzerische Worte.
Der Rest der Mahlzeit wurde schweigend eingenommen. George war deprimiert. Der Main-Haushalt war eindeutig gespalten. Wie der Norden und der Süden des Landes es nach Meinung seines Vaters wohl bald sein würden.

9

Obwohl das Picknick in der »schlimmen« Jahreszeit stattfand, kamen mehr als zweihundert Menschen. Viele kamen direkt aus ihrer Sommerresidenz, einige sogar aus Columbia. George war zwar davon beeindruckt, aber nicht so stark wie von John Calhouns Ankunft am späten Vormittag.
Senator Calhoun und seine Frau Floride fuhren in einer alten, aber eleganten Kalesche vor. Freunde und Neugierige umringten das Vehikel. George hatte gehört, daß die Calhouns in Begleitung ihres Kut-

schers und dreier weiterer Neger, die der Kalesche in einem Eselskarren folgten, in Charleston übernachtet hatten.
In den letzten dreißig Jahren hatte niemand im öffentlichen Leben Amerikas mehr Rollen mit größerer Souveränität gespielt als der großgewachsene, hagere Mann, der behende der Kalesche entstieg und die ersten Willkommensgrüße entgegennahm. George konnte sich nicht mehr an alle Ämter erinnern, die Calhoun innegehabt hatte. Auf jeden Fall war er Kriegssekretär und Vizepräsident gewesen. Zu Beginn seiner Laufbahn war Calhoun ein eifriger Verfechter der Union und der Militärakademie gewesen. Hatten andere sich gegen das ehrgeizige Reformprogramm von Sylvanus Thayer ausgesprochen, so hatte Calhoun es unterstützt, weil er der Ansicht war, daß Amerika ohne starke Armee nicht wirklich stark sein konnte. Doch wenn man jetzt im Norden von Calhoun sprach, dachte man vor allem an eines: an seine Doktrin. Der Senator hatte mit seiner Doktrin in den 1830er Jahren für viel Aufregung gesorgt. Es ging damals um einen in South Carolina unbeliebten Schutzzoll. Calhoun vertrat die Meinung, daß jeder Staat das souveräne Recht habe, den Zoll aufzuheben, was in Tat und Wahrheit bedeutete, daß jeder Staat sich irgendeinem Bundesgesetz widersetzen konnte.
George wurde den Calhouns vorgestellt. Er vermutete, daß der Senator in den Sechzigern war. Alter und Krankheit hatten Calhouns Aussehen und Statur stark beeinträchtigt. Doch der volle graue Haarschopf und die leuchtend dunkelblauen Augen erinnerten an sein früheres gutes Aussehen.
Calhoun machte einige höfliche Bemerkungen über West Point und ging dann weiter; auf George machte der Mann einen erschöpften, verbitterten Eindruck. Sein Lächeln wirkte falsch, seine Bewegungen affektiert.
George wurde so vielen Leuten vorgestellt, daß ihm ganz schwindlig wurde, wenn er an all die Namen dachte: Main und Bull und Smith und Rhett und Huger und Boykins und LaMotte und Ravenel . . . Ein Mitglied der Smith-Familie, weiblich, etwa in seinem Alter, schien ebenso begeistert von seiner Uniform wie George von ihrem Dekolleté. Sie versprachen einander, sich in zwanzig Minuten beim Punschausschank zu treffen.
Herr Nagel, der Hauslehrer der Main-Schwestern, war bereits stock-

betrunken. George half ihm zu einer Bank. Dann verbrachte er einige unangenehme Minuten im Gespräch mit Tillets Aufseher, einem kurzgeratenen Yankee namens Salem Jones. Jones' engelhaftes Gesicht konnte über den gemeinen Ausdruck in den Augen nicht hinwegtäuschen. Er blickte seinen Gesprächspartner nicht direkt an, sondern starrte unentwegt auf einen Fixpunkt auf dem Rasen.
Einige der beliebtesten Sklaven des Hauses hatten einige Tische auf den Rasen stellen dürfen, wo sie unter sich ihr eigenes Essen einnahmen. Sie warteten auf den Befehl für ihren Chorauftritt. Calhouns schwarze Diener hatten sich sofort zu ihnen gesellt, und die Gesellschaft wurde langsam laut. Jones kniff die Lippen zusammen und beobachtete sie scharf.
Gewitterwolken verdüsterten den Himmel. Ein leichter Regenschauer ließ alle Schutz suchen. Als es fünf Minuten später zu regnen aufgehört hatte und die Gäste wieder zueinander gefunden hatten, konnte George das Smith-Mädchen nicht mehr finden. Er stieß plötzlich auf Orry und bemerkte dessen geistesabwesenden Blick.
»Welche Medusa ist denn dir über den Weg gelaufen, Stiel? Aha — klar.« Sein fröhliches Lächeln erlosch. »Ich sehe große Ringe an ihren Fingern, einer davon ein Ehering. Ist sie diejenige, in die du dich vor zwei Jahren verliebt hast?«
Mit weicher Stimme sagte Orry: »Sie ist sehr hübsch, nicht wahr?«
»Hübsch ist kein Ausdruck. Sie ist entzückend. Das also ist Madeline. Sie sieht erschöpft aus.« Und doch konnte er sich ihren merkwürdig starren Gesichtsausdruck nicht mit Müdigkeit erklären.
Orry sagte erklärend: »Sie ist eben aus New Orleans zurück. Ihr Vater hat einen weiteren Schlaganfall erlitten. Zwei Tage, nachdem sie ihn aufgesucht hatte, starb er. Sie mußte die Beerdigung ganz allein organisieren. Kein Wunder, ist sie abgekämpft.«
George bemerkte die Erregung in der Stimme seines Freundes. In den vergangenen Monaten hatte er nicht viel über die sagenhafte Madeline gehört und war zum Schluß gekommen, daß Orry seine Verliebtheit überwunden hatte. Er hatte sich getäuscht. Er betrachtete sie genauer. Trotz der Schatten unter ihren Augen war sie wirklich eine der schönsten Frauen, denen er in seinem Leben begegnet war. Sie hatte einen vollen roten Mund, und die helle Haut stand in verblüffendem Gegensatz zu ihrem glatten schwarzen Haar. Er trat näher an Orry heran.

»Kenne ich ihren Ehemann?«
»Ja. Der Kerl dort.«
Orry deutete mit dem Kopf auf einen der LaMottes. Dann erinnerte sich George. Justin war sein Name. Ein arroganter Kerl. Genau wie sein Bruder Francis, der mit seiner schlampigen Frau und seinem hübschen Sohn ganz in der Nähe stand. Der Sohn, mit seinem eleganten Mantel und passender Krawatte, schien genauso eingebildet wie sein Vater und sein Onkel. Sie benahmen sich, als ob sie nicht amerikanische Farmer wären, sondern aus einem europäischen Königshaus kämen.
»Wie kann sie es bloß mit diesen Menschen aushalten?« flüsterte er.
»Sie wird sehr gut damit fertig. Madeline könnte sogar den Teufel für sich gewinnen. Und meine Mutter sagte mir, daß sie ihre Pflichten auf der Plantage zur vollsten Zufriedenheit aller erfüllt. Dies ist außergewöhnlich, denn Madeline ist ja nicht dazu erzogen worden, Hebamme zu spielen oder eine Küche zu führen. Ich bin sicher, daß Justin ihre Fähigkeiten gar nicht zu schätzen weiß. Komm, ich stelle dich vor.«
Die beiden gingen auf Madeline zu. Für einen Augenblick belebte eine spontane Freude ihre Gesichtszüge und ihre Augen, dann erstarrte sie wieder. Auf George machte sie den Eindruck von jemandem, der eben etwas Fürchterliches entdeckt hat. Sicher hatte es etwas mit ihrem Ehemann zu tun, dachte er zynisch. Madeline entfernte sich von Justin. Bevor jedoch Orry mit ihr reden konnte, schlenderten Calhoun und Tillet Main mit weiteren Gästen im Schlepptau auf sie zu. Alle hingen an den Lippen des Senators.
»Manche behaupten, Tillet, daß meine Doktrin falsch gewesen sei. Ich bin nicht damit einverstanden. Von der Verfassung her ist sie korrekt, nur die Art und Weise, in der wir sie zur Anwendung bringen wollten, war tollkühn. Zum Scheitern verurteilt. Ein einzelner Staat kann sich nicht gegen die Macht der Bundesregierung durchsetzen. Doch mehrere Staaten zusammen, vereint und entschlossen — das wäre etwas anderes.«
Tillet räusperte sich. »Reden Sie von Sezession?«
Calhoun zuckte kurz und heftig die Achseln. »Nun, das ist ein Ausdruck, den man in letzter Zeit oft hier im Süden hört. Gerade neulich, in Charleston, sagte ein Herr, den ich sehr achte, die Sezession

sei die einzig richtige Antwort auf Wilmots Antrag.« Er meinte damit den Vorschlag des Kongreßabgeordneten Wilmot, die Sklaverei auf jeglichem Territorium, das im Laufe der Friedensverhandlungen mit Mexiko erworben werden würde, ausdrücklich zu verbieten. Die Argumente dafür und dagegen hatten im ganzen Land heftige Kontroversen ausgelöst. Der Gesetzesentwurf war vom Kongreß verabschiedet worden, doch der Senat hatte ihn vor seiner Sommerpause zurückgewiesen.

»Der Mann hat recht«, sagte jemand. »Der Antrag ist eine wahre Provokation, eine Beleidigung für den Süden.«

»Was erwarten Sie denn anderes von einem Demokraten aus Pennsylvania?« fragte Tillet. »Im Norden kennt die Selbstgerechtigkeit keine Grenzen.«

Calhoun nickte. »Genau deshalb sind Gespräche über Sezession so aktuell. Vielleicht gibt es keinen andern Weg, um den Beschwerden und Klagen dieser Region Gehör zu verschaffen.«

»Ich würde sagen, weitermachen«, warf Justin LaMotte ein. Er ging an seiner Frau vorbei und warf ihr einen finsteren Blick zu. George konnte sich nicht vorstellen weshalb, es sei denn, sie wäre an der Diskussion interessiert gewesen — eine Frau unter einem Dutzend Männer. Die Frau des andern LaMotte war verschwunden.

Tillet sagte zu Justin: »So sehr ich auch einige dieser Yankee-Politiker verabscheue, so würde ich doch nach all den Kämpfen, die zum Aufbau dieser Nation geführt worden sind, auf keinen Fall eine Spaltung wollen.«

Calhoun verzog das Gesicht. »Das Wort *wollen* setzt einen falschen Akzent. Wenn es zur Spaltung kommt, dann wird man uns hineintreiben. Wir werden von jenen Nordstaatlern, deren einziges Vergnügen darin besteht, uns zu verspotten, mit Gewalt dazu gezwungen werden.«

»Es ginge uns besser, wenn wir selber eine Nation wären«, sagte Francis LaMotte.

»Wie kommst du dazu, so was zu sagen, Francis?«

Die weibliche Stimme ließ alle verstummen, und manchen stand der Mund offen. Justin sah aus, als ob er im Erdboden versinken wollte. Orry sah, wie schockiert er war und wie seine Scham sich zur Wut steigerte. Madeline schien sich nicht darum zu kümmern. Ihr merkwürdiger, starrer Gesichtsausdruck verschwand, und Leben kehrte in ihre Augen zurück. Nachdem sie einmal angefangen hatte, wollte sie auch weiterreden. Sie ging auf Calhoun zu.

»Senator, ich bin eine waschechte Südstaatlerin. Vor Jahren habe ich zum erstenmal Männer über die Spaltung von der Union reden gehört. Mein Vater sagte, es sei bösartiges Gewäsch, denn so etwas sei unmöglich. Ich habe mir das seither überlegt und bin mit ihm einverstanden.«

Calhoun reagierte höflicher als die andern Männer, die finstere Gesichter machten und murrten. Aber auch er war offensichtlich verblüfft, daß eine Frau sich in das Revier der Männer vorwagte. Mit einem leichten Hochziehen der grauen Augenbrauen sagte er: »Tatsächlich, Madam?«

Madeline gelang es, ein entwaffnendes Lächeln aufzusetzen. »Aber ja, denken Sie nur an die praktische, konkrete Seite. Was würde denn, wenn wir souverän wären, passieren, falls der Baumwoll- und der Reismarkt zusammenkrachten? Das hat es ja schon mal gegeben. Wieviel Sympathie, wieviel Hilfe könnten wir dann von der andern Nation im Norden erwarten? Und wenn dort oben eine höchst unfreundliche Regierung an der Macht wäre? Wenn sie Gesetze erlassen würde, um uns daran zu hindern, Güter für den Alltagsbedarf zu kaufen? Wir sind vom Norden abhängig, Senator. Wir haben keine eigenen Fabriken. Keine wesentlichen Bodenschätze außer —«

»Wir haben unsere Prinzipien«, unterbrach sie Justin. »Die sind wichtiger als Fabriken.« Er packte ihren Unterarm. George sah, wie sie sich wand. »Aber ich bin sicher, daß der Herr Senator nicht an einer weiblichen Meinung interessiert ist.«

Calhoun, den die Wut in LaMottes Augen erschreckte, wollte freundlich sein. »Oh, ich interessiere mich immer für die Meinung meiner Wähler, wer auch immer . . .«

Justin ließ ihn nicht ausreden. »Komm, Liebes. Jemand möchte dich sprechen.« Seine Wangen waren rotgefleckt, sein Lächeln eiskalt.

Sie deutete auf seinen eisernen Griff. »Bitte, Justin . . .«

»Komm mit!«

Er verstärkte den Druck auf ihren Arm, so daß sie sich umdrehen mußte. Francis folgte ihnen, als sie weggingen. George warf seinem Freund einen warnenden Blick zu. Einen Augenblick lang glaubte er,

Orry würde einen Mord begehen. Dann machte Calhoun einen Witz; die Spannung löste sich, die Krise war vorbei.
Unterdessen hatte Justin Madeline auf die andere Seite des Rasens gezerrt, dort, wo die Kutschen in langen Reihen standen. Er wußte, daß die Leute sie beobachteten, aber er war zu wütend, um sich darum zu kümmern. Francis bat ihn, sich zu beruhigen. Justin fluchte nur und befahl seinem Bruder, ihn in Ruhe zu lassen. Gekränkt kehrte Francis zur Menge zurück.
Justin schob seine Frau gegen das hohe Hinterrad einer Kutsche. Die Radnabe fuhr wie ein Dolch in ihren Rücken. Sie atmete schwer.
»Laß mich los. Du hast kein Recht, mich zu behandeln wie —«
»Ich habe jedes Recht«, sagte er. »Ich bin dein Ehemann. Du erniedrigst mich vor dem Senator und meinen Freunden.«
Sie starrte ihn an, ihr Gesicht wurde rot. »O Verzeihung, ich wußte nicht, daß es in South Carolina ein Verbrechen ist, anderer Meinung zu sein. Es war mir nicht bewußt, daß die Redefreiheit —«
»Komm mir nicht damit!« Er packte sie am Arm und stieß sie wieder gegen die Nabe. Sie gab einen leisen Schrei von sich und blickte ihn dann voller Abscheu an.
»Du Ekel. Es geht dir nur um deinen verdammten Ruf und nicht um die Gefühle von Menschen, die du verletzt, wenn es dir gerade einfällt. Nach unserer Hochzeitsnacht wurde mir bereits einiges klar. Jetzt habe ich keine Zweifel mehr. *Und ich könnte deinen kostbaren Ruf auf immer zerstören.*« Doch trotz ihrer Wut wußte sie, daß sie es nicht tun würde.
Justin hatte die Kontrolle völlig verloren. Sogar Madelines Widerstand — etwas, das ihn bei einer Frau überraschte — konnte seine Wut nicht mehr bremsen. Er schüttelte sie wieder.
»Und ich sage dir etwas, an dem es ebenso wenig Zweifel gibt, meine Liebe. Du bist eine *Ehefrau*. Das heißt mit andern Worten, daß du keinerlei Recht hast, deine Meinung zu irgendeinem wesentlichen Thema zu äußern. In diesem Teil der Welt nehmen Frauen mit intellektuellen Ambitionen ein schlechtes Ende — eine Lektion, die dir dein verstorbener Vater hätte beibringen sollen.«
»Er hat mich gelehrt, daß es kein Unrecht ist, wenn eine Frau selbständig denken —«
»Die *Irrtümer* deines Vaters *interessieren mich nicht*. Abgesehen da-

von bin ich dankbar, daß ich die Frage nie mit ihm besprechen mußte. Ich wäre sonst vielleicht gezwungen gewesen, ihn niederzuschlagen.«

Mit einem Ruck befreite sie ihren Unterarm und hielt ihn vor die Brust. »Das ist alles, was du kannst, nicht wahr? Die, die nicht mit dir einverstanden sind, zu schlagen und die andern niederzutrampeln.«

»Nenn es, wie du willst, aber bedenke eins: Frauen sind nicht zum Denken da. Die Grinmé-Schwestern mußten diesen Staat verlassen, weil sie diese Lektion nicht lernen wollten. Jetzt sind sie im Norden und predigen Niggerfreiheit und freie Liebe und bringen Schmach über sich und ihr Geschlecht. Ich dulde keine Frau, die sich so benimmt. Du mußt wissen, wo du hingehörst, und dabei bleiben. Und noch eins verspreche ich dir.« Er kam näher. Sein seidenweiches, braunes Haar fiel ihm in die Stirn. Ihr Trotz wandelte sich in Furcht, als sie seine Augen sah. »Solltest du jemals wieder etwas in der Öffentlichkeit sagen und mich in Verlegenheit bringen, wie du es vorhin getan hast, dann wirst du leiden. Dies sei dir eine Warnung.«

Er richtete sich wieder auf und strich sich das Haar aus der Stirn. Dann kehrte er zum Picknick zurück und versuchte zu lächeln, als ob nichts geschehen wäre. Doch etwas in ihrer Beziehung hatte sich geändert, und beide wußten es. Sie waren einander zu nahe getreten, hatten den wunden Punkt beim andern ans Tageslicht gezerrt.

»Ekel«, flüsterte Madeline erneut. Welch grausam süßer Triumph, wenn sie Justin das sagen würde, was ihr Vater ihr auf dem Sterbebett anvertraut hatte. Wenn sie ihm jedes einzelne Wort wiederholen würde!

Sie lehnte sich an das Rad und versuchte ihre Tränen zurückzuhalten. Sie wußte nicht, was schlimmer war: die Demütigung, die Wut oder die Gewißheit, das Justins Worte nicht in den Wind gesprochen waren.

Orry sah aus der Entfernung zu. Er war selten so angespannt und frustriert gewesen. Er wollte eingreifen, Madeline retten und LaMotte schlagen, bis ihm die Sinne vergingen. Doch sie war durch Standesamt und Traualtar an ihren Ehemann gebunden. Sie war eine *Ehefrau*. Justins Eigentum. Würde Orry auf seine Instinkte hören, hätte

er die Lage für sie nur noch verschlimmert. Als Madeline, ohne sich etwas anmerken zu lassen, zu den tuschelnden Leuten zurückging, bewunderte er ihre Tapferkeit. Im stillen verurteilte er die abschätzigen Blicke, die sie ihr hinter ihrem Rücken zuwarfen. George bemerkte seine Erregung und auch Cooper, dem bereits Gerüchte über Madelines Streit mit Calhoun zu Ohren gekommen waren, entging sie nicht. Beide wollten mit Orry spazierengehen, aber er ließ sie stehen. Nachdem Orry während einigen Minuten ziellos umhergewandert war, bemerkte er schließlich, wie Madeline allein dastand. Er warf seine Vorsicht über Bord und tat, was seine Gefühle schon während einer ganzen Stunde tun wollten. Er ging direkt auf sie zu.
»Ist alles in Ordnung?«
»Ja, ja.« Es stimmte nicht, sie kochte vor Wut. »Man darf uns nicht miteinander sehen.«
»Ich liebe Sie«, sagte er. Sein Blick war auf seine Stiefelspitzen gerichtet; ihm war sehr heiß. »Ich kann nicht mitansehen, wie man Sie schlecht behandelt. Treffen wir uns morgen. Oder übermorgen. Bitte!«
Sie zögerte keinen Augenblick. »Einverstanden. Übermorgen. Wo?«
Schnell erklärte er ihr den ersten sicheren Ort, der ihm in den Sinn kam. Er war gerade damit zu Ende, als sie den Atem tief einzog. »Es kommt jemand.«
Er flüsterte ihr noch die Stunde zu, und sie hastete davon. Er eilte in die entgegengesetzte Richtung; sein Herz klopfte vor Angst und Freude.

Nathanael Greene war für die meiste Zeit seines Erwachsenenlebens das Eigentum von John C. Calhoun gewesen. Er war jetzt sechsunddreißig; die Mühsal des Reisens und die Notwendigkeit, sich mit Sklaven niedrigeren Ranges abgeben zu müssen, waren ihm gleichermaßen verhaßt.
Sein Stolz hatte zwei Ursachen. Sein Herr war einer der berühmten Männer der Nation, und Greene diente ihm als Haussklave — ein weit höherer Rang als derjenige der Sklaven, die auf dem Feld arbeiteten.
Greene war im tiefen Süden geboren, doch verabscheute er die Hitze, den Gestank und die insektenverseuchten Sümpfe. Er sehnte sich

nach den vertrauten Hügeln von Clemson, nach dem kühlen, kleinen Haus von Calhoun, mit den Blumenbeeten und den wilden Orangenbäumen. In Mont Royal fühlte er sich unsicher, und diese Unsicherheit brachte manchmal eine gewisse Gemeinheit zum Vorschein.

Es dauerte nicht lange, und die Gesellschaft der an den Extratischen versammelten Haussklaven fing an, ihn zu langweilen. Greene genoß bestimmte Vorrechte und wußte genau, wie weit die Toleranz seines Herrn ging. Er genehmigte sich rasch zwei Schlucke Whisky aus einer Flasche, die er in seinem eleganten Ledermantel verborgen hielt. Dann suchte er eine Ablenkung.

In der Nähe des Küchengebäudes sah er, wie ein stämmiger Feldsklave Holz für den Herd stapelte. Die Luft neben der Küche war heiß wie die Hölle. Greene grinste und wartete.

Bald kam der Feldsklave wieder aus der Küche heraus. Greene winkte ihm zu und zeigte ihm flüchtig die Flasche unter seinem Mantel. Dann sagte er mit einem unschuldigen Lächeln: »Du scheinst großen Durst zu haben, Nigger. Komm her in den Schatten und kühl dich mit einem Schluck Schnaps ab.«

Das Angebot war verlockend, aber der Feldarbeiter widerstand. »Nigger dürfen nicht trinken. Das weißt du.«

»Natürlich weiß ich das, aber heute ist ein Fest, und Mr. Calhoun sieht uns nicht.«

Der Feldsklave blickte verstohlen auf die Schwarzen an den Extratischen. Sie aßen und plauderten und tranken alkoholfreien Punsch. Von Zeit zu Zeit stand einer auf, um einen Befehl auszuführen, während andere von Botengängen zurückkehrten.

»Ich darf mich auch nicht bei den Hausniggern aufhalten«, sagte der Feldsklave. »Das wollen sie nicht.«

»Laß das meine Sorge sein, Nigger. Ich bin Hausnigger von Mr. Calhoun; wenn ich dich also einlade, ist das okay.« Er dirigierte den Feldsklaven zu der Gruppe. »Wie nennt man dich?«

»Priam.«

»Toller Name. Nimm einen Schluck.«

Priam schwitzte und war durstig. Das und die überzeugende Art von Nathanael Greene ließen ihn seine Vorsicht vergessen. Greene führte ihn zu den andern. Natürlich erkannten sie Priam sofort und warfen ihm verächtliche Blicke zu, bis ihnen Greenes Absicht klarwurde: Er

gestikulierte wild hinter Priams Rücken. Die Verachtung schwand aus ihren Blicken, Priams Gesichtszüge entspannten sich. In Abständen von drei bis vier Minuten zog Greene die Flasche hervor und schirmte Priam beim Trinken mit seinem Mantel ab. Es dauerte nicht lange, bis Priam zu kichern und sogar laut zu lachen anfing. Die übrigen Sklaven, außer zwei Frauen, die mit dem Spaß nicht einverstanden waren, grinsten und stießen einander an.
»N-noch einen Schluck«, sagte Priam.
»Klar«, grinste Greene, »da.«
Er hielt die Flasche mit ausgestrecktem Arm. Priam stolperte vorwärts, um nach der Flasche zu greifen. In letzter Sekunde zog Greene die Flasche weg. Priam strauchelte geradewegs gegen den Tisch und fegte mit der ausgestreckten Hand eine Schüssel Bohnen vom Tisch. Greene lachte. »Gott, bist du ein Trampel.«
»Er ist eben ein dummer Feldnigger«, sagte jemand.
In Priams benebeltem Blick glimmte plötzlich Mißtrauen auf. »Gib mir die Flasche«, knurrte er.
Greene wedelte mit der Flasche. »Hier ist sie, Nigger. Sie ist dein, falls du sie überhaupt noch sehen kannst.«
Lautes Gelächter.
»Die Flasche!« brüllte Priam.
»Hoppla, der Herr«, sagte Greene und schwenkte die Flasche immer noch, »er erteilt seinen Vorgesetzten Befehle.«
»Wie eingebildet«, sagte ein anderer Sklave verachtungsvoll.
Priam blinzelte und wischte sich mit der Hand den Schweiß vom Nacken. Er sah zu, wie Greene die Flasche boshaft vor ihm hin und her schwenkte. Plötzlich schnellte er vor und versuchte die Flasche mit beiden Händen zu grapschen. Greene tänzelte zurück. Priam griff ins Leere und erntete schallendes Gelächter. Er senkte den Kopf und ging mit geballten Fäusten auf die andern los. Die Frauen kreischten, und die Männer stoben auseinander. Der Tumult brachte Tillet und einige Gäste auf den Plan. Tillet war wegen der Hitze schlecht gelaunt und hatte den Streit mit Cooper noch nicht verdaut. Seine Laune besserte sich auch nicht gerade, als er Vetter Charles mit einem zerrissenen Hosenbein unter einem der Tische entdeckte. In heller Begeisterung feuerte Charles die beiden Streithähne an.
Tillet erschien, als Priam gerade wieder Nathanael Greene packen

wollte. Calhouns Sklave versteckte sich schnell hinter drei riesigen Haussklaven, und gerade als der Senator selbst kam, erkannte Greene den Besitzer von Mont Royal und schrie:
»Der Nigger dort ist auf mich losgegangen, er ist stockbetrunken.«
Tillet war dies mehr als klar. »Priam, geh in deine Hütte, wir besprechen dies später.«
Angst spiegelte sich auf Priams Gesicht. Ihm war klar, daß alle Haussklaven Greenes Partei ergreifen würden, und das machte ihn erneut wütend. Er ging auf Tillet zu und deutete auf die am Boden liegende Flasche.
»Ich habe einen Schluck daraus getrunken, weil Mr. Calhouns Nigger es mir angeboten hat. Er war freundlich, aber dann fing er an, mich zu beschimpfen.«
Tillet war so beleidigt, daß er kaum reden konnte. »Deine Erklärungen interessieren mich nicht.«
Greene lachte verwundert. »Was sagt der Nigger? Jeder weiß doch, daß Nigger keinen Alkohol trinken dürfen. Keinen Tropfen hat er von mir bekommen. Nein, Sir«, schloß er mit unschuldigem Blick auf seinen Besitzer.
»Er hat recht«, sagte eine schwarze Frau. »Der Nigger war bereits betrunken, als er hier ankam.«
Andere Haussklaven nickten und murmelten zustimmend. Einen Augenblick lang wollte Priam nicht glauben, daß seine eigenen Leute ihm dies antun könnten. Er sah aus, als hätte ihm jemand einen Dolch in die Brust gestoßen.
In selbstgerechtem Zorn hob Greene den Finger: »Hör auf, Lügen über mich zu erzählen und mich damit in Schwierigkeiten zu bringen, Nigger.«
»Nein«, sagte Tillet und packte seinen Sklaven am Arm. »Laß das, du sitzt bereits tief genug in der Tinte.«
Priam entzog sich Tillets Hand. Die Zuschauer hielten den Atem an. Die Luft knisterte vor Spannung. Tillet senkte den Blick und starrte seine Hand an, als könne er nicht glauben, was Priam eben getan hatte.
Dann kam Salem Jones. Er schlängelte sich neben seinen Besitzer und konnte ein Lächeln kaum unterdrücken. Priam stand leicht gebeugt, mit geballten Fäusten und schweißtriefenden Wangen da. Or-

ry und George gesellten sich zu den Zuschauern. Wenn Tillet auch nicht sehen konnte, daß Priam die Kontrolle völlig verloren hatte, ihnen war es vollkommen klar.
»Am besten, wir gehen«, sagte Calhoun zu Nathanael. »Wenn du —«
»Nein«, sagte Tillet. »Das ist nicht nötig, John. Die Schuld liegt bei Priam.« Orry sah Anzeichen ungewöhnlicher Wut bei seinem Vater. »Du gehst in deine Hütte, Priam. Und zwar sofort, sonst ergeht es dir schlecht.« Priam schüttelte den Kopf. Tillet erstarrte wie unter einem Schlag. »Ich befehle es dir zum letztenmal.«
Der Sklave schüttelte wiederum langsam den Kopf. Tillet wurde rot im Gesicht. In der Hoffnung, weiterem Unheil vorzubeugen, wollte Orry etwas zu seinem Vater sagen, doch bevor er den Mund aufmachen konnte, gab Tillet ein Zeichen. Jones verstand. Er zog seinen Knüppel unter dem Mantel hervor und winkte mehrere Hausnigger heran. »Jim, Aristoteles, packt ihn.«
Priam schrie und schwankte. Die Männer rückten näher und näher. Priam ging drei Schritte zurück und fiel rücklings über den Tisch. Schüsseln und Teller fielen zu Boden.
Jones sah zu, wie seine beiden schwarzen Helfer Priam überwältigten. Dann lehnte er sich über die Schultern von Jim und Aristoteles und schlug Priam mit dem Knüppel. Er schlug ihn mehrmals. Mit dem letzten Schlag sank Priam in die Knie. Ein Blutfaden rann aus einer klaffenden Stirnwunde. Mit haßerfülltem Blick starrte er seinen Herrn an, der vor ihn getreten war.
»Ich habe dir ja gesagt, daß es dir schlecht ergehen würde, Priam. Ich wünschte wirklich, du hättest auf mich gehört.«
Orry, der direkt neben seinem Vater stand, sagte: »Glaubst du nicht, daß er seine Strafe gehabt hat?«
Tillet war immer noch rot im Gesicht und keuchte. »Nein, Priam hat das Fest unterbrochen und mich vor meinen Gästen in Verlegenheit gebracht. Ich behandle meine Leute gut, aber Undankbarkeit oder Ungehorsam dulde ich nicht. Ich werde an diesem Nigger ein Exempel statuieren.«
Tillet gebrauchte den Ausdruck Nigger nie, wenn er von seinen Sklaven sprach, und Orry war sich im klaren darüber, daß er besser daran tat, seinen Vater nicht von seinen Plänen abzuhalten, welcher Art sie auch immer sein mochten.

Auch Priam nahm die außergewöhnliche Wut seines Herrn wahr. Als er im eisernen Griff der beiden andern Sklaven davonhumpelte, weinte er still vor sich hin.

In Resolute drehte sich Madeline zum zwanzigstenmal im Bett herum. Als sie vor einer Stunde das Nachthemd angezogen und die Kerze ausgelöscht hatte, wußte sie, daß sie lange nicht einschlafen würde. Zu vieles hatte sich ereignet, vieles würde noch geschehen, wenn sie mutig und tollkühn genug war, es zuzulassen.
Die offenen Schlafzimmerfenster ließen die Dunkelheit herein, aber kein Lüftchen regte sich. Unmittelbar unter ihrem Zimmer hörte sie jemanden durch das Haus tappen, um es für die Nacht abzusichern. Ihr Atem hob sich von den leisen Geräuschen der Nacht ab.
Justin war Gott sei Dank nicht im Hause. Er war mit seinem Bruder nach Charleston geritten; wahrscheinlich hatte er angenommen, daß sie allein sein mußte, um in der Stille über die Ungeheuerlichkeit ihrer Sünden und über deren mögliche Bestrafung nachzudenken.
Schweinehund, dachte sie, als sein selbstgerechter Gesichtsausdruck in ihrer Phantasie aufstieg. Es fiel ihr erstaunlicherweise immer weniger schwer, ihn in Gedanken mit Schimpfworten zu bedenken. Ach, wenn sie doch bloß mehr tun könnte! Wenn sie doch bloß den Mut hätte, ihn mit dem Geständnis zu konfrontieren, das ihr Vater, bevor er für immer die Augen schloß, abgelegt hatte. Sie sehnte sich danach, Justin anzulächeln und zu sagen:
»Liebling, ich habe die schmerzliche Pflicht, dir mitzuteilen, daß du mit einer Frau, die Negerblut in ihren Adern hat, verheiratet bist.«
Justin hatte ihr in der Zeit, in der er ihr den Hof machte, etwas vorgemacht, und so war es nur ausgleichende Gerechtigkeit, wenn sie ihm — wenn auch verspätet — ebenfalls sagen würde, daß auch sie ihm etwas vorgemacht hatte. Natürlich war dies nicht mit Absicht geschehen, denn die Wahrheit, die über die blassen Lippen ihres Vaters gekommen war, als sie im dunkel verhängten, schwach nach Kerzenwachs, Schweiß und Tod riechenden Zimmer an seinem Sterbebett saß, hatte sie weder wissen noch ahnen können.
Sein ganzes Leben lang war Nicholas Fabray besorgt gewesen, seiner Tochter den Weg zu ebnen, und er wollte dies auch in seiner letzten Stunde noch tun. Er versuchte, den Schock so gut wie möglich zu

dämpfen, sprach bedächtig, aber gewandt von Madelines Mutter. Feinfühlig war sie gewesen, taktvoll und liebenswürdig. Erst dann offenbarte er ihr, daß ihre Mutter, obwohl sie wie eine Weiße aussah, in Tat und Wahrheit eine Viertel-Negerin war. Madeline hatte also ein Achtel Negerblut in sich.

»Warum«, sagte sie mit zitternden Händen, »warum sagst du mir dies jetzt?«

»Weil du mich verfluchen würdest, wenn du die Wahrheit jemals von einem andern erfahren würdest.« Unausgesprochen blieb sein etwas härterer Gedanke: *Weil diese Wahrheit — ungeachtet meiner Bemühungen, sie zu verbergen — dich verletzlich macht, obwohl sie höchstwahrscheinlich kaum je ans Tageslicht kommt.*

Er und seine Frau hatten es zu verheimlichen gewußt, daß Madeline ein Mischling war. Viertel- und Achtelnegerinnen konnten, wenn sie Glück hatten, die Gunst weißer Männer genießen und sogar von deren Reichtum profitieren. Aber solcher Segen war immer nur von kurzer Dauer, denn ein Mischling war nie etwas Besseres als die Mätresse eines weißen Mannes, seine elegante Geliebte.

Nicholas Fabray hatte sich geweigert, in diesem in New Orleans so beliebten Drama mitzuspielen. Er hatte die Frau, die er liebte, geheiratet, etwas, das sehr viel Mut brauchte. Das sagte er natürlich nicht. Doch Madeline verstand es und beugte sich über das Bett, um den gebrechlichen, halbgelähmten Körper ihres Vaters zu umarmen. Ihre Augen füllten sich mit Tränen.

Nein, fuhr Fabray fort, es gab nichts zu verlieren, indem er gewisse Tatsachen verbergen würde, es gab höchstens alles zu gewinnen. Es würde nicht schwierig sein, die Täuschung aufrechtzuerhalten, sagte er, denn Madelines Mutter war in der Halbwelt der Mischlinge der Stadt nicht bekannt. Und die Zeit hatte ein Ihriges dazu beigetragen, um das Geheimnis zu wahren. Madeline mußte nun ebenfalls schweigen können und die Sicherheit, die er so lange für sie gesucht hatte, bewahren. Schließlich erklärte er, weshalb er gewollt hatte, daß Madeline Justin LaMotte heiratete. Justin war nicht nur ein liebenswürdiger, anständiger Mann — Madeline wandte ihren Kopf ab, ein sardonisches Lächeln umspielte ihren Mund —, sondern er wohnte auch weit von Louisiana weg. In South Carolina würde sie kaum jemals mit der Wahrheit ihrer Herkunft konfrontiert werden. In New Or-

leans hingegen war diese, wenn auch sehr geringe, Gefahr vorhanden. Mit ersterbender Stimme murmelte Fabray etwas von einem Bild von Madelines Mutter.
»Ein Bild, Papa? Meinst du ein Porträt?«
»Ja, ein Porträt.« Er hatte seine Augen wieder geschlossen, und das Sprechen schien ihm schwerzufallen.
»Irgendwo gibt es also ein Porträt von ihr?«
»Gab es.« Er fuhr sich mit der Zungenspitze über die ausgedörrten Lippen. Dann öffnete er die Augen und versuchte seine Antwort etwas klarer zu gestalten, doch seine Stimme war so schwach, seine Worte so vage, daß sich daraus nicht viel Sinn für Madeline ergab. Sie hatte den Eindruck, daß das Bild verschwunden war. Über die Umstände sagte ihr Vater nichts.
Er verlor den Faden seines Gedankengangs, als sein Körper von leichten Krämpfen geschüttelt wurde. Sie hielt seine Hand und preßte die andere an ihre eigene Wange, als ob sie so ihren Kummer zurückzuhalten vermöchte. Sie rief nach einem Diener und befahl ihm, sofort einen Arzt zu rufen. Zehn Minuten, bevor er kam, starb Nicholas Fabray.
Der Schock kam erst am darauffolgenden Tag, nachdem sie sich um die letzten Einzelheiten des Begräbnisses gekümmert hatte. Dann brach sie zusammen und weinte beinahe eine Stunde lang über den Tod ihres Vaters und das schreckliche Geheimnis, das er ihr aufgebürdet hatte. Einen Augenblick lang haßte sie ihn dafür; wenn jemand im Süden auch nur einen Tropfen schwarzen Bluts hatte, war das genau so schlimm, wie wenn man pechschwarze Haut hatte.
Eine große Anzahl der führenden Politiker und Geschäftsleute der Stadt, Katholiken wie Protestanten, nahmen am Begräbnis teil. Sie waren in Begleitung ihrer weißen Gattinnen, und als Madeline das bemerkte, bewunderte sie das Geschick, mit dem ihr Vater die Täuschung durchgeführt hatte. Die letzten Reste jeglichen Ressentiments verschwanden; sie trauerte um ihn und segnete ihn.
Madeline, die in der Dunkelheit in ihrem Bett lag, wunderte sich, wie sie auf Orrys Wunsch nach einem geheimen Rendez-vous hatte ja sagen können. Sie hatte jetzt schon Gewissensbisse, und doch war ihr klar, daß sie auf jeden Fall zu diesem einen Treffen gehen würde. Es war eine natürliche Reaktion auf Justins Grausamkeiten — aber auch

eine klare Verletzung der Verhaltensregeln, an die sie sich bis jetzt in ihrem Leben gehalten hatte. Justin hatte zwar einen schlechten Charakter, und doch fragte sie sich, wie sie so etwas tun konnte. Viele Frauen hatten bis zu ihrem Tod ähnliche oder sogar noch schlimmere Mißhandlungen zu erdulden. War ihr Fall denn anders?

Die Antwort auf diese Frage war nicht rein logisch zu erklären. Etwas in den Augen des jungen Kadetten, in seiner höflichen Art, in seinem schüchternen Benehmen sprach sie auf einer tiefen und primitiven Ebene an. Dies stimmte, aber sie hatte Angst, daß er aufgrund seines Alters nicht sein konnte, was er zu sein schien.

Sie legte einen Handrücken auf die Wange und gab einen kurzen traurigen Laut von sich. Ihr Leben, das ihr verstorbener Vater so sorgfältig und gewissenhaft in Ordnung gebracht hatte, schien hoffnungslos in Verwirrung zu geraten. Sie war dankbar dafür, daß Nicholas Fabray es nicht wußte.

Sie stellte sich Orrys Gesicht vor. Er *war* jung; das war ein großes Risiko, eines von vielen, das sie einzugehen bereit war. Eine weitere Gefahr würde auftauchen, wenn sie Resolute für das Rendez-vous verlassen würde. Sie schloß die Augen und konzentrierte sich auf einen Plan, um jeglichem Verdacht vorzubeugen, wenn sie morgen davonritt. Mit diesem Gedanken schlief sie ein und träumte, wie Orry sie küßte.

Genau wie Madeline konnte das Sklavenmädchen Semiramis an diesem Abend fast nicht einschlafen. Jones wollte ihrem Bruder etwas Schreckliches antun. Wahrscheinlich wollte er ihn auspeitschen. Priam hatte beim Picknick großes Aufsehen erregt. Die Sklaven von Mont Royal unterhielten sich für den Rest des Tages über nichts anderes. Die meisten waren der Ansicht, daß ihr Bruder das bekommen würde, was er verdient hatte. Sie sagten gemeine Dinge über ihn, weil sie ihn um seinen Mut beneideten. Er sprach immer vom Norden, von der Flucht in die Freiheit. Man nannte ihn einen Aufschneider. Sie sagten, er würde es nie tun, weil sie wußten, er könnte es wagen und sie nicht. Semiramis wollte schlafen, sie wollte vergessen, daß man ihren Bruder schlagen würde. Sie warf sich auf der dünnen, säuerlich riechenden Drillichmatratze hin und her; sie konnte nicht still liegen, sie war zu angespannt.

Durch die Ritzen der geschlossenen Tür hindurch sah man flackerndes Licht. Im Hof hinter dem Haus von Old Jones hatte man Fackeln angezündet. Bald würde die Bestrafung vollzogen werden, wie sie an den Fackeln und an der außerordentlichen Stille der Nacht erkennen konnte. Niemand in der ganzen Sklavensiedlung sprach oder lachte.

Ein flüchtiges Klopfen an der Tür. Sie richtete sich erschrocken auf.

»Wer da?«

Ein Schatten verdeckte das flackernde Licht. »Cuffey.«

»O Gott, nein«, schrie sie, »heute nacht nicht.« Sie hatte vor mehreren Monaten damit begonnen, sich mit Cuffey zu vergnügen, obwohl er noch sehr jung war, zu jung, wie einige der eifersüchtigen alten Frauen sagten. Aber sie hatten ihn nie nackt gesehen und hatten keine Ahnung, was er alles mit seinem prächtigen —

Bevor sie den Gedanken zu Ende denken konnte, war der Junge schon hereingekommen und neben der Matratze niedergekniet.

»Ich bin nicht deswegen gekommen. Ich bin wegen Priam gekommen.«

»Jones wird ihn auspeitschen.«

»Hm, hm, schlimmer. Jones hat den alten Mäusefänger von Kater aus dem Herrenhaus mitgebracht. Sie werden ihn mit der Katze auspeitschen.«

Entsetztes Schweigen. Dann sagte Semiramis: »O Jesus, lieber Jesus. Das wird ihn umbringen.« Sie hielt sich die Hände auf den Magen. Ihr Bruder hatte Mr. Tillet größeren Ärger bereitet, als sie angenommen hatte. Priam mußte wohl sehr stolz gewesen sein und sich verteidigt haben. Sie war nicht dabei gewesen, sie hatte bloß davon gehört; sie hatte zu der Zeit anderswo gearbeitet. Jetzt wollte sie am liebsten zum Herrenhaus rennen und um Gnade bitten. Cuffey brachte sie davon ab. Er blieb bei ihr und murmelte, während sie auf den ersten Schrei warteten, leere Trostworte.

Der Hof war durch die in den Boden gesteckten Fackeln hell erleuchtet. Priam lag mit ausgestreckten Gliedern bäuchlings auf dem Boden. Jones hatte eine Mannschaft von etwa zwanzig Sklaven um sich versammelt, denn wenn die Arbeit dieser Nacht anständig erledigt wurde, so konnte die Plantage während Jahren Nutzen daraus ziehen. Für viele andere Nigger, die vielleicht etwas rebellisch waren, würde es eine nachhaltige und abschreckende Lektion sein. Man hatte Priam gezwungen, sich auszuziehen, niederzuknien und seinen Kopf zu senken, während man Taue um seine Hand- und Fußgelenke knüpfte. Mit diesen Tauen wurden seine Glieder in gespreizte Haltung gebracht.

In der Dunkelheit waren Vogel- und Tierlaute zu vernehmen. In den Sklavenhütten herrschte ungewöhnliche Stille. Gut, dachte Jones. Viele hörten oder sahen zu. Sie würden sich die Lektion sicherlich zu Herzen nehmen, und die Berichte der Zeugen würden noch eine bekräftigendere Wirkung haben.

Ein großer Neger namens Harmony hielt einen groben Leinentuchsack mit ausgestrecktem Arm. Der Sack zuckte und wand sich, als ob er ein Eigenleben hätte. Jones betrachtete ihn genüßlich, während er sich Zeit nahm, dick gepolsterte Reithandschuhe überzuziehen. Er hatte in Mont Royal noch nie Gelegenheit gehabt, diese Handschuhe zu benützen, aber er hatte sie für alle Fälle in seinem Koffer aufbewahrt. Er war sowohl überrascht als auch erfreut, daß Tillet Main, den er im geheimen verachtete, fähig war, ein Auspeitschen mit der Katze anzuordnen. Jones schritt an Priams Kopf vorbei, damit dieser einen Blick auf die gepolsterten Handschuhe werfen konnte. Dann rückte er an den drei Eimern mit Salzwasser herum, das er auf Priams Wunden gießen wollte. Er hatte die Salzwasserlösung aus eigenem Antrieb als Zugabe hinzugefügt.

Er machte eine Bewegung in Richtung des Sacks und streckte dann seine rechte Hand darüber aus.

»Okay, Harmony — jetzt.«

Der Sklave öffnete nervös den Sack. Jones fuhr mit seiner behandschuhten Hand hinein. Tastend bekam er den Kater an den Hinterbeinen zu fassen und zerrte das wütende Tier ans Licht.

Die Sklaven schluckten leer und traten zurück. Aus Angst, eine der scharfen Vorderkrallen könnte ihm ins Auge geraten, hielt Jones den Kopf halb abgewendet. Schließlich kriegte er die Hinterläufe des Katers fest in den Griff.

Keuchend vor Aufregung stellte Jones sich auf die rechte Seite von Priam, wobei er einen Stiefel neben dessen Hüfte und einen auf die Höhe der Rippen setzte. Dann schwang er die sich windende Katze

wie einen Golfschläger an den Hinterbeinen durch die Luft. Das Tier krallte sich zwischen Priams Schultern fest und riß ihm das Fleisch bis ans untere Ende der Wirbelsäule auf, bevor Jones die Katze wieder in die Höhe schwang. Er lächelte, als er die blutüberströmten Krallen sah.
Priam hatte nicht geschrien, aber er hatte seine Unterlippe beinahe durchgebissen, wie Jones feststellte. In fast freundlichem Ton sagte er: »Wir sind noch nicht fertig. Noch nicht.«

George lag schlaflos im Gästezimmer des zweiten Stockwerks. Er hatte sich bis auf seine baumwollene Unterhose ausgezogen, aber er war immer noch in Schweiß gebadet. Er hatte Magen- und Kopfschmerzen.
Es war kein erfreulicher Tag gewesen. Der Ärger mit jenem Sklaven Priam hatte Orry aufgeregt und in Verlegenheit gebracht. Er hatte sich George gegenüber plötzlich befangen gefühlt und nur noch das Nötigste gesprochen. Der Zwischenfall hatte auch George nicht gleichgültig gelassen. Zum erstenmal seit seiner Ankunft mußte er über alles, was er gesehen hatte, nachdenken. Er machte sich besonders über die Sklaven und über das, was er in ihren Gesichtern und in ihren Augen gelesen hatte, Gedanken. Es widerstrebte ihm, Böses von Menschen zu denken, die ihn so liebenswürdig aufgenommen und behandelt hatten. Doch was er in Mont Royal gesehen hatte — nun, die Schlußfolgerungen drängten sich geradezu auf. Es erschütterte ihn. Jetzt endlich verstand er die Kommentare von zu Hause, besonders diejenigen von Virgilia.
»Mein Gott«, sagte er plötzlich, schoß aus dem Bett auf und rannte zum Fenster. Weit weg, irgendwo in der Nacht, hörte er jemanden schreien. Er war sicher, daß es der Sklave war, der bestraft wurde. Während etwa fünf Minuten hörte er ununterbrochenes Schreien. Als es aufgehört hatte, lag er wieder im Bett und starrte die Decke an. Er hatte Zweifel, ob er den Rest der Nacht würde schlafen können. Er wußte, daß er dieses Schreien nie mehr vergessen würde.

Cooper war auf die Schreie hin mit flatterndem, verschwitztem Nachthemd die Treppe hinuntergerannt. Seit Wochen hatte er das Gefühl gehabt, daß sich eine Krise in seinem Leben zusammenbrau-

te, daß der Status quo unerträglich geworden war. Aber irgendein wichtiges Ereignis war nötig gewesen, um ihn zur Tat anzuspornen. Heute nacht war es soweit.
Die Sklaven wohnten etwa einen halben Kilometer vom Herrenhaus entfernt. Wenn man die Schreie so weit hören konnte, so besagte dies einiges. Zuviel. Ohne anzuklopfen, stürmte er in die Bibliothek. »Was in Teufels Namen tun sie mit Priam?« Tillet blickte seinen Sohn durch eine dicke Tabakwolke hindurch an. Auf seinem kahlen Kopf glitzerte Schweiß. Alle Fenster waren geschlossen. Um unangenehme Geräusche fernzuhalten?
»Ich habe angeordnet, daß er mit der Katze ausgepeitscht wird.«
Coopers Züge verhärteten sich. »Mein Gott, das ist barbarisch.«
Tillet sprang auf. »Ich bin nicht an deinen frommen Äußerungen interessiert.«
»Und wie steht es mit *deinen* Äußerungen?«
»Wovon redest du?«
»Neulich abends hast du Orrys Freund selbstgefällig mitgeteilt, daß man in Mont Royal keine vernarbten Rücken findet. Kannst du mir die Narben von Priam erklären?«
»Ich brauche nichts zu erklären, du sarkastische Rotznase. Priam ist mein Eigentum, und ich kann mit ihm tun, was ich will.«
Die beiden Männer standen sich Auge in Auge gegenüber. Cooper spürte plötzlich Übelkeit in sich hochsteigen.
»Er ist cin Mann. Du nennst ihn Eigentum. Dieser Staat und der ganze verdammte Süden werden sich wegen dieser unmenschlichen Idee ruinieren.«
»Die Lektion ist mir bekannt.« Tillet schwenkte seine Pfeife, die eine Rauchspur in der stickigen Luft hinterließ. Er wandte seinem Sohn den Rucken zu. »Sei so nett und laß mich allein.«
Beim Hinausgehen schlug Cooper die Tür hinter sich zu.

Das Frühstück am nächsten Morgen war eine düstere Angelegenheit. George erkundigte sich bei Orry nach Priams Befinden. Orry schien die Frage zu ärgern, er teilte seinem Freund höflich mit, daß der Sklave in der Krankenstation liege. Wenige Minuten später sagte Orry, daß er für den Rest des Vormittags sowie am frühen Nachmittag weg sein würde. Er gab keine Erklärung dafür und entschuldigte sich

auch nicht, daß er seinen Gast allein ließ; er war äußerst nervös. George wunderte sich darüber.
Clarissa kam herunter, offensichtlich hatte sie eine schlechte Nacht hinter sich. Schweigend stocherte sie in ihrem Essen herum und sah fast dankbar aus, als sie plötzlich wegrennen mußte, um einen Streit zwischen Orrys Schwestern zu schlichten.
Cooper kam. Sein Haar war zerzaust, sein Hemd hing aus seiner zerknitterten Hose heraus. Er ließ sich in den Stuhl neben George fallen, schenkte seinem Frühstück keinerlei Aufmerksamkeit und murmelte mit belegter Stimme etwas vor sich hin. Nur einmal konnte George verstehen, was er sagte:
»Hier kann ich nicht bleiben. Kann nicht hierbleiben und so was leiten helfen. Das ganze System ist nicht nur ein Verbrechen, es ist Blödsinn. Blöd und zum Scheitern verurteilt.«
Cooper schlurfte bald aus dem Zimmer hinaus. Orry hob eine Augenbraue hoch. »Ich frage mich, was um Himmels willen mit ihm los ist.« Es war als rhetorische Frage gemeint, aber George gab zur Antwort: »Er roch nach Wein. Ich sage so was zwar nur ungern über deinen Bruder, Stiel, aber ich glaube, er ist betrunken.«

Mont Royal und Salvation Chapel waren in der Luftlinie nur zwei Meilen voneinander entfernt. Doch die kleine, ausgebrannte Kirche war bestens im Wald versteckt und konnte nur auf einem sich durch Wald und Sumpf schlängelnden Weg erreicht werden. Der Ritt dauerte beinahe eine Stunde. Als die Wege zusehends enger und bewachsener wurden, war Orry zunehmend sicherer, daß Madeline nicht auf ihn warten würde. Wahrscheinlich waren seine flüchtig geflüsterten Angaben zu ungenau gewesen, oder, was eher wahrscheinlich war, sie hatte den Weg für eine Frau allein zu gefährlich gefunden.
Vor fünf Jahren hatte die Kirche ihre Tore geschlossen. Als der zuständige Pastor, ein Methodistenprediger, während einer besonders bombastischen Predigt plötzlich tot umfiel, hatte man keinen Nachfolger finden können. Die Gemeinschaft der Gläubigen war ohnedies nie sehr groß gewesen: einige kleine Reisfarmer mit ihren Familien sowie einige freie Schwarze, denen es gestattet war, den Gottesdienst zu besuchen.
Die Weißen wanderten ab. Die Schwarzen blieben. Bald hatte die

Kirche den Ruf eines illegalen Versammlungsortes für Schwarze, wo sie verbotene Themen wie allgemeine Befreiung, Rebellion, besprechen konnten. Eines Nachts wurde die Kirche niedergebrannt. Man wußte nicht, wer der oder die Täter gewesen waren. Einem Gerücht zufolge hatten die LaMotte-Brüder ihre Hände im Spiel. Die freien Neger waren nie mehr zurückgekehrt, die Kirche wurde von der Vegetation überwuchert . . .
Auf drei Seiten von Wald eingefaßt, war dies ein ausgezeichneter Platz für ein geheimes Rendez-vous. Von der vierten Seite aus hatte man einen atemberaubenden Blick über das sich über mehrere Meilen erstreckende Sumpfland. Als Orry die letzten vierhundert Meter hinter sich brachte, waren seine Gefühle in Aufruhr. Er hatte keine übermäßige Angst vor Justin LaMotte, aber er befürchtete, daß er Madeline einem unnötigen Risiko ausgesetzt hatte. Er rief sich in Erinnerung, daß sie ja wahrscheinlich nicht da sein würde. Doch wenn sie da sein sollte, was wollte er denn von ihr? Ehebruch? Sosehr auch ein Teil in ihm dies beschämt zugeben mußte, sagten ihm sein Gewissen und seine Sorge um ihr Wohlergehen doch, daß dies unmöglich sei.
Seine Gefühle waren durch die Ereignisse in Mont Royal noch mehr in Bewegung geraten. Orry schämte sich, daß George nun Zeuge jener Grausamkeiten geworden war, wegen denen die Nordstaaten den Süden verurteilten. Seine Verlegenheit trieb ihn seinem Freund gegenüber in eine Abwehrhaltung.
Als er die letzten herunterhängenden Äste wegschob und sein Pferd zu der Kapelle lenkte, war er mehr als nervös. Die Überreste verkohlter Balken und Seitenwände waren schon seit geraumer Zeit auf das zertrümmerte Kalkfundament gestürzt. Stille lag über dem Sumpfland und der verlassenen Ruine. Auf Orrys Gesicht spiegelte sich Enttäuschung. Ein Pferd wieherte. Im Unterholz knisterte es. Madeline tauchte am Rande des Sumpfgebietes zu seiner Linken auf. Sie hatte hinter einigen Bäumen das sonnenbeschienene Ried und das glitzernde Wasser betrachtet.
Er sprang vom Pferd herunter, legte ihm die Zügel um den Hals und rannte ihr entgegen. Wie hübsch sie in ihrem eleganten Reitkostüm aussah! Er faßte sie an den Schultern, lehnte sich vor und zog sich dann plötzlich mit rotem Gesicht zurück.

»Ich habe nicht einmal daran gedacht, Sie zu fragen, ob es für Sie gefährlich sei, hierherzukommen.«
Sie lächelte befangen und zuckte die Achseln. »Nicht besonders. Zumindest nicht heute. Ich errege nie viel Aufmerksamkeit, wenn ich weggehe, um die Kranken zu besuchen. Das erwartet man von einer Frau. Ich habe meinen Hausboten gesagt, daß ich nach dem Besuch noch eine Weile für mich alleine reiten gehen wolle. Das verstehen sie. Sie wissen, daß Justin unerträglich sein kann. Abgesehen davon ist er bis morgen abend mit Francis in Charleston. Aber ich kann natürlich nicht ewig hierbleiben.«
Er streckte seine Hand aus, um die ihre zu ergreifen. Ihr Lächeln erlosch, sie schien plötzlich angespannt. »Ich bin sehr froh, daß Sie hier sind«, sagte er. »Würden Sie schlecht von mir denken, wenn ich Ihnen sagte« — er schluckte —, »wenn ich Ihnen sagte, daß ich Sie küssen möchte?«
Panik überflutete ihr Gesicht, doch sie hatte sich so blitzschnell wieder unter Kontrolle, daß er sich fragen mußte, ob er überhaupt richtig gesehen hatte. Hastig fügte er hinzu:
»Wenn Sie der Gedanke durcheinanderbringt, ziehe ich meine Frage zurück.« Ihre Augen erwärmten sich wieder, ihr Mund entspannte sich und machte einem herzlichen Lächeln Platz. »Das können Sie nicht, es ist zu spät. Abgesehen davon« — sie erwiderte den Druck seiner Finger — »möchte ich, daß Sie mich küssen. Ich habe bloß ein klein wenig Angst. Das ist alles.«
Mit ungeschicktem Ungestüm zog er sie in seine Arme. Ihr Mund war weich und kühl. Nie hatte er die Zunge einer Frau so gespürt wie die ihrige. Er schämte sich seiner Leidenschaft, aber es schien ihr nichts auszumachen, und sie preßte sich noch enger an ihn. Sie scherzten nicht mehr miteinander, sondern erlebten gemeinsam einen intensiven Moment des Zusammenseins mit wilden Küssen auf Augen, Wangen und Ohrläppchen und ließen ihren Gefühlen, ihren Sehnsüchten freien Lauf. Er mußte laut sagen: »Madeline, ich liebe dich. Ich habe dich vom ersten Augenblick an geliebt.«
Sie lachte und hatte Tränen in den Augen. Sie berührte sein Gesicht, und die Worte sprudelten nur so aus ihr hervor:
»Oh, mein lieber Orry. Mein Kavalier. Auch ich liebe dich, weißt du das nicht? Es wurde mir wie dir am Tag unsrer Begegnung klar, und

ich habe seither versucht, es nicht wahrzuhaben.« Sie bedeckte sein Gesicht und seinen Mund erneut mit Küssen. Seine Hand legte sich ganz natürlich und ohne, daß er sich etwas dabei gedacht hätte, auf ihre Brust. Sie erschauerte und preßte sich fester an ihn. Dann zog sie sich zurück. Beide wußten, was geschehen würde, wenn sie sich jetzt von ihren Gefühlen überwältigen ließen.

Sie setzten sich auf das Fundament der ehemaligen Kapelle und beobachteten die weißen Reiher, die mit wunderschönen, anmutigen Kreisen aus dem Sumpf aufstiegen. Er legte den Arm um sie, und sie lehnte sich an ihn. Sie saßen in völligem Schweigen da, wie Gestalten auf einem Gemälde.

»Hat dein Ehemann«, er räusperte sich. »Hat er sich in irgendeiner Weise gerächt, als ihr nach Hause gekommen seid?«

»O nein. Die kleine Demütigung in Mont Royal reichte ihm.«

Orry sagte mit einem finsteren Blick: »Du mußt es mir sagen, wenn er dich jemals körperlich verletzen sollte!«

»So weit geht er nicht. Seine Grausamkeit ist subtiler und bedeutend wirksamer. Justin kennt zahllose Möglichkeiten, jemanden seelisch zu verletzen. Er weiß, wie man einem Menschen nur mit einem Lachen oder einem Blick jegliches Selbstwertgefühl nehmen kann. Ich finde, die Männer in diesem Staat sollen sich nicht vor einem Aufstand ihrer Sklaven, sondern vor einer Rebellion ihrer Frauen fürchten.«

Er lachte und berührte sie am Ärmel ihres Reitanzugs. »Mit weltlichen Gütern ist er offenbar nicht knauserig. Wieviel hat denn dies gekostet?«

»Zuviel. Du hast recht, er geizt mit nichts, außer mit Rücksichtnahme auf die Gefühle der andern. Sobald er glaubt, daß ich etwas brauche, kauft er es. Von ihm aus könnte ich tun und lassen, was ich wollte, solange ich eines nicht vergesse: daß ich eine LaMotte bin. Und eine Frau.«

»Die Dinge sähen anders aus, wenn du mit mir verheiratet wärst. Ich wollte, du wärst es.«

»Oh, ich auch. Sehr sogar.«

»Ich hätte dich nicht bitten sollen, mich einfach so zu treffen, aber« — er blickte sie an und versuchte seinen Kummer zu verbergen — »ich mußte dir einmal meine Gefühle mitteilen.«

»Ja.« Sie drückte ihm leicht die Hand auf die Wange. »Ich auch.« Er küßte sie lange und leidenschaftlich.
Als sie sich aus seiner Umarmung löste, hatte ihre Stimme plötzlich einen bitteren Klang. »Justin denkt langsam, daß ich als Frau nichts tauge.«
»Wieso?«
»Ich habe ihm keine Kinder geschenkt.«
»Ist es so, weil — ich meine . . .« Er unterbrach sich und wurde rot.
»An Bemühungen seinerseits fehlt es nicht«, sagte sie und errötete selbst leicht. »Seine Versuche, Vater zu werden, sind sogar sehr — heftig.«
Orry hatte ein Gefühl, als ob jemand ihm ein Messer in den Magen gerammt hätte. Er saß reglos da. Der Schmerz ließ nur langsam nach. Madeline fuhr fort: »Ich wage es, so offen zu sein, weil ich niemanden habe, mit dem ich über diese Dinge reden könnte. In Wirklichkeit« — sie blickte ihn ernst an —, »bin ich davon überzeugt, daß es Justins Schuld ist, daß ich nicht schwanger geworden bin. Ich habe erfahren, daß seine erste Frau ebenfalls kinderlos geblieben ist.«
»Das stimmt«, sagte Orry.
»Ich darf natürlich nie sagen, daß er für diesen Zustand verantwortlich ist.«
»Er erlaubt dir solche Gedanken nicht, nicht wahr?«
»Er will überhaupt nicht, daß ich irgendwelche Ideen habe.«
Während der nächsten Stunde unterhielten sie sich über alles mögliche: über seinen Freund George, den Krieg, der sie beide wahrscheinlich nach Mexiko in den Kampf führen würde, über Priams Ungehorsam und seine Bestrafung sowie über den darauffolgenden Tumult in der Familie. Irgendwie schien das alles nicht wirklich. Für eine Weile gab es keine Außenwelt, nur diesen verborgenen Ort und keine andere Kraft als die Liebe. Schließlich ging jedoch die Sonne langsam unter, und Madeline stand auf.
»Ich muß gehen. Ich kann nicht mehr hierherkommen, lieber Orry. Küß mich zum Abschied.«
Sie umarmten und küßten einander und ließen während einigen Minuten zitternd ihre Gefühle sprechen. Dann half er ihr in den Sattel. Als sie, anmutig im Damensattel sitzend, das Pferd um die Ruine herumlenkte, blickte sie noch einmal zurück und hielt inne.

»Wenn du aus Mexiko zurück bist, werden wir einander bestimmt gelegentlich sehen. Auf Festen, auf Hochzeiten. Und wenn immer ich dich ansehe, wirst du genau wissen, was ich fühle. O Orry, ich liebe dich so sehr.«

Freude und Schmerz schwangen in diesen Worten. Sie verschwand aus seinem Blickfeld, und zwanzig Minuten später machte er sich auf den Heimweg. Fast wünschte er sich, daß das Treffen nie stattgefunden hätte. Es hatte eine tiefe Wunde, die bereits vernarbt gewesen war, noch tiefer aufgerissen. Jetzt würde sie nie mehr heilen.

10

Nach dem Abendessen schlenderten George und Orry zum Bootssteg hinunter. George schmauchte eine Zigarre. Orry hatte keinerlei Erklärung für seine Abwesenheit abgegeben und war offensichtlich nervös. Das und die Ereignisse vom Vortag versetzten George ebenfalls in eine gereizte Stimmung.

Sie saßen auf einem Baumstumpf und betrachteten die sich im Ashley spiegelnden Abendsterne. Plötzlich wurde im Haus eine Tür aufgerissen, und sie sahen, wie Clarissa den Weg hinunter zur Sklavensiedlung eilte.

»Sie sieht bestürzt aus«, sagte George.

»Ich vermute, daß es Priam schlecht geht. Brett hat mir gesagt, daß meine Mutter heute nachmittag zweimal in der Krankenstation gewesen ist.«

George blies den Rauch durch Mund und Nase. »Sie sorgt sich sehr um eure Sklaven, nicht wahr?«

»Mit Recht. Die wissen ja nicht, wie sie sich um sich selbst kümmern sollen; sie sind wie Kinder.«

»Vielleicht, weil man ihnen nicht erlaubt, etwas anderes zu sein.«

»Ach komm, wir wollen keine Diskussion anfangen.«

»Diskussion ist etwas für Politiker, ich habe lediglich meine Meinung zum Ausdruck gebracht.«

»Ich nehme an, du bist fertig damit«, schnappte Orry.

Aus Orrys Tonfall schloß George, daß es klüger wäre, nichts mehr zu

sagen. Doch irgendwie konnte er das nicht. Sein Gewissen war plötzlich sehr laut geworden — was selten vorkam —, und er würde weder Ruhe noch Frieden finden, bevor er nicht gesagt hatte, was ihm auf dem Herzen lag. Er redete ruhig, aber bestimmt:
»Nein, ich bin noch nicht ganz fertig. Deine Familie ist wunderbar, Orry. Liebenswürdig, großzügig und in mancherlei Hinsicht sehr fortschrittlich. Dasselbe könnte man auch von den meisten Nachbarn sagen, zumindest von denen, die ich kenne. Doch was die Sklaverei anbelangt, nun — nun ja, da bin ich mit deinem Bruder einverstanden. Die Sklaverei ist ein offenkundiges Verbrechen.«
»Ich dachte, du würdest dir nie über solche Dinge Gedanken machen.«
»Hab' ich auch nicht; bis gestern.« George klopfte die Asche von der Zigarre. »Was haben sie mit jenem Sklaven angestellt?«
Orry hob den Blick nicht von dem sternenübersäten Fluß. »Ich weiß es nicht; was auch immer es gewesen sein mag, es war notwendig.«
»Aber das ist gerade das, was mir nicht in den Kopf will. Es sollte nicht notwendig sein, daß ein Mensch den andern verletzt. Wenn ein System das verlangt oder befürwortet, dann ist dieses System falsch.«
Orry stand auf. Sein Gesicht glühte. George war über die Schärfe seiner Stimme verblüfft.
»Darf ich dir etwas über die Südstaatler sagen? Die Südstaatler sind es leid, dauernd von selbstgerechten Yankees für jede Kleinigkeit kritisiert zu werden. Cooper hat einiges über die schmutzigen Lebensbedingungen der Arbeiter der Hazardwerke erzählt. Ist denn wirtschaftliche Sklaverei weniger verwerflich als das hier?«
Auch George war jetzt aufgestanden. »Augenblick mal, diese Arbeiter —«
»Nein, ich bin noch nicht zu Ende. Der Norden sollte erst mal vor der eigenen Tür wischen, bevor er mit dem Finger auf andre zeigt. Wenn es im Süden Probleme gibt, dann werden die Südstaatler sie lösen.«
»Ich habe nicht den Eindruck, daß ihr irgendwelche Probleme löst, mein Freund. Und ihr werdet höchst selbstgefällig und gereizt, wenn euch jemand Beine machen will.«
»Wir sind gereizt, wenn die *Yankees* uns antreiben wollen. Wir werden stinkwütend. Seit dreißig Jahren mischt sich der Norden in unse-

re inneren Angelegenheiten ein. Wenn das so weitergeht, kann es nur eines bewirken.«

»Einen getrennten Staat, der Sklaverei betreibt? Deine Südstaatenbekannten in West Point haben schon immer diese Drohung ausgesprochen. Nun, macht weiter so! Spaltet euch ab!«

»Nein, das ist keine Drohung«, konterte Orry. »Aber ich verspreche dir, daß es Ärger geben wird, viel Ärger für jeden Außenseiter, der uns beibringen will, was wir zu denken und wie wir uns zu benehmen haben.«

»Meinst du mit Außenseiter auch mich?«

»Verdammt noch mal, ja«, sagte Orry und ging auf den Landungssteg hinaus.

An jenem Abend überlegte sich George, ob er packen und abreisen sollte. Aber er blieb. Er wußte, daß Orry schwere Sorgen hatte, und er vermutete, daß seine Sorgen nichts mit ihrer Diskussion zu tun hatten. Aber der Streit ließ ihm dennoch keine Ruhe. Er erkannte einen neuen, düsteren Aspekt des Sklavenproblems.

Er konnte verstehen, daß sich Bekannte oder politische Gegner wegen dieser Frage in die Haare gerieten, aber wenn sie sogar eine Freundschaft bedrohte, mußte sie wohl von enormer Bedeutung sein.

In den nächsten Tagen herrschten Spannung und erzwungene Höflichkeit. Die beiden Freunde machten ihren Streit erst am Abend, bevor sie nach Charleston reisen mußten, wieder gut. Nach mehreren Drinks ergriff Orry die Initiative.

»Schau, wir sollten gegen die Mexikaner und nicht gegeneinander kämpfen.«

»Da hast du völlig recht«, antwortete George mit großer Erleichterung. »Es tut mir leid, daß ich meine Nase in deine Angelegenheiten gesteckt habe.«

»Mir tut es leid, daß ich dich angegriffen habe.«

Sie erneuerten ihr Freundschaftsbündnis und stießen nochmals darauf an. Doch die Erinnerung an diesen Streit und an seine Ursache blieb beiden im Gedächtnis.

Der Küstendampfer fuhr um Florida herum in den Golf. Die See war bewegt. In den ersten Tagen hing George die meiste Zeit über der

Reling. Als der Dampfer New Orleans anlief, um weitere Vorräte an Bord zu nehmen, war George sehr dankbar, daß er für wenige Stunden festen Boden unter den schwachen Beinen fühlen konnte.

Er und Orry schlenderten durch die Hafenanlagen und die Altstadt; dann tranken sie einen bitteren, schwarzen Kaffee. George hatte drei Zeitungen gekauft, und nach der zweiten Tasse Kaffee informierte er sich wieder einmal gründlich. General Taylor hatte gegen Ende September Monterrey belagert und eingenommen. Sein Ruhm wuchs, Politiker sagten, daß Taylor der nächste Präsidentschaftskandidat, Gegner der Demokraten, sein würde, es sei denn, sein Vorgesetzter, General Scott, würde ebenfalls kandidieren. Manchmal fiel es George schwer zu glauben, daß sein Land und Mexiko miteinander im Krieg standen; vor etwas mehr als zwanzig Jahren hatte die mexikanische Regierung die Yankees zur Kolonisierung des Staates Coahuila y Texas aufgefordert. Dies war in den letzten Tagen der spanischen Herrschaft in Mexiko gewesen. Bald darauf wurde Mexiko unabhängig, und damit schienen alle Schwierigkeiten ihren Anfang zu nehmen. Die Verfassung von 1824 wurde immer wieder durch Revolutionen gewaltsam geändert. Eine Regierung löste die andere mit atemberaubender Schnelligkeit ab.

Im Jahre 1836 entbrannte der kurze, blutige Kampf um die Unabhängigkeit von Texas. Anfang März desselben Jahres wurden die Texaner, die die Alamo-Mission verteidigten, niedergemetzelt. Kaum einen Monat später gingen die Männer von Sam Houston als Sieger aus dem Krieg hervor und begründeten in San Jacinto die freie Republik Texas. Seither waren die Ressentiments auf seiten der Mexikaner nie mehr erloschen.

George stellte fest, daß ein Name, der häufig im Zusammenhang mit den mexikanisch-amerikanischen Beziehungen der letzten zwanzig Jahre gefallen war, erneut in den Nachrichten auftauchte: General Antonio López de Santa Anna war mit seinem Gefolge und seiner siebzehnjährigen Frau freiwillig aus seinem Exil in Kuba zurückgekehrt und würde wahrscheinlich wieder einmal das Kommando über die mexikanische Armee übernehmen. Der listige General, der jetzt eben zweiundfünfzig war, hatte bereits in so vielen verschiedenen Lagern gekämpft, daß man seine Laufbahn nur mit Hilfe einer Chronik verfolgen konnte. Erst hatte er als junger Armeeoffizier der spani-

schen Krone gedient, dann hatte er sich den rebellierenden Mexikanern angeschlossen und war militärischer Oberbefehlshaber, Präsident und schließlich Diktator Mexikos gewesen. Er hatte die blutige Schlacht von Alamo gewonnen und in San Jacinto eine Niederlage erlitten, wo er beim Versuch, verkleidet zu entfliehen, schmählich gefangengenommen wurde. Als er sein Land gegen einen Wiedereroberungsversuch der Spanier in Tampico verteidigte, hatte der kleine Napoleon des Westens ein Bein verloren, das in der Folge während seiner Herrschaft in Mexiko City in einem Schrein ausgestellt und später, als sich sein Schicksal wendete, vom Pöbel durch die Straßen geschleppt wurde. Der Mann war ein gewiegter Taktiker, dachte George bei sich, er wußte sein Mäntelchen nach dem Wind zu hängen, wie sich dies bei den gegenwärtigen Grenzstreitigkeiten erneut bewies.
Nach seiner Niederlage hatte der General persönlich den Friedensvertrag von 1836 unterzeichnet, wonach der Rio Grande die Grenze zwischen Texas und Mexiko bildete. Nun aber gab er bekannt, daß zwar sein Name auf dem Dokument stehe, dies aber nicht bedeute, daß die Regierung unterschrieben habe. Folglich war die mexikanische Regierung durchaus berechtigt, den Vertrag zu widerrufen und um das umstrittene Gebiet zu kämpfen — selbstverständlich unter seinem Kommando.
Als George sich mit Orry darüber unterhalten wollte, mußte er feststellen, daß sein Freund keinerlei Interesse zeigte. Er war erstaunt — bis ihm wieder in den Sinn kam, daß Madeline LaMotte aus New Orleans stammte. Er stand auf und teilte Orry mit, daß er zurück an Bord gehe, um einen Brief nach Hause zu schreiben. Orry schloß sich ihm sofort an, und vom Augenblick an, da sie der Stadt den Rücken zuwandten, war er sichtlich besserer Laune.
Der Dampfer pflügte sich durch den Golf in Richtung Rio Grande. Plötzlich kam ein für diese Jahreszeit zwar nicht ungewöhnlicher, jedoch derart heftiger Sturm auf, daß das Schaufelrad auf der Backbordseite des Schiffs schwer beschädigt wurde und man vor Saint Joseph Island vor Anker gehen mußte. Alle Soldaten wurden mit Leichtern nach Corpus Christi gebracht.
Die Freunde trennten sich für einige Stunden. Orry war von der flachen Sandküste von Texas fasziniert. Als er durch die schmutzige Hauptstraße schlenderte, stellte er mit Erstaunen fest, daß hinter den

heruntergekommenen Gebäuden Antilopen grasten. Ein Ladenbesitzer warnte ihn vor Taranteln, und er gab die Warnung an George weiter. George war jedoch an andern Aspekten der Natur interessiert; seine Informationen waren allerdings niederschmetternd.
»Ich bin einer einzigen Frau begegnet. Häßlich wie die Nacht. Vielleicht habe ich heute abend mehr Glück.«
»Wo?«
»Beim Dorffest, das die Einwohner den armen Soldaten bereiten. Wenn ich nicht demnächst eine Frau umarmen kann, werde ich noch verrückt.«

Das Fest fand in einer Scheune des Handelspostens von Colonel Kinney statt. Man hatte Laternen aufgehängt, die Dachsparren mit mottenzerfressenen Flaggen geschmückt und den Boden mit frischem Stroh belegt. Es gab einen Fiedler und einen wackligen Tisch mit Gebäck, Torten, Kuchen und einer riesigen Whiskybowle. Es nahmen etwa achtzig Berufsoffiziere und Offiziere auf Zeit an diesem Fest teil, sowie etwa halb soviel Einwohner, unter denen sich nur sieben Frauen befanden. Von den sieben war nur eine hübsch, und natürlich stand sie im Mittelpunkt.
Sie war es auch wert. Sie war eine schlanke junge Frau mit erstaunlich rotem Haar. Sie hatte eine blütenweiße Haut und tiefblaue Augen. George ließ sich weder durch ihren hohen Wuchs noch durch die zahlreichen Offiziere abschrecken, die sie umwarben. Einige unter ihnen hatten den Rang eines Majors oder eines Obersten. Wenn er einen direkten Angriff wagte, würden sie sicher in geschlossener Formation über ihn herfallen. Nein, der Feind mußte überlistet werden.
Als der Fiedler zum Spiel ansetzte, schlenderte George gemächlich zur Whiskybowle hinüber und stellte sich selbst einigen Einwohnern vor. In weniger als fünf Minuten hatte er einen Plan ausgeheckt. Entschlossenen Schrittes ging er auf einen im offenen Scheunentor stehenden Zivilisten zu. George wußte, wie gut er aussah. Eine halbe Stunde lang hatte er den Reisestaub von seinem hellblauen Anzug gebürstet und den Messinggriff seines Säbels sowie die Verzierungen auf der Scheide auf Hochglanz poliert.
Der Mann, den er zu beeindrucken wünschte, war ein stupsnasiger Kerl mit rötlichem Teint und wirrem, eher weißem als rotem Haar.

Er trug einen altmodischen schwarzen Wollanzug. George prostete ihm zu.
»Ein tolles Fest, Sir. Ihr Texaner seid gute Gastgeber.«
Der Mann antwortete mit einem trockenen Lächeln: »In Kriegszeiten vergißt man vor lauter Patriotismus die Vorsicht, Leutnant.«
»Ich verstehe Sie nicht, Sir?«
»In Corpus Christi hält man weniger als nichts von den Soldaten. Die Truppen von Zach Taylor haben auf ihrem Weg zum Rio Grande hier Halt gemacht — eine Erfahrung, die man in dieser Stadt so schnell nicht vergessen wird. Glücklicherweise wissen die Texaner, wie sie sich — und ihre Töchter — schützen können.« Er deutete mit der Hand auf das riesige, an seiner rechten Hüfte hängende Pistolenhalfter. Der Lauf der Pistole war fast dreißig Zentimeter lang. Eine Paterson, dachte George, 36er Kaliber.
»Oh, ist Ihre Tochter heute abend auch hier?«
Der Mann lächelte amüsiert. »Das habe ich nicht gesagt, junger Mann, aber offensichtlich sind Sie informiert. Wollten Sie sich deshalb mit mir unterhalten?«
George schluckte leer, dann lachte er: »Und ich glaubte schon, ich sei raffiniert! Sie haben recht, Sir. Mir war klar, daß ich bei dem Gedränge um sie herum keine Chance haben würde. Wenn Sie mich jedoch vorstellen würden . . .?«
»Sie mögen zwar nicht besonders raffiniert sein, Sir, aber klug sind Sie. Wenn ich Sie vorstellen soll, müßte ich allerdings Ihren Namen kennen.«
»Leutnant George Hazard, achtes Infanterieregiment.«
Der untersetzte Mann streckte ihm die Hand entgegen: »Patrick Flynn aus Cappamore, County Limerick, Irland, aber ich glaube, daß ich jetzt Texaner bin. Bin schon ziemlich lange hier. Ließ mich ein Jahr, nachdem Oberst Kinney seinen Laden eröffnete, hier nieder. Im selben Jahr starb meine Frau, doch Constance und ich haben uns irgendwie durchgebracht, obwohl es in dieser Stadt so wenig Rechtsgeschäfte gibt, daß eine Fliege dabei verhungern könnte.«
»Dann sind Sie Anwalt? Hier?«
»Ab und zu verbringe ich einen Monat in San Antonio. Davon lebe ich eigentlich. In San Antonio ist man sehr streitsüchtig. Studiert habe ich in Belfast, eine ausgezeichnete Ausbildung, weil es in jener Ha-

fenstadt eine unerhörte Anzahl der verschiedensten Fälle gab. Nach einer Reihe von Schicksalsschlägen bin ich hier in Texas gelandet, gerade zu der Zeit, als Sam Houston es den Mexikanern entreißen wollte. Ich habe mich in Corpus Christi niedergelassen, weil ich glaubte, daß es sich zu einer Hafenstadt mit vielen Rechtsstreitereien entwickeln würde.« Mit trockenem Humor fügte er hinzu: »So wie die Dinge sich jedoch entwickelt haben, sind meine Hoffnungen nicht gestillt worden.« Er kippte seinen Whisky hinunter. »Und mein Durst auch nicht.«

»Aber Sie sind sicher gerne hier?«

»O ja.« Flynn nickte. »Genug Luft und Raum — keiner jener snobistischen Zwänge, denen ich in meiner Kindheit in der alten Heimat ausgesetzt war. Einige der Bürger hier haben etwas gegen meinen katholischen Glauben, den ich nicht mehr praktizieren kann, weil es keine Kirche in der Nähe gibt, doch da ich nicht mit der hier vorherrschenden Meinung über Sklaverei einverstanden bin, sind wir quitt.«

»Ich habe gehört, daß die meisten Texaner dafür sind.«

»Leider ja. Ich habe bereits des öfteren in meinem Leben feststellen können, daß ein Mann sich weit mehr für das Zuckerbrot seines persönlichen beruflichen Vorwärtskommens einsetzt, als er unter der Peitsche des Sklavenaufsehers zu arbeiten gewillt ist. Doch für diese Wahrheit haben meine Nachbarn nur taube Ohren. Es gibt zwar einige Hitzköpfe, die mich am liebsten davonjagen würden, weil ich es wage, so etwas zu sagen, aber sie getrauen sich nicht, weil sie wissen, daß ich, na sagen wir mal, ein selbstsicherer Mann bin.« Er grinste wiederum und berührte seinen Colt. »Aber Sie möchten ja Constance kennenlernen.«

»Ja, bitte. Sehr gern.«

»Es wird mir ein Vergnügen sein, Sie vorzustellen, sobald es mir gelungen ist, sie aus der Menge dieser Dummköpfe herauszureißen. Nicht einer von ihnen hat auch nur einen Funken Ihrer Phantasie. Sind Sie zufällig Ire?«

George lachte. »Nein, Sir.«

»Ich werde versuchen, über diesen Makel hinwegzusehen.«

Der Rechtsanwalt schlenderte davon. George rückte seinen Kragen zurecht, bemerkte, wie Orry auf ihn zukommen wollte, und gab ihm ein Zeichen. Orry sah sich um, begriff die Situation und gesellte sich

zu einigen anderen Offizieren, die mit düsteren Gesichtern um die Bowle herumstanden.
Patrick Flynn lotste seine Tochter aus dem Gedränge heraus. George versuchte, den wütenden Blicken der Offiziere keinerlei Beachtung zu schenken und sich ganz auf das Mädchen zu konzentrieren. Halb amüsiert und halb verärgert über die Art und Weise, wie ihr Vater sie am Handgelenk gepackt und weggezogen hatte, ließ sie sich zu George schleppen und vorstellen.
»Constance, darf ich dir Leutnant Hazard vorstellen. Er wollte dich kennenlernen und wußte, daß er mehr Chancen hätte, wenn er erst mit mir sprechen würde.«
»Aber wie wußte er, ob ich ihn kennenlernen will?« fragte sie mit einem ironischen Lächeln.
George versuchte so groß wie möglich zu erscheinen. *Gott, ich bin immer noch um vier Zentimeter kleiner*. Er grinste und blickte ihr direkt in die tiefblauen Augen.
»Geben Sie mir fünf Minuten Zeit, Miss Flynn, und ich werde alle Ihre Zweifel zerstreut haben.«
Constance lachte. Aus den Augenwinkeln heraus sah sie, wie ein Dragonermajor mit Schnurrbart sich an sie heranpirschte. Sie ergriff Georges Hand.
»Tanzen Sie mit mir, Leutnant, oder wir werden nicht einmal fünf Minuten haben.«
George ließ sich das nicht zweimal sagen. Der Geiger fiedelte gerade einen Walzer. George fegte mit Constance an dem vor Wut schäumenden Major vorbei über die Tanzfläche. Sie lag federleicht und wohlduftend in seinen Armen und war so lieblich, daß er sie äußerst sorgfältig hielt.
»Sie halten mich sehr vorsichtig, Leutnant, haben Sie Angst, daß ich in Stücke gehe?«
»Wieso? Nein, Sie sind nicht zerbrechlich, Sie sind außerordentlich zart — ich meine . . .« Er hatte Schwierigkeiten mit dem Satz. Was zum Teufel war mit ihm los? Normalerweise benahm er sich anders mit einem Mädchen. Er benahm sich wie Orry, der ihm vom Punschtisch aus zuschaute und genüßlich lächelte.
Während des verbleibenden Tanzes machten sie Konversation. Er erzählte ihr einiges von West Point und von seinem Zuhause in Penn-

sylvania. Sie wiederholte einige der Informationen, die er bereits von ihrem Vater bekommen hatte. Sein Kopf rauchte. Er konnte einfach nicht die richtigen Worte finden, geschweige denn sie mit Charme vorbringen. Constance jedoch fühlte sich außerordentlich wohl und plauderte, ohne sich im mindesten befangen zu fühlen.

Er merkte bald, daß sie nicht bloß schön, sondern auch intelligent war. »Mein Vater hat mich auf eine Frauenakademie in San Antonio geschickt. Er findet, daß auch Frauen eine Ausbildung haben sollten. Für einen Mann mit seiner Herkunft ist er wirklich sehr fortschrittlich. Er sagt, daß der Glaube an die Heilige Dreifaltigkeit ein gesundes Interesse an der Welt nicht ausschließen sollte.«

George lächelte und entspannte sich etwas dabei. »Ich mag Ihren Vater.«

»Er muß Sie auch sympathisch finden, sonst hätte er uns nicht miteinander bekannt gemacht. Ich bin froh, daß er es getan hat.«

»Wirklich? Das ist ja herrlich, Miss Flynn.«

Voller Begeisterung wirbelte er erneut mit ihr herum. Einen Augenblick später klopfte sie ihm mit ihrem Fächer leicht auf das Handgelenk. Sie wollte, daß er zu tanzen aufhöre. Er gab nach.

Rundherum grinste alles. Sogar Orry schmunzelte. Constance flüsterte ihm zu: »Die Musik hat schon eine Weile aufgehört, Leutnant Hazard.«

»Wirklich? Ver-, das heißt — Miss Flynn, ich wollte natürlich nicht fluchen vor einer Da-«

»Leutnant«, unterbrach sie ihn, »ich werde fluchen, wenn Sie es zulassen, daß ich in die Hände dieses Dragoners gerate, der um uns herumschleicht. Bitte, machen Sie einen Spaziergang mit mir.«

»Mit Vergnügen.«

George gab ihr den Arm und geleitete sie zum Scheunentor. Der Major folgte ihnen und sah von Sekunde zu Sekunde beleidigter aus. Er war nur noch wenige Schritte hinter ihnen, als Patrick Flynn zu stolpern schien, gegen den Major fiel und ihm fast den Punsch auf die Uniform goß. Er überschüttete den Major mit so viel entschuldigenden Schmeicheleien, daß dieser gute Miene zum bösen Spiel machen mußte.

Unterdessen waren George und Constance durch die Tür in der Dunkelheit verschwunden.

»Ich bin verliebt«, sagte George ein paar Stunden später.

»Das ist es also«, sagte Orry. »Ich dachte, es hätte etwas mit deinen Nerven zu tun. Noch nie habe ich dich einer Frau gegenüber so fassungslos oder so sprachlos gesehen.«

Sie wanderten müde am Flußufer entlang in Richtung der weißen Zelte und der Laternen des Lagers, das man für die Männer des Dampfers aufgestellt hatte. George erschrak, als ein dicker Hase seinen Weg kreuzte. Nach einem eindeutig liebeskranken Seufzer sagte er: »Ich glaube, sie liebt mich, aber sicher bin ich nicht.«

»Natürlich liebt sie dich. Sie hat doch den größten Teil des Abends in deiner Gesellschaft verbracht, oder nicht? Und an Möglichkeiten hat es ihr bestimmt nicht gefehlt. Die andern Männer waren zwar nicht unbedingt hübscher als du, aber sie waren größer als sie«, sagte Orry mit liebenswürdiger Ironie.

George bedachte seinen Freund mit einem Schimpfnamen und zwickte ihn in den Arm. Orry lachte. George seufzte erneut. »Ich hoffe, daß es mindestens eine Woche dauert, bis sie den Dampfer repariert haben. Sie hat mich für morgen abend zum Essen eingeladen. Texasrindfleisch mit Kartoffeln.«

»Oh, ihr habt euch also bereits über ihre Kochkünste unterhalten? Es erweckt den Anschein, als ob du die Liebe deines Lebens gefunden hättest«, sagte Orry ruhig.

»Da könntest du recht haben. Als ich meinen Arm um sie legte, fühlte ich etwas — Mächtiges. Aber es gäbe Probleme, wenn es ernst würde. Sie ist Irin und katholisch dazu. Im Norden ist man von dieser Kombination nicht gerade begeistert.«

»Nimmst du das Ganze nicht etwas zu ernst?«

»Ich kann nicht anders. Es ist mir auch egal. George Hazard, der Held des schwachen Geschlechts, ist für einmal absolut machtlos. Das ist das Merkwürdige an der Sache.«

»Nein, überhaupt nicht. Ich kann das sehr gut verstehen.«

George wußte, daß Orry etwas gesagt hatte, aber er war zu nervös, um den Sinn der Worte zu begreifen oder die Melancholie in Orrys Stimme zu bemerken.

Ein letztes Pfeifen in der Ferne, der Leichter mußte auslaufen. George schüttelte Patrick Flynn die Hand.

»Auf Wiedersehen, Sir. Ihre Gastfreundschaft war wunderbar.«
»Sie sind kein Fremder mehr, junger Mann«, sagte der Rechtsanwalt mit einem raschen Blick auf seine Tochter. Constance hatte einen leichten Schal um die Schultern geworfen und hantierte mit einem Sonnenschirm herum. Flynn legte George die freie Hand auf die Schulter und übte einen leichten Druck aus. »Wir wünschen Ihnen, daß Gott Sie schnell in die Kriegszone geleite und Sie sicher auf dem Weg Ihrer Pflichterfüllung führe. Wir möchten, daß Sie zurückkommen.«
»Ja, Sir, das werde ich tun.«
In den Worten lag mehr Hoffnung als Gewißheit. George hatte genug in den Zeitungen gelesen, um zu wissen, daß bereits viele Männer in Mexiko gefallen waren. Sie waren nicht bloß unter dem Feind umgekommen, sondern zum Teil auch von Krankheiten dahingerafft worden. Bevor der Krieg zu Ende war, würden noch viele sterben. Noch vor wenigen Tagen hatte er keine derartigen Gedanken gehabt, und nun war plötzlich das Leben in diesem lächerlich kleinen Dorf an dieser unwirtlichen Küste so wunderbar wertvoll für ihn geworden. Er und Constance verließen das Haus. George stieg von der Holzveranda in den Straßenschmutz hinunter und hob die Hand. Constance ergriff sie und kletterte dann neben ihn. Sie öffnete den Sonnenschirm.
Es war ein düsterer Herbsttag, der schon nach Winter roch. Er kümmerte sich um den Sonnenschirm und bot ihr den Arm an. Sie drückte ihre Brust gegen seinen Arm, und so redeten sie schweigend miteinander. Als sie in Richtung Pier eilten, wo der letzte Leichter beladen wurde, begann es zu regnen.
»Wirst du mir schreiben, George?«
»Regelmäßig. Täglich. Wirst du antworten?«
»Ja, das weißt du. Du mußt, sobald du kannst, zurückkommen.«
»Ich verspreche es. Ich möchte dir Pennsylvania zeigen und dich meiner Familie vorstellen.«
Er wußte, daß sie Constances Charme gegenüber nicht gleichgültig sein würden, und daß sie so vielleicht die in der Nation herrschende Abneigung gegenüber den Katholiken überwinden könnten. Sollte die Familie sie jedoch aus irgendeinem Grund nicht mögen, dann würde er sich nicht mehr als ein Hazard betrachten. In diesen weni-

gen Tagen war Constance zu seiner Welt geworden; sie war auch die Ursache für seine neue und unbändige Angst vor einer mexikanischen Gewehrkugel.

»Mein Vater ist sehr begeistert über das, was du ihm von deiner Familie erzählt hast«, sagte sie. »Er findet die meisten Texaner Idioten, weil sie nicht zugeben wollen, daß die Industrie nun wichtiger wird als die Landwirtschaft.«

»Die Familie meines Freundes Orry will es auch nicht wahrhaben.«

»Manchmal sind die Südstaatler so engstirnig.«

Nicht engstirniger als die Nordstaatler, dachte er und erinnerte sich an den Zwischenfall in Philadelphia auf seinem Weg nach Mont Royal. An die Wände einer katholischen Kirche hatte man in roter Farbe obszöne Worte geschmiert. Sogar sein Bruder Stanley, der die Papisten nicht besonders mochte, war entsetzt gewesen. Allerdings mehr über die Sprache als über die Motivation zur Tat.

Im Leichter saßen drei ältere Offiziere. Sie waren alle sehr ungeduldig. Der Steuermann gab George einen Wink, sich zu beeilen. Ein Windstoß riß ihm den Sonnenschirm aus der Hand. Die Männer auf dem Schiff lachten über ihn, aber George kümmerte sich nicht darum. Sein Kopf und sein Herz waren voll von Constance: ihr feuerrotes, im Wind flatterndes Haar, ihre tiefblauen Augen, ihre regennassen Wangen . . . Nein — er erschrak — das war kein Regen, das waren Tränen.

»Constance, ich habe so etwas noch nie zu einem Mädchen gesagt. Du magst glauben, daß ich unhöflich und zu direkt bin, da wir uns ja noch nicht lange kennen, aber ich muß es sagen« — er holte schnell Atem und sagte rasch — »ich liebe dich.«

»Ich liebe dich auch, George. Gibst du mir einen Kuß?«

»In der Öffentlichkeit?«

»In der Öffentlichkeit. Privat. Überall — und für immer.«

Das 'für immer' war wie ein Schrei. Sie warf ihm die Arme um den Hals und küßte ihn heftig.

Er zog sie an sich und machte damit den Abschied nur noch schwerer und schmerzvoller. Ihr rotes Haar löste sich mehr und mehr und flatterte ihm ins Gesicht. Er fühlte unmännliche Tränen auf seinen Wangen — nicht auf den ihrigen — aber auch das war ihm völlig egal.

Der Steuermann schrie: »Zum letztenmal, Leutnant, gehen Sie an Bord — oder man wird Sie als Deserteur betrachten.«

Vom Dampfer, der bei der Sandbank vor Anker lag, ertönte ein Pfeifen. George riß sich los und rannte den Pier hinunter. Er sprang auf den Leichter und stolperte gegen den Artillerieoberst, der ihn anschrie. Er setzte sich auf die Ruderbank. Regen prasselte auf ihn nieder, und er bemerkte, daß er seinen Hut verloren hatte. Es war ihm egal.

Constance Flynn blieb auf dem Pier. Ihr Haar hatte sich jetzt ganz gelöst und flatterte wie eine rote Fahne bis auf ihre Taille herab. »Ich komme wieder«, sagte George leise. Der Offizier neben ihm starrte geradeaus.

Er wiederholte es, schweigend, als ihre Umrisse immer kleiner wurden. *Ich komme wieder.*

Es war ein Versprechen. Und ein Gebet.

11

Sergeant Jezreel Flicker spähte nach dem leeren Strand. »Keine Spur von einem Mexikaner. Verdammt komisch. Wir haben doch aus dieser Invasion kein Geheimnis gemacht.«

Neben ihm, in dem auf den Wellen tanzenden Boot, knurrte Orry: »Wann zum Teufel schicken sie uns los? Wenn hinter diesen Dünen Scharfschützen verborgen sind, knallen sie uns einen nach dem andern ab.«

Flickers Mondgesicht zeigte keinerlei Regung. Er war ein wortkarger Soldat aus Kentucky, zehn Jahre älter als Orry. Beiden war klar, daß er das Kommando über den Zug führen würde. Auf Orrys nervösen Ausbruch hin antwortete er: »Aber, aber, Leutnant, ich weiß, daß Sie es kaum erwarten können, den Feind zu sehen, doch glauben Sie mir, so angenehm ist es nicht.«

Orry warf ihm einen finsteren Blick zu. Das war ja alles gut und schön; Sergeant Flicker konnte es sich leisten, höhnische Bemerkungen über den Krieg zu machen, schließlich war er in Monterrey und anderswo mitten im Schlachtgetümmel gewesen und hatte überlebt. Aber Orry hatte noch keine Prüfung bestanden. Er hatte nun schon fast sechs Monate in Mexiko verbracht, und die einzigen Schüsse, die

er gehört hatte, waren diejenigen der blöden Freiwilligen, die sich immer betranken und sich beinahe gegenseitig umbrachten.
Einige von Orrys Männern sahen gelb im Gesicht aus; eine starke Strömung sorgte dafür, daß das Boot dauernd schaukelte. Das Boot gehörte zu den hundertfünfzig, die General Scott eigens für diesen Angriff angefordert hatte. In jedem Boot befanden sich neben der acht Mann starken Crew vierzig bis fünfzig Soldaten. Es waren jedoch bloß 65 Schiffe geliefert worden, die nun in einer langen Reihe in der Collado Beach gegenüber der Sacrificios-Insel lagen, etwa zweieinhalb Meilen unterhalb der Hafenstadt Veracruz. Von hier aus, außer Reichweite der Artillerie der Stadt, wollte Scott seinen Angriff auf Mexico City starten.
George und Orry waren in zwei verschiedenen Kompanien des achten Infanterieregiments. Beide Kompanien gehörten zu den ersten, die mit weiteren Artillerie- und Infanterieeinheiten sowie mit der ersten Brigade von General Worth an Land gehen sollten. In Orrys Zug befanden sich hauptsächlich Iren, Deutsche, einige Ungarn und sechs richtige Amerikaner.
Die acht Ruderer kämpften, um das Boot in der richtigen Position zu halten. Man hatte bereits einige Stunden verloren, weil die Linie der Boote dauernd durch die starke Strömung auseinandergerissen wurde. Hinter den Booten lagen die Truppenschiffe und die restliche Invasionsflotte, Dutzende von Schiffen aller Größen. Auf den größten Schiffen drängten sich die Zuschauer: Matrosen und auch Soldaten, die bei der nächsten Landungswelle dabeisein würden. Kanonen wurden geladen, und die Militärkapellen auf den einzelnen Schiffen wetteiferten miteinander. Im Landungsboot fluchten ein paar Männer. Orry mußte zugeben, daß sie Grund dazu hatten. Sie ärgerten sich über alles und jedes, angefangen bei den Schuhen, die sie von ihrer Regierung bekommen hatten — billige Ware, die entweder am rechten oder am linken, aber nicht an beiden Füßen paßte — bis zu den Kautschuk-Feldflaschen. Einer nahm einen Schluck, zog eine Grimasse und spie das Zeug über Bord.
»Heißes Wasser ist nicht gerade ein Genuß, nicht wahr, Novotny?« Sergeant Flicker grinste. »Ihr hättet letzte Woche auf mich hören sollen, als ich euch sagte, daß Kautschuk die Hitze speichert. Bei der ersten Gelegenheit würde ich das wegwerfen und mir so eine besorgen.«

Er klopfte auf seine eigene Feldflasche, eine Kürbisflasche, die an einem Strick befestigt war.
Die Männer murrten, weil man sie mit Rucksäcken und Überziehern beladen an Land schickte. Und sie meckerten über ihre Waffen. Einige Einheiten hatten 1841er Gewehre mit Schlagladung bekommen, aber Orrys Männer mußten noch mit altmodischen Flinten auskommen, weil das Oberkommando der unumstößlichen Meinung war, daß Männer, die nicht besonders intelligent waren, am besten mit veralteten Waffen umzugehen verstanden. Orry hätte wegen dieser Denkweise verzweifeln mögen. Wenn man Männer als wertlos betrachtete, dann benahmen sie sich auch dementsprechend.
Es war ein milder, klarer Nachmittag; das Wetter war ausgezeichnet. Im Nordwesten konnte man die Türme und Kuppen von Veracruz sehen. Geradeaus erhob sich der schneebedeckte Gipfel des Orizaba majestätisch in der dunstigen Ferne. Aber Orry war zu beschäftigt, um den Anblick genießen zu können. Er dachte darüber nach, wie sich seine Meinung über das Soldatenleben geändert hatte, seit er in Mexiko war. Er wollte immer noch Karriere in der Armee machen — deshalb brannte er darauf, endlich kämpfen zu können — doch ein beträchtlicher Teil des Zaubers, den der Soldatenstand für ihn gehabt hatte, war abgebröckelt.
Bis jetzt war seine Wehrpflicht nur frustrierend, ja sogar höchst unangenehm gewesen. Der Dampfer aus Corpus Christi war im Hafen von Brazos Santiago, in der Mündung des Rio Grande, vor Anker gegangen. Er und George waren mit einigen andern Abteilungen landeinwärts marschiert, und in der zweiten Nacht hatte Orry einen Ruhranfall gehabt — die für Neulinge typische Begrüßung, wie man ihm sagte. Nicht einmal die Umgebung, das kühle herrliche Hochland der Sierra Madre, vermochte ihn aus seinem Elend herauszureißen. Die Freunde meldeten sich bei ihrem Regiment in Saltillo. Man kommandierte sie dazu ab, Frontoffiziere, die in Monterrey verwundet worden waren, zu ersetzen. Orrys Kompaniekommandant hieß Wilford Place. Er war ein Mann, der sich kaum je beklagte. Hauptmann Place schien jedermann, ob über oder unter ihm, zu verabscheuen, und Orry entdeckte bald, daß seine Haltung keineswegs ungewöhnlich, sondern eher typisch war. In der Armee der Vereinigten Staaten war Feindseligkeit an der Tagesordnung.

Die Offiziere von West Point verachteten die Offiziere, die nicht in West Point abgeschlossen hatten. Die Berufssoldaten haßten die undisziplinierten Freiwilligen, die dazu neigten, Häuser in Brand zu stecken, mexikanisches Eigentum zu stehlen und mexikanische Frauen zu vergewaltigen. Die einheimischen Soldaten mißtrauten den Immigranten und umgekehrt. Auch in den höheren Rängen war man über solche Feindseligkeiten nicht erhaben. Seit Beginn des Kriegs lag General Worth mit General Twiggs darüber im Streit, wer nun wen übertrumpfen würde. Der lächerliche Streit hatte die Armee in Parteien aufgespalten und schließlich die seit dem Krieg von 1812 bestehende Freundschaft zwischen Worth und Zachary Taylor zerstört.

Sogar oben in Washington spielte man dieses Spiel des gegenseitigen Mißtrauens. Nachdem Taylor die Mexikaner bei Monterrey geschlagen hatte, bot er ihnen großzügige Verhandlungsbedingungen an. Manche fanden sie zu großzügig; er hatte es der geschlagenen Armee gestattet, sich entlang einer Waffenstillstandslinie zurückzuziehen. Seine Verleumder sagten, er hätte die mexikanischen Truppen gnadenlos zerstören und den Krieg beenden sollen.

Präsident Polk nahm dies als Vorwand, um Taylor zu kritisieren. Taylor wurde wegen seiner bescheidenen Art und seines offenkundigen Muts von seinen Männern mehr als nur geschätzt. Der Präsident wünschte eine unabhängige zweite Front im Süden, einen direkten Angriff auf die mexikanische Hauptstadt. Um dieses Ziel zu erreichen, setzte er den Oberbefehlshaber der Armee, General Winfield Scott, ein.

Für sein Landungsunternehmen bekam Scott etwa neuntausend von Taylors Berufssoldaten, so daß dem Helden von Monterrey kaum mehr als ein Heer von Freiwilligen blieb. Damit sollte er sich einer gewaltigen mexikanischen Armee stellen, die ihn offensichtlich angreifen wollte. Die Mexikaner standen unter dem Kommando von Santa Anna, dem kleinen Napoleon des Westens. Für Orry bedeutete das ganze strategische Manöver und die Verleumdungen nur eins: Es würde keine unmittelbare Chance für einen Kampf geben. Er und George waren unter dem Kommando von Worth Anfang Januar den ganzen Weg nach Santiago zurückmarschiert, um sich dort am Strand zu langweilen. Um die Zeit totzuschlagen, schrieb Orry lange

Briefe an Madeline. Sobald er mit einem Brief fertig war, zerriß er ihn und fing einen neuen an.

Und jetzt war der 9. März; und er schaukelte in einem Boot hin und her und war immer noch unverletzt. Der ganze Kampf hatte sich bis jetzt bloß in seiner Phantasie abgespielt. Sicherlich war die Warterei schlimmer, als es der Kampf jemals sein konnte.

Die überraschende Detonation einer Kanone holte ihn in die Wirklichkeit zurück. Das Kriegsschiff *Massachusetts* war in eine Rauchwolke gehüllt. Orrys Stimme zitterte vor Erregung, als er sich an Sergeant Flicker wandte:

»Das ist das Signal.«

»Ja, Sir, das hab' ich mir auch gedacht.« Flicker schien nun doch angespannt. Es beruhigte Orry festzustellen, daß er nicht der einzige war, der den Widerstand am Ufer herbeisehnte.

Ein merkwürdiges, unbekanntes Gebrüll ertönte, und die Männer im Boot sahen einander verdutzt an. Novotny lieferte als erster die Erklärung. »Das kommt von den Schiffen. Die Matrosen und Kanoniere feuern uns an.«

Die fünfundsechzig Ruderboote steuerten auf den Strand los. Dreitausend Bajonette blitzten in der Spätnachmittagssonne auf. Orry vergaß plötzlich Krankheit, Langeweile, Plackerei und die Kleinlichkeit der vergangenen Monate.

Sie wurden von einem langen, leichten Ruderboot überholt. Die Männer in den Riemen arbeiteten wild, offenbar sollte das Boot vor ihnen den Strand erreichen. Am Bug des Boots stand mit gezücktem Säbel ein Mann, den sie alle kannten: der schneidige, weißhaarige Kommandant, General Worth.

Sergeant Flicker riß den Hut vom Kopf, winkte und rief dem General etwas zu. Orry schloß sich ihm mit seinen Männern an. Bald hatten sie sich alle heiser geschrien.

Eine halbe Minute, bevor der Kiel im Sand knirschte, zog Orry seinen eigenen Säbel aus der Scheide. Er stand auf und sprang als erster aus dem Boot. Säbelschwingend rief er: »Auf, Männer, los! Auf in die Hallen von Montezuma in Mexico City!«

Seine Männer feuerten ihn nun auch durch Zurufe an.

Nach einem solch aufregenden Start konnte die nächste Stunde nur enttäuschend sein.

Das Regiment formierte sich und stürzte mit gefällten Bajonetten auf die Dünen los. Aber sie mußten bald Dampf ablassen, weil nämlich gar keine Mexikaner hinter den Dünen warteten. Weit und breit war kein Feind zu sehen. Die einzigen Gegner, mit denen die Amerikaner für den Rest des Tages zu ringen hatten, waren Sandflöhe und der aufkommende Wind, der ihnen den rauhen Sand in Mund, Augen und Nase trieb.

Scott hatte seine Männer für den Angriff in drei große Einheiten zusammengefaßt. Nachdem die ersten beiden an Land gegangen waren — Worths-Einheiten sowie die zweite Brigade von General Davey Twiggs — landeten auch die Freiwilligen, von General Patterson geführt.

Gegen Abend begann die Armee ihre Front nach Nordwesten auszudehnen. Die Brigade Worth sollte die rechte Flanke decken; in der Nähe der Landungsstelle begannen Orry und sein Zug Schützengräben auszuheben. Auch wenn das Wetter ausgezeichnet blieb, so würde es doch mehrere Tage dauern, bis alle Truppen und alles Material an Land waren. Die Belagerungslinie sollte acht Meilen lang werden. Sobald die Linie um Veracruz gesichert war, würde die Artillerie mit der Bombardierung beginnen. Aber die Stadt würde wohl nicht gleich aufgeben; sie war stark befestigt. Auf der Landseite waren neun Forts angelegt, und die Seeseite wurde von der Hafenfestung San Juan de Ulua verteidigt.

Es war schon nach Mitternacht, als Orry in das Eßzelt hineinstolperte. Er war völlig durchgeschwitzt und mit Sand und Insektenstichen übersät. Er sank neben George an einem dreckigen Tisch nieder.

»Mein Gott, wie sieht dieser Tisch aus!«

Hauptmann Place betupfte seine Wangen mit einem bunten Taschentuch.

»Er gehört nicht uns. Beim Ausladen kam es zu Verwechslungen. Dies sind Operationstische, die zum letztenmal in Monterrey verwendet worden sind, für Amputationen und dergleichen.«

Orry würgte und wischte sich die Hand an der Hose ab. Dann hörte er brüllendes Gelächter. Sogar Place, der von Natur aus nicht viel Humor hatte, lachte mit. Es handelte sich um einen alten Armeewitz,

wie Orry später erfuhr. Er fühlte sich besser, weil er sich nun nicht mehr als Anfänger vorkam. Endlich war er akzeptiert worden.
Niemand wußte — weder in dieser Nacht noch später — weshalb der mexikanische Kommandant in Veracruz nicht eine einzige Kugel auf die Invasoren abgefeuert hatte. Doch die Abwesenheit des Feindes machte Orry nervös, als er gegen drei Uhr morgens von Wachtposten zu Wachtposten ging. Er hielt seine rechte Hand immer in der Nähe der persönlichen Handwaffe, die er auf eigene Kosten gekauft hatte, etwas, das die meisten Offiziere taten. Es war die beste Militärpistole, die derzeit zu haben war: eine 1842er Johnson.
Ein steifer Wind wehte, und am Himmel zeigte sich kein einziger Stern. Orry befand sich gerade auf halbem Weg zwischen zwei Wachtposten, als er zu seiner Linken, landeinwärts, ein Geräusch hörte. Stimmen und Bewegungen. Mit trockenem Mund zog er seine Pistole.
»Wer da?«
Plötzlich war es still. Man hörte nur den Wind. Er rief nochmals und merkte dann mit einiger Verspätung, daß er eine prächtige Zielscheibe abgeben mußte: Das laternenbeleuchtete Regimentszelt befand sich gerade hinter ihm. Er rannte, um aus dem Lichtkegel wegzukommen. Nach wenigen Schritten hörte er erneut Stimmen — diesmal laut —, die ärgerlich etwas auf spanisch riefen.
Drei Schüsse. Er spürte, wie eine Kugel seine Hose durchbohrte. Er kniete nieder, zielte und schoß. Ein Mann schrie auf, ein anderer fluchte. Von den umstehenden Wachen waren Wer-da-Rufe zu hören. Orry fühlte einen heftigen Schmerz, der sein Triumphgefühl verblassen ließ. Er befühlte sein Bein und stellte zu seiner Überraschung fest, daß die Kugel nicht nur seine Hose, sondern auch seine Wade getroffen hatte. Das Sanitätszelt war einige hundert Meter entfernt, und während er dorthin humpelte, füllte sich sein Schuh mit Blut. Die Ordonnanz salutierte, doch bevor Orry den Gruß erwidern konnte, fiel er in Ohnmacht.
Die Verletzung war nicht ernst, und er fühlte sich bereits besser, als George ihn am folgenden Abend besuchte.
»Deine erste Kriegsverletzung.« George grinste. »Gratuliere.« Orry verzog das Gesicht. »Ich hatte mir meine Feuertaufe etwas großartiger vorgestellt, danke. Ich finde es nicht gerade heldenhaft, von ei-

nem umherstreunenden Heckenschützen angeschossen zu werden. Ich glaube aber, daß ich einen von ihnen erwischt habe.«
»Ja, das hast du. Flicker hat die Leiche bei Sonnenaufgang gefunden.«
»Soldat oder Zivilist?«
»Ein Soldat, als Bauer verkleidet, aber seine Waffen waren von der Armee.«
Orry sah etwas weniger ungehalten drein. George kauerte neben seinem Lager nieder und sagte mit sehr viel leiserer Stimme:
»Sag mal, als die Schüsse fielen, hattest du da Angst?«
Orry schüttelte den Kopf. »Ich hatte keine Zeit dazu. Aber etwa eine Minute später« — er schwieg kurz —, »sah ich jede Einzelheit nochmals vor mir, und da hatte ich Angst.«
Je mehr Orry darüber nachdachte, desto mehr war er davon überzeugt, daß er etwas Wesentliches über das Verhalten von Männern im Krieg herausgefunden hatte.

Einige Nächte später rollte sich George in seinem Zelt näher an die schwache Laterne heran und drehte einen Bleistiftstumpf zwischen den Fingern hin und her. Wieder einmal schrieb er einen langen Brief an Constance; er schickte fast alle drei Tage einen. Er liebte sie so sehr, daß er so viele Erfahrungen wie möglich mit ihr teilen wollte. Einige der tiefsten Gefühle ließ er jedoch nicht in die Briefe einfließen. Seine Sehnsucht, mit ihr zusammen zu sein, hatten einen starken Haß gegen den Krieg in ihm wachgerufen, eine Reaktion, die weit über das hinausging, was in Corpus Christi eine Art resigniertes Akzeptieren gewesen war.
Während er sich überlegte, was er als nächstes schreiben sollte, kitzelte es ihn im Nacken. Blitzschnell und wütend schnellte seine Hand hoch und tötete das winzige Insekt. Dann schrieb er:
Jede Nacht feuern ein paar Heckenschützen einige Schüsse ab, aber heute abend war es ruhig. Ich glaube langsam, daß dieses Land unser wahrer Feind ist. Der Wind bläst fürchterlich, und Augen und Haut sind ständig voller Flugsand. Wenn man sich in ein Zelt zurückzieht, kann man zwar diesem Problem für eine Weile aus dem Weg gehen, aber das garantiert keineswegs Ruhe oder Schlaf, denn wir Amerikaner haben noch eine andere Schlacht zu schlagen, von der

unsre Vorgesetzten kein Wörtchen gesagt haben, nämlich gegen die Armee der Flöhe und Insekten, mit denen diese Küste bevölkert ist. Der kleine McClellan, einer meiner Klassenkameraden, der mit den Pionieren hier unten ist, hat eine neue Art der Verteidigung gegen diese infernalischen Biester erfunden. Jeden Abend schmiert er sich von Kopf bis Fuß mit gesalzenem Schweinefett ein und kriecht dann auf diese widerwärtige Art und Weise beschützt in seinen Schlafsack, den er am Hals fest zubindet. Er sagt, es funktioniere hervorragend aber ich bin noch nicht verzweifelt genug, um solche Maßnahmen zu ergreifen.

George schrak durch einen Gewehrschuß auf. Ein Schrei. Männer brüllten und rannten hinaus. Er ließ den Brief fallen, rannte los und stellte fest, daß ein in der Nähe stehender Wachtposten von der Kugel eines Heckenschützen getroffen worden war.

Der junge Soldat lag auf der Seite, der obere Teil seines Gesichts wurde vom Laternenlicht erhellt. Das eine Auge war offen, der Blick starr. Der tödliche Schuß hatte ihn mitten im Rücken getroffen.

Ein Sergeant kümmerte sich um die Leiche. Der Mann hatte einer andern Kompanie angehört, und George kannte ihn nicht. Erschüttert kehrte er in das Zelt zurück und hob den Brief auf. Er würde nichts davon schreiben. Er wollte weiterschreiben, mußte jedoch aufhören, weil das Gesicht des Toten und die Erinnerung an Orrys knappes Davonkommen ihn nicht loßließen. Erst fünf Minuten später hörten seine Hände auf zu zittern, so daß er den Bleistift wieder in die Hand nehmen konnte.

Der vom Norden her wehende frische Wind verzögerte das Ausladen von Scotts Artillerie, Munition und Lasttieren. Bis zum 22. März fiel in Veracruz kein Schuß. Scott plante, die Stadt durch »langsames, wissenschaftliches Artilleriefeuer« einzunehmen.

Orry hatte bald darauf wieder Dienst. Auch als die Beschießung von Veracruz endlich begann, blieben die amerikanischen Soldaten unruhig und nervös. Täglich hatten sie unter dem Klima zu leiden, und nun konnten sie die ganze Nacht kein Auge schließen, weil die Mexikaner mit ihren infernalisch lauten Kanonen zurückschossen. Orry mußte dauernd Streitereien schlichten und seine Männer zur Disziplin rufen.

Überall begegneten George und Orry Bekannten von der Akademie. Zu Beginn des Kriegs hatten etwa fünfhundert Absolventen von West Point berufsmäßig in der Armee gedient, und etwa ebensoviel waren einberufen worden, um das Kommando über Freiwilligen-Einheiten zu übernehmen. Tom Jackson, der von Tag zu Tag ernster und in sich gekehrter schien, war in der Artillerie; Pickett, Bee und Sam Grant in der Infanterie. Viele andere, die die beiden Freunde oberflächlich kannten, waren ebenfalls dort. Die Tatsache, daß viele Offiziere aus West Point um sie herum waren, verlieh ihnen ein Sicherheitsgefühl.
Am 24. März wurden weitere Waffen von Admiral Matthew Perry geliefert. Am selben Tag mußten sich Orry und Hauptmann Place ins Hauptquartier der Brigade begeben, wo sie sich für eine Messerstecherei, die in Orrys Zug stattgefunden hatte, verantworten mußten. Die Befragung wurde nur routinemäßig durchgeführt, weil alle in Hochstimmung waren. Aufklärer teilten mit, daß die Bombardierung durch die Amerikaner der Stadt nun endlich erheblichen Schaden zufüge.
»Admiral Perrys Waffen haben uns gerettet«, knurrte Place, als er und Orry nach dem Verhör das Zelt verließen. »Ich glaube, wir sind ihm zu Dank verpflichtet, auch . . .«
»Leutnant Main.«
»Ja, Sir.« Orry salutierte automatisch, obwohl er die Stimme nicht genau erkennen konnte. Als er sich umdrehte, erstarrte er.
Elkanah Bent grüßte lässig, fast spöttisch zurück. Ein verachtungsvoller Blick traf Orrys Arbeitskappe. Bent trug den formelleren *chapeau bras* nach dem Muster der französischen Armee.
»Dachte ich doch, daß Sie es sind«, sagte Bent. »Man hat mir berichtet, daß Sie und Ihr Freund Hazard hier seien.«
Orry versuchte, unbekümmert dreinzusehen.
»Sie sehen gut aus, Hauptmann.«
»In Anbetracht dessen, was ich letztes Jahr alles erlebt habe, fühle ich mich außerordentlich wohl. Ich habe gehört, daß Sie zu unseren wenigen Verletzten gezählt haben. Sie sind von der Kugel eines Heckenschützen angeschossen worden, nicht?«
»Ja, Sir. Am Abend, als wir landeten. Es war jedoch nichts Ernstes.«
»Das hört man gern.« Bents Gesichtsausdruck sagte genau das Ge-

genteil. »Nun, Leutnant, ich bin sicher, daß wir einander wieder begegnen werden. Vielleicht können wir dann Erinnerungen an unsere gemeinsame Zeit in West Point austauschen.«
Hauptmann Place runzelte die Stirn. Er spürte die Spannung. Aber nur Orry verstand Bents Bemerkung. Schauer liefen ihm über den Rücken, als Bent davonwatschelte. Er war immer noch dick und gefährlich.
»Haben Sie dieses Schwein in der Akademie gekannt?« fragte Place.
Orry nickte. »Er war eine Klasse über mir. Haben Sie mit ihm Dienst gemacht?«
»Nein, nie. Gott sei Dank. Aber allen ist Hauptmann Bent vom dritten Infanterieregiment ein Begriff. Sein Regimentskommandant, Oberst Hitchcock, verhehlt die Verachtung nicht, die er für ihn empfindet. Er sagt, daß Bent unter grenzenlosem Ehrgeiz leidet und wild entschlossen ist, die Erfolgsleiter emporzusteigen — notfalls über Leichen. Seien Sie dankbar, daß Sie nichts mehr mit ihm zu tun haben.«
Wenn das nur so wäre, dachte Orry, als sie davonmarschierten.

Die Verteidiger von Veracruz hielten Perrys Kanonen nicht lange stand. Sie kapitulierten am 29. März, und am gleichen Tag wurden überall in der Stadt die Sternenbanner hochgezogen.
Der Sieg hatte knapp hundert amerikanische Soldatenleben gefordert. George und Orry waren schockiert, als sie erfuhren, daß die Politiker zu Hause und auch ein Teil der Öffentlichkeit die geringe Anzahl von Toten bedauerten. »Sie messen den Sieg an der Anzahl Leichen«, sagte George, »und dann wundern sie sich, daß niemand in der Armee bleiben will.«
Scott war mit der Entwicklung des Kriegs zufrieden. Nachdem Taylor im Februar in Buena Vista einen überraschenden Sieg errungen hatte, kam jetzt noch die Eroberung von Veracruz hinzu. Scott reorganisierte die Armee erneut für den Marsch auf die Hauptstadt.
Am 8. April begann Twiggs-Infanteriedivision ihren Vormarsch ins Landesinnere. General Worths Einheiten warteten auf den Befehl, zu Twiggs Unterstützung vorzurücken, als ein Gerücht umging, daß Santa Anna, der wieder einmal zum Präsidenten aufgerückt war, erneut in Jalapa auf der Hauptstraße Richtung Mexico City Stellung

bezogen habe. Am 11. und 12. April stießen Twiggs Einheiten mit feindlichen Aufklärertruppen zusammen. General Worth erhielt den Befehl, Twiggs im Dorf von Plan del Rio mit vereinten Kräften zu Hilfe zu eilen.
In den ersten Marschstunden fielen viele Männer wegen der Hitze auf der Straße um. Orry, der beinahe auch ohnmächtig wurde, riskierte eine Kritik seiner Vorgesetzten, als er zurückblieb, um einem stolpernden Soldaten wieder auf die Beine zu helfen.
Bis es Abend wurde, hatten vier Männer in Orrys Zug Durchfall. In den anderen Zügen ging es nicht besser. Die Gräben entlang der Straße stanken und wimmelten von grünen Fliegen. Doch Ruhr war nicht die einzige Krankheit, die sie zu befürchten hatten. Schon seit Wochen waren die Offiziere wegen der bevorstehenden Gelbfieber-Zeit beunruhigt gewesen, die jedes Jahr zahlreiche Menschenleben an der Küste hinwegraffte. Scott hatte seine Männer vor dem Ausbruch des Fiebers ins Hochland bringen wollen, und Twiggs Alarm bot ihm nun auch Gelegenheit dazu. Als sich ein Unteroffizier darüber beklagte, daß man so schnell so weit ging — es waren etwa sechzig Meilen —, sagte Orry rasch: »Sobald wir bei General Twiggs sind, wird es Ihnen sehr viel bessergehen.«
»Besser? Wenn ich dauernd den Kugeln der Mexikaner ausweichen muß! Bitte um Entschuldigung, Leutnant, aber das kann ich nicht glauben.«
»Aber es stimmt. Es ist weniger wahrscheinlich, daß Sie einer Kugel zum Opfer fallen, als dem *vomito*.«
An jenem Abend stellte Orry beim Lagerfeuer fest, daß der Rauch in einen klaren, dunstfreien Himmel aufstieg. Kühlere Luft. Sie waren bereits über der Ebene, deren feuchtheißes Klima ihn an zu Hause erinnerte. Er machte den Unteroffizier auf die Veränderung aufmerksam, aber der Mann war nicht zu überzeugen.
Sergeant Flicker kam. Er meldete, daß die Wachen gemäß Orrys Befehl auf Posten standen. Er kauerte am Feuer nieder, nahm einen Keks und pickte die Kornwürmer heraus. Er bemerkte, daß die meisten Soldaten einen Kampf mit den Mexikanern wünschten, es war zu lange ruhig gewesen. Dann sagte er: »Übrigens, Sir, ich habe noch nie Gelegenheit gehabt, Ihnen diese Frage zu stellen. Haben Sie mit den Señoritas in Veracruz Kontakt gehabt?«

Orry war über seine Frechheit erstaunt. Wahrscheinlich ging Flicker davon aus, daß sein Dienstalter ihm gewisse Privilegien im Umgang mit Offizieren einräumte. »Nein, Sergeant«, sagte er, »ich habe ein Mädchen zu Hause.« Eine passende, wenn auch schmerzhafte Lüge.
»Oh.« Flickers Gesichtsausdruck besagte, daß es ihm nicht klar war, weshalb das eine das andere ausschließen sollte. »Sehr angenehm, einige dieser Damen. Ich hatte natürlich das Pech, eines ihrer Etablissements in derselben Nacht zu besuchen wie der Hauptmann des dritten Regiments. Er benahm sich recht unsanft einem Mädchen gegenüber, das er bezahlt hatte. Sie schrie fürchterlich laut, und die Haupthure hätte beinahe das Etablissement geschlossen.«
»Drittes sagten sie? Wie war der Name des Hauptmanns?«
»Bent.«
Mit ruhiger Stimme: »Ich habe von ihm gehört.«
»Klar. Wer nicht. Schlächter Bent nennen ihn die Leute. Es war ein Skandal, was er in Monterrey getan hat.«
»Davon ist mir nichts bekannt.«
»Sie sind doch im vergangenen Herbst dort durchgekommen, nicht wahr? Sicher kennen Sie den Grundriß der Festung auf der Ostseite, das Black Fort mit der Redoute. Nun, Bent befand sich in der Kolonne von Garland, die am Black Fort vorbei vorwärtsstürmte. Es wurde ziemlich scharf geschossen. Als die Kolonne kehrtmachte, flog die linke Flanke der Redoute in die Luft. Die Männer rannten los und wollten in den umliegenden Straßen Schutz suchen, aber die waren natürlich auch nicht sicher. Während einiger Minuten ging alles drunter und drüber. Der einzige Ausweg waren die Nebenstraßen, wo nicht so viele Mexikaner versteckt waren. Aber Schlächter Bent war gegen diese rettende Lösung. Er beschloß, ein Held zu sein und die Redoute zu stürmen. Er sandte einen Zug los.«
»Haben sie sie eingenommen?«
»Natürlich nicht. Es war unmöglich. Bent verlor mehr als den halben Zug. Hinterher habe ich gehört, daß man mindestens zwei Mann mit Kugeln im Rücken gefunden hat.«
»Sie wollen sagen, daß sie erschossen wurden, als sie von der Redoute wegrannten?«
»Sie wurden erschossen, als sie vor Bent wegrannten.«
»Mein Gott, weshalb erstattet nicht jemand Meldung?«

»Er ist ein Arschkriecher, Leutnant. Und einigen der Leute, die für diese Armee hier verantwortlich sind, ist es völlig egal, wie ein Mann zu seinen Ergebnissen kommt, Hauptsache, er läßt sie in Ruhe. Man sagt auch, daß Bent recht viele Freunde in Washington habe.«
Orry hätte das bestätigen können, aber er unterließ es.
»Niemand kann beweisen, daß er diese Leute erschossen hat«, fuhr Flicker fort. »Ich habe gehört, daß Bent mit dem Kriegsgericht gedroht hat, falls jemand Fragen zu dieser Operation stellen sollte. Das sagt Ihnen sicher einiges, oder nicht?«
Orry nickte. »Seine Männer reden also nicht über ihn?«
»Mit Recht. Sie haben viel zuviel Angst. Gott weiß, wie viele er noch in den Tod schickt, bevor man ihn erwischt — oder bevor er zum Präsidenten gewählt wird, was eher wahrscheinlich ist. Verdammt, kann man uns kein anständiges Essen geben!« Er lehnte sich vor und spie einen sich windenden Kornwurm ins Feuer.
Später stieß Orry auf die Kompanie von George. Er berichtete, was Sergeant Flicker ihm mitgeteilt hatte.
»Ich glaube jedes Wort davon«, sagte George. Sorgfältig setzte er einen Stein auf ein dünnes, vollgekritzeltes Blatt Papier. Darunter befanden sich noch weitere acht oder zehn. Wieder ein Brief nach Texas, dachte Orry.
»Ich sag' dir eins, Stiel«, fuhr George fort. »Falls die Sterne je gegen mich sein sollten und ich unter Bents Kommando käme, ich glaube, ich würde mich umbringen, bevor ich mich zum Dienst melden würde. Übrigens: Ich habe eben erfahren, daß sich in unserem Artilleriebataillon in Veracruz einige Waffen befanden, die in Cold Springs geschmiedet wurden.« Und damit überkam ihn die Begeisterung des Eisenherstellens.
In jener Nacht hatte Orry Mühe mit Schlafen. Flickers Worte und Bents Augen ließen ihn kaum zur Ruhe kommen.

Am Abend von Cerro Gordo trank George eine Drittelflasche mexikanischen Wein, der von seinem Kompaniekommandant Enos Hoctor geschmuggelt worden war. George mochte Hauptmann Hoctor nicht besonders. Er war zu ernst und machte sich oft und gern lauthals und ausgiebig Sorgen um den Ruf von West Point.
George teilte Hoctors Sorgen nicht, aber er teilte gern den Wein mit

ihm. Er hatte Orry auch einladen wollen, aber sein Freund wollte sich unbedingt nochmals in Scotts *»Taktik der Infanterie«* vertiefen. Der arme Orry, er konnte seine erste Schlacht nicht schnell genug erwarten. George würde sich glücklich schätzen, wenn ihm niemals eine feindliche Kugel um die Ohren pfiff!
Um ihren Marsch nach Mexico City fortsetzen zu können, mußten die Amerikaner die Festung von Cerro Gordo einnehmen. Auf dem Telegrafo, einem befestigten Gipfel, waren die mexikanischen Batterien in Stellung gebracht. Die Straße führte in westlicher Richtung vom Camp der Amerikaner in Plan del Rio nach Cerro Gordo. Auch auf einem zweiten Hügel, dem Atalaya, waren feindliche Kanonen stationiert. Hauptmann Robert Lee von den Pioniertruppen hatte einen Maultierpfad entdeckt, der um die Nordflanke dieses Hügels herumführte. Am frühen Nachmittag des 17. April hatten amerikanische Scharfschützen diesen Weg genommen und nach kurzer Zeit Atalaya eingenommen. Die Kanonen wurden jetzt in Position gestellt, um den Telegrafo unter Feuer zu nehmen.
Wenn morgen der Hauptangriff begann, fiel Twiggs' Division die Aufgabe zu, über die Hügel vorzustoßen und die mexikanische Flanke anzugreifen. Die Division Worth, in der sich George und Orry befanden, war bis zur Nationalstraße vorwärtsgestürmt und stand dort bereit, falls Twiggs Verstärkung brauchte. George glaubte aber, daß Orry einmal mehr enttäuscht sein würde, weil die Division vielleicht gar nicht in den Kampf eingreifen mußte. Nachdem er Hoctors Wein getrunken hatte, fiel George mühelos in Schlaf.
Er war schon lange vor Sonnenaufgang aufgestanden, als ein Artillerieduell losging. Von der Stelle aus, an der er und seine Männer warteten, konnte man nur Rauch und ein rotes Glühen sehen. Dann hörte man Schüsse, Trommeln und gelegentlich einen Schmerzensschrei. Georges Männer warteten schweigend und blickten einander stumm an.
George hatte es schon vor langer Zeit aufgegeben, etwas über die Strategie der Schlacht, an der er sich beteiligte, in Erfahrung zu bringen. Er war nur ein kleiner Frontleutnant, ein Rädchen in einer Riesenmaschine. Abgesehen davon kam es ihm nur darauf an, seine Pflicht zu erfüllen und zu überleben. Orry war anders. Er war von Strategie fasziniert, denn sie war das A und O einer militärischen

Laufbahn. George konnte seinen Freund weiter vorne mit seinem Zug entdecken und hoffte, daß Orry etwas von dem großangelegten Plan mitbekommen würde.

Die Schlacht dauerte etwas mehr als drei Stunden. Um halb neun hörte man wieder Trommeln, und die Männer von Worths Division machten die üblichen nervösen Witze, als sie sich für den Marsch vorbereiteten. Sie hatten den Befehl erhalten, die geschlagene Armee der Mexikaner auf der Hauptstraße zu verfolgen. Santa Anna hatte öffentlich geschworen, daß er in Cerro Gordo entweder siegen oder sterben würde. Doch der Napoleon des Westens hatte schon oft seine Versprechen überlebt. Als die Niederlage nahte und ihre Schatten warf, hatte sich Santa Anna — wie George später erfuhr — ein Pferd geholt und war davongaloppiert.

Bereits lagen von der Hitze aufgedunsene Leichen zu beiden Seiten der Hauptstraße. Es waren meistens Mexikaner, aber es befanden sich auch einige amerikanische Dragoner unter ihnen. Vom Gestank, der vom toten Fleisch und den Darminhalten aufstieg, wurde George so übel, daß er sich in einen Graben erbrechen mußte. Er fragte sich, was Orry nun wohl von Glanz und Gloria des Kriegs hielt.

Tote Pferde, umgestürzte Munitionswagen und andere Trümmer des Rückzugs der Mexikaner erschwerten den Vormarsch zum La Joya-Paß. Etwa zwei Meilen weiter oben auf der Paßstraße wurden sie plötzlich von einem felsigen Hügel über der Nordseite der Straße unter Feuer genommen.

»In Deckung!« schrie George und zog Pistole und Säbel. Der Befehl erwies sich als überflüssig, denn seine Männer hatten sich bereits nach rechts und links in den Straßengraben geworfen. Mit Ausnahme von zweien waren alle dem Kugelhagel schnell genug ausgewichen.

Am Straßenrand kauernd, sah George, wie sich der eine der Männer noch bewegte. George blinzelte mehrere Male im weißen Rauch, der von der Hügelseite her aufstieg, schluckte zweimal und kletterte dann den Graben hoch.

»Zurück, Leutnant«, rief ihm Hauptmann Hoctor von links zu. Aber George war schon halbwegs beim verwundeten Unteroffizier angelangt, hob ihn hoch und schleppte ihn durch den Kugelregen auf die Seite.

Er ließ den Verwundeten in den Graben nieder und sprang dann selbst hinein. Die amerikanische Artillerie eröffnete das Feuer auf die versteckten Heckenschützen. Nach drei Salven hörte man nur noch Schreie und Stöhnen.

»Sie haben sich unnötiger Gefahr ausgesetzt«, sagte Hoctor mürrisch zu George, als Sanitäter den Verwundeten auf einer Bahre davontrugen. »Ihre Pflicht ist es, bei Ihren Männern zu sein.«

»Tut mir leid, Sir«, gab George zurück, »ich glaube, ich habe meine Pflicht getan.«

Gefühlloser Hund, dachte er. *Der Soldat ist ihm egal gewesen — und meine Panik auch*. Wenn West Point viele von Hoctors Art hervorbrachte, so war seine Kritik durchaus berechtigt.

Am Abend verschaffte sich George ein Pferd und ritt zum Feldlazarett, um sich nach dem Unteroffizier zu erkundigen. Der junge Mann war in guter Stimmung und würde davonkommen. Auf der Pritsche neben ihm lag ein rotbärtiger Sergeant, dessen Leib mit einer braungefleckten Bandage umwickelt war. Das bedeutete, daß er eine der gefürchteten Magen- oder Darmverletzungen hatte. George hörte, wie sich der Mann bei einer Ordonnanz über Bent beklagte.

»Entschuldigen Sie, Sergeant, reden Sie von Elkanah Bent?«

Der Mann wurde sofort argwöhnisch und flüsterte mit schwacher Stimme: »Ist er ein Kamerad von Ihnen, Sir?«

»Genau das Gegenteil. Ich verachte den Hund.«

Der Sergeant kratzte sich im Bart. Überrascht und mißtrauisch schwieg er eine Weile, bis er schließlich davon überzeugt war, daß er unbehelligt weiterreden konnte.

»Woher kennen Sie Schlächter Bent?«

»Wir waren zusammen in West Point. Ich habe zusehen müssen, wie er ein halbes Dutzend Junioren fast umgebracht hat. Was haben Sie über ihn erzählt? Ist er tot?«

»Nein, leider nicht. Bent hat mich um meinen besten Zugführer gebracht. Er hat Leutnant Cummins gegen eine Redoute auf dem Telegrafo, die nicht einmal von einer Brigade eingenommen werden konnte, geschickt. Natürlich blieb Bent wie immer geschützt im Hintergrund. Ein Fehlschuß von unseren Kanonen auf dem Atalaya hat den Leutnant, seinen Trupp sowie eine beträchtliche Anzahl Mexikaner in Stücke gerissen. Später führte uns der Schlächter durch den

Rauch hinauf und befahl uns, die toten Mexikaner zehn Minuten lang mit dem Säbel zu traktieren.«
»O Gott«, keuchte George. Er sah Bents rundes, wächsernes Gesicht fast vor sich; er war sicher, daß der Hauptmann während des Geschehens gelächelt hatte.
Die Augen des Verwundeten glühten im Lampenlicht wie Feuer. »Was von Cummins übriggeblieben war, steckten sie in einen Sack. Aber Sie wissen ja, wer den Orden bekommen wird.«
»Sagen Sie, Sergeant, wenn Cummins wußte, daß der Angriff selbstmörderisch war —«
»Natürlich wußte er das. Wir alle haben es gewußt.«
»Was ich wissen möchte: Hat er den Befehl in Frage gestellt?«
»Nein, das konnte er nicht.«
»Hat es sonst jemand getan?«
»Der Zugführer. Er ist — er war ein zäher, alter Knabe; Offiziere beeindruckten ihn nicht so schnell, besonders nicht diejenigen von der Akademie.« Er hustete verlegen. »Ich will Sie keineswegs beleidigen, Sir.«
»Tun Sie nicht. Weiter.«
»Der Sergeant hat kein Blatt vor den Mund genommen. Er sagte geradeheraus, daß es glatter Mord sei, Männer gegen die Redoute zu schicken.«
»Wie reagierte Bent?«
»Er steckte den Sergeanten auch in die Angriffstruppe.«
»Und Cummins sagte immer noch nichts?«
»Weil er ein guter Offizier war! Und weil er — wie ich annehme — nicht eine von Bents Kugeln im Rücken haben wollte. In Monterrey —«
»Ja, ich habe davon gehört. Ich habe den Eindruck, wenn Bent so weitermacht, wird er von seinen eigenen Männern umgebracht werden.«
Der Sergeant sagte mit schwacher, aber plötzlich eiskalter Stimme: »Nicht, wenn ich ihn zuerst erwische.«
»Erwische? Wie?«
»Sobald ich wieder auf den Füßen bin, gehe ich zum Divisionsvorgesetzten und erzähle die ganze Geschichte. Wenn es in dieser verdammten Armee noch Gerechtigkeit gibt, dann wird Schlächter Bent verurteilt und entlassen werden.«

»Sie wollen also Bent eines Vergehens anklagen?«
»Ich werde es auf jeden Fall —«, er hustete erneut und hatte offensichtlich große Schmerzen dabei, »ich werde es todsicher versuchen.«
»Aber wenn Sie der einzige sind, der Klage erhebt?«
»Werde ich nichts ausrichten. Ist es das, was Sie sagen wollen?«
George nickte. »Nun, ich werde nicht allein sein. Ich habe Zeugen vom Zug, ein halbes Dutzend, vielleicht mehr.«
»Sind alle bereit, eine Zeugenaussage zu machen?«
»Sie sind alle hier gewesen und haben es mir gesagt.«
»Sind Offiziere dabei?«
»Nein, Sir.«
»Schade. Es würde der Anklage mehr Gewicht verleihen.« Erst nachdem George das gesagt hatte, bemerkte er den intensiven Blick des Sergeanten.
»Ja, das stimmt, Sir. Würden Sie helfen? Würden Sie über das aussagen, was Sie von Bent wissen? Ich nehme an, Sie halten nicht viel von ihm?«
»Nein, aber . . .«
»Er muß bestraft werden. Er muß aufhören. Helfen Sie mir, Sir. Bitte.«
George holte tief Luft. Er war beinahe erstaunt, als er sich sagen hörte:
»Einverstanden, ich werde tun, was ich tun kann.«
Später am selben Abend stieß er auf Orry mit seinem Zug. Er nahm ihn beiseite und erzählte ihm von seiner Unterredung mit dem rotbärtigen Sergeanten, dessen Namen er am Schluß erfahren hatte: Lennard Arnesen.
Als George zu Ende geredet hatte, schüttelte Orry den Kopf. George wurde zornig. »Glaubst du Arnesens Geschichte nicht?«
»Doch, natürlich. Aber ich kann mir nicht vorstellen, daß du dich in so was hineinziehen läßt.«
George ging in die Hocke und versuchte sich unter dem rechten Hosenbein zu kratzen. Er entdeckte eine Zecke und riß sie los. »Ich kann es selbst kaum glauben. Hazard, der Experte für Selbsterhaltung, war drauf und dran, Arnesen im Stich zu lassen. Aber dann hab' ich mich an all das erinnert, was das fette Schwein in West Point angerichtet hat, und ich habe mir gesagt, wenn unsre Männer er-

schossen werden, dann sollten die Mexikaner dafür verantwortlich sein, nicht unsre eigenen Offiziere.«
»Was willst du tun?«
»Erst einmal will ich mit meinem Hauptmann reden und ihm sagen, daß ich die Absicht habe, Arnesen zu unterstützen. Ich kann nicht bezeugen, was in Arnesens Trupp vorgefallen ist, aber ich kann auf jeden Fall Maßgebliches zu Bents Charakter und Vergangenheit sagen. Wie der Sergeant sagte — wenn es irgendeine Gerechtigkeit in der Armee gibt, dann wird der Divisionsstab auf uns hören. Natürlich« — er schaute Orry fest in die Augen — »wären zwei Offiziere überzeugender als einer.«
»Ich hatte das Gefühl, daß du mich darum bitten würdest.«
»Bist du einverstanden?«
Ohne zu zögern sagte Orry ja. Er gähnte. »Aber nicht mehr heute abend.«

»Ich bin schockiert«, sagte Hauptmann Hoctor. »Nein, schlimmer, ich bin entsetzt.«
George warf Orry, der neben ihm stand, einen Blick zu, erfreut darüber, daß seine einleitenden Worte eine solch heftige Reaktion hervorgerufen hatten. »Es macht mir Mut, daß Sie das sagen, Sir«, fuhr er fort, »Bents Verhalten ist wirklich —«
»Ich habe nicht von Hauptmann Bents Verhalten gesprochen, sondern ich meinte Sie. Ehrlich gesagt, ich kann es nicht glauben, daß ein Akademieabsolvent die Fähigkeiten, die Motive, die Eignung eines andern Akademiemitglieds anfechten kann. Hat überdies nie jemand den beiden Herren gesagt, daß man von einem Kommandanten *erwartet*, daß er seine Männer gegen feindliche Stellungen schickt, egal wie gesichert sie auch immer sein mögen und ungeachtet der Umstände?«
George schwindelte. »Ja, natürlich, Sir. Und oberflächlich betrachtet hat Hauptmann Bent ja auch nichts anderes getan. Aber da gibt es noch andere Aspekte, die es zu berücksichtigen gilt. Sein Charakter, seine —«
»Seine Vergangenheit«, warf Orry ein. »Muß man die Anklage nicht auch in diesem Licht betrachten?«
Hoctors Blick war vernichtend. »Ich habe noch nie eine Vorschrift in

diesem Sinn gelesen, Leutnant. Mein Standpunkt ist klar: Ich kann es nicht fassen, daß Sie, Gentlemen, sich zu einer solch unmoralischen Anklage hinreißen lassen können, wenn doch der gute Ruf der Akademie — vielleicht sogar ihr Fortbestehen — davon abhängt, was die Öffentlichkeit — und auch das Parlament — von ihren Absolventen hält.«
Mit mühsam beherrschter Stimme sagte George: »Sir, darf ich untertänigst fragen, was die Angelegenheit mit der Akademie zu tun hat? Sergeant Arnesen wird darauf schwören, daß Hauptmann Bent beinahe Mord begangen hat. Der Zugführer von Bent hat den Befehl in Frage gestellt, und deswegen hat ihn Bent auch in den Tod geschickt. Der Sergeant hat Zeugen, die bereit sind —«
»Das wissen wir alles schon, Leutnant.« Der Ton des Hauptmanns war schneidend.
»Entschuldigen Sie, Sir.« Er griff nach seinem Kragen. »Aber ich bin sicher, daß es triftige Gründe *für* die Anklage gibt und daß ein Verschulden vorliegt. Leutnant Main und ich sind bereit, weitere Informationen zu liefern. Es gibt vieles zu sagen. Sicher haben Sie von Monterrey gehört —«
»Natürlich. Tapfere Offiziere sind seit jeher die Zielscheibe der weniger Tapferen gewesen.« Hoctors Gesichtsausdruck ließ durchblicken, daß er George zur letzten Kategorie zählte.
»Mit Verlaub, Sir«, sagte Orry, »ich glaube, hier muß man unterscheiden. Nehmen Sie Hauptmann Lee als Beispiel. Es ist mir nicht bekannt, daß auch nur ein einziger Offizier oder Soldat seinen Mut je bezweifelt hätte. Er hat in Cerro Gordo seine Tapferkeit durch einen persönlichen Einsatz bewiesen und nicht dadurch, daß er gute Soldaten einer hoffnungslosen Situation ausgesetzt hätte. Bent hingegen—«
»Genug«, unterbrach ihn Hauptmann Hoctor. »Sie haben beide Ihren Standpunkt dargelegt. Ich möchte Ihnen eine Frage stellen.« Seine Stimme war jetzt bedrohlich. »Haben Sie wirklich die Absicht, diese Angelegenheit auf formellem Weg weiterzuleiten?«
George zögerte keine Sekunde. »Ja, Sir.« Orry schloß sich ihm an. »Ich nehme an, Sir«, fügte George hinzu, »daß Sie meinen Bericht an die Division erhalten und weiterleiten werden.«
Hoctors Augen glühten. Mit gefährlich leiser Stimme sagte er: »Im

Gegensatz zu dem, was ich Ihren Worten und Ihrem Benehmen entnehmen darf, bin ich ein Ehrenmann.«
»Sir, ich habe niemals sagen wollen —«
»Gestatten Sie mir, daß ich zu Ende rede. Natürlich werde ich Ihren Bericht nicht zurückhalten oder begraben, das wäre gegen meine Pflicht als Offizier. Das bedeutet jedoch nicht, daß ich mit Ihrem Vorgehen einverstanden bin. Ich verabscheue es. Wenn wir uns nun darüber einig sind — hinaus mit Ihnen.«

In dem Gefühl, einen Sieg — wenn auch einen gefährlichen — errungen zu haben, kehrte George an diesem Abend ins Lazarett zurück, um Sergeant Arnesen zu informieren. Als er am Fußende des Betts stand, starrte er blöd vor sich hin: An Arnesens Stelle lag ein blonder junger Mann.
George drehte sich der Magen um. Er kehrte sich abrupt um und suchte Arnesen fieberhaft im Halbdunkel, dort wo andere Männer stöhnten. Eine Ordonnanz eilte mit einer übelriechenden Schüssel vorbei.
»Sergeant Arnesen? Er ist gestern abend auf dem Operationstisch gestorben. Den meisten ergeht es so, wenn sie unters Messer kommen.«
Der blonde Soldat beobachtete sie mit erstaunten, umnebelten Augen. Die Ordonnanz eilte davon. George konnte nur eines denken: *Er hat mir die Namen der andern Zeugen nicht gesagt*.
Obschon ihm nicht wohl dabei war, ging George zu Hauptmann Hoctor zurück, um ihm den neuesten Stand der Dinge mitzuteilen und ihm zu sagen, daß er immer noch die Absicht habe, einen Bericht abzufassen.
»Sind Sie ganz von Sinnen, Leutnant? Das beste Beweisstück im Zusammenhang mit dem Tod dieses Leutnant Cummins ist pures Gerücht, und jetzt können Sie nicht einmal sagen, woher es kommt! Der Sergeant ist tot, Sie kennen die sogenannten Zeugen nicht — lassen Sie die Sache fallen.«
»Ich könnte mich erkundigen und versuchen, die Namen der —«
»Tun Sie das, aber ohne meine Hilfe. Sie sind schon weit genug gegangen. Zu weit, wenn Sie mich fragen.«
Es war mehr als klar, worauf er hinauswollte. Beharrte George auf seinem Bericht, so würde die Sache nicht weitergeleitet, sondern als

Akte verstauben oder vielleicht sogar vernichtet werden. Aber sein Gewissen trieb ihn dazu an, noch einen letzten Versuch zu wagen. »Sir, Hauptmann Bent ist ein eher labiler Mensch. Er hat einen Fehler begangen, er ist gefährlich, und er sollte aus der Armee ent—«
Hoctor fuhr auf. »Ich will nichts mehr davon hören. Auch wenn in Ihren Aussagen ein Körnchen Wahrheit steckt, so glauben Sie doch wohl nicht allen Ernstes, daß Bent der einzige schlechte Offizier — oder gar der schlechteste — der Armee ist? Haben Sie nicht gehört, was man alles dem miesen Gideon Pillow vorwirft? Hauptmann Bent ist zumindest ein Absolvent der Akademie, genau wie Sie und Ihr Freund Main. Weiß Gott, weshalb Sie diesen gemeinsamen Nenner nicht sehen können oder die Verantwortung, die Sie beide damit übernommen haben. Aber ich hoffe, daß Sie und Leutnant Main, Ihrer Karriere zuliebe, dies demnächst einsehen werden. Entlassen.«

»Hauptmann Hoctor —«

Hoctors Gesicht wurde puterrot. *»Entlassen!«*

Gedemütigt ging George hinaus.

»Nun, das ist keine schöne Lektion«, sagte Orry, als sein Freund ihm den Sachverhalt mitteilte. »West Point protegiert die eigenen Leute. Ich nehme an, wir hätten das bereits beim ersten Mal Hoctors Worten entnehmen können.« Er seufzte. »Wenigstens wird Bent nicht erfahren, daß wir versucht haben, ihn seiner Lorbeeren zu berauben und ihm einen Strick zu drehen.«
»Meinst du? Ich habe Hoctor erzürnt. In seinen Augen sind wir es, die gefährlich sind. Ich mache jede Wette, daß Hauptmann Schlächter Bent demnächst genauestens über unser Vorhaben informiert sein wird. Verdammt, ich bin sicher, daß Hoctor es ihm sagen wird. Schließlich —«, George zog eine Grimasse —, »protegiert West Point seinesgleichen.«
Als es Orry langsam dämmerte, konnte er kein Wort sagen.

Bald darauf schrieb George wieder einen Brief an Constance. Der Brief begann folgendermaßen:
Noch nie bin ich so erschöpft gewesen, obwohl ich glaube, daß das nicht nur auf mangelnden Schlaf, sondern auch auf meine Abneigung diesem Krieg gegenüber zurückzuführen ist. Tod, Unrecht,

Dreck, ewige Angst — eine Armee von Scharlatanen, Angsthasen, politischen Protegés und Opfern — es gibt immer Opfer, die an Stelle der andern geschlachtet werden —, das ist der Glanz, von dem Orry sich hat verführen lassen. Wann wird er entdecken, daß der »Glanz« nur eine schlecht aufgetragene Goldschicht ist, die die darunterliegende Fäulnis übertünchen soll? Ich hoffe um seinetwillen, daß die Augen ihm aufgehen, bevor er sein Leben in den Dienst der Armee stellt. Doch in letzter Zeit, Liebes, bin ich manchmal sogar zu müde, um mir über das Schicksal meines besten Freundes Gedanken zu machen.
Was mir hilft, die Tage und Nächte durchzustehen, was mich wie sonst nichts aufrechterhält, ist der Gedanke daran, daß wir eines Tages vereint sein werden und keine geringere Angst vor uns haben werden als diejenige vor den Schicksalsschlägen eines Lebens zu zweit. Ich bin kein tief religiöser Mensch, aber ich habe mich in der letzten Zeit oft dabei ertappt, daß ich für diese Vereinigung bete. Man sagt, daß auf dem Schlachtfeld viele zu Gott bekehrt werden, und langsam beginne ich das endlich zu verstehen.
Die Lage, über die ich schreibe, wurde noch dadurch verschlimmert, daß es mir neulich nicht gelungen ist, in einer ungerechten Situation Abhilfe zu schaffen. Ich habe es zwar versucht, aber . . .
Plötzlich las er alles, was er geschrieben hatte, nochmals durch. Angewidert stellte er fest, daß er in seinem grimmigen Gedankengang nur über sich selbst geschrieben hatte. Er hatte Schläge dafür verdient, daß er ihr noch mehr Sorgen aufhalsen wollte. Er nahm den angefangenen Brief und zerknüllte ihn. Es war der einzige, der niemals aus Mexiko abgeschickt wurde.

12

Eine Granate pfiff über die Hauptstraße, die nach Churubusco führte. Die mexikanischen Schützen im Kloster San Mateo waren dabei, sich einzuschießen. Genau wie diejenigen auf der befestigten Brücke über den Rio Churubusco auf der Straße nach Mexico City. Den Säbel in der Rechten, die Pistole in der Linken kauerte Orry im sumpfi-

gen Kornfeld neben der Straße. Er duckte sich in Erwartung der Explosion. Die Erschütterung warf ihn beinahe um.
Links von ihm schoß eine Fontäne aus dem nassen Feld: Getreidehalme, blutige Köpfe und Glieder wirbelten durcheinander. Es war am frühen Nachmittag des 20. August. Orry hatte seit fast drei Stunden schwer gekämpft und geglaubt, daß er den gewaltsamen Tod nun gleichgültig mitansehen könne. Doch das Verschwinden eines ganzen Trupps, als die Kanonenkugel einschlug, belehrte ihn eines Besseren. Er würgte, als die Überreste menschlicher Körper zurück auf die Erde fielen.
Der Rauch brannte in seinen Augen, und er konnte die Turmspitzen der mexikanischen Hauptstadt und den schneebedeckten Gipfel des Popocatépetl kaum noch erkennen. Er schaute sich nach vertrauten Gesichtern um, konnte jedoch keines entdecken.
Von der Hauptstraße her hörte er heisere Kommandorufe; man versuchte die Division Worth wieder zu sammeln. Nachdem sie die Garnison von San Antonio besiegt und in die Flucht geschlagen hatten, waren Worths Soldaten in Richtung Churubusco vorwärtsgestürmt, hatten dann aber von der Straße weg in Kornfelder flüchten müssen, als der mörderische Beschuß vom Kloster und von der Brücke her losbrach.
Eine untersetzte Gestalt schälte sich mit zusammengebissenen Zähnen und einem unter der Dreckschicht kaum erkennbaren Gesicht aus dem Rauch heraus. Orry brach in ein wildes, rauhes Lachen aus und gestikulierte wie verrückt mit den Armen.
»George, George, hierher.«
George taumelte auf ihn zu. Soldaten und Offiziere rannten kreuz und quer an ihnen vorbei. »Ich hab' die Soldaten aus den Augen verloren«, keuchte Orry.
»Ich hab' alle meine Männer verloren«, schrie George zurück. »Als das Kreuzfeuer losging, schien sich die ganze Division förmlich aufzulösen, aber dann sah ich, wie Hauptmann Smith vom Fünften auf die Straße rannte, um die Truppe wieder — Himmel. *In Deckung!*«
Er stieß Orry mit dem Gesicht in den Schlamm. Orry schluckte und schluckte, aber das war immer noch besser, als von den explodierenden Kartätschen zerfetzt zu werden.
Sie warteten darauf, daß das Artilleriefeuer nachlassen würde; dann

rannten sie gebückt nebeneinander Richtung Hauptstraße. Der Kugelregen von der Brücke und aus dem Kloster ließ keine Sekunde nach. George sammelte unterwegs acht seiner Männer ein. Sie waren verwirrt und verängstigt.

Unter Georges Führung kletterten sie die Böschung bei einer Kreuzung zu einigen Lehmhütten hinauf. Die Wände waren von amerikanischen und mexikanischen Kugeln durchsiebt, und zwei Dächer brannten lichterloh. Überall schrien Offiziere wild durcheinander und versuchten, die Truppen mit den noch kampffähigen Männern neu zu formieren. Orry sah unbekannte Gesichter und die Abzeichen von Einheiten, die nicht zu diesem Schlachtfeld gehörten.

Er übernahm den Befehl der andern Offiziere: »Formiert euch zu Gruppen!« schrie er, indem er die herumrennenden Männer packte und in eine Reihe am Straßenrand stellte. Es gelang ihm, etwa zwanzig zusammenzubringen, aber die Hälfte machte sich wieder davon. George bedrohte die andern mit der Pistole.

»Ich erschieße den nächsten, der ausreißt.«

Dies beeindruckte sie während etwa dreißig Sekunden, dann tauchte die ganze Gruppe in den Straßengraben. Eine Granate riß ein riesiges Loch auf.

Orry versuchte erneut, im Dreck- und Trümmerregen die Böschung hinaufzuklettern. Er bemerkte, daß sein Fuß plötzlich in etwas Nassem steckenblieb. *Ich dachte, das Wasser sei nur im Kornfeld.* Er blickte zu Boden. Sein Fuß stak in der roten warmen Höhle von etwas, das einmal ein Magen gewesen war. Er schreckte zurück und würgte erneut, aber sein Magen war schon leer.

Jemand rempelte ihn von hinten an. Er fluchte und merkte dann, daß es George war, der ihn von der Leiche weglotsen wollte. Sie gelangten wieder auf die Straße und versuchten, ihren Trupp neu zu formieren. Vier Mann waren umgekommen.

Plötzlich stürmten uniformierte Männer von der befestigten Brücke her. Es waren Amerikaner. »Wir sind zurückgeschlagen worden«, schrien sie und rannten an ihnen vorbei.

Durch den Rauch sah Orry eine Gestalt von links auf sich zukommen: »Vielleicht täten wir besser daran, herauszufinden, ob das stimmt, meine Herren.«

Orrys Unterkiefer fiel herunter. Auch George war wie versteinert.

Dreckig, zerzaust und schweißtriefend stand Elkanah Bent mit gezogenem Säbel und Pistole vor ihnen. Orry war nun todsicher, daß der Mann verrückt war, als er sah, wie Bent inmitten dieser Feuerhölle lächelte. *Lächelte.*
Bent zeigte wild auf den vorbeihastenden Trupp: »Leutnant Main, gehen Sie mit diesen Männern und erstatten Sie mir Bericht über die Lage am Fluß.« Sein verschlagener Blick fiel auf George: »Gehen Sie mit, Leutnant Hazard.«
»Gott im Himmel, Bent, wissen Sie eigentlich, was Sie da sagen? Es ist ausgeschlossen, daß ein Trupp weit genug die Straße hinunterkommt, um —«
Bent entsicherte den Revolver und richtete ihn auf George. Es rannten immer noch Männer an ihnen vorbei, starrten sie an, blieben jedoch nicht stehen, um sich nach dem Grund für dieses merkwürdige Schauspiel zu erkundigen. Es erweckte den Anschein, als ob der fette Hauptmann zwei feige Untergebene zur Ordnung rufen würde.
Orry umklammerte den Griff seines Säbels. Er kämpfte gegen den Impuls, Bent zu durchbohren und damit sein eigenes Leben zu verlieren. Bent spürte es und richtete seinen Revolver nun auf Orry.
George legte seine Hand auf den Arm seines Freundes. Beiden war klar, daß Bent keine Sekunde zögern würde, sie in den Tod zu schicken. George blinzelte Orry zu und machte eine schnelle Kopfbewegung in Richtung Brücke, als wollte er sagen: *So haben wir wenigstens eine Chance, hier sind wir verloren.*
Sie standen eng nebeneinander, kehrten dem fetten Hauptmann den Rücken zu und beobachteten die Hauptstraße. Etwa eine Viertelmeile jenseits der Kreuzung standen zwei weitere, offensichtlich verlassene Hütten. »Komm, laß uns dahin gehen«, flüsterte George. »Wenn wir einmal dort in Deckung sind, kann er uns nichts mehr anhaben. Dann werden wir sehen, was wir als nächstes tun können.« Einen kurzen Augenblick lang ließ sich Orry von seinem Haß überwältigen. »Ich werde ihn umbringen.« Er wiederholte dies zweimal mit monotoner Stimme. George packte seinen Freund so hart er nur konnte am Arm. Orry stieß einen kurzen Schmerzenslaut aus, schüttelte den Kopf und faßte sich wieder. George erteilte den Befehl, vorwärtszustürmen. Orry schloß sich stolpernd den andern an. Sie waren noch keine zehn Schritt weit gekommen, als in einer der beiden Hütten eine

Fensterscheibe in Brüche ging und ein Gewehrlauf auf sie gerichtet wurde. Die Tür flog auf, und drei weitere Musketen wurden sichtbar. Noch bevor sie sich von ihrer Überraschung erholt hatten, fielen zwei der Männer knapp neben Orry tot um. George schrie seinen Männern zu, sich in den Graben zu werfen. George wurde plötzlich von einer unbändigen Wut gepackt. Er blickte zurück und sah, wie Elkanah Bent auf einen Major des berittenen Schützenbataillons einredete. Der Himmel wußte, wie der Major und sein Pferd sich in dieses Fleckchen Hölle hatten verirren können. Dieselben Gefühle, die vorhin Orry übermannt hatten, überwältigten nun auch ihn, und er rannte los. Er war zum Äußersten entschlossen. Ungeachtet aller möglichen Folgen würde er Bent auf der Stelle umbringen.

Ein Schrei stoppte ihn. Es hörte sich an, als ob es Orry gewesen wäre, und hatte etwas Entsetzliches an sich. George spähte durch den Rauch, als das Schreien sich zu einem Crescendo steigerte.

Es war kein Schmerzensschrei, sondern ein Wutgebrüll. Orry rannte die Straße hinunter, wild den Säbel schwingend. Die Mexikaner, die sich in der Hütte versteckt hatten, schienen so fassungslos, daß keiner auf die ihnen entgegenrennende Gestalt schoß. Als ihnen klarwurde, daß sie dies tun sollten, stand Orry kurz vor der Tür.

Die erste Kugel verfehlte ihn, mit der zweiten flog ihm die Mütze vom Kopf. Er war an der Tür angelangt, stieß sie auf und sprang immer noch brüllend und säbelschwingend in die Dunkelheit hinein.

George sah, wie Bent und der berittene Offizier die Szene mit erstaunten Gesichtern betrachteten. Aus der Hütte hörte man Schreie. Vielleicht war es Orry. George duckte sich und rannte seinem Freund zu Hilfe.

Drei der Männer, die er um sich geschart hatte, kletterten die Straßenböschung hinauf und folgten ihm. In Georges Nähe schlug eine Granate ein. Er schloß die Augen, um sich gegen den auffliegenden Schmutz zu schützen, wich nach rechts aus und rannte weiter. Man hörte immer noch Schreie; die Hütte schien ein Schlachthaus zu sein. Plötzlich stürzten zwei Mexikaner in zerlumpten Uniformen aus der Hütte, und zwei weitere suchten durch ein Fenster das Weite. Orry tauchte mit tropfendem Säbel im Türrahmen auf. Er hielt etwas in seiner linken Hand — ein Stück eines Menschen —, das er mitleidvoll versteckte, bevor George es erkennen konnte. Die Soldaten gingen mit gesenkten Bajonetten auf die Mexikaner los. George rannte seinem Freund entgegen, doch bevor er irgend etwas rufen konnte, hörte er ein scharfes Zischen.

Er gestikulierte wild. »Orry, raus h—«

Die Granate schlug ein, die Hütte flog in tausend Stücke. Schmutz und Trümmer entluden sich in einer pilzartigen Wolke. George blinzelte, würgte und spürte einen Schmerz in seiner Brust. Er lag auf der Straße und konnte sich nicht einmal mehr daran erinnern, wie er sich hingeworfen hatte. Es mußte die Druckwelle der Explosion gewesen sein. Doch wo war sein Freund? Er konnte Orry nirgends entdecken. Er krabbelte auf die Füße und erblickte an der Stelle, wo früher die Hütte gestanden hatte, einen Trümmerhaufen. Der Rauch löste sich langsam auf. Hinter ihm hörte er Offiziere schreien — Bent war unter ihnen —, als sie erneut versuchten, die im Kornfeld herumirrenden Männer zu einem Trupp zu formieren. Plötzlich bemerkte George etwas zwischen den Trümmern. Er schüttelte den Kopf, als wolle er eine Fliege verscheuchen. Er wollte und konnte seinen Augen nicht trauen. Er rannte los.

Neben geborstenen Mauerstücken lagen die linke Hand und der halbe Unterarm eines Menschen. Der Stoff um den Unterarm herum war zerrissen und versengt. Er fand Orry ausgestreckt daneben liegen — dem Verbluten nahe.

Die folgenden vier oder fünf Minuten waren George nicht im Gedächtnis haften geblieben. Später wurde ihm klar, daß er den Anblick niemals hätte ertragen oder das Nötige hätte tun können, wenn er auch nur eine Sekunde nachgedacht hätte. Indem er sich des Schreckens nicht bewußt wurde, war er zum Handeln fähig.

Er erinnerte sich zwar, daß er neben seinem Freund niedergekniet war und ihm immer wieder die Worte »du darfst nicht sterben« zugeflüstert hatte, aber er konnte sich überhaupt nicht mehr daran erinnern, daß er Orry mit einem Fetzen seiner Uniform und unter Zuhilfenahme seiner Pistole den Armstummel abgeschnürt hatte.

Er hatte den verwundeten Freund über seine Schulter gelegt und stolperte mit ihm vorwärts. Er hätte nicht sagen können, ob Orry immer noch atmete. Vielleicht war er dabei, eine Leiche zu retten, aber er wagte nicht, darüber nachzudenken. Mit ungeahnter Kraft beschleunigte er seinen Schritt, bis er schließlich rannte.

Der Major galoppierte an ihnen vorbei und versuchte säbelschwingend, die Männer um sich zu sammeln. Dann tauchte Bent auf, keuchend, aber in sicherer Begleitung mehrerer Soldaten. George warf dem Hauptmann einen vernichtenden Blick zu. Georges Gesicht war schwarz, die Augen stachen merkwürdig hell hervor. Auch wenn Bent die Erscheinung mit dem über der Schulter liegenden Körper erkannt hatte, so ließ er sich nichts anmerken.

Die Soldaten verschwanden auf der Straße nach Mexico City. George ging weiter in die andere Richtung; die Anstrengung trieb ihm Schweiß und Tränen in die Augen. Seine Brust schmerzte. Wenige Minuten später sah er am Straßenrand ein Pferdefuhrwerk, auf dem Verletzte lagen.

Ein Sanitäter untersuchte Orry flüchtig. »Helft mir, ihn hineinzuheben.« Auf die Anweisung des Sanitäters hin wendete der Fuhrmann rasch und trieb die Pferde an. George wurde hin- und hergeschüttelt. Er stützte sich mit den Handflächen gegen die Wand, um nicht gegen seinen Freund zu fallen.

»Um Himmels willen, ihr bringt ihn noch um«, protestierte er, »langsamer!«

»Wollen Sie ihn lebend und verletzt oder tot?« rief der Sanitäter. »Seine einzige Hoffnung ist der Chirurg. Halten Sie's Maul und kümmern Sie sich um ihn.«

George preßte die Augen zusammen, um wieder klar zu sehen. Er starrte auf seinen Freund. Orrys Kopf schlug gegen die schmutzige Wolldecke, die auf dem Boden des Gefährts ausgebreitet war. George zog sein Hemd aus, rollte es zu einem Kissen und legte es sorgfältig unter Orrys Kopf. In diesem Augenblick — Staub wirbelte durch das Fuhrwerk, draußen tobte immer noch die Schlacht — wurde ihm klar, wie sehr er seinen Freund liebte.

Er flehte Gott an, in der Hoffnung, er möge ihn erhören: »Laß ihn nicht sterben.« Tränen liefen ihm über die Wangen.

Das Feldlazarett war ein Durcheinander von Blut und Geschrei. Der erschöpfte Chirurg zündete die Lampe über dem roten Tisch an, und ein Sanitäter hielt die Aderpresse. Nach einer flüchtigen Untersuchung befahl der Chirurg: »Macht ihn bereit.«

»Was werden Sie tun?« fragte George.

»Den Rest des Arms abnehmen. Nur so kann ich ihn retten.«
»Nein«, schrie George mit einer solchen Heftigkeit, daß alle ihn anstarrten. Der Chirurg warf ihm einen vernichtenden Blick zu.
»Möchten Sie den Fall übernehmen?«
George fuhr sich mit dem Handrücken über den Mund. »Nein, natürlich nicht, aber — wenn Sie ihm den Arm abnehmen, bringen Sie ihn um.«
»Unsinn. Die Hälfte hat er schon verloren, und er atmet immer noch — dank Ihrer schnellen Reaktion. Nach jeder Schlacht nehme ich Dutzende von Amputationen vor. Die Hälfte der Männer überleben.«
»Ich hab' nicht das gemeint, als ich sagte, daß —«
»Wir haben keine Zeit für Rätsel«, unterbrach ihn der Chirurg. »Bitte verlassen Sie das Zelt, wenn wir fertig sind, gebe ich Ihnen Bescheid.«

Orry wachte in einer fremden Umgebung auf. Über sich sah er acht brennende Laternen. Schmerz durchflutete ihn in großen Wellen. Er versuchte, seine Arme zu bewegen, aber es ging nicht. Er hatte das Gefühl, daß etwas nicht in Ordnung sei, aber er konnte nicht herausfinden, was es war. Plötzlich tauchte ein beleibter Mann mit einer schmutzigen Schürze auf. In seiner plumpen Hand hielt er eine triefend nasse, rote Säge. Orry wußte sofort, wo er war und weshalb. Er schrie. Hände packten ihn an den Schultern. Er drehte den Kopf und sah einen weiteren Mann, der ein Brenneisen über einem Becken mit glühenden Kohlen erhitzte. Er schrie von neuem. Sie schütteten ihm Whiskey in den offenen Mund, um ihn zum Schweigen zu bringen.

Sechs Tage später ging George in das Zelt von Orrys Kompaniekommandant. Ohne zu fragen, schenkte er sich ein Glas von Hauptmann Places Whiskey ein. Im Tal von Mexiko herrschte Stille; nur in der Ferne waren einige Hörner und ab und zu ein Krachen von Musketen zu hören. Die Generäle hatten einen weiteren Waffenstillstand vereinbart, wahrscheinlich um die Friedensbedingungen auszuhandeln. George waren die Einzelheiten nicht bekannt, und es war ihm auch gleichgültig. Wie die meisten Frontoffiziere und Soldaten der amerikanischen Armee war er der Meinung, daß derjenige, der kurz vor dem Fall von Mexico City diesen Stillhaltebefehl ausgegeben hatte, gelyncht werden sollte.

»Wie geht's ihm?« Die Frage des Hauptmanns sowie der abendliche Besuch waren zu einem Ritual geworden.

»Immer noch unverändert. Könnte so oder so ausgehen.«

George kippte seinen Whiskey hinunter. Manchmal dachte er beschämt, daß es wohl besser wäre, wenn Orry sterben würde.

Place ging einen Stapel Berichte und Befehle durch. Er zog ein Dokument heraus, das er George hinhielt; George starrte leer darauf.

»Nun«, sagte der Hauptmann, »ich hoffe, daß er sich so weit erholt, daß er das lesen kann.«

»Was ist es?«

»Seine Beförderung. Er ist nicht mehr Titularoffizier. Von General Scott liegt ebenfalls eine Empfehlung vor. Er wird dafür gelobt, daß er dazu beigetragen hat, die Hauptstraße zu säubern, so daß die Brücke gestürmt und eingenommen werden konnte. Ich nehme an, daß Hauptmann Hoctor für Sie die gleiche Frohbotschaft haben wird.«

»Voller Rang«, sagte George mit ausdrucksloser Stimme. »In weniger als einem Jahr.«

»Ich habe noch eine Neuigkeit, die weniger zufriedenstellend ist. Hauptmann Bent vom dritten Infanterieregiment hat offensichtlich eine akzeptable Erklärung dafür abgegeben, weshalb er sich so weit von seinem Kommandoposten entfernt hat. Es ist ihm ebenfalls gelungen, seine Vorgesetzten davon zu überzeugen, daß er den Angriff auf dieses Widerstandsnest geleitet hat. Aus zuverlässiger Quelle weiß ich, daß er nun Titularmajor ist.«

George fluchte und langte nach dem Whiskey. Place war nicht zimperlich, aber sogar er geriet durch Georges Sprache in Verlegenheit.

Einer der Chirurgen teilte Orry mit, daß er am Leben bleiben würde, aber es verging ein ganzer Tag, bis ihm klarwurde, was das genau hieß. Als es endlich soweit war, tobte und weinte er eine Stunde lang; dann drehte er das Gesicht zur Zeltwand und schloß die Augen. Er wollte nur noch schlafen. Aber auch dieser Fluchtweg war ihm verbaut. Wieder und wieder träumte er von einer Armeetrommel, die im Sonnenlicht auf einem Felsen stand. Sie war verstummt. Jemand hat-

te sie mit einem Bajonett oder einem Säbel angegriffen. Das Fell der Trommel war zerfetzt.
Erst am sechzehnten September war Orry bereit, einen Besucher zu empfangen. Zwei Tage vorher war General Scott als Sieger in Mexico City eingeritten. Der Waffenstillstand war fehlgeschlagen, es war in mehreren Ortschaften zu heißen Kämpfen gekommen, und die Mexikaner hatten schließlich kapituliert.
»Tag, Orry.«
George setzte sich auf eine Munitionskiste neben dem Lager. Orry hatte eine gesunde Gesichtsfarbe. Sein Bart war prächtig und üppig gewachsen, aber seine Augen waren tot. Er hatte das verschmutzte Leintuch über seine Schulter gezogen, so daß sein Freund den bandagierten Armstummel nicht sehen konnte.
Nach einer Weile erwiderte Orry: »Tag, George. Ich habe gehört, daß wir gesiegt haben.«
George nickte. »Auf dich wartet eine Empfehlung. Du bist jetzt ein richtiger Leutnant. Ich auch. Unser Freund Bent ist leider zum Titularmajor befördert worden. Man hat mir gesagt, daß wir alle auf der Straße nach Churubusco große Helden gewesen sind.«
Er lächelte, aber Orry verzog keine Miene, sondern starrte auf den Zeltpfosten. George drehte seine Feldmütze in den Händen. »Wie fühlst du dich?«
»Ach, ich weiß nicht.« Orrys Stimme war derart tonlos, daß nicht klar war, was er genau hatte sagen wollen. George saß unbeweglich da und hielt seine Mütze in beiden Händen. Er wollte seinem Freund von den harten Kämpfen, die zur Übergabe von Mexico City geführt hatten, erzählen, aber es war offensichtlich nicht der richtige Zeitpunkt dafür. Würde es jemals einen richtigen Zeitpunkt geben?
Irgendwo draußen begann ein Soldat eine bekannte Melodie auf einer Mundharmonika zu spielen. George wäre am liebsten hinausgestürmt und hätte den Mann erwürgt. Die Musik war zu sehr voller Lebensfreude und erinnerte zu stark an alles, was ein Mann im Leben tun konnte, sofern er gesund war.
Orry blickte ihn jetzt wieder an. »Ich nehme an, daß ich dir zu Dank verpflichtet bin, weil du mir das Leben gerettet hast. Die meiste Zeit über liege ich jedoch da und wünsche mir, du hättest es nicht getan.«

George sagte etwas scharf: »Aber, aber, Stiel, kein Selbstmitleid. Du lebst! Das Leben ist kostbar.«
»Ja, wenn es etwas gibt, für das es sich zu leben lohnt. Schau mal, ich habe mit Madeline nie eine richtige Chance gehabt. Ich hatte sie bereits verloren, bevor ich ihr begegnete. Aber ich hatte noch die Chance, die einzige berufliche Laufbahn, die mich interessiert, einzuschlagen. Jetzt werden sie mich ausmustern.«
»Aber du wirst nach Hause gehen können.«
Als George bemerkte, wie sehr er Orry verletzt hatte, kam er sich wie ein Idiot vor.
»Wozu?« fragte Orry.
Jetzt stieg Zorn in George auf. Aber er unterdrückte ihn, weil ihm bewußt war, daß er eigentlich auf sich selbst wütend war. Er hatte alles verdorben, er hatte jämmerlich versagt, weil er seinen Freund nicht aufmuntern konnte. Wenn er es nicht konnte, wer dann? Er machte einen letzten Versuch:
»Ich komme morgen wieder. Bis dahin kannst du dich ausruhen, dich fassen, und bald wirst du dich besser f—«
Er hielt inne. Die Schamröte stieg ihm ins Gesicht. Gedankenlos hatte er nach Orrys Arm gegriffen, nach seinem linken Arm. Als er nur noch einige Millimeter vom Leintuch weg war, war es ihm bewußt geworden.
Orrys dunkle Augen schienen zu sagen: *Siehst du, ich bin nicht mehr derselbe, also tu nicht so, als ob*. Als er sich umdrehte, murmelte er teilnahmslos: »Danke, daß du gekommen bist.«
George schlich geschlagen hinaus. Er hoffte, daß die Zeit Orrys Verbitterung und Melancholie heilen würde, aber sicher war er nicht. Orry hatte die beiden Dinge, die er sich am sehnlichsten im Leben gewünscht hatte, verloren. Wie konnte ein Mann so noch weiterleben? Nur dank der Tatsache, daß er einen Brief von Constance erhielt, endete der Tag für ihn nicht in der totalen Katastrophe.

George setzte sich in einem Café in Mexico City an einen Tisch im Freien. Die Oktobersonne schien sanft. Vor sich hatte er den Nationalpalast, wo jetzt die amerikanische Flagge wehte. Pickett, Tom Jackson und Sam Grant waren ebenfalls dabei. Seit Monaten waren die vier zum erstenmal wieder zusammen.

Pickett und Grant wie auch George hatten mehrere leere Biergläser vor sich. Vor Jackson stand ein volles Glas Wein. Er machte sich dauernd Sorgen um seinen Magen, bestellte jedesmal ein Glas Wein und ließ es dann stehen.
Die mexikanische Bevölkerung schien merkwürdigerweise nicht sehr traurig über den Ausgang des Krieges. Die Ladenbesitzer und Wirte hatten den Verlust bald verschmerzt und versuchten nun, mit den Besatzern ihre Geschäfte zu machen. Die Regierung hatte nach der Art der Europäer Gedenkmedaillen zu jeder denkwürdigen Schlacht prägen lassen. Pickett, der sich über Robert Lee ausließ, hatte sich eine Churubusco-Medaille ergattert und sie an seine Weste gepinnt.
»Ich sage dies nicht als jemand, der aus Virginia stammt, obwohl ihr das wahrscheinlich denkt. Bob Lee ist der beste Mann der Armee. Er hat dies einmal und für immer im *Pedregal* bewiesen.« Pickett bezog sich auf ein Gebiet mit Vulkangestein, auf das die Amerikaner auf ihrem Weg nach Mexico City gestoßen waren. Es schien unmöglich, es zu durchqueren, aber Lee und Pierre Beauregard hatten das Terrain rekognosziert und das Gegenteil behauptet. Dann hatte Lee sich während eines Gewitters freiwillig zur Verfügung gestellt, den *Pedregal* nochmals zu durchqueren und Scott wichtige Informationen zu übermitteln. Er war im unregelmäßigen Licht der Blitze über scharfe Grate und durch trügerische Schluchten geritten.
»Einverstanden«, sagte Grant, »mir ist kein klügerer oder tapfererer Soldat bekannt. Gott sei Dank ist er nicht beim Feind.«
Im allgemeinen hatten die Akademieabsolventen während der sechsmonatigen Kampagne gute Arbeit geleistet. Sogar Elkanah Bent wurde als Held betrachtet. Wenn George ihn wegen Unfähigkeit angeklagt oder ihn körperlich angegriffen hätte, hätten sich nur wenige mit ihm verbündet, und das wußte er.
George begann unruhig zu werden. Die andern hatten immer noch nicht ausgetrunken, und er hatte zwei neue Briefe in seiner Tasche — einer von Constance. Als das Gespräch sich einem neuen Thema zuwendete, riß er einen Brief heraus und öffnete ihn. Als er mit Lesen fertig war, lachte er und steckte den Brief sorgfältig weg. Er wollte ihn mit all den andern, die er bisher bekommen hatte, aufbewahren.
»Von wem ist er?« fragte Grant. »Von einem Mädchen?«
George nickte.

»Wirst du sie heiraten?«
»Vielleicht.« Er klopfte mit der Hand auf den dicken Brief. »Sie liebt mich immer noch.«
»Natürlich.« Pickett grinste. »Du bist ein Held. In diesem Monat sind wir große Helden. Sogar das Repräsentantenhaus ist für einmal dieser Meinung.«
Der ernste Jackson räusperte sich. »Ist deine Freundin katholisch, George?«
»Ja, warum fragst du?«
»Nur um dich daran zu erinnern, daß deine Karriere beeinträchtigt werden könnte, wenn du eine Papstgläubige heiraten solltest. Ich habe das neulich erfahren, weil ich — weil ich mich mit einer jungen Frau aus dieser Stadt angefreundet habe.«
Pickett lehnte sich neugierig vor. »Was, du, General? Du machst einer *Señorita* den Hof?« Jackson errötete und starrte in sein Weinglas. »Ja, ich habe die Ehre. Leider befürchte ich, daß eine Heirat ausgeschlossen ist. Vor Gott sind zwar alle Menschen gleich, aber in den Augen des Generalstabs und der Mehrheit der Amerikaner sind die Katholiken weniger gleich als andere.«
Grant und Pickett lachten, aber George blieb ernst. In seiner Liebe zu Constance versuchte er, die religiöse Frage beiseite zu lassen. Er wußte zwar, daß es ein potentielles Problem war, versuchte jedoch, sich nichts anmerken zu lassen, als er sagte:
»Ich mache mir keine großen Sorgen um meine Karriere. In weniger als drei Jahren ist meine Dienstzeit um.«
»Das reicht, um dir das Leben schwerzumachen«, sagte Grant.
»Besonders dem verehrten Major Bent«, fügte Pickett hinzu.
Die Glocken läuteten in der nahegelegenen Kathedrale. Eine Taubenschar flog vom Nationalpalast auf. Die späte Nachmittagssonne tauchte und alles in ein bernsteinfarbenes Licht. Die unbeschwerte Runde, die sich am Kaffeetisch eingefunden hatte, war nun für George plötzlich weit weg.
Nun, vielleicht stand in dem andern Brief, den er aus Lehigh Station erhalten hatte, etwas Aufmunterndes. Während Grant und Pickett eine weitere Runde bestellten, brach George das Siegel auf und las die ersten Zeilen, die in der Handschrift seiner Mutter geschrieben waren. Er wurde blaß.

»Was ist, Stumpf?«
Er blickte teilnahmslos auf Grant. »Mein Vater. Vor acht Wochen hat er einen Schlaganfall erlitten. Er ist tot.«

Zwei Tage später folgte auf den kurzen Brief von Maude Hazard ein sehr viel längerer von Stanley. Stanley bat seinen jüngeren Bruder, den Abschied zu nehmen und eilends nach Hause zu kommen. Hazard Iron war ein zu großes Unternehmen, als daß es ein Mann allein hätte leiten können, besonders jetzt, da ein neues Walzwerk in Betrieb genommen werden sollte. William Hazard hatte die Pläne für dieses Walzwerk entworfen, den Bau überwacht und hatte sich am Tag, an dem er starb, mit einem Problem der technischen Anlagen auseinandergesetzt. Die neueste Errungenschaft Hazards war eine Walzmaschine, mit der die schmiedeeisernen Eisenbahnschienen der T-Norm gewalzt werden sollten, die jetzt immer mehr aufkamen. Stanley schrieb, daß Vater habe expandieren müssen, weil in Danville, Pennsylvania, ein Konkurrenzbetrieb aufgemacht hatte. Hätte er entscheiden können, fügte er an, so hätte er die Idee als zu neu und riskant abgelehnt.
»Zu neu«, sagte George aufgebracht zu Orry, der seine Sachen packte, um nach Hause zu gehen. »Obwohl in Fontley in England Henry Cort seit mehr als zwanzig Jahren ein solches Walzwerk betreibt. Mein Hasenfuß von Bruder wird wahrscheinlich so lange, bis das Eisenbahngeschäft vorbei ist, 'zu riskant' schreiben.«
Orry faltete ein Hemd zusammen und packte es in seine Feldkiste. Er hatte langsam gelernt, alles mit einer Hand zu tun. Einmal hatte er sich beklagt, der mit Leder überzogene Stummel bereite ihm viel Schmerzen und hindere ihn oft am Schlafen, aber darüber hinaus hatte er nie etwas über seine Verletzung gesagt. In letzter Zeit hatte er nur selten gelächelt.
Er setzte sich einen Augenblick hin, um kurz auszuruhen. »Hast du bereits entschieden, was du tun willst, Stumpf?« Seit seiner Entlassung aus dem Krankenhaus hatte er George nie mehr mit seinem Spitznamen gerufen.
George nickte unglücklich. »Ich werde meiner Familie treu bleiben, wenn sie mich braucht. So sehr ich die verdammte Armee auch hasse — sosehr ich Constance wiedersehen möchte —, ich habe kein gutes

Gefühl, was meine Entscheidung anbelangt. Wahrscheinlich, weil ich vier Jahre Dienst leisten wollte — und versprochen ist versprochen. Nun, ich kann nichts ändern. Ich werde Stanley schreiben und ihm mitteilen, daß ich nach Hause zurückkehre. Natürlich ist es nicht sicher, ob mich das Kriegsministerium befreien wird. Zumindest sicher nicht so schnell.«

Aber da sollte er noch eine Überraschung erleben. Am Tag vor Orrys Abreise kam ein weiterer Brief von Stanley. Er schrieb, daß er seinem neuen Freund, Simon Cameron, einem demokratischen Senator aus Pennsylvania, Georges Fall übergeben habe.

»Der Senator ist ein schlagender Beweis dafür, daß die Demokratie in unserem Staat zum Himmel stinkt«, sagte George zu seinem Freund. »Er ist schlau wie eine Schlange und ein Makel für die ganze Partei. Stanley hat schon seit jeher durchblicken lassen, daß er politische Ambitionen hat, aber ich hätte nie geglaubt, daß er sich mit einem Mann wie Cameron einlassen würde.«

»Ist dein Bruder politisch begabt?«

»Meiner Meinung nach, Orry, geht man in die Politik, wenn man unfähig ist, sein Brot ehrlich zu verdienen. Aber um deine Frage zu beantworten, nein. Mein Bruder hat sich noch nie durch intellektuelle Fähigkeiten ausgezeichnet. Cameron kann nur aus einem einzigen Grund an Stanley interessiert sein: wegen seines Bankkontos. Drahtzieher in Washington — Gott im Himmel!«

George schlug mit der Faust auf die Handfläche. »Da stehe ich mit Bent auf demselben Niveau. Ich werde Stanley schreiben und ihm sagen, daß er sofort aufhören soll.«

Am nächsten Morgen verabschiedeten sich die Freunde voneinander. Orry reiste mit einem Zug von Verwundeten und mehreren Kompanien von Freiwilligen, die nach Hause entlassen wurden, an die Küste.

Es war ein peinlicher Moment für sie beide. Orry bat George, auf seinem Heimweg in Mont Royal Halt zu machen. George sagte, er würde es versuchen. Er war jedoch nicht darauf erpicht, den langsamen Zerfall seines Freundes mitanzusehen. Orry war sehr dünn geworden und machte einen völlig geschlagenen Eindruck.

Georges Protestbrief kam zu spät. Drei Wochen, nachdem er ihn abgeschickt hatte, rief ihn Hauptmann Hoctor zu sich.

»Es sind eben Befehle an Sie eingegangen. Mir war bis dahin nicht bekannt, daß Söhne reicher Eisenhüttenbesitzer zu Sozialfällen werden können.« Hoctor räusperte sich. »Sie werden Freitag in einer Woche entlassen.«
Später hatte Hoctor zu begreifen versucht, weshalb diese Nachricht beim Leutnant eine Tirade von Flüchen ausgelöst hatte. Er war froh, daß er diesen Unruhestifter endlich los war.
Der nächste Zug sollte am Morgen nach dem Tag, an dem Georges Entlassung bekanntgegeben worden war, fahren. George hatte bis dahin über einiges nachgedacht. Daß er auch nur eine Sekunde wegen Constances Religion gezweifelt hatte, zeigte, was für ein kleinmütiger Wurm er war. Er würde von Veracruz aus geradewegs nach Corpus Christi reisen, egal mit welchen Transportmitteln.
Am Vorabend seiner Abreise waren George, Pickett und Grant stockbetrunken. George wachte eine Stunde vor der Morgendämmerung auf. Sein Magen schmerzte, sein Kopf drehte sich, und er hatte einen schalen Geschmack im Mund. Eine Stunde später begegnete er Major Bent zum erstenmal wieder seit Churubusco.
George eilte grußlos an ihm vorbei; er befürchtete, daß die geringste Provokation ihn zum Mord verleiten könnte.
Bent rief ihn zurück: »Weshalb tragen Sie keine Uniform, Leutnant?«
»Weil ich nicht mehr in der Armee bin, Major.«
Georges Schläfen schmerzten. Er wußte, daß er dabei war, die Kontrolle zu verlieren. Es war ihm egal.
Bent verdaute die Nachricht mit einem enttäuschten Blick. George fuhr fort: »Meine Glückwünsche zu Ihrer Beförderung. Sie haben sie auf Kosten meines Freundes Orry Main verdient. Wenn Sie nicht gewesen wären, hätte er jetzt noch beide Arme. Alle glauben, daß Sie ein Held sind, aber wir beide wissen, was Sie auf der Straße nach Churubusco getan haben, *Major*.«
»Lassen Sie meinen Arm los, Sie arroganter, kleiner —«
Georges Faust traf ihn mitten ins Gesicht. George fühlte den Aufprall bis in die Schulter. Bents Nase explodierte. George entfernte sich mit langsamen, entschlossenen Schritten; Bent war zu verblüfft, vielleicht auch zu verängstigt, um zurückzuschlagen.
Georges Hand fühlte sich an, als ob sie gebrochen wäre. Er hatte nicht gewußt, daß Schmerz so befriedigend sein konnte.

13

George kam Ende Oktober in Corpus Christi an. Es wehte ein kräftiger Wind, und sogar mittags war es kühl. Als er an Land ging, war es gerade vier Uhr nachmittags, doch die Sonne ging bereits unter. Die Gebäude warfen lange Schatten. Es herrschte eine typische Herbststimmung, das Licht war gleichzeitig hell und sanft.
Melancholie überkam ihn. Das Jahr neigte dem Ende zu, und auch seine Zeit auf Erden war nur kurz. Mexiko hatte ihn mit dem Tod bekanntgemacht; dies war der Preis, den man bezahlen mußte, wenn man in den Krieg zog — auch wenn man auf der Siegerseite stand.
Auf dem Pier wartete niemand auf ihn. Seine Stimmung sank noch mehr, hob sich jedoch plötzlich, als er eine Stimme hörte: »Hier bin ich, George.«
Constance bog gerade um die Ecke eines Gebäudes. »Entschuldige, daß ich so spät komme, ich habe länger als üblich gebraucht, um fertig zu werden. Ich wollte mich für dich schön machen und mußte dann feststellen, daß man mit diesem Kleid unmöglich rennen kann. Ich hätte so gerne schon gewartet, als dein Schiff anlegte . . .«
Sie lachte und weinte. Er stellte seinen Koffer ab. Ihre Hand berührte erst seinen Arm, dann sein Gesicht, als wolle sie, nun, da er aus dem Krieg zurückgekehrt war, prüfen, ob er noch ganz sei, ob er noch gesund sei.
»Ich war erschüttert über die Nachricht von deinem Vater. Ich hätte niemals gedacht, daß du auf dem Heimweg noch hier Halt machen würdest.«
»Das Begräbnis fand schon vor Wochen statt. Ein paar Tage mehr machen auch nichts mehr aus. Ich muß« — er erstickte beinahe an den Worten — »dich etwas Wichtiges fragen.«
»Was ist es?« Ein fröhliches Lächeln zeigte, daß sie es wußte.
»Ich glaube, ich sollte erst mit deinem Vater reden.«
»Er wartet auf uns. Er hütet den Lammbraten, den ich für dich gekocht habe. Aber ich brauche einen Kuß.«
Sie ließ ihren steifen Rock los, den sie hochgeschoben hatte, und schlang die Arme um ihn. Weil der Rock so steif war, mußte er sich vorbeugen, um sie zu umarmen. Sein Koffer verschwand unter ihrem Kleid. Es machte nichts; auch die Leute, die sie teils amüsiert, teils

empört anstarrten, waren ihm egal. Ihn interessierten nur die Worte, die sie ihm ins Ohr flüsterte.
»O George — wie hab' ich dich vermißt. Ich liebe dich so sehr.«

Constance deckte den Tisch, und George ging mit ihrem Vater auf einen Spaziergang. Die notwendige Frage war für den Rechtsanwalt keine Überraschung.
»Ich habe mir gedacht, daß ihr beide bald heiraten möchtet. Constance hat sich seit Tagen auf Ihre Ankunft vorbereitet. Haben Sie all die *Godey*-Zeitschriften auf ihrem Nähtisch gesehen? Die Schnittmuster und das Zeug? Sie hat mich mit ihren Säumen und Fingerhüten ganz verrückt gemacht — wenn das nicht Liebe ist, dann weiß ich auch nicht, was es ist.«
Flynn versteckte die Hände in den weiten Ärmeln seines Mantels. »Ich habe keine grundsätzlichen Einwand gegen eine Heirat. Aber ich habe eine sehr ernsthafte Frage.«
Er hielt mitten auf der Straße an und sah George direkt ins Gesicht. »Was ist mit Eurer unterschiedlichen Religion?«
»Ich werde mit Constance über ihre Wünsche reden, Sir. Ich werde alles tun, was nötig ist.«
»Schön. Aber wird Ihre Familie sie aufnehmen?«
»Ich bin sicher«, log George.
»Dann können Sie sie haben.«
»Oh, Sir, danke —«
»Unter einer Bedingung!« Der hocherhobene Zeigefinger von Flynn warf einen knochigen Schatten auf den Boden. Plötzlich zeigte er auf den baumlosen Horizont. »Heiraten Sie sie im Norden. Dieser Ort ist zu düster für eine Hochzeit. Abgesehen davon, würde ich gern eine Reise machen. Ich habe genug davon, die Leute immer sagen zu hören, daß die Yankees des Teufels sind. Eine neue Sicht der Dinge drängt sich auf.«
»Die werden Sie bekommen«, versprach George mit einem Grinsen. Beide gingen zurück zum Abendessen.

Später an jenem Abend gingen die beiden Liebenden Hand in Hand am Strand spazieren. Constance hatte sich in ein langes, pelzverbrämtes Cape gehüllt, das aber eher dekorativ als praktisch war. George

legte den Arm um sie, um ihr soviel Wärme wie möglich zu geben. Vom Hafen her wehte eine frische Brise. Sterne spiegelten sich schimmernd im Fluß, und kleine, weiße Wellen kräuselten den Golf.
»Im Norden wird es sehr viel kälter, als es jetzt hier ist«, sagte er. »Du wirst das Klima vermissen, befürchte ich.«
»Dann wirst du dich anstrengen müssen, um mir im Bett Wärme zu geben.«
Er räusperte sich, um die Verlegenheit, die ihre Bemerkung ausgelöst hatte, zu verbergen. Sie sagte, was sie dachte — eine der Eigenschaften, die er an ihr liebte —, und so schockierte sie die konventionelleren Menschen des öfteren. Vielleicht hatte ihr Siedlerleben zu dieser Direktheit beigetragen. Er hoffte, daß seine Familie Verständnis haben würde.
»Eigentlich«, fuhr sie fort, »freue ich mich, an einen Ort zu gehen, wo man nicht erst 500 Meilen zurücklegen muß, um einem Gegner der Sklaverei zu begegnen. Vielleicht befasse ich mich mehr mit dem Thema, wenn wir verheiratet sind.« Sie hielten auf einer Düne an und blickten über den endlosen Golf. »Glaubst du, daß deine Familie etwas dagegen haben könnte?«
Er lächelte. »Würdest du denn in diesem Fall damit aufhören?«
»Nein, ich glaube nicht einmal, daß ich das dir zuliebe tun könnte.«
»Gut. Wenn ja, dann wärst du nicht das Mädchen, in das ich mich verliebt habe.« Er küßte sie auf die Wangen.
»Du hast meine Frage in bezug auf deine Familie nicht beantwortet.«
»Constance, wenn wir verheiratet sind, bist du meine Familie. Nur du, und vielleicht noch jemand, der uns beiden gehört.«
Befriedigt mit der Antwort, näherte sie ihren Mund dem seinen und flüsterte: »Ich werde mir Mühe geben, dich nicht zu enttäuschen.«
»Du kannst mich gar nicht enttäuschen, ich liebe dich.«
Er stellte sich hinter sie und legte die Arme um ihre Taille. Er stand auf ihrem Rock, aber es machte ihr nichts aus. Sie lehnte sich an ihn. Er legte seine Hände auf die Unterseite ihrer Brüste. Er hatte Angst, sie könnte ihm böse sein, aber sie legte ihre Hände auf die seinen, so daß sich der Druck verstärkte.
»Es ist sehr schön hier«, sagte George. »Du wirst es vermissen.«
»Ich weiß, daß ich es vermissen werde, aber dich würde ich mehr vermissen.«

Sie sah ihn an. Mit ernster und weicher Stimme sagte sie: ». . . Wo du weilst, will auch ich weilen; dein Volk ist mein Volk. Das erste Kapitel aus dem Buch Ruth.« Wieder küßte sie ihn sanft. »Ich habe es so oft gelesen, als du weg warst, daß ich es auswendig kann.«
Sie lachten beide. Ihre Stirnen berührten sich. Ihr rotes Haar umflatterte sie wie ein Schleier. Auf dem Nachhauseweg unterhielten sie sich über Praktisches, vor allem über die Hochzeitsvorbereitungen. George sagte, daß er Orry gern als Trauzeugen hätte.
»Er kommt sicher, nicht wahr?«
»Ich bin nicht sicher«, sagte George nachdenklich. »Der Krieg hat ihm mehr als nur einen Arm genommen. Ich mache mir Sorgen um ihn. Obwohl ich eigentlich keine Lust habe, werde ich auf dem Heimweg kurz in Mont Royal vorbeischauen.«

14

Mehrere Meilen unterhalb der Plantage nahm George Rauch wahr. Der ohnehin düstere Novemberhimmel verdunkelte sich. Beunruhigt fragte er den Kapitän des Schiffes, ob eines der Gebäude in Brand geraten sei.
Der Kapitän sah ihn herablassend an. »Glaube ich nicht, Sir. Ich vermute, daß sie die Stoppelfelder abbrennen.«
In der Luft hörte man das Krächzen von Vögeln. Schwarze Wellen türmten sich auf. George begann zu husten. Als das Schiff anlegte, war kein Orry zu sehen, obwohl George ihm geschrieben hatte, daß er kommen würde. Er wußte nicht, ob die Post oder der Zustand seines Freundes daran schuld waren. Er begab sich an Land; der Rauch reizte seine Augen und seinen Hals. Er hatte das Gefühl, wieder in einer Kriegszone zu sein.
Eine Gestalt sprang hinter einem riesigen Stapel von Reisfässern hervor. George ging in Abwehrstellung und hielt den Atem an. Dann lächelte er.
»Du hast mich zu Tode erschreckt, Charles.«
»Oh«, sagte der Junge. »Ich dachte, du hättest mich da oben gesehen.« Vetter Charles entschuldigte sich nicht, sondern fuhr gleich

fort: »Orry hat mich geschickt. Er arbeitet in Hull Square.« Mit einem riesigen Jagdmesser kratzte er etwas Schmutz unter einem Fingernagel hervor.

Ein älterer Dienstbote eilte über den Pier auf sie zu. Charles schrie den Neger an. »Cicero, reiß dich zusammen oder ich schneide dir die Kehle durch.« Er fuchtelte mit dem Messer herum. Der alte Schwarze stieß einen Schrei aus, sprang beiseite, verlor das Gleichgewicht und klatschte dumpf im seichten Wasser auf. Charles rannte, um nach ihm zu sehen.

»Gott im Himmel, Cicero, ich hab' doch nur Spaß gemacht.«

»Wie soll ich das wissen?« Der alte Mann keuchte, als Charles ihm aus dem Wasser half. »Manchmal kannst du die Leute mit dem Ding wirklich erschrecken.«

Charles steckte das Messer in seinen Gürtel. »Ich bedrohe nur die Smiths und die LaMottes, aber nie die Nigger. Aber trag du nun Mr. Hazards Koffer ins Haus.«

Der alte Mann war patschnaß; durch die Löcher in seinen quietschenden Schuhen konnte man die braunen Zehen sehen. Er nahm Georges Koffer und eilte davon; offenbar war er nicht sonderlich darauf erpicht, die Begegnung mit Charles zu verlängern.

»Los«, sagte der Junge belustigt. Er konnte nicht älter als elf sein, sah aber vier oder fünf Jahre älter aus. Seit George ihn zum letztenmal gesehen hatte, war er um einige Zentimeter in die Höhe geschossen und hatte deutlich breitere Schultern bekommen.

Charles führte ihn die Uferpfade entlang, die die breiten quadratischen Felder voneinander abtrennten. Von den Feldern zur Rechten stieg Rauch auf. Sklavinnen zogen mit langen Hacken brennende Büschel durch die Stoppeln. Sie hatten ihre Röcke auf Kniehöhe zusammengebunden und trugen Kopftücher. In der Ferne sah George Salem Jones auf einem Maultier sitzen. Mit seinem Knüppel und seiner Peitsche sah er wie ein Reiterstandbild aus.

George befolgte Charles' Rat und preßte ein Taschentuch auf den Mund. Den schwarzen Frauen schien der Rauch nichts auszumachen. Vielleicht hatten sie ihn schon während so vieler Jahre einatmen müssen, daß sie sich daran gewöhnt hatten. Wenn die Flammen zu hoch schlugen, rannten die Frauen zum nächsten Bewässerungsgraben und brachten sich so in Sicherheit.

»Achtung Feuer«, riefen sie einander zu. »Los, lauf weg!« Mit Hallorufen und Lachen taten sie dies denn auch. Aber es kam George kaum wie ein Spiel vor, eher wie eine Szene aus dem Inferno. Doch vielleicht war das Stoppelfeuer eine willkommene Abwechslung zum täglichen Einerlei?
»Es ist jetzt nicht mehr weit«, sagte Charles und führte ihn über bereits abgebrannte Felder. Riesige Scharen schwarzer Vögel und wilder Enten machten sich auf der Erde zu schaffen.
»Sie suchen ungekeimte Körner«, sagte Charles auf Georges Frage hin. Während der Wachstumszeit verjagen die Mains die Vögel, aber zur Zeit des Stoppelfeuers rechneten sie mit ihrer Hilfe.
Lautes Hämmern lenkte Georges Aufmerksamkeit in Richtung Fluß. Er konnte Orry erspähen, der einzige Weiße in einer Gruppe von sechs schwarzen Männern. Orry schlug Nägel ein. Ein nervöser Sklave brachte jeden Nagel in die richtige Stellung und trat dann schnell zur Seite, bevor Orry den ersten Schlag ausführte. Er holte wuchtig aus.
Warum in aller Welt versuchte Orry sich als Zimmermann, wenn er ein Krüppel war? George war ratlos. Dann wurde ihm bewußt, daß Orry wohl gerade, weil er ein Krüppel war, so wild arbeitete.
Schließlich war er fertig. Er wandte sich seinem Freund zu, der in der Nähe gewartet hatte:
»Grüß dich, George. Tut mir leid, daß ich dich nicht abgeholt habe. Diese Knaben hier haben die Reparaturen verpfuscht, und ich mußte ihnen zeigen, wie man es richtig macht.« Er ließ den Hammer fallen, ohne darauf zu achten, daß er fast den Fuß eines Sklaven getroffen hätte.
George war über den Anblick seines Freundes schockiert. Er sah älter aus, hager, grimmig, beinahe biblisch mit seinem ungezähmten Bart. Der linke Ärmel seines schmutzigen, weißen Hemds war an der Schulter mit einer Stecknadel befestigt.
»Wie ist es dir ergangen?« fragte George, als sie in Richtung Herrenhaus gingen.
»Ich bin sehr beschäftigt«, Orry spuckte die Worte beinahe aus. »Ich versuche so schnell wie möglich, mich wieder an die Alltagsroutine zu gewöhnen. Vater ist zu alt, um alles alleine zu machen, und Cooper geht fort. Heute nach dem Abendessen, um genau zu sein.«

George runzelte die Stirn. »Wohin geht er?«
»Nach Charleston. Im Einverständnis mit Vater. Eine Art selbstgewähltes Exil. Er kommt mit Vater einfach nicht mehr zurecht. Er hat zu viele radikale Ideen, und beide sehen das klar. Cooper hat sich anerboten, wegzuziehen, bevor der Streit zu heftig wird.«
Eine verblüffende Nachricht. Kein Wunder, schien Orry nervös zu sein.
»Wird er eine Stelle finden?«
»Ja. Vor einem Jahr schuldete ein Mann Vater eine Menge Geld und konnte nicht zahlen. Er hat ihm seinen einzigen Besitz verschrieben, eine kleine Baumwollfirma. Das Vermögen ist nicht sehr groß: zwei alte Schaufelraddampfer, ein heruntergekommenes Warenlager und ein Dock. Vater ist überhaupt nicht daran interessiert. Deshalb regte er sich auch nicht auf, als Cooper sagte, er wolle das Ganze übernehmen. Ich freue mich, dich zu sehen, George, aber es ist eine ungünstige Zeit für einen Besuch in Mont Royal. Seit Tagen schreit man einander hier nur noch an.«
Schreist du auch, wunderte sich George. Aber er behielt die Frage für sich. Wie hager und hohlwangig Orry aussah. Der Zustand seines Freundes machte George traurig.
»Ich mußte hier Halt machen«, sagte er, als er bemerkte, daß Vetter Charles verschwunden war. Er sah, wie der Junge in einem Feld grinsend den Rücken einer schwarzen Frau tätschelte, die etwa doppelt so alt sein mochte wie er. »Ich werde Constance heiraten und würde mich freuen, wenn du unser Trauzeuge wärst.«
»Das ist eine gute Nachricht. Meinen Glückwunsch.« Orry hielt die Hand hinter dem Rücken und suchte nach dem Taschentuch in seiner rechten Hosentasche.
»Es ist in der andern Tasche«, sagte George und wollte es ihm geben.
»Danke, ich finde es allein.« Mit grimmigem Gesicht versuchte Orry, mit seinem Arm an die linke Hosentasche heranzukommen. Er erwischte schließlich einen Zipfel des Taschentuchs und zog es heraus.
»Wirst du kommen, Orry?«
»Was? O ja, natürlich. Vorausgesetzt, es gibt hier nicht zuviel Arbeit. Ich hoffe, es macht dir nichts aus, mit meinem Vater und mit Cooper Abendbrot zu essen. Wahrscheinlich wird es nicht sehr angenehm sein.«

Heute war nichts angenehm in Mont Royal. George wünschte, er wäre gar nicht gekommen, und beschloß, so schnell wie möglich wieder abzureisen.

Das Abendessen erwies sich als genauso unangenehm, wie Orry es vorausgesagt hatte. Auch Tillet war um Jahre gealtert. Er und Cooper führten eine oberflächliche Diskussion über Probleme der kleinen Baumwollfirma. Sogar einem Außenstehenden war klar, daß Tillet nicht das geringste Interesse an der Angelegenheit hatte. Er wollte lediglich ein harmloses Gesprächsthema.

Cooper hingegen sprach mit Begeisterung von einem Plan, der der Gesellschaft Gewinn bringen sollte. »Jedes Jahr wird mehr und mehr Baumwolle aus diesem Staat verschifft, sicher werden wir unseren Anteil an diesem Handel vergrößern können.«

»Nun, tu, was du kannst«, sagte Tillet mit einem Schulterzucken. Orry hatte einmal erwähnt, daß Tillet es nicht gern hörte, wenn man sagte, South Carolina expandiere die Baumwollindustrie. Er betrachtete es irgendwie als eine Bedrohung für die Reisbauern im allgemeinen und für die Mains im besonderen. Er war der Meinung, daß alle Baumwollpflanzer Emporkömmlinge ohne jegliche Abstammung waren, obwohl einer der geachtetsten und wahrscheinlich der reichsten Bürger dieses Staats, Wade Millwood, Baumwolle anpflanzte.

Cooper konnte dies alles aus der Bemerkung des alten Mannes heraushören, und es ärgerte ihn. »Darauf kannst du dich verlassen«, sagte er entschlossen. Clarissa seufzte und tätschelte seinen Arm. Tillet beachtete ihn nicht weiter.

Während der Mahlzeit starrte Ashton, die langsam zur jungen Frau heranwuchs, George unentwegt an. Es machte ihn nervös. Brett stieß ihre Schwester mit dem Ellbogen an, damit sie aufhöre. Ashton zog Brett an den Haaren, worauf Tillet in Wut geriet und die beiden mit Clarissa für eine Tracht Prügel hinausschickte.

Brett hatte rote Augen und würgte, als die andern herauskamen. Ashton starrte ihren Vater mit wildem, haßerfülltem Blick an. Wenn das Kind überhaupt irgendwelche Gefühle hatte, dachte George, so waren sie alle verkehrt.

Vetter Charles saß mit dem Rücken gegen eine der Säulen und

schnitzte. Ungewöhnlich mürrisch, zupfte Clarissa ihn am Ohr und sagte: »Steh auf und sag deinem Vetter auf Wiedersehen!«
Charles blickte verdrießlich. »Ich versuche gerade, mit dieser Schnitzerei fertig zu werden.«
Orry trat vor. »Auf die Füße.« Er schob seine Hand unter den linken Arm von Charles und riß ihn so heftig hoch, daß der Junge aufschrie. Wütend starrte Charles ihn an. Orry starrte ohne mit der Wimper zu zucken zurück.
George betrachtete Orrys Hand. Sie sah viel kräftiger aus, als er sie in Erinnerung hatte. Orry hatte offensichtlich Übungen gemacht, um sie zu stärken.
Nachdem Charles ein Adieu hingemurmelt hatte, steckte er sein Jagdmesser in den Gürtel und rieb sich den Arm. Er rieb immer noch, als Coopers Kutsche fünf Minuten später Mont Royal verließ.
George teilte den Mains noch am selben Abend mit, daß er am andern Morgen weiter nach Pennsylvania müsse. Orry sagte, er würde seinen Freund bis zur kleinen Bahnstation der Nordwestlinie begleiten. George schlief unruhig und war beim ersten Lichtstrahl wach. Er zog sich an und verließ sein Zimmer. Er nahm an, daß außer den Sklaven noch niemand auf sein würde. Zu seiner Überraschung hörte er unten lautes Stimmengewirr; es schien eher von den Herrschaften als von den Sklaven zu kommen. Tillet, Clarissa und Orry waren auf. Warum?
Er eilte die große Treppe hinunter und fand die Mains im Eßzimmer. Draußen zog das erste schwache Tageslicht durch die Bäume. Ein leichter Nebel hing über den frostbedeckten Wiesen.
»Guten Morgen, George«, sagte Clarissa. Er hatte sie noch nie mit gelöstem Haar gesehen. Das Kleid, das sie trug, war alt und verschossen.
»Guten Morgen.« Was sollte er als nächstes sagen? Weshalb hatten sie sich schon so früh versammelt? War jemand während der Nacht gestorben?
Tillet plumpste in einen Stuhl; er sah älter aus denn je. Neben ihm stand eine Tasse mit dampfendem Kaffee. Orry stieß einen langen Seufzer aus und wandte sich seinem Freund zu. »Es ist sinnlos, es vor dir verstecken zu wollen. Die ganze Pflanzung ist in Aufruhr. In letzter Zeit haben wir mit dem Nigger Priam — du erinnerst dich? —

nichts als Ärger gehabt.« George nickte. Wie hätte er die Schreie jener Nacht vergessen können?
»Nun«, sagte Orry, »es sieht so aus, als ob er davongelaufen wäre.«
Während des darauffolgenden Schweigens kam eines der Hausmädchen mit einem Tablett mit Keksen und einem Topf wilden Honig. George erinnerte sich von seinem früheren Besuch her an sie. Sie hatte ein sonniges Gemüt und spaßte mit allen. Heute morgen jedoch hielt sie den Kopf gesenkt und den Blick abgewandt. Man hörte ihre Schritte kaum.
Als sie wieder hinausging, hörte er ängstliche Stimmen. Die Hausboten unterhielten sich in der Küche. George hörte kein einziges Lachen. Das Verbrechen eines Sklaven war offensichtlich das Verbrechen aller. Aber die Sklaven waren nicht die einzigen, die sich Sorgen machten. Hier im Wohnzimmer konnte man die Angst beinahe so gut riechen wie die heißen Kekse.
»Was ist los, Papa? Weshalb sind alle auf?«
Alle fuhren hoch. Brett stand mit ernstem Gesicht im Nachthemd in der Halle.
»Einer der Nigger ist davongerannt. Wir werden ihn einfangen. Geh wieder ins Bett zurück!«
»Wer ist es, Papa? Wer ist davongerannt?«
Tillet schlug mit der Faust auf den Tisch. »Zurück auf dein Zimmer!«
Brett flüchtete. George hörte das Geräusch ihrer nackten Füße auf der Treppe. Clarissa rückte ihren Stuhl zurecht. Sie verschränkte die Arme und starrte auf den glänzend polierten Tisch. Orry wanderte vor dem Fenster auf und ab.
Mit zunehmender Morgendämmerung lichtete sich der Nebel. Tillet fuhr sich mit den Handflächen über Gesicht und Augen.
George knabberte an einem Keks; er war verwirrt. Weshalb waren drei Erwachsene so aufgeregt, weil ein Mann geflohen war? In die Freiheit. War Freiheit eine solch unannehmbare Vorstellung? Hatten denn nicht Tillet Mains Vorfahren in diesem Staat für ihre Freiheit gegen die Briten gekämpft? Aber er wußte, daß dies eigentlich müßige Fragen waren. Die Mains hatten für die Freiheit von Weißen gekämpft. Mit der Freiheit von Schwarzen war es etwas anderes. Es ging nicht nur um den Flüchtling selbst, sondern auch um die Konse-

quenzen seiner Flucht. Endlich begann George etwas vom Dilemma, in dem der Süden steckte, zu verstehen. Er begann zu begreifen, welcher Angst die Sklavenhalter selbst ausgesetzt waren. Nicht ein einziger Sklave durfte entfliehen, denn wenn die Flucht einem einzigen gelang, so könnten Tausende es versuchen. Die Mains und die andern waren Gefangene des Systems, aus dem sie ihren Nutzen zogen. Und sie waren Gefangene ihrer Angst. Er hatte Mitleid mit Orrys Familie, aber zum erstenmal verachtete er sie auch.
Das Geräusch eines Pferdes brachte Tillet auf die Füße. Salem Jones tauchte in der Toreinfahrt auf. Einen Augenblick später trat er ins Zimmer. Der Aufseher machte einen fröhlichen Eindruck. Er unterdrückte ein Lächeln, als er Bericht erstattete.
»Immer noch keine Spur von diesem Nigger. Man hat ihn offensichtlich gestern zum letztenmal bei Sonnenuntergang gesehen. Ich habe seine Hütte durchsucht. Jetzt verstehe ich, weshalb er soviel Schwierigkeiten gemacht hat.« Er warf Clarissa einen kurzen, anklagenden Blick zu. Sie war offensichtlich in Gedanken versunken, aber Tillet entging der Blick des Aufsehers nicht.
»Wovon redest du?« fragte er.
Jones zog etwas unter dem Mantel hervor. »Davon. Ich habe es unter Priams Matratze gefunden.« Er schmiß ein schmutziges Buch mit Eselsohren auf den Tisch. Die andern drängten sich heran, um es zu sehen. »Ich nehme an, daß er es gelesen hat, bevor er geflohen ist. Sicher hat es ihm einige Ideen gegeben, wie schlecht er behandelt worden ist«, fügte Jones betont hinzu.
George sagte: »Ich dachte, man würde Sklaven das Lesen nicht beibringen?«
»Gewöhnlich nicht«, entgegnete Orry.
»Bei Priam haben wir eine Ausnahme gemacht«, sagte Tillet, ohne seine Frau anzusehen. »Mrs. Main war der Meinung, daß er sehr begabt sei. Sie meinte auch, daß er einen friedfertigen Charakter habe. Was das erste anbelangt, so mag sie recht gehabt haben, aber das zweite — nun, Clarissa, ich will dich nicht tadeln.«
Jetzt endlich blickte er seine Frau an. Er schob die ganze Verantwortung auf sie.
»Ich habe dir erlaubt, Priam Rechnen und Lesen beizubringen«, fuhr Tillet fort, »ein gravierender Fehler.« Er wandte sich George zu.

»Jetzt verstehen Sie vielleicht, weshalb der Süden Gesetze haben muß, die die Ausbildung für Neger verbieten. Sogar die Bibel, wenn man sie falsch interpretiert, kann eine Quelle aufständischer Ideen sein.«

Orry nahm das Buch mit dem Papierumschlag in die Hand. »Wer hat diesen Schund auf die Plantage gebracht?«

»Keine Ahnung«, sagte Tillet, »aber kümmere dich darum, daß es verbrannt wird.«

Jetzt endlich konnte George sehen, um welches Buch es sich handelte. Er hatte vor einigen Jahren zu Hause ein Exemplar davon zu Gesicht bekommen. Auf dem Umschlag befand sich das Signet der Amerikanischen Gesellschaft zur Abschaffung der Sklaverei, New York, und die Worte *»American Slavery As It Is«*. Reverend Theodore Weld hatte das Werk 1839 veröffentlicht. Es war ein Kompendium von Gesetzen über die Sklaverei, von Zeugnissen entwichener Sklaven und Zitaten von Südstaatlern, die das System vehement verteidigten und die Mißhandlung von Schwarzen herunterspielten oder gar leugneten. George hatte seine Schwester Virgilia sagen hören, daß Welds Traktat das wichtigste und einflußreichste Dokument gegen die Sklaverei sei, das je in den Vereinigten Staaten veröffentlicht worden war.

Clarissa sagte: »Moralisieren ist gut und recht, Tillet, aber was schlägst du nun vor?«

Salem Jones sprach als erster. »Ich werde Priams Schwester ein paar Fragen stellen, obwohl wahrscheinlich nicht viel dabei herauskommen wird. Sie hat Angst und, was schlimmer ist, sie ist dumm. Auch wenn sie mir noch eine nützliche Antwort geben wollte, könnte sie dies nicht. Wenn ich sie fragte, wohin ihr Bruder gegangen ist, könnte sie nur zwei Worte sagen: nach Norden. Und ich nehme an, sie würde die Wahrheit sagen. Wenn Sie meine bescheidene Meinung wissen wollen, ich glaube, wir haben keine andere Wahl, als uns an unsere Nachbarn zu wenden und eine berittene Patrouille zu organisieren, die den Nigger verfolgen kann.«

Tillet fragte steif: »Eine bewaffnete Patrouille?«

»Schwer bewaffnet, Sir. Bedauerlich, aber notwendig.«

Das wird ein Fressen für dieses Monster sein, dachte George bitter. Tillet fuhr sich nervös mit der Hand über die Stirn. »Noch nie in der

Geschichte von Mont Royal haben die Mains zu diesem Mittel Zuflucht nehmen müssen. In meinem ganzen Leben ist noch nicht einer meiner Sklaven davongerannt. Nicht einer!« Er blickte George ängstlich und flehend an. George, der immer noch verwirrt, aber auch ärgerlich war, wandte den Blick ab.

Tillets Gesicht wurde hart. »Aber du hast recht, Jones. Offenbar hat das Auspeitschen mit der Katze auf Priam keinen Eindruck gemacht. Es muß ein Exempel statuiert werden.«

»Ich stimme dem zu«, sagte Orry, beinahe ohne zu zögern. George starrte seinen Freund an; er war entsetzt. Jones schritt, ohne seine Gier im mindesten verbergen zu wollen, hinaus.

Einige Stunden später machten George und Orry sich auf den Weg zur Bahnstation. Unterwegs tauschten sie nur wenige Worte. Der Nebel lag immer noch über dem Boden, und das orangefarbene Licht der Sonne, das durch die Bäume drang, verlieh dem Wald, durch den sie ritten, eine beinahe gespenstische Schönheit. Die Pferdehufe hinterließen auf dem feinen Nadelteppich und dem faulenden Laub ein sanftes Geräusch. Georges Koffer schwang hinter seinem Sattel hin und her.

Weshalb war Orry so schweigsam? Er schien wütend. Aber auf wen? Auf Priam? Auf seinen Vater? Die Welt im allgemeinen? *Oder auf mich?*

Er wollte nach Madeline LaMotte fragen. Ihr Name war nicht einmal erwähnt worden. Aber er beschloß, es lieber bleibenzulassen.

Als sie etwa eine halbe Meile von der kleinen Bahnstation entfernt waren, war ein langgezogenes Pfeifen zu hören. George trieb sein Pferd neben dasjenige von Orry. »Ist das mein Zug?«

Orry zog eine schwere Golduhr aus der Tasche. Er ließ den Deckel aufspringen, klappte ihn dann wieder zu und schüttelte den Kopf. »Ein Güterzug nach Norden. Er kommt jeden Morgen um diese Zeit. Er ist immer noch fünf bis sechs Meilen südlich von uns. In den Sümpfen werden Geräusche über lange Strecken übermittelt. Der lokale Personenzug kommt erst in zwanzig Minuten.«

Er ritt weiter. Der Pfad führte sie aus den Bäumen heraus an den Rand eines weiteren Sumpfes und dann wieder zurück in den Wald. Kurz danach tauchten sie in einer düsteren Lichtung auf, die durch einen von Südosten nach Nordwesten laufenden Pfad praktisch zweigeteilt war. Auf der einen Seite befand sich ein baufälliger Unterstand aus Zypressen, der auf die Seite der Eisenbahn hin offen war. Orrys Einschätzung der Entfernung war richtig gewesen. Der Güterzug war nah, aber noch nicht in Sicht. Man hörte Weichenstellen und Räderknirschen. Während George die nervösen Pferde zügelte, ging Orry in den Unterstand und hob den Deckel eines an der Wand hängenden Holzkastens. Er zog eine rote Flagge heraus, die er auf einem Mast auf der anderen Seite des Unterstands hißte.

»So. Nun weiß der Zugführer, daß er halten muß.« Er überquerte die Schienen, als die Lok des Güterzugs zu ihrer Linken um die Ecke bog. Wieder ertönte ein ohrenbetäubendes Pfeifen. Die Lok ratterte mit einer Geschwindigkeit von zehn Meilen pro Stunde an ihnen vorbei. Zugführer und Mechaniker winkten ihnen zu. Orry winkte automatisch zurück; George wischte sich die Kohlenasche aus dem Haar.

Die Lokomotive verschwand im Wald zu ihrer Rechten. Orry wollte etwas sagen, aber George starrte an ihm vorbei; er war durch den Anblick eines schwarzen Mannes, der aus dem Unterholz hervorgebrochen war und nun am Zug entlanglief, verblüfft. Orry bemerkte den entgeisterten Gesichtsausdruck seines Freundes und drehte sich um. Überraschung machte rasch Ärger Platz.

»Priam! Halt!«

Der Sklave hatte die weißen Männer gesehen, aber offensichtlich nicht erkannt. Er sah verängstigt aus, als er an der Türöffnung des Waggons festen Griff bekam und sich hochzuziehen begann. Orry hatte sich mit einem Schrei auf sein Pferd gestürzt.

Priam machte den Fehler, zurückzuschauen. Er erkannte das bärtige Gesicht. Schrecken füllte seine Augen; Orry gab dem Pferd die Sporen. Weiter, rief George schweigend, steig in den Waggon, damit er dich nicht sieht und erschießt!

Aber der Anblick seines Besitzers brachte Priam offensichtlich in Verwirrung. Er lag jetzt bäuchlings im Eingang des Waggons, beide Beine hingen in der Luft, er schien irgendwie festzustecken und zappelte wie ein Fisch an der Angel. Keuchend gelang es ihm schließlich, das rechte Bein in den Zug zu kriegen. George war klar, daß der Sklave nicht nur verängstigt, sondern auch erschöpft war, sonst hätte er ohne Schwierigkeiten in den Waggon hineinklettern können. Sein linkes Bein hing immer noch in der Luft.

Als der gedeckte Güterwagen langsam vorbeifuhr, streckte Orry den Arm aus und packte Priams Fußgelenk. Priam wurde rückwärts durch die Öffnung gezogen. Er versuchte sich festzuhalten, doch dann schrie er und ließ los, als ob seine Hand zersplittert wäre. Orry zog immer noch. Priam landete schließlich auf dem Schotter neben den Schienen. George konnte die Schluchzer des Sklaven durch das Rattern des Zugs hindurch hören.

»George, ich brauche deine Hilfe«, schrie Orry, indem er vom Pferd stieg und die Pistole zog. George eilte zu ihm. Orry hielt ihm den Pistolenknauf hin.

»Richte sie auf ihn. Wenn er sich bewegt, dann schieß!«

Priam blickte auf. George konnte seinen Blick fast nicht aushalten.

»Mist' Orry — bitte, Mist' Orry —«

»Schlag diesen Ton nicht mit mir an«, unterbrach ihn Orry und nahm ein Tau von seinem Sattel. »Du wußtest, was du tatest, als du wegranntest. Steh auf, die Hände auf den Rücken!«

»Mist' Orry«, wiederholte Priam, als er auf die Füße stolperte. Keine Spur mehr von seinem früheren Trotz. Seine Flucht hatte ihn verletzlich wie ein Kind gemacht. Es lag etwas Beschämendes, ja, etwas Unanständiges im Gesicht dieses verzweifelt flehenden Mannes. Tränen liefen über seine Wangen.

»Halte die Pistole auf ihn gerichtet«, sagte Orry, ohne seinen Blick von Priam abzuwenden. Er band das eine Ende des Stricks an Priams Handgelenken fest. Er war mit einer Hand so geschickt wie die meisten Menschen mit zwei Händen. Er hatte sich selbst in kurzer Zeit vieles beigebracht.

George leckte sich die Lippen. »Und was geschieht jetzt?«

»Ich weiß nicht, wahrscheinlich wird man ihn lähmen, damit er nicht mehr wegrennen kann. Aber mein Vater ist so wütend, daß er ihn vielleicht töten lassen wird.«

Priam senkte den Kopf. »O Jesus, Jesus.«

»Ruhe, Priam. Die Strafe war dir bekannt, bevor du —«

»Orry, laß ihn gehen.«

George war über die Rauheit seiner eigenen Stimme überrascht. Er war vor einem Abgrund gestanden und impulsiv darüber hinwegge-

sprungen. Die Angelegenheit ging ihn nichts an. Aber etwas in ihm konnte nicht unbeteiligt dabeistehen und zusehen, wie der schwarze Mann nach Mont Royal zurückverfrachtet und verkrüppelt oder wahrscheinlich getötet werden würde.
Für einen Augenblick kam er sich wie ein Idiot vor. Priam bedeutete ihm nichts: seine Freundschaft zu Orry hingegen sehr viel. Aber er wußte, er würde niemals wieder mit sich in Frieden leben können, wenn er jetzt schwieg.
»Was hast du gesagt?« fragte Orry mit einem Gesichtsausdruck, der so ungläubig war, als wäre die Sonne im Westen aufgegangen oder als würden Banknoten statt Blätter an den Bäumen wachsen.
»Laß ihn gehen. Werde nicht zum Mitmörder.«
Orry unterdrückte eine wütende Bemerkung und holte tief Luft: »Du verwechselst Sklaven mit Menschen. Das ist nicht dassel —«
»Verdammt noch mal, nein! Tu es nicht!« George zitterte und versuchte die Kontrolle nicht zu verlieren. Seine Stimme mäßigte sich. »Wenn dir unsre Freundschaft etwas bedeutet, so gewähre mir diese eine Bitte.«
»Das ist unfair. Du übervorteilst mich.«
»Ja, um sein Leben zu retten.«
»Ich kann nicht nach Mont Royal zurückkehren und meinem Vater sagen —«
»Mußt du denn etwas sagen?« unterbrach ihn George. »Ich werde schweigen, und du wirst Priam nie wiedersehen.«
»Ja, Sir, ich werde den Mund halten«, brabbelte Priam. »Um Gottes willen, Mist' Orry, ich schwöre, daß nie jemand —«
»Halt's Maul, verdammt noch mal!«
Orrys Ruf widerhallte in der Stille. Er warf seinem Freund einen wütenden Blick zu, dann riß er ihm die Pistole aus der Hand. *O Gott, er wird ihn auf der Stelle erschießen.*
Orrys Gesichtsausdruck sagte, daß er das am liebsten getan hätte. George wußte, daß seine Bitte all dem, was Orry gelernt hatte, zuwiderlief. Plötzlich schlug Orry mit der Pistole in die Luft, die Bewegung drückte Wut und Einverständnis aus.
»Verschwinde«, sagte er, »bevor ich meine Meinung ändere.«
Priam verlor keine Zeit mit Worten. Seine großen, wäßrigen Augen wandten sich George eine Sekunde lang zu — sein einziger Dank.

Dann verschwand er hinter den Pinien auf der Nordseite der Lichtung.
Orry machte ein paar Schritte, hielt dann mit gesenktem Kopf inne. Priams Fußstapfen verhallten. Von der anderen Seite her hörte George das Pfeifen des nahenden Passagierzugs.
George holte Luft und ging dann auf seinen Freund zu. »Ich weiß, daß ich dich nicht hätte darum bitten sollen, ihn gehen zu lassen. Ich weiß, daß er dein Eigentum ist. Aber ich konnte einfach nicht danebenstehen und —«
Er hielt inne. Orry wandte ihm immer noch den Rücken zu. »Na, auf jeden Fall danke ich dir.«
Orry wirbelte herum; er umklammerte die Pistole so fest, daß seine Hand schneeweiß war. George glaubte, er würde brüllen, aber seine Stimme war sehr leise, als er sagte:
»Ich habe schon einmal versucht, dir etwas über den Süden zu erklären. Ich habe dir gesagt, daß wir unsre eigenen Probleme und unsre eigenen Bedürfnisse besser verstehen als Außenseiter. Ich habe dir gesagt, daß wir diese Probleme lösen werden, solange Außenseiter sich nicht einmischen. Ich nehme an, daß dies alles keinen Eindruck auf dich gemacht hat, sonst hättest du mich nicht gebeten, Priam freizulassen. Ich bin deiner Bitte nachgekommen, weil wir Freunde sind. Aber wenn du möchtest, daß wir Freunde bleiben, dann verlange nie mehr so etwas von mir.«
George fühlte einen Augenblick lang Ärger in sich aufsteigen. Orrys heftige Entschlossenheit beeindruckte ihn. Er hatte den zukünftigen Rahmen für ihre Freundschaft klar abgesteckt.
»Einverstanden«, sagte George, »ich kann deine Gefühle verstehen.«
»Das hoffe ich.«
Orry nahm die Pistole unter den Arm und wühlte in der Tasche nach seiner Uhr. Bis der Passagierzug in die kleine Bahnstation einfuhr, hatte er sich weit genug gefaßt, um andere Dinge zu besprechen.
»Tut mir leid, daß dein Besuch in eine Zeit fiel, in der hier alles drunter und drüber zu gehen scheint.« Sein Blick war jetzt weniger ernst. Er hielt ihm einen verbalen Friedenszweig hin. »Wenn du das nächste Mal kommst, wird es anders sein. Bis dahin freue ich mich, bei deiner Hochzeit Trauzeuge zu sein, das heißt, wenn du das immer noch möchtest.«

Mit großer Erleichterung klopfte George seinem Freund auf die Schulter. »Natürlich. Sobald ich die Einzelheiten weiß, schreibe ich dir.«
»Schön. Gute Reise — und grüß mir deine Familie.«
»Das werde ich, Orry, danke.«
Er mußte einsteigen. Bald stand er auf der Plattform und winkte. Orry winkte zurück. Er hielt immer noch die Pistole. Langsam entfernte sich der Zug, und Orry verschwand aus Georges Blickfeld. Er verstaute seinen Koffer und starrte zum Fenster hinaus auf die vorbeifliegenden Pinien. Ab und zu wurde der Wald von Sumpfland unterbrochen. Doch das Bild, das immer wieder vor seinem inneren Auge aufstieg, sah anders aus. Er sah Priam, der aus dem Güterwagen herausgezerrt wurde, das Gesicht verzerrt durch das Wissen um seinen bevorstehenden Tod.
Priam mußte bestraft werden, weil er Freiheit wollte, dieselbe Freiheit, die Orry genießen konnte, weil er ein weißer Mann war. George hatte sich nie als Fürsprecher der schwarzen Rasse betrachtet, aber er nahm an, daß das jetzt anders werden würde, besonders was das Thema Freiheit betraf. Weshalb hatten nicht alle Menschen ein Recht auf Freiheit? Besonders in Amerika?
Er hoffte, Orry habe in bezug auf die Lösung der Probleme im Süden recht. Wenn der Süden seine Probleme nicht zu lösen vermochte, würde die restliche Nation sicherlich Schritte unternehmen. Zum erstenmal sah er dies ganz klar, und zum erstenmal verstand er auch die Gründe dafür.

15

Einige Tage später stand Madeline in Resolute im Dunkel ihres Ankleidezimmers und berührte sich selbst. Sie hatte Schmerzen — nicht körperlicher Art: schmerzhaft waren die Einsamkeit, der Mangel an Liebe, die zunehmende Isolierung. Sie drückte die Hände auf ihre Brüste, als ob sie so dem Schmerz Einhalt gebieten könnte. Einen Augenblick stand sie mit zurückgelehntem Kopf und geschlossenen Augen da, aber es half nichts. Mutlos ging sie durch das geräumige

Schlafzimmer auf die Veranda im zweiten Stockwerk. Sie zitterte in der Dämmerung. Vom Küchengebäude stieg der Duft von gebratenem Wild für das Samstagabendessen auf. Morgen *war* doch Samstag? Die Tage hatten nicht mehr viel Sinn. Der eine war wie der andere: eine Prüfung. Wie sehr wünschte sie sich, daß Maum Sally noch bei ihr wäre. Aber die alte Frau war nach New Orleans zurückgegangen, um Madelines Vater in den letzten Tagen beizustehen. Da sie eher eine Angestellte als eine Sklavin von Nicholas Fabray war, hatte sie es vorgezogen, nach dessen Tod nicht nach South Carolina zurückzukehren. Madeline konnte ihre Entscheidung begreifen: Einige Monate mit den LaMottes hatten Sally gereicht. Sie hatte keine Geduld mit arroganten, lieblosen Menschen, und Justin sowie die meisten Familienmitglieder schienen beide Eigenschaften zur Genüge zu besitzen.
Madeline hatte eine Person gefunden, die eines Tages vielleicht an Maum Sallys Stelle treten könnte. Nancy war ein Hausmädchen, etwa zwanzigjährig, eine wunderschöne Mulattin. Sie und Madeline kamen sehr gut zusammen aus und waren so etwas wie Vertraute geworden. Zweimal hatte Nancy Madeline eine mündliche Botschaft von Mont Royal überbracht.
Beide Male war die Nachricht kurz gewesen: »Salvation Chapel«, dann folgten Zeit und Datum. Kein Name wurde ausgesprochen, und in Nancys Blick war keine Spur eines listigen Lächelns. Ihr Blick drückte — wenn überhaupt etwas — Sympathie, Verständnis aus.
Madeline hatte nie danach gefragt, wie die Botschaft von den Sklaven einer Plantage zu denjenigen der andern getragen wurde. Sie vertraute auf die Diskretion der Botschafter. Hatte sie eine andere Wahl? Indem sie Nancy als Mittlerin akzeptierte, hatte sich eine Brücke des Vertrauens zwischen ihnen entwickelt.
Madeline hatte nie auf eine der beiden Botschaften geantwortet, und sie war auch nicht zur Kapelle gegangen, obwohl sie förmlich danach lechzte, von Orry umarmt und geküßt zu werden. Als sie jetzt am Geländer der Veranda lehnte, stellte sie fest, daß sie keine Gespräche aus der Küche hören konnte, obwohl die Sklaven doch dort an der Arbeit waren. Sie wunderte sich über das merkwürdige Schweigen. Dann hörte sie ein Geräusch aus dem Büro — dem kleinen Gebäude, in dem Justin so wenig Zeit verbrachte. Es war das Geräusch von Hieben auf einen nackten Rücken.

Noch ein weiteres Geräusch war klar durch die Abendstille zu hören. Ein Stöhnen. Justin peitschte einen der Sklaven aus. Es war schon früher vorgekommen.
Abgestoßen und doch unwiderstehlich angezogen, huschte sie hinunter und durch das Foyer, wo ein alter Säbel als Schmuck an der Wand hing. Er befand sich schon seit mehreren Generationen im Besitz der LaMottes. Justin hatte ihr erzählt, ein Vorfahre habe damit an der Seite von Gamecock Sumter in der Revolution gekämpft.
Sie rannte einen Pfad entlang, der sie zu einem Gebüsch in der Nähe des Büros führen sollte. Als sie hinter das Gebüsch kroch, hörte sie Schreie und Stöhnen. Dann die rauhe Stimme von Justin:
»Mein Bruder hat mir gesagt, daß in der Nacht, als Mains Nigger davonrannte, jemand auf dieser Plantage ihm geholfen hat, sich zu verstecken. Wer war es, Ezekiel? Sag es mir!«
»Ich weiß es nicht, Mr. LaMotte. Ich schwöre bei Gott, daß ich es nicht weiß.«
»Lügner.« Justin schlug wieder zu. Ezekiel schrie auf.
Madeline verhielt sich still, ein Schatten im Schatten. Sie war beunruhigt, daß Justin sich nach Priam erkundigte. Wie hatte Francis LaMotte entdecken können, daß jemand in Resolute dem Fliehenden geholfen hatte? Beruhte sein Wissen auf Tatsachen, oder handelte es sich nur um einen Verdacht? Wie weit würde Justin mit seinen Fragen gehen? Bis ins Haus hinein? Bis zu Nancy? Madeline wußte, daß sie eigentlich Angst hatte, hier herumzustehen. Wenn jemand sie entdeckte, würde sie in Verdacht geraten. Aber nicht weit vom Büro gab es eine kleine Pergola. Dort konnte sie sich hinsetzen, und dann würde es den Anschein erwecken, als ob sie frische Luft schnappen würde. Der Abend war windstill, und mit etwas Glück würde sie hören können, was im Büro vor sich ging.
Sie versteckte sich in der Pergola, und ihre Erwartungen wurden belohnt. Justin befragte während der nächsten dreiviertel Stunde verschiedene Sklaven einzeln und schlug sie. Was Madeline in Wut versetzte, war die Art und Weise, wie er mit einigen Negerinnen umging. Er schlug sie genauso hart wie die Männer. Immer wieder stellte er dieselben Fragen.
»Wer hat es getan? Wer hat ihm geholfen? Wer hat mit einem fliehenden Nigger sympathisiert? Sag es mir, Clyta.«

Clyta? Madeline fuhr wie von einer Tarantel gestochen auf. Ihre Gedanken waren herumgewandert; es gab nur eine einzige Clyta in Resolute, ein achtzehnjähriges, lediges Mädchen. Madeline hatte den Verdacht, daß Justin einige Male mit ihr geschlafen hatte. Sie war schwanger. Doch schon hörte sie, wie Justin das Mädchen erneut schlug. Sie schrie auf vor Schmerzen.

»Wer hat es getan?« brüllte er. Madeline grub die Fingernägel in ihre Handflächen.

Der entflohene Sklave Priam hatte das Geheimnis mitgenommen, bis er von einer Patrouille einige Meilen vor der Grenze zu North Carolina aufgegriffen worden war. Er hatte sich zur Wehr gesetzt und war durch Pistolenschüsse tödlich verwundet worden. Mit ihm war auch der Name seines geheimen Wohltäters gestorben.

Madeline fror. Ihr Atem bildete Nebel. Justin wiederholte seine Frage laut. Dann folgten ein weiterer Schlag und ein Schrei. Madeline grub ihre Fingernägel noch tiefer, bis sie wie kleine Messer in ihre Handflächen schnitten.

Wer hat es getan, Justin? Deine Frau. Es war deine Frau, die Nancy in der Nacht, als Priam hungrig und ängstlich ankam, rief. Ich bin hingegangen, um ihm zu helfen. Du hast nichts bemerkt, du warst wieder einmal bei den Pferden oder bei einer Sklavenhure, wie üblich. Ich bin diejenige, die ihm geholfen hat, du Schuft. Ich bin diejenige, die eine merkwürdige Sympathie für deine Nigger empfindet.

Sie hatte nicht den Mut, ins Büro hinüberzugehen und es ihm offen zu gestehen. Sie schämte sich dafür. Sie flüchtete aus der Pergola und bedeckte ihre Ohren mit den Händen, um Clytas Schreie nicht hören zu müssen.

Die meiste Zeit über schlief Justin in einem getrennten Schlafzimmer und kam nur zu ihr, wenn er seine Bedürfnisse befriedigen wollte. Sie war dankbar, daß er sie heute nacht allein ließ. Was sie in der Pergola gehört hatte, hatte sie dermaßen aufgeregt, daß sie nicht schlafen konnte. Sie verspürte den Drang, an ihrem Mann Rache zu nehmen. Rache war auch der Grund gewesen, weshalb sie Nancy geholfen hatte, Priam in der Dachkammer des Krankenhauses zu verstecken.

Sie beruhigte sich etwas, und ihre Gedanken wandten sich Orry zu. Die Leute sagten, er sei verbittert geworden, seit er einen Arm in Me-

xiko verloren hatte. Und doch hatte er zweimal eine Botschaft geschickt und hatte sie an ihrem geheimen Ort treffen wollen.
Da sie sich auch jetzt noch an ihren anerzogenen Verhaltenskodex hielt, hatte sie keine der beiden Botschaften beantwortet. Als ob Justin eine solche Rücksichtnahme verdient hätte! Sie rutschte mit der Hand ihren Leib hinunter, als ob sie das, was sie in sich spürte, unterdrücken wollte. Sie konnte es nicht unterdrücken. Morgen nach dem Abendessen würde sie Clarissa Main einen Besuch abstatten. Justin würde nicht mitkommen, weil er für die meisten sozialen Verpflichtungen ja höchstens ein Gähnen übrig hatte. Bei diesem Besuch würde sie selbst eine Botschaft schicken. Warum hatte sie so lange gewartet? Weshalb hatte sie sich auch nur einen Augenblick des Glücks versagt? Die zwingendsten Gründe waren ihre unbegründete Angst wegen Orrys Jugend, ihr strenges Gewissen und das Geheimnis, das ihr Vater ihr kurz vor seinem Tod anvertraut hatte. Aber keiner der Gründe schien mehr eine Berechtigung zu haben. Sie hoffte, daß Orry durch die frühere Abweisung nicht so verärgert war, daß er jetzt nicht auf ihre Bitte eingehen würde.
Am nächsten Morgen vor Tagesanbruch ging sie im Morgenrock in die Küche. Wie sie gehofft hatte, fand sie Nancy vor, allein; sie war dabei, einen Truthahn zu rupfen.
»Heute nachmittag gehen wir nach Mont Royal, Nancy.«
»Ja. Ma'am.«
Madeline war so voller Vorfreude, daß sie sich nicht die Zeit nahm, um zu überlegen, weshalb Nancy einen so ernsten, verhärmten Gesichtsausdruck hatte. »Kannst du dort eine Botschaft übermitteln? Auf demselben Weg wie die andern, die du mir mitgeteilt hast?«
Nancy öffnete die Augen etwas weiter. »Eine Botschaft an den jungen Herrn?«
»Ja. Das soll unser Geheimnis bleiben.«
»Ja, Ma'am. Natürlich.«
»Nancy, was ist los?«
Die Mulattin blickte auf den riesigen Eisenherd, aus dem würzige Düfte aufstiegen. Madeline berührte den dünnen Arm des Mädchens. Ihre Haut war kalt. »Sag es mir.«
»Clyta, Ma'am. Nachdem Mr. Justin sie letzte Nacht geschlagen hat, hat sie ihr Baby verloren.«

»O nein! O Nancy«, sagte Madeline und nahm das Mädchen in die Arme, um sie zu trösten.
Tränen liefen Madeline über die Wangen, aber tief in ihr drinnen weinte sie nicht, als sie an ihren Mann dachte. Abschaum. *Abschaum.*

Orry ritt ohne seinen Hut zur Salvation Chapel, obwohl ein düsterer Himmel Regen versprach. Während der letzten halben Meile fing es denn auch an zu regnen, zwar nicht heftig, aber es wurde sehr kühl. Ein Winterregen, das Zeichen, daß wieder eine Erntezeit vorbei war und das gesellschaftliche Leben in Charleston demnächst beginnen würde.
Heute morgen konnte nichts Orrys gute Laune trüben. Er duckte sich unter den letzten tief herunterhängenden Ästen. Die Ruine kam in Sicht. Dahinter war das Sumpfland im Nebel verborgen. Er rief Madelines Namen. »Hier, Liebster.«
Die Stimme kam von seiner Linken. Wie beim ersten Mal hatte sie unter den Bäumen Schutz gesucht. Er sprang vom Pferd herunter, band es fest und rannte ihr entgegen.
Er nahm sie an der rechten Schulter, sie wollte nach seinem andern Arm greifen und wurde rot, als sie ihre Gedankenlosigkeit bemerkte. Ein Grinsen überflutete plötzlich sein Gesicht.
»Du wirst dich daran gewöhnen müssen, daß er nicht mehr da ist. Ich habe mich fast daran gewöhnt.«
Das Lächeln verschwand, als er seinen Arm um sie legte. Er zog sie an sich, als wollte er jedes Fleckchen ihres weichen Körpers spüren, aber er war sich auch seiner langen Entbehrung bewußt. Sie konnte seinen Körper durch ihre Kleiderschichten hindurch spüren. Sie rückte näher an ihn heran und stieß einen kleinen Seufzer aus. Sie lehnte sich an seine Brust. Er streichelte ihr Haar. »Ich dachte, du wolltest mich nie wiedersehen.«
»Weil ich die Botschaften nicht beantwortet habe? Ich habe mich nicht getraut.« Sie zog sich etwas zurück. »Ich sollte jetzt nicht hier sein. Ich liebe dich zu sehr.«
»Dann geh fort mit mir.«
»Wohin?«
»Irgendwohin.«
Es erleichterte ihn, dies endlich sagen zu können. Madeline lächelte

und weinte gleichzeitig. Sie stellte sich auf die Zehenspitzen, um ihn zu küssen, und preßte ihre Handflächen auf sein Gesicht.
»Ich würde mein Leben darum geben, aber ich kann nicht.«
»Warum nicht? Du hältst sicher nicht so viel von Justin?«
»Ich verabscheue ihn. Erst neulich habe ich entdeckt, wie sehr ich ihn verabscheue. Deshalb habe ich am Samstag deiner Mutter einen Besuch abgestattet. Ich konnte es nicht mehr ertragen, länger von dir getrennt zu sein. Ich möchte, daß du mir alles über Mexiko erzählst.« Sie streichelte sein Gesicht mit langsamen, zaghaften Bewegungen. »Wie du verletzt wurdest, wie es dir ergangen ist—«
»Es würde mir sehr viel besser ergehen, wenn wir zusammen wären.«
»Orry, das ist unmöglich.«
»Wegen Justin?«
»Nicht wegen seiner Person, sondern wegen meines Versprechens, als ich ihn geheiratet habe. Ich habe ein lebenslanges Versprechen abgegeben. Wenn ich es brechen würde, wenn ich mit dir fortginge, hätte ich mein Leben lang Schuldgefühle. Die Schuld würde unser Leben ruinieren.«
»Fühlst du dich auch schuldig, wenn du mich hier triffst?«
»Natürlich, aber es ist erträglich. Ich kann mich davon überzeugen, daß ich die ehelichen Gebote immer noch einhalte.«
Er schöpfte Verdacht. Sie war nicht ganz aufrichtig. Sie hatte einen andern Grund, um nein zu sagen. Dann beschloß er, daß er sich das bloß einbilde, vielleicht, um der Ablehnung etwas von ihrer Schärfe zu nehmen.
Sie löste sich von ihm und machte einige rasche Schritte auf den Rand des Sumpfes zu. »Wahrscheinlich denkst du, daß ich eine gemeine Heuchlerin bin.«
Er stand hinter ihr und hob ihr Haar hoch, damit er ihren Nacken hinter dem Ohr zärtlich küssen konnte. »Ich denke, daß ich dich liebe, das ist alles. Ich möchte, daß du bis ans Ende unsrer Tage bei mir bist.«
»Ich fühle genau gleich, Liebster. Aber auch du hast eine Verantwortung. Was auch immer du sagen magst, ich glaube nicht, daß du einfach davonrennen und glücklich sein könntest.«
Er versuchte dem Gespräch eine andre Wendung zu geben, damit sie beide eine Atempause kriegten. »Ich wäre glücklich, wenn mein Va-

ter vernünftig werden würde. Weißt du, daß er Priams Körper als Beispiel für unsere Sklaven ausgestellt hat?«
»Nein, das wußte ich nicht.« Sie rieb ihre Arme, ohne ihn anzusehen. »Das ist barbarisch.«
»Auf jeden Fall überflüssig. Unsere Leute haben den Sinn von Priams Tod schon lange, bevor sie seinen Körper gesehen haben, verstanden. Manchmal glaube ich, daß mein Vater bereits senil ist. Oder vielleicht wird er von den verdammten Sklavengegnern dazu getrieben? Er ist ein stolzer Mann, und er kann trotzig sein.«
»Es scheint eine Eigenschaft dieser Gegend zu sein«, sagte sie mit trotzigem Lächeln.
Er fand es unmöglich, so weiterzureden, als ob sie oberflächliche Bekannte wären. Der physische Hunger war zu groß, fast schmerzhaft. Er sah sie direkt an.
»Kein Gerede mehr. Was ich möchte, bist du. Komm — bitte —« Er nahm sie an der Hand und zog sie in unmißverständlicher Absicht zu einem Platz, wo das Laub und die Baumnadeln trocken aussahen.
»Nein, Orry.« Als sie sich von ihm löste, flammte Ärger in ihren Augen auf. Sie warf sich ihm entgegen und umklammerte mit ihren Armen seine Brust. »Kannst du nicht sehen, daß wir nicht so weit gehen dürfen? Nie! Wenn wir es tun, wird die Schuld fast so groß sein, wie wenn wir davongerannt wären.«
Mit harten Bewegungen wühlte er in ihrem Haar, küßte ihre Augen und die feuchten Mundwinkel. »Du möchtest mich lieben, du kannst es nicht leugnen.« Er legte den Arm um ihre Taille, überrascht über seine eigne Kühnheit. Er war wie von einem Fieber gepackt, und es schien absolut natürlich, ihre Hüften an sich zu ziehen und sie erneut zu küssen. »Nein, du kannst nicht.«
»Nein, ich möchte so von dir gehalten werden. Aber wir dürfen nicht.«
Er ließ sie los. »Ich verstehe dich nicht.«
Eine Strähne ihres schimmernden schwarzen Haars war ihr in die Stirn gefallen. Sie schob sie zurück und lächelte dann traurig.
»Wie kannst du das von dir erwarten, wenn ich mich selbst nicht ganz verstehe? Wer versteht sich schon? Ich weiß nur, daß ein bißchen Schuld erträglich ist. Mehr nicht.«
Orry wurde wieder blaß. Die Spannung, die er mit der Umarmung

übertragen hatte, ließ nach. »Wenn wir nicht zusammen leben können oder einander richtig lieben können, was bleibt dann noch?«
»Wir können —«, sie holte tief Luft und sah ihn an. Ihre Stimme wurde entschlossener. »Wir können uns ab und zu hier treffen. Das würde mir das Leben zumindest erträglich machen.«
»Aber auch das ist Untreue, Madeline.«
»Aber nicht Ehebruch.«
»Ich dachte, das ist dasselbe.«
»Nicht für mich.«
»Nun, der Unterschied ist subtil. Ich zweifle daran, ob Außenstehende ihn sehen könnten.«
»Ich kann nicht anders. Können Außenstehende denn Liebe überhaupt begreifen?«
Er preßte die Lippen zusammen, und mit einem scharfen Kopfschütteln ging er in Richtung Sumpf in den leichten Regen hinaus. Sie war zu einer Affäre mit ihm bereit, aber nach ihren Regeln.
Er ging, soweit er konnte, und hielt erst dann inne, als der Boden unter seinen Füßen weich wurde. Seine langen Schritte hatten Spuren hinterlassen. Er drehte sich um; der Regen rieselte durch seinen Bart.
»Das sind harte Bedingungen. Ich möchte dich zu sehr. Ich weiß nicht, ob ich einer dauernden Versuchung standhalten kann.«
»Ist ein bißchen Liebe nicht besser als gar keine?«
Fast hätte er nein geschrien. Sie kam langsam auf ihn zu. Der Regen ruinierte ihre Kleider und durchnäßte ihr Haar, aber auch so war sie das schönste Geschöpf auf der Welt. Er konnte sie nicht zurückweisen, obwohl ihre Bedingungen fast ebenso schmerzvoll waren wie die Situation, aus der heraus sie entstanden waren.
Sie drückte sich an ihn und starrte in seine Augen. »Stimmt es nicht, Orry?«
Er lächelte, ohne jedoch etwas zu empfinden. »Doch.«
Sie stieß einen kurzen Schrei aus und umschlang ihn noch enger. Er legte den Arm um sie, sein Lächeln war hohl. »Gott, ich wünschte mir, du wärest zur Hure und nicht zur anständigen Frau erzogen worden.«
»Manchmal wünsche ich mir das auch.«
Sie mußten beide lachen, und dies minderte ihren Kummer etwas. Sie gingen zu den Bäumen zurück, machten es sich so bequem wie mög-

lich, sprachen eine gute Stunde miteinander. Orry machte sich Sorgen um ihren geheimen Treffpunkt. Je öfter sie hierher kamen, desto größer wurde die Gefahr, entdeckt zu werden. Sie sagte, sie würde dieses Risiko eingehen. Dann küßten und umarmten sie sich wieder. Bevor sie Abschied nahmen, machten sie Pläne für das nächste Rendez-vous. Orry hielt sich für verrückt, weil er den Bedingungen zugestimmt hatte. Das Verleugnen ihrer Bedürfnisse verursachte in beiden eine fast unerträgliche physische und psychische Spannung. Er wußte, daß die Spannung noch schlimmer würde, wenn sie sich weiterhin trafen.

Und doch, als er bei der Ruine der Kapelle stand und ihr zuschaute, wie sie davonritt, änderte sich seine Stimmung. Obwohl die Spannung blieb, schien die Enthaltung seine Sehnsucht und seine Liebe zu vertiefen.

16

Während der ganzen Reise nach Norden sah George Priams Augen vor sich. Auch jetzt, als er mit aufgestütztem Kinn durch das Eisenbahnfenster auf den Delaware River blickte. In dem düsteren Dämmerlicht fiel Schnee, der schmolz, sobald er den Boden oder das Glas des Fensters berührte. George war von der langen Reise und dem häufigen Zügewechseln erschöpft. Sein Magen reagierte verstimmt auf eine Mahlzeit, und während der letzten hundert Meilen war er fast vor Hitze verschmachtet, weil die andern Passagiere darauf bestanden hatten, immer mehr Holz in den Ofen zu werfen.

Nun ja, morgen würde er in Lehigh Station sein. Er hatte vor, die Nacht in Haverford House zu verbringen, wo die Hazards, wenn sie in Philadelphia waren, immer abstiegen. Am Morgen würde er den Lokalzug nehmen, und wenn er einmal zu Hause war, würde er seine Familie langsam, vorsichtig und sorgfältig darauf vorbereiten, daß er die Absicht hatte, eine Katholikin zu heiraten.

Wieder kam die Erinnerung an Priam. Er dachte nun auch an seine Beziehung zu Orry und zu Orrys Familie. George fand eigentlich an jedem einzelnen Familienmitglied etwas Liebenswertes, sogar am leichtsinnigen Vetter Charles, aber er geriet deswegen auch in die altbekannte Verwirrung und hatte Schuldgefühle, denn die Mains hielten Negersklaven.

Der Zug verlangsamte seine Fahrt, bevor er langsam in den Bahnhof einfuhr. Das Dach über dem Bahnsteig ließ fast kein Tageslicht durch, und statt Schneeflocken wirbelten nun Funken von der Lokomotive am Fenster vorbei. Reisende standen auf und sammelten ihre Gepäckstücke ein. Das rußige Glas warf ihr Spiegelbild zurück, aber George sah nur Priam.

Die Sklaverei mußte aufhören. Davon war er seit seinem letzten Besuch in South Carolina überzeugt. Das Ziel würde nicht einfach zu erreichen sein, denn es gab viele Hindernisse auf dem Weg: Tradition, Stolz, wirtschaftliche Abhängigkeit vom System, der verhältnismäßig starke Einfluß der kleinen Anzahl jener, die Sklaven hielten, ja sogar die Bibel. Kurz bevor George die Plantage verlassen hatte, hatte Tillet aus der Bibel zitiert, um die bewaffnete Suche nach Priam zu rechtfertigen. Priam hatte ganz klar gegen das dritte Kapitel des Briefs an die Kolosser verstoßen: »Ihr Sklaven, seid in allem eurem irdischen Herrn gehorsam . . .« Wollte man das ungerechte und unzeitgemäße System niederreißen, so benötigte man dazu Flexibilität, guten Willen und vor allen Dingen Entschlossenheit. George konnte nichts davon in Mont Royal entdecken.

Für einige Augenblicke betrachtete er das Problem von einer anderen Seite, indem er davon ausging, daß seine Freundschaft mit Orry unbedingt erhalten werden mußte. Auch dann ergaben sich Schwierigkeiten. Er erinnerte sich an Orrys klare Warnung, als er sich für Priams Freiheit eingesetzt hatte. Wenn ihm an der Freundschaft etwas gelegen war, so durfte er sich nie wieder einmischen. Aber wie stark war diese Freundschaft? Konnte sie Uneinigkeit über eine grundlegende Frage wie menschliche Freiheit einfach ausschalten? So als ob das Problem und die Meinungsverschiedenheiten einfach nicht existierten? Konnte Freundschaft in einem Klima zunehmender Spannung überhaupt überleben? Orry sagte ja, wenn man die Frage der Sklaverei beiseite ließe. Aber der alte, kranke und verbitterte Calhoun hatte angedeutet, daß eine Trennung die einzig mögliche Lösung für das Problem sei.

Sollte eine Lösung gefunden werden, glaubte George, dann mußten

Leute wie die Mains die Hauptlast und Verantwortung dafür tragen. Auch wenn der Süden nicht allein am Problem schuld war, so hatte er es doch gefördert, und es lag am Süden, Schritte zu dessen Lösung zu unternehmen. George glaubte, daß den Norden in der ganzen Angelegenheit keine Schuld traf. Zumindest dachte er dies, als er mit seinem Koffer über den Bahnsteig ging.

Glücklicherweise konnte er ohne vorherige Reservation im Haverford House übernachten. Er war gerade dabei, sich einzutragen, als der Empfangschef sagte: »Ich glaube, wir haben noch einen andern Gast aus Ihrer F—«

»George, bist du es?«'

Die Stimme hinter ihm hatte diejenige des Mannes übertönt.

George drehte sich um und lächelte dann die junge Frau an, die auf ihn zukam. Die schmelzenden Schneeflocken funkelten wie Diamanten auf ihrem Muff und dem Pelzrand ihres Hutes.

»Virgilia! Guter Gott, ich hatte nicht erwartet, dich hier zu treffen.«

Sie war ganz aufgeregt, und für einen Augenblick schien ihr viereckiges Gesicht fast hübsch. Sie hatte während seiner Abwesenheit zugenommen, wie er feststellte.

»Ich habe ein Zimmer reserviert, weil ich heute hier in der Stadt bleibe«, sagte sie atemlos.

»Allein? Was tust du hier?«

»Ich halte meine erste Rede auf einer öffentlichen Versammlung, die von der Gesellschaft organisiert wurde.«

»Von welcher Gesellschaft?« Er runzelte die Stirn.

»Der Gesellschaft zur Abschaffung der Sklaverei natürlich. O George, ich bin so nervös — ich habe die Rede während Wochen vorbereitet und auswendig gelernt.« Sie nahm seine Hände — wie kalt und hart sich ihre Finger anfühlten, fast wie diejenigen eines Mannes! »Ich habe völlig vergessen, daß du heute zurückkommst. Du mußt unbedingt zur Versammlung kommen. Alle Karten sind schon seit Wochen ausverkauft, aber wir werden sicher noch einen Platz für dich finden.«

»Ich komme gern. Ich gehe erst morgen nach Hause.«

»O prima. Möchtest du erst was essen? Ich kann nicht, ich bin zu nervös. George, ich habe endlich eine Sache gefunden, für die ich mich voll engagieren kann.«

»Ich freue mich darüber«, sagte er, als sie hinter dem Portier, der Georges Gepäck trug, zur Hoteltreppe gingen. *Du hast eine Sache gefunden, weil du keinen Mann gefunden hast.*
Er tadelte sich im stillen für seine Lieblosigkeit. Er und Virgilia waren einander nie nahegestanden, aber sie war immer noch seine Schwester. Er war müde, und ihre Begeisterung stieß ihn etwas ab.
»Es ist eine Sache, für die es sich lohnt, obwohl Orry Main sicher anderer Meinung wäre. Ehrlich gesagt, ich verstehe nicht, wie du dich mit solchen Menschen abgeben kannst.«
»Orry ist mein Freund. Komm, lassen wir ihn aus dem Spiel.«
»Aber das ist unmöglich. Er besitzt schließlich Negersklaven.« George schluckte eine heftige Bemerkung hinunter und überlegte sich, ob er den Rest des Abends allein verbringen sollte. Später bereute er, es nicht getan zu haben.

Es waren an die zweitausend Menschen in der Halle, die bis auf den letzten Platz besetzt war. Sogar in den Seitengängen standen die Männer; es waren auch Kinder anwesend und einige gutgekleidete Schwarze. Die überall in der Halle angezündeten Lampen verbreiteten ein rauchiges, gelbes Licht.
George wurde in einen Stuhl in der hinteren Reihe der Loge auf der rechten Seite der Tribüne gedrückt. Vor ihm saßen drei Männer und drei Frauen, alle in formeller Kleidung. Als er sich vorstellte, zeigten sie sich kurz angebunden und reserviert. Vermutlich gehörten sie zu den oberen Zehntausend von Philadelphia. Obwohl es draußen ziemlich kalt war, war es in der Halle durch die vielen Menschen sehr heiß, und alle Gesichter waren mit einem leichten Schweißfilm überzogen. Noch bevor das offizielle Programm eröffnet wurde, waren die Zuhörer bereits in Stimmung, viele stampften, klatschten oder sangen Lieder.
George warf einen Blick auf die Karte, die man ihm beim Eingang in die Hand gedrückt hatte. Er seufzte. Das Programm umfaßte neun Teile. Es würde ein langer Abend werden.
Die sechs Redner, die auf die Tribüne traten, wurden mit lautem Applaus begrüßt. Virgilia sah ruhig und gefaßt aus, als sie durch die langen Stuhlreihen, die vor einem knallroten Vorhang aufgestellt waren, hindurchschritt. Sie setzte sich auf den dritten Stuhl auf der linken

Seite und warf George einen Blick zu. Er nickte und lächelte. Der Vorsitzende, ein methodistischer Geistlicher, näherte sich dem Podium und rief mit dem Hammer zur Ruhe. Zuerst sang die Hutchinson-Familie aus New Hampshire. Die Sänger wurden mit viel Beifall empfangen, als sie sich auf der rechten Seite der Tribüne aufstellten.

Der Älteste stellte die Gruppe vor: »Mitglieder des Stammes Jesse und Freunde der Gleichberechtigung.« Daraufhin wurde noch mehr gestampft, geklatscht und gerufen. Die Gruppe war in Kreisen der Sklavereigegner offensichtlich bekannt, obwohl George noch nie etwas von diesen Leuten gehört hatte. Die Begeisterung des Publikums überraschte und befremdete ihn. Er hatte nicht gewußt, daß die Gegner der Sklaverei in Pennsylvania so emotional sein konnten.

Die erste Rede, die zehn Minuten dauerte, wurde von einem Geistlichen aus New York City gehalten. Er erläuterte und unterstützte die Haltung des berühmten Gegners der Sklaverei, William Ellery Channing aus Boston. Laut Channing konnte die Sklaverei am besten dadurch überwunden werden, daß man an die christlichen Prinzipien der Sklavenbesitzer appellierte. Der Redner kam etwa zur gleichen Schlußfolgerung wie George während der Bahnfahrt. Als George sich jedoch vor seinem geistigen Auge Tillet Mains Reaktion auf diese Theorie vor Augen hielt, hatte er einen Schock. Er wußte, daß Channings Plan niemals funktionieren konnte.

Auch die Zuhörer schienen nicht sonderlich begeistert und spendierten nur mäßig Applaus.

Der zweite Redner erntete mehr Beifall. Es handelte sich um einen großen, grauhaarigen Schwarzen namens Daniel Phelps, der früher ein Sklave gewesen war, über den Ohio geflüchtet war und nun über seine Tage der Gefangenschaft in Kentucky berichtete. Ein guter Redner. Seine vierzehn Minuten dauernde Ansprache brachte die letzten Emotionen aus den Zuhörern heraus; seine grauenhaften Schilderungen von Schlägen und Folter brachten die Männer mit Wutgeschrei auf die Füße. Er erhielt eine stehende Ovation.

Virgilia spielte nervös mit einem Taschentuch, als der Vorsitzende sie ankündigte. Er betonte besonders ihren Familiennamen. Gemurmel in der Halle zeigte, daß einige sie als Familienmitglied der berühmten Eisenhüttenbesitzer erkannten. Eine der Frauen in der Loge drehte

sich nach George um und nickte ihm kurz zu. Er fühlte sich jetzt, nachdem man seine Person gewürdigt hatte, etwas besser.
Als Virgilia das Podium bestieg, war sie immer noch nervös. Das arme Mädchen war wirklich zu drall, dachte George. Überhaupt nicht anziehend. Aber vielleicht würde ein Mann Gefallen an ihrer Intelligenz finden. Er hoffte dies für sie.
Zuerst sprach Virgilia sehr zögernd und gab den Zuhörern nicht mehr als die üblichen Argumente gegen die Sklaverei. Aber nach etwa vier bis fünf Minuten nahm ihre Rede plötzlich eine andere Wendung. Das Publikum hörte auf, nervös mit den Füßen zu scharren, und buchstäblich alle Augen waren auf sie gerichtet.
»Ich hasse es, in Anwesenheit von Frauen und kleinen Kindern über solche Dinge zu reden, aber man sagt, daß die Wahrheit nie und nimmer unrein sein kann. Wir dürfen deshalb nicht davor zurückschrecken, jeden Aspekt des merkwürdigen Systems des Südens zu prüfen, wie geschmacklos und wie unmoralisch es auch immer aussehen mag.«
In der Halle herrschte absolutes Schweigen. Die Zuhörer spürten, daß Virgilia geschickt mit ihren Gefühlen spielte. Die Männer und Frauen, die vor George saßen, lehnten sich vor, um sie besser hören zu können. Er starrte in die Menge und sah schweißglänzende, aber ernste Gesichter. Was ihn jedoch am meisten beunruhigte, war seine Schwester. Sie hielt sich am Rednerpult fest, und in ihrer Stimme war jetzt nicht mehr das geringste Zögern.
»Der Süden legt zwar Höflichkeit und Kultiviertheit an den Tag, aber diese Eigenschaften ruhen auf einem faulen Fundament. Auf einem Fundament, das für die meisten Menschen und für Gott ein Hohn ist. Das hassenswerte System des Südens, die Sklaverei, braucht ein unerschöpfliches Reservoir an Arbeitskräften. Und woher kommen die neuen Arbeitskräfte, wenn die alten durch grausame Plackerei und brutale Behandlung erschöpft am Wegrand liegen bleiben? Die neuen Arbeiter kommen von denselben Plantagen, deren wirkliche Ernte Menschen sind!«
Ein Schauer erfaßte die Zuhörer, als ihnen klarwurde, was sie meinte. Auf der Galerie stand eine Frau auf und zog ihr kleines Mädchen zum Ausgang. Um sie herum mahnte man zur Ruhe.
»Die Plantagen im Süden sind nichts anderes als Zuchtfarmen für

Schwarze. Gigantische Bordelle, die von einer dekadenten Aristokratie gutgeheißen, aufrechterhalten und fortgeführt werden, einer Aristokratie, die sich blindlings hinwegsetzt über den christlichen Glauben einiger weniger, freier Südstaatler, die mit schwachen Stimmen gegen diese verrückten Satyre, gegen diese Gottlosigkeit protestieren!«

Dekadente Aristokratie? Verrückte Satyre? Zuchtfarmen für Schwarze? George saß mit trockenem Mund da und traute seinen Ohren nicht. Virgilia warf alle Südstaatler in einen Topf, aber ihre Anklagen trafen schlichtweg nicht auf die Mains zu. Es sei denn, er wäre ein Idiot und hätte sich in Mont Royal blödsinnig hinters Licht führen lassen. Das System wies viele Übel auf, aber er hatte keine Spur von dem entdecken können, was Virgilia behauptete. Was ihn jedoch am meisten entsetzte, war die Reaktion der Zuhörer. Sie glaubten jedes Wort. Sie wollten jedes Wort glauben. Und wie eine gute Schauspielerin hatte Virgilia dieses Fluidum aufgefangen und reagierte darauf. Sie trat hinter dem Rednerpult hervor, um sich ihren Zuhörern ganz zu zeigen. Sollten sie ihre selbstgerechte Raserei, ihren flammenden Blick, ihre vor Zorn zitternden Hände, die sie in Richtung ihres Bruders hob, sehen.

»Sogar die Steine schreien angesichts dieser Gottlosigkeit. Jedes aufrechte Menschenherz sagt entschlossen und in gerechter moralischer Empörung — nein. Nein! *Nein!*« Sie warf den Kopf in den Nacken und streckte bei jedem Nein den Busen vor. Ein Mann auf der Galerie griff das Wort auf, und bald sang die ganze Halle. *»Nein! Nein! NEIN! NEIN!«*

Langsam ließ der Tumult nach. Virgilia hielt sich am Rednerpult fest, sie atmete schwer. Ihre Kleider wiesen Schweißflecken auf, und sie suchte nach ihrem Text. Außer Atem kämpfte sie sich zu ihrer Schlußfolgerung vor, aber George schenkte den Worten wenig Aufmerksamkeit. Er war über ihre heftigen Aussagen entsetzt — und über den Beifall, den sie beim Publikum fanden.

Seine Schwester hatte offensichtlich ein Ventil für ihre lang aufgestauten Emotionen gefunden. Es kam ihm fast unanständig vor, wie sie sich vor den Zuschauern in Szene setzte. Ihre Sprache war sexuell gefärbt, ihr Stil fast orgiastisch, als sie erklärte, daß es die Moral verlange, Schritte gegen die Zuchtfarmen für Schwarze zu unternehmen.

»Sie müssen verbrannt, zerstört, ausgetilgt werden. Mitsamt ihren Besitzern!«
Er sprang auf und verließ die Loge. In der Eile hätte er beinahe seinen Stuhl umgestoßen. Er rannte die endlose Treppe hinunter und wollte so schnell wie möglich frische, klare Luft atmen. Er hörte, wie das Publikum das Ende der Rede mit Fußstampfen und lautem Applaus quittierte, und warf einen Blick zurück. Das Publikum war aufgestanden. Virgilia stand mit zurückgelehntem Kopf auf der Rednertribüne. Ihr Haar hatte sich durch die Anstrengung gelöst, ihre Kleider waren in Unordnung geraten, aber es machte ihr nichts aus. Ihr Gesicht leuchtete in träumerischem Überschwang und in Erfüllung. Er drehte sich um. Ihm wurde übel.
Als er draußen war, atmete er die frische Luft tief ein und freute sich an den Schneeflocken. Er würde ihr natürlich sagen müssen, daß sie gut gesprochen hatte. Aber er nahm sich auch vor, sie auf ihre allzu undifferenzierten Verallgemeinerungen aufmerksam zu machen. Er fühlte sich durch ihr Verhalten tief beleidigt, nicht nur aus intellektuellen, sondern auch aus persönlichen Gründen. Er stimmte zwar, daß Virgilia eine erwachsene Frau war, die für ihr Leben selbst verantwortlich war, aber wenn er seine Schwester oder auch eine andere Frau sich so schamlos produzieren sah, zuckte er innerlich zusammen. Unter dem Deckmantel der Moral war ihre Rede ein Erguß leidenschaftlicher Sexualität gewesen. Sie hatte es seiner Schwester ermöglicht, Dinge zu sagen, die kein Mann und keine Frau jemals in der Öffentlichkeit in einem andern Kontext sagen könnten.
Was ihm am meisten entsetzte, war sein Eindruck, daß Virgilia Gefallen an der Sache gefunden hatte — und nicht nur aus den moralischen Gründen, die sie vorgab.
Aber auch wenn er seine persönlichen Beziehungen beiseite ließ, ärgerten ihn die Beifallrufe aus der Halle. Sie machten ihn auf eine Dimension des Sklavereiproblems aufmerksam, die er bis jetzt nicht gekannt hatte. Wie gerecht die Sache, für die sich Virgilia engagiert hatte, auch immer sein mochte, sie hatte das Ganze irgendwie verdreht: Ein Aufruf zur Gerechtigkeit wurde zu einem gemeinen, erschreckenden Aufruf zu einem Heiligen Krieg. Und in der Halle schien es viele potentielle Krieger zu geben. Er konnte sie immer noch nach dem Blut des Südens rufen hören.

Auf seiner Reise hatte er geglaubt, daß die ganze Schuld beim Süden liege, bei den Sklavenbesitzern mit ihrem zerstörerischen Hochmut. Heute abend hatte er eine beängstigende Lektion lernen müssen. Er hatte sich geirrt.

In einer Stunde hatte er seine Meinung über die Gegner der Sklaverei geändert, denn sicherlich hatte sich Virgilia nach der Meinung anderer Mitglieder der Bewegung ausgerichtet. Wie viele von ihnen waren mehr an einer Konfrontation als an einer echten Lösung interessiert? Er entschuldigte weder die Sklaverei noch die Mains aufgrund dessen, was er heute abend gehört und gesehen hatte, aber zum erstenmal glaubte er, daß die Ressentiments der Mains vielleicht nicht ganz unberechtigt waren.

Konnte die Freundschaft zwischen Männern verschiedener Regionen oder die aus gemeinsamen Erlebnissen geborene Kameradschaft einem solch entsetzlichen Druck standhalten? Hatten die Menschen und die Nation genug guten Willen, um die kopflosen Leidenschaften, die seine Schwester heute abend entfesselt hatte, wieder einzudämmen?

Er fröstelte, als der Wind ihm Schnee ins Gesicht trieb. Der Sturm wurde heftiger, und man konnte kaum noch die Lichter der Stadt sehen. Plötzlich sah er eine sehr viel grimmigere Zukunft vor sich, als er sich das bis jetzt hatte vorstellen können. Eine kurze, düstere Vision tauchte vor ihm auf: die Nation unter dem Hammer des Sklavenproblems, bis sie schließlich wie sprödes Gußeisen auseinanderbrach.

Er vermutete, daß er bis zu diesem Augenblick in Unwissenheit oder mit einer Illusion gelebt hatte. Jetzt, an die Wand gelehnt und wegen des aufkommenden Windes kaum in der Lage, seine Zigarre anzuzünden, sah er der Realität ins Auge. Er war erschüttert.

Die letzte Etappe seiner Reise bewältigte George mit einem Lehigh-Kanalboot. Der Kanal folgte dem Flußlauf von Maunch Chunk bis Easton. Vier Generationen der Hazards war das Lehigh-Tal bereits eine Heimat gewesen. Georges Urgroßvater hatte seinen Posten in New Jersey aufgegeben und versucht, in Pennsylvania sein eigener Herr und Meister zu werden.

Es gab keine großen natürlichen Erzvorkommen im Tal wie zum Beispiel das Raseneisenerz in Jersey. Und es bestand auch nicht die Möglichkeit, Flußmittel aus Tonerde und Austernmuscheln zu gewinnen, wie dies die Männer in den Salzbuchten bei Pine Barrens tun konnten. Aber der Urgroßvater von George hatte große Holzbestände entdeckt, die man in Holzkohle verwandeln konnte. Dazu hatte er einen Fluß gefunden, dessen Wasserkraft nutzbar war. Und am wichtigsten von allem: Er hatte Glück. Während Jahren hatte er den einzigen Ofen am Fluß betrieben. Das Erz mußte in Ledersäcken über die Berge gebracht werden, aber das schreckte ihn nicht ab. Auch in Jersey waren Maultiere lange das einzige Transportmittel gewesen.

Man sagte, er sei verrückt, nicht in das Schuylkill-Tal zu gehen, aber Georges Urgroßvater kümmerte sich nicht um solches Gerede und hielt durch. Im Lehigh-Tal war er sein eigener Herr und Meister und war in Glück und Unglück von seinen eigenen Entscheidungen abhängig.

Während der Revolution hatten sich die Hazards ganz auf den Krieg konzentriert und waren hinterher finanziell fast ruiniert. Glücklicherweise trugen die Rebellen den Sieg davon, und die Familie konnte weiterbestehen. Aber der Erfolg erwies sich als sehr wetterwendisch. Jahr für Jahr mußten die Hazards ihr Eisen auf alte, baufällige Durham-Boote verladen, um es über den Delaware zu bringen. Man wußte nie, ob die Boote ankommen würden. 1829 wurde der Lehigh-Kanal eröffnet. Damit begann jedes Geschäft im Tal zu florieren, und die Hazards waren keine Ausnahme mehr. Ein Jahrhundert lang hatte das Eisen der Familie ein zwar stetiges, aber bescheidenes Einkommen gesichert. Mit dem Kanal waren nun plötzlich mehrere Märkte erschließbar, und im Laufe einer Generation — der Generation von Georges Vater — kamen die Hazards nun zu Reichtum.

George war sozusagen mit dem Kanal aufgewachsen. Die Rufe der Bootsleute und das gelegentliche Iah der Esel auf dem Treidelpfad gehörten unauslöschlich zu seinen Kindheitserinnerungen. Es hieß, die guten Zeiten des Kanals gingen jetzt zu Ende. Sie hatten knapp dreißig Jahre gedauert, ein weiterer Beweis dafür, wie schwindelerregend schnell sich das Zeitalter der Maschine veränderte. William Hazard hatte offensichtlich auf diese Prophezeiungen gehört, sonst hätte er nicht damit angefangen, Eisenbahnschienen herzustellen.

Das Boot hielt eine halbe Stunde in der aufstrebenden Stadt Bethlehem an. Einige Meilen hinter der Stadt erhoben sich die ersten Gipfel der South Mountains. Es war ein stürmischer, dunkler Tag. George stand an Deck und erfreute sich am Anblick seiner Heimat.
Unter den rasch dahintreibenden, grauen Wolken sahen die runden Hügelkuppen beinahe schwarz aus. Jetzt waren sie kahl, aber im Frühling waren sie mit Tausenden von rosa und weißen Blumen übersät. Georges Mutter liebte sie auf eine fast religiöse Art. Sie sagte, sie seien wie die Hazard-Familie: Sie faßten oft auf steinigem Boden Fuß und gediehen, wo andere Pflanzen starben. Sie hatte George dieses Gefühl vermittelt, so wie sein Vater seinen Glauben an die Macht des Eisens auf ihn übertragen hatte. Das Kanalboot bog um eine lange Kurve, und nach und nach kam die kleine Stadt Lehigh Station in Sicht. Etwas weiter flußaufwärts waren die großen Hazardwerke bereits deutlich erkennbar.
In Flußnähe befand sich eine Ansammlung bescheidener Häuser. Hier wohnten die Iren, Waliser und Ungarn, die in den Hazardwerken arbeiteten. Mehr und mehr Gußeisen wurde für den Häuserbau in großen Städten verwendet, es war schon fast zu einer Manie geworden. Und die Hazards stellten jetzt ja auch Schienen her.
Auf dem Hügel oberhalb der Arbeitersiedlung erhoben sich die größeren Ziegelgebäude der Angestellten sowie die Wohnhäuser der Vorarbeiter und Aufseher des Eisenwerks. Und auf dem höchsten Punkt, in der Mitte eines riesigen Grundstücks, stand, terrassenförmig aus dem Berg herausragend, das Haus, in dem George zur Welt gekommen war.
Er liebte das Haus, weil es sein Zuhause war, aber er fand, es sehe scheußlich aus. Der vorderste Teil des Hauses war vor hundert Jahren erstellt und bereits viele Male umgebaut worden — jedesmal in einem andern Stil. Es gab dreißig oder vierzig Zimmer im ganzen, aber es herrschte keine Einheit; das Haus trug nicht mal einen Namen und hatte seiner Meinung nach keinen Stil.
Das Hauptmerkmal der Hazardwerke waren die drei Hochöfen, die kegelförmig in den Himmel ragten. Von der Spitze eines jeden führte eine hölzerne Brücke zu den Hügeln. Zwei der Öfen waren in Betrieb und spien Rauch aus, der den ohnehin schon dunklen Himmel noch mehr verdüsterte. Kohle war ein schmutziger Brennstoff und ziemlich

altmodisch. Auf der Brücke des dritten Ofens gingen Arbeiter mit Schubkarren hin und her. Sie schütteten den Inhalt der Schubkarren in ein Ladeloch und kehrten dann für die nächste Ladung zum andern Ende der Brücke zurück. Sicherlich gab es rationellere Methoden, wie etwa ein dampfgetriebenes Förderband. Sein Bruder Stanley wollte sicher, daß jeder Ofen im ganzen Land erst ein solch neues System installierte, bevor er sich dafür entscheiden konnte.

Auch in der Gießerei herrschte reger Betrieb. George staunte, wie groß die Hazardwerke eigentlich waren, besonders nachdem er ein neues Gebäude entdeckte, das er noch nie gesehen hatte. Wahrscheinlich war dies das Schienenwalzwerk.

Hazard Iron war ein lärmiger, geschäftiger und unsauberer Betrieb. Die Landschaft wurde durch die Schlackenhaufen und die Kohle verunstaltet. Der Rauch war scheußlich, die Hitze und das Getöse manchmal infernalisch. Aber mit jedem Tag schien es klarer zu werden, daß die Vereinigten Staaten dank des Eisens wuchsen und gediehen. Das Geschäft war George in Fleisch und Blut übergegangen, und als er diesmal nach Hause kam, wurde es ihm bewußt.

Wie würde Constance darauf reagieren? Würde sie sich hier glücklich fühlen, verheiratet mit einem Eisenhüttenbesitzer, an einem unvertrauten, fremden Ort? Er gelobte, alles Mögliche zu tun, damit sie sich wohl fühlte, aber es lag nicht ganz in seiner Macht, ihr Leben in Lehigh Station glücklich zu gestalten. Und das machte ihm Sorgen.

Er freute sich, daß Virgilia noch in der Stadt hatte bleiben müssen und er somit Gelegenheit hatte, allein nach Hause zu kommen und langsam zu seinem alten Leben und seinen alten Gewohnheiten zurückzufinden. Mit all den Sorgen und Freuden. Sein Vater war nicht mehr da. Er hatte Schuldgefühle, weil er, vom Anblick seiner Heimat überwältigt, seinen Vater ganz vergessen hatte. Das mußte er wiedergutmachen. Er mußte auf Wiedersehen sagen.

Der Marmorstein mit den eingravierten Worten WILLIAM HAZARD glänzte im prächtigen Sonnenuntergang. George rückte den schwarzen Kranz, den er niedergelegt hatte, nochmals zurecht, bevor er wieder aufstand. Als seine Mutter auf ihn zukam, war er dabei, Erde von seiner Hose abzuklopfen. Sie hatte ihn auf den Friedhof begleitet, war aber im Hintergrund geblieben, als er schweigend von seinem Vater Abschied nahm.

Sie gingen den steilen Pfad zur wartenden Kutsche hinunter. George war erst seit wenigen Stunden zu Hause, aber Maude Hazard schmiedete bereits tausend Hochzeitspläne.

»Es ist ein Jammer, daß dein Vater nicht mehr lebt, um Constance kennenzulernen«, sagte sie.

»Glaubst du, sie hätte ihm gefallen?«

Maude seufzte. »Wahrscheinlich nicht. Aber wir werden sie willkommen heißen, das verspreche ich dir.«

»Wird Stanley sie auch willkommen heißen?« In seiner Stimme schwang Skepsis.

»George« — sie sah ihn direkt an —, »du weißt, daß einige dich für deinen Schritt hassen werden. Die Iren werden verachtet, obwohl mir nicht ganz klar ist, weshalb. Aber du bist offensichtlich sehr realistisch, und das bewundere ich. Ich bewundere dich für deine Bereitschaft, dem Haß die Stirn zu bieten.«

»Ich habe mir das noch nicht so rum überlegt, Mutter. Ich liebe Constance.«

»Ich weiß, aber es gibt immer noch sehr viel unchristlichen Haß in der Welt. Die Liebe wird ihn irgendwie besiegen, da bin ich sicher, und wenn wir alle überleben sollen, dann muß die Liebe stärker sein.«

Er dachte an Elkanah Bent, an Tillet Main und an seine eigene Schwester. Er konnte sich das *'muß'* vorstellen, aber das *'wird'*? Daran zweifelte er.

Zweites Buch

Freunde und Feinde

Die Menschen mögen widersprüchlich sein, aber die menschliche Natur bleibt sich selber treu. Seitdem das Monstrum der Sklaverei geschaffen wurde, hat sie immer wieder schreiend davon Zeugnis abgelegt, und bis es unter den Verwünschungen des Universums zugrunde gegangen ist, wird sie unbeirrt ihren Weg gehen, ihre Pfeile abschießen und die Brut verurteilen.

THEODORE DWIGHT WELD,
American Slavery As It Is, 1839

17

Mit einem Weihnachtsfest wurde George bald darauf feierlich zu Hause willkommen geheißen. Er hatte Gelegenheit, all die Veränderungen, die sich in kurzer Zeit in der Familie ereignet hatten, zu beobachten. Einiges überraschte ihn sehr.

Sein Bruder Billy, der erst zwölf war, handelte bereits wie ein Erwachsener und sah auch so aus. Sein Gesicht war voller geworden und hatte nun ebenfalls den leicht derben Ausdruck angenommen, der allen Hazards — mit Ausnahme von Stanley — eigen war. Sein braunes Haar war dunkler als dasjenige von George, seine blauen Augen weniger blaß und durchdringend. Er hatte ein liebenswürdiges Lächeln, aber wenn er sachliche und intelligente Fragen zum Krieg stellte, war er sehr ernst. Wer war der bessere General, Taylor oder Scott? Was konnte man über einen Vergleich der mexikanischen mit der amerikanischen Armee sagen? Was hielt George von Santa Anna? Billy konnte wohl nicht so ernst sein, wie es den Anschein erweckte, dachte George. Aber dann erinnerte er sich daran, daß es ihm selbst, als er in Billys Alter gewesen war, meistens sehr ernst gewesen war. Manchmal hatten ihn Frauen in Verlegenheit gebracht. Ob wohl Billy ähnliche Probleme hatte?

Dann mußte er über sich selbst lachen. Auch er hatte sich verändert, nicht nur die andern Hazards.

Virgilia schwatzte pausenlos über die Bewegung zur Abschaffung der Sklaverei. Sie nannte es ihre Arbeit. Sie war nicht nur fanatisch geworden, sondern nahm sich selbst auch sehr wichtig. Natürlich sagte George dies nicht laut, aber er verbarg auch nicht seinen Ärger, als er ihr mitteilte, daß Orry sein Trauzeuge sein würde.

Virgilia entgegnete darauf: »Ach ja, dieser Freund von dir, der Sklaven besitzt. Nun, George, sei gewarnt: Ich werde ihn weder anlächeln noch vor ihm kriechen.«

Es versprach eine unangenehme Hochzeit zu werden. Virgilia war offensichtlich entschlossen, Orrys Besuch zu verderben, und Stanleys Frau machte mehrere eisige und sarkastische Bemerkungen in bezug auf Constance Flynns Religion und den Ort der Hochzeit — die kleine, unprätentiöse katholische Kapelle am Kanal.

Stanley hatte vor etwas mehr als einem Jahr geheiratet, als George nach Mexiko unterwegs war. Isabel Truscott Hazard war 28, zwei Jahre älter als ihr Mann. Sie kam aus einer Familie, die von sich behauptete, einen Freund und Kollegen von William Penn als Stammvater zu haben. Obwohl sie sich während ihres ersten Jahres in Lehigh Station vornehmlich ihrer Schwangerschaft gewidmet hatte, war sie dank dem Namen ihres Mannes und ihrem eigenen Ehrgeiz zu einer führenden sozialen Position aufgerückt.

George versuchte Isabel zu mögen, aber nur fünf Minuten lang. Isabel war häßlich wie ein Pferd, was ihn nicht gestört hätte, wenn sie intelligent oder anmutig gewesen wäre. Aber sie betonte mit einigem Stolz, daß sie nie etwas anderes als den Gesellschaftsklatsch lese. George hätte Mitleid mit ihr haben können, aber weshalb sollte er sich überhaupt um sie kümmern? Sie glaubte ja doch, daß sie perfekt sei. Dasselbe dachte sie auch über ihr Zuhause, ihre Garderobe, ihren Geschmack in bezug auf Möbel und ihre Zwillingssöhne, die neun Monate auf den Tag genau nach der Hochzeit auf die Welt gekommen waren. Sie hatte Stanley bereits darüber informiert, daß sie keine weiteren Kinder mehr haben wollte, da sie das ganze ekelhaft gefunden hatte.

Mit großem Stolz zeigte George seiner Familie eine kleine Photographie von Constance. Wenige Minuten später, als ein Diener ihnen Rumpunsch servierte, bemerkte Isabel:

»Miß Flynn sieht sehr hübsch aus.«

»Danke, da bin ich einverstanden.«

»Man sagt, daß die Männer des Südens körperliche Schönheit ohne, sagen wir, Substanz mögen. Ich hoffe, deine Verlobte ist nicht so naiv zu glauben, daß man im Norden auch so denkt.«

George wurde rot. Offensichtlich hatte Isabel beschlossen, Constance zu verurteilen, weil sie zufällig schön war.

Maude Hazard mochte die Bemerkung ihrer Schwiegertochter nicht. Stanley bemerkte, wie seine Mutter die Stirn runzelte und etwas zu Isabel sagte. Für den Rest des Abends schwieg sie nun zwar, aber George war sicher, daß dies nicht für immer sein würde.

Für die Weihnachtsfeiertage war der Kamin mit Berglorbeer geschmückt worden. Fenster und Türen ebenfalls. Auf dem Kaminsims stand der Stolz der Familie, ein massiver, etwa siebzig Zentimeter hoher Pokal, der vom berühmten John Amelung aus Maryland stammte. Williams Vater hatte den Pokal in einer Zeit des Überflusses gekauft. Auf dem Glas hatte der Künstler einen Schild und einen amerikanischen Adler mit ausgebreiteten Schwingen eingraviert. Vom Schnabel des Adlers flatterte ein Band mit der Inschrift *E pluribus unum*. Gegen Ende der Feier stellte Maude sich vor den Kamin und hielt eine kurze Ansprache.

»Nun, da George endgültig zu Hause ist, müssen wir eine Änderung der Leitung der Hazardwerke vornehmen. Von jetzt an werden Stanley und George in gleichem Maße für den Betrieb des Ofens und des Walzwerks verantwortlich sein. Deine Zeit wird auch noch kommen, Billy, mach dir keine Sorgen.«

Stanley versuchte, ein Lächeln aufzusetzen, aber er sah aus, als hätte er eine Zitrone verschluckt. Maude fuhr fort:

»Da die Familie immer größer wird, können wir nicht mehr alle unter einem Dach wohnen. Es müssen also auch in dieser Hinsicht einige Änderungen vorgenommen werden. Dieses Haus wird von nun an Stanley und Isabel gehören. Ich werde auch hier wohnen, und für eine gewisse Zeit auch noch Billy und Virgilia.«

Sie wandte ihren Blick George zu und nahm ein gefaltetes Dokument vom Kaminsims, das er vorher nicht bemerkt hatte. »Einer der letzten Wünsche deines Vaters war, daß du ein eigenes Haus haben sollst. Dies also für dich und deine Braut: Es ist eine Urkunde für ein Stück Land. Die Parzelle ist recht groß und befindet sich gleich nebenan. Dein Vater hat das Schriftstück zwei Tage vor seinem Schlaganfall unterzeichnet. Bau Constance und deinen Kindern ein Heim.«

Georges Augen füllten sich mit Tränen, als er die Urkunde in Empfang nahm; Billy klatschte. Stanley und Isabel schlossen sich ihm ohne Begeisterung an. George verstand den Grund ihres Verhaltens. Stanley war nicht sonderlich darauf aus, die Leitung des Unternehmens mit einem Bruder zu teilen, den er als unerfahren und waghalsig betrachtete.

Constance und ihr Vater trafen Ende März im Norden ein, und die jungen Leute heirateten an einem milden Apriltag. George hatte seinen neuen, verantwortungsvollen Posten bereits vor drei Monaten übernommen.

In seiner Jugendzeit hatte er hier und dort einige Arbeiten in den Eisenwerken verrichtet, aber jetzt betrachtete er das Ganze mit den Augen eines Unternehmers und nicht mit dem Blick eines gelangweilten Knaben, der anderswo zu sein wünschte. Er streifte oft durch die Hochofenanlagen, die Gießerei und das Walzwerk, lernte die Arbeiter kennen und hoffte, ihnen zeigen zu können, daß sie ihm vertrauen konnten. Er stellte Fragen und konzentrierte sich immer voll auf die Antwort. Stieß er dabei auf ein Problem, das er lösen konnte, so tat er es.

Viele Male blieb er bis zur Morgendämmerung auf und las. Er sah die alte Korrespondenz durch, schlug sich mit dicken Handbüchern über die Eisenindustrie und mit technischen Büchern herum. Seine Neugier ärgerte Stanley. George war es egal. Was er las, war recht aufschlußreich und manchmal ärgerlich. Die Akten zeigten nämlich, daß Stanley jedesmal den Weg des geringsten Risikos eingeschlagen hatte, wenn ihm sein Vater die Entscheidung über ein Projekt erlaubt hatte. Glücklicherweise hatte William Hazard seinem ältesten Sohn nicht zu viele Kompetenzen übertragen. George war davon überzeugt, daß die Werke sonst auf den Stand des 18. Jahrhunderts zurückgefallen wären.

George fand daneben noch Zeit, einen Architekten aus Pennsylvania kommen zu lassen, der Pläne für sein neues Haus entwerfen sollte. Villen im italienischen Stil waren jetzt sehr *en vogue*, und der Architekt entwarf einen Plan für eine Villa in asymmetrischer L-Form mit einem raffinierten Aussichtsturm im Winkel. Dieser Turm sollte dem Gebäude den Namen geben: Belvedere — schöne Aussicht. War das Haus einmal fertiggestellt, würde dies sicher stimmen. Die Fundamente waren eben ausgehoben worden, als die Flynns ankamen.

Constance merkte bald, daß Isabel sie verachtete; sie lächelte und versuchte, das beste daraus zu machen. Fühlte sich Orry während der Hochzeitsfeierlichkeiten durch Virgilia beleidigt, so zeigte er dies nicht. Die beiden Neuvermählten machten sich auf ihre Hochzeitsreise nach New York. Die Familienkutsche führte sie am Handelsposten vorbei, der der Stadt ihren Namen verliehen hatte, aber Constance hatte keinen Blick für die Landschaft übrig. Sie lagen einander in der Kutsche in den Armen. Sie hatten eine einzige Nacht für sich allein in Easton, eine selige Nacht, als ein Kurier George nach Hause rief — für eine der ersten großen Auseinandersetzungen mit seinem Bruder Stanley.

Einer der Hochöfen war durch die enormen Spannungen, die sich im Innern anstauten, explodiert — ein Unfall, der sich bereits mehrere Male ereignet hatte. Zwei Arbeiter hatten dabei den Tod gefunden. Nachdem George die Unfallstelle inspiziert hatte, ging er in Stanleys Büro.

»Weshalb waren die Schornsteine nicht mit den gußeisernen Ringen versehen? In den Akten steht, daß Geld dafür vorgesehen war.«

Stanley sah blaß und erschöpft aus. Seine Stimme verriet Unmut, als er sagte: »Das war Vaters Idee, nicht meine. Nachdem er gestorben war, habe ich den Auftrag annulliert. Ich hatte den Eindruck, daß wir uns das nicht leisten könnten.«

»Du glaubst, daß wir uns zwei Leichen und zwei vaterlose Familien eher leisten können! Ich möchte, daß diese Ringe angebracht werden, und werde sofort einen Auftrag erteilen.«

Stanley versuchte einen entrüsteten Ton anzuschlagen. »Ich glaube nicht, daß du das Recht hast, eine Bestellung —«

»Verdammt! Du hast auf einem einzigen Gebiet mehr Rechte als ich. Du bist der einzige, der Wechsel unterschreiben darf. Diese Ringe werden bestellt. Und wir bezahlen jeder Familie tausend Dollar.«

»George, das ist blödsinnig.«

»Nicht, wenn wir weiterhin gute Arbeiter haben wollen. Nicht, wenn wir ruhig schlafen wollen. Du unterzeichnest die Wechsel, Stanley, oder ich komme mit hundert Mann und belagere dein Haus so lange, bis du es tust.«

»Verdammter Emporkömmling«, knurrte Stanley, aber er unterzeichnete.

Als er Maude mitteilte, daß man Schutzringe an den Schornsteinen anbringen würde, stellte er die Sache so dar, als ob das Ganze seine Idee gewesen sei.

Im November 1848 ging Zachary Taylor als Sieger aus der Präsidentenwahlkampagne hervor. Ungefähr gleichzeitig wurde Belvedere fertiggestellt, und George und Constance, die schwanger war, zogen in das neue Haus. Nicht lange danach kam William Hazard III zur Welt. Die beiden liebten ihr neues Zuhause. Constance möblierte erst das Kinderzimmer und stattete dann die übrigen Räume mit teuren, aber bequemen Möbeln aus, die dazu da waren, benützt und nicht bewundert zu werden. Im Gegensatz dazu betrachteten Stanley und Isabel ihr Haus als Museum.
George besprach jede wichtige Entscheidung mit Constance. Am Anfang wußte sie noch nichts über Eisen, aber sie war intelligent und praktisch und lernte schnell. Er gestand ihr, daß er wahrscheinlich des öfteren einen Mißerfolg haben würde, weil er oft zu rasch und unüberlegt handelte, besonders bei Problemen, bei denen er sich nicht auf seinen Instinkt verlassen konnte. Aber er glaubte, daß der Fortschritt nicht auf einem andern Weg zu erreichen sei, und sie teilte seine Meinung.
Das sich stetig erweiternde amerikanische Eisenbahnnetz brauchte bald alle Schienen auf, die das Walzwerk in 24 Stunden herstellen konnte — und dies trotz der schlechten Wirtschaftslage. Doch George mußte weiterhin um jeden Schritt, um jede wichtige Entscheidung mit seinem Bruder feilschen.
»Um Himmels willen, Stanley, wir befinden uns im Herzen einer wichtigen Kohleregion, aber du scheinst das nicht zu bemerken. Es ist fast hundertfünfzig Jahre her, seit die Darbys in England versucht haben, Eisen mit Koks zu schmelzen. Ist dies für dich immer noch zu neu?«
Stanley blickte George an, als ob dieser verrückt geworden wäre. »Holzkohle ist traditionell und sehr zufriedenstellend. Wozu sie aufgeben?«
»Weil die Bäume nicht ewig leben. Nicht, wenn wir weiterhin so abholzen.«
»Wir können Holzkohle verwenden, bis es keine mehr gibt, *dann* können wir experimentieren.«
»Aber Holzkohle ist schmutzig. Wenn sie dies bewirkt«, er wischte mit dem Zeigefinger über Stanleys Pult: sein Finger war schwarz, »was glaubst du, was geschieht, wenn wir den Staub und Ruß einatmen? Ich möchte, daß du zustimmst, das wir ein Experiment —«

»Nein, ich werde nicht dafür bezahlen.«
»Stanley —«
»Nein. Du hast mich zu allem anderen gedrängt, aber da wirst du mich nicht herumkriegen.«
George wollte auch etwas Kapital in ein Verfahren investieren, mit dem die Garrard-Brüder in den 1830er Jahren in Cincinnati hochqualitativen Tiegelgußstahl hergestellt hatten. Cyrus McCormick war offensichtlich genug von dem Verfahren überzeugt gewesen, um damit die Sicheln für seine ersten Mähmaschinen herzustellen. Aber während der Regierung Jackson hatte eine Verringerung der Einfuhrabgaben dazu geführt, daß genug europäischer Stahl eingeführt wurde, um die Inlandnachfrage zu sättigen. Die noch in den Kinderschuhen steckende amerikanische Stahlindustrie war somit nicht zum Zug gekommen.
Amerika stellte gegenwärtig nur etwa zweitausend Tonnen harten Kohlestahl pro Jahr her. Mit der zunehmenden Expansion sah George jedoch eine wachsende Nachfrage und größere Absatzmärkte voraus. Das Problem war nicht die Stahlherstellung an und für sich — das Verfahren war seit Jahrhunderten bekannt —, sondern wie rasch man ihn herstellen konnte, damit die Produktion gewinnbringend wurde. Mit dem alten Verfahren dauerte es zehn Tage, bis eine kleine Menge hergestellt war. Die Garrard-Brüder hatten offensichtlich ein besseres Verfahren entdeckt. George gab also in der Koksfrage nach und sparte seine Energien für den Kampf, der ausbrechen mußte, wenn er Stanley vorschlug, das Garrard-Verfahren anzuwenden.
Zweifellos wurde Stanley von Isabel dazu angespornt, auf fast alle Vorschläge seines jüngeren Bruders mit nein zu reagieren. Dies geschah auch, als George seinen Investitionsvorschlag machte. Er wütete tagelang, und erst Constances Ankündigung, daß sie ihr zweites Kind erwartete, konnte seinen Zorn besänftigen.

Im Sommer 1849 erhielten Stanley und seine Frau Besuch von einem Herrn aus Middletown. Der Gast blieb über Nacht. George und Constance wurden nicht zum Abendessen eingeladen, Virgilia war in Philadelphia, und Maude war mit Billy nach New York gefahren. Offensichtlich wollten sie den Besuch geheimhalten.
Vom gesellschaftlichen Standpunkt aus gesehen war es George egal,

aber er fragte sich, was wohl der Zweck des Besuchs sein mochte. Er hatte den großen, etwa fünfzigjährigen, würdigen Mann, der aus der Kutsche stieg und dann in Stanleys Haus verschwand, sofort erkannt. Simon Cameron war überall in Pennsylvania bekannt; er hatte im Lauf der Jahre mit Druckereien, Banken, Eisenbahnen und sogar mit Eisenwerken Geld gemacht.
George hatte jedoch das Gefühl, daß er aus ganz andern Gründen nach Lehigh Station gekommen war. Handelte es sich um politische Interessen? Als George später im Bett lag, seine Hand auf Constances Bauch, wurde ihm plötzlich eine Verknüpfung zwischen der Situation von Cameron und einer andern Tatsache klar.
»Um Gottes willen! Ich frage mich, ob er der Empfänger jener Schecks sein könnte?«
»Ich weiß nicht, wovon du redest, Liebling.«
»Ich hatte noch keine Zeit, es dir zu sagen, aber ich habe vor kurzem entdeckt, daß Stanley in den vergangenen drei Monaten Schecks im Betrag von je 500 Dollar ausgestellt hat. Ohne Namen — bar an den Empfänger. Vielleicht versucht er, Cameron wieder politisch auf die Beine zu helfen.«
»Du meinst, daß er in den Senat zurückkehren kann?«
»Möglich.«
»Als Demokrat?«
»Nein, das nicht. Er hat zu viele Leute verärgert, als er von der Parteilinie abgewichen ist. Der alte Jim Buchanan war besonders wütend. Andererseits wird man Cameron nicht los, indem man einfach nein sagt. Im Gegenteil, das spornt ihn geradezu an. Ich muß herausfinden, ob Stanley ihm Geld gibt, um eine neue Organisation aufzuziehen.«
Sie küßte ihn sanft auf die Wange. »All diese Streitereien mit Stanley machen dich vorschnell alt.«
»Und wie ergeht es dir mit Isabel?«
Sie wandte sich mit einem Achselzucken ab, das zu übertrieben war, um echt zu sein. »Sie läßt mich in Ruhe.«
»Ich erwarte nicht, daß du etwas anderes sagst, aber ich weiß, daß sie dich belästigt.«
»Ja«, sagte Constance. »Sie ist niederträchtig. Gott vergebe mir, aber ich wünsche mir, daß sie beide von der Erde verschluckt wür-

den.« Sie kuschelte sich an ihn, die eine Hand auf seiner Brust, und weinte.

»Ja, ich gebe Cameron Geld«, gab Stanley am nächsten Morgen zu. Er fuchtelte vor seinem Gesicht herum. »Mußt du dieses verdammte Kraut auch hier drin rauchen?«
George paffte weiter an seiner Havanna. »Weich nicht vom Thema ab. Du gibst Geld der Gesellschaft aus, Geld, das im Geschäft bleiben sollte, schlimmer noch, du gibst es einem politischen Mietling.«
»Simon ist kein Mietling. Er hat seinen Dienst in Ehren geleistet.«
»Ach ja? Weshalb wollten die Demokraten ihn denn nicht mehr? Ich muß sagen, es überrascht mich keineswegs. Niemand weiß, wo er steht, oder welche Partei er unterstützt, es sei denn die Partei, die gerade emporstrebt. Wo steht er denn gegenwärtig? Aber du weißt sicher von nichts.«
Stanley hustete heftig, um zu zeigen, daß er mit dem Rauch gar nicht einverstanden war, und um Zeit für eine Antwort zu gewinnen. Draußen rannten Männer in schmutziger Kleidung den Hügel herunter — die Nachtschicht. Ein kohlebeladener Güterzug knirschte in die andre Richtung.
»Simon baut eine staatliche Organisation auf«, sagte Stanley schließlich. »Er wird diejenigen, die ihm geholfen haben, nicht vergessen.«
»Stanley, der Mann ist ein Opportunist! Du kennst doch den Witz, den man sich über ihn erzählt? Camerons Definition eines ehrlichen Politikers: Einmal korrupt — immer korrupt. Möchtest du wirklich mit einem solchen Menschen etwas zu tun haben?«
Stanley blieb unerschütterlich. »Simon Cameron wird es in Pennsylvania zu Macht und Ansehen bringen. Und auch in der Nation. Er hatte nur einige vorübergehende Mißerfolge.«
»Nun, hilf ihm nicht, sie mit unserm Geld zu überwinden. Wenn du es trotzdem tust, werde ich Mutter in die Angelegenheit einweihen müssen. Bedauerlicherweise scheint dies der einzige Weg zu sein, dich vor dem Allerschlimmsten zu bewahren.«
Sein Bruder glühte und fand die Bemerkung überhaupt nicht lustig. George schüchterte ihn ein. Er biß sich auf die Lippen und sagte dann:
»Na gut. Ich werde deinen Einwand prüfen.«

»Danke«, schnappte George und ging hinaus. Er wußte, daß er gewonnen hatte. Er hatte eine Waffe verwendet, eine Drohung, die er früher nie gebraucht hatte. Er tat es ungern; nur ein Narr demütigte andere Menschen, denn ein gedemütigter Mensch schlug oft auf gemeinere Art und Weise zurück. Dieses Risiko war bei Stanley sehr groß. Aber George hatte hier keine andere Wahl.
Constance hat recht, dachte er, als er den Hügel zu den Hochöfen hinaufging. Die endlosen Wortgefechte laugten ihn aus. Heute morgen beim Rasieren hatte er mehrere graue Haare entdeckt. Und er war noch nicht einmal fünfundzwanzig!

Als Isabel vom letzten Streit erfuhr, explodierte sie.
»Willst du ihn damit durchkommen lassen, Stanley? Wenn der Senator wieder oben ist, wird er sich sicher an deine Großzügigkeit erinnern, und dann bekommst du die politische Stellung, die wir beide haben möchten. Es ist unsere Chance, endlich diesem kleinen, schmierigen Dorf zu entfliehen.«
Stanley sank in einen der Stühle, die im Schlafzimmer standen. Mit einer müden Bewegung löste er seine Krawatte. »Wenn ich nicht mit den Spenden aufhöre, wird George Mutter einweihen.«
Sie grinste hämisch. »Der kleine Junge sucht also Hilfe bei Muttern?«
»Ich kann ihn dafür nicht verurteilen. Solange ich die Finanzen verwalte, hat er keine andere Wahl.« Es sei denn, er ginge mit Fäusten auf mich los, dachte Stanley, und ein Angstschauer lief ihm den Rücken hinunter. George war temperamentvoll. Er hatte im Krieg gekämpft und kannte sich aus. Er konnte sich gut vorstellen, daß er seinen eigenen Bruder angreifen würde, und dieses Risiko wollte Stanley nicht eingehen.
Isabel stürmte wieder auf ihn ein. »Nun, du tätest gut daran, diesem verdammten Schuft keine Kontrolle über die Finanzen zu gewähren.«
»Nein, da werde ich nicht nachgeben«, versprach Stanley. *Es ist mein letzter Rest Autorität.*
»Und du wirst einen Weg finden, Cameron weiterhin Gelder zu schicken, nicht wahr?«
»Ja, Liebling. Das werde ich.« Stanley seufzte schwer. »Ich fürchte, daß ich meinen eigenen Bruder zu hassen beginne.«

»Oh, ich glaube nicht, daß du so weit gehen solltest«, entgegnete sie, aber im geheimen frohlockte sie.
Er errötete und verschwand hinter einem Wandschirm, um sein Hemd auszuziehen. »Ich weiß, ich meine es auch nicht immer, bloß manchmal.«
»Das Problem, das zwischen dir und deinem Bruder steht, ist jene Götzendienerin, die er geheiratet hat.« Sie betrachtete sich in einem dekorativen Spiegel, aber sie sah bloß das schöne Gesicht der rothaarigen Herrin von Belvedere. »Diese papstgläubige Hexe! Es ist an der Zeit, daß sie mal von ihrem hohen Roß heruntersteigt.«
Stanley streckte den Kopf hinter dem Wandschirm hervor. »Wie?«
Isabels Antwort war ein eisiges Lächeln.

18

Das 'Moravian Seminary and College for Women' befand sich am Ufer des Monocacy Creek, nicht weit von Bethlehem. Es war 1742 gegründet worden und war als erstes Pensionat für junge Frauen in den Kolonien bekannt. Virgilia hatte die Schule während zwei Semestern besucht, war dann aber nach Hause zurückgeschickt worden, weil sie sich weigerte, die Regeln zu befolgen.
Jedes Jahr im September führten die Frauen der Umgebung einen Bazar durch, um Gelder für die Schule zu sammeln. Der Bazar fand auf dem Rasen vor der Colonial Hall statt. Im Sommer begann man bereits mit den Vorbereitungen. Wurde man gebeten, den Vorsitz bei einem der zahlreichen Ausschüsse zu führen, so war dies ein Zeichen dafür, daß man gesellschaftlich akzeptiert worden war. Isabel war im Vorjahr Vorstand eines solchen Komitees gewesen.
Constance war für die Ausbildung von Frauen, soweit es ihnen möglich war, auch wenn sie dadurch in Wettbewerb mit den Männern gerieten. George fand ihre Haltung etwas eigentümlich, widersprach aber nicht. Ihre Schwangerschaft beeinträchtigte sie noch nicht so weit, daß sie nicht mehr auf den rauhen Straßen des Hochlands hätte herumreisen können. George versprach, daß er Stanley auf ihren Wunsch aufmerksam machen würde, aber er vergaß es.

Constance wartete. Sie hatte immer etwas zu tun. Mehrere Stunden am Tag kümmerte sie sich um den kleinen William, weil sie der Meinung war, daß Babies, wenn sie im Säuglingsalter nicht genügend Aufmerksamkeit und körperliche Zuwendung bekamen, zu schwierigen und gestörten Erwachsenen heranwachsen würden. Abgesehen davon liebte sie es, sich um den rundlichen, kleinen Knaben mit der rosa Haut zu kümmern.
Sie hatte auch einiges im Haushalt zu tun. Sie wußte die Angestellten von Belvedere gut zu führen, verstand es, ihre Streitigkeiten auf bestimmte und gerechte Art und Weise zu schlichten, und half ihnen, in kürzerer Zeit mehr zu erledigen, indem sie ihnen zeigte, wie sie ihre Pflichten organisieren und effizienter erfüllen konnten. Sie wurde bald von ihren Angestellten respektiert und bewundert; manche hatten auch etwas Angst vor ihr. Sie hatte ein irisches Temperament, das mit ihr durchging, wenn die Arbeit schlampig erledigt wurde, wenn die Leute vorlaut waren oder schwindelten.
Trotz all ihrer Beschäftigungen dachte Constance jedoch immer noch an den Bazar. Schließlich fragte sie George, ob er ihre Botschaft übermittelt habe. Er schlug sich an die Stirn und stöhnte auf. Constance verzieh seine Vergeßlichkeit, sie würde sich eben direkt an Isabel wenden. Dies machte besondere Vorbereitungen erforderlich, da die beiden Frauen einander außer durch Zufall kaum sahen. Sicherlich war das Isabels Absicht, dachte Constance manchmal etwas pikiert.
Sie lud Maude und Isabel zum Tee ein. Erst redeten sie über ihre Schwangerschaft. Constance sagte, sie sei sicher, daß es diesmal ein Mädchen werden würde; sie und George hatten sich bereits auf den Namen Patricia Flynn Hazard geeinigt. Als sie das hörte, spitzte Isabel die Lippen und starrte ins Weite.
Constance erwähnte, daß sie Interesse am Bazar habe. Maude sagte sofort: »Das ist schön von dir; ich bin sicher, daß die Damen sich freuen werden, wenn du mitmachst. Ich werde ihnen gerne mitteilen, daß du interessiert bist, obwohl ich seit zwei Jahren nicht mehr aktiv bin. Ich hatte den Eindruck, es sei nun an jüngeren Frauen, das Ruder zu übernehmen.«
»Ich werde es erwähnen, Liebste«, sagte Isabel zu Constance, »und zwar bei der Sitzung der für die Organisation zuständigen Gruppe, die sich am nächsten Montag trifft.«

»Danke«, sagte Constance und versuchte herauszufinden, ob Isabels süßes Lächeln aufrichtig war. Aber es gelang ihr nicht.

Isabel erwähnte den Namen ihrer Schwägerin bei jener Sitzung. »Ich dachte, sie könnte den Vorsitz im Ausschuß für die Steppdecken —« fing sie an.
»Ausgezeichnet«, sagte eine der Damen.
»Aber als ich die Idee vortrug, lehnte sie ab.«
Diese Bemerkung rief einiges Stirnrunzeln hervor. »Mit welcher Begründung, Isabel?« wollte jemand wissen.
Eine andere Dame fragte: »Ist sie gegen die Ausbildung für Frauen?«
»Ich weiß es nicht«, antwortete Isabel. »Sie sagte mir, sie könne nicht teilnehmen, weil die, äh, die religiöse Ausrichtung des Seminars gegen viele Konzepte ihrer Kirche verstoße, die ihrer Meinung noch natürlich die einzig wahre Kirche sei.«
Die Frau, die den Vorsitz führte, sagte: »Nun, das ist das letzte Mal, daß wir sie in Betracht ziehen.«
Isabel schüttelte den Kopf. »Es ist ein Jammer. Constance ist eine kluge Person und hat mehrere gute Eigenschaften. Man hat mir gesagt, daß die Katholiken ein sonderbar bigottes Volk sind, aber ich habe das nie glauben wollen, bis ich sie kennengelernt habe. Ich bin sicher, daß ihre Haltung auf den Einfluß der Priester und Nonnen zurückzuführen ist. Wie kann jemand, der ewig in einer dunklen Zelle lebt, na ja, ganz richtig sein? Und man hört ja auch die entsetzlichen Sachen über Frauenklöster.«
Diese Bemerkung wurde mit weisem Kopfnicken begrüßt. Das Thema war gerade im ganzen Land hochaktuell, und man war geneigt, solche Geschichten zu glauben.
Am nächsten Nachmittag suchte Isabel Constance auf. Ihr Gesicht drückte Enttäuschung aus, als sie sagte: »Es ist nicht einfach, dir dies mitzuteilen, Liebes. Ich habe dein so großzügiges Angebot vorgetragen, aber die Damen der Organisation lehnten es ab. Es hat nichts mit deiner Person zu tun, bitte versteh mich nicht falsch, aber es geht schließlich um einen Bazar, mit dem Gelder für eine Institution eingeholt werden sollen, die religiös anders orientiert ist als du.«
Constance zupfte an einem Taschentuch herum. »Du meinst, sie wollen die Hilfe einer Katholikin nicht?«

Isabel seufzte: »Es tut mir ja so leid. Vielleicht nächstes Jahr.« Sie wußte, daß der Gesichtsausdruck ihrer Schwägerin ihr ein Leben lang Freude bereiten würde.

Während des Besuchs von Isabel bei Constance war George zum Schienenwalzwerk unterwegs. Er war von einem verängstigten Vorarbeiter gerufen worden. Ein Streit hatte zu einem Unfall geführt. Stanley delegierte solche Aufgaben immer an seinen Bruder. Mit ausdruckslosem Gesicht sagte er, George sei doch so kontaktfreudig. Hätte Isabel diese Bemerkung fallengelassen, wäre es auf jeden Fall eine Beleidigung gewesen, dachte George.

Der Sommer war außerordentlich heiß gewesen, und der nahe Herbst brachte immer noch keine Abkühlung. In der Hazard-Familie schlugen gelegentlich die Wellen des Temperaments hoch, und George konnte sich vorstellen, wie groß die Spannung im Walzwerk sein mußte, wo es infernalisch heiß war.

Das Walzwerk war nach belgischem Muster organisiert. Der lange Strom des roten, heißen Metalls wurde Schritt für Schritt flachgedrückt und mittels einer Serie von auf Ständern montierten Rollen in die richtige Form gepreßt. Zwischen den Ständern packten stämmige Männer — die sogenannten Fänger — das Metall mit Zangen und führten es zum nächsten Rollenpaar. Es war eine harte, gefährliche Arbeit. Ein großer Teil dieser Arbeit würde wegfallen, wenn es jemandem gelänge, ein Walzwerk zu konzipieren, in dem das Metall kontinuierlich über die Rollen laufen konnte. Vor einigen Jahren hatte ein Walzwerkbesitzer namens Serrell in New York es fast geschafft, aber der Plan wies einige Makel auf. Auch George hatte sich mit dem Problem auseinandergesetzt, bis jetzt jedoch ohne Erfolg.

Er rannte, so schnell er konnte. Die Arbeit im Walzwerk stand still. Das Eisen, das man bereits dem ersten Rollenpaar zugeführt hatte, war schon wieder abgekühlt. Einer der Fänger lag stöhnend auf dem dreckigen Boden. George würgte, als ihm der Geruch von versengten Kleidern und Menschenfleisch in die Nase stieg.

Es handelte sich um einen drahtigen Slawen, dessen Nachnamen man nicht aussprechen konnte. Im Gegensatz zu seinem Mitarbeiter, einem grobschlächtigen Kerl namens Brovnic, war er ein guter Arbeiter.

»Wir haben Dr. Hopple gerufen«, sagte der Vorarbeiter.
»Gut.« George kniete neben dem Verletzten nieder und sah das verzerrte, erkaltete Eisenstück. Offensichtlich war es quer über die rechte Körperhälfte des Mannes gefallen und hatte Hemd, Brust und den nackten Oberarm verbrannt. George versuchte die aufsteigende Übelkeit zu unterdrücken. Nur Gott wußte, ob der Mann seinen Arm jemals wieder würde gebrauchen können. Er fuhr sich mit dem Handrücken über den Mund und fragte: »Wie ist es passiert?«
»Ein Unfall«, stieß Brovnic hervor. Sein hervorstehender Unterkiefer sah höchst bedrohlich aus und sollte wohl alle einschüchtern, aber ein schweißtriefender, schmutziger Arbeiter trat vor.
»Unfall, verdammt! Brovnic hat Tonys Frau belästigt. Tony sagte ihm, er solle aufhören und —«
Brovnic fluchte und stürzte vor. Drei Männer packten ihn und hielten ihn zurück, als der Sprecher auf das Eisenstück zeigte. »Brovnic hat ihn niedergeschlagen und hat es dann auf ihn fallen lassen.«
»Verdammter Lügner«, schrie Brovnic und versuchte, sich aus dem Griff der Männer zu befreien. Es wäre ihm gelungen, wenn nicht George auf ihn losgestürmt wäre und ihn an seinem dreckigen Hemd gepackt hätte.
»Seit dem Tag, an dem ich dich eingestellt habe, hast du nichts als Unruhe gestiftet, Brovnic. Hol deinen Lohn und verschwinde, sofort.«
George hatte Herzklopfen. Brovnic schielte auf ihn nieder. »Sie sollten dies lieber bleiben lassen . . .«
George mußte seinen Kopf zurückbeugen, um dem andern in die Augen zu sehen.
»Ich habe gesagt, *sofort*.«
»Ich werde dir deinen Teil noch geben«, sagte der Mann, als er davonstapfte.

Eine Minute, nachdem Isabel weggegangen war, brach Constance in Tränen aus. Sie stand neben einem großen Fenster im Wohnzimmer, von dem aus man eine herrliche Sicht über die Stadt und den glitzernden Fluß hatte. Sie sah jedoch nichts davon. Sie hielt sich an den Vorhängen fest, als würde sie sonst umfallen.
Sie schluchzte und verachtete sich dafür, daß sie weinte. Es war nur selten vorgekommen während ihrer Zeit in Texas, aber hier waren die

Dinge anders. Manchmal haßte sie Lehigh Station, obwohl sie George liebte; sie haßte Lehigh Station und wollte weg. Statt dessen weinte sie.

Sie war sicher, daß Isabel die Ablehnung provoziert hatte. Stanleys Frau haßte sie; es gab kein anderes Wort dafür. Sobald George nach Hause kam, wollte sie ihm den Vorfall erzählen. Sie versuchte immer, ihren Mann mit ihren Sorgen zu verschonen, aber dies war zuviel für sie. Isabel hatte ihre Religion in den Vordergrund geschoben, aber sicher hatte die arrogante Frau andere Gründe, um sie zu verachten. Isabel war eine verzerrte, unglückliche Person, und sie hatte die Möglichkeit, Constance tief zu verletzen.

»Ma'am, stimmt etwas nicht? Ich dachte, ich hätte etwas gehört . . .« Das Mädchen hielt inne. Es versuchte, sich wieder zurückzuziehen. Constance war verlegener wegen des Mädchens als wegen sich selbst. Sie wischte die Tränen mit beiden Händen vom Gesicht.

»Tut mir leid, wenn ich dich gestört habe, Bridgit. Ich bin für einen Moment nicht ich selbst gewesen. Bitte, sag niemandem etwas. Würdest du bitte William herunterbringen, wenn er wach ist?«

»Sofort, Ma'am.« Erleichtert zog sich Bridgit zurück.

Kurz darauf, mit ihrem kleinen Sohn auf dem Arm, fühlte sich Constance bereits besser. Sie bedauerte, daß es Isabel gelungen war, sie niederzudrücken. Natürlich würde sie ihrem Mann nichts sagen. Sie würde ihre Kämpfe allein ausfechten, wie sie dies immer tat. Sie hatte beschlossen, in diesem Teil der Welt zu leben, weil sie George liebte, und sie würde es nicht zulassen, daß Isabel oder eine ganze Legion dieser bigotten Hühner sie zerstörten.

Sie war wütend auf sich selbst, daß sie sich auch nur einen Augenblick lang vor Isabel hatte gehenlassen. Sie wußte, daß Stanleys Frau gesehen hatte, daß ihre grausame kleine Strategie erfolgreich gewesen war. Aber es ist das letzte Mal, dieses böse Weib wird niemals wieder eine solche Befriedigung haben, dachte sie, als sie mit William herumkoste.

»Wir sollten uns überlegen, ob wir nicht eine Sommerresidenz kaufen«, sagte Maude. »In den vergangenen Monaten war das Wetter absolut scheußlich.«

»Ich bin einverstanden«, sagte Stanley. »Isabel beklagt sich Tag und

Nacht über die Hitze.« George, der über eine Akte gebeugt war, warf ihm einen Blick zu, als wolle er sagen, daß Isabel sich dauernd über dies oder jenes beklage.

»Wir können uns auf jeden Fall ein Sommerhaus leisten«, fuhr Stanley fort. »Hast du irgendwelche Vorstellungen, wo wir uns danach umsehen könnten, Mutter?«

»Die Atlantikküste wäre angenehm.«

In dem kleinen Büro herrschte dicke Luft. Es waren zwei Stunden vergangen, seitdem Brovnic das Walzwerk in aller Eile verlassen hatte. Maude stattete eben ihren wöchentlichen Besuch ab. Sie hatte seit dem Tod ihres Mannes sofort mit dieser Gewohnheit angefangen. Vorher hatte sie nie einen Fuß auf das Werksgelände gesetzt.

Stanley hatte sie zuerst in ihrem Interesse nicht ermutigt und ihr vorgehalten, daß es für eine Frau nicht schicklich sei, sich um Geschäfte zu kümmern. Als George nach Hause kam, fand er bald den wahren Grund für Stanleys Ablehnung heraus. Maude hatte in wenigen Monaten mehr über die Produktion, den Lagerbestand und die Finanzen gelernt, als Stanley in seinem ganzen Leben lernen würde. Ihr instinktives Erfassen der Dinge verunsicherte Stanley und veranlaßte ihn, einen Streit vom Zaun zu brechen.

Aber das half nicht viel. Auf ihre bescheidene Art und Weise war Maude ebenso hart wie das Hazard-Eisen, das mit den Kanalbooten auf den Markt gebracht wurde.

Als Maude die Bemerkung über die Küste machte, sagte George: »Orry hat mir einmal gesagt, daß viele Pflanzer aus South Carolina den Sommer in Newport verbringen.«

Maude klatschte in die Hände. »Oh, ja, Aquidneck Island. Ich habe gehört, es muß wunderschön sein.«

Stanley wollte eben einen Einwand vorbringen, als die Tür aufflog. Brovnic stand in der Türfüllung. Er stank nach Whiskey und fuchtelte mit einer alten Flinte herum.

Maude erschrak und erstarrte. Stanley warf sich zu Boden. »Ich hab's dir gesagt!« schrie Brovnic und schwankte hin und her, den Gewehrlauf auf George richtend. Ohne zu zögern fegte George das Tintenfaß vom Schreibtisch, die Tinte spritzte Brovnic ins Gesicht. Brovnic brüllte und prallte gegen den Türrahmen zurück. Ein Schuß war dabei losgegangen, aber die Kugel schlug in die Decke. Schon hatte George einen Satz über das Geländer, das das Büro in zwei Abschnitte trennte, gemacht: Er entriß Brovnic die Waffe und schlug ihm den Kolben auf die Nase. Mit einem schrillen Wutschrei versuchte sein tintenbefleckter Gegner ihn zu packen. George wich einen Schritt zurück und gab ihm mit seinen schweren Stiefeln einen Tritt in den Unterleib.

Brovnic schrie und fuchtelte mit den Armen. Dann verlor er das Gleichgewicht und fiel rückwärts die Treppe hinunter. Erst jetzt spürte George seine Panik. Er hielt sich am Türrahmen fest und winkte vier vorbeigehende Arbeiter heran. »Packt den betrunkenen Idioten. Einer soll ins Dorf hinunterrennen und den Polizisten holen.«

Stanley krabbelte wieder auf die Füße. Maude hatte sich während der ganzen Zeit nicht gerührt. Sie sah Stanley an und sagte mit sanfter Stimme: »Du hättest deinem Bruder helfen sollen. Man hätte ihn töten können.«

Stanley wurde rot; er war zu erschrocken, um etwas zu sagen. Zum erstenmal hatte seine Mutter eine Wahl zwischen den beiden Söhnen getroffen; kein gutes Omen.

Als George an jenem Abend nach Belvedere zurückkehrte, zeigte Constance nichts von ihrem Unglück. George plauderte das ganze Abendessen hindurch; er war offensichtlich immer noch von den schrecklichen Ereignissen im Walzwerk beeindruckt. Er hatte dem verletzten Arbeiter einen Besuch zu Hause abgestattet. Dr. Hopple war der Meinung, daß man den Arm retten könne, obwohl nicht sicher war, ob der Mann wieder harte körperliche Arbeit würde verrichten können. Falls nicht, würde George ihm eine leichtere Arbeit im Werk besorgen. Brovnic wurde festgenommen.

Im Haus nebenan war das Abendessen fast vorbei. Maude war nach draußen gegangen, um mit Billy einen Spaziergang zu machen. Virgilia war auf ihrem Zimmer. Isabel hatte den Zwillingen Laban und Levi ihren üblichen fünf Minuten dauernden Besuch abgestattet und war dann ins Wohnzimmer zurückgekehrt. Sie und Stanley waren jetzt allein. Sie wollte ihm eben von ihrem Triumph über Constance erzählen, als er wieder auf die Szene im Büro zu sprechen kam. Er hatte sie nach seiner Heimkehr kurz erwähnt und war dann in ein

moroses Schweigen versunken. Maude hatte eine leichte Konversation geführt, aber das Thema vermieden.
»Mutter hat mich angeschaut, als ob ich der schlimmste Feigling wäre«, sagte er mit einem wehmütigen Gesichtsausdruck. »Ich komme nicht darüber hinweg.«
»Stanley, ich kann verstehen, daß dich das Ereignis aufgeregt hat, aber ich habe davon gehört. Ich wünschte, du ließest mich etwas sagen.«
Er warf ihr eine zerknüllte Serviette ins Gesicht. »Halt den Mund, du raubgierige Person. Bist du so dumm, daß du nicht siehst, was los ist? George bewirkt, daß Mutter sich gegen uns wendet. Als nächstes wird sie ihm die Kontrolle über die Finanzen übertragen. Und wo bist du dann mit deiner Verschwendungssucht?«
Er schrie so laut, daß das Gehänge am Kerzenleuchter zu klirren anfing. Isabel starrte sprachlos die Serviette an, die ihr ans Kinn und von dort in den leeren Teller geflogen war.
Erst wollte sie ihren Mann wegen seines ungehörigen Betragens zurechtweisen. Doch dann dachte sie rasch, daß er sie bloß anschrie, weil seine Mutter ihn getadelt hatte. Und zu Recht. Stanley war ein Feigling. Es machte nichts, solange er die Autorität in der Familie beibehielt.
Sie überzeugte sich selbst bald davon, daß George der eigentlich Schuldige war. Der streberische, arrogante kleine George. George hatte Stanley in einen solchen Zustand versetzt, daß er sich weigerte, ihren Bericht anzuhören. Natürlich war sie höchst befriedigt zu wissen, daß Constance sich unglücklich fühlte. Aber auch diese Gewißheit wurde einen Augenblick später in Frage gestellt. Von der Wiese beim Belvedere her hörte man fröhliche Stimmen. Isabel trat ans Fenster und sah, wie George und Constance auf dem Rasen in der Dämmerung eine Krocketpartie spielten. Sie lachten und neckten einander wie Kinder.
Stanley redete mit Isabel. Sie ignorierte ihn. Sie starrte auf Maude, die in der Loggia saß und den kleinen William auf ihren Knien hielt. Der kleine Billy lungerte in der Nähe herum. Isabel kochte vor Wut. Maude kümmerte sich nie in dieser Art um ihre Zwillinge.
Constance sah glücklich aus. *Glücklich*. Ihre Kraft hatte die Niederlage offensichtlich überwunden. Und Isabel war jetzt mehr als klar,

daß Constance und ihr Mann alles versuchten, um Maude auf ihre Seite zu bringen. Von diesem Augenblick an haßte Isabel die beiden noch leidenschaftlicher als vorher.

»Wieder ein Zug entgleist«, sagte Constance. »Vier Leute sind dabei ums Leben gekommen. Das ist der dritte Eisenbahnunfall in diesem Monat.« Sie schüttelte den Kopf und faltete die Zeitung zusammen.
George studierte weiterhin die Baupläne, die er auf dem Tisch in der Bibliothek ausgebreitet hatte. Ohne aufzublicken sagte er: »Je mehr Schienenwalzwerke gebaut werden und je mehr Züge es gibt, desto größer sind die Chancen für einen Unfall.«
»Die Erklärung ist sicher zu simpel. Ich habe wiederholt gelesen, daß die Hälfte der Unfälle — oder mehr — verhindert werden könnte.«
»Nun, das mag sein. Es gibt menschliches Versagen, es wird schlechtes Material verwendet. Es wäre gut, wenn die Eisenbahnen sich endlich auf eine Norm einigen könnten.«
Er stand auf, streckte sich und rückte dann sorgfältig den Gegenstand auf dem Tisch zurecht, als ob es sich um eine kostbare Antiquität handelte. Es war jedoch nichts anderes als das Stück Eisenmeteorit, das er in der Nähe von West Point gefunden hatte. Er hütete es wie einen Schatz, weil es, wie er sagte, ein Symbol für die Bedeutung seiner Arbeit war. Sie bemerkte, daß er den Meteoriten kaum einen Millimeter verschoben hatte, und lächelte.
Er ging zu ihrem Stuhl hinüber und gab ihr einen Kuß auf die Stirn. »Wie Orry sagen würde, ich glaube, daß der Fortschritt immer seinen Preis hat.«
»Du hast schon lange keinen Brief mehr von Orry bekommen.«
»Sechs Wochen.« George schlenderte zum Fenster. Die Lichter des Orts schimmerten durch die ersten fallenden Schneeflocken. »Ich habe ihm geschrieben und ihm gesagt, er solle nächsten Sommer alle Mains nach Newport mitbringen.«
Im Oktober hatten George und Stanley die Insel in der Narragansett-Bucht aufgesucht und ein großes, weitläufiges Haus mit zehn Hektar Boden in Bath Road gekauft, nicht weit vom Strand. Ein Architekt aus Providence hatte die Pläne für einen großzügigen Umbau des Hauses unterbreitet, und dies waren die Pläne, die sich George eben

angeschaut hatte. Der Architekt hatte versprochen, daß der Umbau bis zum Sommer 1850 fertig sein sollte.
»Und seither hast du nichts mehr von ihm gehört?«
»Nein.«
»Stimmt etwas nicht?«
»Wenn, so weiß ich es nicht.«
»Newport ist ein Ferienort der Nordstaatler. Glaubst du, daß er die Einladung annehmen wird?«
»Ich sehe keinen Grund, weshalb er das nicht sollte. Die Leute aus South Carolina gehen im Sommer immer noch scharenweise dorthin.«
Er war nicht ganz aufrichtig mit seiner Frau. Die seltenen Briefe von Orry, die oberflächlich lustig waren, wiesen einen merkwürdig bitteren Unterton auf. George fiel dies auf, weil er Orry früher als einen fröhlichen Menschen gekannt hatte. Orry hatte in seinen Briefen mehrere Male von seinem »ewigen Junggesellenleben« gesprochen. Nur ab und zu beantwortete er die vorsichtigen Fragen von George bezüglich *M*. Manchmal hüpfte er unerwartet von einer harmlosen Nachricht auf ein Thema, das bloß als Protest gegen die Bewegungen des Nordens zur Bekämpfung der Sklaverei bezeichnet werden konnte. Er war ein Widersacher jener politischen Gruppierungen, die erreichen wollten, daß in jedem neuen Bundesstaat und in jedem neuen Territorium die Sklaverei automatisch verboten sein sollte. Er übte auch scharfe Kritik an der Wilmot-Klausel. Offenbar würde der Süden noch lange einen Groll darüber hegen.
Obwohl also George seinen Freund gerne wiedergesehen hätte, schreckte etwas in ihm vor einer neuen Begegnung zurück.
Mitte Dezember erhielt er die Nachricht, daß eine solche Begegnung nun doch stattfinden würde. Der Brief erreichte ihn an einem eiskalten Tag. In der Nacht kroch George neben seine hochschwangere Frau ins Bett und begann wie immer damit, die Ereignisse des Tags träge zu besprechen.
»Orry hat einen Brief geschrieben.«
»Endlich! Ist er erfreulich?« Sie atmete schwer beim Sprechen, aber es fiel ihm nicht weiter auf, weshalb.
»Nicht besonders. Aber er sagte, er würde uns im Sommer einen Besuch abstatten und so viele der andern Mains mitbringen, wie er überzeugen könne.«

»Das ist — ausgezeichnet«, keuchte Constance. »Aber ich glaube, es ist besser, wenn du jetzt eine Einladung an Dr. Hopple ergehen läßt.«

»Was? Ist es soweit? Jetzt? Mein Gott, deshalb bist du so außer Atem.«

Er sprang aus dem Bett und stellte in der Hast einen Fuß in den Nachttopf, der Gott sein Dank leer war. Trotzdem verlor George das Gleichgewicht und fiel auf den Rücken. *»Au!«*

»Um Himmels willen«, sagte sie und versuchte aufzustehen. »Wenn du so weiter machst, werden wir nie mehr Kinder haben.«

In der Morgendämmerung kam Patricia Flynn Hazard ohne weitere Schwierigkeiten zur Welt. George erhielt die Nachricht, als er in der Bibliothek war, wo er schläfrig lächelte und seinen bandagierten Fuß rieb.

Billy, der jetzt vierzehn war und mit jedem Tag größer wurde, kam über Weihnachten aus dem Internat nach Hause. Er war sehr von seiner neuen Nichte beeindruckt und verbrachte die meiste Zeit in Belvedere, obwohl er seine Sachen bei Stanley hatte.

Billy fühlte sich erwachsen und unabhängig. Er neckte seine Mutter oft damit, daß er nach Kalifornien auf die Goldfelder gehen würde. Die halbe Nation war dem Goldrausch erlegen, weshalb sollte er nicht auch Gold suchen?

»Weil du das Geld nicht brauchst, junger Mann«, sagte Maude ihm einmal beim Mittagessen.

»Doch, ich hab' ja keins für mich.« Doch er war des Spiels müde, lief zu ihr hinüber und umarmte sie. »Ich bin eigentlich nicht darauf aus, nach Gold zu graben.«

»Was möchtest du denn?«

»Ich möchte wieder etwas über die Schlacht von Churubusco hören.«

Billy wurde nie müde, sich die Geschichte anzuhören. George landete dabei unweigerlich bei einer langwierigen Beschreibung seiner Tage in West Point. Er wärmte gern die alten Erinnerungen am Kaminfeuer auf, und es war auch eine gute Gelegenheit, seinen jüngeren Bruder für eine Extrastunde von Stanley und Isabel fernzuhalten. Seit dem Ereignis mit Brovnic hatte Stanley ein mürrisches Wesen entwickelt. Isabel war immer noch dasselbe böse Weib, das sie immer

gewesen war. George glaubte, daß die beiden einen schlechten Einfluß auf Billy ausübten, und er war froh, daß Billy die meiste Zeit des Jahres im Internat verbrachte.
»Ich glaube, Orry ist ein feiner Mensch«, sagte Billy, nachdem George wieder einmal einen Monolog über die Akademie gehalten hatte.
»Das ist er. Er ist auch mein bester Freund. Ich hoffe, daß du ihn nächsten Sommer kennenlernen wirst.«
»Schlägt er seine Nigger?«
»Warum? Nein, ich glaube nicht.«
»Aber er hat Sklaven?« Billy mißbilligte das offensichtlich. George runzelte die Stirn und griff nach der Weinkaraffe; offenbar war dem Thema nicht auszuweichen.
»Ja, er hat einige wenige Sklaven.«
»Dann ändere ich meine Meinung. Dann glaube ich nicht, daß er ein so guter Mensch ist, wie du sagst.«
George unterdrückte seinen Ärger. »Wohl eher deswegen, weil du beinahe fünfzehn bist. Keiner in deinem Alter ist je mit Erwachsenen einverstanden.«
»O doch«, gab Billy so schnell zurück, daß George in Lachen ausbrechen mußte.
Billy verstand den Scherz nicht. Er fuhr hartnäckig fort: »Ich bin mit all dem, was du über West Point sagst, einverstanden. Es muß ein herrlicher Ort sein.«
George nippte an seinem Wein und hörte auf die vertrauten Geräusche des Hauses. Familien sollten eine Tradition haben, und er hatte sich jetzt eben eine herrliche Tradition vorgestellt. Er wollte dies jedoch einem halsstarrigen Jüngling nicht so direkt mitteilen. Sonst wäre es für Billy zu einfach, nein zu sagen. Er umkreiste das Thema.
»Oh, es gab harte Zeiten, aber man fühlte sich mehr als Mann, wenn man sie überlebte. Es gab auch herrliche Zeiten, und ich habe einige gute Freunde gewonnen. Tom Jackson zum Beispiel — er unterrichtet an einer Militärschule in Virginia, und George Pickett. Gute Freunde«, murmelte er und blickte auf eine kurze Zeitspanne von Jahren zurück, die ihm allerdings sehr viel länger vorkam. »Und es steht ohne Zweifel fest, daß West Point die beste wissenschaftliche Ausbildung von ganz Amerika vermittelt.«

Billy grinste. »Ich bin mehr daran interessiert, in Schlachten zu kämpfen.«
George dachte an das Blutvergießen von Churubusco und daran, daß Orry seinen Arm verloren hatte. *Dann begreifst du nicht, wie eine Schlacht wirklich ist*. Er lächelte, behielt aber den Gedanken für sich. Er überließ es Billy, die Frage zu stellen, was dieser auch einen Augenblick später etwas zögernd tat:
»Weißt du, George, ich wollte dich eigentlich fragen, welche Chancen ich hätte —«
George zeigte nicht, wie erfreut er war. »Chancen wozu?«
Billys Blick verriet die Bewunderung, die er für seinen älteren Bruder hegte. »Um so wie du die Akademie zu absolvieren.«
»Glaubst du, das würde dir gefallen?«
»Ja, sehr.«
»Großartig.«
Das Soldatenleben war ein hartes und manchmal verdammt abstoßendes Geschäft. Der Krieg hatte ihm jede Illusion geraubt: Er hatte es ekelerregend und unmenschlich gefunden und war auch jetzt noch dieser Meinung. Trotzdem konnte Billy in dieser Zeit und in diesem Land nichts Besseres tun, als sein Erwachsenendasein mit einer Ausbildung in West Point zu beginnen. George erinnerte sich, früher anders darüber gedacht zu haben. Die Tatsache, daß er nun zu dieser Überzeugung gelangt war, zeigte ihm auf überraschende Art und Weise, wie stark er selbst sich inzwischen verändert hatte.
»Es gibt natürlich immer sehr viele Bewerber, und die Aufnahmebedingungen sind hart«, sagte er, »aber du würdest ja erst in, sagen wir, drei Jahren eintreten können. Du wärst siebzehn, wenn du dich für die 'sechsundfünfziger' Klasse einschreiben würdest. Ideal. Ich muß mal prüfen, ob für unsern Distrikt noch ein Freiplatz vorhanden ist. Ich werde das gleich erledigen.«
Und das tat er auch.

19

Gegen Ende des Jahres 1849 ging unter den Leuten am Ashley das Gerücht um, daß Orry Mains Bart mit jedem Monat etwas länger, er selbst jedoch immer wortkarger werde.

Orry wollte eigentlich nicht kurz angebunden sein, er wollte sich bloß kurz fassen. Ihm gingen ständig tausend Dinge durch den Kopf, die sorgfältiger Planung bedurften: Familienangelegenheiten, die Leitung der Plantage. Dazu kam, daß er mindestens einmal pro Woche in irgendeiner Krisensituation eingreifen mußte. Kurz: Er hatte sehr wenig Zeit und ging im Gespräch mit andern Menschen äußerst sparsam damit um.

Wenn die lieben Nachbarn und Bekannten ihm dies als Verdrossenheit ankreiden wollten — bitte schön. Der praktische Nutzen war auf jeden Fall nicht zu unterschätzen: Die Leute erwarteten nicht mehr, daß er über sein Privatleben redete, und bedrängten ihn auch nicht mehr mit Fragen zu einem Thema, das ihm besonders lästig geworden war.

Mit einer Ausnahme — sein Vater.

Tillet war jetzt beinahe fünfundfünfzig, gichtgeplagt und streitsüchtig. »Verdammt noch mal, Junge, du wärst eine gute Partie«, sagte er eines Abends in der Bibliothek. »Weshalb weigerst du dich, eine Frau zu suchen?«

Der Dezemberregen prasselte an die Fensterscheiben. Orry stieß einen Seufzer aus und legte seine Schreibfeder nieder. Er war eben dabei gewesen, die Jahresbilanz zu überprüfen. Seit es mit Tillets Gesundheit bergab ging, war Salem Jones für die Buchhaltung verantwortlich. In der Bilanz war die Anzahl Reisfässer aufgeführt, die jedesmal nach Charleston geschickt wurden.

Orry hatte nach der Ernte zufällig einen Blick auf die laufende Rechnung geworfen. Irgendwie stimmten die Zahlen nicht mit seinem Gefühl überein. Auch nicht mit der Anzahl Fässer, die die Plantage verlassen hatten, und schon gar nicht mit der Zahl derjenigen, die auf dem Pier gestapelt waren, wie er sich erinnerte. Schon seit Wochen hatte er sich eine Notiz machen wollen. Das tat er jetzt, bevor er sich seinem Vater zuwandte.

»Darf ich erfahren, was dich bewogen hat, diese Frage, die meines

Erachtens längst zur Zufriedenheit aller beantwortet ist, erneut zu stellen?«
»Deine Mutter mag mit der Antwort zufrieden sein, ich nicht.«
Tillet fuchtelte in seinem Stuhl mit Coopers letztem Brief herum. »Dein Bruder führt eine Menge heiratsfähiger Damen zu all diesen Weihnachtsbällen und Veranstaltungen und macht ihnen den Hof. Klar, hätte er jemals ernste Absichten, so würde ihn der Vater des Mädchens wahrscheinlich zum Teufel schicken, weil er immer noch diese komischen Ideen hat. Aber das ist mir ja eigentlich alles egal; ich erwähne deinen Bruder lediglich als Beispiel. Du solltest auch —«
Tillet stöhnte und umklammerte sein ausgestrecktes Bein. Dann fuhr er fort: »Du solltest heiraten und eine Familie gründen.«
Orry schüttelte den Kopf. »Zu beschäftigt.«
»Aber du fühlst dich doch sicher einsam? Ein kräftiger Mann in deinem Alter braucht doch —«
Orry lächelte, worauf sein Vater innehielt. Er sah erleichtert aus. Orry sagte: »Darum kümmere ich mich schon, mach dir keine Sorgen.«
Tillet verzog das Gesicht. »Ja, das habe ich bereits von mehreren Herren der Nachbarschaft vernommen. Aber Frauen dieser Art — ob gewöhnliche oder solche mit einem Tropfen Negerblut — sind nur für etwas zu gebrauchen, heiraten kannst du sie nicht.«
»Will ich auch nicht. Wie ich bereits wiederholt gesagt habe«, er berührte seinen mit einer Nadel befestigten Ärmel mit der Schreibfeder, »betrachte ich mich nicht mehr als heiratsfähig. Und nun möchte ich arbeiten. Ich habe einige merkwürdige Unstimmigkeiten festgestellt, die schon mehr als zweieinhalb Jahre zurückliegen.«
Tillet zuckte die Achseln — seine Art von Einverständnis. Sein Sohn war etwas barsch gewesen, als er sagte, daß er nicht heiratsfähig ist. Tillet hatte die Entschuldigung schon oft gehört, und so ungern er es auch zugeben mochte, etwas Wahres schien dran zu sein. Er wußte, was die Leute am Ashley von Orry dachten. Sie dachten, daß seit dem Krieg etwas mit seinem Kopf nicht mehr ganz in Ordnung war. Es gab genügend Beweise für diese Behauptung. Die Art und Weise, in der Orry seinen Pflichten in Mont Royal nachging, als ob er sich beweisen müsse, daß er trotz seiner Kriegsverletzung nicht weniger als andere wert sei. Seine Kleider, die für das Klima und die Atmosphäre immer etwas zu schwer und zu düster waren. Seine schroffe

Art. Der verdammte Bart, der so lang und dicht war, daß Kohlmeisen darin nisten konnten.
Einmal war Tillet, mit der Kutsche aus Charleston kommend, Orry im Torweg begegnet, als dieser eben wegritt, um etwas zu erledigen. Drei Gärtner, die Unkraut jäteten, hatten Orry angestarrt, als er an ihnen vorbeigaloppierte; die Sklaven hatten einander Blicke zugeworfen, einer hatte den Kopf geschüttelt, und einen andern schauderte es. Tillet hatte dies alles beobachtet und war traurig geworden. Sein Sohn war den andern fremd, ja unheimlich geworden.
Natürlich durfte man nicht übertreiben. Auch wenn Orry eigenartig geworden war, fand Tillet doch mehr Gefallen an ihm als an Cooper. Cooper kümmerte sich mit Feuereifer um die kleine Schiffsgesellschaft — nicht ohne Erfolg, aber er vertrat weiterhin beleidigende, um nicht zu sagen verräterische Ansichten.
Man hatte in letzter Zeit viel über verschiedene Resolutionen lesen können, die der alte Henry Clay zu Beginn des nächsten Jahres dem Senat vorlegen wollte. Clay hoffte, ein weiteres Auseinanderdriften zwischen Nord und Süd vermeiden zu können. Die dreißig Staaten starke Union befand sich in einem labilen Gleichgewicht: Fünfzehn waren Anhänger und fünfzehn Gegner der Sklaverei. Clay wollte beiden Seiten entgegenkommen. Er schlug vor, den neuen Staat Kalifornien dem Norden anzugliedern, das heißt, die Sklaverei dort zu verbieten. Als Gegenleistung würde man dem Süden zusichern, den zwischenstaatlichen Sklavenhandel nicht zu beeinträchtigen und schärfere Gesetze gegen die Sklavenflucht zu erlassen.
Hätte man Tillet gefragt, was er dem Norden am meisten vorwerfe, dann hätte er spontan das Problem der Sklavenflucht genannt. Der vierte Verfassungsartikel besagte ausdrücklich, daß ein Mann ein Recht auf seinen davongelaufenen Sklaven hatte. Er besagte ebenfalls, daß dieses Gesetz auch für Staaten, die keine Sklaverei betrieben, gültig sei. Dieses Gesetz, der *Fugitive Slave Act* von 1793, war eine Ausführungsbestimmung zur Verfassung gewesen, und seither hatten die selbstgerechten Heuchler im Norden immer wieder Mittel und Wege gefunden, das Gesetz zu verwässern oder ganz zu umgehen.
Tillet war gegen Clays Kompromißlösung, wie auch die meisten Politiker des Südens, einschließlich die Senatoren Jeff Davis und John

Calhoun. Der berühmte und einflußreiche Senator Webster stand hingegen auf Clays Seite, doch hatte er mehrere scharfe Gegner der Sklaverei gegen sich. Für einmal war Tillet diesem Völkchen dankbar.

Cooper war der Ansicht, daß die heiß diskutierte Kompromißlösung sowohl vernünftig als auch dringend notwendig war. Tillet meinte, daß es dringend notwendig sei, Cooper eine Tracht Prügel zu verabreichen.

Während Tillet seinen Gedanken nachhing, sinnierte Orry über die Bemerkung seines Vaters, die Leute in der Nachbarschaft wüßten, daß er Frauen besuche. Dies freute ihn außerordentlich, denn es bedeutete, daß sein Plan funktionierte. Im Lauf des vergangenen Jahres hatte er sich mehrere Mätressen genommen, die letzte eine Mulattin, eine Näherin, der er auf dem Weg nach Charleston begegnet war. Er gab sich Mühe, seinen Umgang diskret, aber nicht geheimzuhalten.

Die Frauen gaben ihm das, was Madeline aufgrund ihrer Vereinbarung nicht geben konnte. Obwohl Tillet anderer Meinung war, hätte Orry sich niemals auf diese Affären eingelassen, nur um seine Bedürfnisse zu befriedigen. Er besuchte verschiedene Frauen, damit es den Leuten auffiel und sie nicht dazu verleitete, zwischen seiner gelegentlichen und unvorhergesehenen Abwesenheit von Mont Royal und Madelines gleichzeitiger Abwesenheit von Resolute eine Verbindung herzustellen. Sosehr er sie regelmäßig sehen wollte, so sehr war ihm daran gelegen, jeglichen Verdacht von ihr fernzuhalten.

Hocherfreut darüber, daß das Täuschungsmanöver erfolgreich war, wandte sich Orry wieder der Bilanz zu. Er war auf etwas gestoßen, das offensichtlich zum Himmel stank, und beschäftigte sich während der nächsten halben Stunde damit, während Tillet in einen genüßlichen Traum hineindöste, in dem Senator Seward vom Pöbel gesteinigt wurde.

Tillet fuhr auf: ein Knall wie von einer Pistole. Orry hatte das Hauptbuch heftig zugeklappt und war ruckartig aufgestanden.

Tillet rieb sich die Augen: »Was ist los?«

»Eine Menge. Wir haben einen Dieb ernährt. Er hat dein Vertrauen und deine Güte mit Betrug vergolten. Ich habe den Schurken nie gemocht und werde ihn jetzt sofort vor die Tür setzen.«

»Wen?« fragte Tillet schläfrig und verwirrt.
Orry drehte sich an der Tür um. »Jones.«
»Aber — ich habe ihn eingestellt, du kannst ihn doch nicht einfach rausschmeißen.«
»Ich erlaube mir, eine andere Meinung zu haben«, sagte Orry mit so harter und leiser Stimme, daß der alte Mann ihn wegen des Regens kaum hören konnte. »Ich leite jetzt die Plantage, und du wirst mit meinem Entscheid einverstanden sein, wenn ich dir den Beweis vorlege. Aber auch wenn du nicht einverstanden sein solltest: Jones hat verspielt.«
Orry starrte seinen Vater an; nicht wütend, aber eindringlich. Bart, Augen, die große, hagere Gestalt, der leere Ärmel — all dies machte auf Tillet plötzlich einen merkwürdigen Eindruck. Er hatte das Gefühl, daß er mit einem Fremden, und dazu noch mit einem furchteinflößenden, redete.
»Wie du meinst«, murmelte er. Sein Sohn nickte kurz und heftig und ging hinaus.

Das Hauptbuch unter dem Arm schritt Orry mit wehendem Mantel zum Haus des Aufsehers. Regentropfen verfingen sich in Haar und Bart. Er machte weitausholende, entschlossene Schritte und war so auf seine Sache konzentriert, daß er nicht bemerkte, wie Vetter Charles bei der dunklen Tür einer Sklavenhütte herumlungerte.
Jones schlief. Orry weckte ihn mit lauter Stimme und stellte ihn dann in der Küche seines makellos sauberen Hauses zur Rede. Der überraschende Besuch machte den Aufseher nervös: Schweißperlen glitzerten auf seinem kahlen Kopf, und dunkle Ringe zeichneten sich auf seinem Nachthemd ab. Jones hatte seine Reitpeitsche und seinen Knüppel dabei; er trennte sich also offensichtlich auch bei Nacht nicht von ihnen.
»Ein einfacher Plan, nicht wahr?« sagte Orry und knallte das schwere Hauptbuch auf den Küchentisch. Panik flackerte in Jones' Augen. »Sie haben bei jeder Schiffsladung etwa ein Dutzend Fässer weniger aufgeschrieben, als in Tat und Wahrheit verladen wurden. Unsere Abnehmer bezahlen jedoch für die Zahl der tatsächlich gelieferten Reisfässer. Da Sie auch hierüber Buch führten, mußten Sie lediglich diese Summe der Zahl der verbuchten Fässer anpassen und konnten

dann den Rest in die eigene Tasche stecken. Als ich das letzte Mal in Charleston war, habe ich mir die Bücher unserer Abnehmer angesehen. Aus ihnen geht eindeutig hervor, daß uns immer mehr bezahlt wurde, als Sie verbucht haben.«
Jones schluckte leer und preßte den Knüppel gegen seinen Fettwanst, als ob er urplötzlich Schmerzen hätte. »Sie können nicht beweisen, daß ich für den Unterschied verantwortlich bin.«
»Vor Gericht vielleicht nicht, aber ich glaube, daß der Fall ziemlich klarliegt. Bis ich aus Mexiko zurückgekommen bin, haben nur Sie und mein Vater diese Bücher geführt; bedauerlicherweise hat die Gesundheit meines Vaters nachgelassen, und er ist etwas vertrauensselig geworden. Doch ich nehme kaum an, daß mein Vater sich selber betrügen würde.«
»Sie können sagen, was Sie wollen, Sie werden niemals einen Beweis —«
»Was quasseln Sie da von Beweisen. Ich brauche keinen gerichtlichen Entscheid, um Sie zu entlassen. Und mein Entschluß steht fest.«
»Das ist ungerecht«, schrie Jones. »Ich habe alles für diese Plantage gegeben.«
Orrys Gesicht sah im Licht der Lampe häßlich aus. Seine Augen blitzten. »Sie haben auch viel genommen.«
»Ich bin nicht mehr jung, Mr. Main. Bitte, geben Sie mir noch eine Chance . . .«
»Nein.«
»Ich brauche mindestens«, Jones legte den Knüppel beiseite, »eine Woche, um meine Sachen zu packen.«
»Sie werden dieses Haus bei Tagesanbruch verlassen haben. Ich werde Befehl erteilen, daß alles, was bis morgen früh noch rumsteht, verbrannt wird.«
»Hol Sie der Teufel«, schrie Jones. Der Schatten des erhobenen Knüppels fiel erst auf die Wand, dann auf die Decke, doch bevor er auf Orrys Stirn niedersausen konnte, machte dieser eine leichte Drehung, um seinen rechten Arm besser gebrauchen zu können. Er packte Jones am Handgelenk.
»Ich bin kein Sklave, Mr. Jones. Wenn Sie noch einmal die Stimme oder die Hand gegen mich erheben, werde ich dafür sorgen, daß Sie die Plantage auf einer Tragbahre verlassen.«

Zitternd vor Wut entriß er Jones den Knüppel und klemmte ihn unter die Achsel. Dann griff er behend nach dem Hauptbuch und schritt zur Tür. Er nahm kaum Notiz von Vetter Charles, der draußen in beinahe andächtiger Haltung neben einer Säule stand.
»Was ist los?« fragte Charles. »Hat Jones etwas verbrochen?«
Es nieselte. Orry marschierte an ihm vorbei, und seine schroffe Antwort wurde vom schweren Stiefelschritt übertönt. Vetter Charles glaubte, daß Orry es nicht für nötig befunden hatte, ihm eine Antwort zu geben. Seine Aufregung wandelte sich in Verstimmung.

Vetter Charles lag nackt neben Semiramis. Ihr weicher, warmer Körper strahlte noch einen schwachen Schweißgeruch vom eben vollzogenen Geschlechtsverkehr aus.
Das Mädchen hörte in der Dunkelheit plötzlich dumpfe Laute. *Tonk, tonk*. Vor jedem Schlag machte Vetter Charles eine heftige Körperbewegung. Immer wieder stieß er sein Jagdmesser in die Holzplanke neben dem Strohsack.
Jedesmal, wenn er wütend war, spielte er mit dem großen Messer herum. Aber er war sicher nicht auf sie wütend, denn ihre Körper hatten sich wie immer lustvoll vereinigt — obwohl, wenn sie sich das jetzt so überlegte, er ungewöhnlich heftig in sie eingedrungen war.
Semiramis räkelte sich, fühlte sich jedoch nicht schläfrig. Charles bearbeitete weiterhin die Wand mit seinem Messer. Es war jetzt etwa eine Stunde her, seitdem er zu ihr hereingeschlichen war, um ihr zu sagen, daß er Mr. Orry begegnet war. Die Nachricht von Salem Jones' Entlassung breitete sich wie ein Lauffeuer in der Sklavensiedlung aus. Das Haus des Aufsehers war hell erleuchtet; er war am Packen. Aus der kühlen Dunkelheit konnte Semiramis Lachen und frohe Stimmen hören. Man war immer noch auf den Beinen und freute sich. Die ganze Sklavensiedlung würde in den nächsten Wochen von einer heiteren Stimmung erfüllt sein.
Die Nachricht von Jones' Entlassung hatte auch Semiramis in Freude versetzt. Als sich der stramme vierzehnjährige Bursche auf sie gelegt hatte, war sie in einer herrlich gelösten Stimmung gewesen. Charles befriedigte sie zwar immer, doch heute abend wurde ihre Lust noch durch Jones und dadurch, daß Charles zu ihr zurückgekommen war, gesteigert. Sie war die erste gewesen, die ihm gezeigt hatte, was Frau-

en und Männer zusammen tun, und egal mit wie vielen weißen Mädchen er auch herumspielen mochte, er kam doch immer wieder zu ihr zurück. Sie hatte gehört, daß er sich jüngst mit einem der Smith-Mädchen eingelassen hatte. Sue Marie Smith hieß sie. Hübsch, doch zu höflich für einen solch ungestümen jungen Freier.
Tonk. Die Wand vibrierte. Sie ergriff seine freie Hand und legte sie auf ihr Geschlecht. Er zog sie mit einer heftigen Bewegung zurück.
»Gott im Himmel«, sagte sie mit einem etwas erzwungenen Lachen. »Auf wen bist du denn so wütend?«
»Auf Orry. Er sieht durch mich hindurch, als ob ich ein Fenster wäre. Er weiß gar nicht, daß es mich gibt. Oder es ist ihm egal.«
Tonk.
»Hm. Du mußt ihn ebenso sehr hassen, wie ich seinen Vater dafür hasse, daß er meinen Bruder wie einen Hühnerdieb behandelt hat. Ich fürchte, ich habe mich in Orry geirrt.«
»Was meinst du?«
»Ich glaubte eigentlich, daß du ihn magst.«
Vetter Charles schnaubte verächtlich. »Würdest du jemanden mögen, der glaubt, daß du nichts wert bist, daß du Dreck bist?«
Hunderte von weißen Gesichtern gingen ihr plötzlich durch den Kopf. »O nein, mein Lieber, bestimmt nicht.«
»Dann erwarte das auch nicht von mir.«
Tonk. Diesmal schlug er so hart zu, daß die Klinge summte.

»Ich glaube, du hast dich darüber gefreut, Jones zu entlassen«, sagte Madeline, als sie Orry das nächste Mal bei der Kapelle traf.
»Der Hund! Ich hab' das nicht eingefädelt, das weißt du.«
»Reg dich nicht so auf, Liebling. Natürlich nicht. Aber ich weiß, was ich meine.«
Sie legte ihm ihre kühle Hand auf die Wange. »Ich kenne dich jetzt. Du hast jetzt schon zuviel Arbeit, aber du nimmst immer noch mehr auf dich. Man hätte Jones in einer Woche oder in einem Monat entlassen können, aber du wolltest unbedingt seine Arbeit auch noch übernehmen, und zwar sofort.« Sie küßte ihn sanft. »Du siehst erschöpft aus. Du bist nicht unverwüstlich, weißt du.«
Er hatte das Gefühl, daß sie mitten in ihn hineinsah, dorthin, wo er die Gefühle und Gedanken verbarg, deren er sich schämte. Ihr

Scharfblick ärgerte ihn, aber er konnte ihr wie immer nicht lange böse sein. Vielleicht — die Erkenntnis kam plötzlich — vielleicht war Liebe dann am echtesten, am tiefsten, wenn man einander ins Herz blicken konnte, ohne vor dem zu erschrecken, was man dort sah.
Er lächelte müde. »Ich glaube, du hast mein Geheimnis entdeckt. Harte Arbeit und unsere Treffen sind das einzige, das mich am Leben erhält.«
Obwohl er lächelte, bemerkte sie den Schmerz in seinen Augen. Sie war sich seiner verzweifelten Wahrheit bewußt. Sie hielt ihn eng umschlungen und schwieg.

20

Am 29. Januar 1850 unterbreitete Senator Clay dem Kongreß seine acht Gesetzesentwürfe.
Man hatte sich in Resolute bereits heftig damit auseinandergesetzt. Zwei von Justins Onkeln, beide wohlhabende Geschäftsleute aus Columbia, wurden von den südlicheren LaMottes geächtet, weil die beiden einmal an Justins Tisch gesagt hatten, daß der Süden sich nicht so sehr gegen Kompromisse sträuben solle. Besonders nicht, da der Norden immer mächtiger wurde und nur noch 90 von 234 Kongreßmitgliedern die Sklavenstaaten vertraten.
Tagelang hatte Justin wegen der ketzerischen Äußerungen seiner Onkel gewütet. Er konnte es nicht ausstehen, wenn jemand eine Meinung vertrat, die dem traditionellen Denken — seinem Denken — zuwiderlief. Dies war einer der Gründe dafür, daß Madeline oft daran dachte, wegzugehen.
Es gab jedoch mehrere Dinge, die sie davon abhielten. Sie war immer noch der Ansicht, daß ein solcher Schritt unmoralisch wäre. Abgesehen davon müßte sie allein fliehen, denn sie konnte von Orry nicht verlangen, daß er ihre Schande teilen würde. Das würde jedoch bedeuten, daß sie ihn nie wiedersähe. So konnte sie ihn wenigstens fast jede Woche sehen.
Ein weiterer, beinahe ebenso zwingender Grund, der gegen eine Flucht sprach, hatte sich im Lauf der letzten zwei Jahre herauskristal-

lisiert. Als Madeline nach Resolute gekommen war, war ihr das Landleben noch völlig fremd gewesen. Die auf einer Plantage herrschenden Sitten und Gebräuche waren ihr unbekannt, doch sie war entschlossen, sie zu meistern. Obwohl es nicht lange dauerte, bis ihr die Augen über ihre Heirat aufgingen, minderte dies ihre Entschlossenheit nicht. Im Gegenteil, sie nahm sogar zu, denn es wurde ihr bald klar, daß ein mäßigender Einfluß in Resolute wichtig war. Jemand mußte so gut wie möglich die Interessen der Schwarzen vertreten und ihr unerträgliches Los etwas lindern.

Sie verbündete sich mit den Küchenangestellten, um zusätzliches Essen für die Sklavensiedlung zu beschaffen. Sie zweigte ab und zu etwas von ihrem Haushaltsgeld ab, sparte es zusammen, bis es reichte, um bessere Kleider oder zusätzliche Medikamente für die Krankenstation zu kaufen. Sie lernte, einfache Krankheiten zu diagnostizieren und sie mit traditionellen Heilmitteln zu behandeln, was ja auch ihre Pflicht als Justins Ehefrau war. Auch versuchte sie, ungewöhnlich harte Bestrafungen, die ihr Ehemann verordnete, zu entschärfen — was nicht zu ihren Pflichten gehörte.

Nach der Auseinandersetzung mit seinen Onkeln dürstete Justin danach, seine Wut an jemandem auszulassen. Seine Wahl fiel auf Tom, den vierzehnjährigen Hausburschen. Der Junge hatte einige der Messinggegenstände nicht zu Justins Zufriedenheit poliert.

Als Antwort auf Justins Fragen murmelte der verängstigte Junge nur unverständliches Zeug, was Justin veranlaßte, Tom der Anmaßung zu beschuldigen. Er gab Befehl, daß dem Jungen zwanzig Peitschenschläge verabreicht werden sollten. Madeline protestierte; sie protestierte immer gegen seine Grausamkeit. Justin kümmerte sich wie immer nicht darum, sondern ließ sie mit einer verächtlichen Bemerkung über weibliche Empfindsamkeit stehen. Wenige Minuten später rannte Madeline zur Sklavensiedlung, um den für die Ausführung der Strafe verantwortlichen schwarzen Kutscher zu sprechen.

Es war eine heikle Angelegenheit. Wenn sie sich gegen Justins Befehl stellen würde, würde sie den Kutscher gefährden. Das einzige, das sie tun konnte, war, den großen, pechschwarzen Mann namens Samuel zu bitten, die Schläge so weit zu mildern, ohne daß er selbst auch noch bestraft werden würde.

»Das werde ich tun, aber ich muß ihm noch Schlimmeres als Schläge

verabreichen«, sagte Samuel. »Mist' Justin will, daß ich einen Eimer auf seine Wunden gieße.«
»Einen Eimer mit was?«
Der Fahrer blickte beschämt zur Seite.
»Hast du mich verstanden, Samuel? Was soll in dem Eimer drin sein?«
»Terpentin.«
»O Gott.« Sie preßte die Lippen zusammen. »Das wird ihn umbringen.«
»Mist' Justin war ziemlich wütend. Ich muß es tun«, sagte Samuel mit einem traurigen Achselzucken.
Sie faltete die Hände über der Brust und sagte nachdenklich: »Wenn dir jemand den Eimer reicht, Samuel, bist du doch nicht für den Inhalt verantwortlich.«
Er blickte sie erst scheu, dann verständnisvoll an. »Sie haben recht, Miz' Madeline.« Er wollte lächeln, wagte es aber nicht.
»Ich werde den Eimer mit Terpentin selbst holen. Ich werde ihn dir übergeben, und du wirst deine Pflicht erfüllen. Du mußt lediglich dafür besorgt sein, daß wir keine Zuschauer haben, die meinem Mann mitteilen könnten, wonach der Eimer gerochen hat oder eben nicht.«
»Nein, Ma'am, niemand wird zuschauen. Das verlangt Mist' Justin nicht.«
Tom wurde also ausgepeitscht, statt ausgepeitscht und gefoltert. Aber dies war weder für Madeline noch für den Jungen ein Triumph. Aber sie wußte genau, daß es noch schlimmer wäre, wenn sie davonrennen würde.

Vieles, was Madeline über das Leben auf einer Plantage und die Stellung einer anständigen Frau wußte, hatte sie von einigen Nachbarn, hauptsächlich aber von Clarissa Main gelernt. Obwohl die beiden Frauen einen unterschiedlichen familiären Hintergrund aufwiesen, waren sie sich in ihren Empfindungen doch sehr ähnlich. Und vielleicht spürte Clarissa irgend etwas von den Gefühlen, die ihr Sohn für Justins Frau empfand. Auf jeden Fall verbrachte Clarissa viele Stunden mit Madeline in Mont Royal und führte sie mit viel Geduld in die verschiedensten Tätigkeiten ein; unter anderem in die Rolle der Hebamme.

In einer mondhellen Nacht Anfang Februar wurde Madeline in die Sklavensiedlung gerufen, um einer Feldsklavin namens Jane bei der Geburt zu helfen. Es war Janes erstes und Madelines zehntes Baby. Mehrere schwarze Frauen hatten sich in Janes Hütte eingefunden. Madeline kniete neben der schwangeren Frau und hielt deren Hände, als sie von den Geburtswehen erfaßt wurde. Zuvor hatte Jane die Hilfe einer anderen Frau ausgeschlagen. Madeline war die Herrin; ihr vertraute man. Ob dies nun half oder nicht, Madeline freute sich auf jeden Fall darüber. Sie half dabei, Janes Knöchel festzubinden, und beobachtete dann, wie die ältere Hebamme, Aunt Belle Nin, mit der hölzernen Zange hantierte. Bei weniger schwierigen Geburten übernahm Madeline diese Arbeit, diesmal jedoch überließ sie Aunt Belle Nin, die man extra geholt hatte, das Feld. Das Baby war in einer falschen Lage; die Hebamme drehte es mit der hölzernen Zange um, und kurz darauf stieß das Kind den ersten Schrei aus.

Aunt Belle Nin war eine rüstige fünfundsechzig-, vielleicht auch siebzigjährige Frau mit einem Achtel Negerblut. Sie lebte allein im entlegenen Sumpfgebiet und kam, wenn sie gerufen wurde, um bei schwierigen Niederkünften zu helfen. Als Entschädigung dafür nahm sie Eßwaren, Kleider und Kautabak an. Sie hielt das feuchte, kakaofarbene Neugeborene im Arm und liebkoste es, als wäre es ihr eigenes.

»Er wird's schaffen«, sagte sie. »Ich bin sicher. Ich habe Elend, Hurrikane und Ehemänner überlebt. Und wenn ich so stark bin, wie stark muß denn erst dieser kleine, stramme Kerl sein.«

Madeline blickte sich verstohlen in der ärmlichen Hütte um. Die Wände hatten seit Jahren keine Tünche mehr gesehen. Sie fragte sich, wie eine Frau überhaupt noch ein Kind zur Welt bringen konnte, wenn gewiß war, daß das Kind sein Leben in Armut und Sklaverei verbringen würde. In letzter Zeit war ihr mehr und mehr klargeworden, was die Gegner der Sklaverei eigentlich wollten und weshalb.

Jane bat Madeline, das Baby zu halten. Madeline kam ihrem Wunsch nach und dachte dabei, wie gern sie Orry das Kind gezeigt hätte. Später, als sie im Begriff war zu gehen, machte eine gebeugte, verhutzelte Frau mit sorgenvollem Blick eine bittende Geste. Madeline hielt inne.

»Ich bin die Mutter von Tom, des Jungen, der ausgepeitscht wurde, weil er frech war.«

»Ach ja, ich hoffe, es geht ihm gut.«
»Ja, besser, aber nie mehr gut. Er wird sein Leben lang Narben auf dem Rücken haben. Samuel . . .« Sie preßte angstvoll die Lippen zusammen. »Samuel hat mir gesagt, was Sie getan haben. Ich danke Ihnen, Miz' Madeline. Sie sind eine gute Christin.«
Madeline hörte verblüfft zustimmendes Gemurmel. Auch Aunt Belle Nin hatte zugehört. Nachdem sie ihre Tonpfeife angezündet hatte, sagte sie: »Alle sagen das von Ihnen, Mistreß. Ich habe Sie heute nacht beobachtet und glaube, daß die andern recht haben. Sollten Sie je ein Problem haben, bei dem ich Ihnen helfen kann, wissen Sie, wo Sie mich finden.«
»Vielen Dank, Aunt Belle.«
Hocherfreut lief Madeline zum Herrenhaus zurück: Justin betrachtete ein Buch mit Lithographien von Pferderennen. Die Sklaven mochten sie respektieren, er nicht. Dies zeigte sich erneut, als sie ihm sagte, wo sie gewesen war.
»Fein«, sagte er, »wie bezaubernd häuslich du langsam wirst. Du kannst Niggerbabys zur Welt bringen. Schade, daß du nicht fähig bist, ein eigenes Kind zur Welt zu bringen.«
Sie wandte sich ab, gekränkt und verletzt. Er spürte es und doppelte nach.
»Vielleicht brauchst du eine stimulierende Beihilfe. Soll ich einen jener Böcke auswählen, damit er dich deckt? Mir scheint, du hast eine Vorliebe für Nigger — keine für mich.«
Ihr Schmerz wandelte sich in Wut. »Justin, ich habe mich stets bemüht, dir eine gute Frau zu sein, und dies in jeder Hinsicht. Mach mir nicht immer Vorwürfe, daß ich nicht schwanger werde.« *Vielleicht solltest du die Schuld bei dir selber suchen.*
Er schwang ein Bein über die Armlehne des Sessels. »Wieso nicht? Du bist ja nie sehr lebhaft, wenn wir uns um einen Stammhalter bemühen; abgesehen davon, daß dies immer seltener vorkommt, obwohl ich zugeben muß, daß auch ich nicht unschuldig daran bin. Wie du siehst, lasse ich dich bewußt links liegen. Deine Vorliebe für Nigger geht mir langsam auf die Nerven. Gute Nacht, Liebling.«
Er vertiefte sich wieder in sein Buch.
Madeline war erst vor einer Woche bei der Salvation Chapel gewesen, doch am nächsten Morgen machte sie sich todunglücklich auf

den Weg nach Mont Royal, damit Nancy Orry eine Botschaft übermitteln konnte.

»Glaubst du, er weiß etwas von uns?« fragte Orry, als sie sich am folgenden Nachmittag bei der Kapelle trafen. Es herrschte klares, mildes Wetter, was für den Februar im Süden nicht ungewöhnlich war. Orry hatte Mantel und Krawatte abgelegt.
Madeline schüttelte den Kopf. »Wenn ja, würden wir uns die Frage nicht stellen. Justin gehört nicht zu den Menschen, die schweigend leiden.«
Orry klopfte geistesabwesend mit einem Finger auf das Buch, das er mitgebracht hatte. »Warum gibt er sich denn so viel Mühe, dich unglücklich zu machen?«
»Weil keine Kinder da sind; das ist auf jeden Fall der Hauptgrund. Justin gehört zu jenen armen, unglückseligen Menschen, die immer unglücklich sind. Aber anstatt die Ursache mal bei sich selber zu suchen, macht er immer andere Menschen oder Dinge dafür verantwortlich und fängt an, um sich zu schlagen. Manchmal wünschte ich mir, er würde über uns Bescheid wissen. Dann könnte ich meine Gefühle offen zeigen, sowohl ihm als auch dir gegenüber.«
Sie war auf und ab geschritten und hielt jetzt inne. Orry hatte sich auf dem Fundament niedergelassen und scharrte mit den schmutzigen Stiefeln im braunen Gras. Madeline legte ihm den Arm um den Hals und küßte ihn.
»Ich bin wirklich froh, daß du heute gekommen bist; ich hätte es keine Sekunde länger in Resolute ausgehalten.«
Der zweite Kuß fiel bereits heftiger aus. Dann glättete sie ihr Kleid und ging bis zu dem Sumpf. Wie immer, wenn sie sich trafen, erzählte sie von den Ereignissen der vergangenen Tage: die Geburt von Janes Sohn, das Auspeitschen von Tom, und damit stiegen ihre Gefühle über die Sklaverei wieder hoch. Normalerweise vermied sie das Thema, weil sie Orry nicht verletzen wollte, aber heute gelang es ihr nicht.
»Ich glaube, die Südstaatler würden das ganze System irgendwie anders betrachten, wenn sie es mit den Augen der Sklaven sähen.« Sie wandte sich vom Sumpf, in dem die Sonne spiegelte, ab und sah ihn mit ernsten Augen an. »Wie würdest du dich fühlen, wenn du zuse-

hen müßtest, wie ein Mann deiner Mutter Hand- und Fußketten anlegte und sie dann jemandem überließe, der bis zu ihrem Todestag über sie verfügen darf?«
Orry schien leicht irritiert. »Meine Mutter ist eine weiße Frau; der Junge, dem du geholfen hast, ist ein Neger.«
»Ist damit das Verbrechen gerechtfertigt? Oder auch nur annähernd erklärt? Tom ist zwar Neger, aber ist er deswegen kein Mensch?«
»Und ich bin in deinen Augen jetzt ein Verbrecher?«
Einen Augenblick lang erinnerte er sie an Justin, denn sie hatte auch bei ihm das Gefühl, daß sie kein Recht habe, das Thema aufzuwerfen. Sie brachte ihre aufkeimende Wut unter Kontrolle, ging zu ihm zurück und versuchte, ruhig und nicht emotional zu antworten:
»Ich mache dir keinerlei Vorwürfe, Liebling; ich möchte bloß, daß du die Dinge klarer siehst. Du bist vernünftiger als . . .« Sie hätte beinahe gesagt »dein Vater«, besann sich jedoch rasch eines Besseren, »die meisten Menschen. Die Einstellung der Südstaatler zum ganzen System ist so fürchterlich unlogisch. Jedes Jahr an Weihnachten schenkt ihr euren Sklaven ein neues Hemd, aber ihr versagt ihnen die Freiheit — und dafür sollen sie euch dankbar sein. Und von der Welt erwartet ihr, daß sie euch lobt!«
»Madeline, du redest von einem Mann, der —«
»Weniger wert ist.« Sie warf die Hände hoch. »Diese Ausrede habe ich schon tausendmal gehört. Ich glaube einfach nicht daran. Auf Resolute gibt es schwarze Männer, die wesentlich intelligenter sind als Justin. Aber ihre Intelligenz wird nicht gefördert, und sie dürfen ihren Verstand nicht benützen. Doch lassen wir das. Gehen wir einmal davon aus, daß in der Ausrede ein Körnchen Wahrheit steckt und daß die Weißen aus irgendeinem Grund die wertvolleren Menschen sind. Haben wir deshalb das Recht, andere Menschen ihrer Freiheit zu berauben? Sollte man sich nicht vielmehr verpflichtet fühlen, ihnen zu helfen, weil sie weniger begünstigt sind? Wäre das nicht eine christliche Haltung?«
»Weiß ich doch nicht, verflixt noch mal.« Orry stand auf und schlug sich mit dem dünnen Buch auf den Schenkel. »Du machst mich ganz konfus mit deinen Ansichten.«
»Tut mir leid.«
Eigentlich tat es ihr nicht leid, sondern sie freute sich. Orry machte

keinen Versuch, ihre Argumente zurückzuweisen oder zu widerlegen. Dies könnte bedeuten, daß er darüber nachdachte. Vielleicht würde es ihr nie gelingen, ihn davon zu überzeugen, daß Sklaverei ein Unrecht war, doch wenn sie den einen oder andern Zweifel in ihm hervorriefe, wäre dies bereits ein Erfolg.
Er schwieg eine Weile und zuckte dann die Achseln. »Ich bin nicht gescheit genug, um mich in dieser ganzen Argumentation zurechtzufinden. Abgesehen davon glaubte ich, daß wir lesen würden?«
Er zeigte ihr den in goldenen Lettern geprägten Titel des Buches, das gestern mit dem Boot aus Charleston eingetroffen war.
Madeline brachte ihre Kleider in Ordnung und setzte sich neben ihn. »E.A. Poe. Die Frau von Francis LaMotte hat ihn irgendwann letzte Woche erwähnt. Sie hat einige seiner phantastischen Geschichten gelesen und haßt ihn offenbar. Sie meinte, er gehöre ins Irrenhaus.«
Orry lachte zum erstenmal an diesem Tag. »Die typische Reaktion auf einen Yankee-Schriftsteller. Aber die Gefahr, daß man ihn hinter Schloß und Riegel bringt, besteht nicht mehr. Er ist letztes Jahr in Baltimore gestorben. Er war erst vierzig. Alkoholiker. Im *Southern Literary Messenger* sind einige Artikel über ihn erschienen, und er war auch eine Zeitlang Redakteur. Was mich jedoch interessiert, ist die Tatsache, daß er in West Point war.«
»War er Kadett?«
»Ein Semester lang; ich glaube im Herbst 1830. Man sagte ihm offenbar eine brillante Karriere voraus. Er war überall unter den ersten, aber irgendwo lief etwas schief, und er wurde wegen grober Pflichtversäumnis vors Kriegsgericht gestellt. Kurz bevor er entlassen wurde, verbrachte er fast seine ganze Zeit bei Benny Haven.«
»Trinkend?«
»Ich nehme an, obwohl die Hauptattraktion bei Benny seit jeher das Essen gewesen ist. Du kannst dir nicht vorstellen, wie himmlisch Benny Spiegeleier zubereiten konnte! Aber du hast natürlich auch nie in der Offiziersmesse gegessen.«
Mit der Erinnerung war seine Stimme ganz weich geworden, und sein Blick schweifte in die Ferne. Wie sehr er das alles vermißt, dachte sie und hakte sich bei ihm ein. Sie war immer darauf bedacht, sich rechts neben ihn zu setzen, damit sie ihn nicht aus Unachtsamkeit an seine Behinderung erinnerte.

»Sei's drum«, er schlug das Buch auf, »ich kann Gedichte nicht beurteilen, aber ich mag einige von diesen. Sie sind von einer eigenartigen, wunderbaren Melodik. Sollen wir mit diesem hier beginnen?«
Das Gedicht trug den Titel »Annabel Lee«. Sie begann zu lesen:

»Es ist lange her, da lebte am Meer,
Ich sag Euch nicht wo und wie —
Ein Mägdelein zart, von seltener Art,
Mit Namen Annabel Lee.«

Sie hielt am Ende der Zeile inne und deutete ihm damit an, daß er weiterlesen solle.

»Und das Mägdelein lebte für mich allein,
Und ich lebt' allein für sie.«

Sie waren bereits darauf eingespielt, Gedichte laut zu lesen. Sie hatten vor etwa zwei Monaten damit begonnen, als Orry überraschenderweise einmal mit einem Buch gekommen war. Einige der Gedichte waren nicht besonders gut, aber sie erfreuten sich am Ritual, und auch heute geschah es, daß sie während der Lektüre plötzlich einen Anflug von Erregung verspürte.
Das erste Mal war sie über ihre physische Reaktion erschrocken, aber jetzt freute sie sich schon im voraus darauf. Ihre Stimmen fielen im sanften Wechselspiel der Lektüre in eine Art sexuellen Rhythmus, so, als würden sie voneinander Besitz ergreifen, als liebten sie einander auf die einzige Art, die ihnen gestattet war. Sie hielten das Buch zusammen, und sie streichelte seine Knöchel. Der physische Kontakt schien eine Welle von Wärme durch ihren Körper zu jagen. Sie wandte sich leicht um, damit sie ihn, während sie weiterlasen, direkt anschauen konnte.
Der unbekannte Liebhaber des Gedichts verlor seine Geliebte, und sie erlebten beide diesen Verlust mit, als die Strophen langsam den Höhepunkt erreichten. Ihre Stimme wurde heiser:

»Wenn die Sterne aufgehn, so kann ich drin sehn
Die Äuglein der Annabel Lee.«

Orry wurde schneller:

»Und noch jegliche Nacht hat mir Träume gebracht
Von der lieblichen Annabel Lee.«

Ihr Blick wanderte nervös zwischen dem Gedicht und seinem Gesicht hin und her. Ihre Brüste schmerzten, und ihr schwindelte.

»So ruh' ich denn, bis der Morgen graut,
Allnächtlich bei — meinem Liebchen traut«

Sie stolperte über ein Wort und mußte schnell einen Blick auf das Buch werfen, um die Zeile zu Ende zu lesen.

»In des schäumenden Grabes Näh'«

»An der See, an der brausenden See«, las er.

Er schloß das Buch und ergriff ihre Hand. Schweigend blickten sie einander an. Doch dann vermochte sie nicht länger an sich zu halten, warf ihm mit einem leisen Schrei die Arme um den Hals und preßte ihren geöffneten Mund auf seine Lippen.

Orry ritt in der frühen Dämmerung des Februarnachmittags nach Hause. Er fühlte sich wie jedesmal, wenn er Madeline getroffen hatte. Die Zeit, die sie zusammen verbrachten, war immer viel zu kurz, und die gemeinsame Lektüre von Gedichten war kein Ersatz für das, was Gott beabsichtigt hatte, als er Mann und Frau erschuf.

Heute waren sie bis zum Äußersten gegangen und hatten sich beinahe von ihrem Hunger überwältigen lassen. Nur äußerste Zurückhaltung und eine übermenschliche Anstrengung, ihre Gefühle zu beherrschen, hatten sie davon abgehalten, sich in das braune Gras neben dem Fundament fallenzulassen. Wohl weil sie einander so nahe gekommen waren, fühlte sich Orry einsamer und frustrierter denn je, als er an einem der Hausdiener vorbeiritt. Der Sklave lächelte und grüßte ihn. Orry antwortete mit einem höflichen Kopfnicken. Was dachte der Neger wohl wirklich? *Du schenkst mir jedes Jahr an Weihnachten ein Hemd, versagst mir die Freiheit und erwartest, daß ich dir die Hand küsse. Ich würde sie dir am liebsten ausreißen.* Orry hätte Madeline verfluchen mögen, weil sie seinen Kopf mit Zweifeln an einem System angefüllt hatte, das er zeit seines Lebens als moralisch und gerecht betrachtet hatte.

Er ging wütend in die Bibliothek und riß die Vorhänge auf, um die letzten schwachen Sonnenstrahlen hereinzulassen. Es war eine Qual, Madeline immer wieder zu sehen, aber der Gedanke, das Ganze aufzugeben, war ebenso quälend. Was sollte er tun?

Er schenkte sich ein großes Glas Whiskey ein. Die Dunkelheit brach herein, und das Messing auf seiner Säbelscheide blitzte immer weniger häufig auf. Säbel und Uniformmantel hingen an einem Kleiderständer in einer Ecke des Zimmers. Natürlich handelte es sich nicht um den Mantel, den er getragen hatte, als er seinen Arm verlor. Dieser Mantel wies noch beide Ärmel auf. Sowohl die Messingknöpfe wie auch der Säbelgriff waren mit einer grünlichen Schicht überzogen, und auf dem Mantel entdeckte er vereinzelte Schimmelflekke.

Er ließ sich in seinen Lieblingssessel sinken und brütete über Vergangenes nach. Er mußte diese Erinnerungen loswerden, denn sie mahnten ihn dauernd an den Strich, den man ihm durch seine ehrgeizigen Pläne gemacht hatte. Sie waren umsonst gewesen, wie sein Leben. Sie hatten keinen Sinn, keine Bestimmung gefunden, und er auch nicht. Sie existierten, das war alles.

Gott, wenn dieser Tag in Churubusco doch bloß anders verlaufen wäre! Wenn er doch bloß früher mal nach New Orleans gegangen wäre und Madeline dort getroffen hätte! *Wenn doch bloß!* Irgendwo mußte es ein Gegengift gegen dieses 'wenn' geben. Aber wie war es zu finden?

Er ging stolpernd zum Schrank, um sich noch ein zweites Glas Whiskey einzuschenken. Im Stockwerk über ihm hörte er seine Schwestern streiten, was sie in letzter Zeit dauernd zu tun schienen. Er schloß die Fensterläden und setzte sich wieder. Als er sein Glas langsam leerte, hörte er entfernte Trommeln in seiner Phantasie. Schließlich war die Uniform in der Dunkelheit nicht mehr zu sehen.

Gegen elf Uhr öffnete Clarissa die Tür und sah ihn schlafend auf dem Boden liegen. Zwei Diener brachten ihn ins Bett.

Obwohl Ashton und Brett langsam zu jungen Damen heranwuchsen, teilten sie sich immer noch ein Schlafzimmer im zweiten Stockwerk. Die vierzehnjährige Ashton, die bereits eine voll entwickelte, strahlend schöne junge Frau war, beklagte sich dauernd über diese Regelung. Weshalb erlaubte man ihr keine Privatsphäre? Weshalb mußte sie dauernd mit einem zwölfjährigen Kind leben, das immer noch flach wie ein Brett war, wie sie sich auszudrücken pflegte.

An diesem Abend war es außerordentlich warm im Zimmer. Ashton, die in der Nähe des Fensters schlief, murrte dauernd. Immer wieder klopfte sie geräuschvoll ihr Kissen zurecht und preßte seufzend den Handrücken auf die feuchte Stirn.

Schließlich sagte ihre Schwester schläfrig und ärgerlich: »Um Himmels willen, sei endlich ruhig und laß mich schlafen!«
»Ich kann nicht, ich bin völlig verspannt.«
»Manchmal versteh' ich dich nicht, Ashton.«
»Kein Wunder«, sagte ihre Schwester scharf. »Du bist ja noch ein Baby mit milchweißer Haut und weißen Höschen. Wahrscheinlich wirst du dein Leben lang so bleiben.«
»Du —«, sagte Brett und schmiß ein Kissen nach ihr. Von all den Beleidigungen, mit denen Ashton sie bedachte, konnte nichts sie mehr verdrießen als Anspielungen auf die Tatsache, daß sie noch keine Anzeichen vom monatlichen Unwohlsein der Frauen aufwies. Einmal pro Monat stolzierte Ashton im Zimmer auf und ab, um sicherzugehen, daß ihre Schwester ihre blutbefleckte Unterwäsche bemerkte. Brett fühlte sich jedesmal gedemütigt, so wie sie auch unter ihrer mangelnden körperlichen Entwicklung litt.
Aber sie war sich immer noch nicht im klaren darüber, ob sie überhaupt erwachsen werden wollte. Sollte dies bedeuten, daß sie jedem Mann unter dreißig schöne Augen machen und ein zuckersüßes und scheues Wesen an den Tag legen mußte — dann auf keinen Fall. Und wenn Erwachsenwerden bedeutete, jemanden wie den Rechtsanwalt Huntoon zu umschmeicheln, dann kam es schon gar nicht in Frage.
Mit dem Gedanken an Huntoon erinnerte Brett sich wieder an eine ihrer wenigen Möglichkeiten für einen Vergeltungsangriff. Sie ahmte den süßesten Tonfall ihrer Schwester nach und sagte: »Meiner Meinung nach solltest du heute abend eigentlich glücklich sein. Morgen kommt doch James Huntoon vorbei — er und all jene Politiker, mit denen Papa in letzter Zeit verkehrt. Du magst Mr. Huntoon doch?«
Ashton schmiß das Kissen wieder zurück. »Ich finde, er ist ein Esel, und das weißt du. Er ist ein alter Mann, beinahe zwanzig. Wenn du wissen willst, was ich von ihm halte.«
Sie streckte die Zunge heraus und würgte viermal.
Brett hielt sich lachend das Kissen vor den Bauch.
Im Süden war es immer noch üblich, daß die Eltern darüber befanden, welcher junge Mann als Kavalier für ihre Tochter in Frage kam. Ashton war alt genug, um mehrere Galane zu haben, aber bis jetzt war Huntoon der einzige geblieben, der Tillet Mains Erlaubnis erhalten hatte, seiner Tochter den Hof zu machen.

Brett wollte mit der Neckerei fortfahren, aber auf ein Geräusch von draußen hin stürzten beide Mädchen zum Fenster. In Neugier vereint sahen sie, wie eine gespenstische Gestalt zu Pferd über den Torweg galoppierte, einen Augenblick vom Mondlicht bestrahlt wurde und dann in Richtung Stall verschwand.

»Das war Vetter Charles«, sagte Brett mit ehrfürchtiger Stimme.

»Klar«, sagte Ashton. »Er muß wieder mal bei Sue Marie Smith gewesen sein. Oder bei einer der Negerhuren.« Brett errötete bei dem Gedanken.

Ashton kicherte. »Wenn Whitney Smith jemals herauskriegt, daß seine Kusine Sue Marie mit Charles herumspielt, wird der Teufel los sein. Sue Marie und Whitney sind verlobt.«

»Wann werden du und Huntoon eure Verlobung bekanntgeben?«

Ashton zerrte ihre Schwester an den Haaren. »Wenn es in der Hölle schneit.«

Brett knuffte Ashton leicht auf die Schulter und verzog sich dann ins Bett. Ashton stellte sich vor das mondhelle Fenster und rieb sich mit beiden Handflächen den Bauch. Brett fand es schamlos.

»Ich befürchte, daß Sue Marie keine große Erleichterung bei Vetter Charles finden wird. Oder bei irgendeinem Knaben. Man sagt, sie sei scharf wie ein Korb voll Schwärmer. Ich weiß, wie ihr zumute sein muß«, sagte Ashton mit einem tiefen Seufzer. »Du hast natürlich keine Ahnung.«

Brett knuffte ihr Kissen und drehte sich eher verletzt als wütend um. Ashton überragte sie an Witz, Schönheit und Talent. Wahrscheinlich würde dies immer so bleiben.

Ashton hatte auch mehr Mut. Sie ging Risiken ein. In dieser Hinsicht war sie Vetter Charles sehr ähnlich. Vielleicht würde Rechtsanwalt Huntoon sie zähmen können. Brett hoffte es. Sie mochte ihre Schwester eigentlich, aber manchmal gingen ihr Ashtons Possen schlichtweg auf die Nerven.

James Huntoon trug eine runde Brille und einen unsichtbaren Mantel aus Selbstgerechtigkeit. Obwohl er bloß sechs Jahre älter war als Ashton, wies er bereits Anzeichen von Fettleibigkeit auf. Seine ansonsten hübschen Gesichtszüge wurden durch den beginnenden Fettansatz verunstaltet.

Huntoons Familie wohnte schon seit langer Zeit im Staat, aber es fehlten ihr ungefähr fünfzig Jahre, um so alt wie die Main-Familie zu sein. Der erste der Huntoons in Carolina, ein des Lesens und Schreibens unkundiger Immigrant, hatte sich in der Hügelregion im Norden des Staates niedergelassen. Ein Mitglied der nächsten Generation war auf den Gedanken gekommen, daß der Weg zum Erfolg nicht über das Dasein eines unwissenden, schmutzigen Farmers führte, und hatte sich an die Küste verzogen, wo er mit harten Handelsgeschäften und einigen glücklichen Landkäufen der Familie zwei Generationen später einen beträchtlichen Wohnstand bescherte. Die Huntoons heirateten immer wieder in berühmte Familien hinein und brachten es so mit der Zeit zu einer ansehnlichen Ahnengalerie.
Die Familie verfügte gegenwärtig kaum noch über eigenen Grundbesitz. Ihr ehemaliger Reichtum war, genau wie bei den LaMottes, durch Mißwirtschaft und einen zu aufwendigen Lebensstil verlorengegangen. Die betagten Eltern von James Huntoon waren auf die Barmherzigkeit der Verwandten angewiesen. Sie wohnten mit fünf Negersklaven im heruntergekommenen Herrenhaus der Plantage. James war sich schon sehr früh in seinem Leben darüber klargeworden, daß er nicht von diesem Landbesitz zehren konnte, wenn er überleben und es zu etwas bringen wollte.
Glücklicherweise konnten die Huntoons immer noch auf eine beeindruckende Zahl von Freunden und Bekannten zählen. Verlor eine Familie in South Carolina ihren Wohlstand, bedeutete dies nicht notwendigerweise den Verlust ihres gesellschaftlichen Ansehens. Nur der Verstoß gegen die sozialen Regeln führte unweigerlich zum Ausschluß aus der Gesellschaft. James wußte also genau, an wen er sich wenden konnte, als er beschloß, es in Charleston zu etwas zu bringen. Er beriet eines der führenden Unternehmen in Rechtsangelegenheiten und hatte vor kurzem eine eigene Praxis in der Stadt eröffnet. Nach Tillets Auffassung verdienten die meisten Mitglieder des Huntoon-Clans keinerlei Beachtung. Während andere wichtige Familien sich um die Zukunft des Staats sorgten, meckerten die Huntoons bloß über die Vergangenheit und taten, als ob die drängenden Probleme der Gegenwart überhaupt nicht existierten. Doch in James glaubte Tillet ein gewisses Potential zu verspüren, auch wenn der junge Mann vor der manchmal harten Arbeit eines Rechtsanwalts zu-

rückscheute. Auf jeden Fall waren ihm dank seiner vielfältigen Kontaktmöglichkeiten im ganzen Staat alle Chancen für einen Erfolg gesichert.

Huntoon interessierte sich sehr für Politik und war ein geschickter Redner. Ideologisch stand er denjenigen am nächsten, die dem Staat und der Region in einer zunehmend feindseligeren Welt Unabhängigkeit wünschten.

Huntoon hatte Ashton zum erstenmal im vergangenen Winter bei einer Theateraufführung in Charleston getroffen. Clarissa war für die Zeit der gesellschaftlichen Anlässe mit ihren Töchtern in die Stadt gekommen. Kaum hatte der junge Rechtsanwalt seinen ersten Blick auf Ashton Main geworfen, als er von einer verzehrenden Leidenschaft gepackt wurde. Trotz ihrer Jugend war sie schön und bereits sinnlich. Huntoon schickte Clarissa eine Karte, auf der er um die Erlaubnis bat, ihrer Tochter den Hof machen zu dürfen, sobald ihre Eltern der Meinung waren, daß sie im richtigen Alter dafür sei.

Es vergingen mehrere Monate und ein Geburtstag, bis Clarissa mit einem kurzen, höflichen Brief antwortete. Andere Mädchen hatten auch mit vierzehn die ersten Kavaliere, also wollten sie und Tillet sich Ashton nicht in den Weg stellen. Aber sie erließ eine Warnung an den potentiellen Freier: »Mein Gatte ist ein entschiedener Verfechter der Sitte, wonach der Name einer Frau nur zweimal in der Zeitung erscheinen sollte — einmal, wenn sie heiratet, und das zweite Mal, wenn sie stirbt. Ich möchte dies erwähnt haben, damit Sie sich über seine Einstellung zu unangebrachtem Benehmen jeglicher Art im klaren sind.«

Im Bewußtsein dieser Warnung begann Huntoon seine Werbung mit den traditionellen Geschenken: erst Blumen, dann Lederhandschuhe und Pralinen. Er war nun in dem Stadium, in dem er Ashton allein im Haus einen kurzen Besuch abstatten durfte. Allein mit ihr irgendwohin zu gehen oder ohne Anstandsdame mit ihr einen Ausritt zu machen, war immer noch außer Reichweite. Huntoon tat sein möglichstes, um seine Lust zu zügeln. Eines Tages, wenn alles richtig lief, würde dieser herrliche Körper ihm gehören.

Er mußte sich eingestehen, daß Ashton ihn ein wenig schockierte. Nach außen hin war sie zwar nicht unkonventionell, aber sie war von einer für Mädchen ihres Alters und ihrer Herkunft unverschämten

Kühnheit. Er bewunderte ihre Würde, die einige für Arroganz hielten. Er bewunderte auch Tillet Mains Reichtum.
Die andern Familienmitglieder vermochten ihn nicht zu beeindrukken. Clarissa war eine harmlose gute Seele und Ashtons kleine Schwester eine entsetzlich graue Maus. Huntoon schrak vor jeglichem Kontakt mit Orry — diesem einarmigen Dämon — zurück, und was Cooper Main anbelangte, der in Charleston herumstolzierte, als hätte er irgendein Recht, sich als Südstaatler zu bezeichnen, so war Huntoon der Meinung, daß man ihn exportieren sollte. Die vier ehrwürdigen Herren, die Huntoon an diesem Vormittag nach Mont Royal begleitet hatten, waren derselben Meinung. Einer der Herren war Robert Barnwell Rhett, der einflußreiche Redakteur des *Charleston Mercury*.
»Die Parteiversammlung ist für Juni einberufen worden«, sagte Huntoon zu ihrem Gastgeber. »In Nashville. Abgeordnete aus sämtlichen Südstaaten werden vertreten sein, um die Resolutionen von Senator Clay zu prüfen und eine gemeinsame Antwort auszuarbeiten.«
»Juni, sagten Sie?« Tillet kratzte sich am Kinn. »Soll bis dahin nicht über die Resolutionen abgestimmt werden?«
Einer der Gäste lachte. »Das scheint mir sehr unwahrscheinlich in Anbetracht der gegenwärtigen Spaltung innerhalb des Parlaments.«
Huntoon spitzte den Mund — eine unbewußte Reaktion auf den forschenden Blick von Orry, der von Tillet irgendwie dazu überredet worden war, an diesem Gespräch teilzunehmen.
Orry tat seine Abneigung kund, indem er nachlässig mit gekreuzten Beinen als stiller Beobachter in einer Ecke saß.
Warum beobachtete ihn der verfluchte Dämon? Die Verehrer seiner Schwester gingen Orry nichts an. Huntoon kam zum Schluß, daß die Aufmerksamkeit, die Orry ihm zollte, auf Antipathie beruhte. Sie war gegenseitig.
»Lohnt es sich überhaupt, diese Versammlung abzuhalten?« fragte Tillet. »Sie haben mir gesagt, daß es sich nicht um einen offiziellen Parteitag —«
Rhett war plötzlich aufgestanden. Der fünfzigjährige Redakteur stand im Mittelpunkt dieser wie auch aller andern Versammlungen, die er besuchte. »Tillet, mein lieber Freund, Sie haben sich schon zu lange nicht mehr um die Politik gekümmert.«

»Ich muß mich um mein Leben kümmern, Robert.«
Die andern lachten. Rhett fuhr fort: »Sie wissen so gut wie ich, daß unsere Gegner seit mehr als zwanzig Jahren eine Doktrin der Feindseligkeit dem Süden gegenüber predigen. Sie haben unsere Empfindsamkeit mit ihren Lügen schwer verletzt und haben uns mit ihren ungerechten Abgaben auf landwirtschaftliche Erzeugnisse systematisch ausgeraubt. Dazu kommt, daß viele unserer schlimmsten Feinde Mitglieder der demokratischen Partei sind. Die Partei hat sich deshalb langsam aus South Carolina zurückgezogen, so daß man sagen kann, daß wir eher Verbündete als aktive Mitglieder der nationalen Organisationen sind. Wir können unsere Antipathie für die Ansichten und Praktiken der Partei nicht anders zum Ausdruck bringen.«
Schließlich ergriff Orry das Wort: »Aber wenn wir mit dem Verhalten der Partei nicht einverstanden sind, wäre es dann nicht besser, Änderungen von innen als von außen herbeizuführen?«
Rhett warf ihm einen mißbilligenden Blick zu. »Mr. Main, meiner Meinung nach ist Ihre Frage eines Mannes, der in diesem Staat geboren und aufgewachsen ist, nicht würdig. Der Süden schließt keine Kompromisse mit seinen erklärten Feinden. Seit fünfundzwanzig Jahren sind wir den Aggressionen des Nordens ausgesetzt. Wäre es nicht ein bißchen dumm von uns, wenn wir, um die Situation zu klären, uns an dieselben Männer wenden würden, die sie verursacht haben? Es gibt nur einen einzigen Weg zur Behebung der Mißstände — den Weg in die Unabhängigkeit!«
Calhoun lag im Sterben, und es schien sicher, daß Rhett insgeheim bereits als sein Nachfolger im Senat bestimmt worden war. Es ärgerte Tillet, feststellen zu müssen, daß sein Sohn von Rhett überhaupt nicht beeindruckt war, sondern ihm sogar skeptisch gegenüberstand.
»Persönlich bin auch ich der Meinung«, fügte Rhett hinzu, »daß diese Nashville-Versammlung nicht besonders sinnvoll ist, da ich nur schon den Gedanken an eine Kompromißlösung Gift finde. Aber ich werde die Versammlung der Einheit des Südens zuliebe unterstützen.«
»Mit allem Respekt, den ich meinem geschätzten Verwandten gegenüber empfinde«, sagte Huntoon mit einem seiner teuflichen Grinsen, »scheint es so zu sein, daß einige unter uns — obwohl sie für den autonomen Süden sind — nicht ganz mit dem, was Sie und der *Mercury* in der letzten Zeit vertreten, einiggehen wollen.«

Orry sagte mit einem frostigen Gesichtsausdruck: »Die Auflösung der Union.«
»Genau«, sagte Rhett. Orry glaubte einen siegesbewußten Streithahn vor sich zu haben.
Er wandte sich in offenkundiger Mißbilligung ab. Zwei der Besucher zwinkerten Huntoon zu, denn auch Tillet blickte jetzt skeptisch. Huntoon unterdrückte seine unzüchtigen Gedanken an Ashton, die er noch nicht gesehen hatte, legte schnell die Beine übereinander und übernahm die Gesprächsführung.
»Tillet, wir sind nicht hierhergekommen, um dieses Thema zu erörtern, sondern um Sie um Ihre Unterstützung für die Nashville-Versammlung zu bitten. In der Tat wollten wir Sie um eine ganz konkrete Art der Unterstützung bitten. Sie haben doch vor kurzem Ihr Interesse geäußert, sich wiederum mit Politik zu befassen.« Der alte Mann nickte vorsichtig. Huntoon fuhr hastig fort: »Wenn die Delegation von South Carolina nach Tennessee reist, wird dies gewisse finanzielle Aufwendungen für Reise, Mahlzeiten und Übernachtungen mit sich bringen. Wir haben uns vorgestellt, daß —«
Deshalb sind sie also hierhergekommen, dachte Orry. Geld. Den Rest des Gesprächs verfolgte er nicht mehr. Er hatte der Versammlung beigewohnt, weil er seinem Vater den Wunsch erfüllen wollte. Jetzt bereute er seinen Entschluß.
Tillet war bald für die Idee gewonnen. Er versprach, fünfhundert Dollar zu stiften, um die Delegation zu unterstützen. Angewidert blickte Orry zum Fenster hinaus. Es klopfte. Er sprang erleichtert auf, entschuldigte sich und ging auf die im Flüsterton abgegebene Aufforderung seiner Schwester hin hinaus.
»Was ist los, Ashton?«
Brett stellte sich atemlos hinter ihre Schwester. Die beiden waren schreckensbleich.
»Es ist wegen Vetter Charles«, sagte Ashton. »Er sitzt fürchterlich in der Tinte. Da ist ein Mann, der sich mit ihm duellieren will.«

21

»Wir können Vetter Charles nirgends finden«, sagte Brett, als die drei nach draußen stürmten. »Deshalb hat Ashton dich bei der Sitzung gestört.«
Orry marschierte über den Platz auf den Besucher zu, der neben seinem Pferd wartete. »Das ist das Lächerlichste, das ich je gehört habe. Vetter Charles hat überhaupt keinen Grund, ein Duell auszufechten, er ist ja noch ein Knabe.«
»Ich glaube nicht, daß das für den Herrn dort drüben auch nur den geringsten Unterschied macht«, sagte Ashton atemlos. Orry mußte ihr recht geben. Die übertriebene Art und Weise, in der der junge Stutzer zur Begrüßung an seinen altmodischen Biberhut tippte, zeugte von kaltem Stolz und Feindseligkeit.
»Ihr ergebenster Diener, Mr. Main. Mein Name ist Smith Dawkins.«
»Ich kenne Sie. Was wünschen Sie?«
»Nun, Sir, ich dachte, die jungen Damen hätten Ihnen den Grund meines Besuchs bereits verraten. Ich bin hierhergekommen als Vertreter und Verwandter von Mr. Whitney Smith, der gestern abend Mr. Charles Main von dieser Plantage hier dabei überrascht hat, wie er mit seiner Verlobten Miss Sue Marie Smith herumtändelte. Die beiden Herren haben ein paar Worte miteinander gewechselt, und Mr. Main hat die Hand erhoben, worauf Mr. Smith ihn zum Duell herausforderte. Ich bin hier, um die Abmachungen zu treffen. Ich nehme an, Sie werden Mr. Mains Sekundant sein?«
»Ich habe das Recht, dies bleiben zu lassen. Was Sie vorschlagen, ist gesetzeswidrig.«
Dawkins machte keinen Hehl aus seiner Verachtung. »Sir, Sie wissen so gut wie ich, daß der *code duello* trotz der Gesetze in South Carolina oft und gern praktiziert wird.«
Der junge Hund stellte eine gemeine Falle, und Vetter Charles konnte ihr nicht ausweichen, ohne als Feigling dazustehen. Nahm er die Herausforderung an, rettete er zwar seine Ehre, lief aber Gefahr, sein Leben zu verlieren. Genau das machte den Kodex so idiotisch. Wäre Mr. Smith Dawkins in Churubusco gewesen, würde er nicht so leichtsinnig mit dem Leben spielen.
Der Besucher drückte sich entschlossen den Hut auf den Kopf.

»Würden Sie mich zu Mr. Mains Sekundant, oder besser noch, zu Mr. Main direkt führen.«
Orry seufzte und gab nach. »Ich weiß im Augenblick nicht, wo sich Vetter Charles befindet. Ich werde sein Sekundant sein.«
»Sehr gut, Sir.«
»Ich nehme an, daß wir uns auf die andere Seite des Savannah River begeben müssen, um einer gerichtlichen Verfolgung aus dem Weg zu gehen?«
»Wir werden absolut diskret sein und nur Familienmitglieder als Zeugen zulassen. Wenn Sie dies ebenfalls zusichern können, brauchen wir uns nicht in einen andern Staat zu begeben.«
In Anbetracht der Größe des Smith-Clans konnten unter Umständen Hunderte von Zeugen anwesend sein. Aber Orry ließ es durchgehen und nickte kurz.
»Einverstanden, weiter.«
Sie unterhielten sich noch etwa fünf Minuten lang, einigten sich auf die üblichen Duellpistolen und setzten den kommenden Dienstagmorgen, nach Sonnenaufgang, als Termin fest. Das Duell sollte in einer Lichtung, die unter dem Namen Six Oaks bekannt war, etwa zwei Meilen flußaufwärts stattfinden.
Der junge Dawkins tippte hocherfreut nochmals an den Hut und ritt davon. Orry machte ein finsteres Gesicht, als er sich aufmachte, um Charles die schlechte Nachricht mitzuteilen.
Die beiden Mädchen hatten die Szene, hinter einer der Säulen versteckt, beobachtet. Ashton wollte Orry etwas zurufen, aber Brett riß ihre Schwester am Arm und legte warnend den Zeigefinger auf die Lippen. Für einmal beugte sich Ashton dem Ratschlag eines andern Menschen.
Orry beschloß, Clarissa und Tillet nichts von dem Duell zu sagen. Seine Mutter würde sich sorgen, und sein Vater würde wahrscheinlich dem Duell beiwohnen wollen. Orry hoffte, daß er das Ganze möglichst geheimhalten konnte. Aber viel wichtiger war ihm, daß Charles nicht verletzt wurde.
Gewöhnlich war der Junge um diese Tageszeit in der Nähe der Küchengebäude zu finden, wo er sich Maisgrütze oder ein Stück frisches Brot erbettelte. Doch heute hatte ihn noch keiner der Küchensklaven gesehen. Orry lenkte seinen Schritt in Richtung Stall; wahrscheinlich

war es einfacher, Charles zu Pferd zu suchen. Aus der Ferne hörte man einen Schuß.
Er änderte die Richtung und ging mit raschen Schritten die Straße hinunter in Richtung Sklavensiedlung.

Orry schwang erst das eine, dann das andre Bein über den Holzzaun. Am anderen Ende des Stoppelfeldes übte Vetter Charles die Schritte eines Duellanten, der von seinem Gegner wegmarschiert. In seiner Rechten hielt er eine riesige, rostige Pistole, die Orry noch nie zuvor gesehen hatte.
Orry stand reglos da, bis Charles den zehnten Schritt tat und auf dem Absatz kehrtmachte. Der Junge riß die Pistole mit einer wilden, fuchtelnden Bewegung hoch. Als er sich umdrehte, bemerkte er Orry und erkannte ihn an seinem Bart und dem im Wind flatternden leeren Ärmel. Charles riß die Augen auf, aber er führte seine Drehung aus und schoß.
Der Rauch des Pulvers verflog langsam. Orry stürmte los. »Smith Dawkins war eben beim Herrenhaus«, rief er. Charles sah ihn vorsichtig an, als er mit glühenden Wangen endlich vor ihm stand. »Wir haben Vereinbarungen für dieses herrliche Unterfangen getroffen. Pistolen, nächsten Dienstag. Ich bin offenbar dein Sekundant.«
»Ich glaubte, du seiest gegen Duelle.«
»Bin ich auch. Du und die anderen jungen Herren, ihr habt keine Ahnung, was richtiges Kämpfen heißt.«
Der Junge versuchte es mit einem seiner entwaffnenden Lächeln. »Du redest wie ein richtiger Soldat.«
Als Antwort erhielt er einen starren Blick. Charles hörte auf zu lächeln. »Tut mir leid, daß man dich in die Sache hineingezogen hat, Orry. Ich habe gestern abend die Zeit vergessen und Sue Marie nicht früh genug verlassen, sonst wäre dies nicht passiert.«
»Aber es ist nun mal so, und davon müssen wir ausgehen. Was weißt du über Schießeisen?«
»Nicht viel, aber ich nehme an, daß ich das, was ich wissen muß, lernen kann.«
»Nicht in der Art und Weise, wie du damit umgehst«, sagte Orry und zeigte tadelnd mit dem Finger auf die rostige Pistole. »Woher hast du dieses Ungetüm?«

Charles senkte den Kopf und zuckte die Achseln. »Das spielt keine Rolle.«

Gestohlen, dachte Orry angewidert. »Nun, als erstes werden wir darauf verzichten.« Er schnappte die Pistole und warf sie weit von sich.

»Na, hör mal!« protestierte Charles mit rotem Gesicht. »Ich muß doch üben.«

»Wir werden meine Armeepistole benutzen. Duellpistolen sind zwar üblicherweise etwas anders, aber mit meiner Pistole bist du immer noch besser dran als mit diesem rostigen Ding. Noch etwas: Bei einer Duellpistole wirst du meistens einen Stecher vorfinden. Wenn du dich umdrehst wie vorhin und mit dem Arm wie mit einem gebrochenen Windmühlenflügel wedelst, geht die Duellpistole viel zu früh los. Dann wirst du höchstens die Bäume oder den Himmel treffen und deinem Gegner genügend Zeit lassen, dich zu töten. Du mußt in deinen Bewegungen ruhig und geschmeidig sein.«

Orry ging langsam Richtung Straße zurück. Als Charles ihm nicht folgte, drehte er sich um und winkte. »Nun komm schon, du wirst am Dienstag und nicht erst nächstes Jahr kämpfen.«

»Ich dachte, ich würde dies allein —«

Die Worte verebbten in der leichten Brise, die über das sonnenbeschienene Feld wehte. In Charles' Gesicht spiegelten sich Zorn und Herausforderung.

»Wenn du dich aus Unwissenheit töten lassen willst«, schrie Orry zurück, »dann kannst du das allein tun.«

Mit bleichen Lippen gab Charles zurück: »Weshalb solltest du mir helfen wollen? Du magst mich doch nicht.«

»Was ich nicht mag, Charles, ist dein Benehmen während des vergangenen Jahres. Wenn du glaubst, daß das dasselbe ist, bitte schön. Aber ich habe immer noch eine Verantwortung für dein Wohlergehen. Ich kann nicht einfach danebenstehen und zusehen, wie Whitney Smith einen Mord begeht. Komm jetzt mit oder laß es bleiben, ganz wie du willst.«

Orry ging weiter über das Feld. Charles stand reglos mit geballten Fäusten da. Doch wie schmelzendes Eis wich die Feindseligkeit langsam aus seinem Gesicht und machte einem scheuen, erstaunten Lächeln Platz.

Sie übten drei Stunden am Tag. Orry beschwor seine Schwestern, kein Wort über das Duell verlauten zu lassen. Aber Ashton ließ die Katze aus dem Sack. Es geschah während des Abendessens, und Charles war überrascht, wie sehr sich Clarissa aufregte. Orry wies darauf hin, daß er Charles unterrichtete und daß der Junge die besten Chancen hatte, mit nur einer leichten oder überhaupt keiner Wunde davonzukommen. Tillet schloß sich ihm an und machte abfällige Bemerkungen über den Charakter und die Unbeherrschtheit von Whitney Smith. Er wünschte seinem Neffen alles Gute. Alles in allem war es eine überwältigende Erfahrung für Charles. Noch nie hatte jemand soviel Interesse für ihn aufgebracht.

»*Nein!*« war das Wort, das Orry während des Übens am meisten ausstieß. »Du nimmst dir nicht genügend Zeit, um zu zielen. Ich weiß, daß dich die Angst zur Eile antreibt, aber diese Eile wird dich geradewegs ins Grab bringen.«

Er packte Charles am rechten Arm und schüttelte ihn. »Um Gottes willen, du solltest das nicht vergessen. Wenn du dich töten läßt, werde ich wie ein Idiot dastehen.«

Er hatte den letzten Satz gedankenlos ausgesprochen und merkte nicht, wie lächerlich er war, bis Charles zu grinsen anfing. »Nun«, sagte Charles, »wenn ich mich aus irgendeinem Grund töten lassen wollte, dann sicher aus diesem.«

Sein Lächeln fühlte sich plötzlich steif auf seinen Lippen an. Orry war ein strenger Mann, ein harter Lehrmeister. Mit diesem Witz hatte Charles die Grenze überschritten. Er hatte sich durch die Veränderung, die sich in den vergangenen Tagen in ihrer Beziehung vollzogen hatte, einlullen lassen; seine Wut auf Orry hatte einem Gefühl der Brüderlichkeit, ja sogar einem gelegentlichen Aufflammen von Zuneigung Platz gemacht. Offensichtlich dachte Orry nicht, daß er völlig wertlos sei, sonst hätte er nicht so viel Zeit dafür aufgewendet, ihm zu helfen. Aber jetzt war Charles zu weit gegangen.

Und doch tauchte in Orrys verfilztem Bart ein weißer Schimmer auf. Er lächelte.

»Natürlich nicht«, sagte er, und ihm wurde klar, wie töricht seine Bemerkung gewesen war. »Zum Teufel mit deinem Leben! Meine Ehre sollst du retten und meinen Stolz! Schließlich bin ich ein Mann aus dem Süden.«

Nun lachten sie beide herzhaft und ausgiebig. Dann berührte Orry den glänzenden Lauf der Johnson-Pistole. »Wir werden natürlich gar nichts erreichen, wenn wir weiterhin wie junge Eichelhäher schnarren. Ich zähle bis zehn. Du gehst los, drehst dich um und schießt auf diesen Ast. Versuch es diesmal richtig zu machen, wir haben nur noch zwei Tage.«

Eine Kältewelle brach herein. Am Tag des Duells standen Charles und Orry um halb fünf Uhr morgens auf, aßen jeder einen Zwieback, tranken Kaffee und stürzten sich dann in ihre Überzieher. Da Orry Ort und Stunde bestimmt hatte, würden die Waffen von den Smiths geliefert werden.

Sie gingen nach draußen, wo Diener mit Pferden in der Dunkelheit auf sie warteten. Tillet und Clarissa waren ebenfalls da; den Mädchen hatte man nicht erlaubt herunterzukommen.

Nebelschwaden hingen über der Erde; ein trüber Morgen. Vielleicht war es aber auch nur in seinem Herzen trüb, dachte Orry, als er auf sein Pferd stieg.

Tillet gab Charles einen festen Händedruck, Clarissa umarmte ihn. Als sie den Weg hinunterritten, glaubte Orry, im Osten die Morgendämmerung zu sehen. Die Pferde stießen beim Ausatmen lange Dunststreifen aus. Charles räusperte sich.

»Orry?«

»Ja?«

»Was auch immer geschehen mag, ich möchte, daß du weißt, daß ich deine Hilfe sehr geschätzt habe. Ich hätte nie geglaubt, daß sich jemand auch nur im geringsten um mich kümmern würde.«

»Wir alle mögen dich, Charles. Du bist ein Main. Wir sind eine Familie.«

Er meinte es ernst. Er war überrascht, wie sehr sich seine Haltung dem Jungen gegenüber in der bemerkenswert knappen Zeit verändert hatte. Charles war ein wißbegieriger Schüler gewesen und hatte die spöttischen Bemerkungen, die Orry früher so sehr an ihm gehaßt hatte, völlig unterlassen. Natürlich stand diesmal sein eigenes Leben auf dem Spiel. Und doch glaubte Orry, daß die Veränderung in dem jungen Mann noch auf etwas anderes zurückzuführen war: Orry hatte Charles die Hand hingehalten, und er hatte sie wie ein echter Bruder

ergriffen. Schade nur, daß sich die Veränderung zu dieser späten Stunde ereignet hatte.
Hunderte von Sternen funkelten blaß in der Morgendämmerung. Charles atmete tief ein.
»Orry?«
»Ja?«
»Ich habe höllisch Angst.«
»Ich auch«, sagte Orry, als sie ihre Pferde auf die Flußstraße lenkten.

Als sie Six Oaks erreichten, hatte das Tageslicht den Nebel aufgefressen. Orry stellte verärgert fest, daß die Smiths mit mehr als zwanzig Mann, verschiedenen männlichen Verwandten aller Altersklassen, aufgekreuzt waren. Bei dieser Anzahl Zuschauer gab es wenigstens genügend junge Männer, die man als Beobachter zur Straße und zum Flußufer abkommandieren konnte. Sie protestierten zwar, weil sie das Schauspiel verpassen würden, waren aber rasch überstimmt.
Orry band die Pferde am Rand der Lichtung fest. Charles entledigte sich seines Überziehers, seiner Jacke, seiner Weste und Krawatte und rollte dann die Ärmel hoch. Der makellos gekleidete Whitney Smith und die anderen seines Clans sahen Charles' Vorbereitungen mit offensichtlicher Verachtung zu.
Smith Dawkins, Whitneys Verwandter, stolzierte mit einem wunderschönen Pistolenkasten aus Rosenholz auf die Mains zu und öffnete ihn zur Inspektion. Die Waffen machten dem Kasten alle Ehre. Jeder der achteckigen Läufe lag zur Hälfte in einer Einbuchtung auf lackiertem Nußbaumholz, und für den Ladestock war eine kleine Nische ausgespart worden. Die Pistolen zeugten von einem vortrefflichen Handwerk und waren mit dem Namen eines Londoner Büchsenmachers sowie der Jahreszahl 1828 versehen.
»Zufrieden?« erkundigte sich Dawkins.
»Das sage ich Ihnen, nachdem ich sie begutachtet habe.« Orry nahm eine der Pistolen aus ihrem violetten Samtbett heraus.
Auf Charles' Stirn glitzerten kleine Schweißperlen. Während die Sekundanten die Pistolen luden, schritt er auf und ab. Sie überreichten den beiden Duellanten je eine Pistole und zeigten ihnen dann den vereinbarten Standort. Es verblieben noch fünf Minuten für die letzten Vorbereitungen.

Charles sah ruhig aus. Er konnte seine Spannung nur unter Kontrolle halten, indem er sich immer wieder mit den Handflächen über die Schläfen strich. Orry mußte unbedingt austreten — Nervosität vermutete er —, aber er wollte Charles nicht allein lassen, besonders nicht, da das Rundgesicht Whitney Smith und sein Freund, der Stutzer Dawkins, flüsternd über ihren Gegner witzelten.
Orry kehrte ihnen den Rücken zu. »Ich weiß, daß du Angst hast, Charles. Aber vergiß eins nicht, du hast einen echten Vorteil. Du wirst wissen, was ich meine, wenn du dir den Pfau hinter dir sorgfältig ansiehst. Da er mehr Wert auf Schein als auf Beweglichkeit legt, trägt er immer noch seinen schweren Mantel. Abgesehen davon ist er zu dumm, um Angst zu haben. Männer, die Angst haben, sind vorsichtig. Die Männer von Whitneys Art sind die ersten, die in einer Schlacht fallen.«
Charles wollte eine Antwort geben, aber heraus kam nur ein nervöses Krächzen. Orry drückte seinen Arm. Charles legte seine Hand auf diejenige von Orry und drückte sie kurz.
»Danke«, sagte er.
»Meine Herren, sind Sie bereit?« rief Smith Dawkins. Er schien ungeduldig.
Orry drehte sich behend um. »Fertig.« Er ging übers Feld, Charles hinter ihm. Die Zuschauer verstummten. Ein Silberreiher segelte über die in der Sonne glänzenden Baumwipfel davon. Der Fluß trieb friedlich und goldglitzernd am Rande der Lichtung dahin.
Whitney und Charles begrüßten einander mit einem Kopfnicken; Whitneys Nicken sah wie eine gnädige Entlassung aus, dachte Orry. Bei näherem Hinsehen konnte man feststellen, daß er eine unreine Haut hatte. Charles, der fünf Jahre jünger war, sah wesentlich reifer und gelassener aus. Als Whitney den Pistolenlauf senkrecht vors Gesicht hielt, zitterte seine Hand. Ein gutes Zeichen, es sei denn, Whitney gehörte zu jenen seltenen Duellanten, die besser zielten, wenn sie nervös waren.
Dawkins räusperte sich und wandte sich an die beiden Gegner, die mit erhobener Pistole Rücken an Rücken standen. »Ich werde erst das Wort *los* sagen. Auf dieses Signal entfernen Sie sich voneinander, während ich Ihre Schritte zähle. Beim zehnten und letzten Schritt dürfen Sie sich umdrehen und feuern. Fertig? Los.«

Charles schritt in die eine, Whitney in die andere Richtung. Orrys Herz begann wie wild zu klopfen. Er atmete tief ein und hielt dann den Atem an. Er und Dawkins wichen rasch zur Seite. Dawkins stand neben ihm und zählte.

»Drei. Vier. Fünf.«

Charles machte weitausholende, zuversichtliche Schritte. Das durch die Bäume fallende Sonnenlicht blitzte in seinem Haar auf. Er ist so begabt, dachte Orry. Wenn man sein Talent nur zur vollen Entfaltung bringen könnte. Wenn er nur lange genug lebte, damit es jemand versuchte.

»Sieben. Acht.«

Schweiß glänzte auf Whitneys fleckiger Haut. Das Zittern hatte nun auch seine Schultern erfaßt. Würde er schießen oder zusammenbrechen?

»Neun.«

Charles starrte geradeaus. Orry sah, wie er mit der Zungenspitze Schweißtropfen von seinen Lippen leckte, das einzige äußere Anzeichen der Angst, die ihm sicher den Magen umkehrte.

Orry hätte ihm am liebsten zugerufen: »Vergiß nicht, *ruhig und geschmeidig.*«

»Zehn.«

Whitneys Knie sackten ein, aber er gab nicht nach und schaffte es, sich umzudrehen. Er holte mit derselben Heftigkeit aus, die Orry das erste Mal auf dem Feld bei Charles kritisiert hatte. Das Krachen verblüffte Charles. Er blinzelte so heftig, daß Orry glaubte, er sei getroffen worden. Dann segelte von einem Baum, etwa einen halben Meter hinter Charles, langsam ein Ast herunter.

Auf Whitneys Hose zeichnete sich ein dunkler Fleck ab. Er drehte sich unbeholfen halb um und wollte einen Schritt machen, als von den Zuschauern ein Schnauben und von Dawkins ein zischendes Flüstern kam.

»Du mußt stehenbleiben, Whitney. Stehen!«

Das tat er, nicht ohne Mühe. Der erniedrigende Fleck dehnte sich aus. Whitney zitterte so stark, daß seine Pistole auf und ab schwankte. Charles streckte langsam den Arm aus und zielte. Gelassen über den achteckigen Lauf blickend, feuerte er.

Whitney kreischte wie ein Mädchen. Er taumelte nach links, hielt sich

den Arm und fiel. Blut strömte zwischen seinen Fingern hervor, aber Charles hatte ihn nur gestreift. Mehr noch: Er hatte den Punkt, auf den er gezielt hatte, genau getroffen. Orry rannte freudestrahlend auf ihn los.
Dawkins kniete neben dem bewußtlosen Whitney. Die Zuschauer brachen in Beifall aus. Erschöpft vor Anspannung taumelte Charles in Richtung Flußufer. Orry holte ihn ein.
»Du mußt diesen Applaus würdigen. Er ist für dich.«
Der junge Mann starrte Orry wie vom Donner gerührt an. Dann blickte er auf die Smith-Familie. Es stimmte. Sie zollten seiner Treffsicherheit, seinem Mut und seiner Großherzigkeit Beifall; er hatte Whitney nur verwundet, obwohl er ihn hätte töten können. Er hat alle Eigenschaften eines echten Gentlemans aus Carolina, dachte Orry trunken vor Glück. Charles salutierte den Zuschauern mit der Pistole. Aber er konnte immer noch nicht glauben, was geschehen war.

»Ich möchte mich nochmals bei dir bedanken«, sagte Charles, als sie heimwärts ritten. Der durch die Bäume fallende milde Sonnenschein warf Licht- und Schattenstreifen auf die Straße. Die beiden Männer fanden das Leben an diesem strahlenden Wintertag herrlich.
Kaum hatten Tillet, Clarissa und die Mädchen die Pferde erspäht, rannten sie bereits nach draußen. Doch bevor sie ihrer Freude freien Lauf lassen konnten, hörten sie gebannt Orrys Bericht an. Tillet beglückwünschte Charles mit großer Begeisterung, Clarissa schluchzte vor Erleichterung, und die Mädchen sprangen wild herum und baten Orry, die Geschichte von Charles' gelassenem Mut noch einmal zu erzählen. Nach einer Weile faßte Charles Orry bei der Schulter und sagte: »Als ich früher Schlägereien hatte, fanden dies alle Leute schlecht. Auch du. Weshalb war es heute morgen anders? Es war ja viel gefährlicher als eine gewöhnliche Balgerei! Weshalb hat niemand protestiert?«
Ohne ihm eine Antwort zu geben, zog Orry seinen Vetter in die düstere Bibliothek und zeigte ihm den Kleiderständer mit Uniform, Mantel und Säbel.
»Da hast du deine Antwort.«
Charles sah verdutzt aus. »Ich verstehe nicht, was du meinst.«
»Männer ziehen in den Krieg. Was tun sie?«

»Kämpfen.«
»Ja, aber mehr noch. Sie tun das auf eine vorher genau vereinbarte Art und Weise. So hart dies auch sein mag, Ehrenmänner kämpfen nach einem Verhaltenskodex. Die Smiths haben dir nicht nur Beifall gezollt, weil du gesiegt, sondern auch, weil du die Regeln befolgt hast. Im Gegensatz zu Whitney. Er wollte deiner Kugel ausweichen. Du hast ihre Reaktion gesehen. Früher hast du nie nach den Regeln gekämpft. Das ist der Unterschied.«
Orry hob den linken Ärmel des Mantels hoch. »Es ist nicht so, daß der Mann, der den Kampf liebt, von der Welt verurteilt wird, sondern er wird ermutigt und manchmal belohnt. Sogar für den ehrenwerten Verlierer fällt etwas vom Glorienschein ab, wenn die Geschichtsbücher geschrieben werden. Ich bin mir nicht sicher, ob es richtig ist, Kämpfen und Töten zu fördern und zu belohnen, aber so sind die Dinge nun mal. Habe ich damit deine Frage beantwortet?«
Charles nickte bedächtig und starrte auf die Säbelscheide, die Messingknöpfe und den dunkelblauen Mantel, als ob sie eine religiöse Bedeutung bergen würden. Was Orry eben gesagt hatte, war wie eine Offenbarung.
Orry begann in einem Schrank herumzuwühlen. »Hier ist Whiskey. Ich weiß nicht, wie du's hast, aber ich hab' einen Mordsdurst.«
»Ich auch.«
Charles ging um den Kleiderständer herum, ohne seinen Blick auch nur einen Augenblick von der Uniform abzuwenden. Auch Orry wurde plötzlich wie von einer Offenbarung erfaßt. Er sah Vetter Charles plötzlich in einem völlig neuen Licht.
Vielleicht ist doch nicht alles verloren. Sieh ihn dir an, wie er die Uniform anstarrt. Er ist fasziniert.
Noch am selben Tag nahm er Vetter Charles unter seine Fittiche.
Er fing mit kleinen Anpassungsversuchen an. Mit sanften, beinahe scheuen Anregungen in bezug auf Aussehen, Manieren, Pünktlichkeit. Nichts, das zu wichtig oder zu fordernd gewesen wäre, denn er erwartete Widerstand. Aber Charles fügte sich sofort und auf beinahe übertriebene Weise. Er tauchte regelmäßig mit geschrubbten Händen und sauberem Gesicht, mit dem Hemd in der Hose und ohne Jagdmesser am Gürtel zu den Mahlzeiten auf.
Als nächstes erteilte Orry seinem Vetter Unterricht in Gesellschafts-

kunde: Zuvorkommenheit den Damen gegenüber und die allgemein anerkannte richtige Kleidung für familiäre und öffentliche Anlässe. Charles hörte nicht nur aufmerksam zu, sondern schritt gleich von der Theorie zur Praxis. Es dauerte nicht lange, und er behandelte Ashton und Brett mit einer Höflichkeit, die sie schlichtweg verblüffte. Aber sie genossen es, denn Charles war ein hübscher Bursche, und sein höfliches Benehmen wirkte überzeugend.
»Der Junge ist ein geborener Kavalier«, teilte Orry Madeline bei ihrem nächsten Treffen freudig mit. »Er beschämt mich. Er ist gewandt, charmant — und mehr noch, es ist alles natürlich an ihm. Wo hat er diese Seite seines Charakters bloß all die Jahre hindurch versteckt?«
»Wahrscheinlich unter einer Schicht Dreck und Groll«, sagte sie mit einem liebenswürdigen Lächeln.
»Ich nehme an, du hast recht. Die Veränderung ist frappant. Alles, was er brauchte, um ein bißchen zu sich selbst zu kommen, war etwas Zuneigung von seiner Familie.«
»Hauptsächlich von dir. Sogar in Resolute ist er das Tagesgespräch. Nancy sagte mir, daß Charles dir überallhin folgt.«
»Den ganzen Tag, wie ein kleiner Hund. Es ist peinlich.«
Doch aus Orrys Gesichtsausdruck war zu schließen, daß er eigentlich nicht gegen die Heldenverehrung war. »Dumm ist nur, daß mit der Lösung des einen Problems bereits wieder ein neues geschaffen ist.«
»Was denn nun? Du hast doch gesagt, daß es mit Charles besser —«
»Genau das meine ich ja. Früher war ich davon überzeugt, daß man ihn eines Tages nach einer Rauferei oder einem Pferderennen tot im Straßengraben auflesen würde. Und jetzt zermartere ich mir den Kopf, was er mit seinem Leben anfangen könnte. Ich muß ihm einen Vorschlag machen, und zwar bald.«
»Das klingt, als wärst du sein Vater.«
»Mach keine Witze. Die Verantwortung ist nicht leicht.«
»Natürlich nicht, und ich mache auch keinen Spaß. Ich habe gelächelt, weil du so glücklich bist. Ich habe dich noch nie in einer solch guten Verfassung gesehen. Du trägst gerne Verantwortung.«
Er blickte sie an. »Ja, du hast recht.«

Jeden Abend nach dem Essen, wenn Orry nichts im Büro zu tun hatte, tranken er und Charles in der Bibliothek einen Whiskey. Manchmal gesellte sich Tillet zu ihnen, doch er war meist ein stiller Gast. Er wußte, daß sich in der Beziehung zwischen seinem Sohn und seinem Neffen eine positive und heilsame Veränderung ergeben hatte und wollte sich nicht einmischen. Es wurde ihm ebenfalls bewußt, daß Orry langsam zum Haupt der Familie aufrückte. Dies machte Tillet stark zu schaffen, aber es freute ihn auch. Wenn Tillet anwesend war, verhielt sich Charles zurückhaltend. War er nicht da, so konnte der junge Mann nicht genug über Orrys Erfahrungen als Kadett hören.

»Du hast dich in West Point wirklich wohl gefühlt, nicht wahr?«

»Nun, nicht nur. Aber ich habe dort mehrere gute Freunde gewonnen, und vor allem habe ich dort meinen besten Freund getroffen.«

»George.«

Als Orry nickte, fragte Charles: »Wolltest du in der Armee bleiben?«

»O ja, aber General Scott hat leider ein so merkwürdiges Vorurteil gegen einarmige Offiziere. Vielleicht, weil er immer noch zwei hat.«

Charles lächelte. Der Witz war etwas unbeholfen, aber es wurde ihm klar, daß es Orry noch nie gelungen war, ungezwungen über seine Verletzung zu reden. Eine bemerkenswerte Veränderung.

Charles starrte wieder auf die Uniform auf dem Kleiderständer. »Ich kann schlichtweg nicht begreifen, daß man kämpfen kann und dafür bezahlt wird.«

Orry hielt den Atem an. War dies der richtige Moment? Er ergriff die Gelegenheit. »Charles, mir geht so ein Gedanke durch den Kopf. Es wäre möglich, daß wir dir einen Platz in der Akademie sichern könnten.«

»Aber — ich bin doch nicht gescheit genug.«

»Doch, das bist du. Du weißt bloß nicht genug, um die Aufnahmeprüfung zu bestehen. Mit andern Worten, du verfügst zwar über die Intelligenz, aber nicht über das Wissen. Herr Nagel wird dir dies jedoch sicher im Lauf des nächsten Jahres beibringen können. Du müßtest dich zwar selbst bewerben, aber ich weiß, daß du das kannst, wenn du wirklich willst.«

Von den neuen Zukunftsaussichten überwältigt, saß Charles eine Weile schweigend da, bevor er antwortete: »Ja, Sir, ich will.«

»Großartig! Ich werde Nagel morgen abfangen.«

»Was?« rief der Hauslehrer, als er von Orrys Plan hörte. »Unterrichten? *Ihn?* Ich würde meinen, nein, Herr Main. Wenn ich ihn das erste Mal tadle, weil er seine Hausaufgaben nicht gemacht hat, wird er dieses fürchterliche Messer ziehen und *zzzt!*« Nagel fuhr blitzschnell mit dem Daumen über die Kehle. »Und hiermit nimmt meine brillante akademische Karriere bei Ihrer Familie ein schmähliches Ende.«
»Charles hat sich verändert«, versicherte ihm Orry. »Geben Sie ihm eine Chance. Ich zahle Ihnen ein Extrahonorar.«
Unter diesen Umständen war Herr Nagel bereit, ein Risiko einzugehen. Am Ende der Woche tauchte er mit einem verblüfften Gesichtsausdruck bei seinem Arbeitgeber auf.
»Sie haben völlig recht. Die Veränderung ist erstaunlich. Er ist zwar manchmal noch widerspenstig und aufbrausend — meistens, weil er nicht mit Dingen vertraut ist, die er schon längst gelernt haben sollte —, aber er hat eine rasche Auffassungsgabe. Ich glaube, daß ich ihn rasch weiterbringen kann, obwohl dies natürlich eine zusätzliche, hm, Anstrengung erfordert.«
»Für die Sie natürlich jede Woche ein Extrahonorar bekommen.«
»Sie sind zu liebenswürdig«, murmelte Herr Nagel, indem er sich verneigte. »Wir werden noch einen Gelehrten aus ihm machen.«
Orrys Stimme klang amüsiert, und seine Augen leuchteten. »Wir wollen lediglich einen West-Point-Kadetten aus ihm machen. Es wird doch noch einen Berufssoldaten in dieser Familie geben.«

Ende der ersten Aprilwoche ging Orry zu seinem Vater. »In zwei oder drei Jahren wird Charles so weit sein, daß er in die Akademie eintreten kann. Ich habe erfahren, daß es bis dahin einen Freiplatz gibt. Ich glaube, es ist nicht zu früh, sich jetzt schon darum zu bewerben. Schreiben wir erst mal einen Brief ans Kriegsministerium. Wir könnten Senator Calhoun bitten, ihn zu übermitteln. Soll ich ihn schreiben, oder möchtest du?«
Tillet zeigte ihm eine Ausgabe des *Mercury*. »Calhoun ist tot.«
»Um Himmels willen. Wann?«
»Am 31. März, in Washington.«
Eigentlich war es nicht überraschend, dachte Orry. Calhoun war in letzter Zeit nicht mehr erfolgreich gewesen, und vom politischen Standpunkt aus gesehen war der vergangene Monat einer der stür-

mischsten der jüngsten Vergangenheit gewesen. Henry Clays Kompromißvorschläge waren im Senat debattiert worden. Weil Calhoun der amtsälteste Redner war, sah man seiner Reaktion, obwohl sie vorauszusehen war, von allen Seiten mit gespannter Erwartung entgegen. Aber er war zu krank gewesen, um das Wort zu ergreifen, und Senator Mason hatte an seiner Stelle seinen Kommentar vorgelesen. Calhoun sprach sich natürlich gegen Clays Programm aus und warnte erneut davor, daß der Norden mit seiner Feindseligkeit den Süden in die Sezession treibe. Im Lauf der Jahre hatte sich Calhoun immer weiter von seinem gesamtnationalen Standpunkt entfernt und mehr und mehr der Wohlfahrt des Südens den Vorrang gegeben. Die meisten Südstaatler waren sich darin einig, daß er durch die Bestrebungen der Sklavengegner sowohl innerhalb als auch außerhalb des Kongresses zu dieser Kirchturmpolitik getrieben worden war.
Drei Tage nachdem Calhouns Rede vorgetragen worden war, vertrat Senator Daniel Webster den Standpunkt der Opposition. Mit brillanter Rhetorik unterstützte er Clays Vorschläge und setzte die Einheit der Union als oberstes Ziel. Für die meisten seiner Kollegen war die Rede jedoch zu optimistisch und zu kompromißbereit, und sie begannen bald darauf, ihn heftig zu kritisieren. Auch Tillet war Websters Ansprache vom 7. März ein Greuel, obschon er völlig andere Gründe dafür ins Feld führte als die Kritiker aus Websters eigenem Lager.
Doch im Augenblick dachte Orry in einem andern Zusammenhang an Calhoun. »Der Senator war einer der treuesten Freunde der Akademie.«
»Das war einmal«, schnappte Tillet, »er war auch ein Freund der Union, wie wir alle. Dann sind die Yankees uns in den Rücken gefallen.«
Tillet schien andeuten zu wollen, daß dies grundlos gewesen war. Orry dachte an Priam, sagte aber nichts. Der überraschende Gewissenskonflikt verunsicherte ihn. Sein Vater fuhr fort: »Nicht nur Alter und Sorgen haben John Calhoun ins Grab gebracht. Es waren Jackson, Garrison, Seward — die ganze verfluchte Bande, die sich ihm, und uns, auf der ganzen Linie entgegenstellten. Sie waren wie eine Meute von Jagdhunden hinter ihm her. Sie haben ihn bis zur Erschöpfung gejagt.« Tillet schmiß die Zeitung auf den Boden. »Wir werden uns daran erinnern.«

Orry schwieg; der unerbittliche Ton seines Vaters beunruhigte ihn.

Einige Wochen später fand Tillet einen neuen Anlaß für einen Wutausbruch. Ein Sklave, der von einer Plantage in der Nähe von Mont Royal geflüchtet war, war in Columbus, Ohio, von einem berufsmäßigen Sklavenhändler wieder eingefangen worden. Der Sklavenfänger hatte den Auftrag vom Besitzer des Sklaven bekommen.
Bevor der Mann und sein Häftling Columbus jedoch verlassen konnten, griffen die Sklavengegner ein. Sie drohten dem Sklavenfänger mit Lynchjustiz und nahmen den schwarzen Flüchtling in Schutzhaft; sie behaupteten, daß das Gericht den gesetzmäßigen Besitzanspruch prüfen müsse. Dies war jedoch nur ein Vorwand, denn sie wußten, daß das Gericht keine Entscheidungsbefugnisse hatte. Doch sie gewannen Zeit, um den Ausreißer entkommen zu lassen. Eine Hintertür war auf mysteriöse Art und Weise nicht abgeschlossen worden, und der Flüchtling konnte sich über die Grenze nach Kanada in Sicherheit bringen, bevor die meisten Leute etwas davon erfuhren. Das plumpe Ränkespiel in Ohio beleidigte den Besitzer des Sklaven und viele seiner Nachbarn schwer.
Mittlerweile teilte Orry sein persönliches Glück mit Madeline. Vetter Charles war ganz in sein Studium bei Herrn Nagel vertieft, und Orry konnte nicht umhin, mit den Fortschritten seines Schützlings zu prahlen.
»Wir werden den Unterricht im Sommer jedoch für zwei Monate unterbrechen müssen.« Es war ein linkischer Versuch, ein anderes Thema, das ihn beschäftigte, zur Sprache zu bringen, aber es mußte sein.
»Geht Charles fort?«
»Ja, mit uns. Ich habe ein Sommerhaus in Newport, in der Nähe von George, gemietet.«
»Ihr werdet euch also endlich wiedersehen.«
»Ja.«
»Oh, Orry, wie aufregend.« Ihre Freude schien echt. War sie enttäuscht, so verbarg sie es gut.
»Wirst du mich nicht vermissen?«
»Sag das nicht, ich werde dich schrecklich vermissen. Diese beiden Monate werden die längsten meines Lebens sein.«
Sie warf ihm die Arme um den Hals und küßte ihn leidenschaftlich.

Nachdem sie wieder Luft geholt hatte, sagte sie: »Aber ich werd's überleben, wenn ich weiß, daß du zu mir zurückkommst. Ich könnte es nicht ertragen, wenn du dich mit einem Yankee-Mädchen einlassen würdest.«
»Das würde ich nie tun«, antwortete Orry mit seiner humorlosen Aufrichtigkeit, die Madeline manchmal rührend und andere Male unausstehlich fand. »Es ist an der Zeit, daß Charles einen Blick über die Grenzen von South Carolina wirft. Wenn er zur Akademie geht, wird er viele Menschen mit neuen Ideen und andern Ansichten treffen. Das kann wie ein Schock wirken. Mir erging es jedenfalls so. Er muß vorbereitet werden.«
Sie berührte sein Gesicht. »Du klingst mit jedem Tag mehr wie ein Vater.«
»Das macht doch nichts, oder?«
»Nein.« Sie gab ihm einen freundschaftlichen, flüchtigen Kuß auf die Wange. Als sie sich an ihn schmiegte, ging ihr eine Frage durch den Kopf.
»Du sagst, die ganze Familie geht nach Rhode Island?«
»Cooper natürlich nicht.«
»Genau das meinte ich. Lag die Entscheidung, zu Hause zu bleiben, bei deinem Vater oder bei ihm?«
Cooper war vor zwei Tagen nach Mont Royal gekommen. Er und Tillet hatten es nicht geschafft, im selben Zimmer zu bleiben, ohne sich heftig über Clays Vorschläge zu streiten. Orrys Lächeln erlosch. »Bei beiden«, sagte er.

22

Cooper Main liebte Charleston.
Er liebte die engen Pflastersteinstraßen, die viele Besucher an Europa erinnerten; die eleganten Sachen, die in den Läden zu kaufen waren; das Glockenspiel von den weißen Kirchtürmen, die in all den Jahren der salzigen Luft und den Stürmen standgehalten hatten. Er liebte die politische Beredsamkeit, die in der Saloon-Bar des Charleston Hotels an den Tag gelegt wurde, und das Klappern der Fuhrwerke, deren

Kutscher ständig wegen überhöhter Geschwindigkeit Bußen erhielten. Er liebte den warmen Schein der Straßenlaternen, nachdem sie von den beiden städtischen Laternenanzündern oder einem ihrer Sklaven angezündet worden waren. Und er liebte das Haus, das er mit einem Teil des Gewinns aus der Carolina Shipping Company erworben hatte.

Das Haus befand sich in der Tradd Street, ganz in der Nähe der berühmten, alten Heyward-Residenz. Es war eines der typischen Charlestonhäuser, kühl und gemütlich. Auf jedem der drei Stockwerke befand sich eine Veranda, die sich jeweils über die ganze Länge des Gebäudes, das heißt, über etwa zwanzig Meter, erstreckte. Das Haus war sechs Meter tief, was genau eine Zimmerbreite ausmachte, und seine Längsseite grenzte an den Bürgersteig.

Obwohl man von dieser Seite her das Haus betrat, wurde die andere Seite, vor der ein schöner Garten lag, als Portalseite betrachtet. Cooper nannte den Garten sein zweites Büro. Oft arbeitete er hier stundenlang hinter einer hohen Ziegelsteinmauer, umgeben von den der Jahreszeit entsprechenden Blumen und Bäumen, wie Azaleen und Magnolien und dem kontrastreichen Grün der Kreppmyrte und des Yucca. Fast schämte er sich, ganz allein in einem so wunderschönen Haus zu wohnen.

Aber er war zu beschäftigt, um oft daran zu denken. Er hatte sein Scheinexil wie auch die kleine Baumwollversandgesellschaft zu einem triumphalen Erfolg geführt und war jetzt eben dabei, den Lagerraum durch einen zusätzlichen Ankauf zu verdoppeln. Bei solchen Entscheidungen fragte er seinen Vater nie um Rat. Tillet war immer noch der Ansicht, daß die Schiffsgesellschaft eine Last, ein finanzielles Risiko sei, und somit hatte Cooper freie Hand.

Das Hauptgebäude der Gesellschaft, das Warenlager und der Pier befanden sich auf der Concord Street, oberhalb des Zollgebäudes. Das Firmenzeichen, das sowohl auf einem Schild vor dem Gebäude als auch auf den Flaggen der beiden altersschwachen Schiffe zu sehen war, stellte die Buchstaben C.S.C., von einem ovalen Tau umgeben, dar.

Cooper war sich darüber im klaren, daß Charleston niemals *der* Baumwollhafen sein würde, so wie es früher *der* Reishafen gewesen war. Die Baumwollproduktion hatte sich nach Alabama und Mississippi verlagert. Doch es wurde immer noch eine beträchtliche Menge von Charleston aus verschifft, und Cooper wollte für die C.S.C. einen noch größeren Anteil. Aus diesem Grund hatte er vor einigen Monaten eine Hypothek auf seinen ganzen Besitz aufgenommen und der Black Diamond Schiffswerft in Brooklyn, New York, den Auftrag für ein moderneres Schiff erteilt.

Es sollte ein Schrauben-, nicht ein Raddampfer sein. Unter den Decks würden drei diagonale Trennwände für vier wasserdichte Abteile sorgen. Sollte der Schiffsrumpf irgendwo auflaufen, würde der Ladung in den unversehrten Abteilen nichts passieren.

Die Trennwände verteuerten das Ganze ungemein. Aber Cooper hatte bereits mit einigen Baumwollfabrikanten über seine Pläne gesprochen, und sie hatten so positiv reagiert, daß er sicher war, daß die Extrakosten sich lohnten. Schiffe liefen zwar nicht so oft auf Grund, aber die Fabrikanten ließen sich bei der Wahl eines Schiffes doch stark von dem beeinflussen, was geschehen könnte.

Ein Bruch im Schiffsrumpf war noch unwahrscheinlicher, weil statt Holz Stahl verwendet wurde, was nicht üblich war. Die Hazard-Werke würden diesen besonderen Stahl für den Rumpf liefern.

Cooper war stolz auf die Bauart des neuen Schiffes, das den Namen *Mont Royal* erhalten sollte. Bevor er eine Liste mit technischen Details zusammenstellen und nach Brooklyn bringen konnte, hatte er Monate mit der Lektüre von Schiffsarchitektur und dem Skizzieren von Plänen verbracht.

Cooper hatte keine große Mühe, die Finanzierung seines Vorhabens zu sichern. Die Bankiers von Charleston kümmerten sich nicht groß um seine politischen Ansichten, sondern vertrauten seinem Geschäftssinn. Er hatte den Umsatz der C.S.C. bereits um achtzig und den Gewinn um zwanzig Prozent steigern können. Dies war ihm gelungen, indem er die alten Schiffe überholen ließ, so daß sie zuverlässiger waren, und den Fabrikanten, die ein größeres Geschäft mit ihm abschlossen, einen Rabatt anbot.

Neben den Gebäuden in der Concord Street gehörte der C.S.C. jetzt noch ein weiteres Grundstück: vierhundert Hektar Land auf James Island, gegenüber der Halbinsel, auf welcher sich die Stadt befand. Dieses Grundstück lief etwa eine halbe Meile dem Wasser entlang und war nicht weit vom verlassenen Fort Johnson entfernt. Cooper hatte dieses scheinbar wertlose Stück Land im Zuge einer langfristigen Planung erworben, die er geheimhielt. Es machte ihm zwar nichts aus, wenn man sich über ihn lustig machte, aber er war der Meinung, daß ein vorsichtiger Geschäftsmann seine Ideen erst dann öffentlich bekanntgab, wenn dies seinen Interessen diente. In der Dämmerung des ersten Montags im Mai schlenderte er den Battery entlang und blickte auf sein Grundstück jenseits des Wassers. Er war immer noch der Meinung, daß seine Entscheidung richtig gewesen war. Es mochte Jahre dauern, bevor er das Land nutzen konnte, aber es würde auf jeden Fall einen Vorteil bringen.

Unter dem Arm trug er die letzte Ausgabe des *Mercury*. Er fühlte sich von der extremen Haltung der Zeitung abgestoßen, aber sie brachte doch viele gute Berichte über städtische und staatliche Ereignisse. Auf der ersten Seite war ein haarsträubender Artikel über eine alte Frau zu lesen, die von zwei Haussklaven, die sie getadelt hatte, erdrosselt worden war. Die Sklaven waren verschwunden und blieben unauffindbar; in einem Leitartikel ließ sich die Zeitung über die rebellischen Tendenzen der Neger aus und wetterte über die Yankee-Propagandisten, die die Stimmung noch anheizten. Wenn er an den großen Anteil der Schwarzen an der Einwohnerschaft dachte, fiel es Cooper nicht schwer, die Nervosität der Sklavenhalter zu verstehen. Ein weiterer Artikel berichtete über verschiedene neue Feuergesetze. In Charleston wurden dauernd neue Feuergesetze erlassen, um eine weitere Brandkatastrophe wie diejenige, die die Stadt 1838 beinahe dem Erdboden gleichgemacht hatte, zu vermeiden. Auf dem Zeitungsrand hatte sich Cooper eine Liste von Dingen notiert, die er morgen für seine Reise in den Norden benötigte.

Die Bevölkerung von Charleston war auf beinahe 28 000 angewachsen, von denen etwas mehr als die Hälfte Weiße waren. Abgesehen vom alten »Adel« gab es eine beträchtliche Anzahl temperamentvoller Iren, traditionsbewußter Deutscher und orthodoxer Juden. In der Abenddämmerung sahen die durch feste Eichen und Palmettobäume aufgelockerten Hausdächer und Kirchtürme lieblich aus. Die herrliche Aussicht sowie die kräftige Meerluft erinnerten ihn an ein Gelübde, das er vor ein paar Monaten abgelegt hatte: Solange er lebte, sollte dies sein Heim sein — oder zumindest so lange, bis er wegen seiner politischen Ansichten vom Pöbel vertrieben würde.

Mit einem herben Lächeln wanderte sein Blick von der Stadt zum Hafen und dem dahinterliegenden Ozean. Der Hafen von Charleston gehörte immer noch zu einem der wichtigsten Stützpunkte der Bundesregierung. Wohin man auch blickte, war ein Fort zu sehen. Zu seiner Linken lag Fort Moultrie auf Sullivan's Island. Etwas näher, in einem Sumpfgebiet, konnte er Castle Pinckney entdecken. Geradeaus war der größte Teil von Fort Sumter zu sehen und auf James Island die alten, verlassenen Gebäude von Fort Johnson. Die verschiedenen Forts vermochten Cooper überhaupt nicht zu beeindrucken. Was ihn hingegen tagaus, tagein beschäftigte, war der Dampfschiffverkehr im Hafen. Cooper hatte in relativ kurzer Zeit eine tiefe Liebe zu den Schiffen und zur See entwickelt.
Das Land hinter ihm kam ihm alt und in jahrhundertealten Traditionen erstarrt vor. Das Land gehörte der Vergangenheit an, doch die See mit all den hin- und herfahrenden Dampfschiffen war ein modernes Reich der ungeahnten Möglichkeiten, der Entdeckungen und des Fortschritts. Die See gehörte der Zukunft.

Cooper fuhr mit dem Zug nach New York und verbrachte dort zwei Wochen in einem schäbigen Hotel in Manhattan. Sein Schiff befand sich bereits im Bau, und die Trennwände würden noch vor Ende des Monats fertiggestellt sein.
Er fertigte zahlreiche Zeichnungen des Schiffs und der Werft an und schrieb ganze Notizbücher voll, bevor er mit einem Gefühl der Erleichterung abreiste. Neben den Zwillingsstädten Brooklyn und New York schien Charleston langweilig und rückständig. Die Größe der Städte mit ihren geschäftigen, aggressiven Einwohnern schüchterte ihn ein.
Er nahm den Zug nach Pennsylvania. Seitdem er das letzte Mal in New York gewesen war, schienen sich die Eisenbahnlinien verzehnfacht zu haben. Die erste Lokomotive Amerikas, die berühmte »Best Friend« aus Charleston, hatte ihre Jungfernfahrt im Dezember 1830 gemacht, also fast zwanzig Jahre zuvor. Schon drei Jahre später wurde die Charleston & Hamburg-Linie in Betrieb genommen, eine 136 Meilen lange Eisenbahnlinie, die bis zum Hafen am Savannah River führte. Cooper fand es eine traurige Ironie, daß das Eisenbahngeschäft nun gerade in dem Staat, der es am meisten gefördert hatte,

ins Hintertreffen geriet. Die Yankees waren dabei, die Könige der Eisenbahn zu werden, so wie sie auch Könige jedes größeren Industriezweigs werden wollten.
Nachdem Cooper in Lehigh Station angekommen war, nahm ihn George mit ins Walzwerk und zeigte ihm den für den Schiffsrumpf der *Mont Royal* bestimmten Stahl. Durch den tosenden Lärm rief George ihm zu: »Viele Schiffsbauingenieure äußern sich immer noch abfällig über den Schiffsstahl, aber es ist das Geschäft der Zukunft.« Cooper schrie ihm eine Antwort zu, aber George hörte ihn nicht. »Der britische Ingenieur Brunel«, fuhr er fort, »hat die *Great Britain* aus Eisen konstruiert, und sie hat den Atlantik mühelos überquert. Brunel will eines Tages ein so großes Stahlschiff konstruieren, daß die *Great Britain* daneben wie ein Reiskorn aussehen wird. Du befindest dich mit deiner Idee also in guter Gesellschaft.«
»Ich weiß«, schrie Cooper zurück. »Die *Mont Royal* ist im Grunde eine kleinere Ausgabe von Brunels Schiff.« Die Idee war Cooper gekommen, als er zum erstenmal eine Beschreibung der *Great Britain* las.
George zeigte seinem Gast die gesamten Hazard-Werke, die seit Coopers letztem Besuch stark gewachsen waren. Die riesigen Hochöfen, das Walz- und das Stahlwerk, die neuen Eisenbahninstallationen liefen auf Hochtouren, sagte George. Der Fluß des geschmolzenen Eisens, der Tausende von Funken und grelles Licht und eine höllische Hitze abgab, schüchterte Cooper noch mehr ein als die beiden Städte, die er vor kurzem hinter sich gelassen hatte. Im Feuer und Lärm der Hazard-Werke erblickte er erneut die wachsende industrielle Macht des Nordens.
Jene Macht und die wimmelnde Menschenmenge in den Städten ließ die Forderung des Südens nach Unabhängigkeit in einem lächerlichen Licht erscheinen. Weshalb verbrachten die Hitzköpfe aus den beiden Carolinas nicht eine Woche hier oben? Sie würden bald feststellen, daß es der Norden und nur der Norden war, der die meisten ihrer Gebrauchsgegenstände lieferte: vom Baueisen zu den landwirtschaftlichen Geräten, von den Haarnadeln ihrer Frauen und Mätressen bis zum Metall für die Schießeisen, mit denen einige ihre absurden Ansprüche auf einen freien und autonomen Süden zu verteidigen beabsichtigten.

Und doch würde Tillet Main seine Ansichten niemals aufgrund eines solchen Besuches ändern. Sein Vater wollte sich seinen Glauben nicht durch die Wirklichkeit beeinträchtigen lassen. Cooper kannte eine Menge Männer, die ähnlich dachten. Wahrscheinlich gab es auch im Norden einige davon.

Während des Abendessens war er in gedrückter Stimmung. Während er düsteren Gedanken nachhing, setzte er ein Lächeln auf, das nicht aus seinem Innersten kam. Er gab sich redlich Mühe, der Konversation von Georges charmanter irischer Ehefrau und ihrer lebhaften Schwiegermutter zu folgen. Die Kinder von George, William und Patricia, hatten schon früher gegessen. »Es sind gute Kinder«, sagte Constance, »aber manchmal etwas temperamentvoll. Es ist besser, in Ruhe zu essen, ohne jeden Augenblick befürchten zu müssen, daß uns der Nachtisch an den Kopf fliegt.«

Georges Beitrag zum Tischgespräch bestand zur Hauptsache aus einem Monolog über die Notwendigkeit einer besseren und billigeren Methode der Stahlherstellung. Er erklärte einige der technischen Probleme mit einer solchen Klarheit, daß Cooper sich noch lange danach an alle Einzelheiten erinnerte. Constance hatte volles Verständnis für die Sorgen ihres Mannes und unterbrach ihn nicht. Am Ende der Mahlzeit und des Monologs zogen sich die beiden Männer ins Rauchzimmer zurück. George zündete sich eine Zigarre an, und Cooper genehmigte sich einen Brandy.

»Wir werden die Damen in einer Weile wieder im Musikzimmer treffen«, sagte George. Es klang nicht sehr begeistert. »Mein Bruder Billy wird auch herüberkommen, zusammen mit Stanley und seiner Frau. Billy wird die Militärakademie besuchen. Hat Orry dir das nicht gesagt?«

»Nein. Welch herrliche Überraschung. Vielleicht wird es in einem Jahr oder in zwei wieder zu einer Zusammenkunft kommen.«

»Eine Zusammenkunft? Was meinst du damit?«

»Erinnerst du dich an Vetter Charles? Er hat sich stark verändert, seitdem du ihn das letzte Mal gesehen hast. Auch er möchte nach West Point.«

George lehnte sich vor. »Du meinst, es besteht die Möglichkeit, daß ein weiterer Main und ein weiterer Hazard zusammen in West Point sind?« Lächelnd lehnte sich George zurück. »Nun, damit sieht der

Abend besser aus.« Er wurde jedoch wieder ernst, als er sagte: »Ich hoffe, daß der Rest für dich nicht unangenehm sein wird.«
»Weshalb denn?«
»Meine Schwester Virgilia wird für einige Tage kommen. Sie ißt selten mit uns zu Abend, aber sie ist hier.«
»Ich kann mich gut an sie erinnern. Ein hübsches Mädchen.« Cooper ließ die Lüge geschickt in die Konversation einfließen.
»Auch eigenwillig. Besonders was das Thema der Abschaffung der Sklaverei betrifft«, sagte George mit einem entschiedenen Blick auf seinen Gast. »Sie hat es in der Tat geschafft, sich die meisten Einwohner von Lehigh Station zum Gegner zu machen. Sie nimmt ein Körnchen Wahrheit und umgibt es mit einer Schale unmöglicher Kommentare und Urteile. So zum Beispiel behauptet sie, daß die Freiheit der Neger mit dem Grundsatz der freien Liebe eine gemeinsame ideologische Basis habe. Der Glaube an das eine verlange den Glauben an das andere. Diese Verknüpfung führt natürlich zu Rassenvermischungen, die ihrer Meinung nach wünschenswert sind.«
Cooper kippte seinen Cognac hinunter und enthielt sich eines Kommentars.
»Ohne auf letzteres eingehen zu wollen«, George kaute an seinem glimmenden Zigarrenstummel, »kann ich ohne weiteres behaupten, daß Virgilias Benehmen eine Menge Feindseligkeiten bei Menschen hervorruft, die ansonsten einigen ihrer Ideen positiv gegenüberstünden. Sie bringt auch Unruhe in unseren Haushalt. Die Geduld meiner Mutter wird aufs äußerste strapaziert, und ich kann dir nicht beschreiben, welche Wirkung Virgilia auf Stanleys Frau ausübt — oh, aber du kennst Isabel noch gar nicht, nicht wahr? Du wirst sie heute abend sehen, und du wirst sie im Sommer kennenlernen.«
»Leider nein«, murmelte Cooper. »Meine Geschäfte halten mich in Charleston zurück.« Eine weitere Lüge, aber diesmal zu seinen Gunsten.
»Das tut mir leid. Wo war ich steckengeblieben?«
»Bei Isabel und deiner Schwester.«
»Ach ja. Von den beiden ist es Virgilia, die mir Sorgen macht. Seitdem sie nach Hause gekommen ist, hat sie bereits zwei gemeine anonyme Briefe erhalten, und neulich wurde sie unten im Dorf mit Dreck beworfen. Nicht auszudenken, was ihr passieren kann, wenn

sie weiterhin ihre wilden Ideen verbreitet. Ich nehme an, daß sie heute abend auch kommen wird, und ich fand es angebracht, dich zu warnen.«

Cooper legte ein Bein über das andere und lächelte. »Ich danke dir für deine Besorgnis. Sie wird mich nicht stören.«

»Ich hoffe nicht, aber sei dir nicht zu sicher.«

Cooper fand Stanley Hazard immer noch langweilig. Stanley prahlte dauernd mit Politikern aus Pennsylvania. Dabei sprach er jeden Namen so aus, als ob Cooper ihn kennen und beeindruckt sein müßte. Von Isabel hatte Cooper den Eindruck einer hinterlistigen Frau. Sie hatte ihre Zwillinge mitgenommen. Sie rutschten unruhig auf ihrem Schoß umher und versuchten, einander mit Schreien zu übertrumpfen. Constance anerbot sich, den einen Jungen auf ihren Schoß zu nehmen, aber Isabel lehnte ab — zu heftig, wie Cooper dachte; offensichtlich mochten die Schwägerinnen einander nicht. Schließlich befahl Stanley seiner Frau, die lärmenden Kinder aus dem Zimmer zu entfernen. Man war allerseits erleichtert.

Billy redete begeistert von den bevorstehenden Ferien in Newport. Er hatte das Internat abgeschlossen und setzte nun sein Studium zu Hause fort, wobei er gelegentlich einen Abstecher nach Philadelphia machte, um sich mit seinem Lehrer zu besprechen. Der Junge war unverkennbar ein Hazard, obwohl er George überhaupt nicht ähnlich sah. Er hatte dunkleres Haar als George, und seine Augen waren von einem tieferen Blau.

Virgilia kam an. Sie ergriff Coopers Hand und schüttelte sie wie ein Mann. Ihre Mutter runzelte die Stirn. Nachdem sie etwas Konversation gemacht hatte, setzte sie sich neben Cooper und startete einen Direktangriff.

»Mr. Main, wie reagiert man bei Ihnen im Süden auf die Vorschläge von Senator Clay?«

Vorsicht, dachte er bei sich, als er ihren feurigen Blick sah. Sie will dich provozieren. Salonpolitik führt meist zu nichts anderem als zu Emotionen, sicherlich nicht zu einem Einvernehmen. Also antwortete er mit einem höflichen Lächeln: »Wie man das ungefähr erwarten konnte, Miss Hazard. Die meisten Leute in South Carolina widersetzen sich jeglichem Kompromiß, der —«

»Ich auch«, unterbrach sie ihn. Maude ließ ein leises, tadelndes Wort fallen. Cooper war sicher, daß Virgilia es gehört hatte, aber sie kümmerte sich nicht darum. »Wenn es um die menschliche Freiheit geht, dann darf es weder Kompromisse noch Verhandlungen geben. Webster, Clay und die ganze Bande sollten gelyncht werden.«
Cooper lächelte steif. »Ich glaube, John Calhoun reagierte ähnlich, wenn auch weniger heftig, auf jene Herren und ihre Vorschläge, aber aus andern Gründen.«
»Dann wäre ich für einmal mit dem verstorbenen, unbeweinten Mr. Calhoun einverstanden. Ansonsten war er ein Verräter.«
George, der eben ein Streichholz angezündet hatte, warf es gedankenlos auf den Teppich. »Um Himmels willen, Virgilia, benimm dich.«
Maude sprang auf und löschte das Streichholz aus. »George, sieh mal, was du angerichtet hast.« Stanley rümpfte die Nase und kreuzte die Arme. »Das war Virgilias Zunge.«
»Ein Verräter?« wiederholte Cooper. »Sicherlich meinen Sie das nicht so, Miss Hazard.«
»Es gibt keinen anderen Namen für jemanden, der Uneinigkeit befürwortet, um die Sklaverei zu protegieren.« Sie lehnte sich vor, die Hände auf ihren Knien zu Fäusten geballt. »Genauso wie es kein anderes Wort für einen Sklavenbesitzer als Hurenmeister gibt.«
Das unmittelbar darauf folgende Schweigen war so tief, daß man das Lamento von Isabels Zwillingen vom andern Ende des Hauses her hören konnte. Ruhig sagte Cooper: »Wenn ich nicht wüßte, daß Sie unbesonnen gesprochen haben, würde ich dies als eine Beleidigung für meine ganze Familie auffassen. Ich will keineswegs leugnen, daß die Mains Sklaven besitzen, aber sie führen eine Plantage, kein Bordell.« Er hielt den Atem an und wandte sich Maude zu: »Entschuldigen Sie, Mrs. Hazard, ich wollte nicht vulgär werden.« Er brauchte nicht zu sagen, daß die Wut ihn dazu bewogen hatte. Das war mehr als klar.
»Virgilia, entschuldige dich bei unserem Gast«, sagte George.
»Ich —« Sie zupfte nervös an ihrem Taschentuch herum. Ihr vernarbtes Gesicht wurde rot, und auf ihrer Oberlippe zeigten sich Schweißtropfen. »Ich wollte nur eine persönliche Überzeugung zum Ausdruck bringen, Mr. Main. Wenn ich Sie beleidigt habe, so geschah dies nicht mit Absicht.«

Aber das stimmte nicht. Sie tupfte sich mit dem Taschentuch die Lippen und konnte so einen Teil ihres Gesichts verbergen. Aber ihre Augen verrieten sie. Ihr Blick richtete sich mit einer fanatischen Wut auf Cooper.
»Auch ich habe zu heftig reagiert. Tut mir leid.«
Er haßte es, das zu sagen, aber die Höflichkeit verlangte es. George stand auf, ging um das Loch im Teppich herum und riß Cooper praktisch aus dem Stuhl heraus. »Machen wir einen Spaziergang!«
Kaum waren sie draußen, sagte er: »Mein Gott, wie fürchterlich, daß sie all das sagen mußte. Ich weiß nicht, welche Art Vergnügen es ihr bereitet, grob zu sein.«
»Mach dir keine Sorgen.« Cooper ging über die Steinplatten bis an den Rand des aufgeschütteten Rasens. Zu seiner Rechten warfen die drei Hochöfen rote Flammen in den nächtlichen Himmel.
»Ich mache mir aber Sorgen! Ich möchte nicht, daß Virgilia dich beleidigt, und vor allen Dingen möchte ich nicht, daß sie im Sommer deine Familie beleidigt. Ich werde mit ihr reden.« Seine Entschlossenheit machte einer plötzlichen Verwirrung Platz. »Sie ist meine Schwester, aber auch wenn ich mich auf den Kopf stelle, ich verstehe sie nicht. Jedes Mal, wenn sie über die Sklaverei und über den Süden herzieht, tut sie das, na ja, mit sexuellen Begriffen. Irgendwie hat sie es sich in den Kopf gesetzt, daß der ganze Süden ein Sündenpfuhl ist.«
Er schielte rasch auf Cooper, um zu sehen, ob er schockiert war. Cooper dachte nach. Oft verurteilen die Menschen das, was sie sich im geheimen wünschen.
»Sie hat sich zu stark engagiert«, knurrte George. »Manchmal befürchte ich, sie verliere den Verstand.«
Ich fürchte, du könntest recht haben, dachte Cooper, aber er behielt es für sich.
Damit war das Thema abgeschlossen. Cooper reiste am nächsten Morgen ab, ohne Virgilia noch einmal zu sehen. Bald verblaßte die Erinnerung an ihren zornigen Blick etwas, und er überprüfte seine eigene, überraschende Reaktion: Ihre Äußerungen hatten ihn beleidigt; sie hatten ihn als ein Mitglied der Main-Familie und, ja, auch als Südstaatler beleidigt.
Cooper betrachtete sich selbst als einen Mann mit gemäßigtem Tem-

perament. Doch wenn schon er von einer Yankee-Fanatikerin in Harnisch gebracht werden konnte, um wie vieles mehr mußten dann die Hitzköpfe des Südens wütend werden? Und welche heftige Reaktion mußte diese Wut bei ihnen auslösen? Das war der Aspekt, der ihn bei der ganzen Sache am meisten beunruhigte.

Etwa eine Stunde nachdem der Küstendampfer New York in Richtung Charleston verlassen hatte, sah er die junge Frau zum erstenmal auf Deck. Sie war in den Zwanzigern und reiste offensichtlich allein. Sie war groß, mit dünnen Armen und Beinen, einem flachen Busen und einer langen Nase. Unter ihrem Hut quoll eine Fülle von dunkelblondem, gelocktem Haar hervor. Sie ging langsam an der Reling entlang, hielt inne und starrte dann auf den Ozean. Ihre Gelassenheit und Selbstsicherheit verrieten Eigenständigkeit und Vertrautheit mit der Welt. Cooper beobachtete sie heimlich aus respektvoller Entfernung.

Ihr Blick war liebevoll, und sie hatte einen freundlichen Zug um den Mund, als ob sie oft und auf natürliche Art und Weise lächelte. Ein unbeteiligter Beobachter hätte jedoch geurteilt, daß sie im besten Fall gewöhnlich und im schlimmsten Fall häßlich war. Weshalb fand er sie dann etwas so Besonderes? Er wußte es nicht, aber er brauchte auch keine Erklärung.

Kurz darauf bemerkte er, wie ein anderer Mann die junge Frau auf etwas weniger diskrete Art und Weise beobachtete. Der Mann war fett, nicht mehr der Jüngste und trug einen karierten Anzug. Cooper war verärgert und dann enttäuscht, als die junge Frau davonschlenderte. Wenn sie den fetten Mann bemerkt hatte, so ließ sie sich nichts anmerken.

Kurz darauf war sie verschwunden. Cooper wußte, daß er sie unbedingt wiedersehen mußte, aber wie? Ein Gentleman sprach nicht einfach eine junge Dame an, die ihm nicht vorgestellt worden war. Er war immer noch dabei, eine Lösung für das Problem zu finden, als ein schwarzer Steward mit dem Gong zum Abendessen rief.

Im Eßsaal mußte er wütend feststellen, daß der Zufall die junge Frau und den Mann im karierten Anzug an denselben Tisch gesetzt hatte. Der Mann war kein Gentleman. Er rückte mit dem Stuhl näher an sie heran, indem er geflissentlich die hochgezogenen Augenbrauen der vier andern Passagiere, die am selben Tisch saßen, übersah. Während des Essens stieß er wiederholt mit der Hand ihren Unterarm an und lehnte sich öfters plump zu ihr hinüber, wobei er einen Scherz machte, den sie mit einem höflichen Lächeln quittierte. Sie aß rasch und verließ als erste den Tisch. Augenblicke später raste Cooper an Deck, um sie zu suchen.

Er entdeckte sie schließlich an der Steuerbordreling, wie sie die entfernten Dünen der Küste von New Jersey betrachtete. Ich werde es tun, zum Teufel mit dem Risiko, dachte er. Er räusperte sich und straffte die Schultern, doch das kribblige Gefühl in seinem Magen ließ sich nicht verscheuchen. Er ging langsam auf sie zu, mit der festen Absicht, sie anzusprechen. Sie wandte sich um und sah ihn freundlich an. Er hielt inne und wollte seinen Hut ziehen, als er bemerkte, daß er ihn in der Kabine vergessen hatte. Die Anrede blieb ihm im Hals stecken.

Er brachte stotternd einen Gruß hervor — eigentlich war es mehr ein Grunzen — und eilte davon. Idiot. *Idiot*. Jetzt würde sie nie mit ihm reden, und er konnte ihr keinen Vorwurf machen. Er hatte einen guten ersten Eindruck bei ihr erwecken wollen, ihr irgendwie mitteilen wollen, daß er höflich und sogar schüchtern war — Eigenschaften, die sie seiner Meinung nach sicher gemocht hätte. Aber die mangelnde Erfahrung hatte ihm einen Strich durch die Rechnung gemacht. Alles, was sie gesehen hatte, war ein Esel, der nicht grüßte, sondern grunzte.

Er beschloß, nicht an der Abendunterhaltung teilzunehmen, änderte seine Meinung jedoch in letzter Minute und gesellte sich zu den etwa dreißig Leuten im Salon. Der Conférencier, ein fröhlicher Italiener, kündigte an, daß anstelle des ursprünglich vorgesehenen Programms ein Sonderprogramm stattfinden würde. Man hatte herausgefunden, daß sich ein musikalisches Talent unter den Passagieren befand, und hatte es zu einem Vortrag überreden können. Er selber würde sie am Klavier begleiten. Er stellte Miss Judith Stafford aus Boston vor.

Miss Stafford stand auf — sie war die junge Frau von vorhin. Sie war in der ersten Reihe gesessen, wo Cooper sie nicht sehen konnte. Sie trug immer noch das einfach geschnittene Kleid, das er zum erstenmal auf Deck an ihr gesehen hatte.

Er war hingerissen, als sie als erstes eine Arie aus der *Norma* ankündigte. Sie hatte einen lieblichen Sopran, und ihre Phrasierung, ihre Gestik und Mimik zeugten von einer berufsmäßigen Ausbildung. Sie gab noch drei Darbietungen, alles Opernarien; die letzte war ein dramatisches Stück aus Verdis *Attila*.

Cooper verliebte sich mit jeder Note mehr in sie. Er erschrak jedoch, als er bemerkte, wie ein Zuschauer der Wand entlang nach vorne schlich: der Mann im karierten Anzug. Er schwankte leicht, und dies nicht, weil die See rauh gewesen wäre, denn sie war ruhig. Der lüsterne Blick des Kerls verriet, woran er interessiert war. Nicht an Miss Staffords Talent.

Das Publikum beantwortete ihre letzte Arie mit rauschendem Beifall und wollte noch mehr hören. Miss Stafford besprach sich kurz mit dem Conférencier und entzückte dann das Publikum mit einer lebhaften Darbietung von »Oh! Susanna«, der von den kalifornischen Goldsuchern übernommenen Negerballade. Wiederum verlangten die Zuhörer eine Zugabe. Sie sang das berühmte Lied: »Woodman, Spare That Tree«. Einige der Zuhörer waren zu Tränen gerührt. Nicht aber Herr Karo, wie Cooper ihn insgeheim nannte. In seinen Augen glomm nur Lust.

Nach einer letzten Ovation ging das Publikum auseinander. Der Conférencier bedankte sich bei ihr und trollte sich; sie stand nun allein da und wurde sich unvermittelt der Anwesenheit von Herrn Karo bewußt, der ihr, ein öliges Lächeln auf dem Gesicht, entgegenschwankte. Cooper fühlte sich plötzlich wie von einem Magnet zu den beiden hingezogen. *Wahrscheinlich ist er ein Berufsringer. Wenn du dich einmischst, wird er dich zusammenschlagen, und sie wird dich für einen Tölpel halten.* Trotz dieser pessimistischen Gedanken eilte er unbeirrt nach vorne. Herr Karo war etwa zwei Meter von Miss Staffords Linker zum Stillstand gekommen und blinzelte dumm. Cooper packte das Mädchen am Ellbogen.

»Das war entzückend, Miss Stafford. Darf ich Sie nun um den Spaziergang bitten, den Sie mir vorhin versprochen haben?«

Sie wird um Hilfe schreien, dachte er. »Augenblick, warten Sie!« rief Herr Karo, eilte auf sie zu und fiel dabei kopfüber über einen großen Ledersessel, den er übersehen hatte.

Judith Stafford wandte sich mit dem ihr eigenen strahlenden Lächeln Cooper zu: »Ja, ich erinnere mich, und ich habe mich darauf gefreut.«

Als sie sich bei ihm unterhakte, stand ihm beinahe das Herz still. Er durfte sie nach draußen geleiten. Sobald sie an Deck waren, drückte sie seinen Unterarm spontan.
»Vielen Dank, diese Blindschleiche hat mich angestarrt, seit wir New York verlassen haben.« Sie zog ihre Hand zurück. »Ich will mich nicht aufdrängen, aber ich bin Ihnen sehr dankbar, Mr. —«
Sie zögerte. Konnte er seinen Ohren trauen?
»Cooper Main aus Charleston. Sind Sie zufällig aus South Carolina?«
»Ja, ich bin in Cheraw geboren. Ich besuche meine Familie. Nochmals vielen Dank für Ihre Hilfe, Mr. Main. Gute Nacht.«
Wenn du sie jetzt verlierst, wirst du sie für immer verloren haben. Er ergriff ihre Hand und bot ihr erneut den Arm an.
»Miss Stafford, ich möchte meine Belohnung, den Spaziergang — um Himmels willen, da ist er. Hier entlang.«
Sie eilten an einem Bullauge vorbei, hinter dem ein deprimierter Herr Karo hervorschielte. Er kam während der restlichen Reise nicht mehr an Deck und belästigte sie auch nicht mehr.
Judith Stafford lachte über Coopers Kühnheit, aber sie drückte seinen Arm, und sie gingen munter im Mondlicht zum Heck des Schiffs. Er war so glücklich, daß er über Bord gesprungen wäre, wenn sie dies von ihm verlangt hätte. Er hätte es getan, obwohl er nicht einmal einen Meter weit schwimmen konnte.

Sie verbrachten fast den ganzen nächsten Tag miteinander. Cooper wußte, daß sie seine Gesellschaft wahrscheinlich suchte, um sich andere, weniger vertrauenswürdige Herren vom Leib zu halten. Er hoffte jedoch, aus der Bekanntschaft werde sich eine Freundschaft entwickeln, bevor sie Charleston erreichten. Sie hatte vor, einen Tag in Charleston zu bleiben, um dort einzukaufen und dann mit Eisenbahn und Postkutsche nach Cheraw weiterzureisen.
Sie war als einziges Kind von Farmern am Fuße der Berge von South Carolina zur Welt gekommen. Ihre Mutter war tot, und ihr Vater lebte nun mit einer Verwandten in Cheraw; durch einen Unfall mit dem Pflug war er vor zwei Jahren zum Krüppel geworden.
»Mein Vater ist ein Waliser, ein Schotte und noch vieles mehr«, sagte sie, als sie am späten Vormittag eine Fleischbrühe löffelten. »Er ist als freier Bauer geboren und wird auch als solcher sterben. Als er

noch sein Land bearbeitete, tat er dies ganz allein, es sei denn, Nachbarn, die er später bezahlte, halfen ihm mal. Er haßt die Reis- und Baumwollpflanzer, weil sie nur dank Armeen von Sklaven erfolgreich sein können. Und er haßt sie auch, weil sie eine kleine Minderheit sind und doch den ganzen Staat unter ihrer Kontrolle haben. Diese Macht ist übrigens einer der Gründe dafür, weshalb ich vor fünf Jahren, als ich einundzwanzig war, fortgezogen bin.«

»Es gibt eine Menge Farmer in South Carolina, die ebenso denken wie Ihr Vater, nicht wahr?«

»Tausende. Wenn es nach ihnen ginge, wäre die Sklaverei in einer Minute abgeschafft.«

»Um in der nächsten Minute von einem Aufstand der Schwarzen gefolgt zu werden?«

»Ach, das ist bloß eine Ausrede«, sagte sie mit einem Kopfschütteln.

»Nun, ich höre sie des öfteren.« Er schluckte und eröffnete ihr die Wahrheit: »Seit Generationen baut meine Familie Reis an und hält sich Sklaven.«

Sie stieß einen kleinen Überraschungsschrei aus: »Sie haben mir zwar Ihren Namen gesagt, aber ich habe ihn nicht mit den Mains in Mont Royal in Verbindung gebracht.«

»Weil ich sagte, daß ich in Charleston lebe, was stimmt. Ich bin vor zwei Jahren von zu Hause fortgegangen. Mein Vater und ich sind uns über vieles nicht einig, unter anderem über die Sklaverei.«

»Sie sind also dagegen?«

»Ja, aus praktischen wie auch aus ethischen Gründen.«

»Dann fühlen wir gleich.«

»Ich freue mich, Miss Stafford.« Er merkte, wie er errötete.

Ihre braunen Augen leuchteten, wie er es bis jetzt nur geträumt hatte. Plötzlich war jede Erinnerung an die Feueröfen von Lehigh Station wie weggeblasen, und die Zukunft sah ganz anders aus.

»Bitte«, sagte sie, »möchten Sie mich nicht Judith nennen?«

Cooper konnte gut reden, wenn es sein mußte, aber er mußte sich anstrengen. Auch sie war eher schüchtern. Vielleicht war das der Grund, weshalb die Verbundenheit zwischen ihnen so schnell so stark geworden war.

Auf der Reise nach Charleston erzählte er ihr vieles über sich selbst.

Sie tat ein gleiches. Ihr Vater war davon überzeugt, daß eine Ausbildung wichtig war, und hatte sein ganzes Leben lang gespart, um ihr dies zu ermöglichen. Sie hatte die beiden letzten Schuljahre im Norden, auf Miss Deardorfs *Female Academy* in Concord, Massachusetts, verbracht und war nach Abschluß ihres Studiums gebeten worden, als Musik- und Literaturlehrerin dort zu bleiben. Sie kam also, genau genommen, nicht aus Boston, ging jedoch so oft wie möglich in die Stadt. Sie gehörte der Federal Street Church an und teilte die gemäßigten Ansichten des Sklavereigegners William Ellery Channing.

»Ein Unitarier also«, Cooper grinste. »Man sagt, die meisten von ihnen hätten Haare auf den Zähnen.«

»Nun, die einen sind radikaler als die andern. Aber auf welcher Seite stehen Sie denn?«

»Ich befürchte, ich lasse mich nicht so leicht einordnen. Ich bin ein Gegner der Sklaverei, aber ich werde nie für Gewalt zu ihrer Abschaffung eintreten. Ich bin der Ansicht, daß der Versuch, in einem unabhängigen Süden die Sklaverei beizubehalten, lächerlich ist. Wir müssen uns mit den Yankees verständigen. Eine ernsthafte Auseinandersetzung mit ihnen wäre zu riskant, denn erstens sind sie uns zahlenmäßig überlegen, und zweitens sind wir von ihrer Industrie abhängig. Wenn wir unsere eigenen Wege gingen, so wäre das unser Ende.«

»Nach dem, was ich gelesen habe, sind die meisten Politiker des Südens anderer Meinung.«

»Sie erinnern sich nicht mehr an das, was sie in der Bibel gelernt haben«, entgegnete er mit einem schwachen, bitteren Lächeln. »‘Daß die andern dich fürchten, hat dich verführt, und dein Herz ist hochmütig.’ Jeremias neunundvierzig.«

»Nun, ich denke nicht so — so differenziert wie Sie«, gab sie zur Antwort. »Die Sklaverei ist ein Übel, das mit allen dafür notwendigen Mitteln ausgerottet werden muß. Reverend Channing versucht, an die christlichen Gefühle der Sklavenbesitzer zu appellieren, aber das hat sich bislang als erfolglos erwiesen.«

»Damit wird er auch nie Erfolg haben. Die Stimme des Geldes ist hier im Süden lauter als die Stimme Gottes.«

»Ist das nicht überall so? Aber wie können wir in diesem Land von Freiheit reden, wenn die Hälfte der Bevölkerung in Unfreiheit lebt?«

»Mein Vater sagt, daß die Sklaverei ein Positivum ist.«

»Nichts gegen Ihren Vater, aber Despoten glauben immer, daß sie Wohltäter sind.«
Er lächelte. »Ich sehe, Sie haben Ihren Reverend Weld gelesen.«
»Und Garrison und Douglas. Ich glaube, was sie alle sagen. Wir müssen den Preis für die Emanzipation bezahlen — wie hoch er auch immer sein mag.«
»Ich bin nicht einverstanden, aber vielleicht werde ich es eines Tages sein. Ich stelle fest, daß ich mehr und mehr von der vorherrschenden Meinung abweiche. Wahrscheinlich wird man mich demnächst aus Charleston verjagen. Doch bevor das geschieht, würde ich Ihnen gerne mein Haus zeigen.«
»Was? Ohne Anstandsdame?« neckte sie ihn. Ihre Blicke trafen sich. »Ich würde Ihr Haus sehr gern sehen, Cooper.«
Ermutigt durch ihren ernsten Blick, küßte er sie wenige Minuten später auf der Schwelle ihrer Luxuskabine. Sie erwiderte seinen Kuß leidenschaftlich, entschuldigte sich sofort für ihre Schamlosigkeit und bat ihn dann flüsternd, sie nochmals zu küssen.

Es war eine zauberhafte Reise, und am Schluß gestanden sie sich ihre Liebe zueinander. Als der Dampfer in den Hafen von Charleston einlief, unterhielten sie sich darüber, wie schnell es ihr gelingen würde, ihre Zelte in Concord abzubrechen, und ob sie sich wohl in South Carolina wieder glücklich fühlen könne.
Der Lotse kam bei Sonnenuntergang an Bord. Cooper und Judith standen an der Reling und betrachteten die letzten Sonnenstrahlen auf den Kirchtürmen der Stadt. Cooper war noch nie jemandem begegnet, dem er so fest vertrauen konnte, jemandem, mit dem er reden konnte, ohne Angst, mißverstanden oder verachtet zu werden.
»Die Mains waren seit jeher Landleute, aber ich habe mich in die See verliebt. Vielleicht deshalb, weil das Land untrennbar mit der Sklaverei und deren Elend verbunden ist.« Sein Blick schweifte übers Heck und über den Atlantik. »Für mich bedeutet dieser Ozean eine echte Chance, wie früher frei zu sein. Er ist ein Symbol für die Geschwindigkeit der Dampfschiffe, für eine kleiner werdende Welt, für die Zukunft.« Er zögerte kurz und wurde rot. »Findest du das lächerlich?«
Sie schüttelte den Kopf. »Bewunderungswürdig und auch realistisch. Aber es dauert lang, bis altmodische Ideen sterben. Das ist ja auch

der Grund, weshalb es in letzter Zeit so viel Aufruhr gibt. Eine alte Idee liegt im Sterben, aber die Menschen dieses Staats wollen die unvermeidbare Tatsache nicht akzeptieren. Würden sie dies tun, wäre alles sehr viel einfacher.«

Cooper seufzte. »Ja, aber ihr Widerstand ist begreiflich. Ein Mann gibt vieles auf, wenn er seine Neger aufgibt. Er gibt etwas hin, das ich noch keinen einzigen Sklavenbesitzer habe erwähnen hören, aber es existiert, es ist wesentlich, und es ist das Grundübel des ganzen Systems.« Die Hafenbrise spielte in seinem Haar, als er über den Ozean blickte. »Die totale Macht. Die Sklaverei verleiht einem Menschen die totale Macht über einen andern. Kein Mensch auf der Welt dürfte eine solche Macht haben, kein König, kein Präsident — und sicherlich nicht mein Vater. Macht ist destruktiv, das habe ich schließlich eingesehen. Mein Vater ist immer ein guter und menschlicher Herr gewesen, aber eines Tages wurde er wütend und ordnete an, daß einer unserer Sklaven mit der Katze ausgepeitscht wurde. Weißt du, was das ist?«

Sie erschauerte. »Ja. Ich habe darüber gelesen.«

»Nun, mein Vater ließ es geschehen. Und weil er der Besitzer des Mannes war und als solcher nie in Frage gestellt wurde, konnte nichts ihn daran hindern, sich wie ein Tier zu benehmen und einen andern Menschen wie ein Tier zu behandeln. Deshalb habe ich meine Zweifel an Reverend Channings Methode. Die totale Macht übt eine geheimnisvolle Anziehungskraft auf die schlechte Seite in uns allen aus.«

Als sie seinen lauteren Gesichtsausdruck sah, war Judith plötzlich kühn genug, um etwas zu tun, von dem sie bisher nur geträumt hatte: die Hand eines Mannes zu ergreifen — in der Öffentlichkeit.

Sanft umschlossen ihre Finger die seinen. Sie freute sich über den Mut, den sie im Laufe dieser Reise an den Tag gelegt hatte. Als sie in Boston abreiste, hätte sie sich dies nie träumen lassen. Zweifellos war diese herrliche neue Freiheit nur ein weiteres Zeichen dafür, daß sie schließlich den Mann gefunden hatte, den sie für den Rest ihres Lebens lieben konnte.

Auch Cooper hatte eine Gefährtin gefunden. Eine anständige, intelligente Frau, die in seinen Augen von überragender Schönheit war. Eine Frau, welche sein differenziertes Denken, viele seiner Überzeugungen und einige seiner Zweifel zu teilen verstand. Mit ihr — sollte sie

ihn heiraten wollen — würde er die stürmischen Zeiten, die bestimmt kommen würden, sicher überstehen. Heute abend noch wollte er ihr im Haus in der Tradd Street den Heiratsantrag machen.
Mit dieser Entscheidung breitete sich Ruhe in ihm aus. Ohne sich um die Blicke einiger schockierter Passagiere zu kümmern, hielten sich Judith und Cooper die Hände und blickten einander in die Augen, als Fort Sumter langsam am Bug vorbeiglitt und in der Dunkelheit versank.

23

In jenem Sommer kam es bei den Hazards zu lästigen Streitereien und starken Spannungen. Die Diener wetteten kleine Geldsummen, wer noch mit wem reden würde, wenn die Familie endlich nach Newport aufbrechen würde. Einige der Hausangestellten setzten sogar darauf, daß man überhaupt nicht gehen würde.
George entdeckte, daß Stanley Cameron eine weitere Spende hatte zukommen lassen, diesmal im Betrag von zweitausend Dollar. »Du hast doch versprochen, damit aufzuhören!« Er unterstrich seinen Vorwurf, indem er so hart auf den Schreibtisch schlug, daß das Fenster klirrte. Bevor er antwortete, wich Stanley in die andere Ecke des Zimmers aus. George war zwar klein, aber Stanley hatte Angst vor ihm. Er hatte jedoch noch mehr Angst vor Isabel.
»Ich habe nie gesagt, daß ich endgültig damit aufhören würde. Du mußt mich mißverstanden haben. Abgesehen davon, brauchte Simon dringend —«
»Ach, du nennst ihn schon beim Vornamen. Busenfreunde! Welchen Bären läßt du dir aufbinden? Was ist der Preis?« Stanley wurde rot.
George ging wütend auf und ab. »Mit jedem Tag steigen unsere Kosten, und du verschleuderst unser Geld an korrupte Politiker und für private Eisenbahnwaggons.«
Stanley hatte auf eigene Faust einen Vertrag für einen vierachsigen Eisenbahnwaggon mit Wohnzimmer, Schlafabteilen und einer Küche abgeschlossen. Der außergewöhnliche Waggon, einer von wenigen in den Vereinigten Staaten, wurde zum weiteren Ausbau nach Delaware

verschickt. Stanley war von seiner Frau zum Kauf gedrängt worden, die immer wieder betonte, daß sie nicht in einem öffentlichen Bahnwagen nach Rhode Island fahren würde.

»Wir könnten dies sicher diskutieren, ohne ausfällig zu werden, George.«

»Diskutieren! Zum Teufel! Für den Eisenbahnwaggon ist es zu spät, aber ich verbiete dir, Cameron auch nur noch einen Cent zu geben!«

»Solange ich die Finanzen unter Kontrolle habe, tue ich, was mir gefällt. Du kannst dich ja mit Mutter unterhalten, wenn's dir nicht paßt.«

Er hatte nicht den Mut, seinen jüngeren Bruder anzusehen, als er diese Trumpfkarte ausspielte. George gab wütend nach, wie Stanley dies erwartet hatte. George mochte wohl damit drohen, zu Maude zu gehen, aber Stanley wußte jetzt, daß sein Stolz dies nie zulassen würde. Mit einem hämischen Grinsen verließ Stanley das Zimmer. Die Tür fiel mit einem Knall ins Schloß, ein herausfordernder Schlußpunkt. George setzte sich fluchend hin. Er versuchte, sich zu beruhigen, aber es mißlang. Er war in Stanleys Händen, und beide wußten es. Er weigerte sich, zu Maude zu rennen, aber die gegenwärtige Lage war unmöglich, es gab keinen Ausweg. Er griff nach einem Tintenfaß und schleuderte es an die Wand.

»Kindisch«, murmelte er eine Minute später. Aber obwohl das Problem immer noch ungelöst war und die Tinte sein Hemd ruiniert hatte, fühlte er sich jetzt wesentlich besser.

Stanley erzählte Isabel von der Auseinandersetzung: Natürlich war George der Bösewicht und Stanley der Held.

Sie rächte sich mit einem neuen Angriff auf ihre Verwandten. Mit einem falschen Lächeln »wunderte« sie sich — laut — über die religiöse Erziehung von William und Patricia. Sie kramte die alten Horrorgeschichten über die katholischen Priester wieder hervor, die einen schlechten Einfluß auf ihre Pfarrei und folglich auf deren Kinder ausübten. Doch ihre eigentliche Zielscheibe war George. Während Wochen war sein angeblich total fehlender Glaube ein beliebtes Gesprächsthema unter den Frauen der Oberschicht von Lehigh Station. Nein, George sei nicht katholisch, verkündete Isabel, aber er setze auch keinen Fuß in seine eigene Kirche, die Methodistenkirche. Liefen die armen Kinder nicht Gefahr, gottlos aufzuwachsen? Leute, die sich früher nie Gedanken über dieses Problem oder über Georges Charakter gemacht hatten, redeten plötzlich kaum noch über etwas anderes.

Erst hörte Constance, dann George den Klatsch. Sie wurde traurig, er wütend. Es war ein schwacher Trost für sie, als sie einen Brief von Orry erhielten, in dem stand, daß auch in der Main-Familie Zwietracht herrschte. Cooper hatte seine bevorstehende Heirat mit einer Frau angekündigt, die Unitarierin war und auf der Seite der Sklavengegner stand. Tillet konnte kaum noch an sich halten. Orry hoffte, daß die Reise nach Newport die Spannungen wenigstens eine Zeitlang mildern würde.

Virgilia reiste für zehn Tage nach Philadelphia, wo sie wiederum eine Rede halten sollte. Maude hatte den Gedanken an eine Anstandsdame schon lange aufgegeben. Virgilia tat, was sie wollte.

Fünf Tage später, als man die ersten Reisevorbereitungen traf, wurde Isabel von einer ihrer Freundinnen angesprochen. Grace Truitt war eben aus Philadelphia zurückgekommen. Sie und ihr Mann hatten dort das Chestnut Street Theater für eine Aufführung des *People's Lawyer* besucht, ein uraltes, aber immer noch populäres Stück, in dem ein anscheinend dummer Yankee klügere Leute immer wieder übertölpelte.

»Ihre Schwägerin saß in einer Loge in Begleitung eines gutaussehenden Mannes namens Toby Johnson«, sagte die Besucherin.

»Ich kenne den Herrn nicht.«

»Das wäre auch überraschend, aber in Philadelphia haben alle von ihm gehört oder gelesen. Virgilia und Mr. Johnson waren zusammen in der Versammlung der Gegner der Sklaverei.« Grace Truitt machte eine Pause, bevor sie die Katze aus dem Sack ließ. »Bei diesem Anlaß hat Mr. Johnson von seinen Erfahrungen in North Carolina vor seiner Flucht erzählt.«

»Flucht? Um Himmels willen. Er ist doch nicht etwa ein — Neger?«

»Schokoladenbraun«, sagte die andere nickend. »Sie stolzierten im Theater herum, berührten einander immer wieder und tauschten Blicke aus, die, na ja —« Die Dame betupfte ihre glänzende Oberlippe mit dem Taschentuch. »Man kann sie nur verliebt nennen. Ich hasse es, Ihnen eine solch tragische Nachricht übermitteln zu müssen, aber ich hatte das Gefühl, daß Sie es wissen sollten.«

Isabel wurde übel. »Haben sie mit ihrer Anwesenheit im Theater Aufsehen erregt?«

»Ich würde meinen, ja. Mehrere Paare verließen empört den Saal, bevor der Vorhang hochging. In der ersten Pause hat jemand eine Tüte Dreck in die Loge geschmissen. Ohne Zweifel eine vulgäre Reaktion. Aber Virgilia und ihr Begleiter saßen wie die Ölgötzen da und ignorierten es.«

Isabel ergriff die Hand der Frau. »Bitte behalten Sie das für sich, Grace. Ich werde die Familie zum gegebenen Zeitpunkt, wenn Virgilia nach Hause kommt, unterrichten.«

»Sie können sich auf meine Diskretion verlassen.«

Aber es war ein leeres Versprechen.

Maude schickte einen Kutscher ins Dorf, um Virgilia vom Boot abzuholen. Nicht weit vom Kanal entfernt wurde sie von zwei herumlungernden Männern mit ihrem Gepäck in der Kutsche bemerkt. Einer der Männer hob einen Stein auf.

»Bring deinen Nigger-Geliebten nicht nach Lehigh Station!«

Er warf den Stein allerdings mit mehr Emotionen als Treffsicherheit, und er flog an Virgilia vorbei. Der Kutscher blickte verdutzt. Sie ignorierte seinen Blick und starrte auf den Angreifer. Als George und seine Familie sich gegen Abend um Stanleys Tisch zum Essen scharten, sprachen schon alle Familienmitglieder über das Ereignis.

Bevor der erste Gang aufgetragen wurde, sagte Maude: »Virgilia, ich habe erfahren, daß heute ein unangenehmer Zwischenfall stattgefunden hat. Was war denn die Ursache?«

Virgilia zuckte die Achseln. »Meine Freundschaft mit Toby Johnson, nehme ich an. Ich bin in Philadelphia mit ihm im Theater gewesen. Klatsch verbreitet sich schnell. Vielleicht hat mich eine engstirnige Person aus Lehigh Station gesehen.«

Es ärgerte Isabel, daß ihr Auftritt verdorben worden war. Aber wenigstens konnte sie versuchen, die Ungeheuerlichkeit von Virgilias Fehltritt zu betonen.

»Falls es jemand nicht wissen sollte, Johnson ist ein Neger.«

Für George war dies nichts Neues; er hatte den Zwischenfall vor einer Stunde mit Constance besprochen. Er kaute wütend auf seinem Zigarrenstummel, da Virgilia, nach ihrem Gesichtsausdruck zu schließen, die peinliche Verlegenheit der Familie offensichtlich zu genießen schien. Zwar überraschte ihn ihr Benehmen nicht mehr, aber es machte ihn immer noch wütend.

Virgilia schob trotzig das Kinn vor. »Toby Johnson ist ein feiner Mann, und ich werde ihn so oft sehen, wie ich will.«

Billy sah vergnügt aus, alle andern waren aufgeregt. Stanley stotterte, unfähig, klar zu reden. Maude betrachtete ihre Tochter in trauriger Resignation. George ergriff das Wort.

»Wir haben nichts gegen dein Engagement, Virgilia, aber du gehst zu weit. Ich sage dies nicht nur, weil der Mann ein Schwarzer —«

Er schrumpfte unter ihrem Blick zusammen. »Natürlich, George. Sei kein Heuchler.«

»Na schön — vielleicht spielt seine Hautfarbe eine Rolle. Aber ich nehme an, daß ich darüber hinwegsehen könnte, wenn du diesen Mann wirklich liebtest.«

»Wie kannst du es wagen, etwas über meine wirklichen Gefühle —?«

»Virgilia, halt den Mund und laß mich ausreden. Ich glaube, im Grunde möchtest du nur die Aufmerksamkeit auf dich lenken. Du bietest der Welt trotzig die Stirn, weil du — irrtümlicherweise — glaubst, daß sie dir wehgetan hat. Dabei bringst du Schande über deine Mutter und die Familie. Eine anständige Frau tut gewisse Dinge einfach nicht, ob der Mann nun schwarz, weiß oder violett ist.«

Virgilia knüllte ihre Serviette zusammen und schmiß sie beiseite. »Wie entsetzlich selbstgefällig du geworden bist.«

Maude stieß einen leisen Schrei aus und wandte das Gesicht ab.

»Es geht nicht um mich, sondern um dich und dein Benehmen«, entgegnete George. »Wir werden es nicht tolerieren.«

Sie stand auf und sah ihn mit einem kalten Blick an. »Es wird dir nichts anderes übrigbleiben, Bruderherz. Ich bin eine erwachsene Frau. Es ist meine Sache, mit wem ich schlafe.«

Verlegen schielte Constance zu Billy hinüber. George und Stanley blickten einander an, der Schock und die Wut hatten sie für einmal vereint. Isabel atmete schwer. Virgilia rauschte aus dem Zimmer. Maude legte die Hand auf ihre Augen, um die aufsteigenden Tränen zu verbergen.

Als die Familie am nächsten Nachmittag mit zwei Kutschen abreiste, war George schlechter Laune. Eine dritte Kutsche folgte mit dem Gepäck. Die Hazards würden von Philadelphia aus mit ihrem privaten Eisenbahnwaggon weiterfahren.
George war nervös, weil er sich acht Wochen nicht um das Geschäft kümmern konnte. Er hatte seitenweise Instruktionen für die Aufseher und Vorarbeiter hinterlassen und hatte vor, mindestens einmal nach Lehigh Station zurückzufahren. Aber die Familie brauchte seine Hilfe mehr als die Hazard-Werke. Etwas mußte geschehen, um den Frieden wieder herzustellen und um Virgilia daran zu hindern, ihn im Laufe des nächsten Monats wieder zu zerstören.
Isabel blickte Virgilia dauernd scheel von der Seite an. Virgilia blieb unbeeindruckt und schwatzte munter über die Landschaft, das Wetter, alles, bloß nicht über den Zwischenfall. Sie war auf eine unbekümmerte, beinahe arrogante Art fröhlich.
Während des Zwischenhalts in Philadelphia blieb sie ohne Erklärung die ganze Nacht fort. An jenem Abend ging Maude noch vor Sonnenuntergang zu Bett. Am nächsten Morgen jedoch schien sie sich besser zu fühlen, als wäre sie entschlossen, die Situation, so traurig sie auch war, zu akzeptieren. Um vier Uhr nachmittags stiegen die Hazards in den privaten Eisenbahnwagen. Auf jeder Seite des Wagens stand in großen goldenen Lettern *Pride of Hazard*. Darüber befand sich ein goldener Adler mit ausgebreiteten Flügeln. Das Innere des Wagens war ebenso luxuriös ausgestattet. Alle staunten über die geschnitzten Fensterrahmen, die glänzenden Messingverzierungen, die mit Intarsien aus Rosenholz ausgestattete Täfelung und die dunkelrote Damasttapete.
Stanley hatte keine Kosten gescheut. Die Sessel waren aus feinstem Plüsch, die Waschschüsseln aus teurem Marmor. George mußte zugeben, daß der Eisenbahnwagen wunderschön war, aber er wagte nicht, nach dem Preis zu fragen. Er wollte zu Hause in einem Sessel sitzen und leicht betrunken sein, wenn er sich die Rechnung ansah. Für den Sommer hatte man einen schwarzen Koch engagiert. Er stand bereits hinter den Töpfen und bereitete Seezungenfilets fürs Abendessen zu. Virgilia unterhielt sich gut zehn Minuten mit ihm. »Als ob es keinen Unterschied zwischen ihnen gäbe«, zischte Isabel Constance hinter der Hand zu. »Es muß etwas geschehen.« Constance

ging nicht auf sie ein. Virgilia kam aus der Küche und verschwand in ihrem Schlafabteil, eine Ausgabe des *Liberator* unter dem Arm. Die Jungen, William, Laban und Levi, rannten im Wagen herum, kletterten auf die Möbel, rüttelten an Türklinken und veranstalteten auf der Tretorgel ein höllisches Konzert. Um viertel vor fünf wurde der Wagen an den New-York-Expreß angehängt, der wenige Minuten später losdonnerte.
Die Familie aß das Seezungenfilet und trank teuren französischen Wein, während der Schnellzug nordwärts durch die langweilige Ebene von New Jersey raste. Virgilia war nicht anwesend; sie hatte sich ein Tablett mit ins Schlafabteil genommen.
»Wahrscheinlich wird sie ihren dunklen Freund nach Newport einladen«, sagte Isabel mit schriller Stimme. Sie hatte eine beträchtliche Menge Rotwein getrunken und den Weißwein der übrigen verachtet. »Wir sollten etwas tun.«
George bemerkte, wie die Augen seiner Frau funkelten, aber es gelang Constance, sich unter Kontrolle zu halten. »Vielleicht sollten wir lediglich Geduld haben. Wenn sie sich nur mit Johnson eingelassen hat, um ihre Unabhängigkeit zu bestätigen, wird das ganze nicht von Dauer sein.«
Unbefriedigt von dieser Antwort sagte Isabel mit weinerlicher Stimme: »Und was sollen wir in der Zwischenzeit tun? Unter der Demütigung leiden? Von der Gesellschaft geächtet werden? Ich sage euch, wir müssen etwas unternehmen!«
»Das hast du schon mal gesagt«, sagte Maude unwirsch. »Was schlägst du vor?«
Isabel öffnete den Mund, schloß ihn wieder und stand mit nervöser Gestik auf.
»Entschuldigt mich bitte, ich glaube, ich habe die Kinder gehört.«
Sie eilte ins Schlafabteil. George suchte unter dem feinen Leinentischtuch nach der Hand seiner Frau und drückte sie mit einem resignierten Blick. Dann schenkte er sich ein weiteres Glas Chardonnay ein und trank es in wenigen Zügen leer.

Gegen Mitternacht wurde der *Pride of Hazard* im New Yorker Zentralbahnhof vom Zug aus Philadelphia abgekoppelt und an einen nach Providence angehängt. Der Privatwagen befand sich jetzt zwi-

schen den Fracht- und Gepäckwaggons und den Passagierwagen, also genau in der Mitte des Zuges.
Etwa zur selben Zeit griff in einem Weiler namens West Haven an der Connecticut-Küste ein Weichensteller, der eben mit seiner Freundin einen Riesenkrach gehabt hatte, zur Flasche, um seinen Ärger herunterzuspülen. Er trank so schnell und so viel, daß er vergaß, eine Weiche umzustellen, nachdem ein Zug nach New York das Nebengleis verlassen hatte und auf der Hauptlinie weitergefahren war. Dieser Lokalzug hatte auf dem Nebengleis warten müssen, bis der Eilzug nach Boston durchgefahren war.
Der Weichensteller marschierte auf unsicheren Beinen nach New Haven. Wäre er ein zuverlässiger Mann und nüchtern gewesen, so hätte er sich Gedanken über die vergessene Weiche gemacht. Der nächste Zug aus New York würde nun auf das kurze Nebengleis gelenkt werden und in eine Barrikade prallen. Dahinter gähnte eine tiefe Grube.

Constance wand sich unruhig in den Armen ihres Mannes. Der Platz war etwas knapp für zwei, aber sie haßte es, allein in ihrer Koje zu liegen und hatte sich für eine Weile neben ihren Mann gelegt.
»Bevor ich regelmäßig Schlafwagen benütze, muß irgendein Genie eine bessere Schlafgelegenheit erfinden«, murmelte sie ihrem Mann ins Ohr.
»Aber sonst ist es doch recht gemütlich, nicht wahr?« Gerade als er das sagte, spürte er einen Ruck. »Hast du das bemerkt? Als ob wir das Gleis gewechselt hätten.«

Der Führer der vierachsigen Winans-Lokomotive war zu Tode erschrocken. Er hatte die Position der Weiche einige Sekunden zu spät gesehen, und die Maschine war überraschend auf das Nebengleis gelenkt worden. Obwohl er blitzschnell das Notsignal zog, wußte er bereits, daß es den Bremsern nie gelingen würde, den Zug rechtzeitig anzuhalten.
Im Licht der Öllaterne an der Spitze des Zuges sah er die Barrikade auf sich zukommen. »Spring, Fred!« schrie er seinem Gehilfen zu, der bereits auf dem Trittbrett stand.
Dies würde also sein Ende sein, dachte der Lokomotivführer: ein Name in einem Zeitungsbericht über ein weiteres Eisenbahnunglück. Es

ereigneten sich so viele, daß die Pfarrer und Politiker sagten, es sollten keine Eisenbahnen mehr gebaut werden.

Er zog wieder am Notsignal; es zerbrach ihm in der Hand. Als letztes sah er die Barrikade auf sich zurasen. Mit einer Geschwindigkeit von fünfzig Kilometern pro Stunde durchbrach die Lokomotive die Barrikade, raste einen kurzen Abhang hinunter und sauste wie ein riesiger Flugkörper in die Tiefe, den Rest des Zuges hinter sich herziehend.

24

»Constance, hol die Kinder. Irgend etwas —«

George konnte die überflüssige Warnung nicht zu Ende sprechen. Constance wußte, daß etwas geschehen war: Der Wagen wurde hin- und hergerüttelt und kippte leicht auf die linke Seite.

Sie hatte das merkwürdige Gefühl zu schweben. Der Boden unter ihren Füßen war plötzlich schräg, und sie kämpfte sich bis zum Schlafabteil ihrer Kinder vor. Die Lokomotive prallte auf dem Grund der Grube auf. Sekunden bevor sie zerschmettert wurde, erkannte Constance, daß der private Eisenbahnwagen, und wahrscheinlich der ganze Zug, entgleist war.

Sie riß die Zwischentür auf. Als erstes sah sie den rußigen Zylinder einer Lampe, die sie brennengelassen hatte. Der Eisenbahnwagen war ganz mit Holz und Lackarbeit verkleidet. Wenn sie den Aufprall überlebten, würden sie hier drin lebendigen Leibes geröstet werden. Der langsame Gleitflug schien eine Ewigkeit zu dauern. Mit lautem Geräusch barsten die Eisenkupplungen. Durch den Aufprall der Waggons explodierte der Dampfkessel der Lokomotive, und eine Riesenwolke von heißem Dampf und herumfliegenden Metallstücken entfaltete sich wie eine Blume aus dem Garten eines Wahnsinnigen. Eisen kreischte, Menschen schrien. Der Hazard-Wagen brach mitten entzwei. Der dahinter folgende Wagen kippte zur Seite und sauste neben dem ineinandergeschachtelten Metallhaufen, auf dem die vordere Hälfte des »Pride of Hazard« lag, in die Tiefe. Constance hörte, wie verletzte Männer in der Dunkelheit schrien: Die Angestellten der Gepäckwagen saßen im Graben unten in der Falle.

»William? Patricia? Bleibt bei Mutter! Haltet euch an mir fest. Es wird alles gut werden.«
Die Kinder schluchzten, wie auch Dutzende von andern Passagieren in den andern Wagen — ein Chor von zu Tode erschrockenen Menschen, die versuchten, durch das Krachen von Holz, das Klirren von Glas und das Knistern der Flammen hindurch gehört zu werden. Wo war George? In ihrem Schrecken hatte sie ihn aus den Augen verloren. Sie vermutete, daß er ihr Abteil durch die Zwischentür zum Korridor verlassen hatte.
Die Lampen im Hazard-Wagen brannten nicht, und doch war es hell. Vom Feuer. Es erhellte das Gesicht von George, als er wieder in das Abteil kam, wobei er auf der Decke ging, die nun zum Fußboden geworden war.
»Gib mir eins der Kinder.« Er streckte die Arme aus. Hinter ihm erkannte sie Stanley, der sich durch den Korridor kämpfte. Er stieß Maude vor sich her und zog Isabel, die einen Zwilling auf jedem Arm trug, hinter sich her.
Constance überreichte George William. Mit Patricia kletterte sie durch das Abteilfenster, was nun sehr schwierig war, da der Wagen auf dem Dach lag. Sie wagte es nicht, einen Blick auf das sich schnell ausbreitende Feuer zu werfen. Es fraß sich mit sengender Hitze durch die Wand hinter ihr. »Mach nur, George, ich bin okay.« Mit der noch freien Hand hob sie ihr Nachthemd hoch, damit sie nicht stolpern würde. Sie begann zu husten; der Rauch wurde zusehends dichter.
Sie folgte ihrem Mann in den Korridor, der in der einen Richtung durch Trümmer und in der andern durch Isabel blockiert war. Isabel hatte plötzlich die Nerven verloren. Sie ließ die Zwillinge zu Boden gleiten und brach in hysterische Schreie aus. Ihre beiden Söhne weinten und klammerten sich an die Beine ihrer Mutter, in der Hoffnung, ihre Aufmerksamkeit zu erregen. Sie nahm keine Notiz von ihnen.
»Wir müssen sie von hier wegkriegen«, schrie Constance und hielt ihrem Mann Patricia entgegen. Er versuchte, William mit einem Arm zu halten und hob seine Tochter auf die Schultern. Constance drückte sich an ihm vorbei, packte Isabel an den Schultern und schüttelte sie. Als das nicht half, versetzte sie ihr eine Ohrfeige. Isabel stolperte gegen Stanley, der sie an den Handgelenken packte und durch den beißenden Rauch zog.

»Laban, Levi«, keuchte Constance und kauerte neben die Zwillinge, während George sich an ihr vorbeiwand. Es blieben ihr nur noch Sekunden. Das Abteil hinter ihr stand in Flammen, das Feuer züngelte bereits durch die Tür. Die plumpen Zwillinge klammerten sich an sie, während sie versuchte, ihre Nerven unter Kontrolle zu halten.

Sie hielt ihnen die Hände hin. »Haltet euch an mir fest!« Sie führte sie in die Richtung, in die George gegangen war, den Korridor hinunter. Er war vom Rauch verschluckt worden — wie alle andern.

Die hölzerne Wand zu ihrer Rechten war mit Blasen bedeckt. Einen Meter vor ihr züngelten plötzlich Flammen an der Wand. Der Ausweg war versperrt. Hinter ihr stand ebenfalls alles in Flammen.

Es blieben noch die Fenster. Sie versuchte, die Scheibe mit ihrem nackten Fuß zu zertrümmern. Das Glas splitterte, zerbrach aber nicht. Sie versuchte es ein zweites Mal. Das Glas zersprang und riß ihr die Fußsohle auf.

Die hereinströmende Luft fachte die Flammen an. Was erwartete sie wohl draußen? Wie tief mochte es sein? Würden sie auf gefährlichen Trümmern landen? Sie konnte nichts sehen, aber es gab keinen andern Ausweg. Sie riß ein Stück Holz aus der verbogenen Wand und vergrößerte die Öffnung, indem sie noch mehr Glas zertrümmerte. Sie spürte keinen Schmerz, merkte aber, wie ihre Handgelenke bluteten. Sie ließ das Holz fallen und hob Laban hoch.

Sie warf erst ihn und dann seinen Bruder durch die Öffnung. Dann sprang sie selbst, nur wenige Augenblicke, bevor der Wagen von einer Wolke aus Feuer und Rauch verschluckt wurde.

Sie landete etwa zwei Meter weiter unten auf einem steinigen Abhang und rollte dann verdutzt ein kleines Stück hinunter. Die brennenden Trümmer über ihr wurden undeutlicher, als sie, nach Luft schnappend und unfähig, sich zu bewegen, beinahe das Bewußtsein verlor.

Schreie überall. Rauchschwaden. Das Dröhnen von Feuer und das schrille Zischen von Dampf, der immer noch aus irgendeinem Ventil der Lokomotive entwich.

Verletzt und benommen wie sie war, gelang es Constance immer noch, die verschiedenen Geräusche voneinander zu unterscheiden: Sie hörte Laban und seinen Bruder in Angst und Schrecken schreien, die Zwillinge mußten ganz in der Nähe sein. Sie brauchten jemanden.

Mit letzter Willensanstrengung zwang sie sich aufzustehen, strich sich mit blutigen Händen das Haar aus dem Gesicht und stolperte über den Hang, bis sie die Zwillinge fand. Als sie sie aufhob, kam ein merkwürdig gurrendes Geräusch aus ihrem Mund — ein Ersatz für ein Lachen.
»Jetzt wird alles gut, Jungs.« Sie hielt einen unter jedem Arm und erklomm den Hang. Die spitzen Steine verletzten ihre blutenden Füße noch mehr. »Alles wird gut. Wir werden eure Mutter finden. Wir finden sie.«
Wenn sie nicht tot war.
Würden die kleinen Jungen sich an die Schreie der Opfer erinnern, die unter den Eisenbahnwagen begraben worden waren? Würden sie sich an den gellenden und erstickenden Schrei eines Menschen erinnern, der in einem Wagen gefangen war und lebendig verbrannte? Sie würde es nicht vergessen. Sie würde es nie vergessen, Gott helfe ihr.

Das Massengrab, wie die Katastrophe von West Haven später etwas sensationsgierig von der Presse genannt wurde, hatte zwanzig Tote gefordert: vierzehn Passagiere und sechs Eisenbahnangestellte einschließlich des Lokomotivführers. Die Hazards hatten keine Toten zu beklagen — der schwarze Koch jedoch war gegen eine Wand geschleudert worden und von einem herausragenden Stück Metall wie von einem Speer durchbohrt worden. Die Zugmitte war offenbar am sichersten gewesen; sämtliche Todesfälle hatten sich vorn und in den zwei letzten Wagen ereignet.
Nach und nach fand Constance die restlichen Familienmitglieder wieder. Erst Billy, dann Maude, die reglos und wie betäubt auf dem Boden saß, George und ihre Kinder und schließlich Stanley, der Isabel, die abwechslungsweise schluchzte und tobte, zu beruhigen und zu trösten versuchte.
Als letzte erblickte sie Virgilia am äußersten Ende des Trümmerhaufens. Georges Schwester hatte ihr Kleid in Streifen gerissen, um Verbände anzulegen. Sie rannte in ihrer Unterwäsche und strotzend vor Dreck wie eine Bergziege die Geröllhalde auf und ab, auf der Jagd nach Überlebenden, die sie zu befreien versuchte. Den *Pride of Hazard* gab es nicht mehr.

Constance rieb sich die Augen. Sie sah, wie Stanley neben seinen Söhnen kniete und ihre blutigen Füße untersuchte.

»Wie geht es ihnen?«

»Ich weiß es nicht. Wie kommt es, daß ihre Füße so fürchterlich zerschunden sind?«

Constance schwieg; sie konnte bloß ihren Kopf schütteln. Der Idiot war wütend auf sie. Es war unglaublich.

»Wer ist zerschunden? Sind meine Kinder verletzt? Laßt mich sehen.«

Isabel, die sich offensichtlich wieder gefaßt hatte, rannte schreiend an Maude vorbei und warf sich neben ihren Zwillingen, die ihre Tränen zurückzuhalten versuchten, auf die Knie. »Laban! Levi! Meine armen Lieblinge! All das Blut, die schrecklichen Wunden! Was hat sie euch angetan?«

Sie umschlang die Knaben und schielte mit einem Blick äußerster Feindseligkeit zwischen ihnen hindurch. »Constance, wenn meine Kinder dauernde Schädigungen davontragen, werde ich es dir nie verzeihen.«

»Dauernde Schädigungen?«

Constance fand das ganze so lächerlich, daß sie nicht weiterreden konnte. Sie warf den Kopf zurück und lachte, ein rauhes und hysterisches Lachen, worauf sich Stanleys und auch Georges Gesicht verfinsterte. »Um Gottes willen, Isabel«, keuchte sie schließlich, »ist dir auch nur im geringsten klar, was du da sagst?«

Isabel ließ die Knaben los und sprang auf die Füße. Haarsträhnen fielen ihr in die Stirn, als sie auf ihre Schwägerin zustolperte. »Natürlich. Sieh sie dir an. Sieh dir ihre Füße an!«

»Es tut mir leid, wenn du nicht zu schätzen weißt, was ich getan habe, Isabel. Aber das tust du ja nie. Ich habe die Zwillinge gerettet. Niemand half ihnen, du schon gar nicht. Du hast hysterisch geschrien und deine Kinder ihrem Schicksal überlassen.«

George redete ihr sanft zu: »Ich glaube, mehr brauchst du nicht zu sagen.«

Constance war klar, daß er nicht schon wieder Streit wollte. Er bat sie darum, damit die Probleme nicht noch größer würden. Sie verstand seine Botschaft, aber ihr war jetzt alles egal. Die Berührung mit dem Tod hatte lange aufgestaute Gefühle hochgebracht.

Den Blick auf Isabel geheftet, sagte sie: »Oh, ja, es gäbe vieles zu sagen. Du solltest ausgepeitscht werden für deine Undankbarkeit. Ich würde es tun, wenn du nicht eine so bedauernswerte Kreatur —«
»Aber —« Stanley wollte etwas sagen, aber Isabels Schrei übertönte ihn: »Du irische Hure!« Sie packte einen spitzen Stein und rannte damit auf Constance los. George stellte sich eilends vor seine Frau, riß Isabel den Stein aus der Hand und schmiß ihn gegen die ineinandergeschachtelten Waggons, die immer noch glühten.
Isabel wollte ihm einen Faustschlag versetzen, aber George packte ihren Unterarm und drückte ihn mit eisernem Griff herunter. Mit erschütterter Stimme sagte er: »Sie hat recht, du bist undankbar. Seit Constance nach Lehigh Station gekommen ist, hast du nichts anderes getan, als ihr dauernd eins auszuwischen. Sie versuchte es zu ignorieren, es dir zu verzeihen — und ich auch. Aber das hier ist zuviel. Sie hat den Zwillingen das Leben gerettet, und statt ihr dankbar zu sein —«
»George, du gehst zu weit«, ließ sich Stanley hinter ihm vernehmen.
George würdigte seinen Bruder keines Blickes. »Halt dich da raus. Isabel, ich werde stets darauf bedacht sein, daß meine Familie dich höflich behandelt, aber das ist alles. Von nun an möchte ich dich nicht mehr in Belvedere sehen. Du wirst nie wieder einen Fuß in mein Haus setzen.«
»Willst du wohl nicht so mit meiner Frau reden«, rief Stanley und packte George an der Schulter. Stanleys impulsive Geste brachte das Faß zum überlaufen. George wirbelte herum, fegte Stanleys Hand weg und trat dann einen Schritt zurück, um seinen Schlag mit großer Treffsicherheit auszuführen.
Stanley redete wild auf ihn ein, doch George schenkte der ersterbenden Stimme der Vernunft kein Gehör und tat, wovon er schon lange geträumt hatte: Mit aller Kraft schlug er Stanley in die Magengrube. Isabel stieß einen gellenden Schrei aus. Stanley schnappte nach Luft. George auch; er hatte so hart zugeschlagen, daß er glaubte, die Hand gebrochen zu haben.
»Papa«, brüllte einer der Zwillinge. Stanley versuchte, nicht in die Knie zu gehen, aber der Schlag hatte ihn aus dem Gleichgewicht geworfen. Mit rudernden Armen stolperte er rückwärts und landete schließlich auf seinem Hintern. Seine Wangen glänzten rot im Licht

der brennenden Eisenbahnwagen. Als er zu seinem jüngeren Bruder aufblickte, war ein hilfloses Bitten in seinen Augen zu sehen. Er keuchte schwer und sah dick, weich und plötzlich alt aus. Hilflos.
O Gott, ich wünschte, ich hätte das nicht getan, dachte George. Aber der Schlag war nicht mehr rückgängig zu machen, er würde ihm und auch den andern stets in peinlicher Erinnerung bleiben. Merkwürdig, daß er gleichzeitig Reue wie auch Erleichterung und einen gewissen Stolz auf seine Tat empfand.
Er ging auf seinen Bruder zu und hielt ihm die Hand hin. »Laß mich dir auf die Beine helfen.«
Stanley packte Georges Unterarm und stand auf. Er nahm die Hilfe mit einem Flattern der Augenlider zur Kenntnis, aber sein Blick verriet keine Dankbarkeit. George hatte auch keine erwartet. Doch da war etwas anderes, ein Gefühl, das George schon früher geahnt hatte und das sich jetzt bestätigte.
Er hat Angst vor mir. Er hat schon immer Angst vor mir gehabt.
Obwohl George die Angst schon früher bemerkt hatte, hatte er nie erkannt, welche Macht sie ihm verlieh; dies wurde ihm erst jetzt klar. Stanley schwankte an ihm vorbei und versicherte Isabel, daß er in Ordnung war. Dann wandte er sich einem weinenden Zwilling zu, hob den kleinen Jungen hoch und tröstete ihn. George und Constance umarmten ihre Kinder. Billy ging zu Maude hinüber. Während der nächsten Minuten sagte niemand etwas, alle standen wie unter einer Art Schockwirkung. George war sich nicht sicher, ob das Unglück oder der Kampf schuld daran war.
Stanley und Isabel vermieden es, George und seine Familie anzusehen. Georges Schuldgefühle ließen rasch nach. Die Abrechnung mit Stanley war schon längst fällig gewesen.
Etwa zwanzig Minuten später kam Virgilia mit fünf Männern aus dem Weiler West Haven an. Zwei von ihnen trugen Maude auf einer improvisierten Tragbahre davon.
Als die Sonne aufging, schwärmten etwa zweihundert Eisenbahnarbeiter und Freiwillige zur Unglücksstätte. Die Hazards hatten sich unterdessen in ein Hotel nach New Haven begeben. Virgilia beschloß, nach Newport weiterzureisen; es waren bereits mehrere Hausangestellte dort. Gegen Ende des Vormittags war der Eisenbahnverkehr in beiden Richtungen wieder gesichert. Virgilias Zug ging um

drei. Da Billy sich freiwillig zur Verfügung stellte, die Kinder zu hüten, während sie schliefen, konnten George und Constance Virgilia zum Bahnhof begleiten und dann noch kurz zum Einkaufen gehen. Bei ihrer Rückkehr ins Hotel schauten sie kurz nach Maude, die immer noch im Bett war. Sie hatte zwei Rippen gebrochen. Aber abgesehen von einem leichten Schwindelgefühl ging es ihr gut, wie sie sagte.
»Das freut mich, Mutter«, sagte George. »Ich werde mal nachschauen, wo Stanley ist.«
In Maudes Blick war keine Spur von Tadel. »Wo war er den ganzen Vormittag?«
»Ich weiß es nicht.«
»Er, Isabel und die Kinder haben sich sofort nach dem Frühstück auf ihre Zimmer begeben«, warf Constance ein.
Maude seufzte: »Ich freue mich, daß du mit ihm reden wirst.«
George fuhr sich mit dem Zeigefinger über den Schnurrbart. »Nicht nur um mich zu entschuldigen. Stanley und ich müssen einiges klarstellen.«
Sie fand sich damit ab und murmelte: »Ich verstehe. Ich habe es schon seit einer Weile kommen sehen, und vielleicht ist dieser Zeitpunkt so gut wie jeder andere.«
Sie schloß die Augen und faltete die Hände auf der sauberen Steppdecke. Er freute sich über ihr Verständnis; es machte ihm die Sache wesentlich leichter.

Er klopfte sanft an die Tür der Suite seines Bruders. Isabel öffnete und teilte ihm mit, daß Stanley unten in der Hotelbar sei. George ging hinunter; Stanley hockte vor einem riesigen Glas Kentucky-Whiskey. George bestellte ebenfalls einen, ließ ihn jedoch stehen. Er versuchte, möglichst ruhig zu bleiben, als er sagte: »Ich werde mich ab jetzt um die finanziellen Angelegenheiten des Geschäfts kümmern.«
»Oh, hast du mit Mutter geredet?« fragte Stanley müde und verbittert.
»Nein. Dies ist eine Sache zwischen dir und mir. Sobald wir in Newport sind, werden wir einen Brief an sämtliche Banken aufsetzen.« Er hatte rasendes Herzklopfen. »Von nun an werden Ausgaben über

fünfzig Dollar nur mit meiner Unterschrift getätigt. Für eine Weile wird es keinen privaten Eisenbahnwagen mehr geben.«
Stanley starrte in den Spiegel mit dem Mahagonirahmen, der hinter der Bar hing. Darüber war ein ausgestopfter Hirschkopf mit Geweih befestigt, der sie mit gläsernen Augen gelangweilt anstarrte. Stanley lachte abrupt.
»Ich hab' mir doch gedacht, daß so was kommen würde; es ist mir scheißegal. Ich hab' den Eisenhandel sowieso nie gemocht. Und du warst ja schon immer darauf aus, das Ganze zu übernehmen.«
George unterdrückte seinen Ärger und fuhr mit ruhiger Stimme fort: »Ich kann dem Geschäft meine volle Aufmerksamkeit widmen, und du kannst andern Interessen nachgehen. Ich könnte mir vorstellen, daß du nichts dagegen hättest, in die Politik einzusteigen.«
»Kann sein«, meinte Stanley. »Auf jeden Fall käme ich so von Lehigh Station weg.« *Und von dir.*
George ging nicht darauf ein. »Ich freue mich, daß wir uns einig geworden sind. Ich bitte um Entschuldigung für das, was ich gestern abend getan habe.«
Er hielt Stanley die Hand hin. Stanley warf einen Blick darauf, umschloß dann mit den Fingern sein Glas und neigte sich vor, als wolle er es beschützen. »Ich möchte lieber allein trinken, wenn du nichts dagegen hast.«
»Wie du willst.«
George verließ die Bar.
Die andern spürten, daß eine Veränderung in der Familie stattgefunden hatte. Isabel verbarg ihren Groll nicht, aber Stanley zeigte sich ab und zu erleichtert. Er lachte und machte Witze — etwas, das er seit Jahren nicht mehr getan hatte.
Sie blieben noch einen weiteren Tag in New Haven und stiegen am nächsten Morgen alle etwas nervös in einen Zug nach Rhode Island. Als sie etwa eine Stunde unterwegs waren, ereignete sich ein Zwischenfall, der die Machtverlagerung innerhalb der Familie endgültig besiegelte.
Es ging darum, einen Namen für das Sommerhaus zu finden. Stanley erwähnte, daß sich vor dem Haus eine große und herrliche Rasenfläche befand, und schlug deshalb den Namen *Fairlawn* vor.
»Sehr hübsch«, sagte Maude. »Was meinst du, George?«

George fand den Namen phantasielos, doch dann erinnerte er sich an einen der Grundsätze von West Point: Es ziemte sich für einen Offizier, dem geschlagenen Gegner Höflichkeit zu erweisen.
»Ich mag den Namen«, sagte er, indem er seinem Bruder zulächelte.
»Ich nehme an, damit hat sich die Sache«, sagte Isabel verächtlich.
Stanley lächelte zufrieden wie ein kleiner Junge.

25

Fairlawn war ein herrliches, geräumiges, dreistöckiges Haus, das soeben strahlend weiß gestrichen worden war. Der Garten sah jedoch etwas verwahrlost aus. In den Blumenbeeten wucherte Unkraut, und totes Geäst verunstaltete die Bäume. Auch die niedrige Ziegelsteinmauer um das Grundstück herum hätte ausgebessert werden müssen. George schlug vor, Stanley solle sich um die Handwerker und Gärtner kümmern. Sein Bruder schien es zu genießen.
Alle Familienmitglieder versuchten sich so weit wie möglich zu beschäftigen, in der Hoffnung, so das Unglück schneller vergessen zu können. Maudes Verletzung erinnerte sie jedoch immer wieder daran. Sie hatte weiterhin Schwindelanfälle und konnte sich wegen der gebrochenen Rippen nur langsam bewegen. Constance litt unter Alpträumen, in denen sie sich jedesmal aus dem brennenden Wagen zu befreien versuchte. Auch William träumte vom Unglück; während zwei Wochen wachte er immer wieder schreiend und um sich schlagend auf.
Die Mains kamen am 5. Juli an, einen Tag, nachdem Präsident Taylor bei einer Nationalfeier zu viele Gurken gegessen und zu viel kalte Milch getrunken hatte und krank geworden war. Am 9. Juli starb er an *Cholera morbus*. Einige Zeitungen berichteten, daß er in Tat und Wahrheit wegen der Last seines Amtes und den vielen Sorgen gestorben war, insbesondere wegen seinen vielen Widersachern. Am 10. Juli übernahm Millard Fillmore das Amt des Präsidenten.
Bis dahin hatten die Mains sich in ihrem gemieteten Haus ganz in der Nähe, an der Old Beach Road, eingerichtet. Beide Familien machten regen Gebrauch von den zahlreichen Vergnügungsmöglichkeiten, die

Newport im Sommer bot. Der Strand von Newport war ganz in der Nähe, aber ziemlich belagert; die Familie zog es vor, sich an einen abgelegeneren Ort am südlichen Ende der Insel zurückzuziehen, von wo aus man einen herrlichen Blick auf einen aus dem Meer herausragenden Felsen, den sogenannten Spouting Rock, hatte.
Zuerst fühlte sich Tillet auf Yankee-Boden nicht wohl. Doch bald erneuerte er seine Bekanntschaft mit andern Familien aus South Carolina einschließlich der Izards, und dann konnte er sich endlich entspannen und die Ferien genießen, außer wenn er die Neuigkeiten aus Washington las.
Fillmore hatte die Absicht, Clays Kompromißvorschläge, die höchstwahrscheinlich noch vor Ende des Jahres angenommen werden würden, zu unterstützen. Unter der Führung von Stephen Douglas aus Illinois hatte eine Gruppe junger Kongreßmitglieder versprochen, dem von der alten Garde geschaffenen Stimmenpatt ein Ende zu setzen.
Die vier jungen Leute waren viel zusammen. Sowohl Ashton als auch Brett verstanden sich gut mit dem untersetzten, kampflustigen und fröhlichen Billy Hazard, der jedoch hauptsächlich an Ashton interessiert war. Er war fünfzehn, sie ein Jahr jünger, und Brett war noch ein zwölfjähriges Kind.
Der vierzehnjährige Charles erweckte den Eindruck, als sei er der Reifste des Quartetts. Seine Größe hatte etwas damit zu tun; er war bereits einen ganzen Kopf größer als Billy. Er war hübsch und lachte gern. Charles und Billy waren so herzlich zueinander, wie man das von zwei Knaben, die sich eben erst kennengelernt hatten, erwarten konnte. Orry und George beobachteten die wachsende Freundschaft mit großem Interesse.
George kaufte eine Jolle, und eines Abends nach dem Essen nahmen die Jungen das Segelboot mit zum Strand, um es auszuprobieren. George und Orry begleiteten sie, um ein Auge auf die Segelanfänger zu werfen. Billy hatte etwas Erfahrung im Umgang mit kleinen Booten, Charles jedoch nicht.
George und Orry saßen einander auf einem großen Felsen gegenüber. Der Atlantik war ruhig, und der Wind war gerade stark genug, um die Küste entlang zu segeln. Orry ließ Sand durch seine Hand rieseln. Er schien sich in den Ferien zu entspannen, doch ab und zu schwang immer noch ein bitterer Unterton in seiner Stimme mit, wie George

feststellte. Heute abend jedoch nicht. Orry lächelte, als er auf das Segelboot schaute. »Sieh sie dir an. Ein paar kleine Änderungen, und man könnte sie für uns halten: Stumpf und Stiel II.«
George nickte und paffte an seiner Zigarre. »Ich hoffe, daß sie in West Point ebenso gute Freunde werden, wie wir es waren, auch wenn sie ein Jahr auseinander sind. Charles sieht höllisch gut aus, nicht wahr? Beinahe der perfekte Gentleman aus dem Süden.«
Orry grinste. »Wer hätte es für möglich gehalten, daß aus dem häßlichen Entlein ein schöner Schwan werden würde. Er hat sich gemacht, wie man so sagt.«
»Dein Vater sagt, es sei dein Verdienst.«
Orry zuckte die Achseln. »Charles kämpft gerne. Als er merkte, daß es Mittel und Wege gibt, um zu kämpfen, ohne daß man dafür ins Gefängnis kommt oder alle Menschen gegen sich hat, war er tief beeindruckt. Er hat die Lektion schnell gelernt.«
»Und noch vieles dazu. Ich habe immer geglaubt, daß ich mit Damen gut umzugehen verstehe, aber ich verstehe es nicht, die Hand einer Dame mit so viel Charme zu küssen wie Charles. Als ihr am ersten Abend nach Fairlawn gekommen seid, hat er einen solchen Wirbel um meine Mutter veranstaltet, daß sie wie ein junges Mädchen errötete.«
Vom Wasser her war Kampfgeschrei, fröhliches Lärmen und Platschen zu hören. Billy stieß Charles ins Wasser. George und Orry sprangen auf. Charles kletterte rasch wieder in das kleine Boot. Er zeigte auf etwas Unsichtbares am Horizont, und als Billy sich umdrehte, packte er ihn an Hemd und Gürtel und schmiß ihn ins Wasser. Wenige Augenblicke später saßen die beiden völlig durchnäßt, aber lachend im Boot.
»Ich bin stolz auf die Art und Weise, wie er sich entwickelt«, gab Orry zu, als er sich wieder auf den Felsen setzte. »Ich war ganz verbittert aus Mexiko heimgekehrt. Charles hat mir geholfen, mich etwas davon zu befreien.«
»Die Veränderung zeigte sich auch in deinen Briefen. Ich hab' mich darüber gefreut.«
»Und ich freue mich über diese Ferien, das heißt — die meiste Zeit über. Ich hab' mich allerdings immer noch nicht an den Gestank des Krauts, das du rauchst, gewöhnen können.«

George lachte. Orry reckte den rechten Arm und gähnte. Die untergehende Sonne warf die letzten schwachen Strahlen über den Strand. Der Wind nahm zu und berieselte sie sanft mit Sand. George fühlte sich leicht melancholisch, als er sich daran erinnerte, wie schnell die Zeit verging. Auch die in den beiden lachenden Jungen scheinbar wiedergewonnene Jugendzeit war nur eine Illusion; eine Illusion, die sein Verstand als Gegengewicht zur Wirklichkeit schuf, doch vergebens. Weder die Zeit noch die sich verändernden Dinge konnten jemals aufgehalten werden. Mit dieser Erkenntnis hatte das Leben in letzter Zeit einen bittersüßen Beigeschmack bekommen.
Trotzdem, es war ein guter Moment; einer jener Augenblicke der Ruhe und des Friedens, die in letzter Zeit so selten geworden waren. Auch Orry verspürte es, er schien ganz mild gestimmt. »Und ich sage dir, ich fühle mich so wohl wie schon lange nicht mehr. So wohl, daß ich sogar ganz neue Gefühle meinem älteren Bruder gegenüber entwickle.«
»Wie geht es Cooper?«
»Er ist glücklich. Er ist mit jener liberalen Unitarierin verheiratet. Eine glückliche Ehe. Mein Vater kann sich nicht ganz damit abfinden. Andererseits findet er sich wohl mit dem Ertrag ab, den Cooper aus der Schiffsgesellschaft herauswirtschaftet. Hab' ich dir schon von unserem neuen Schiff geschrieben? Es wird in einem Monat vom Stapel laufen. Cooper spricht bereits von Neuinvestitionen. Er möchte nach Großbritannien gehen, um sich mit den dortigen Schiffsbaumethoden vertraut zu machen.«
George räusperte sich und stellte endlich die Frage, die ihn schon seit Orrys Ankunft beschäftigte.
»Gibt es etwas Neues von Madeline?«
Orry wandte sich von der Sonne ab und seinem Freund zu. Seine Augen waren umschattet. »Nichts Neues und keine Änderung.«
»Siehst du sie immer noch?«
»So oft ich kann. Mühsam, aber besser als gar nichts.«
Sand umspielte ihre Füße. Dunkelheit legte sich über den Strand. George stand auf und gab den Knaben ein Zeichen. Billy und Charles hievten die Jolle an den Strand, legten den Mast um und nahmen sie auf ihre Schultern. »Aus dir wird noch ein Matrose«, sagte Billy, als sie ihren beiden älteren Brüdern auf die staubige Straße folgten, die nach Hause führte.

Charles grinste. »Ein Matrose, aber hoffentlich nie ein Yankee.«
»Was hast du gegen Yankees?«
»Mr. Hazard, Sir. Das werde ich dir gerne sagen — wenn du heute abend frei bist.«
»Nicht um mir Märchen und Lügen anzuhören.« Der Scherz verdroß Billy etwas. »Reden wir doch über etwas anderes, worüber wir uns einig sind.«
»Mädchen?«
»Mädchen«, sagte Billy genüßlich; seine gute Laune war wiederhergestellt. Er dachte dabei an ein ganz besonderes Mädchen namens Ashton.
George und Orry, die wie zwei violette Schattengestalten in der Abenddämmerung aussahen, lächelten über das Gespräch: Stumpf und Stiel II.

Sobald sie in Fairlawn ankamen, löste sich jedoch die friedliche Stimmung auf. Die Damen hatten es sich in der Veranda gemütlich gemacht und Eistee getrunken — erst ohne Virgilia. Doch sie war jetzt auch anwesend. Sie war zu ihnen gestoßen, nachdem sie eine beträchtliche Menge Rotwein getrunken hatte. Als George und die andern ankamen, ereiferte sie sich eben über die Revision zum Gesetz über Sklavenflucht von 1793, über die zu jener Zeit im Kongreß debattiert wurde.
»Das ganze Manöver soll lediglich dazu dienen, den Süden zu besänftigen«, erklärte sie mit schwerer Zunge.
»Lieber Gott«, seufzte Clarissa. »Ich fühle mich bei solchen Gesprächen immer so verloren.«
»Dann würde ich mich an Ihrer Stelle informieren, Mrs. Main.«
Virgilias Ton ärgerte die andern Frauen der Familie. Ashtons Reaktion war am schärfsten. Sie saß mit einem frischen Glas Tee in der Hand in einem Schaukelstuhl und warf Virgilia haßerfüllte Blicke zu. Virgilia kümmerte sich jedoch nicht darum.
»Es ist ganz einfach. Mit der Revision werden solche Fälle der staatlichen Gesetzgebung entzogen und der Bundesregierung unterstellt. Man könnte jetzt natürlich annehmen, daß somit die Ausreißer begünstigt würden, nicht wahr?«
»Ja, genauso stelle ich es mir vor«, sagte Clarissa.

»Aber genauso ist es nicht. Die Revision beabsichtigt in Tat und Wahrheit, freiheitliche Gesetze, wie zum Beispiel diejenigen von Vermont, zu umgehen. Die Revision ist zugunsten der Sklavenfänger und Sklavenbesitzer. Alles was es braucht, um den Sklavenbesitz nachzuweisen, ist eine eidesstattliche Erklärung, die leicht gefälscht werden kann. Dazu kommt, daß es einem ausgerissenen Sklaven nicht gestattet sein wird, auch nur ein einziges Wort zu seinen Gunsten zu sagen. Das Ganze ist ein abgekartetes Spiel. Schamlos. Ich werde nie begreifen, weshalb Washington vor dem Süden kriecht.«
Maude hatte so lange wie möglich geschwiegen. Mit fester Stimme sagte sie jetzt zu ihrer Tochter: »Es ist ziemlich unhöflich von dir, bei einem gesellschaftlichen Anlaß eine politische Rede zu halten. Wenn du fertig bist, könntest du dich entschuldigen. Du siehst müde aus.«
Isabel lachte. »Nennen wir die Dinge doch beim Namen: Das arme Kind hat zuviel getrunken.«
»Isabel —«, sagte Maude, doch bevor sie weiterreden konnte, sprang Ashton auf und rannte wütend auf Virgilia los.
»Wenn Sie die Südstaatler nicht ausstehen können, warum haben Sie uns dann hierher eingeladen?«
Clarissa stand auf.
»Ashton. Genug!« Sie wandte sich den Männern zu, die schweigend dagestanden hatten. »Ich freue mich, daß du zurück bist, Orry. Begleitest du uns bitte nach Hause? Vielen Dank für die Einladung«, sagte sie abschließend, indem sie Maude die Hand entgegenstreckte. Der Besuch endete mit einer peinlichen Note.
Nachdem die Mains gegangen waren, stellte George seine Schwester zur Rede; sie hatte sich auf den Rasen zurückgezogen, um dem Zorn der Familie zu entgehen. »Würdest du mir bitte sagen, weshalb du unsere Gäste dauernd provozierst?«
»Warum soll ich nicht sagen, was ich denke?«
»Wenn ich wirklich glaubte, daß das die Wahrheit wäre, würde ich mich nicht beklagen. Aber deine Offenheit schießt übers Ziel hinaus: Du versuchst, die Menschen zu beleidigen und zu verletzen. Und du tust es mit meinen besten Freunden!«
»Es sind nicht *meine* Freunde. Sie vertreten einen Lebensstil, der verachtenswert und völlig falsch ist. Es würde mir nichts ausmachen, wenn die Erde sie plötzlich alle verschluckte.«

»Mein Gott, du bist das frechste und rücksichtsloseste —«
Er sprach mit den Glühwürmchen; Virgilia hatte ihn stehengelassen und war ins Haus gegangen.
George mußte drei Zigarren rauchen und einen ausgedehnten Spaziergang durch Newports leere Straßen unternehmen, bevor er sich wieder einigermaßen beruhigt hatte. Was nützte es, mit ihr zu diskutieren? Sie war unverbesserlich. *O Gott, wie würde bloß der Rest der Ferien werden?*
Glücklicherweise wurde Virgilia zwei Tage später durch den Brief eines Gesinnungsgenossen nach Boston geholt. Sie wechselte kaum ein Wort mit jemandem, packte ihre Sachen und begab sich zur Fähre. Maude wirkte erleichtert. Auch George, obwohl er es nicht zeigte. Die stärkste Reaktion, die seine Schwester letzten Endes in ihm hervorrief, war Mitleid. Sie ging mit zu vielen Menschen äußerst böswillig um. Eines Tages würde jemand zurückschlagen. Es könnte sogar ein Yankee sein. Die Nordstaatler waren bei weitem nicht so tugendhaft, wie Virgilia immer behauptete.
Und wie würde wohl ihre Zukunft aussehen? Worauf konnte sie sich denn freuen? Aufs Unglücklichsein? Zweifellos. Auf eine Tragödie? Durchaus möglich, wie er mit einem Gefühl der Traurigkeit zugeben mußte.

»Verdammt. Was haben wir denn hier?«
»Dem Aussehen nach gehört er zum Ferienpöbel.«
»Ich meine nicht ihn, Oral. Sieh dir die teure Angel und den Fischkorb an.«
Billy hielt sich ruhig in seinem Versteck. Er saß hoch oben in einem Apfelbaum, um an die guten Äpfel heranzukommen. Tief unter ihm waren die vier Dorfjungen durch ein Loch in der Hecke in den Obstgarten hereingekrochen. Drei von ihnen waren weiß, einer schwarz. Billy und Charles waren nordwärts gewandert, hatten während zwei Stunden erfolglos in der Bucht gefischt und auf ihrem Heimweg einen Umweg über den Obstgarten gemacht. Doch jetzt waren sie in Schwierigkeiten. Die meisten Dörfler der Gegend haßten die Horden von Gästen, die die Insel jeden Sommer überschwemmten. Diese vier waren wohl keine Ausnahme.
Billy kauerte in einer Astgabel. Er hatte sein linkes Bein angezogen,

die Ferse drückte gegen seinen Oberschenkel. Die Muskeln taten ihm jetzt schon höllisch weh. Die Kerle hatten ihn nicht gesehen. Sie konzentrierten sich auf die kostspielige Angelausstattung, die neben Charles im Gras lag. Charles saß mit dem Rücken zum Baum, das Kinn auf der Brust, die Augen geschlossen.
»Wenn es dir gefällt, bedien dich«, sagte der schwarze Junge, den man Oral nannte. »Er wird sich nicht aufregen, er schläft.«
Wie der Blitz öffnete Charles die Augen. Einer der Kerle schrie auf. Charles benützte die Gelegenheit und zog sein rechtes Bein an, so daß er den Stiefel, in dem er sein Jagdmesser verbarg, in Griffweite hatte.
»Tut mir leid, ihr habt euch in zweifacher Hinsicht geirrt«, sagte er mit einem breiten Lächeln. Billy blickte auf den Kopf von Charles hinunter, auf sein vom Wind zerzaustes Haar. Es fiel ihm auf, wie Charles so ganz nebenbei seine rechte Hand auf das Knie wenige Zentimeter vom Stiefel legte.
»Verflucht noch mal, das hört sich doch nach einem Südstaatler an«, sagte einer der Dörfler, ein langgesichtiger, schlaksiger Kerl. Er versetzte dem Schwarzen einen Rippenstoß. »Wetten, daß er zu den Leuten gehört, die deine Verwandten unten in Georgia auspeitschen.«
»Bestimmt«, sagte Oral. Er blickte böse. »Wir nehmen ihm die Angelsachen.«
Immer noch lächelnd, legte Charles seine Rechte leicht auf die Wade.
»Damit würdet ihr einen schwerwiegenden Fehler begehen, Jungs.«
»Ach ja?« schnappte Oral. »Es sind vier gegen einen.« Er beugte sich vor, um nach Charles' Weidenkorb zu langen. Plötzlich erspähte das Langgesicht die zweite Angelrute, die am Baumstamm lehnte. »Sieh mal, Oral. Da sind ja zwei Ruten. Wozu soll der zwei haben!«
Doch Oral war so begierig, in den Besitz von Charles' Sachen zu kommen, daß er den ängstlichen Unterton seines Freundes überhörte. Die beiden andern Jungen blickten sich verdutzt im Obstgarten um. Langsam und leise streckte Billy sein linkes Bein, ohne den Blick auch nur einen Moment von Charles' rechter Hand abzuwenden. Als dieser nach der Spitze seines Stiefels griff und aufsprang, ließ Billy sich fallen.
»Allmächtiger«, schrie das Langgesicht, eine Sekunde bevor Billy mit seinen schweren Stiefeln auf seinen Schultern landete.

Knochen krachten. Das Langgesicht fiel kopfüber in die Hecke. Charles machte in geduckter Stellung eine langsame Bewegung mit der rechten Hand. Oral starrte auf die Messerspitze, die einen Kreis in die Luft zeichnete. Der schwarze Jüngling begann zu schwitzen.

»Nun, Sir«, sagte Charles zu Oral, »haben Sie etwas gegen alle Südstaatler oder nur etwas gegen Südstaatler, die Diebe nicht ertragen?«

Inzwischen war Billy wieder auf den Füßen. Er hatte die beiden andern Burschen für einige Augenblicke aus den Augen verloren. Plötzlich sah er sie durch das Gras rennen. Sie rasten von hinten auf Charles los, jeder einen Ast schwingend.

»Hinter dir!« schrie Billy.

Charles wirbelte herum. Der eine der Angreifer versetzte ihm einen Schlag auf den Kopf. Das Holz war morsch und zerbrach. Doch durch die Wucht das Schlags fiel Charles gegen Oral, der ihm das Messer mühelos entwand. Oral grinste hämisch, machte einen Schritt zur Seite, packte Charles am Hemdkragen und holte mit der andern Hand aus, um das Messer in Charles' Brust zu bohren.

Voller Entsetzen warf sich Billy von hinten auf Oral. Das Messer sauste um Haaresbreite an Charles' Kopf vorbei.

Billy zerrte Oral zu Boden. Charles langte nach der nächstbesten Waffe, seiner Fischerrute, und warf die Leine nach den beiden andern Jungen aus, die eben wieder angreifen wollten, jetzt aber gleich zurückwichen.

Das Langgesicht war inzwischen wieder auf den Füßen und drohte mit einem spitzen Stein. Eine schnelle Reaktion von Charles, und der Angelhaken bohrte sich in den Nacken von Langgesicht. Charles riß die Angel mit einem scharfen Ruck zurück und hielt die Leine mit dem Daumen fest. Der Haken saß fest. Das Langgesicht schrie auf.

Unterdessen wälzte sich Billy hin und her, während Oral auf seiner Brust kniete. Oral war zäh, stark und entschlossen, ihm die Kehle durchzuschneiden. Billy warf den Kopf nach rechts, gerade bevor das Messer an seinem linken Ohr vorbei in den Boden sauste.

»Du weißer Hurensohn«, keuchte Oral und stieß ihm das Knie in den Unterleib.

Billy wurde eine Sekunde schwarz vor Augen. Der Schmerz verlangsamte sein Reaktionsvermögen, und er wußte, daß er dem nächsten

Stich nicht würde ausweichen können. Langsam zog Oral das Messer hoch, feierlich wie ein heidnischer Priester vor dem Opfertier.
Die lange Klinge glänzte im Sonnenlicht. Doch dann verschwand das Messer plötzlich aus Orals Hand. Oral riß den Mund auf und fiel mit schmerzverzerrtem Gesicht seitwärts ins Gras. Mit einer eleganten Bewegung zog Charles das Messer aus Orals rechtem Oberschenkel. Obwohl er schwer atmete, schien Charles vollkommen ruhig und gefaßt, als er den Dörflern mit einem überlegenen Grinsen sagte: »Jungs, macht euch aus dem Staub, bevor wir euch umbringen. Und wenn ihr jemals wieder meinem Freund oder mir auf der Straße begegnet, so macht kehrt und geht in die entgegengesetzte Richtung. Dies war nur der Anfang.«
Er setzte den rechten Stiefel auf einen Baumstumpf und stützte den Ellbogen aufs Knie. Die beiden unverletzten Angreifer zogen Oral zur Hecke, wobei er Blutspuren im Gras hinterließ.
Billy nahm sein eigenes Messer, um die Leine durchzuschneiden. Der Langgesichtige, dem immer noch der Haken im Nacken steckte, stand starr.
Charles schwang das Messer, das in der Sonne aufblitzte. »Verschwinde!« Das Langgesicht rannte davon.
Erst jetzt atmete Billy auf. »Warum, zum Teufel, haben sie Streit gesucht?«
»Weil ich eine Angel und einen Fischkorb besitze, die sie haben wollten. Weil sie meine Sprache oder meine Herkunft nicht mochten —« Er zuckte die Achseln. »Der menschlichen Bosheit sind keine Grenzen gesetzt. Egal, wir haben's überstanden. Wir sind ein gutes Team. Vielen Dank für Ihre rechtzeitige Hilfe, Mr. Hazard.«
Billy lächelte weniger selbstsicher als sein Gefährte. »Nicht der Rede wert, Mr. Main. Ich wünschte, ich könnte kämpfen wie Sie. Ich habe Todesängste ausgestanden.«
»Glaubst du, ich nicht? Meine Knie fühlten sich an wie Gummi.«
»Aber man hat es nicht gesehen.«
»Um so besser. Wenn der Gegner nicht merkt, was in dir vorgeht, wird er nervös und fängt an, Fehler zu machen. Das hab' ich von Orry gelernt.«
»Vielleicht sollte ich auch etwas Unterricht nehmen«, sagte Billy, als sie ihre Sachen zusammenräumten.

»Aber dann müßtest du ja erklären, weshalb.« Charles wurde wieder ernst. »Ich persönlich möchte diese kleine Affäre geheimhalten. Orry, Tante Clarissa und Onkel Tillet glauben, daß ich über diese Art von Rauferei hinausgewachsen bin. Ich möchte ihre Illusion nicht zerstören.« Er streckte die Hand aus: »Abgemacht?«

»Abgemacht.«

Billy ergriff die Hand, um den Geheimbund zu besiegeln. Zum erstenmal hatte er das Gefühl, daß Charles Main sein Freund war.

Das Geheimnis blieb jedoch nicht lange geheim.

Zwei Tage später gingen Ashton und ihre Schwester zum Strand, wo Billy und Charles ausgestreckt im warmen Sand lagen.

Ashton ruhte etwas weiter weg in einer Liege unter einem riesigen, gestreiften Sonnenschirm. Sie trug ein leichtes lila Sommerkleid, das die Brise auf ihre sich entwickelnden Brüste preßte. Die Wirkung war so aufreizend, daß Billy wegblicken mußte.

Er dachte fast permanent an Ashton. In seinen Tagträumen war sie immer nackt. Die Sommerhitze schien solche Phantasien noch zu fördern. Da waren sie also: zwei junge Männer und zwei junge Mädchen, ohne Anstandsdame, an ein und demselben Strand.

Billy glaubte nicht, daß dies rein zufällig war. Brett, der Quälgeist, folgte ihm überall hin. Wahrscheinlich hatte sie ihre Schwester so lange beschwatzt und umschmeichelt, bis sie mit ihr an den Strand gekommen war. Doch leider interessierte sich Ashton nicht für Billy; die meiste Zeit über benahm sie sich so, als ob er Luft wäre.

Er kniete sich hin, begann, eine Sandburg zu bauen, und preßte ein Gemisch aus Wasser und Sand aus seiner Faust heraus, um die Türme zu formen. Er war etwa zehn Minuten damit beschäftigt gewesen, als plötzlich ein Schatten auf das Gewirr von Türmen und Wällen fiel. Brett stand da und nestelte an einem ihrer Zöpfe herum.

»Hallo, Billy.«

»Hallo.«

Sie war zwar nicht häßlich, obwohl die Sommersprossen, die durch die Sonne nur dunkler wurden, nicht zu übersehen waren. Da sie so jung war, war sie flach wie ein Brett. Aber das war nicht das einzige an ihr, das ihn ärgerte.

»Ich habe gehört, daß du dich gerauft hast«, sagte sie.

Er machte eine nervöse Handbewegung und schmiß einen Turm um.

»Wer sagt das?«
»Gestern bin ich in den Laden gegangen, um etwas Süßholz zu kaufen, und dort erzählte ein Junge, er sei neulich von zwei Raufbolden angegriffen worden.«
»Kennst du den Jungen?«
Brett schüttelte den Kopf.
»Wie sah er aus?«
»Er hatte blondes, fast weißes Haar. Auf seinem Nacken klebte ein schmutziges Pflaster.« Sie zeigte ungefähr die Stelle, an der Charles den Angelhaken beim Langgesichtigen plaziert hatte.
»Und?«
»Ich hab' mir die Süßigkeiten angeschaut, bis er mit seiner Geschichte zu Ende war. Er sagte, die Raufbolde seien Sommergäste gewesen. Als er sie beschrieben hatte, war ich sicher, daß es um dich und um Charles ging.«
Billy blickte an ihr vorbei. Ashton ruhte immer noch und würdigte ihn keines Blickes. Verflixt noch mal.
»Du mußt dich geirrt haben, Brett.«
»Um Himmels willen, beiß mir nicht gleich den Kopf ab. Ich weiß, daß du es warst.« Sie sah ihn ernst an. Es ärgerte ihn, und er fühlte sich nicht wohl in seiner Haut. »Du wirst in Schwierigkeiten geraten, wenn du dich mit Vetter Charles herumtreibst«, fuhr sie fort. »Ich weiß, er ist zwar hübsch und lustig, aber er ist zu sehr auf Streit aus. Er hat einen schlechten Einfluß auf dich.«
Billy warf ihr einen finsteren Blick zu. »Verdammt noch mal, gibst du deine Meinungen immer ungefragt ab?«
»Fluchen solltest du auch nicht.«
Er sprang auf und gab der Sandburg einen Tritt. »Wenn ich deinen Rat brauche, werde ich dich danach fragen. In der Zwischenzeit verbiete ich dir, etwas Böses über Charles zu sagen. Er ist mein Freund.«
Verwirrt sah sie zu, wie er davonstürmte und dem Sand Fußtritte gab. »Ich wollte dir ja bloß helfen. Ich wollte dir bloß ehrlich sagen —«
Der Satz wurde nie zu Ende gesprochen. Sie zog so stark an ihrem Zopf, daß es weh tat. Billy mißverstand sie in allem. Er verstand nicht, daß sie ihm nachlief, weil sie ihn verehrte; daß sie ihn warnte, weil sie ihn gern hatte. Er konnte, genau wie all die andern Jungen, nicht mit Mädchen umgehen, die ehrlich waren.

O ja, sie wußte, daß sie oft schroff mit ihm war, aber das kam daher, weil sie nervös war. Weil sie ein Sehnen verspürte und es nicht auszudrücken verstand. Weshalb konnte er nicht hinter ihre Worte, in ihre Augen und ihre Seele sehen? Weshalb konnte er nicht herausfinden, woran sie den ganzen Tag dachte und worüber sie die ganze Nacht weinte? Weshalb *verstand* er nicht?

Sie bemerkte, wie er seine Schritte vor dem riesigen, gestreiften Sonnenschirm verlangsamte. Nun hatte sie die Antwort auf all ihre verzweifelten Fragen. Billy verstand sie nicht wegen Ashton.

Ashton war eine Expertin im Umgang mit Jungen. Sie schlug mit der ihr eigenen vornehmen Art die Augen auf, und jeder Junge schmolz dahin. Sie war immer mit der Meinung des Jungen einverstanden, und wenn sie wirklich etwas von ihm wollte, erreichte sie dies auf eine so liebenswürdige und geschickte Art, daß er nie den Verdacht hatte, manipuliert worden zu sein.

Sie hatte noch einen weiteren enormen Vorteil: Sie war älter, beinahe eine Frau.

Brett, die wütend auf Billy, aber noch wütender auf sich selbst war, machte auf dem Absatz kehrt und marschierte in der entgegengesetzten Richtung los. Haßerfüllt preßte sie die Handfläche gegen ihren flachen Busen, bis er weh tat.

Oh, Billy, Billy, dachte sie. Du wirst nie sehen, wer ich wirklich bin. Du wirst nie verstehen, wie sehr ich dich liebe.

Ashton war, noch während sich Billy mit ihrer Schwester unterhielt, aufgewacht. Sie wußte, daß Brett Billy verehrte, aber sie hatte ihre jüngere Schwester noch nie so direkt und gefühlvoll mit ihm reden sehen. Man konnte den bettelnden Ausdruck auf Bretts Gesicht sogar von weitem sehen.

Arme Kuh, dachte Ashton. Brett hatte keine Ahnung, was das Wort *Liebe* wirklich bedeutete. Ashton hingegen schon; sie hatte es schon dreimal erfahren. Doch bei keiner dieser drei Erfahrungen war ihr Liebhaber dieser langweilige Huntoon gewesen.

Das erstemal war es schrecklich gewesen, das zweitemal etwas weniger. Sie hatte beide Male kein körperliches Vergnügen bei ihrem Partner finden können, einem jungen Mann der Smith-Familie, der etwa in ihrem Alter und völlig unerfahren war. Nicht, daß es auf die

Erfahrung angekommen wäre — Angst und Neugier hatten sie damals verspannt.
Sie war sicher, daß der Junge an ihrer Unfähigkeit, etwas zu fühlen, schuld war. Wenn sie andern Mädchen glauben konnte, die ein bißchen älter als sie waren, mußte Liebe etwas Herrliches sein. Beim drittenmal zeigte sich, daß die andern Mädchen recht hatten: Das Erlebnis war wie eine Offenbarung. Es geschah an einem dunklen, regnerischen Tag in Charleston. Gerade als die Dämmerung hereinbrach und das Gewitter vorbei war, hatte Ashton sich davongeschlichen. Die Straßen waren praktisch menschenleer. Der Mann, den sie zufällig traf, war ein Matrose, grobschlächtig und gute fünfzehn Jahre älter als sie. Sie gingen eine Weile spazieren. Dann willigte sie mit vor Erregung und Angst klopfendem Herzen ein, ihn zu einem schäbigen Gasthof am Fluß zu begleiten. Sie war sich wohl darüber im klaren, daß irgend jemand sie erkennen könnte, aber die Erregung war so stark, daß sie auf keinen Fall umkehren wollte.
Etwa einen Block weit vom Gasthof fing es wieder zu regnen an, und ihr Hut wurde naß. Sie hielt an, um ihn abzunehmen und um sich im Schaufenster eines Trödlerladens zu betrachten.
Die ausgestellte Ware war Tand, einschließlich des Kettchens mit dem Medaillon, auf das ihr Blick gefallen war. Der Matrose war ungeduldig, und es kam ihr plötzlich in den Sinn, seine Geduld auf die Probe zu stellen. Sie deutete auf das Kettchen mit dem Medaillon und machte ihm umständlich und mit einem süßen Lächeln klar, daß das Geschmeide der Preis für ihre Gunst sei. Der Matrose zögerte einen Augenblick und verschwand im Laden, und so entdeckte Ashton, wie leicht manipulierbar ein sexuell erregter Mann war.
Nachdem sie diese wertvolle Lektion gelernt hatte, steigerte sich ihr Vergnügen, als sie sich für den Matrosen in dem billigen Zimmer auszog und merkte, daß sie kaum Angst hatte. Im Gegenteil, sie war feucht und zitterte vor neugieriger Erwartung, als er sich auszog. Sein Organ war enorm; eine Welle der Erregung überflutete sie. Es dauerte nicht lange, bis sie stöhnend von einer Welle von Zuckungen, eine heftiger als die andere, überrascht wurde.
Niemand hatte sie auf einen solchen Genuß vorbereitet. Der ganze Akt war nicht nur ungeheuer praktisch, sondern man konnte ihn auch mit großer Lust genießen. Diese neue Erfahrung war fast zu viel

für sie. Das Kettchen mit dem Medaillon warf sie bald weg, aber sie war tagelang glücklich.
Ashton, mit ihrem Erfahrungsvorsprung, bemitleidete ihre dünne, naive, kleine Schwester. Doch jetzt war sie plötzlich auch eifersüchtig auf sie. Ashton machte sich überhaupt nichts aus Billy Hazard, aber sie erwartete von jedem jungen Mann, der ihr über den Weg lief, daß er ihr, und nur ihr, den Hof machte. Obwohl Brett als ernsthafte Rivalin nicht in Frage kam, konnte sie schon jetzt keine Art von Rivalität dulden — und ihre Schwester als Nebenbuhlerin war schlicht undenkbar. Als Billy wütend durch den Sand gestapft war, war Ashton hellwach und setzte ihr süßestes Lächeln auf.
Sie rief ihn beim Namen und winkte ihm zu. In Sekundenschnelle lag er ihr zu Füßen.
»Ich dachte, du schläfst«, sagte er.
»Mit der Zeit wird es langweilig. Wir haben so wenig Gelegenheit gehabt, uns kennenzulernen. Wollen wir nicht ein wenig plaudern?«
»Ja, natürlich. Sofort.«
Seine Fügsamkeit amüsierte sie. Er sah wirklich gut aus in seiner stämmigen, strammen Art. Vielleicht würde sie mehr tun, als ihn nur von Brett abhalten.

Eine Woche später, als sie auf dem Segelschiff waren, sagte Charles zu Billy: »Ich hab' gesehen, wie du dich gestern abend wieder mit Ashton herumgetrieben hast. Auf der Beach Road. Kann mir gar nicht vorstellen, was dabei so faszinierend ist — es sei denn die Einsamkeit.« Billy lachte.
Billy lehnte sich über den Balken und spielte mit dem Wasser.
»Ich hätte nie geglaubt, daß sich Ashton mit einem Yankee einlassen würde.«
Die scherzhafte Bemerkung über Yankees war der Anlaß zu einem Gespräch über Themen, die in ihren Familien häufig diskutiert wurden. Der Anfang des Gesprächs verlief freundlich, doch bald unterhielten sich die Knaben mit der für ihr Alter typischen Heftigkeit.
»Es ist doch so«, sagte Charles, »daß die höchste Gewalt beim einzelnen Staat liegt.«
»Nicht bei der Union?«
»Auf keinen Fall. Die Union wurde durch Zustimmung der einzelnen

Staaten geschaffen. Jeder Staat kann jederzeit seine Zustimmung zurückziehen.«
»Nein, Charles, das Ganze ist ein gesetzlicher Vertrag. Und wenn es in dem Vertrag keine Klausel gibt —«
»Wie gewählt du dich ausdrückst.«
»Laß mich ausreden«, sagte Billy ärgerlich. »Ein Vertrag kann nicht rechtmäßig aufgelöst werden, wenn er keine entsprechende Klausel enthält. Was den Unionsvertrag betrifft, so enthält er keine solche Klausel.«
»Du redest wie ein Rechtsanwalt aus Philadelphia. Es geht ja nicht um eine Vereinbarung zwischen Hausierern. Es geht um einen Pakt zwischen der Regierung und den Bürgern. Das ist etwas ganz anderes. Ich bleibe dabei, daß jeder Staat jederzeit das Recht hat, sich zurückzuziehen.«
Das Segel wurde schlaff. Als Billy ihren Kurs korrigierte, knurrte er: »Das würde ins Chaos führen.«
»Nein, Sir — nur zum Ende einer Tyrannis der Union. Da hast du noch einen weitern gewählten Ausdruck für deine Sammlung.« Er spie die Bemerkung förmlich aus. Billy konnte sich nicht daran erinnern, seinen Freund jemals so heftig und humorlos erlebt zu haben. Er versuchte, der Situation den Ernst zu nehmen, indem er lächelte und sagte: »George sagte mir, daß ihr Südstaatler gerne streitet. Er scheint recht zu haben.«
»Die Südstaatler lieben die Freiheit«, gab Charles zurück. »Und sie lieben sie so sehr, daß sie nicht zusehen können, wie sie langsam zerbröckelt.«
Über dem Meer ertönte ein Donnergrollen. Billy preßte die Lippen zusammen. Charles' Spott machte ihn plötzlich wütend.
»Du sprichst natürlich von der Freiheit der Weißen.«
Billy wußte, daß er zu weit gegangen war, aber er würde um keinen Preis nachgeben. Charles stierte ihn an und wollte etwas sagen. Dann sah er Sturzwellen am Horizont. Während ihrer Auseinandersetzung war ein Nordostwind aufgekommen.
»Es wird einen Sturm geben«, murmelte Charles. »Wir tun besser daran, zum Ufer zurückzukehren.«
»Einverstanden.«
Für den Rest des Tages gingen sie höflich miteinander um. Keiner

entschuldigte sich, und die Diskussion wurde nicht fortgeführt. Sie ließen es einfach dabei bewenden. Langsam vergaßen sie den Streit. Doch in den Augenblicken, in denen sich Billys Phantasie nicht mit Ashton beschäftigte, erinnerte er sich an die Auseinandersetzung und stellte mit Erstaunen fest, daß sie einander beinahe angeschrien hatten. Noch vor zwei Jahren hatte er immer darüber gelacht, wenn Mitglieder seiner Familie sich wegen politischer Probleme in die Haare gerieten. Nun mußte er feststellen, daß er über genau diese Probleme nachdachte und Partei ergriff.

Aber genau das durfte er nicht tun, wenn ihm an Charles' Freundschaft etwas gelegen war. Von da an enthielt er sich sorgfältig jeder Bemerkung, die eine Kontroverse hätte auslösen können. Charles legte die gleiche Zurückhaltung an den Tag.

Trotzdem hatte sich ihre Beziehung entscheidend verändert. Sie waren sich beide einer Kraft bewußt geworden, die ihre junge Freundschaft zerstören konnte. Obwohl sie beide vorgaben, sich darüber hinwegzusetzen, gelang es ihnen nicht. Die Kraft war immer da, bedrohlich wie der Sturm an jenem Nachmittag, an dem sie sich gestritten hatten.

Ashton führte ihn hinter einen Felsen, der wie ein zwei Meter hohes Ei auf dem Strand saß. Sie lehnte sich, abgeschirmt von beobachtenden Blicken, gegen den Felsen. Billy preßte die Beine zusammen und hoffte, sie würde den Grund dafür nicht erkennen.

Unter dem grauen Himmel grollte die See. Über ihnen das Geschrei von Möwen, die nach Fischen tauchten. Der Sommer neigte sich dem Ende zu und warf einen Schatten voller Melancholie. »Ich hasse es, daran zu denken, daß wir morgen abreisen müssen«, sagte sie.

Billy stützte sich auf beiden Seiten ihres Kopfes mit den Handflächen auf den Felsen, als wolle er sie für immer festhalten. Durch den kühlen Wind bekam er eine Gänsehaut auf den nackten Armen. »Ich werde einmal pro Woche schreiben«, versprach er.

»Oh, das ist herrlich.«

»Wirst du mir auch schreiben?«

Ihre roten Lippen glänzten, als sie lächelte. Sie runzelte leicht die Stirn. »Ich werde mir Mühe geben, aber ich werde diesen Herbst fürchterlich beschäftigt sein.«

Wie geschickt sie doch war! Sie gab etwas, hielt aber auch etwas zurück. Sie hielt gerade genug zurück, damit er nicht zufriedengestellt war. Sie tat es im kleinen, aber sie tat es mit ihrem ganzen Wesen. Manchmal haßte er sie dafür. Dann blickte er in ihre dunklen Augen und dachte an nichts anderes mehr, als daran, sie zu besitzen — zu welchen Bedingungen auch immer.
»Wirst du nächsten Sommer wieder hier sein?« fragte er.
»Ich hoffe. Es war so herrlich.«
Er war enttäuscht. »Ist das alles — herrlich?«
Sie starrte über sein nacktes Handgelenk auf das Meer. »Es wäre unanständig, wenn ich mehr sagte. Aber vielleicht findest du mich nicht undamenhaft, wenn ich dir meine Gefühle zeige.«
Sie stellte sich auf die Zehenspitzen und küßte ihn auf den Mund. Dann schlängelte sich ihre Zunge zwischen seine Lippen. Billy wurde schwindlig. Von solchen Küssen hatte er bisher nur gehört.
Er fummelte an ihrer Taille und zog sie an sich, so daß sie ihn durch ihre Kleiderschichten hindurch fühlen konnte. Sie gab ein leises Stöhnen von sich. Ein Stöhnen der Freude, dachte er.
Wieviel Erfahrung hatte sie? Um dies herauszufinden — aber nicht nur deswegen —, glitt seine Hand aufwärts. Als er ihre Brust berührte, entwand sie sich ihm, rannte lachend zum Wasser hinunter und rückte ihre Frisur zurecht.
Er lief hinter ihr her, weil er befürchtete, daß er sie verärgert hatte. Aber das war nicht der Fall.
»Billy«, keuchte sie, den Blick dem Meer zugewandt, »so was dürfen wir nicht tun. Bei dir vergesse ich, was Anstand ist.«
Er fühlte sich geschmeichelt, war jedoch verwirrt. Er glaubte ihr nicht. Sie wußte genau, was sie tat. Sie wußte es immer. Das war ein Teil der fürchterlichen Faszination, die sie auf ihn ausübte. Aber das erschütterte ihn nicht lange. Er war zu sehr von der Erinnerung an ihre Umarmung gefesselt.
Ashton ebenfalls; das ärgerte sie. Sie hatte Billy manipuliert, bis zu dem Augenblick, da sie einander küßten. Da hatte er sich gegen sie geworfen, und sie hatte die Kontrolle verloren. Für einen kurzen Moment war sie wirklich verliebt gewesen. Doch das durfte nie geschehen. Sie — und niemals der Mann — mußte immer die Oberhand behalten.

Doch sie fühlte sich machtlos, den Gedanken in die Tat umzusetzen. Als sie sich auf die Heimreise machten, schlang sie ihre Finger um seine Hand und preßte sie gegen ihren Rock. Sie lehnte ihren Kopf zur Seite, so daß ihre Schläfe seine Schulter berührte. Dann gurrte sie wie ein verliebtes Täubchen: »Ich werde dafür sorgen, daß wir nächsten Sommer mit Orry wieder hierherkommen. Ich möchte dich so gern wiedersehen, Liebling. Ich glaube, ich habe mir noch nie etwas sehnlicher gewünscht.«

26

Cooper ging zum Pier, um die Familie zu Hause zu begrüßen. Sobald sie sich von der Reise erholt hatten, wollte er ihnen mitteilen, daß Judith eine Familienzusammenkunft im Haus an der Tradd Street plante. Er war guter Stimmung, die unerwartete Ankunft von James Huntoon verdarb sie ihm jedoch.

Der junge Rechtsanwalt war von einem großen, pechschwarzen, etwa dreißigjährigen Mann begleitet. Cooper erkannte in ihm einen der wenigen Sklaven, die immer noch im Besitz der Familie Huntoon waren. Sein Name war Grady. Er gehörte der zweiten Generation der Ibos an; sein Vater war gegen 1810, zwei Jahre, nachdem der Kongreß die Einfuhr von Schwarzen verboten hatte, illegal aus Benin importiert worden; wahrscheinlich über Havanna und irgendeinen der Schlupfwinkel an der Küste von Florida. Cooper kam gelegentlich zu Ohren, daß der geheime Sklavenhandel immer noch existiere.

Man hatte Ibos als Sklaven nie besonders geschätzt, weil sie als Ausreißer bekannt waren. Die Huntoons hatten sichergestellt, daß Grady — sollte er jemals auf diesen Gedanken kommen — leicht identifiziert werden konnte: Man hatte ihm die vier oberen Schneidezähne gezogen. Es war nicht unüblich, Sklaven so zu kennzeichnen.

Grady grüßte Cooper höflich, viel höflicher als Huntoon. »Ich habe Grady mitgenommen, um Ihrer Schwester mit dem Gepäck zu helfen«, erklärte der Rechtsanwalt. Er zeigte auf einige armselig gekleidete schwarze Männer, die in der Nähe standen. »Diese Nigger-Gepäckträger taugen nichts. Ich habe gesehen, wie sie absichtlich einen

Koffer fallen ließen, weil der Besitzer ein Weißer war, sie aber als befreite Männer nicht bestrafen konnte.«

Cooper biß sich auf die Zunge. Was um Himmels willen mochte Ashton an diesem Idioten finden?

Der Dampfer wurde wegen irgendwelcher Schwierigkeiten noch eine halbe Stunde aufgehalten. Huntoon begann, gegen Clays Kompromißvorschläge zu wettern. Cooper hatte keine Lust auf eine Diskussion, aber der Rechtsanwalt ging ihm so sehr auf die Nerven, daß er bald mittendrin war. Sie diskutierten darüber, ob ein Staat das Recht habe, sich von der Union zu trennen — ein in letzter Zeit häufiges Gesprächsthema im ganzen Land.

Keiner der beiden konnte sich durchsetzen. Das einzige, was dabei herausschaute, war Verstimmung auf beiden Seiten. Huntoon wünschte sich die nötige körperliche Kraft — und den Mut —, um Cooper zu verdreschen. Aber das kämpferische Talent des Rechtsanwalts war rein verbaler Art, und er wußte es. Er mußte sich damit zufriedengeben, das letzte Wort zu behalten.

»Kein Wunder, daß Sie in der Oberschicht dieses Staates keinen einzigen Freund mehr haben.«

Der Dampfer legte an. Clarissa und Brett winkten und grüßten von der Reling her.

Mit einem Stirnrunzeln sagte Cooper zu Huntoon: »Haben wir in South Carolina eine Oberschicht? Ich hatte den Eindruck, daß wir seit der Revolution auf diese Einrichtung verzichtet haben. Was wird als nächstes wieder auferstehen? Die Idee der Plantagenbesitzer von Gottes Gnaden?«

Der kühle Sarkasmus versetzte den Rechtsanwalt in Rage. Doch Cooper war im Vorteil, denn seine ganze Familie beobachtete die beiden.

Als er in Richtung Gangway ging, die von schwarzen Schiffsjungen heruntergelassen wurde, erspähte er auf dem überfüllten Pier eine vertraute Gestalt: Huntoons Verwandter, Robert Rhett vom *Mercury*. In seiner Begleitung war ein Mann, auf den man Cooper gestern auf der Straße aufmerksam gemacht hatte, ein Politiker aus Georgia namens Bob Toombs — ein weiterer radikaler Verfechter des Südens.

Toombs und Rhett gingen Arm in Arm. Als sie Cooper erblickten, verschwand ihr Lächeln. Cooper grüßte sie, doch keiner der beiden gab eine Antwort. Sie rauschten an ihm vorbei, geradewegs auf Huntoon zu, schüttelten ihm die Hand und begrüßten ihn so laut, daß es Cooper hören mußte.

Ashton bemerkte, wie Rhett und sein Begleiter ihren Bruder schnitten. Sie war ungern nach Charleston zurückgekehrt, weil es bedeutete, daß Huntoon sie wieder belästigen würde. Und da war er auch schon, der arme Tropf. Er hatte sogar seinen gutaussehenden Nigger mit den fehlenden Zähnen mitgenommen.

Wie weich Huntoon im Vergleich zu Billy Hazard aussah. Wie schwächlich, mit seiner in der Sonne glänzenden Brille. Und doch war sie von der herzlichen Begrüßung, die Rhett dem jungen Rechtsanwalt zuteil werden ließ, beeindruckt.

Ihr Vater deutete auf Rhetts Begleiter: »Das ist Bob Toombs aus Georgia.« Er schien beeindruckt. Sie mußte mehr über den Fremden herausfinden. Sie hatte in letzter Zeit darüber nachgedacht, was es bedeutete, eine Main aus South Carolina zu sein; was es bedeutete, wohlhabend, berühmt, mächtig — und ein Freund der Mächtigen zu sein. Der Unterschied trat zusehends klarer und deutlicher zutage, als ihr bewußt wurde, was es hieß, machtlos zu sein und abseits zu stehen, wie dies eben mit ihrem Bruder der Fall gewesen war.

Macht war seit jeher die Triebfeder in ihrer Beziehung zu Brett gewesen. Ashton wußte sehr wohl, daß sie ein tiefes, wenn auch zum Teil unerklärliches Bedürfnis hatte, immer die Hauptrolle zu spielen. Jetzt verspürte sie plötzlich dieses Bedürfnis gegenüber der Gesellschaft. Auch dort wollte sie diejenige sein, die die Befehle erteilte — und sie wollte als solche anerkannt werden.

Als sie an der Reling stand, wurde ihr nicht nur dieses neue Ziel bewußt, sondern sie erkannte auch, daß sie in ihrem Verhalten berechnender werden mußte, wenn sie dieses Ziel erreichen wollte. Huntoon hatte Beziehungen. Das durfte sie nicht vergessen, was auch immer sie persönlich von ihm hielt. Billy — das war ein Sommer. Huntoon — das war die Zukunft.

Als die Mains den Dampfer verließen, richtete sie es ein, daß ihr Vater sie am Arm nahm, weil sie wußte, daß er geradewegs auf Rhett und die andern zugehen würde. So war es auch. Als sie vor Huntoon stand, begrüßte sie ihn mit einem kühnen Kuß auf die Wange.

»James! Ich hab' dich ja so vermißt.«
»Wirklich? Wie schön.«
Eine Lüge, aber das dachte sie bloß. Sie war mit sich selbst zufrieden, weil sie allen gezeigt hatte, wo ihre Interessen und ihre Loyalität lagen. Sollte doch Brett auf Cooper zurennen und ihn umarmen, wie sie das eben tat. Brett war keine Gefahr für sie, sie zählte sowieso nicht.

Eines frühen Oktoberabends sagte Constance in Belvedere zu George: »Liebling, erinnerst du dich noch an den Schuppen hinter der Fabrik?«
Er legte das Blatt, auf dem er eben geschrieben hatte, zur Seite. Er war dabei, einen Plan für eine rasche Expansion des Walzwerks zu entwerfen. Im September hatte die Bundesregierung den Eisenbahngesellschaften zum erstenmal öffentliches Land zur Verfügung gestellt, um den Bau von neuen Linien zu fördern. George zahlte einem Rechtsanwalt in Washington jeden Monat eine beträchtliche Summe; dafür wurde er über Entscheidungen, die den Eisenhandel betrafen, vorzeitig informiert. Der Rechtsanwalt hatte ihm vorausgesagt, daß auch im Westen und Süden mit solchen Beihilfen zu rechnen sei. Für George bedeutete dies einen Aufschwung im Eisengeschäft für die nächsten zehn, möglicherweise zwanzig Jahre.
Er hatte bemerkt, daß Constance, bevor sie die Frage stellte, eine Weile geschwiegen hatte. Es mußte etwas Wichtiges sein.
Es war still im Raum und im Haus. Die goldene Wanduhr tickte. Es war schon nach zehn. Er stand auf und reckte sich. »Der Schuppen, in dem wir früher Werkzeug aufbewahrten?« fragte er nickend. »Was ist damit?«
»Dürfte ich ihn benutzen?«
»Wozu?«
Sie gab keine direkte Antwort. »Ich würde ihn nicht oft brauchen. Aber ich möchte, daß du weißt, was dort geschehen könnte.«
»Gott im Himmel, was für eine Geheimniskrämerei. Was ist los?«
Er lächelte, aber sie runzelte die Stirn und schien über seine Reaktion bekümmert. Sie eilte auf ihn zu.
»Ich zeig's dir. Komm mit.«
»Wohin?«

»Zum Schuppen.«
»Jetzt?«
»Ja, bitte.«
Wenige Minuten später stiegen sie eine steile Treppe hinter der Fabrik hinauf. Die Nacht war kühl, der Himmel hell. Der Schuppen war im Sternenlicht klar zu sehen.
George hielt plötzlich inne. Durch eine Ritze in der Bretterwand war ein heller, gelber Lichtstreifen zu sehen.
»Da ist jemand drin.«
»Ja, ich weiß.« Sie nahm seine Hand. »Es besteht keine Gefahr. Komm!«
»Du weißt Bescheid«, fragte er, als sie ihn mitzog. »Würdest du die Güte haben, mir zu erklären, was das alles zu bedeuten —«
»Mr. Belzer«, flüsterte sie, als sie vor der Schuppentür angekommen waren. »Es ist Constance. Sie müssen die Laterne umstellen. Man kann sie von draußen sehen.«
Das Licht verschwand. Belzer war ein Ladenbesitzer aus dem Dorf, ein Quäker. Was um Himmels willen tat er hier oben? Die Tür wurde geöffnet, und George erblickte den mageren, nervösen Kaufmann. Hinter ihm erspähte er eine zweite, in alte Leintücher gehüllte Gestalt, deren Aussehen ihn zutiefst erschreckte und ihm alles erklärte.
Der junge Mann war wahrscheinlich noch nicht einmal zwanzig, aber er war so verängstigt und ausgemergelt, daß er doppelt so alt aussah. Seine Haut war bernsteinfarben.
»Wir hatten keinen andern Ort, an dem wir ihn hätten verstecken können«, sagte Belzer zu George. »Er kam heute früh zu meinem Haus, aber es wird langsam gefährlich für mich, äh . . . Reisende aufzunehmen. Es wissen zu viele von meiner Tätigkeit. Der Junge mußte unbedingt heute nachmittag in Sicherheit gebracht werden, denn ein Vertreter des neuen Distriktkommissars ist in Lehigh Station angekommen.«
Belzer bezog sich auf den Bundesbeamten, der für die geflohenen Sklaven zuständig war. Präsident Fillmore hatte das Gesetz am 18. September unterzeichnet, und der Verwaltungsapparat zu seiner Einhaltung lief bereits auf Hochtouren.
Der Ausreißer schniefte und nieste dann zweimal. George war immer

noch verblüfft und wandte sich seiner Frau zu. »Wie lange befaßt du dich schon mit dieser Tätigkeit?«
»Mr. Belzer hat mich im Frühling darauf angesprochen. Seither habe ich ihm geholfen.«
»Weshalb hast du nichts gesagt?«
»Sei nicht böse, George. Ich wußte nicht, wie du darauf reagieren würdest.«
»Aber du weißt, was ich von der Sklaverei halte. Wenn man hingegen das neue Gesetz zu umgehen oder gar zu verhindern versucht, so ist das ein schweres Verbrechen. Wenn man dich dabei erwischt, würdest du wahrscheinlich im Gefängnis landen.«
Constance deutete auf den zitternden Jungen. »Und wohin geht er, wenn er erwischt wird? Geradewegs zurück nach North Carolina; zurück zu weiß Gott welcher Art brutaler Bestrafung.«
»Was hat dich veranlaßt, dich da einzumischen?«
»Weil die Sklavenbesitzer nun sämtliche Vorteile für sich haben. Die Bundesbeamten sollen zwar bei der Beurteilung der einzelnen Fälle neutral sein, aber sie bekommen für jeden Sklaven, den sie zurückschicken, zehn und für jeden, den sie nicht zurückschicken, fünf Dollar. Neutral? Daß ich nicht lache!«
»Es war eine Kompromißlösung«, entgegnete George.
Belzers Stimme klang beinahe scharf, als er sagte: »Sie können es nennen, wie Sie wollen, Mr. Hazard, aber das neue Gesetz ist und bleibt eine Beleidigung Gottes und des nationalen Gewissens. Constance, es tut mir leid, wenn ich Uneinigkeit zwischen Sie und Ihren Mann gebracht habe. Ich glaube, wir haben ihn falsch eingeschätzt. Ich werde versuchen, für Abner einen andern Platz zu finden.«
Betroffen antwortete George: »Einen Augenblick!« Die andern sahen ihn an. »Ich habe nicht nein gesagt, oder?«
Der Zorn in den Augen seiner Frau machte wieder Hoffnung Platz. Sie rannte zu ihrem Mann. »Alles, was wir brauchen, sind einige Vorräte, ein paar Decken, einen Riegel für die Tür und ein oder zwei Schilder mit 'Kein Zutritt', um die Leute fernzuhalten. Sollte ich darüber hinaus noch Geld brauchen, werde ich es dir sagen. Ansonsten brauchst du dir keine Sorgen zu machen über das, was hier vor sich geht.«
»Keine Sorgen über Fluchtversuche auf meinem Grundstück? Ich bin

nicht einverstanden.« Er nagte an seiner Unterlippe. »Weshalb um alles in der Welt braucht ihr gerade diesen Ort?«

Belzer antwortete: »Der Ort ist abgelegen und kann leicht vom Wald aus erreicht werden. Die Leute können gefahrlos hier übernachten und nach Kanada weiterfliehen.«

Etwa fünfzehn Sekunden lang starrte George den schniefenden, unterernährten Flüchtling an. Er wußte, daß er keine Wahl hatte.

»Na gut, aber ich muß zum Schutz aller Beteiligten einige Bedingungen —«

Er konnte den Satz nicht zu Ende sprechen. Constance warf sich ihm in die Arme und küßte ihn, während Belzer Abner einige beruhigende Worte zuflüsterte. Abner grinste und bekam erneut einen Niesanfall.

George war stolz auf Constance. Sie zogen Maude ins Vertrauen. Alle drei waren sich darüber einig, daß sonst niemand in der Familie etwas vom Fluchtversteck erfahren durfte. Stanley und Isabel würden Einwände erheben, weil Stanley keine Schwierigkeiten haben wollte. In letzter Zeit verbrachte er bloß zwei oder drei Tage pro Woche zu Hause und machte den Rest der Zeit neuen Freunden in Harrisburg oder Philadelphia seine Aufwartung.

In der Demokratischen Partei des Staats war ein Machtkampf zwischen Stanleys Freund Cameron und dem Parteivorsitzenden Buck Buchanan aus Lancaster ausgebrochen. Nachdem er Polks Staatssekretär gewesen war, hatte sich Buchanan 1848 für das Amt des Präsidenten nominieren lassen wollen. Für seinen Mißerfolg gab er Cameron und dessen Machenschaften die Schuld. Die beiden Männer stellten einander nun öffentlich bloß. Stanley stellte sich hinter Cameron, was George unklug fand.

Aber wer konnte in einer Zeit, in der sich politische Gepflogenheiten innerhalb einer Partei sowie die Parteien selbst über Nacht veränderten, schon seiner Sache sicher sein? Vor kurzem war eine neue politische Gruppierung aufgetaucht, die Freie-Boden-Partei, eine Koalition von Demokraten, früheren Mitgliedern der Freiheitspartei und einigen Radikaldemokraten. George schien es, als wollte diese Partei das Kind mit dem Bade ausschütten. Sie wehrte sich nämlich vehement gegen die nationale Expansion, wenn diese zur Sanktionierung der Sklaverei in den neuen Territorien führen sollte. Virgilia besuchte jede Versammlung der neuen Partei innerhalb des Staats, das heißt jede, bei der Frauen als Beobachterinnen zugelassen waren. Sie schrieb lange Bittschriften, in denen sie eine aktive Beteiligung der Frauen forderte.

Die drei Verbündeten waren sich darüber einig, daß auch Virgilia nichts vom Fluchtversteck erfahren durfte. Sie würde zwar nichts dagegen haben, aber sie könnte das Geheimnis verraten. Und in den Hazard-Werken arbeiteten immer noch viele Männer, die die Schwarzen haßten, weil sie fürchteten, die freien Schwarzen würden ihre Arbeitsplätze gefährden. George wußte, daß dieser Haß von keiner Regierung mit Gesetzen und schon gar nicht mit einem Appell an die Menschlichkeit — abgeschafft werden konnte, weil er in der Angst und Irrationalität wurzelte. Es würde noch mindestens eine Generation dauern und viel Aufklärung benötigen, bevor diese negativen Einstellungen für immer aus dem Weg geräumt waren.

»Ich glaube nicht, daß es klug wäre, deinen Freunden im Süden etwas davon zu sagen«, meinte Constance.

George runzelte die Stirn. »Du sagst das so, als ob mit ihnen etwas nicht ganz in Ordnung wäre. Ich hatte geglaubt, sie wären auch deine Freunde.«

»Oh, ja, natürlich«, sagte sie hastig. »Aber ich stehe den Mains nicht so nahe wie du. Wenn man mich vor die Wahl stellte, es entweder Orry recht zu machen oder Joel Belzer zu helfen, würde dir mein Entscheid vielleicht nicht ganz passen.«

Er wußte, daß sie ihn weder verärgern noch provozieren wollte. Sie war ehrlich, und doch irritierten ihn ihre Worte. Maude bemerkte dies und befaßte sich mit ihren Händen.

»Weshalb sagst du das«, fragte George nicht ohne Schärfe. »Du wirst niemals vor eine solche Wahl gestellt werden.«

Aber er war sich nicht so sicher, und diese nagende Ungewißheit war der eigentliche Grund seiner Besorgnis und seiner Gereiztheit.

27

Charles hielt den Gegenstand hoch, den er geschnitzt hatte. Er zeigte mit der Spitze seines Jagdmessers auf eine lange Rinne, die er aus dem Holz herausgeschnitzt hatte. »Ein Kanu, wie wir es in Carolina haben. In Louisiana nennt man es, glaube ich, eine Piroge.«

Der vierjährige Laban Hazard saß auf der Vordertreppe von Fairlawn zu Charles' Füßen. Der Knabe verehrte Charles und hatte ein ganzes Jahr darauf gewartet, ihn wiederzusehen. Die Mains waren am Vormittag in Newport angekommen.

Labans Zwillingsbruder tauchte mit einem Reifen an der Hausecke auf. Er zeigte mit dem Finger auf das Boot. »Für Laban?«

Charles nickte.

Levi machte eine saure Miene. »Ich will eins.«

Charles grinste. Levi schien das Temperament seiner Mutter geerbt zu haben. »Einverstanden«, sagte Charles. »Sobald ich mit dem hier fertig bin.«

Levi schob die Unterlippe vor und schüttelte den Kopf. »Mach meins zuerst.«

Charles richtete das Messer auf ihn. »Sei du mal manierlich, Mr. Yankee. Sonst steck' ich dich auf einen Spieß und servier' dich zum Abendessen.«

Er sagte es im Spaß, aber Levi schrie und ergriff die Flucht. Laban lachte und lehnte sich an das Knie des von ihm verehrten Helden. Billy kam aus dem Haus.

»Der Kavalier geht schon so früh aus?« fragte Charles. »Die Mädchen werden noch nicht einmal ausgepackt haben.«

Billy ignorierte ihn und nestelte an seiner Krawatte herum. Charles stieß einen Pfiff aus.

»Oho, sieh mal einer an. Ich kann mich nicht erinnern, dich letzten Sommer so schick gesehen zu haben. Wenn das nicht Liebe ist!«

Billy grinste. »Zum Teufel mit dir. Laban, sag deinem Vater nicht, daß ich vor dir geflucht hab'.« Und weg war er. Auf halbem Weg rannte er los. Er machte einen Satz über die Ziegelsteinmauer, so daß die Maurer, die wieder einmal am Ausbessern waren, ihm verdutzt nachblickten.

In jenem Frühling hatten sich bei Brett Main erste Anzeichen von Weiblichkeit gezeigt. Wird er es bemerken, fragte sie sich, als sie sich im Spiegel betrachtete und versuchte, ihren kleinen Busen etwas zu vergrößern, indem sie ihr Kleid und ihre Unterwäsche straffzog.
Voller Freude rief Ashton hinter ihr: »Ach Gott, er ist schon hier. Ich höre ihn mit Orry reden.«
Sie sauste wie ein Pfeil die Treppe hinunter. Brett war nur ein paar Schritte hinter ihr. Aber es nützte nichts. Als Brett in der Hälfte der Treppe war, hatte Orry das Wohnzimmer verlassen, und Billy und Ashton rannten aus dem Haus, ohne sich auch nur einmal nach ihr umzudrehen.
Langsam ging sie den Rest der Treppe hinunter. Eine Hand legte sich ihr von hinten auf die Schulter. Sie stieß einen gellenden Schrei aus. »Papa!«
»Ich dachte, du würdest dich ausruhen, kleines Fräulein.«
Tillet bemerkte eine Träne auf ihrer Wange. Mit einem leisen Stöhnen und einem Krachen der Kniegelenke setzte er sich auf die unterste Treppenstufe und zog sie neben sich. Er legte ihr den Arm um die Schulter.
»Warum so unglücklich?«
»Ach, Billy Hazard, er ist der aufgeblasenste Mensch, dem ich je begegnet bin. Ich wollte ihm guten Tag sagen, aber er hat mich nicht mal angeschaut.«
»Sei nicht zu hart zu dem Burschen. Er ist in deine Schwester vernarrt. Ich glaube, es ist gegenseitig.«
»Sie kriegt immer alles, was sie will! Sie wird ihn auch bekommen, nicht wahr?«
»Ich weiß nicht. Sie sind beide noch ziemlich jung, um schon Heiratspl — Kleines Fräulein, komm zurück, ich wollte dir nicht wehtun.«
Aber sie war schon nach oben gerast und brach in lautes Klagegeheul aus.

Billy und Ashton gingen geradewegs zum Felsen, bei dem sie sich letzten Sommer geküßt hatten. Von dem Augenblick an, da Ashton Billys Arm um sich spürte und den süßen, scheuen Druck seiner Lippen, verflogen sämtliche praktischen Überlegungen.

Wieviel Zeit hatte sie doch mit all jenen tiefschürfenden Plänen verschwendet, die sie im vergangenen Jahr geschmiedet hatte, nachdem sie vom Dampfer aus gesehen hatte, wie Mr. Bob Rhett ihren Bruder geschnitten hatte. Sowohl die Pläne als auch der pathetische Huntoon waren jetzt vollkommen vergessen. Sie würde Billy heiraten und sonst niemanden.

Das ließe sich jedoch sehr hübsch in ihr langfristiges Schema einbauen. Die Hazards waren zwar Yankees, aber reich und berühmt. Sie mußte mit Billy über ihre ehrgeizigen Ansichten reden. Aber nicht jetzt. Alles, was sie jetzt wollte, war, sich der Liebe und ihm genüßlich hinzugeben.

Sie drückte sich so fest an ihn, daß er ihre Brüste spüren mußte. »Ich hätte nie geglaubt, daß ich jemanden so vermissen könnte. Ich bin fast gestorben, als ich wochenlang auf deine Briefe wartete.«

»Ich bin nicht gut im Briefeschreiben. Auf einen, den ich abschicke, kommen zehn, die ich zerreiße.«

»Das kannst du jetzt gutmachen, Liebling. Küß mich und hör erst damit auf, wenn ich die Sinne verliere.«

Er kam der Aufforderung mit Begeisterung nach.

Im Sommer 1851 wiegten sich die beiden Familien und die Nation in einem trügerischen Frieden. Die meisten Amerikaner waren vom Krieg und dem Gerangel um die Sklavenfrage erschöpft. Auch wenn der Kompromiß von 1850 keine Dauerlösung herbeigeführt hatte, waren die meisten Leute damit zufrieden. Auf beiden Seiten blieben jedoch einige hartnäckige Mahner, die behaupteten, daß sich wenig verändert habe und nichts gelöst worden sei; auch ein von einem Verband verdecktes Krebsgeschwür blieb ein Geschwür. Aber all die James Juntoons und die Virgilia Hazards hatten während jener warmen Sommermonate große Mühe, ihre militanten Ansichten an den Mann zu bringen. Die Mehrheit der Amerikaner wünschte sich eine Atempause — mindestens für drei Monate oder ein halbes Jahr.

Cooper und Judith hatten am 1. Juni 1850 geheiratet. Die Natur hatte Coopers Plan, eine Reise nach Großbritannien zu machen, durchkreuzt. Genau neun Monate nach der Hochzeit brachte seine Frau Judah Tillet Main, oder J.T., wie ihn der stolze Großvater von Anfang an nannte, zur Welt. Ende Juli 1850 reisten die Eltern, das Ba-

by und eine Amme nach Newport, um zehn Tage mit den Mains zu verbringen.
Einige Stunden nach ihrer Ankunft setzte sich Tillet auf der Veranda des gemieteten Hauses in einen Schaukelstuhl. Cooper setzte sich neben ihn. Tillet blickte stolz auf seinen Enkel, der in eine Decke gehüllt in Coopers Armen lag. Judith spielte mit George, Billy und Ashton ein Kugelspiel auf dem Rasen. Langsam senkte sich die Abenddämmerung auf sie nieder.
Tillet räusperte sich. »Deine Gattin ist eine feine Frau.«
Cooper war überwältigt. Sein Vater hatte ihr noch nie ein Kompliment gemacht. »Danke, da sind wir gleicher Meinung.« Er faltete die Decke so, daß der Kopf seines Sohnes vor dem Wind geschützt war.
Tillet lehnte sich zurück und verschränkte die Hände auf dem Bauch, der mit jedem Jahr dicker wurde. Wie alt er aussieht, dachte Cooper. Wie alt ist er denn jetzt? Fünfundfünfzig? Nein, sechsundfünfzig. Das Alter zeigt sich in seiner runzligen Haut und auch in seinen Augen. Er weiß, daß es schon bald mit ihm zu Ende sein wird. Zum erstenmal seit langer Zeit fühlte Cooper eine starke Liebe für seinen Vater — eine bedingungslose Liebe.
Tillet fuhr fort: »Ich mag Judith zwar, aber nicht alles, was sie sagt. Keineswegs. Doch Familien sollten nicht untereinander streiten.«
»Einverstanden.« *Aber es ist verdammt hart, dieses Ideal in unseren Zeiten zu erreichen.*
»Du hast die Gesellschaft gut geführt«, sagte sein Vater. »Die Bilanz ist hervorragend. Die *Mont Royal* ist ein schönes Schiff. Ja, ich weiß, auch ein hervorragendes Geschäft.«
»Wir könnten drei davon brauchen, um all die Geschäfte annehmen zu können, die man uns anbietet. Ich bin dabei, mich umzusehen. Und noch etwas: Man hat mich gebeten, für andere Schiffe zu entwerfen und zu bauen. Auch damit befasse ich mich.«
Tillet kratzte sich am Kinn. »Glaubst du, daß es klug ist, so schnell zu expandieren?«
»Ja, sicher. Ich glaube, daß wir mit Schiffsbau mehr Geld verdienen und ein sichereres Einkommen haben werden, als mit dem Baumwollhandel.«
»Sind das nur Spekulationen?«
»Wenn du wissen möchtest, ob ich bereits feste Zusagen habe, so

kann ich die Frage mit Ja beantworten. Eine Anfrage von einer Schiffsgesellschaft in Savannah und eine andere von einer Firma in Baltimore. Wir stehen zwar noch in Verhandlungen, aber beide Firmen möchten ein Schiff wie die *Mont Royal* — sofern ich liefern kann. Ich möchte es auf jeden Fall versuchen.«
Er lehnte sich begeistert vor. »Ich stelle mir vor, daß eines Tages — vielleicht schon in fünf Jahren — die Main-Dampfer an der Ostküste auf und ab und nach Europa fahren, und dies unter der Flagge von einem Dutzend Gesellschaften. Der Baumwollmarkt mag schrumpfen, aber ich bin davon überzeugt, daß die Nachfrage nach Lagerraum und schnellem Versand aller möglichen Güter nur zunehmen wird.«
»Vielleicht während meines Lebens. Aber langfristig möchte ich mich da nicht festlegen. Die Yankee-Politiker sind unberechenbar; gierig und hinterlistig wie — aber lassen wir das. Ich bin ehrlich überrascht über den Namen, den du dir mit nur einem Schiff gemacht hast.«
»Auf der *Mont Royal* gibt es viele Neuerungen. Zwei kleinere Erfindungen stammen von mir; ich habe sie patentieren lassen.«
»Könnten diese zwei Gesellschaften sich denn nicht direkt ein Schiff bei der Werft in Brooklyn beschaffen?«
»Doch, aber sie möchten noch etwas mehr. Sie möchten, daß ich den Bau und die Planung überwache. Ich bin rein zufällig einer der wenigen Schiffsbauexperten des Südens geworden.« Cooper lächelte. »Du kennst doch die Definition eines Experten? Jemand, der von anderswoher kommt.«
Tillet lachte. Das Geräusch weckte seinen Enkel, der zu schreien anfing. Cooper streichelte die weiche, warme Wange, bis das Baby wieder ruhig war.
»Sei nicht zu bescheiden«, sagte Tillet zu seinem Sohn. »Du hast harte Arbeit geleistet in Charleston — ich hab' das von vielen verschiedenen Seiten gehört —, und du arbeitest immer noch hart. Wenn ich mir nur all den Lesestoff betrachte, den du mit in die Ferien genommen hast: Schiffsbau, Eisen und Stahl — Bücher, die ich kaum zu tragen, geschweige denn zu verstehen imstande bin.«
Cooper zuckte die Achseln, aber er sonnte sich im unvermuteten Lob. »Um diesen Lernprozeß zu vervollständigen, werden wir schließlich im November nach Großbritannien gehen.«

»Mein Enkel auch?«
»Ja, wir alle. Der Arzt sagte, daß Judah mit der Amme reisen könne. Brunel will mich empfangen. Stell dir vor, ich kann eine Stunde mit dem Mann verbringen. Sein Talent, seine ungeheure Phantasie — es ist unglaublich. Er und sein Vater haben zusammen den Tunnel unter der Themse gebaut. Wußtest du das?«
»Nein. Aber wozu braucht man einen Tunnel unter einem Fluß? Was ist denn mit den Fähren? Oder mit den Brücken? Und überhaupt, wozu braucht jemand schnellere Schiffe? Ich erinnere mich an etwas, das der Herzog von Wellington über die Eisenbahnen in Europa gesagt hat. Er sagte, sie würden nur zu sozialer Unrast führen, weil die Armen dann auch herumreisen könnten. Ich habe ähnliche Gedanken, wenn ich an all den modernen Firlefanz denke. Zu revolutionär!«
»Das ist genau das Wort, Vater. Wir *sind* mitten in einer Revolution — eine friedliche Revolution der Industrie und der Erfindungen.«
»Wir sollten für eine Weile damit aufhören.«
»Das ist unmöglich — du kannst das Rad nicht zurückdrehen. Wir können nur noch vorwärts gehen.«
»Das klingt nicht gerade begeistert.« Tillet seufzte. »Aber lassen wir das auch. Du hast sicherlich einen Anspruch auf die Reise. Du hast sogar noch mehr verdient, und ich wollte dir etwas sagen.« Wiederum räusperte er sich. »Ich habe den Rechtsanwälten der Familie den Auftrag gegeben, Dokumente vorzubereiten, wonach die Eigentumsverhältnisse innerhalb der C.S.C geändert werden sollen. Von nun an wirst du über einundfünfzig Prozent des Gesellschaftskapitals verfügen, und auch einen entsprechenden Prozentsatz vom Ertrag bekommen, und zwar ohne weitere Abzüge. Ich habe jeden Bericht, den du mir geschickt hast, gelesen. Bei dem Tempo, mit dem du Geld hereinholst, wirst du mit der neuen Regelung bald ein sehr reicher Mann sein — und zwar aus eigener Kraft. Auch das ist eine Leistung.«
Es dauerte eine geraume Weile, bis Cooper sich von seiner Überraschung so weit erholt hatte, daß er sagen konnte: »Ich weiß nicht, wie ich dir für dein Vertrauen und für deine Großzügigkeit danken soll.«
Tillet winkte ab. »Du bist mein Sohn. Du hast deinem Erstgeborenen meinen Namen gegeben. Das ist Dank genug. In der Familie sollte es keinen Streit geben.«

Es klang diesmal etwas schärfer. War es eine Bitte? Eine Warnung? Hoffentlich nicht, dachte Cooper. Ich hoffe nicht, daß er sich auf diese Art mein Schweigen oder meine Bejahung seiner Ansichten sichern will. Ich liebe ihn, aber ich bin nicht käuflich.
Dann fragte er sich, ob er undankbar war. Eigentlich wollte er Tillet fragen, was er genau mit der Bemerkung über Familien, die sich nicht streiten sollten, gemeint hatte, aber er wollte den Frieden an jenem Abend nicht zerstören. Er war so zerbrechlich wie der Frieden der Nation. Er würde nicht von Dauer sein.

In beiden Familien wurde der Sommer willkommen geheißen. Es herrschte eine entspannte, freundliche Stimmung, eine Stimmung, zu der jeder nach besten Kräften beitrug. Sogar Constance und Isabel unterhielten sich ab und zu.
Politische Fragen wurden in beiderseitigem Einvernehmen nicht angetastet — mit einer Ausnahme. Virgilia, die eines Abends zu sehr dem Wein zugesprochen hatte, brandmarkte die jüngsten offiziellen Erklärungen von William Yancey, einem Rechtsanwalt aus Georgia und früheren Kongreßmitglied, der das geistige Erbe von Calhouns radikalsten Ansichten angetreten hatte. Der Süden hatte immer noch Ressentiments gegen Senator Seward aus New York. Seward hatte die Wilmot-Klausel mit der Begründung verfochten, sie diene einem höheren Gesetz als der Verfassung, dem Gesetz Gottes, das eines Tages stärker als die Sklaverei sei. Yancey griff den Senator vom Rednerpult aus aufs Heftigste an. Als Virgilia davon hörte, bedachte sie Yancey mit einer Serie von Schimpfnamen einschließlich Zuhälter. Es dauerte nicht lange, und Yancey wurde für sie zum Stellvertreter des Südens. Orry explodierte:
»Was für ein Riesengebäude von Selbstgerechtigkeit Sie doch hier im Norden gezimmert haben, Virgilia. Sündigen tut man nur unterhalb der Mason-Dixon-Linie, und es macht ja nichts, daß Iowa jeden freien Neger, der es auch nur wagt, einen Fuß in den Staat zu setzen, schärfstens bestraft. Auch die Heuchlerei ist nur im Süden zu finden, und es macht ja nichts, daß Kalifornien, das von euren Politikern so eifrig als freier Staat in die Union gezerrt wurde, Männer in den Senat schickt, die für die Sklaverei sind. Sie, Virgilia, würden so was nie zugeben. Sie machen einfach die Augen zu und speien Gift.«

Er schmiß seine Serviette zur Seite und verließ den Tisch. Zehn Minuten später stellte George seine Schwester zur Rede und schrie auf sie ein, bis sie versprach, sich zu entschuldigen. Sie tat es mit großem Widerwillen.

Mit Ausnahme dieses einen Ausrutschers verstrichen die warmen, euphorischen Tage weiterhin friedlich. Brett entzückte jedermann mit ihrem Klavierspiel. George schien im Krocket unschlagbar. Auf der Veranda diskutierte man lebhaft über die eifrigen Bemühungen einiger Prediger, den unzüchtigen Roman 'Der scharlachrote Buchstabe' von Hawthorne auf die schwarze Liste zu setzen. Einer der geistlichen Würdenträger nannte das Buch »die Vermarktung der Lust«. Isabel und Tillet waren sich darüber einig, daß solche Schundliteratur von Gesetzes wegen verboten sein sollte. George meinte, daß jeder, der diese Ansicht teilte, nichts von Redefreiheit wisse. Clarissa warf schüchtern ein, daß der Roman zwar sicher unanständig sei, George aber grundsätzlich recht habe.
»Weib«, brüllte Tillet, »du weißt nicht, worüber du sprichst.« Glücklicherweise wurde die Diskussion gleich darauf in andere Bahnen gelenkt, weil Ashton, Billy und Vetter Charles auf dem Rasen vor dem Haus der Mains auftauchten.
Die jungen Leute waren gerade auf dem Weg zum Strand. Sie gingen fast jeden Abend dorthin, mit Charles als Anstandsdame. Das amüsierte Orry. Charles hatte sich zwar verändert, aber es erweckte doch den Anschein, als hätte man den Teufel als Missionar engagiert.
George sah zu, wie die jungen Leute langsam im Mondlicht verschwanden. Dann sagte er zu Orry: »Mir scheint, als hätte sich deine Schwester Billy auserkoren.«
»Nicht so schnell, George«, rief Constance halb scherzend, halb ernst. »Billy wird nächsten Sommer zur Akademie gehen. Für vier Jahre.«
»Trotzdem«, warf Orry ein, »ich glaube, George hat recht.«
Er befand es nicht für nötig, zu sagen, daß er jedoch Zweifel an einer Heirat hegte. Ashton war zu unbeständig. Aber sie könnte sich natürlich noch ändern — wie Charles. In der Erwägung dieser Möglichkeit fügte er hinzu: »Ihr solltet mit Billy nach South Carolina kommen.«

»Oh, ja, wir würden uns freuen, euch bei uns begrüßen zu dürfen — euch alle«, sagte Clarissa. Virgilia, die am andern Ende der Veranda saß, blickte skeptisch.
»Ich würde Mont Royal gerne sehen«, sagte Constance.
Orry lehnte sich vor. »Weshalb nicht im Herbst? Der Oktober ist bei uns einer der schönsten Monate. Cooper würde sich freuen, euch Charleston zu zeigen, und danach könntet ihr für einen langen Besuch zu uns kommen.«
»Einverstanden«, sagte George, nachdem Constance seine Hand gedrückt hatte, um ihm Mut zu machen.
Einen Augenblick später schoß ihm ein Gedanke durch den Kopf. Virgilia beobachtete und verfolgte das ganze mit großem Interesse. Wenn sie sie mitnähmen, würden die Mains ihr gastfreundliches Angebot vielleicht bereuen.

Charles lehnte sich gegen den feuchten Felsen; das Mondlicht streichelte seine Augenlider, während er sich nackte Oberschenkel in allen möglichen Schattierungen von rosa bis braun vorstellte. Er dachte besonders an diejenigen von Cynthia Lackey, einem drallen und willigen Mädchen. Charles hatte sie in der ersten Sommerwoche getroffen, als er im Kolonialwarenladen ihres Vaters Süßigkeiten eingekauft hatte.
Zu seiner Linken hörte er Gelächter. Er öffnete die Augen und sah zwei Gestalten aus dem Schatten der Klippen auftauchen, zwei Gestalten, die eher wie eine aussahen. Eng umschlungen gingen sie über den im Mond schimmernden Sand.
»Paß auf, da ist unsere Anstandsdame«, sagte Billy. Ashton kicherte. Der Schatten teilte sich. Charles verscheuchte den letzten Rest seiner erotischen Phantasien, doch die Spannung in der Leistengegend blieb. Es war Zeit, Cynthia wieder mal aufzusuchen.
Ashton glättete sich das Haar. Billy stopfte das Hemd in die Hose. Charles hatte Mitleid mit seinem Freund. Er war zwar nicht genau darüber im Bild, wie erfahren Ashton war, aber er hatte seinen Verdacht. Zweifellos würde sie es glänzend verstehen, ihren Bewerber so lange aufzureizen und zu erregen, bis er vor lauter Frustration einen glasigen Blick bekäme. Charles stellte genau diesen Blick an Billy

fest. Auf dem Heimweg schmiedete Ashton Pläne für den folgenden Abend: erst Muscheln suchen, dann ein Treibholzfeuer am Strand und dann —

»Tut mir leid, das geht morgen abend nicht«, unterbrach sie Charles. »Billy und ich müssen einer schon längst fälligen Verpflichtung am andern Ende der Insel nachkommen.«

Verblüfft sagte Billy: »Tatsächlich? Ich erinnere mich nicht —«

Charles deutete ihm mit einem Rippenstoß an, daß er schweigen solle.

Ashton schmollte und wurde ihnen mit ihrer Quengelei lästig. Doch Charles lächelte und blieb unnachgiebig. Nachdem Billy Ashton bis zur Tür des Hauses an der Beach Road begleitet hatte, stürzte er auf die Veranda, wo Charles im Mondlicht saß, ein Bein auf dem Geländer.

»Was zum Teufel soll diese blöde Abmachung am andern Ende der Insel?«

»Mein Junge, das ist überhaupt nicht blöde. Ich werde dich Miß Cynthia Lackey und ihrer Schwester Sophie vorstellen. Aus sicherer Quelle weiß ich, daß Sophie ihrer Schwester Cynthia in keiner Weise nachsteht, wenn es darum geht, Jungen zu verwöhnen und sich von ihnen verwöhnen zu lassen. Hast du schon mal mit einem Mädchen geschlafen?«

»Natürlich.«

»Mit wie vielen?«

Charles blickte Billy unverwandt an, und Billy gab schließlich zu: »Na schön, ich hab' noch nie.«

»Das hab' ich mir gedacht. Du wirst dich an diesen Sommer erinnern.«

Er klopfte seinem Freund auf die Schulter. »Abgesehen davon weiß ich, daß die liebe Ashton für ihre Gefallsucht bekannt ist. Ich habe euch zwei so oft allein gelassen, daß ich glaube, daß dir ein Abend mit Miß Sophie die sicher nötige Erleichterung verschaffen wird.«

Am nächsten Abend fuhren sie mit einer Ponykutsche zu den Lakkeys. Morgens um zwei fuhren sie nach Newport zurück; Billy bedankte sich bei seinem Freund und meinte, daß er diesen Sommer bestimmt nicht vergessen würde.

»Aber ich möchte den Süden kennenlernen«, sagte Virgilia zu George. »Und ich bin eingeladen worden.«
»Sie haben dich aus Gründen der Höflichkeit eingeladen, das ist alles.« Seit zwei Tagen waren sie wieder in Lehigh Station. Dies war ihre vierte Auseinandersetzung wegen der Reise. »Sie sind nicht darauf erpicht, daß du sie dort unten dauernd kritisierst und dich Tag und Nacht über ihren Lebensstil lustig machst«, sagte George. »Wahrscheinlich würdest du hiermit in Mont Royal herumstolzieren wollen.« Er hob mit einer heftigen Bewegung das breite Satinband auf, das sie mit ins Arbeitszimmer gebracht hatte. Sie würde das Band am Samstag bei einer Parade der Freie-Boden-Partei in Harrisburg tragen. Auf dem Band war der Parteislogan zu lesen: *Freiheit des Bodens — Freiheit der Rede — Freiheit der Arbeiter — und Freiheit für die Menschheit*. »Dich mitzunehmen hieße, mit einer brennenden Fackel durch einen dürren Wald zu laufen. Ich wäre ein Idiot, wenn ich ja sagte.«
»Und wenn ich dir verspreche, daß ich mein allerbestes Verhalten an den Tag lege? Ich glaube, es wäre gut, wenn ich den Süden mit eigenen Augen sehen könnte. Wenn du mich mitnimmst, werde ich kreuzbrav sein. Ich werde nicht ein Wort über Bodenfreiheit oder irgend etwas sagen, das die Mains beleidigen könnte.«
Er starrte sie durch den Zigarrenrauch an. »Ist dir das ernst? Wärst du die ganze Zeit über höflich?«
»Ja, ich verspreche es. Ich schwör' es dir auf die Bibel, wenn du möchtest.«
Es gelang ihm, ein Lächeln aufzusetzen. »Das ist nicht nötig.« Er spitzte den Mund, stieß eine Rauchwolke aus und erwog das Risiko. »Also einverstanden. Aber beim ersten Ausrutscher schicke ich dich nach Hause.«
Sie warf ihm die Arme um den Hals und bedankte sich überschwenglich. Sie hatte sich schon lange nicht mehr so jungmädchenhaft benommen. Einen Augenblick lang glaubte er, wieder eine Schwester zu haben.
Als Virgilia an jenem Abend zu Bett ging, war sie zu aufgeregt, um schlafen zu können. Als der Schlaf sie schließlich übermannte, träumte sie von schwarzen Männerkörpern.

28

Die Reisegesellschaft der Hazards setzte sich aus acht Mitgliedern zusammen: Maude, George und Constance, die Kinder, das Kindermädchen, Billy und Virgilia. Alle außer Billy wurden auf der stürmischen Reise nach Charleston seekrank. Nach einigen Tagen der Erholung in Coopers Haus ging es ihnen rasch wieder besser.

Die *Mont Royal* lag zufällig im Hafen und wurde mit Baumwolle beladen, die nach New York verfrachtet werden sollte. Cooper zeigte ihnen das ganze Schiff, wobei er sie auf jede Einzelheit aufmerksam machte, vom schlanken Bug bis zur modernen Propellerschraube. Da die Gäste nicht so viel von den technischen Neuerungen verstanden wie ihr Gastgeber, konnten sie auch nicht ganz so begeistert sein, doch alle vermochten die äußere Form des Schiffes zu würdigen. Es war schlank, elegant und unverkennbar modern.

Als nächstes nahm Cooper sie mit nach James Island, zu dem Grundstück, das er früher erworben hatte. »Ich möchte hier mit meinen Erträgen aus der C.S.C. eine Werft bauen. Für Handelsschiffe. Die Werft soll die beste an der Ostküste werden.«

»Du redest beinahe schon wie ein Yankee«, sagte George. Sie lachten beide.

Cooper und Judith zeigten ihnen die Sehenswürdigkeiten von Charleston, einschließlich der Marmor-Gedenktafel auf dem Grab von Calhoun auf dem St. Philip-Friedhof. Dann machte Cooper den Vorschlag, daß man — sofern Interesse vorhanden — zu einer Versammlung der sogenannten Charleston-Koalition für die Rechte des Südens ginge.

»Ist das eine politische Partei?« fragte George.

»Das weiß man nicht so genau«, antwortete Cooper. »Noch nicht. Andererseits verschwinden die traditionellen Parteien schneller, als ich hinschauen kann. Die Liberalen und Demokraten haben hier unten fast keine Bedeutung mehr.«

»Wer ist an ihre Stelle getreten?« wollte Virgilia wissen.

»Gruppierungen, die sich in zwei Lager teilen. Auf der einen Seite befinden sich die Unionisten mit Männern wie Bob Toombs aus Georgia, die den Süden lieben, aber die bittere Pille der Sezession nicht schlucken können; auf der anderen Seite stehen die Radikalen: Yancey, Rhett, Ashtons Freund Huntoon — übrigens wird er einer der Redner bei der Versammlung sein. Wahrscheinlich werden Sie sich über das, was Sie zu hören bekommen, nicht freuen«, die liebenswürdige Anspielung brachte ein steifes und humorloses Lächeln auf Virgilias Lippen, »aber Sie werden eine Vorstellung davon bekommen, wie man in Charleston denkt.«

Nur George und seine Schwester nahmen seine Einladung an. George befürchtete, daß Virgilia trotz ihres Versprechens eine Szene machen würde, ja vielleicht sogar einen der Redner mit Beleidigungen unterbrechen würde. Doch sie schien sich nicht groß um die Reden zu kümmern, sondern in Gedanken versunken. Als Huntoon am Rednerpult auf die Notwendigkeit »einer großen Sklavenbesitzenden Republik vom Potomac bis zu den südlichen Gefilden« hinwies, flüsterte sie George zu, daß sie frische Luft brauche, und ging hinaus.

Sie rannte durch das düstere Treppenhaus ins Foyer. Und da war er auch — er lungerte mit den andern Kutschern vor dem Haupteingang herum — ein außerordentlich gutaussehender Schwarzer in einer Samtlivree. Sie war schon früher auf ihn aufmerksam geworden, als er seinem Herrn die Kutschentür öffnete — Huntoon, wie ihr plötzlich klarwurde.

Ihr Busen fühlte sich straff und schwer an, als sie auf und ab ging und sich mit ihrem Spitzentaschentuch Luft zufächelte, damit alle sahen, weshalb sie den Saal verlassen hatte. Schweißperlen glitzerten auf ihrer Oberlippe. Immer wieder mußte sie den Neger ansehen.

Durch die offene Tür hinter ihr vernahm sie die donnernde Stimme Huntoons: »Unsere Sitten und Gebräuche müssen der amerikanischen Flagge folgen, wo sie auch immer wehen mag. Wenn unser System sich nicht stetig ausbreiten kann, wäre dies gleichbedeutend mit einer Niederlage. Das werden wir nicht zulassen.«

An dieser Stelle wurde er von begeistertem Applaus und lauten Zurufen unterbrochen. Das Publikum stampfte wie wild. Das Getöse strömte vom Saal her auf sie zu, überwältigte sie und steigerte ihr Verlangen. Hinter dem Rücken eines anderen Kutschers versuchte sie den Blick des großen Schwarzen zu erhaschen.

Er bemerkte sie, wagte es jedoch nicht, einer weißen Frau gegenüber Gefühle zu zeigen, aus Angst, dafür bestraft zu werden. Sie verstand und versuchte, ihr Verständnis und noch etwas anderes mit einem

langandauernden Blick zu übermitteln. Überrascht zog er die Brauen hoch. Dann lächelte er sie über die Schulter des andern Kutschers hinweg an. Sie hielt den Atem an. Vier seiner Vorderzähne fehlten. Er war einer jener Unglücklichen, die von ihren Besitzern auf diese entwürdigende Art und Weise markiert wurden.
Eine Sekunde lang blickte er mit seinen dunklen, schimmernden Augen auf ihre Brüste. Sie glaubte das Bewußtsein verlieren zu müssen. Er verstand! Ein andrer Kutscher bemerkte seinen starren Blick und drehte sich nach dem Gegenstand seiner Aufmerksamkeit um. Angesichts der weißen Haut von Virgilia sah er seinen Gefährten schockiert und ungläubig an.
»Da bist du«, rief George und eilte auf sie zu. »Du bist so schnell verschwunden, daß ich mir Sorgen machte. Ist dir übel?«
»Nein, es war bloß zu heiß da drin. Jetzt geht es mir besser.« Sie hakte sich bei ihm ein und führte ihn in den Saal.
Es gelang ihr nicht, ihre Gedanken von dem großen Schwarzen loszureißen. Auf dem Weg zurück zur Tradd Street erkundigte sie sich, ob es irgend etwas Besonderes bedeute, wenn einem Sklaven mehrere Zähne fehlten. »Ich habe einen solchen Mann draußen vor dem Saal gesehen.«
George wurde nervös, während Cooper den möglichen Grund für das Ausziehen der Zähne erläuterte. Virgilia reagierte, als ob sie noch nie etwas davon gehört hätte, aber sie verhielt sich ruhig. Dann sagte Cooper: »Der Mann, den Sie gesehen haben, muß der Sklave von Huntoon sein, Grady. Groß? Gutaussehend?«
»Ehrlich gesagt, ich weiß es nicht«, log Virgilia und preßte die Beine unter ihrem Kleid zusammen. Sic hatte die Information, die sie benötigte.
Grady. Sie sprach den Namen genußvoll vor sich hin, bevor sie an jenem Abend in den Schlaf sank. Vom duftenden Garten her wehte eine warme Brise. Der süße Duft und die feuchte Nacht steigerten ihr Verlangen, bis es schmerzte.
»Grady«, flüsterte sie im Dunkeln. Sie wußte, daß sie ihn nie wiedersehen würde, aber sie wünschte sich, es wäre anders.

Gerade als die Hazards in Mont Royal ankamen, wurde das Wetter kühler. Das klare, weiche Oktoberlicht verlieh den Tagen eine melan-

cholische Schönheit, doch Billy bemerkte sie nicht. Er bemerkte überhaupt kaum etwas oder jemanden außer Ashton.
Er verbrachte jede freie Minute mit ihr. Sie ritt oft mit ihm auf der Plantage herum, aber er hatte den Verdacht, daß das meiste, was sie ihm darüber erzählte, erfunden war. Er spürte, daß sie wenig Verständnis oder Interesse für den Reisanbau aufbrachte.
Die Sklavensiedlung faszinierte Billy auf eine fast morbide Art und Weise. In den Augen der Neger sah er Traurigkeit und Hoffnungslosigkeit; ab und zu war ein Lachen zu hören, aber nicht oft. Zum erstenmal begann er zu begreifen, weshalb Virgilia, Constance und die übrige Familie dieses System ablehnten.
Früher hatte er mehr oder weniger ihre Haltung übernommen — sie war korrekt und emotionslos. Als er jedoch durch die schmutzigen Straßen zwischen den schäbigen Hütten hindurchritt, veränderte sich plötzlich etwas in ihm. Wenn die Sklaven so sorglos und glücklich waren, wie die Südstaatler behaupteten, so war auf dieser Plantage jedenfalls nichts davon zu sehen. Wut stieg in ihm auf. Das Unrecht war himmelschreiend. Es war, als hätte er einen Splitter in seinem Fuß: Die Wunde war nicht tief genug, um etwas dagegen zu unternehmen, erinnerte ihn jedoch dauernd an das Unrecht.
Auch in seiner Beziehung zu Ashton erging es ihm ähnlich, doch es war ihm anfangs nicht klar, weshalb er sich in ihrer Gegenwart nicht wohlfühlte. Sie erregte ihn immer noch, auch wenn der Sex kein Geheimnis mehr für ihn war, nachdem er mit dem Newport-Mädchen herumgespielt hatte. Erst war er in Verlegenheit geraten, als er sich auszog, doch dann hatte er die Stunde mit Sophie genossen.
Körperlich war und blieb Ashton eines der perfektesten Geschöpfe, das er je gesehen hatte. Auch wenn sie nicht unbedingt intelligent war, so zeichnete sie sich durch eine angeborene Gewandtheit und Schlagfertigkeit aus. Was ihn beunruhigte, wie er am Ende seiner ersten Woche in Mont Royal feststellte, war die Art, wie sie ihn küßte, sein Gesicht berührte oder ihn ansah — *erwachsen*; es gab kein anderes Wort dafür. Und doch war sie dieses Jahr erst fünfzehn geworden.
Zu Ehren der Gäste veranstaltete Orry am Samstagabend ein Picknick. Verwandte und Nachbarn strömten in der kühlen Dämmerung herbei. Unter den Gästen befand sich eine hübsche Frau namens Mrs.

LaMotte, der Orry mit äußerster Zuvorkommenheit begegnete. Sie verbrachte fast die ganze Zeit ohne ihren Mann, der sich in Männergesellschaft befand und, den gedämpften Stimmen und dem schallenden Gelächter nach zu schließen, Zoten erzählte.

Als die Dunkelheit hereinbrach, wurden Fackeln angezündet, die gleichzeitig die Insekten abhielten. Billy und Ashton verließen die Gesellschaft und stahlen sich, Hand in Hand, zum Fluß davon.

»Es ist herrlich, daß du hier bist«, sagte sie, als sie sich zum Pier begaben und auf das dunkle, windgekräuselte Wasser blickten. »Wirst du lange bleiben?«

»George sagt, noch etwa eine Woche.«

»Ich freue mich sehr darüber. Aber es macht mich auch traurig.«

»Traurig? Warum?«

»Wenn du in meiner Nähe bist —«

Sie wandte sich ihm zu, ihre Augen sahen im Fackellicht hart aus. Gäste bewegten sich schemenhaft im rauchigen Licht.

»Ja?« sagte er.

»Wenn wir zusammen sind, muß ich dauernd gegen meine Gefühle ankämpfen. Ich möchte noch näher bei dir sein.« Sie schmiegte ihren Oberkörper, ihren Mund und dann ihren ganzen Körper gegen ihn. Er spürte die Bewegungen ihrer Lippen, als sie flüsterte: »Näher als erlaubt.«

Er wollte sie gerade küssen, als er etwas unterhalb der Taille spürte. Gott im Himmel! Sie faßte ihn durch seine Hose und Unterwäsche hindurch an. Hätte sich die Erde unter seinen Füßen aufgetan, die Überraschung wäre nicht größer gewesen.

Sie murmelte seinen Namen, umschloß ihn mit der Hand und küßte ihn wild. Schnell überwand er seine Überraschung und sein Zögern und erwiderte den Kuß. Mit dem linken Arm hielt sie seinen Hals umschlungen, und mit der rechten Hand drückte und drückte sie. Das Spiel der Lippen und Hände führte bald zu einem peinlichen Höhepunkt. Sie fühlte, wie er in ihren Armen erstarrte.

Sie sprang zurück und preßte die Handflächen auf die Lippen. »Um Himmels willen, habe ich —?«

Er fühlte sich entsetzlich gedemütigt und war unfähig zu sprechen. Er starrte auf den Fluß.

»Billy, es tut mir ja so leid. Es war stärker als ich.«

»Schon gut«, murmelte er.
Fünf Minuten später schlenderten Brett und Charles über den Rasen daher, auf der Suche nach ihnen. Billy mußte sie damit konfrontieren, ob er wollte oder nicht. Glücklicherweise trug er eine wollene, gemusterte Hose; sollte also jemand so unhöflich sein und ihn fragen, was geschehen war, könnte er lügen und sagen, daß er eine Tasse Punsch ausgeleert habe.
Sie gesellten sich wieder zu den andern. Es kamen keine Fragen. Doch Ashtons Verhalten ging ihm nicht aus dem Kopf. Sie war zu erfahren. Dies waren die Worte, die sich die halbe Nacht und noch einige Tage lang in seinem Kopf herumdrehten. Sie war viel zu jung, um bereits *so erfahren* zu sein.
Wie war es dazu gekommen? Als er sich verschiedene Möglichkeiten durch den Kopf gehen ließ, wurde er von Eifersucht gepackt. Er hätte gerne gewußt, wie und wo sie ihre Erfahrungen gesammelt hatte. Aber irgendwie war es ihm auch gleichgültig. Er wußte, daß sich ihre Beziehung dem Ende zuneigte. Es machte ihn traurig, erleichterte ihn aber auch.

Das Wetter wurde grau. Zwischen Billy und Ashton kam es zu kleineren Reibereien. So zum Beispiel verstand sie etwas nicht, das er sagte, obwohl er es zweimal wiederholte. Oder er hatte einen Kiesel im Schuh und konnte nicht so schnell gehen, wie sie es gewünscht hätte. Kleinigkeiten, die sie verärgerten und ihnen die Stimmung verdarben.
Das Ende kam an einem stillen Samstag. Sie waren unfähig, sich auf etwas zu einigen, das ihnen die Langeweile vertreiben würde. Schließlich schlenderten sie über den Uferdamm, der die Felder vom Fluß abtrennte. Nach zehn Minuten setzte sich Ashton; es kümmerte sie nicht, ob ihr Kleid dabei dreckig wurde oder nicht. Als er sich neben sie setzte, sagte sie ohne Umschweife:
»Freust du dich darauf, nächstes Jahr zur Akademie zu gehen?«
»Ja.«
»Ich glaube, ein Mann könnte Gescheiteres tun.«
Er zog die Augenbrauen hoch. »Was kümmert dich das? Du bist ja kein Mann.«
Sie sah ihn an, nicht gerade feindselig, aber auch nicht mit der Wärme, die er während des Sommers gesehen hatte.

»Nein, aber ich werde einen Mann heiraten«, sagte sie.
»Und du weißt bereits, was du von ihm erwartest, ja?«
»Ich weiß, was ich für mich erwarte. Ich weiß, was ich haben möchte, und er muß es mir geben.«
Das Gespräch wurde zusehends unfreundlicher; ahnte sie, daß er sich zurückziehen wollte? Er mochte jedoch nicht mit ihr streiten und lächelte, in der Hoffnung, die Spannung dadurch zu mildern. Er klopfte sich mit einem unsichtbaren Bleistift auf die Handfläche.
»Wie sieht denn Ihre Wunschliste aus, Miss Main?«
»Mach dich nicht lustig, Billy. Ich bin fünfzehn. In fünf Jahren wird mein Leben zur Hälfte vorbei sein. Deins auch.«
»Das stimmt«, sagte er ernüchtert.
»Wenn du planlos durchs Leben gehst, wirst du es zu nichts bringen. Ich möchte einen Mann mit Geld heiraten, mindestens muß er genug Geld haben, damit ich weiß, daß er nicht auf meins aus ist. Aber was noch wichtiger ist, es darf nicht irgend jemand sein. Er muß ein Senator oder Gouverneur sein. Ich hätte auch nichts dagegen, wenn er Präsident wäre. Es wäre an der Zeit, daß wir einen neuen Präsidenten aus dem Süden bekämen.«
»Der alte Zach Taylor kam aus Louisiana.«
»Pah. Er war ein größerer Yankee als du. Wie dem auch sei, ich möchte die Frau eines Mannes sein, der Macht und Bedeutung hat.«
Der Rest war klar, auch wenn sie ihn nicht aussprach. Der Mann, den sie heiraten würde, müßte ihre Ziele verwirklichen, selbst wenn er andere Ziele hätte. Ihre dunklen Augen sprühten, als sie sagte: »Es kann natürlich sein, daß es ein Soldat zu Berühmtheit bringt, wie zum Beispiel General Scott oder jener Yankee aus New Hampshire, der vielleicht Präsident wird. Wie war sein Name doch?«
»Pierce. General Franklin Pierce.«
Sie lächelte provozierend. »Wirst du ein solcher Soldat werden?«
Es war aus. Er wußte es. »Nein«, sagte er.
Sie war nicht auf eine solch offene und endgültige Antwort gefaßt gewesen. Sie setzte ein scheues Lächeln auf, lehnte sich an ihn, wobei sie mit ihrem Busen seinen Arm leicht streifte, als wollte sie ihn daran erinnern, was sie einem Mann zu geben wußte.
»Ich wette, du könntest es, wenn du wolltest.«
»Ich habe nicht den Ehrgeiz dazu.« Er stand auf und klopfte sich den

Staub vom Hosenboden. »Wollen wir zurückgehen? Es sieht aus, als ob es demnächst regnen würde.«
Schweigend gingen sie zum Herrenhaus zurück. Sie war verblüfft und verdrossen. In Billy breitete sich ein neues Gefühl der Ruhe aus. Sie hatte sich ihm angeboten und den Preis genannt. Sie war unergründlich und zu gefährlich für ihn. Er war vom Rand des Abgrunds zurückgetreten und fühlte sich erleichtert.
Der aufkommende Wind beraubte die neben dem Haus stehenden Eichen einiger ihrer Blätter, die um die jungen Leute herumwirbelten, als sie auf Orry stießen; er überwachte ein halbes Dutzend Sklaven, die die Fensterläden festnagelten.
»Cooper hat eben einen seiner Männer mit dem Pferd aus Charleston hierhergeschickt«, sagte Orry. »Einlaufenden Schiffen zufolge soll sich etwa 150 Kilometer vor der Küste ein schwerer Sturm zusammenbrauen. Ich habe Leute losgeschickt, um die andern Plantagenbesitzer zu warnen. Es könnte einen Hurrikan geben.«
Ashton hob den Rock hoch und rannte ins Haus. Orry beobachtete sie und kratzte sich dann im Bart. »Es sieht aus, als ob wir bereits einen Hurrikan im Haus hätten.«
Billys Lächeln war neutral. »Hast du Charles gesehen?«

Am nächsten Morgen war Ashton wieder die Liebenswürdigkeit in Person. Sie rauschte ins Eßzimmer und setzte sich neben Billy, der sich eben das letzte Stück geräucherten Schinkens einverleibte. Sie tätschelte seine Hand.
»Was machen wir heute?«
Er stand auf. »Ich geh' mit Charles auf die Jagd, mit Pfeil und Bogen. Bis heute abend.«
Als er gegangen war, zog sich ihr Magen zu einem schmerzhaften Klumpen zusammen. Sie bereute das, was sie ihm am Fluß gesagt hatte. Sie hatte ihn eigentlich prüfen wollen, hatte wissen wollen, aus welchem Holz er geschnitzt war und wie weit sie ihn herumkriegen konnte. Nicht, daß es wichtig gewesen wäre — sie liebte Billy. Auch wenn er sein ganzes Leben lang ein Leutnant wäre, würde sie ihn immer noch lieben. Für ihn würde sie ihre Träume, ihren Ehrgeiz — ja alles — hingeben.
Aber sie hatte das Gefühl, daß es zu spät war.

Billy lehnte sich schielend über den Hals seines Pferdes. Es goß in Strömen, und er sah kaum einen Meter weit. Bäume krachten, Äste knackten und segelten davon. Obwohl es kaum später als vier Uhr sein mochte, war der Himmel von einem unheimlichen, dunklen Grau überzogen.
»Da ist das Haus«, schrie ihm Charles, der vor ihm ritt, zu. Billy konnte nur den hin- und herschlagenden Schweif des Pferdes sehen. Ohne Charles wäre er verloren gewesen. Der Ritt durch den heftigen Wind hatte ihn erschöpft. Charles schrie noch irgend etwas, aber es ging in einem ohrenbetäubenden Krachen unter. Als Billy aufblickte, sah er, wie sich ein riesiger Ast von einer Eiche löste und geradewegs auf ihn zufiel. Er gab dem Pferd die Sporen. Er wurde von kleineren Zweigen getroffen, aber der schwerste Teil des Astes verschonte Roß und Reiter.
Das Pferd geriet in Panik und bäumte sich auf. Eine Hand kam aus der Dunkelheit hervor, streichelte das Tier und beruhigte es. Als der Schrecken nachgelassen hatte, fragte Charles:
»Ist alles in Ordnung?«
Billy schluckte und nickte.
Fünf Minuten später waren sie im Stall. Die andern Pferde waren unruhig. Billy und Charles übergaben ihre Pferde den verängstigten Stallburschen und legten Pfeile und Köcher auf einen Ballen Heu. Zwei nasse, müde und unglückliche Jäger. Sie hatten den ganzen Tag nur einen einzigen Rehbock gesehen. Charles hatte Billy den Vortritt gelassen, doch Billys Pfeil flog zu weit, und der Bock flüchtete. Daraufhin hatte Charles Billys Hemdzipfel entzweigeschnitten — die traditionelle Kennzeichnung eines Anfängers, der sein Ziel verfehlt hatte.
Billy war zwar verstimmt, aber der Mißerfolg überraschte ihn nicht. Den ganzen Tag war er von Gedanken an Ashton abgelenkt worden. Er sah sie jetzt realistischer und nicht mehr durch Emotionen verzerrt. Sie war immer noch ein schönes Mädchen, in mancherlei Hinsicht begehrenswert, aber sie war nichts für ihn. Er war dankbar, daß er dies gerade noch rechtzeitig entdeckt hatte.
»Gott sei Dank ist die Ernte schon eingebracht worden«, schrie Charles, als sie in Richtung Haus rannten. »Manchmal dringt das Salzwasser durch den Sturm bis hierher, und die Felder werden verseucht.«

»Ich dachte, die großen Stürme kämen im August oder im September.«
»Normalerweise ja, aber sie können auch später kommen, manchmal bis in den November hinein.«
Sie erreichten das Haus. Keuchend vor Erleichterung rannten sie hinein und sahen sich verdutzt in der Halle einer ängstlichen Gruppe von Familienmitgliedern gegenüber. »Nun, zumindest seid ihr beide sicher«, sagte George mit angespannter Stimme. Billy strich sich das nasse Haar aus dem Gesicht. »Was ist?«
Orry antwortete. »Deine Schwester wollte heute vormittag ausreiten. Ich habe ihr einen meiner Sklaven mitgegeben. Sie sind immer noch nicht zurück.«
Billy bemerkte Brett neben der Treppe. Sie blickte ihn angstvoll an, als er zu Orry sagte: »Sollen wir nochmals satteln und sie suchen gehen?«
»Ich habe die gleiche Frage gestellt«, sagte George, »aber Orry ist dagegen.«
»Mit gutem Grund.« Orry klang gereizt, als hätte ihn die leichte Kritik von George verletzt. »Virgilia kann irgendwo auf einem der Dutzend Pfade und Wege herumreiten. Ich wüßte nicht, wo ich sie zuerst suchen sollte. Abgesehen davon ist der Sturm bereits so stark, daß wir weniger als zehn Meter an ihr vorbeireiten könnten, ohne sie zu sehen. Aber wenn du möchtest, George, dann gehe ich.«
»Nein, nicht, wenn es riskant ist. Ich wollte nicht heftig sein.«
»Cuffey ist ein zuverlässiger Bursche«, sagte Orry zu den andern. »Er wird sicher einen Unterschlupf finden. Ich bin sicher, daß ihnen nichts geschehen wird.«
Irgendwo über ihnen riß der Wind einen Fensterladen weg und fegte durch ein Zimmer; Möbel fielen um, und Glas klirrte. Clarissa eilte besorgt die Treppen hoch, gefolgt von Maude und drei Hausmädchen. Brett rannte zu Charles hinüber. Billy bemerkte etwas spät, daß Ashton nicht anwesend war.
»Ich bin froh, daß ihr beide zurück seid«, sagte Brett, indem sie Orrys Arm berührte, aber Billy ansah. Er blinzelte und sah sie buchstäblich zum erstenmal. Ihre Besorgnis überraschte und freute ihn.
Tillet schlug den beiden Jägern vor, mit ihm ein Glas Whiskey zu trinken, um sich aufzuwärmen. Charles willigte begeistert ein, und

Billy schlenderte hinter ihnen her. Als er an Brett vorbeikam, ruhten seine Augen einen Augenblick auf ihr. Sie war jung, aber hübsch. Ihr Gesicht hatte im Gegensatz zu demjenigen von Ashton etwas Sanftes. Er fand sie äußerst anziehend.
Vielleicht hatte er seine Aufmerksamkeit dem falschen Mädchen geschenkt.

»Miss, wir täten besser daran umzukehren«, sagte Cuffey etwa eine Stunde, nachdem sie Mont Royal verlassen hatten.
»Nein, das hier ist so aufregend«, sagte Virgilia durch den brausenden Wind.
Cuffey schnitt eine Grimasse, aber da er sich vor ihr auf einem alten Maultier abmühte, konnte sie seine Reaktion nicht sehen.
Virgilia ritt im Damensattel. Sie hatte den jungen Schwarzen gebeten, ihr malerische Plätze am Fluß zu zeigen. Sie ritten auf einem engen, schlammigen Waldpfad. Die dichtgewachsenen Bäume hielten zwar das bereits schwächer werdende Licht ab, ließen jedoch den Regen durch.
Der Wind hatte an Heftigkeit zugenommen. Virgilia hatte noch nie einen Hurrikan erlebt, der aufkommende Sturm erregte sie jedoch auf eine vollkommen unerwartete Weise: Sie begann unter ihrem Reitkleid zu schwitzen. Ihr Korsett schmerzte sie.
»Cuffey, du hast die Frage nicht beantwortet, die ich dir vor einer Weile gestellt habe.«
»Ich mach' mir Sorgen wegen des Sturms, Miss. Ich hab' die Frage vergessen.«
Lügner, dachte sie eher mitleidig als wütend. Irgendwo hinter ihnen wurde ein Baum entwurzelt und krachte ins Unterholz. Der Boden zitterte.
»Können Sie hier eine Minute warten, Miss? Ich möchte schnell nachsehen, ob der Reitpfad nicht blockiert ist.«
Er spornte sein Maultier mit nackten Fersen an, warf einen nervösen Blick zurück und ritt davon. Ein hübscher Bursche, etwa im gleichen Alter wie Charles. Er war auch intelligent — tat aber sein Möglichstes, es zu verbergen. Er hatte offensichtlich Angst vor den Fragen, mit denen sie ihn in der letzten halben Stunde bombardiert hatte. Die Mains hatten ihn so eingeschüchtert, daß er seine scharfe, natürliche

Intelligenz verleugnete und unterdrückte. Dies war ein weiterer Grund dafür, weshalb sie die Familie und die ganze verdammte Sklavokratie haßte.

Um nach South Carolina kommen und sich das System mit eigenen Augen ansehen zu dürfen, hatte sie Freundlichkeit vorschützen und ihre Überzeugungen, Emotionen und Wünsche unterdrücken müssen. Es war ihr nicht immer gelungen. Als der hochnäsige Orry Main sie heute von ihrem Ausritt hatte abhalten wollen, hatte sie ihm höflich die Stirn geboten. Sie hatte es grundsätzlich getan und auch deshalb, weil sie sich allein mit einem Sklaven hatte unterhalten wollen. Auf seinem eigenen Grund und Boden, sozusagen. Bis jetzt war das Gespräch aber eher einseitig verlaufen.

Cuffey kam zurück und trieb sein Maultier mit einem Knüppel an. Er schien sich vor einer erneuten Gesellschaft mit ihr zu fürchten und außerdem andere Sorgen zu haben.

»Miss, jener Baum ist gerade auf ein Nest von Mokassinschlangen gefallen, die nun über den ganzen Pfad ausschwärmen. Sie haben Angst vor dem Sturm und sind gefährlich. Wir können nicht auf dem Weg zurückreiten, sondern wir müssen einen andern Weg nehmen. Es wird etwa eine Stunde länger dauern.«

»Das macht nichts. Du bist ein ausgezeichneter Führer.«

Sie lehnte sich lächelnd vor, um seine Hand zu tätscheln, doch er zog sie zurück, als ob er Feuer berührt hätte. Dann gab er dem Maultier die Fersen. »Wir können nichts anderes tun, als bis zur Straße am Fluß reiten«, murmelte er.

»Da es eine Weile dauern wird, bis wir nach Hause kommen, kannst du ja unterdessen meine Frage beantworten. Ich möchte wissen, ob du weißt, was das Wort *Freiheit* bedeutet.«

Schweigen. Nur der Regen war zu hören. Sekunden wurden zu Minuten. »Nun sag schon, Cuffey«, doppelte sie nach.

»Ich glaube schon«, erwiderte er, ohne sich nach ihr umzudrehen.

»Hast du eine Ahnung, wie dein Leben aussehen würde, wenn du frei wärst?«

»Nein, Miss, ich mach' mir keine Gedanken darüber. Ich bin glücklich hier.«

»Sieh mich an und sag das noch einmal.«

Er tat keines von beidem.

»Cuffey, ich könnte dir Geld geben, wenn du fliehen möchtest.«
Als er das hörte, wirbelte er mit seinem Maultier herum; er warf wilde Blicke um sich, als ob er den Regen durchbohren wolle.
Der arme Kerl befürchtete, daß jemand mitten im Wald zuhören könnte. Verdammt sollten sie sein! Zum Teufel mit jedem einzelnen Main, mit jedem Südstaatler, zum Teufel auch mit ihrem Bruder George. Er wurde ein richtiger Gimpel — ein Yankee mit Sympathie für den Süden. Sie würde alles hingeben, um die ganze Bande bestraft zu sehen.
Cuffey starrte sie mit großen, bittenden Augen an. »Ich würde nie davonlaufen, Miss. Mist' Tillet und Mist' Orry behandeln mich gut. Ich bin ein glücklicher Nigger.«
Wie verzweifelt das klang! Sie winkte höflich ab.
»Na gut. Geh'n wir weiter. Es gießt.«
Der Pfad führte sie tief in den Wald hinein, und es wurde zusehends dunkler. Hatte es anfänglich bloß stark geregnet, so goß es jetzt in Strömen, und sie war völlig durchnäßt. Sie erblickte zwei Hirsche, die sich nach Westen davonmachten. Das Dickicht belebte sich mit Rascheln und Knistern, als die Tiere vor dem dräuenden Sturm flüchteten.
Mit dem zunehmend heftigeren Wind wuchs auch Virgilias Wut. Sie hatte sich verstellt und falsche Versprechen abgegeben, um George dahin zu bringen, daß er sie mit in den Süden nahm. Jetzt war sie gar nicht mehr so sicher, ob sie den Rest der Ferien durchstehen konnte, ohne diejenigen, die Cuffeys Lebensgeister im Keim erstickt und seinen Mut beschnitten hatten, zu denunzieren. Sie wollte sie schlagen, verletzen —
»Was zum Teufel tust du hier, Nigger?«
Cuffey mußte am Waldrand angekommen sein. Er schrie jemanden an, den sie nicht sehen konnte. Sie ritt rasch an seine Seite und erblickte eine schöne Kutsche, die mit den Hinterrädern bis zur Nabe im Schlamm stak.
Der Kutscher saß immer noch auf dem Bock. Der Regen trommelte auf seinen kahlen Schädel, und er schwenkte das handgeschriebene Kärtchen, das er an einer Schnur um den Hals trug.
»Schrei mich nicht an, Nigger. Ich hab' meinen Passierschein.«
Virgilia saß regungslos da. Das Gesicht des Kutschers war verzerrt,

als ob er so den Regen abhalten könne. Wegen der Grimasse wurden seine Zähne sichtbar — die vier Vorderzähne fehlten. Etwas weniger feindselig sagte Cuffey: »Hab' dich nicht erkannt, Grady. Was ist geschehen?«
»Wonach, zum Teufel, sieht's denn aus? Die alte Mrs. Huntoon wollte, daß ich nach Charleston zurückfahre, damit Mr. Jim die Kutsche hat. Ich hab' ihr gesagt, daß der Sturm die Straßen aufweichen würde, aber sie wollte nicht auf mich hören.«
Virgilia hörte Empörung, ja sogar unterdrückte Wut aus diesen letzten Worten. Die Besitzer von Grady hatten *ihn* seiner Männlichkeit nicht berauben können!
Cuffey bemerkte, wie der andere Sklave Virgilia mit großem Interesse anstarrte. Eine leise Warnung lag in seiner Stimme. »Diese Dame ist ein Gast von Mont Royal. Wir sind über den Reitweg gekommen, aber er ist jetzt voller Schlangen, und wir müssen einen Umweg machen.«
»Aber jetzt lieber nicht«, empfahl ihm Grady. »Zumindest die Dame nicht. Der Sturm ist zu heftig. Sie sollte in der Kutsche warten, und ich halte Wache. Und du reitest schnell wie der Wind nach Mont Royal und sagst ihnen, daß es ihr gut geht.«
Cuffey nagte an seiner Lippe. »Ich finde, du solltest gehen.«
»Du kennst den Weg besser als ich. Geh du!«
Cuffey sah elend aus. Er hatte offensichtlich Angst, bestraft zu werden, wenn dem Besuch etwas zustieß. Aber Grady war älter und stärker und schüchterte Cuffey ein. Doch dieser gab nicht nach, bis Virgilia ihre Stimme über das Wüten des Windes und das Klatschen des Regens erhob. »Ja, Cuffey, geh! Sie werden sich Sorgen machen. Ich bin bei diesem Mann in Sicherheit!«
»Einverstanden«, sagte er. »Aber paß gut auf sie auf, Grady. Ich komm' so rasch wie möglich mit einigen Herren zurück.«
Er ritt davon. Als der Sturm das letzte *Plopp* der Hufe im Schlamm verschluckt hatte, kletterte Grady vom Bock herunter. Ohne den Blick auch nur eine Sekunde von Virgilia abzuwenden, ging er zur Kutschentür.
»Ich weiß nicht, ob Sie hier drinnen Schutz suchen möchten, Miss? Es könnte naß und schlammig sein.«
»Ja, besonders wenn die Tür nicht gut schließt.« Sie versuchte ihm

mit ihrer Mimik und ihren Blicken zu zeigen, daß er keine Angst zu haben brauchte.
Er blickte sie kurz und prüfend an und packte dann mit beiden Händen den Türrahmen. Er zog heftig. Als er losließ, fiel die Tür in den Schlamm und war nur noch durch die unterste Angel mit der Kutsche verbunden. Die zwei anderen Angeln waren losgerissen.
Er zeigte mit dem Finger darauf. »Jetzt schließt sie bestimmt nicht mehr. Und das Wasser wird auch eindringen.«
»Was ist —« sie schluckte — »was ist, wenn Cuffey sich daran erinnert, daß die Tür vorher nicht kaputt war?«
»Er ist zu aufgeregt, um sich an etwas zu erinnern. Und wenn doch, wird er nichts sagen. Dafür werde ich sorgen.«
Ihr schwindelte beinahe vor Erregung. »Wo können wir hin?«
»Nicht weit von hier ist eine alte, verlassene Mühle. Ich werde Wache stehen, wenn die andern wieder auftauchen, aber das wird mindestens noch ein paar Stunden dauern.« Er blickte sie noch einmal lange an, ergriff dann die Zügel ihres Pferdes und ging in Richtung Straße.
»Ich heiße Grady.«
»Ja, ich weiß.«
Er drehte sich um und lächelte ihr zu.

Die alte Mühle war voller Spinnweben, und es roch nach Schimmel. Das Dach hingegen war noch dicht und bot einen ausgezeichneten Schutz.
Virgilia war nervös wie ein Schulmädchen beim ersten Walzer — eine für sie ungewöhnliche Reaktion. Der Grund war Grady: Er sah so wild und doch so edel aus. Edel, obwohl seine Hände und Füße schmutzig und seine Kleider zerrissen waren.
Mit einem zynischen Blick fragte er: »Weshalb wollen Sie es tun?«
»Grady, Grady«, sie fuhr ihm mit der Handfläche über den kräftigen, nassen Unterarm, »sieh mich nicht so an. Ich will dir helfen.«
»Es gibt keinen weißen Mann und auch keine weiße Frau, die einem Nigger helfen würden. Nicht in South Carolina.«
»Im Norden ist es anders.«
»Kommen Sie von dort?«
»Ja. Im Norden haßt man die Sklaverei. Ich hasse die Sklaverei. Ich

gehöre Organisationen an, die geflüchteten Sklaven helfen, ein neues Leben anzufangen. Ein Leben als freie Menschen.«
»Ich habe mir ein- oder zweimal überlegt, ob ich in den Norden gehen sollte. War mir nicht sicher, ob das Risiko es wert ist.«
Sie ergriff mit beiden Händen seinen Arm und preßte ihn stark. »Glaub mir, es lohnt sich.«
»Sie wollen mir also bloß helfen? Ist das alles?«
»Nein«, flüsterte sie, »du weißt, daß das nicht alles ist.«
Er grinste. »Aber ich frage mich immer noch warum. Bin ich Ihr erster Nigger?«
»Sei nicht so eingebildet!«
Ihre etwas heftige Reaktion provozierte ein polterndes Lachen. »Nun, Sie sind nicht gerade die hübschcste Frau, die mir je begegnet wäre . . .«
Sie biß sich auf die Lippen und quittierte die Beleidigung mit einem Lächeln. Er stellte die Machtverhältnisse klar.
». . . aber dafür haben Sie den wärmsten Blick.« Er streichelte mit den Fingerknöcheln sanft ihre Wangen. »Ich hätte nichts dagegen, mehr von Ihnen zu sehen.«
Einen Augenblick später entledigte sich Virgilia ihrer Beinkleider. Mit beiden Händen hob sie ihr Reitkleid und ihren Unterrock hoch. Grady lächelte nicht mehr.
»Oh! Ich glaube, ich war vorhin nicht besonders liebenswürdig. Sie sind doch hübsch!«
»Nein, bin ich nicht. Aber das macht nichts.«
»Aber ich muß Ihnen die Wahrheit sagen, Miss Virgilia. Ich bin noch nie mit einer weißen Frau zusammengewesen.«
»Dann komm«, sagte sie und wippte leicht mit dem Kleid.
Die Zeit existierte nicht mehr für sie, als sie ihn wieder und wieder in sich aufnahm. Und der Hurrikan tobte.

Auf die von Wind und Regen geschüttelte Nacht folgte ein sanftes, leises Morgenrot. Als es tagte, kamen George, Billy und Cuffey zur Mühle geritten. Grady stand draußen Wache.
»Wir haben stundenlang gesucht!« schrie Orry vorwurfsvoll. »Weshalb sind Sie nicht bei der Kutsche geblieben?«
Grady antwortete respektvoll: »Sir, wollt' ich tun. So wie ich es auch

Ihrem Nigger gesagt hab'. Aber die Kutschentür ging kaputt, und Wasser und Schlamm drangen ein. Kein geeigneter, trockener Platz für 'ne weiße Dame. Ich erinnerte mich an diese alte Mühle, und wir kamen hierher, gerade bevor der Sturm so richtig losging. Ich wußte, daß Sie 'n bißchen Schwierigkeiten haben würden, uns zu finden, aber ich wußte auch, Sie würden hier lang kommen, und Sie würden mich seh'n oder ich Sie. Bin die ganze Nacht hier Wache gestanden. Die Dame ist drin, es geht ihr gut. Sie wird Hunger haben, aber sonst geht es ihr gut.«

Innerlich lachte er. Immer wenn er mit einem weißen Mann redete, verschluckte er Silben. Sie hatten dann das Gefühl, daß sie es mit einem dieser dummen, treuherzigen Neger zu tun hatten. Das Täuschungsmanöver funktionierte hervorragend.

Virgilia trat aus der Mühle heraus und gab vor, sehr erleichtert zu sein. Sie bedankte sich bei Grady für seine Höflichkeit und Loyalität. George sah erleichtert aus, als sie wieder hineinging, um ihre nassen Schuhe und Strümpfe zu holen — das einzige, das sie zum Schlafen ausgezogen hatte, wie sie sagte.

Der Sturm hatte der Küste entlang am schlimmsten gewütet. Als er über den Ashley und Mont Royal hinweggefegt war, hatte er zwar Bäume entwurzelt und Straßen blockiert, die Häuser aber nur leicht beschädigt. Die Sturmflut war nicht heftig genug gewesen, um das Salzwasser bis zu den Reisplantagen flußaufwärts zu treiben. Alles in allem konnten die Mains dankbar sein, daß ihnen das Schlimmste wieder einmal erspart geblieben war.

Am Mittwoch der letzten Ferienwoche der Hazards kündigte Virgilia an, daß sie mit der Schaluppe nach Charleston fahren würde, um einige Einkäufe zu erledigen, und bat um ein Hausmädchen als Begleiterin. Virgilias Verhalten war Maude ein Rätsel. Aber schließlich hatte sie sich während der ganzen Reise merkwürdig benommen, dachte Maude. Nun, vielleicht wollte sie nach Charleston, um für die Mains Geschenke zu kaufen? Maude hatte vor, ihre Geschenke von Lehigh Station abzuschicken. Wenn es ihrer Tochter ein Bedürfnis war, ihre Dankbarkeit schon vor der Rückkehr nach Hause auszudrücken, so wollte sie sie beileibe nicht daran hindern. Die Änderung in Virgilias Benehmen war viel zu positiv, als daß sie hätte eingreifen mögen.

Es erwies sich als doch nicht so einfach, von ihrer Anstandsdame wegzukommen, wie Virgilia sich vorgestellt hatte. Sie mußte warten, bis das Mädchen eingeschlafen war, was länger dauerte als erwartet. Schließlich schlich sich Virgilia aus dem Zimmer und die Hoteltreppe hinunter.

Die weiße Frau, die allein zu später Stunde durch die Meeting Street hastete, lenkte natürlich Blicke auf sich, aber sie würde diese Menschen ja nie wiedersehen. Ihre vor kurzem entbrannte Leidenschaft war stärker als ihre Angst vor einem möglichen Entdecktwerden. Sie traf Grady, der im Dunkel eines Torbogens kauerte, in einer Allee in der Nähe des Dock-Street-Theaters. Sie hatten in der Mühle Ort, Tag und Stunde ihres Treffens vereinbart. Er schnauzte sie an: »Du bist zu spät!«

»Es ging nicht anders. Hattest du Schwierigkeiten, dich aus dem Haus zu schleichen?«

»Nein, das war nicht schwierig, aber für Nigger begann vor einer halben Stunde Ausgehverbot. Mein Passierschein ist seit zwei Wochen nicht mehr gültig. Wir hätten uns tagsüber treffen sollen.«

»Bei Tageslicht könnten wir dies nicht tun.« Sie legte ihm die Arme um den Hals und küßte ihn wild. »Wir hätten Monate warten müssen, bis sich eine Gelegenheit geboten hätte. Aber wir haben beschlossen, daß es heute sein sollte, und wir haben die Entscheidung zusammen getroffen, erinnerst du dich?«

»Ja.«

Sie küßte ihn wieder und öffnete dann ihre Handtasche. »Da. Das ist alles Geld, das ich habe. Auf diesem Stück Papier steht eine Adresse für Philadelphia. Ein sicheres Haus, das von Quäkern geführt wird. Von Freunden«, verbesserte sie sich, als sie merkte, daß er den andern Begriff nicht verstand.

Er befingerte schüchtern den Zettel. »Das kann ich nicht lesen. Ich kann überhaupt nicht lesen.«

»O Gott, daran hab' ich nicht gedacht.«

»Aber in klaren Nächten finde ich immer den Polarstern.«

»Natürlich! Frag bei einer Kirche nach, wenn du dich verlaufen hast. Kirchen sind zwar nicht immer der geeignete Ort für Ausreißer, aber ich weiß im Moment nichts Besseres — oder etwas, das leichter zu erkennen wäre. Nun zum Essen. Kennst du die Zahlen?«

Er schüttelte den Kopf.
»Es kann also sein, daß man versucht, dich zu betrügen, wenn du Essen kaufst und nicht mit dem Geld umgehen kannst. Das könnte sogar Verdacht erregen. Stehlen wäre vielleicht weniger riskant, aber das mußt du selbst entscheiden.«
Er vernahm die Angst in ihrer Stimme und klopfte ihr sanft auf die Schulter. »Ich werde mir schon zu helfen wissen. Mach dir keine Sorgen. Jetzt habe ich einen guten Grund, um nach Norden zu gehen.«
Sie umarmten sich wieder, lange und innig. Sie preßte die Wange gegen sein sauberes Arbeitshemd. »Du hast mehr als nur einen Grund, Grady. Ich werde dir im Norden Schreiben und Rechnen beibringen. Du wirst neue Zähne bekommen, und dann bist du der schönste Mann der Welt.«
Sie trat einen Schritt zurück und betrachtete ihn im schwachen Lichtschein der Allee. »Ach, ich hab' dich so gern.«
Es überraschte sie. Weshalb war es so gekommen? Weil sie den Mains und Konsorten eins auswischen wollte? Weil sie sich total für eine Sache engagieren wollte? Es war beides und noch etwas mehr.
Mit einem verlegenen Lächeln flüsterte er: »Manchmal habe ich das Gefühl, daß wir beide einmal in der Hölle büßen müssen.«
Es klang eher traurig. Sie versuchte ihn aufzumuntern. »In der Hölle des weißen oder jener des schwarzen Manns?«
»In der Hölle der Weißen. Ich habe gehört, dort soll es viel netter sein. Aber es kommt letzten Endes wohl auf dasselbe heraus.«
»Nein. Wir werden ein glückliches und sinnvolles Leben zusammen führen.«
Und George oder wer auch immer soll ja nicht versuchen, uns davon abzuhalten.
Ein Schatten tauchte am Ende der Allee auf. Eine Laterne blitzte auf.
»Wer ist das?«
»Lauf, Grady!« flüsterte sie ihm zu. Er verschwand in der Dunkelheit.
Sie zählte bis zehn. Ihr Herz klopfte wie rasend, als der Schatten sich näherte. Sie schmiß ihre Handtasche weg und rief: »Polizist? Bitte hierher. Ein Junge hat meine Handtasche geschnappt, und ich habe ihn verfolgt.«
Sie hatte Grady ihr ganzes Geld gegeben. Die Geschichte würde ein-

leuchten. Der schwerfällige Polizist kam keuchend auf sie zu und leuchtete mit der Laterne in ihre Augen.
»Ein Nigger?«
»Nein, ein Weißer. Etwa fünfzehn, schätze ich. Am linken Ohrläppchen trug er einen kleinen Goldring. Ich mache jede Wette, daß er ein Schiffsjunge auf einem der Dampfer dort drüben ist. Bitte leuchten Sie mit Ihrer Laterne mal dort hinüber — ich glaube, ich sehe etwas.«
Einen Augenblick später zeigte sie ihm die Handtasche.
»Alles Geld weg. Es war dumm von mir, das Hotel zu verlassen, um frische Luft zu schnappen. Ich dachte, Charleston wäre für weiße Frauen nach der Sperrstunde für Sklaven sicher.«
Der Polizist fiel auf ihr geschicktes Täuschungsmanöver herein. Er stellte keine weiteren Fragen und begleitete sie sogar zum Hotel zurück.
Zwei Tage später tauchte der Besitzer von Grady in Mont Royal auf.

29

Als der Besucher angekündigt wurde, hatten sich Orry und die andern gerade um den Eßzimmertisch versammelt, wo Virgilia die Geschenke für die Familie ausgebreitet hatte. Bis jetzt hatte bloß Tillet sein Geschenk ausgepackt: eine teure Seidenkrawatte.
Orry stand auf. »Entschuldigt mich bitte, ich will nachsehen, was er will.«
»Ich kann es mir nicht vorstellen«, sagte Tillet. »Glaubst du, es könnte etwas mit Gradys Flucht zu tun haben?«
»Wieso?« entgegnete Clarissa. Dann bemerkte sie, wie ihr Gatte Virgilia anstarrte, die sich, ohne dazu aufgefordert worden zu sein, am Kopfende des Tisches niedergelassen hatte. Sie schürzte in eigenartiger Weise die Lippen. Blasiert, dachte Clarissa im geheimen. Auch George fiel es auf, und er runzelte die Stirn.
Orry ging in die Halle hinaus. »James, guten Morgen.«
Er ergriff Huntoons Hand, die sich wie gewöhnlich weich anfühlte und zudem überraschend feucht war. Trotz des kühlen Wetters schwitzte der Besucher stark. Seine Brillengläser waren beschlagen.

Als er sie an einem Zipfel seines Mantels abwischte und mit einer ruckartigen Bewegung wieder aufsetzte, wunderte sich Orry, wie Ashton es mit einem solchen Weichling aushalten konnte.
»Was führt Sie hierher?« fragte Orry.
»Ich komme nicht aus gesellschaftlichen Gründen. Ist Ihnen bekannt, daß einer meiner Nigger davongerannt ist?«
»Ja. Grady. Wir haben es vernommen. Tut mir leid.«
»Es scheint mir kein reiner Zufall zu sein, daß ein Nigger, der früher nie die leisesten Anzeichen von Unzufriedenheit zeigte, gerade dann ausreißt, wenn Sie Besuch aus dem Norden haben.«
Orry nahm eine straffe Haltung an. »James, Sie wollen doch nicht etwa unterstellen —«
»Ich unterstelle gar nichts«, unterbrach ihn Huntoon. »Ich sage es geradeheraus.«
Durch die offene Tür hatte er die Mains und ihre Gäste erspäht, und seine Stimme war so laut, daß man ihn hören konnte. Und schon wurde ein Stuhl beiseite geschoben. Orry erkannte den schweren Tritt seines Vaters.
Huntoon fuhr fort: »Ich bin überzeugt, daß jemand Grady dazu ermutigt hat, fortzurennen. Mehr noch, ich glaube, daß dieser Jemand in diesem Haus zu Gast ist.«
Tillet tauchte auf, gefolgt von den andern. Huntoon warf ihnen finstere Blicke zu.
»Orry, es ist allgemein bekannt, daß einer Ihrer Gäste aus dem Norden sich für die Befreiung der Nigger im Süden einsetzt. In jener Nacht, als der Sturm wütete, hat Grady bei eben diesem Gast angeblich Wache gehalten.« Huntoon schritt an ihm vorbei. »Ich möchte mich direkt an Sie wenden, Miss Hazard. Haben Sie meinem Sklaven zur Flucht verholfen?«
Orry packte Huntoon am Arm. »Moment mal, James. Sie können nicht hier hereinplatzen und meine Gäste ins Kreuzverhör nehmen. Es ist mir klar, daß Sie einen finanziellen Verlust erlitten haben, aber das ist keine Entschuldigung für —«
»Sie soll antworten«, entgegnete Huntoon unwirsch.
Die andern standen im Halbkreis um ihn herum. Ashton betrachtete Virgilia mit unverhohlener Feindseligkeit. Billy war ebenfalls wütend, aber auf Huntoon. Tillet blickte unglücklich. Clarissa war ver-

wirrt, George bestürzt, Virgilia hatte trotzig das Kinn vorgeschoben. Orry faßte sich und sagte: »Nein, James. Nicht bevor Sie uns einen Grund genannt haben.«
Huntoons Wangen röteten sich. »Wozu?«
»Es fällt mir schwer zu glauben, daß Sie nur wegen einer Vermutung gekommen sind, um gerade hier nach dem Schuldigen zu suchen.«
Blitzschnell antwortete Huntoon: »Es ist mehr als eine Vermutung. Erstens hat Miss Hazard, wie bereits gesagt, eine ganze Nacht in Begleitung meines Niggers verbracht — etwas, auf das sich eine weiße Frau aus dem Süden nie einlassen würde, aber das ist ja nebensächlich. Ich nehme an, sie hat Grady irgendwelche Flausen in den Kopf gesetzt —«
»Virgilia, bist du dir im klaren darüber, was dieser Mann sagt«, unterbrach ihn George.
Sie lächelte unbeirrt. »Völlig.«
»Dann sag ihm um Himmels willen, daß es nicht stimmt.«
»Weshalb sollte ich? Weshalb sollte ich auf sein Gewäsch eingehen?«
Orry bekam Magenschmerzen. Sie hatte nicht gesagt, daß sie ohne Schuld sei. Auch George war das klar, und er sah dementsprechend aus.
»Nun«, sagte Huntoon selbstgefällig, »da haben wir ein weiteres Beweisstück. Aus verläßlicher Quelle weiß ich, daß Miß Hazard an dem Abend in der Stadt war, als Grady aus Charleston flüchtete; er trug einen alten Passierschein bei sich, den ich leider zu vernichten vergessen habe.«
Das stimmte, erinnerte sich Orry.
Huntoons Stimme wurde lauter. »Sie war nur von einem Niggermädchen dieser Plantage begleitet, einem Mädchen, das wegen seiner rassentypischen Dummheit leicht getäuscht werden kann. Ferner bin ich informiert worden, daß dieses Mädchen an dem fraglichen Abend kurz nach neun aufgewacht ist und dabei entdeckt hat, daß Miß Hazard nicht mehr im Hotelzimmer war. Was, glauben Sie, hat sie zu so später Stunde anderes draußen getan, als meinem Sklaven zur Flucht verholfen?«
Huntoon ging energisch auf Virgilia zu. »Weshalb geben Sie darauf keine Antwort, Miß Hazard?«
»Ja, warum nicht«, sagte Ashton. »Es ist an der Zeit, daß Sie unsere Gastfreundschaft mit der Wahrheit entgelten.«

Tillet zupfte seine Tochter am Ärmel. »Halt dich da raus.« Aber sie war schon an ihm vorbeigeschlüpft und hatte sich, offensichtlich Partei ergreifend, bei Huntoon eingehakt.
Orry starrte seine Schwester an und begriff nun endlich, weshalb Huntoon ausgerechnet nach Mont Royal gekommen war. Ashton, die sich in ihrem Verdacht durch einige bruchstückhafte Informationen bestätigt sah, hatte ihn dazu aufgefordert. Ihr Benehmen schockierte ihn zwar, aber es überraschte ihn keineswegs. Es war längst klar gewesen, daß Ashton Virgilia nicht leiden konnte.
Orry erging es ähnlich. Virgilia trug immer noch eine blasierte Miene zur Schau. Er räusperte sich. »Es wäre vielleicht nicht schlecht, wenn Sie James' Frage beantworten würden, Virgilia.«
»Beantworten? Wie?«
»Indem du sagst, daß es nicht stimmt!« platzte George heraus.
»Weshalb sollte ich?«
»Verdammt noch mal, Virgilia, hör endlich auf zu lächeln!« George achtete nicht darauf, wie seine Frau hörbar Atem holte. »Verdirb nicht alles. Sag, daß es nicht stimmt!«
»Das werde ich nicht.« Sie stampfte. »Ich lasse mich von diesem Mann nicht einschüchtern und tyrannisieren, wenn er selber Dreck am Stecken hat. Wie kann er etwas von Schuld faseln, wenn er sich Leibeigene hält?«
In einem Anflug von Verzweiflung sagte Constance: »Es stellt ja niemand deine Prinzipien in Frage. Aber sei doch vernünftig und vergelte die Großzügigkeit der Mains nicht mit Feindseligkeit und schlechten Manieren.«
»Tut mir leid, Constance, aber ich tue, was mein Gewissen mir sagt.«
Sie ist ebenso verrückt wie Huntoon, dachte Orry. Der Rechtsanwalt trat dicht an Virgilia heran.
»Sie haben es getan, nicht wahr? Deshalb wollen Sie es nicht leugnen.«
»Das werden Sie nie erfahren, Mr. Huntoon«, sagte sie mit einem liebenswürdigen Lächeln.
»Was haben Sie meinem Nigger sonst noch alles gegeben? Ihre Gunst? Haben Sie mit ihm gevögelt, um ihm Ihre egalitäre Haltung zu beweisen? Das würde mich bei einer Abolitionistenhure nicht wundern.«

Billy und seine Schwester waren einander noch nie sehr nahe gestanden, aber das war zu viel für ihn. Mit einem Schrei stürzte er sich auf Huntoon.
Ashton kreischte und versuchte Billy wegzuschubsen. Aber er war zu stark für sie. Huntoon sprang zurück, so daß Billy seine Gurgel verfehlte und ihm lediglich die Brille von der Nase riß. Sie fiel zu Boden, und die Gläser funkelten im Licht. Als George dazwischensprang, um Billy am Arm zu packen, wurden sie zermalmt.
»Hör auf! Reiß dich zusammen! Laß ihn!«
»Aber er beschimpft Virgilia!« keuchte Billy.
George stellte sich vor seinen Bruder hin und hob seinen linken Arm wie eine Eisenbahnschranke.
Tillet hob die kaputte Brille auf und hielt sie Huntoon mit spitzen Fingern hin.
»Bitte gehen Sie, James«, sagte er. »Sofort.«
Huntoon fuchtelte mit der kaputten Brille in Virgilias Richtung. »Sie hat dazu beigetragen, daß ich mein Eigentum verloren habe. Und der junge Raufbold hat mich angegriffen. Ich fordere Genugtuung. Mein Sekundant wird sich mit Ihnen in Verbindung setzen.«
»Es wird kein Duell geben«, sagte Orry. Vetter Charles, der schweigend im Hintergrund stand, war enttäuscht.
Billy schüttelte seinen Bruder am Arm. »Warum nicht? Ich will mit ihm kämpfen. Ich bring' den verdammten Hurensohn um.«
Huntoon schluckte hörbar. Ashton warf Billy einen überraschten, beinahe bewundernden Blick zu, drehte sich dann um und drängte ihren Freier zur Tür. Er schimpfte und tobte, doch einige Augenblicke später saß er in seiner Kutsche. Der erschrockene Kutscher gab dem Gespann die Peitsche.
Eine Staubwolke wirbelte auf, und Orry sagte den Hazards unumwunden, was gesagt werden mußte:
»Wenn Huntoons Anschuldigungen bekanntwerden, wird die Nachbarschaft stark darauf reagieren. Es wäre weise, wenn Sie noch heute nach Charleston abreisen würden.«
»In einer Stunde sind wir soweit«, sagte George.
Er schob Billy zur Treppe. Virgilia folgte ihren Brüdern geräuschlos; sie trug immer noch ihr königlich arrogantes Lächeln zur Schau. Was Orry am meisten beunruhigte, war die Reaktion seines Freundes auf

die Warnung. George schien verärgert. Orry schüttelte den Kopf, fluchte und ging nach draußen, um frische Luft zu schnappen.

Dreiviertel Stunden später machte sich George, etwas ruhiger geworden, auf die Suche nach seinem Freund. Er fand Orry in einem Schaukelstuhl auf der Veranda. Die Kutsche stand auf dem Torweg bereit, und die Hausbediensteten waren dabei, das Gepäck auf dem Dach zu verstauen.

Orry hatte den einen Fuß auf einen Stuhl gelegt und die Augen mit der rechten Hand abgeschirmt. Seine Haltung drückte ein Gefühl der Niederlage aus. George drehte verlegen den Hut in seinen Händen.

»Vor unserer Abreise hat mir Virgilia versprochen, daß sie dich und deine Familie in keiner Weise kompromittieren würde. Nun hat sie ihr Versprechen gebrochen, aber vielleicht wollte sie das schon von Anfang an. Tatsache ist, daß ich nicht weiß, was ich tun soll. Ich habe eben mit ihr gesprochen, aber sie zeigt kein bißchen Reue; sie scheint eher noch stolz auf ihr Benehmen zu sein, was meiner Meinung nach unverzeihlich ist.«

»Ich schließe mich deiner Meinung an.«

Orrys direkte Antwort bewirkte, daß George die Schamröte ins Gesicht schoß. Orry stand abrupt auf; er schien jetzt gar nicht mehr niedergedrückt. »Nun ja, ich weiß, daß du nichts damit zu tun hast, und Grady wird man ohnehin bald erwischen. Es tut mir leid, daß es geschehen ist, aber es ist nun mal so, und wir können nichts daran ändern.«

»Außer, daß meine Schwester in Zukunft nicht mehr nach South Carolina kommt.«

»Ja, das wäre nicht schlecht.«

George sprach für beide, als er sagte: »Wir leben in einer schlimmen Zeit. Die Unruhe wird mit jedem Tag größer — und wir stoßen immer wieder auf Fragen, auf die es offensichtlich keine Antwort gibt. Ich möchte jedoch nicht, daß diese Fragen einen Keil zwischen unsere Familien treiben.«

Orry seufzte: »Ich auch nicht. Und ich mache dich auch nicht für das Betragen deiner Schwester verantwortlich.« Aber irgendwo blieb ein bitteres Gefühl zurück.

»Wirst du nächsten Sommer mit deiner Familie wieder nach Newport kommen? Ich werde dafür besorgt sein, daß Virgilia anderswo ist.«

Orry zögerte mit der Antwort: »Wenn sich bis dahin nichts verändert hat — ja, ich will's versuchen.«

»Schön!«

Die beiden Freunde umarmten einander. George setzte den Hut auf. »Wir tun besser daran zu verschwinden, bevor Huntoon mit einer ganzen Meute anrückt, um uns zu lynchen.«

»Wir kennen keine Lynchjustiz im Süden!«

»Beruhige dich, Orry. Es war bloß ein Scherz.«

Orry wurde rot. »Tut mir leid. Ich bin im Moment etwas empfindlich. Das scheint in letzter Zeit im Süden an der Tagesordnung zu sein.«

Maude und Constance traten, gefolgt von der Amme und den Kindern, aus dem Haus. »Sind alle bereit?« fragte George seine Frau.

»Nicht ganz«, antwortete sie, »wir können Billy nicht finden.«

Billy hastete eben durch den Verbindungsgang zwischen dem Herrenhaus und dem Küchengebäude. Eines der Hausmädchen hatte ihm gesagt, daß Brett beim Backen half.

»Billy?« Einen Augenblick lang dachte er, es sei Brett, doch dann sah er Ashton um die Ecke biegen. »Ich habe dich überall gesucht.«

Sie ließ ihren Reifrock, den sie beim Laufen hochgehoben hatte, fallen und betrachtete ihn prüfend. »Oh, wie hübsch du in deinem Reiseanzug aussiehst.«

»Es tut mir leid, daß wir unter diesen Umständen abreisen müssen.« Er hatte Mühe, die Worte hervorzubringen, und fühlte sich in ihrer Anwesenheit höchst unbequem. »Ich weiß, daß Virgilia euer Vertrauen mißbraucht hat, aber ich konnte einfach nicht zusehen, wie dein Freund sie beschimpfte.«

Er hatte erwartet, daß Ashton ihm widersprechen würde, und war überrascht, als sie nickte. »Auch mein Temperament ist mit mir durchgegangen. Ich hätte nicht — ich weiß nicht, warum ich es getan habe. James Huntoon ist mir völlig wurst.«

Die Spannung wich etwas, und Billy gelang es zu lächeln. »Dann bist du aber eine gute Schauspielerin.« Natürlich war ihm das schon längst klar. »Ich wünschte, dein Bruder und George hätten mir gestattet, mit Huntoon zu kämpfen. Ich gehe nicht schlecht mit der Pistole um.«

»Ach, James ist viel zu hasenfüßig für ein Duell. Nichts als Schall

und Rauch — wie die meisten Politiker, mit denen er herumrennt. Du bist anders —«
Sie fingerte unter der Samtmanschette an seinem Handgelenk herum. »Du bist tapfer. Ich bewundere Tapferkeit bei einem Gentleman. Tapferkeit und Stärke —«
Ihr Zeigefinger spielte mit dem Haar auf seinem Handgelenk. Sie wollte ihn und versuchte, ihm dies mit ihrem Blick, ihrem Mund und ihrem Streicheln zu sagen. Sie versuchte, ihn zu sich zurückzuholen. Der Versuch scheiterte.
»Danke für deine Worte, Ashton, aber ich muß jetzt gehen. Ich hab' noch etwas in der Küche zu erledigen.«
»Oh, hast du Hunger?« fragte sie mit einem spröden Lächeln. »Man sagt, daß junge Burschen immer Hunger haben.« Sie betonte das Wort *junge*.
Die Beleidigung brachte ihn zum Erröten. »Entschuldige mich jetzt bitte.« Er drehte sich um und eilte davon. Es war aus mit ihm. Der abrupte Abschied hatte auch die geringste Hoffnung zerstört. Ihre Augen füllten sich mit Tränen, die sie vergeblich zurückzuhalten versuchte.

Billy kam sich irgendwie idiotisch vor, als er auf der Suche nach der einen vor der andern Schwester flüchtete. Aber er war entschlossen, Brett zu finden. Wie würde sie reagieren? Wütend? Mit Verachtung? Er konnte sich nur das eine oder das andere vorstellen, und doch rannte er geradewegs in die dampfende und lärmige Küche hinein, wo eine stattliche Anzahl Haussklaven an den verschiedensten Töpfen herumhantierten. Auf dem Herd brodelte Suppe in riesigen Kesseln. Ab und zu drang ein Windstoß durch den Kamin und erfüllte den Raum mit beißendem Rauch. Durch eine solche Rauchwolke hindurch sah er Brett beim Teigkneten.
»Sir, was kann ich für Sie tun?« fragte eine dralle Köchin mit Schielaugen, offensichtlich hatte sie etwas dagegen, daß ein Fremder in ihr Revier einbrach.
»Ich möchte Miss Main sprechen.«
Brett schaute auf, sah ihn und wurde nervös. Mit der Schürze wischte sie sich das Mehl von der Wange. Als sie um den Tisch mit dem großen Hackbrett herumhastete, tauschten die Köche und Gehilfen verstohlen amüsierte Blicke.

»Ich wollte dir noch auf Wiedersehen sagen«, sagte Billy. Sie strich sich einige Haarsträhnen aus der Stirn. »Ich dachte, du würdest dich von Ashton verabschieden.«
»Sie ist die Freundin von Mr. Huntoon.« Der Rauch reizte ihn so stark, daß er husten mußte. Brett ergriff spontan seine Hand.
»Komm, wir gehen nach draußen. Es ist höllisch heiß hier drinnen.«
Das Wort höllisch ließ vermuten, daß sie entweder kühn oder nervös war. Billy entschied sich für letzteres.
Der kühle Herbstwind wirkte erfrischend. Langsam wich die Röte aus Bretts Gesicht. »Ich sehe bestimmt schrecklich aus. Ich hatte nicht erwartet, daß mich jemand aufsuchen würde.«
»Ich mußte dich einfach vor der Abreise noch sehen. Virgilia hat diese Ferien zwar verdorben, aber ich möchte nicht, daß damit auch die Freundschaft zwischen unsern Familien zugrunde geht. Wir sind ja erst dabei, uns kennenzulernen.«
»Wirklich? Du meinst —«
Sie wäre am liebsten auf der Stelle gestorben. Im entsetzlichen Bewußtsein ihres totalen Mangels weiblicher Grazie konnte sie kaum zwei Worte hintereinander aussprechen. Wie häßlich sie aussehen mußte, mit all dem Mehl und der Hefe im Gesicht. Aber sie war wirklich nicht auf diesen Besuch gefaßt gewesen, und das hatte sie ihm gesagt. Sie hatte zwar oft davon geträumt, daß er sie bemerken würde — aber um Himmels willen nicht, wenn sie schwitzend in der Küche stand.
»Ich hoffe, wir sind, wir werden —« Auch bei Billy war die Verlegenheit stärker. Er gab auf und lachte, und damit war das Eis gebrochen.
»Niemand macht dich für das Benehmen deiner Schwester verantwortlich«, sagte Brett.
Er betrachtete ihre Augen. Wie hübsch sie waren, und ganz ohne Falschheit. Sie war nicht so aufregend attraktiv wie Ashton und würde es auch niemals sein. Und doch strahlte sie eine gewisse Schönheit aus, dachte er, eine einfache und natürliche Schönheit, die teils auf ihren scheuen, sanften Blick und teils auf ihr liebevolles Lächeln zurückzuführen war. Es war eine Schönheit, die — im Gegensatz zu derjenigen ihrer Schwester — dem Alter standhalten würde. Es war eine Schönheit, die wie ein klarer, ruhiger Strom direkt zu ihrem Herzen führte.

So sah er es wenigstens durch sein romantisches Auge.

»Es ist lieb von dir, dies zu sagen, Brett. Virgilia hat sich völlig unmöglich benommen. Aber wir alle möchten, daß ihr nächsten Sommer wieder nach Newport kommt. Ich habe mich gefragt, ob —«

Die Hintertür des Herrenhauses öffnete sich, und das Kindermädchen streckte den Kopf durch die Tür.

»Master Billy? Wir haben Sie gesucht. Wir sind startbereit.«

»Ich komme.«

Die Tür wurde wieder geschlossen. Er ließ alle Vorsicht fallen. »Wenn Orry nach Newport kommen sollte, kommst du dann auch?«

»Ich hoffe es.«

»Inzwischen — ich kann zwar nicht gut schreiben — könnte ich dir vielleicht ab und zu einen Brief schicken?«

»Das wäre schön.«

Ihr Lächeln war so sanft, daß eine Welle der Freude ihn durchflutete. Dürfte er sie küssen? Doch statt seinem Impuls nachzugeben und ihr einen Kuß auf die Wange zu drücken, bückte er sich, ergriff ihre Hand und drückte wie ein romantischer Ritter seine Lippen darauf. Dann rannte er wie der Teufel los — hauptsächlich, um seinen knallroten Kopf zu verbergen. Brett drückte ihre Hände auf den Busen und starrte ihm glückstrahlend nach. Endlich wandte sie sich um und ging ins Haus zurück.

In jenem Moment wurden die Sonnenstrahlen von den Fensterscheiben rotgolden reflektiert. Es war unmöglich festzustellen, ob jemand am Fenster stand. Aber Ashton konnte das nicht wissen. Da sie befürchtete, von ihrer Schwester entdeckt zu werden, zog sie rasch ihren Kopf von der Scheibe weg, durch die sie das ganze widerliche Schauspiel zwischen ihrer Schwester und Billy Hazard betrachtet hatte.

Brett war bald aus ihrem Blickfeld verschwunden, aber Ashton starrte noch lange regungslos auf das Fenster. Das durch den Spitzenvorhang fallende Sonnenlicht warf ein Schattenmuster auf ihr Gesicht — wie ein Spinnennetz. Doch ihre harte Mundlinie und die halb geschlossenen Augen verrieten ihre Wut.

»Papa, was wollte der Mann mit dem Schnurrbart?«

Die Frage kam von dem kleinen William Hazard, der sich an die Bei-

ne seines Vaters schmiegte. Patricia saß auf Georges Schoß, die Arme um seinen Hals und den Kopf müde auf seiner Schulter. Die beiden Kinder trugen Nachthemden aus Flanell.
In Belvedere roch es weihnachtlich nach frischen Tannenzweigen. Im Wohnzimmer vermischte sich der Duft mit demjenigen des Apfelbaumholzes im Kamin und dem Geruch von frischer Seife, der von den Kindern kam.
»Er wollte, daß ich wieder Soldat werde«, sagte George. William wurde ganz aufgeregt. »Wirst du wieder Soldat werden?«
»Nein. Einmal ist genug. Ins Bett mit euch beiden.«
Er gab jedem Kind einen herzhaften Kuß und einen Klaps auf den Po, damit sie sich beeilten. Constance wartete auf sie in der Halle. Sie warf George ein Kußhändchen zu, krümmte die Zeigefinger vor der Stirn und meckerte wie ein Ziegenbock. Die Kinder kreischten vor Vergnügen und rannten davon. Sie liebten die abendliche Verfolgungsjagd. Manchmal spielte Constance einen Elefanten, manchmal einen Löwen, manchmal einen Frosch. Die Kinder erfreuten sich an ihrer Phantasie. Das überraschte George nicht. Auch er war entzückt.
Doch an diesem Abend war er, obwohl er mit den Kindern gespielt hatte, etwas desorientiert. Der Besucher hatte den Generaladjutanten der Miliz von Pennsylvania vertreten. Er hatte das Gespräch mit der Äußerung eröffnet, die Miliz brauche qualifizierte Offiziere, um sich auf den Krieg, der mit Gewißheit in den kommenden Jahren ausbrechen würde, vorbereiten zu können.
»Welcher Krieg?« wollte George wissen.
»Der Krieg, mit dem die verräterischen Äußerungen im Süden zum Schweigen gebracht werden können. Der Krieg, mit dem die persönliche Freiheit in den neugewonnenen Territorien der Nation garantiert werden soll.« Der Besucher entpuppte sich folglich als ein Befürworter der Freie-Boden-Partei. Würde George der Miliz beitreten, könnte er bestimmt mit einem Hauptmannsrang rechnen, erklärte der Besucher. »Meine Gewährsleute in Lehigh Station haben mir gesagt, daß Sie beliebt sind. Ich bin sicher, daß damit der Nachteil ihrer West-Point-Ausbildung wettgemacht wäre.«
Er sagte dies mit einer solchen Herablassung, daß George ihn beinahe in den Schnee hinausgeworfen hätte. Die Erinnerungen an den

Krieg in Mexiko verblaßten langsam, und die Öffentlichkeit kehrte zu ihrem alten Mißtrauen gegenüber dem Militär zurück — und zu ihrer Abneigung gegenüber der Militärakademie.

Der Besucher war hartnäckig, und George mußte sein Angebot dreimal ausschlagen. Beim dritten Mal war er so verärgert, daß er sagte, die Sklaverei dürfte nur mit friedlichen Mitteln abgeschafft werden.

George hatte die Disziplin des Soldatenlebens schon immer verabscheut und gehofft, ihm für immer entronnen zu sein. Noch mehr aber verabscheute er den Besucher und dessen spöttische Anspielung, daß George zu wenig patriotisch war, weil er andere Amerikaner nicht töten wollte. Als George daraufhin grob wurde, verließ der Mann abrupt das Haus.

Doch mit dem Besucher waren auch die alten, unbequemen Fragen wieder aufgetaucht. Wie konnte die Sklaverei im Süden abgeschafft werden, ohne zu Gewalt Zuflucht nehmen zu müssen? George wußte es nicht. Niemand wußte es. Und bei den meisten Gesprächen, die vielleicht zu einer Antwort geführt hätten, wurde die Vernunft meistens von den Emotionen beiseitegeschoben. Der Streit war zu tief verwurzelt und dauerte schon zu lange. Er war so alt wie die Missouri-Kompromißlinie von 1820. So alt wie die erste Schiffsladung voller Neger.

Er erinnerte sich an den Brief, den er schon seit einigen Tagen hatte schreiben wollen. Vielleicht war es deshalb liegengeblieben, weil er es haßte, nicht die ganze Wahrheit schreiben zu können. In gedrückter Stimmung setzte er sich an sein Pult und starrte etwa zehn Minuten auf das leere Blatt vor ihm, bevor er die ersten Zeilen schrieb:

Mein lieber Orry

Vielleicht kann ich die düsteren Erinnerungen an den vergangenen Herbst etwas abschwächen, wenn ich dir mitteile, daß meine Schwester auf meine Aufforderung hin ausgezogen ist. Virgilias Benehmen in ihren verschiedenen Abolitionistenvereinen wurde für uns alle unerträglich.

Mehr sagte er nicht. Er schrieb nichts darüber, daß Grady sicher in Philadelphia angekommen war, und daß Virgilia mit dem geflohenen

Sklaven überall hinging. Sie hatte neue künstliche Zähne für ihn besorgt, und diese Angelegenheit hatte sie und George endgültig entzweit.
Sie hatte George um ein Darlehen für die neuen Zähne gebeten. Er war — unter einer Bedingung — einverstanden gewesen: daß sie damit aufhörte, mit Grady herumzustolzieren. Der Streit, der darauf folgte, war kurz, laut und bitter. Er endete damit, daß George ihr befahl, Lehigh Station zu verlassen. Stanley unterstützte für einmal seinen Bruder.
Virgilia und ihr Liebhaber lebten nun in Philadelphia. Vermutlich im Elend, dachte George. Es gab wohl einige Hausbesitzer, die gewillt waren, einem unverheirateten Paar eine anständige Unterkunft zu vermieten, aber niemals dann, wenn die Frau eine Weiße und der Mann ein Schwarzer war.
Über Gradys Vergangenheit war bis jetzt nichts bekanntgeworden. Virgilia war aber bereits in Konflikt mit sich selbst geraten, weil sie einerseits ihren Freund schützen und ihn andererseits für ihre Sache einsetzen wollte. Grady war bereits zweimal aufgefordert worden, in der Öffentlichkeit zu reden, hatte dies jedoch abgelehnt.
Der Ausreißer hatte jedoch vor Privatleuten in Philadelphia eine Rede gehalten, und einer der Abolitionisten war ein Geschäftsfreund von George. Entsetzt berichtete der Mann George, daß Grady zur Abschaffung der Sklaverei durch »Rebellion, Brandstiftung, Terror oder andere wirkungsvolle Mittel« aufgerufen hatte. George hegte den Verdacht, daß die Rede zum größten Teil oder ganz von Virgilia geschrieben worden war. Nur die Götter mochten wissen, welche irrsinnigen Pläne sie und Grady ausheckten.
Was für ein Heuchler ich doch bin, dachte George. Er scherte sich einen Dreck um Virgilias Beziehung mit dem ehemaligen Sklaven, und doch beschützte er sie und protegierte einen Neger, der geflohen war. Aber es war wie ein Zwang, und doch hatte er ein ungutes Gefühl dabei, das Gefühl, seinen Freund zu verraten.
Gott, wie er diese unruhigen Zeiten haßte. Genau wie die Nation fühlte er sich immer mehr gespalten.

30

In jenem Winter kam Brett zu einem neuen Kavalier, obwohl sie ihn nicht eigentlich ausgewählt hatte.

In der Familie von Francis LaMotte mußte irgendwann mal jemand sportliche Züge gehabt haben, die in Forbes LaMotte zum Durchbruch gekommen waren. Er war weitaus größer als sein Vater, sah wesentlich besser aus und war zu einem strammen Mann herangewachsen, mit blondem Haar, stolzem Gang und einer Neigung zur Trägheit — außer wenn es ums Trinken, um Pferderennen oder um Schürzenjagd ging. Francis hatte die Hoffnung gehegt, daß sein Sohn die 1842 gegründete West-Point-Kopie, The Citadel, absolvieren würde. Doch Forbes wurde bereits nach einem Semester wegen mangelnder akademischer Leistungen von der Militärschule in Charleston gewiesen.

Forbes, der allzu leichten Mädchen der niederen Klassen überdrüssig und an Ashton Main nicht interessiert, hatte sein Augenmerk auf Brett gerichtet. Brett würde 1852 ihren vierzehnten Geburtstag feiern. Sie reifte rasch zur Frau heran und wurde zusehends ausgeglichener. Gleichzeitig war sie sich auch ihrer Anziehungskraft auf Männer bewußt geworden.

Forbes ritt nach Mont Royal, wo er um die Erlaubnis bat, Brett zu sehen. Normalerweise hätte er das Haupt der Familie um die Erlaubnis bitten müssen, aber mit Tillets Gesundheit ging es in letzter Zeit mehr und mehr bergab. Tillet litt an Atemnot und war die meiste Zeit ans Bett gefesselt. Orry war nun praktisch für alles verantwortlich. Forbes hatte in der Nachbarschaft Gerüchte gehört, Brett erhalte ab und zu einen Brief von jenem Burschen aus Pennsylvania, der im Herbst auf der Plantage zu Besuch gewesen war. Forbes betrachtete Billy Hazard jedoch nicht als einen Rivalen; er war weit weg, und langfristig würde er ohnedies vom Temperament her nicht mit einem Mädchen aus dem Süden auskommen. Sollte Billy doch jemals eine ernsthafte Bedrohung darstellen, so würde Forbes, der kräftiger war, ihm ein paar runterhauen und ihn verscheuchen.

Orry hatte gegen Forbes zwar weniger einzuwenden als gegen die meisten LaMottes, aber er mochte ihn auch nicht besonders. Trotzdem erteilte er ihm die Erlaubnis, Brett zu besuchen, was ja noch lange nicht bedeutete, daß er sie auch heiraten würde. Abgesehen davon glaubte er nicht, daß Brett Forbes' Geschenken oder ihm selber große Aufmerksamkeit widmen würde.

Brett überraschte ihren Bruder jedoch, und sie hatte ihre Gründe dafür.

Auch wenn sie Billy nicht gekannt hätte, wäre Forbes nie ernsthaft als Heiratskandidat in Frage gekommen. Wie die meisten LaMottes betrachtete er seine eigenen Ansichten als die einzig richtigen und wurde schnell wütend, wenn jemand seine Meinung nicht teilte. Er konnte jedoch charmant sein, wenn er nüchtern und guter Laune war.

Brett war sich über die Ernsthaftigkeit von Billys Absichten nicht im klaren. Zwischen seinen kurzen, unbeholfen formulierten Briefen lagen lange Pausen, und Brett stellte sich vor, daß er sich sozusagen über Nacht mit einem Mädchen aus dem Norden einlassen könnte. Sie hoffte folglich, indem sie Forbes ab und zu sah, einer möglichen Enttäuschung vorzubeugen. Sie liebte Billy mehr, als sie es sich zugestand.

Forbes war fünf Jahre älter als Brett und drei Jahre jünger als der blasse Frosch Huntoon. Es gab nicht die geringste Ähnlichkeit zwischen den beiden Kavalieren — Ashtons Freund war wie ein Hund an der Leine, Forbes aber war ein eigenständiger Mann, was Brett freute.

Dauernd mußte sie Forbes abwehren. »Laß das!« waren die Worte, die sie am häufigsten zu ihm sagte, nie barsch, aber immer unmißverständlich. Auch jetzt wieder, als er sich über ihre Schulter lehnte, während sie Klavier spielte. Anstatt ihr die Noten umzublättern, faßte er sanft ihre Brust an.

»Laß das, Forbes, hab' ich gesagt!« wiederholte sie, als er die Hand nicht zurückzog. Sie nahm ihren Fächer und gab ihm eins auf die Finger. »Weshalb behandelst du mich wie eine jener Dirnen aus Charleston, hinter denen du her bist?«

Er grinste. »Weil du zehnmal hübscher bist als sie alle und weil ich dich zehnmal mehr begehre.«

»*Begehren* ist ein Wort nur für Ehemänner«, sagte sie mit einem Lächeln.

»Oh, du hast aber eine ganz schön starke Sprache für ein Mädchen in deinem zarten Alter!«

Aber er genoß es. Sie offenbar auch, denn sie fuhr mit der Neckerei fort: »Wenn du dir schon Gedanken über mein zartes Alter machst, weshalb fummelst du dann so an mir herum, als ob ich eine alte Henne wäre?«

»Ich kann nicht anders«, sagte er und wechselte ans andre Ende des Klaviers hinüber, stützte den Ellbogen auf und blickte auf sie herunter. Sie wand sich unter seinem überraschend ernsten Blick. »Du weißt, daß ich nach dir verrückt bin, Brett. Bald werden wir beide heiraten.«

»Sei nicht so sicher«, entgegnete sie ihm, indem sie aufsprang. »Du bringst mir ja nicht einmal die Geschenke, um die ich dich bitte.«

»Na hör mal, verflixt und zugenäht, in Charleston verkauft niemand die *National Era*. Zudem möchte ich nicht umgebracht werden, weil ich ein Abolitionistenblatt gekauft habe.«

»Aber Forbes — in allen Zeitungen und Zeitschriften wird der Roman von Mrs. Stowe abgedruckt. Ich möchte einen Teil davon lesen.« Sogar Orry hatte Interesse an dem neuen Roman bekundet.

»Lesen!« äffte Forbes sie verachtungsvoll nach. »Mädchen sollen nicht lesen. Ich nehme an, daß *Godey's* und die Gedichte von Mr. Timrod zwar keinen Schaden anrichten, aber wenn Gott gebildete Frauen gewollt hätte, würde er dafür sorgen, daß sie nach Harvard gehen könnten. Aber sie werden nicht zugelassen, und somit nehme ich an, daß die Dinge klargestellt sind.«

»Idiotisch, was du da sagst. Idiotisch und konservativ.«

»Zum Teufel damit. Onkel Justin leidet schwer, weil Tante Maddie so viel liest. Du solltest mal den Schund sehen, den sie aus New York kommen läßt. Justin schäumt vor Wut.«

»In deiner Familie kriegt jeder gleich einen Wutanfall, wenn ihm etwas nicht paßt. Gute Nacht, Forbes«, sagte sie in sehr bestimmtem Tonfall und ging hinaus.

Wie vom Donner gerührt stand er da und starrte auf die Tür. »Brett? Warte, verdammt noch mal! Ich wollte nicht —«

Es hatte keinen Sinn; sie war schon die Treppe hochgerannt.

Verärgert ließ er seine rechte Faust auf seine linke Handfläche klatschen. Als er aufblickte, bemerkte er Ashton und Huntoon in der Halle. Ashtons Kavalier hatte kaum je Gelegenheit, jemandem eins auszuwischen, der so kräftig wie Forbes war. Diese Chance durfte er sich nicht entgehen lassen.

»Sie fluchen, lieber Freund? Aber, aber! Das ist nicht die richtige Art, mit einer Dame umzugehen. Sie sollten —« Huntoon schluckte den Rest hinunter, denn Forbes war auf ihn losgestürmt.

»Ein Wort mehr, und ich schlag' Ihnen in die Schweineblase, die Sie Ihr Gesicht nennen.« Er packte Huntoon am Hemdkragen.

»Überall auf Ihren feinen Kleidern wird Blut sein. Wahrscheinlich könnten Sie den Anblick nicht ertragen und würden in Ohnmacht fallen.«

Er drehte sich abrupt um und zerriß dabei Huntoons Kragen. Dann nahm er Hut, Stock und Handschuhe und stapfte in den milden Februarabend hinaus. »Nigger, mein Pferd!«

Ashton schüttelte sich vor Ekel. »Er ist wie ein Tier.«

»Absolut«, pflichtete ihr Huntoon bei und nestelte an seinem zerrissenen Kragen herum. »Ich begreife nicht, wie deine Schwester das aushalten kann.«

Ashton warf einen Seitenblick auf die fettig glänzenden Wangen Huntoons und unterdrückte ein Schaudern. Darauf nahm sie ihn lächelnd am Arm.

»Sie hat keinen Ehrgeiz. Sie rennt einem miesen Burschen nach dem andern nach.«

Darunter einem, den ich haben will.

Forbes und Brett söhnten sich bald darauf wieder aus. Dies war hauptsächlich Bretts Verdienst. Sie hatte nämlich beschlossen, nichts von dem, was Forbes sagte, ernst zu nehmen.

In jenem Winter stattete Huntoon Mont Royal mindestens zweimal pro Woche einen Besuch ab, aber Ashton fühlte sich trotzdem nicht glücklich. Ihre Gedanken drehten sich um jemand anderen. Eines Nachmittags verfolgte sie ihre Schwester bis zum Weidenkorb, in dem die eingegangene Post aufbewahrt wurde. Da sie als erste ankam, schnappte sie sich einen versiegelten Briefumschlag. »Oh, da ist ja schon wieder ein Brief von Billy! Das ist bereits der zweite diesen Monat. Er macht sich!«

Brett langte nach dem Brief. Die Eifersucht in den Augen ihrer Schwester war nicht zu übersehen. »Ashton, der gehört mir!«

Das ältere Mädchen lachte und schwenkte den Brief hoch über ihrem Kopf. »Was gibst du mir dafür?«
»Wenn du mich weiterhin foppst, ein blaues Auge.«
»Du meine Güte! Das hört sich ja mehr und mehr wie Mr. LaMotte an.« Sie schmiß den Brief zu Boden. »Weiß Billy etwas von ihm?«
Bretts Stimme zitterte. »Scher dich zum Teufel!«
Ashton war völlig verblüfft. Noch nie hatte ihre Schwester einen auch nur annähernd so profanen Ausdruck verwendet. Vielleicht war sie doch zu weit gegangen. Aber sie konnte nicht anders. Sie fühlte sich elend, und die Besuche von Huntoon verstärkten dieses Gefühl nur. Er versuchte jedesmal, sie in eine stille Ecke zu drängen und an ihr herumzufummeln. Wenn sie Widerstand leistete, greinte er jedesmal verletzt: »Weshalb behandelst du mich so, Ashton?«
»Weil wir noch nicht verheiratet sind. Bloß weil Orry und du euch über die Mitgift einig geworden seid, glaubst du wohl, du könntest dir jetzt schon sämtliche Freiheiten nehmen.«
Ihr unberechenbares Benehmen stellte ihn immer wieder vor ein Rätsel. Oft schien sie Gefallen an seinen Avancen zu finden, obwohl er nie zu weit gehen durfte. Doch dann wies sie ihn wieder mit einer beinah eifrigen Prüderie ab. Das alles verwirrte ihn sehr, besonders wenn er an die Gerüchte dachte, die sie mit einem männlichen Mitglied der Smith-Familie in Verbindung brachten.
»Aber manchmal gibst du mir gewisse Rechte«, beklagte er sich.
»Ja, aber jetzt nicht. Und ich hab' auch keine Lust, mich mit dir darüber zu streiten.«
Huntoon hatte plötzlich rote Flecken im Gesicht. »Hast du die Absicht, dich so nach unserer Hochzeit zu benehmen?«
»Du wirst es abwarten müssen.«
Sie bemerkte, daß sie ihn verärgert hatte. In ihrem eifrigen Bemühen, ihn immer wieder wissen zu lassen, wer in ihrer Beziehung das Zepter führte, war sie zu weit gegangen. Sie gab ihm einen flüchtigen Kuß.
»Beruhige dich, James. Du weißt, daß ich dich heiraten möchte. Und wenn wir erst verheiratet sind, wirst du eine brillante Karriere machen.«
»Gemäß den Plänen, die du bereits für mich geschmiedet hast?«
Jetzt war er es, der zu weit ging. Sie erblaßte und erstarrte und trat zurück. »Mein Lieber, das klingt aber sauertöpfisch. Wenn du deine

Meinung über die Dinge, die wir besprochen haben, geändert haben solltest —«

Sie brach ab. Es war genau die richtige Taktik. Panikartig ergriff er ihre Hand.

»Nein, nein, ich habe meine Meinung überhaupt nicht geändert. Ich möchte, daß du unsre Zukunft planst. Ich bin nicht wie die engstirnigen LaMottes, sondern ich bin dafür, daß die Ehefrau eine Partnerin ihres Mannes sein soll. Besonders wenn der Mann im öffentlichen Leben eine Rolle spielen will.«

»Deine guten Absichten freuen mich, James. Du hast bereits berühmte Freunde, und du wirst noch mehr haben. Sollen die LaMottes ihr Leben mit Würfelspielen und Pferderennen verbringen — man wird sie vergessen, noch bevor sie gestorben sind. Nicht aber Mr. und Mrs. James Huntoon aus South Carolina!«

Er lachte, wenn auch etwas nervös. »Ashton, du bist einfach wundervoll. Ich wette, daß ich — wäre ich nicht meines eigenen Schicksals Schmied — mich ganz dir überlassen könnte, wenn ich das wollte; daß du jede Entscheidung für mich treffen könntest und der Erfolg mir immer noch gewiß wäre.«

Immer noch? Der eingebildete Kerl glaubte doch wohl nicht daran, daß er es aus eigener Kraft zu einem durchschlagenden Erfolg bringen könnte? Oh, er würde nicht ganz erfolglos sein, aber ohne sie würde er nie berühmt werden. Und dies würde er bald kapieren.

»Du hast recht, Liebling.« Sie schenkte ihm ein warmes Lächeln. Dann küßte sie ihn und öffnete den Mund, als sich ihre Lippen berührten.

Er war ihrer Wahrheit zu sehr auf die Schliche gekommen. Sie würde ihn heiraten, aber die Ehe würde nach den von ihr gesetzten Bedingungen ablaufen. Der arme Dummkopf hatte dies geahnt und sich ihr bereits ergeben. Doch wenn er zu sehr darauf herumreiten würde, könnte das ganze unangenehm werden.

Gott sei Dank wußte sie, wie er abzulenken war. Während sie einander küßten, legte sie die Handfläche auf die Innenseite seines Hosenbeins und machte träge kreisförmige Bewegungen.

Der Frühling rückte näher. Eines Abends im März zog sich Orry mit einem Brief von Billy, den er dreimal gelesen hatte, in die Bibliothek

zurück. Aber auch nach dem dritten Mal wußte er noch nicht, wie er reagieren sollte.
Er saß gedankenverloren da, den Brief immer noch in der Hand haltend. Die Schatten wurden länger. In der ihm gegenüberliegenden Ecke befand sich der Kleiderständer mit seiner Uniform und seinem Säbel. Kurz vor Einbruch der Dunkelheit hörte er Hufgeklapper, und wenige Augenblicke später platzte Charles schwitzend herein. Er grinste.
»Wo warst du?« fragte Orry, obwohl er sich das denken konnte.
»Bin mit Minx am Fluß geritten.«
»Du hast bestimmt mal wieder ein Rennen veranstaltet.«
Charles ließ sich in einen tiefen Sessel fallen und schwang ein Bein über die Lehne.
»Ja, Sir. Ich habe Forbes und auch Clinch Smith geschlagen. Minx hat die beiden einen halben Kilometer hinter sich gelassen. Und zwanzig Dollar hab' ich auch gewonnen.«
Er zeigte ein paar Goldstücke, ließ sie in der Hand klinken und sprang dann auf. »Ich habe einen Bärenhunger. Du solltest ein Licht anzünden. Es ist finster wie in einer Höhle.«
Wahrscheinlich nützte der Ratschlag nichts, dachte Charles. Wenn Orry in eine seiner düsteren Stimmungen versank, konnte er stundenlang in der finsteren Bibliothek sitzen. Meistens fanden ihn die Hausbediensteten bei Sonnenaufgang schnarchend in seinem Stuhl. Nicht ohne einen Krug mit Whiskey und ein leeres Glas.
Charles zeigte auf den Brief. »Irgendeine schlechte Nachricht?«
»Ich glaube nicht. Der Brief ist von Billy.« Orry streckte Charles die Hand mit dem Brief hin.
Orrys Worte verwirrten Charles. Er zündete eine Lampe an und las den kurzen, förmlichen Brief seines Freundes. Bevor er im Juni auf die Militärakademie ging, wollte Billy nach Mont Royal zurückkehren, und, gemäß den herrschenden Sitten, formell um die Erlaubnis bitten, um Brett freien zu dürfen.
»Das ist ja großartig«, rief Charles schließlich aus. Er klang plötzlich ernüchtert: »Würde es Probleme geben, wenn Billy hierherkäme — wegen der Huntoons, meine ich?«
»Nein. Ich habe ihnen schon vor langem tausenddreihundertfünfzig Dollar für Grady gegeben, um Schwierigkeiten vorzubeugen.«

Charles stieß einen leisen Pfiff aus und sank im Stuhl zurück. »Davon hatte ich keine Ahnung.«
Orry zuckte die Schultern: »Ich fühlte mich für ihren Verlust irgendwie schuldig und wollte, daß George wieder einmal nach Mont Royal zu Besuch kommen kann, ohne daß es deswegen Probleme gibt. Außer den Huntoons und meinem Vater weiß niemand etwas davon. Behalt es für dich.«
»Selbstverständlich.«
Charles schwenkte den Brief. »Weiß Brett etwas davon?«
»Noch nicht.«
»Du schreibst Billy, daß er kommen darf, nicht wahr? Und du wirst ihm erlauben, ihr den Hof zu machen?«
»Ich bin mir noch nicht sicher, wie ich die Fragen beantworten soll. Billy ist ein feiner junger Mann, aber er will Offizier werden.«
»Ich auch. Ich werde im Sommer in einem Jahr nach West Point gehen, erinnerst du dich? Guter Gott, Orry — du hast das arrangiert. Du hast mich dazu ermutigt!«
»Ja, ja, ich weiß«, sagte Orry schnell. »Und ich freue mich, daß du gehst. Aber seit unseren ersten Gesprächen über die Akademie hat sich die politische Lage verändert. Zum Schlechten. Sollte es Schwierigkeiten geben, glaube ich, daß du in erster Linie deinem Heimatstaat gegenüber loyal bist. Und Billy ist ein Yankee.«
Sanft fragte Charles: »Glaubst du, daß es Schwierigkeiten geben wird?«
»Manchmal ja. Ich weiß nur nicht, welcher Art und wie ernst sie sein werden.«
»Na und? Sind die Hazards und die Mains nicht trotz allem gute Freunde? Wenn du nicht davon überzeugt wärst, hättest du die Huntoons nicht ausbezahlt.«
»Ich glaube, du hast recht. Aber ich will Brett auch nicht ins Unglück stürzen.«
Charles sagte frostig: »Ich nehme an, daß es ihre eigene Entscheidung ist.«
»Es ist auch meine. Jetzt, da Vater kaum noch aufstehen kann, bin ich das Oberhaupt der Familie.«
Orry sah, daß er vielleicht etwas zu pessimistisch gewesen war. Obwohl es tatsächlich viele Anzeichen für eine Spaltung gab, zeigten

ebenso viele Anzeichen auf eine andere Entwicklung hin. Die Südstaatler spielten immer noch eine führende Rolle im Leben der Nation. General Scott, ein Mann aus Virginia, war immer noch der Oberbefehlshaber der Armee, und Orry hatte vor kurzem gelesen, daß Robert Lee, der gute Chancen hatte, Scotts Nachfolger zu werden, wahrscheinlich bald zum Superintendenten von West Point ernannt würde. Die meisten hervorragenden Persönlichkeiten des Offizierskorps der Armee waren Südstaatler.

Cooper behauptete, in der ganzen Region gebe es Anzeichen für ein wachsendes Interesse an der Industrialisierung. Die durch Sklavenarbeit gewonnene Baumwolle war zwar immer noch das wichtigste Produkt, aber die Eisenbahnlinien des Südens wurden ausgebaut und verbessert. Die *Mont Royal* hatte zu viele Frachtaufträge für ihre Kapazität. Cooper war voller Enthusiasmus aus Großbritannien zurückgekehrt: Er glaubte an eine Zukunft für den Handel im Süden im allgemeinen und für seine Frachtlinie im besonderen. Vielleicht würden diese neuen Strömungen die alten allmählich ersetzen, vielleicht würden Männer guten Willens die Rhetts und Huntoons verdrängen und die Schwierigkeiten aus dem Wege schaffen —

Aber irgendwie war Orry davon nicht überzeugt.

»Orry?«

Er wurde aus seiner Träumerei gerissen. »Ja?«

»Du beantwortest beide Fragen mit Ja, nicht wahr? du wirst Billy einladen und ihm die Erlaubnis geben, um Brett zu werben?«

»Ich werde Brett den Brief geben und darüber nachdenken. Mehr kann ich im Augenblick nicht tun.«

Niedergeschlagen verließ Charles das Zimmer.

»Er hat mir verboten, den Roman zu lesen«, ärgerte sich Madeline. »Er riß ihn mir aus den Händen und befahl, ihn zu verbrennen — wie ein Kind hat er mich behandelt!«

Sie ging bis zum Ufer des Sumpfs. Orry blieb auf dem Kalkfundament sitzen und trommelte mit den Fingern auf das Buch, das er mitgebracht hatte. Es war von einem Journalisten aus dem Norden namens Whitman; in einer eigenartigen neuen Versform. Cooper lobte die unzusammenhängenden Gedichte, die seiner Meinung nach den Rhythmus des Maschinenzeitalters wiedergaben. Orry fand sie holp-

rig, obwohl sicher ein Rhythmus darin war. Für ihn war es wie der Schlegel einer Trommel.
»Ich werde George bitten, mir ein Exemplar zu schicken«, sagte Orry. »Aber es ist mir ein Rätsel, wieso du einen solch aufwieglerischen Schund lesen willst?«
Sie wirbelte herum. »Fang um Gottes willen nicht an, wie Justin zu reden. Mrs. Stowes Roman ist der Erfolg des Jahres.«
Sie hatte recht. George hatte geschrieben, daß seine ganze Familie die sentimentale Geschichte über Sklaven und Sklavenbesitzer gelesen hatte, zuerst als Fortsetzungsroman und dann noch einmal als Buch, das erst vor kurzem in zwei Bänden erschienen war. Trotz all der Beachtung, die dem Roman geschenkt wurde, war Orry jedoch überhaupt nicht am Leben der Ärmsten unter den Armen interessiert. Er wurde Tag für Tag Zeuge dieses Lebens und brauchte sich dessen Härte nicht von Mrs. Stowe beschreiben zu lassen. Er machte sich in letzter Zeit selbst genügend Gedanken darüber.
Als Antwort auf Madelines Bemerkung brummte er: »In diesem Teil des Landes ist es nicht der Erfolg des Jahres. Ein passenderer Ausdruck dafür wäre Skandal.«
Sie hätte sich gekränkt fühlen können, aber sie war es nicht, denn sie wußte, daß er sich wegen Billy Hazards Brief Sorgen machte, über den er lange mit ihr gesprochen hatte. Sie legte den Arm um seine Taille und küßte ihn.
»Ihr Männer hier seid solche Hitzköpfe. Ich vergesse das immer wieder — zu meinem eigenen Nachteil.«
»Was heißt das?«
»Das heißt, daß die Konsequenzen außerordentlich unangenehm waren, als Justin *Onkel Toms Hütte* letzte Woche entdeckte.«
»Er wurde zornig —«
»Er tobte. Aber das war nicht das Schlimmste. Er entdeckte das Buch kurz vor dem Abendessen. Francis war an jenem Abend bei uns, und so ließen sich beide fast während des ganzen Essens über die Notwendigkeit eines freien und unabhängigen Südens aus.«
»Es tut mir leid, daß du das über dich ergehen lassen mußtest.«
Sie betrachtete ihre Hände. »Das tat ich eben nicht. Ich sagte, daß solche Sprüche für eine Wahlrede äußerst geeignet, in der Praxis jedoch völlig lächerlich sind. Ich weiß, daß es ein Fehler war, etwas zu

sagen, aber bei diesen zwei kann ich einfach den Mund nicht halten. Justin ist jedoch fest entschlossen, mir meinen angestammten Rang klarzumachen — und der schließt aus, daß ich meine Meinung über etwas Wichtigeres als die neueste —«, ihre Kehle war zugeschnürt, und sie konnte den Satz nicht beenden. Orry bemerkte, daß ihr die Erinnerung sehr weh tat. Mit schwacher Stimme fuhr sie fort: »— die neueste Stickereimode äußere.«

Er legte das Buch von Whitman beiseite und ergriff ihre Hand. »Wie reagierte Justin auf deine Äußerung?«

»Schlimm. Er sperrte mich für einen Tag und eine Nacht in meinem Zimmer ein. Nancy mußte mir alle Bücher wegnehmen und das Essen hinstellen. Sie war die einzige Person, die ich während der ganzen Zeit sah. Ich mußte ihr sogar den Nachttopf hinausreichen —«

Madeline senkte den Kopf und verdeckte die Augen. »Mein Gott, war das erniedrigend.«

»Dieses Schwein. Ich sollte ihn umbringen.«

Rasch strich sie sich die Tränen von den Wangen. »Ich möchte dir keine Sorgen machen. Ich kann nur mit niemandem sonst darüber reden.«

»Ich wäre zorniger, wenn du es mir nicht gesagt hättest. Ich möchte dich von diesem verdammten Platz entführen. Resolute ist kein Heim, es ist ein Gefängnis.«

»Das stimmt. Es wird immer schwieriger, Justin und meine eigene Stellung zu akzeptieren. Früher einmal hatte ich edle eigene Vorstellungen über Ehre und die heilige 'Verpflichtung' des Eheversprechens.« Sie verzog den Mund, aber das Lächeln mißlang. »Justin hat aus jeder einzelnen einen Witz gemacht.«

Sie hielt seine Taille umschlungen und schaute ihn mit Tränen in den Augen an. Dann umarmte sie ihn heftig; sie hatte ein wenig Zuneigung und Trost bitter nötig. Sie küßte ihn immer wieder.

Er versteckte sein Gesicht in ihrem Haar und kostete die bittere Liebe voll aus. Wie immer verriet ihn sein Körper. Sie spürte, daß er sie wollte, und preßte ihn noch mehr an sich, um ihm zu zeigen, daß auch sie ihn wollte. Die Spannung, die durch ihre selbstauferlegte Zurückhaltung entstand, war immer qualvoll, aber heute war sie kaum noch zu ertragen.

Sie öffnete ihr Korsett und zog an ihrer Unterwäsche. Sie drückte ihn

fest an sich und warf den Kopf in den Nacken. Mit geschlossenen Augen genoß sie in vollen Zügen, wie er ihre Brüste liebkoste und küßte.
Nie zuvor waren sie so weit gegangen. Nur äußerste Willensanstrengung hielt sie zurück, den letzten Schritt zu gehen.
»Orry, wir dürfen nicht.« Ihre Stimme war heiser.
»Nein.«
Aber er wußte nicht, wie lange er es noch aushalten würde, sie zu lieben, sie zu begehren und dies zu unterdrücken.

Einige Tage später gingen Orry und Charles nach dem Abendessen auf die Veranda, um einen Whiskey zu trinken. Dunst verschleierte die Sonne und verlieh dem Licht eine schwache rosa Färbung. Orry starrte auf das Lichtspiel auf dem Fluß, während Charles in einer Ausgabe des *Mercury* blätterte. Seit einiger Zeit verbrachte er jeden Tag ein paar Minuten damit, ein weiteres Zeichen dafür, daß er erwachsen wurde.
Seit seinem letzten Treffen mit Madeline litt Orry wieder unter körperlicher Frustration. Es war wieder einmal Zeit für einen nächtlichen Besuch bei einer nicht gerade schönen, aber feurigen Witwe, mit der er eine Abmachung getroffen hatte. Er war sich seiner Antwort Billy gegenüber immer noch nicht im klaren, und auch jetzt konnte er sich nicht entscheiden.
Charles legte die Zeitung nieder. »Hast du sie schon gelesen?«
Orry schüttelte den Kopf.
»Huntoon hat schon wieder eine Rede gehalten.«
»Wo?«
»In Atlanta. Was ist Volkssouv-? Da, sprich das Wort für mich aus.«
Orry lehnte sich hinüber, um das Wort zu sehen, auf das Charles zeigte. »Souveränität. Senator Douglas prägte es. Es bedeutet, daß die Leute in neuerworbenen Territorien das Recht haben, sich für oder gegen die Sklaverei zu entscheiden.«
»Huntoon sagt, daß dies nicht annehmbar sei, genauso wie die Freie-Boden-Doktrin. Die kenne ich auch nicht.«
»Die Freie-Boden-Doktrin besagt, daß der Kongreß die moralische Verpflichtung hat, Sklaverei in den neuen Territorien zu verbieten,

ohne den Volkswillen zu berücksichtigen. Ich kann mir die Rede von James gut vorstellen.« Orry spreizte die Finger und preßte die Spitzen wie ein Redner auf die Brust. Die Stimme war pompös: »Ich bekenne mich zum großen Calhoun. Unsere Institutionen müssen der Flagge folgen. Es ist die heilige Pflicht des Kongresses —, alles Eigentum in einem Territorium zu beschützen —«

An diesem Punkt hielt er mit seiner Mimik inne. »Eigentum bedeutet Sklaven. Das ist die einzige territoriale Doktrin, die von unseren Nachbarn akzeptiert wird.«

»Was ist deine Meinung?«

Orry überlegte kurz. »Ich glaube, ich bin mit Douglas einverstanden. George vermutlich auch.«

»Tja, ich habe versucht, mich über diese Dinge zu informieren. Ich glaube, ich werde es brauchen können, denn in West Point werde ich schließlich Leute aus allen Landesteilen treffen.«

»Wahrscheinlich wird sich die Territorialfrage schon viel eher zuspitzen. Vielleicht schon, wenn wir im Herbst einen neuen Präsidenten wählen. Die Bevölkerung im Westen nimmt rasant zu, die Loyalität wird auf eine harte Probe gestellt werden. Auch diejenige innerhalb der Familien«, schloß er mit einem strengen Blick auf Charles.

Der jüngere Mann streckte seine Beine aus und sah auf den Fluß hinaus, in dem nur noch vereinzelt rosa Lichtflecken aufleuchteten. »Du machst dir immer noch Sorgen darüber, nicht wahr? Hast du deshalb Billy noch nicht geschrieben?«

Orry runzelte die Stirn. »Woher weißt du, daß ich noch nicht geantwortet habe?«

»Sonst würde Brett nicht mit dieser Leichenbittermiene herumlaufen. Ich weiß, ich sollte mich da nicht einmischen, aber ich werde den Eindruck nicht los, daß du Billy nur aus einem einzigen Grund eine Absage erteilen willst: Weil er ein Yankee ist. Das ist genau wie —« Er schluckte. Jetzt brauchte es Mut. »Genau wie Huntoon. Oder wie Virgilia Hazard. Sie schmeißen jeden, der auf der andern Seite steht, in den gleichen Topf.«

Es fuchste Orry in der Tat, daß Charles ein Werturteil abgegeben hatte, aber es dauerte nur einige Sekunden, bis seine Vernunft schließlich die Oberhand gewann. Vernunft und Gefühl, denn wenn Billy um die Hand seiner Schwester anhielt, würde das die Bande zwi-

schen den beiden Familien stärken. Virgilia hatte sie beinahe zerstört.
Ein Lächeln kämpfte sich durch Orrys dichten Bart. »Charles, du entwickelst dich zu einem klugen jungen Mann. Das freut mich.« Er holte tief Atem. »Ich werde heute abend einen Brief an Billy aufsetzen. Einen Brief, über den er sich freuen wird. Vielleicht hast du Lust, Brett zu informieren?«
Charles stieß einen Freudenschrei aus, schüttelte Orry die Hand, daß ihm Hören und Sehen verging, und rannte ins Haus.

Orry schrieb den Brief tatsächlich an jenem Abend. Billy sei herzlich willkommen in Mont Royal und sollte alle Hazards mitbringen. Außer Virgilia, dachte er, aber es war nicht nötig, das zu schreiben. Er würde ein Fest oder einen Ball organisieren, um den unglücklichen Ausgang des letzten Besuchs wettzumachen.
Dieser Brief tat Orry gut. Es war zwar ein kleiner, aber ein positiver Schritt. Wenn es Freunden aus Nord und Süd nicht gelang, Eintracht zu bewahren, wie konnte man es dann von den Männern in Washington erwarten?

31

Die Hazards nahmen Orrys Einladung an und trafen am Mittwoch der dritten Maiwoche ein. Maude war nicht dabei; sie hatte sich bei der Gartenarbeit den Fuß verrenkt und war nicht reisefähig.
Am Samstag würde in Mont Royal ein Ball abgehalten werden. Man hatte Einladungen an die ganze Nachbarschaft verschickt. »In Anbetracht der Herkunft eurer Gäste wird Justin es vorziehen, zu Hause zu bleiben«, hatte Madeline Orry bei ihrem letzten Rendezvous gesagt.
Er küßte ihren Hals. »Laß ihn. Aber du kommst.«
»Wäre das nicht himmlisch? Aber ich befürchte, daß uns dieses Glück nicht beschieden sein wird. Justin wird anwesend sein. Er hat nämlich angst, daß übel über ihn geredet wird, wenn er eine Einladung der Mains ausschlägt. Aber rechne nicht damit, daß er guter Laune sein wird.«

Am ersten Abend versammelten sich Damen und Herren nach dem Abendessen getrennt. George genoß Whiskey und Zigarre und sagte: »Während der Eisenbahnfahrt durch Virginia und North Carolina habe ich nur zwei Gesprächsthemen gehört: Der Roman von Mrs. Stowe« — Tillet tat geräuschvoll seine Verachtung kund — »und die Sezession.«

»Die Idee rast wie ein Sturmwind durch unsern Staat«, sagte Orry. »Das geschieht alle paar Jahre.«

»Aber diesmal scheint es ernster zu sein«, warf Charles ein.

Cooper schwenkte sein Whiskeyglas. Er war etwa gegen siebzehn Uhr mit seiner Frau und dem kleinen Judah eingetroffen. »Es ist wirklich ein Sturm. Und er wird unser Haus niederreißen. Einige Südstaatler scheinen das begriffen zu haben, vor allem Alexander Stephens. Doch die meisten Idioten sind von ihrer eigenen Rhetorik geblendet und merken nicht, daß die Union nicht so einfach gespalten werden kann wie ein Stück Holz. Zu vieles steht auf dem Spiel, wirtschaftlich und politisch, als daß die Bundesregierung einfach zusehen könnte. In Charleston reden die Leute von einer friedlichen Sezession. Absurd. Ein totaler Widerspruch.«

»Du bist natürlich ein Experte in der ganzen Angelegenheit«, gab Tillet von Sarkasmus triefend zurück. Cooper entschied sich dafür, den Inhalt seines Glases zu betrachten. Tillet fuhr fort: »Eine Trennung mit friedlichen Mitteln wäre ideal, aber wenn das unmöglich ist — wie du behauptest —, dann gibt es nur noch Trennung mit Waffengewalt. Es gibt einige Wahrheiten, die ewig gültig sind, Cooper. Tod ist besser als Tyrannei.«

Cooper blickte seinen Vater ruhig an und sagte mit sanfter Stimme: »Das sagen auch die Neger, wenn sie dir davonrennen.«

Tillet stand auf. »Entschuldigt mich bitte. Ich dachte, dies sei ein gesellschaftliches Treffen.«

Mit langsamen, zögernden Schritten verließ er das Zimmer und knallte die Tür zu.

George blickte ganz verdattert. »Es tut mir leid. Daran bin ich schuld.«

Billy erhob Protest. Orry ebenfalls: »Sind wir nun schon so weit, daß wir uns nicht einmal mehr eine normale Meinungsverschiedenheit erlauben dürfen?«

Cooper lachte, jedoch ohne Humor. »Wir haben dieses Stadium schon vor Jahren in diesem Haushalt erreicht. Ich sage mir zwar immer wieder, daß sich die Dinge ändern können, aber sie ändern sich nie.«
Er hielt Orry sein Glas hin. Orry sah den Schmerz hinter dem trockenen Lächeln seines Bruders.
»Schenk mir noch einen ein, bitte.«

Constance klatschte in die Hände. »Das ist eine herrliche Nachricht, Judith.«
Die andern schlossen sich ihr an, außer Ashton, die gelangweilt die Decke anstarrte. Die Damen hatten sich im Musikzimmer versammelt und tranken Sherry. Brett hatte man nur starken Tee erlaubt. Als eines der Hausmädchen die leeren Gläser abräumte, fragte Clarissa: »Wann rechnest du mit der Niederkunft, Liebes?«
»Ungefähr in sechseinhalb Monaten«, sagte Judith. »Der Arzt hat mir bereits das Reisen verboten, und Cooper hat sich seiner Meinung angeschlossen. Dein Sohn ist manchmal wirklich konservativ«, fügte sie mit einem Lächeln hinzu. »Er wird leider diesen Sommer allein nach England gehen.«
»Schon wieder nach England?« rief Brett. »Ihr beide seid doch eben erst zurückgekommen.«
»Ja«, antwortete Judith, »aber du weißt ja, daß Cooper sehr von Brunel, dem berühmten Ingenieur, eingenommen ist. Sie haben sich das erste Mal herrlich verstanden, und Brunel hat Cooper für einen zweiten längeren Besuch eingeladen. Cooper träumt ja davon —«
Sie hörten jemanden murren und fluchen. Clarissa eilte zur Tür. Schließlich war Tillets verärgerte Stimme nicht mehr zu hören.
»Du meine Güte«, sagte sie, als sie sich wieder setzte. »Mein Mann. Ich wette, es gab wieder mal ein politisches Gespräch.«
»Ja, die Politik verdirbt heutzutage alles«, sagte Judith mit einem Seufzer.
Clarissa hatte plötzlich einen entschlossenen Zug um den Mund. »Ich möchte nicht, daß sie eure Ferien verdirbt. Und ich will auch nicht, daß sie den Ball verdirbt. Es wird ein fröhliches Fest werden, an das wir uns alle gerne erinnern werden. Und da die Männer nicht dafür besorgt sind, müssen wir uns eben darum kümmern.«

Alle waren einverstanden. Ashton mußte sich ihnen wohl oder übel anschließen. Aber ein Ball zu Ehren von Billy Hazard und seiner Familie, zu Ehren von Brett, ließ in ihr eine ätzende Wut hochsteigen. Und diese Wut gebar den Wunsch auf Rache an all denen, die ihr Unrecht getan hatten.

»Mh, mh, stoß ihn rein.«
»Ashton, ich« — er keuchte ebenso stark wie sie — »möchte dir nicht weh tun.«
»Verdammt, Forbes, stoß ihn rein. Ganz tief. Oh! Ja!«
Die letzten Worte gingen in einem Stöhnen unter. Wie aus weiter Ferne hörte Ashton das Orchester und die eintreffenden Kutschen. Forbes war mit seiner Familie unter den ersten Gästen gewesen. Ashton hatte ihm aufgelauert und ihn gleich in diese dunkle und abgeschiedene Stallecke gelockt.
Sie war wild darauf gewesen, mit einem Mann zu schlafen. Aber nicht mit irgendeinem Mann, sondern mit demjenigen, dessen Brett sich entledigen wollte. Dies war aber nicht der einzige Grund, weshalb sie sich sofort auf Forbes gestürzt hatte. Es war ihr nämlich zu Ohren gekommen, daß er ein hervorragender Liebhaber war. In dieser Hinsicht enttäuschte er sie nicht. Sie hatte das Gefühl, ein Kanonenrohr in sich zu haben.
Sie standen einander von Angesicht zu Angesicht gegenüber, und sie lehnte mit dem Rücken gegen die Stallwand. Sie konnte sich nicht mehr daran erinnern, wie sie ihren Rock hochgeschoben und sich ihrer Beinkleider entledigt hatte. Der rasende Rhythmus warf sie immer wieder gegen die Stallwand. Ihr rechtes Bein lag auf Forbes' Hüfte, und sie hatte das Gefühl, daß das linke Bein jeden Augenblick unter ihr nachgeben würde.
Als sie den Höhepunkt erreichten, mußte sie sich auf die Unterlippe beißen, um ihre Schreie etwas zu dämpfen. Ihre Fingernägel gruben sich in Forbes' Nacken. Als er etwas später Blutflecken auf seinem Taschentuch entdeckte, sagte er: »Wie zum Teufel soll ich das erklären?«
Er stand mit heruntergelassener Hose da, während Ashton bereits wieder ihre diversen Röcke glattstrich. »Du wirst dir schon etwas einfallen lassen, Lieber. Wir wär's mit den Moskitos? Sie sind heu-

te abend besonders schlimm. Ich bin bereits zweimal gestochen worden.«
»Klar, das ist's. Moskitos.« Er betupfte sich nochmals den Nacken und grinste dann halb bewundernd, halb respektvoll: »Ashton, du bist wirklich Klasse.«
»Es tut dir also nicht leid, daß du hierhergekommen bist?«
»Um keinen Preis. Das war — na, seien wir ehrlich — fast das Beste, was ich je erlebt habe.«
Sie zog einen Schmollmund. »Ist das alles? Fast?«
Er lachte. »Eingebildet bist du auch nicht, du Dirnchen.« Er spielte liebevoll mit ihrer Brust. »Einverstanden, das Beste also.«
»Danke, Forbes. Aber laß bitte die Hände von meinem Kleid, sonst seh' ich wieder ganz unordentlich aus.«
Sie brachte emsig und geschickt ihre Kleider wieder in Ordnung. Sie hätte dasselbe sagen können wie Forbes. Noch nie zuvor war sie so sehr erregt und hinterher so befriedigt gewesen. Er war grob, er hatte ihr weh getan, aber sie hatte jede Sekunde genossen.
Sie wagte es ihm jedoch nicht zu sagen. Es würde ihm bloß in den Kopf steigen. Sollte er doch schmachten. Sie summte vor sich hin.
Schließlich platzte er heraus: »Darf ich dich wiedersehen? Ich meine, auf diese Art?«
»Heute abend nicht mehr. Ich muß schließlich nett sein mit all den Yankees.«
»Natürlich nicht heute abend. Ich meinte so lange, bis du Jim Huntoon heiratest.«
Sie trat geräuschvoll mit wippendem Kleid an ihn heran. »Forbes, es ist wichtig, daß du etwas klarsiehst: Meine Beziehung mit Mr. James Huntoon ist — na, sagen wir — geschäftlicher Art. Dies hier ist Vergnügen. Solange man diskret ist, gibt es keinen Grund dafür, weshalb das Vergnügen nicht unbegrenzt weitergehen soll.«
»Du meinst also auch, nachdem du und Huntoon —«
»Warum nicht? Es sei denn, du würdest wieder mal zuviel trinken und mich mit deiner lockeren Zunge in Verlegenheit bringen. Sollte das auch nur einmal geschehen, wirst du mich nie wiedersehen.«
»Ich schwöre dir, ich werde schweigen wie ein Grab. Verlange von mir, was du willst, Ashton, und ich werde es tun. O Gott, du bist wirklich ein Biest.«

Bevor sie den Stall in zwei verschiedene Richtungen verließen, durfte er sie nochmals küssen. Bis jetzt war sie durchaus mit sich zufrieden. Forbes hatte ihr etwas von der fürchterlichen Spannung, die sich in letzter Zeit in ihr gestaut hatte, genommen. Doch was nicht minder wichtig war, er hatte sich ihr ganz unterworfen. Sie hatte das Gefühl, Besitzerin eines neuen Sklaven geworden zu sein.

Als sie über den Rasen in Richtung des hell erleuchteten Herrenhauses eilte, war ein Lächeln auf ihren roten Lippen zu sehen. Es war nicht unwahrscheinlich, daß aus Mr. Forbes LaMotte ein wertvoller Verbündeter wurde.

An jenem Abend standen hinter jedem Fenster Kandelaber, und der Rasen war mit Lampions übersät. Das Haus war zu klein für all die Gäste, die mit Kutsche und Pferd eingetroffen waren, und sie hielten sich draußen unter den Bäumen auf oder fanden sich in kleinen Grüppchen.

Mit Ausnahme der Stühle hatte man im Erdgeschoß alle Möbel entfernt. Im Eßzimmer wurde zu der Musik von »Grabow's Orchestra« aus Charleston getanzt. Orry hatte die *Eutaw* gemietet, um die vierzehn Musiker und ihre Instrumente auf die Plantage zu befördern. Um Mitternacht würde der Flußdampfer, falls das Wetter günstig blieb, eine kleine Fahrt mit den Gästen machen, wobei man an Bord speisen würde.

Auf der Wiese vor dem Fluß waren Tische mit Speise und Trank aufgestellt worden. Sklavenjungen versuchten, mit Wedeln die Insekten von Schinken, Lamm, gebratenem Rindfleisch, Huhn, Austern, Krabben und andern Meeresfrüchten fernzuhalten. Es waren fast hundert Kilo Schinken und ebensoviel von den anderen Leckereien für das Fest eingekauft worden. Man trank Champagner, französischen und deutschen Wein.

Die Gäste hatten sich dem Anlaß entsprechend elegant gekleidet, und es duftete nach teuren Parfums. Es war noch keine Stunde vergangen, und doch wußte Orry bereits, daß das Fest ein Riesenerfolg war.

Obwohl ihm sehr heiß war, genoß Orry den Abend. Das Fest war für ihn ein Symbol all dessen, was sein Heimatstaat an Eleganz und Positivem zu bieten hatte. Die Lichter, Essen, Wein und Musik verbreiteten eine wohlige Atmosphäre. Ein magischer Zauber lag über dem Abend.

Tillet und George erzählten Geschichten und brachen immer wieder in lautes Gelächter aus, als hätten sie die Diskussion über die Sezession völlig vergessen. Orry sah, wie sie ihre Gläser auffüllten und Arm in Arm davonschlenderten.

Constance stolperte eben mit rotem Gesicht, atemlos und kichernd, von der Tanzfläche. Einer der Smiths hatte sie zu einer Polka aufgefordert und ihrem anfänglichen Zögern schließlich mit Charme den Garaus gemacht. Es waren viele Damen und Herren namens Smith anwesend, aber niemand war mit Whitney Smith verwandt.

Constance hatte schnell und viel getanzt und von ihrem Partner ein Kompliment bekommen. Clarissa umarmte sie und sagte: »Sie tanzen wie eine Frau aus dem Süden. Sind Sie sicher, daß Sie nicht ganz hierherziehen wollen?«

»Es ist ein so herrliches Fest mit so vielen herrlichen Menschen, daß ich mich noch überzeugen lassen könnte, Clarissa.«

Orry schlenderte wieder nach draußen. Er lehnte sich an eine weiße Säule, nippte an seinem Glas und lächelte jedermann zu. Er fühlte sich etwas umnebelt, aber herrlich. Nicht alle waren jedoch so euphorisch gestimmt. Cooper war immer noch über das Verhalten seines Vaters vom vergangenen Abend verstimmt, wie sein finsterer Gesichtsausdruck bewies.

Orry ging auf ihn zu und klopfte ihm freundschaftlich auf die Schulter, wobei er etwas Champagner verschüttete.

»Na, komm, genieß es doch für einmal! Du mußt zugeben, daß es ein verflucht schönes Fest ist.«

»Ja«, sagte Cooper ohne große Begeisterung. »Es wäre herrlich, wenn die Leute sich den Yankees gegenüber immer so großherzig benehmen würden.«

Orry war etwas verdutzt. »Wenn dir das Fest gefällt, warum lächelst du dann nicht?«

»Ich muß immer wieder an den Aufwand denken, den ein solches Fest verlangt. Nicht alle Menschen hier können sich vergnügen, wie du siehst.«

Mit einer langsamen, majestätischen Bewegung lenkte er Orrys Blick auf einen Mann, der sich schwitzend, zwei schwere Weinkisten auf den Schultern, durch das Gewühl kämpfte. Der Mann war ein Haussklave, achtundsechzig Jahre alt.

Wütend drehte Orry sich um und ging.

Von diesem Augenblick an verdüsterte sich seine Stimmung. Alles was er sah und hörte, steigerte sein Unbehagen und seine Melancholie.

Einer der Jungen der Bull-Familie riß eine Schnur mit Papierlaternen herunter; eine davon fing Feuer und hätte beinahe den Reifrock von Tante Betsy Bull entflammt. Sie schnauzte ihren jungen Verwandten an und empfahl ihm, seinen Kopf in eine Pferdetränke zu stecken, bis er wieder nüchtern sei. Der Junge machte ein ernstes Gesicht, als ob er sich den Tadel zu Herzen genommen hätte. Aber es war nicht ein reumütiges Herz, das an dem veränderten Gesichtsausdruck schuld war, sondern ein durch zuviel Alkohol in Aufruhr geratener Magen. Der Junge mußte sich vor Tante Betsy erbrechen. Einige Zuschauer ergriffen angewidert die Flucht; einem wurde beinahe übel.

Die Dinge schienen plötzlich einen schlechten Lauf zu nehmen. Etwas später begegnete er Justin LaMotte in dem überfüllten Haus. Justin hatte einen Stuhl für sich in Anspruch genommen, indem er seinen in einem glänzenden Stiefel steckenden Fuß darauf stützte. Alle andern Stühle rund herum waren besetzt.

» — ist mir ehrlich gesagt egal, wen die Partei nominiert«, sagte er eben. »Yancey hatte recht. Die traditionelle Loyalität der Partei gegenüber ist am Verrotten. Wählt man die Whigs, wählt man eine kranke, wenn nicht tote Partei. Wählt man die Demokraten, steht man auf seiten einer politischen Organisation, die nicht mehr die Interessen der Region vertritt. Ich persönlich bin für die Amerikanische Partei. Keine Immigranten. Kein Pfaffentum. Und demnächst auch 'keine Abolition'.«

Orry starrte unmißverständlich auf Justins Stiefel. Justin blickte seinen Gastgeber verächtlich an und fuhr unbeirrt mit seinen dramatischen Ausführungen fort. Orry wandte sich angewidert ab.

Zehn Minuten später lehnte er an der Eßzimmerwand und sah George und Madeline beim Walzer zu. George schien es zu genießen.

Als Orry sein Glas hob, verschüttete er etwas Champagner und bemerkte, daß er betrunken war. Aber es war ihm egal. Es war ein Viertel nach elf Uhr und das Fest lief auf vollen Touren.

Orry betrachtete Madeline. Wie schön sie aussah, und wie anmutig sie mit seinem besten Freund tanzte. Ihr Busen hob sich milchweiß gegen ihr smaragdgrünes Kleid ab. Die Farbe paßte gut zu ihrem dunklen Haar und den dunklen Augen.
George tanzte gekonnt und mit Schneid. Kein Wunder, dachte Orry, und genehmigte sich ein weiteres Glas, er hatte ja noch alle nötigen Glieder zur Verfügung.
Ach, wie sehr wünschte er sich, ein ganzer Mann zu sein, Madeline um einen Tanz zu bitten und die Liebe, die ihn erfüllte, nicht mehr verstecken zu müssen! Er preßte die Lippen zu einem Strich zusammen. Seine dunklen Augen verrieten seine Wut. Er hielt sein Glas hin, ohne hinzusehen. Und genau wie er es erwartet hatte, war ein Sklave zur Stelle, um ihm neu einzuschenken.

»Sie ist eine charmante Partnerin«, sagte George, als er nach dem Tanz Madeline zu Orry geleitete. »Äußerst charmant. Aber ich sehe, daß Constance nach mir auf der Suche ist. Du entschuldigst mich, Orry, ja? Ich bedanke mich, Mrs. LaMotte.«
Und weg war er. Madeline errötete und stand nervös neben Orry.
»Ich verstehe, weshalb du ihn gern hast«, sagte sie. »Er ist lieb, intelligent und amüsant.« Sie öffnete ihren Spitzenfächer. »Es ist ein wundervoller Abend. Schade, daß die Zeit so schnell vergeht.«
Er blickte ihr tief in die Augen; betrunken wie er war, machte es ihm nichts aus, ob jemand sie sah.
»Alles geht so schnell vorbei, Madeline. Die Monate. Die Zeit, die uns bleibt —«
Sie klappte den Fächer so ruckartig zu, daß eine der Rippen brach. Sie schloß die Augen und sagte schweigend und inständig: *Bitte nicht!*
Zu seiner Überraschung trat sie plötzlich zurück. Sie kam ihm wie eine Marionette vor. »Ja, die Zeit vergeht wirklich schnell. Und bevor wir uns versehen, sind wir plötzlich alt.« Weshalb redete sie so laut? »Weißt du, wie der Junge von Francis, Forbes, mich jetzt nennt? Tante Maddie!« Sie lachte, aber er wußte, daß sie am liebsten geweint hätte.
»Da bist du ja, Liebling!«
Sie drehten sich um. Es war Justins Stimme. »Jemand sagte mir, daß

du mit einem Yankee getanzt hast. Ich hoffe, es ist nichts davon hängengeblieben.«

Justins Gesicht spiegelte eine Mischung aus Langeweile und süßlichem Humor. Seine Bemerkung war offensichtlich als Beleidigung von Orrys Gast gemeint. Obwohl Orry wütend war, konnte er nichts dagegen tun. Justin lächelte, und Orry mußte die Bemerkung als Witz nehmen.

Justin hielt seiner Frau den Arm hin. »Sollen wir uns einige der Leckerbissen genehmigen, die unser Gastgeber bereitgestellt hat, Liebling?«

»Geh du nur, Justin, ich habe bereits genügend —«

»Ich bestehe darauf.« Er packte sie an der rechten Hand und zwang sie, seinen Arm zu nehmen. Sie fühlte sich gedemütigt und errötete. Als Justin sie wegführte, warf sie Orry heimlich einen sehnsuchtsvollen Blick zu. Er fühlte die gleiche Sehnsucht; es war beinahe unerträglich. *Das kann nicht so weitergehen. Es muß etwas geschehen.* Irgendeine Intuition sagte ihm, daß eine Änderung zwar vielleicht nicht sofort, aber doch irgendwann eintreten mußte. Es *würde* etwas geschehen. Würde es zu ihren Gunsten oder zu ihrem Nachteil sein?

Billy und Brett wirbelten walzertanzend an Orry vorbei. Sie bemerkten weder seinen verwirrten Gesichtsausdruck noch sonst etwas, sondern lebten ganz in ihrer momentanen Gefühlswelt. Billy wünschte sich, daß die Musik und die Nacht nie ein Ende nähmen.

»Die Kamelien kamen gerade, bevor ich heruntergekommen bin«, sagte Brett. Er stieß einen Seufzer der Erleichterung aus. Es war das erste Mal, daß sie etwas von dem Geschenk sagte. »Es sind so viele! Das Arrangement muß ein Vermögen gekostet haben«, fügte sie hinzu.

»Die Hazards werden sich das wohl leisten können.«

Nun fühlte er sich wie ein Idiot. Die Bemerkung war hochtrabend. Gott im Himmel, wie sehr sie ihn doch mit ihren leuchtenden Augen, ihrem geneigten Kopf und ihren Lippen verwirrte! George hatte ihm einmal gesagt, daß viele Kadetten in West Point sich gegen eine Romanze aussprachen, weil die Liebe einem den Kopf verdrehte und dies wiederum nicht mit dem Studium zu vereinbaren sei. Billy konnte eine solche Einstellung begreifen, aber jetzt war es für ihn schon zu spät.

»Auf jeden Fall sind die Blumen wundervoll — genau wie der Gedanke, der dahinter steckt.«
»Danke. Es gibt Mädchen, die so was nicht bemerken würden.«
»Das kann ich mir nicht vorstellen.«
»Aber es stimmt. Deshalb bist du anders als die andern. Du flirtest nicht und läßt den andern nicht im dunkeln herumtappen. Du sagst, was du denkst. Das gehört zu den Dingen, die ich an dir so sehr liebe . . .« — er schluckte das Wort hinunter und wurde rot — ». . . so sehr mag.«
»Früher hatte ich den Eindruck, daß dir gerade das nicht gefiel.«
Er grinste. »Es ist vielleicht besser, wenn wir uns nicht über meine vergangenen Fehler unterhalten. Es gibt nämlich so viele, daß uns kaum noch Zeit für etwas anderes bleiben würde.«
»Oh, du machst nicht viele Fehler. Auf jeden Fall keine schwerwiegenden.«
»O doch.« Wie durch einen Schleier hindurch sah er das blasse Gesicht von Ashton. Sie stand neben Huntoon und beobachtete ihn. »Manchmal mache ich auch etwas richtig. Zum Beispiel, als ich Orry gebeten habe, um dich werben zu dürfen. Ich wünschte, ich könnte dich öfters als nur einmal im Jahr besuchen.«
»Aber ich freue mich, daß du ihn gefragt hast, und ich freue mich, daß er ja gesagt hat.« Sie drückte seine Hand. »Ich werde dir eine Menge Briefe schreiben. Und vielleicht darf ich dich mit Orry einmal in West Point besuchen. Es ist doch ein berühmter Ferienort, nicht wahr?«
»Ich glaube ja. Aber du wirst hier ja wahrscheinlich nicht zu einsam sein. Der LaMotte-Bursche wird dir wahrscheinlich den Hof machen.«
»Nicht mehr. Forbes ist ein gutaussehender Mann, aber er benimmt sich, na ja, zu alt. Er wird mich nicht mehr besuchen«, sagte sie betont.
»Weiß er das?«
»Ja, ich habe es ihm vor einigen Minuten gesagt. Ich fand es nötig, da du mir Kamelien geschickt hast und —« Ihr Gesicht wurde puterrot. »Billy, sieh mich bitte nicht so an! Ich verschmelze. Wie ungeschickt von mir, das so offen zu sagen, aber ich kann nicht anders —« Sie preßte einen Augenblick ihre Wange an die seinige und flü-

sterte: »Ich mag dich schon so lange! Ich dachte, du würdest mich nie bemerken.«
Er lehnte sich etwas zurück und blickte wieder in ihre Augen. Diesmal fiel es ihm nicht schwer, die richtigen Worte zu finden:
»Ich werde nie eine andere bemerken. Nie!«

Mit einem halbleeren Glas in der Hand sah Forbes LaMotte Billy und Brett beim Tanzen zu. Der Anblick ihrer verliebten Gesichter widerte ihn an und machte ihn wütend. Er bemerkte nicht, daß Ashton sich an seine Seite stahl. Als sie sich bei ihm einhakte, erschrak er.
»Forbes, Liebling, du siehst stinkwütend aus.«
»So fühle ich mich auch.« Er blickte auf die Menge hinter ihr. »Wo ist Huntoon?«
»Ich habe ihn für eine Weile fortgeschickt. Ich wollte mich mit dir unterhalten.«
»Schön. Ich bin es müde, mir die beiden dort anzusehen.«
Er kehrte der Tanzfläche den Rücken zu und führte Ashton durch das Gewühl. Sie lächelte, nickte geschickt nach rechts und links und unterhielt sich dabei die ganze Zeit über mit ihm im Flüsterton.
»Was ist? Ich dachte, du genießt das Fest?«
»Hab' ich auch. Bis deine liebe Schwester mir mitteilte, daß sie es vorziehen würde, mich nicht mehr zu sehen.«
»Ah, ja? Und wie fühlst du dich jetzt?«
»Ich bin verdammt beleidigt.«
»Das kann ich begreifen.«
»Versteh mich nicht falsch, Ashton. Brett ist nicht die einzige Frau, die — ich meine, sie ist nicht die einzige Frau auf der Welt.«
Sie drückte lächelnd seinen Arm. »Ich weiß, was du sagen möchtest, du Bengel. Du hast heute abend eine andere gefunden, nicht wahr?«
Er grinste wollüstig. »Gewiß. Aber ein Mann muß schließlich auch ans Heiraten denken. Ich hätte mir Brett gut als Ehefrau vorstellen können. Ihre Absage macht mir nicht eitel Freude.«
»Und wie, glaubst du, fühle ich mich, nachdem Mr. Hazard mich sitzengelassen hat!«
»Ich nehme an, genauso wie ich. Wolltest du darüber mit mir sprechen?«
»Genau. Hier ist die Punschbowle. Bitte, hol mir ein Glas.«

Er stürzte sich förmlich darauf. Bevor sie hinausgingen, leerte er rasch sein Glas und füllte es erneut. Vor dem Haus trank er den Punsch in großen Schlucken und schmiß das Glas mitten in einen Azaleenstrauch hinein. Manchmal fand ihn Ashton wirklich abstoßend. Aber er würde ihren Zwecken dienlich sein, sowohl den körperlichen als auch den andern.

Sie verließen den Hof und gingen über den Rasen. »Ehrlich gesagt, Forbes, deine Mitteilung überrascht mich keineswegs. Ich habe irgendwie geahnt, daß Brett heute abend mit dir reden würde.«

»Wieso?«

»Sie hat es erwähnt, als wir uns umgezogen haben. Sie schnatterte wie eine Ente. Total aufgeregt wegen Billy —«

»Gott im Himmel«, knurrte er. »Ich verstehe nicht, wie Orry einem Yankee erlauben kann, deiner Schwester den Hof zu machen.«

»Ach, er ist doch in den ganzen Clan verliebt.«

»Wenn Brett unbedingt einen Soldaten möchte, weshalb denn nicht einen von The Citadel? Und wie in Teufels Namen soll Hazard ihr den Hof machen, wenn er Tausende von Meilen weit weg ist?«

»Forbes, hör auf zu fluchen! Du wirst die Aufmerksamkeit auf uns lenken. Es wird unsrer Sache mehr nützen, wenn die Leute uns nicht zusammen sehen; jetzt nicht, und in Zukunft nicht.«

»Unsere Sache?« wiederholte Forbes. »Was meinst du?«

»Nun, die Abrechnung mit Billy und Brett.«

Er blieb stehen, blickte sie an, warf den Kopf in den Nacken und lachte.

»Donnerwetter, du bist wirklich einzigartig. Eine echte, unverschämte Hure.«

Sie klopfte ihm mit dem Fächer auf das Kinn. Ein leichter Schlag, aber er saß — wie sie erwartet hatte. Sie lächelte zwar immer noch, aber ihre Augen sprühten Gift.

»Ich fasse das als Kompliment auf. Aber wenn du noch einmal fluchst oder die Stimme erhebst, wirst du das, was du so heiß begehrst, nie mehr zu sehen kriegen.«

»Schon gut, schon gut, tut mir leid.«

»Das klingt schon besser.«

Sie lenkten ihre Schritte in Richtung Fluß. Die mit Laternen geschmückte *Eutaw* hatte eben ihre nächtliche Fahrt begonnen. Das

Orchester spielte, und die fröhliche Musik drang über das dunkle Wasser bis ans Ufer.

»Nun«, sagte Ashton mit fröhlicher Stimme, »laß uns unser Gespräch fortsetzen. Gehe ich richtig in der Annahme, daß du einer kleinen Rache nicht abgeneigt bist?«

»Du gottverd- äh — ja.« Ihn schauerte. Sie konnte einem wirklich Angst machen.

»Na herrlich. Ich möchte sicher sein. Wir werden geheime Verbündete sein. Wahrscheinlich werde ich demnächst James heiraten, aber ein Mann und ein Verbündeter sind nicht ein und dasselbe. Abgesehen davon, daß unser Bündnis ja noch ein gewisses Extra —«

Mit geschlossenem Fächer streichelte sie sanft seinen Handrücken. »Natürlich nur, sofern du dich benimmst.«

Wieder lief ihm ein Schauer über den Rücken. »Ich verstehe. Aber du bist nicht betrunken, oder?«

Sie trat empört zur Seite. »Was zum Teufel willst du damit sagen?«

»Du sprichst davon, etwas gegen deine eigene Schwester zu unternehmen.«

»Richtig.« Sie lächelte wieder. »Ich hasse sie.«

Er erblaßte. »Wieso zum Teufel —« Er vermochte den Ausdruck nicht zu unterdrücken. »Na schön, ich wollte mich nur vergewissern.«

Er hatte das Gefühl, wegrennen zu müssen. Doch dann dachte er an das, was sich im Stall ereignet hatte. Er bot ihr wieder den Arm an. »Könntest du mir vielleicht sagen, wie wir« — er schluckte — »das tun werden, worüber wir uns unterhalten?«

»Nein, ich weiß es noch nicht. Wir müssen unsern Plan den Umständen anpassen, aber wir werden den richtigen Augenblick erkennen. Wir dürfen nichts überstürzen. Wir müssen lächeln und abwarten, und eines Tages, wenn Billy Hazard und meine Schwester am wenigsten darauf gefaßt sind, werden wir es ihnen heimzahlen.«

Forbes lächelte, obwohl er Bedenken hatte. Es war ein etwas trübes Lächeln, aber Ashton fand es trotzdem charmant.

»Ja, das werden wir«, sagte er. Er deutete auf das festlich erleuchtete Haus. »Darf ich um einen Tanz bitten, um das ganze zu besiegeln?«

»Du darfst, Mr. LaMotte. Bitte geh vor.«

32

Am 1. Juni 1852 betrat Billy das Norddock in West Point. Über dem Fluß und den Hügeln lag heißer, grauer Dunst. Billy versuchte die Akademie zu erspähen, aber sie war von einem steilen Abhang, der sich hinter dem Dock erhob, verdeckt. Wie hatte sich sein Bruder wohl am ersten Tag gefühlt? Auch so nervös? Auch so aufgeregt?
Billy war fest entschlossen, sich während der nächsten vier Jahre anzustrengen. Er wollte zu den Pioniertruppen, und das bedeutete, daß er ausgezeichnete Noten haben mußte. Er wußte, daß er sie mit Fleiß und ein wenig Glück auch bekommen würde. Er hatte schon mit den Vorbereitungen begonnen und vor und während der Reise stark gebüffelt. Seine große Reisetasche war fast ausschließlich mit Büchern gefüllt: gebrauchte Algebra-, Geometrie- und Trigonometriebücher, darstellende Geometrie — alle von Professor Davies der Militärakademie überarbeitet und erweitert.
»Sir, stehen Sie nicht so rum und glotzen Sie nicht so in der Weltgeschichte herum. Sind Sie der einzige Neuankömmling? Sehr gut, Sir. Stellen Sie Ihr Gepäck auf den Karren, Sir.«
Die Stimme und der irische Akzent gehörten zu einem runzligen, eher häßlichen kleinen Mann in einer verschmutzten Armeeuniform. Er legte eine Hand stolz auf das Heft seines Säbels. Der Mann sah nicht gerade so aus, wie man sich einen idealen Soldaten vorstellte, aber er beeindruckte Billy; er strahlte etwas von der Tradition dieses Ortes aus. Billy war stolz, dort zu sein, wo sein Bruder vor zehn Jahren gewesen war. Während Jacksons Zeit hatte die Akademie einen schlechten Ruf genossen, aber George sagte, daß dies langsam am Abklingen sei und die Akademie nun zusammen mit Woolwich und Sandhurst in Großbritannien, St. Cyr und der École Polytechnique in Frankreich eine der führenden Militärschulen sei. Der alte Thayer hatte sich bei der Umstrukturierung des Lehrplans von West Point am Modell der französischen École Polytechnique orientiert.
»Sir, ich sage Ihnen nicht noch einmal, daß Sie vorwärts machen sollen. Ich bin Sergeant Owens. Vergessen Sie nicht, daß Sie sich nun auf Militärgebiet befinden. Benehmen Sie sich entsprechend!«
»Ja, Sir«, sagte Billy und eilte ihm nach.

Hauptmann Elkanah Bent saß da und zupfte mit Daumen und Zeigefinger an seiner Unterlippe. Schweiß tropfte von seinem Kinn auf die offene Akte. Obwohl alle Fenster des altmodischen Backsteinhauses weit offen standen, kam der fettleibige Offizier vor Hitze fast um.

Das Haus stand am westlichen Ende des President-Park. In acht Monaten würde ein neuer Mann in die Residenz in der Mitte des bewaldeten Parks ziehen. Die Demokraten hatten bei der 49. Abstimmung Franklin Pierce von New Hampshire nominiert. Nach seiner Ernennung zum General im Mexiko-Krieg wurde Pierce sogleich als einer jener unfähigen Politiker verschrien, die unbedingt auch noch einen militärischen Rang haben müssen. Aber er stellte sich als überraschend kompetenter Befehlshaber heraus, und viele Berufsoffiziere begrüßten seine Wahl.

Die Republikaner ihrerseits hatten sich für den Oberbefehlshaber selbst entschieden. General Scott hatte sich schon 1848 nominieren lassen wollen, wurde damals aber gezwungen, weitere vier Jahre zu warten. Diesmal hatte er es nach der dreiundfünfzigsten Abstimmung geschafft, nachdem Präsident Fillmore die Nomination durch seine eigene Partei verweigert worden war — sofern die Republikaner überhaupt noch als lebensfähige Partei bezeichnet werden konnten.

Nun gut. Das Land würde also auf jeden Fall einen Präsidenten mit militärischer Erfahrung sehen. Vielleicht würde ein solcher Mann begreifen, daß die Hauptaufgabe der Regierung darin lag, sich auf einen Krieg gegen die Verräter im Süden vorzubereiten.

Bent war vor etwas weniger als vier Wochen zum Kriegsministerium gekommen. Er hatte jetzt schon genug von der Hauptstadt, aber darüber war er sich schon im klaren gewesen, als er die Versetzung akzeptierte. Washington war eine permanente Baugrube. Der Stil der bereits gebauten Häuser und die Ansichten der meisten Leute entsprachen denen des Südens, und die Stadt war voll von Fliegen, Ratten und anderen unangenehmen Kreaturen. Er haßte die freien Neger, die in der Öffentlichkeit herumstolzierten und sich so benahmen, als seien sie gleich viel wert wie die Weißen. Er haßte auch die Bürokraten, diese Hosenscheißer, die immer hin und her rannten, als müßten sie beweisen, daß es ohne sie nicht ginge.

Trotz aller Widerwärtigkeiten war die Versetzung ein wichtiger und

schon längst fälliger Schritt, denn die Stabsarbeit war eine notwendige Erfahrung. Die letzten vierunddreißig Monate hatte Bent an einem unwichtigen Posten in der Carlisle-Kaserne verbracht. Diese neue Aufgabe könnte einen Wendepunkt in seiner Karriere bedeuten, die bis jetzt — auch für friedliche Zeiten — viel zu langsam vorwärtsgegangen war. Er wußte, wer daran schuld war.
Durch das Büro des Generaladjutanten liefen alle persönlichen Akten der Armee. Kurz nach seinem Eintreffen hatte Bent die Liste durchgesehen, auf der alle bestätigten Akademiebewerber des nächsten Jahres aufgeführt waren. Dabei entdeckte er Charles Main aus South Carolina. Nachforschungen ergaben, daß dieser Charles Main der Vetter eines ehemaligen Offiziers war — einer von Bents Bekannten.
Und gerade heute war mit der offiziellen Post die endgültige Liste der im Juni Eingetretenen, die schon im Camp waren, und auch diejenige der Nachzügler, die erst im Herbst eintreten würden, eingetroffen. Ein Name stach ihm sofort in die Augen: William Hazard II, Lehigh Station, Pennsylvania.
Er mußte zur selben Familie gehören.
Bent konnte seine Freude kaum unter Kontrolle halten. Er hatte Orry Main und George Hazard aus den Augen verloren, woran auch der Druck seiner eigenen Karriere nicht ganz unschuldig war. Zudem waren ja beide nicht mehr in der Armee und hatten sich so seinem Einfluß entzogen.
Am äußersten Ende von Bents Schreibtisch tauchte ein kleine, haarige Raupe auf, die sich langsam zur geschlossenen Akte vorkämpfte. Aus lauter Gewohnheit fielen Bent, als er an seine alten Gegner dachte, deren Spitznamen ein. Hatten Stumpf und Stiel das Versprechen vergessen, das er ihnen gegeben hatte? Wenn ja, um so besser, denn Diskretion und Überraschung erwiesen sich sowohl bei privaten als auch bei militärischen Manövern als äußerst wertvoll.
»Hauptmann Bent?« Aus dem Hauptbüro drang die Stimme des Generaladjutanten. »Bitte kommen Sie einen Augenblick hierher.«
»Sofort, Sir.«
Elkanah Bent hievte sich aus dem Stuhl, machte einen Schritt, blieb stehen, hielt seine Hand über die Raupe und drückte seinen Daumen kräftig nieder. Als das Insekt tot und vom Schreibtisch gefegt war, polterte Bent los, um der Aufforderung nachzukommen.

Drittes Buch

»Die Bande, die uns zusammenhalten, zerreißen eins nach dem andern.«

Wenn Sie zerreißen, dann laßt die Union in Gottes Namen gehen . . . Ich liebe die Union wie meine eigene Frau. Doch wenn meine Frau mich um eine Trennung bäte und darauf bestünde, ich würde sie gehenlassen — auch wenn es mir das Herz bräche.

JOHN QUINCY ADAMS
zu dem Gerücht über die sezessionistische Verschwörung von Burr, 1801

33

George Hazard behauptete, daß ihm an West Point nicht sonderlich viel gelegen sei. Und doch hatte er sich des öfteren ausgiebig mit Billy darüber unterhalten, so daß dieser, als er in der Militärakademie eintraf, schon gut darüber Bescheid wußte.

George hatte ihn vor »Thayers Männern und Thayers System« gewarnt. Kernstück des Systems bildete der Glaube daran, daß die persönliche Leistung in absoluten Werten und in einer Rangfolge ausgedrückt werden konnte. Sowohl das System als auch die mit dessen Durchführung beauftragten Männer herrschten immer noch in West Point.

Doch in den sechs Jahren seit dem Abschluß von George waren doch einige Veränderungen vorgenommen worden. Am offensichtlichsten waren diejenigen architektonischer Art. Die Nord- und Südkaserne waren dem Erdboden gleichgemacht worden und durch eine Kaserne mit 176 Zimmern ersetzt worden. Das Dachgesims aus rotem Sandstein erinnerte Billy an englische Schlösser, die er auf Ansichtskarten gesehen hatte.

Östlich der Kaserne und südlich der Kapelle befand sich eine neue Offiziersmesse im Bau. Die alte Sternwarte, die Bibliothek und das Schulgebäude hatte man jedoch stehengelassen.

Seit dem Ende des Kriegs in Mexiko waren zwecks Demonstrationen permanent Pioniertruppen auf dem Areal anwesend. Man konnte sie an ihren dunkelblauen Uniformen mit dem schwarzen Samtkragen und dem Türmchen auf dem Kragenspiegel erkennen. Billy hoffte, eines Tages diese Uniform tragen zu dürfen.

Er war sich im klaren darüber, daß er in den kommenden vier Jahren hart würde arbeiten müssen. Doch die Vorbereitung auf seine Eintrittsprüfung im Juni war reine Verschwendung gewesen. In Mathematik zum Beispiel hatte er nur ein einfaches Rechenproblem an der Tafel lösen und drei ebenso einfache Fragen mündlich beantworten

müssen. Kein Wunder, hatte man in der Zivilbevölkerung oft den Eindruck, die Aufnahmeprüfung sei lächerlich einfach.
Statt mit Trommeln wurden die Kadetten nun mit Signalhörnern gerufen. Billy war noch keine zehn Minuten auf seinem Zimmer, als bereits ein Student der dritten Klasse eilends hereinstürmte, sich als Kadett Caleb Slocum vorstellte und von Billy die Achtungstellung verlangte.
Billy tat sein Bestes. Der Kadett, ein hagerer Bursche mit plattem, schwarzem Haar und einem schlechten Teint, kritisierte ihn und sagte dann mit affektierter Stimme: »Erzählen Sie mir etwas über sich, Sir. Ist Ihr Vater Demokrat?«
Billy antwortete freundlich: »Ich glaube, das hängt davon ab, wen die Partei diesen Monat nominieren wird.«
»Sir, ich habe Ihnen eine Frage gestellt, die mit einem einfachen Ja oder Nein zu beantworten ist. Statt dessen haben Sie eine Vorlesung über Politik gehalten.« Der Kadett senkte bedrohlich die Stimme und zischte: »Darf ich Ihrer Antwort entnehmen, daß Ihr Vater Politiker ist, Sir?«
Billy schluckte und würgte seinen Ärger hinunter. »Nein, Sir. Er ist Eisenhüttenbesitzer.«
»Sir!« brüllte der Kadett, »ich habe Sie geradeheraus gefragt, ob Ihr Vater Politiker ist oder nicht, und als Antwort darauf liefern Sie mir einen Diskurs über die Industrie! Stellen Sie sich dort in die Ecke und verharren Sie eine Viertelstunde mit dem Gesicht zur Wand! Ich werde ab und zu nachsehen. Unterdessen können Sie sich vielleicht einige Gedanken machen. Wie zum Beispiel: Wenn ich weiterhin so geschwätzig und stur bin, wird meine Karriere an dieser Schule nur von kurzer Dauer und höchst unangenehm sein. Nun, Sir. In die Ecke!«
Billy gehorchte mit rotem Gesicht. Wäre er wie sein Bruder, hätte er dem arroganten Kadetten eine geknallt und sich hinterher Gedanken über die möglichen Folgen gemacht. Aber er war etwas bedächtiger, und deshalb war George der Meinung, daß er ein hervorragender Pioniersoldat werden würde. Mit seiner vertrauensseligen Art wurde er aber auch leicht zum Opfer. Er stand beinahe eine Stunde in der Ecke, bis endlich ein Student der zweiten Klasse hereinkam und sich seiner erbarmte. Slocum hatte natürlich nicht die geringste Absicht gehabt, wiederzukommen.

Slocum. Billy rieb sich die schmerzenden Beine und merkte sich den Namen.
»Sie tun besser daran, sich an solche Schikanen zu gewöhnen, Sir«, sagte der Kadett. »Sie werden wahrscheinlich recht lange Junior sein.«
»Ja, Sir«, murmelte Billy. Einige Dinge in West Point hatten sich nicht geändert und würden sich auch nie ändern.

Billy und die anderen Neuankömmlinge, die alle noch Zivilkleider trugen, marschierten hinter dem uniformierten Bataillon durch die Ebene für das Sommercamp. Sie stolperten schwerbeladen durch den Staub, bis sie die ganze Habe der Senioren verstaut hatten.
Am ersten Tag des Sommerlagers wurde Billy noch mit einer weiteren Neuerung der Akademie vertraut gemacht. Sie war zwar weniger spektakulär als die andern, aber nicht weniger bedeutend. Später sagte man, daß es die wichtigste Veränderung überhaupt gewesen sei, weil sie so destruktiv war.
In jedem Zelt war Raum für drei Mann, ihr Bettzeug, ein Gestell mit Musketen, die ihnen eventuell ausgehändigt würden, sowie für eine meistens zerkratzte grüne Truhe. Die Truhe wies drei Fächer für die Wäsche der Kadetten auf. Außerdem bildete sie die einzige Sitzgelegenheit im Zelt. Als Billy hereinmarschierte, gefolgt von einem hageren, blassen, verwirrt dreinblickenden Junior, saß der dritte Bewohner des Zelts gerade auf der Truhe und polierte seine teuren Wellington-Stiefel mit dem Taschentuch.
Er blickte kurz auf. »Guten Abend, die Herren. Ich heiße McAleer. Dillard McAleer.« Er streckte die Hand zum Gruß hin.
Billy schüttelte sie und versuchte herauszufinden, was für einen Akzent der Bursche hatte. Es klang nach Süden, aber etwas härter und nasaler als die Sprache in South Carolina.
»Ich bin Billy Hazard aus Pennsylvania, und das ist Fred Pratt aus Milwaukee.«
»Frank Pratt«, sagte der großgewachsene junge Mann. Seine Stimme klang entschuldigend.
»Na, na. Zwei Yankees.« Dillard McAleer grinste.
McAleer hatte blaßblaue Augen und blonde Locken, die in seine rötliche Stirn fielen. Billy hatte ihn schon vorher, als die Neuankömm-

linge erfaßt und in vier Gruppen aufgeteilt wurden, bemerkt. Jede der Gruppen war einer Kadettenkompanie angeschlossen worden.
»Habt ihr zwei vor, euch gegen mich zu verbünden?« fragte McAleer. Etwas an McAleer ließ Billy aufhorchen. Was war es? McAleer lächelte zwar immer noch, aber die Frage barg einen gewissen Ernst. Billy fand es ein schlechtes Omen.
Draußen hörte er Schritte und Geflüster. Billy antwortete auf McAleers Frage mit einer Gegenfrage: »Weshalb sollten wir? Wir leiden doch hier gemeinsam.«
»Ich habe nicht die Absicht zu leiden«, gab McAleer zurück. »Dem ersten Yankee-Hurensohn, der mir in die Quere kommt, schlag' ich die Nase zum Hinterkopf raus.«
Billy kratzte sich am Kinn. »Woher kommst du, McAleer?«
»Aus einer kleinen Ortschaft in Kentucky namens Pine Vale. Mein Daddy ist ein Farmer.« Er starrte Billy an. »Und der Besitzer von vier Sklaven.«
Offensichtlich erwartete der Kadett eine Reaktion. Er saß immer noch auf der Truhe, und seinem hämisch groben Gesichtsausdruck nach zu schließen, würde er mit jeder Form von Kritik fertig werden. Billy war nicht darauf gefaßt gewesen, in West Point auf regionale Feindseligkeit zu stoßen, und die Erkenntnis seiner Naivität versetzte ihm einen leichten Schock. Aber er würde sich um keinen Preis auf eine Diskussion über Sklaverei einlassen.
Als Bewohner ein und desselben Zelts waren sie alle gleichgestellt, und McAleer mußte das einsehen. Billy machte eine Handbewegung. »Ich möchte meine Wäsche verstauen. Würdest du bitte aus dem Weg gehen?«
»Na klar.« Langsam stand McAleer auf. Es sah aus, als ob sich eine Schlange langsam aufrollte. Obwohl untersetzt, hatte er eine natürliche Anmut, die sein mädchenhaftes Aussehen eher unterstrich. Doch als er sich mit den Fingerspitzen über die Handflächen fuhr, als ob er sich für einen Kampf vorbereite, bemerkte Billy, daß er Schwielen an den Händen hatte.
McAleers Grinsen wurde noch etwas breiter. »Wetten, daß du mich beiseite schieben mußt, wenn du an diese Truhe ran willst.«
Von Frank Pratt war ein unterdrücktes, pathetisches Stöhnen zu vernehmen. Jetzt wußte Billy, weshalb ihm Dillard McAleer bekannt

vorkam: Der Kadett aus Kentucky benahm sich genau wie einige der jungen Männer, die er in Mont Royal getroffen hatte, arrogant und fast verzweifelt streitsüchtig. Vielleicht war dies die übliche Abwehr Yankees gegenüber?

Billy blickte McAleer fest in die Augen. »McAleer, ich habe keinen Streit mit dir. Wir werden zwei Monate in diesem Höllenloch zusammenleben müssen, und es wäre besser, wenn wir miteinander auskämen. Meiner Meinung nach hat das nichts damit zu tun, wer wir sind oder woher wir kommen, sondern damit, wie wir miteinander umgehen. Nun, ich habe nichts Außergewöhnliches verlangt, sondern ich will lediglich an diese Truhe herankommen, die zu einem Drittel mir zusteht. Aber wenn ich dich wegschieben muß, wie du es nennst, so glaube ich, daß ich dazu fähig bin.«

McAleer war von der Bestimmtheit in Billys Stimme beeindruckt. Er winkte ab. »Zum Teufel, Hazard, ich hab' bloß Spaß gemacht.« Mit einer tiefen Verbeugung machte er Platz. »Er gehört dir. Dir auch, Fred.«

»Frank.«

»Na klar, Frank.«

Billy entspannte sich und wandte sich nach dem Zelteingang um, wo er seine Sachen deponiert hatte. Plötzlich:

»Los Jungs — ziehen!«

Billy erkannte Slocums Stimme, gerade bevor alle Pflöcke aus dem Boden gezogen wurden und das ganze Zelt über ihnen zusammenfiel. McAleer fluchte und schlug um sich. Als die drei Junioren sich schließlich hervorgebuddelt hatten, mußte Billy den Jungen aus Kentucky festhalten, damit er nicht auf die lachenden Senioren losging. George hatte erzählt, er und Orry seien als Junioren besonders von einem Senior geplagt worden, der sie nicht ausstehen konnte. Billy erging es gleich. Caleb Slocum aus Arkansas hatte es immer wieder auf ihn abgesehen und beschuldigte ihn irgendwelcher realer oder imaginärer Vergehen. Es dauerte nicht lange und Billy träumte nachts von Slocums häßlichem, fleckigem Gesicht und von Augenblicken des Triumphs, in denen er Slocum auf mannigfaltige Art und Weise umbrachte.

Er hielt die Schikaniererei aus, weil er wußte, daß ihm nichts anderes übrigblieb, wenn er sein Ziel erreichen wollte. Wenn er Wache stand, dachte er gern über die Zukunft nach. Die Übung bestand darin, daß man zwei Stunden auf dem Posten auf und ab marschierte, dann vier Stunden Ruhestellung, dann wieder zwei Stunden auf Posten stehen und so weiter, während vierundzwanzig Stunden. Um sich die Zeit zu vertreiben, ließ Billy seiner Phantasie freien Lauf und stellte sich einen sonnigen Tag vor, an dem er seine Aufnahme in die Pioniertruppen geschafft haben und in der Lage sein würde, eine Frau zu heiraten. Es gab keinen Zweifel mehr daran, wer seine Frau sein würde. Er hoffte lediglich, daß Brett ihn ebenso sehr wollte wie er sie.

Eine Woche vor dem Ende des Sommercamps geriet McAleer mit zwei Junioren aus dem Norden in Streit. Es ging um die Frage der Sklaverei in den neuen Territorien. Ein Kampf entspann sich. McAleer behauptete sich, bis ein Frechmaul aus New York namens Phil Sheridan, der als Zänker bekannt war, sich einmischte. Diesmal stellte Sheridan sich auf die Seite der Disziplin. Er versuchte, den Streit zu schlichten, aber sein Intervenieren machte McAleer nur um so wütender. Er riß einen Ast von einem nahestehenden Baum ab und stürmte auf Sheridan los. Glücklicherweise gelang es den andern Kadetten, die beiden Kampfhähne voneinander zu trennen, aber es dauerte etwa fünf Minuten, bis sie McAleer beruhigt hatten.

Am folgenden Tag ließ Superintendent Henry Brewerton McAleer zu sich ins Büro holen. Niemand wußte, was hinter der verschlossenen Tür vor sich ging, aber am späten Nachmittag sah man McAleer seine Sachen packen.

»Jungs«, sagte er mit einem frechen Grinsen, »ich lasse euch zwei zwar nicht gern zurück, aber der Super hat sich ziemlich klar ausgedrückt: entweder die Entlassung oder eine formelle Anklage. Nun, wenn ich schon dieses abolitionistische Drecksnest verlassen muß, dann wenigstens mit Stil.«

Empfand McAleer Bedauern, so verbarg er dies gut. Billy fand es absurd, daß der Bursche aus Kentucky ausgerechnet die Akademie einer abolitionistischen Neigung beschuldigte. Im größten Teil des Landes war man genau gegenteiliger Ansicht.

Frank Pratt, der stets darauf bedacht war, keinen Anstoß zu erregen, sagte: »Ja, das ist dir gelungen, Dillard.« Billy zeigte seine Gefühle nicht; die Sinnlosigkeit und die Heftigkeit des Streits widerten ihn an.

Frank fuhr mit seiner hohen Stimme fort: »Du hast diese beiden Junioren und Sheridan wie drei kleine Jungs abgeschüttelt.«
McAleer zuckte die Achseln. »Klar. Gentlemen kämpfen immer besser als der Pöbel, und das ist es, was die Yankees sind — Pöbel. Bastarde. Die meisten Yankees«, fügte er in Anbetracht seiner Zeltmitbewohner hinzu. Billy hatte dieselbe Meinung bereits von andern Kadetten aus dem Süden kennengelernt. Vielleicht wollten sie damit nur ein Minderwertigkeitsgefühl wettmachen?
McAleer verabschiedete sich mit einem Händeschütteln. »Es war ein Riesenspaß, Jungs.«
»Ja«, sagte Billy, obwohl er es nicht so meinte. »Mach's gut, Dillard.«
»Na klar. Macht euch keine Sorgen um mich!«
Er winkte nochmals und trottete von dannen. Die Erinnerung an den Ast und an sein haßverzerrtes Gesicht blieb.

Am ersten September traf ein neuer Superintendent ein. Wie Brewerton, war auch Robert Lee Mitglied der Pioniertruppen, aber er genoß einen wesentlich besseren Ruf. Lee wurde allgemein als der beste Soldat Amerikas betrachtet. Man sagte, daß Winfield Scott ihn sozusagen verehrte. Lee mußte sich an der Akademie mit einem ganz besonderen Problem auseinandersetzen: Sein ältester Sohn, Curtis, gehörte zu der 54er Klasse, und es fehlte nicht an abfälligen Bemerkungen über Nepotismus.
Billy sah den neuen Superintendenten zum erstenmal beim sonntäglichen Kapellenbesuch aus nächster Nähe. Dieser Besuch war übrigens Pflicht — auch etwas, das sich seit Georges Tagen nicht verändert hatte. Lee war fast einsachtzig groß, hatte braune Augen, buschige Augenbrauen und ein Gesicht, das Charakterstärke verriet. In seinem schwarzen Haar zeigten sich vereinzelt graue Strähnen, nicht aber in seinem Schnurrbart, der beiderseits gut einen Zentimeter über die Mundwinkel hervorragte. Billy schätzte Lee auf fünfundvierzig. Der Kaplan hielt eine seiner üblichen einschläfernden Predigten zu einem beliebten kirchlichen Thema: das tausendjährige Reich Christi. Daraufhin schlug er ein Gebet für den neuen Superintendenten vor. Anschließend stieg Oberst Lee von seinem Kirchenstuhl herunter und hielt eine kurze Ansprache.

Er zitierte den jungen König aus Shakespeares *Heinrich V.* und nannte die Kadetten eine Schar von Brüdern. Er rief jeden Zuhörer dazu auf, in diesem Sinn an das Armeekorps zu denken und sich daran zu erinnern, daß die Männer von West Point einzig und allein der Nation, der sie Treue geschworen hatten, verpflichtet waren.
»Was hältst du von ihm?« fragte Frank Pratt in seiner ihm eigenen vorsichtigen Art. Billy hatte den Jungen aus Wisconsin zum Zimmergenossen bekommen, und sie waren eben dabei, sich rasch vor dem Abendessen in ihrem neuen Quartier einzurichten.
»Er entspricht zweifellos dem Bild des idealen Soldaten«, sagte Billy. »Ich hoffe bloß, daß er den Frieden hier aufrechterhalten kann.«
»Eine Schar von Brüdern«, murmelte Frank. »Der Satz geht mir nicht mehr aus dem Sinn. Das ist es, was wir sind, nicht wahr?«
»Was wir sein sollten.« Ein Bild tauchte vor Billys geistigem Auge auf — das Gesicht von McAleer, als er Sheridan angriff.
Ein herrisches Türklopfen, auf das das übliche »In Ordnung?« folgte.
»In Ordnung«, wiederholte Billy.
Doch statt weiterzugehen, trat der inspizierende Senior ein. James E.B. Stuart war ein jovialer, äußerst beliebter Junge aus Virginia, dem jemand den Spitznamen Beauty gegeben hatte, gerade weil er häßlich war.
Mit gespielter Strenge sagte Stuart: »Sirs, seid vorsichtig, jetzt, da dieser Institution ein Mann aus Virginia vorsteht.« Er warf einen verstohlenen Blick über seine Schulter und senkte dann die Stimme. »Ich bin gekommen, um euch zu warnen. Einer der Trommler hat eine Ladung Schnaps hereingeschmuggelt. Slocum hat ihm etwas davon abgekauft. Er ist betrunken und erwähnt immer wieder eure Namen« — Frank Pratt erblaßte —, »also seid vor ihm auf der Hut!«
»Wir werden aufpassen, Sir«, sagte Billy. »Vielen Dank.«
»Ich möchte nicht, daß ihr von jedem Südstaatler, dem ihr begegnet, Schlechtes denkt«, fügte Stuart noch hinzu und verschwand.
Billy betrachtete nachdenklich die Herbstsonne, die ihre Strahlen verschwenderisch durch das bleiverglaste Fenster warf. *Ich möchte nicht, daß ihr von jedem Südstaatler, dem ihr begegnet, Schlechtes denkt.* Sogar bei einfachen Gesprächen wurde man unweigerlich an die sich vertiefende Kluft erinnert.

Frank brach das Schweigen. »Was haben wir Slocum getan?«
»Nichts.«
»Weshalb kann er uns denn nicht leiden?«
»Wir sind Junioren, und er ist bereits länger hier. Er kommt aus dem Süden, und wir sind Yankees. Woher soll ich wissen, weshalb er etwas gegen uns hat, Frank? Ich vermute, daß es immer irgend jemanden auf der Welt gibt, der einen haßt.«
Frank nagte an seiner Lippe und stellte sich dabei eine düstere Zukunft vor. Er war kein Feigling, wie Billy herausgefunden hatte, bloß pessimistisch und leicht aus der Fassung zu bringen. Hatte er seine Scheu erst mal überwunden, würde ein guter Offizier aus ihm werden.
»Nun«, sagte Frank schließlich, »ich könnte mir denken, daß Slocum in absehbarer Zeit unsere Skalps an die Tür nageln möchte.«
»Glaub' ich auch. Am besten, wir beherzigen den Ratschlag von Beauty und gehen ihm aus dem Weg.«
Aber er hatte das Gefühl, daß ein Zusammentreffen mit Slocum nicht abwendbar sei. Sei's drum. Wenn es soweit wäre, würde er es schon mit dem Kadetten aus Arkansas aufnehmen, und zum Teufel mit dem Preis, den er dafür zahlen müßte.
Er wollte Frank beruhigen und ihm klarmachen, daß sie mit Slocum fertig werden würden, doch bevor es dazu kam, erklang das Signalhorn. Türen flogen auf, und Kadetten rannten geräuschvoll die Treppe hinunter, um gemeinsam in die Kantine zu marschieren. Frank stolperte auf der Treppe, fiel hin und riß sich das Hosenbein auf. Draußen in der hellen Sonne fiel Slocum das Dreieck auf, und er erstattete Bericht über Frank.
Billy wollte etwas sagen, aber er hielt sich unter Kontrolle. Slocum grinste hämisch und erstattete Bericht wegen »frechem Verhalten und frechem Gesichtsausdruck«.
Zweifellos würde es eines Tages zu einer Abrechnung kommen.

34

Von Schlaflosigkeit und Gedanken an Madeline gequält, nahm Orry den Brief nochmals zur Hand.
Die Schrift verschwamm vor seinen Augen. Als er das Papier ein wenig weiter weghielt, vermochte er das Datum — 16. Dezember — und auch den Rest zu lesen. Er hatte schon anfangs Herbst bemerkt, daß mit seiner Sehschärfe etwas nicht stimmte; es deprimierte ihn, wie auch so vieles andere.
Der Brief war eine Mischung aus Freude und Zynismus. George hatte Billy anfangs Dezember in West Point besucht. Billy hielt sich gut, er gehörte in jeder Klasse zu den Besten und würde die Prüfungen im Januar sicher ohne Schwierigkeiten bestehen.
Der Brief endete mit einigen Bemerkungen über den neugewählten Präsidenten. Viele Nordstaatler bezeichneten Franklin Pierce schon jetzt als Gimpel. Einer der vielen und auch prominentesten Namen, der im Zusammenhang mit der Kabinettsbildung genannt wurde, war derjenige von Senator Jefferson Davis.
Davis von den 'Mississippi Rifles', erinnerte sich Orry mit einem schwachen Lächeln. Oberst Davis und seine Freiwilligen, die Rothemden, hatten heroisch in Buena Vista gekämpft. Sollte er Kriegsminister werden, hätte die Akademie einen echten Freund in Washington.
Ein Knall, der von unten kam, riß ihn mit einem Sprung aus dem Bett. Er war noch nicht einmal an der Schlafzimmertür, als ihn seine steifen Knie bereits schmerzten. Gott im Himmel, er war wirklich am Auseinanderfallen! Das Alter und der in diesen Gegenden feuchte Winter beschleunigten diesen Prozeß.
»Orry? Was war dieser Lärm?« fragte seine Mutter von ihrem Schlafzimmer her.
»Ich schaue mal eben nach. Sicher nichts Schlimmes. Geh wieder ins Bett.«
Er hatte es sanft sagen wollen, aber aus irgendeinem Grund klang seine Stimme heiser vor Angst. Unten auf dem Treppenabsatz huschten schwarze Gesichter im Widerschein von Kerzen vorbei. Orry faßte das Treppengeländer und eilte nach unten. Die Anstrengung verstärkte den Schmerz in den Gelenken.

»Laßt mich durch.«
Die Sklaven stoben zur Seite. Hinter ihm kam Vetter Charles die Treppe heruntergerannt. Orry öffnete die Tür zur Bibliothek.
Das erste, was er sah, war die Lache verschütteten Whiskeys auf dem polierten Fußboden. Tillets Glas war zerbrochen, und der Lärm, den Orry gehört hatte, war durch den umkippenden Stuhl verursacht worden.
Orry stürzte ins Zimmer, zu betäubt, um Trauer zu verspüren. Tillet lag steif auf der Seite, Augen und Mund offen, als ob er von etwas überrascht worden wäre.
Schlaganfall, dachte Orry. »Papa, kannst du mich hören?«
Er wußte nicht, weshalb er das sagte. Schock, dachte er später. Als er Clarissas verdrießliche Stimme aus dem zweiten Stock hörte, wußte er, daß er einem Toten die Frage gestellt hatte.

Am 2. Januar beerdigten sie Tillet auf dem kleinen Friedhof der Plantage. Viele Sklaven schauten durch den schwarzen Eisenzaun zu. Während des Gebets, bevor der Sarg in die Grube gesenkt wurde, begann es zu nieseln. Ashton stand auf der andern Seite des Grabs bei Huntoon; sie mißachtete die Sitte, die besagte, daß alle Familienmitglieder zum Trauern beisammen stehen sollten.
Clarissa weinte nicht, sondern starrte nur vor sich hin. Sie hatte seit Tillets Tod nicht geweint. Nach dem Begräbnis redete Orry mit ihr, aber offensichtlich hörte sie ihn gar nicht. Er fragte sie erneut, wie es ihr ginge, doch ihre Antwort bestand nur aus unverständlichem Gemurmel, und ihr Gesicht war wie eine Maske. Orry konnte sich an keinen traurigeren Tag in Mont Royal erinnern.
Nachdem die Familie die Einfriedung verlassen hatte, kamen die Sklaven, umringten das Grab und verabschiedeten sich von Tillet mit einigen Gebetsworten, kurzen Hymnen oder auch nur mit einem Kopfnicken. Cooper ging neben seinem Bruder her. Er wunderte sich darüber, daß die Neger ihrem Besitzer freundlich gesinnt waren. Dann aber dachte er, daß die Menschen aller Hautfarben noch nie für logisches oder konsequentes Benehmen berühmt gewesen waren.
Judith und Brett gingen neben Clarissa. Voller Stolz betrachtete Cooper seine Frau. Mitte Dezember hatte sie ihm eine Tochter geschenkt:

Marie-Louise. Das Kind befand sich im Herrenhaus in der Obhut von Dienstmädchen.

Cooper fielen die schlaffen Schultern und der ernste Gesichtsausdruck seines Bruders auf. Er versuchte, Orry auf andere Gedanken zu bringen.
»Bevor ich Charleston verließ, sind mir Neuigkeiten über Davis zu Ohren gekommen.«
»Was?«
»Du weißt doch, daß er es letzten Monat abgelehnt hat, mit Pierce in Washington zu verhandeln.«
»Ja.«
»Man sagt, daß er nun doch eingelenkt hat. Vielleicht geht er trotzdem zur Antrittsrede. Es wäre außerordentlich gut für den Süden, wenn er Kabinettsmitglied würde. Er ist ehrlich und meistens auch recht vernünftig.«
Orry zuckte die Achseln. »Ich glaube, das wird auch nichts bringen, Cooper.«
»Ich kann und will nicht glauben, daß *ein* Mann nichts bringen kann. Wenn du das glaubst, wozu denn weitermachen?«
Sein Bruder ignorierte die Frage. »Heutzutage ist Washington ein riesiges Irrenhaus — und die Wahnsinnigsten sind diejenigen, die das amerikanische Volk wählt, um es im Kongreß zu vertreten. Mit Ausnahme unserer eigenen Legislative ist mir kaum eine verachtungswürdigere Institution bekannt.«
»Wenn du etwas dagegen hast, wie sich die Dinge in South Carolina entwickeln, ändere sie! Laß dich wählen und geh selber nach Washington!«
Orry blieb abrupt stehen und starrte seinen Bruder an. Hatte er richtig gehört? »Hast du gesagt, daß ich in die Politik gehen soll?«
»Wieso nicht? Wade Hampton hat's ja auch gemacht.« Der wohlhabende und respektable Plantagenbesitzer war vor kurzem in die Legislative gewählt worden. Cooper fuhr fort: »Du hast genug Zeit und Geld. Und mit deinem Geschlechtsnamen hast du in der Gegend hier große Chancen. Du hast die Leute auch nicht so vor den Kopf gestoßen wie ich. Du bist Hampton recht ähnlich. Ihr könntet im rhetorischen Sturm der Hauptstadt die Stimme der Vernunft und der Mäßi-

gung erheben. Es gibt nur noch wenige solche Männer — und die sind wertvoll.«

Es reizte Orry; aber nur einen Augenblick lang. »Ich würde eher Zuhälter als Politiker werden, das ist ehrenvoller.«

Cooper lächelte nicht. »Hast du schon mal was von Edmund Burke gelesen?«

»Nein. Wieso?«

»Ich hab' all seine Reden und Referate studiert, die ich auftreiben konnte. Burke war ein guter Freund der Kolonien und ein Mann mit einem hervorragenden Verstand. In einem Brief schrieb er einmal, daß für den Triumph eines schlechten Mannes nur eins nötig sei — die Untätigkeit guter Männer.«

Verärgert über diese Anspielung wollte Orry eine scharfe Antwort geben, aber Brett stieß plötzlich einen Schrei aus.

»Es ist Mutter«, schrie Cooper. Clarissa sank in Judiths Arme und schluchzte laut. Orry war dankbar, daß sie dem Schmerz nun endlich freien Lauf lassen konnte.

Seine Erleichterung verwandelte sich in Angst, als er eine Stunde später seine Mutter immer noch auf ihrem Zimmer weinen hörte. Er ließ den Arzt rufen, der ihr zur Beruhigung Laudanum gab. Dann sagte er zur versammelten Familie:

»Der Tod ist niemals leicht zu ertragen, aber für eine Frau, die ein Leben lang untrennbar mit ihrem Gatten verbunden war, ist es noch viel schwerer. Doch Clarissa ist stark und wird bald wieder sie selbst sein.«

In diesem Punkt irrte er sich jedoch.

Nach knapp einer Woche bemerkte Orry die erste Veränderung. Wenn Clarissa lächelte und plauderte, schien sie durch ihn hindurchzusehen. Stellten die Diener ihr eine Frage über den Haushalt, so versprach sie zu antworten, sobald sie etwas, das sie nicht beim Namen nannte, erledigt hätte, doch dann ging sie weg und kam nicht wieder.

Sie entwickelte eine neue Leidenschaft; ein Vergnügen, dem in South Carolina recht häufig gefrönt wurde: Sie begann, Nachforschungen anzustellen und einen Stammbaum zu zeichnen.

Eine grüne Linie stellte die Bretts, die Familie ihrer Mutter, dar. Eine rote Linie war für die väterliche Seite gedacht, die mit ihrem Vater,

Ashton Gault, zu Ende ging. Für die Mains verwendete sie nochmals andere Farben, so daß der ganze Stammbaum, der ein großes Pergamentblatt füllte, einem regenbogenfarbenen Spinnennetz glich.
Clarissa legte das Pergamentpapier auf den Tisch, der beim Fenster ihres Zimmers stand. Sie verbrachte Stunden mit dieser Arbeit, so daß das Papier bald verschmiert und beinahe unlesbar war; aber dennoch fuhr sie mit der Arbeit fort. Sie nahm keine Notiz mehr von den Aufgaben auf der Plantage, die sie früher so sorgfältig erledigt hatte.
Orry sagte nichts. Er verstand, daß Tillets Tod ihren Verstand an einen fernen Ort entrückt hatte. Wenn sich dadurch ihr Schmerz linderte — um so besser. Er würde versuchen, ihre vergessenen Pflichten so gut wie möglich zu übernehmen.
Aber es gab Gebiete, auf denen er ungeschickt war oder sich ganz einfach nicht auskannte. Die Plantage funktionierte nicht mehr so gut wie früher — wie eine Uhr, die immer zwanzig Minuten nachgeht, wie oft man sie auch richtig stellt.

»Gerade, verdammt noch mal — gerade! Was ist los mit euch?«
Es war ein strahlend blauer Februarmorgen, und Orry überwachte die Vorbereitungen für die Frühlingssaat. Er hatte einige ältere, erfahrene Neger angeschrien, die in dreißig Zentimeter Abstand Richtseile in parallelen Linien anlegten. Im Augenblick arbeiteten die Männer am andern Ende des rechteckigen Feldes. Sie drehten sich um und starrten ihren Besitzer mit Befremden an; die Linien waren gerade.
Die meist jüngeren Sklaven und Sklavinnen, die das Saatgut mit Hacken den Seilen entlang eingruben, waren genauso verdattert. Orry hatte so laut geschrien, daß sogar einige Sklaven, die am andern Ende einen Bewässerungsgraben aushoben, aufschauten. All die Blicke bezeugten, daß Orry im Unrecht war.
Er schloß die Augen und rieb sich die Lider mit den Fingerspitzen. Fast die ganze Nacht über war er wach gewesen, hatte über seine Mutter nachgedacht und einen Brief an George aufgesetzt, in dem er schrieb, daß die Mains ihre Sommerferien nicht mehr in Newport verbringen würden. Als Grund dafür gab er Clarissas Gesundheitszustand an; die Wahrheit blieb unerwähnt. Im letzten Sommer hatte er eine unverhohlene Feindseligkeit seitens einiger Bewohner des kleinen

Badeorts gespürt. Die Unfreundlichkeit von Yankees über sich ergehen lassen zu müssen — das war nicht gerade Orrys Vorstellung von Ferien.

»Orry, die Linien sind gerade!«

Bretts Stimme schreckte ihn aus seinem Gedankengang auf, und er öffnete rasch die Augen. Er drehte sich um und erblickte seine Schwester, nicht weit von ihm entfernt, am Flußufer. Sie mußte also gerade in dem Augenblick, in dem er die Sklaven angeschrien hatte, hinzugekommen sein. Ihre Wangen waren rot, und sie atmete schwer.

Er schielte über die Schulter. Sie hatte recht. Müdigkeit oder eine Sinnestäuschung hatte ihn so weit gebracht. Die Sklaven hatten ihre Arbeit wieder aufgenommen; sie wußten, daß der Fehler bei ihm lag. Brett ging zu ihm hin und berührte seine Hand: »Du bist wieder einmal zu lange aufgeblieben.« Er zuckte die Achseln. Sie fuhr fort: »In der Küche war vorhin ein schreckliches Durcheinander. Dilly zog Sue an den Ohren, weil sie vergessen hatte, Badesalz zu bestellen. Sue hat geschworen, sie hätte es dir gesagt.«

Er konnte sich plötzlich wieder daran erinnern. »Mein Gott, das stimmt. Ich bin derjenige, der es vergessen hat. Ich wollte es eben auf die Bestelliste schreiben, als ich zu Semiramis' Kind, das Masern hatte, gerufen wurde.«

»Das Schlimmste ist überstanden, es wird wieder gesund werden.«

»Nicht wegen mir. Ich hatte überhaupt keine Ahnung, was ich mit dem sechs Monate alten Baby machen sollte. Wieso weißt du überhaupt so gut Bescheid?«

Sanft erwiderte sie: »Sie haben nach mir gefragt, gleich nachdem du fortgegangen bist. Ich konnte nicht viel mehr für das Kind tun, als es gut einzuwickeln und darauf zu achten, daß es es warm hatte. Aber Semiramis war vor Sorgen ganz aufgeregt, und so habe ich eine Weile mit ihr geplaudert und ihr die Hand gehalten. Das hat sie beruhigt, und das Baby konnte etwas schlafen — genau das, was es brauchte.«

»Ich wußte wirklich nicht, was tun. Ich bin mir wie ein hilfloser Idiot vorgekommen.«

»Mach dir keine Vorwürfe, Orry. Mama hat eben viel auf der Plantage getan, mehr als ihr Männer je wahrgenommen habt.« Mehr wag-

te sie nicht zu sagen. Sie lächelte und berührte leicht seine Hand. »Ich möchte dir helfen, die Plantage zu führen. Ich kann es.«
»Aber du bist ja noch ein —«
»Ein kleines Mädchen? Oh, das klingt ja beinahe wie Ashton.« Sie hatte aus ihrem Köcher von Pfeilen genau den richtigen ausgewählt, um ihn zu treffen und seinen Widerstand zu brechen. Er mußte lachen. Dann sagte er: »Du hast recht, ich wußte nicht, wieviel Mama für die Plantage getan hat, und ich bin sicher, daß Vater sich auch nicht darüber im klaren war. Ich würde mich über deine Hilfe freuen. Ja, ich wäre dankbar dafür. Spring überall dort ein, wo es deiner Meinung nach nötig ist. Wenn sich jemand darüber wundern sollte, sag ihm, daß ich dir freie Hand gegeben habe. Sag ihm, er solle sich an mich wenden. Na, was ist?«
»Wenn die Sklaven bei jedem wichtigen Befehl erst noch dich fragen müssen, ist es sinnlos für mich, die Arbeit zu machen. Und unter den Umständen möchte ich auch nicht. Ich muß die gleichen Machtbefugnisse haben wie du, und jedermann muß es auch wissen.«
»Also gut, du hast gewonnen.« In seine Bewunderung mischte sich Ehrfurcht. »Du bist ein Wunder. Und dabei bist du noch nicht einmal fünfzehn —«
»Das Alter hat damit nichts zu tun. Es gibt Mädchen, die lernen schon mit zwölf, Frauen zu sein. Ich meine, nicht nur keck und kokett!« Die Anspielung auf Ashton verfehlte ihre Wirkung bei Orry nicht. »Es gibt auch solche, die es nie lernen. Lieber sterbe ich, als daß ich zu diesen gehöre.«
Mit einem liebevollen Lächeln sagte er: »Keine Angst, das wirst du sicher nicht.« Er war nicht weniger müde, fühlte sich jetzt dennoch viel besser. »Nun, ich denke, wir sollten sehen, daß wir zu Badesalz kommen.«
»Cuffey ist mit dem Karren nach Charleston unterwegs. Ich habe den Passierschein selbst geschrieben.«
Wieder lachte er und legte dann den Arm um sie: »Ich habe das Gefühl, daß es nun auf der Plantage besser wird.«

Ashton ging im Schlafzimmer auf und ab. Brett beugte sich über den Schreibtisch. Eisbedeckte Äste und Zweige klirrten gegen die Fensterscheiben. Der Wind heulte über den Fluß.

Aus dem Gästezimmer drang erneut eine Niessalve. Ashton zog eine Grimasse. Huntoon hatte sie von Charleston, gerade bevor der Sturm aufzog, nach Hause gebracht und lag nun mit einer fürchterlichen Erkältung im Bett.
»Wenn er nur endlich mit diesem schrecklichen Niesen aufhörte!« sagte sie aufgebracht. Brett schaute vom Bilanzbuch auf und erschrak über die Gehässigkeit in der Stimme ihrer Schwester. Wie konnte jemand nur so wütend auf eine Krankheit sein?
Aber dies war nicht der eigentliche Grund für Ashtons Zorn. Sie vermißte jetzt schon den Glanz und die Fröhlichkeit von Charleston. Huntoon hatte sie zum größten gesellschaftlichen Anlaß der Saison, zum großen Ball, der von der Saint-Cecilia-Gesellschaft organisiert wurde, eingeladen. Jetzt, wieder zurück am Ashley, fühlte sie sich eingesperrt.
Ihre kleine Schwester begnügte sich anscheinend damit, ihre Zeit mit Bestellisten und Bilanzen zu verbringen. Brett hatte in den letzten Wochen damit angefangen, sich als Herrin der Plantage aufzuführen. Aber noch schlimmer — die Nigger behandelten sie auch so.
»Wenn ich hier fertig bin, werde ich einen von Mamas Zitronengrogs mischen«, sagte Brett. »Vielleicht hilft das.«
»Willst du den Onkel Doktor spielen?«
Wieder schaute Brett ihre Schwester an, diesmal jedoch strenger.
»Es gibt keinen Grund, schnippisch zu sein. Ich tue bloß, was ich kann.«
»Es scheint, du packst jede Gelegenheit beim Schopf. Ich habe gehört, daß du heute schon wieder bei den Hütten warst!«
»Hattie hat eine Eiterbeule bekommen; ich hab' sie aufgestochen und die Wunde verbunden. Wieso?«
»Ich verstehe wirklich nicht, wieso du deine Zeit mit solch widerlichen Sachen vergeudest.«
Brett klappte das Bilanzbuch zu, stand auf und zupfte ihren Rock zurecht.
»Jemand sollte dich daran erinnern, daß all die widerlichen Sachen — wie du es nennst — Mont Royal fortbestehen lassen. Damit wurden die Brokatrollen bezahlt, die du für dein Abendkleid am Saint-Cecilia-Ball gekauft hast.«
Ashtons mokiertes Lachen war eine Abwehr. Sie hatte sich dafür ent-

schieden, ihre Ziele durch die Manipulation anderer zu erreichen, während sie vorgab, die traditionelle Rolle der Frau zu spielen. Brett hingegen machte ihre Unabhängigkeit geltend! Ashton beneidete sie darum, und zugleich haßte sie ihre Schwester noch mehr.

Sie versteckte ihren Haß hinter einem Achselzucken und einer eleganten Bewegung in Richtung Tür. »Beruhige dich. Mir ist es egal, wenn du dich hier vergraben willst. Aber laß dir eins sagen: Diejenigen, die es in der Welt zu etwas bringen wollen, vertrödeln ihre Zeit nicht mit den Problemen der Nigger und der armen Weißen. Sie bemühen sich um wichtige Persönlichkeiten.«

»Ich weiß, daß sie das tun, aber ich will es nicht, wie du sagst, zu etwas bringen. Ich will bloß Orry helfen.«

Selbstgefällige kleine Hure, dachte Ashton. Am liebsten hätte sie ihrer Schwester die Augen ausgekratzt, sie verletzt, bis sie um Gnade flehte. Aber sie lächelte und sagte fröhlich: »Du machst es auf deine Art und ich auf meine — mit James. Oh, aber etwas würde mich noch interessieren: Du bist ja so mit Verarzten und Rechnen beschäftigt — hast du überhaupt noch Zeit, all die Briefe deines Kadetten zu beantworten? Er könnte dich sonst leicht vergessen!«

»Für Billy habe ich immer Zeit. Mach dir keine Sorgen.«

Bretts ruhige Art brachte Ashton beinahe zum Explodieren. Ein neuerliches, heftiges Niesen Huntoons lenkte sie ab. Sie eilte in die Halle, wo sie beinahe mit Charles zusammengeprallt wäre, der nach unten wollte. Sie trat beiseite, und nun war sie es, die niesen mußte.

»Sag, Ashton, woher hast du die Erkältung?« Charles grinste und zeigte mit dem Daumen in Richtung Gästezimmer. »Hast du in Charleston noch etwas anderes von ihm bekommen?«

»Fahr zur Hölle, du mit deiner schmutzigen Phantasie!«

»Was ist los? Bist du vielleicht zu vornehm geworden für einen Spaß?«

Als Antwort knallte sie nur die Tür zu.

Im Gästezimmer starrte Huntoon Ashton an, während er einen Schwall der übelsten Schimpfworte, die ihm je zu Ohren gekommen waren, über sich ergehen lassen mußte.

Nach seiner Amtsübernahme bereiste Präsident Pierce mit Kabinettsmitgliedern den Norden. In verschiedenen größeren Städten wurden

riesige Bankette veranstaltet. George und Stanley waren an der Feier in Philadelphia zugegen.
Pierce war ein gut aussehender, freundlicher Mann. Stanley war derart von ihm überwältigt, daß er praktisch die ganze Zeit um ihn herumscharwenzelte. George hingegen interessierte sich mehr für den neuen Kriegsminister, Jefferson Davis.
Davis benahm sich wie ein Soldat. Er war Mitte Vierzig und immer noch schlank. Er hatte hohe Backenknochen, tiefliegende graublaue Augen, und in seinem Haar zeigten sich schon recht viele graue Strähnen. George hatte gehört, daß er auf einem Auge blind sei, konnte aber nicht feststellen, auf welchem.
Während des kurzen Empfangs vor dem Abendessen konnte George einiges über die Meinungen und Ansichten, die der Minister vertrat, in Erfahrung bringen. Jefferson Davis sprach über eines seiner besonderen Lieblingsthemen: die Förderung einer transkontinentalen Eisenbahn.
»Ich bin ein strikter Verfechter der Verfassung«, sagte der neue Minister zu George und einigen andern Gästen, die um ihn herumstanden. »Ich weiß, daß die Bundesregierung kein Recht hat, sich in innere Angelegenheiten der einzelnen Staaten einzumischen. Deshalb könnte man logischerweise fragen —«
»Wie dann eine Regierungsbeihilfe für eine Eisenbahn gerechtfertigt werden kann?«
Davis lächelte den Mann, der ihn unterbrochen hatte, freundlich an. »Ich hätte es nicht besser sagen können, Sir.« Alle lachten. »Meiner Meinung nach handelt es sich hierbei jedoch um eine Angelegenheit der nationalen Verteidigung«, fuhr er fort. »Wenn die Territorien an der Pazifikküste keine Verbindung zum Rest des Landes haben, können sie uns von einem ausländischen Feind problemlos entrissen werden. Außerdem wäre eine transkontinentale Linie — vorzugsweise durch den Süden —«, bei dieser Bemerkung atmeten einige Zuhörer hörbar ein, doch der Minister schien sich nicht darum zu scheren, »für die Verteidigung unserer Grenzen sehr nützlich, denn Truppenverschiebungen zu den gefährdeten Gebieten wären so wesentlich einfacher. Im Augenblick beläuft sich die Zahl der Offiziere und Soldaten auf nur zehntausend Mann. Zwischen hier und Kalifornien gibt es schätzungsweise vierhunderttausend Indianer, von denen vierzig-

tausend als Feinde betrachtet werden müssen. Diese Gefahr muß mit neuen Mitteln gebannt werden.«

»Wie könnten die aussehen, Herr Minister?« fragte George.

»Zum einen — eine größere Armee. Mindestens zwei neue Regimenter, und zwar berittene Regimenter, die große Distanzen in kurzer Zeit bewältigen können. Die Indianer haben keine Angst vor unsern Fußtruppen; sie werden von ihnen 'marschierender Haufen' genannt — eine recht abschätzige Bezeichnung.«

George hatte gehört, daß Davis eher Soldat als Politiker war, und langsam begann er es zu glauben. Davis beeindruckte ihn.

»Vieles in unserer Armee ist überholt«, fuhr der Minister fort. »So zum Beispiel die Taktik. Um diesem Übel abzuhelfen, habe ich vor, einen Offizier nach Frankreich zu schicken, um die Taktik der Franzosen zu studieren. Wenn es auf der Krim zum Krieg kommt, wie dies im Augenblick den Anschein erweckt, so haben wir die seltene Gelegenheit, die europäischen Armeen auf dem Feld zu beobachten. Zudem sollte auch in der Militärakademie einiges verbessert werden.«

»Das interessiert mich, Sir«, sagte George. »Mein Bruder ist momentan ein Junior, und ich habe '46 abgeschlossen.«

»Ja, Mr. Hazard. Ich bin über beides informiert. Meiner Ansicht nach sollte der Lehrplan von West Point ausgebaut werden.« Das war nichts Neues; die Idee eines fünfjährigen Studiums geisterte schon seit einigen Jahren herum. »Der Taktik der berittenen Truppen aber muß mehr Bedeutung zukommen. Ich möchte eine neue Reithalle bauen, die Ställe vergrößern —«

Ein Zuhörer unterbrach ihn: »Man sagt, daß Sie eine zweite Militärakademie im Süden eröffnen wollen, Herr Minister.«

Davis wandte sich dem Sprecher zu und wurde zum erstenmal etwas heftig: »Das ist falsches und bösartiges Gerede, Sir. Der Vorschlag mag von andern stammen, auf keinen Fall von mir. So etwas würde eine Spaltung vorantreiben, und das ist das letzte, das wir im Augenblick in diesem Land brauchen können. Als sich John Calhoun gegen den Clay-Kompromiß aussprach, sagte er, daß die Bande, die die Staaten zusammenhalten, eins nach dem andern reißen. Er war sicher, daß eine Spaltung nicht verhindert werden konnte. Aber ich teile seine Ansicht nicht. Wenn es eine Institution gibt, die einen nationalen Standpunkt vertritt, dann ist es West Point. Und ich, für meinen Teil, will es auch so halten.«

Obwohl George jedem Politiker aus dem tiefen Süden unwillkürlich mißtraute, bemerkte er, wie er in den Applaus der andern einstimmte. Dennoch gab Davis' Haltung eher das Ideal als die Realität wieder.

Vor kurzem hatte Billy geschrieben, in West Point formierten sich Cliquen von Nord- und Südstaatlern, zwischen denen die Spannung ständig wachse. Charles Main würde im Juni in die Akademie eintreten. Würden diese Spannungen der Freundschaft zwischen ihm und Billy etwas anhaben können? George hoffte nicht.

Als der Beifall verklungen war, sagte George: »Sehr gut, Herr Minister. Es gibt heutzutage zu viele Extremisten auf beiden Seiten. Wir sollten mehr Leute wie Sie haben.«

Er erhob das Glas: »Auf die Akademie.«

Auch Davis erhob das Glas: »Und auf die Union.«

35

Während Charles nordwärts reiste, bereitete sich, am andern Ende der Welt, Rußland auf den Krieg gegen die Türkei vor. Der zukünftige Kadett trug bei seiner Ankunft in West Point einen breitkrempigen Farmerhut und einen alten rostroten Samtmantel. Das Haar fiel ihm bis auf die Schultern; in einem seiner Stiefel stak das Jagdmesser.

Billy und sein Freund und Klassenkamerad, ein vergnügter Bursche aus Virginia namens Fitzhugh Lee, lehnten sich aus einem Fenster des zweiten Stocks der Kaserne und beobachteten, wie Charles auf der unter ihnen liegenden Straße herantrottete. Sie hatten ihn bereits den ganzen Nachmittag erwartet. Sicher hatte Charles schon den Einberufungsbefehl abgegeben und sich im Register des Adjutanten eingetragen. Zweifellos hatte er Orrys finanzielle Verhältnisse mit »wohlhabend« und nicht mit »durchschnittlich« bezeichnet. Er hatte sein Bargeld beim Kassierer hinterlegt und war nun auf der Suche nach seinem Zimmer.

»Mein Gott«, rief Fitz Lee verwundert. »Schau dir die Haarpracht an!«
Billy nickte. »Ich hab' zwar gewußt, daß er viel hat, aber das hab' ich doch nicht erwartet.« Seine Augen glänzten plötzlich. Trotz der Freundschaft mit Charles hatte es Billy nicht unterlassen können, ihm einen würdigen Empfang zu bereiten.
»Er ist zottig wie ein Bison«, meinte Fitz. Im gleichen Moment wußte Billy, daß dies Charles' Spitzname sein würde. Er selber hatte immer noch keinen.
Charles spürte, daß ihn jemand beobachtete, und spähte hinauf. Billy sprang hastig vom Fenster weg und zerrte Fitz mit.
»Er darf dich nicht sehen. Ist das Zimmer fertig?«
»Glaub' schon«, sagte Fitz mit unverhohlener Schadenfreude.
Der junge Mann aus Virginia war der Neffe des Superintendenten, aber Billy war sicher, daß ihm dies eine mögliche Entlassung nicht ersparen würde. Fitz Lee verstieß gewöhnlich gegen die Regeln — und das mit Hochgenuß. »Beauty ist vor einer Weile nach oben gegangen, um das Werkzeug zurechtzulegen und in einen der Kittel zu schlüpfen, die wir genäht haben. Ich hol' jetzt meinen. Du hältst das Opfer hier zurück, bis ich wiederkomme.«
»In Ordnung, aber beeile dich. Wir haben nicht mehr viel Zeit bis zur Parade.« Billy lehnte sich aus dem Fenster und winkte. »Hallo Charles!«
Charles blinzelte und erwiderte dann voller Freude den Gruß. »Teufel noch mal, du bist's! Wie geht's dir?«
»Schön, daß du da bist. Komm rauf.«
Er trat wieder vom Fenster zurück und bemerkte, daß Fitz immer noch bei der Tür herumlungerte. »Was ist?«
»Ich hab' vergessen, dir zu sagen, daß sich Slocum selber zum Empfang eingeladen hat. Du kennst ja Beauty — er ist so verflixt aufrichtig, daß er allen alles erzählt.«
Billys Miene verfinsterte sich. »Slocum täte besser daran, uns das nicht zu verderben. Sag ihm einen schönen Gruß, und er soll das Maul halten.«
»Du meinst, ich soll es so — äh — direkt sagen?«
»Ja. — Ich bin nicht mehr sein Prügelknabe. Ich bin kein Junior mehr.«

»Da hast du vollkommen recht«, sagte Fitz grinsend und stürmte hinaus.
Wenig später eilte Charles mit wehendem Mantel die Treppe hinauf. Billy und er stießen ein Freudengeschrei aus und umarmten sich wie zwei Brüder, die sich für lange Zeit aus den Augen verloren haben. Dann schmiß Charles Hut und Koffer auf eines der Betten und strich sich das lange Haar aus der feuchten Stirn.
»Allmächtiger, du siehst wirklich gut aus in der Uniform, Billy! Aber ich hab' vergessen, daß es im Norden so verdammt heiß ist.«
»Für dich wird es, bevor das Sommercamp vorbei ist, noch viel heißer werden — auch wenn die Temperatur fällt. Du wirst ein Junior sein, vergiß das nicht. Und ich werde es ziemlich sicher schaffen, Kadettenkorporal im Camp zu werden.«
Charles runzelte die Stirn. »Bedeutet das, daß wir für ein Jahr nicht mehr Freunde sein können?«
»Doch, aber wir können es nicht offen zeigen, sonst —«
»Kadett Main?«
Der Schrei aus der Halle ließ Charles zusammenzucken. Billy mußte seinen Freund am Arm halten, damit dieser nicht das Jagdmesser zog.
Charles blickte den Fremden, der in der Türe stand, feindselig an. Es war Fitz Lee, der einen halblangen, grauen Kittel aus rauhem Stoff trug. »Wer zum Teufel sind Sie?« wollte Charles wissen.
Fitz paßte sich Charles' grobem Tonfall an. »Erheben Sie Ihre Stimme nicht, Sir! Ich bin Mr. Fitz und, zusammen mit Mr. Jeb, einer der Armeebarbiere.«
»Und?«
»Ihr Haar, Sir. Es ist wirklich unerläßlich, daß man ihm Beachtung schenkt. Sollten Sie dies ablehnen, so wäre ich gezwungen, dem Superintendenten zu rapportieren.«
Mit erhobener Stimme sagte Charles: »Nein, warten Sie! Billy, wird das bei allen Neuen gemacht?«
»Ja sicher«, antwortete Billy mit unbeweglichem Gesicht. »Mr. Fitz und Mr. Jeb haben mir das Haar in meiner ersten Stunde hier zurechtgestutzt.«
»Verflucht noch mal, die sind ja noch gar nicht so alt, daß sie schon Barbiere sein könnten.«

»Oh, als sie mich unter die Fittiche genommen haben, waren sie noch Lehrlinge.«
»Na dann eben.«
Obwohl Charles immer noch seine Zweifel hegte, folgte er Fitz die Treppe hoch zum Abstellraum, der für diese Gelegenheit geputzt und vorbereitet worden war. Billy bildete die Nachhut und hatte Mühe, sein Kichern zu unterdrücken.
Im Abstellraum war es infernalisch heiß. Die Hitze im fensterlosen Raum wurde durch zwei brennende Öllampen noch erhöht. Auf einem billigen Tisch lagen ein Spiegel mit Silberrahmen, Kämme, Bürsten, Scheren und ein Rasiermesser. Neben einem wackligen Stuhl stand Beauty Stuart. Er trug einen Kittel und strahlte Autorität aus.
»Nehmen Sie Platz, Sir. Schnell, schnell! Dieser Kadett wartet auch darauf, daß ihm das Haar geschnitten wird.«
Er zeigte auf Caleb Slocum, der an der Wand herumlungerte. Billy und der Kadett aus Arkansas nickten sich zu; keiner von beiden lächelte. Sobald die Senioren die neuen Uniformen bekamen, würde Slocum in Urlaub gehen — keinen Augenblick zu früh für Billy.
Charles setzte sich. Mit wichtigem Gehabe winkte Stuart und schnippte mit den Fingern. »Mr. Fitz? Den Umhang bitte.«
Fitz Lee brachte ein schmutziges, zerrissenes Tuch, das er Charles um den Hals band. »Das ist aber verdammt schmutzig«, beklagte sich Charles. »Sieht aus, als ob da schon scharenweise Leute geblutet hätten. Was für ein Barbiersalon ist —?«
»Ruhig, Sir. Ich kann mich nicht konzentrieren, wenn Sie dauernd plappern«, sagte Stuart und warf seinem Kunden einen strengen Blick zu. Er schnippte mehrere Male mit der Schere und ging dann gezielt auf das Haar oberhalb des linken Ohrs von Charles los. Billy versuchte anhand der Geräusche, die von unten kamen, die Zeit abzuschätzen. Um vier Uhr mußten sie fertig sein.
»Den Spiegel bitte, Mr. Fitz.«
Der Hilfsbarbier stürzte sich nach vorn und drehte den Spiegel auf Stuarts übertriebene Gesten hin einmal in diese und dann in die andere Richtung. Konnte Charles denn nicht sehen, daß alles nur fingiert war? Aber kein Neuankömmling bemerkte es je; Angst und die ungewohnte Umgebung waren die Garanten dafür, daß das Spiel jedes Jahr wieder klappte.

Stuart stand mit geneigtem Kopf, das Kinn in der rechten Hand, den rechten Ellbogen in der linken Handfläche da und betrachtete sein Kunstwerk. Auf der linken Seite war das Haar nur noch einen Zentimeter lang, auf der rechten jedoch — durch einen exakten Mittelscheitel getrennt — noch genauso lang und unberührt wie zuvor. Billy drehte sich zur Wand und biß sich auf die Unterlippe. Tränen rannen ihm über die Wangen.
»Die eine Hälfte ist fertig«, gab Stuart bekannt. »Nun zur anderen —«
Von der Ebene her tönte das Signal: genau der richtige Zeitpunkt. Mr. Jeb ließ die Schere fallen, Mr. Fitz warf den Spiegel auf den Tisch, Billy und Slocum rannten zur Tür.
»He«, schrie Charles. »Was ist los?«
Stuart riß sich den Kittel vom Leib. »Wir müssen antreten. Kommen Sie mit, Sir.«
»Wir werden das Haar ein anderes Mal fertig schneiden«, rief Fitz vom untern Treppenabsatz.
»Ein anderes Mal?« brüllte Charles und verfolgte seine Peiniger. Unter der Tür des Abstellraums warf er Billy einen vernichtenden Blick zu — den Blick eines hintergangenen Mannes — aber jener bemerkte es wegen der Tränen in den Augen nicht. »Welches andere Mal?« schrie Charles. »Wie zum Teufel soll ich mein Aussehen erklären?«
»Das weiß ich nicht, Sir«, frohlockte Fitz, als er die Treppe hinuntersauste. »Aber erklären müssen Sie es — denn ich bin sicher, daß sich alle Offiziere darüber wundern werden.«
»Ein verdammter Trick«, polterte Charles. Er zog das Messer aus dem Stiefel und warf es den Davoneilenden nach. Slocum war ein wenig zurückgeblieben. Das Jagdmesser sauste an seinem Ohr vorbei und grub sich in einen Balken des Treppengeländers. Die Klinge summte, und Charles ließ eine Tirade von Flüchen über die Männer von West Point und deren Gemeinheiten vom Stapel.

Als man Charles über seinen Haarschnitt ausfragte, sagte er bloß, daß er allein dafür verantwortlich sei. Trotz Drohungen von Stabsoffizieren und Senioren ließ er sich nicht von seiner Geschichte abbringen. Seine Verschwiegenheit brachte ihm den Respekt der meisten Führer des Kadettenkorps ein — auch denjenigen von Beauty Stuart.

Es dauerte nicht lange, bis Charles Stuart zu vergöttern begann, obwohl die beiden auf den ersten Blick gesehen nicht viel gemeinsam hatten. Charles sah gut aus; Stuart war das augenfällige Gegenteil: Sein gedrungener Körper stand in scharfem Gegensatz zu seinen ungewöhnlich langen Armen. Doch mit Schneid und Charme machte er seine äußere Erscheinung mehr als wett. Seine blauen Augen strahlten fast immer Humor aus, und bei den jungen Damen, die im Hotel abstiegen, war er ungeheuer erfolgreich.

In militärischer Hinsicht hatte Charles keine Schwierigkeiten mit der Ausbildung in West Point — in schulischer Hinsicht sah es ein wenig anders aus. Die Kurse in englischer Grammatik und in Geographie waren recht einfach, um nicht zu sagen langweilig. Aber trotz der ausgezeichneten Vorbereitung von Herrn Nagel blieb Algebra ein absolutes Mysterium. Charles gesellte sich unverzüglich zu den Unsterblichen und verließ sie auch nach den Januarprüfungen nicht, bei denen er beinahe durchgefallen wäre. Auch im zweiten Semester, als er mit dem Französischstudium begann, verbesserte sich seine Lage kaum.

»Wieso zum Teufel müssen Soldaten Französisch können?« fragte er Billy bei einer der seltenen Gelegenheiten, bei denen sie sich miteinander unterhalten konnten, ohne daß ihre verschiedenen Ränge sie behindert hätten. Es war an einem Samstagnachmittag im Februar, und das Wetter wurde allmählich wärmer. Sie strolchten in den Hügeln oberhalb von Fort Putnam herum. Wenn sie nordwärts blickten, konnten sie große Eisblöcke auf dem grauen Fluß treiben sehen. Vereinzelt stiegen Rauchschwaden aus den Kaminen der Steinhäuser unter ihnen in die trockene Winterluft auf. Billy, der Fausthandschuhe trug, zerbrach einen Ast und schleuderte beide Stücke fort.

»Weil eine ganze Menge militärischer und wissenschaftlicher Schriftstücke auf französisch verfaßt sind, Mr. Bison! Vielleicht mußt du eines Tages einen solchen Text übersetzen.«

»Ich nicht. Ich gehe zu den Dragonern und mache Jagd auf die Indianer.« Er blickte seinen Freund argwöhnisch an. »Ist das wirklich der Grund?«

»Wieso sollte ich dich anlügen?«

»Weil ich ein Junior bin und du ein gewiefter Rhetoriker. Das hast

du ja schließlich bewiesen, als du mich dem Barbier ans Messer geliefert hast.«
Billy zog eine Grimasse.
»Ein gewiefter Rhetoriker«, wiederholte Charles genüßlich. Dann, einer plötzlichen Eingebung folgend, stellte er sich wie ein Ankläger vor Billy hin und sagte: »Ha, ich hab's, du heißt von nun an Rhet.«
Billy rümpfte die Nase und murrte, aber im geheimen freute er sich, denn es hatte ihn gestört, immer noch ohne Spitznamen zu sein. Zudem schien es ihm höchst angebracht, daß er von seinem besten Freund auserkoren worden war.

Gegen Ende Mai des Jahres 1854 verabschiedete der Senat die Kansas-Nebraska-Bill. Senator Douglas hatte den Gesetzesentwurf im Januar vorgelegt und damit die schwelende Sklavenkontroverse wieder einmal zum Aufflackern gebracht.
Mit dem Gesetz wurden zwei neue Territorien ins Leben gerufen. Douglas fand, es sei ein Ausdruck der Volkssouveränität; die Sklavengegner hingegen waren der Ansicht, daß es Verrat sei — eine Aufhebung des alten Missouri-Kompromisses, der die Sklaverei nördlich des 36. Breitengrades verboten hatte. Es wurde gemunkelt, daß Jefferson Davis Präsident Pierce dazu angehalten habe, das Gesetz zu unterzeichnen. Die Sklavengegner vertraten die Meinung, daß offensichtlich eine neue politische Partei notwendig sei, um die finsteren Komplotte, die in Washington geschmiedet wurden, zu bekämpfen.
In einem Brief an Charles schrieb Orry, daß der vor vier Jahren geschlossene Clay-Kompromiß — wie dies aus den Phrasendreschereien beider Seiten zu schließen sei — in Schutt und Asche liege. Charles, der nicht viel von den nationalen Problemen verstand und sich auch nicht allzu sehr dafür interessierte, fühlte sich deswegen in die Enge gedrängt, denn ab und zu schrieben Senioren wegen eines heftigen Blicks oder eines gemurmelten Protests einen Bericht über ihn und nannten sein Benehmen eine typische »südliche Unverschämtheit«. Südstaatler wie zum Beispiel Slocum reagierten auf ein solches Vorgehen mit grausamen Schikanen Junioren aus dem Norden gegenüber. Lee ermahnte die Kadetten immer noch, ein Bund von Brüdern zu sein, aber Charles sah, wie sich das Korps langsam in zwei feindliche Lager spaltete.

Innerhalb beider Lager gab es natürlich verschiedene Abstufungen. So vertrat Slocum das eine Extrem der Südstaatler und Beauty Stuart das andere — das heißt, wenn er sich anständig benahm und sein Temperament nicht mit ihm durchging. Charles nahm sich sowohl Stuart als auch Billy zum Vorbild, denn Billy hielt sich aus den politischen Diskussionen heraus und konzentrierte sich auf gute Noten, die er, allem Anschein nach, ohne große Mühe erzielte. Dennoch fand es Charles — in Anbetracht seiner Erziehung und der Lage der Dinge — manchmal sehr schwierig, sein Temperament zu zügeln. Während eines Anwesenheitsappells wurde er von einem verhaßten Kadettenfeldwebel aus Vermont herausgepickt. Der Yankee riß ihm unter dem Vorwand einer Inspektion drei Uniformknöpfe ab.

»Kein Wunder, daß Sie nie ordentlich aussehen, Sir«, knurrte der Yankee. »Die Nigger fehlen Ihnen hier.«

»Ich poliere meine Knöpfe selbst und kämpfe meinen Kampf selbst.«

Der Kadett aus Vermont schob den Unterkiefer vor; seine Augen funkelten in der Morgensonne.

»Was haben Sie gesagt, Sir?«

»Ich habe gesagt —« Charles erinnerte sich plötzlich an seine hundertneunzig Fehlerpunkte und daran, daß seine Juniorenzeit erst in zwei Wochen zu Ende sein würde. »Nichts, Sir.«

Der Kadettenfeldwebel stolzierte selbstgefällig weiter. Vielleicht war auch er erleichtert, denn Charles hatte den Ruf, daß er mit Jagdmesser und Fäusten ausgezeichnet umzugehen verstand.

Charles haßte es, sich von einem Yankee beleidigen zu lassen und klein beizugeben. Er verhielt sich nur so, weil er Orry eine angemessene Leistung an der Akademie schuldig war, und dies war ihm wichtiger als echte oder imaginäre Kränkungen seiner Ehre. Zumindest glaubte er das zu diesem Zeitpunkt.

Eigenartigerweise war es ein Südstaatler, der Charles zum erstenmal dazu veranlaßte, ernsthaft über die Sklaverei nachzudenken. Der Schuldige war Caleb Slocum, der nun zum Kadettenfeldwebel aufgerückt war.

Der Kadett aus Arkansas hatte ausgezeichnete Noten und befand sich in den meisten Fächern unter den Besten. Billy meinte, er sei so gut, weil er sich die Prüfungsfragen im vornherein beschaffe und auch

sonst mogle. Obwohl auf Mogeln natürlich auch strenge Strafen standen, schenkten weder die Offiziere noch die Professoren diesem Tatbestand die Aufmerksamkeit, die sie andern disziplinarischen Vergehen, wie zum Beispiel dem Trinken, widmeten.
Dies war ein weiterer Grund dafür, daß Billy Slocum verachtete. Er sagte Charles, daß er die Absicht habe, den Kadetten aus Arkansas eines Tages zu verdreschen.
Slocum verstand es meisterhaft, die Junioren zu quälen. Er trieb sich oft bei Benny Haven herum — der Besitzer lebte immer noch, er schien unsterblich — und konnte dort verschiedene Schikaniermethoden in Erfahrung bringen, die in der Vergangenheit ausprobiert und als zu gemein verworfen worden waren.
Aber für Slocum waren sie nicht zu gemein. Seine Opfer waren Junioren aus dem Norden. Als Charles die absolute Macht bemerkte, die Slocum ausübte, wurde ihm klar, daß zu Hause genau die gleichen Machtverhältnisse zwischen dem weißen Herrn und dem schwarzen Sklaven herrschten. Natürlich waren diese Verhältnisse schon immer dagewesen, aber er hatte noch nie zuvor so deutlich erkannt, wie mißbräuchlich und grausam sie ausgenutzt werden konnten.
Charles fühlte sich dem Süden gegenüber unloyal, aber er vermochte einige Zweifel an der Sklaverei nicht zu unterdrücken. Tag für Tag wurde er mit fremden Ideen bombardiert; es gärte in der Nation, und es gärte in der Akademie. Im stillen begann er über verschiedene Aspekte der eigentümlichen Institution der Sklaverei nachzudenken: über ihre Berechtigung und über ihre langfristige praktische Anwendbarkeit. Es fiel ihm schwer zuzugeben, daß das System völlig falsch war — schließlich war er trotz allem ein Südstaatler —, aber da so viele Leute dagegen waren, mußte irgend etwas daran falsch sein. In Anbetracht der Feindseligkeiten, die durch die Sklaverei geschaffen wurden, schien sie für den Süden eher eine Last als ein Gewinn. Manchmal war Charles sogar beinahe bereit, jenem Wahlreden haltenden Mann aus Illinois, Lincoln, zuzustimmen; er sagte nämlich, daß das Problem einzig und allein mit einer stufenweisen Emanzipation gelöst werden könne.
Obwohl er immer noch aufgewühlt war, wollte Charles unter allen Umständen Auseinandersetzungen wegen dieser Frage vermeiden. In

der Nacht auf den 1. Juni aber wurde dieser Entschluß über den Haufen geworfen.

Um halb zehn nahm Charles Seife und Handtuch und ging nach unten zum Waschraum der Kaserne. Da es schon spät war, hoffte er, allein zu sein. Einmal pro Woche mußten die Kadetten ein Bad nehmen, aber sie durften dies ohne eine Sondererlaubnis von Oberst Lee nicht öfter tun.

Öllampen verbreiteten im Korridor ein schummriges Licht. Es wurde gemunkelt, daß Minister Davis demnächst ein Gaslichtsystem zu installieren gedachte. Charles eilte durch den Eingang am Getränkeladen vorbei; er wollte nicht gesehen werden. Das viele Marschieren hatte ihn erschöpft, und seine Beine schmerzten. Er lechzte danach, sich in der Badewanne auszustrecken und vor dem Zapfenstreich noch zehn oder fünfzehn Minuten lang im warmen Wasser zu entspannen und zu dösen.

Als er sich der Doppeltür des Waschraums näherte, begann er leise zu pfeifen. Doch plötzlich hielt er inne und spitzte die Ohren. Er runzelte die Stirn. Hinter der Tür waren Stimmen zu hören; zwei verhalten, eine dritte etwas lauter.

Flehend.

Mit einem Ruck riß er die Tür auf. Verdutzt wirbelten Caleb Slocum und ein schmächtiger Klassenkamerad aus Louisiana herum. Slocum hielt in der einen Hand einen offenen Behälter, aus dem ein durchdringender Terpentingeruch aufstieg, der sich mit dem Duft von Seife und der feuchten Luft vermischte.

Der Kadett aus Louisiana hielt einen dritten jungen Mann am Nacken fest und preßte sein Gesicht in die leere Wanne. Der Junge starrte Charles aus großen, dunklen, feuchten und verängstigten Augen an. Charles erinnerte sich an ihn: ein erst am selben Tag angekommener Neuling.

»Verschwinden Sie, Sir«, sagte Slocum zu Charles. »Diese disziplinarische Angelegenheit geht Sie nichts an.«

»Disziplinarische Angelegenheit? Daß ich nicht lache! Der Bursche ist erst seit heute nachmittag hier. Er kann sich wohl noch ein oder zwei Fehler leisten!«

»Der Yankee hat uns beleidigt«, brüllte der Kadett aus Louisiana.

»Das ist nicht wahr«, protestierte der Junge in der Wanne. »Sie haben mich geschnappt, hierhergezerrt und —«

»Du sagst gar nichts«, polterte der Louisianer, packte den Neuling wieder am Nacken und drückte so stark, bis der Bursche winselte.

Slocum trat nach vorn, um Charles die Sicht zu versperren. Sein mit Pusteln übersätes Gesicht verfinsterte sich, als er sagte: »Ich sage Ihnen nur noch einmal, daß Sie gehen sollen, Sir!«

Charles schüttelte langsam den Kopf. Die mit den Wannen verbundenen Wasserleitungen strahlten Wärme aus. Er trocknete sich seine feuchten Hände am Hemdzipfel ab und sagte: »Nicht, bis ich weiß, was ihr hier vorhabt.« Allerdings glaubte er es jetzt schon zu wissen.

Schnell machte er einen Schritt zur Seite und stürzte sich nach vorn, bevor Slocum reagieren konnte. Das Opfer war nackt. Es war ganz ausgemergelt und sah mit seinem nackten, leicht erhobenen Gesäß erbärmlich aus. Seine Hoden waren mit einer Schnur so stark zugeschnürt, daß sie bereits geschwollen waren.

Charles befeuchtete sich den Gaumen, der auf einmal wie ausgedörrt schien. Es wurde hier wieder einmal eine der schon früher erprobten Quälereien angewendet. Charles war gerade vor dem Abschluß des Unterfangens dazugekommen — dem Opfer sollte Terpentin in den Anus gegossen werden.

Die Galle kam ihm hoch, die Wut verschlug ihm beinahe die Sprache: »So behandelt man nicht einmal einen Hund! Laßt ihn los!«

Slocum konnte und wollte sich nicht von einem Junioren herumkommandieren lassen. »Main, ich warne Sie —«

Die Tür wurde geöffnet. Charles wirbelte herum und erblickte Frank Pratt mit einem Handtuch über dem Arm. Überraschung spiegelte sich auf seinem Gesicht, als er die Lage überblickte. Er würgte und sah sehr wütend aus. In sanftem, aber äußerst bestimmten Ton sagte Charles:

»Hol Billy Hazard. Ich will, daß er sieht, welche Schweinerei Slocum diesmal ausgeheckt hat.«

Frank rannte hinaus und schmetterte die Tür zu. Slocum stellte den Behälter mit dem Terpentin auf den glitschigen Boden und massierte sich dann gemächlich die Knöchel mit der linken Handfläche. »Anscheinend verstehen Sie nur eine Art von Befehl, Sir. Nun gut, ich werde mich anpassen.«

Charles hätte wegen diesem Getue beinahe losgelacht, aber er wagte es nicht, denn die zwei waren Senioren und saßen obendrein noch in der Patsche. Das machte sie gefährlich.
Der Kadett aus Louisiana ließ von dem Jungen in der Wanne ab, der nach vorn fiel und einen leisen Schrei ausstieß. Slocum massierte sich immer noch melodramatisch die Hand. Sein Kamerad packte ihn am Arm.
»Laß dich nicht mit ihm ein, Slocum. Du kennst seinen Ruf. Es fehlen ihm bloß noch zehn Minuspunkte, und er wird entlassen. Wenn wir einen Rapport schreiben, sind wir ihn los.«
Die Idee überzeugte den Kadetten aus Arkansas, der sich im Grunde nicht mit jemandem, der so groß und stark wie Charles war, auf einen Kampf einlassen wollte. Slocum rieb sich immer noch die Hand und sagte, ohne sich direkt an jemanden zu wenden: »Der verdammte Idiot sollte sowieso auf unserer Seite stehen. Wir kommen alle aus dem gleichen Teil —«
Die Tür wurde geöffnet. Frank und Billy kamen herein. Billy schlug die Tür zu. Als er sah, was los war, explodierte er.
»Mein Gott! Sir« — er zeigte auf den zusammengekauerten Burschen — »ziehen Sie sich an und gehen Sie auf Ihr Zimmer.«
»J-ja, Sir.« Der Neuankömmling tastete zaghaft über den Badewannenrand nach seinen Kleidern, aber sie waren weit weg. Charles kickte sie ihm zu. Slocum starrte Billy feindselig an.
»Kommen Sie nicht hier herein, um Befehle zu erteilen, Sir. Vergessen Sie nicht, daß ich Ihr Vorgesetzter bin, und —«
Billy unterbrach ihn. »Zum Teufel damit! Sie glauben wohl, West Point sei Ihre Plantage und jeder Junior ein Nigger, den Sie mißhandeln können. Sie verdammter Sklavenhalter!«
»Komm, laß das, Rhet«, schrie Charles. »Diese Art von Gerede ist wirklich unnötig.«
Aber sein Freund schäumte vor Wut. »Wenn du auf seiner Seite stehst, dann sag es doch gleich.«
»Du verdammter —«
Charles' Schrei widerhallte im feuchten Raum, und seine Faust schnellte nach vorn, bevor er wußte, was er tat. Er vermochte gerade noch den Schlag zu bremsen.
Billy war schon einen Schritt zurückgesprungen und hatte die Fäuste

erhoben, um den Schlag abzuwehren. Er war nicht weniger verblüfft als Charles.
Charles fiel es plötzlich wie Schuppen von den Augen. Nur wegen ein paar Worten, die er nicht als Individuum, sondern als Südstaatler aufgefaßt hatte, war er bereit gewesen, einen Streit vom Zaun zu brechen. Er hatte genau wie Whitney Smith und die ganze Bande reagiert.
Er fuhr sich mit dem Handrücken über den Mund: »Rhet, es tut mir leid.«
»Schon gut.« Billys Ton war nicht gerade freundlich.
»Slocum ist derjenige, den wir —«
»Schon gut, sagte ich!«
Billy starrte seinem Feund einen kurzen Augenblick wütend in die Augen, dann beruhigte er sich etwas. Er machte eine Kopfbewegung Richtung Tür.
»Alle raus — außer dir, Slocum. Deine Art von Disziplinierung wird in dieser Gegend nicht geschätzt. Es ist an der Zeit, daß dir das jemand klarmacht.«
Besorgt sagte Frank Pratt: »Billy, du wirst die Hälfte des Korps gegen dich haben, wenn du das machst.«
»Glaub' ich nicht. Aber ich geh' das Risiko ein. Raus hier!«
»Ich steh' draußen Wache«, sagte Charles. »Es wird dich niemand stören.«
Charles hatte ein Angebot gemacht, das vom Korps verstanden würde: Ein Nordstaatler, der sich mit Slocum befaßte, und ein Südstaatler, der Wache stand, waren der Beweis dafür, daß Slocums Benehmen und nicht sein Geburtsort die Ursache des Kampfes war.
»Beeil dich«, sagte Charles zum Neuankömmling, der große Mühe hatte, sein zerknittertes Hemd überzuziehen. »Zieh deine Schuhe draußen an.«
Der Junge verließ den Raum, gefolgt von Frank Pratt. Charles starrte den Kadetten aus Louisiana an. »Sieht so aus, als müßte ich Sie raustragen.«
»Nein — nein!« Der Mann aus Louisiana flüchtete wie eine Krabbe seitwärts. Erst in der Halle drehte er sich um und rannte wie der Teufel.
Charles spähte den düsteren Korridor hinunter, in dem sich niemand

außer Frank Pratt befand, der bei der Treppe kauerte und ängstlich nach oben starrte. Der Mann, der den Getränkeladen bediente, kam heraus, schloß die Tür ab, bemerkte Charles und Frank und stieg dann ohne ein Wort zu sagen die Treppe hoch.
Charles lehnte sich gegen die Doppeltür, er war immer noch von den Ereignissen aufgewühlt. Aus weiter Ferne vernahm er die ersten Töne des Zapfenstreichs. Vom Waschraum her kam ein leiser Angstschrei und gleich danach der erste Schlag einer Faust.

Zehn Minuten später kam Billy heraus. Außer den Blutspritzern auf seinem Hemd und den kleinen Blutergüssen auf dem Handrücken war ihm nichts anzumerken.
Nein, das stimmte nicht ganz, wie Charles feststellte. Die Augen strahlten eine gewisse Unruhe aus. »Kann er noch gehen?« fragte Charles.
»Ja, aber es wird ihm für eine Weile nicht danach zumute sein.« Ihre Blicke trafen sich, aber Billy schaute weg. »Ich befürchte, daß ich zu großen Gefallen daran gefunden habe.«
Von der Treppe her bedeutete Frank Pratt ihnen, sich zu beeilen. Sie würden sich alle Minuspunkte einhandeln, wenn der inspizierende Offizier vor ihrer Tür »Alles in Ordnung?« riefe und keine Antwort erhielte.
Aber Charles war das egal. Er dachte über Billys Bemerkung nach. Hatte Billy Slocum so durchgeprügelt, weil dieser ein Südstaatler war? Sie gesellten sich zu Frank, der angstvoll fragte: »Was wird passieren, wenn Slocum darüber redet?«
Als sie die Treppe hinaufstiegen, sagte Billy: »Ich habe ihm klarzumachen versucht, dies besser zu unterlassen. Ich glaube, er weiß, daß ich ihm — sollte unsere kleine Sitzung in irgendeinem offiziellen Bericht auftauchen — vor meiner Entlassung nochmals einen Besuch abstatten werde; und seinem Genossen aus Louisiana ebenfalls.«
Frank fuhr fort: »Du könntest ja auch formell Klage gegen ihn einreichen, wegen Mißhandlung dieses Neuen —«
Billy schüttelte den Kopf. »Wenn ich das täte, würde man Slocum als Helden betrachten und mich als einen rachsüchtigen Yankee. Die Spannung ist hier schon groß genug. Ich bin der Ansicht, daß wir es dabei bewenden lassen sollten.«

Schweigend trotteten sie die düstere Treppe hinauf. Charles quälten Zweifel an sich selbst wie auch an Billy. Sie konnten beide nicht abstreiten, daß nun auch sie von der Krankheit befallen worden waren, die das ganze Land erfaßt hatte, und noch im selben Augenblick beschloß er, daß es auf keinen Fall schlimmer werden durfte.

Bald darauf verließen die Senioren die Akademie. Unter den Absolventen befanden sich Stuart, der Neffe des Superintendenten, und ein Bursche aus Maine namens Ollie O. Howard, dem Charles eine noch praktisch neue Wolldecke abkaufte. Billy packte für seinen Urlaub.

Die ganze Akademie redete über die Änderungen, die im Herbst eingeführt werden sollten. Fast zehn Jahre lang hatte das Direktorium davon gesprochen, die Studienzeit auf fünf Jahre zu erhöhen, und Minister Davis hatte es endlich geschafft, die Änderung durchzusetzen. Die Hälfte der Neuen würde gemäß dem neuen Programm ausgebildet, während die andere Hälfte noch einmal den Vierjahreskurs absolvieren würde. Die Teilung wurde deshalb vorgenommen, weil es kein Jahr ohne Absolventen geben sollte.

Das fünfjährige Studium sollte die von vielen angeprangerte einseitige Ausrichtung auf Mathematik, Wissenschaft und Technik ändern. In Zukunft würden auch Englisch, Geschichte, Rhetorik und Spanisch zu den Studienfächern gehören.

»Was zum Teufel soll ich mit noch einer Sprache?« beklagte sich Charles. »Ich hab' schon mit Französisch genug Schwierigkeiten.«

»Durch den Krieg haben wir viele neue Territorien gewonnen — und dort sprechen viele Leute Spanisch. Das wird wohl der Grund dafür sein.« Billy schloß den Koffer, streckte sich und ging ans Fenster.

»Die Dragoner«, sagte Charles, »treiben keine Konversation mit den Mex', sie knallen sie ab.«

Billy sah ihn schief an. »Ich glaube nicht, daß die Mexikaner das lustig finden würden.« Mit einem Achselzucken gab Charles seinem Freund zu verstehen, daß er recht hatte, aber Billy bemerkte es nicht; die Hände auf dem Fenstersims, starrte er einer bekannten Gestalt nach, die über die Ebene hinkte. Zufälligerweise bemerkte der Kadett, daß Billy am Fenster stand, und schaute weg.

»Slocum«, sagte Billy trocken.

Charles trat zu Billy. »Er kann schon wieder besser gehen.«
Der Kadett aus Arkansas hinkte davon. Charles wandte sich vom Fenster ab. Schon seit Tagen plagten ihn Schuldgefühle. Doch heute, da er seinen Freund erst im September wiedersehen würde, war seine letzte Chance, mit Billy darüber zu reden.
»Ich fühle mich elend wegen jenes Abends. Nicht wegen Slocum, sondern wegen dem, was ich dir beinahe angetan hätte.«
Billys abwehrende Handbewegung erleichterte Charles ungemein. »Ich war genauso schuld daran«, sagte Billy. »Ich finde, es war für uns beide eine gute Lektion. Soll doch der Rest des Korps sich prügeln! Wir sollten und werden dies nicht tun.«
»Du hast vollkommen recht.« Charles freute sich über Billys Zusicherung, aber er hatte das Gefühl, daß es sich eher um Wunschdenken handelte.
Einen Augenblick lang herrschte Stille. Charles zupfte sich einen Strohhalm von der Hose. Der Wunsch, sich mitzuteilen, war übermächtig.
»Ich muß dir noch etwas sagen. Die meiste Zeit über hier hasse ich es, ein Südstaatler zu sein, denn es bedeutet schließlich, akademisch minderwertig zu sein — nein, nein, du kannst es ruhig zugeben, ihr Yankeeburschen stecht uns doch immer aus. Dafür haben wir bessere Nerven und sind zäher.«
»Auch wenn das stimmen würde — was ich zwar nicht glaube —, so sind genau dies die Eigenschaften eines guten Soldaten.«
Charles überhörte das Kompliment. »Als Südstaatler fühlt man sich hier automatisch zweitrangig. Man schämt sich seiner Herkunft. Man ist wütend, weil der Rest des Korps sich so selbstgerecht gibt« — er streckte das Kinn vor —, »was, verdammt noch mal, gar nicht stimmt.«
»Ich habe das Gefühl, daß Selbstgefälligkeit eine Yankee-Krankheit ist, Bison.«
Ein Lächeln entkräftete den Trotz in Charles' Blick ein bißchen. »Ich glaube, nur ein Südstaatler kann verstehen, was ich eben gesagt habe. Ich meine, wirklich verstehen. Aber ich danke dir, daß du zugehört hast.« Er streckte Billy die Hand hin. »Freunde?«
»Klar. Für immer.« Ihr Handschlag war fest und kraftvoll.
Vom Norddock her war ein Pfiff zu hören. Billy nahm seinen Koffer

und stürzte zur Tür. »Wenn du Brett schreibst, sag ihr, daß ich sie vermisse.«

»Schreib doch selber!« Charles' Augen funkelten. »Ich glaube, sie kommt hierher zu Besuch, wenn du zurück bist.«

Billy blieb die Luft weg. »Wenn du einen Witz machen solltest —«

»Ich würde mich nie über dich lustig machen. Nicht, nachdem ich gesehen habe, wie du Slocum vermöbelt hast.« Charles nahm seine französische Grammatik vom Regal, öffnete das Buch und entnahm ihm einen zusammengefalteten Brief. »Ich hab' ihn erst heute morgen von Brett bekommen. Sie schreibt, sie wolle dich in einem«, er suchte das Wort, »günstigen Moment überraschen. Verstehst du das?«

»Na klar.« Billy tanzte mit dem Koffer in der Hand herum. Zwei Kadetten, die draußen vorbeigingen, lachten. »Und wer wird die Anstandsdame spielen?«

»Orry. Er nimmt Ashton auch mit; sie bekäme sonst einen Wutanfall.«

Doch dies vermochte Billys Freude nicht zu trüben. Singend hüpfte er die Treppe hinunter, und Charles sah ihm zu, wie er völlig unmilitärisch über die Ebene raste und einigen Professoren übermütig salutierte.

Charles fühlte sich eine volle halbe Stunde lang wohl. Dann hörte er vier Kadetten im Nebenzimmer lauthals über Kansas diskutieren. Eine Erklärung, ein Handschlag mochten wohl die Spannungen zwischen Freunden lindern, aber sie würden niemals die Probleme lösen, von denen das Land beherrscht wurde. Und schon gar nicht, solange immer noch einige Südstaatler diese Probleme in Abrede stellten. Zum Teufel noch mal, dachte er, welch höllisches Durcheinander.

Superintendent Lee und ein jüngerer Offizier schlenderten gemütlich zum Westende der Ebene. Eine große Anzahl von Hotelgästen waren mit einigen Kindern herbeigekommen, um den Vorführungen der Reiter beizuwohnen. Der jüngere Offizier hatte die Übung nach draußen verlegt, da es in der Reithalle zu heiß war. Es war Samstag nachmittag; die umliegenden Hügel schimmerten im Dunst der Julihitze. Doch die Hitze schien weder den Applaus der Zuschauer zu schmälern, noch konnte sie dem Enthusiasmus, mit dem die Kadet-

ten ihre Übungen vorführten, etwas anhaben. Einige von ihnen zeigten die korrekte Art des Sattelns und Zäumens sowie des Auf- und Absteigens. Andere ritten in den verschiedenen Gangarten oder sprangen über einige Strohballen. Eine ausgewählte Gruppe von Senioren griff im Galopp Strohpuppen an und hieb im Vorbeireiten mit dem Säbel auf sie ein.
Der jüngere Offizier beobachtete die ganze Szene kritisch. Er trug eine Dienstmütze mit einer orangefarbenen Quaste und einem Emblem — gekreuzte Säbel mit der Nummer zwei im oberen Winkel. Leutnant Hawes vom Zweiten Dragonerregiment erteilte den Reitunterricht. Vor einem Jahr hatte er einen schon lange überfälligen Instruktionskurs in Kavalleriestrategie eingeführt — eine Neuerung für die Akademie.
»Beeindruckend«, sagte Lee und erhob seine Stimme über den Lärm der trottenden Hufe. »Sie haben gute Arbeit geleistet, Leutnant.«
»Vielen Dank, Sir.« Hawes zeigte auf einen dunkelhaarigen, gutaussehenden Reiter, der seinen Fuchs gekonnt führte; es schien, als würden Roß und Reiter über die Heuballen fliegen. »Er ist der beste Reiter des Kadettenkorps. Eigentlich sollte er die Vorführungen nicht mit den anderen bestreiten; er ist nämlich erst in der dritten Klasse. Aber er ist das ganze Jahr hindurch in jeder freien Minute in die Reithalle gekommen. Wenn er diesen Herbst mit der Reitausbildung beginnt, werde ich ihm kaum noch etwas beibringen können. Ich lasse ihn gern mit den andern Burschen reiten, weil das ein Ansporn für sie ist.«
Der Kadett, über den gerade diskutiert wurde, sprang über einen weiteren Ballen und landete mit einer natürlichen Anmut auf seinem Grimsley-Dienstsattel. Lee betrachtete sein dunkles, wehendes Haar und sein Profil und dachte einen Augenblick nach.
»Er kommt aus South Carolina, nicht wahr?«
»Ja, Sir. Sein Name ist Main.«
»Ah ja. Ein Vetter von ihm war vor ungefähr zehn Jahren hier. Der Junge macht einen guten Eindruck.«
Leutnant Hawes nickte begeistert. »Ungefähr der gleiche Schlag wie Stuart — nur, daß er besser aussieht.«
Beide lachten. Hawes fuhr fort: »Ich bin sicher, daß er nach seinem Abschluß den Dragonern oder Kavalleriejägern zugeteilt wird.«

»Oder vielleicht zu einem dieser neuen Reiterregimenter, die der Minister bilden will.«
»Mains Noten werden ihm keine Wahl lassen«, bemerkte Hawes. »Aber im militärischen Unterricht ist er ausgezeichnet. Die Idee, daß ein Mann kämpfen kann und dafür bezahlt wird, scheint ihn sehr zu beeindrucken.«
»Das wird vorbeigehen, wenn er zum erstenmal ein Schlachtfeld sieht.«
»Ja, Sir. Aber ich hoffe auf jeden Fall, daß er die Abschlußprüfung schaffen wird. Er ist ein Draufgänger, eine weitere Ähnlichkeit mit Stuart.«
»Dann wird er überall eingesetzt werden können.«
Hawes schwieg, aber er war einverstanden. Er wußte, warum er die Tortur, Hunderte von unfähigen Burschen auszubilden, aushalten konnte; Burschen, die nie in der Lage sein würden, auf etwas unruhigerem als einem Schaukelstuhl zu sitzen. Aber er hielt durch in der Hoffnung, einen überdurchschnittlich begabten Schüler zu finden. Dieses Jahr war er erfolgreich gewesen.
Beide Offiziere betrachteten Charles, wie er mit einem breiten Lächeln über den letzten Ballen sprang. Für einen Augenblick schienen Roß und Reiter zentaurenähnlich im schwülen Himmel zu schweben.

36

An einem Freitag im September traf Orry mit den beiden Schwestern im Hotel ein; sie kamen gerade rechtzeitig zur Abendparade. Als Brett Billy sah, klatschte sie entzückt in die Hände: Er hatte neue Rangabzeichen.
Wie sie später herausfand, war er zum ersten Kompaniefeldwebel ernannt worden. Er hatte Brett die Neuigkeit verschwiegen — es sollte eine Überraschung sein.
Ashton entging der erfreute Ausdruck ihrer Schwester nicht. Haß stieg in ihr hoch — und auch eine unerwartete Reaktion beim Anblick von Billy Hazard. Eine Welle des Verlangens durchflutete sie,

die sie jedoch mit Willensanstrengung unterdrückte. Billy hatte sie verlassen, und er würde dafür büßen.
Aber sie wollte nicht, daß er anfing, sich vor ihr in acht zu nehmen — weder jetzt noch in Zukunft. Ihr von der Sonne bestrahltes Gesicht zeigte keinerlei Regung, und sie behielt unentwegt ihr charmantes Lächeln bei. Kurz darauf bemerkte sie, daß zwei Gentlemen des Hotels sie beobachteten, und sie fühlte sich sofort wesentlich besser. Ihrer kleinen, farblosen Schwester zollte man keinerlei Aufmerksamkeit — zumindest nicht solcher Art.
Billy Hazard war schließlich nicht der einzige Mann auf Erden. Vor ihren Augen marschierten gerade mehrere hundert in genauen Formationen. Sicher waren einige davon gewillt, ihren Aufenthalt hier zu versüßen. Da James auf eine Heirat drängte, war dies vielleicht die letzte Gelegenheit, sich noch mal richtig auszutoben.
Sie betrachtete die starken, strammen Beine der marschierenden Kadetten. Mit der Zungenspitze befeuchtete sie ihre Oberlippe. Ihre Leistengegend fühlte sich warm und feucht an. Sie wußte, daß sie eine wundervolle Zeit in West Point verleben würde.

Für Orry war die Parade ein stark gefühlsbetontes Erlebnis. Es tat gut, die Trommeln, Pfeifen und Hörner wieder zu hören. Die wehenden Flaggen und die in herbstliches Gold und Karmin getauchten Hügel im Hintergrund brachten lebhafte Erinnerungen und vergessene Gedanken zurück. Und als er Charles erspähte, der zwischen den größeren Kadetten in einer Kompanie am Flügel marschierte, war er ungemein stolz.
Am nächsten Tag lud Billy Orry und die Mädchen ein, sich seinen Fechtunterricht anzuschauen. Ashton schützte Kopfschmerzen vor und blieb auf der Veranda des Hotels. Brett und ihr Bruder saßen während einer Stunde auf einer harten Bank und schauten zu, wie Billy und ein Dutzend andere Kadetten mit verschiedenen Fechtwaffen übten; breite Schwerter aus Nußbaum für die Anfänger, Florette oder, wie zum Beispiel Billy und sein Gegner, leichte Säbel.
De Jaman, der Fechtmeister, gesellte sich zu den Besuchern. Billy verwirrte seinen Gegner mit Täuschungsmanövern, Stößen und Ausfällen. »Der Bursche ist außerordentlich talentiert für diesen Sport«, sagte der Franzose mit der Begeisterung des stolzen Vaters. »Aber die

meisten Kadetten, die sich beim Studium auszeichnen, sind begabt, denn Fechten ist hauptsächlich von der Intelligenz abhängig.«

»Ja, das stimmt«, sagte Orry und erinnerte sich, daß er in dieser Disziplin nicht besonders gut gewesen war.

Billy beendete den Kampf mit einem einfachen Ausfall, indem er den Schutzknopf seines Säbels genau in die Trefffläche der gepolsterten Jacke seines Gegners bohrte. Nach dem Stoß grüßte er seinen Gegner, riß die Maske vom Kopf und drehte sich grinsend zu Brett um. Sie war aufgesprungen und applaudierte ihm.

Orry strahlte. Dann bemerkte er das Gesicht von Billys Gegner. Unter dem rechten Auge des Burschen war ein blauer Halbmond zu sehen. »Woher hat er diese Prellung?« fragte Orry, als Billy zu ihnen trat.

Billy versuchte ein Lächeln aufzusetzen. »Soviel ich weiß, hatte er eine Diskussion mit einem seiner Zimmergenossen.«

»Was für eine Diskussion?« wollte Brett wissen.

»Ich glaube, es hatte irgend was mit Senator Douglas zu tun. Mein Gegner kommt aus Alabama und —« er sprach den Satz nicht zu Ende.

Beunruhigt fragte Orry: »Passieren solche Sachen häufig hier?«

»O nein, äußerst selten«, antwortete Billy viel zu hastig. Ihre Blicke trafen sich. Beide wußten, daß sich der andere über die Lüge im klaren war.

An diesem Abend machte sich Orry nach Buttermilk Falls auf, um Benny Haven den ersten nicht verbotenen Besuch abzustatten. Billy nahm Brett, nachdem er Orry um Erlaubnis gefragt hatte, auf den »Liebespfad« mit.

Schemenhaft glitten Paare auf dem in der Dunkelheit versinkenden Pfad an ihnen vorbei. Durch die Blätter der herunterhängenden Äste waren die im Osten dahingleitenden Wolken im letzten Sonnenlicht zu sehen. Unten auf dem Fluß bewegte sich das Albany-Nachtschiff wie ein Glühwürmchen.

Brett trug ihr reich besticktes Spenzerjäckchen mit dazu passenden Handschuhen — was, wie sie bemerkt hatte, im Norden nicht mehr in Mode war. Billy fand sie die entzückendste Gestalt, die er je gesehen hatte:

»Mademoiselle, vous êtes absolument ravissante.«

Sie lachte und ergriff seinen Arm. »Das muß ein Kompliment sein. Es tönt so schön, daß es gar nichts anderes sein kann. Was bedeutet es?«
Sie waren neben einer der Bänke, die es in den verschiedenen Winkeln entlang des Pfades gab, stehengeblieben.
»Es bedeutet, daß ich endlich eine praktische Verwendung für all die unendlich langen Französischstunden gefunden habe.«
Sie lachte erneut. Er beugte sich vor und küßte sie sanft auf den Mund.
»Es bedeutet, daß ich dich schön finde.«
Der Kuß verwirrte sie, obwohl sie sich schon lange danach gesehnt hatte. Ihr fiel nichts ein, das sie hätte sagen können. Sie befürchtete, daß er lachen würde, wenn sie das Wort *Liebe* aussprechen würde. Verunsichert stellte sie sich auf die Zehenspitzen, legte ihre Arme um seinen Nacken und küßte ihn von neuem — diesmal kräftig. Sie sanken händehaltend auf die Bank.
»Mein Gott, bin ich froh, daß du hier bist, Brett. Ich glaubte, der Urlaub würde nie zu Ende gehen.«
»Du bist sicher gern nach Hause gegangen.«
»O ja. Ich war froh, wieder in Lehigh Station zu sein, aber doch weniger, als ich es mir vorgestellt hatte. Alle waren dort — außer der Person, die mir am meisten am Herzen liegt. Die Tage zogen sich dahin, und gegen das Ende konnte ich es kaum noch erwarten, zu packen und zu gehen. George verstand mich, nicht aber meine Mutter. Ich glaube, daß ich sie mit meiner Langeweile verletzt habe. Es tat mir leid, und ich versuchte, meine Gefühle zu verbergen, aber — aber ich hab' dich so vermißt.«
Nach einem kurzen Schweigen sagte sie leise: »Auch ich hab' dich vermißt, Billy.« Er drückte ihre Hand noch stärker. »Du kannst dir nicht vorstellen, wie einsam ich das ganze Jahr über gewesen bin. Meine Tage bestanden nur noch aus dem Warten auf deine Briefe. Ich glaube nicht, daß du hier überhaupt Zeit hast, einsam zu sein. Dein Stundenplan ist ja unheimlich vollgestopft. Es hat mich gefreut, daß ich deine Freunde kennenlernen konnte, aber einige von ihnen haben mich, als ich das erste Mal den Mund geöffnet habe, schief angeschaut.«
»Dein Akzent hat ihnen gefallen.«

»Hat er ihnen gefallen oder hat er sie abgestoßen?« Einige Kadetten — Yankees, wie sie vermutete — hatten sie mit unverhohlener Gehässigkeit angestarrt.

Er gab keine Antwort, denn er war sich der Ablehnung, ja sogar offenen Feindseligkeit bewußt, die einige Nordstaatler den gelegentlichen Besucherinnen aus dem Süden entgegenbrachten. Die Tatsache, daß Brett und er nicht die gleiche Herkunft hatten, warf einige praktische Probleme für die Zukunft auf, Probleme, mit denen er sich jetzt nicht herumschlagen wollte, die er aber auch nicht ewig auf die Seite schieben konnte. Und hier war nicht der Ort, um darüber zu sprechen. Er schob den Säbelgurt zur Seite, langte in die Tasche und zog das Stück schwarzen Samts hervor, das er von seiner Urlaubsmütze abgetrennt hatte. Er drehte es zwischen den Fingern, als er die damit verbundene Tradition erklärte, und sagte abschließend:

»Aber ich konnte es diesen Sommer, als ich nach Hause ging, meinem Mädchen nicht geben, denn es war in South Carolina.«

Er drückte ihr das Samtband in die Hand. Sie strich über die Goldstickereien und flüsterte: »Vielen Dank.«

»Ich hoffe«, er schluckte leer, »ich hoffe, daß du immer mein Mädchen bleiben wirst.«

»Ja, Billy. Immer.«

Ein Kadett, der mit seiner Begleiterin in der Dunkelheit an ihnen vorbeiging, stieß ein zynisches Lachen aus, als er das Gespräch hörte. Aber Brett und Billy nahmen nichts wahr: Sie saßen eng umschlungen da und küßten sich.

Kurz darauf schlenderten sie wieder zum steilen Abhang zurück. Billy hatte noch nie eine solch vollkommene Nacht erlebt, und noch nie war er so sicher gewesen, daß die Zukunft genauso vollkommen sein würde.

Schemenhafte Gestalten zeichneten sich in der Dunkelheit ab; ein Kadettenleutnant mit einem Mädchen am Arm. Der Kadett — er kam aus Michigan — war noch nie besonders freundlich mit Billy gewesen. Nun, da er mit seiner Gefährtin über den Liebespfad ging, redete er so laut, daß Brett ihn hören mußte.

»Das ist sie. Glaubst du, daß ein Mädchen aus dem Süden ihrem Yankee-Liebhaber beibringt, wie man die Nigger mißhandelt? Nur für den Fall, daß er in die Familie hineinheiratet?«

Das Mädchen kicherte. Billy wollte sich auf ihn stürzen, aber Brett hielt ihn zurück.
»Laß doch, es lohnt sich nicht.«
Das Paar verschwand. Billy schäumte vor Wut und entschuldigte sich dann bei Brett für das Verhalten des Leutnants, aber sie versicherte ihm, daß sie schon Schlimmeres erlebt habe. Dennoch war die Stimmung nicht mehr dieselbe. Die beleidigende Bemerkung zeigte ihm, daß sie beide — wenn er sie heiraten würde — der Wut der bigotten Leute ihres Landesteils ausgesetzt sein würden.
Sein Bruder George hatte natürlich gleiche Beleidigungen über sich ergehen lassen müssen, als er Constance aus Texas brachte. Aber er war mit der Situation fertig geworden. Und wenn es ein Hazard geschafft hatte, so würde auch er es können.

»Law, was ist das für ein stinkiger Ort?« flüsterte Ashton, als der Yankee-Senior das Schlüsselloch zu finden versuchte, was in der Dunkelheit nicht so einfach war.
»Delafields Pfefferdose«, sagte der Senior undeutlich. Anscheinend hatte er recht viel getrunken, bevor er sie aus dem Hotel gelotst hatte, aber es war ihr gleichgültig. Vielleicht würde er sie um so besser befriedigen. Sein Verstand war eher langsam, aber seine Schultern sehr kräftig. Nicht nur die Schultern, hoffte sie.
»Es ist das Ordonnanzlaboratorium«, fuhr er fort und fand endlich das Schlüsselloch. Es roch nach Pech, Paste und Schwefel. »Die Senioren müssen hier unten arbeiten. Wir mischen Pülverchen, nehmen Gestein auseinander —«
»Wie bist du zum Schlüssel gekommen?«
»Hab' ihn von einem Kadetten gekauft, der im letzten Juni abgeschlossen hat. Kommst du nicht rein? Wolltest du nicht . . .?
Er war nicht genug betrunken, um den Satz zu beenden.
»Ja, das hab' ich gesagt, aber ich wußte doch nicht, daß du mich an einen derart stinkenden Ort führen würdest.«
Als sie in der Tür stand, zögerte sie. Über ihr verdeckte einer der schloßartigen Türme die Sterne am herbstlichen Abendhimmel. Das Gebäude stand einsam unterhalb des nördlichen Rands der Ebene.
Aud dem dunklen Zimmer heraus ergriff der schweratmende Kadett ihre Hand. »Komm herein, und ich werde dir ein Andenken geben.

Alle Mädchen, die im Hotel übernachten, wollen ein West-Point-Andenken.«
Er schlurfte zu ihr, lehnte sich an den Türrahmen und fingerte an einem der Messingknöpfe seines Mantels herum, die sich Ashton zuvor genau angesehen hatte. *Kadett* stand oben, *U.S.M.A.* unten und in der Mitte waren ein Adler und ein Schild zu sehen.
Sie zögerte immer noch. Der Gestank des Laboratoriums war überwältigend, aber ihr Verlangen, das sie schon seit Wochen verspürte, ebenfalls.
»Willst du sagen, daß du mir einen Knopf gibst, wenn ich mit dir 'reinkomme?«
Er schnippte mit den Fingern gegen einen der Knöpfe. »Du hast freie Wahl.«
»Nun — einverstanden.« Ein Lächeln umspielte ihre Mundwinkel. »Aber ich hab' nicht diese Knöpfe gemeint«, fuhr sie fort, als sie ihm ihre Hand auf den Unterleib legte.
Später flüsterte er in der Dunkelheit. »Wie fühlst du dich?«
»Als hätte ich noch fast nichts bekommen, Liebling.«
Hörbares Schlucken. »Ich hab' ein paar Freunde. Ich könnte sie holen. Sie wären unheimlich dankbar. Bis ich wieder zurück bin, bin ich so weit, daß ich ein zweites Mal zur Quelle gehen könnte.«
Ashton lag da und ruhte sich aus, ihr Unterarm über den Augen. »Hol sie, Liebling. So viele, wie du willst, aber laß mich nicht zu lange warten! Und stell klar, daß jeder, der kommt, mir auch ein Andenken geben will!«

»Ich sage dir, ich hab' es mit eigenen Augen gesehen«, sagte ein Kadett aus New Yersey, den Billy recht gut kannte. Vor drei Tagen waren die Mains nach New York aufgebrochen. Der Kadett zeichnete mit dem Zeigefinger einen Umfang von fünf Zentimetern in die Luft. »Die Schachtel war ungefähr so groß. Darin hatte sie die Knöpfe von allen, denen sie ihre Gunst erwiesen hat.«
»Wie viele Knöpfe waren drin?«
»Sieben.«
Billy starrte ihn völlig entgeistert an. »In eineinhalb Stunden?«
»Vielleicht sogar weniger.«
»Waren Südstaatler darunter?«

»Kein einziger. Es scheint, daß einige Yankees ihre Vorurteile den Südstaatlern gegenüber recht schnell abbauen können.«
»Sieben. Ich kann's nicht glauben. Wenn Bison das hört, wird er von einer blinden Wut gepackt werden.«
»Und das schwache Geschlecht verteidigen?«
»Ja, genau«, sagte Billy. »Schließlich ist sie seine Kusine.«
»Aber es hat sie ja niemand dazu gezwungen«, entgegnete der Kadett hastig. »Ich möchte behaupten, daß es in Tat und Wahrheit genau umgekehrt war. Und überhaupt — ich glaube nicht, daß es Bison zu Ohren kommen wird.«
»Wieso nicht?«
»Die Dame behauptete, daß sie in weniger als sechs Monaten wieder hier sein werde. Falls auch nur einer der sieben in der Zwischenzeit etwas ausplaudere — ihren Namen oder sonst etwas —, würde er die Hölle auf Erden erleben.«
»Die Hölle auf Erden? Hat sie noch mehr gesagt?«
»Nein. Vielleicht glaubte ihr keiner, aber alle tun wenigstens, als ob. Ich hab' das Gefühl, sie wollen sie alle wiedersehen«, sagte er mit einem genießerischen, aber merkwürdig nervösen Lächeln. »Oder vielleicht wollen sie Mains Jagdmesser nicht zu nahe kommen.«
Billy vermutete, daß Ashton die sieben Kadetten hinters Licht geführt hatte. Er wußte nichts von einem zweiten Besuch der Schwestern. Dann merkte er plötzlich, daß er das Nächstliegende — gerade vor seiner Nase — übersehen hatte: den grinsenden Kadetten.
»Moment mal. Wenn alle dichthalten, wieso weißt du denn Bescheid?«
Der Kadett grinste noch breiter, ein Augenzwinkern verriet unzüchtige Gedanken, doch seine Nervosität blieb. »Ich war die Nummer sieben. Aber das beste kommt noch: Sie wollte von uns allen, die sie — äh — mit unserer Großzügigkeit beehrten, keine Mantelknöpfe.«
Billy fühlte sich elend. »Was wollte sie?«
»Hosenknöpfe!«
Er wurde leichenblaß und konnte nur stammeln: »Warum erzählst du mir das alles?«
»Freundschaftsdienst.« Es tönte zwar falsch, aber Billy blieb ruhig. »Zudem hab' ich gesehn, wie du der andern Schwester den Hof gemacht hast, und ich fand, du solltest es wissen. Du hast die bessere

ausgewählt — auf jeden Fall vom Standpunkt des Gentlemans.« Er zwinkerte. Billy nahm kaum Notiz davon und blieb todernst.

»Allmächtiger! Sieben Hosenknöpfe! Bison darf das nie erfahren.«

Der Kadett lächelte nicht mehr. »Deshalb bin ich zu dir gekommen, Hazard. Es war mir ernst mit dem, was ich über Bison und sein Jagdmesser gesagt habe. Ich bin kein Feigling, aber vor ihm hab' ich Angst. Und die andern sechs auch. Es wird weder Prahlerei noch Geschwätz geben. Verlaß dich drauf.«

Nachdem Billy wieder allein war und sich vom ersten Schreck erholt hatte, dachte er über die Worte des Kadetten nach. Plötzlich wurde ihm klar, welch großes Glück es für ihn gewesen war, die Verbindung mit Bretts Schwester rechtzeitig abzubrechen. Er wußte nicht, was er über sie denken sollte, er wußte nur, daß irgend etwas mit ihr nicht stimmte. Wie gut, daß sie nicht mehr an ihm interessiert war. Während ihres ganzen Aufenthalts hatte sie kaum ein Wort mit ihm gesprochen und so getan, als existiere er nicht. Gott sei Dank, sie hatte ihn vergessen.

37

Virgilia zog den zerschlissenen Schal enger um die Schultern und befestigte ihn mit einer Nadel. Dann rührte sie wieder im Haferschleim auf dem kleinen Eisenherd, dessen viertes Bein fehlte und durch kaputte Ziegelsteine ersetzt worden war.

Ein Novembersturm bedeckte die Blechdächer der umliegenden Hütten mit einem wohltuenden Schneemantel. Schnee füllte auch die Furchen im gefrorenen Schlamm auf der Gasse. Der schneidende Wind rüttelte an den mit Wachspapier verhängten Fenstern und wehte Schneeflocken durch die Löcher in der Wand, an der ein Stich von Frederick Douglass hing.

Grady saß an einem wackligen Tisch. Sein verwaschenes blaues Flanellhemd war bis an den Hals zugeknöpft. Er hatte ungefähr fünfzehn Kilo abgenommen und sah nicht mehr gesund aus. Wenn er lächelte — was in letzter Zeit selten vorkam —, waren perfekte, handgefertigte und richtig eingesetzte Oberzähne zu sehen. Nur ein leicht

gelblicher Schimmer deutete darauf hin, daß die Zähne künstlich waren.
Grady gegenüber saß ein Besucher — ein schlanker, elegant gekleideter Schwarzer mit hellbrauner Haut, grauem Haar und eindringlichen braunen Augen. Lemuel Tubbs. Als er zur Tür hereingekommen war, hatte er augenfällig gehinkt.
Die Tasse mit dem dünnen Kaffee, die Virgilia Tubbs vorgesetzt hatte, war unberührt geblieben. Er fand keinen Spaß daran, die Slums während eines Schneesturms aufsuchen zu müssen, aber die Pflicht hatte es verlangt. Er redete ernst auf Grady ein.
»Mit einem Bericht über Ihre Erfahrungen würden Sie unserer nächsten öffentlichen Zusammenkunft mehr Glaubwürdigkeit verleihen und ihre Gewichtigkeit steigern. Nichts kann das Publikum besser davon überzeugen, daß die Sklaverei böse ist, als ein persönlicher Bericht von einem ehemaligen Sklaven.«
»Eine öffentliche Zusammenkunft, sagten Sie?« Grady dachte laut. »Ich weiß nicht, Mr. Tubbs . . . Die Sklavenfänger aus South Carolina könnten doch davon erfahren!«
»Ich verstehe Ihre Besorgnis«, sagte Tubbs verständnisvoll. »Natürlich kann Ihnen niemand die Entscheidung abnehmen.«
Er zögerte, bevor er auf den heiklen letzten Punkt zu sprechen kam. »Falls aber Ihre Entscheidung positiv ausfallen sollte, so hätten wir eine Bedingung. Wir möchten die stärkstmögliche Verurteilung der Sklaverei, aber keinen Aufruf zu einem gewaltsamen Aufstand im Süden. Diese Art Reden beunruhigt und stößt einige Weiße ab, die wir dringend zur Förderung unserer Sache benötigen. Um ehrlich zu sein: Sie würden aus Angst kein Geld mehr spenden.«
»Sie verwässern also die Wahrheit?« fragte Virgilia. »Sie prostituieren sich und Ihre Organisation für einige Silberstücke?«
Zum erstenmal runzelte der Besucher die Stirn, und in seinen Augen zeigte sich eine Spur von Zorn. »So würde ich es nicht ausdrücken, Miss Hazard.« In den Kreisen der Sklavereigegner nannte man sie immer noch so und nicht Mrs. Grady.
In Wirklichkeit waren die führenden Köpfe der Bewegung in Philadelphia sich nicht einig, ob die Hilfe von Virgilia und ihrem Liebhaber wünschenswert war. Beide vertraten extreme Ansichten, die die Bewegung in ernsthafte Schwierigkeiten bringen konnte. Ein Teil der

Führungsspitze wollte mit ihnen überhaupt nichts zu tun haben; die andern, deren wichtigster Vertreter Tubbs war, wollten Gradys Hilfe zwar annehmen, doch nur, wenn er bereit war, sich etwas unter Kontrolle zu halten. Tubbs beschloß widerwillig, daß er gut daran täte, dies noch einmal zu betonen.
»Bei Verhandlungen mit den Mächtigen müssen immer gewisse Kompromisse eingegangen werden, wenn man etwas zu erreichen —«
»Mr. Tubbs«, unterbrach ihn Grady. »Ich glaube, es ist besser, wenn Sie gehen. Wir sind an einer Zusammenarbeit unter den von Ihnen gestellten Bedingungen nicht interessiert.«
Tubbs gab sich Mühe, seiner Stimme nichts von seiner Erregung anmerken zu lassen. »Ich wünschte, Sie wären weniger voreilig. Vielleicht überlegen Sie sich das ganze noch mal, wenn ich Ihnen Folgendes sage: Ich persönlich bin der Meinung, daß Sie der Sache der Sklavenabschaffung von großem Nutzen sein können — aber nicht die ganze Bewegung teilt diese Ansicht. Es dauerte recht lange, bis einige unserer Mitglieder davon überzeugt werden konnten.« Er blickte Virgilia kurz an. »Und ich bezweifle, daß man diese Einladung wiederholt.«
»Grady will nicht vor Schlappschwänzen und Huren reden«, sagte Virgilia und schüttelte den Kopf. Ihr Haar war ungekämmt, stumpf und ungewaschen. »Wir halten es punkto Sklavenabschaffung mit der Meinung von Mr. Garrison.«
»Die Verfassung verbrennen? Unterstützen Sie das?« Tubbs schüttelte den Kopf. Am Jahrestag der Unabhängigkeit hatte Garrison einen nationalen Aufruhr provoziert, als er anläßlich einer politischen Versammlung in der Nähe von Boston eine Abschrift der Verfassung verbrannt hatte. Virgilia war anscheinend der Meinung, daß er richtig gehandelt habe.
»Wieso nicht? Die Verfassung ist nichts anderes als das, was Garrison über sie sagte: ein Bund mit dem Tod und eine Abmachung mit der Hölle!«
»Solche Aussagen sind es gerade, die die Leute abstoßen, die wir am nötigsten —«
Virgilia unterbrach ihn höhnisch: »Ach, kommen Sie mir nicht damit, Mr. Tubbs. Was für eine Haltung ist das — wenn Sie wirklich von der Sache überzeugt sind?«

In seinen Augen blitzte es erneut. »Vielleicht drücke ich meine Überzeugung anders aus als Sie, Miss Hazard.«
»Indem Sie es ablehnen, Risiken einzugehen? Indem Sie sich elegant kleiden und freundschaftliche Beziehungen mit bigotten Weißen pflegen? Indem Sie es ablehnen, Ihren eigenen Wohlstand zu opfern und —«
Tubbs konnte nicht länger an sich halten und schlug mit der Faust auf den Tisch. »Kommen Sie mir nicht mit Risiko und Opfer! Ich bin als Sklave in Maryland aufgewachsen und mit vierzehn davongerannt, zusammen mit meinem jüngeren Bruder. Man erwischte uns und schickte uns zu Sklavenbändigern. Mir haben sie das hier angetan« — er zeigte auf sein verkrüppeltes Bein —, »aber meinem Bruder ist es schlimmer ergangen. Er ist seither geistig gestört.«
Grady fragte verächtlich: »Und Sie würden es ihnen nicht gerne heimzahlen?«
»Natürlich! Zuerst gab es nur diesen einen Gedanken. Dann floh ich nach Philadelphia, und als ich nach ein oder zwei Jahren keine Angst mehr hatte, verfolgt zu werden, begann ich nachzudenken. Nun bin ich weniger an einer persönlichen Rache als an der Freiheit anderer interessiert. Es ist das *System,* das ich am meisten hasse — es ist das *System,* das ich abschaffen will.«
»Es soll mit Gewalt zugrunde gehn«, schrie Virgilia.
»Nein. Jede Bewegung dieser Art wird die Aufrechterhaltung der Sklaverei nur fördern und auch die Unterdrückung —«
Tubbs zögerte, als er ihre Feindseligkeit bemerkte. Er stand auf und setzte sorgfältig den Zylinder auf das graue Haar. »Ich glaube, ich rede in den Wind.«
Sie lachte ihn aus: »Ja, das tun Sie wirklich.«
Tubbs preßte die Lippen zusammen, sagte jedoch nichts. Er drehte sich um und hinkte zur Tür. Virgilia rief ihm garstig hinterher: »Vergessen Sie nicht, die Tür hinter sich zu schließen.«
Keine Antwort; die Tür wurde sanft, aber energisch geschlossen.
War Grady zuvor noch kerzengerade auf dem Stuhl gesessen, so sackte er nun plötzlich zusammen. »Dieses Türeschließen wird auch nichts nützen.« Er fröstelte — nicht nur vor Kälte, sondern auch vor Hoffnungslosigkeit. »Leg noch etwas mehr Holz auf.«
»Wir haben kein Holz mehr — und gerade noch so viel Geld, daß ich

nach Lehigh Station fahren kann.« Sie war nicht wütend, sondern schilderte nur den Tatbestand. Sie löffelte etwas Brei in eine Blechschüssel und stellte sie ihm hin. »Ich muß wieder nach Hause gehen.«
Grady starrte in die Schüssel, schnitt eine Grimasse und stieß sie weg. »Ich hab' es nicht gern, wenn du dorthin gehst. Ich hasse es, daß du betteln mußt.«
»Ich bettle nie. Ich sage ihnen, was ich brauche, und ich bekomme es. Und wieso eigentlich nicht? Sie haben genug. Sie verschleudern mehr Geld an einem einzigen Tag, als die ganze Niggersiedlung hier in einem Jahr ausgibt.« Sie hatte sich hinter ihn gestellt und versuchte, ihm mit einer Nackenmassage etwas Wärme zu geben. »Soldaten im Krieg führen kein Luxusleben.«
»Tubbs denkt nicht, daß wir uns im Krieg befinden.«
»Eunuchen wie Tubbs haben zu lange zu bequem gelebt. Sie haben alles vergessen. Wir werden den Krieg ohne sie gewinnen. Eines Tages werden wir triumphieren, Grady. Ich weiß es.«
Teilnahmslos und zweifelnd griff Grady nach ihrer Hand: Virgilia starrte in die Ferne. Der Schnee drang immer noch durch die Risse in der Wand und fiel auf ihre Wolldecken, die ihnen als Schlafstätte dienten. In der gegenüberliegenden Ecke, wo ein großer Spalt klaffte, hatte der Schnee auf einem Haufen Lumpen bereits einen luftigen Zuckerhut geformt. Grady sammelte Lumpen für ihren Lebensunterhalt. Gab es keine Lumpen, so stahl er, und wenn auch das nichts brachte, ging Virgilia für einige Tage nach Lehigh Station.
»Der Ofen gibt überhaupt keine Wärme mehr ab«, sagte sie. »Wir sollten für eine Weile unter die Decken schlüpfen.«
»Manchmal mache ich mir Vorwürfe, weil ich dich in dieses Leben hineingezogen —«
»Pst, Grady.« Sie drückte ihre kalten Finger auf seine Lippen. »Es war meine Wahl. Du und ich, wir sind Soldaten. Wir werden Hauptmann Weston helfen, den Tag des Triumphs herbeizuführen.«
Er schaute sie mißbilligend an. »Du solltest seinen Namen nicht laut sagen, Virgilia.«
Sie lachte, und er ärgerte sich wegen ihrer für die weiße Frau typischen Überlegenheit. »Du nimmst diesen Unsinn doch nicht für bare Münze? All diese Decknamen und chiffrierten Bücher? Dutzende kennen die wahre Identität des Mannes, der sich Hauptmann Weston

nennt. Hunderte wissen über seine Tätigkeit Bescheid, und in einigen Monaten werden es Hunderttausende sein. Nachdem wir ihm geholfen haben, deine Leute unten im Süden zu befreien, werden wir uns um meine Leute hier im Norden kümmern. Wir knöpfen uns jeden Weißen und jede Weiße vor, die uns in unserem Kampf aktiv oder durch ihre Gleichgültigkeit behindert haben. Und wir werden uns Stanley und die Hure, die er geheiratet hat, als erste vornehmen.«
Ihr Lächeln und die geflüsterten Worte erschreckten Grady so sehr, daß er seine Wut vergaß.
»Es macht mir nichts aus, des Essens oder der Kleider wegen nach Hause zu gehen«, versicherte sie ihm, als sie unter die kalten Decken schlüpften, die nach Dreck und Ruß stanken. »Aber ich wünschte, ich dürfte dich ab und zu mitn—«
»Nein.« In diesem Punkt blieb er unbeugsam. »Du weißt, was uns die Leute antun würden, wenn wir uns zusammen in diesem Nest zeigten.«
»O ja, ich weiß«, seufzte sie und drückte sich gegen ihn. »Und ich hasse sie deswegen. Mein Gott, wie ich sie hasse, Liebling. Ihnen werden wir es auch zurückzahlen. Wir — oh!«
Sie war verblüfft. Sogar in dieser Kälte begehrte er sie. Und bald darauf vergaßen die beiden ihr Elend auf die einzig mögliche Art, die ihnen geblieben war.

Ein Ausläufer des Wintersturms zog über Lehigh Station hinweg und bestäubte den Boden und die Hausdächer mit einer weißen Puderschicht. Als Virgilia mit dem Nachtboot ankam, fielen immer noch vereinzelt Schneeflocken. Nächstes Jahr würde sie in einem geheizten Zug reisen können, und es würde keine Rolle mehr spielen, ob der Fluß zugefroren war. Die Lehigh-Eisenbahngesellschaft hatte verlauten lassen, daß sie die Strecke nach Bethlehem hinunter und auch talaufwärts verlängern würde.
Wie sehr sie ihre Familie auch haßte, so war ihr doch klar, daß sie in Philadelphia nur dank ihrer Toleranz überleben konnte. Genauer gesagt, dank der Toleranz ihres Bruders George und seiner Frau, die es ihr gestatteten, eine Nacht in Belvedere zu bleiben und sich mit einem Leinensack voller abgetragener Kleider, mit Eßwaren und mit etwas Geld davonzustehlen. Obwohl sie sich mehr und mehr dem Gedan-

kengut der Extremisten verschrieben hatte, blieb Virgilia in einem Punkt realistisch. Sie wußte, daß sie Grady nie nach Lehigh Station bringen würde, und sie versuchte, jeweils in der Nacht anzukommen, damit die Dunkelheit ihr Schutz bot. Sonst würden gewisse bigotte Einwohner sie entdecken und womöglich angreifen. Sie wußte genau, wer diese Leute waren, und sie würde es ihnen zum gegebenen Zeitpunkt heimzahlen.

Mit einem für die Jahreszeit zu leichten Mantel und zu dünnen Wollhandschuhen bekleidet, kämpfte sie sich durch das Schneegestöber den Hügel hoch. Als sie in Belvedere ankam, war ihr Haar schneeweiß. Sie betrat das Haus, ohne zu klingeln — George erlaubte ihr das — und hörte Stimmen aus dem Wohnzimmer: Sie kamen von Constance, George und einem römisch-katholischen Priester aus der Gegend.

»Was ist eine christliche Antwort auf die Kansas-Frage?« fragte der Priester. »Dieses Problem verfolgt mich in letzter Zeit. Ich fühle mich verpflichtet, die Angelegenheit mit jedem Gemeindemitglied zu besprechen, damit ich weiß, wie sie —«

Er hielt inne und bemerkte Virgilia in der Tür. George sah sie überrascht, Constance etwas bestürzt an.

»Guten Abend, George. Constance. Pater Donnelly.«

»Wir haben dich nicht erwartet —«, sagte George zögernd. Sie wußten nie, wann Virgilia kommen würde, und jedesmal machte George die gleiche Bemerkung. In letzter Zeit fing sie an, ihn langweilig zu finden.

Mit einem unaufrichtigen Lächeln nahm sie seine Bemerkung zur Kenntnis. Dann sagte sie zum Priester: »Es gibt keine christliche Antwort auf die Situation in Kansas. Sogenannte Christen haben die Neger zu Sklaven gemacht. Jeder, der es wagt, einen Sklaven über eine territoriale Grenze zu bringen, hat nur eine einzige Antwort verdient, ja, fordert sie geradezu heraus: eine Kugel. Wenn ich dort wäre, wäre ich die erste, die schießen würde.«

Sie sagte das alles dermaßen ruhig und vernünftig, daß der ältliche Priester sprachlos war.

George nicht. Blaß vor Wut, aber gefaßt, entgegnete er: »Ich glaube, Virgilia, du solltest gleich nach oben gehen und deine nassen Kleider wechseln.«

Sie starrte ihn einen Augenblick an. »Natürlich, George. Auf Wiedersehen, Pater.«
Nachdem der Priester gegangen war, schritt George wütend auf und ab. »Ich verstehe nicht, wieso wir Virgilia überhaupt noch tolerieren. Manchmal habe ich das Gefühl, wir seien Dummköpfe.«
Constance schüttelte den Kopf. »Du willst Virgilia doch nicht behandeln, wie es Stanley tut. Sie ist immer noch deine Schwester.«
Er starrte auf die kleine Lache geschmolzenen Schnees, die Virgilias Schuhe hinterlassen hatten. »Es fällt mir zusehends schwerer, mich an diese Tatsache zu erinnern.«
»Aber es ist so«, sagte Constance.

Später in der Nacht erwachte George und bemerkte, daß Constance sich in der Dunkelheit hin und her warf.
»Was ist? Bist du wieder krank?«
Der Gedanke kam ihm, weil sie sich seit einiger Zeit nicht wohl fühlte. Kaum zwei Monate, nachdem sie bemerkt hatte, daß sie wieder schwanger war, hatte sie eine Fehlgeburt erlitten. Es war die dritte in drei Jahren, und die körperlichen Nachwirkungen — Schwindel, Schweißausbrüche und Übelkeit in der Nacht — schienen jedesmal länger zu dauern. George machte sich nicht nur über ihren körperlichen, sondern auch über ihren seelischen Zustand Sorgen, denn der Arzt hatte angetönt, sie würde vielleicht nie mehr ein Kind ganz austragen können.
»Mir geht es gut«, sagte sie. »Ich muß mich anziehen und für eine Stunde weggehen. Es kommt wieder jemand.«
»Ach ja, das stimmt. Das hab' ich ganz vergessen.«
»Schlaf du nur weiter.«
Aber er hatte die Füße schon auf dem eisigen Boden. »Das kommt nicht in Frage. Das Wetter ist fürchterlich, und du kannst nicht den ganzen Weg bis zum Schuppen zu Fuß gehen. Ich zieh' nur schnell die Kleider über und bring den Einspänner zur Vordertür.«
Sie versuchte weiter, ihn davon abzuhalten, mit ihr in die Kälte hinauszugehen, aber er beharrte auf seinem Vorhaben. Beide wußten, daß er seinen Kopf durchsetzen würde. In Tat und Wahrheit war Constance glücklich, daß er sie begleiten wollte. Sie fühlte sich schwach, und die ersten Anzeichen einer starken Erkältung machten

sich bemerkbar. Sie haßte den Gedanken, sich allein in die Winternacht zu wagen, aber sie hätte es dennoch getan.
George wollte auch aus einem andern Grund mitgehen: um den Neuankömmling zu sehen und mit ihm zu sprechen. Mehr als alle Meinungen von Rednern, Journalisten und Theologen halfen ihm die Gespräche mit den Flüchtlingen, sich über das Problem, das die Nation entzweite, eine Meinung zu bilden. Er zog seine Jacke zu und tätschelte seiner Frau den Arm.
»Ich komme mit. Keine weiteren Einwände.«
Zwanzig Minuten später lenkte er den quietschenden Einspänner zum Schuppen, der sich am Ende des Fabrikgeländes befand. Drinnen flackerte eine Laterne. Er half Constance beim Aussteigen. Sie hatte einen Koffer mitgebracht. Plötzlich küßte sie ihn. Ihre Lippen und seine Wangen waren eiskalt und steif wie Pergament, aber der Kuß war dennoch erwärmend.
Sie eilte zur Tür und gab das vereinbarte Zeichen: zweimal Klopfen, Pause, zweimal Klopfen. George stapfte durch den knirschenden, glänzenden Schnee, der in die Schuhe drang und seine Strümpfe naß machte. Der Sturm war vorüber. Der Mond hing wie ein edler Porzellanteller im sternenklaren Nachthimmel.
Belzer, der Händler, öffnete vorsichtig die Türe und schrak zusammen, als er die zweite Gestalt sah.
»Ich bin es nur«, sagte George.
»Ach ja. Kommen Sie schnell herein.«
Der Flüchtling saß an einem Tisch; in der Hand hielt er ein Stück getrocknetes Rindfleisch. Er war ein muskulöser, rotbrauner Mann, dessen Backenknochen auf einen Schuß Indianerblut hindeuteten. Er mochte ungefähr fünfunddreißig sein, aber sein krauses Haar war schneeweiß. George konnte sich den Grund vorstellen.
»Das ist Kee«, sagte Belzer mit so stolzer Stimme, als würde er ein Mitglied seiner eigenen Familie vorstellen. »Er ist den ganzen Weg von Alabama hierhergekommen. Sein Name ist eine Abkürzung für Cherokee. Seine Großmutter mütterlicherseits war eine Angehörige dieses Stamms.«
»Nun, Kee, es freut mich, daß Sie hier sind«, sagte Constance. Sie stellte den Koffer neben den Tisch. »Da drin sind ein Paar Stiefel und zwei Hemden. Haben Sie einen Wintermantel?«

»Ja, Ma'am.« Der Ausreißer hatte eine kräftige, sonore Baßstimme. Er wirkte nervös.
»Er hat einen beim Bahnhof in der Nähe von Wheeling bekommen«, sagte Belzer.
»Gut«, meinte Constance. »In Kanada ist es meist noch kälter als in Pennsylvania. Aber wenn Sie einmal über der Grenze sind, brauchen Sie keine Angst mehr vor den Sklavenfängern zu haben.«
»Ich will arbeiten«, antwortete Kee hastig. »Ich bin ein guter Koch.«
»Ich nehme an, daß dies seine Hauptaufgabe gewesen ist«, sagte Belzer.
George nahm das Gespräch nicht bewußt auf, so fasziniert war er von der Haltung und dem Benehmen des einstigen Sklaven. Kees Kopf schien tief zwischen den Achseln zu sitzen, als würde er sich fortwährend ducken. Sogar hier, auf freiem Gebiet, waren Angst und Mißtrauen in seinen Augen zu lesen. Er schielte ständig zur Tür, als erwarte er jeden Augenblick, daß jemand hereinstürze.
»—arbeitete für einen außergewöhnlich harten und gemeinen Herrn«, sagte Belzer eben. »Kee, zeigen Sie ihnen bitte, was Sie mir gezeigt haben.«
Der Ausreißer legte das unberührte Stück Fleisch auf die Seite. Er stand auf, knöpfte das Hemd auf und zog es aus. Constance würgte und ergriff den Arm ihres Gatten. George wurde es angesichts solch vieler Narben ebenfalls übel. Sie bedeckten den ganzen Rücken, von den Schulterblättern bis zum Kreuz; stellenweise sah es aus, als wäre ein Schlangennest unter der Haut erstarrt.
Belzers sonst sanfte Augen glühten vor Zorn. »Einige rühren von der Peitsche her, andere von glühenden Eisen. Wann passierte es zum erstenmal, Kee?«
»Als ich neun war. Ich hab' Beeren aus dem Garten des Herrn genommen.« Er krümmte die Finger, um eine kleine Handvoll zu zeigen. »So viele Beeren.«
George schüttelte den Kopf. Er wußte, warum er in den letzten Monaten so hart urteilte.
Später, als sie wieder in Belvedere im Bett lagen, hielt George Constance in den Armen, und sie wärmten sich aneinander. »Jedesmal, wenn ich einen Mann wie Kee treffe, frage ich mich, wieso wir die Sklaverei so lange toleriert haben.«

Er konnte ihren bewundernden Blick nicht sehen, als sie antwortete: »George, bist du dir bewußt, wie sehr du dich verändert hast? So etwas hättest du nie gesagt, als wir uns kennenlernten.«
»Vielleicht nicht. Aber jetzt bin ich mir meiner Gefühle bewußt. Wir müssen der Sklaverei ein Ende setzen. Wenn es geht, mit dem Einverständnis und der Mitwirkung derjenigen, die das System unterstützen. Aber wenn sie der Vernunft kein Gehör schenken wollen, dann muß es eben ohne sie gehen.«
»Was würde passieren, wenn du zwischen der Abschaffung der Sklaverei und der Freundschaft mit Orry wählen müßtest? Schließlich ist er einer von denen, die das System unterstützen.«
»Ich weiß. Aber ich hoffe, daß es nie zu einer solchen Entscheidung kommen wird.«
»Aber wenn es soweit käme, was würde passieren? Ich will dich nicht drängen, aber das Problem beschäftigt mich schon lange. Ich weiß, wie gern du Orry magst und wie sehr du ihn respektierst —«
Obwohl ihn die Entscheidung außerordentlich schmerzen würde, gab es eine Antwort vor seinem Gewissen: »Ich würde die Freundschaft aufgeben, nicht meine Überzeugung.«
Sie umarmte ihn. Bald darauf schlief sie in seinen Armen ein. Er lag noch eine Weile länger wach; Bilder von wüsten Narben und dunklen Augen, die dauern auf eine Türe starrten, tauchten vor ihm auf. Als er endlich eingeschlafen war, träumte er von einem schwarzen Mann, der schrie, während ihn jemand mit einem glühenden Eisen brandmarkte. Vertraten Angehörige der Pflanzerklasse des Südens eine extreme Seite, die George nicht leiden konnte, so vertrat seine eigene Schwester die andere. Während ihres zweitägigen Besuchs in Belvedere diskutierten sie über Volkssouveränität, über die Gesetze zur Verfolgung und Auslieferung flüchtiger Sklaven und eigentlich über fast alle Aspekte der Sklaverei. Virgilias Standpunkt ließ keinerlei Spielraum für Kompromisse.
»Ich würde das ganze Problem mit einem Schlag lösen«, sagte sie beim Abendessen zu George und Constance. Constance hatte die Kinder bereits zum Spielen geschickt, denn sie befürchtete, daß das Gespräch — wie gewöhnlich — gehässig enden würde. »Ein Tag Arbeit im Süden, und alles wäre vorbei. Das ist auf jeden Fall mein Traum«, fügte Virgilia mit einem Lächeln hinzu, das George erschaudern ließ.

Sie drückte ihre Gabel in das dritte Stück Kuchen, nahm einen Bissen und goß noch mehr heiße Rumsauce, die auf einem Silbertablett stand, darüber. Sie blickte ihren Bruder ruhig an. »Du kannst schaudern und Grimassen schneiden, soviel du willst, George. Du kannst über Gewissen und Gnade reden, bis du schwarz wirst, aber der Tag wird kommen.«

»Virgilia, das ist Quatsch. Eine Revolution der Sklaven kann unmöglich erfolgreich sein.«

»Natürlich kann sie — wenn sie richtig finanziert und organisiert wird. Eine triumphale Nacht des Feuers und der Gerechtigkeit, und die Ungleichheit wird in einem riesigen Strom von Blut ertränkt.«

Er war dermaßen entsetzt, daß er beinahe die Tasse fallen gelassen hätte. Er und Constance starrten zuerst einander, dann die Besucherin an. Diese schaute an die Wand — oder auf eine apokalyptische Szene dahinter.

George wollte sie anschreien, entschloß sich aber, die Bemerkung nicht ernst zu nehmen.

»Du solltest melodramatische Stücke schreiben.«

Sie sah ihn plötzlich an: »Mach Witze, solang du willst, der Tag wird kommen.«

Constance, die sich durch den eisigen Blick nicht einschüchtern ließ, sagte: »Du bist dir natürlich bewußt, daß die Angst vor einer Revolution der Schwarzen viele Weiße davon abhält, sich auch nur auf eine Diskussion über eine stufenweise, kompensierte Emanzipation einzulassen?«

»Eine stufenweise, kompensierte Emanzipation ist ein gefährlicher Gedanke. Wie Mr. Garrison sagte: Das ist, als ob man einem Dieb Geld gäbe, damit er gestohlenes Eigentum zurückgibt.«

»Trotzdem — was die Südstaatler von der Emanzipation befürchten, sind befreite Sklaven, die mit Steinen und Mistgabeln auf sie losgehen. Deine aufrührerischen Theorien machen die Situation auch nicht gerade besser.«

Virgilia schob ihren Nachtischteller beiseite. »Ich sage dir, es sind mehr als bloße Theorien.«

»Du wiederholst dich«, sagte George heftig. »Wenn wir schon beim Thema sind, laß mich dir etwas offen und ehrlich sagen. Du solltest deinen Kontakt mit Hauptmann Weston abbrechen.«

Sie riß die Augen auf. Für einmal war ihre Stimme leise. »Was weißt du über Hauptmann Weston?«
»Ich weiß, daß es ihn gibt. Ich weiß, daß Weston nur ein *nom de guerri* ist, und ich weiß, daß er genauso extremistisch ist wie die schlimmsten Hitzköpfe des Südens.«
Es gelang ihr, sich spöttisch zu geben. »Hast du Spione angestellt, um mich zu beobachten?«
»Sei nicht blöd! Ich habe im ganzen Staat Geschäftsverbindungen, und ich kenne viele Männer der Legislative in Harrisburg. Und alle hören sie immer wieder etwas Neues. So unter anderem, daß Hauptmann Weston tatkräftig eine Revolte der Schwarzen im Süden schürt. Er macht sich jedermann zum Feind, sogar Leute, die sonst gegen die Sklaverei kämpfen. Du tust besser daran, dich von ihm zu trennen, oder du wirst unter den Konsequenzen zu leiden haben.«
»Wenn es Konsequenzen gibt, wie du das nennst, dann werde ich stolz sein, sie zu tragen.«
Ihm schwindelte. Was sollte er mit ihr anfangen? Er versuchte einen anderen Weg. »Ich wäre nicht so voreilig. Es gibt auch in Pennsylvania viele, die die Sklavengegner hassen. Gewalttätige Leute.«
»Ist es das, was Erfolg und Geld aus dir gemacht haben, George? Haben sie dich deiner Prinzipien beraubt und sie durch Feigheit ersetzt?« Sie stand wie eine beleidigte Königin auf und verließ das Zimmer.
Constance preßte die Hände auf die Augen. »Ich kann sie nicht länger ertragen. Welch ekelhafte, besessene Kreatur sie doch ist!«
Er streckte den Arm aus, um ihre Hand zu ergreifen und sie zu beruhigen, aber seine Augen waren immer noch auf die Tür geheftet, durch die Virgilia verschwunden war.
»Es ist mehr als Besessenheit«, sagte er sanft. »Manchmal habe ich das Gefühl, daß sie wahnsinnig ist.«

Mit hervorgequollenen, offenen Augen und einer verfärbten, zwischen den Zähnen hervorhängenden Zunge baumelte der Mann am Dachsparren. Die Kopfstellung zeigte deutlich, daß die Schlinge das Genick des Mannes gebrochen hatte.
Unter der sich langsam drehenden, todesstarren Gestalt unterhielt sich ein halbes Dutzend Männer mit gedämpfter Stimme. Zwei der

Männer hielten brennende Fackeln in den Händen. Hinter ihnen standen große Kisten mit aufgemalten Schriften: GEOR. AL. MISS. Eine der Kisten war mit einem Brecheisen aufgebrochen worden. Sie enthielt neue Gewehre.

Grady, die Todesangst in den Gliedern, sah all dies durch eine Ritze in der Stalltür. Er war mit einer zwei Seiten langen, verschlüsselten Meldung von Philadelphia in die Umgebung von Lancaster geschickt worden. Der Mann, dem er die verschlüsselte Meldung hätte überbringen sollen, hing nun im Stall. Gott sei Dank hatte er Stimmen gehört, als er durch das Weideland gekrochen war, und hatte rechtzeitig innehalten können.

Er wollte sich wieder davonstehlen. Eine Sau, die gerade ihre Ferkel säugte, quietschte laut, als er an ihrem Verschlag vorbeischlich. Vom Lärm aufgeschreckt, kam ein bewaffneter Mann an die Stalltür.

»Halt, du da!«

Grady rannte los. Ein Schuß pfiff über seinen Kopf hinweg.

»Fangt diesen Nigger. Er hat uns gesehen!«

Grady rannte, wie noch nie in seinem Leben. Ab und zu warf er einen Blick zurück. Die Männer verfolgten ihn zu Pferd. Hinter ihnen tauchte die untergehende Dezembersonne den Stall in ein leuchtend rotes Licht. Plötzlich züngelten Flammen aus dem Heuboden und verschlangen das riesige, grelle Zauberzeichen, das auf den Stall gemalt worden war. Sie hatten das Haus in Brand gesteckt.

Ihre Schüsse trafen ihn nicht, trieben ihn jedoch an. Er hetzte keuchend über eine steinige Böschung, verlor das Gleichgewicht und prallte hart mit dem Kiefer auf. Blut rieselte aus seinem Mund, aber er beachtete es kaum und schnappte nach Luft, als er ins dichte Unterholz stürmte. Schließlich gelang es ihm, den Verfolgern zu entkommen, nachdem er unter dem überhängenden Ufer eines Flüßchens eine halbe Stunde im kalten Wasser hatte ausharren müssen. Erst dann bemerkte er, wie hoch der Preis für sein Leben gewesen war. Als er seine Oberlippe berührte, glänzten Tränen in seinen Augen.

Am nächsten Morgen stolperte er in die Hütte in Philadelphia. Erst dort brach er zusammen. Die Worte sprudelten wirr aus ihm hervor: »Hauptmann Weston ist tot. Ich hab' ihn hängen gesehen. Sie haben ihn verbrannt, zusammen mit dem Stall. Mich haben sie fast erwischt.

Ich bin gerannt und hingefallen. Ich hab' meine Zähne verloren. Verdammt noch mal, ich hab' meine Zähne verloren!« Tränen rollten ihm über die Wangen, als er sich in Virgilias Arme stürzte.
»Komm, es wird alles wieder gut.« Sie hielt ihn und streichelte seinen Kopf. »Weine nicht. Hauptmann Weston war nicht der beste Mann. Er hat zuviel geredet. Zu viele Leute wußten von seiner Existenz. Früher oder später wird ein besserer Mann kommen. Dann wird die Revolution gelingen.«
»Ja, aber — ich hab' meine neuen Zähne verloren, verdammt noch mal!«
Sie legte sanft seinen Kopf an ihre Brust und schwieg. Dann starrte sie in die Ferne und sah lächelnd das Blut von Weißen fließen.

38

Ashton drehte den Schlüssel herum und vergewisserte sich, ob die Tür auch wirklich abgeschlossen war. Dann eilte sie durch ihr Schlafzimmer und schloß die Fensterläden. Sie versuchte, gegen ihre Panik anzukämpfen, aber es wollte ihr nicht so recht gelingen.
Schicht um Schicht entledigte sie sich ihrer Kleider und ließ sie im ganzen Zimmer verstreut liegen. Dann trat sie nackt vor den Spiegel und betrachtete sich genau.
Konnte man schon etwas sehen? Nein, noch nicht. Ihr Bauch war immer noch flach und glatt. Aber er würde es nicht lange bleiben. Seit ihrer Reise nach West Point waren ungefähr neunzig Tage verstrichen, und nun war sie durch ihre eigene Sorglosigkeit in die Falle getappt.
Der Zeitpunkt ihres Mißgeschicks hätte unpassender nicht sein können. Etwa vor einem Monat hatte sie Huntoons lästigem Drängen nachgegeben und mit ihm vereinbart, daß sie im Frühling heiraten würden. Bereits zu jenem Zeitpunkt war ihre Blutung einen Monat überfällig gewesen. Sie hatte sich eingeredet, daß es sich bloß um eine kleine Störung handle, die sicher wieder verschwinden würde. Den Gedanken, daß die himmlische Nacht im Labor Folgen haben könnte, hatte sie hartnäckig beiseite geschoben.

Aber die Störung verschwand nicht von allein, und inzwischen hatte Huntoon zusammen mit Orry ein Datum für März festgesetzt. Die Falle war zugeschnappt.

»Allmächtiger, was soll ich bloß tun?« fragte sie das dunkelhaarige Mädchen, das ihr aus dem Spiegel entgegenstarrte.

Orry! Sie würde zu Orry gehen. Er würde nett sein und Verständnis haben. Es gelang ihr, sich selber zu überzeugen, und sie glaubte so lange daran, bis sie sich wieder angezogen und ihr Haar mit Kämmen und Nadeln hochgesteckt hatte. Doch dann wußte sie, daß sie ein Dummkopf war. Orry würde niemals ihrem Vorhaben zustimmen.

Und Brett? Nein, das kam überhaupt nicht in Frage. Auf keinen Fall würde sie ihrer Schwester die Freude bereiten und ihr sagen, daß sie in der Klemme saß. Überdies stand Brett in letzter Zeit auf viel zu vertrautem Fuß mit Orry. Sie lief ihm überall hin nach, beriet sich mit ihm über dies und das, als wäre sie die Herrin von Mont Royal — diese anmaßende, kleine Hure. Würde Ashton sich ihr anvertrauen, ginge Brett schnurstracks zu Orry und würde sie verpetzen.

Fürchterliche, stechende Kopfschmerzen strahlten plötzlich von ihrer Stirnmitte aus. Sie schloß die Schlafzimmertür auf und ging langsam die Treppe hinunter. Unten in der Halle hatte sie das Gefühl, in ihrem Leib bewege sich etwas. Entsetzt preßte sie die Hände auf ihr Kleid und suchte verzweifelt nach irgendwelchen Anzeichen. Sie spürte nichts. Es mußten Blähungen sein. Ihr Körper war in letzter Zeit völlig durcheinandergeraten.

Brett tauchte vom hinteren Teil des Hauses her auf mit einem Brief in der Hand. »Billy studiert Chemie! Er schreibt, daß Professor Bailey einfach großartig ist. Er zeigt ihnen, wo man die Chemie überall anwenden kann, wie zum Beispiel bei der Herstellung von Schießbaumwolle und beim Heliograph —«

»Glaubst du, ich schere mich auch nur im geringsten um Billys Angelegenheiten?« schrie Ashton und stürmte an Brett vorbei.

»Ashton, was um Himmels willen ist denn in letzter Zeit mit dir l—?«

Doch die Tür fiel mit einem Knall ins Schloß und verschluckte den Rest der Worte.

Verängstigt und von der tiefstehenden Dezembersonne geblendet, rannte Ashton zum Ashley hinunter. Sie wäre beinahe kopfvoran

über das Ende des Piers hinausgestürzt, bevor sie merkte, wo sie war. Eine Weile lang starrte sie auf den schimmernden Fluß hinaus und spielte mit dem Gedanken, Selbstmord zu begehen.
Doch eine resolute innere Stimme rebellierte. James Huntoon mochte zwar eine träge, dumme Schnecke sein, aber er verkehrte in wichtigen politischen Kreisen, und zudem wurde er immer einflußreicher. Sie hatte nicht die Absicht, auf die Heirat oder die damit verbundenen Chancen zu verzichten und sich wie die einfältige Heldin eines Groschenromans zu ertränken.
Doch was dann? Wohin konnte sie sich wenden? Sie hatte das Schicksal mit ihrer Verhaltensweise herausgefordert, und obwohl sie gewußt hatte, daß sie eines Tages in die Klemme geraten könnte, hatte sie keinerlei praktische Vorkehrungen getroffen. Nun, von Mont Royal war keine Hilfe zu erwarten. Alle Niggerfrauen haßten sie und mißtrauten ihr. Es beruhte auf Gegenseitigkeit. Auch ihre arme Mutter konnte nicht weiter als Helferin in Betracht gezogen werden. Alles, was Clarissa tat, war, mit einem todgeweihten Lächeln auf den Lippen durchs Haus zu streifen oder stundenlang am Zeichentisch Linien auszuradieren, die sie tags zuvor in den Stammbaum eingetragen hatte.
»Verdammt noch mal«, sagte Ashton zu einem großen, blauen Eichelhäher, der sie von einer wilden Palme her mißmutig anstarrte. »Im ganzen Staat von South Carolina gibt es nicht eine einzige Person, die intelligent oder vertrauenswürdig genug wäre, um —«
Plötzlich tauchte ein Gesicht vor ihren Augen auf. Wenn jemand helfen konnte, dann sie. Zumindest würde sie vielleicht wissen, an wen Ashton sich wenden könnte. Alle sagten doch immer, daß ihre Nigger sie ausnahmslos verehrten und ihr blindes Vertrauen entgegenbrachten.
Aber was würde sie von der Lösung halten, die Ashton für das Problem vorzuschlagen gedachte? Es gab Frauen, für die so etwas eine Todsünde war.
Das kannst du nur herausfinden, wenn du sie fragst, sagte sie sich. Welche Wahl hatte sie denn — außer den totalen Ruin hinzunehmen? Aber dazu war sie unter keinen Umständen bereit.
Überraschenderweise fühlte sie sich besser, je länger sie über diesen Einfall nachsann. Sie schlief tief, und als sie am nächsten Morgen,

elegant gekleidet, mit Handschuhen und Sonnenschirm die Treppe herunterkam, sah sie frisch und ausgeruht aus.

Gleich nachdem sie nach der Kutsche gerufen hatte, kam Orry um die Hausecke. Er hatte den rechten Hemdsärmel hochgerollt und hielt einen Hammer in der Hand.

»Oh, wie hübsch du heute aussiehst!« sagte er und steckte den Hammer in den Gürtel.

»Mein lieber Orry, du glaubst doch nicht, ich sei eine jener braven, fleißigen Hausfrauen, die nichts auf ihr Äußeres geben? Brett vielleicht, aber nicht ich.«

Er fingerte an seinem langen Bart herum und reagierte nicht auf die Bemerkung. »Stattest du jemandem einen Besuch ab?«

»Ja, Sir. Ich gehe nach Resolute hinüber. Es ist schon zu lange her, seitdem ich Madeline zum letztenmal meine Aufwartung gemacht habe.«

Ein runzliger, schwarzer Diener öffnete die Tür. »Mistress Madeline? Sie ist im Musikzimmer. Wenn Sie bitte hier warten wollen, werde ich Sie anmelden, Miss Ashton.«

Er schritt vornehm davon. Eine andere Tür wurde geöffnet und Justin streckte den Kopf heraus.

»Wer ist da? Oh, Ashton! Guten Morgen. Ich habe Sie schon seit einer Ewigkeit nicht mehr hier gesehen.«

»Ja, das stimmt. Ich bin wirklich schon viel zu lange nicht mehr hier gewesen.« Ashton lächelte. »Sie sehen aufgebracht aus, Justin.«

»Mit gutem Grund.« Er schlenderte zu ihr hin und hielt ihr eine Ausgabe des *Mercury* vor Augen. »Es bilden sich immer mehr von diesen verfluchten republikanischen Gruppen im Norden, und alle wollen sie verdammt noch mal dasselbe: die Aufhebung des Gesetzes über die Verfolgung und Auslieferung flüchtiger Sklaven sowie der Kansas-Nebraska-Bill.«

Ashton stieß einen Seufzer aus. »Es ist einfach schrecklich. Orry sagte, daß es aber doch wenigstens eine gute Nachricht gibt. In Kansas soll ein sklavenfreundlicher Abgeordneter in den Kongreß gewählt worden sein.« Doch Ashton fühlte sich bei solchen Themen nie besonders sicher. »Das stimmt doch?«

»Ja. Es mußten allerdings viele Männer über den Missouri reiten, um sicherzustellen, daß die Wahlen auch richtig durchgeführt wurden. Ich bete zum Himmel, daß diese neue Partei zugrunde geht. Es sind nämlich bloß lauter Yankee-Fanatiker, die nur darauf aus sind, uns Böses anzutun.«

Er schlug mit der Zeitung auf seine Handfläche und ging davon. Ashton war erleichtert, denn sie war ziemlich nervös. Sie entnahm ihrer Handtasche ein gestärktes Spitzentaschentuch und tupfte ihre Oberlippe trocken. Der Diener kam zurück und geleitete sie ins Musikzimmer.

Madeline erhob sich, um Ashton zu grüßen, strich ihr Kleid glatt und lächelte. Ein höfliches Lächeln, aber nicht mehr. Die beiden Frauen waren sich noch nie besonders nahegestanden. Ashton warf einen Blick auf das kleine Buch, das Madeline auf den Tisch gelegt hatte: *Walden, oder das Leben in den Wäldern.* Sie hatte noch nie etwas davon gehört. Die Leute sagten, Madeline lese eine Menge Schundliteratur aus dem Norden.

»Welch unerwartetes Vergnügen, Ashton. Sie sehen blendend aus.«

»Sie — Sie auch.« Nach diesem kurzen Zögern gewann sie ihre Fassung wieder und beschloß, die beste schauspielerische Leistung zu erbringen, deren sie fähig war.

»Möchten Sie eine Erfrischung?«

»Nein, danke. Ich bin hierhergekommen, weil ich ein ernsthaftes Gespräch mit Ihnen führen möchte. Nur Sie können mir helfen.« Mit einem übertriebenen Blick über ihre Schulter fügte sie hinzu: »Ist es Ihnen recht, wenn ich die Tür schließe, damit wir unter vier Augen reden können?«

Madeline zog ihre dunklen Brauen hoch. »Natürlich. Ist jemand in Ihrer Familie krank? Orry?«

Ashton eilte zur Tür und schloß sie. Wäre sie nicht so sehr mit ihrem eigenen Auftreten beschäftigt gewesen, wäre ihr vielleicht der eigenartige Tonfall nicht entgangen, mit dem Madeline den Namen ihres Bruders ausgesprochen hatte.

»Nein, danke, es sind alle wohlauf. Ich bin diejenige, die Hilfe braucht. Um es kurz und offen zu sagen, Madeline, ich kenne niemanden außer Ihnen, dem ich vertrauen und der mir raten kann. An meine Familie kann ich mich unter gar keinen Umständen wenden. Sehen Sie, vor einigen Monaten habe ich«, sie zögerte absichtlich, um einen starken Effekt zu bewirken, »mir eine Indiskretion zuschulden kommen lassen. Und nun bin ich, wie man so schön sagt, in Schwierigkeiten.«

»Ich verstehe.«

Madeline, die sehr mitfühlend war, sagte dies ohne eine Spur von Verurteilung in der Stimme. Blaß deutete sie auf einen Stuhl. »Bitte, nehmen Sie doch Platz.«

»Vielen Dank. Es ist so belastend, das Geheimnis ganz allein mit sich herumtragen zu müssen. Ich weiß mir nicht mehr zu helfen.« Die Tränen traten ihr, genau nach Plan, in die Augen. Warum auch nicht? Sie war wirklich verzweifelt. Nichts durfte schiefgehen, sonst war sie erledigt. Es würde keine zweite Chance hier geben.

»Ich kann Sie verstehen«, murmelte Madeline.

»Wissen Sie, die Leute in der Nachbarschaft — sie alle reden mit solcher Achtung von Ihnen. Das ist der Grund, weshalb mir klar war, daß ich mit Ihnen würde sprechen können, daß ich Sie um Ihre Hilfe bitten —«

»Ich nehme an, Sie wollen das Kind nicht haben?«

»Nein, ich kann nicht! Im Frühling werde ich James heiraten. Das Datum ist bereits vereinbart worden. Ich liebe ihn, Madeline —« Klang die Lüge glaubwürdig? Ihre Knie zitterten unter der Kleiderschicht wie Espenlaub. Sie preßte sie gegeneinander.

»Gott möge mir vergeben . . .« Sie hatte das Gefühl, daß ihr Seufzer eine Nuance zu stark gewesen sei. Sie senkte den Blick. »Es ist nicht sein Kind.«

»Es interessiert mich nicht, wer der Vater ist. Aber ich müßte lügen, wenn ich Ihnen nicht sagte, daß ich die Lösung, die Sie ins Auge gefaßt haben, moralisch ablehne.«

Jetzt, dachte Ashton in voller Panik. Jetzt! Laß dich gehen! Sie beugte sich von der Taille an vor und schluchzte derart gekonnt, daß sie beinahe selbst davon überzeugt war.

»Oh, ich habe befürchtet, daß Sie so denken. So viele Frauen sind dagegen. Ich schätze es, daß Sie Ihre persönliche Meinung haben, und ich will offen zugeben, daß ich gesündigt habe. Aber soll ich wegen eines einzigen dummen Fehlers James verlieren und mein ganzes Leben zerstören lassen? Können Sie mir nicht wenigstens einen Namen nennen? Ich weiß, daß es Leute im Hinterland gibt, die Mädchen helfen, die in Schwierigkeiten sind. Ich werde nie jemandem sagen, woher ich die Information habe. Sagen Sie mir nur, an wen ich mich wenden kann.« Sie faltete die Hände wie zum Gebet. »Bitte, Madeline!«

Madeline blickte ihren Gast prüfend an. Als sie Ashtons gerötete Augen sah, überwand sie allmählich ihr Mißtrauen. Mit raschelnden Kleidern ging sie zu der jüngeren Frau hinüber, legte ihr den Arm um die Schulter und sagte, während Ashton ihre Hand ergriff: »Beruhigen Sie sich. Ich werde Ihnen helfen. Ich kann zwar nicht vorgeben, daß ich in moralischer Hinsicht einverstanden bin, aber, wie Sie selber sagten, finde ich es auch nicht richtig, daß Ihr ganzes Leben wegen eines Augenblicks unkontrollierter Gefühle zerstört werden soll. Wir alle haben solche Momente.« Dann fuhr sie mit ernster Stimme fort: »Ich kenne eine Frau. Sie lebt im Sumpfgebiet und sagte mir einmal, daß ich zu ihr kommen könnte, wenn ich je Hilfe nötig hätte. Es wäre jedoch gefährlich für Sie, sie allein aufzusuchen. Es sollte Sie jemand begleiten.«

In Ashtons Gesicht spiegelte sich Hoffnung. Madeline holte tief Atem, als würde sie in tiefes Wasser springen. Das war genau das Gefühl, das sie empfand. Es widerstrebte ihr, sich auf die Probleme dieses oberflächlichen, eingebildeten Mädchens einzulassen, das nur aus reiner Verzweiflung zu ihr gekommen war. Aber Ashton war ein Mensch, ein Mensch, der Hilfe brauchte. Und es war Madelines Pech, daß sie sich immer wieder von solchen Überlegungen beeinflussen ließ.

»Ich werde Sie begleiten«, sagte sie unvermittelt. »Ich werde ein paar Tage brauchen, um Vorbereitungen zu treffen und mir den Weg beschreiben zu lassen. Ich habe Aunt Belle noch nie besucht.«

»Oh, ich danke Ihnen. Ach, Madeline, Sie sind die wundervollste, einfühlsamste —«

»Nicht so laut«, unterbrach Madeline sie sanft. »Ich muß meine Dienerin Nancy einweihen, aber sonst dürfen nur Sie und ich es wissen. Wir wollen nicht, daß Ihr Ruf leidet oder daß Sie in Schwierigkeiten geraten.«

Und auch ich will deswegen keine Schwierigkeiten haben, sagte sie sich und dachte dabei nervös an Justin.

Die Vorbereitungen waren umständlich. Zuerst mußte mit der Hebamme Kontakt aufgenommen werden. Nancy kümmerte sich darum. Dann mußte ein Zeitpunkt vereinbart und Ashton mittels eines versiegelten Briefes mitgeteilt werden. Der Brief wurde von dem einzigen Mann, dem Nancy trauen konnte, nach Mont Royal geschmuggelt: einem kaffeebraunen Sklaven namens Pete, mit dem sie schon seit mehr als einem Jahr zusammenlebte.

Mehrere Tage vor dem vereinbarten Termin sagte Madeline Justin, daß sie einige Einkäufe in Charleston erledigen wolle. Er murmelte sein Einverständnis und nahm kaum Notiz davon, als sie sagte, sie wolle über Nacht wegbleiben. Aber er bestand darauf, daß sie Nancy und auch einen männlichen Sklaven mitnehme. Sie hatte mit dieser Bedingung gerechnet.

In der Nacht vor der fingierten Reise nach Charleston schlief sie beinahe nicht. Gegen elf Uhr torkelte Justin in ihr Zimmer; er war in den vergangenen zwei Stunden mit Francis unten gesessen; sie hatten getrunken und über die aufwieglerischen Sklavengegner in Kansas geflucht. Wortlos näherte er sich ihrem Bett. Er zerrte ihr Nachthemd bis über die Taille hoch, legte die Hände um ihre Knöchel und riß ihr die Beine auseinander. Zehn Minuten später, immer noch wortlos, ging er wieder.

Sie haßte seine rohe Art des Geschlechtsverkehrs. Aber wenn er so zu ihr kam, ging er danach in sein eigenes Zimmer und ließ sie für den Rest der Nacht in Frieden. Jetzt würde er wenigstens ihre Nervosität nicht bemerken.

Am Morgen — es war ein sonniger, lieblicher Tag, genau zwei Wochen vor Weihnachten — packte Nancy Madelines Koffer. Um zwölf Uhr fuhr Pete mit der Kalesche mit dem Klappverdeck vor. Die Sonne war seit etwa einer Stunde verschwunden, und das Wetter sah bedrohlich aus. Madeline wollte die Straßen des Hinterlandes nicht während eines Sturms befahren, aber nun war es für irgendwelche Änderungen zu spät.

Sobald Resolute außer Sicht war, übergab Nancy Madeline die Zügel. Pete trottete auf der linken Seite der Kalesche dahin. Auf diese Art und Weise bewegten sie sich auf eine verlassene Straßenkreuzung zu, wo Ashton in ihrem Wagen wartete. Sie sah bleich und verängstigt aus.

Pete übernahm Ashtons zweirädrige Kutsche und fuhr in den Wald. Ein Freund von ihm, ein freier Mann, wohnte in der Nähe; Pete würde bei ihm übernachten und die Frauen am nächsten Tag zu etwa derselben Zeit wieder bei der Kreuzung treffen. Ashton plauderte kurz über den Grund, den sie für ihr Fernbleiben von Mont Royal angegeben hatte; auch sie hatte gesagt, sie würde eine Freundin besuchen, die aber gar nicht existierte. Madeline hörte zwar Ashtons Stimme, nahm aber nur wenige Worte auf.

Es war ziemlich eng im Wagen für die drei Frauen. Ashton saß in der Mitte. Es war Madeline klar, daß Orrys Schwester nicht gern gegen eine Negerin gepreßt wurde, aber sie würde sich damit abfinden müssen.

Madeline zog an den Zügeln, und die Kalesche setzte sich in Bewegung. Besorgt warf sie einen Blick auf die rasch dahinziehenden, schieferfarbenen Wolken. Die ganze Angelegenheit machte sie zusehends nervöser. Etwas war wenigstens von Vorteil: der abgeschiedene Ort, an dem Aunt Belle Nin lebte. Die Hütte lag tief in den Sümpfen oberhalb von Resolute und konnte nur über schlechte, kaum befahrene Wege erreicht werden. Madeline war ziemlich sicher, daß ihnen niemand auf dem Weg zu Aunt Belle begegnen würde, zumindest nicht jemand, der sie erkennen würde.

Als sie ungefähr die Hälfte des Wegs zurückgelegt hatten, wurde der Himmel pechschwarz, und es fing an, heftig zu regnen. Obschon der Sturm nur kurz dauerte, verwandelte sich die Straße in einen Morast, und sie blieben mit dem linken Rad in einer aufgeweichten Furche stecken.

»Alle aussteigen«, befahl Madeline.

Sie und Nancy preßten ihre Schultern gegen das Rad und legten es frei; Ashton stand daneben und schaute zu. Gerade als sie das Rad aus dem Schlamm gehoben hatten, hörte Madeline ein Geräusch, das ihr Herz beinahe zum Stillstand gebracht hätte. Ein Reiter kam ihnen auf der Straße entgegen.

»Ducken Sie sich! Verstecken Sie sich dort drüben!« sagte Madeline zu Ashton, die über ihren Befehl verwirrt war. Madeline glaubte doch wohl nicht, daß sie sich ins nasse, dreckige Unterholz kauern und ihr schönes Kleid ruinieren würde?

»Zum Teufel, so beeilen Sie ich doch!« Madeline stieß sie weg. Kei-

ne Sekunde zu früh. Der Reiter galoppierte ins Blickfeld und wurde langsamer, als er die Kalesche entdeckte.
Irgendwie kam ihr die untersetzte Gestalt mit dem schwarzen, breitkrempigen Hut bekannt vor. Madeline spürte einen bohrenden Schmerz im Magen. Sie erkannte ihn. Würde auch er sie erkennen?
»Miz Madeline, was um Himmels willen tun Sie denn bei diesem scheußlichen Wetter so weit von Resolute?« sagte Watt Smith, ein Mann mittleren Alters, der oft Pferderennen mit ihrem Gatten bestritt.
»Nur ein Botengang, Mr. Smith.«
»Hier draußen? Außer ein paar dummen Niggern lebt doch hier niemand! Sind Sie sicher, daß Sie sich nicht verirrt haben?«
Madeline schüttelte den Kopf, aber Smith war nicht überzeugt. Unfreundlich starrte er Nancy an. »Die Straßen sind für weiße Frauen nicht sicher, wenn die Hälfte der Nigger ständig von einem Aufstand redet. Möchten Sie, daß ich Sie begleite?«
»Nein, vielen Dank. Es ist alles in Ordnung. Auf Wiedersehen.«
Verwirrt und beleidigt über die Zurückweisung warf Smith Madeline einen finsteren Blick zu, tippte an den Hut und ritt mißmutig davon.
Madeline wartete etwa fünf Minuten und rief dann Ashton aus ihrem Versteck. Das Herz schlug ihr bis zum Hals. Sie befürchtete, daß nun das ganze Komplott ans Tageslicht käme.
Nun, es war zu spät; sie konnten also genausogut weitermachen.

Ashton stöhnte in der baufälligen Hütte, obwohl überhaupt noch nichts geschehen war. Madeline saß von der Anstrengung des Nachmittags völlig erschöpft auf der kleinen Veranda in Aunt Belles Schaukelstuhl.
Die zähe, alte Frau mit einem Achtel Negerblut horchte auf die Schreie ihrer Patientin und paffte an ihrer Tonpfeife. »Sobald es vorbei ist und sie sich ausruht, werden wir drinnen die Strohsäcke für Sie und Nancy zurechtmachen.«
»Das ist lieb, vielen Dank, Aunt Belle.«
»Ich muß Ihnen sagen« — sie zeigte mit dem Pfeifenstiel auf Madeline —, »daß ich ihr nur helfe, weil Sie mich darum gebeten haben. Dieses Mädchen mißhandelt seine Leute.«

»Ja, ich weiß. Wir sind uns nie sehr nahegestanden, aber ich hatte das Gefühl, ich müßte ihr helfen. Sie wußte nicht, an wen sie sich hätte wenden können.«
»Machen Sie es sich nicht zur Gewohnheit, Ihre Haut für Leute ihres Schlags zu riskieren. Sie ist ein gemeiner, verwöhnter Schreihals, und das Wort Dankbarkeit kennt sie nicht.«
Madeline lächelte müde. Aunt Belle ging hinein. Die Tür wurde geschlossen.
Beim Anblick der Hebamme brach Ashton erneut in ängstliches Stöhnen aus. Die alte Frau sagte heftig: »Nancy, nimm die Flasche Schnaps dort und gieß ihr etwas in die Kehle. Und Sie, Missy — Sie sind ruhig und liegen still, oder ich schicke Sie fort, und dann können Sie Ihren Bastard haben — ob Ihnen das paßt oder nicht.«
Ashtons Klagelaute wurden leiser. Madeline sackte im Sessel zusammen und versuchte, sich zu entspannen, aber es gelang ihr nicht. Immer wieder mußte sie an den mißtrauischen Blick von Watt Smith denken.
Als sie am nächsten Tag zur Kreuzung zurückfuhren, fiel Ashton mehrere Male in Ohnmacht. Madeline hatte das Gefühl, daß Ashton ihr etwas vorspielte; wahrscheinlich glaubte sie, ohnmächtig werden zu müssen.
Pete traf sie mit der anderen Kutsche. Beim Abschied hatte Ashton gerade noch ein schwaches Lächeln und ein halbherziges Dankwort für sie übrig.
Der Sturm vom Vortag hatte die Straßen mit Ästen und Palmettowedeln übersät. Madeline sah, daß auch in Resolute Unordnung herrschte. Sie mußte einigen Leuten sagen, daß sie aufräumen sollten. Aber nicht heute. Morgen war immer noch früh genug —
»Miz Madeline!« Nancys eindringliches Flüstern riß sie aus ihrer müden Träumerei. Sie schaute auf und sah, wie Justin mit großen Schritten vom Haus herkam. Sein Gesicht war wutverzerrt.
»Ich hab' gehört, daß du Charleston flußaufwärts gesucht hast«, brüllte er. »Hast du vergessen, wo es sich befindet?«
Sie wurde von Panik und Verwirrung geschüttelt. Watt Smith mußte herhergeritten sein und erzählt haben, wo er sie gesehen hatte: auf einer abgelegenen Straße, wo keine anständige weiße Frau hingehörte. Jeder gewissenhafte Mann hätte so gehandelt. Eigentlich hatte sie es

von Smith erwartet, aber sie hatte sich die Wahrheit nicht eingestehen wollen.
»Justin —«
Das Wort verhallte. Sie war zu betäubt und müde, als daß sie sich eine Lüge hätte ausdenken können.
Nancy und Pete blickten sich entsetzt an. Justin ging auf die Kalesche los, packte Madeline am Arm und zerrte sie heraus. Ihr Herz zitterte, und sie konnte es nicht fassen, daß er dabei noch lächelte. Er freute sich, daß sie in der Falle saß.
»Wo bist du gewesen?« Er schüttelte ihr Handgelenk; es tat weh. »Hast du mir Hörner aufgesetzt?«
»Justin, um Himmels willen, sag solche Sachen nicht vor — *au!*«
Tränen stiegen ihr in die Augen; er hatte sie wieder am Arm gezerrt, diesmal noch heftiger. Er trat dicht an sie heran.
»Hast du hinter meinem Rücken herumgehurt? Bald werden wir es wissen.« Er schleppte sie ins Haus.

»Ich frage dich zum letztenmal: Wo bist du gewesen?«
»Laß das, Justin. Ich hab' dich nie betrogen, wie du das nennst. Ich würde nie so etwas tun. Ich hab' dir an unserem Hochzeitstag mein Versprechen gegeben.«
Während sie redete, trat sie einige Schritte zurück. Er folgte ihr quer durchs Schlafzimmer, die Schritte seiner schmutzverkrusteten Stiefel widerhallten sanft und stetig. Ein dreifüßiger Ständer mit einer Vase stand ihm im Weg. Er packte den Ständer und warf ihn beiseite. Der Ständer klirrte, die Vase zerbrach.
»Wo bist du dann gewesen?«
»Auf einem — einem privaten Botengang. Eine Frauensache.« Sie war zu Tode verängstigt und wußte nichts anderes zu sagen.
»Die Antwort befriedigt mich nicht.« Seine Hand schnellte vor, und er packte sie erneut am Handgelenk. »Ich will die Wahrheit wissen.«
»Laß mich los; tu mir nicht mehr weh, oder ich schreie so laut, daß das ganze Haus herbeieilt.«
Das amüsierte ihn offensichtlich. Er ließ sie los und trat zurück. »Mach nur. Niemand wird sich darum kümmern, außer vielleicht dieser Niggerschlampe, mit der du so dick befreundet bist. Aber warte nur, ich werd' sie mir auch noch vornehmen.«

Eine neue, stärkere Furcht erfaßte Madeline. Obwohl sie Angst hatte, wußte sie, daß sie seinen Fragen beinahe unbegrenzt würde standhalten können. Aber wenn die arme Nancy da mit hineingezogen würde —

»Du brauchst nicht so beunruhigt zu sein, Liebes.« Sein Tonfall war freundlich und gesprächig. »Ich werde dir nicht weh tun. Kein Haar werde ich dir krümmen; das würde einen schlechten Eindruck machen. Überdies bist du eine Lady oder solltest wenigstens eine sein. Peitschenschläge und ähnliche Überzeugungsmittel sind für Nigger. Ich werde sie heute abend an deiner Niggerhure ausprobieren, und auch an ihrem Bock. Mittlerweile ersuche ich dich weiterhin höflich um eine Antwort.«

Sie konnte die Tränen nicht länger zurückhalten. Sie haßte die Schwäche, die die Tränen aufsteigen ließ, aber die Schwäche war auf die Spannung, Erschöpfung und Angst zurückzuführen. Sie hatte sich nicht länger unter Kontrolle.

»Ich hab' dir schon eine Antwort gegeben, Justin. Ich habe dich nicht betrogen. Das würde ich nie tun.«

Ein langgezogener, gekränkter Seufzer. »Liebes, das kann ich nicht akzeptieren. Ich werde dich leider in diesem Zimmer lassen müssen, bis du vernünftig wirst.«

»Hier lassen —?«

Sie verstand ihn erst nach einer Weile, und ihre Augen weiteten sich vor Schreck. Wie ein Tier, das um sein Leben rennt, hastete sie an ihm vorbei zur Tür. Beinahe hätte sie es geschafft. Ihre Finger waren nur noch Zentimeter vom polierten Messingknopf entfernt. Da fuhr seine Hand dazwischen. Er packte sie am Handgelenk und schleuderte sie durchs Zimmer. Sie schrie auf, schlug gegen den Bettrand und fiel auf den Boden.

»Du hast mich mit deinen Lügen und deinem Ungehorsam zutiefst verletzt. Dieses Mal werde ich die Strafe nicht auf einen Tag und eine Nacht beschränken. Auf Wiedersehen, Liebes.«

»Justin!«

Sie drehte den Türknopf heftig hin und her, und es gelang ihr, die Tür einen Spalt breit zu öffnen. Aber er war stärker und zog sie von der anderen Seite zu. Als der Schlüssel im Schloß herumgedreht wurde, brach sie zusammen.

Sobald Justin draußen war, hörte er auf zu lächeln und ließ seinem wahren Gefühl, der Wut, freien Lauf. Die Bestrafung, die er soeben angeordnet hatte — Madeline würde für mindestens eine Woche eingesperrt bleiben —, würde nicht von großem Nutzen sein. Madeline hatte ihm während Jahren mit ihren Büchern und ihren unweiblichen Ansichten die Stirn geboten. Ihre letzte Eskapade war nur der Höhepunkt ihrer Auflehnung gewesen. Eine Auflehnung, die durch seine Toleranz noch genährt worden war . . .
Durch seine Schwäche.
Aber das würde nun alles anders werden, gelobte er sich, als er die Treppe hinunterstürmte. Er brüllte die Hausneger an, sie sollten Nancy und Pete suchen. Aber die beiden waren nirgends zu finden. Eine Stunde später wurde ihm klar, daß sie davongerannt waren. Seine ungeheure Wut wurde noch heftiger. Er ließ durch einen Boten Francis ausrichten, unverzüglich eine Patrouille zu organisieren. Sollten sie gefaßt werden, waren die Flüchtlinge auf der Stelle zu erschießen.
Die beiden wurden nur einmal kurz gesehen, und zwar zwei Tage später auf einer Fähre, als sie den Savannah-Fluß überquerten. Irgendwoher hatten sie gefälschte Pässe bekommen. Keiner der Nachbarn von Resolute sah sie jemals wieder.

Wie lange war sie schon eingeschlossen? Drei Tage? Nein, es mußten vier Tage sein, dachte sie.
Es gab keine Möglichkeit, herauszufinden, was mit Nancy und Pete geschehen war. Sie befürchtete, daß sie mißhandelt oder getötet worden waren. Sie war verwirrt und konnte sich kaum noch in Erinnerung rufen, weshalb sie sich um die beiden sorgte. Tagsüber schlief sie, und des nachts irrte sie in ihrem Zimmer — in ihrem Käfig — umher. Vor den verriegelten Fenstern stand rund um die Uhr eine Wache. Einmal pro Tag, bei Sonnenaufgang, kamen zwei Hausneger an die Tür. Einer paßte auf, und der andere stellte die Essensration für einen Tag hinein. Sie bestand aus drei halben Schnitten grobkörnigem Schwarzbrot und einer kleinen Schüssel Wasser. In den wenigen Sekunden, während denen die Türe offen stand, warfen ihr die Sklaven hastige, mitleidige Blicke zu, aber sie trauten sich nicht, etwas zu sagen.

Da sie kein Wasser bekam, um sich zu waschen, brauchte sie jeden Tag ein wenig dafür aus der kleinen Schüssel. Es half nichts; sie bemerkte bald, daß sie anfing zu stinken. Am dritten Tag, während sie schlief, schlüpfte jemand herein und leerte den randvollen Nachttopf. Zu diesem Zeitpunkt roch es in ihrem Zimmer bereits wie in einem Stall.

Aber was machte es schon? Mit jeder Sekunde, die verstrich, nahm sie ihre Umgebung weniger wahr. Sie hörte eigenartige Geräusche, und in den Zimmerecken tanzten merkwürdige Lichtreflexe, blutrot oder schneeweiß —

Oder waren sie in ihrem Kopf?

»Orry. Orry, warum bist du nicht früher gekommen?«

Sie sah ihn mit traurigen Augen bei der Tür stehen, die rechte Hand ausgestreckt. Dankbar rannte sie zu ihm hin. Als sie ihn eben berühren wollte, verschwand er.

Sie begann zu weinen. Zutiefst in ihr sagte eine dünne, ruhige Stimme: *»Wie beschämt dein Vater wäre, wenn er das sehen würde.«*

Aber sie kümmerte sich nicht darum. Sie war krank, erschöpft, verängstigt. Nach einer Weile gingen ihre Schluchzer in Schreie über.

»Eine stärkende Mahlzeit — das ist es, was sie braucht.«

»Ja, Herr Doktor«, sagte Justin besorgt, »wir haben schon die ganze Woche versucht, sie davon zu überzeugen, aber sie weigert sich.«

Justin und der Arzt schauten sich an; ihre Gesichter strahlten Mitgefühl und Besorgnis aus. Nur ihre Augen verrieten ihre wahren Gefühle.

Madeline bemerkte es, aber sie verstand die Bedeutung nicht. Sie war halb bewußtlos; das schwarze Haar fiel ihr unordentlich über die Schultern; ihre großen Augen blickten wie die eines Kindes; ihr Gesicht war leichenblaß.

»Oh, das erstaunt mich keineswegs«, sagte der Arzt mit weisem Lächeln. »Das ist ein häufiges Symptom bei nervöser Erschöpfung.« Er war ein rundlicher, elegant gekleideter, an Erfolg gewöhnter Mann namens Lonzo Sapp.

»Glücklicherweise«, fuhr er fort, »verfügt die moderne Medizin über eine Behandlungsweise, die meistens erfolgreich ist: Bettruhe, viel heißen Tee und Essen, wenn sie sich besser fühlt. Ich verschreibe ihr

auch noch ein recht starkes Sellerietonikum, das sie einmal täglich einnehmen soll.«
»Sellerietonikum?« wiederholte Justin. »Ihre eigene Mischung?«
Dr. Sapp nickte. »Die Basis ist Weinessig, dem Sellerie zugesetzt wird.«
Der Arzt lehnte sich über das Bett und strich Madeline eine Strähne aus der Stirn. Ihre Haut glänzte im Licht der Kerzen, die neben dem Bett in einem Kandelaber standen. Als er ihr so über das Haar strich, glich er einem liebenswürdigen Vater. »Wenn Sie mich hören können, Mrs. LaMotte, möchte ich Ihnen sagen, daß Sie bald wieder Sie selbst sein können. Wollen Sie das?«
Ihre dicke, ausgetrocknete Zunge hing über die aufgesprungene Unterlippe. Sie gab keinen Laut von sich, starrte den Arzt mit gepeinigten Augen an, die sie kurz schloß, um ihr Einverständnis kundzutun.
»Dann müssen Sie meine Anordnungen genau befolgen. Ihr Gatte hat mich aus Charleston holen lassen. Er ist über Ihren Zustand zutiefst besorgt. Ich habe ihn beruhigt, aber es liegt letztlich allein in Ihren Händen, ob Sie gesund werden. Werden Sie alles tun, was ich Ihnen sage?«
»J-ja.«
Justin bückte sich und küßte sie sanft auf die Wange. Jetzt, da er ein Mittel gegen ihr rebellisches Wesen gefunden hatte, fühlte er sich sehr viel besser. Zudem war es auch eine Art Rache, da sie ihn zum Hahnrei gemacht hatte. Er war ganz sicher, daß dies letzte Woche der Fall gewesen war, und vielleicht hatte sie es schon seit Jahren getan. Auf jeden Fall war sie oft genug allein fortgegangen.
Indem er sie eingesperrt hatte und sie hungern ließ, hatte er ihren Widerstand gebrochen. Nur etwas warnte ihn: Sie hatte ihm noch immer nicht verraten, mit wem sie an jenem Tag wo gewesen war.
Zuerst hatte es ihn rasend gemacht, daß er nicht an diese Information herangekommen war. Als er aber merkte, daß sie ihm dies nie sagen würde, interpretierte er ihr Schweigen anders. Eigentlich war es für ihn von Vorteil, denn hätte er den Namen ihres Liebhabers erfahren, so hätte er sich wahrscheinlich gedemütigt gefühlt. Es hätte ja ein weißer Trödler oder irgendein Handwerker sein können, oder, noch schlimmer, ein Nigger. Nein, Unwissenheit war der Wahrheit vorzuziehen. Zumindest sagte ihm dies sein Verstand. Was seine Gefühle

betraf, so wuchs in ihm ein neuer, stetig steigender Haß auf seine Frau.
Davon war ihm jedoch nichts anzumerken, als er neben ihrem Bett stand. Zuvor hatte er sich großzügig mit einem nach Zimt duftenden Hautwasser eingestrichen, denn Madeline und das Zimmer stanken fürchterlich. Das konnte ja jetzt aufhören. Er ging zu den Fensterläden und riß sie auf.
Kühle Nachtluft strömte herein, die Kerzen flackerten. Ihre Augen glänzten vor Dankbarkeit. »Sobald sie wieder bei Kräften ist, wird sie auch wieder bei Sinnen sein«, versicherte ihm Sapp, als sie das Zimmer verließen. »Es ist die Schwäche, die die Verwirrung ihres Geistes hervorgerufen hat.«
Der Arzt schloß die Schlafzimmertür, schaute sich in der Halle nach allen Seiten um und fuhr dann flüsternd fort: »Nach einer Woche sollte sie sich an das Tonikum gewöhnt haben und nicht mehr argwöhnisch sein. Dann können Sie es durch das Mittel, das wir besprochen haben, ersetzen.«
»Dasjenige mit dem Laudanum?«
»Nur eine kleine Dosis. Nichts, was schaden könnte, verstehen Sie. Nur so viel, daß sie ruhig und erträglich bleibt.«
Sie schlenderten zum Treppenabsatz. Dr. Sapp fuhr fort: »Sollten wir das Tonikum absetzen wollen, dann gibt es andere Möglichkeiten, um die medizinische Behandlung fortzusetzen. Opiumtinktur ist eine dunkle Flüssigkeit, aber sie kann in Kekse eingebacken, zum Einstreichen von gewissen Fleischstücken verwendet oder auch mit Weinessig gemischt über Gemüse gegossen werden. Ich möchte damit sagen, daß es sehr viele Anwendungsmöglichkeiten gibt. Wenn Sie de Quincey gelesen haben, dann wissen Sie natürlich, daß Nebenwirkungen auftreten werden. Müdigkeit, Verstopfung, und vielleicht auch Anzeichen von vorzeitigem Altern. Die Symptome können jedoch ohne Schwierigkeiten andern Ursachen zugeschrieben werden. Anstrengung und Belastung des täglichen Lebens«, sagte er achselzuckend. »Sie braucht niemals zu erfahren, daß sie Laudanum bekommt.«
»Das ist wirklich eine gute Neuigkeit«, sagte Justin mit der Erleichterung eines Mannes, der die ganze Nacht aufgeblieben war und endlich schlafen gehen konnte. Auf seinem Gesicht machte sich ein trau-

riges Lächeln breit. »Und ich habe mir solche Sorgen um sie gemacht.«
»Natürlich.«
»Ich will alles daransetzen, damit ihre Nerven beruhigt werden und ihr Seelenfrieden wieder einkehrt.«
»Ein bewundernswertes Ziel.«
»Ich möchte nicht, daß sie sich — oder die Familie — kompromittiert.«
»Ich verstehe«, murmelte Dr. Sapp mit einem Lächeln, das genauso höflich war wie dasjenige seines Gastgebers.
»Noch eine Frage, Doktor. Wie lange kann die Behandlung fortgesetzt werden?«
»Nun, wenn Sie mit dem Ergebnis zufrieden sind — ein Jahr. Zwei Jahre. Unbegrenzt.«
Die beiden Männer schauten sich erneut ohne ein Wimpernzucken in die Augen: Ihr Einvernehmen war perfekt. Sie plauderten wie alte Freunde und begaben sich nach unten.

39

Ende März des Jahres 1855 wurde Ashtons Hochzeit mit James Huntoon in Mont Royal gefeiert. Orry fand es eine trübe Angelegenheit. Clarissa lächelte der Braut zu, wußte jedoch nicht, wer sie war.
Gleich nach der Zeremonie machte Ashton eine Szene. Huntoon hatte sich bis zu diesem Zeitpunkt stets widersetzt, eine Hochzeitsreise nach New York in Betracht zu ziehen. Dies war jedoch der einzige Ort, der Ashton interessierte. Die Tatsache, daß sie einerseits alle Yankees verachtete, andererseits jedoch ihre Restaurants und Theater heiß und innig liebte, schien kein Widerspruch für sie darzustellen. Bis zur letzten Sekunde bestand Huntoon darauf, daß sie nach Charleston gingen. Ashton warf ihm ein Stück Kuchen ins Gesicht, schmollte, und der schwitzende Bräutigam änderte unverzüglich seine Meinung; er hatte nämlich Angst, daß sonst Wochen vergehen könnten, bis seine Frau ihm ihre Gunst erweisen würde. Als sie mit der Kutsche wegfuhren, war Ashton wieder bester Laune.

Von diesem Zwischenfall abgesehen, erzürnte Cooper natürlich die meisten männlichen Gäste mit seinen Ansichten. Er stellte immer wieder die Frage, weshalb weder die Sklavengegner noch die Plantagenbesitzer Emersons Vorschlag, den er im Februar der 'New Yorker Gesellschaft zur Abschaffung der Sklaverei' unterbreitet hatte, auch nur einen Augenblick lang in Erwägung zogen. Emersons sorgfältig ausgearbeiteter Entwurf für eine stufenweise Emanzipation sah vor, daß den Sklavenhaltern Zahlungen von nicht weniger als zweihundert Millionen Dollar geleistet wurden — ein seiner Ansicht nach geringer Preis für die Beseitigung einer nationalen Schande und die Erhaltung des Friedens.

»Beide Seiten hatten nur Hohn übrig«, sagte Cooper. »Nun, ich denke, ich habe eine Erklärung dafür. Sobald es keinen Anlaß mehr für einen Protest gibt, haben die Protestierenden allesamt ausgespielt.«

»Wollen Sie damit sagen, daß der Kampf für die Rechte des Südens von zynischen Männern geführt wird?« fragte ein Zuhörer.

»Einige davon meinen es ehrlich. Aber andere wollen, daß die Abolitionisten weiterhin extrem handeln, denn nur dann kann der Süden eine Loslösung von der Union oder eine eigene Regierung rechtfertigen — was natürlich barer Wahnsinn ist.«

Die andern dachten, daß Cooper verrückt und dazu gefährlich war. Früher mochte er ein lästiger Kerl gewesen sein, doch seit er sich für Edmund Burke und dessen politische Ideen interessierte und der Demokratischen Partei von Charleston beigetreten war, durfte er nicht mehr als harmlos bezeichnet werden.

Er hatte sich den Eintritt in die Partei auf ganz einfachem Weg verschafft, indem er mehrere größere Beträge spendete. Es handelte sich um so große Summen, daß es sich die Parteispitze nicht leisten konnte, ihn zu ignorieren. Zudem war er nicht der einzige Mann im Staat, der eine unpopuläre Meinung über die Entwicklung des Südens vertrat.

Cooper fing an, herumzureisen und sich mit andern gemäßigten Demokraten zu treffen und zu besprechen. In Virginia wurde er einem Mann vorgestellt, dessen Ansichten ihn sehr überzeugten. Es handelte sich um einen Politiker namens Henry Wise, der unbedingt Gouverneur werden wollte. Wise verteidigte die Sklaverei mit Leib und

Seele, aber er vertrat zugleich die Ansicht, daß diejenigen, die die Sezession befürworteten, Ränkeschmiede oder Idioten waren.
»Ich verstehe natürlich, weshalb sie sich so verhalten«, sagte Wise. »Sie wollen die Macht, die der Süden an den Norden und Westen verloren hat, wieder zurückgewinnen. Vielleicht gestehen sie sich das selber nicht einmal ein. Verdammt noch mal, vielleicht glauben sie an ihre eigenen blöden Äußerungen. Aber sie sind gefährlich, Cooper. Sie sind organisiert, aktiv und vertreten ihre Meinung lautstark — eine Gefahr für den ganzen Süden.«
Cooper lächelte auf die ihm eigene trockene, traurige Art. »Wenn sich schlechte Männer zusammentun, dann müssen sich die guten verbünden, denn sonst fallen sie, einer nach dem andern; ein Opfer, das sinnlos ist.«
»Ein weiser Ratschlag.«
»Das war er auch schon, als er 1770 das erste Mal von Burke niedergeschrieben wurde. Das Problem ist, daß man alles wieder vergessen hat.«
»Man hat es nicht vergessen; die Extremisten wollen es einfach nicht hören. Die Extremisten auf beiden Seiten.« Wise hielt inne und betrachtete den Gast. »Ich habe viel von Ihnen gehört, Cooper. In Ihrem Heimatstaat werden Sie schon seit langem wie ein Ausgestoßener behandelt. Ich bin froh, daß Sie der Demokratischen Partei beigetreten sind. Wir könnten noch viele von Ihrer Sorte gebrauchen — vorausgesetzt, es ist nicht bereits zu spät.«

Die politische Entwicklung schien ihm recht zu geben; beide Seiten fuhren mit ihren Provokationen fort.
In Massachusetts trat ein Gesetz in Kraft, das die persönliche Freiheit aller, auch der Schwarzen, garantierte. Das Gesetz war eine Reaktion auf die Burns-Affäre vom Vorjahr. Ein flüchtiger Sklave namens Anthony Burns war im Gericht von Boston in Haft gehalten worden, während Abolitionisten versuchten, ihn freizubekommen, was ihnen aber nicht gelang. Die Bundes- und Staatsbehörden hatten sich daraufhin damit einverstanden erklärt, den Sklaven an den Eigentümer im Süden zurückzugeben.
In der Zwischenzeit wurde in Kansas mit Hilfe der sogenannten Grenzraufbolde aus Missouri eine sklavereifreundliche Legislative

gewählt. Die Raufbolde waren mit Pistolen und Gewehren bewaffnet nach Kansas geströmt und hatten die Wahl durch Einschüchterung und Betrug zu ihren Gunsten entschieden. Die auf betrügerische Art gewählte Legislative setzte daraufhin Gesetze in Kraft, die harte Strafen für sklavereifeindliche Agitation vorsah.

Monat für Monat erhöhten beide Seiten ihren Einsatz bei diesem grausamen Spiel. Missouri sandte Horden von nächtlichen Reitern über die Grenze. Der Nordosten schickte den Sklavereigegnern Kisten, gefüllt mit Waffen. Als Inhalt dieser Kisten wurde »Bibeln« angegeben, was Cooper bei einem Treffen der Sozialdemokraten in Columbia zu der Bemerkung veranlaßte: »Sogar Gott ist schon einberufen worden. Beide Lager behaupten, daß Er auf ihrer Seite stehe. Glauben Sie, daß Er hin und her rennt? Er muß ja völlig erschöpft sein.«

Keiner lachte.

An einem Nachmittag kam Cooper auf dem Dock der C.S.C. mit dem Vorarbeiter, einem Mann namens Gerd Hochwalt, ins Gespräch. Seine Eltern hatten sich als Einwanderer in Charleston niedergelassen. Der Vorarbeiter konnte zwar mit Drückebergern hart sein, im Grunde war er jedoch ein sanfter Mann mit einem gutmütigen Charakter und einem starken Glauben. Er war verheiratet, hatte elf Kinder und wohnte in einem Haus am Stadtrand, das kaum groß genug war, um allen Platz zu bieten.

Das Gespräch kam bald auf die jüngst in Big Springs, Kansas, abgehaltene Anti-Sklaverei-Konferenz. Die Teilnehmer hatten einen Plan vorgelegt, wonach das Territorium sich um eine Aufnahme als freier Staat in die Union bemühen sollte. Zudem hatten sie die von der betrügerisch gewählten Legislative erlassenen Gesetze als null und nichtig erklärt. Das Vorgehen von Big Springs war in einem besonders scharfen Leitartikel des *Mercury* verurteilt worden. Hochwalt lobte den Artikel in den höchsten Tönen.

»Ich habe ihn auch gelesen«, sagte Cooper, »aber ich finde, daß er genauso nichtssagend ist wie die früheren Artikel.« Beide Männer behielten während des Gesprächs die schwarzen Packer im Auge, die die *Mont Royal* mit Baumwollballen für eine Fabrik in Liverpool beluden. Das Schiff wurde wie immer voll ausgelastet, und auf jeden Kunden kamen drei, die warteten. Die Frachtlinie wies einen monat-

lichen Gewinn von sechzig bis siebzig Prozent aus. Sogar Orry hatte mit der Zeit bemerkt, wie erfolgreich Cooper war.
Hochwalt rügte einen Packer, der gestrauchelt war und die andern Arbeiter aufhielt. Dann wischte er sich mit einem Taschentuch den schweißnassen Nacken ab und sagte: »Mr. Rhetts Äußerungen mögen zwar abgedroschen sein, aber ich glaube daran.«
»Wie können Sie das bloß, Gerd? Er hat wiederum dazu aufgerufen, eine eigene Regierung zu bilden.«
»Und wieso nicht, Sir? Soweit ich mich zurückerinnern kann, haben uns die Nordstaatler beleidigt und verhöhnt. Sie glauben, jeder einzelne von uns sei ein Stück Dreck. Eine Nation von Bordellbesitzern! Das ist doch der Ausdruck, den sie gebrauchen, oder nicht? Ich habe nie einen Sklaven besessen oder das System unterstützt; nie in meinem ganzen Leben. Die Beleidigungen der Nordstaatler treiben mich zur Weißglut. Wenn sie nicht damit aufhören, dann müssen wir in Gottes Namen unsere eigenen Wege gehen.«
Gefühlsmäßig konnte Cooper Hochwalt verstehen, verstandesmäßig war es ihm jedoch unmöglich.
»Aber sehen Sie denn nicht, daß Männer wie Bob Rhett, James Huntoon und Mr. Yancey von Alabama uns in den Abgrund stürzen werden?«
Hochwalt überlegte kurz. »Nein, Sir. Aber auch wenn sie das tun, so werde ich mich ihnen anschließen.«
»Um Himmels willen, Mann, wieso?«
Der Vorarbeiter starrte Cooper an, als wäre dieser nicht ganz bei Trost.
»South Carolina ist meine Heimat. Diese Männer setzen sich dafür ein. Niemand sonst tut das, Mr. Main.«

Ein paar Abende später sagte Cooper zu seinem Bruder: »Ich muß dir gestehen, Orry, mir graute, als Hochwalt mir das sagte. Er ist kein heißblütiger Revolutionär, sondern ein seriöser, respektabler Deutscher. Wenn er und andere anständige Männer seiner Art den Extremisten Gehör schenken, dann steht es schon schlimmer um uns, als ich je vermutet hätte.«
Orry war nach Charleston geritten, um die Bücher der Schiffsgesellschaft durchzusehen. Er und Cooper hatten sich fast den ganzen Tag

dieser Arbeit gewidmet; Orry hatte schließlich seine Zufriedenheit geäußert und seinem Bruder ein Lob ausgesprochen — eine Seltenheit. Nun saßen die beiden in bequemen, weißgestrichenen Schaukelstühlen und sahen in den Garten der Tradd Street hinaus. Der kleine Judah, ein stämmiger Junge, rollte dem Baby, Marie-Louise, die mit gespreizten Beinen im dichten Gras saß, einen Ball zu.

Orry kam wieder auf das Geschäft zu sprechen. »Ich bin dankbar, daß die Schiffe voll ausgelastet sind. Der Reismarkt in Südeuropa befindet sich immer noch in einer Krise, und die Nachfrage sinkt mit jedem Monat mehr. Du hast gut daran getan, unsere Tätigkeit zu erweitern.«

Als er dies sagte, tönte seine Stimme eigentlich nicht anders als gewohnt. Und doch wußte Cooper, daß irgend etwas nicht stimmte, aber die Ursache war ihm nicht klar. Gerade als er Orry fragen wollte, kam Judith mit einem Päckchen in der Hand aus dem Haus.

»Ein Bursche der Colony-Buchhandlung hat das für dich abgegeben, Orry.«

»Oh — das Buch, das ich heute morgen kaufen wollte. Sie hatten es nicht mehr am Lager, aber sie erwarteten eine Sendung von zwölf Exemplaren für heute nachmittag.« Er packte das Paket hastig aus.

Als Judith die Goldschrift sah, klatschte sie überrascht in die Hände. »*Leaves of Grass!* Das ist ja der Gedichtband, gegen den Reverend Entwhistle am letzten Sonntag gewettert hat. Ich habe seine ganze Predigt in der Zeitung gelesen. Er sagte, das Buch sei durch und durch unflätig, es sei das Werk eines Mannes, der nicht mehr auf die Stimme von Vernunft und Ordnung hören wolle.«

Cooper sagte: »Das Buch wird von den Geistlichen des Nordens genauso verdammt. Wie war doch der Name des Verfassers?« Er drehte das Buch in der Hand seines Bruders um: »Whitman. Seit wann hast du denn Zeit für moderne Poesie, und seit wann interessierst du dich dafür?«

Orry errötete unter seinem Bart. »Ich habe es als Geschenk gekauft.«

»Für jemanden in Mont Royal?«

»Nein, für einen Bekannten.«

Cooper drängte nicht, aber er fragte sich, ob er auf diese Art vielleicht den Grund für die schlechte Stimmung seines Bruders erfahren hätte.

»Das Abendessen ist demnächst soweit«, sagte Judith. »Rachel hat seit dem frühen Morgen Krabben gefangen.« Rachel war die freie schwarze Köchin. »Ich habe Ashton und James eingeladen, aber sie waren schon anderweitig verpflichtet. Wir sehen sie selten. Ich muß leider gestehen, daß sie noch nie hier gegessen haben, obwohl wir so nahe beisammen wohnen. Jedesmal, wenn ich sie einlade, haben sie etwas vor.«

Die Huntoons waren in ein elegantes, luftiges Haus an der East Battery gezogen, nur wenige Schritte von der Tradd Street entfernt. Orry war an Ashtons Haus vorbeigeritten, aber eigenartigerweise hatte er gar keine Lust, seine Schwester zu besuchen.

»Sie haben eine Menge neuer Freunde«, erklärte Cooper. »Die meisten von ihnen sind Anhänger von Bob Rhett. Ich muß gestehen, daß es nicht gerade angenehm ist, von seinen Blutsverwandten gemieden zu werden, aber ich glaube, es ist besser, wenn sie uns nicht besuchen oder mit uns essen. James und ich vertreten so radikal verschiedene politische Ansichten, daß wir unter Umständen schon nach der Vorspeise einen Zeitpunkt für ein Duell vereinbaren müßten.«

Er sah etwas fröhlicher aus, als er in die Hände klatschte und rief: »Kinder! Es ist beinahe Essenszeit. Kommt und setzt euch auf meinen Schoß!«

Orry konnte seine Gedanken nicht von Madeline abwenden. Er starrte das Buch an, wickelte es wieder ein und ließ es sorgfältig in seine Tasche gleiten.

Beim Abendessen versuchte Cooper mehrere Male das Gespräch auf das Erweiterungsvorhaben zu lenken, über das er in letzter Zeit viel nachgedacht hatte. Es handelte sich um einen nicht alltäglichen Plan, der gute Nerven und weitaus mehr Kapital erforderte, als die Mains problemlos flüssig machen könnten. Als möglichen Partner hatte er sich George Hazard vorgestellt, aber das Gespräch kam nie soweit, denn Orry ließ alle Diskussionen über das Geschäft im Sand verlaufen. Während des ganzen Essens gab er kaum zwanzig Worte von sich. Als Cooper in dieser Nacht mit Judith im Bett lag, wurde ihm bewußt, daß sein Bruder seit den ersten Monaten nach der Rückkehr aus Mexiko nie mehr in einer solch eigenartigen, gedrückten Stimmung gewesen war.

Huntoons Anwaltskanzlei wie auch sein Ruf wuchsen stetig. Ashton war maßgeblich daran beteiligt. Sie gab Parties, Empfänge und Abendessen; sie pflegte die Beziehungen mit den führenden Männern der Umgebung und ihren häßlichen, herrischen Frauen, ohne jemals durchblicken zu lassen, wie sehr sie sie abstießen oder wie raffiniert sie sie zu manipulieren verstand.

Huntoon arbeitete viele Stunden an einer Ansprache über die sich zuspitzende nationale Krise. An einem Spätsommerabend hielt er vor ungefähr dreißig Gästen im Haus an der East Battery eine Kurzfassung der Rede. Unter den Gästen befanden sich der Verleger Rhett und der vielleicht schärfste Verfechter der Sezession, William Yancey aus Alabama. Er sah sanft und ungefährlich aus, aber er war ein brillanter Redner. Einige nannten ihn »Prinz der Extremisten«. Ashton träumte davon, daß er zum König befördert werden würde, damit ihr Gatte den andern Titel übernehmen könnte.

Huntoon, die Silberrandbrille sozusagen als Requisit in der einen Hand, gab sich die größte Mühe, seine Redegewandtheit unter Beweis zu stellen. Die Gäste hörten dem Abschluß seiner Rede, die Ashton auswendig kannte, gespannt zu.

»Die Union gleicht einem riesigen Fort, meine Damen und Herren, das bereits zur Hälfte in die Hände der barbarischen Eindringlinge übergegangen ist. Loyalisten halten immer noch die andere Hälfte, die sie während Generationen rückhaltlos verteidigt haben. Nun ist auch dieser Teil bedroht. Und ich für meinen Teil würde eher das Magazin anzünden und alles in die Luft fliegen lassen, als daß ich den Barbaren auch nur einen Zentimeter zugestehen würde!«

Ashton führte den Applaus an, der laut und überschwenglich war. Während Haussklaven Punsch auf Silbertabletts anboten, näherte sich Yancey Huntoon.

»Eine solche extreme Tat mag sehr wohl nötig werden, James. Und danach muß ein neues Fort auf dem Schutt des alten errichtet werden. Für diese Arbeit brauchen wir loyale Helfer — und fähige Führungskräfte.«

Seinem Gesichtsausdruck nach zu schließen, betrachtete er Huntoon als einen der letzteren, oder wenigstens als einen Anwärter, wie Huntoon sich einbildete.

Ashton verstand wenig von den Fragen, die die Männer so endlos erörterten. Sie scherte sich einen Dreck um die Rechte des Südens und wußte nicht einmal, worin sie bestanden — abgesehen vom gottgegebenen Recht, Eigentum in Form von Niggern zu besitzen. Die ganzen Diskussionen faszinierten sie, weil sie sah, wie andere davon aufgewühlt wurden. In dieser Reaktion ahnte sie instinktiv eine Möglichkeit, Macht zu bekommen und zu halten. Ihr Gatte hatte sie davon überzeugt, daß es eines Tages eine eigene Regierung im Süden geben werde. Und sie wollte eine der wichtigsten Damen der politischen Kreise werden.

»James, du warst einfach großartig«, sagte sie, als sie seinen Arm ergriff. »Ich möchte sagen, du hast dich selber übertroffen.« Sie lechzte nach mehr Applaus, und die Taktik hatte Erfolg. Die umstehenden Gäste spendeten erneut Beifall. Yancey schloß sich den andern mit einem »Hört, hört« an.

»Vielen Dank, Liebling.« Huntoons dankbarer Blick grenzte ans Pathetische. Wenn sie allein waren, machte ihm Ashton selten ein Kompliment und sagte ihm oft, er sei ein schlechter Liebhaber.

An diesem Abend lösten die vielen wichtigen Persönlichkeiten und die erfolgreiche Rede jedoch eine unerwartete sexuelle Erregung bei Ashton aus. Sie konnte es kaum erwarten, bis alle Gäste gegangen waren und sie nach oben eilen, die Kleider ausziehen und ihren Gatten neben sich zerren konnte.

Er schwitzte und schnaufte und gab sich alle erdenkliche Mühe. Später fragte er flüsternd: »War es gut so?«

»Ausgezeichnet«, log sie. Er war in seiner Rolle als Extremist so gut, daß sie ihn nicht enttäuschen wollte. Aber er vermochte sie mit seiner plumpen Art nie zu erregen, und im Grunde widerte er sie an. An diesem Abend tröstete sie sich damit, daß alles, auch die Rolle einer angesehenen Dame, seinen Preis hatte.

Sie beschloß, daß wieder mal eine Reise nach Hause fällig war — und zwar bald.

Ashtons Liebhaber hatte einen neuen Ort für ihre Treffen gefunden: die Ruinen einer Kirche auf dem Land mit dem Namen Salvation Chapel. Was für ein köstlich lasterhaftes Erlebnis war es doch, im Sonnenschein draußen ihre Kleider hochzuziehen und sich von Forbes auf dem Kalkfundament nehmen zu lassen!

Sein angebundenes Pferd wieherte und scharrte in der Nähe, und aus der Ferne waren Schüsse zu hören; man versuchte, die Vögel von den Reisfeldern wegzutreiben. Das Geräusch des Pferdes und der Gewehre steigerte ihre Erregung, und danach war sie schlaff vor Befriedigung.

»Ich hab' Angst, daß ich dir ein Kind mache«, sagte Forbes, sein hübsches, schweißtriefendes Gesicht knapp über dem ihrigen.

Ashton leckte sich die Mundwinkel. »Ich finde, das Risiko verleiht der ganzen Sache einen zusätzlichen Reiz.«

Sie war sich ziemlich sicher, daß die Gefahr, schwanger zu werden, recht klein war. Huntoon war die ganze Zeit bei ihr, und bis anhin war sie noch nicht in Erwartung. Sie vermutete, daß bei Aunt Belle Nin irgend etwas beschädigt worden war. Vielleicht würde sich dies auf die Dauer als Vorteil erweisen, obwohl der Gedanke an Unfruchtbarkeit sie manchmal traurig stimmte.

»Ja, so lange, bis ein Baby den Kopf in die Welt streckt, das mir anstatt Huntoon gleicht«, sagte Forbes.

»Laß James meine Sorge sein. Du sollst dich um etwas anderes kümmern.«

Mit diesem Satz zog sie ihn in ihre Arme. Das Geräusch der in der Ferne explodierenden Gewehre erregte sie von neuem.

Das Fundament hinterließ Schürfungen auf ihrem Hinterteil, aber das nahm sie gern in Kauf. Forbes war ein ausgezeichneter Liebhaber, aufmerksam und stürmisch, wenn sie zusammen waren, aber bereit, ohne sie auszukommen, bis sie ihn wieder treffen wollte. Eitelkeit hielt Ashton davon ab zu fragen, wo Forbes wohl immer während ihrer Abwesenheit seine außerordentlichen Fähigkeiten praktizierte.

Aber offensichtlich konnten die andern ihr nicht das Wasser reichen, denn Forbes war jedesmal, wenn sie rief, zur Stelle.

Als sie nach Mont Royal zurückritten — Forbes begleitete sie bis knapp eine Meile vor das Herrenhaus — diskutierten sie wieder einmal wie besessen, auf welche Art und Weise sie Billy Hazard verletzen könnten. Forbes war immer wieder von Ashtons Phantasie fasziniert, und zwar nicht zuletzt darum, weil sie so stark auf Macht, sexuelle Abenteuer und Rache ausgerichtet war.

»Ich hab' gelesen, daß du vor ein paar Tagen Mr. Yancey zu Gast hattest«, bemerkte Orry an diesem Abend beim Essen.
Ashton war stolz darauf, daß der *Mercury* dem Treffen eine halbe Spalte gewidmet hatte. »Ja, das stimmt. Er hatte einige gepfefferte Dinge über die Yankees zu sagen. James übrigens auch. Natürlich« — sie wandte sich Brett zu, die ihr gegenüber saß — »machen wir Ausnahmen für Freunde der Familie.«
»Das hab' ich mich schon gefragt«, sagte Brett, ohne zu lächeln.
»Sicher tun wir das. Billy ist etwas Besonderes.« Ashton lächelte liebenswürdig und vollkommen aufrichtig, aber ihre Gefühle waren so heftig und giftig, daß sie Bauchschmerzen bekam. »Hat er schon etwas wegen einem Hochzeitstermin gesagt?«
Orry beantwortete die Frage. »Nein. Er wird ja erst im nächsten Juni abschließen. Und was verdient ein Leutnant heutzutage? Tausend Dollar pro Jahr? Davon kann eine Familie nicht leben. Ich bin der Ansicht, daß es viel zu früh ist, um über eine Heirat zu reden.«
Bretts Augen funkelten, als sie ihren Bruder anschaute. »Das haben wir auch noch nicht.«
Aber Ashton fühlte, daß es eines Tages so weit kommen würde. Das könnte der ideale Augenblick sein, um zuzuschlagen: genau dann, wenn sie am glücklichsten waren.
Nach dem Abendessen ging Ashton zum Familienfriedhof. Ein regelmäßiger, starker Wind war aufgekommen. Er wühlte in ihrem Haar, das wie eine dunkle Flagge flatterte. Sie kniete bei Tillets Grab nieder. Dies war der einzige Ort, wo sie sich über ihr Verhalten Männern gegenüber schämte. Ihre Stimme war sanft, aber voller Gefühl.
»Die Dinge entwickeln sich gut für James, Papa. Ich wünschte, du könntest hier sein und es sehen. Ich weiß, daß du dir einen dritten Sohn statt einer Tochter gewünscht hast, aber du wirst auf mich stolz sein können. Ich hab' dir das ja schon früher versprochen. Ich werde eine berühmte Dame werden. Mein Name wird im ganzen Süden bekannt sein. Sie werden um meine Gunst werben, und auch um diejenige von James. Ich schwöre es dir, Papa, ich schwöre es dir.«

Als Ashton das Haus verließ, ging Orry in die Bibliothek und blies die schon brennende Lampe wieder aus. Er öffnete die Fensterläden und atmete die kühle Abendluft tief ein. Sie roch nach Herbst und

nach dem Wasser vom Fluß. Sein Blick schweifte langsam im Zimmer herum und blieb in einer dunklen Ecke hängen. Er starrte seine Uniform an. Dann erinnerte er sich, daß die Ernte eingeholt werden sollte, aber er verspürte überhaupt keine Lust dazu.
Was war mit Madeline geschehen?
Die Frage quälte ihn schon seit Tagen. Madeline hatte sich zurückgezogen, verließ Resolute nur noch selten und dann auch nur in Begleitung ihres Gatten. Orry war der Kutsche der LaMottes vor ein paar Wochen auf der Flußstraße begegnet. Er hatte ihnen zugewinkt — vielleicht etwas zu heftig, wie er befürchtete, aber er hätte sich keine Sorgen machen müssen. Madeline erwiderte seinen Gruß auf die genau gleiche Art wie Justin: ein lebloses Lächeln, ein starrer Blick und eine Handbewegung, die einen Gruß nur andeutete. Die Kutsche fuhr an ihm vorbei und war bald außer Sichtweite.
Orry nahm »*Leaves of Grass*« vom Büchergestell; das Buch war immer noch im braunen Einpackpapier. Er hatte noch keine Möglichkeit gehabt, es Madeline zu schenken. Sie besuchte Clarissa nicht mehr und antwortete nicht mehr auf seine Bitten, ihn zu treffen. Dreimal hatte er bei der Kapelle gewartet, nachdem er heimlich einen Brief nach Resolute geschickte hatte. Aber sie war nie erschienen. Als er das letzte Mal gewartet hatte, waren überall geknickte Äste auf dem zertrampelten Gras herumgelegen; es erweckte den Anschein, als hätten andere Liebhaber die verfallene Kirche entdeckt. Er ging nicht mehr zur Kapelle. Völlig verzweifelt befahl er einem der Haussklaven, herauszufinden, ob seine Briefe vielleicht abgefangen worden waren. Nancy war vor Monaten weggerannt; vielleicht war deshalb ihre Kommunikation unterbrochen worden. Anscheinend traf dies jedoch nicht zu — wenigstens nicht so, wie er befürchtet hatte. Schon nach ein paar Tagen berichtete ihm der Sklave: »Ich habe Neues von Resolute erfahren, Mr. Orry. Sie bekommt die Briefe. Ein Mädchen namens Cassiopeia gibt sie ihr.«
»Liest sie Mrs. LaMotte?«
»Soviel ich weiß, ja. Aber dann zerreißt sie sie oder wirft sie in den Kamin.«
Als ihm dies wieder einfiel, schleuderte Orry das Buch in eine Ecke. Dabei traf er versehentlich den Uniformständer, der umfiel. Vom Lärm aufgeschreckt, eilten Brett und zwei der Hausmädchen herbei.

Ohne die Tür zu öffnen, schrie Orry, daß alles in bester Ordnung sei. Dann kam ihm ein Gedanke, der seine Hoffnung wieder aufleben ließ. Am Samstag würde in der Nähe von Six Oaks ein Reitturnier stattfinden. Es war möglich, daß Madeline mit Justin hinginge. Normalerweise mied Orry solche Treffen, aber dieses Mal würde er hingehen. Vielleicht gäbe es eine Möglichkeit, mit ihr zu sprechen und herauszufinden, was los war.

Am Samstag war das Wetter schwül, regnerisch, und ab und zu grollte der Donner. Eine riesige, aufgeregte Menschenmenge war zum Turnier gekommen. Orry hatte jedoch keine Lust, den jungen Männern zuzuschauen, die sich selber Sir Gawain oder Sir Kay getauft hatten. Währenddem sie waghalsig auf dem Platz herumritten und versuchten, einander an den Lanzen zu packen, streifte er durch die Menge und suchte die LaMottes.

Schließlich erspähte er Justin, der sich lauthals mit seinem Bruder und einigen andern Männern unterhielt. Voll guten Muts setzte Orry seine Suche nach Madeline fort. Er erblickte sie von dem Ort aus, wo Charles damals auf Whitney Smiths Schuß gewartet hatte. Madeline saß auf einem Baumstamm und sah zu, wie kleine Regentropfen die glatte Oberfläche des Flusses leicht aufwirbelten.

Er näherte sich ihr und bemerkte, daß der Baumstamm ihr Kleid beschmutzt hatte. Sie mußte ihn gehört haben, aber sie drehte sich nicht um. Er fühlte sich linkisch, unreif, ängstlich — und räusperte sich.

»Madeline?«

Sie stand langsam auf. Als er ihr Gesicht sah, schrak er zurück. Es war weiß — leichenblaß. Sie hatte mindestens zehn oder fünfzehn Pfund abgenommen. Ihre Wangen waren hohl. Es schien ihr schwerzufallen, ihren Blick nicht von ihm abschweifen zu lassen.

»Orry, wie nett, dich zu sehen.«

Sie lächelte, aber es war dasselbe leblose Lächeln wie damals, als er sie in der Kutsche gesehen hatte. Er konnte ihren Blick kaum ertragen. Er war immer so lebendig und warm gewesen. Und jetzt —

»Madeline. Was ist los? Wieso hast du meine Botschaften nicht beantwortet?« Obwohl sich niemand in ihrer Nähe befand, flüsterte er. Sie stierte über seine Schulter. Dann trafen sich ihre Blicke wieder.

Orry konnte Schmerz und einen Hilferuf darin lesen. Er ging auf sie zu.
»Ich sehe dir an, daß etwas nicht stimmt. Du mußt es mir sagen —«
»Madeline?« Die Stimme von Justin! Orry zuckte zusammen. »Komm bitte zu uns herüber, Liebes. Wir gehen bald.«
Orry wandte sich um, wobei er versuchte, sich so natürlich wie möglich zu bewegen und seine Spannung nicht zu zeigen. Madelines Gatte hatte sie von der andern Seite des Kampffeldes her gerufen. Um jeglichem Verdacht vorzubeugen, grüßte er Justin auf formelle Art, indem er seinen Hut leicht antippte. Justin erwiderte den Gruß auf die gleiche Weise. Orry lächelte breit und steif, als würde er nur Höflichkeiten mit einer Nachbarin austauschen.
In Tat und Wahrheit flüsterte er: »Ich muß wenigstens noch einmal mit dir allein sprechen, Madeline.«
Sie schaute ihn wieder an. Sehnsüchtig, dachte er. Aber sie seufzte und sagte: »Nein. Es tut mir leid, aber es ist zu schwierig.«
Mit langsamen, schlaffen Schritten ging sie weg, um sich zu ihrem Gatten zu gesellen. Orry schäumte vor Wut; am liebsten hätte er Justin an der Gurgel gepackt und ihn so lange geschüttelt, bis er gestand, was mit Madeline los war. Von ihr war ja offensichtlich nichts zu erfahren. Madeline war apathisch und verwirrt — wie in einem Fieberwahn.
Als er nach Hause ritt, war es jedoch die Erinnerung an ihre Augen, die ihn am stärksten peinigte. Sie hatte einen eigenartig unterwürfigen Blick, ohne eine Spur von Hoffnung, beinahe leblos. Der Blick eines geschlagenen Tieres.

40

Bei der Betrachtung seiner neuen Pionierkorpsabzeichen fand Billy, daß seine Welt eigentlich ganz in Ordnung sei.
Die Befürchtungen des Kadetten aus New Jersey, der von Ashton beglückt worden war, hatten sich nie bewahrheitet. Die Sieben hatten eisern geschwiegen, Charles war nie etwas zu Ohren gekommen. Einer der Gruppe hatte sich bei Billy darüber beklagt, daß Ashton in

bezug auf ihren zweiten Besuch gelogen haben mußte — aber das hätte Billy ihm schon früher sagen können. Danach geriet der Zwischenfall wegen dem militärischen Drill und dem akademischen Druck langsam in Vergessenheit. Billys Weltanschauung wurde hauptsächlich von den Begebenheiten des täglichen Lebens und nicht von anderweitigen Ereignissen geprägt. Hätte er seinen Blick etwas in die Ferne gerichtet und nicht ausschließlich in Gedanken an die Akademie und an Brett gelebt, so hätte er Zeichen von Aufruhr entdecken können.

Der blutige Krieg auf der Krim dauerte immer noch an. Einer der Klassenkameraden seines Bruders, George McClellan, war von Verteidigungsminister Davis als Beobachter auf die Halbinsel geschickt worden. In Amerika waren es andere Arten der Gewalttätigkeit, die Böses ahnen ließen. Die Männer bekämpften sich in Kansas — und in den Kongreßhallen. Während Senator Sumner aus Massachusetts eine politische Rede über Kansas hielt, griff er ungerechtfertigterweise plötzlich Senator Andrew Butler aus South Carolina persönlich an. Am 22. Mai 1856 betrat der Kongreßabgeordnete Preston Brooks aus South Carolina den Senat mit einem goldbeknauften Spazierstock, den er in der Folge dazu verwandte, seine Meinung über Sumners Rede und dessen Person kundzutun.

Sumner schrie um Gnade, als das Blut auf seinen Schreibtisch tropfte. Brooks schlug auf ihn ein, bis der Stock zerbrach. Andere Senatoren schauten zu, ohne einzugreifen. Darunter befand sich Douglas, dessen Gesetzesanträge die Kontroverse verursacht hatten, gegen die Sumner wetterte.

Einige Wochen später schrieb Brett Billy, daß Brooks in ganz South Carolina gefeiert worden sei. Ashton und ihr Gatte hatten ihn in ihrem Haus freundschaftlich bewirtet und ihm einen Spazierstock mit eingravierter Widmung geschenkt. Brooks hatte Dutzende davon erhalten. Weiter schrieb Brett:

Als James und Ashton letzte Woche hier waren, sagte Orry, daß Sumner sicher nicht vor einem Jahr genesen würde. James zog daraufhin eine Augenbraue hoch und sagte: »So schnell? Wie schade!« Billy, ich hasse diese Zeiten, in denen wir leben. Es scheint, als würden sie das Allerschlimmste im Menschen hervorrufen.

Aber nicht einmal das konnte Billy zu diesem Zeitpunkt entmutigen. In ein paar Tagen würde er die Akademie verlassen, und er hatte, besonders während des letzten Jahres, gute Arbeit geleistet. Mahan hatte seine Arbeit während des Kurses für Militärwissenschaft und Bauingenieurwesen öffentlich gelobt. Billy kannte nun den Unterschied zwischen *Pinus mitis* und *Pinus strobus,* er konnte eine Abhandlung über die Verwendung von Ton- und Kalkgestein als Baumaterial schreiben oder die Formel für Mörtel im Schlaf aufsagen. Er würde den sechstbesten Durchschnitt aller Absolventen der 1856er Klasse haben.

George, Constance, Maude und sogar Stanley und Isabel waren für diesen Anlaß nach West Point gekommen. Wenn nötig, brachten George und Isabel es fertig, ein paar Worte miteinander zu wechseln, das Gespräch war jedoch stets steif und kühl; das Besuchsverbot zwischen den beiden Häusern war immer noch in Kraft. Billy hörte Constance einmal sagen, es sei eine Schande, in diesem kurzen Leben so lange beleidigt zu sein, worauf George konterte, daß er alles, was ihn von Isabels Gesellschaft abhielt, als Geschenk Gottes betrachte — gerade *weil* das Leben so kurz sei.

Charles beglückwünschte Billy zu seinen guten Noten und erleichterte ihn dann um Wolldecken und andere persönliche Militäreffekten. In akademischer Hinsicht war Charles nie mit seinem Freund in einen Wettstreit getreten; er war und blieb einer der Unsterblichen und wurde für die berittene Truppe vorgesehen — genau das, was er wollte. Die Aussichten auf eine Beförderung bei der Kavallerie — das heißt, eigentlich bei allen Truppen — war merklich besser geworden, seit Davis vor einem Jahr einen Ausbau der Armee durchgesetzt hatte. Es waren zwei neue Infanterie- und Kavallerieregimenter aufgestellt worden. Charles hoffte, daß er im nächsten Jahr in eine dieser neuen Einheiten versetzt würde.

Billy wußte bereits, wo sein erster Standort als Brevetleutnant sein würde. Im Anschluß an den auf den Akademieabschluß folgenden Urlaub würde er sich im Fort Hamilton im Hafen von New York melden, wo er Ausbesserungsarbeiten an den Küstenfestungen und der Hafenanlage vorzunehmen hatte.

Als er mit der Familie nach Hause reiste, fuhr Billy zum erstenmal mit der Lehigh-Eisenbahnlinie, die nun auch die flußaufwärts liegenden Ortschaften einschließlich Lehigh Station bediente. Als die Hazards den Zug verließen, machte der Bahnhofvorsteher George ein Kompliment über Billys Aussehen.

»Sie haben recht, er macht sich gut als Soldat. Er sieht so schneidig aus, daß ich richtig Sehnsucht nach der Armee kriege.« »Beinahe«, fügte George lächelnd hinzu.
»Es wäre schön gewesen, wenn Brett im Juni für eine Woche hätte hierherkommen können«, sagte Billy.
George betrachtete prüfend seine Zigarrenspitze. »Habt ihr beide etwas zu besprechen?«
»Nein, noch nicht. Aber ich glaube demnächst. Eben darüber muß ich mit jemandem reden.«
»Täte es ein älterer Bruder auch?«
»Ich hatte gehofft, daß du das sagen würdest.«
»Na denn, heute abend«, sagte George, nicht ohne zu bemerken, wie ernst es Billy war.

Nach dem Abendessen ging Billy nach oben, um Zivilkleider anzuziehen. George küßte die Kinder und eilte dann zum Schreibtisch, wo er hastig einen Brief öffnete, der während seiner Abwesenheit eingetroffen war; er war in Eddyville, Kentucky, abgeschickt worden.
Vor einigen Monaten hatte er von einem Mann aus Pittsburgh namens William Kelly gehört, der in Eddyville einen Hochofen und eine Gießerei betrieb. Kelly behauptete, er habe eine rasche und wirksame Methode herausgefunden, um Silizium, Phosphor und andere Elemente aus Roheisen auszuscheiden und dabei den Kohlenstoffgehalt stark zu senken. Laut Kelly resultierte aus seinem »pneumatischen Verfahren« eine gute, elastische Stahlqualität. Während Kelly von Gläubigern bedrängt und von Konkurrenten, die sein Verfahren eine »Luftverbrennungsanstalt« nannten, verhöhnt wurde, arbeitete er weiterhin an einem geheimen Ort in den Wäldern von Kentucky an der Verbesserung des Kernstücks seiner Anlage, dem Konverter. George hatte ihm in einem Brief angekündigt, er werde nach Eddyville reisen und den Konverter besichtigen. Falls ihm die Sache gefiele, wäre er nicht abgeneigt, Kellys Arbeit gegen eine Beteiligung zu finanzieren.
George machte ein langes Gesicht, als er den Antwortbrief las. Kelly hätte zwar das Geld brauchen können, um seine Gläubiger fernzuhalten, aber er wollte seinen Konverter geheimhalten, bis er mit dessen Form zufrieden war und sein Verfahren patentiert hatte. Kellys Mißtrauen war nicht aus der Luft gegriffen, denn im Eisengeschäft

gab es Männer, die sich mit allen Mitteln Informationen über ein erfolgreiches Verfahren beschafften, um es sich dann, wenn es nicht patentiert war, ohne Skrupel anzueignen. Kellys Antwort enttäuschte George trotzdem, und in dieser Stimmung ging er auf die Veranda, um seinen Bruder zu treffen.
Billy war jedoch noch nicht dort. George ließ sich in einen Schaukelstuhl fallen. Unten am Fluß fuhr ein Güterzug talaufwärts; der Kamin spuckte Rauchwolken aus, die scharlachrot in der Abenddämmerung aufleuchteten und sich dann auflösten.
George war verblüfft über die zahlreichen Änderungen, die er in seinen einunddreißig Jahren erlebt hatte. Er war mit Kanalbooten aufgewachsen — es gab sie nicht mehr. Züge auf Gleisen waren die Symbole des neuen Zeitalters.
Auch in Washington spielte die Eisenbahn im Geschäftsleben eine wichtige Rolle. Die Sklaverei und das endgültige Schicksal von Kansas und Nebraska waren unauflösbar mit der bevorstehenden Entscheidung über die Route einer transkontinentalen Linie verflochten. Minister Davis wollte, daß die Route durch den Süden, durch die sklavenhaltenden Staaten, führe. Senator Douglas befürwortete eine nördliche Route mit einer Seitenlinie bis Chicago. Es war ein offenes Geheimnis, daß Douglas mit Land im Westen spekulierte. Seine Feinde warfen ihm öffentlich vor, er habe das Kansas-Nebraska-Gesetz eingeführt, um die Besiedlung voranzutreiben, die ihrerseits den Eisenbahnbau fördern und den Wert seines Besitzes steigern würde. In diesen Zeiten gab es offensichtlich keine lauteren Beweggründe mehr, dachte George, als er die sinkende Sonne betrachtete, die die tiefen Gipfel jenseits des Flusses in goldenes Licht tauchte. Es schien keinen Menschen mehr zu geben, der noch mit allen Problemen und Leidenschaften des komplizierten und zynischen neuen Zeitalters zurecht kam. Es gab keine Staatsmänner mehr, nur noch Politiker.
Oder überkamen ihn nur solche Gedanken, weil er älter wurde? Mit einunddreißig hatte man schon drei Viertel eines durchschnittlichen Lebensalters hinter sich. Dieses Wissen belastete ihn. Er sann darüber nach, daß die Hoffnungen und Träume, die ein Mensch hegte, und auch seine Zeit auf dieser Erde beinahe so schnell vergingen wie die Rauchwolken des Güterzugs.
Er hörte Billys Schritte auf der Treppe und riß sich zusammen. Sein

jüngerer Bruder wollte einen Rat von ihm — einen weisen Rat — und merkte nicht, daß ältere Leute beinahe genauso unsicher waren wie er selbst — oder vielleicht noch unsicherer! George tat sein Bestes, um diese Tatsache zu verbergen. Als Billy kam, schaukelte er hin und her und paffte genüßlich an seiner Zigarre.
»Sollen wir zusammen einen Spaziergang auf den Hügel machen?« fragte George.
Billy nickte. Sie verließen die Veranda, schlenderten ums Haus, ließen bald darauf den Stall und den Holzschuppen hinter sich und gelangten dann auf eine offene Ebene, wo Berglorbeer aus Felsspalten herauswuchs. Auf dem Abhang über ihnen hatte sich der Lorbeer noch stärker ausgebreitet und stand nun in voller Blüte. Hunderte von weißen Blüten schaukelten sanft in der Abendbrise, und die spitzigen Blätter raschelten leise.
George begann den Hügel hinaufzugehen, der beträchtlich höher als Belvedere lag. Der Weg war nicht einfach zu finden, aber er konnte sich an den Ausgangspunkt erinnern und kämpfte sich bald darauf hinauf. Der Lorbeer umspielte seine Beine. Der Aufstieg ermüdete ihn stark, Billy nicht.
Einige wenige verkrüppelte Lorbeersträucher fristeten ihr Dasein auf der runden Hügelkuppe. Sie erinnerten ihn an das mystische Gefühl, das seine Mutter diesem widerstandsfähigen Busch gegenüber empfand und an die Art, wie sie ihn mit der Familie und der Liebe verglich.
Im Tal unter ihnen waren die Stadt, die Häuser und die Eisenwerke deutlich zu erkennen. Billy genoß die Aussicht für einen Augenblick, griff dann in die Tasche und reichte seinem Bruder etwas in einem billigen, weißen Metallrahmen.
»Ich wollte dir das zeigen.«
George drehte sich seitwärts, um das Bild in den letzten Sonnenstrahlen betrachten zu können. »Guter Gott, das bist ja du mit Charles! Ihr seht nicht gerade nüchtern aus.«
Billy grinste und steckte das Bild wieder in die Tasche. »Die Aufnahme wurde unmittelbar nach einem unserer Besuche bei Benny gemacht«, sagte er.
»Wann haben sie in West Point denn mit dem Photographieren begonnen?«

»Letztes Jahr wurden die ersten Klassenbilder gemacht. Charles und ich wollten eins, auf dem wir zusammen waren.«
George lachte glucksend und schüttelte dann den Kopf. »Cooper Main hat recht: Wir leben wirklich in einer wunderbaren Zeit.«
Billy wurde plötzlich ernst. »Ich möchte, ein paar Wunder würden nach South Carolina ziehen. Ich habe das Gefühl, Orry will nicht, daß ich Brett heirate.«
»Ist es das, worüber du reden wolltest?« Als Billy nickte, fuhr er fort: »Hast du mit Orry gesprochen oder ihm deine Absicht mitgeteilt?«
»Nein. Und ich werde es mindestens ein Jahr lang auch nicht tun. Ich muß zuerst sicher sein, daß ich eine Frau ernähren kann.«
Wie vorsichtig und überlegt er doch ist, dachte George. Aus ihm wird ein guter Ingenieur werden.
Billy fuhr fort: »Brett hat ihm gegenüber jedoch einige Andeutungen gemacht. Wir haben beide das Gefühl, daß er mit unserer Verbindung nicht einverstanden ist. Ich nehme an, er mag mich nicht.«
»Nein, das ist ganz sicher nicht der Grund. Brett und du, ihr kommt aus verschiedenen Welten. Ihr kommt aus Landesteilen, die einander mit jedem Tag feindlicher gesinnt sind. Ich bin sicher, daß sich Orry über die Zukunft, die euch erwartet, Sorgen macht. Und ich teile diese Sorge.«
»Was soll ich denn tun?«
»Befolge den Rat, den mir Mutter gab, als die Leute sagten, ich solle keine Katholikin heiraten und sie nach Lehigh Station bringen. Sie sagte mir, ich solle meinen eigenen Gefühlen trauen und mich nicht von den bigotten oder sonstigen Meinungen anderer Leute beirren lassen! Sie sagte, Liebe sei immer stärker als Haß. Und es müsse so sein, wenn die Menschen überleben wollten. Orry haßt dich nicht, aber vielleicht zweifelt er an deinen Absichten.« Ein Lächeln umspielte seinen Mund. »Stehen Sie stramm, Leutnant. Geben Sie Ihre Haltung nicht auf, dann wird Orry schließlich einlenken.«
»Und wenn das eine Weile dauert?«
»Na und? Willst du Brett heiraten oder nicht?« Plötzlich bückte sich George. Er riß einen Lorbeerzweig ab und hielt ihn in der Dämmerung hoch. »Du kennst Mutters Gefühle über diese Pflanze. Sie sagt, daß sie zu den wenigen Dingen gehört, die ihre natürlichen Feinde überleben.« Er gab Billy den grünweißen Zweig. »Nimm dir ein Bei-

spiel daran. Sieh zu, daß deine Gefühle für Brett stärker sind als all die Zweifel der andern. Wenn du spürst, daß die Hoffnung schwächer wird, dann denke an den Lorbeer, der hier oben in der Sonne und im Sturm wächst. Nicht aufgeben! Das ist der beste Rat, den ich weiß.«

Billy betrachtete die Blätter und Blüten einen Augenblick. Er wollte lächeln, aber es gelang ihm nicht. Zutiefst gerührt, sagte er: »Vielen Dank. Ich kann ihn brauchen.« Er steckte den Zweig in die Tasche.

Die Nacht war hereingebrochen. Die beiden Brüder gingen plaudernd und lachend den Weg hinunter. Sie verschwanden in der Dunkelheit des Abhangs, wo der Lorbeer immer noch leise rauschte — wie die See.

41

In jenem Herbst zerbröckelten die alten politischen Loyalitäten mehr und mehr. Buck Buchanan hatte es nun endlich geschafft, sich als Kandidat der Demokraten für die Präsidentenwahl aufstellen zu lassen. Obwohl Cameron immer noch Streit mit seinem früheren Kollegen hatte, wollte er nicht — wie so viele West- und Nordstaatler — ins Lager der Republikaner überwechseln, denn er hatte das Gefühl, dies könnte seiner sorgfältig geplanten politischen Karriere schaden. So trieb er denn im Herbst des Jahres 1856 unter dem Banner einer sogenannten Unions-Partei Wahlpropaganda, während er im geheimen Vorschläge für ein Bündnis prüfte. Republikaner wie David Wilmot sicherten Cameron ihre Hilfe für einen Sitz im Senat zu für den Fall, daß er sich ihnen anschließen würde. Stanley leistete loyale Arbeit für seinen Boss Cameron, ohne zu wissen, wofür der Mann eigentlich eintrat.

In South Carolina proklamierte Huntoon weiterhin seine Ansichten in der Öffentlichkeit. Er fürchtete sich vor der wachsenden Macht der Republikaner, war aber auch von Buchanan kaum begeistert, denn dieser beabsichtigte zwar, sich nicht in die Sklaverei einzumischen, aber die Douglas-Doktrin in den Territorien zu bekräftigen.

Wie sollte der Süden mit der einen oder andern Partei überleben? fragte Huntoon in seinen Reden. »Unmöglich — Sezession ist die einzige Antwort.« Mit diesen Worten schloß Huntoon all seine Ansprachen, indem er theatralisch den Arm erhob und in einen Hochruf ausbrach:
»Auf das Schwert! Den Schiedsrichter der nationalen Uneinigkeiten! Je früher es für den Kampf um die Rechte des Südens eingesetzt wird, desto besser!«
Der Hochruf löste jedesmal frenetischen Beifall aus, und die Presse von South Carolina berichtete ausführlich über Huntoon. Der *Mercury* taufte ihn »Junger Hitzkopf«. Ashton war hingerissen und betrachtete es als einen gewichtigen Schritt in der Laufbahn ihres Gatten. Ein Mann konnte von sich sagen, daß er zu Ruhm gelangt war, wenn ihn die Öffentlichkeit »Jung Dies« oder »Alt Das« nannte.
Im Norden hatten die Hazards in letzter Zeit immer mehr die Konkurrenz der britischen Eisenindustrie gespürt. George fand, die Demokraten mit ihrer Niedrig-Zoll-Politik seien daran schuld, und aus diesem Grund trat er der Republikanischen Partei bei. Seine Entscheidung hatte nichts damit zu tun, daß die Partei in bezug auf die Sklaverei einen härteren Kurs steuerte, obwohl er auch dies bejahte. Er stimmte für den republikanischen Kandidaten, Frémont, der ungefähr fünfhunderttausend Stimmen weniger erhielt als Buchanan. Für eine neue Partei, die das erste Mal an Präsidentenwahlen teilnahm, war dies ein außerordentlich gutes Ergebnis.
Einige Tage nach der Wahl tauchte Cooper mit einer technischen Zeichnung unter dem Arm in Mont Royal auf. Als er die Zeichnung aufrollte, sah Orry den Plan und Aufriß eines Frachtschiffes. Ein schmuckes Band umrahmte den Namen *Star of Carolina* am unteren Blattende.
»Wie groß ist das Schiff?« fragte Orry verblüfft.
»Hundertsechsundsiebzig Meter vom Bug bis zum Heck. Etwas weniger als der Dampfer, den mein Freund Brunel baut, um Kohle und Passagiere nach Trincomalee in Ceylon zu transportieren. Das Schiff trägt den Namen *Leviathan*. Es wird zur Zeit auf der Isle of Dogs auf der Themse gebaut. In zwei Wochen reise ich mit der Familie ab, um es mir anzuschauen.«
Orry spielte nachdenklich mit seinem Bart. »Es mag sein, daß du wei-

tere Ferien in Großbritannien brauchst, aber ich bin nicht sicher, ob die Mains ein neues Schiff brauchen.« Er klopfte mit dem Zeigefinger auf die Zeichnung. »Du willst dieses Monstrum doch nicht etwa bauen lassen —?«

»O doch. Ich schlage vor, daß die Main-Werft in Charleston errichtet wird — und zwar eigens für den Bau der *Star of Carolina,* damit es als amerikanisches Flaggschiff vom Stapel gelassen werden kann.«

Orry füllte zwei Gläser mit Whiskey und reichte eins seinem Bruder. »Hast du deshalb das Land auf James Island gekauft?«

Cooper lächelte. »Genau.«

Orry kippte die Hälfte seines Whiskeys hinunter und sagte dann in einem etwas sarkastischen Ton: »Es ehrt mich, daß du glaubst, unsere Familie könne ihren Wohlstand vermehren, während alle andern untergehen. Die Arbeitslosigkeit nimmt zu — George sagt, daß er eine Rezession, ja sogar einen wirtschaftlichen Zusammenbruch befürchtet — und du willst ein neues Frachtschiff bauen!«

»Das größte in Amerika«, stimmte Cooper nickend zu. Er trat ruhig und sicher auf. Er hatte gelernt, mit dem Widerstand anderer Leute umzugehen, auch mit demjenigen seiner Familie.

»Das Schiff wird in kurzer Zeit — durch den Transport von Baumwolle und vielen anderen Dingen — selbsttragend sein«, fuhr er fort. »Ich weiß, daß uns harte Zeiten bevorstehen, aber sie werden nicht ewig dauern, und wir sollten unsern Blick in die Zukunft richten. Betrachte nur einen Augenblick den Stand der einheimischen Schiffsindustrie. Die Klipper wurden ja nur der Geschwindigkeit wegen gebaut; jeder wollte der erste bei den Goldminen sein, und zum Teufel mit der Ladekapazität — das war doch die vorherrschende Haltung. Nun gibt es kein Gold mehr, und es werden auch keine Klipper mehr gebaut. Diejenigen, die immer noch gebraucht werden, sind in einem desolaten Zustand. Ihre Frachtkapazität ist für das, was unsere Farmer und Fabrikanten alles verschiffen wollen, viel zu gering. Ich sage dir, Orry, als seefahrende Nation sind wir in dieser Hinsicht hoffnungslos im Rückstand. Die Gesamttonnage Amerikas auf den Ozeanen beträgt neunzigtausend Registertonnen. Diejenige von Großbritannien ist beinahe sechsmal größer. Die *Star of Carolina* kann diesen Rückstand aufholen helfen. Und noch eins: Die Werft wird sowohl Charleston als auch dem ganzen Staat zugute kommen. Wir brauchen unbedingt eine Industrie, die nicht von der Sklaverei abhängig ist.«

Lachend — wie hätte er sich angesichts eines solchen Feuereifers anders verhalten können? — hob Orry die Hand hoch. »Einverstanden. Du hast mich überzeugt.«

»Sicher?«

»Vielleicht nicht völlig, aber genug, um dich zu fragen, wieviel diese Schönheit denn kosten soll.«

Das Funkeln in Coopers Augen erlosch. »Wenn ich aus Großbritannien zurück bin, werde ich genauere Zahlen haben. Vorläufig kann ich mich bloß auf die Vorausberechnungen von Brunel stützen. Die Eastern Steam Navigation Company schätzt, daß die *Leviathan* umgerechnet — vier Millionen kosten wird.«

Während sich Orry vom Schreck zu erholen versuchte, holte Cooper tief Atem. »Oder mehr.«

»Bist du verrückt geworden, Cooper? Auch wenn wir unser ganzes Hab und Gut verpfändeten, könnten wir kaum die Hälfte davon zusammenbringen.«

Cooper entgegnete ruhig: »Ich habe vor, George wegen der andern Hälfte anzufragen.«

»Jetzt, da die Stahlindustrie in Schwierigkeiten steckt? Du bist von Sinnen.«

»George ist ein guter Geschäftsmann — wie du. Ich glaube, er wird die langfristigen guten Aussichten sehen und nicht nur die kurzfristigen Risiken.«

Orry war sich bewußt, daß dies eine Herausforderung war. Er fand die Idee seines Bruders phantastisch und aufregend und gar nicht so abwegig, wie dies seine anfängliche Reaktion hätte glauben machen können. Er war jedoch nicht gewillt, dem Vorhaben unverzüglich zuzustimmen.

»Ich brauche Zahlen. Realistische Voranschläge über Frachtkapazität, Kosten, zukünftige Erträge. Ich werde mit keinem einzigen Bankier Kontakt aufnehmen, bevor ich nicht über diese Informationen verfüge.«

Cooper war zufrieden. Strahlend sagte er: »Zwei Wochen nach meiner Rückkehr hast du sie. Vielleicht auch schon früher. Es hat mal eine Zeit gegeben, da wurden in Charleston kleine Schiffe gebaut. Eine

neuerwachte Industrie könnte die Rettung für diesen Teil des Staates bedeuten.«
»Vom Ruin der Mains reden wir lieber nicht«, fügte Orry hinzu. Aber er lächelte.

Cooper kam mit seiner Familie in Bristol an und stieg dort in die Great Western Railway um. Der Zug verließ den Bahnsteig unter dem riesigen Balkendach des Temple-Meads-Bahnhof, den Brunel entworfen hatte. Die Breitspureisenbahnlinie war zweihundert Kilometer lang und führte über die Backsteinbögen der Maiden-head-Brücke, die von Brunel gebaut worden war und als Meisterwerk galt. Dann wurde der Paddington-Bahnhof angefahren, der vor zwei Jahren vom Prinzgemahl offiziell eröffnet worden war. Auch dieser Bahnhof mit dem angrenzenden Paddington-Hotel war Brunels Werk. Da Brunel Mitglied des Verwaltungsrats des Hotels war, hatte sich Cooper entschlossen, dort abzusteigen. Er stellte fest, daß ihnen eine viel größere Suite zugewiesen wurde, als abgemacht worden war — und dies zum gleichen Preis.
Isambard Kingdom Brunel war nun in seinem fünfzigsten Altersjahr; ein rastloser, phantasievoller Mann, der nie ohne einen Zylinder ausging und dauernd eine Zigarre im Mundwinkel hatte. Nicht all seine Ideen waren gut. Er wurde heftig angegriffen, weil er für die G.W.R. ein Breitspurgleis gewählt hatte, so daß Züge von andern Eisenbahnlinien, die seine Gleise kreuzten, nicht darauf fahren konnten. Doch in seinen grandiosen Zukunftsvisionen war er den meisten anderen Ingenieuren weit voraus. Cooper fiel dies erneut auf, als ihn der kleine Ingenieur zur Werft seines Partners, Scott Russell, an die Themse mitnahm.
Die *Leviathan* war der Grund dafür, daß die Millwall Werft zur größten Touristenattraktion Europas geworden war. Rund um das Baugelände herum waren auf der sumpfigen Isle of Dogs Kaffeestände und aus Segeltuch und billigem Holz errichtete Souvenirbuden aus dem Boden geschossen. Jede nur erdenkliche Art von Kitsch wurde verkauft: Miniaturmodelle des fertigen Schiffs, Lithographien, ein *Leviathan*-ABC für Kinder. Doch jetzt — an einem Wochentag mit schlechtem Wetter — machten die Läden kein allzu großes Geschäft. Der achtzehn Meter hohe doppelte Schiffsrumpf ragte in den regen-

grauen Himmel. Zwischen dem Innen- und Außenrumpf befand sich ein meterbreiter Zwischenraum. Die beiden Rümpfe waren fest verstärkt. Das Schiff würde mit sechs Masten, fünf Schornsteinen und zwei Motoranlagen, eine für das Schaufelrad und eine für die riesige Schraube, ausgerüstet werden. Es wurde so gebaut, daß es seitwärts in die Themse gelassen werden könnte, denn seine große Länge verunmöglichte einen normalen Stapellauf.

»Wir hoffen, daß es in einem Jahr fertig ist; vorausgesetzt, ich kann meinen Plan für die Helling ausführen und die Zusammenarbeit mit Mr. Russell wird wieder besser. Es ist nun völlig klar, daß sein ursprünglicher Kostenvoranschlag für den Rumpf und den Motor des Schaufelrads leichtsinnig und unverantwortlich war.«

Brunel kaute auf der kalten Zigarre herum. Trotz seiner augenfälligen Enttäuschung über seinen Partner war sein Stolz, als er den Blick über den riesigen Kiel wandern ließ, offenkundig. Er zeigte mit der Zigarre auf einen Teil des äußeren Rumpfs, der schon fertig war und zentimeterdicke Platten aufwies.

»Die *Leviathan* wird dreißigtausend solcher Platten brauchen, bevor sie fertig ist. Und drei Millionen Nieten. Zu Spitzenzeiten hämmern zweihundert Leute die Nieten ein.«

Cooper nahm seinen alten Kastorhut ab, damit er das Stahlmonstrum über ihm besser sehen konnte. Regentropfen fielen ihm ins Gesicht. »Ich will auch so eins bauen. Nur kleiner. In Charleston. Ich hab' ja auch schon die *Great Britain* kopiert.«

»Und gar nicht schlecht. Ich kenne die Zeichnungen. Aber das, was Sie eben sagten, war wohl als Witz gemeint, Cooper. Ich hatte schon immer den Eindruck, daß Sie sehr intelligent sind, aber auch die Annehmlichkeiten des Lebens zu schätzen wissen. Sie wollen doch nicht Ihre Freunde, Ihre Familie und Ihr ganzes Vermögen für ein solches Abenteuer hingeben?«

»Ich weiß, daß Risiken damit verbunden sind. Enorme Risiken. Aber ich kann dem Drang einfach nicht widerstehen. Ich will das Schiff nicht nur aus eigennützigen Gründen bauen. Ich bin sicher, daß es für den Süden von großem Nutzen sein kann, und zwar zu einer Zeit, da der Süden diese Hilfe bitter nötig haben wird.«

»Ich bin mir der zunehmenden Isolation der Südstaaten in Handel und Politik bewußt«, sagte Brunel mit einem Kopfnicken. »Die Sklavereigegner sind sehr aktiv. Nun, wenn es Ihnen wirklich ernst ist, zeige ich Ihnen meine Zeichnungen und Berechnungen. Ich brauche Ihnen wohl nicht zu sagen, daß meine Pläne vielerorts auf Argwohn stoßen. Die *Leviathan* ist das erste Schiff der Geschichte, das keine Rippen aufweist, und meine Gegner behaupten, daß es sich in der Mitte krümmen und auseinanderbrechen wird —«

»Ich glaube Ihnen mehr als Ihren Kritikern.«

Der Ingenieur lächelte. Als er die großen, vierzylindrigen Schrauben, die er der James-Watt-Gesellschaft in Auftrag gegeben hatte, beschrieb, schienen seine eigenen negativen Gefühle diesem Unterfangen gegenüber kleiner zu werden. »Hier ist noch der Paddelschaft. Vierzig Tonnen schwer. Das größte einteilige Stück, das je von Menschenhand geschweißt wurde.«

Als sie durch den Nieselregen gingen, sprach er mit immer größerer Begeisterung. Ganze Scharen von Krähen hockten auf den verlassenen Souvenirbuden. Die Segeltuchstoffe flatterten im Wind. Arbeiter winkten Brunel von ihren Gerüsten aus zu, aber er bemerkte es meistens nicht, denn er redete viel und schnell; so schnell, daß Cooper kaum mehr in der Lage war, Notizen zu machen.

Am nächsten Tag hatten sich Cooper und Brunel über den Kostenvoranschlag der *Leviathan* unterhalten wollen. Cooper verschob jedoch das Treffen kurzfristig und jagte einer neuen Fährte nach — diesmal für George Hazard.

Die Jagd wurde von einer Schlagzeile im *Mail* ausgelöst. Die Zeitung war schon mehrere Wochen alt. Cooper hatte die Zeitung auf einem Tisch in der Vorhalle ihrer Hotelsuite entdeckt und wollte sie schon fortwerfen, als ihm die Schlagzeile in die Augen stach:

BESSEMER FORDERT AMERIKANISCHES PATENT AN

Cooper, der sich mit Erfindern und Erfindungen auskannte, war der Name sofort ein Begriff. Henry Bessemer, ein erfolgreicher Erfinder, war vor allem durch die Entwicklung einer Methode zur genauen Berechnung der Flugbahn von Kugeln, die aus einem Gewehr mit glattem Lauf abgefeuert wurden, bekannt geworden. Er hatte diese Arbeit während des Krim-Kriegs mit der Unterstützung und Ermutigung des französischen Kaisers Napoleon III. ausgeführt.

Was sollte er in Amerika patentieren lassen? Zwei kurze Abschnitte

gaben Auskunft darüber. »Guter Gott, wie phantastisch!« rief Cooper.
Judith kam aus dem Salon. »Ist etwas nicht in Ordnung?«
»Ganz im Gegenteil. Schau dir das an! Ein Kerl namens Bessemer behauptet, ein schnelleres Verfahren zur Stahlherstellung aus Roheisen gefunden zu haben. Er will das Patent in Amerika anmelden. Ich frage mich, ob George das weiß. Ich muß unbedingt Informationen für ihn sammeln!« Und das war auch der Grund, weshalb er das Treffen mit Brunel verschob. Cooper ließ Bessemer verschiedene Mitteilungen zukommen, in denen er um eine Unterredung bat. Der Erfinder antwortete nicht.
»Das ist nicht überraschend«, sagte Brunel einige Tage später. »Bessemer behauptet, er sei dazu gedrängt worden, seine Erfindung zu früh bekanntzugeben.«
»Auf welche Art hat er sie denn bekanntgemacht?«
»Er hielt einen recht langen Vortrag vor der 'Gesellschaft zur Förderung der Wissenschaft'. Die *Times* druckte ihn *in toto* ab.«
»Wann?«
»Ich glaube, irgendwann im August.«
»So weit bin ich nicht zurückgegangen.«
Cooper schrieb dem Erfinder noch einmal, Brunel auch. Das gab den Ausschlag: Bessemer antwortete Cooper, meinte jedoch, er könne ihm nicht mehr als zehn Minuten seiner Zeit widmen.
Brunel hatte eine hervorragende Begabung für schöpferisches Denken, für Ideen, die nicht patentiert werden konnten und die er gern mit andern teilte. Henry Bessemers Erfindungsgabe fand ihren Niederschlag in speziellen Geräten oder Verfahren, die geschützt werden mußten — sollten sie ihm nicht gestohlen werden. Bessemer machte auf Cooper den Eindruck eines mißtrauischen, abweisenden Mannes.
»Ich habe die Sache zu früh angekündigt. Wie ein Rudel wilder Wölfe sind sie über mich hergefallen. Sie bekämpfen mich und gehen aufeinander los, um einen Teil meiner Entdeckung zu bekommen. Die Stahlhersteller von Sheffield verhöhnen mich, aber sie können ja gar nicht anders. Im Augenblick brauchen sie zwei Wochen, um ein wenig Tiegelgußstahl aus Roheisen zu gewinnen. Wenn ich in einer halben Stunde fünf Tonnen Stahl herstellen kann, sind sie erledigt.«
»Was können Sie mir über Ihr Verfahren sagen, Mr. Bessemer?«

»Nichts. Ich habe der Öffentlichkeit oder Ihnen bereits alles Nennenswerte mitgeteilt. Auf Wiedersehen, Mr. Main.«

Cooper war bereits einer der Gründe für Bessemers abweisende Haltung bekannt: Er hatte Probleme mit dem Verfahren. Als er sich wieder durch alte Zeitungen kämpfte, fand Cooper den Artikel in der *Times* und erfuhr mehr über die Kontroverse rund um den Erfinder. Er schrieb alles heraus, was seinen Freund in Lehigh Station interessieren könnte.

Bessemer war auf seine Entdeckung gestoßen, als er mit Minié, dem Rüstungsexperten von Napoleon III., am Problem der Kugeldrehung gearbeitet hatte. Als äußerst neugieriger Mensch wurde er von andern Aspekten der Feuerwaffe angezogen und sann darüber nach, wie das weiche Gußeisen, das damals zur Herstellung von Kanonenkugeln verwendet wurde, ersetzt werden könnte. Seine Nachforschungen auf diesem Gebiet gaben den Anstoß zum Verfahren, hochwertigen Stahl in großen Mengen herzustellen. Gleichzeitig entwickelte Bessemer die dazu notwendige Anlage: einen eiförmigen Konverter — ein hydraulischer Apparat, der aus sicherer Distanz bedient werden konnte und einen sauerstoffreichen Luftstrahl über das Roheisen blies.

Theoretisch war das Verfahren verblüffend einfach, aber das war bei vielen bahnbrechenden Erfindungen der Fall. Einen Monat, nachdem Bessemer seine sensationelle Entdeckung gemacht hatte, ließ er das Verfahren bei verschiedenen Firmen für Tausende von Pfund patentieren. Einen Monat später stempelte ihn die Presse als Scharlatan ab. »Ein brillanter Meteor, der über den metallurgischen Horizont sauste, um danach in der Finsternis zu verschwinden.«

Als Cooper in England angekommen war, hatte sich der Ärger der Öffentlichkeit schon gelegt. Bessemer glaubte immer noch an sein Verfahren und versuchte es in Amerika patentieren zu lassen, aber die englischen Stahlhersteller waren hinter ihm her, vor allem diejenigen, die ihn finanziell unterstützt hatten. Die Qualität des Stahls war nicht zufriedenstellend. Bessemer war besessen davon, die Ursache herauszufinden, und arbeitete nun Tag und Nacht in seinem Laboratorium. Der Grund für den Fehlschlag schien im hohen Phosphorgehalt des in Großbritannien geschürften Erzes liegen. Ohne es zu

wissen, hatte der Erfinder bei seinen Experimenten schwedisches Erz verwendet; ein Erz, das praktisch frei von Phosphor war.
Hartnäckigen Gerüchten zufolge hatte ein unbekannter Stahlhersteller in Wales einen Weg gefunden, um das Verfahren doch noch nutzbar zu machen. Anscheinend beabsichtigte er, es als seine eigene Methode patentieren zu lassen. Es war also nicht verwunderlich, daß sich Bessemer bedrängt fühlte und in Panik war. In nur drei Monaten war er kometenhaft aufgestiegen, berühmt geworden und dann im Nichts verschwunden.
Cooper war dennoch von diesem Mann beeindruckt und glaubte an Bessemer, nicht zuletzt deshalb, weil die Hersteller aus Sheffield den Erfinder und die theoretische Grundlage seines Verfahrens weiterhin öffentlich verurteilten. Immer, wenn eine Idee derart vehement bekämpft wurde, war etwas Wahres daran.
Cooper hörte nicht damit auf, Artikel aus alten Zeitungen herauszuschneiden. Er sammelte alles in einer dicken Mappe und fügte seine eigenen Notizen hinzu. Er beabsichtigte, George die Mappe gleich nach seiner Rückkehr nach Amerika zu übergeben.
»Schließlich«, sagte er zu Judith, als sie auf dem Weg nach Southampton waren, um von dort aus nach Hause zu reisen, »ist es nicht schlecht, wenn ich ihm erst einen Gefallen erweise, bevor ich ihn um zwei Millionen für mein Schiff bitte.«

42

»Wie heißt eigentlich dieser mysteriöse Knabe, der Bessemers Retter ist?« fragte Stanley Hazard.
Der Tonfall, in dem die Frage gestellt worden war, drückte nicht nur Skepsis, sondern auch Hohn aus. Einen leichten Hohn, zugegeben — die gegenwärtige Situation gebot ja wohl Höflichkeit —, aber doch Hohn. Cooper empfand eine gleichermaßen starke Verachtung für Stanleys Engstirnigkeit wie für seine blasierte Miene; mit jedem Jahr wurde sein Gesicht einer Schüssel überlaufenden Haferbreis ähnlicher.
Er konnte seine Wut nur unter Kontrolle halten, weil er an den

Hauptzweck seines Besuchs dachte. »Ich weiß es nicht, Stanley. Seine Gießerei befindet sich in Wales, aber sonst ist nichts bekannt.« Er schob die dicke Mappe über den Tisch. »Alles, was ich herausfinden konnte, steht hier drin.«

Cooper hatte Judith und die Kinder in New York auf einen Dampfer nach Charleston verfrachtet und war dann geradewegs nach Lehigh Station gekommen. Er war mitten in der Nacht eingetroffen und hatte ein Zimmer im Station House genommen. Das Hotel befand sich eine Häuserreihe vom Bahnhof entfernt und war kurz nach der Verlängerung der Eisenbahnlinie bis nach Lehigh Station gebaut worden. Es war klein, aber in jeder Hinsicht modern. Jedes Hotelzimmer verfügte über eine Badewanne in einem kleinen Nebenzimmer, und überall gab es Gaslampen.

Nach einem reichlichen Frühstück hatte Cooper George einen kurzen Brief geschrieben, ihm seine Ankunft mitgeteilt und George und seinen Bruder zum Abendessen eingeladen. Eigentlich wollte Cooper Stanley den Plan seines Schiffes nicht zeigen, aber er hatte das Gefühl, es tun zu müssen. Die Entscheidungsgewalt über alle Ausgaben, die direkt mit dem Hazard-Eisenwerk zusammenhingen, lag zwar bei George, aber das Schiff wäre ja eine Art Investition, die zudem so hoch war, daß es George mit großer Wahrscheinlichkeit nicht wagen würde, seine Einwilligung zu geben, ohne zuvor seinen Bruder um Rat zu fragen.

George blätterte immer noch in den Zeitungsausschnitten und Notizen herum. »Das erinnert sehr stark an das Verfahren von Kelly!«

Cooper aß die letzten Krümel des Kuchens aus dem Teller, der vor ihm stand. »Wer ist Kelly?«

George informierte ihn über den Stahlhersteller aus Kentucky. »Aber wenn Bessemer schon einen Antrag für ein amerikanisches Patent gestellt hat —«

»Hab' ich dir das nicht gesagt?« unterbrach ihn Cooper. »Er hat es schon bekommen, bevor ich aus London abgereist bin.«

»Dann ist es ziemlich sicher zu spät für Kelly. Auf jeden Fall«, George war die Zigarre ausgegangen; er zündete ein Streichholz an und paffte, »werde ich unverzüglich zwei Plätze auf einem Dampfer buchen. Constance kann sich die französischen Kathedralen ansehen, während ich mich um diese Angelegenheit kümmere.«

Stanley sagte: »Ich finde, du bist ein Narr, wenn du das Risiko —«
»Welches Risiko? Meine Zeit? Der Preis für eine Reise? Mein Gott, Stanley, wenn du im Geschäftsleben nicht ins Hintertreffen geraten willst, kommst du nicht um Risiken herum. Wieso begreifst du das nie? Stell dir mal vor, die Hazards würden das amerikanische Patent für das Bessemer-Verfahren bekommen! Stell dir mal den Gewinn vor, wenn wir die ersten auf dem Markt wären!«
»Gewinn — oder Verlust«, konterte Stanley. »Es ist doch eine Tatsache, daß der mit diesem Verfahren gewonnene Stahl qualitativ immer noch unbrauchbar ist.«
George schlug aufgebracht mit der Faust auf den Tisch. »Was zum Teufel geht dich das eigentlich an! Ich werde die Reise aus meiner eigenen Tasche bezahlen.«
Stanley lehnte sich zurück und lächelte. »Ich muß sagen, daß ich dagegen nichts einzuwenden habe.«
George preßte die Lippen zusammen, atmete tief ein und wandte sich dann Cooper zu. »Ich möchte Bessemer gern kennenlernen. Vielleicht ist er mir gegenüber weniger mißtrauisch, weil ich ja aus dem Eisengeschäft komme.«
Cooper lächelte etwas gezwungen. »Das ist ziemlich unwahrscheinlich. Fast die gesamte Eisenindustrie Großbritanniens macht sich über ihn lustig.«
»Was glaubst du, wissen die, was wir nicht wissen?« fragte Stanley seufzend und stand auf.
George nahm die Zigarre aus dem Mund und starrte seinen Bruder durch eine Rauchwolke an. »Stanley, ich weiß, es ist schon Jahre her, seit du dich zum letztenmal anständig benommen hast. Versuche dich wenigstens an deine guten Manieren zu erinnern, die du mal hattest, bevor du dich mit den Politikern eingelassen hast. Cooper hat uns mit seinem Besuch einen großen Dienst erwiesen. Die Höflichkeit gebietet es, daß wir ihn zumindest anhören. Du wolltest doch noch etwas *anderes* besprechen, nicht wahr?«
»Ja«, sagte Cooper. Widerwillig setzte Stanley sich wieder auf seinen Platz.
Mit gemischten Gefühlen bückte sich Cooper nach seiner Tasche. Er haßte es, seine Zeichnung der *Star of Carolina* in dieser vergifteten Atmosphäre vorzuzeigen.

Er rückte Teller und Besteck zur Seite und rollte dann die schon ganz schmuddelige und zerknitterte Zeichnung auf. Ernst und langsam setzte er zum Sprechen an. Zuerst beschrieb er die Besonderheiten seines Projekts. Begeistert sprach er von der großen Kapazität und der vielseitigen Verwendbarkeit des Frachtraums. Schließlich gab er bekannt, daß er das Schiff in Charleston bauen wolle. Zum Schluß sagte er:

»Unsere Familie verfügt über etwas Kapital, aber es reicht nicht ganz für ein Vorhaben solchen Ausmaßes. Wenn sich die Hazards beteiligen würden, dann könnten wir sofort damit beginnen. Ich bin sicher, daß beide Familien gute Aussichten auf einen Gewinn hätten. Vielleicht sogar auf einen sehr großen.«

Stanley überflog die Zeichnung nochmals mit einem spöttischen Blick. »Was meinen die Banken dazu?«

»Ich habe noch keine Verbindung mit einer Bank aufgenommen. Ich wollte euch zuerst eine Chance geben.« Er wandte sich an George: »Natürlich gibt es gewisse Risiken —«

Stanley kicherte und ließ eine spöttische Bemerkung fallen. George konnte das Wort *Untertreibung* hören. Er warf seinem Bruder einen vernichtenden Blick zu. Stanley saß zurückgelehnt, mit verschränkten Armen und halbgeschlossenen Augen da.

George sagte: »Du hast alles schon genau erklärt, Cooper. Aber ich kenne mich auf diesem Gebiet viel zu wenig aus, um deinen Vorschlag beurteilen zu können. Ich verstehe überhaupt nichts vom Schiffbau.«

»Alles, was ich darüber weiß, habe ich mir selbst angeeignet«, erwiderte Cooper. »Ich habe vor, die besten Schiffsbauingenieure nach Charleston zu holen —«

Er redete noch weitere zehn Minuten, hätte sich die Zeit und den Atem jedoch sparen können. Die Arme immer noch verschränkt, sagte Stanley: »Ich bin dagegen. Ich würde nicht einen Pfennig da reinstecken.«

Cooper machte ein langes Gesicht. George spielte an einem Eselsohr der Zeichnung herum. Dann setzte er sich aufrecht hin, straffte die Schultern und fragte den Besucher:

»Wieviel brauchst du?«

»Für den Anfang?« Etwa zwei Millionen.«

Der ältere Bruder schnaubte und stand abermals auf. George starrte ihn wutentbrannt an. »Um Himmels willen, Stanley, sei endlich ruhig. Es war ein Irrtum von mir, dich mitzunehmen. Ich werde mein eigenes Geld investieren. Ich werde meine Grundstücke verpfänden, und wenn das nicht geht, verkaufe ich sie eben. Niemand wird auch nur im geringsten dein kostbares Vermögen anrühren.«
Bestürzt fragte Stanley: »Woher hast du Grundstücke, die zwei Millionen wert sind?«
»Ich bin nicht ganz sicher, ob sie wirklich so viel wert sind. Ich muß die Bankiers fragen. Aber ich habe eine Menge Geld, von dem du keine Ahnung hast. Ich hab's erwirtschaftet, während du damit beschäftigt warst, dich bei Boss Cameron einzuschmeicheln. Jedem das Seine«, sagte er achselzuckend. Sprachlos vor Erniedrigung ließ sich Stanley wieder auf den Stuhl fallen.
George streckte Cooper die Hand hin. »So sind wir denn also Geschäftspartner. Das heißt, wir fassen die Möglichkeit, Partner zu werden, ins Auge. Ich brauche ungefähr eine Woche Zeit, um herauszufinden, ob ich das Geld für das Projekt auch wirklich auftreiben kann.«
»Du bist leichtsinnig«, explodierte Stanley. »Du bist schon immer leichtsinnig gewesen.« Er beugte sich zu Cooper vor. »Wie lange dauert es denn, bis dein großartiges Schiff geplant und fertiggestellt wird? Fünf Jahre? Zehn?«
»Drei. 1860 wird es seetüchtig sein.«
»Fein«, sagte Stanley schnippisch, »dann kann es ja das Flaggschiff eurer neuen Nation im Süden werden. Der Staat, von dem all die Verräter deines Staats reden.«
Er griff nach Hut, Stock und Mantel. George sagte: »Sein Freund Cameron liebäugelt mit den Republikanern. Stanley bemüht sich nun, die Parteirhetorik in den Griff zu bekommen.«
Damit handelte sich George erneut einen haßerfüllten Blick von Stanley ein, der mit dem Stock auf die Zeichnung zeigte und sagte: »Das Ding ist ein Witz. Ihr werdet euch beide in den Ruin stürzen. Ihr werdet euch noch an meine Worte erinnern.«
Er stolzierte hinaus. George seufzte. »Er hat sich nicht einmal für das Abendessen bei dir bedankt. Wenn er nicht mein Bruder wäre, würde ich ihm den Hals umdrehen.«

Cooper grinste und hielt die zusammengerollte Zeichnung hoch. »Mach dir nichts draus. Wir schaffen es ohne ihn.«

In weniger als zwei Wochen hatte George Grundstücke im Wert von einer Million neunhunderttausend Dollar für den Bau der *Star of Carolina* verpfändet.

Fünfzigtausend Dollar in Form eines Wechsels und der gleiche Betrag der Mains würde genügen, um die ersten Ausgaben zu decken, wie zum Beispiel die Vermessung des Gebiets auf James Island, die Freilegung des Geländes und ein Depot auf einem Sperrkonto, das dem Dreijahreslohn eines Mannes entsprach, wegen dem Cooper extra nach Norden gefahren war, um ihn von der Black-Diamond-Gesellschaft abzuwerben. Der Mann hieß Levitt Van Roon; er war einer der bedeutendsten Schiffsbauingenieure des Landes. Es dauerte nicht lange, bis Cooper Van Roon und seine Familie nach Charleston gebracht hatte. Danach schickte er Van Roon nach England, um die Millstone Werft zu besuchen und sich mit Brunel zu unterhalten. Dann mußte ein Vertrag, welcher die Carolina Marine Company inkorporierte, sowie ein Abkommen über die Teilhaberschaft zwischen den Mains und George Hazard vorbereitet werden. Für diese Arbeit ging Cooper zu Ashtons Gatten; Huntoon war zwar teuer, dafür aber ein Fachmann. Cooper war mit dem siebenundzwanzig Seiten starken Dokument einverstanden und übergab es Orry, der es George schickte.

Einige Wochen später sagte Orry zu seinem Bruder: »George hat den Vertrag zerrissen.«

»Mein Gott, will er aussteigen?«

»Nein, nichts dergleichen. Er ist der Ansicht, daß ein Vertrag nicht nötig sei. Er sagte, der Handschlag zwischen euch beiden genüge.«

»Und auf dieser Basis vertraut er mir beinahe zwei Millionen Dollar an?«

Orry nickte und amüsierte sich über die Reaktion seines Bruders. Cooper verstand nun besser denn je, wieso Orry diesen kleinen, stämmigen Mann aus Pennsylvania so sehr schätzte und achtete.

Im Frühling des Jahres 1857 beendete Billy seinen kurzen Aufenthalt in Fort Hamilton. Er hatte dort dem dienstältesten Offizier geholfen,

Reparaturen an einer mit dreiundzwanzig Kanonen bestückten Redoute auszuführen. Außerdem hatte er noch ein Projekt in eigener Regie durchgeführt.
Eigentlich konnte man es nicht gerade ein Projekt nennen — im Pulvermagazin der Battery Morton sollten zwei Stockwerke und eine Decke ausgebessert werden. Doch Billy hatte alle Berechnungen selbst durchgeführt, die Pläne angefertigt und sechs zivile Arbeiter beaufsichtigt, die alle mindestens zehn Jahre älter und oft sehr streitsüchtig waren. Sie kümmerten sich keinen Deut um seinen Rang, begannen ihn aber zu respektieren, nachdem er einen Streit geschlichtet und sich gegen den Anführer der Gruppe in einem zweiminütigen, brutalen Boxkampf behauptet hatte.
Billy liebte die Farbenpracht und die Geschäftigkeit von New York. Als Yankee fühlte er sich dort zu Hause. Aber er spürte, daß sein Herz nun für den Süden schlug, und hoffte, daß ihn sein nächster Auftrag dorthin bringen würde. Zum Beispiel auf Cockspur Island im Savannah-Fluß. Oder — was noch besser wäre — in die Festungen im Hafen von Charleston. Aber zu seiner Enttäuschung schickte ihn die mysteriöse Armeebürokratie ins Landesinnere, wo er in die Fußstapfen eines Riesen treten würde.
Ungefähr zwanzig Jahre zuvor hatte man Robert Lee, der mit großer Wahrscheinlichkeit General Scotts Nachfolger wurde, mit einem Gehilfen nach St. Louis geschickt, wo er sich um ein Problem im Zusammenhang mit dem Mississippi kümmern sollte. Das Westufer des Flusses versandete immer mehr und behinderte die Schiffahrt nach St. Louis.
Lee, damals bei den Pioniertruppen, war der Ansicht, daß lange Deiche gebaut werden müßten, um das Problem zu lösen. Er errichtete am oberen und unteren Ende von Bloody Island, einer langgestreckten Sandbank auf der Illinois-Seite, je einen Deich. Zweieinhalb Jahre seines Lebens widmete Lee dieser und andern Verbesserungen am Flußbett in der Nähe. Als er seine Arbeit beendet hatte, leiteten die Deiche die Strömung so um, daß sie den angehäuften Sand wegspülte und den Dampfschiffkanal auf der Seite der Stadt genügend vertiefte.
Die Stadt war Lee für seine Arbeit sehr dankbar, und zusammen mit seinen mutigen Taten im Mexikokrieg führte dies dazu, daß er beina-

he zu einer legendären Figur emporgehoben wurde. Nun wurde Brevetleutnant Hazard, auch wieder mit einem Gehilfen, nach St. Louis versetzt, um die Deiche zu reparieren — ein wesentlich einfacherer, aber deswegen nicht weniger einsamer Auftrag als derjenige von Lee.
Billy schrieb Brett, daß er sich im Grenzland wie in der Verbannung fühle. Aber einen Vorteil hatte es: Er brachte immer noch einen Teil seines Soldes auf die Bank; ihren Heiratsschatz, wie sie dies in ihren häufigen und äußerst sentimentalen Briefen nannten. Brett versprach ihm, ihn in St. Louis zu besuchen, falls sie Orry davon überzeugen konnte, sie zu begleiten.

Charles schloß die Akademie als Drittletzter der Klasse von 1857 ab. Er bestellte Uniformen mit gelben Aufschlägen, steckte das Zeichen der Kavallerie daran und ging auf Urlaub nach Hause. Er war zum Zweiten Kavallerieregiment in Texas eingeteilt worden, eines der neugeschaffenen Regimenter. In dieser Einheit waren so viele Südstaatler von West Point, daß sie »Jefferson Davis' Eigenmarke« genannt wurde, was nicht immer als Kompliment aufzufassen war.
Als Ashton hörte, wo Charles einrücken mußte, reagierte sie ähnlich wie Billy: »Das ist ja am Ende der Welt. Dort gibt es ja nichts als Staub, Nigger und rote Wilde.«
»Unsinn, Ashton. Dort sind Texaner, Spanier — und das beste berittene Regiment der Armee, unter dem Kommando von Robert Lee. Lee hat Freunden in der Akademie einen Brief geschrieben und gesagt, Texas sei wunderschön. Er hat einen Garten und hält sich eine Klapperschlange als Haustier. Ich glaube, ich werde dasselbe tun.«
»Ich hab' schon immer gewußt, daß du verrückt bist«, sagte sie, während ihr ein kalter Schauder den Rücken hinunterlief.

43

Mit einem Dampfer aus New Orleans fuhr Charles nach Indianola an der Küste des Golfs von Texas. Von dort aus ging es mit der Postkutsche weiter nach San Antonio, dem Hauptquartier des Regiments

und dem Sitz des texanischen Heeresministeriums, das vorübergehend ebenfalls unter dem Kommando von Lee stand.
Texas war ein für Charles völlig neues Erlebnis, weil es landschaftlich völlig anders war als alles, was er bisher gekannt hatte. Es gab weder Berge wie am Hudson noch üppig wuchernde, feuchte Landstreifen wie im Tiefland von South Carolina. Texas war flach oder von sanften Erdwellen durchzogen, der brennenden Sonne und wilden Winden ausgesetzt, tropisch heiß im Sommer und eiskalt im Winter. Etwas in seinem Innern fühlte sich unmittelbar von der Weite und dem damit verbundenen Gefühl der Freiheit angezogen. Ihn dünkte, ein Mensch könne sich hier voll entfalten, ohne durch Traditionen und die leeren Verhaltensregeln, die die dichter besiedelten Regionen des Landes beherrschten, eingeengt zu werden.
San Antonio lag am Fluß mit demselben Namen. Die Stadt bildete eine merkwürdige, aber dennoch faszinierende Mischung dreier verschiedener Kultureinflüsse, auf die Charles zuerst durch die Architektur aufmerksam wurde. Auf der holprigen Fahrt mit der Postkutsche durch die Vororte fielen ihm die adretten, einstöckigen Häuser aus quadratischen, weißen Kalksteinen auf, die alle ein Schildchen mit dem aufgemalten Namen des Eigentümers aufwiesen. Es handelte sich in der Mehrzahl um deutsche Namen. Später schlenderte er in der Commerce Street an Läden mit sowohl deutschen als auch englischen Namen vorbei. Die Amerikanersiedlung befand sich ganz in der Nähe; solide Backsteinbauten, zwei- oder dreistöckig und mit Holzzäunen umgeben. Und dann gab es natürlich noch die Häuser aus ungebrannten Ziegeln mit dem klaren quadratischen Grundriß und dem typischen Flachdach. Alles in allem mochte er die Stadt ebenso sehr wie den Staat. Die Leute wirkten freundlich und vermittelten den Eindruck, daß das Leben sie gut behandelt hatte und daß sie deshalb vertrauensvoll in die Zukunft blicken konnten. Charles begegnete einer Menge verwegen dreinblickender, schwer bewaffneter Gesellen, aber vor allem gefielen ihm die dunkelhäutigen Spanierinnen.
Bevor er sich bei Lee zur Stelle meldete, bürstete er sorgfältig den Staub von seiner blaßblauen Hose und der exakt sitzenden dunkelblauen Jacke. Er polierte sämtliche Messingknöpfe auf Hochglanz und zupfte die schwarzen Straußenfedern auf seinem Hardee-Hut zu-

recht — dem grauen breitkrempigen Filzhut der Kavallerie, der 1855 bei der Armee eingeführt worden war. Die linke Seite des Hardees war hochgekrempt und wurde von den Krallen eines Metalladlers festgehalten.
Nachdem Charles dem Gehilfen von Lee seine Papiere übergeben hatte, einem lustigen Polen namens Leutnant Radziminski, wurde er vom Regimentskommandanten empfangen. Lee bat ihn, Platz zu nehmen. Die Septembersonne durchflutete den weiß getünchten Raum. Durch die geöffneten Fenster strömte trockene, frische Luft herein.
Lee war formell und doch herzlich. »Schön, Sie wieder zu sehen, Leutnant. Sie sehen gut aus. Die Akademie scheint Ihnen also gut bekommen zu sein.«
»Jawohl, Sir. Ich bin gern dort gewesen, obwohl ich gestehen muß, daß ich im Studium nicht besonders gut abgeschnitten habe.«
»Hier draußen sind andere Eigenschaften mindestens so wichtig. Hier muß man reiten können und die Fähigkeit haben, Unbequemlichkeiten zu ertragen. Und hier müssen Sie in der Lage sein, Männer verschiedenster Herkunft zu führen.« Hinter Lee hing eine große Karte von Texas. Sämtliche Armeeposten waren mit Nadeln und Fähnchen gekennzeichnet. »Dort, wo man Sie hinschicken wird, setzen sich die Truppen hauptsächlich aus Männern aus Alabama und Ohio zusammen. Natürlich haben wir auch noch ein Einwandererkontingent im Regiment. Übrigens —«
Charles Neugier war nicht befriedigt: Er hatte seinen Bestimmungsort noch nicht erfahren. »Mein Neffe leistet im Regiment Dienst.«
»Ja, Sir, ich weiß.«
»Sie und Fitz waren Freunde —«
»Gute Freunde! Ich freue mich, ihn wiederzusehen.«
Lee nickte und überlegte kurz. »Ich muß Ihnen ferner mitteilen, daß General Twiggs demnächst eintreffen und das Kommando über den Bezirk übernehmen wird. Major George Thomas wird das Regiment übernehmen und das Hauptquartier wieder nach Fort Mason verlgen. Ich kehre nach Virginia zurück.«
Charles versuchte, seine Enttäuschung zu verbergen. »Ein neues Kommando, Sir?«
Ernst schüttelte Lee den Kopf. »Mein Schwiegervater ist gestorben,

und ich muß Urlaub nehmen, um einige Familienangelegenheiten zu regeln.«

»Mein herzliches Beileid, Sir. Ich bedaure, daß Sie von hier fortgehen.«

»Danke, Leutnant. Ich habe vor, sobald wie möglich zurückzukommen. Mittlerweile werden Sie mit Major Thomas einen fähigen Kommandanten haben. Er hat 1840 abgeschlossen.«

Er sagte das so, als wolle er Major Thomas mit einem Gütestempel versehen. Charles lernte nach und nach, daß die Offiziere, die die Akademie besucht hatten, zu einer Klasse gehörten, die sie von all jenen Offizieren, die nicht in West Point abgeschlossen hatten, trennte. Lee entspannte sich, und sein Tonfall wurde etwas formell. »Wir haben hier nur wenige Pflichten zu erfüllen, aber eine jede hat ihre Bedeutung: das Überwachen der Postkutschen und der Auswandererzüge, Aufklärungsdienste und natürlich die Unterdrückung eines eventuellen Indianeraufstands. Die Bedrohung durch die Indianer ist nicht so überwältigend, wie unsere Stückeschreiber und Romanciers es die leichtgläubigen Oststaatler glauben machen möchten, aber sie ist auch nicht ganz aus der Luft gegriffen. Ich vermute, daß Ihnen der Dienst hier gefallen und eine Herausforderung für Sie darstellen wird.«

»Das glaube ich auch, Oberst. Texas gefällt mir bereits ganz gut. Man kriegt hier ein Gefühl der Freiheit.«

»Mal sehn, ob Sie immer noch dieser Ansicht sind, wenn Sie mal einen Blizzard erlebt haben«, antwortete Lee mit einem Lächeln. »Aber ich kann verstehen, was Sie meinen. Letztes Jahr habe ich ein Buch von einem Mann namens Thoreau gelesen. Ein Satz ist in meinem Gedächtnis haften geblieben. 'Niemand ist glücklicher in der Welt als Menschen, die frei einen weiten Horizont genießen.' Dies trifft sicherlich auf den Siedler zu. Vielleicht können damit auch die vielen Unruhen und Konflikte in unserem Land erklärt werden? Oh, aber ich hab' Ihnen ja noch gar nicht gesagt, wo Sie hinkommen werden.«

Er stand auf, trat vor die Landkarte hin und deutete auf eines der Fähnchen etwa vierhundert Kilometer nördlich von San Antonio.

»Camp Cooper am Brazos-Fluß. Zwei Meilen flußaufwärts vom Penateka-Reservat der Komantschen. Ihr Truppenkommandant ist ebenfalls ein West-Point-Absolvent, der jüngst aus Washington dorthin abkommandiert wurde. Sein Name ist Hauptmann Bent.«

Charles bezog für die Reise nach Camp Cooper seine Ausrüstung und ein gutes Pferd, einen Rotschimmel. Er würde mit dem Zahlmeister des Bezirks und dessen Verband nach Norden reiten. Als er am Vorabend der Abreise auf dem Weg zum Abendessen war, begegnete er Oberst Lee und Major Thomas auf der Straße. Lee lud ihn ein, sie zum Plaza Hotel zu begleiten. Charles dankte beiden älteren Offizieren für die Einladung und marschierte neben ihnen her.

Das heiße, feuchte Wetter hatte — sozusagen über Nacht — einen neuen Schwarm von Fliegen und Moskitos mit sich gebracht. Im Eßsaal des Hotels standen überall schwarze Jungen, die die Insekten mit Palmwedeln zu verscheuchen versuchten. Charles dachte mit einem etwas schlechten Gewissen an zu Hause. Obwohl er immer noch ein loyaler Südstaatler war, hatten die vier Jahre West Point ihn doch neuem Gedankengut ausgesetzt und seine Denkweise leicht verändert. Er neigte nun zur Ansicht, daß die Wirtschaft des Südens auf einem morschen Fundament ruhe, das, würde es nicht von äußeren Kräften hinweggefegt, eines Tages zusammenbrechen mußte.

Lee und Thomas unterhielten sich fröhlich über die verschiedensten Themen: das Indianerproblem; die neue Infanterietaktik von Major Bill Hardee, welche diejenige von General Scott ablöste; ein Pferderennen, das von einem Hauptmann aus South Carolina namens Nathan Evans aus Marion gewonnen worden war.

Schließlich kamen sie auf das Wetter zu sprechen. »Texas bringt das Temperament unsrer Männer voll zur Geltung«, sagte Lee. »Warten Sie mal, bis Sie in dieser Hitze zwanzig oder dreißig Tage hintereinander patrouillieren müssen!«

»Und dabei zehn diebische Komantschen auf Tausenden von Quadratkilometern suchen müssen«, fügte Thomas hinzu. Der Major war von einem etwas kräftigeren Körperbau als Lee, zurückhaltender in seiner Art und etwa vierzig Jahre alt. Sein stilles Auftreten und auch das gelegentliche Aufblitzen seiner stahlblauen Augen ließen auf einen starken Willen schließen. Er kam wie Lee aus Virginia.

»Wenn die meisten Komantschen in Reservaten leben, weshalb stehlen sie denn?« fragte Charles.

Lee gab eine etwas weitläufige Antwort. »Wir haben versucht, Farmer aus den Komantschen des Südens zu machen, aber ich glaube, daß sie sich temperamentmäßig nicht dafür eignen. Und abgesehen davon, hat sich das Wetter etwa ein Jahr lang gegen uns verbündet. Nichts als Dürre. Ihre Ernten sind also samt und sonders verdorrt, was bedeutet, daß sie kein Geld haben. Aber wie alle Menschen haben sie Bedürfnisse: Tabak, Messer, Wolldecken. Es gibt einige gewissenlose Leute, die mit ihnen Handel treiben. Sie stammen meist aus Indianerterritorien. Einige sind auch Comancheros aus Neu-Mexiko.«
Charles, der immer noch nicht ganz verstand, fragte: »Aber wenn die Komantschen kein Geld für ihre Ernten bekommen haben, womit handeln sie denn?«
»Mit Pferden.«
»Gestohlenen Pferden«, berichtigte Thomas. »Der Vorgänger von Oberst Lee war der Meinung, daß man den Indianern mit Härte begegnen müsse, mit Patrouillen, Verfolgungen und Bestrafungen. In letzter Zeit verfolgt Washington jedoch eine etwas passivere Politik. Wir haben Befehl, nichts zu unternehmen, bis es zu einem Aufruhr kommt, bis die Komantschen auf einen weißen Siedler losgehen, der unglücklicherweise über einige Pferde auf der Koppel verfügt. Erst dann treten wir in Aktion und senden Stoßgebete zum Himmel, in der Hoffnung, daß der Weiße noch nicht von ihnen ermordet worden ist.«
Lee betrachtete nachdenklich sein Wildbretsteak. »Man kann die Schuld nicht nur bei den Komantschen suchen. Wir haben ihnen schließlich Land für die Besiedlung weggenommen, und dann haben wir das Wild vertrieben, von dem sie sich ernährten. Wir sind also zum Teil mitverantwortlich dafür, daß sie nichts haben und deshalb stehlen.«
»Sagen Sie das um Himmels willen nie zu Gouverneur Houston!« sagte Thomas mit einem traurigen Lächeln.
Aber Charles sah bloß die Abenteuerseite: eine Jagd zu Pferd mit rasselnden Säbeln. Er freute sich, daß man ihn zum Zweiten Kavallerieregiment und nicht zu irgendeiner langweiligen Einheit in einem sicheren Landesteil abkommandiert hatte.

Sechsmal pro Jahr machte der Zahlmeister sich auf den Weg nach sämtlichen Forts in Texas, den Sold jedes einzelnen Soldaten sorgfältig unter Verschluß. Er reiste in einem Eselsfuhrwerk, begleitet von einem Proviantwagen und sechs Kavalleristen unter dem Kommando eines Sergeants.

Die berittenen Männer waren Dragoner in der orangefarbenen Uniform. Charles, der mit ihnen ritt, fühlte sich der stillen Verachtung ausgesetzt, die man einem Anfänger entgegenbrachte. Die Dragoneruniformen und ihr Pferdegeschirr sahen bereits recht abgeschossen aus; bei Charles hingegen war noch alles brandneu.

Die Dragoner waren die ersten Reitergruppen Amerikas gewesen und wurden nun nach und nach durch die Kavallerie — die leichte Kavallerie ersetzt. Wie auch das andere berittene Regiment, verfügte das zweite nicht über schwerbewaffnete Soldaten wie dies zum Beispiel in Europa der Fall war. Überdies sollte das zweite Regiment zu Pferd kämpfen und nicht zu irgendeinem Schlachtfeld reiten und dann absteigen. Die Dragoner fühlten sich durch diesen neuen Stil des berittenen Kampfes, der offensichtlich die Zustimmung von Kriegsminister Davis fand, bedroht, und sie machten keinen Hehl aus ihrem Groll. Abgesehen von den militärischen Höflichkeitsfloskeln ließen sie Charles während der ganzen Reise links liegen.

In Fort Mason feierten er und Fitz Lee, der immer noch so sorglos und fröhlich und respektlos wie früher war, ihr Wiedersehen mit Jubel und Alkohol. Sie gingen die meisten West-Point-Männer des Regiments durch: Evans aus South Carolina; Earl Van Dorn aus Mississippi; Kirby Smith aus Florida; John Hood aus Kentucky; Bill Hardee aus Alabama, der seinen Namen während seiner Dienstzeit beim Zweiten Dragonerregiment für die neuen Hüte hergegeben hatte. Kein Wunder, warfen die Kritiker Davis vor, daß er ein Eliteregiment geschaffen habe, das ausschließlich aus Gentlemen des Südens bestehe.

Kurz bevor der Lohnzug sich wieder auf den Weg machte, sagte Fitz zu seinem Freund: »Nimm dich vor deinem Truppenkommandanten in acht! Er ist erst seit kurzem hier draußen, hat aber bereits einen schlechten Ruf!«

»Ist er unfähig?«

»Nicht unbedingt. Verlogen. Man kann ihm nicht über den Weg trauen. Sei vorsichtig!«

Charles sann über die Warnung nach, als er im Staub, den der Proviantwagen aufwirbelte, dahinritt und ab und zu seinen Rotschimmel tätschelte und ihm liebevolle Worte zuflüsterte; er hatte ihn zu Ehren seines Heimatstaates Palm getauft.
Der heiße Südwestwind trieb ihm Streusand in den Nacken. Innerhalb von zehn Minuten wechselte er die Richtung um genau 180 Grad, pechschwarze Wolken verdüsterten den Himmel, die Temperatur stürzte, und der gefürchtete Nordsturm ließ einen Regenguß mit Hagelstücken über ihn niedergehen, die so groß waren, daß sein Gesicht aufgeschürft wurde und zu bluten anfing.
Eine Stunde später schien die Sonne wieder. Die schlammige Straße vor ihnen wand sich bis zum zusehends klarer werdenden Horizont durch eine sanfte Hügellandschaft. Als die Reiter aus einem Tal mit regenglitzernden Nußbäumen auf eine Anhöhe mit schweren Eichen kamen, hoppelte ein Weißschwanzkaninchen vor den Schimmel. Lerchen trillerten in den Eichen.
Charles lächelte wieder; sein altes, keckes Lächeln. Seine Uniform war völlig durchnäßt, aber das machte ihm nichts aus. Das ungestüme, wechselhafte Wetter kam seinem Abenteuersinn entgegen, und von Minute zu Minute liebte er Texas mehr.

Von einer Anhöhe oberhalb der Flußgabelung stieg die Gesellschaft des Zahlmeisters in ein liebliches grünes Tal hinunter, das sich nordwärts erstreckte, bis es sich schließlich im gleißenden Dunst der Mittagshitze verlor. Charles hatte kaum je einen schöneren Ort gesehen. Die gewundenen Mesquitebäume und die verkrüppelten Feigenbäume trugen ihren Teil zur wilden Schönheit bei.
Doch das grüne Aussehen des Tals war eine optische und perspektivische Täuschung. Die von der Hitze verdorrten Blätter der riesigen Ulmen am Fluß bewegten sich kaum in der schwülen Luft. Die Gruppe ritt an Melonen- und Erbsenfeldern vorbei, die wie Pergamentpapier aussahen. Ab und zu begegneten sie Indianern, die von einer staubigen Furche aus die Soldaten traurig oder gelangweilt anblickten.
Hinter den ausgedörrten Feldern erblickte Charles die erste Indianersiedlung — etwa zweihundert mit roten und gelben Zeichen und Symbolen bemalte Hütten. Das Dorf erweckte einen Eindruck überwältigender Armut.

Von den Feuerstellen stiegen Rauchsäulen auf, und der Geruch von gebratenem Fleisch vermischte sich mit demjenigen von menschlichen Abfallprodukten. Kinder lachten und spielten, ausgemergelte Hunde streunten überall herum, und etwa ein halbes Dutzend Männer wirbelten eine riesige Staubwolke auf, als sie sattellos durch die Siedlung ritten. Sie achteten jedoch darauf, daß sie der Gruppe von Soldaten nicht zu nahe kamen, wie Charles bemerkte.
Noch etwa zwei Meilen, und er würde absteigen können. Er war schweißgebadet, und obwohl seine Hose auf der Innenseite vorschriftsmäßig durch ein Stück Leder verstärkt war, waren seine Oberschenkel wundgescheuert. Als er Camp Cooper schließlich sichtete, kam es ihm wie das Paradies vor, obwohl es sich lediglich aus vierzehn primitiven Gebäuden aus Stein, Baumstämmen, Schindeln und ungebrannten Ziegeln zusammensetzte.
Der Posten war in der Form eines losen, verkehrt stehenden L angelegt. Auf dem Exerzierplatz vor dem Flaggstock übten Infanteristen lustlos die Handhabung von Waffen. Charles erinnerte sich daran, daß zwei Kompanien der Ersten Infanterie wie auch eine Schwadron der Zweiten Kavallerie hier stationiert waren.
Die Abteilung des Zahlmeisters kam an einer kleinen Bäckerei mit einem Schindeldach vorbei. Zwei schwitzende Bäcker standen mit nacktem Oberkörper im Schatten einer Wand und bewegten bloß ihre Pfeife zum Gruß auf und nieder. Gerade als der Duft von frischgebackenem Brot in den Geruch von Stallmist überging, ritt der Dragonersergeant neben Charles.
»Dort sind die Ställe, Sir. Die beiden Holzgebäude.«
Charles erwiderte den militärischen Gruß und trabte weiter. Er lenkte sein Pferd in das nächstbeste Gebäude, das an beiden Enden offen und abgesehen von Pferden leer war. Einen Augenblick später tauchte ein hoch aufgeschossener Mann mit weit ausholenden Schritten am andern Eingang auf.
Er trug verblichene Kordhosen und ein gemustertes Flanellhemd. Von der linken Hüfte hing ein Messer und von der rechten eine Holster-Pistole — wie die 1848er Colts von den Kavalleristen genannt wurden. Charles besaß ein ähnliches Modell, ein .44-Kaliber mit einem herrlichen Griff aus Walnußholz und einem Abzug aus Messing. Er hatte sich noch zwei zusätzliche Annehmlichkeiten auf

eigene Kosten geleistet: einen abnehmbaren Schulterschaft mit einem Tragriemen sowie einen Lauf mit einer dekorativen Gravierung, die Dragoner im Kampf mit Indianern darstellte. Der Revolver eines Kavalleristen war eine kostbare und höchst persönliche Waffe.
Der Mann blickte Charles prüfend an. Er war um die vierzig Jahre alt und hatte ein längliches, freundliches Gesicht mit einem kupferroten Bart. An beiden Ohrläppchen trug er Messingringe im Piratenstil. Offenbar ein Zivilist, der irgendwie zum Indianerreservat gehörte, vermutete Charles. Oder vielleicht der Marketender des Champs? Charles stieg vom Pferd und wandte sich brüsk an ihn:
»Führen Sie mich bitte zum Büro des Adjutanten!«
Der Mann zeigte ihm die Richtung. Aus irgendeinem unerklärlichen Grund fingen seine Augen plötzlich zu glühen an.
»Wo kann ich Hauptmann Bent finden?«
»In seinem Quartier. Er hat einen schweren Ruhranfall.«
Müde und irritiert schlug sich Charles mit Palms Zügeln gegen das Bein.
»Wer ist dann für die K-Kompanie zuständig?«
»Ich, Sir.« Der Blick war vernichtend. »Oberleutnant Lafayette O'Dell.«
»Ober-?«
»Stehen Sie stramm, Sir!«
Auf diesen Tausende von Malen in West Point gehörten Befehl hin nahm Charles automatisch die korrekte Haltung an. Er salutierte mit rotem Gesicht.
O'Dell ließ sich mit dem Gegengruß Zeit. Er betrachtete Charles mit einem — wie Charles das auffaßte — feindseligen Blick. »Bitte um Entschuldigung, Leutnant«, stotterte Charles. »Ich bin —«
»Der neue Unterleutnant«, unterbrach ihn O'Dell. »Hab' Sie erwartet. Von der Akademie?«
»Ja, Sir. Ich hab' im Juni abgeschlossen.«
»Nun, der Hauptmann war auch auf der Akademie. Wir haben einen richtigen Club von Akademieabsolventen hier im Regiment. Bedaure, ich bin nicht Mitglied dieses verdammten Clubs. Ich bin ein einfacher Farmerssohn aus Ohio, der von Ackergäulen zu Kavalleriemähren aufgestiegen ist. Der Hauptmann ist nicht sehr erpicht auf den Truppendienst, schon gar nicht hier. Aber ich hab' nichts dagegen

einzuwenden. Wenn Sie wollen, daß die Männer sie respektieren, tun Sie besser daran, sich auch damit zufrieden zu geben.«
»Das werde ich, Sir.« Charles verschluckte die Worte beinahe und gab sich ebenso große Mühe, seinen Ärger und seine Verlegenheit hinunterzuschlucken.
»Etwas möchte ich Ihnen noch über den Dienst in Texas sagen: Sie tun gut daran, sich entsprechend zu kleiden. Dieser hübsche Mantel eignet sich nicht besonders für lange Patrouillen, und Ihr Säbel übrigens auch nicht. Die Feinde sitzen nicht wartend herum und lauern auf einen Fechtkampf. Bis Sie dieses Fleischermesser gezogen haben, haben sie Sie schon längst überwältigt und Ihren Skalp gekapert. Der Hauptmann freut sich auch nicht sonderlich über diesen Tatbestand, aber er muß sich damit abfinden.«
Das Temperament ging schließlich mit Charles durch, und mit blitzenden Augen flüsterte er: »Ich danke Ihnen für den Rat, Sir!«
Plötzlich hellte sich O'Dells Miene auf, er kicherte und trat einen Schritt vor.
»Das gefällt mir besser. Ich hatte schon geglaubt, daß man uns einen völlig humorlosen Unterleutnant beschert habe. Warten Sie, ich helfe Ihnen, das Pferd abzusatteln. Dann können Sie sich zur Stelle melden und Hauptmann Bent die Ehre erweisen — vorausgesetzt, er kauert nicht mehr auf seinem Nachttopf. Lachen Sie nicht! Das Wasser hat diese Wirkung bei jedem Neuankömmling.«
Grinsend streckte Leutnant O'Dell Charles seine schwielige Hand hin. »Willkommen im Norden von Texas oder im Süden der Hölle — ich bin mir da nicht ganz im klaren.«
Charles war dankbar dafür, daß der Oberleutnant nicht so grob war, wie es zuerst den Anschein erweckt hatte. Wie alle andern Truppen, verfügte die K-Kompanie bloß über drei Offiziere, und Charles konnte sich mühelos vorstellen, welche Probleme sich ergaben, falls sie einander nicht unbedingt mochten. Daß der Truppenkommandant nicht beliebt war, hatte sich ja bereits zur Genüge herausgestellt.
Bis Palm schließlich abgerieben und mit vollem Magen im Stall stand, hatte Chares eine ganze Menge über O'Dell erfahren. Er war in der Nähe von Dayton, Ohio, geboren und aufgewachsen und hatte mit vierzehn in bezug auf sein Alter geschummelt, um sich als Soldat

anwerben zu lassen. Sein gegenwärtiger Dienstgrad war derjenige eines Brevetleutnants, was für einen Mann, der West Point nicht besucht hatte und in seinem Alter war, einen ganz hübschen Erfolg darstellte.

O'Dell geleitete Charles in die Nähe einer gelblich-braunen Lehmhütte und deutete auf das Quartier des Hauptmanns — eine Tür am andern Ende, von der die spärliche Farbe abbröckelte. Im selben Augenblick galoppierte ein weiterer Trupp mit flatternder rotweißer Standarte in das Camp. Nur drei der Reiter trugen die vorschiftsmäßige Uniform, der Rest sah eher wie O'Dell aus. Charles mußte feststellen, daß ihn niemand darauf vorbereitet hatte, daß man in Camp Cooper saloppe Kleidung trug.

»Was Sie brauchen«, sagte O'Dell, »sind Kleider, die dem Wetter angepaßt sind und in denen Sie sich frei bewegen können. Suchen Sie sich irgendwo etwas zusammen, stehlen Sie es, falls nötig, aber lassen Sie sich um Himmels willen vom Hauptmann nicht davon abbringen.«

»Vielen Dank, Sir. Ich werde mir Ihren Rat zu Herzen nehmen.« Er war beinahe sicher, daß es nicht bei dem einzigen Rat bleiben würde — und täuschte sich nicht.

»Wenn ich Sie wäre, würde ich jetzt sofort zum Hauptmann gehen. Es ist zwar lästig, aber je schneller Sie es hinter sich bringen, desto eher können Sie sich wieder angenehmeren Dingen zuwenden.«

Eine Stunde später, nachdem Charles seine eigene winzige Unterkunft aufgesucht hatte, klopfte er an besagte Tür. Eine mürrische Stimme bat ihn einzutreten.

Das Quartier des Truppenkommandanten bestand aus einem einzigen großen Zimmer. Die der Tür gegenüberliegende Wand war zur Hälfte nichts weiter als ein offenes Fenster mit einem aufgerollten Segeltuch als Rolladen.

O'Dell hatte bereits nicht der typischen Vorstellung eines Kavalleristen entsprochen, aber Hauptmann Bent entsprach dem Bild noch wesentlich weniger. Er war von einer weichen, walroßähnlichen Statur und etwa in Orrys Alter. Er hatte kleine Augen mit einem unsteten Blick und eine rote, mit Blasen bedeckte Haut, die offensichtlich unter der Texassonne nicht braun werden wollte. Charles reagierte von Anfang an mit negativen Gefühlen.

Anstelle eines Uniformrocks trug Bent einen gesteppten Hausmantel, auf dem sich unter den Ärmeln und auf der Rückseite große Schweißflecken abzeichneten.
»Ich bin seit vier Monaten hier«, beklagte sich Bent, nachdem Charles ihn begrüßt hatte. »Und eigentlich sollte ich diese verfluchte Krankheit längst hinter mir haben, aber ich kriege immer wieder einen Rückfall.« Der Hauptmann deutete auf eine Truhe, die mit Büchern überladen war. »Setzen Sie sich doch.«
»Danke, Sir, aber ich möchte lieber stehen. Ich bin heute ziemlich lang im Sattel gesessen.«
»Wie Ihnen beliebt.«
Der Anblick der vielen Bücher hatte eine einschüchternde Wirkung auf Charles — wie auch der merkwürdige Ausdruck in Bents dunklen Augen. Der Hauptmann ließ sich mit einem schweren Seufzer auf den einzig vorhandenen Stuhl nieder. »Es tut mir leid, daß Sie mich in einer solch unangenehmen Situation vorfinden.«
»Der Oberleutnant hat mich schon darauf vorbereitet, Sir. Ich bedaure, daß Sie —«
»Oh, Sie haben O'Dell bereits getroffen«, unterbrach ihn Bent. »Wir stammen beide aus Ohio, aber sonst haben wir nichts gemeinsam. Er gibt ein schönes Vorbild ab, nicht wahr? Der liederlichste Offizier, der mir je über den Weg gelaufen ist. Aber das Schlimmste daran ist, daß ihn alle Männer nachahmen. Major Thomas hat mir mitgeteilt, ich hätte mit einer Meuterei zu rechnen, falls ich die Kleidervorschriften zu streng handhabte. Hauptmann Van Dorn teilte seine Ansicht, und ich wurde praktisch dazu gezwungen, unmilitärisches Aussehen gutzuheißen. Stellen Sie sich das einmal vor!«
Bent brummte einige unverständliche Worte. Unter den Augen hatte er dunkle Ringe, so als ob jemand seine rosarote Haut mit Schmiere bestrichen hätte. Charles räusperte sich.
»Auf jeden Fall, Sir, tut es mir leid, daß Sie krank sind.«
»An diesem gottverlassenen Ort ist sogar Krankheit eine Abwechslung.«
In einem verzweifelten Versuch, die Spannung etwas zu mildern, versuchte es Charles mit einem Witz: »Falls Dysenterie eine Abwechslung sein sollte, so werde ich bald alle Hände voll zu tun haben, wie man mir bereits sagte.«

Ernst entgegnete ihm Bent: »Beten Sie zu Gott, daß Sie nichts Schlimmeres bekommen. Einige der Neuen kriegen jeweils Magengeschwüre. Und es gibt solche, die sich nie davon erholen.«
Er schlenderte zum offenen Fenster, starrte hinaus und wischte sich den Schweiß mit einem Taschentuch vom Hals. »Wir haben die herrlichsten Unterhaltungsmöglichkeiten in Camp Cooper — der Name stammt übrigens vom General, unter dem ich diente, bevor ich das Unglück hatte, in dieses Drecknest zu kommen.« Er drehte sich abrupt um und blickte Charles an. »Wie gefällt Ihnen Texas?«
»Soweit ganz gut.«
»Sie müssen verrückt sein. Moment mal, Sie sind doch Südstaatler, nicht wahr? Nun, das kommt auf dasselbe heraus —« Bent zwinkerte ihm zu. »Na, na, gehen Sie nicht gleich in die Luft, ich hab' mir ja bloß einen Scherz erlaubt.«
»Ja, Sir.« Die Antwort klang gezwungen, nicht sehr überzeugend, aber es ging nicht anders.
Bent kehrte zu seinem Stuhl zurück und ließ sich erneut mit einem Seufzer der Erschöpfung niederfallen. »Wie Sie vielleicht vermutet haben, habe ich den Posten hier nicht beantragt und hasse ihn. Der Dienst bei der Truppe ist nicht unbedingt meine Leidenschaft. Meine Stärke sind Militärwissenschaften.« Er deutete auf die Bücher. »Interessiert Sie das?«
Charles hatte langsam wieder etwas Gesichtsfarbe bekommen. »An der Akademie hatte ich mit dem Fach etwas Mühe, Sir.«
»Vielleicht würde uns beiden etwas Privatunterricht gut tun und Spaß machen.«
Wieder fühlte Charles den durchbohrenden Blick von Bent auf seinem Gesicht; es machte ihn nervös. Die Höflichkeit gebot eigentlich eine Antwort, aber er weigerte sich, mehr als »Ja, Sir, vielleicht«, zu sagen.
»Weiß der Himmel, ein gewisser intellektueller Anreiz ist auf diesem Posten wirklich vonnöten. Der Dienst hier in Camp Cooper setzt sich fast gleichermaßen aus schlechter Ernährung, scheußlichem Wetter, gelegentlichen Einsätzen gegen dumme Indianer und der Jagd auf Deserteure zusammen, die die Einsamkeit oder der Goldwahn davongetrieben haben. Was die Freizeitbeschäftigung anbelangt, so ist die Wahl nicht gerade attraktiv. Die meisten Männer trinken oder

schließen Wetten für Hahnenkämpfe ab. Falls sie sich temperamentmäßig vom Verkehr mit Squaws angezogen fühlen, können Sie sich auch die Syphilis holen.«

Der Hauptmann befeuchtete sich die Lippen. Charles hatte das eigenartige Gefühl, Bent wolle auf diese merkwürdige und umständliche Art erfahren, ob er Frauen mochte. Vorsichtig sagte er:

»Ich glaube nicht, daß ich Zeit dafür haben werde.«

»Schön.« Bent fixierte einen Punkt auf Charles' Kinn. Der jüngere Offizier fand diese Art der Inspektion höchst lästig. »Gentlemen haben andere Mittel zur Verfügung, sich die Langeweile zu vertreiben.« Wieder ein Seufzer. »Ich nehme an, man erwartet von uns, Langeweile und Mühsal ohne Klagen zu ertragen. Wir sind Berufssoldaten, und die Grenze muß verteidigt werden. Ich habe diesen Posten lediglich angenommen, weil eine Absage später unter Umständen gegen mich verwendet werden könnte. Ich könnte mir denken, daß es Oberst Lee nicht anders ergangen ist.«

Was für ein Prahlhans, dachte Charles im stillen. Er fand es überhaupt nicht komisch, sondern eher erschreckend, daß Bent sich mit dem besten Offizier der Armee verglich. Der Hauptmann räusperte sich.

»Ich danke für Ihren Besuch, Leutnant. Ich glaube, ich sollte jetzt ruhen. Ach, übrigens, wußten Sie, daß man die K-Kompanie in und um Cincinnati herum ausgehoben hat? Die Mehrheit der Männer stammt aus Ohio. Wir werden versuchen, Sie nicht zu sehr darunter leiden zu lassen, daß Sie aus einem weniger aufgeklärten Gebiet stammen.«

Charles hätte beinahe etwas Vorwitziges erwidert, konnte aber den Impuls gerade noch unterdrücken. Bent forderte ihn absichtlich heraus, wohl um herauszufinden, wie gut — oder wie schlecht — er sein Temperament unter Kontrolle zu halten vermochte. Was hatte Fitz Lee für einen Ausdruck verwendet? Verlogen. Das traf zu.

»Noch ein kleiner Scherz, Leutnant Main. Sie werden noch merken, daß ich Sinn für Humor habe. Es gibt nur eine Art von Klassenbewußtsein in dieser Truppe: diejenige, die bei der Armee üblich ist. Entweder Sie stellen die Wünsche und Bedürfnisse Ihrer Männer an die erste Stelle oder umgekehrt, diejenige Ihres Kommandanten. Ich brauche Ihnen wohl nicht zu sagen, welche Alternative Ihrer Laufbahn und Zukunft am ehesten förderlich ist. Entlassen.«

Charles salutierte und ging. Als er in das Sonnenlicht hinaustrat und die Tür hinter sich schloß, fröstelte er. Bents Warnung war unmißverständlich gewesen. Würde er bei Bent Speichelleckerei betreiben, ergäben sich nur Vorteile für ihn, wenn er sich hingegen auf die Seite der Männer schlagen würde — und das hieße natürlich auf O'Dells Seite —, würde er zu leiden haben.
Er erinnerte sich an den guten Eindruck, den O'Dell auf ihn gemacht hatte, und wunderte sich darüber, ob der Hauptmann seine Warnung aus einer Haltung der Stärke oder der Schwäche ausgesprochen hatte. Letzteres, vermutete Charles. Wahrscheinlich hatte Bent vor dem Oberleutnant Angst.
Nun, darauf kam es nicht an, denn Charles wußte bereits, wo er stand: nicht auf der Seite der fetten Mißgeburt hinter der schäbigen Tür.

Hübscher junger Mann, dieser Vetter von Orry Main, dachte Elkanah Bent, nachdem die Tür ins Schloß gefallen war. Beinahe zu hübsch. Sein gutes Aussehen könnte ihn, Bent, von seinem Vorhaben ablenken. Aber vielleicht gab es einen Weg, das Angenehme mit der Rache zu verbinden? Man konnte nie wissen.
Stöhnend eilte er hinter die billige Papiertrennwand, die eine Ecke des Raums abschirmte. Zehn Minuten später tauchte er wieder auf und sann darüber nach, wie sehr er Texas haßte. Seit seiner Ankunft in Camp Cooper hatte er fast zehn Kilo abgenommen. Sein Rückgrat und seine Oberschenkel schmerzten permanent von der ewigen Reiterei, obwohl es dank des Gewichtsverlusts langsam besser wurde. Und nun gesellten sich die Darmschmerzen wieder zu seinen sonstigen Plagen.
Und doch — eigentlich war der heutige Tag unter einem günstigen Vorzeichen gestanden. Sein Plan funktionierte.
Der überraschende Befehl, sich nach Texas zu begeben, war ein Schock für ihn gewesen. Er hätte zwar seine Beziehungen spielen lassen können, damit der Befehl geändert wurde, aber er hatte es unterlassen. Er wußte, daß er bei einigen seiner Vorgesetzten einen ungünstigen Eindruck hinterlassen hätte, wenn er dem Befehl nicht nachgekommen wäre. Und das konnte er zum gegenwärtigen Zeitpunkt seiner nur langsam fortschreitenden Karriere nicht brauchen.

Aber der Befehl hatte ihn so stark aus dem Gleichgewicht geworfen, daß er seinem Schreibtisch im Kriegsministerium den Rücken zuwandte und sich kurzerhand auf eine dreitägige Sauftour begab. Er wachte zweimal neben einer Hure auf — eine davon war eine Schwarze. Das dritte Mal entdeckte er mit Überraschung einen Schiffer vom Potomac neben sich, fast noch ein Knabe, und erinnerte sich schwach daran, ihn bezahlt zu haben. Bereits vor langer Zeit hatte Bent heftige Triebe in sich entdeckt, die beinahe so stark waren wie sein Ehrgeiz. An und für sich zog er die Gesellschaft von Frauen vor, doch reizte ihn jeder Körper, der sich ihm anbot.

Nachdem er sich mit dem Gedanken an einen Dienst in Texas versöhnt hatte, machte er sich daran, Vorbereitungen zu treffen, damit der Aufenthalt sich doch noch für ihn lohnen würde. Aus der Liste der West-Point-Absolventen ersah er, daß Brevetleutnant Main zu den berittenen Truppen stoßen sollte. Da im Amt des Generaladjutanten die persönlichen Angelegenheiten aller Armeeoffiziere erledigt wurden, war es für Bent ein Leichtes, die Abkommandierung von Charles Main zur Zweiten Kavallerie zu veranlassen.

Bents Haß auf Orry Main und George Hazard hatte niemals nachgelassen. Und sollte es ihm nicht gelingen, die beiden Männer, die seine Laufbahn beeinträchtigt hatten, direkt zu treffen, so würde er sich eben damit zufriedengeben, Rache an ihren Verwandten zu nehmen — angefangen bei dem jetzt unter seinem Kommando stehenden jungen Offizier.

Er würde den günstigsten Moment abwarten.

44

Wie Bent gesagt hatte, kamen etwa drei Viertel der angeworbenen Männer der K-Kompanie aus Ohio; die übrigen waren Immigranten. Deutsche, Ungarn, Iren — eine für die meisten Armee-Einheiten typische Mischung.

Die Soldaten behandelten O'Dell anders als Charles und den Hauptmann. Gehorsam brachten sie zwar den drei Offizieren entgegen, aber der Oberleutnant genoß zudem auch noch den Respekt und die

Freundschaft seiner Männer. Charles war entschlossen, sich denselben Respekt zu verschaffen. Freundschaft würde sich ergeben, oder auch nicht.

Während der vierten Woche im Lager entdeckte er, daß einer seiner Männer beim Morgengrauen fehlte. Er fand den Soldaten voll wie eine Strandhaubitze im Stall. Charles erteilte ihm den Befehl, erst mal im Wachthaus den Rausch auszuschlafen, aber Halloran fluchte und zog das Messer.

Charles wich dem ungeschickten Hieb aus, entwaffnete Halloran und schubste ihn in den Wassertrog. Halloran kletterte sofort wieder heraus und ging zum nächsten Angriff über. Charles schlug viermal auf ihn ein — zweimal mehr, als wahrscheinlich nötig gewesen wäre. Daraufhin schleppte Charles den Mann höchstpersönlich zum Wachthaus.

Eine Stunde später rief er den ersten Sergeanten der Truppe, den stupsnasigen Zachariah Breedlove, der bereits seit achtzehn Jahren bei den berittenen Truppen im Dienst stand, zu sich.

»Wie geht es Halloran?« erkundigte sich Charles.

»Dr. Gaenslen sagte, er habe sich eine — Rippe gebrochen, Sir.« Das kurze Zögern vor dem Wort 'Rippe' war typisch für Breedloves standesgemäße Unverschämtheit. Der Veteran war älter und hatte wesentlich mehr Erfahrung als die meisten Offiziere — und darüber ließ er auch nie jemanden im unklaren.

Charles rieb sich das Kinn. »Ich hab' wohl etwas zu hart zugeschlagen . . .«

»Nun, Sir, mit Verlaub, Sie haben es hier mit Soldaten und nicht mit Niggersklaven zu tun.«

»Danke für die Erklärung«, sagte Charles eisig und ging.

Später, als er sich beruhigt hatte, wurde ihm die Bedeutung des Zwischenfalls klar. Sergeant Breedlove und zweifellos auch die Mehrheit der andern Männer mißtrauten ihm, weil er ein Südstaatler war. Vielleicht würde es ihm nie gelingen, ihr Vertrauen zu gewinnen? Der Gedanke entmutigte ihn zwar, aber er würde noch nicht aufgeben.

Jeden Morgen um fünf vor sechs wurde die Reveille geblasen. Es machte Charles zur Abwechslung nichts aus, früh aufzustehen. Der Herbst in Texas war herrlich und kühl; der Himmel in der Morgendämmerung so klar und von einem solch reinen Blau, wie er es noch nirgends gesehen hatte. Er hatte auch das Gefühl, noch nie etwas Köstlicheres als das Standard-Frühstück des Kochs gegessen zu haben — heiße Brötchen, Beefsteak, Apfel- und Birnenkompott und der altvertraute Armeekaffee.

Die Truppe verbrachte einen großen Teil ihrer Zeit mit Reit-, Fecht- und Schießübungen wie auch mit der Pflege der Pferde. Kriegsminister Davis, der das zweite Regiment zu einer Eliteeinheit fördern wollte, hatte verfügt, daß jede Kompanie einheitliche Pferde haben sollte. Die K-Kompanie war mit lauter Rotschimmeln ausgestattet, Van Doorns Kompanie mit den Männern aus Alabama mit Grauschimmeln — daher der Name 'die mobilen Grauen'. Es dauerte nicht lange, bis den Männern der K-Kompanie auffiel, wie gut Charles im Sattel war, und sogar O'Dell ließ sich zu einem lakonischen Kompliment hinreißen. Er tat dies in Anwesenheit der ganzen Truppe — ein kleiner, aber wichtiger Fortschritt, wie Charles dachte. Ab und zu mußte eine kleine Abteilung auf einen Hilferuf eines Siedlers einen Ausritt unternehmen, aber dabei stieß man nur selten auf plündernde Indianer. Trotzdem wurden weiterhin Pferde von Siedlern entwendet. Und die von der Armee eingestellten Delaware-Späher stießen immer wieder auf Spuren umherziehender Yamparikas — Komantschen aus dem Norden —, die ständig aus dem Indianerterritorium entwichen.

Der Hauptfeind des Camplebens war immer noch die Langeweile. Charles grub Erde um und legte sich einen Garten an, den er im nächsten Frühling anpflanzen wollte. Dann kaufte er sich noch ein Paar dürrer Hennen und baute ihnen einen kleinen Stall. Und schließlich setzte er sich widerwillig hin, um Orry endlich den längst fälligen Brief zu schreiben. Zu Beginn versuchte er es mit einer Schilderung der Landschaft von Texas, aber er wußte, daß seine Wortwahl und seine literarischen Fähigkeiten eigentlich nicht ausreichten. Er mußte sich über die ersten Absätze so intensiv den Kopf zerbrechen, daß er rasch zum Schluß überging und Orry versprach, im nächsten Brief eine Beschreibung von Camp Cooper und dem eigenartigen Kompaniekommandanten zu liefern.

Da er nicht wie ein Mönch leben wollte, schlief er ab und zu mit einem Indianermädchen. Er fand sie temperament- und liebevoll und

blieb von der Syphilis verschont. Abgesehen davon, nahm er auch — wie es sich für ein Leben in der Armee wohl geziemte — am Lieblingssport der Offiziere teil: Diskussionen.
Sie diskutierten über alles mögliche. Eines der beliebtesten Themen, über das man sich stundenlang ereifern konnte, war der vor zehn Jahren eingeführte Grimsley-Sattel. Albert Sydney Johnston hatte sich dafür eingesetzt, aber die meisten Offiziere schlossen sich Van Doorns Meinung an, der immer wieder betonte, daß der Sattel schuld daran sei, daß so viele Pferde einen wundgescheuerten Rücken bekamen.
Auch das Thema Waffen wurde durchgenommen. Und natürlich das Essen, Trinken und die Frauen. Man unterhielt sich über die Motive der Indianer und den Charakter von Oberst Lee, über den Zweck und die Durchführung der Kampagne von Oberst Johnston gegen die Mormonen und ihren sogenannten 'State of Deseret'. Am hitzigsten wurden die Debatten jedoch, sobald es um politische Fragen ging, wie um den sklavereifreundlichen Verfassungsentwurf von Kansas, der in Lecompton angenommen worden war.
Dieser Verfassungsentwurf gab den Bürgern von Kansas die freie Wahl zwischen einer begrenzten Form der Sklaverei und deren uneingeschränkter Handhabung. Präsident Buchanan unterstützte dieses Vorgehen, während Senator Douglas es scharf verurteilte. Die meisten Nordstaatler von Camp Cooper waren mit seiner Meinung einverstanden. Charles hielt sich aus den Auseinandersetzungen heraus, aber seine Zurückhaltung erwies sich für ihn nicht als von Vorteil. Alle gingen davon aus, daß er die Sklaverei befürwortete.
Er verhielt sich des öfteren so, daß Hauptmann Bent am Schluß der Debatten eine Erklärung abgab, die die vielleicht noch freundliche Atmosphäre endgültig vergiftete und die andern Offiziere dazu veranlaßte, in ihre Teller oder ihre Kaffeetasse zu stieren. Ab und zu bemerkte Charles, daß Bent ihn mit mehr als routinemäßigem Interesse beobachtete. Er fand keine Erklärung für dieses Verhalten, und es beunruhigte ihn.
Am 2. Dezember 1857 kehrte die Truppe bei kühlem Regen von Manövern aus dem nördlichen Teil des Tals zurück.
Charles hatte sich O'Dells Ratschlag zu Herzen genommen und die Dienstuniform im Falle von Felddienst gegen lockere Kleidung einge-

tauscht. Heute trug er einen tief ins Gesicht gezogenen Schlapphut, Hosen aus Büffelleder und einen Wildledermantel. Um den Hals trug er eine Kette aus Bärenklauen.

Bent ritt schlammaufwirbelnd neben ihm. Im allgemeinen verrieten die Blicke des Hauptmanns, daß er gar nicht mit Charles' Kleidung einverstanden war, diesmal jedoch setzte er ein Lächeln auf.

»Ein Feuerchen würde uns gut tun, nicht wahr, Charles?«

Es war nicht üblich, einander mit Vornamen anzureden, und diese Vertrautheit machte Charles nervös.

»Ja, Sir, sehr gut.«

»Wenn Sie Ihr Pferd abgerieben und frische Kleider angezogen haben, könnten Sie ja auf einen Punsch bei mir vorbeikommen? Ich würde Ihnen gerne meine Ausgabe von Jominis *Summary of the Art of War* zeigen. Sie sind doch mit den Konzepten des Barons vertraut, oder nicht?«

»Natürlich, Sir; wir haben sie an der Akademie durchgenommen.« Einige der Kritiker von Professor Mahan waren in der Tat der Auffassung, daß er innerhalb seines Kurses über Kriegswissenschaften viel zu viel Zeit für die Ideen jenes Schweizer Militärtheoretikers aufgewendet habe.

»Na, dann erwarte ich Sie. Wir werden ein herrliches Gespräch haben.«

Charles warf einen kurzen, prüfenden Blick auf Bents nasses Gesicht. Etwas in den Augen des Hauptmanns mahnte ihn zur Vorsicht. Er wußte, daß er höflich bleiben mußte, aber er weigerte sich, auf das Angebot einzugehen.

»Ich danke Ihnen für Ihr liebenswürdiges Angebot, Sir, aber ich befürchte, bei mir ist eine Grippe im Anzug.« Es stimmte; nach der stundenlangen Reiterei in diesem schlechten Wetter fühlte er sich fiebrig.

»Na, dann später. Nächste Woche —«

»Sir —« Er wußte, daß er eigentlich nicht sagen sollte, was er sagen wollte, aber er weigerte sich, auf das Freundschaftsangebot des Hauptmanns einzugehen. »Wenn es Ihnen nicht zuviel ausmacht, möchte ich mich entschuldigen. Ich halte nicht viel von Theorie.«

Der schmeichlerische Glanz in Bents Augen erlosch. »Sehr schön, Leutnant. Sie haben Ihre Meinung klar zum Ausdruck gebracht.«

Er gab seinem Pferd die Sporen und ritt an die Spitze der Kolonne. Ein Blitz erhellte für einen Augenblick den Horizont. Charles fröstelte, als Lafayette O'Dell neben ihn ritt.
»Was wollte er?«
Charles erklärte es ihm.
»Haben Sie seine Einladung abgelehnt?«
»Rundweg. Er hat sich nicht besonders darüber gefreut.«
O'Dell lehnte sich über seinen Sattelknopf, an dem zwei teure Pistolenhalfter befestigt waren. Charles verfügte über ein ähnliches Paar. In dem einen Halfter befand sich sein Colt, im andern ein Reservehufeisen, einige Nägel, eine kleine Bürste und ein Striegel.
»Sie sind klug, daß Sie sich nicht mit dem Hauptmann einlassen«, sagte O'Dell. »Ich nehme an, ich sollte Ihnen etwas über ihn sagen.«
»Was sollten Sie mir sagen?«
»Daß er gewisse Gelüste hat. Starke Gelüste.«
»Haben wir die nicht alle?«
»Nein, nicht von derselben Art — zumindest vermute ich das. Der Hauptmann gibt vor, die Indianer zu hassen, nicht aber die Squaws. Es heißt, er schlafe mit jeder Frau, die sich ihm zur Verfügung stellt. Wenn keine Frau in der Nähe ist, gibt er sich auch mit einem Knaben zufrieden, oder auch mit einem gemeinen Soldaten, der zu dumm oder zu ängstlich ist, um nein zu sagen. Es gibt einige davon im Lager, falls Sie es nicht bemerkt haben sollten.«
»Nein, hatte ich nicht«, sagte Charles und stieß einen Fluch aus.
»Der Hauptmann haßt es, abgewiesen zu werden. Ich vermute, daß harte Zeiten auf Sie zukommen werden.«
Plötzlich warf O'Dell den Kopf zurück, und über sein Gesicht huschte blitzartig ein Ausdruck der Verblüffung. Keiner der beiden Leutnants hatte gemerkt, daß Bent sein Pferd an den Rand des schlammigen Wegs gelenkt hatte und sie von dort aus beobachtete; der Regen tropfte von seiner Schirmmütze und durchnäßte den knielangen Mantel. Sekunden später stand Bent in seinen Steigbügeln und rief: »Trab — vorwärts!«
Die Straße war in viel zu schlechtem Zustand dafür, aber Charles verstand das Motiv für den Befehl. Weil er Bent abgewiesen hatte, sollten alle darunter leiden.

Als Charles einen Tag später auf der Straße von Camp Cooper nach dem Indianerreservat der Komantschen dahinritt, stieß er auf einen Ochsenkarren, der mit einem seiner riesigen Räder im Schlamm steckengeblieben war. Ein alter Indianer, dessen edle Züge unter dem fortschreitenden Alter und der schweren Arbeit gelitten hatten, versuchte vergebens, den Karren zu befreien. Ohne Zögern stieg Charles von seinem Pferd.
»Hallo, kann ich helfen?« Da Charles nicht sicher war, wie gut der Indianer Englisch verstand — wenn überhaupt —, unterstrich er seine Worte mit deutlichen Gesten.
»Geben Sie dem Ochsen ein paarmal die Peitsche, während ich stoße.«
Gleich darauf war das Rad mit einem starken Ruck frei; ein halbes Dutzend Melonen purzelten dabei vom Karren. Gerade als Charles sich wieder zu seinem Pferd begeben wollte, hörte er Reiter hinter sich herankommen. Er bemerkte den Hauptmann, Sergeant Breedlove und sechs Soldaten. Bent und die andern zügelten ihre Pferde.
»Was zum Teufel tun Sie da, Leutnant?« wollte Bent wissen.
»Ich hab' dem Mann geholfen, den Karren aus dem Schlamm zu ziehen.« In seiner Stimme schwang Groll mit; die Situation war offensichtlich.
Sergeant Breedlove warf Charles einen beinahe sympathischen Blick zu. Bent sagte: »Erkennen Sie den Burschen nicht? Katumse ist der Häuptling der Indianer des Reservats! Wir leisten dem Feind keinerlei Hilfe.«
Mit diesen Worten ritt er weiter; die übrigen hinter ihm her. Charles erinnerte sich an O'Dells Prophezeiung. Bents Tadel sowie der Blick, den er Charles zugeworfen hatte, waren Vorboten übler Zeiten.

Von jenem Zeitpunkt an hatte der Hauptmann an allem, was Charles tat, etwas auszusetzen. Er kritisierte ihn vor der ganzen Truppe und erteilte ihm zusätzliche Pflichten. Charles konnte sein Temperament nur mit den größten Schwierigkeiten unter Kontrolle halten; aber er ging davon aus, daß die Schikaniererei gelegentlich aufhören würde, wenn er sich den Befehlen nicht widersetzte und sich nichts anmerken ließe.
Aber es ging weiter, ja, es wurde sogar noch schlimmer. Als er im

Januar von einer Patrouille zurückkam, fand er den Hauptmann wartend im Stall vor. Bent stellte sich neben Palm, fuhr mit dem Zeigefinger unter das wollene, blaue Gurtband und zerrte.
»Der Sattelgurt ist viel zu eng.«
Charles war müde, fror und hatte keine Lust, sich von Bent aufhalten zu lassen. »Er sitzt vollkommen richtig, Sir.«
Ein hämisches Grinsen. »Was? Ungehorsam? Das können wir nicht zulassen. Bevor Sie sich in Ihr Quartier begeben, werden Sie absatteln und dann wieder satteln, sagen wir — zehnmal.«
»Verdammt noch mal, Sir, was soll —?«
Charles biß sich auf die Zunge. Er wußte wohl, was der Zweck der Übung war, aber das konnte er seinem Vorgesetzten unmöglich sagen.
Der Hauptmann schien sich über seinen Ausbruch zu freuen. »Noch mehr Auflehnung? Tun Sie es fünfzehnmal. Ich werde einen Mann zur Beobachtung schicken, der mir anschließend Bericht erstatten kann. Ich denke, Sergeant Breedlove könnte das machen.« Bent war bestens über die Beziehungen der Männer innerhalb der Truppe informiert. Breedlove war bekannt dafür, daß er nicht besonders viel vom Unterleutnant hielt.
Kurz darauf traf der Sergeant im kalten Stall ein, wo Charles eben zwei Laternen angezündet hatte. Zum erstenmal zeigte sich in seinen Augen eine Spur von Mitgefühl.
»Tut mir wirklich leid, Leutnant.«
»Halten Sie den Mund, dann sind wir beide um so schneller fertig«, entgegnete Charles.
Breedlove bemerkte ein kleines Faß, kehrte es um und setzte sich. Seine Miene hatte sich wieder verfinstert. Charles führte seine Strafarbeit mit wütenden Bewegungen aus. Als er über zwei Stunden später fertig war — gegen Ende waren seine Bewegungen vor Erschöpfung langsamer geworden —, zitterten seine Arme und Schultern. Als er den Stall verließ, strauchelte er und fiel hin.
Sergeant Breedlove bot ihm keinerlei Hilfe an.

»Die Butterfield-Kutsche ist schon seit vier Stunden fällig«, sagte Bent und versuchte den heulenden Wind zu übertönen.
Im Kamin des Aufenthaltsraumes flackerte ein gemütliches Feuer aus

dem aromatischen Holz des Mesquitebaums. O'Dell stand vor dem Feuer und wärmte sich die Hände. Er hatte immer noch seinen Pelzmantel an, jenes zottige Kleidungsstück, das die Komantschen dazu bewogen hatte, die Kavalleristen Büffelsoldaten zu nennen.
Der Oberleutnant konnte nicht auf den Mantel verzichten. Das Feuer gab praktisch keine Wärme ab, und es war eiskalt im Raum. Wie kalt mochte es wohl draußen sein? Minus fünfundzwanzig? Gegen Ende des Winters fiel die Temperatur bei diesen Stürmen manchmal sogar noch tiefer.
Bent war aufgestanden. Seine schmalen Augen, in denen sich das Licht mehrerer Öllampen spiegelte, blickten nachdenklich, als er die an die Wand geheftete Landkarte betrachtete. Die jüngst eröffnete Postkutschenlinie stellte eine Verbindung zwischen dem Fort Smith mit El Paso und Kalifornien her. Ein Teil der Linie führte an der Militärstraße südwestlich von Camp Cooper vorbei. Dort irgendwo mußte sich die Kutsche befinden.
»Ich nehme an, daß sie einfach einen Halt eingelegt haben, bis der Sturm vorbei ist«, sagte O'Dell.
»Das ist natürlich die naheliegendste Annahme. Aber wir dürfen uns deshalb nicht in falscher Sicherheit wiegen. Es könnte sich ein Unfall ereignet haben! Die Reisenden sind vielleicht verletzt und brauchen Hilfe? Wir müssen einen Suchtrupp losschicken. Ich habe bereits mit dem Kommandanten gesprochen, und er ist einverstanden.«
»Sir, draußen tobt ein Blizzard! Überall liegt zentimeterdickes Eis. Wir sollten zumindest bis morgen früh warten, bevor —«
Bent unterbrach: »Der Kommandant hat es ganz mir überlassen, den richtigen Zeitpunkt festzusetzen. Der Suchtrupp geht in einer Stunde los.« Er vermied es, O'Dell in die Augen zu blicken, als er hinzufügte: »Zehn Mann. Mit Extrarationen und Whiskey. Leutnant Main führt das Kommando.«

O'Dell war derart verblüfft, daß er es nicht einmal fertigbrachte, einen Soldaten zu Charles zu schicken, um ihn aufzuwecken. Er ging selbst und brauchte volle zehn Minuten, um sich durch den Sturm bis zur Kaserne durchzukämpfen. Charles setzte sich fröstelnd auf, und auf seinem Gesicht spiegelte sich völlige Verwirrung.
»Heute nacht? Um Gottes willen, ist er verrückt?«

»Das würde ich meinen. Aber die Umstände sind natürlich wieder mal sehr günstig für ihn. Die Kutsche ist längst überfällig, und es besteht wirklich die Möglichkeit, daß die Reisenden Hilfe brauchen.«
»Wahrscheinlicher ist, daß sie festsitzen. Oder tot sind. Ich glaube, der Schweinehund will mich umbringen.«
»Bloß weil Sie ihn damals abgewiesen haben?« O'Dell war skeptisch.
»Ich weiß, daß es unsinnig erscheint, aber weshalb sonst wohl?«
Charles schleuderte die Decken und Bettücher beiseite, unter denen er etwas Wärme gesucht hatte. »Es ist mir nicht klar, weshalb er mich unbedingt aus dem Weg schaffen will, aber ich werde ihm, verdammt noch mal, den Triumph nicht gönnen. Und ich werde es auch nicht zulassen, daß er das Leben guter Soldaten aufs Spiel setzt. Ich werde mit dem ganzen Trupp zurückkehren, verlassen Sie sich darauf!«
Seine Stimme klang sicherer, als er sich fühlte. Er zog sämtliche Hemden und Kordhosen übereinander an, die er besaß. Draußen tobte und brüllte der Texas-Blizzard wie ein Irrer.

Um ein Uhr morgens verließen die elf berittenen Soldaten Camp Cooper. Der Eisregen hatte die Pfade trügerisch gemacht, und nach vier Stunden waren sie kaum mehr als zwei Meilen weit gekommen. Sergeant Breedlove bedachte Bent mit allen ihm bekannten Schimpfnamen, und als er sie durch hatte, erfand er neue.
Charles hatte sich einen langen Wollschal um die Ohren und die untere Gesichtshälfte gewickelt. Er hätte genausogut Gaze verwenden können: Sein Gesicht fühlte sich wie ein Holzklotz an. Er konnte kaum die Lippen bewegen, um Befehle zu erteilen.
Seine Männer fluchten und beklagten sich, aber sie hielten durch. Sie folgten einer hinter dem andern hinter Charles, und es war ihnen klar, daß Charles, der an der Spitze ritt, dem Wind und dem trügerischen Terrain noch stärker ausgesetzt war.
Bei Tagesanbruch wechselte der Wind plötzlich nach Südwesten und ließ etwas nach. Die Wolkendecke riß auf und ließ die Strahlen der aufgehenden Sonne durchschimmern. Als sie sich eine halbe Stunde später durch eine Landschaft kämpften, die immer noch wie Glas aussah, krächzte Breedlove: »Schauen Sie mal, Sir, dort auf der Straße!«
Eine dünne Rauchsäule stieg in den sich klärenden Himmel auf. »Ich

mache jede Wette, daß es die Kutsche ist«, sagte Charles mit einer nicht minder heiseren Stimme. »Wahrscheinlich haben sie sie in Stücke geschlagen und angezündet, um sich zu wärmen. Sieht so aus, als ob es etwa anderthalb Kilometer von hier wäre.«
Das traf denn auch zu. Sie benötigten mehr als drei Stunden, um zur Rauchsäule zu gelangen. Die Kutsche lag auf der Seite; zwei Räder und die Türen fehlten. Überreste davon waren noch im Feuer zu erkennen. Als der Trupp beinahe bei der Kutsche angelangt war, rutschte Breedloves Pferd aus und lahmte am linken Vorderlauf.
Die andern Soldaten kümmerten sich um die Überlebenden des Unfalls — den Kutscher, die Wache und drei männliche Passagiere, die reglos auf dem Boden lagen. Charles hörte den Kutscher stockend erklären, daß das Gefährt auf der glatten Eisfläche umgekippt sei. Drei der Pferde lagen erfroren in der Nähe, die andern drei waren in den Sturm hinausgaloppiert und wohl ebenfalls umgekommen.
Charles sah, wie Breedlove sein verletztes Pferd untersuchte. Zögernd bot er dem Sergeanten seinen Revolver an.
»Erschießen Sie ihn. Ich kann es tun, wenn Sie es nicht fertigbringen.«
»Und wie komme ich zum Camp zurück?«
»Genau wie die Passagiere. Sie werden bei jemandem hinten aufsitzen. Bei mir.«
»Leutnant, ich weiß — ich weiß, daß Sie genauso sehr an Palm hängen wie ich an Old Randy. Ein Pferd, das bei diesem Wetter für eine längere Strecke die doppelte Last zu tragen hat, wird so gut wie tot sein — lange bevor wir Camp Cooper wieder erreichen. Wenn Sie mich aufsitzen lassen, dann werden Sie Palm ebenfalls erschießen müssen. Ich reite mit einem der Männer.«
»Verdammt noch mal, ich will keine langen Diskussionen. Ein Mann ist mehr wert als ein Pferd. Sie reiten mit mir.«
Sie stritten sich wie Kinder. Zwei der Soldaten halfen der halb erfrorenen Wache auf ein Pferd. Breedlove starrte den Revolver, dann sein verletztes Pferd an. Er schüttelte den Kopf.
»Ich kann es nicht tun. Wenn Sie es mir abnehmen wollen, werde ich für immer in Ihrer Schuld stehen.«
»Drehen Sie sich um.«
Breedlove kam der Aufforderung sofort nach und blinzelte auf die

sonnenglänzende Eisfläche. Charles hob die Waffe und hoffte, daß der Mechanismus nicht eingefroren war. Jegliche Verzögerung wäre eine Folter für den Sergeanten. Entschlossen drückte er ab. Das Echo verlor sich in der Ferne; Old Randy wieherte schrill auf. Fleischstücke fielen rauchend auf das Eis.

Sergeant Breedlove stand mit gesenktem Kopf da und weinte still.

Eine halbe Meile vor dem Camp brach Palm zusammen, unfähig, auch noch einen Schritt weiterzugehen. Charles blutete das Herz, als er zwei Schüsse abfeuerte. Er und Breedlove gingen den Rest des Wegs zu Fuß; in ihren Stiefeln sammelte sich Blut. Der Arzt teilte Charles mit, daß ihm drei Zehen beinahe erfroren wären.

Er schlief achtzehn Stunden lang. Kurz nachdem er aufgewacht war, kam Breedlove auf einen kurzen Besuch vorbei und entschuldigte sich verlegen.

»Ich hatte Sie völlig falsch eingeschätzt, Leutnant, und es tut mir hundertprozentig leid. Sie haben verdammt viel Schneid an den Tag gelegt, als es darauf ankam. So was hab' ich noch bei keinem der Südstaatler in diesem Regiment erlebt.«

»Und bei Oberst Lee oder Van Doorn?«

»Nein.«

»Nun, glauben Sie mir, es ist bei ihnen in genau demselben Maß vorhanden wie bei andern Männern. Wie bei Yankees zum Beispiel«, fügte Charles mit einem trockenen Lächeln hinzu. »Vielleicht haben Sie nie danach Ausschau gehalten, Sergeant?«

»Ja«, murmelte Breedlove mit puterrotem Gesicht. »Das könnte stimmen.«

An jenem Abend schrieb Charles Orry den schon lange versprochenen Brief. Die Wut, die sich in ihm aufgestaut hatte, schien in dem harten Kratzen der Feder auf dem Papier ein Ventil gefunden zu haben. Nach der Anrede kam er unmittelbar zum Thema.

Ich habe Glück, daß ich überhaupt noch am Leben bin und Dir diesen Brief schreiben kann. Ich will Dir den Grund dafür kurz erklären. Du wirst dies alles recht eigenartig finden, aber glaube mir, ich lüge nicht, wenn ich Dir sage, daß ich beinahe sicher bin, daß mein Kompaniechef mir Schaden zufügen möchte. Er ist der unumstößlichen Meinung, ich bringe ihm nicht die nötige Achtung entgegen und sei ungehorsam. Orry, irgendwie bin ich in die Hände eines ver-

dammten Irren geraten, und da er etwa in Deinem Alter und Akademieabsolvent ist, möchte ich Dich fragen, ob Du ihn zufällig kennst.

Charles hielt inne und tauchte seinen Federkiel erneut in die Tinte. Das flackernde Licht seiner Schreibtischlampe warf unruhige Schatten auf sein blasses Gesicht. In seinen Augen zeigten sich Verwirrung und Zorn, als er hinzufügte:

Sein Name ist Elkanah Bent.

45

Bents Plan war mißlungen. Hoffnungslos. Charles Main hatte nicht nur die Rettungsaktion überlebt, die ihn sein Leben hätte kosten oder ihn zumindest zum Krüppel hätte machen können, sondern war überdies vom Hauptquartier des Department of Texas offiziell gelobt worden. Für die »Durchführung eines humanitären Auftrages unter lebensgefährlichen Bedingungen« hatte der Kommandant ein Ehrenbankett veranstaltet und einen Trinkspruch auf Mains Tapferkeit ausgegeben.

Inoffiziell hatte der Kommandant Bents Beurteilung der Lage und Mut in Frage gestellt.

»Als ich Ihnen die Verantwortung für den Notfall übertrug, Hauptmann, habe ich mir nicht eine Sekunde lang vorgestellt, daß Sie Männer losschicken würden, bevor der Sturm wenigstens etwas nachgelassen hatte. Zudem muß ich festhalten, daß Sie den Suchtrupp nicht selbst anführten, sondern zurückblieben und dies Leutnant Main überließen, der sich somit einer großen Gefahr ausgesetzt hat. Aus einem einzigen Grund will ich keine Staatsaffäre aus diesen Vergehen machen: Dank Main hat sich alles zum Guten gewendet, und es sind keine Verluste von Menschenleben zu verzeichnen. Diesmal stand der Himmel auf Ihrer Seite!«

Die Kritik traf ihn hart, und Bent hörte unverzüglich damit auf, Orry Mains Vetter zu quälen; ja, er gab sich sogar Mühe, ihn — wenn möglich im Beisein von anderen — zu loben. Aber es fiel ihm immer schwer. Eine unmittelbare Folge des Ritts im Sturm war, daß Sergeant Breedlove nun unerschütterlich zu Charles hielt. Da O'Dell Charles ebenfalls unterstützte, stand Bent nun völlig isoliert da. Natürlich machte Bent Charles dafür verantwortlich. Er sah in ihm nicht mehr bloß einen Vertreter der Mains: Er haßte ihn nun ganz persönlich.

Aber etwas hatte Bent bei der ganzen Angelegenheit gelernt: Er würde den Unterleutnant niemals mehr einer Gefahr aussetzen, ohne selber dabeizusein. Er würde mitgehen und irgendeinen Weg finden, Charles persönlich zu erledigen, vielleicht während eines Gefechts. Diese Methode hatte er bereits früher mit Erfolg angewandt.

Doch in den folgenden Wochen sollte sich ihm keine Gelegenheit bieten. An der Grenze zu Texas blieb alles ruhig. Bent mußte sich bald mit einer neuen Sorge herumschlagen. Es fing damit an, daß er eine leichte, aber doch deutliche Änderung in Charles Verhalten bemerkte. Charles verhielt sich seinem Kompaniekommandanten gegenüber zwar weiterhin höflich, aber er hatte es aufgegeben, auch nur den geringsten Anschein von Herzlichkeit zu erwecken.

Hatte Charles herausgefunden, daß Bent sein Feind war? Hatte er Bents Namen in einem Brief an Orry Main erwähnt? Und hatte vielleicht Orry seinem Vetter bereits geraten, auf der Hut zu sein? Es dauerte zwar meistens recht lange, bis die Postsendungen die einzelnen Forts in Texas erreichten, denn der Zustelldienst wurde oft wochen- und sogar monatelang durch schlechtes Wetter im Golf von Mexiko, durch die Aktivitäten feindlich gesinnter Indianer oder schlicht und einfach durch unsachgemäßes Behandeln der Postsäcke hinausgezögert.

Die Tage zogen sich dahin. Bent wartete auf eine Gelegenheit, die sich ihm jedoch nicht bieten wollte, und wurde zusehends frustrierter. Ab und zu hörte man etwas von Indianerüberfällen, aber das Zweite Regiment gab nicht einen Schuß ab, weil man der Plünderer nie habhaft werden konnte. Häuptling Katumse wiederholte immer wieder, seine Leute seien so schmählich behandelt worden, daß nur ein gnadenloser Krieg die einzig mögliche Antwort sein könne. Aber es blieb vorderhand bei den Drohungen.

Im Osten dauerten die Wortgefechte über die Sklaverei an. Senator Douglas wetterte über die Lecompton-Verfassung, welche die Souveränität der Siedler verletze. Senator Hammond aus South Carolina

entgegnete, Douglas' Meinung sei bedeutungslos, die Südstaaten könnten auf eine Zustimmung oder eine Allianz mit dem Norden verzichten. »Die Baumwolle ist unser König!« erklärte Hammond.
In Illinois bereitete sich ein Rechtsanwalt und früherer Kongreßabgeordneter namens Abraham Lincoln darauf vor, Douglas den Senatssitz streitig zu machen. Anläßlich einer Ansprache, die er in Springfield vor den versammelten Republikanern hielt, griff Lincoln die Sklaverei, nicht aber die Sklavenbesitzer an und warnte mit einem Zitat aus Matthäus 12: ». . . kein Haus, das in sich selbst entzweit ist, kann Bestand haben.«
Bent hatte eine Zeitung, die bereits einen Monat alt war, vor sich und las das Zitat immer wieder. Er faßte es nicht als Warnung, sondern als Tatbestand auf. Erst die Sezession und dann der Krieg. Immer wieder schloß er die Augen und stellte sich als siegreichen General auf einem leichenübersäten Schlachtfeld vor. Die Leichen waren eigentlich nur Requisiten, denn er war der von allen bewunderte Protagonist.

Vom ersten Mai bis Mitte Juni traf in Camp Cooper keine allgemeine Postsendung ein, sondern nur offizielle, von Kurieren überbrachte Meldungen. Schließlich wurden mit einigen Proviantwagen doch noch zwei dicke Postsäcke abgegeben. Der eine Postsack war versehentlich erst nach Fort Leavenworth geschickt worden und nun, da er in Texas eintraf, bereits einige Monate alt. In beiden Sendungen befand sich ein Brief von Orry. Charles riß die beiden Briefe ungeduldig auf und mußte dann enttäuscht feststellen, daß der erste Brief im Januar und der zweite Anfang März geschrieben worden war, zwei Wochen bevor Bent die Rettungstruppe in den Sturm hinausgeschickt hatte. Seine Frage in bezug auf den Kommandanten der K-Kompanie blieb folglich noch unbeantwortet.

Im August, mitten in einer neuen Dürreperiode, kam für Bent endlich eine Chance, gegen Charles vorzugehen. Ein Farmer kam voller Angst auf einem Maulesel ins Lager geritten. Der Kommandant ließ Bent zu sich holen und sagte zu ihm:
»Es handelt sich um die Lantzman-Farm, zwei Meilen hinter Phantom Hill.«

Phantom Hill war ein verlassenes Fort, dessen rußige Schornsteine von weitem sichtbar waren. »Ich lebe in der Nähe der Lantzman-Farm«, erklärte der grauhaarige Farmer. »Sie haben Penateka-Komantschen in der Nachbarschaft gesehen und sich eingeschlossen und mich losgeschickt, um Hilfe zu holen.«

»Penatekas, sagen Sie?« Bent runzelte die Stirn. »Indianer aus dem Reservat?«

»Wahrscheinlich gehören sie zu Sanacos Kriegern«, sagte der Kommandant. Sanaco war ebenfalls ein Häuptling, ein Widersacher von Katumse. Er hatte sich geweigert, mit seinem Stamm in das Reservat zu ziehen.

»Haben die Indianer jemanden verletzt?« fragte Bent.

Der Farmer schüttelte den Kopf. »Lantzman vermutet, daß sie sich eine Weile — ein oder zwei Tage — vergnügen wollen, bevor sie seine Pferde stehlen.«

»Ich kann nicht begreifen, weshalb nicht die ganze Familie hierhergekommen ist.«

»Der älteste Sohn der Lantzmans ist ein Krüppel und kann nicht gut reiten. Und der alte Lantzman ist ein Dickschädel. Er glaubt, daß er mit seinen Jungen ein halbes Dutzend Feinde abhalten kann, bis Hilfe kommt. Wenn er fliehen würde, würden die Indianer das Haus wahrscheinlich aus lauter Gemeinheit abbrennen.«

Der Kommandant überließ Bent die Angelegenheit. Nach dem Fiasko mit der Postkutsche gab sich Bent Mühe, sowohl kompetent als auch vorsichtig zu sein. Er täuschte zehn Sekunden lang vor, ernsthaft nachzudenken, und sagte dann:

»Ein halbes Dutzend. Sind Sie sicher, daß Lantzman nicht mehr gesehen hat?«

»Ich bin sicher, Hauptmann.«

Bent hatte keinerlei Grund, die Aussage zu bezweifeln. Die Komantschen tauchten selten in größeren Gruppen auf. Wieder dachte er nach und sagte dann:

»Ich werde zwanzig Mann mitnehmen, einschließlich beider Leutnants und des Aufspürers, Doss.«

Der Kommandant blickte skeptisch. »Sind Sie sicher, daß Sie nicht die ganze Kompanie mitnehmen wollen?«

Für einen Augenblick spürte Bent einen Kloß von Panik im Hals.

Wieder einmal wurde seine Beurteilung der Lage in Zweifel gezogen. Er ergriff die Flucht nach vorn.

»Vierundzwanzig gegen sechs sollte eigentlich ein sicheres Verhältnis sein, Sir. Besonders wenn es sich um Männer wie die meinigen handelt.«

Der leichte Stolz, mit dem das gesagt wurde, gefiel dem Vorgesetzten. Bent ging rasch weg. Er war zwar nicht sonderlich auf einen Kampf erpicht, aber die Tatsache, daß er eine Truppe, wenn auch eine kleine, gegen Komantschen anführte, würde sich in seiner Akte gut ausnehmen. Vielleicht konnte er damit das Postkutschenfiasko wettmachen.

Er sandte seine Ordonnanz auf die Suche nach O'Dell und Main. Er schilderte ihnen die Lage auf der Lantzman-Farm und erteilte ihnen Befehl, in einer Stunde zwanzig Mann mit Proviant für zwei Tage bereitzuhalten. Ein Proviantwagen würde ihnen nachfolgen.

Die beiden Leutnants salutierten und eilten zur Tür. Gerade als Charles hinausging, warf er Bent einen flüchtigen Blick zu. Wie haßte Bent seine stolze Art, sein Verhältnis zu seinen Männern — alles, was ihn betraf. Doch mit ein bißchen Glück würde Main demnächst ins Gras beißen. Bent öffnete die Truhe in seiner Kammer und entnahm ihr seinen brandneuen Wheelock-Armeerevolver. Er hielt den achteckigen Lauf behutsam in der Hand und streichelte ihn, als er an das Gesicht seines Unterleutnants dachte. Wenn die Komantschen unterdessen nicht von der Lantzman-Farm verschwunden sein sollten, würde sich bestimmt die Gelegenheit zu einem gut gezielten, aber scheinbar verirrten Schuß ergeben.

Bent zitterte vor Vorfreude.

Die Zweierkolonne raste in südwestlicher Richtung auf der Straße dahin. Die Landschaft war ausgetrocknet. Seit drei Wochen war nicht ein Tropfen Regen gefallen. Charles beschlich bei dem Gedanken an die Expedition ein ungutes Gefühl. Das Wetter trug noch dazu bei. Wie auch die Abwesenheit von Sergeant Breedlove, der vor einer Woche auf Urlaub gegangen war. Charles war noch nicht mit seinem neuen Rotschimmel vertraut, und das Pferd scheute etwas. Aber der Hauptgrund für sein Mißbehagen ritt an der Spitze der Kolonne. Hauptmann Bent war das einzige Mitglied der Abteilung, das die

vorschriftsmäßige Uniform trug. Alle andern hatten sich dem Klima und der Landschaft gemäß gekleidet. Charles trug sein leichtestes blaues Flanellhemd sowie weiße — im Augenblick noch saubere — Hosen. An seinem Gürtel hingen Colt und Jagdmesser, am Sattel seine zwei Jahre alte Harpers-Ferry-Muskete. Mit einem Schlapphut schützte er sich vor der Sonne.
Charles zweifelte an Bents Fähigkeiten, diese Expedition zu führen. Die Armee hatte noch keine große Erfahrung im Kampf mit Indianern. Professor Mahan hatte im Lauf seines ganzen Kurses nur eine Stunde auf dieses Thema verwendet. Aber es war nicht bloß Bents Unerfahrenheit, die bei Charles Mißtrauen auslöste, sondern seine Bösartigkeit und Verlogenheit, sein maßloser Geltungstrieb. Aus Gründen, die nur der Himmel kennen mochte, war er offensichtlich Bents Zielscheibe.

Die Landschaft, durch die sie ritten, war monoton; flache, ausgedörrte Hügel, Schluchten, ausgetrocknete Flußbetten. Die Sonne hing wie eine dunstige Scheibe am Himmel.
Doss stieß mehrmals auf Spuren von Indianern. Kleine Gruppen, wie er sagte. Die Spuren waren ein oder zwei Tage alt. Charles fühlte sich unwohl bei dem Gedanken, daß sich die Leere der Landschaft als Illusion erweisen könnte.
Nachdem sie am späten Nachmittag einen Halt eingelegt hatten, um die Pferde auszuruhen, ritten sie weiter. Bent hoffte, bis Sonnenuntergang in die Nähe der Lantzman-Farm zu gelangen. Charles schwitzte und hatte genug vom Reiten, aber er wußte, daß Geschwindigkeit eine Notwendigkeit war. Die meisten Männer wußten es, denn es handelte sich hier nicht um Drill, sondern um einen Hilfeauftrag. Es gab kaum jemanden, der gemeckert hätte.
Eine Weile ritt O'Dell neben Charles her. Irgendwann sagte er plötzlich: »Verdammt langweilig, nicht wahr? Wenn ich mein Buch mitgenommen hätte, könnte ich eine Weile lesen.«
»Jenes Werk von Mr. Helper?«
Der Oberleutnant versuchte auf gutmütige Art, ihn zu provozieren. Charles hatte von dem Buch gehört: *The Impending Crisis of the South — How to Meet It* (Die bevorstehende Krise des Südens — wie ihr zu begegnen ist), aber er hatte es noch nicht gelesen. Er wußte,

daß Hinton Helper in seinem Buch eine Jeremiade auf die Sklaverei losgelassen hatte, die seiner Meinung nach den Süden ruiniert hatte. Bemerkenswert am ganzen war, daß der Verfasser in North Carolina saß.

»Ich schwöre dir, Charles, der Mann haßt die Schwarzen ebenso sehr wie die Sklaverei. Allerdings wirft er in seinem Buch einige interessante Fragen auf. Wie zum Beispiel, warum ihr Südstaatler euch weigert, eure Sklaven aufzugeben.«

»Die Antwort ist heutzutage einfach: In England und Frankreich erleben die Spinnereien einen rasanten Aufschwung. Das bedeutet, daß die Baumwollpflanzer ihre Ernten nach Europa verkaufen und über Nacht reich werden können. Niemand tötet die Gans, die goldene Eier legt.«

»Glaubst du, das ist der Grund? Ich frage mich?«

»Was sonst könnte es sein?«

»Nun, die Nigger können mit der Sklaverei einfach und elegant unter Kontrolle gehalten werden. Ich mache jede Wette, daß ihr Südstaatler im Grunde eine Höllenangst vor den Niggern habt. Sie sind dunkel und anders. Die Menschen mögen etwas, das zu andersartig ist, nicht. Ich zum Beispiel auch nicht. Ich bin ziemlich sicher, daß ihr nicht nur des Geldes wegen am System hängt, sondern vor allem wegen der Tatsache, daß es Schwarze und Weiße gibt.«

»Und wenn es nach dir ginge, würdest du dann alle Sklaven befreien?«

»Ja, in der Tat.«

»Was würdest du mit ihnen tun?«

»Nun, das, was die meisten Republikaner vorschlagen.«

»Schwarze Republikaner nennt man sie im Süden.«

»Wie auch immer. Ich würde die Nigger wieder exportieren. Sie wieder nach Liberia oder Zentralamerika schicken. Weiß der Himmel, sie sollten wirklich frei sein, aber wir wollen sie nicht hier haben.«

Charles warf den Kopf in den Nacken und lachte. »Du hast recht, Lafayette. Schwarz und weiß, das ist es. Auch bei dir.«

Leutnant O'Dell freute sich nicht gerade über dieses Kompliment und brummte. Charles hatte sich mittlerweile an die unbewußte Heuchelei der Yankees gewöhnt, die sich jedesmal in Wut verwandelte, wenn man sie ans Tageslicht zerrte.

O'Dell hatte jedoch einen wunden Punkt getroffen. Sowohl im Süden wie auch in andern Landesteilen wußte niemand so genau, wie die Sklaverei abzuschaffen wäre, ohne eine wirtschaftliche und soziale Krise heraufzubeschwören. Dem Kommentar von O'Dell nach zu schließen, schienen sich eine Menge Leute auf beiden Seiten mit diesem Problem herum —
»Kolonne — Halt!«
Charles erblickte jenseits des Mesquitewäldchens zerbröckelnde Schornsteine aus ungebrannten Ziegeln, die in die Abenddämmerung hineinragten. Er und O'Dell trabten weiter. Bent befahl den Späher aus Delaware mit dem runden Gesicht zu sich. Kurz darauf galoppierten O'Dell und der Späher zu den Ruinen von Phantom Hill und über einen dahinterliegenden Hügel.
Die Männer stiegen von ihren Pferden, kramten ihre Feldflaschen hervor und unterhielten sich ruhig. Charles hatte Bent nichts zu sagen, der abrupt etwa fünfzig Meter weiterritt und sich dann aus dem Sattel hievte. Charles trank einige Schlucke brackiges Wasser aus seiner Feldflasche und beobachtete den Hauptmann. Der einsame Kommandant, dachte er. Doch die Ironie vermochte die nagende Angst, die er vor Bent empfand, nicht zu bannen. Was sie noch bedrohlicher machte, war die Tatsache, daß er sich den Grund dafür immer noch nicht erklären konnte. Alles, was ihm zu diesem Thema in den Sinn kam, schien entweder zu banal oder zu unwahrscheinlich.
»Dort kommen sie!«
Auf diesen Ausruf eines Korporals hin wandte Charles sich dem Hügel zu. Doss und Lafayette O'Dell kamen langsam den Hügel hinunter; sie führten ihre Pferde am Zügel, um keinen Staub aufzuwirbeln. Sie gingen geradewegs zu Bent. Ihrem Gesichtsausdruck nach zu schließen war Charles klar, daß ihr Bericht nicht besonders ermutigend sein konnte. Charles und die Soldaten pirschten sich langsam auf Hörweite heran. Alle konnten hören, wie Doss sagte:
»Eine ganze Menge von Panateka. Anhänger von Sanaco. Auch einige von Häuptling Buffalo Hump. Ziemlich schlecht.«
Schweiß glitzerte auf Bents Wangen. »Wie viele sind es?«
O'Dell sagte: »Ich habe etwa vierzig gezählt.«
»Vierzig!« Der Hauptmann hätte beinahe das Gleichgewicht verloren. »Beschreiben Sie —« Er schluckte. »Beschreiben Sie die Lage.«

O'Dell zog sein Messer aus der Scheide, kauerte sich nieder und zeichnete ein großes U in den Staub. »Das ist die Flußbiegung. Die Feinde sitzen hier.« Mit der Messerspitze deutete er auf das Gebiet außerhalb des U-Bogens. In das U hinein zeichnete er ein Rechteck mit einem daran angrenzenden Quadrat. Er deutete auf das Rechteck. »Das ist das Haus der Lantzmans.« Dann zeigte er auf das Quadrat. »Ihre Pferdekoppel.«

Er zeichnete zwei kleine Kreise in der Nähe der Koppel in den Sand. »Hier liegt je ein Junge mit einem Gewehr hinter einem Heuballen. Vermutlich die Söhne des Farmers. Sie beschützen etwa ein Dutzend Pferde.«

»Was ist hinter dem Haus?« wollte Charles wissen.

O'Dell kratzte drei parallele Linien am offenen Ende des U hin. »Eine Ebene. Getreide, das von der Sonne so ausgedörrt ist, daß man die Ernte für dieses Jahr vergessen kann. Das Getreide ist niedrig und sehr dünn. Zwei Gewehre reichen aus, um jeden abzuknallen, der sich durch dieses Feld heranschleichen will.«

Bent atmete geräuschvoll. »Was tun die Indianer gerade?«

Langsam erhob sich O'Dell; die untergehende Sonne ließ kleine Feuerpunkte in seinen Augen aufleuchten. »Abendessen. Trinken. Sie lassen ihre Opfer noch eine Weile schmoren.«

»Vierzig«, sagte der Hauptmann erneut. Er schüttelte den Kopf. »Das sind zu viele. Wir sollten umkehren.«

»Umkehren?« explodierte Charles. O'Dell tat seine Verachtung kund, indem er sich räusperte und genau zwischen seine staubigen Stiefel spuckte.

Hastig hob Bent die Hand. »Nur bis wir eine Verstärkung bekommen.«

Stirnrunzeln und Murmeln unter den Soldaten machten den Hauptmann darauf aufmerksam, daß er etwas Falsches gesagt hatte. Die raschen Blicke, die die Männer untereinander austauschten, verrieten ihm, was sie von ihm dachten:

Feigling.

Er schob die Schuld dafür den andern Offizieren zu: Sie hatten mit ihrem Verhalten diese Reaktion provoziert. Main hatte sie dazu ermutigt, dieser verdammte Schuft. Und er ließ nicht locker:

»Wenn wir Verstärkung anforderten, so würde das einen weiteren

Tag in Anspruch nehmen. Bis dahin hat man die Lantzmans vielleicht skalpiert und ihre Farm ausgeräuchert.«
Bent schob den Unterkiefer vor: »Und was würden Sie vorschlagen, Leutnant?«
»Daß wir die Familie befreien.«
»Das heißt, daß wir uns dorthinbegeben müssen.«
»Genau. Doss, gibt es eine Möglichkeit?«
Die leichte Brise spielte mit den Fransen am Fellhemd des Burschen aus Delaware. Er deutete mit dem Finger und sagte: »Zwei Meilen, vielleicht knappe drei. Über die Hügel, dann ein Umweg, und wir können durch das Getreidefeld an das Haus herankommen. Wird zwar 'ne Zeit dauern, aber bis dahin sind die Komantschen betrunken und schlafen. Einige werden zwar das Feld beobachten, aber vielleicht schlafen sie auch.«
Charles wischte sich die feuchten Hände an seinen schmutzigen weißen Hosen ab. Der Wind trug Gesang und schwache Trommelschläge vom Fluß herüber.
Dränge den Hauptmann nicht zu sehr, sagte er zu sich selbst. Sonst würde Bent scheuen, den Rückzug befehlen und den Farmer und seine Familie den Komantschen ausliefern.
Mit ruhiger Stimme sagte Charles: »Ich stelle mich freiwillig zur Verfügung, um einige Männer zur Farm zu führen, Hauptmann. Wir sollten heute abend losziehen, falls die Komantschen bei Tagesanbruch angreifen.«
Bent gab sich große Mühe, um ebenso ruhig wie sein Untergebener zu bleiben. »Sie haben natürlich recht. Was ich sagte, war nicht als letztes Wort gemeint. Ich habe mir die verschiedenen Möglichkeiten bloß laut überlegt.«
Aus den Augenwinkeln heraus beobachtete er die andern. Sie schienen nicht überzeugt zu sein. Aber was konnten sie schon tun? Innerlich meckern, beschloß er schließlich. »Wir werden zwei Mann losschicken, um Verstärkung zu holen. Der Rest wird bei Anbruch der Dunkelheit losziehen.«
»Alle?« erkundigte sich Charles.
Einen Augenblick lang verriet Bents Blick seinen rasenden Zorn. *Ich schwöre, daß er noch vor Tagesanbruch tot sein wird.*
»Alle!« gab er zurück.

»Schön«, sagte O'Dell und schob endlich sein Messer in die Scheide zurück. Von den Hügeln, die rot in der Abendsonne schimmerten, war das Geschrei der Indianer zu vernehmen.

46

Das verkümmerte Getreide raschelte, als die Reiter hindurchgingen. Es bot überhaupt keine Deckung. Die höchsten Halme reichten gerade bis zur Hüfte von Charles' Schimmel. Er hatte vorgeschlagen, die Soldaten absteigen zu lassen, um das bißchen Schutz, den das Feld bot, auszunützen. Aber Bent hatte Einspruch erhoben.

»Muß ich Sie daran erinnern, daß die neue Kavallerie zu Pferde kämpfen soll, Leutnant?«

Charles fand Bents Konsequenz in dieser Situation völlig fehl am Platz, aber er hielt den Mund. Es mußte ungefähr vier Uhr oder etwas später sein. Der Mond war untergegangen, noch funkelten die Sterne am Himmel, aber am Horizont verschwanden sie bereits im Dunst. Die durch das Kornfeld trottenden Reiter sahen gespenstisch aus. Sie bildeten einen Halbkreis, der sich langsam vorwärtsbewegte; zwischen den einzelnen Reitern war ein Abstand von etwa einem Meter. Bent hielt sich im Zentrum, seine Ordonnanz unmittelbar hinter ihm. Charles ritt ungefähr in der Mitte der rechten Flanke. O'Dell in derselben Position links.

Bent hatte während des langen Umwegs nur ganz wenig Wasser getrunken, aber seine Blase war so voll, daß sie ihn schmerzte. Wahrscheinlich die Angst. Die Angst vor dem Feind; die Angst vor dem Sterben. Angst auch, daß seiner Akte ein weiterer Bericht wegen Fehlbeurteilung der Lage hinzugefügt werden könnte. Er war davon überzeugt, daß jeder einzelne Mann der Abteilung ihm einen Mißerfolg wünschte, allen voran Main.

Vorsichtig, um nicht die Aufmerksamkeit auf sich zu lenken, blickte Bent nach rechts. Im dunstigen Zwielicht merkte er sich die Position des Unterleutnants. Ein Käuzchen schrie. Bent umfaßte seinen Revolver noch fester und hoffte, daß seine Kugel im richtigen Augenblick ihr Ziel nicht verfehlen würde.

Charles spähte in das Zwielicht hinaus. Wie weit war es noch bis zur Farm? Etwa vierhundert Meter. Es war alles dunkel, aber sicher standen Lantzman und seine Familie Wache.
Würden sie, sobald sie Reiter im Getreidefeld entdeckten, wild drauflos schießen? Bent sollte eigentlich an diese Möglichkeit denken und seiner Ordonnanz den Befehl erteilen, das Signalhorn zu blasen, damit man wußte, daß es sich um Soldaten handelte. War er überhaupt zu einer solchen Überlegung fähig?
Furcht quälte Charles. Er schob seinen Colt in den Sattelhalfter. Den Karabiner in der linken Armbeuge haltend, versuchte er mit der rechten Hand, einen Moskito zu zerquetschen. Zweimal schlug er sich aufs Ohr; das Summen ließ nach, kehrte aber nach einer Weile wieder. Fluchend langte er wieder nach seinem Revolver.
Am äußeren Ende der Farm wieherte ein Pferd. Aus dem Lager der Komantschen war kein Laut zu vernehmen. Falls sie einen Angriff beim Morgengrauen planten, so hatten sie noch nicht mit den Vorbereitungen angefangen.
Plötzlich tauchte eine Schattengestalt etwa zehn Meter vor dem Haus im Getreidefeld auf. Charles sah undeutlich langes Haar und ein Gewehr mit langem Lauf in Schießstellung. Einer der Soldaten stieß einen Warnruf aus. Das Gewehr des Indianers spuckte Feuer.
Ein Soldat, der zwischen Charles und der Mitte geritten war, kippte aus dem Sattel. Plötzlich tauchten weitere Wachen der Komantschen auf, etwa fünf oder sechs, und feuerten. Charles stützte seinen Karabiner gegen die Hüfte und schoß, aber die Kugel flog hoch über das Ziel hinaus. Er steckte den Karabiner in den Halfter zurück, legte den Colt über den linken Ellenbogen und lenkte sein Pferd mit den Knien.
Er zielte auf den nächstbesten Komantschen. Die Pferde scheuten, die Soldaten fingen an zu schreien. Er drückte ab, der Komantsche verschwand aus dem Blickfeld.
Auf der Farm schlug ein Mann Alarm. Von der andern Seite des Flusses waren weitere Schreie zu vernehmen, vermischt mit Gewehrschüssen. Ein Schuß aus einem Mauerschlitz des Hauses fällte einen Soldaten. Weshalb um Himmels willen gab der Hauptmann sie nicht als Soldaten zu erkennen, bevor die Lantzmans sie alle ausnahmslos abknallten?

Bent versuchte es. Zum drittenmal rief er: »Ordonnanz — blasen! Trott, marsch!«
Die Ordonnanz schwankte im Sattel hin und her, als ob sie zuviel getrunken hätte. Wutentbrannt zog Bent den Säbel und brachte das sich aufbäumende Pferd unter Kontrolle. Er streckte die Hand nach dem Hemd des Signalbläsers aus; es fühlte sich klebrig an. Ohne zu überlegen, gab er dem Mann einen Stoß; er fiel mit einer merkwürdigen Kopfbewegung vom Pferd, und Bent erkannte im schwachen Lichtschein, daß das rechte Auge des Mannes von einer Musketenkugel durchbohrt worden war.
Zwischen den Soldaten und der Farm befanden sich noch zwei oder drei Indianer. Die Kugeln sausten rechts und links an Bent vorbei, als er vom Pferd sprang. Verwirrt und verängstigt konnte er nur eines denken, nämlich daß es unbedingt nötig war, ein Hornsignal abzugeben.
»Aufschließen. Aufschließen und vorwärts!«
Wessen Stimme war das, fragte er sich, als er auf den Bläser zustolperte und das Horn packte. Main! Hinterher würde man sagen, daß Main die Initiative ergriffen habe. Verdammt sollte er sein! *Verdammt!*
Mit dem blutigen Horn in der Hand schwang er sich wieder in den Sattel und sah Charles von rechts nach links an sich vorbeisausen. Bent schmiß das Horn beiseite, packte seinen Revolver und warf einen raschen prüfenden Blick auf seine Umgebung.
Niemand befand sich in der Nähe, niemand beobachtete ihn. Die Männer hatten inzwischen die Formation aufgelöst, und jeder einzelne Soldat verteidigte sich selbst, so gut es eben ging. Bent zielte auf Charles, die Lippen zusammengepreßt, den Finger am Abzug gespannt.
Die Kugel eines Indianers streifte sein Pferd an der Flanke. Der Schimmel wieherte und ging hoch, eben als Bent abdrückte. Im allgemeinen Durcheinander war der Schuß kaum zu hören. Charles ritt unverletzt weiter.
Wutentbrannt wollte Bent einen zweiten Schuß abgeben — er hatte jegliche Vorsicht vergessen. Ein Rascheln im Kornfeld erregte jedoch seine Aufmerksamkeit. Sein Kopf flog herum. Keine drei Meter hinter ihm stand ein Reiter.

»O'Dell! Ich hab' Sie nicht bemerkt —« Entsetzt fühlte Bent, wie seine Blase nachgab.
»Was zum Teufel tun Sie, Sir? Weshalb haben Sie auf einen Ihrer eigenen Männer geschossen?«
Die in ruhigem Tonfall vorgebrachte Anklage hatte eine unerwartete Wirkung. Bent war schlagartig beruhigt und wurde sich der Tragweite der Gefahr bewußt, in die ihn sein Haß geführt hatte. Jetzt halfen ihm keine Worte. Er antwortete O'Dell, indem er seinen Revolver hob.
O'Dell öffnete den Mund, hatte aber nicht mehr genügend Zeit, um einen Schrei auszustoßen. Die Kugel zerfetzte sein Gesicht, und er fiel seitwärts vom Pferd, wobei der linke Stiefel aus dem Steigbügel glitt, nicht aber der rechte. Der Schimmel trabte mit O'Dell, der kopfüber herunterhing, davon. Sein Schädel wurde durch das fortwährende Aufprallen auf dem harten Boden schnell zu einer blutigen Masse geschlagen.
Bent versuchte seiner Panik Herr zu werden und blickte hastig umher. Keiner hatte etwas bemerkt; es war immer noch zu dunkel, abgesehen vom Pulverrauch und Nebel. Bent steckte seinen Revolver in den Halfter zurück und zog wieder seinen Säbel. Mit lauter Stimme befahl er seinen Männern, vorwärtszutraben.
Doch Charles hatte bereits denselben Befehl erteilt. Drei der Soldaten hatten den letzten Indianer eingekreist. Von mehreren Kugeln durchbohrt, sank der Krieger in die Knie. Einer der Männer schlug ihm mit dem Säbel den Kopf ab.
Charles ritt ganz nahe an das Farmhaus heran, damit die Lantzmans ihn wirklich hören würden:
»Dies ist die Zweite Kavallerie. Stellen Sie das Feuer ein!«
Schweigen folgte, und der Rauch verzog sich im Nebel. Bent trabte vorwärts. »Absteigen! *Absteigen!*«
Die Soldaten kamen seinem Befehl nur langsam nach. Keuchend ließ sich Bent inmitten der unruhigen Pferde aus dem Sattel gleiten. Er hoffte, daß seine feuchte Hose nicht allzusehr auffallen würde.
»Ihr habt gute Arbeit geleistet, Männer! Wir haben's tatsächlich geschafft.«
»Wir haben drei Männer verloren«, sagte Charles, der immer noch im Sattel saß. Bent hätte am liebsten den Revolver gezogen und

Charles vom Pferd geschossen, aber er konnte sich nicht noch einmal eine waghalsige Tat leisten.
»Moment mal«, rief Charles.
»Wo ist O'Dell?«
Zweimal rief er laut den Namen des Offiziers. Dann sagte Bent endlich: »Das hilft nicht, Leutnant. Einer der Wilden hat ihn getroffen. Ich hab' gesehen, wie er vom Pferd gefallen ist. Das Pferd schleifte ihn hinter sich her.«
Bent klopfte das Herz bis zum Hals. Wenn jemand seine Lüge nicht glauben würde, dann würde es jetzt geschehen, *jetzt* —
»O Gott!« sagte Charles leise flüsternd und stieg vom Pferd. Niemand sagte ein Wort.
Bent atmete aus. Er fühlte sich wieder in Sicherheit und zog die Schultern stramm. »Ich bedaure den Verlust nicht weniger als Sie, aber wir müssen unsern Sieg konsolidieren und unsern nächsten Schritt planen. Wir brauchen einen Wachdienst auf dieser Seite des Hauses, Leutnant. Kümmern Sie sich darum, und ich sehe mal drinnen nach.«
Er wandte sich abrupt um, die Hand auf dem Heft seines Säbels. Als er auf das Haus zuschlenderte, fühlte er sich wie ein siegreicher General. »Lantzman?«

Charles kommandierte vier Soldaten dazu ab, die Toten einzusammeln; Hauptmann Bent hatte offensichtlich nicht daran gedacht.
Er wies einen der Soldaten an, vor der Hauswand Zeltleinwand auszubreiten. Langsam stieg die Morgendämmerung am östlichen Himmel auf, und der Nebel löste sich auf. Aus dem Haus drangen Stimmen, Bent unterhielt sich offenbar mit den Lantzmans. Der barsche Tonfall Bents ärgerte ihn. Der Mann mochte als Stabsoffizier vielleicht passabel sein, aber als Frontkommandant war er unbrauchbar. Er hatte den Vormarsch zur Farm verpatzt. Sie hätten sich in Erwartung der Wachen in einer Doppelreihe vorwärtsbewegen sollen, um eine kleinere Zielscheibe abzugeben. Oder noch besser, sie hätten zu Fuß gehen sollen, wie Charles vorgeschlagen hatte.
Die Weigerung des Hauptmanns hatte sie vier Tote gekostet. Ein weiterer Soldat war kampfunfähig, weil er eine Kugel im Fuß hatte. Dazu kamen die beiden Soldaten, die in Camp Cooper Verstärkung an-

fordern sollten. Es blieben siebzehn Mann — gegen dreißig oder mehr Komantschen.
Zwei der Männer, die Charles abkommandiert hatte, kehrten eben mit einer Last zurück. »Wir haben alle mit Ausnahme von Leutnant O'Dell gefunden, Sir. Keine Spur von ihm.«
Charles nickte abwesend und betrachtete die Hügel auf der andern Seite des unglückseligen Feldes. Der Mann, der sein Freund geworden war, lag dort draußen ohne daß jemand bei ihm Totenwache hielt. Tränen traten Charles in die Augen. Dann kam der Schock. Seine Beine zitterten, und er mußte sich an die Hauswand lehnen, um nicht hinzufallen. Die Männer wandten ihre Blicke ab, bis das Schlimmste vorbei war.
Plötzlich waren Schreie von der Flußseite des Hauses her zu vernehmen. Charles eilte zur Hausecke und spähte hinaus. Drüben, im Lager der Komantschen, führten die Krieger ihre Pferde im Kreis herum, schwangen ihre Lanzen und stießen ihr Kriegsgeschrei aus. Es waren fast alles junge Männer, die ihr glänzendes Haar in der Mitte gescheitelt und in langen Zöpfen trugen. Ihre Gesichter waren rot bemalt, die Augenbrauen weiß oder gelb. Einer der Krieger hatte sich rund um den Mund riesige schwarze Zähne gemalt.
Ein Wagen holperte den Hügel hinunter ins Indianercamp. Charles erstarrte vor Schreck. Es war der Proviantwagen, der hinter den Soldaten hätte herfahren sollen, jetzt aber von drei Indianerkriegern angeführt wurde. Das Segeltuch auf der linken Seite des Wagens wies einen riesigen Blutfleck auf.
Hinter Charles drängten sich Soldaten heran und zeigten flüsternd auf den Wagen. »Die roten Hurensöhne«, knurrte ein Mann. »Was glauben Sie wohl, was die mit unsern Jungs gemacht haben?«
Charles sagte: »Ich möchte es lieber nicht wissen.«
Er eilte zur Hintertür der Farm. Mit dem Tod von Lafayette O'Dell lastete nun plötzlich eine nicht gewollte Verantwortung auf seinen Schultern. Dazu kam, daß der Hauptmann nicht zugeben wollte, daß er überfordert war. Würde man auch nur eine von Bents Ideen in Frage stellen, so bekäme er todsicher einen Wutanfall. Gott sei Dank mußten nicht sofort Entscheidungen getroffen werden. Es gab nichts zu tun als die Verstärkung abzuwarten. In der vergangenen Stunde hatte Charles seine Vorstellungen über den Krieg geändert. Krieg, das

hieß nicht eine fröhliche Parade der strikt geordneten Dienstränge mit auf Hochglanz polierten Uniformknöpfen, flatternden Fahnen und Trommelwirbel. Nein, Krieg, das hieß Unordnung, Dreck, Tod, zermürbender Schrecken.
Seine Beine zitterten immer noch ein wenig, als er die Farm betrat. Sie bestand aus einem länglichen Raum mit einer flachen Decke und Alkoven sowie einem weiteren Zimmer, in dem ein eiserner Herd stand. Daneben lagen zwei Leichen, die bis zum Hals mit Leintüchern zugedeckt waren. Der eine, ein älterer grauhaariger Mann, war vermutlich Lantzman. Der andere wohl sein ältester Sohn Karl, dessen Beinverletzung die Familie an der Flucht gehindert hatte. Er nahm an, daß die beiden Männer draußen umgekommen waren.
Es blieben noch vier Familienmitglieder. Mrs. Lantzman war eine kleine verhärmte Frau mit Leberflecken auf dem Kinn. Zwei blonde Burschen unter zwanzig bewegten sich wie Schlafwandler mit glasigem Blick. Die vierte Überlebende, ein Mädchen, schien weniger unter der Belagerung zu leiden, vielleicht weil sie jünger war. Sie mußte etwa zwölf sein, vermutete Charles. Auf ihrem Gesicht spiegelte noch der Liebreiz eines Kindes, aber sie hatte bereits den Körper einer Frau. Charles bemerkte, wie Bents Blicke immer wieder über den Busen des jungen Mädchens glitten. Das Mädchen war sich der Aufmerksamkeit nicht bewußt. Es war damit beschäftigt, Gewehrkugeln aus einem Lederbeutel herauszuklauben. Das lange Gewehr hatte es gegen die Hüfte gelehnt.
Den Tränen nahe, sagte Mrs. Lantzman: »Wie können wir hierbleiben, Hauptmann? Wir haben keine Lebensmittel mehr. Mein Mann ist getötet worden, als er versuchte, Wasser vom Fluß zu holen.«
»Wir haben Rationen, die wir mit Ihnen teilen können. Und auch Wasser.« Bents Stimme klang sanft und vertrauenerweckend. »Meine Männer können sich um das Haus herum postieren« — Charles hatte den Raum durchquert und blickte jetzt durch eine Mauerritze auf die Flußseite hinaus. Seine rechte Hand ballte sich zur Faust —, »während wir auf die Verstärkung warten. Falls sie nicht durch schlechtes Wetter aufgehalten wird, sollten sie noch vor Einbruch der Nacht hier sein.«
Ohne sich umzudrehen, sagte Charles: »Ich glaube nicht, Sir.«
»Was ist?«

»Schauen Sie sich das hier einmal an! Eben sind etwa sechs Indianerkrieger eingetroffen. Schauen Sie sich diejenigen mit den Lanzen an!«

Bent watschelte zur Mauerritze und spähte hinaus. Jegliche Farbe wich aus seinem Gesicht. Vier der Neuankömmlinge hielten ihre Lanzen hoch und schüttelten sie. Auf zwei Lanzen waren Trophäen aufgespießt.

Es waren die Köpfe der beiden Soldaten, die man nach Camp Cooper geschickt hatte.

Charles dachte, der Hauptmann würde zusammenbrechen. Bent schritt auf und ab, murmelte vor sich hin, blieb mehrere Male abrupt stehen, als wolle er einen Gedanken äußern, tat es dann aber doch nicht. Seine Augen glimmten bald eindringlich, bald starrten sie ins Leere. Die beiden betäubten Lantzman-Jungen wußten, daß etwas nicht stimmte. Sogar das Mädchen starrte den Hauptmann ängstlich an.

Jetzt zählte jede Sekunde. Charles räusperte sich. »Sir —«

Bent wirbelte herum und schrie: »Was ist?«

»Ich bitte um Erlaubnis, einen Spähtrupp zurück durch das Getreidefeld zu schicken. Das ist unsere einzige Rückzugsmöglichkeit.«

Der Hauptmann machte eine schlaffe Handbewegung und sank auf einen Stuhl. »Einverstanden.« Als Charles hinausstürmte, starrte er in die Ferne.

Zwanzig Minuten später war Charles mit grimmigem Gesichtsausdruck zurück. »Sie haben bereits Männer in den Abzugsgräben hinter dem Feld postiert. Mindestens fünfzehn, sagte Korporal Ostrander. Wir sind abgeschnitten. Eingekreist.«

Weshalb waren sie nicht früher gegangen, fragte sich Charles in einem stummen Wutanfall. Aber er konnte Bent nicht dafür verantwortlich machen; sie hatten ja alle auf die Verstärkung gewartet. Aber offensichtlich waren die beiden Soldaten in die Hände von jenen umherstreunenden Banden geraten, auf deren Fährten Doss gestoßen war. Charles hatte das Gefühl, daß die ganze Expedition von Anfang an zum Scheitern verurteilt gewesen war.

Bent wischte sich mit dem Handrücken über die schweißglänzende Stirn. »Eingekreist? Dann müssen wir auf Hilfe warten.«

»Hilfe woher?« schrie Charles.
»Ich weiß nicht! Irgend jemand wird —« Der Satz blieb unbeendet.
»Aber Hauptmann«, sagte das Mädchen, »haben wir denn genug zu essen?«
Mrs. Lantzman schüttelte den Kopf. »Still, Martha. Stell den Soldaten keine Fragen. Sie wissen besser, was es zu tun gilt, als wir.«
»Ja, genau«, sagte Bent mit abwesendem Blick. Er machte innerlich schon wieder schlapp. Charles konnte es nicht weiterhin zulassen.
»Augenblick mal«, sagte er.
Bent warf den Kopf herum; in seinen feuchten Augen schimmerte Groll. Charles wandte sich eher an die andern als an seinen Vorgesetzten: »Wir müssen uns eingestehen, daß wir uns in einer mißlichen Lage befinden. Wir sind in der Minderheit, und es wird uns niemand von Camp Cooper aus zu Hilfe eilen. Die Komantschen können noch mehr Krieger auftreiben und nach Lust und Laune angreifen. Ich glaube nicht, daß irgend jemand von uns hier sitzen bleiben möchte, um darauf zu warten, daß er umgebracht wird. Oder gefangengenommen wird«, fügte er mit einem Blick auf Martha hinzu. Mrs. Lantzman verstand, was er sagen wollte.
»Und was ist Ihr Vorschlag?« fuhr ihn Bent an.
»Abwarten bis es dunkel wird und dann einen Ausbruch versuchen. Ich habe mir etwas ausgedacht, wie wir die Indianer ablenken —«
Bent sprang auf; der Stuhl kippte um; seine Stimme überschlug sich beinahe, als er schrie: »Nein!«
Als der Schrei verklungen war, wurde Charles von einem merkwürdigen Gefühl erfaßt. Das Gefühl, als hätte er eben beschlossen, in einen Abgrund zu stürzen — und irgendwie hatte er das bereits getan. Aber blieb ihm denn eine andere Wahl? Bent hatte die Kontrolle verloren und war außerstande, mit der Situation fertig zu werden.
»Tut mir leid, Sir, aber Flucht ist das einzige, was uns bleibt.«
Die Farbe kehrte wieder in Bents Gesicht zurück. Er packte einen kleinen Tisch, der ihm im Weg stand, schleuderte ihn beiseite und stürzte sich auf Charles. »Stellen Sie mich in Frage? Bezweifeln Sie meine Autorität?«
»Wenn Sie hierbleiben wollen, Hauptmann, so befürchte ich, ja.«
»Leutnant«, Bent holte tief Atem, aber es gelang ihm nicht ganz, seine Stimme unter Kontrolle zu bringen, »Sie werden kein Wort mehr

sagen. Das ist ein Befehl. Gehen Sie hinaus, bis ich Sie wieder rufen lasse.«
Charles bedauerte, daß es soweit gekommen war — zu einer Machtprobe. Sie hätten beide am selben Strick ziehen sollen, um die andern zu retten. Aber wie konnte man einen Wahnsinnigen davon überzeugen, fragte er sich müde.
»Ich gehe, Sir«, sagte er, »aber dem Rest des Befehls kann ich nicht Folge leisten. Wenn wir noch länger hierbleiben, sind wir auf jeden Fall erledigt.«
Bent blickte ihn einen Augenblick lang an und sagte dann mit ruhiger Stimme: »Leutnant Main, Sie befolgen meinen Befehl — oder Sie landen vor dem Kriegsgericht.«
»Hauptmann, wir gehen.«
Bent packte Charles am Kragen und zerrte. »Verdammt noch mal! Ich werde dafür besorgt sein, daß man Sie entläßt!«
Charles wischte Bents Hand beiseite. Am liebsten hätte er dem fetten Offizier eine runtergehauen, aber er bewahrte mit großer Mühe die Fassung und sagte mit leiser Stimme: »Wenn wir lebend hier herauskommen, können Sie es gern versuchen.«
Er blickte Mrs. Lantzman an, ihre beiden Söhne und schließlich das Mädchen, das seine Muskete mit beiden Händen festhielt. »Sobald es dunkel wird, gehen wir. Jeder der will, kann mitkommen. Wenn Sie mitkommen möchten, tun Sie besser daran, die beiden dort zu begraben. Wir können sie nicht mitnehmen.«
Mrs. Lantzman kniete neben der Leiche ihres Mannes nieder, fegte die Fliegen mit dem Schuh fort und strich das Leintuch glatt. Plötzlich brach sie in Tränen aus. Charles blickte weg.
Marthas entschlossener Gesichtsausdruck zeigte, daß sie ihre Entscheidung bereits getroffen hatte. Charles wandte sich dem Hauptmann zu und sagte: »Ich werde den Männern dasselbe Angebot machen. Niemand wird zum Gehen gezwungen.«
Bent flüsterte: »Verschwinden Sie mir aus den Augen!«
Wenige Minuten später raste Charles zum Rand des Getreidefeldes. Von den Gräben auf der andern Seite her ertönte ein Schuß. Die Kugel zischte durch die Ähren über seinem Kopf. Er kniete hin, riß einige ab und rollte sie zwischen den Handflächen hin und her. Völlig verdorrt.

Wenn es ihm gelingen würde, Mrs. Lantzman davon zu überzeugen, ihre Pferde davonzujagen — die Komantschen würden sie ja ohnehin bekommen —, hätten sie vielleicht eine kleine Chance.

47

Von Westen fielen die letzten Sonnenstrahlen über die Hügel. Dunkle Schatten breiteten sich über Erde und Himmel aus. Charles hatte sich den Fluchtplan in allen Einzelheiten ein halbes dutzendmal durch den Kopf gehen lassen.
Vor einer Stunde hatten Kavalleristen auf seine Instruktionen hin ein Lagerfeuer zwischen dem Haus und dem Feld angezündet, damit es von den Indianern auch sicher gesehen werden konnte. Mrs. Lantzman und ihre Tochter hatten im Haus Lumpen in Lampenöl getaucht und sie dann um das Ende von Baumwollstaudenästen gewickelt. Die Lantzman-Jungen hatten die Pferde für die ganze Familie gesattelt und lagen nun startbereit hinter den Heuballen, um den gefährlichen Angriff auf die Koppel durchzuführen.
Korporal Ostrander schlich sich an Charles' Seite: »Sir, es ist alles bereit.«
»Gut, es ist Zeit. Wir —«
Er hielt inne, als er bemerkte, daß Ostrander verwirrt auf etwas hinter ihm blickte. Charles wandte sich um. Bent stand in der Tür der Farm und sagte: »Ich komme mit.«
Der Hauptmann war das einzige Hindernis gewesen. Charles versuchte, ihm einen Friedenszweig hinzuhalten, indem er mit sanfter Stimme sagte: »Fein, Sir.«
Aber es half nichts. »Ich komme hauptsächlich, um dabeisein zu können, wenn Sie mit Schimpf und Schande aus der Armee entlassen werden.«
Charles' Gesichtsausdruck verhärtete sich. »Wie Sie meinen, Sir. Aber darf ich Sie höflich daran erinnern, daß ich vorübergehend das Kommando übernommen habe.«
Täuschte er sich oder hatte Bent mit den Augen gezwinkert? Ein kalter Schauer lief Charles über den Rücken. Bent lächelte beinahe, als

er sich die mit Fransen besetzten ledernen Reithandschuhe überstreifte.

»Darüber haben Sie mich keineswegs im Zweifel gelassen, Leutnant. Ich habe beobachtet, wie Sie sich alle erdenkliche Mühe gegeben haben, meine Autorität zu untergraben und die Männer gegen mich aufzuhetzen. Genießen Sie Ihr Kommando! Es wird Ihr letztes sein.«

Unverwandten Blickes sah er Charles an. Von der andern Seite des Flusses hörte man die Felltrommeln und das Kriegsgeschrei der Belagerer.

Martha Lantzman tauchte mit den noch nicht angezündeten Fackeln auf. Sie hielt sie gegen den Boden gerichtet, damit die Wachen auf der andern Seite des Feldes sie nicht sehen konnten, und überreichte eine nach der andern Ostrander, der sie wiederum den Männern weitergab, die um das Lagerfeuer standen. Pferde wieherten zu beiden Seiten des Hauses in der Dunkelheit. Die übrigen Kavalleristen saßen im Sattel und hielten die Pferde der Männer, die die Fackeln anzünden sollten.

»Gehen Sie zu Ihren Pferden!« sagte er zu Mrs. Lantzman und deren Tochter. Sie eilten davon. Er blickte kurz auf den Hauptmann, der — es war kaum zu fassen — zu lachen schien und ihnen dann folgte.

Charles wandte sich um und betrachtete das Kornfeld. Würde er, würden sie alle dort umkommen? Unvermutet, wie ein gewaltig anschwellender Fluß im Frühling, stieg ein unbändiger Lebenswille in ihm auf. Die Lage war ohnehin beinahe hoffnungslos, er hatte nichts mehr zu verlieren und konnte deshalb kühn handeln. Die Dreckkruste auf seinem bärtigen Gesicht zerbarst, als er plötzlich grinste.

Einige der Männer sahen dies und fingen ihrerseits an zu lächeln. Charles wurde bewußt, daß er eben das Geheimnis eines guten Offiziers in einer aussichtslosen Lage entdeckt hatte. Vielleicht würde er überleben und es wieder anwenden können?

Er blickte jeden einzelnen der Männer an, um ihnen zu zeigen, daß nun der Moment gekommen war. Dann schwang er seinen Revolver über den Kopf und feuerte.

Als der Schuß losging, ließen die Komantschen alles stehen und liegen. Charles hörte, wie die Pferde auf der Koppel in Bewegung gerieten und kurz darauf einer der Lantzman-Jungen 'Hü!' schrie.

Die Pferde galoppierten davon. Einige landeten im Fluß, gerade be-

vor der erste Schuß der Komantschen fiel. Die Indianer hatten zwar kein klares Ziel, aber es war ihnen offensichtlich klar, daß etwas nicht stimmte.
Charles gab nochmals zwei Schüsse ab. Als Antwort auf das Signal tauchten die Kavalleristen die Fackeln in die glimmende Asche. Die Lumpen fingen langsam Feuer. Jeder der Männer eilte zu einem vorher bestimmten Ort nach rechts oder nach links und zündete das Kornfeld an. In der Mitte sollte ein etwa fünfzehn Meter breiter Streifen frei bleiben. Charles hoffte, es würde lange genug windstill bleiben, damit sie alle auf diesem Streifen fliehen könnten.
Er sprang auf sein Pferd. Die Flammen schossen bereits in den Himmel; das Feuer breitete sich rascher aus, als er vermutet hatte. Er ritt zur Stelle, wo der Fluchtstreifen anfing, und erteilte den Befehl: »Zweierkolonne, traben, los!«
Von jeder Seite des Hauses her ritten die Männer herbei und bildeten rasch die Zweierkolonne. Charles hatte die erfahrensten Reiter an die Spitze und die Lantzmans in die Mitte des Zuges befohlen.
Männer und Pferde trabten auf den Streifen los, dessen Öffnung bereits durch das sich rasch ausbreitende Feuer gefährdet schien. Das leichte Geräusch von plätscherndem Wasser teilte Charles mit, daß die Komantschen dabei waren, den Fluß zu überqueren. »Beeilt Euch, verdammt noch mal!« schrie er den Männern mit den Fackeln zu. Sie bestiegen ihre Pferde und trabten auf den Streifen los. Charles fühlte die Hitze des Feuers im Rücken. Bents Pferd scheute, aber er zwang es vorwärts.
Zu beiden Seiten des Wegs schlugen die Flammen empor und züngelten immer näher aufeinander zu. An einer Ecke des Hauses tauchte ein Indianer in Kriegsbemalung auf. Charles schoß ihn nieder. Dann gab er seinem Rotschimmel die Sporen und lenkte ihn zwischen den beiden Feuern durch. Sich tief über den Hals seines Pferdes beugend, erkannte er Bent, der etwa zwanzig Meter vor ihm ritt. Über den Hauptmann hinaus vermochte Charles nur noch schemenhafte Gestalten zu erkennen.
Eine Flamme züngelte an Bents Ärmel. Rauch stieg auf. Der Hauptmann ließ einen Schrei los und schlug sich auf den Ärmel, um das Feuer zu ersticken. Sein Pferd trabte aus dem brennenden Kornfeld in die Dunkelheit hinein, wo Ostrander die Kolonne zusammenhalten

und im Galopp davonführen sollte. Charles hoffte, daß der Korporal noch am Leben war.
Beißender Rauch stieg ihm nun von allen Seiten her in die Nase. Das Kornfeld brannte jetzt lichterloh, und schon züngelten Flammen auf dem Weg vor ihm. Charles beugte sich so tief über sein Pferd, daß er glaubte, die Rippen müßten ihm zerspringen. Er flüsterte seinem Rotschimmel kurz vor der Feuerwand ermutigende Worte zu. Das Pferd setzte furchtlos zum Sprung an. Das Feuer blendete Charles, und die Hitze schürfte ihm die Wangen auf. Doch dann waren sie bereits hindurch und in der kühlen Dunkelheit.
Der Schimmel setzte sicher, aber hart auf. Charles wankte im Sattel, konnte sich aber halten. Keine Sekunde später tauchte ein Schreckgespenst vor ihm auf — das gelbverschmierte Gesicht eines Komantschen, der mit hoch erhobenem Kriegsbeil auf Charles losstürmte. Charles gab dem Rotschimmel die Sporen. Der Indianer warf sein Beil mit einem schnellen Armschwung. Es verfehlte Charles' Bein, traf aber die Flanke des Rotschimmels, der schrill wieherte und scheute. Charles flog aus dem Sattel.
Noch im Fallen richtete er den Revolver auf die Brust des Angreifers und drückte ab. Der Indianer flog rücklings in das Kornfeld. Binnen Sekunden brannte er von Kopf bis Fuß.
Charles lag unter dem keuchenden, wiehernden Pferd. Er befreite sein Bein und gab die beiden noch verbleibenden Schüsse in den Kopf des sterbenden Tieres ab.
Charles sah sich um, konnte jedoch keinen seiner Männer sehen. Er wurde von Panik erfaßt. Dann rannte er los. Er erinnerte sich, daß der letzte Reiter der Kolonne der Hauptmann gewesen war. »Bent!« schrie er, »Bent, helfen Sie mir!«
Er keuchte weiter. Hatte der Hauptmann ihn hören können? Hatte ihn irgend jemand gehört?
Er wandte sich nach dem Feuer um. Es hatte sich ausgebreitet und bildete auf einer Breite von etwa achthundert Metern eine Lichtwand. Die Flammen hatten gerade den letzten Rest von Lantzmans Feld verschlungen und griffen nun auf das trockene Präriegras über. Ein bitteres Lächeln umspielte seine rußigen Mundwinkel. Er hatte erwartet, daß das Feuer den Komantschen, die über den Fluß kommen würden, den Weg abschneiden würde. Jetzt hörte er sie hinter

der Feuerwand wüten und toben. Die Wachposten auf der andern Seite hatten das kleinere Risiko dargestellt. Einen davon hatte er erledigt, aber es mußten wohl noch mehr —

»Leutnant! Achtung!«

Der Schrei kam von einem Kavalleristen, der seinen Hilferuf gehört hatte und umgekehrt war. Als Charles sich nach der verschwommenen Reitergestalt umdrehte, stieß er einen schweren Seufzer aus: Ein Komantsche lief mit einer Lanze auf ihn zu.

Charles wirbelte herum. Sein Revolver war leer. Er konnte den Stoß der Lanze nur gerade so weit abwenden, daß er nicht durchbohrt wurde. Die eiserne Spitze traf ihn an der Schulter.

Der Indianer war dicht an Charles herangekommen. Charles zog mit der linken Hand das Messer. Der bemalte Mund verzerrte sich; der Indianer konnte nicht mehr schnell genug ausweichen. Charles rammte ihm das Messer bis an das Heft in die Magengrube und zog es dann mit einem Ruck heraus.

Der Komantsche taumelte seitwärts. Mit einem Wutschrei versuchte er nochmals, mit der Lanze zuzustoßen. Charles sprang jedoch zur Seite und wartete auf den Zusammenbruch des Kriegers. Es schien eine Ewigkeit zu dauern, bis der Komantsche schließlich hinfiel.

Dann setzte bei Charles die Reaktion ein: Schwindel, Zittern, Augentrübung. Er konnte den Soldaten, der auf seinen Hilferuf zurückgeritten war, nicht erkennen. »Bent?«

»Nein, Sir, ich bin Gefreiter Tannen. Hauptmann Bent ist weitergeritten.«

Nachdem er mich um Hilfe rufen hörte.

»Steigen Sie auf, Sir«, sagte der Gefreite. »Wir schaffen es — wir werden es alle schaffen.«

Sie folgten der flüchtenden Kolonne. Charles hielt sich am Leibgurt des Gefreiten fest und ritt mit geschlossenen Augen. Schock und Erleichterung mischten sich in sein Schweigen.

Die Komantschen verfolgten sie beinahe eine Stunde lang durch die Dunkelheit, kamen jedoch nie auf Schußweite heran. Schließlich war ihr Kriegsgeschrei kaum noch zu hören, sie hatten offensichtlich die hoffnungslose Jagd aufgegeben.

Die Kolonne ritt noch eine Stunde lang weiter und legte dann einen

Halt ein, um sich etwas auszuruhen. Wunderbarerweise war es nur zu einigen wenigen Verletzungen gekommen, leichte Fleischwunden, wie diejenige von Charles. Trotz ihres schrecklichen Erlebnisses freuten sich die Lantzmans, und auch die Kavalleristen lachten und lärmten. Einige beglückwünschten Charles zum Erfolg seines wagemutigen Plans.
Charles kommandierte einige Späher ab, und ein Kavallerist bot ihm einen kräftigen Schluck Whiskey an. Charles stellte keine Fragen nach Besitzer oder Herkunft des verbotenen Getränks. Er nahm dankend an und goß dann etwas Schnaps in seine Schulterwunde, die Mrs. Lantzman ihm anschließend mit einem Taschentuch verband. Bent hielt sich abseits von allen.
Bald ging es Charles schon wieder wesentlich besser. Er fühlte sich zwar müde, aber wieder im Vollbesitz seiner geistigen Kräfte. Er ließ die Kolonne neu formieren und fand nach kurzer Zeit einen idealen Lagerplatz in einer Schlucht, deren offenes Ende gut bewacht werden konnte.
Zum erstenmal, seitdem sie Camp Cooper verlassen hatten, kramten sie ihre Wolldecken hervor. Einige Soldaten hatten Mesquiteholz gesammelt und Feuer angezündet, um die Insekten fernzuhalten. Charles kauerte bei einem der kleinen Feuer und knabberte an einem Zwieback. Er kam ihm ungemein köstlich vor.
Plötzlich fiel ein unförmiger Schatten über das Feuer. Charles blickte auf und zog scharf den Atem ein. Bents Gesichtsausdruck war angespannt, maskengleich. Der Hauptmann hatte das Kommando wieder übernommen, was Charles nur recht sein konnte, denn er verspürte nicht den geringsten Wunsch, Bent noch mehr in Verlegenheit zu bringen. Er hatte den Männern nichts von Bents Verhalten im Farmhaus erzählt und sich sogar bemüht, den Eindruck zu vermitteln, der Hauptmann habe ihm die Verantwortung für die Flucht übertragen.
»Ich möchte Ihnen ein Lob aussprechen für Ihre Haltung während des Ausbruchs, Leutnant. Sie haben einen außergewöhnlichen Mut an den Tag gelegt.«
»Vielen Dank, Sir.«
Charles wunderte sich über das unerwartete Kompliment, und der Grund dafür wurde ihm erst klar, als er fünf Soldaten beim Feuer nebenan bemerkte. Gerade vorhin hatten sie sich über den Kampf auf

der Lantzman-Farm unterhalten, doch jetzt hörten sie schweigend zu. Bent hatte darauf geachtet, daß er nicht zu überhören war.
Der Hauptmann warf den Zuhörern einen raschen Blick zu und machte dann ein paar Schritte in die andere Richtung. Er bedeutete Charles, ihm zu folgen. Widerwillig kam Charles der Aufforderung nach.
Bent griff den Faden wieder auf: »Vielleicht sind wir beide auf der Farm etwas zu sehr in Harnisch geraten. Wenn Gefahr droht, kann man schließlich von keinem Menschen erwarten, daß er immer den Überblick über die Situation behält.«
Ich würde meinen, daß man genau das von einem guten Führer erwarten darf, dachte Charles im stillen, aber er schwieg. Es hatte keinen Sinn, Bent gerade jetzt zu provozieren, wo er auf seine tolpatschige Art versuchte, einen Waffenstillstand herzustellen.
Sie traten langsam aus dem Feuerschein heraus und gingen eine Weile schweigend nebeneinander her. Zum erstenmal roch Charles die Whiskeyfahne. Es wunderte ihn nicht, daß Bent über eine Geheimration verfügte.
Als sie sich in sicherer Entfernung von den fünf Soldaten befanden, blieb Bent stehen und blickte Charles an.
»Der Erfolg der ganzen Rettungsaktion tilgt natürlich Ihre Schuld nicht. Sie haben sich einem direkten Befehl widersetzt.«
Charles stieg die Galle hoch. Jetzt verstand er das Manöver des Hauptmanns. Bent hatte absichtlich gewollt, daß die Männer ihn seinen Untergebenen loben hörten. Nachdem das einmal erledigt war, konnte er jetzt, bei einem Gespräch unter vier Augen, mit seiner wirklichen Botschaft herausrücken. Bents Stimme wurde um einige Grad härter, als er sagte:
»Es muß und wird eine Anklage gegen Sie vorgebracht werden.«
Charles ahnte dumpf, was dem Hauptmann schon lange klar war, und begriff dann plötzlich mit einem Schlag. Nur die Lantzmans waren Zeugen des heftigen Wortwechsels zwischen Charles und dem Hauptmann und Bents Nervenkrise gewesen. Sie würden nicht als Zeugen vor das Militärgericht geholt, es sei denn, Charles würde darauf bestehen. Aber auch in diesem Fall wäre es für den Staatsanwalt ein leichtes, ihre Eignung als Zeugen in Frage zu stellen, denn erstens handelte es sich um Zivilpersonen, die von militärischen Angelegen-

heiten keine Ahnung hatten, und zweitens könnte er geltend machen, daß durch den schweren Schicksalsschlag des Verlustes zweier Familienmitglieder ihre Wahrnehmung getrübt gewesen sei.
Charles fühlte die Falle hinter sich zuschnappen. Niemand würde ihn unterstützen und aussagen, daß er das Kommando in einer absoluten Notsituation übernommen hatte. Niedergeschlagen mußte er feststellen, daß seine eigene Gutmütigkeit ihn in diese Lage gebracht hatte. Beim Versuch, den Hauptmann zu schonen, hatte er nichts über dessen Verhalten bei den Soldaten verlauten lassen. Bent konnte ohne weiteres übertreiben und seine Zeugenaussage nach Belieben modifizieren. Zudem war er Charles' Vorgesetzter, und das Gericht würde eher einem erfahrenen Hauptmann als einem Brevetunterleutnant Glauben schenken.
Bents Profil leuchtete im Schein des Feuers auf, als er sich abwandte und genüßlich vor sich hinlächelte.
»Ich glaube, Sie — nicht ich — werden das Hauptopfer dieser Expedition gewesen sein, Leutnant! Guten Abend.«
Schlaflos und angespannt lag Charles später da, den Kopf auf dem Sattel. Das Feuer brannte nicht mehr, und seine Knochen waren steif vor Kälte. Seine verletzte Schulter schmerzte ihn.
Was für ein Dummkopf war er doch gewesen, auch nur einen Augenblick lang zu glauben, daß Bent hatte Frieden schließen wollen. Charles war die Zielscheibe eines Hasses, der so unbegründet und unversöhnlich war, daß er jeder Erklärung spottete. Mit einer Ausnahme: Bent mußte verrückt sein. Er hatte diesen Verdacht schon früher gehabt; die tragischen Ereignisse auf der Lantzman-Farm bestätigten lediglich seinen Eindruck.
Er schüttelte sich und zog sich den Hut über die Augen, um einschlafen zu können. Aber es half nichts. Während Stunden lag er wach und hörte immer wieder die Stimme des Hauptmanns, sah immer wieder dessen Gesicht.

48

Bent hatte vor, den Weg bis zum Camp Cooper in einem Tagesritt zurückzulegen, aber gegen drei Uhr nachmittags wurde der jüngere der Lantzman-Knaben von akuten Magenkrämpfen befallen. Seine Mutter bat den Hauptmann, für eine Weile einen Halt einzulegen, damit der Junge sich etwas ausruhen könne. Aus einigen Minuten wurde schließlich eine Stunde.

Im Norden braute sich ein Gewittersturm zusammen. Bent erteilte Befehl, den Lantzmans ein Halbzelt aufzurichten, und beschloß, da keine Gefahr drohte, dort zu übernachten und den Rest des Wegs am folgenden Tag zurückzulegen. Die Männer murrten über den Entscheid, aber Bent kümmerte sich nicht darum, denn er hatte ein wundes Gesäß vom Reiten und war froh um die Gelegenheit, seine Autorität wieder zu festigen.

Der Wind peitschte das Gras, und eine halbe Stunde lang flogen Staub und Äste durch die Luft. Aber es fiel nicht ein Tropfen Regen. Der Sturm entfernte sich, und die Soldaten waren mürrischer denn je. Sie hätten weiterreiten und noch vor dem Zapfenstreich im Camp sein können.

Das Lager wurde auf einer Ebene neben einem ausgetrockneten Flußbett aufgeschlagen. Am Ufer entlang wuchsen einige Baumwollsträucher, und dort hatte Bent seine Decken ausgebreitet und ein Feuer angefacht. Normalerweise hätten sich andere Offiziere ebenfalls um das Feuer geschart, aber Charles ging Bent bewußt aus dem Weg.

Das Halbzelt befand sich in etwa sechs Meter Entfernung von den Baumwollsträuchern, wo Bent im Schatten saß und trank. Nachdem er sich zweimal ausgiebig aus der Feldflasche bedient hatte, fühlte er sich wesentlich ruhiger. Er genoß den Duft des Feuers, das Summen der Insekten und die gedämpften Stimmen der Männer. Wieder griff er zur Flasche. Seine Phantasie gaukelte ihm farbenprächtige Visionen von Alexander dem Großen, Dschingis Khan und Napoleon vor. Er hatte bereits eine Entschuldigung für sein Benehmen auf der Farm gefunden und andere Faktoren dafür verantwortlich gemacht: der Mangel an Soldaten; der unglückselige Umstand, daß die beiden Männer, die Verstärkung holen sollten, umgekommen waren; die Feindseligkeit der Leutnants.

Nun, den einen der beiden Verräter hatte er ja bereits aus dem Weg geräumt und den andern würde er auch demnächst loswerden. Er stellte sich das Gesicht von Orry Main vor, wenn er vom unehrenhaften Abgang seines Verwandten hörte.
Kichernd stand er auf und setzte die Flasche wieder an. Stimmen, die vom Zelt der Lantzmans kamen, erweckten seine Aufmerksamkeit. Regungslos verbarg er sich hinter den Sträuchern und hörte zu.

»Weshalb soll ich da liegen, wenn ich nicht schlafen kann, Mama? Laß mich doch einen kleinen Spaziergang machen!«
Mrs. Lantzman folgte ihrer Tochter, die Muskete in den Händen, aus dem Zelt. »Na, einverstanden, aber geh nicht zu weit weg, und nimm das hier mit.«
»Brauch' ich nicht«, entgegnete Martha. »Es besteht keine Gefahr mehr. Der Delaware-Späher hat es gesagt.«
Ihr älterer Bruder, der im Schneidersitz beim erlöschenden Feuer saß, lachte und breitete die Arme aus. »Bei all den Soldaten, die hier herumsitzen, will Martha unbedingt ohne Schutz ausgehen.«
»Nimm das zurück«, rief sie ihm mit geballter Faust zu.
»Geh, wenn du nicht anders kannst, aber lassen wir diese Art Gespräch«, sagte Mrs. Lantzman ernst. Sie stützte sich auf den Lauf ihrer Waffe und sah ihrer Tochter nach, unter deren Füßen Gras raschelte. Sie ließ Martha einige Meter weit gehen und rief ihr dann mit sanfter Stimme zu:
»Nicht in die Richtung! Du wirst den Hauptmann stören.«
»Ach ja, stimmt. Hab' ich vergessen.«
Sie änderte die Richtung und schlug einen Bogen um die Baumwollsträucher. Sie war dankbar für die Warnung ihrer Mutter. Sie verabscheute den Hauptmann mit seinem groben, fetten Gesicht und den kleinen Augen, die sie so genau beobachtet hatten. Sie wußte wohl, weshalb er sie so angestarrt hatte. Sie war alt genug, um von seinen Blicken eine vage Erregung zu spüren, aber noch jung genug, um Angst davor zu haben.
Sie kam an einem zweiten kleinen Feuer vorbei. Der junge Leutnant saß dort mit nacktem Oberkörper und versuchte, seine lästige Schulterwunde neu zu verbinden. Martha anerbot sich, ihm zu helfen. Er dankte ihr auf seine galante Art, und sie ging aufgeregt weiter.

Charles stützte sich auf seine Ellbogen und blickte ihr fast wie ein besorgter Vater nach, bis sie in der Dunkelheit verschwand.

Elkanah Bent hatte die Hand zwischen die Oberschenkel gepreßt und wunderte sich über seine unerwartet heftige Reaktion. Das Lantzman-Mädchen, das er von seinem Versteck aus beobachtet hatte, war noch ein Kind. Aber nicht von der Taille an aufwärts, dachte er und fuhr mit der Zunge über die Lippen.
Es war schon lange her, seit er mit einer Frau geschlafen oder auch nur eine berührt hatte. Natürlich würde es kein Offizier wagen, Hand an ein so junges Mädchen zu legen. Aber er hatte dennoch das Bedürfnis, mit ihr zu reden, und mit ein wenig Glück konnte er sie vielleicht berühren.
Nur schon die Tatsache, daß ein solcher Impuls in ihm vorhanden war, schien ihm ein Zeichen dafür, daß das Glück wieder auf seiner Seite stand. Er hob die Feldflasche hoch, schüttelte sie und leerte sie in einem Zug. Immer noch etwas schüchtern, stand er langsam auf und ging geräuschlos durch das Baumwollgestrüpp, weg vom Lichtschein des Lagerfeuers.

Martha hatte die Anweisungen ihrer Mutter befolgt, sich nicht allzu weit zu entfernen, und war am Flußufer auf der andern Seite des Baumwollgestrüpps stehengeblieben. Sie war überrascht, wieviel sie im milden Licht des aufgehenden Mondes zu sehen vermochte. Sie kreuzte die Arme über der Brust, warf den Kopf in den Nacken und seufzte erleichtert.
Die nächtliche Brise hatte eine beruhigende Wirkung auf sie; das Gras raschelte leise. Mit sanfter Stimme begann sie 'Old Folks at Home' vor sich hin zu summen, als sie plötzlich durch ein Geräusch aufgeschreckt wurde. »Ist da jemand?«
»Nur Hauptmann Bent, kleines Fräulein.«
Er schälte sich aus dem Schatten der Bäume hervor, hutlos und etwas wacklig auf den Beinen. Ihr Herz begann zu rasen, doch sie schalt sich selbst einen Angsthasen. Sicherlich hatte sie nichts von einem Armeeoffizier zu befürchten.
»Ich habe ein Geräusch gehört«, sagte er und trat näher. »Es freut mich, daß es kein Feind ist.«

Sein Tonfall falscher Herzlichkeit beunruhigte sie. Er roch nach Whiskey und Schweiß und sah wie ein grotesker, zweibeiniger Elefant aus.
»Eine herrliche Nacht, nicht wahr?«
»Ich weiß nicht, das heißt, ja. Ich muß zurück —«
»So schnell? Ach bitte nicht! Noch nicht.«
Wie sanft und liebenswürdig er doch klang. Mit seiner tiefen Stimme erinnerte er sie eigentlich an einen vertrauenswürdigen Onkel. Und doch schwang etwas in der Stimme mit, das sie verwirrte und für einen Augenblick lähmte.
Er faßte es als Zustimmung auf. »Na, das ist besser. Ich wollte Ihnen bloß meine Hochachtung ausdrücken.«
Betrunken, dachte sie. Er ist betrunken. Sie hatte ihren armen Vater des öfteren betrunken erlebt und kannte die Anzeichen.
»Sie sind ein charmantes Mädchen. Außerordentlich hübsch und noch so jung.«
Sein großer runder Schädel verdeckte den Mond. Er war ja inzwischen dicht an sie herangetreten. »Ich möchte, daß wir Freunde sind.«
Er streckte seine Hand nach ihrem Haar aus und ließ einige ihrer langen glänzenden Strähnen durch seine Finger gleiten. Sie stand reglos vor Schreck.
Er tätschelte ihren Kopf und rieb ihr Haar zwischen Daumen und Fingern. Nach und nach zog er etwas stärker daran, bis er zerrte. Er *zerrte* sie. Sein Atem ging keuchend wie eine Dampfmaschine.
»Lassen Sie mich los! *Bitte!*«
Jegliche Freundlichkeit wich aus seinem Tonfall: »Reden Sie leise. Wir wollen keine Aufmerksamkeit erregen.« Und mit diesen Worten packte er sie am Unterarm. Sie stieß einen gedämpften Schrei aus.
»Verdammt noch mal, lassen Sie das!« rief Bent in Panik. »Ich warne Sie.« Diesmal schrie sie lauter. Er ebenfalls. »Aufhören! Aufhören, hab' ich gesagt!«
Er schüttelte sie, bis er plötzlich einen Ausdruck der Erleichterung in ihren Augen bemerkte. Er wirbelte herum, wie ein Mann, der sich plötzlich einem Schießkommando gegenübersieht. Als er Charles Main erkannte, wich er einige Schritte zurück.
Von der andern Seite her näherten sich der ältere der Lantzman-Söh-

ne, gefolgt von seiner Mutter. Die Muskete, die sie in der Hand trug, blitzte im Mondlicht auf.
Als Charles Bents Gesichtsausdruck und dann denjenigen des Mädchens sah, war ihm die Lage vollkommen klar. Mrs. Lantzman eilte auf ihre Tochter zu, und es folgte ein Durcheinander von erregten Stimmen.
»Martha, hat er dir wehgetan?« fragte der Bruder.
»Ich wußte ja, daß es gefährlich für dich sein würde, spazierenzugehen«, sagte die Mutter.
Dazwischen Bents heisere und aufgeregte Stimme: »Ich hab' ihr nichts getan! Nichts!«
Und das Mädchen: »O doch. Er hat seine Hände auf mich gelegt und mit meinem Haar gespielt. Er wollte nicht aufhören —«
»Ruhe«, befahl Charles. »Seid mal alle ruhig!«
Sie gehorchten. Inzwischen waren mehrere Soldaten herbeigeeilt. Charles machte eine abwehrende Handbewegung.
»Geht ins Lager zurück! Es ist alles in Ordnung.«
Die Männer machten kehrt und gingen zurück. Charles wartete, bis sie hinter den Baumwollsträuchern verschwunden waren, und warf Bent dann einen eindringlichen Blick zu. Der Hauptmann schwitzte heftig und schwankte auf seinen Füßen hin und her. Er wich Charles' Blick aus.
»Martha, sind Sie verletzt?« fragte Charles.
»N-nein.«
»Bringen Sie sie zurück ins Zelt, Mrs. Lantzman, und behalten Sie sie für den Rest der Nacht dort.«
Die Muskete umklammernd, fixierte die Frau den Hauptmann mit wildem Blick und sagte entschlossen: »Was sind das für Männer, die sie uns nach Texas schicken? Kerle ohne jegliche Moral?«
»Mrs. Lantzman, bitte unterlassen Sie das«, unterbrach sie Charles. »Ihrer Tochter ist nichts geschehen. Der Zwischenfall ist höchst unangenehm, aber wir waren alle einer großen Anspannung ausgesetzt. Ich bin sicher, daß der Hauptmann seine versehentliche Indiskretion bedauert und —«
»Versehentlich?« rief der Bruder des Mädchens verächtlich. »Er ist betrunken. Schnuppern Sie mal!«
»Verdammt noch mal, du unverschämter —«, platzte Bent heraus,

aber Charles hatte bereits seinen erhobenen Arm gepackt und hinuntergedrückt. Bent keuchte, öffnete die Faust und ließ den Arm fallen. Charles packte Martha und ihren Bruder sanft an der Schulter, drehte sie zu den Bäumen herum und sagte: »Bleibt im Zelt und versucht, den Zwischenfall zu vergessen. Ich bin sicher, daß Hauptmann Bent sich bei euch allen entschuldigen wird.«

»*Entschuldigen?* Unter keinen Umständen werde ich —«

Doch dann hielt er inne und flüsterte: »Doch. Betrachten Sie es bitte als getan.«

Mrs. Lantzman sah aus, als hätte sie ihn am liebsten erschossen. Charles redete sanft auf sie ein. »Bitte, gehen Sie jetzt.«

Die Frau reichte ihrem Sohn die Muskete, legte den Arm um Martha und führte sie weg. Bent preßte beide Handflächen auf sein Gesicht. »Danke«, sagte er zu Charles.

Charles entgegnete nichts.

»Ich verstehe nicht, weshalb Sie mir geholfen haben, aber ich bin — Ihnen dankbar.«

»Es hätte nichts an der Situation geändert, wenn sie Sie erschossen hätte. Sie hätte es höchstens später bereut. Wenn es eine Strafe für das gibt, was sich vorhin zugetragen hat, dann muß sie von einer andern Instanz kommen.«

»Strafe? Was meinen Sie genau?«

Wiederum schwieg Charles. Er drehte sich um und marschierte durch das windgekrümmte Gras davon.

Wenige Meilen vor Camp Cooper galoppierte Bent an die Spitze der Kolonne neben Charles. Sie waren kurz nach dem Frühstück aufgebrochen und seither durch den Nieselregen geritten. Charles fühlte sich in einer etwa gleich dreckigen Stimmung, wie seine Männer aussahen.

Bent räusperte sich. Charles ahnte, was nun kommen würde.

»Ich schätze das, was Sie gestern abend für mich getan haben. Ich hätte Ihnen gern meine Gefühle mitgeteilt, aber Sie waren nicht in der richtigen Stimmung, um zuzuhören, und so dachte ich mir, es nochmals zu versuchen.«

Charles starrte Bent unter seiner tropfenden Hutkrempe an. Es fiel ihm schwer, seinen Ekel zu verbergen. »Hauptmann, verstehen Sie

mich nicht falsch, ich habe es nicht getan, um Ihnen persönlich zu helfen. Ich tat es um der Uniform willen, die Sie tragen. Ich tat es für das Regiment. Verstehen Sie?«
»Ja, natürlich. Ich — ich erwarte nicht, daß Sie mir freundschaftliche Gefühle entgegenbringen. Was ich Sie fragen möchte — ich meine — wir werden ja bald wieder im Camp sein — was glauben Sie, wird Mrs. Lantzman sagen?«
»Nichts.«
»Was?«
Wie ekelerregend hoffnungsvoll Bent doch aussah! Charles lehnte sich auf die andere Seite und spuckte.
»Sie wird nichts sagen. Ich habe mich beim Frühstück mit ihr unterhalten, und sie hat begriffen, daß eine Anklage nichts bringen würde. Vielleicht hat Martha sogar aus der ganzen Angelegenheit eine Lehre gezogen. Mrs. Lantzman ist eine einfache und anständige Frau. Es ist niemandem ein schweres Leid zugefügt worden, und weshalb sollte sie dann Ihr Leben ruinieren?«
Nun kam der schwierigere Teil. Obgleich Charles' Methode auch nicht ganz makellos war, verfolgte er trotzdem einen lauteren Zweck. Ohne seinen Blick auch nur eine Sekunde von Bent abzuwenden, fuhr er fort:
»Aber ich weiß, daß sie jederzeit bereit wäre, nach Camp Cooper oder sogar nach Fort Mason zu kommen, wenn ich sie darum bitten würde. Sie würde es tun, wenn ich ihre Hilfe vor dem Militärgericht brauchte, um eine Aussage über meinen Charakter und den Charakter von andern zu machen.«
Bent zog die Augenbrauen hoch. Er verstand. Es wurde ihm bewußt, daß er zwar der einen Falle entkommen war, nun aber in einer andern saß, die noch erniedrigender war. Schlagartig verwandelte sich sein Gesicht in eine wutverzerrte Maske.
»Ihre Taktik steht derjenigen eines Verbrechers in nichts nach!«
»Quatsch, Hauptmann. Ich rette meine Karriere und gebe Ihnen eine Chance, Ihre zu retten. Es ist ganz einfach: Sie halten den Mund. Sollten Sie sich nicht mit diesem Gedanken anfreunden können, dann bringen wir die ganze Angelegenheit vor Major Thomas. Er hat Erfahrung mit Militärgerichten, und ich werde gerne seinem Urteilsvermögen vertrauen.«

»Nein, nein —« Bent hob beschwichtigend seine Arme. »Ich bin mit Ihren Bedingungen einverstanden. Es wird keine Klage erhoben werden.«
Charles konnte sich ein kühles Lächeln nicht verkneifen.
»Ich war sicher, daß Ihre Entscheidung so ausfallen würde.«
Er tippte an die Hutkrempe, schwenkte nach links ab und galoppierte an der Kolonne vorbei zurück; Schlamm wirbelte hinter ihm auf. Ein dicker Klumpen klatschte auf Bents Schulter.

49

Die Lantzmans übernachteten in Camp Cooper und machten sich dann mit einer Begleitmannschaft auf den Weg zurück zur Farm. Bent verschwand in seinem Quartier; erneut hatte ihn ein heftiger Ruhranfall gepackt. Charles verstand wenig von Medizin, aber er vermutete, daß die Aufregung der letzten Tage an Bents Krankheit schuld war.
Charles und der Hauptmann wurden vom Hauptquartier in Washington für ihre Rettungsaktion gelobt. Lafayette O'Dell wurde posthum geehrt. Seine Leiche wurde nie gefunden.
Bent beantragte einen Urlaub aus gesundheitlichen Gründen, der ihm auch gewährt wurde. Somit fiel Charles die Aufgabe zu, die Familienangehörigen von O'Dell und den drei andern Männern, die bei der Expedition ums Leben gekommen waren, zu benachrichtigen. Es mangelte ihm an Talent für derartige Pflichten, und er machte sich mit Widerwillen daran, erledigte dann aber doch alles an einem Abend.
Als er mit dem letzten Brief zu Ende war, konnte er endlich im stillen über Gefühle nachdenken, die ihn in den letzten Tagen immer wieder bedrängt hatten. Er war nicht mehr derselbe Offizier, nicht mehr derselbe Mensch, der sich mit der Rettungstruppe zur Lantzman-Farm aufgemacht hatte.
Oberflächlich schien sich nichts verändert zu haben. Er war immer noch voller Tatendrang und lachte genauso viel wie früher, aber in seinem tiefsten Innern hatte sich eine große Änderung vollzogen, eine

Wandlung auf Grund all dessen, was er während der Expedition erlebt und getan hatte. Die Kadettenzeit in West Point war zu einer angenehmen Erinnerung verblaßt. Der romantische Abenteurer hatte sich in einen abgehärteten Berufssoldaten verwandelt.
Der junge Charles war gestorben, und wie der Phönix aus der Asche war ein Mann geboren worden.

»Ich habe gehört, daß heute morgen eine Postsendung eingetroffen ist«, sagte Charles am vierten Tag nach seiner Rückkehr ins Camp.
»Ja, Sir. Das ist für Sie gekommen.« Der Unteroffizier überreichte ihm ein Bündel von drei Briefen und fügte entschuldigend noch hinzu: »Der Postsack lag sechs Wochen in einem Camp in San Antonio.«
»Weshalb?« fragte Charles ärgerlich und sah das Päckchen rasch durch. Der oberste Brief war mehr als zentimeterdick; Charles erkannte Orrys Handschrift auf allen dreien.
»Weiß ich nicht, Sir. Das ist wohl so bei der Armee.«
»Bei der Armee in Texas zumindest.«
Charles begab sich in sein Quartier zurück und riß schon unterwegs den dicken Brief auf. Der Brief war im April abgeschickt worden:

Deine Frage in bezug auf Deinen Kommandanten veranlaßt mich zu einer unverzüglichen und besorgten Antwort. Falls es sich um denselben Elkanah Bent handeln sollte, den ich von der Akademie und von Mexiko her kenne, muß ich Dich dringend vor ihm warnen: Du könntest Dich in großer Gefahr befinden.

Charles hielt abrupt inne. Obwohl es brennend heiß war, fror er plötzlich:

Ich will versuchen, es Dir zu erklären — obwohl, wie Du zweifellos selbst durch Deine Zusammenkünfte mit dem fraglichen Herrn festgestellt haben wirst, sein Verhalten weder logisch noch sonstwie zu erklären ist. Dies war auch schon so, als George Hazard und ich das Unglück hatten, ihm zum erstenmal zu begegnen. —

Hastig faltete Charles den Brief wieder zusammen, warf einen prüfenden Blick nach allen Seiten und ging auf sein Zimmer, wo er sich hinsetzte und die eng beschriebenen Seiten las, die ihm die merkwürdige Geschichte von zwei West-Point-Kadetten erzählten, die sich die ewige Feindschaft eines dritten zugezogen hatten. Als er mit dem

Brief zu Ende war, legte er ihn auf seinen Schoß und starrte durch das Rechteck des geöffneten Fensters in die sonnenhelle Ferne. Orry hatte recht: Es war schlichtweg unmöglich, einen Haß zu verstehen, der so tief und verzehrend war, daß Bent sich weitere Mitglieder der Hazard- und Main-Familie als Opfer suchte. Aber der Haß war Wirklichkeit und hatte ihn in den vergangenen Wochen immer wieder auf eine harte Probe gestellt.
Er las den Brief mehrmals durch und schenkte Orrys Bericht über die Ereignisse in Mexiko besondere Aufmerksamkeit. Doch der Schock ließ kaum nach, ganz im Gegenteil.
Er war dankbar dafür, daß sein Vetter ihn gewarnt hatte. Und doch kam ihm das, was er nun wußte, irgendwie schlimmer vor als seine frühere Unwissenheit. Bent hatte seine Haßgefühle während mehr als fünfzehn Jahren genährt, was Charles zeigte, wie verrückt der Mann tatsächlich sein mußte. Ein völlig neues Gefühl, das ihn beschämte, dessen er sich aber nicht erwehren konnte, beschlich ihn: Todesangst.

Wenn er in der Folge mit Bent zusammentraf oder mit ihm reden mußte, hatte er die größten Schwierigkeiten. Immer wieder wurde er sich der Wahrheit bewußt, die er nun kannte und die hinter dem listigen Blick des Hauptmanns verborgen lag.
Bent seinerseits wirkte beträchtlich lockerer. Er redete kaum mit seinem Unterleutnant, außer wenn es der Dienst verlangte. Das war eine Erleichterung. Vielleicht hatte sich die Gefahr verringert, weil Charles immer noch die Trumpfkarte Mrs. Lantzman gegen Bent ausspielen konnte.
Im Lauf der Wochen ließ Charles' Furcht etwas nach, und er wartete gespannt auf den Tag, an dem er und Bent zu anderen Einheiten versetzt und getrennte Wege gehen würden.
Bis dahin mußte er wachsam bleiben.
Während der Zeit des Nichtstuns, die auf die Rettungsaktion auf der Lantzman-Farm folgte, diskutierten die Männer aus Ohio der K-Kompanie heftig über die Ereignisse im Osten. Der um seine Wiederwahl in den Senat kämpfende Stephen Douglas hatte mit dem Republikaner Lincoln in verschiedenen Städten in Illinois öffentlich debattiert. Experten waren der Meinung, Douglas werde wahrscheinlich im Januar nach Washington zurückkehren, seinen Sieg jedoch teuer

erkaufen. Bei ihrem Treffen in Freeport hatte Lincoln seinem Gegner während einer hitzigen Debatte über den Missouri-Kompromiß von 1820 und den Fall Dred Scott ein schwerwiegendes Zugeständnis abgerungen. Das Oberste Bundesgericht war bei seiner Dred-Scott-Entscheidung für die Unverletzbarkeit der Eigentumsrechte der Sklavenbesitzer eingetreten und hatte den Missouri-Kompromiß, der ein Sklavereiverbot nördlich einer Demarkationslinie vorgesehen hatte, für ungesetzlich erklärt. Die Theorie der Volkssouveränität war somit wirksam negiert worden. In seiner Antwort auf Lincolns scharfsinnige Fragen meinte Douglas, daß es — Bundesgericht hin oder her — für die Territorien immer noch einen einfachen, verfassungsmäßigen und äußerst praktischen Weg gebe, die Sklaverei zu verhindern, und zwar indem die Regierung sich weigerte, Gesetze zum Schutz der Rechte der Sklavenbesitzer zu erlassen. Kein vernünftiger Mann würde sich Neger leisten, wenn er Gefahr lief, sie wieder zu verlieren. »Die Sklaverei kann nirgends für einen Tag oder für eine Stunde bestehen«, meinte Douglas, »es sei denn, sie wird durch lokale polizeiliche Maßnahmen unterstützt.«

Douglas' Ansicht fand ihren Niederschlag in der sogenannten Freeport-Doktrin. Ein Offizier aus dem Süden, der der Ersten Infanterie angehörte, sagte in Camp Cooper zu Charles:

»Der Mann hat sich selbst zu Fall gebracht. Die Demokraten in unserm Landesteil werden ihm nie wieder ihre Stimme geben.«

Im Oktober hielt Senator Seward im Norden des Staats New York eine Ansprache, die allgemeinen Anklang fand. Er sagte, daß der Norden und der Süden in bezug auf die Sklaverei in einem 'offenen Konflikt' zueinander stünden, eine Aussage, die den Süden erneut in Harnisch brachte. Sogar eifrige Verfechter der Republikaner im Camp waren der Ansicht, daß Seward mit seinen Worten das Land einen Schritt weiter in Richtung Bürgerkrieg getrieben habe.

Und doch konnten es sich nur wenige vorstellen, daß eines Tages Amerikaner gegen andere Amerikaner die Waffen erheben würden. Es blieb vorderhand bei Wortgefechten.

Bei all diesen Diskussionen gab auch Elkanah Bent gelegentlich seinen Kommentar zum besten. Er war von seinem langen Urlaub zurückgekehrt, hatte gut vier Kilo abgenommen, seine höchst eigenartigen Ansichten aber nicht geändert. Seiner Meinung nach war ein bewaffneter Konflikt durchaus vorstellbar, und er ließ keinen Zweifel daran, daß er dies genießen würde.

»Mit einem Krieg könnten wir endlich die Theorie in die Praxis umsetzen. Wozu werden wir schließlich ausgebildet? Was ist denn Ziel und Zweck unseres Berufs? Wir sind nicht zur Erhaltung des Friedens da, sondern um den Krieg zu gewinnen, wenn das Blut einmal fließt. Das ist unsere einzige Berufung. Ein heiliger Auftrag, meine Herren.«

Mehreren Offizieren einschließlich Charles fiel Bents überschwenglicher Gesichtsausdruck auf. Einige schüttelten den Kopf; Charles nicht. Nichts von alledem, was der Mann sagte, konnte ihn noch überraschen.

Während des Winters redete Charles nur mit Bent, wenn es die Pflicht gebot, und war deshalb eines Abends im April 1859 ziemlich überrascht, als es an seiner Tür klopfte und der Hauptmann in der milden Dämmerung stand.

Bent lächelte. »Guten Abend, Leutnant. Sind Sie bereit, einen Gast zu empfangen?«

»Natürlich, Sir. Treten Sie ein.«

Er trat zurück; die Anwesenheit des Hauptmanns spannte seine Nerven aufs äußerste. Bent stolzierte herein, und Charles schloß die Tür. Es roch nach Whiskey.

Bents Erscheinen verblüffte ihn. Der Hauptmann hatte sich in volle Uniform gestürzt, mit Säbel und allem, was dazugehörte. Er nahm den Hut ab. Er trug einen Mittelscheitel, sein pomadisiertes Haar glänzte. Er warf einen flüchtigen Blick auf einige große braune Fotos, die auf einem Stuhl lagen.

»Bilder von zu Hause?«

»Ja, Sir. Sie wurden bei einem Fest zum Jahrestag der Hochzeit meiner Kusine Ashton aufgenommen. Die meisten Leute stammen von benachbarten Plantagen.«

Er reichte Bent eine der Fotografien, um ihn auf die Probe zu stellen, deutete auf ein finsteres, bärtiges Gesicht und sagte vorsichtig: »Das ist mein Vetter, Orry Main. Er hat mich dazu ermutigt, die Akademie zu besuchen. Er selbst hat auch dort abgeschlossen. Ich glaube, etwa zu Ihrer Zeit.«

Bent preßte die Lippen zusammen, betrachtete das bärtige Gesicht, aber Charles bemerkte nicht die geringste Reaktion. Der Mann war ein guter Schauspieler; auch das machte ihn gefährlich.
»Ich erinnere mich vage an einen Kadetten namens Orry«, sagte Bent. »Ich habe ihn kaum gekannt. Sogar in jenen Tagen haben sich Yankees und Südstaatler nicht viel miteinander abgegeben.«
Der Hauptmann wollte das Bild eben zurückreichen, als etwas seine Aufmerksamkeit erneut erregte. Er klopfte mit dem Zeigefinger auf eine dunkelhaarige Frau, die am Rand der Gruppe stand. Ihrem starren Blick haftete etwas Lebloses an, und doch fand er sie atemberaubend schön.
»Welch schönes Geschöpf. Sie sieht irgendwie exotisch aus.«
Weshalb zum Teufel war der Hauptmann an Madeline LaMotte interessiert? Weshalb kam er überhaupt hierher?
»Sie ist Kreolin und stammt aus New Orleans.«
»Aha, deswegen.«
Bent fragte sich, in welchem Zusammenhang die Frau wohl mit den Mains stehen könnte. War sie durch Heirat mit ihnen verwandt oder handelte es sich lediglich um eine Nachbarin? Aber er mußte seine Neugier zügeln, denn wenn er Charles weiter Fragen stellte, könnten am Ende seine wahren Gefühle für Orry Main zutage treten. Er starrte noch einige Sekunden auf das hübsche Gesicht und gab Charles das Bild zurück.
Charles nahm die andern Fotografien vom Stuhl, und Bent setzte sich. Sein Blick ruhte auf dem jungen Mann. »Ich wollte Sie schon seit einiger Zeit besuchen, Leutnant, um Ihnen meinen Dank für Ihre Diskretion in den vergangenen Monaten abzustatten.«
Charles zuckte die Achseln, wie um zu sagen, daß der Hauptmann nichts anderes zu erwarten hatte.
»Aber Schweigen ist im wesentlichen negativ«, fuhr Bent fort. »Ich habe mich bemüht, unser Verhältnis auf ein Niveau der Freundschaft zu heben. Ich möchte in Zukunft mit Ihrer Freundschaft rechnen können.«
Mein Schweigen, dachte Charles; er macht sich also Sorgen. Er möchte eine Zusicherung, daß ich ihn weiterhin decke. Aber Charles fragte sich, ob damit alles erklärt sei.
Bent blickte ihn merkwürdig eindringlich an. Er fuhr sich mit der

Zungenspitze über die Oberlippe und fügte hinzu: »Selbstverständlich können Sie auch auf meine Freundschaft zählen.«
Charles fühlte bei diesen Worten ein Unbehagen in sich aufsteigen, und auch der Tonfall kam ihm höchst befremdlich vor. Welche Falle verbarg sich hinter Bents schmeichlerischer Herzlichkeit? Er wußte es nicht, und diese Ungewißheit machte ihn nervös, als er entgegnete: »Die Vergangenheit existiert nicht mehr, Hauptmann, und ich habe nicht die Absicht, sie wieder hervorzukramen.«
»Na sehr schön! Dann können wir wirklich Freunde werden. Ich habe einflußreiche Bekannte im Kriegsministerium, ja, eigentlich in ganz Washington. Sie waren meiner Laufbahn förderlich und könnten auch etwas für Ihre Karriere tun.«
Orry hatte Charles erklärt, weshalb Bent trotz seines schlechten Rufs immer wieder erfolgreich gewesen war. Charles nahm dem Hauptmann diesen plumpen Annäherungsversuch übel.
»Vielen Dank, Sir. Aber ich ziehe es vor, selbständig weiterzukommen.«
Bent sprang auf. Farbflecke traten auf seine Wangen. »Ein Mann kann immer Hilfe gebrauchen, Charles —« Er riß sich zusammen: Das war ihm eine Spur zu wütend herausgerutscht, aber er konnte nichts dafür. Einerseits stieß ihn der große, schlanke junge Offizier ab, weil er ein Main und ein Südstaatler war, andererseits fühlte er sich stark von ihm angezogen. So stark, daß er nach Wochen der Unentschlossenheit schließlich genügend Whiskey getrunken hatte, um den Mut für diesen Vorstoß aufzubringen.
Hatte Charles etwas davon bemerkt? Er hoffte es nicht und versuchte zu lächeln.
»Ich würde meinen, daß Sie weniger Hilfe nötig haben als die meisten. Sie sind wirklich ein Soldat, wie er im Buch steht.« Plötzlich ließ er trunken vor Erregung seinen Gefühlen freien Lauf und berührte Charles' Unterarm. »Sie sind ein außerordentlich gut aussehender junger Mann.«
Sanft aber bestimmt zog Charles seinen Arm zurück.
»Sir, ich glaube, es ist besser, wenn Sie gehen.«
»Bitte, schlagen Sie nicht diesen Tonfall an! Waffenbrüder sollten einander helfen und Trost spenden, besonders an einem so einsamen und gottverlassenen Ort wie —«

»Hauptmann, gehen Sie, bevor ich Sie rausschmeiße!«
Leichenblaß setzte Bent seinen Hut auf und knallte die Tür hinter sich zu. Sein Gesicht brannte.
Ein Koyote jaulte, als er in die Dunkelheit davonhastete, zum Mord entschlossen. Eines Tages würde er es tun, bei Gott.
Charles hatte geglaubt, daß Bent ihn nicht mehr schockieren könne. Welch fataler Irrtum!
Dieser Zwischenfall war mehr als eine bloße Bestätigung der Gerüchte über die sexuellen Neigungen des Hauptmanns. Es war ein Beweis dafür, daß Bents eigenartige Triebe mit seinen Haßgefühlen koexistierten, und je nach Stimmung und Alkoholmenge überwog der eine oder der andere Aspekt. Mit dieser Erkenntnis setzte Charles dem Bild, das er sich von Bents Wahnsinn machte, einen letzten widerlichen Klecks hinzu.
Sein Zimmer kam ihm plötzlich eng vor. Er zog sein bestes Hemd über, stopfte es in die Hose und stapfte zum Stall, um nach seinem Pferd zu sehen. Die nächtlichen Geräusche des Camps — die Rufe der Wachposten, ein Käuzchen im Frühlingswind — beruhigten seine Nerven wieder.
Vor dem Stall blieb er stehen und betrachtete den Sternenhimmel. Dabei atmete er den kräftigen Geruch von Heu, Stallmist und Pferden ein und fühlte sich wie gereinigt. Immer wieder würde ihn dieser Geruch an Texas und an die Armee erinnern; er liebte beide.
Er dachte wieder an Bent und wurde von einem unerwarteten Gefühl des Mitleids gepackt. Was mußte das für ein Gefühl sein, in diesem elefantösen Körper gefangen zu sein mit Würmern, die dauernd an der geistigen Gesundheit nagten? Das Mitleid verstärkte sich, doch dann gewann eine klare und stille Warnung die Oberhand:
Besser nicht zuviel Mitleid mit einem Mann, der dich im nüchternen Zustand liebend gerne ermorden würde.
Damit rückten die Dinge wieder in die richtige Perspektive. Charles war sich darüber im klaren, daß er weiterhin wachsam sein mußte, bis zum Tag, da sich ihre Wege trennen würden. Und dieser Tag mußte kommen! Er holte erneut tief Atem und erfreute sich an den süßen Düften dieser Nacht in Texas. Pfeifend betrat er den Stall.

50

In jenem Sommer und Herbst 1859 konnte Orry beobachten, wie sich das Sezessionsfieber seuchenartig ausbreitete. Huntoon bereiste ganz Südkarolina sowie einige Nachbarstaaten und hielt Ansprachen in Kirchen, bei Privatfesten und in öffentlichen Gebäuden. Er bewarb sich um die Mitgliedschaft bei der 'African Labor Supply Association', die sich für die Wiederherstellung des Sklavenhandels einsetzte. Huntoon befürwortete weiterhin eine eigene Regierung für den Süden, wobei er alle möglichen Begründungen vorbrachte, angefangen bei Sewards 'offenem Konflikt' bis zu Argumenten, die er Hinton Helpers Buch entnahm, ohne natürlich jemals seine Quelle zu verraten.

Orry bewunderte die unermüdliche Energie seines Schwagers, wenn auch nicht unbedingt dessen Ansichten. Er bewunderte auch Ashton, die ihren Gatten überallhin begleitete.

Im Herbst fiel Orry eine interessante und vielleicht nicht unbedeutende Entwicklung auf. In Columbia wandte sich Senator Wade Hampton in einer Ansprache an den Staat und plädierte für die Erhaltung der Union und gegen die Wiederaufnahme des Sklavenhandels. Seine Äußerungen wurden überall bekanntgemacht und beinahe einmütig von der Pflanzeraristokratie verworfen. Er fiel sozusagen über Nacht in Ungnade, während Huntoon immer beliebter wurde.

Cooper, der die eine Hälfte seiner Zeit in seiner Werft auf James Island und die andere in den Räumlichkeiten der Demokratischen Partei verbrachte, übermittelte die Frohbotschaft, daß zu Beginn des nächsten Jahres mit dem Bau der riesigen *Star of Carolina* begonnen würde. Orry beschloß, George diese Nachricht persönlich zu überbringen. Er vermißte seinen besten Freund und freute sich unbändig darauf, ihn wiederzusehen.

Als Brett von seiner Reise hörte, bat sie ihn, mitkommen zu dürfen. Sie hatte vor, von Pennsylvania aus nach St. Louis weiterzufahren, wo sie Billy — in Begleitung ihres Bruders — einen Besuch abstatten könnte. Orry war über die Aussicht einer solch langen Reise nicht gerade begeistert, aber er konnte verstehen, daß Brett Sehnsucht nach ihrem Billy hatte, und gab deshalb ohne lange Diskussion nach.

Sie waren noch nicht sehr weit gekommen, als er seine Entscheidung, eine Reise zu unternehmen, bereits bedauerte. In North Carolina, wo sie zum erstenmal umsteigen mußten, bat er den Bahnhofsvorstand um einen Fahrplan.

»Haben wir nicht«, sagte der Mann mit dem für den Staat typischen Nasalakzent.

»Können Sie mir dann bitte sagen, wann unser Zug in —?« Er brauchte den Satz nicht mehr zu beenden, denn der Mann hatte einfach kehrtgemacht und war weggegangen.

Mißmutig schlenderte Orry zur Bank zurück, wo Brett sich niedergelassen hatte. »Man scheint hier etwas gegen Fragen zu haben. Oder gegen Leute aus South Carolina.« In North Carolina waren viele gegen die Sklaverei, und wahrscheinlich hatte der Mann Orrys Akzent erkannt.

Auf der nächsten Etappe ihrer Reise schaffte es ein schwarzer Gepäckträger — ein befreiter Sklave —, einen von Bretts Koffern fallenzulassen, es war genau jener, bei dem sie ihn um besondere Sorgfalt gebeten hatte. Er enthielt nämlich einige zerbrechliche Geschenke für Lehigh Station. Das Mißgeschick ereignete sich, als der Neger das Gepäckstück vom Gepäcknetz herunternahm. Den Tränen nahe, wickelte Brett einen gläsernen Pelikan aus, den sie für Constance gekauft hatte. Das dekorative Stück war in drei Teile zerbrochen.

»Es tut mir wirklich leid, Ma'am«, sagte der Gepäckträger, aber Orry bemerkte ein böswilliges Funkeln in den Augen des Mannes.

In Petersburg, Virginia, kam ein neuer Schaffner an Bord. Orry zeigte die Fahrkarten vor, die den Stempel der Ausgabestation in Charleston trugen. Der Schaffner schlug plötzlich einen sehr amtlichen Ton an. »In Washington und dann in Baltimore umsteigen«, sagte er mit einem Akzent, der auf Neu-England schließen ließ.

»Danke«, sagte Orry. »Wir haben sieben Gepäckstücke. Werde ich in Washington einen Gepäckträger auftreiben können?«

»Tut mir leid, das weiß ich nicht. Ich habe nichts mit Gepäckträgern zu tun. Vielleicht hätten Sie einen ihrer Niggersklaven mitnehmen sollen.«

Orry stand langsam auf; er war gut einen halben Kopf größer als der Schaffner, der sofort eine etwas manierlichere Haltung einnahm. »Ich bin empört über Ihre Unverschämtheit«, sagte Orry. »Meines Erachtens habe ich nichts getan, das eine solche Unhöflichkeit recht-

fertigen könnte«, er schwenkte die Fahrkarten, »es sei denn, daß Sie es als Ärgernis betrachten, wenn man aus dem Süden kommt.«
»Bitte Orry«, flüsterte Brett, »wir wollen kein Aufsehen.«
Der Schaffner benützte die Gelegenheit und verschwand. »Ich schicke Ihnen den für diesen Wagen zuständigen Dienstmann«, rief er ihnen zu, als er in der Tür am Ende des Erstklaßwagens verschwand.
Sie sahen ihn nicht wieder. Den Dienstmann natürlich auch nicht.

Der Zug ratterte in der herbstlichen Abendsonne in Richtung Richmond. Orry starrte durch das schmutzige Fenster hinaus. »Weshalb zum Teufel haben wir soviel Schwierigkeiten? Liegt es an mir? Fordere ich sie heraus?«
Brett klappte ihr Buch zu. Mit einem traurigen Blick auf ihren Bruder sagte sie: »Nein — es sei denn, dein Carolina-Akzent.«
»Bist du sicher, daß ich nicht an irgendeinem Verfolgungswahn leide?«
Sie schüttelte den Kopf. »Es ist mir aufgefallen, daß man uns ganz anders behandelt als früher. Ganz anders als zum Beispiel in Newport. Damals waren die Leute freundlich. Jetzt nicht mehr.«
»Aber in Virginia und North Carolina sind wir doch noch im Süden!«
»Nicht im tiefen Süden; nicht im Baumwoll-Süden. In beiden Staaten gibt es viele Männer und Frauen, die eher Yankees als Südstaatler sind. Das ist der Unterschied.«
Dann widmete sie sich wieder ihrer Lektüre. Orry reagierte auf die feindselige Haltung, die ihnen entgegenschlug. Als sie in Baltimore ankamen, hatte sich seine düstere Stimmung mitnichten gelegt.
Von der Camden Street mußten sie sich zum Bahnhof der Philadelphia-Wilmington-Baltimore-Linie begeben. Brett freute sich über die Fahrt mit der Pferdekutsche, aber Orry war viel zu hungrig. Er mußte unbedingt etwas essen, bevor ihr nächster Zug ging.
Die Eisenbahnverwaltungen ließen zwar immer wieder verlauten, daß demnächst alle Züge mit Speisewagen ausgerüstet sein würden, aber bis dahin war dies nur bei wenigen Zügen der Fall. Die Alternative war nicht sonderlich attraktiv. Man konnte entweder etwas von den fliegenden Händlern kaufen, die den Zug entlang liefen und ihre Wa-

re feilboten, oder mit stoischer Gelassenheit in eines der schäbigen Bahnhofsrestaurants eintreten und sich mit einer schlechten Mahlzeit zufriedengeben. Orry entschied sich in Baltimore für die letztere Variante.

Er hielt Brett die Tür zum Eßsaal offen. Sie hob ihre Röcke hoch, wollte über die Schwelle treten und warf rasch einen Blick auf die Theke und die darum herum stehenden Tische. Lauter Männer, die ihr kühne, fast beleidigende Blicke zuwarfen. In Orry stieg bereits Zorn hoch. Brett schüttelte den Kopf.

»Ich hab' eigentlich keinen Hunger, Orry. Ich werde hier draußen auf der Bank auf dich warten. Mach dir keine Sorgen.«

Er half ihr, sich auf der Bank niederzulassen, und betrat dann das Restaurant. Überall unterhielt man sich lärmend. Er spähte durch den Saal, bemerkte einen leeren Tisch und setzte sich hin.

Er bestellte geräuchertes Schweinefleisch mit weißen Rüben und Maiskuchen. Dann zog er die kleine Bibel aus der Tasche, die er in letzter Zeit fast immer bei sich trug; wieder und wieder las er das Hohelied von Salomo, weil ihn so viele Verse an Madeline erinnerten. Seit dem Fest zum Jahrestag der Hochzeit von Ashton hatte er nicht mehr mit ihr reden können. Sie hatten sich damals kurz und förmlich unterhalten; sie war nicht sie selbst und wirkte irgendwie der Realität entrückt. Er hatte sich bei Justin erkundigt, ob sie krank gewesen sei, aber Justin hatte bloß gelächelt.

Orry beugte sich über die offene Bibel. Wenige Minuten später knallte der Kellner ihm einen Teller auf den Tisch. Er brachte es ebenfalls fertig, etwas von dem Kaffee, den Orry bestellt hatte, zu verschütten. Orry hielt sich unter Kontrolle.

Er versuchte während des Essens zu lesen, aber er konnte sich nicht konzentrieren; die Stimmen am Nachbartisch waren zu laut. Schließlich lehnte er sich in seinem Stuhl zurück und hörte dem Gespräch zu.

»Das ist alles, worüber die verdammten Südstaatler reden können, eine eigene Regierung.« Der Redner war der älteste Mann einer Dreiergruppe, ein hohlwangiger Typ mit Kinnbart. »Von mir aus, sollen sie sie haben! Sollen sie doch in das Boot mit dem Leck einsteigen und untergehen.«

»Verdammt noch mal, nein!« schrie ein Mann mit einer Hakennase, der tölpelhafte Typ des Handlungsreisenden. »Jeder, der so etwas sagt oder sich damit einverstanden erklärt, sollte gehängt werden, und zwar hoch genug, damit alle sehen können, wie ein Verräter aussieht.«

»Das stimmt«, sagte ein unscheinbarer Mann in mittleren Jahren.

Orry war klar, daß es sich bei den drei Männern um Grobiane handelte, die untereinander Bestätigung suchten. Er wußte, daß er sich ruhig verhalten und keinen Ärger erregen sollte. Doch all die Böswilligkeiten, denen er im Lauf des Tages ausgesetzt gewesen war, ließen ihn seine Vorsicht über Bord werfen. Er setzte seine Kaffeetasse gerade laut genug auf dem Tisch auf, um die allgemeine Aufmerksamkeit auf sich zu lenken.

»Aber meine Herren«, sagte er mit einem kühlen Lächeln, »das klingt ja so, als ob Sie persönlich durch eine friedliche Regierung des Südens bedroht wären. Ich habe zwar auch nicht viel für die Idee übrig, aber ich würde es doch nicht Verrat nennen. Es ist bloß Blödheit — die man zwar begreifen kann. Der Süden hat während einer ganzen Generation unter Beleidigungen und Verleumdungen gelitten.«

Wenn jemand mit Orry einverstanden war, ließ er sich nichts anmerken. Der Kerl mit dem Kinnbart fragte: »Aus welchem Staat kommen Sie, Sir?«

»South Carolina.«

Der Mann lehnte sich auf den Silberknauf seines Spazierstocks und lächelte selbstgefällig. »Das hab' ich mir gedacht.«

Der Mann mit der Hakennase fügte scharf hinzu: »Lesen Sie die Verfassung — und dann werden Sie wissen, daß Sezession Verrat ist. Ihr Burschen aus den Baumwollstaaten bedroht uns ja schon seit Jahren damit! Macht nur weiter so. Nur weiter! Aber wenn Ihr nicht aufhören könnt, steht es Buck Buchanan rechtmäßig zu, Euch in Ketten zu legen. Oder aufzuhängen!«

Ein Mann in der Nähe sagte: »Amen.«

Orry fielen die feindseligen Gesichter an der Theke auf. Zwei stämmige Burschen in schmutzigen Überkleidern. Offensichtlich Weichensteller, den dicken Knüppeln nach zu schließen, die auf ihren Knien lagen.

»Hol's der Teufel«, kicherte einer der beiden, »das würde Old Buck nie tun, dieser Gimpel.«

Der Mann, der Amen gesagt hatte, pflichtete ihm bei. »Dann soll sie die Armee hängen«, schlug ein anderer vor. Draußen wurden die Passagiere für den Zug nach Philadelphia aufgerufen.
»Das funktioniert nicht«, sagte die Hakennase. »Die Armee wird ja vom West-Point-Pöbel regiert. Die meisten sind Südstaatler. Und wenn sie vor die Wahl gestellt werden, ihrem Eid, das Land zu verteidigen, treu zu bleiben oder eine Regierung zum Schutz ihrer Nigger aufzustellen, dann ist ja klar, wofür sie sich entscheiden werden.«
Orry hämmerte das Blut in den Schläfen. Sein Hemd fühlte sich unter seinem Mantel schweißdurchnäßt an. Er legte die Hand auf die Bibel.
»Passen Sie auf, was Sie sagen, Sir.«
»He, was soll das?« rief die Hakennase und sprang derart heftig auf, daß der Stuhl umkippte. Die beiden Weichensteller traten mit ihren Knüppeln in der Hand hinter ihn. Zwei Kunden schmissen ihr Geld auf den Tisch und verschwanden eilends.
Orry stand ganz langsam auf. Als die Hakennase sah, wie groß er war und wie wild er dreinblickte, trat er zurück.
»Ich habe gesagt, daß Sie aufpassen sollten, was Sie über die Militärakademie sagen. Ich habe in West Point abgeschlossen, und ich habe in Mexiko gekämpft.« Er neigte den Kopf zu seinem leeren linken Ärmel hinunter. »Ich habe für das ganze Land gekämpft. Auch für die Yankees.«
»Stimmt das wirklich?« sagte der Hakennasige aufgebracht. »Nun, *Sir,* ich behaupte immer noch, daß Ihr West-Point-Aristokraten eine sezessionistische Ader habt, die mindestens einen Kilometer lang ist.«
Zwischenrufe und Beifall. Einer der Weichensteller spähte über die Schulter des Hakennasigen. »Vielleicht verpaßt dieser Gentleman aus dem Süden seinen Zug? Vielleicht muß er sich in Baltimore einen neuen Mantel kaufen!«
Die Hakennase fing an zu grinsen. Orry warf einen hastigen Blick auf die ihn umringenden Gesichter. Alle feindselig. Sein Magen schmerzte. Die Weichensteller kamen langsam auf ihn zu.
Ein Geräusch, das hinter der Theke herkam, gebot ihnen Einhalt. An der Küchentür stand ein Mann mit einem Gewehr im Anschlag.
»Falls hier jemand neue Mäntel austeilen will, muß er mich auch mit einem versehen.« Er wandte sich an Orry. »Ich stamme aus Balti-

more. Bin hier geboren und aufgewachsen. Es tut mir leid, daß man Sie in unsrer Stadt so schlecht empfangen hat.«
»Orry?«
Bretts Stimme kam von der Tür her. Sie rannte auf ihn zu. Der Bahnhofsvorsteher rief erneut die Passagiere für den Philadelphia-Expreß auf.
»Orry, ich möchte den Zug nicht verpassen. Komm!«
Der Hakennasige brüllte. »Aha, das kleine Fräulein kämpft wohl für Sie? Wie kommen Sie überhaupt zu ihr? Ich hab' immer geglaubt, daß Ihr Jungs aus den Baumwollstaaten eine Vorliebe für schwarze Haut habt!«
Da schlug Orry zu. Ein heftiger, aber ungezielter Schlag direkt in die Magengrube des Hakennasigen. Einer der Weichensteller hielt ihn, damit er nicht zusammenklappte, der andere hob seinen Knüppel, aber der Mann mit dem Gewehr rief ihm eine Warnung zu.
Der Mann mit der Hakennase gab einige stöhnende Laute von sich, krümmte sich zusammen, torkelte rückwärts und fiel dann über seinen umgekippten Stuhl. Orry hielt die Faust so fest geballt, daß die Knöchel weiß hervortraten. Er warf dem Pöbel einen zornentbrannten Blick zu.
»Orry, so komm doch!« Brett zupfte ihn am Ärmel.
»Der Philadelphia-Expreß — letzter Aufruf!« Die Stentorstimme hallte durch den ganzen Bahnhof.
Damit war die Spannung gebrochen, und alles eilte zur Tür. Orry nickte dem Mann mit dem Gewehr dankend zu, drehte sich um und ging dann widerwillig auf den Bahnsteig hinaus.

Der Expreß ratterte in Richtung Wilmington. Orry sagte mit einer Mischung aus Wut und Traurigkeit:
»Ich wußte nicht, daß die Feindschaft schon solche Ausmaße angenommen hat. Männer sind bereit, in der Öffentlichkeit aufeinander loszugehen. Unglaublich.«
Er war bestürzt über seine frühere Naivität. Die Situation im ganzen Land war weitaus schlimmer, als er es sich je vorgestellt hatte. Nur Idioten konnten behaupten, eine friedliche Trennung der Staaten sei möglich.
»Ich bin froh, daß wir rechtzeitig gegangen sind«, sagte Brett. »Du

hättest schwer verletzt werden können. Und das für nichts und wieder nichts.«
Seine Hand fühlte sich immer noch etwas flau an von dem Schlag, den er dem Mann im karierten Anzug versetzt hatte. Er betrachtete seine Knöchel. »Ja, vermutlich hast du recht. Aber ich renne nicht gern vor einem Kampf davon.«
Sie versuchte, seine düstere Stimmung etwas zu heben, indem sie sagte: »Ja, aber du ranntest, um den Zug zu erwischen.«
Mißmutig brummte er vor sich hin: »Verdammtes Yankee-Pack.«
»Orry, wenn du so redest, bist du keinen Deut besser als diese Esel im Restaurant.«
»Ich weiß. Aber komisch — es ist mir eigentlich egal.« Er holte tief Atem. »Ich hab' etwas dagegen, mich wie ein Gentleman benehmen zu müssen. Ich hasse es, Fersengeld geben zu müssen. Ich werde es nie wieder tun.«

In Belvedere wurden die Gäste aus dem Süden herzlich empfangen. Sie überreichten ihre Geschenke — Brett versprach Constance einen Ersatz für den zerbrochenen Pelikan —, wunderten sich darüber, wie sehr die Kinder gewachsen waren, und gingen schließlich nach einem herrlichen Entenschmaus dankbar zu Bett. Orry schlief während neun Stunden, fühlte sich aber nicht ausgeruht, als er aufwachte.
»Ich kann es kaum erwarten, dir den Bessemer-Konverter zu zeigen«, sagte George beim Frühstück. Er war voller Energie und Begeisterung, was merkwürdigerweise Orrys trübe Stimmung nur verstärkte. Aber George hatte nichts Falsches getan. Der ganze Norden hatte Orry beleidigt. Er hoffte, daß die Stimmung verfliegen würde und nicht das ganze Treffen verderben würde.
George zündete sich seine zweite Vormittagszigarre an. »Sobald du fertig bist, sehen wir uns das Ding an. Ich zahle zwar eine recht hohe Lizenzgebühr, aber ich vermute, daß sich die Investition, langfristig gesehen, lohnen wird.«
»Das klingt nicht sehr überzeugend«, sagte Orry.
»O doch — bis zu einem gewissen Grad. Die Zeiteinsparung ist enorm, aber wir haben noch ein Problem mit dem ganzen Verfahren. Ich werd's dir zeigen.«

Orry hatte keine Lust, durch das ganze rauchende und stinkende Hazard-Werk zu fahren, sich in eine Fabrikhalle zu begeben und dort ein eiförmiges, sich um eine Achse drehendes Gebilde zu betrachten. Aber er tat es seinem Freund zuliebe.
Die Arbeiter waren eben mit einem Guß fertig geworden und ließen den Konverter in eine Rinne im Boden hinunter. Der Stahl floß wie ein Lichtband dahin.
Wie ein stolzer Vater sagte George: »Ein Kerl in Wales hat das schwierigste Problem von Bessemer gelöst. Hat Cooper dir schon davon erzählt?«
»Ja, aber ich habe das meiste nicht begriffen.« Dem Tonfall nach war es ihm offensichtlich egal.
George reagierte erst enttäuscht, dann leicht verärgert, aber nur während wenigen Sekunden. »Bessemer stellte Roheisen her, das er entkohlte. Somit war aber kein Kohlenstoff mehr für die Umwandlung in Stahl vorhanden, und er wußte nicht, wie er den Kohlenstoff wieder zusetzen könnte. Der Waliser experimentierte mit Kohle und Manganoxid. Dann versuchte er es mit einer Mischung, die die Deutschen Spiegeleisen nennen — Eisen, Kohlenstoff und etwas Mangan. Damit klappte es. Während nun Bessemer und der Waliser sich darüber in den Haaren liegen, wer wem was schuldet, experimentiere ich mit dem Spiegeleisen und zahle gleichzeitig eine Gebühr an Bessemer, obwohl er sein amerikanisches Patent immer noch nicht hat. Ich bin aber noch nicht ganz davon überzeugt, daß das Verfahren wirklich zweckmäßig ist.«
»Warum nicht?«
»Man muß zuviel dabei spekulieren. Der Kohlenstoffgehalt kann nur anhand der Farbe der Konverterflamme beurteilt werden. Aber mit dieser Methode kann man sich nicht auf eine bestimmte, fortgesetzte Güte des Stahls verlassen. Es gibt da noch jemanden, der eine vielleicht bessere Methode als diejenige von Bessemer entwickelt hat, ein in Deutschland geborener Engländer namens Karl Siemens. Ich habe ihm geschrieben — aber nicht wahr, Orry, das interessiert dich sicher alles überhaupt nicht?«
»Doch, natürlich.«
George schüttelte den Kopf. »Komm, laß uns nach draußen gehen, wo es kühler ist.«

Als sie draußen waren, blickte er seinen Freund besorgt an. »Du scheinst verändert, seit du hier bist. Was ist los?«
»Ich weiß nicht.«
Er wußte es, aber er konnte es nicht aussprechen. Er war wütend auf seinen Freund, aus dem einfachen Grund, weil dieser ein Yankee war.

Um zwei Uhr nahmen die Hazards das Mittagessen ein. Orry war angespannt und verärgert. Er informierte George zwar über den Stand der Arbeiten an der *Star of Carolina,* aber er kam ihm dabei immer wieder wie ein Fremder vor. Es schien unvorstellbar, daß sie einander früher einmal mit solch lächerlichen Namen wie Stumpf und Stiel betitelt hatten. In diesen grimmigen Zeiten gab es keinen Raum mehr für Spitznamen oder Gelächter. Vielleicht auch nicht mehr für eine Freundschaft?
»Das klingt alles ausgezeichnet«, sagte George, als Orry mit seinem Bericht zu Ende war. »Ich freue mich über den Fortschritt.« Er zündete sich eine Zigarre an.
Orry mußte husten und fuchtelte mit der Hand in der Rauchwolke herum. George runzelte die Stirn und murmelte eine Entschuldigung. Aber er löschte die Zigarre nicht aus, sondern nahm sie bloß in die andere Hand.
Nach einem verlegenen Schweigen fragte Orry: »Du hast mir nie geschrieben, wie du auf die Nachricht, daß Elkanah Bent in Texas ist, reagiert hast.«
»Ich war wie vom Donner gerührt, als du es in jenem Brief erwähntest. Ich hatte ihn vollkommen vergessen.«
»Tja, aber er hat uns nicht vergessen. Wenn Bent mich immer noch haßt und diesen Haß sogar auf meinen Vetter überträgt, könnte es dir ähnlich ergehen.«
Sein Freund lachte kurz und trocken. »Er soll ruhig nach Lehigh Station kommen! Ich werde ihm einen unvergeßlichen Empfang bereiten.«
»Ich habe eher an deinen Bruder Billy gedacht. Er ist ja immer noch in der Armee.«
George machte eine abwehrende Handbewegung mit der Zigarre. »Oh, ich habe ihm davon erzählt, gleich nachdem ich deinen Brief

bekommen hatte. Aber ich habe ihm geraten, seine Zeit nicht mit Sorgen wegen irgendeines Wahnsinnigen zu vergeuden, zumindest so lange nicht, bis seine Wege diejenigen des niederträchtigen Hauptmanns Bent kreuzen. Auch du solltest dir keine Sorgen machen. Gott, ich kann es nicht fassen, daß die Armee ihm immer noch nicht auf die Schliche gekommen ist«, fügte er mit einem Kopfschütteln hinzu.

Die nonchalante Art und Weise, mit der George das Thema vom Tisch fegte, ärgerte Orry noch mehr. Glücklicherweise wurden sie abgelenkt. William, ein hübscher Knabe, der eine starke Ähnlichkeit mit seinem Vater aufwies, war in den letzten paar Minuten ganz aufgeregt geworden. Schließlich platzte er mit der Frage heraus:

»Erzähl mir, wie Charles mit den Indianern kämpft!«

»Das war letztes Jahr«, gab Orry etwas heftig zurück. »Er ist jetzt am Rio Grande und jagt dort einen mexikanischen Banditen namens Cortinas. Ich habe deinem Vater alles im letzten Brief darüber geschrieben — frag ihn.«

Der junge William merkte, daß Orry verärgert war, und Orry merkte, daß er den Knaben verwirrt hatte. Um es wiedergutzumachen, erzählte er dem Knaben alles, was er über die Verfolgungsjagd der Zweiten Kavallerie wußte. Die ein Jahr jüngere Patricia war nicht an diesem Thema interessiert. Sie, Brett und Constance fingen an, über Mode zu reden, insbesondere über das Kleid von Charles Worth in Paris, das Constance für einen Wohltätigkeitsball bestellt hatte. Mit dem ersten Ball dieser Art in Lehigh Station sollten Gelder für ein Schulhaus zusammengebracht werden.

»Das Kleid ist viel zu elegant für einen solchen Anlaß.« Constance lachte. »Aber es gefällt mir außerordentlich gut, und George bestand darauf, daß ich es kaufe. Aber ich befürchte, daß die Damen dieser Gegend hinter meinem Rücken tuscheln werden.«

»Eifersüchtig«, fügte George hinzu. Orry war neidisch auf die liebevollen Blicke, die die beiden austauschten.

»Besonders Tante Isabel«, sagte Patricia.

»Wie geht es Stanley und seiner Frau?« fragte Orry.

Patricia antwortete, indem sie die Zunge herausstreckte und eine Grimasse schnitt. Constance gab ihrer Tochter einen leichten Klaps auf den Handrücken und schüttelte den Kopf. George meinte: »Wir sehen sie kaum noch. Stanley ist dick mit Boß Cameron befreundet, und Isabel hat ihre eigenen Bekannten. Dem Himmel sei's gedankt: Um der Bibel und Lincoln zu widersprechen — unser Haus ist in sich selbst entzweit, aber es hat trotzdem noch Bestand.«

Constance lächelte traurig. »Aber da gibt es einen Unterschied, Liebster. Stanley und Isabel haben sich nicht freiwillig von uns zurückgezogen: Du hast sie rausgeschmissen.«

»Das stimmt, aber —« George und die andern wurden von einem Geräusch aus dem Eßzimmer abgelenkt. »Oh, Virgilia.«

Hastig schob Orry seinen Stuhl zurück und stand auf. »Guten Abend, Virgilia.«

»Guten Abend, Orry«, entgegnete sie und rauschte auf einen leeren Stuhl zu. Sie benahm sich, als hätte sie einen Pestkranken begrüßt.

»Ich wußte nicht, daß Sie zu Besuch weilen«, sagte Orry und setzte sich wieder. Er war über Virgilias Aussehen schockiert. Sie schien seit ihrer letzten Begegnung um über zehn Jahre gealtert. Ihre Haut war gelblich verfärbt, ihr Kleid schmutzig und zerknittert, ihr Haar wirr und ihre tiefliegenden Augen, um die sich Schattenringe abzeichneten, glimmten intensiv.

»Ich bin heute morgen angekommen.« Wie immer, wenn sie sich äußerte, wurde daraus eine Art Deklaration. Orry fragte sich, was ihr Nigger-Liebhaber wohl machte, Grady, der entlaufene Sklave. Gerüchte ihrer Liaison, die mit der Zeit immer sensationslüsterner geworden waren, waren bis nach Charleston vorgedrungen. Natürlich war jedermann skandalisiert. Ob sie noch immer mit ihm zusammenlebte? Aber Orry hatte nicht die Absicht, sie danach zu fragen.

»Morgen werde ich nach Chambersburg reisen«, fuhr sie fort. Irritiert machte sie einer der Dienerinnen, die an der Wand standen, ein Zeichen. Das Mädchen eilte dienstfertig herbei, um Virgilia die Suppe aufzutragen.

Virgilias Blick ruhte auf Orry. Laß dich nicht von ihr provozieren, sagte er sich. Aber es war schwierig, die Warnung zu beachten, denn Virgilia hatte ihn schon zu oft zur Weißglut gebracht. In Anbetracht seiner gegenwärtigen Gemütsverfassung wäre es leicht möglich.

Brett beobachtete die beiden aufmerksam, als Virgilia hinzufügte: »Ich helfe einem Abolitionisten bei seiner Arbeit. Er heißt Brown. John Brown aus Osawatomie.«

Orry hatte natürlich schon von Brown gehört. Wer nicht? In der Wochenzeitschrift *Harper's Weekly* war der Mann mit dem hageren Gesicht und dem langen weißen Bart abgebildet worden. Er stammte aus Connecticut und war schon seit längerer Zeit als Abolitionist tätig. Aber berühmt war er erst in Kansas geworden, wo er mit fünf seiner Söhne mehrere blutige Kämpfe für den »Freien Boden« geführt hatte. 1856 hatten Männer unter Browns Kommando fünf sklavenhaltende Siedler umgebracht — die Aktion war als Pottawatomie-Massaker in die Geschichte eingegangen. Vor kurzem hatte er im Nordosten Vorträge gehalten, um Gelder für irgendeines seiner verrückten Vorhaben zusammenzubringen — eine provisorische Regierung, die er in Kanada proklamiert hatte. Browns Sündenregister und Virgilias herausfordernder Blick veranlaßten Orry zu einer barschen Antwort:
»Ich kann nicht begreifen, wie jemand einem Mörder helfen kann.«
Brett und Constance tauschten ängstliche Blicke aus. Virgilia schürzte die Lippen.
»Es war zu erwarten, daß Sie so was sagen würden. Leute, die die Wahrheit über die Sklaverei im Süden sagen, werden meistens beschimpft und in Mißkredit gebracht. Nun, Sie und Ihre ganze Sippe im Süden sollten sich die Warnungen zu Herzen nehmen, denn Ihren Grausamkeiten und geheimen Zuchtfarmen wird bald ein Ende gesetzt werden.«
»Was zum Teufel soll das heißen?«
»Es wird nicht mehr lange dauern, und dann wird ein Messias Ihre Sklaven in eine große Revolution führen. Jeder weiße Mann, der sich dagegenstellt, wird umkommen.«
Alle schwiegen völlig schockiert. Sogar Brett war aufgebracht. Orrys Wut, die schon seit Tagen schwelte, kam nun offen zum Ausbruch. Er stieß den Stuhl vom Tisch weg und sagte steif zu George: »Bitte, entschuldigt mich.«
Constance warf ihrer Schwägerin einen vernichtenden Blick zu. Dann wandte sie sich an Orry. »Nicht du solltest gehen.«
Virgilia lächelte. »Aber natürlich. Die Südstaatler können die Wahrheit nicht ertragen.«
Orry ballte hinter dem Stuhl seine Hand zur Faust. »Welche Wahrheit? Ich habe noch nichts davon an diesem Tisch gehört. Ich habe es

mehr als satt, mich so behandeln zu lassen, als wäre ich persönlich für jeden Fehler verantwortlich, den der Süden begangen hat — ob es sich nun um echte Fehler handelt oder um solche, die Sie sich mit Ihrer kranken Phantasie einbilden.«

Georges Gesicht wechselte die Farbe. »Orry, das ist etwas stark!«

Orry hörte ihn kaum. »Zuchtfarmen! Wie kommen Sie auf solche Ideen? Von Ihren Groschenromanen?« George zuckte bei dieser Anspielung auf Pornographie erneut zusammen, aber Orry erhob die Stimme. »Finden Sie Gefallen daran? Erregen sie Sie? Reden Sie deshalb immer wieder davon?«

Er nahm noch knapp wahr, daß Constance die Kinder aus dem Zimmer bugsierte. Virgilia setzte ein cherubinisches Lächeln auf. »Es ist völlig klar, daß diejenigen, die das Böse immer wieder unterstützen, es leugnen müssen.«

Das Zimmer verschwamm vor seinen Augen. Er konnte und wollte ihre selbstgefällige Stimme nicht länger hören. Ohne sich länger zu beherrschen, schleuderte er ihr wütend ins Gesicht: »Frau, Sie sind verrückt!«

»Und sie und Ihre Sippe, Ihr seid erledigt.«

»Halten Sie den Mund!« schrie er. »Halten Sie den Mund und gehen Sie zurück zu Ihrem Nigger-Liebhaber, wo Sie hingehören!«

Kaum hatte er das letzte Wort ausgesprochen, als ihn die Scham überwältigte. Er hatte das Gefühl, im Boden versinken zu müssen. Hatte er eben noch alles verschwommen gesehen, so sah er die Gesichter um ihn herum jetzt klar und deutlich. Es waren wütende Gesichter. Am wütendsten war wohl George, der mit einer heftigen Bewegung die Zigarre aus dem Mund genommen hatte und sie nun derart kräftig drückte, daß das dunkelgrüne Papier riß.

Virgilia rang um ihre Fassung und gab sich große Mühe, ihr falsches Lächeln beizubehalten, und Brett starrte finster vor sich hin. Wieder einmal war es Constance, die versuchte, den Frieden wiederherzustellen:

»Ich glaube, Virgilia, du bist zu heftig gewesen.«

Sie starrte Georges Frau mit einem kalten Blick an. »Findest du?«

»Wäre es so schwierig, dich zu entschuldigen?«

»Schwierig nicht — aber unnötig.«

Orry hätte am liebsten sein Weinglas gepackt und ihr den Inhalt ins

Gesicht geleert. Trotz der Scham überwog sein verletzter Stolz. Diese Leute provozierten, urteilten und verurteilten ein ganzes soziales System und warfen dabei Gut und Böse unterschiedslos in einen Topf. Es war unerträglich.
Er bemerkte den grollenden Blick von George und brauste auf: »Du zumindest könntest gegen ihr Verhalten Einspruch erheben!«
George warf seine zerbrochene Zigarre auf den Tisch. »Ich erhebe Einspruch gegen ihre Wortwahl, aber sie steht auf der richtigen Seite.«
Georges Feindseligkeit fuhr wie ein Speer durch Orry hindurch. Die so lange gefürchtete Spaltung schien nun unvermeidbar. Er riß sich zusammen, straffte die Schultern und sagte mit betonter Eindringlichkeit:
»Ich glaube nicht, Sir, daß es dem noch irgend etwas hinzuzufügen gibt.«
»Nein«, sagte George, »ich glaube nicht.«
Orry sah ihn an. Es war unmöglich, die Wut, die er auf dem Gesicht von George sah — und die er in sich selbst verspürte —, zu leugnen. Niemals zuvor waren George Hazard und er Feinde gewesen — jetzt waren sie es.
»Ich hole meinen Hut«, sagte er zu seiner Schwester. »Wir gehen.«
Brett war überhaupt nicht darauf gefaßt gewesen und hatte die Sprache verloren. Er trat neben sie, faßte sie am Ellbogen und schob sie in die Halle.
»Darf ich darum bitten, daß man unser Gepäck ins Hotel bringen läßt«, sagte er, ohne sich umzuwenden. Sekunden später fiel die Tür ins Schloß.
Nur Virgilia lächelte.

An jenem Nachmittag ging George nicht ins Werk zurück. Er irrte ziellos durchs Haus, in der einen Hand eine Zigarre, in der andern ein Glas Whiskey. Er war wütend auf Orry, wütend auf sich selbst, und er hatte keine Ahnung, was als nächstes zu tun war.
Virgilia verschwand auf ihrem Zimmer. Constance hatte sich um die Kinder gekümmert und kam wieder nach unten. Sie hatte William in den Garten und Patricia ins Musikzimmer geschickt. George stieß dort eine halbe Stunde später auf seine Tochter, die auf dem Klavier an einem Menuett herumübte.

Patricia bemerkte, wie ihr Vater mit düsterer Miene in der Tür stand.
»Papa, seid ihr, Orry und du, nun keine Freunde mehr?«
Mit dieser einfachen Frage war er plötzlich wieder bei Sinnen und sah alles in der richtigen Perspektive.
»Natürlich sind wir noch Freunde. Orry wird noch vor dem Abendessen wieder zurück sein. Ich werde dafür sorgen.«
Er setzte sich an seinen Schreibtisch in der Bibliothek, schob den Meteoriten beiseite und tauchte seine Feder in die Tinte. Seine Mitteiung fing an mit den Worten: *Stiel — wirst du meine Entschuldigung akzeptieren?*

»Sie möchten Mr. Main sprechen?« Der Mann am Empfang des Station House blätterte in seinem Buch. »Er hat für seine Schwester ein Zimmer für heute gemietet, aber ihn werden Sie, glaube ich, in der Saloon-Bar finden.«
Der Diener aus Belvedere betrat die leere Bar durch die Drehtür und ging zu einem Tisch am Fenster, wo ein hagerer, bärtiger Mann in sein leeres Glas starrte.
»Mr. Main? Von Mr. Hazard, Sir.«
Orry las die Mitteilung und überlegte sich noch einmal kurz, ob er wirklich mit dem Nachtzug abreisen wollte. Doch dann erinnerte er sich an die Atmosphäre, die in Belvedere herrschte, und an all die Worte, die gefallen waren. Er konnte Georges Entschuldigung oder seine Bitte nach einer Rückkehr nicht einfach akzeptieren, als ob nichts geschehen wäre. Wenn damit die *Star of Carolina* unterging, so würde das Coopers Problem sein.
Der Diener räusperte sich. »Kann ich eine Antwort überbringen, Sir?«
»Nur dies.«
Orry zerriß die Mitteilung und ließ die Papierfetzen in einen Messing-Spucknapf fallen.

»Der Teufel soll ihn holen!« rief George. »Kannst du dir vorstellen, was er getan hat?«
»Ja«, sagte Constance. »Du hast es bereits zehn oder zwölfmal geschildert.«
Aber der Scherz half nicht. Sie fand das ganze ohnehin nicht amü-

sant, obwohl ihr die Situationskomik unter weniger ernsten Umständen nicht entgangen wäre: Ihr Mann rannte barfuß im Schlafzimmer hin und her, die kalte Zigarre zwischen die Lippen gepreßt. Unter den leinenen Unterhosen — dem einzigen Kleidungsstück, das er im Augenblick trug —, begann sich bereits ein Fettbäuchlein abzuzeichnen.
»Das weiß ich auch«, entgegnete George. »Ich schreibe ihm eine aufrichtig gemeinte Entschuldigung, und dafür muß ich mich von dem gemeinen Hund beleidigen lassen!«
Die Fenster von Belvedere standen offen und ließen die frische Herbstbrise herein. Bei kühlem Wetter kuschelte sich George gerne an seine Frau. Doch sie zweifelte daran, daß sie beide heute nacht viel schlafen würden. Seit der Diener vom Station House zurückgekehrt war, hatte er nur noch geflucht und getobt.
»Du bist auch nicht zimperlich mit Orry umgesprungen, Liebling.« Sie stützte sich gegen das Kopfende des Bettes; ihr loses Haar fiel in seiner ganzen Fülle über ihr Musselinnachthemd. »Beide Seiten haben sich schuldig gemacht — und eigentlich hat Virgilia das ganze ausgelöst. Ich werde es nicht mehr zulassen, daß sie weiterhin Zwietracht in diesem Haus sät.«
Er fuhr sich wild mit der Hand durchs Haar. »Mach dir keine Sorgen, sie sitzt bereits im Zug nach Chambersburg.«
»Auf ihre eigene Initiative hin?«
»Nein, ich hab' darauf bestanden, daß sie geht.«
»Nun, das ist schon mal etwas.« Constance rückte ein Kissen in ihrem Rücken zurecht. Das Nachthemd spannte sich über ihren Brüsten. Mit langsamen, trägen Bewegungen begann sie ihr Haar zu bürsten. Sie hatte sich widerwillig zur Überzeugung durchgerungen, daß das schmähliche Benehmen von Virgilia offensichtlich nicht mehr zu korrigieren war und die Grenze dessen, was man noch hätte tolerieren können, überschritten hatte. Sie hätte George eigentlich gerne gesagt, daß er das Problem nicht gelöst hatte, sondern daß es erst dann aus dem Weg geräumt wäre, wenn er seiner Schwester für immer die Tür wies, aber dies war nicht der richtige Zeitpunkt, um auf ein solch heikles Thema zu sprechen zu kommen.
»Und Orry? Hat er Lehigh Station bereits verlassen?«
»Ich habe keine Ahnung, und es ist mir auch vollkommen egal. Ich

habe das Gefühl, daß ich Cooper einen Brief schreiben und mein Darlehen zurückverlangen sollte. Ich weiß Gescheiteres mit zwei Millionen Dollar anzufangen. Die Schufte! Die wollen wahrscheinlich das Flaggschiff einer sezessionistischen Marine vom Stapel lassen!«
»Würdest du Cooper Main das wirklich vorwerfen?« Sie lächelte sanft. »Jetzt klingst du aber genauso unvernünftig wie deine Schwester.«
George schmiß die kalte Zigarre zum Fenster hinaus. Vom Bahnhof her kam das Pfeifen einer Lokomotive — düster und traurig. »Er hat sich nicht einmal die Mühe genommen, eine Antwort zu schreiben.« Seine Stimme klang eher traurig als wütend.
»Liebling, komm hierher.«
Er wandte sich um; sein Gesicht sah hilflos, fast knabenhaft aus. Er kam langsam zum Bett herüber und setzte sich, den Rücken an ihre Hüfte gelehnt. Seine Beine hingen über dem Bettrand in der Luft.
Sie sah, wie verletzt er war, und begann seine Schläfe zu streicheln. »Wir alle haben uns heute erbärmlich benommen. Gib Orry eine Woche Zeit, um sich etwas zu beruhigen. Auch du brauchst etwas Zeit. Bis dahin wollt ihr beide bestimmt wieder Frieden schließen. Ihr seid zu lange miteinander befreundet gewesen, als daß jetzt alles zu Ende sein könnte.«
»Ich weiß, aber er —«
Sie legte ihm ihre Finger auf die Lippen, und sein Protest verstummte. »Heute nachmittag hast du dich mit deinem allerbesten Freund wegen einer politischen Frage zerstritten. Kannst du nicht sehen, wie unsinnig das ist? Wie schrecklich? Wie soll die Nation überleben, wenn Freunde sich nicht über einen Streit hinwegsetzen können? Wenn Männer wie du und Orry — gute, vernünftige Männer — ein solches Problem nicht lösen können, wie stellst du dir dann die Alternative vor? Die Zukunft wird in die Hände der südstaatlichen Extremisten und der John Browns geraten.«
Der sanfte liebevolle Druck ihrer Finger schien ihn schließlich zu beruhigen. »Du hast recht. Bis zu einem gewissen Grad. Ich bin mir nicht ganz sicher, daß Worte wie *Streit* und *Problem* das beschreiben, was in diesem Land geschieht.«
»Ich weiß nicht, ob ich dich richtig verstehe?«
»Diese Worte klingen für mich — na ja, irgendwie trivial. Sie erwek-

ken bei mir den Eindruck, daß die Menschen wegen, wegen —« er suchte mit der Hand in der Luft nach dem Rest — »einer bestimmten Haartracht oder dem Schnitt von Rockaufschlägen übereinander herfallen. Aber die Auseinandersetzung geht doch sehr viel tiefer. Der Konflikt reicht bis zu den Anfängen unserer Nation zurück. Hat man ein Recht, einen Menschen in Knechtschaft zu halten, bloß weil er schwarze Haut hat? Kann man die Union nach Belieben spalten? Ich weiß, wie ich persönlich diese beiden Fragen beantworte, aber ich weiß keine Antwort auf die nächste Frage: Wie kann man in Anbetracht solcher Umstände gleichzeitig für seine Überzeugungen geradestehen und einen Freund nicht verlieren?«

Constance blickte ihn liebevoll an. »Mit Geduld«, sagte sie. »Geduld, Vernunft und gutem Willen.«

Er seufzte. »Ich hoffe, du hast recht. Aber sicher bin ich nicht.«

Aber er war dankbar für ihren Rat und ihre Hilfe. Zum Zeichen dafür lehnte er sich zu ihr hinüber und küßte sie lange und zärtlich. Es dauerte nicht lange, bis sich der Druck ihrer Lippen verstärkte. Er ließ seine Hand zwischen das Kissen und ihren Rücken gleiten. Sie hatte ihre Arme um seinen Hals geschlungen und küßte ihn leidenschaftlich. Der Herbstwind blähte die Vorhänge auf, während sie einander liebten, Trost spendeten und für eine Weile ihre Sorgen vergaßen.

Als sie später mit verschlungenen Armen entspannt beisammen lagen, ging ihnen beiden derselbe unausgesprochene Gedanke durch den Kopf: Geduld, Vernunft und guter Wille — alles schön und gut, aber würde es genügen? Vielleicht hatte dic Nation ihre Angelegenheiten schon nicht mehr unter Kontrolle? Vielleicht lag das Schicksal bereits in den Händen der Extremisten und der John Browns?

Ja, und auch der Virgilias?

51

Der Landauer von Simon Cameron krachte durch die Pennsylvania Avenue. Stanley, der mit seinem Mentor eine kleine Ausfahrt machte, räkelte sich im angenehmen Sonnenschein.

Langsam verklang hinter ihnen die Musik der Marinekapelle, die eben das Lied 'Listen to the Mocking Bird' gespielt hatte. Der Komponist hatte es Harriet Lane, Präsident Buchanans Nichte und Gastgeberin im Präsidentenhaus, gewidmet. Zweifellos befanden sich die beiden — der Präsident war schon beinahe siebzig und ein eingefleischter Junggeselle — eben auf dem Rasen hinter dem Haus und begrüßten das beim Konzert anwesende Publikum. Der Präsident zeigte sich überall in Washington herum. Erst gestern war Stanley nach einem opulenten Diner mit Austern, Schildkrötensuppe und französischem Weißwein auf dieser Avenue spazierengegangen und dem Präsidenten begegnet, der seinen täglichen, einstündigen Spaziergang absolvierte.

Dank dem Weingenuß war Stanley kühn genug gewesen, um auf den Präsidenten loszugehen und sich mit ihm zu unterhalten. Die beiden waren einander natürlich bereits früher in Pennsylvania begegnet. Der Präsident hatte Stanley nicht nur wiedererkannt, sondern er hatte mit seiner leicht frostigen Stimme auch durchblicken lassen, daß er über Stanleys Koalition mit Boss Cameron auf dem laufenden war. In Erinnerung an die Begegnung bemerkte Stanley:

»Ich weiß, daß der Präsident nicht zu Ihren Freunden gehört, Simon, aber er kommt immerhin aus unserem Staat. Und als ich ihm gestern wieder begegnet bin, hat er mich wirklich außerordentlich beeindruckt.«

»Ja, aber Sie haben mir auch gesagt, daß Washington Sie beeindruckt.«

Der Sarkasmus brachte Stanley zum Erröten. Er hatte offensichtlich etwas Falsches gesagt.

»Aber das kann Sie doch nicht wirklich beeindrucken«, sagte Cameron mit einer verächtlichen Bewegung Richtung Kapitol, dessen unfertige Kuppel immer noch mit einem Gerüst umgeben war. Cameron seufzte und schüttelte den Kopf. »Wie kann ich Sie zu meinem vertrauenswürdigen Partner machen, wenn Sie weiterhin solchen Fehleinschätzungen unterliegen? Wann endlich begreifen Sie, daß es in dieser Stadt nichts gibt, was auch nur einen Penny wert ist — außer Macht?«

Stanley wurde puterrot. Er wußte, daß Cameron sich nicht seines Verstandes wegen mit ihm abgab, sondern weil er über andere Aktiva

verfügte. Aber er haßte es, wenn man sich so offen oder so sarkastisch über seine Schwächen äußerte.
Doch er durfte seinen Mentor nicht verärgern. Es lagen gewaltige Veränderungen in der Luft, Veränderungen, die ihn und Isabel in diese Stadt und auf einen Posten im Schoß der nationalen Regierung bringen könnten.
Aber Cameron ließ nicht locker. »Ich will von Ihnen nicht wieder hören, daß Sie vom alten Buck beeindruckt sind. Wir sind jetzt Republikaner — und der Präsident ist unser Feind.«
Stanley nickte, versuchte es unbeholfen mit einem Lächeln und wollte dann dem Gespräch eine andere Wende geben. »Und wie steht es nächstes Jahr? Glauben Sie, daß die Demokraten Steve Douglas als Kandidat aufstellen werden?«
»Schwer zu sagen. Die Partei ist ziemlich uneins. Douglas hat den ganzen Süden mit seiner Freeport-Doktrin vor den Kopf gestoßen.«
»Dann besteht ja eine echte Chance, daß Senator Seward gewählt wird.«
An jenem Abend waren Stanley und Cameron zu einem Privatempfang für den Senator im Kirkwood-Hotel eingeladen. Die beiden Männer waren extra aus Pennsylvania angereist, um sich mit Seward und General Scott zu treffen, der, genau wie der Senator, große Ambitionen auf den Präsidentenstuhl hatte. Gestern abend hatten sie sich eine Stunde lang mit Scott unterhalten; er war extra aus New York angereist, nur um Cameron zu sehen, was zeigte, wie wichtig der Pennsylvanier für die Angelegenheiten der Republikaner war. Alle diese Treffen mit jenen Berühmtheiten hatten eine berauschende Wirkung auf Stanley. Er wollte um jeden Preis nach Washington zurückkehren — als Angehöriger einer bestimmten Gesellschaftsschicht.
Cameron reagierte negativ auf den Namen Seward. »Nach jener Bemerkung über einen 'offenen Konflikt' wird er unmöglich gewinnen können. Natürlich dürfen wir ihm das heute abend nicht sagen, aber Tatsache ist, daß sich die Partei einen etwas weniger kämpferisch veranlagten Mann auswählen muß. Einer, der möglichst wenig Leute beleidigt.«
Stanley zog die Augenbrauen hoch. »Wen?«
»Ich weiß es noch nicht. Aber etwas sage ich Ihnen«, lächelte er

triumphierend, »ich werde als erster seinen Namen kennen. Er wird nicht nominiert werden, bevor ich es erlaube.«
Stanley wußte, daß sein Boss nicht scherzte. Es gab nur wenige republikanische Politiker, die so viel wie er zu bieten hatten — eine praktisch absolute Kontrolle eines riesigen Apparates in einem bedeutenden Staat.
Cameron fuhr weiter: »Ich habe die Absicht, nach dem Treffen der Partei einen Posten auf Kabinettsebene zu bekommen. Jeder Kandidat, der nicht mindestens das zu bieten hat, wird von mir nicht unterstützt werden. Und wenn ich schon in diese erbärmliche Stadt ziehe, dann werden meine Freunde mitkommen.«
Das Sonnenlicht funkelte in seinen Augen, als er Stanley anblickte. »Ich meine jene Freunde, die ihre Loyalität einwandfrei bewiesen haben.«
Die Botschaft war vollkommen klar und vertraut. Stanley fragte: »Wieviel brauchen Sie diesmal?«
»Zehntausend wären ausreichend. Zwanzig ideal.«
»Geht in Ordnung.«
Strahlend lehnte sich Cameron in die Plüschkissen zurück. »Wußte ich's doch, daß ich auf Sie zählen kann, Stanley. Ich bin absolut sicher, daß es hier einen Posten für einen Mann Ihrer Intelligenz geben wird.«

Billy ruderte in der Dämmerung nach Bloody Island. Brett saß am Bug mit einem Sonnenschirm über der Schulter. Er mußte sie unablässig ansehen und konnte eine körperliche Reaktion beinahe nicht mehr unterdrücken.
Immer wieder rief er sich ins Gedächtnis, daß ihr Bruder von ihm erwartete, daß er sich wie ein Gentleman benähme. Eine nicht einfache Aufgabe in Anbetracht der vielen einsamen Monate, die er hier verbrachte, und der atemberaubenden Schönheit von Bretts Gesicht und Körper.
Nach einer Reise, die beinahe eine Woche gedauert hatte, waren Brett und Orry vorgestern in St. Louis eingetroffen. Brett hatte Billy sofort vom Streit in Lehigh Station berichtet. Sie sagte, daß Virgilia das ganze ausgelöst habe, was Billy zwar anwiderte, aber keineswegs überraschte. Er und seine Schwester waren einander nie besonders

nahegestanden. Oft konnte er es kaum glauben, daß sie Blutsverwandte waren.

Orry hatte bis jetzt seine Pflicht als »Anstandsdame« mit einer gewissen Lässigkeit wahrgenommen. Er hatte die beiden jungen Leute bereits zweimal während mehr als einer Stunde alleingelassen, und sie hatten somit Gelegenheit gehabt, frei in der derben Stadt am Fluß herumzuspazieren. Heute war Orry wegen einer leichten Magenverstimmung im Hotel geblieben, und Billy hatte Brett mit der Fähre über den Mississippi mitgenommen und dann das Ruderboot gemietet. Er wollte ihr zeigen, womit er sich in all den Monaten beschäftigt hatte.

Orry benahm sich ihm gegenüber höflich und rücksichtsvoll, dachte Billy, als das Boot durch das seichte Gewässer zu der langen Sandbank glitt. Hieß das nun, daß er seine Meinung über ihre Heirat geändert hatte? Billy hoffte es sehr.

Das Boot knirschte, als es auf dem Kies auflief. Billy sprang an Land. Er stand knöcheltief im Wasser und streckte seine Arme gegen Brett aus.

»Komm! Spring! Du wirst nicht naß werden.« Aber das Boot stak nicht so fest, wie er das gehofft hatte, und als sie aufstand, wurde es durch die Bewegung etwas abgetrieben. »Warte, ich will versuchen, das Tau zu erwischen!« rief er.

Doch zu spät. Sie sprang. Er versuchte, sie aufzufangen, verlor jedoch das Gleichgewicht. Sie landeten beide im fußtiefen Wasser und wirbelten Dutzende von kleinen, silbrigen Fischen auf.

Er half ihr aufzustehen. Ihr Kleid klebte an ihrem Körper, und die Brustwarzen zeichneten sich unter der nassen Stoffschicht ab. Sie schüttelte ihren Sonnenschirm und betrachtete kichernd den Sprühregen, den sie dabei verursachte.

»Nein, wie deine Uniform aussieht! Aber wahrscheinlich sehe ich nicht besser aus.«

»Nun«, entgegnete er todernst, »wenigstens wirst du dich jetzt an deinen Besuch in St. Louis erinnern.«

»Wie könnte ich St. Louis vergessen, wenn du hier bist?«

Sie sagte es zwar leichthin, aber es war ernst gemeint. Ihre Blicke trafen sich. Er watete durch das seichte Wasser zu ihr hin, legte ihr die Hände um die Taille und zog sie an sich. Ihre süßen feuchten Lippen

erregten ihn nur noch mehr. Sie öffnete den Mund und drückte sich an ihn.
»Für ein anständiges Mädchen aus dem Süden kümmerst du dich aber nicht allzusehr um Konventionen«, flüsterte er. »Wir küssen uns am hellichten Tag —«
»Und wenn der ganze Staat Illinois uns sieht, was soll's. Ich liebe dich, Billy. Ich werde nie einen andern lie—« Über seine Schulter hinweg erblickte sie etwas, das jegliche Romantik zerstörte. »Das Boot!«
Er mußte in tiefes Wasser waten, um es zurückzuholen. Er zog es an den Strand und vertäute es fest unter einem schweren Stein. Als er wieder zu ihr ging, klopfte er die nasse Mütze an der Hose ab und war dankbar für die Ablenkung durch das Boot. Er hatte sich somit etwas beruhigen können.
Sie hielten sich an den Händen und gingen auf die Baumwollsträucher zu. Der Druck in seiner Leistengegend nahm wieder zu. Das auferzwungene Zölibat war einfach zuviel für ihn. Er warf Brett einen verschämten Blick zu und bemerkte, daß es ihr offenbar ähnlich erging.

Er zeigte ihr die beiden Pfahlreihen am oberen Ende der Sandbank. Der zwölf Meter breite Zwischenraum zwischen den Reihen war mit Sand und Steinen aufgefüllt, und die Außenseite des Damms war mit Strauchwerk bepflanzt worden.
Es war harte, schmutzige Arbeit gewesen. Billy hatte den ganzen Sommer damit zugebracht, die Pfähle zu richten, neue Pfähle zu verankern, Steine aufzuschütten, die Insekten zu vertreiben und die Querelen unter den Arbeitern zu schlichten. Die meiste Zeit über hatte er ohne Hemd gearbeitet und immer wieder einen Sonnenbrand und Blasen auf dem Rücken bekommen. Doch jetzt war er dunkelbraun gebrannt, die Arbeiten waren fertiggestellt, und er konnte alles mit Stolz vorzeigen.
»Am Südende der Sandbank war der Deich durch Eis beschädigt worden, und wir haben auch dort Ausbesserungen vornehmen müssen. Noch zwei oder drei Wochen, und wir sind fertig damit.«
»Und dann?«
»Werde ich versetzt.«

»Wohin?«
»Wo auch immer Ingenieure gebraucht werden. Einer meiner Männer hat mich gefragt, weshalb ich vier Jahre lang in West Point habe lernen müssen, wie man Steine aufladt, und ich konnte ihm bei Gott keine vernünftige Antwort geben. Aber die Arbeit ist sinnvoll und nützlich, sie hat mir Spaß gemacht. Ich würde gerne etwas Ähnliches anderswo wieder tun.«
Sie nickte. Arm in Arm schlenderten sie durch die raschelnden Baumwollsträucher. Der Himmel war nun tiefblau, oktoberfarben, wie Billy das nannte. Über ihren Köpfen zogen einige Kumuluswolken gemächlich dahin. Die untergehende Sonne tauchte sie in ein flammendes Orange. Der Gegensatz war kraß und romantisch, dachte Billy.
»Es ist mir egal, wohin sie mich versetzen«, fuhr er fort, »wenn ich nur in deiner Nähe sein kann.« Er blieb stehen, drehte sie sanft zu sich hin und hielt sie an den Unterarmen. »Brett, ich möchte dich heiraten. Bald.«
»Mir geht es nicht anders, Billy. Ich habe das Gefühl, daß wir schon seit Jahrhunderten aufeinander warten. Weißt du, daß ich bereits einundzwanzig bin?«
»Das hatte ich vergessen. Dann bist du ja schon fast steinalt.«
Trotz des Witzes war auch er sich in letzter Zeit seines Alters bewußt geworden. Mit vierundzwanzig war ein Mann so weit, daß er Verantwortung übernehmen konnte. »Ich kann jetzt wirklich für dich sorgen. Ich habe jeden Monat die Hälfte meines Lohns gespart und so —« Er räusperte sich. »Was würdest du davon halten, wenn ich mich, solange ihr beiden noch hier seid, mit Orry unterhalten würde?«
Sie umarmte ihn stürmisch. »O ja, bitte tu das.«
»Ich möchte sichergehen, daß ich ihn zum richtigen Zeitpunkt anspreche —«
Sie lächelte liebevoll. »Du bist immer so vorsichtig und sorgfältig. Ich glaube nicht, daß es jemals wieder einen richtigen Zeitpunkt geben wird. Die Welt befindet sich in solchem Aufruhr —«
»Aber ich bin nicht sicher, daß Orry mich mag. Wenn ich jetzt mit ihm rede und er immer noch auf George wütend ist?«
»Da ist er drüber hinweg.« Sie preßte sich wieder eng an ihn und flü-

sterte. »Ich verliere noch den Verstand, wenn wir noch lange warten müssen.«
»Ich auch.«
»Rede morgen mit ihm. Oder heute abend.«
»Gut. Sobald ich kann. Versprochen.«
Es klang entschlossen und sollte seine letzten Zweifel bannen. Er fühlte sich wie ein General, der endlich seine Männer in die Schlacht schickt.
Sie küßten sich wieder. Die orangefarbenen Wolken schwebten über dem Mississippi in einem so lieblichen Himmel, daß es schien, als gäbe es überhaupt keine Probleme mehr auf der Welt.

Orry fand St. Louis zwar lebhaft und voller Dynamik, aber die Leute hatten keine Manieren und benahmen sich aufgeblasen. Die Stadt war derb wie das rohe Holz der meisten Gebäude. Als er mit Billy am nächsten Morgen den Fluß entlangschlenderte, fühlte er sich sehr als eleganter Südstaatler.
Er trug einen teuren Walnußspazierstock bei sich, den er als Andenken gekauft hatte, und schwang ihn bei jedem Schritt in einem Halbkreis vor- und rückwärts. Sie gingen an einem Dutzend lärmender Neger vorbei, die Kisten auf ein Schiff luden. In der Mitte des Kanals tuckerte ein Schaufelraddampfer nach Norden in Richtung Des Moines. Die Passagiere lehnten winkend an der Reling. Orry betrachtete das Schiff mit großer Bewunderung; er hatte sich in die Mississippi-Dampfer verliebt, die ihm wie elegante schwimmende Paläste vorkamen.
Billy räusperte sich. Seine hellblaue Hose wies immer noch Spuren vom gestrigen unfreiwilligen Bad auf. Orry wußte, was nun kommen würde, und wünschte, er könnte der Situation ausweichen.
»Orry, ich schätze es sehr, daß du bereit bist, mich anzuhören.«
Der größere Mann wirbelte seinen Stock herum und sagte scherzhaft: »Das ist nichts Neues. Wir reden ja schon seit Jahren miteinander.«
»Ja, aber es geht diesmal um etwas sehr Wichtiges. Es betrifft Brett.«
Orry nickte ernst. »Das habe ich vermutet.«
Ein mit Baumwollballen beladener Karren fuhr vorbei; die Hufe des Esels dröhnten über das Pflaster. Die beiden Männer gingen während zehn Sekunden schweigend nebeneinander her. Manchmal fand Orry

Billy zu vorsichtig — ein ironischer Gegensatz zu seinem älteren Bruder. Er bedauerte es, daß das Gespräch gerade jetzt stattfinden mußte, obwohl sein Zorn auf George eigentlich nichts damit zu tun hatte. Im Grunde hatte er sogar das Gefühl, daß er selber zu einem großen Teil für den Streit in Lehigh Station verantwortlich war. Er würde George nach einiger Zeit einen Brief schreiben und den Streit wiedergutmachen.
Der aromatische Duft von frischem Kaffee strömte ihnen aus einem Kaffeehaus an der linken Straßenseite entgegen; lautes Stimmengewirr und der Geruch von Sägemehl kamen aus einem Saloon. Aus den Augenwinkeln heraus bemerkte Orry Billys besorgte Miene. Um ihm die Sache zu erleichtern, sprach er als erster.
»Du möchtest um die Erlaubnis bitten, Brett zu heiraten?«
Billy explodierte beinahe vor Erleichterung. »Ja! Ich kann jetzt für sie sorgen. Wir werden zwar nicht in Saus und Braus leben, aber sie wird nie Not leiden müssen, das verspreche ich dir. Ich glaube, daß ich bei der Armee ausgezeichnete Chancen habe. Ich werde St. Louis demnächst verlassen —«
»Weißt du, wohin du versetzt wirst?«
»Ich habe darum gebeten, daß man mich auf eines der Bundesforts im Süden schickt. Fort Pulaski in Savannah. Fort Monroe. Charleston wäre natürlich ideal. Ich habe gehört, daß man die Absicht hat, die Hafenanlagen zu befestigen.«
»Nun, Brett würde sich darüber freuen, wenn du in der Nähe von Mont Royal wärest.«
»Orry, wir möchten einander nicht nur gegenseitige Besuche abstatten — wir möchten heiraten!«
Die Worte klangen mehr als nur etwas brüsk. Orry blieb auf dem Pier stehen und sah den jungen Mann stirnrunzelnd an.
»Das kann ich verstehen, Billy, aber ich kann dir meine Erlaubnis leider nicht geben.«
In Billys Augen blitzte Zorn auf. »Warum nicht? Glaubst du, daß ich kein guter Ehemann für Brett wäre?«
»Ganz im Gegenteil. Es hat nichts mit deinem Charakter zu tun.«
»Was ist es denn? Hast du deine Meinung über die Armee geändert? Glaubst du, daß es keine gute Laufbahn ist?«
»Nein, und ich bin sicher, daß du vieles leisten wirst. Auf jeden Fall

in normalen Zeiten. Aber wir haben ja keine normalen Zeiten mehr. Das Land wird von Unruhen geschüttelt, und die Zukunft ist ungewiß, wenn nicht total finster.« Er seufzte schwer und rückte dann mit dem Rest der Wahrheit heraus. »Besonders für zwei junge Menschen, die aus zwei völlig verschiedenen Teilen des Landes kommen.«

»Du meinst, weil ich aus Pennsylvania komme und Brett aus dem Süden, könnten wir uns nicht vertragen?« Ruhig und bestimmt fügte er hinzu: »Beurteile uns nicht im Lichte dessen, was zwischen dir und George vorgefallen ist.«

Orry gelang es, die Fassung zu bewahren, und mit ruhiger Stimme zu fragen: »Brett hat dich also informiert?«

»Ja.«

»Nun, ich kann nicht behaupten, daß mein Entschluß gar nichts mit dem Streit zu tun hätte, aber nicht so, wie du dir das vorstellst. Dein Bruder und ich, wir haben uns nicht auf ewig verkracht. Er ist immer noch mein bester Freund. Das hoffe ich zumindest. Aber eins steht fest: Wir haben uns über Probleme gestritten, denen man heutzutage nicht mehr aus dem Weg gehen kann. Dieselben Probleme könnten dich und meine Schwester einer starken Belastung aussetzen. Nimm einmal an, daß dieses absurde Gerede von Sezession zu einer konkreten feindlichen Haltung führt. Was wären die Auswirkungen auf die Armee? Oder genauer, auf einen Offizier, der sich sowohl der Regierung als auch seiner Frau, die aus dem Süden stammt, verpflichtet hat?«

»Ich habe das Gefühl, daß du ziemlich weit gehst, um Einwände zu finden.« Billys Stimme klang jetzt etwas scharf.

Orry entgegnete nicht minder unwirsch: »Ich erkläre dir den Grund für mein Nein.«

»Ist es endgültig oder nur vorübergehend gemeint?«

»Vorübergehend. Glaube mir, ich würde mich freuen, wenn Brett einen Hazard heiraten würde. Aber erst, wenn die Zukunft etwas klarer aussieht.«

Billy starrte ihn an. »Und wenn wir beide beschließen würden, ohne deinen Segen zu heiraten?«

Orrys Miene verfinsterte sich. »Ich glaube nicht, daß Brett so was tun würde. Aber es steht dir natürlich frei, sie zu fragen.«

»Ja, Sir«, sagte Billy und nickte. »Ich glaube, das werde ich tun. Darf ich mich entschuldigen? Ich habe noch etwas mit meinem Sekretär zu besprechen.«
Mit traurigem Blick sah Orry dem jungen Mann zu, wie er steif davoneilte.

An jenem Abend sagte Brett im Salon ihrer Hotelsuite zu Orry: »Ich bin über die Antwort, die du Billy gegeben hast, enttäuscht.«
»Wann hast du ihn gesehen?«
»Vorhin, als ich unten war. Er ist davon überzeugt, daß du ihn nicht magst.«
Orry hieb mit der Faust auf die Stuhllehne. »Das ist nicht wahr! Offenbar habe ich mich nicht klar genug ausgedrückt. Ich möchte mir das ganze bloß noch eine Weile überlegen. Du weißt doch selbst, daß die Leute in diesem Land Partei ergreifen. Die Umstände könnten euch in zwei entgegengesetzte Lager zwingen, und ich möchte nicht, daß du eine Ehe eingehst, die dich einer solchen Belastung aussetzen würde.«
»*Ich* heirate ja schließlich.« Sie stampfte mit dem Fuß auf. »Ich glaube, ich bin diejenige, die zu entscheiden hat.«
»Jetzt redest du wie Ashton«, gab er erbost zurück und ging ans Fenster. »Wenn du dich mir widersetzen willst, dann sag es geradeheraus.«
»Ich habe Billy gesagt, daß ich das nicht tun kann. Zumindest nicht, solange noch eine Chance besteht, daß du deine Meinung änderst.«
Die Drohung war zwar leise, aber unmißverständlich. Ihre Entschlossenheit ließ ihn unvermutet melancholisch werden — vielleicht weil er immer wieder vergaß, daß sie bereits erwachsen war und selbst über ihr Schicksal entscheiden konnte? Und auch, weil er wieder einmal daran erinnert worden war, daß seine Führung jetzt nicht mehr nötig und auch nicht mehr erwünscht war. Abgesehen davon merkte er erneut, wie schnell die Zeit verging und wie rasch sich alles veränderte. Er starrte zum Fenster hinaus und betrachtete einen Dampfer auf dem Mississippi. Funken sprühten und leuchteten kurz im Rauch auf, aber sie erloschen schnell. Wie die Begierden eines Mannes. Wie seine Träume.
Er wollte sich nicht schuldig machen und den andern das Glück ver-

wehren, bloß weil man es ihm verwehrt hatte. Nein, das wäre gemein und egoistisch. Diese Gedanken ließen ihn die Dinge wieder etwas klarer sehen und den Wunsch in ihm aufsteigen, Frieden zu schließen. Frieden mit ihr und mit Billy.

Er ging auf Brett zu und ergriff ihre Hand.

»Ich habe Billy gern. Ich weiß, daß er dir ein guter Ehemann wäre. Aber eine Heirat ist eine Verpflichtung auf Lebenszeiten« — *ach, wie stolz Madeline jetzt auf dich wäre,* dachte er in einem Anflug von Sarkasmus, »und deshalb solltest du deiner Gefühle sehr sicher sein.«

»Orry, das bin ich! Ich kenne Billy nun seit Jahren. Ich warte seit Jahren auf ihn!«

»Wäre es schlimm, noch etwas länger zu warten?«

Der Salon war in der Dunkelheit versunken. Sie konnten einander nicht mehr klar sehen. Brett stieß einen leisen, müden Seufzer aus.

»Ach, ich glaube nicht.«

Er hatte gewonnen. Es war kein Sieg. Eher eine Frist.

Billy verbrachte eine noch unglücklichere Nacht als Brett. Der Schlaf wollte nicht kommen, und er wurde von deprimierenden Gedanken über Orrys Ablehnung heimgesucht, von Gedanken auch über die Feindseligkeiten zwischen dem Norden und dem Süden und einem möglichen Krieg. Er erinnerte sich an eine ihm nicht verständliche Warnung von George. Es ging um einen verrückten Offizier, der aus unerklärlichen Gründen alle Hazards haßte. Sein Bruder hatte ihn sogar davor gewarnt, daß besagter Offizier irgendwie eine Gefahr für ihn sein könnte.

Nun, er hatte weder die Zeit noch die Absicht, das ganze ernst zu nehmen — oder sich auch bloß daran zu erinnern, es sei denn, er fühlte sich so deprimiert wie eben jetzt. Nein, da war doch Brett, von der er träumen konnte.

Drei Tage später, an einem Donnerstag, begleitete Billy die beiden zu ihrem Zug nach Osten.

Orry hatte sich im Anschluß an ihre Diskussion kaum mit dem jungen Offizier unterhalten. Als er nun vor der Kutsche stand, wurde ihm klar, daß dies die letzte Gelegenheit war, um über die förmlichen, leeren Plaudereien hinauszukommen und Billy einen Schritt entgegenzugehen.

Er ergriff Billys Hand und schüttelte sie. Billy war entwaffnet und blickte Orry, der ihm zulächelte, überrascht an.
»Ich glaube, daß ihr beide, du und Brett, zusammen beinahe jedem Sturm die Stirn bieten könntet. Aber laßt mir bitte einen Monat oder so Zeit, um mich selbst davon zu überzeugen, ja?«
»Du meinst, wir können —«
Orry hob die Hand, um ihn zu unterbrechen. »Keine Versprechen, Billy. Ich habe die Tür nicht zugeschlagen, und es tut mir leid, wenn ich diesen Eindruck bei dir erweckt habe. Wie du, bin auch ich immer vorsichtig im Leben. Frag mal deinen Bruder.«
»Danke, Sir.« Strahlend ergriff Billy Orrys Hand und drückte sie fest. Brett umarmte ihren Bruder.
Orry ließ die beiden jungen Leute allein; sie standen so dicht beieinander, daß sich ihre Stirnen fast berührten, und sie flüsterten. Er hatte jetzt zwar sein Gewissen erleichtert, aber er fühlte sich mitnichten besser, als er in den Zug stieg.

52

Orry wurde durch Schreie aufgeweckt, besonders durch eine schrille Frauenstimme. Er rieb sich die Augen. Der Zug hatte angehalten, und Menschen rannten durch den Gang des Eisenbahnwagens. Ein hochgewachsener Mann prallte mit dem Kopf gegen die von der Decke baumelnde Ölfunzel, die heftig hin und her schaukelte und verzerrte Schatten auf die Wände warf.
Brett saß hellwach auf ihrem Sitz. Orry stand und versuchte, dem Durcheinander einen Sinn abzugewinnen. Die Frau draußen schrie immer noch. Eine höfliche Männerstimme besänftigte sie. Vom Verbindungsgang her hörte Orry den Schaffner rufen: »Alles aussteigen! Ich weiß nicht, was los ist, aber ich bin sicher, niemandem wird ein Leid geschehen. Bitte beeilen Sie sich! Achten Sie auf die Stufen!«
Der Schaffner kämpfte sich durch die gegen ihn anstürmende Menschenmenge. Er rief Orry, Brett und ein paar andern Reisenden, die versucht hatten, so gut wie möglich sitzend zu schlafen, zu: »Bitte, beeilen Sie sich! Alle müssen aussteigen.«

Orry, der immer noch nicht ganz wach war, fragte sich, ob wohl diese ganze Aufregung nötig sei. Sicher handelte es sich bloß um einen kleinen Unfall. Er zog gemächlich seine silberne Uhr aus der Westentasche und schlug mit dem Daumen den Deckel zurück. Brett stand auf, ging zum Fenster, stieß den Laden hoch und starrte in die Dunkelheit hinaus.
Die Uhr zeigte eine halbe Stunde nach Mitternacht. Es war also bereits Montag morgen, Montag, 17. Oktober 1859. Sie hatten Wheeling am frühen Sonntag mit diesem B&O-Eilzug Richtung Baltimore verlassen, wo Orry für mehrere tausend Dollar Schiffsbestandteile für Cooper kaufen sollte. Er führte eine lange Liste der einzelnen Teile in seinem Gepäck mit.
Brett lehnte am Fenster und spähte in die Dunkelheit hinaus. Plötzlich zuckte sie zurück; ihr Gesicht war schneeweiß.
»Ich habe eben einen Mann vorbeigehen sehen. Er trug ein Gewehr.«
»Glaub' ich nicht.«
Er stellte sich neben sie und blickte hinaus. In der Ferne war undeutlich der schwache Lichtschein einiger Lampen zu erkennen. Der Anblick von Zeichen der Zivilisation erleichterte Orry. Plötzlich umschloß eine kräftige Hand von hinten seine Schulter.
Er wirbelte herum, bereit zuzuschlagen. Es war bloß der Schaffner.
»Bitte, Sir, steigen Sie aus.« Der Mann war in Panik und bettelte Orry förmlich an. »Ich bin der Vertreter dieser Eisenbahn. Mein Name ist Phelps. Ich bin für die Passagiere verantwortlich. Bitte tun Sie, was ich sage, bis wir die Erlaubnis zur Weiterfahrt bekommen.«
»Erlaubnis? Von wem?« Orrys Stimme klang nun hellwach.
»Von den bewaffneten Männern draußen. Die Station ist unter ihrer Kontrolle. Sie sagen, sie hätten auch das Bundesarsenal und Hall's Gewehrfabrik besetzt. Ich habe den Eindruck, daß sie zum äußersten entschlossen sind.«
Von irgendwoher knallte ein Gewehrschuß. Brett stieß entsetzt einen leisen Schrei aus und blickte sich dann im Wagen um. »Alle andern sind ausgestiegen. Wir sollten tun, was der Herr sagt.«
Orrys Mund fühlte sich trocken an. Er war angespannt und instinktiv in Alarmbereitschaft, wie dies oft in Mexiko der Fall gewesen war. Er folgte Phelps bis zum Kopfende des Wagens und stellte erst dann die naheliegende Frage: »Wo sind wir?«

»In Harpers Ferry. Der letzte Halt in Virginia, bevor wir den Fluß an der Grenze zu Maryland überqueren.«
Es war grotesk. Ein Melodrama wie aus einem Groschenheft, das mitten in der Nacht, aus bis jetzt noch unverständlichen Gründen, inszeniert wurde. Und doch hing Angst in der Luft. Brett ging hinter Orry her und umklammerte seine Hand, als er Phelps in die feuchte, kühle Dunkelheit hinaus folgte.
Als er die Eisenstufen hinunterkletterte, schaute er sich um. Vom Holzdach des Bahnsteigs baumelten Lampen. In ihrem Lichtkegel standen fünf bewaffnete Männer, vier Weiße und ein Schwarzer. Auf der rechten Seite des Bahnsteigs trieben weitere Männer mit Revolvern und Gewehren die Reisenden wie eine Viehherde in ein kleines, schäbiges Gebäude ganz in der Nähe des Bahnsteigs.
Zu seiner Linken konnte Orry eine weitere Gestalt erspähen. Sie lag rücklings auf einem leeren Karren. Ein Gepäckträger, vermutete Orry. Seine Uniform war blutbefleckt.
Orry half seiner Schwester über die letzten Stufen und ging dann vor. Phelps wandte sich an die bewaffneten Männer.
»Ich will wissen, wann Sie diesem Zug die Weiterfahrt erlauben.«
Trotz der entschlossenen Worte war die Stimme des Schaffners brüchig. Der Schwarze klemmte das Gewehr unter den Arm, ging auf Phelps zu und schlug ihm die Faust ins Gesicht.
»Du hast überhaupt nichts zu wollen, Mister.«
Der Schaffner rieb sich die Backe. »Ist Ihnen bewußt, welche Strafe auf die Beeinträchtigung der Bundespost aussteht? Wenn wir eine Nachricht dieser Brutalität nach Baltimore telegrafieren —«
Einer der Weißen unterbrach ihn. »Alle Verbindungen sind unterbrochen. Gehen Sie, löschen Sie das Licht in sämtlichen Eisenbahnwagen und bleiben Sie dann mit allen andern dort. Sie haben die Wahl zwischen dem Bahnhof und dem Hotel nebenan.« Bei dem Hotel handelte es sich offensichtlich um das kleine, schäbige Gebäude.
»Was zum Teufel geht hier vor sich?« sagte Orry. Der Mann mit dem Gewehr blickte ihn scharf an.
»Südstaatler, was? Du hältst besser den Mund, sonst laß ich meine Niggerjungen los. Sie hätten sicherlich nichts dagegen, mit dir ein Hühnchen zu rupfen.«

Orry legte den Arm um Bretts Schultern und führte sie über den Bahnsteig zum Hotel. Auf einem kleinen Schild war Wager House zu lesen.

Bretts Gesichtszüge waren angespannt, ihre Augen schienen riesengroß. »Was ist los, Orry? Ist dies ein Raubüberfall?«

»Wahrscheinlich.« Er hatte keine andere Erklärung.

Beim Hoteleingang stand ein junger Mann mit einem Gewehr Wache. In der Halle schluchzte eine Frau, und ein Mann versuchte ihr mit nervöser, aber eindringlicher Stimme klarzumachen, daß sie ihr Korsett lockern und sich beruhigen solle. Brett stolperte an der Tür, und die erschrockene Wache, die offensichtlich einen Angriff befürchtete, versetzte ihr einen Stoß.

Brett taumelte gegen eine Fensternische. Orry fluchte und ging auf die Wache los. Der Mann trat zurück und hob das Gewehr.

»Noch einen Schritt und Sie werden Baltimore nie sehen.«

Orry stand mit geballter Faust still.

»Laß das Gewehr, Oliver. Wir haben keinen Streit mit diesen Menschen.«

Die tiefe, klangvolle Stimme gehörte einem großen Mann mittleren Alters, der aus der Dunkelheit des Bahnsteigs aufgetaucht war. Er trug ein Farmerhemd, alte Kordhosen und schmutzige Stiefel. Sein weißer Bart war kurz geschnitten. Sein schroffes Gesicht kam Orry bekannt vor, und doch wußte er nicht sofort, wer der Mann war.

Der junge Mann hielt das Gewehr immer noch schußbereit. »Oliver«, sagte der Bärtige.

»Schon gut, Pa.« Er senkte das Gewehr. Der Kolben schlug sanft auf dem Boden auf.

Orry starrte den Mann mit dem Bart an. »Sind Sie für diese Raufbolde verantwortlich?«

Mit übertriebener Höflichkeit antwortete der Mann: »Seien Sie sorgfältig mit Ihren Worten, Sir. Vor Ihnen steht der Oberbefehlshaber der Provisorischen Regierung der Vereinigten Staaten. Mein Name ist Brown.«

Natürlich. Brown aus Osawatomie. Orry erinnerte sich daran, das Gesicht in Zeitschriften gesehen zu haben, aber der Bart war auf den Bildern viel länger gewesen. Hatte er ihn gestutzt, in der Hoffnung, nicht so leicht erkannt zu werden?

Browns blaue Augen blickten eiskalt. »Mein Sohn hatte nicht die Absicht, der jungen Dame etwas zu tun; er hat sich bloß selbst schützen wollen. Es ist klar, daß die Wellen bei einem Unterfangen dieser Tragweite manchmal etwas hochschlagen.«
»Unterfangen?« gab Orry hämisch zurück. »Verdammt komischer Name für einen Zugüberfall!«
»Sie beleidigen mich, Sir. Wir sind keine Diebe. Ich bin aus Kansas gekommen, um alle Neger dieses Staats zu befreien.«
Obwohl Brown mit ruhiger Stimme sprach, glaubte Orry in dem durchdringenden Glimmen seines Blickes eine Spur von Wahnsinn zu entdecken. Er mußte an Virgilia denken. War dies ihr revolutionärer Messias?
»Sie sind also der Anführer einer Revolte?« fragte er Brown.
»In der Tat. Ich bin bereits im Besitz des Arsenals der Vereinigten Staaten. Und hier wird kein Zug mehr durchgelassen. Gehen Sie hinein und verhalten Sie sich ruhig, bis ich beschlossen habe, was hier geschehen soll. Sollte sich irgend jemand einmischen, werde ich die Stadt niederbrennen lassen, und es wird zu Blutvergießen kommen. Haben Sie mich verstanden?«
Orry nickte grimmig. Dann hielt er Brett den Arm hin und führte sie in die Hotelhalle, wo er ihr einen Platz anbot.
Ein kleiner Junge fing an zu weinen und wurde von seiner Mutter auf den Schoß genommen. Ein Mann rieb seiner schniefenden Ehefrau die Hände.
Orry zählte die Passagiere, die in der Hotelhalle herumsaßen oder -standen: Er kam auf achtzehn.
Gegenüber der Tür, durch die sie hereingekommen waren, befand sich eine weitere, die auf die Straße hinausging. Sie stand halb offen, und ein weiterer von Browns Männern war zu erblicken, ein Neger, der langsam mit einem Marinerevolver in der Hand auf und ab marschierte. Orry sah, daß er Farmerschuhe und eine abgewetzte, viel zu kurze Hose trug.
Orry setzte sich neben Brett und rieb sich das Knie. John Brown hatte offensichtlich Sklaven oder ehemalige Sklaven um sich geschart. Alte Kindheitsängste stiegen in Orry auf.
Phelps streckte den Kopf zur Tür herein und sagte: »Ich versuche mit Captain Brown darüber zu verhandeln, ob der Zug mit den Postsen-

dungen weiterfahren kann. Bitte bewahren Sie Geduld und Ruhe!«
Daraufhin entfernte er sich.

Eine Uhr tickte laut hinter dem Empfangsschalter. Der Knabe weinte immer noch. Orry gähnte. Er dachte an die Augen von John Brown, und zum erstenmal glaubte er Senator Seward, der von einem nicht zu unterdrückenden Konflikt gesprochen hatte.

Er schrak auf, als Brett ihm etwas zuflüsterte: »Orry, der Mann dort beobachtet uns.«

»Welcher Mann?«

»Der Wachtposten, draußen.«

»Der Sohn von Brown?«

»Nein, der andere; der Neger. Da ist er wieder.«

Orry blickte auf. Eine Katastrophe war offensichtlich noch nicht genug!

Draußen huschte schemenhaft ein schwarzes Gesicht vorbei; es war ein schönes, aber von Sorge und Hunger gezeichnetes Gesicht. Orry hatte es unten am Ashley schon gesehen und hätte es überall sofort wiedererkannt.

»*Grady*«, flüsterte er und ging raschen Schrittes zur Tür.

Grady trat zurück, als Orry herauskam und die Tür hinter sich schloß. Auf den Hügeln waren einige schwache Lichter im Dunst zu erkennen, aber die Stadt war beinahe nicht zu sehen.

»Grady, erinnerst du dich nicht an mich?«

»Natürlich erinnere ich mich, Mr. Main.« Er spannte den Revolver. »Bleiben Sie lieber dort stehen. Captain Brown hat gesagt, wir sollen schießen, falls jemand Schwierigkeiten macht.« Es hörte sich an, als wünschte er nichts sehnlicher als das.

»Wie viele seid Ihr?« Orrys Atem bildete in der kühlen Nachtluft kleine Nebelwölkchen.

»Achtzehn«, antwortete Grady rasch. »Dreizehn weiße Männer, und der Rest Neger.«

»Wie um Himmels willen habt Ihr einen solchen Plan ausarbeiten können?«

»Captain Brown; er hat es schon seit langem geplant. Wir leben nun schon seit einer Weile auf der andern Seite des Flusses in einem gemieteten Farmhaus. Wir werden von Chambersburg aus mit Nahrungsmitteln und Gewehren versorgt.«

Noch ein weiterer Schock; Virgilia hatte doch gesagt, daß sie nach Chambersburg ginge!
»Ist deine —« Er konnte sich nicht dazu bringen, *Frau* zu sagen. »Ist die Schwester von George Hazard auch dabei?«
»Ja, sie ist mit den andern Frauen auf der Farm.«
»Gott«, flüsterte Orry.
»Gehen Sie wieder hinein, Mr. Main. Verhalten Sie sich ruhig, provozieren Sie uns nicht, und vielleicht erlaubt der Captain die Weiterfahrt des Zuges. Wir werden mit den Gewehren und der Munition des Arsenals unseren Triumph feiern. Wenn uns jemand den Weg versperrt, wird Blut fließen.«
»Ihr könnt diesen Kampf nicht gewinnen, Grady. Euer Blut wird fließen.«
Gradys Stolz machte sich in Wut Luft. Er streckte den rechten Arm aus. Seine Hand zitterte — ob vor Aufregung oder vor Unsicherheit, war nicht auszumachen.
Die Mündung des Revolvers zitterte zwei Fingerbreit vor Orrys Nase. Er stand regungslos, schreckensstarr da. Fünf Sekunden vergingen. Weitere fünf Sekunden —
Plötzlich flog die Hoteltüre auf. »Orry?«
Grady senkte rasch den Revolver; Ekel zeigte sich auf seinem Gesicht.
»Dort hinein!« Er schob Orry zu seiner Schwester hin. Orry folgte ihr in die Halle. Grady gab der Tür mit seinen schweren Schuhen einen Stoß.

Es war still in der Halle. Die Reisenden waren eingenickt oder starrten ins Leere. Stunden waren verstrichen. Es gab auch keine Emotionen mehr. Es hatte schon lange niemand mehr etwas gesagt.
Brett schlief mit dem Kopf auf der Schulter ihres Bruders. Orry betrachtete das hin und her schwingende Pendel der Uhr. Es schien zu schweben. Er rieb sich die Augen. Die Müdigkeit und die ganze Anspannung forderten ihren Tribut.
Phelps kam wieder herein; er sah verstört aus. »Bitte alle zurück an Bord. Wir können gehen.« Er flüsterte ihnen die Nachricht förmlich zu, wohl aus Angst, Captain Brown könnte seine Meinung sonst wieder ändern.

Männer und Frauen atmeten auf und stürzten zur Tür. Orry weckte Brett und führte sie über den Bahnsteig an den Gewehren von vier Wachtposten vorbei. Sie stiegen in den dunklen Zug ein, und nach wenigen Minuten puffte der Zug langsam über die überdachte Brücke des Shenandoah.

Phelps kontrollierte den Zug auf irgendwelche Beschädigungen hin. Langsam rollten die Wagen einer nach dem andern aus dem Schatten der Brücke. Es dämmerte. Orry saß mit der Stirn ans Fenster gelehnt da und blickte auf das über den Bergspitzen des Blue Ridge auftauchende Sonnenlicht.

Im Mittelgang des Zugs tanzte ein Mann mit seiner weinenden Frau. Phelps betrat den Waggon. Eine Frau rannte auf ihn zu und hielt ihm einen Papierfetzen vors Gesicht. »Ich werde das hinauswerfen. Wir müssen die Leute warnen.«

»Aber wir werden demnächst in Baltimore —«

Die Frau nahm keine Notiz davon. Als sie davonrannte, nahm Phelps seine Kappe ab und kratzte sich am Schädel.

Orry fühlte sich wie ausgepumpt, und zum erstenmal war er davon überzeugt, daß einer Bedrohung durch Yankees von John Browns Sorte nur mit Waffengewalt begegnet werden konnte. Angenommen, man würde zusichern, daß die Sklaverei ein Ende nehmen sollte — und im geheimsten Winkel seiner Gedanken tat er dies manchmal —, wäre eine gewaltsame Revolution dann der richtige Weg? Nein, dazu durfte es nicht kommen, dachte er, als er Papierfetzen an seinem Fenster vorbeiwirbeln sah. Es waren Botschaften von Reisenden, die die Nacht überlebt hatten.

Botschaften, die der Welt mitteilten, was in Harpers Ferry geschehen war.

Drei Tage später kaufte Orry im Hotel in Baltimore eine Zeitung. Überall in Hotelhallen, Restaurants und auf den Straßen sprachen die Leute von nichts anderem als von dem Überfall; nur zwei der Aufrührer hatten überlebt. Browns Männer hatten vier Menschen aus der Stadt getötet. Einer davon war der schwarze Gepäckträger, den Orry auf dem Bahnsteig gesehen hatte. Eine Weile lang war auch ein Neffe dritten Grades von Präsident Washington als Geisel gefangengehalten worden.

Ein eilends aus Washington abgeordneter Marinetrupp hatte dem Aufstand schließlich ein Ende gesetzt. Das Kommando hatte Lee geführt; er war von einem alten Freund von Charles, Stuart, begleitet gewesen. Brown war verwundet worden, als er einen Lokomotivschuppen verteidigte, in dem er Unterschlupf gesucht hatte. Er befand sich nun in Charles Town, Virginia, im Gefängnis.

Orry las weiter in der Zeitung. »Hier sind Browns Männer, die getötet wurden, aufgeführt«, sagte er zu Brett. »Einer davon ist Grady Garrison, Neger.«

»Garrison?« wiederholte sie.

Orry zuckte die Achseln. »Wahrscheinlich hat er den Namen von jenem Aufwiegler aus Boston übernommen.«

Brett hatte einen fast ebenso melancholischen Gesichtsausdruck wie Orry. »Wird Virgilia irgendwo erwähnt?«

»Nein, nicht mit einem Wort. Man nimmt an, daß alle Verschwörer, die nicht direkt am Überfall beteiligt waren, geflohen sind, als die Schießerei losging. Die Farm ist ja nicht so weit von Harper's Ferry entfernt, daß sie die Schüsse nicht hätten hören können.«

»Nun, sosehr ich Virgilia auch verabscheue, so hoffe ich doch, daß sie hat flüchten können.«

»Ich hoffe es auch. George zuliebe.«

So schreckenerregend der Überfall auch ausgesehen hatte, als Orry mitten drin steckte, so war jetzt doch klar, daß die pathetische Sache von Anfang an zum Scheitern verurteilt gewesen war. Eine von Verrückten organisierte und von sozialen Außenseitern durchgeführte Verschwörung.

Dennoch wurde das Land von einer Schockwelle erfaßt. Waren der Norden und der Süden durch die Ereignisse der letzten Jahre noch nicht unwiderruflich auseinandergetrieben worden, so würde die Spaltung jetzt vollzogen werden, dachte Orry.

Die folgenden Tage schienen dies zu bestätigen. Nicht einmal die blutigen Auseinandersetzungen in Kansas hatten das Land so vollständig in zwei Lager zu teilen vermocht. Ende Oktober kam Brown wegen Anstiftung zu einem Sklavenaufstand und Verrat gegen den Staat Virginia vor Gericht.

Einflußreiche Nordstaatler rühmten ihn und traten zu seiner Verteidigung auf. Emerson nannte ihn einen neuen Heiligen. Im Süden reagierte Huntoon mit typischer Heftigkeit. Er nannte Brown einen fanatischen Mörder und malte gräßliche Bilder von Komplotten, welche »die schrecklichsten Ängste unseres Heimatlandes bestätigen«. Orry erklärte sich traurig mit letzterem einverstanden. Obwohl der Überfall von Brown Orry nicht dazu bewegen konnte, ins Lager der Extremisten überzuwechseln, stand er ihnen nun doch wesentlich näher.

Die Angst vor weiteren Aufständen breitete sich seuchenartig aus. Dem Ashley entlang redeten die Plantagenbesitzer und ihre Frauen kaum noch von etwas anderem. Die Brüder LaMotte gründeten eine milizähnliche Organisation gleichgesinnter Männer, die Ashley-Garde. Huntoon wurde zum Ehrenhauptmann ernannt.

George schrieb Orry einen Brief, um sich für sein Benehmen in Lehigh Station zu entschuldigen. Er erwähnte Virgilia mit keinem Wort. Er äußerte Bedauern darüber, daß einige Südstaatler die sogenannten Schwarzen Republikaner für Browns Aufstand verantwortlich machten. Er sagte, daß Brown eindeutig im Unrecht gewesen sei — mit Ausnahme vielleicht seiner ursprünglichen Motivation. Der Wunsch nach einer Befreiung aller Sklaven war Georges Meinung nach lobenswert.

»Lobenswert!« Orry zerknüllte den Brief und schmiß ihn in eine Ecke.

In der Nacht des 1. Dezember 1859 widerhallten im Norden von Maine bis nach Wisconsin die Kirchenglocken. Man trauerte um John Brown. Am folgenden Tag stieg er in Charles Town aufs Schafott, und als ihm der Henker den Strick um den Hals knotete, blickte er friedlich in den klaren Winterhimmel.

An jenem Abend war Cooper in Mont Royal zum Abendessen. Er sprach sein Bedauern zu den Ereignissen des Tages aus. »Brown hätte nicht gehängt werden sollen. Zeit seines Lebens war er bloß ein armer Verrückter. Jetzt haben sie ihn aber zu einem Märtyrer gemacht.«

Einige Tage vor Weihnachten erhielt Orry einen weiteren Brief von George, der Coopers Aussage bestätigte. Am Schluß des Briefes war zu lesen:

Die Leute reden immer noch voller Emotionen über den Überfall. Weißt du, daß Grady auch daran beteiligt war und in Harper's Ferry gestorben ist? Man hat mir gesagt, daß Virgilia auch für kurze Zeit auf der Farm gewesen ist. Sie ist verschwunden; seit dem Abend unseres Streits habe ich sie weder gesehen noch etwas von ihr gehört. Ich möchte mich für den Streit noch einmal aufrichtig bei dir entschuldigen. Möchtest du dein Schweigen nicht brechen, alter Freund, und mir schreiben, daß du meine Entschuldigung annimmst?
Widerwillig setzte Orry sich hin und schrieb einen Brief, den er eine Stunde später wieder zerriß.
Seine Gedanken kreisten unablässig um die Ereignisse von Harper's Ferry. Sie waren maßgebend für seine Entscheidung, die er Ende Dezember in bezug auf Brett traf.

53

Clarissa war über den mit Kerzen geschmückten Weihnachtsbaum entzückt gewesen, und deshalb hatte Orry ihren Zeichentisch heruntergeholt und in einer Ecke in der Nähe des Baumes aufgestellt. Jetzt saß sie am Tisch und starrte abwechselnd während fünf bis zehn Minuten in eine Kerzenflamme oder murmelte vor sich hin, während sie an der neuesten Fassung des Familienstammbaumes arbeitete.
Ihr Haar war nun schneeweiß und ihr Lächeln treuherzig, wie dasjenige eines Kleinkindes. Manchmal beneidete Orry seine Mutter um ihre Entfremdung von der Wirklichkeit. Er war in letzter Zeit mit fast allem auf dieser Welt unzufrieden. Insbesondere haßte er die Verantwortung, die auf ihm lastete und von der er sich gern befreit hätte.
Brett kam herein und schloß behutsam die Tür.
»Eines der Hausmädchen sagte mir, daß du mit mir sprechen möchtest.«
Er nickte; er stand breitbeinig vor dem Kamin. Brett runzelte die Stirn; sie konnte die Spannung spüren und versuchte, sie mit einem Scherz zu mindern.
»Die weißen Strähnen in deinem Bart stehen dir gut zu Gesicht. In

ein- oder zwei Jahren wirst du einen herrlichen Sankt Nikolaus abgeben.«
Er lächelte nicht. »Ich muß im Augenblick eine andere Rolle spielen — diejenige deines Beschützers. Ich bin der Meinung, daß wir über dich und Billy miteinander reden sollten.«
»Sein Brief war eines der herrlichsten Geschenke für mich!« Billy hatte ihr mitgeteilt, daß er höchstwahrscheinlich einer Gruppe von Ingenieuren zugeteilt werden würde, die demnächst Ausbesserungsarbeiten am Fort Moultrie auf der Sullivan-Insel in der Nähe vom Hafen von Charleston vornehmen würde.
Brett blickte ihren Bruder prüfend an. »Ich hoffe, daß du mir das zweite Weihnachtsgeschenk, das ich mir sehnlichst wünsche, wirst geben können.«
»Ich kann dir die Erlaubnis für die Heirat nicht erteilen. Auf jeden Fall nicht jetzt.«
Er sagte das so direkt, daß sie am liebsten geweint hätte. Aber ein solches Benehmen schickte sich wohl nicht für eine Dame, und sie bewahrte die Fassung. Clarissa summte in ihrer Ecke »Stille Nacht« vor sich hin.
»Darf ich dich bitten, mir die Gründe für deine Entscheidung mitzuteilen.«
Ihr ironischer Tonfall verstimmte ihn. »Es sind immer noch dieselben. Wir steuern auf Kollisionskurs mit den Yankees. Es gibt zwar noch einige vernünftige Männer, die sich für eine Kompromißlösung einsetzen, aber es passiert nichts. Und wenn jemand dafür verantwortlich ist, daß der Süden in die Unabhängigkeit getrieben wird —«
»Möchtest du damit sagen, daß du dir das wünschst?«
»Nein. Ich sage bloß, daß es kommen wird. Laß mich bitte ausreden. Wenn jemand die Sezession gefördert hat, dann ist es John Brown gewesen. Im Norden teilt man diese Ansicht. Am letzten Samstag stand etwas von Professor Longfellow zu diesem Thema im *Mercury*. Er war natürlich gegen die Todesstrafe für Brown. Weißt du, was dieser große Dichter, dieser Philanthrop gesagt hat? ‘Dies ist, als würde man Wind säen, um den Sturm zu ernten, und das wird demnächst der Fall sein.’« Orry hob den Zeigefinger wie ein Prediger. »Demnächst. Das war das Wort, das er gebrauchte.«
»Orry, verstehst du denn nicht? Billy und ich sind uns der traurigen

Situation, in der sich unser Land befindet, bewußt. Aber das spielt keine Rolle. Wir lieben uns. Wir werden das Schlimmste überleben.«
»Das glaubst du, aber ich bin weiterhin der Meinung, daß der Druck, dem eure Ehe ausgesetzt sein wird, sie zerstören könnte.«
Orry war insgeheim nicht nur von Browns Überfall und dessen Folgen beeinflußt, sondern auch von Madelines unglücklicher Ehe und dem Tribut, den sie dafür entrichten mußte. Er fürchtete, daß seine Schwester ebenso unglücklich werden könnte, wenn auch aus andern Gründen.
»Tut mir leid, Brett. Ich kann es dir nicht erlauben. Bitte sag Billy, daß es mir leid tut.«
Sie antwortete ruhig: »Nein, das werde ich nicht tun.«
»Würdest du mir das bitte erklären?«
»Es ist ganz einfach: Wenn du mir deinen Segen zur Heirat verweigerst, dann werde ich eben ohne ihn heiraten.«
Mit harscher Stimme sagte er: »Die Zustimmung deiner Familie ist also nicht mehr von Belang?«
»O doch, eure Zustimmung wäre mir lieber. Ich möchte lieber keinen Unfrieden zwischen uns. Doch wenn ich, um den Frieden zu erhalten, Billy nicht heiraten darf, dann zum Teufel mit dem Frieden.«
»Paß auf, was du sagst! Du hast kein Recht, Äußerungen wie diese — zu sagen, was du willst und was du nicht willst. Du bist ja noch ein Mädchen! Und ein dummes dazu!«
Orry schrie so laut, daß Clarissa mit einem leichten Stirnrunzeln aufblickte. Sie starrte auf den bärtigen Mann und die junge Frau, die einander gegenüberstanden, schüttelte dann aber den Kopf, weil sie sie nicht erkannte.
Brett flüsterte mit brüchiger Stimme: »Besser dumm, als das, was aus dir geworden ist.«
»Was soll das heißen?«
»Ich meine, daß es dir nicht ansteht, andern Verhaltensmaßregeln vorzuschreiben. Du lachst nie. Du bist mit allen und allem unzufrieden. Es tut mir leid, daß du allein leben mußt, und es tut mir leid, daß du darunter leidest. Aber ich weigere mich, so zu leben wie du.«
Orry war überrascht, daß er den Wunsch verspürte, sie zu schlagen. Es gelang ihm jedoch, die Fassung zu bewahren.
»Geh auf dein Zimmer!«

Mit einem letzten, giftigen Blick hob sie ihre Röcke und lief hinaus.
Eine Stunde später torkelte Orry in seinem Schlafzimmer vor den Ankleidespiegel. Die leere Malzbierflasche fiel ihm aus der Hand und kollerte über den Boden.
Er spähte nach etwas im Spiegel, das die Anklage seiner Schwester widerlegt hätte, aber er fand nichts. Er gab dem Spiegel einen leichten Schubs mit der Hand. Er fiel nicht auf den Teppich, sondern auf den glänzend gebohnerten Boden und zerbrach in tausend Stücke. Orry stolperte zur Tür; sein Hemdkragen und seine Weste standen offen und der rechte Ärmel war nicht zugeknöpft. Er lallte vor sich hin.
»Es ist lange — es ist lange her, da lebte am Meer, da lebte am —«
Er kam nicht weiter. Sein vom Alkohol getrübtes Gedächtnis ließ ihn im Stich. Er packte einen zierlichen Stuhl und schleuderte ihn gegen die Wand, wo das schöne Möbel mit einem dumpfen Knall in seine Einzelteile zerbrach. Draußen in der Halle erblickte er einen kleinen Messingspiegel, den er mit einer unwirschen Handbewegung zu Boden fegte und mit den Füßen zertrat. Dann stolperte er auf das Treppenhaus zu.
Aus dem unteren Stockwerk blickten einige Haussklaven beunruhigt und verstohlen zu ihm hinauf. Er hielt sich krampfhaft am Geländer fest, und irgendwie gelang es ihm, heil nach unten zu kommen. Zu seiner Linken prangte ein weiterer Spiegel, ein schönes Stück, das Ashton vor langer Zeit einmal in Charleston erstanden hatte. Noch nie war ihm bewußt geworden, daß es so viele Spiegel im Haus gab. Die Spiegel zeigten ihm, was er eigentlich war: ein Versager als Mann, ein Versager in allem, was er je unternommen hatte.
Er riß den Spiegel von der Wand, trug ihn in die frostige Nacht hinaus und schleuderte ihn gegen den nächstbesten Baum; die herunterfallenden Glassplitter sahen wie Silberregen aus.
Orry rannte zurück ins Haus, trieb eine weitere Flasche Malzbier auf und wankte, vor sich hinfluchend, in sein Zimmer.
Clarissa blickte bestürzt von ihrem Zeichentisch auf, seufzte und widmete sich wieder ihrer Arbeit.

»Nach Charleston? Mitten in der Nacht?« Es war am folgenden Morgen, und Orrys schwere Augenlider mußten hart gegen das ste-

chend helle Tageslicht ankämpfen. »Wo ist sie hingegangen? In ein Hotel?«
»Nein, Sir«, antwortete der nervöse Haussklave. »Zu Mr. Cooper. Sie hatte vier Koffer bei sich. Sie sagte, sie wolle eine Weile dort bleiben.«
»Gott«, flüsterte er.
Sein Magen rumorte, sein Kopf hämmerte. Während er in seinem ruinierten Schlafzimmer vor sich hingedämmert hatte, war Brett davongerannt. Noch nie hatte er sich so benommen. Sein Leben lang nicht. Die Scham war noch stärker als die Übelkeit, und sein Stolz war vernichtet. Er war von seiner eigenen Schwester geschlagen worden. Es wäre möglich gewesen, sie aus dem Mills House oder irgendeinem andern Hotel zurückzuschleppen, aber sie hatte sich klugerweise für das Haus an der Tradd Street entschieden. Sie und auch Orry wußten, daß Cooper ihr so lange wie nötig Obdach gewähren würde.
Mit der Stiefelspitze kickte er einige Spiegelscherben. »Los, schafft das weg!« Krank und völlig niedergeschlagen schleppte er sich wieder die Treppe hinauf.

Am Neujahrstag 1860 schrieb Orry seiner Schwester einen Brief. Der Tonfall war leicht drohend, und es kamen Worte wie *Trotz, Pflicht* und *Autorität* darin vor. Orry forderte Brett auf, unverzüglich nach Mont Royal zurückzukehren.
Er ließ den Brief von einem Sklaven nach Charleston bringen. Doch bereits als er den Passierschein ausstellte, hatte er ein Gefühl der Niederlage. Es sollte ihn nicht täuschen — er erhielt keine Antwort.
Einige Tage später kam Cooper vorbei. Orry machte ihm Vorwürfe: »Du leistest einem Familienstreit Vorschub, indem du ihr erlaubst, bei euch zu bleiben.«
»Sei nicht blöd«, gab Cooper zurück. »Es ist besser, sie wohnt bei uns, als in einem öffentlichen Haus. Brett hat vollkommen recht — und ich bin eigentlich hierhergekommen, um dir das zu sagen. Im übrigen unterstütze ich gar nichts, es sei denn ihren überfälligen Versuch, unabhängig zu werden. Schließlich ist es ihr Leben. Sie ist nicht irgendein Niggermädchen, das du mit demjenigen verheiraten kannst, der die beste Nachkommenschaft verspricht.«

»Du Hurensohn!«
Cooper langte nach seinem Hut. »Ich habe bereits gehört, daß du dich wie ein besoffener Matrose benommen hast. Jetzt muß ich feststellen, daß es stimmt. Auf Wiedersehen.«
»Cooper, Augenblick! Entschuldige! Ich bin außer mir —«
Doch sein Bruder hatte das Zimmer bereits verlassen.

54

Das politische Klima wurde von Monat zu Monat rauher. Gegen Ende des Frühlings trat die Demokratische Partei in Charleston zur Aufstellung ihrer Wahlkandidaten zusammen. Die Kandidatur von Douglas — auf die Cooper stark setzte — schien von Anfang an gefährdet.
Cooper und andere vertraten in den Versammlungsräumen der Institute Hall in der Meeting Street die Meinung, die Partei müsse einen Mann wählen, der den Stimmbürgern in andern Regionen ebenfalls genehm wäre, weil sonst der Süden leiden würde. Cooper betonte, daß die Republikaner eine noch schlimmere Medizin als Douglas sein könnten, aber es gab nur wenige, die ihm zuhörten, und Douglas' Anhänger wurden schnell zu einer kleinen Minderheit.
Es kam zu einer heiklen Grundsatzdebatte. Die Anhänger von Douglas weigerten sich, eine Bestimmung zu befürworten, wonach die Sklaverei in den Territorien geschützt werden sollte. Wutentbrannt verließen Delegierte, darunter Huntoon mit den andern Männern aus South Carolina, den Saal, um unter sich zu diskutieren. Cooper erblickte Ashton auf der Galerie; sie war ganz aufgeregt und spendete eifrig Beifall.
Es war alles aus. Nach siebenundfünfzig Wahlgängen wurde die Versammlung vertagt, ohne daß ein Kandidat aufgestellt worden wäre. Die Partei hatte endgültig Schiffbruch erlitten.
Zu Beginn des Sommers traten die Nationalen Demokraten in Baltimore zusammen und nominierten Douglas. Die Abtrünnigen, die sich selbst den Namen Konstitutionelle Demokraten gaben, versammelten sich in Richmond, um die uneingeschränkte Sklaverei in den

Territorien zu befürworten und John Breckinridge aus Kentucky zu nominieren. Eine dritte Splittergruppe versuchte, besorgte Bürger für ein bedingungsloses Eintreten für die Verfassung zu gewinnen, doch das ganze war nicht mehr als ein Strohfeuer.
Am Parteitag der Republikaner in Chicago wurde Seward von Lincoln geschlagen. Das Parteiprogramm enthielt eine Erklärung, die zu heftigen Kontroversen Anlaß gab. Es hieß, daß der Kongreß nicht ermächtigt sei, die Sklaverei gutzuheißen oder zu fördern, indem er es zulasse, daß sie in den Territorien Fuß fasse. Die Sklaverei konnte überall dort toleriert werden, wo sie bereits früher existiert hatte, aber die Republikaner waren einmütig dagegen, daß sie sich weiter verbreitete.
»Das republikanische Parteiprogramm ist ein Greuel«, sagte Huntoon zu Cooper. »Es ist wirklich eine Gewähr dafür, daß der Süden in den Kampf ziehen wird, wenn dieser Affe gewählt werden sollte.«
»Da Sie ja offensichtlich den Kampf wollen, überrascht es mich, daß Sie keine Propaganda für Lincoln machen.«
»Ich weiß wirklich nicht, was Sie meinen, Cooper«, entgegnete Huntoon mit unbewegtem Gesicht.
Doch seine Augen hinter den Brillengläsern blitzten amüsiert.

Mitte August machte Ashton einen Besuch in der Tradd Street.
»Um Himmels willen, Brett, ich habe wirklich geglaubt, daß dein Zukünftiger jetzt in Charleston sein müsse!«
»Ich auch«, entgegnete Brett. »Es hat Monate gedauert, bis sie seinen Befehl ausgearbeitet hatten.«
»Die Armee hat sich schon seit jeher wie eine Schnecke bewegt«, bemerkte Cooper. Er war in letzter Zeit mager geworden, und die Müdigkeit hatte tiefe Furchen unter seinen Augen gegraben. Der Bau der *Star of Carolina* lief schlecht, und Cooper fühlte sich natürlich in Anbetracht des Unglücks, das Brunels Frachter *Trincomalee* im Vorjahr ereilt hatte, keineswegs ermutigt. Das Schiff hatte im September die Themsemündung gerade verlassen, als sein riesiger Frachtraum durch eine Explosion zerstört wurde. Das Schiff war zwar nicht gesunken, aber Brunel hatte das nie mehr erfahren: Der Bericht über die Katastrophe war das letzte, was er vernommen hatte, bevor er am fünfzehnten September 1859 gestorben war.

Ashton kümmerte sich natürlich überhaupt nicht um solche Dinge. Mit vorgeschobener Unterlippe ergriff sie Bretts Hand, tätschelte sie und sagte: »Es tut mir wirklich leid für dich. Weiß man denn schon etwas Genaues über Billys Ankunft?«
»Ja, Gott sei Dank«, warf Judith ein. »Vorgestern kam eine Nachricht.«
Ashtons Augen funkelten. »Ach, erzähle!«
Brett sagte: »Billy muß sich in der ersten Septemberwoche bei Hauptmann Foster melden. Foster ist Ingenieur und soeben in der Stadt eingetroffen. Er soll Fort Moultrie ausbessern.«
»Ach, das ist ja eine herrliche Nachricht. Es wird sehr angenehm sein, Billy hier in Charleston zu haben.«
Cooper wunderte sich über den eigenartigen Gesichtsausdruck seiner Schwester und über ihre merkwürdige Aussage. Weshalb sollte die Tatsache, daß Billy in Charleston sein würde, für irgend jemanden außer für Brett angenehm sein? Ashton mußte wohl Bretts Situation im Auge gehabt haben. Und doch befremdete ihn das eigenartige Glimmen in Ashtons Augen. Er konnte sich nicht vorstellen, was es zu bedeuten hatte, aber schließlich verstand er Ashton noch weniger, als er Orry in letzter Zeit verstand.

Hoch oben auf der Galerie der überfüllten Institute Hall hörte Cooper sich Huntoons Rede an. Es war die letzte einer Serie von Ansprachen, in denen er die Wahl von Breckinridge zum Präsidenten befürwortet hatte. Im Grunde redete er eine halbe Stunde lang gegen Lincoln.
»Ein vulgärer Mann des Pöbels!« Huntoon schlug mit der Faust aufs Rednerpult. Das Publikum spendete donnernden Beifall. »Ein ungebildeter Raufbold, ein Bauerntölpel, der dazu angeheuert wurde, den Haß gegen den Süden zu schüren und für die Gleichheit der Nigger einzutreten!«
Gebrüll und »Nein! Nein!« aus allen Ecken der Halle. Cooper konnte und wollte es nicht mehr ertragen und stand auf; man warf ihm wütende Blicke zu, die er ignorierte. Als er die Halle verließ, erwähnte Huntoon erneut Lincolns Namen, was zu weiteren Buhrufen und Zischen Anlaß gab, bis jemand aus voller Kehle schrie: *»Tötet den Affen!«*

Tosender Beifall. Sie wollten den Kampf. Sie weigerten sich, Lincolns Worten Beachtung zu schenken, wonach er sich an das Programm seiner Partei halten und sich nicht in die Angelegenheiten jener Staaten, in denen Sklaverei bereits bestand, einmischen würde. Sie hörten nur ihre eigenen Stimmen, die von Verrat und der Notwendigkeit des Widerstands faselten. Cooper fühlte sich mutloser, als dies seit Jahren der Fall gewesen war.

Als Billy in Fort Moultrie ankam, erlebte er nicht nur einen Schock, sondern gleich mehrere.
Er hatte Charleston als eine ruhige und gastfreundliche Stadt in Erinnerung, als einen Ort, wo die Menschen ohne Hast und Aufregung lebten. Jetzt herrschten Mißtrauen und Gereiztheit. Die Leute redeten aufgeregt von Sezession und verfluchten Lincoln und Douglas. Billy erntete in seiner Uniform bloß unfreundliche Blicke.
Der zweite Schock kam, als ihm klarwurde, welcher Art die bevorstehenden Arbeiten am Fort auf der Sullivan-Insel sein würden. Die Sandhügel vor den Wällen mußten beseitigt werden, weil das Fort sonst zu leicht hätte gestürmt werden können. Im übrigen mußten die ungefähr fünfundfünfzig Kanonen des Forts neu plaziert werden, damit Castle Pinckney und Fort Sumter im Hafen besser geschützt waren. Kriegsvorbereitungen.
Jedermann, ob Zivilist oder Soldat, wußte, daß die Bundesgarnison einem organisierten militärischen Angriff wahrscheinlich nicht würde standhalten können. Die Sullivan-Insel war ein langer, sandiger Landstreifen am Meer. Rund um das Fort waren zahlreiche Sommerhäuser errichtet worden, und das Innere des Forts war von den Dächern jener Häuser aus leicht einzusehen.
Überdies war die Moultrie-Garnison nicht besonders stark: Sie umfaßte vierundsechzig Mann und elf Offiziere. Das Kommando führte Oberst John Gardner, ein schroffer Yankee aus Massachusetts, der keinerlei Hehl daraus machte, daß er die Südstaatler nicht mochte. Der ältere Hauptmann, Abner Doubleday, war ein zäher und kompetenter Offizier, der im selben Sommer, als George nach West Point gekommen war, abgeschlossen hatte. Er war in Charleston besonders deswegen nicht beliebt, weil er offen zeigte, daß er gegen die Sklaverei war.

Vier Offiziere der Pioniertruppen waren in Fort Moultrie stationiert: Hauptmann John Foster sowie die Leutnants Meade, Snyder und Hazard.
Während der ersten Woche wurde Billy zweimal von Hauptmann Foster nach Charleston geschickt. Wiederum fiel ihm die unverhohlene Feindseligkeit auf, die man jedem Vertreter der Bundesregierung entgegenbrachte. Billy erzählte am Abend Hauptmann Doubleday bestürzt über seinen Empfang in der Stadt. Sie standen im Abendwind neben einer auf den Atlantik gerichteten mattschimmernden Haubitze.
»Was haben Sie denn erwartet?« sagte Doubleday aufgebracht, nachdem er sich Billys Kommentar angehört hatte. »Die Leute in South Carolina bereiten sich auf den Krieg vor. Wenn Sie mir das nicht glauben wollen, so warten Sie bloß das Ergebnis der nächsten Wahlen ab.«
Er blickte sich verstohlen um. »Das ist ja auch der Grund dafür, weshalb wir jeden Tag mit diesem Ding hier feuern! Damit die Leute nicht denken, wir könnten uns nicht verteidigen — obwohl das natürlich in gewisser Hinsicht stimmt.«

An einem warmen Samstag abend Ende Oktober erhielt Billy von Hauptmann Foster die Erlaubnis, auswärts zu essen. Billy war dankbar für die Gelegenheit. Er hatte Brett bereits einige Male getroffen und war über den Streit mit ihrem Bruder auf dem laufenden. Doch jedesmal, wenn er auf das Thema der Heirat zu sprechen kam, redete sie sofort von etwas anderem. Hatte sie sich umstimmen lassen? Er mußte wissen, was los war.
An jenem Samstag abend nahmen sie das Abendessen im eleganten Moultrie House ein. Das Hotel befand sich in Moultrieville, einem Dorf am Ende der Insel, ganz in der Nähe des Hafens. Nach dem Essen gingen die beiden Arm in Arm am Strand spazieren. Das Licht, das durch die tiefhängenden Wolken schien, verlieh dem Meer einen schneeweißen Schimmer. Zehn Pelikane flogen einer hinter dem andern dicht über die Wellen, die leise murmelnd am Strand verebbten.
»Brett, weshalb heiraten wir nicht?«
»Weil du so sehr damit beschäftigt bist, das Fort vom Sand zu befreien, und keine einzige freie Minute hast.«

»Sei bitte ernst! Du hast doch Orry gesagt, daß du auch ohne seine Einwilligung —«
»Nicht ganz. Ich habe ihm gesagt, daß ich sie nicht brauche, aber es wäre mir lieber, wenn er seinen Segen geben würde. An dem Abend, als ich Mont Royal verließ, war ich wütend auf Orry, und ich habe einiges gesagt, das ich jetzt bereue.«
Sie streichelte sanft den Ärmel seiner Uniform. »Natürlich liebe ich dich. Und ich werde dich heiraten, komme was wolle. Aber ich möchte meine Familie nicht vor den Kopf stoßen. Ich liebe sie genauso sehr wie du die deinige. Kannst du das verstehen?«
»Ja, natürlich. Aber wir haben nun schon so lange gewartet —«
Seine Stimme verlor sich. Er blickte über den Strand und sah Hauptmann Doubleday mit einer Frau auf dem Wall spazierengehen. Sogar im Gespräch mit seiner Ehefrau machte der Hauptmann ein ernstes Gesicht.
»Ich möchte diese Chance nicht verpassen«, sagte Billy. »In Charleston herrscht eine gespannte Stimmung. Alles ist möglich.«
»Billy, das klingt, als ob du mir böse wärst.«
»Ich bin verärgert über die Verzögerung. Ich verstehe sehr wohl, daß du dich nicht mit deinem Bruder entzweien möchtest, aber wird er die Dinge jemals so sehen können wie wir? Vielleicht nicht.«
Sie antwortete nicht. Ein harter Zug zeichnete sich um seinen Mund ab.
»Ich liebe dich, Brett, aber ich kann nicht ewig warten.«
»Ich auch nicht, Liebster. Cooper hat versprochen, daß er nochmals mit Orry reden wird. Gib beiden doch noch ein bißchen Zeit.«
Er blickte auf das Meer hinaus. »Es scheint, als ob die Zeit immer knapper würde. Komm, laß uns zum Hotel zurückkehren und nachschauen, ob dein Fährmann sich unterdessen nicht hoffnungslos betrunken hat.«
Es klang so verärgert, daß Brett kein Wort mehr sagte, als sie in der hereinbrechenden Dunkelheit nach Moultrieville eilten.

Am Wahltag schickte Oberst Gardner Billy nach Charleston. Wegen der Stimmung, die in der Stadt herrschte, hatte der Oberst Humphreys, dem für das Bundesarsenal zuständigen Offizier, eine Botschaft zukommen lassen. Humphreys sollte sich bereithalten, am fol-

genden Tag eine größere Menge von Waffen und Munition auf ein Leichterschiff von Fort Moultrie zu verladen. Die in Charleston gelagerten Geschütze waren für den Pöbel zu leicht zugänglich.
Billy ruderte eigenhändig zur Battery hinüber, ein hartes und zeitaufwendiges Unterfangen. Gardner hatte ihm erlaubt, in der Tradd Street zu Abend zu essen, und Billy wollte nicht, daß ein Soldat vor dem Haus auf ihn warten mußte. Er bemerkte, wie Arbeiter auf der Battery einen Freiheitspfahl errichteten. Von vielen Häusern wehte die dunkelblaue Flagge mit dem Palmettobaum, dem Wahrzeichen des Staats. Nachdem Billy das Boot vertäut hatte, mußte er an einigen bei der Treppe herumlungernden Gestalten vorbeigehen. Einer der Burschen, ein stämmiger, kleiner Kerl mit einer schmierigen ledernen Augenklappe, schnippte mit dem schmutzigen Daumen in Richtung Boot.
»Was wollen Sie denn darin zum Fort transportieren, Sir?«
Billy erklomm gerade die oberste Stufe und legte die Hand auf sein Pistolenhalfter. »Mich selbst. Haben Sie etwas dagegen einzuwenden, Sir?«
»Laß ihn, Cam«, sagte ein anderer der Rowdies zu dem Burschen mit der Augenklappe. »Es dauert noch ein paar Stunden, bis Nigger Abe gewählt worden ist. Danach können wir uns, schätze ich, um diesen Fatzke kümmern.«
Billy hatte Herzklopfen und einen verkrampften Magen, als er auf die Kerle losmarschierte. Im letzten Augenblick traten sie jedoch zur Seite und ließen ihn durch. Er beschleunigte seine Schritte. Sein Griff nach der Pistole war nur Bluff gewesen. Er durfte die Waffe nicht einmal zur Selbstverteidigung benutzen, denn eine solche Reaktion könnte einem Angriff auf das Fort Vorschub leisten.

Er richtete dem nervösen Kommandanten des Arsenals die Botschaft von Oberst Gardner aus. »Ich werde alles bereithalten«, versprach Humphreys. »Aber ich mache jede Wette, daß wir die Waffen nicht weiter als bis zum Dock bringen werden. Die Hitzköpfe werden es uns nicht gestatten.«
Auf dem Weg zu Cooper ging Billy am Mills House vorbei. Er ging auf der gegenüberliegenden Straßenseite, hatte jedoch keine Mühe, Huntoon und Ashton zu erkennen, die gerade aus dem Hotel kamen.

Huntoon grüßte, indem er leicht an den Hut tippte, aber Ashton nickte bloß abschätzig.
In der Tradd Street herrschte eine melancholische Stimmung. Cooper war noch nicht zu Hause. Judith versuchte die Gäste zu unterhalten, indem sie die Kinder um das Klavier scharte und zum Singen ermutigte, aber sie gaben bald auf; irgendwie fehlte es an Begeisterung. Schließlich traf Cooper ein und entschuldigte sich für sein Zuspätkommen. Er kam von der James-Insel, wo es Schwierigkeiten mit der Kiellegung der *Star of Carolina* gegeben hatte.
Judith hatte zum Abendessen ein vorzügliches Austerngericht zubereitet, aber Billy war nicht hungrig. Brett wirkte zerstreut, geistesabwesend. Das Tischgespräch erlahmte. Gerade als Judith Erdbeereis in silbernen Schalen auftrug, begannen die Glocken zu läuten.
Cooper runzelte die Stirn. »Sankt Michael. Wahrscheinlich sind die ersten Wahlergebnisse aus dem Norden eben telegrafisch durchgegeben worden.«
»Stimmt es, daß morgen ein offizieller Feiertag ist?« fragte Judith.
»Ja. Ich bin Bob Rhett auf dem Nachhauseweg begegnet. Er triumphierte. Er sagte, daß der heutige Tag den Beginn der Amerikanischen Revolution von 1860 markiere.« Cooper zog eine Grimasse.
Sie hörten Musik von draußen. »Ich würde gern sehen, was los ist«, sagte Billy. »Vielleicht ist das Armeeblau in ein oder zwei Wochen nicht mehr gefragt. Würdest du dich draußen nicht wohl fühlen, Brett?«
Sie nickte, und bald darauf schlenderte sie mit Billy durch die Meeting Street in Richtung Battery. Cooper und Judith waren zu Hause geblieben.
Es war noch recht früh am Abend, und doch war die Straße außerordentlich belebt; es herrschte eine laute, aber durchaus friedfertige Stimmung. Billy merkte, daß er mehrmals finstere Blicke einheimste — wahrscheinlich war die Uniform schuld daran. Brett hielt überrascht den Atem an.
»Sie spielen ja die 'Marseillaise'!«
»Verrückt«, antwortete er bloß. Ein dumpfer Knall und ein greller Lichtstrahl — beides kam von der Battery her —, und Billy blieb jäh stehen. Kanonen?
Dann entspannte er sich wieder. Es war bloß ein Salutschuß gewesen,

nichts Feindliches. Gott im Himmel, er war schon so nervös wie ein Frosch auf einem heißen Herd.
Als sie die Water Street hinuntergingen, fragte Brett: »Kennst du die Männer dort? Sie beobachten uns.«
»Nein«, entgegnete Billy, »ich glaube nicht. Moment mal! Einen davon erkenne ich; es ist einer der Raufbolde, denen ich heute nachmittag auf der Battery begegnet bin.«
Der Mann, der stämmige Kerl mit der Augenklappe, gab den andern ein Zeichen und rief Billy und Brett laut und vernehmlich zu: »He, wir wollen uns mit der jungen Dame unterhalten. Ich möchte gern wissen, weshalb sie mit einem dieser verdammten Yankees herumzieht.«
»Wir sollten ihr sagen, daß das unpatriotisch ist«, sagte ein andrer.
»Na, dann überzeug sie mal«, rief ein dritter und hob einen Stein auf.
Billy zählte insgesamt sieben Mann. Vier oder fünf hatten sich mit Steinen bewaffnet. »Stell dich hinter mich«, sagte er mit ruhiger Stimme zu Brett.
»Aber wir sind ja mitten in der Stadt —«
Die Raufbolde betraten den Gehsteig. Menschen strömten in Richtung Battery an Billy und Brett vorbei, ohne von ihnen Notiz zu nehmen. Der Mann mit der Augenklappe nahm seine schmutzige Kappe vom Kopf, straffte die Schultern und stellte sich in Positur.
»Entschuldigen Sie, Miss, aber die patriotischen Bürger von Charleston ersuchen Sie untertänigst, sich selbst nicht zu besudeln, indem Sie mit dem Abschaum des Forts verkehren.«
Wieder wurde ein Salutschuß abgegeben. Die Gebäude auf der Straße leuchteten kurz rot auf.
»Sie können zum Teufel gehen«, sagte Brett. »Ich verkehre, mit wem ich will.«
»Ah ja? Da bin ich aber nicht so sicher.«
Der Mann mit der Augenklappe kam näher heran. Billy zog seine Pistole. Auch diesmal war es reiner Bluff; es waren so viele Menschen um sie herum, daß er es nicht gewagt hätte zu schießen. Eine Frau hinter ihm erspähte die Pistole und stieß einen Schrei aus. Mehrere Fußgänger drängten sich auf die Straße, um etwaigen Schwierigkeiten aus dem Weg zu gehen.

Der Rowdy täuschte einen Angriff auf Billys Pistole vor. Billy sprang zur Seite. Ein andrer Mann warf einen Stein. Er flog an Billy vorbei und traf Brett an der Schulter; sie stieß einen Schrei aus. Billy fluchte, sprang vor und riß dem Steinwerfer mit dem Pistolenknauf die Wange auf. Dieser heulte auf und fiel rückwärts zu Boden; er blutete. Billy blickte sich vorsichtig um. Die Männer bildeten einen Halbkreis, der sich langsam schloß. Er wollte es nicht riskieren, daß Brett in ein Handgemenge geriet. Widerstrebend rief er Brett ein Wort zu, das seinem Charakter und seiner ganzen Erziehung zuwiderlief:
»Lauf!«
Brett zögerte. Er packte sie am Arm und schleppte sie praktisch zur Tradd Street. Der Mann mit der Augenklappe und seine Kumpane waren wie die Aasgeier hinter ihnen her. Steine flogen. Einer erwischte Billy am Hals und riß ihm die Haut auf.
An der Ecke Meeting und Tradd Street machten die Verfolger halt. Billy geleitete Brett bereits durch Coopers Gartentor. Keuchend schlossen sie das Tor hinter sich und lehnten sich an die Wand. Auf der Battery wurde eben ein weiterer Kanonenschuß abgefeuert.
»Ich bin noch nie vor jemandem oder etwas davongerannt«, keuchte Billy.
»Es ist —«, auch Brett war völlig außer Atem, »das einzige, was du tun konntest. Ich begreife nicht, wie Menschen aus South Carolina sich so benehmen können.«
Er ergriff ihre Hand und führte sie zur Treppe. Es war ihm nicht bewußt gewesen, wie tief der Haß eigentlich saß. Kein Wunder war der alte Gardner nicht besonders von seinem Posten angetan und feuerte Doubleday seine Haubitze als Warnung. Charleston war nicht mehr unter Kontrolle.

Als am folgenden Tag Lincolns Sieg feststand, nahmen die Festivitäten zu. Als der Leichter aus Fort Moultrie eintraf, ließ es die aufgeregte Menge nicht zu, daß die Waffen und die Munition verladen wurden — genau wie es der Offizier vom Arsenal prophezeit hatte. Am Abend feierte die ganze Stadt: Musikkapellen spielten, Lampen und Kerzen brannten in fast jedem Fenster, und Gruppen nächtlicher Spaziergänger, teils nüchtern, teils nicht, lärmten an Huntoons Haus auf der East Battery vorbei.

Huntoon und Ashton waren eben dabei, sich für das Feuerwerk auf der Battery umzuziehen. Huntoon hatte eine alte, blaue Satinkokarde aufgetrieben, die er an seinem besten Kastorhut befestigte. Ashton stand vor dem Spiegel und rückte ihre Mütze mit den schwarzen und weißen Federn zurecht. Sezessionsmützen wurden sie von den Damen genannt. Sie waren hochmodisch.

»Plant man wirklich einen Sonderkongreß?« fragte sie.

»Klar. Er wurde von der Legislative für den siebzehnten Dezember einberufen, damit die zukünftige Beziehung des Staats mit dem Norden festgelegt werden kann. Sie kommt, Liebling.« Er umfaßte ihre Taille und wirbelte sie herum. »Die Unabhängigkeit. Senator Chestnut ist heute in Washington zurückgetreten. Senator Hammond auch.«

Ihre Ad-hoc-Feier wurde von einem Haussklaven unterbrochen.

»Da ist ein Herr, der Sie sehen möchte, Mist' Huntoon.«

»Verflucht, Rex, ich hab' jetzt für niemanden Zeit.«

»Er sagt, es sei wichtig.«

»Wie heißt er?«

»Mist' Cam'ron Plummer.«

»Oh.« Huntoons Wichtigtuerei war wie weggeblasen. »Schick ihn zum Nebeneingang.«

Der Sklave ging hinaus. Huntoon und Ashton tauschten ernüchterte Blicke aus. Dann verließ Huntoon das Zimmer.

Im Schatten des Nebeneingangs flüsterte ihm ein Mann zu: »Ich habe mein Möglichstes getan, Mr. Huntoon. Genau, was Sie mir sagten. Bin auf der Lauer gelegen, bis sie auf der Straße auftauchten, und dann hinterher. Doch bevor wir sie richtig schnappen konnten, machten sie kehrt und rannten zum Haus an der Tradd Street. Ich muß meine Jungs aber noch zahlen. Wir haben alle unser Bestes getan.«

»Ich weiß, ich weiß — seien Sie leise.«

Es überraschte Huntoon nicht, daß der Plan mißlungen war. Es war Ashtons Idee gewesen, und er hatte sich ihr widersetzt. Doch sie hatte so lange geheult und gewütet, bis er ihr nachgab. Sie hatte ihm auch damit gedroht, daß sie einen Monat lang in einem andern Zimmer schlafen würde, und das hatte ihn in nicht geringem Maß bei seiner Entscheidung beeinflußt.

Doch kaum hatte er nachgegeben, als er es auch schon bereute. Ein Mann mit seinen Ambitionen konnte sich keine solch gefährlichen Späße leisten. Ashton sollte in Zukunft ihren Rachegelüsten allein frönen, er würde sich nicht mehr hineinziehen lassen. Dies war sein Beschluß, als er langsam einige Geldstücke in die Hand des Mannes mit der Augenklappe fallen ließ.

55

Orry schob seinen Teller beiseite. Cuffey sprang eilfertig vor.
»Stimmt etwas nicht, Mist' Orry?«
»Sag dem Küchenpersonal, daß das Rindfleisch schlecht ist.«
Cuffey nahm den Teller, schnupperte und verzog das Gesicht.
»Klarer Fall. Möchten Sie etwas anderes?«
Er schüttelte den Kopf. »Ist deins auch schlecht, Cooper?«
»Ja. Ich wollte nichts sagen. Ich hätte es einfach stehengelassen.«
Cuffey verschwand mit den Tellern. Orry hing schlaff in seinem Stuhl. Herbstregen prasselte gegen die Fensterläden des Eßzimmers.
»Etwas stimmt wieder nicht in der Räucherkammer«, sagte Orry seufzend. »Sie ist feucht. Ich sage dir, erst seit Brett weg ist, bin ich mir darüber klar geworden, wie sehr ich von ihr abhängig war.«
Cooper wußte sehr wohl, was sein Bruder sagen wollte. Es gab einige nicht zu übersehende Zeichen. Die Fensterläden von Mont Royal waren völlig verwittert und hatten einen neuen Anstrich bitter nötig. Im Gästezimmer löste sich die teure geflockte Tapete. Überall in den Zimmerecken häufte sich der Staub. Bei seinem letzten Besuch in Mont Royal hatte Cooper erfahren, daß Cuffeys Frau, Anne, Zwillingen das Leben geschenkt hatte, daß aber eines der Mädchen gestorben war, weil es Komplikationen gegeben hatte. Niemand hatte Aunt Belle Nin holen lassen.
Cooper versuchte, die düstere Stimmung etwas anzuheben: »Nun, du mußt eben eine der Damen aus deinem Bekanntenkreis heiraten und ihr als Hochzeitsgeschenk einen Besen und einen Pinsel in die Hand drücken.«
»Nicht eine von ihnen wäre für diese Plantage geeignet.«

Cooper war von der kurzangebundenen Antwort überrascht; sie bestätigte ihm jedoch, was er schon von Brett wußte: Orry lächelte nicht mehr, und sein Verstand bewegte sich in düsteren Welten, die nur er allein kannte. Cooper glaubte es. Er befand, daß es wohl besser sei, auf den eigentlichen Grund seines Besuches zu sprechen zu kommen. »Nun ja, ich wünschte, du wärst an jemandem interessiert, denn Brett wird wohl kaum zurückkommen.«
»Wegen Billy.«
»Ja, das stimmt.«
»Du willst mir doch nicht etwa mitteilen, daß die beiden schon geheiratet haben?«
Cooper schüttelte den Kopf. »Sie schieben es immer noch hinaus, obwohl Billy sich deswegen ärgert. Brett wartet immer noch aus Rücksicht auf dich.«
Orry brummte verächtlich und langte nach der Whiskeyflasche aus geschliffenem Glas. Sie gehörte neuerdings zum festen Zubehör auf dem Tisch, wie Cooper feststellte.
»Meinetwegen braucht sie nicht zu warten.« Orry schenkte sich einen Whiskey in den Weinkelch ein, aus dem er schon eine beträchtliche Menge weißen Bordeaux getrunken hatte. »Ich habe nicht die Absicht, meine Meinung in absehbarer Zukunft zu ändern.«
Cooper lehnte sich vor. »Glaubst du nicht, daß du das eigentlich solltest?«
»Hat sie dich deswegen von Charleston hierhergeschickt?«
»Nein. Verflucht noch mal. Orry«, er klopfte auf den Tisch, »trotz dem Benehmen der LaMottes und einiger unserer Nachbarn leben wir nicht mehr im Mittelalter. Die Frauen haben ein Recht darauf, ihr eigenes Leben zu führen. Bitte, erlaube Brett ihr eigenes Leben, unabhängig von den Gefahren, die du dir vorstellst oder einbildest. Sie versucht, den Familienfrieden zu erhalten — was mehr ist, als ich an ihrer Stelle tun würde.«
»Meine Antwort ist immer noch ein Nein.«
Aber seine Entschlossenheit geriet ins Wanken. Er hatte in letzter Zeit viel über Bretts Situation nachgedacht und wußte, daß Cooper recht hatte und er die Erlaubnis geben sollte. Aber irgendwie konnte er es nicht. Die Ereignisse in Washington, in Charleston, ja überall, waren zu bedrohlich . . .

Cooper faltete seine Serviette zusammen und hielt sie zwischen Daumen und Zeigefinger. »Na schön. Cuffey, würdest du bitte meinem Kutscher sagen, daß er sofort vorfährt?«
»Ich dachte, du würdest über Nacht bleiben?« sagte Orry.
»Wozu? Ich bin ebenso pessimistisch, was die Zukunft anbelangt, wie du, aber an diesem Punkt gehen unsere Meinungen auseinander. Das Leben ist mühselig, und das war schon immer so. Brett verdient es, das Leben zu genießen, solange sie das noch kann. Du stehst ihr im Weg und hast offensichtlich die Absicht, dort zu bleiben. Ich bedaure es zwar, aber ich befürchte, ich kann nichts dagegen tun. Ich werde noch bei Mutter hereinschauen und dann gehen. Entschuldige mich.«
Steif und ohne Lächeln verließ er das Zimmer.
Orry blieb sitzen und hörte dem Regen zu. Nun hatte auch Cooper sich gegen ihn gewandt. Vor einer Weile war er noch in bezug auf Bretts Heirat ins Wanken geraten, aber diese neuerliche Zurückweisung schürte seine Wut und festigte seine Entschlossenheit.
Er bemerkte, daß sein Glas leer war. Wann hatte er den ganzen Whiskey getrunken? Er konnte sich nicht erinnern. Er streckte den Arm aus und umschloß den Flaschenhals mit der Hand.

»Sieh dir den Nebel an«, murmelte Judith. »Ich hoffe, daß Cooper nicht die halbe Nacht lang ausbleibt. Ich glaube, er wird krank.«
Brett blickte von den Stricknadeln auf, deren Handhabung sie eben der achtjährigen Marie-Louise erklärt hatte. »Weshalb ist er zur Werft zurückgegangen? Arbeitet noch jemand?«
»Nein. Er ging hin, weil er sich Sorgen macht. Sie sind mit dem Bau des Schiffes zeitmäßig arg im Rückstand. Der wichtigste Architekt hat Cooper verlassen, weil er nicht mit den hiesigen Arbeitern zurechtkam. Die Banken zögern mit weiteren Darlehen, weil es nicht sicher ist, ob die Handelsbeziehungen mit dem Norden nicht unterbrochen werden. Ach Gott, wie furchtbar das alles ist!«
Sie hätte noch hinzufügen können, daß Cooper sich auch wegen Brett Sorgen machte, aber sie unterließ es. Es hätte nur Schuldgefühle bei Brett ausgelöst, und Brett ging es ohnehin nicht besonders gut. Judith war sehr beunruhigt über ihren Mann. Letzte Woche war er morgens gegen halb fünf aus Mont Royal zurückgekehrt. Seither

hatte er jeden Tag in der Werft auf James Island verbracht und war jeden Abend nach dem Essen nochmals hinübergefahren. Er hatte einen Fährmann auf Abruf eingestellt. Der Mann fing an, sich zu beklagen. Aber er war wenigstens noch gesund. Cooper hingegen hatte etwa fünf Kilo abgenommen, was für einen Mann von seiner schlanken Statur nicht wenig war. In letzter Zeit sah sein Gesicht ziemlich wächsern aus. Während Brett mit Marie-Louise lachte und flüsterte, beobachtete Judith den Nebel, der langsam am feuchten Fenster vorbeistrich. Was mochte Cooper in einer solchen Nacht wohl auf der Werft tun?
Sie wußte es. Er war in der Lage, sich vor lauter Sorgen selber zu zerstören.

Das große Kielschwein der *Star of Carolina* ragte in den Nebel hinaus wie das Rückgrat eines längst gestorbenen und vermoderten Sauriers. Cooper wandte sich ab. Der Traum vom Schiff war ausgeträumt; das hatte er sich schließlich eingestehen müssen. Er hatte Schiffbruch erlitten. Doch was sollte er jetzt tun?
Er zog sein Taschentuch heraus, schneuzte sich die triefende Nase und rieb sie mehrmals. Er wurde krank, aber es war ihm egal.
Aus der Ferne war das Horn eines Dampfers zu vernehmen. Dichter Nebel hing über James Island. Cooper hätte sich verirrt, wenn nicht die beiden Laternen an dem Bürogebäude ihm mit ihrem fächerförmigen Lichtschein den Weg gewiesen hätten.
Ich hätte die ganze Sache noch hinkriegen können, wenn Van Roon nicht fortgegangen wäre, dachte Cooper, als er durch den Schlamm trottete, der ihm über die Schuhe schwappte. Der Architekt, Van Roon, war der Eckpfeiler des Vorhabens gewesen. Leider waren er und ein armer Teufel, den man dazu eingestellt hatte, eimerweise Nietbolzen anzuschleppen, miteinander in ein Handgemenge geraten. Obwohl Van Roon ein gebildeter und zurückhaltender Mann war, hatte er Schläge ausgeteilt und geflucht wie ein Matrose. Und weshalb? Es ging um die Frage, wem bei einer Unabhängigkeit von South Carolina das Bundeseigentum, das heißt, das Arsenal und die Festungen, zugesprochen würde. Ein halbes Dutzend Arbeiter hatten abwechselnd auf Van Roon eingeschlagen, bevor Cooper hingekommen und seinen Architekten gerettet hatte.

Cooper war am Ufer angelangt und spähte über den Schiffskanal, in seiner Phantasie stieg das fünfeckige Fort Sumter vor ihm auf. Die Festung war im Winter 1828-29 errichtet, aber nie fertiggestellt worden. Bis auf den heutigen Tag war sie unbemannt geblieben. Doch da sie sich in der Nähe des Kanals und des Hafens befand, war sie strategisch gesehen natürlich von Bedeutung, vielleicht von noch größerer Bedeutung als eines der andern Charleston-Forts. Und wenn der alte Gardner sie befestigen würde? Dann würde wohl die Hölle los sein. Der Staat, den Cooper so sehr liebte, war unter die Kontrolle von Idioten geraten, von Idioten und Opportunisten nach der Art von Ashtons Ehemann. Sie gaben ihre Parolen zum besten, ließen ihre aufgeblasene Rhetorik vom Stapel und vergaßen dabei die Fabriken, die großen Industriewerke wie dasjenige der Hazards im Norden. Im ganzen Süden gab es nur ein einziges größeres Eisenwerk: Tredegar in Richmond. Wenn der Krieg ausbrach, wie wollte der Süden es verteidigen? Mit gewandten Deklamationen und einem Bollwerk aus Baumwolle?

Was würde in den nächsten Monaten geschehen? Cooper starrte in den Nebel und hatte dabei das Gefühl, daß er die Antwort auf diese Frage kannte.

»Die Apokalypse«, sagte er leise vor sich hin und nieste dann so heftig, daß ihm der Hut vom Kopf fiel.

Der Hut fiel ins Wasser und wurde von einer leichten Welle erfaßt. Cooper watete hinein, aber der Hut trieb immer weiter ab. Als das Wasser ihm schließlich bis an die Oberschenkel reichte, gab er seine Verfolgungsjagd auf.

Herrlich, dachte er und grinste im stillen. Der Allmächtige holt dich wieder auf die Erde zurück, indem er dir den Hut davonbläst. Oder sollte es eine Warnung sein? Ein Hinweis darauf, daß nur derjenige, der sich um die kleinen Dinge sorgte, die beinahe sichere Apokalypse überleben würde?

Er watete ans Ufer zurück und eilte, von einer Inspiration beflügelt, ins Büro: Da man in diesen Zeiten offensichtlich keinen anständigen Schiffsarchitekten nach Charleston locken konnte, mußte er eben sein eigener Architekt sein.

Er riß sämtliche Pläne von den Wänden und schmetterte sie auf den großen Arbeitstisch. Dann drehte er das Licht voll auf. Er vertiefte sich in die Pläne, wühlte darin herum, stellte Berechnungen an, doch schließlich mußte er zugeben, daß er zwar einiges über die einzelnen Aspekte des Vorhabens wußte, aber nicht genug. Die *Star of Carolina* war nicht zu retten.

Als der Morgen dämmerte, fand der gähnende Fährmann Cooper bewußtlos und fiebernd mit dem Kopf auf dem Arbeitstisch.

»Den Schubkarren hierher! Bitte, treten Sie zur Seite!«

Billys erster Befehl wendete sich an einige zivile Arbeiter, der zweite an einige Touristen, die auf den Dünen in der Nähe von Fort Moultrie spazierengingen. Die Ausbesserungsarbeiten wurden immer wieder durch Gaffer gestört, und Billy verlor des öfteren die Geduld. Heute war keine Ausnahme. Er befahl einer Familie, ihre Picknickreste von einer Düne zu räumen, die von seinen Männern abgetragen wurde, damit sie nicht von Heckenschützen besetzt werden konnte. Für November war das Wetter ungewöhnlich warm, und er schwitzte stark.

Er bemerkte, wie Hauptmann Foster gestikulierend vom Fort herkam. Eilends verließ er seine Männer und ging seinem Vorgesetzten entgegen. Foster fiel erneut auf, daß Billy wieder einmal barfuß arbeitete. Er war zwar nicht damit einverstanden, sagte heute morgen jedoch nichts, weil er etwas anderes auf dem Herzen hatte.

»Gardner ist abgelöst worden. Wir bekommen einen neuen Kommandanten.«

»Wen?«

»Major Robert Anderson.«

»Mein Bruder kannte einen Robert Anderson in Mexiko. In der Artillerie. Er hat einige Jahre vor Lee in West Point abgeschlossen.«

»Das ist der Mann. Er kommt aus Kentucky. Er war früher Sklavenbesitzer. Ich nehme an, daß man ihn ausgewählt hat, um die einheimische Bevölkerung zu beruhigen.«

Die Entscheidung war zu verstehen. Der Versuch von Gardner, Waffen und Munition aus dem Arsenal herüberzuholen, hatte im ganzen Staat einen Sturm der Entrüstung ausgelöst.

Die Forts von Charleston in den Händen eines Sklavenbesitzers? Billy fand es ein schlechtes Omen.

Er änderte seine Meinung, als der Major eintraf.
Robert Anderson war fünfundfünfzig Jahre alt, groß, grauhaarig und von vollendeter Höflichkeit. Er würzte seine Gespräche mit Hinweisen auf Gott und bezeugte absolute Loyalität zur Flagge und zur Uniform. Er hatte tapfer in Mexiko gekämpft und war in Molino del Rey verwundet worden, was den Respekt seiner Männer noch steigerte. Billy fand ihn streng, aber gewissenhaft und vertrauenswürdig.
Wenige Tage nach seiner Ankunft begab sich Anderson nach Sumter. Billy und Foster saßen am Ruder, Doubleday im Vorderschiff. Anderson hatte keine Soldaten dabei haben wollen, weil er fürchtete, die Inspektion würde unnötig ins Gerede kommen.
Sie umfuhren das fünfeckige Fort, dann gab Anderson das Zeichen, anzuhalten. Anderson ließ seinen Blick prüfend über die ganze Befestigungsanlage schweifen.
»Bitte rudern Sie zur Esplanade«, sagte er, als er mit der Inspektion zu Ende war.
Er betrachtete alles ausgiebig und ging von einem Ende der Esplanade zum andern, bevor er zu sprechen begann.
»Ich habe einige der ursprünglichen Pläne dieses Forts geprüft. Ein solider Bau. Das Fundament besteht aus zehntausend Tonnen Granit und sechzig- bis siebzigtausend Tonnen Gestein und Muscheln. Wenn das Fort mit allem Nötigen ausgestattet wird, kann es alles überleben. Auch mit einer so kleinen Armee wie der unsrigen.«
»Sir«, sagte Hauptmann Doubleday, »wenn wir das Fort befestigen, wird man das als eine feindliche Handlung betrachten.«
Der Hauptmann stellte seinen Vorgesetzten aus Kentucky auf die Probe, dachte Billy. Zum erstenmal war ein Spur Heftigkeit in Andersons Stimme.
»In der Tat, Hauptmann. Ich habe nicht die Absicht, Sumter sofort zu befestigen. Aber aufgepaßt! Diese Forts sind das Eigentum der rechtmäßigen Regierung in Washington und gehören niemandem sonst. Ich werde gemäß meinen Pflichten alles Nötige veranlassen, um sie zu schützen. Für jetzt habe ich genug gesehen. Gehen wir?«
»Der neue Major ist noch strenger als der alte Gardner«, flüsterte Billy Foster zu, als sie zum Boot zurückkehrten. Foster nickte zustimmend.

Am nächsten Nachmittag ging Brett paketbeladen die Meeting Street hinunter. Jemand rief ihr etwas zu. Verblüfft erkannte sie Forbes LaMotte.

»Guten Nachmittag, Miß Brett.« Er tippte sich an den Hut. »Darf ich dich begleiten? Dir vielleicht einige Pakete abnehmen?«

»Nein, Forbes, ich muß weiter.«

Es war eine schwache Ausrede, aber sie wollte ihm keinerlei Hoffnungen machen. Seine Wangen waren rot wie Äpfel, und er verdrehte die Augen. Wahrscheinlich hatte er sich in der Saloon-Bar des Mills House die Zeit vertrieben. Das tat er des öfteren, wie sie gehört hatte. Gekränkt trat Forbes zur Seite — und sah Brett nur noch von hinten.

»Hure«, murmelte er und zog sich in den Schatten eines Hoteleingangs zurück.

Eigentlich meinte er es nicht so böse. Aber er haßte Brett Main, weil sie diesem Soldaten aus Pennsylvania den Vorzug gab; er liebte sie immer noch. Sie gehörte zu den Frauen, die man heiratete, im Gegensatz zu Ashton, die fürs Vergnügen da war. Sie trafen einander ungefähr einmal pro Woche, wann immer sie eine sichere Verabredung treffen konnten.

Er erinnerte sich an ihr letztes Rendez-vous. Hinterher hatte er geblutet und sein feines Leinenhemd verdorben, weil sie ihre Nägel so heftig in seinen Rücken eingegraben hatte.

Ein Siegespfand, dachte er, aber er durfte sich nicht einmal damit brüsten, und gerne hätte er es gegen ein Wort der Ermutigung von Ashtons Schwester eingetauscht.

Ende November fiel eine Nachricht im *Mercury* Orry besonders auf: Der West-Point-Kadett Henry Farley aus South Carolina hatte am neunzehnten des Monats seinen Abschied genommen und die Militärakademie verlassen. Seine Handlung wurde als Protestreaktion gegen Lincolns Wahlsieg dargestellt.

Orry fand die Nachricht deprimierend. Er war sicher, daß es nicht bei diesem einzigen Rücktritt bleiben würde. Vielleicht würden sogar Berufssoldaten aus der Armee austreten.

Noch am selben Tag kam ein Brief von Judith. Sie sagte, daß Cooper sich langsam von seiner schweren Grippe erhole. Während mehr als einer Woche war er gefährlich krank gewesen. Die gute Nachricht

von seiner Schwägerin war ihm zwar willkommen, vermochte jedoch nicht die Melancholie, die die Nachricht aus West Point in ihm ausgelöst hatte, aufzulösen.
Er löschte das Licht in der Bibliothek und blieb in der Dunkelheit sitzen. Die Dunkelheit schien dem Zerfall, der sich überall um ihn herum bemerkbar machte, zu entsprechen. Gab es irgendwo im Land noch Anlaß zu einem hoffnungsvollen Licht?
Während Stunden saß er einfach da und hörte den gespenstischen Klang von Kriegstrommeln.

»Unsere Jungens verlassen die Akademie in Scharen«, sagte Justin LaMotte wütend. »Herrlich!« Er schmiß die Zeitung auf einen Korbweidentisch und schöpfte Pfefferminzpunsch aus einer silbernen Schale. Er reichte Francis die Tasse und schenkte sich dann selbst ein. Die Brüder waren eben von einer Inspektion der Ashley-Garde zurückgekehrt. In ihren hellen Hosen und den dunkelgelben Mänteln mit den blauen Aufschlägen sahen sie wie zwei bunte Vögel aus. Keiner der beiden besaß im Augenblick einen Säbel, aber jeder hatte bereits einen in New York bestellt; in South Carolina gab es keine der hervorragenden Solingen-Waffen.
»Glaubst du, daß wir bald Krieg haben werden?« fragte Francis, während er sich setzte. Die Veranda war im milden Dezemberlicht sehr angenehm.
Justin strahlte. »In einem Jahr, schätze ich. Wenn es soweit ist, werde ich höchstpersönlich ein Regiment ausheben und dann —«
Er sprach den Satz nicht zu Ende. Stirnrunzelnd blickte er auf die Gestalt, die geräuschlos auf die Veranda getreten war.
»Guten Abend, Liebes. Möchtest du etwas Punsch?«
Madelines Kleid war ebenso schwarz wie ihr Haar. Sie war totenbleich, und ihre Pupillen waren riesengroß. »Nein.« Sie lächelte verführerisch. »Danke.« Daraufhin verschwand sie im Haus.
Francis schnalzte anerkennend. »Hübsche Frau, obwohl sie etwas kränklich aussieht. Wie ruhig sie geworden ist! Ich staune immer wieder über ihre Veränderung. Bemerkenswert.«
»Ja, nicht wahr?« Justin seufzte. »Ein Gottesgeschenk. Noch etwas Punsch?«

Madeline konnte sich nicht mehr daran erinnern, daß ihre Welt einmal scharfe Kanten gehabt hatte. Jetzt glitt sie durch runde Tage und sah alles durch einen Schleier hindurch. Die Menschen oder die Dinge, die um sie herum geschahen, berührten sie nicht. Ab und zu dachte sie mit einer leisen Sehnsucht an Orry, aber sie hatte die Hoffnung, ihn jemals wiederzusehen, längst aufgegeben.
Manchmal kam es vor, daß sie unvermutet in eine scheinbare Normalität zurückkehrte. Sie hatte plötzlich wieder einen klaren Kopf, einen stärkeren Willen, einen schärferen Blick. Und sie war dann jedesmal auf sich selbst wütend, weil sie mit ihrem Mann nicht mehr über Politik redete oder seine Äußerungen, egal wie verletzend oder ungehörig sie waren, in Frage stellte. Sie hatte aufgegeben. Wenn ihr dies manchmal bewußt wurde, überkam sie eine stille Verzweiflung. Aber sie hatte nicht mehr die Kraft, um diese Verzweiflung zu bekämpfen oder sich über deren Ursachen Gedanken zu machen. Wozu kämpfen. Wozu hoffen? Die Welt wurde von grausamen Verrückten beherrscht. Zwei davon saßen eben grinsend beim Punsch in ihrem Haus.
Als sie die Veranda verlassen hatte, hatte sie einige luzide Augenblicke. Sie ging in ihrem düsteren Wohnzimmer auf und ab, rezitierte fragmentarisch Gedichte, die ihr von Gott weiß woher zugeflogen kamen, und dachte an Orrys dunkle Augen und an den Klang seiner Stimme, mit der er ihr vorgelesen hatte. Sie mußte ihn wiedersehen. Als sie dies beschloß, lächelte sie seit Tagen wieder zum erstenmal. Sie nahm das Tuch vom Geschirr mit dem Essen, das ihr wie gewöhnlich auf einem Tablett ins Zimmer gestellt worden war. Köstlich, diese dickflüssige Tunke über dem Gemüse! Sie war ganz wild danach und bestellte sie nun jeden Tag. Sie aß genießerisch alles auf und summte vor sich hin, als sie sich ihr bevorstehendes Rendez-vous bei der Kapelle mit dem Namen —
Mit dem Namen —
Sie konnte sich nicht mehr an den Namen erinnern. Langsam machte sich die Erschöpfung wieder in ihr breit. Sie sank in ihre Schleierwelt der Gleichgültigkeit zurück und tastete nach dem Bett. Tränen glänzten in ihren Augen — warum, war ihr nicht bewußt. Als sie sich auf das Bett niederließ, murmelte sie Orrys Namen vor sich hin. In voller Kleidung schlief sie die Nacht durch.

Am nächsten Morgen stellte sie fest, daß das Tablett entfernt worden war und daß man ihr Treibhausblumen aufs Zimmer gestellt hatte. Sie freute sich wie ein Kind über ein neues Spielzeug. Und dachte kein einziges Mal mehr an Orry.

56

»Ein Besucher?« sagte Orry, als er dem Haussklaven zur Treppe folgte. »Ich erwarte nie . . . Gott im Himmel, bist du es wirklich, George?«

»Ich glaube schon«, antwortete der vor Nässe und Schmutz triefende Reisende und lächelte. »Wasch mir die Asche vom Haupt und bürste mir den Staub aus den Kleidern, dann werden wir es mit Sicherheit feststellen können.«

Orry rannte die Treppe hinunter. »Cuffey, bring die Reisetasche gleich aufs Gästezimmer. George, hast du schon was zu essen gehabt? Das Abendessen wird in einer halben Stunde aufgetragen. Warum hast du uns nicht mitgeteilt, daß du kommst?«

»Ich wußte es selbst noch nicht bis vor ein paar Tagen, als ich den Entschluß faßte. Abgesehen davon«, er suchte nervös nach einer Zigarre, »hättest du mir wohl ohnehin nicht geantwortet, wenn ich dir meine Ankunft schriftlich mitgeteilt hätte. Du hast keinen meiner Briefe beantwortet.«

Orry errötete. »Ich hatte sehr viel zu tun. Die Ernte — und dann befindet sich der ganze Staat in Aufruhr, wie du weißt.«

»Das kann ich nur bezeugen. Als ich in Charleston aus dem Zug stieg, hatte ich das Gefühl, ich sei in einem fremden Land.«

»Du könntest bald recht haben damit«, sagte Orry mit einem trockenen Lachen. »Sag mir, ist dieses Gefühl im Norden weit verbreitet?«

»Ich würde beinahe sagen, auf der ganzen Welt.«

Orry schüttelte den Kopf, obwohl ihn das, was sein Freund sagte, nicht überraschte: Der von Gouverneur Pickens anberaumte Sonderkongreß war bereits in der Baptistenkirche in Columbia zusammengetreten. Alle nahmen an, daß die Abgeordneten für die Sezession stimmen würden.

George räusperte sich, um das Schweigen zu brechen. »Schenkst du mir bitte einen Drink ein? Und dann wollen wir reden.«
Orrys Gesicht hellte sich etwas auf. »Natürlich. Komm.«
Er führte George in die Bibliothek. Er freute sich unbändig, seinen Freund wiederzusehen, aber die Spannungen, die es zwischen ihnen gegeben hatte, wirkten wie ein Damm, und er konnte George seine Gefühle nicht mitteilen. Er holte seinen besten Whiskey. Als er einschenkte, bemerkte George, daß er einige Stunden mit Cooper verbracht habe.
»Aber ich bin eigentlich nicht deswegen hierhergekommen«, fuhr er fort und streckte sich gemütlich in einem Stuhl aus. Er zog einen Schuh aus und rieb sich den Fuß.
Orry stand mit dem Glas in der Hand mit dem Rücken zum Fenster. Schultern und Hinterkopf waren ganz in das blasse Winterlicht getaucht. »Weshalb bist du denn gekommen?«
Kann er mir nicht wenigstens halbwegs entgegenkommen, dachte George in einem Anflug von Frustration. Doch dann erinnerte er sich an die eigene Traurigkeit, die ihn schließlich dazu gedrängt hatte, diese Reise zu unternehmen. Er sah den großen, finsteren Mann beim Fenster an und entgegnete:
»Aus zwei Gründen. Erstens möchte ich unsere Freundschaft retten.«
Es folgte ein betäubendes Schweigen. Orry war zu bestürzt, um Worte zu finden.
George lehnte sich vor; die vorgeschobene Schulter und das vorgestreckte Kinn unterstrichen die Eindringlichkeit in seiner Stimme.
»Diese Freundschaft ist mir sehr wichtig, Orry. Abgesehen von Constance und meinen Kindern, ist es das, was ich auf dieser Welt am höchsten schätze. Nein, warte — laß mich ausreden! Ich habe mich zwar schriftlich bei dir entschuldigt, aber ich hatte jedesmal ein Gefühl der Unzulänglichkeit. Ich nehme an, dir ist es ähnlich ergangen. Deshalb bin ich hergekommen, um von Angesicht zu Angesicht mit dir darüber zu reden. Laß es nicht zu, daß die Hitzköpfe hier im Süden oder die Extremisten wie meine Schwester die Gefühle der Freundschaft, die wir füreinander hegen, zerstören.«
»Hast du etwas von Virgilia gehört?«
George schüttelte den Kopf. »Sie versteckt sich immer noch. Ehrlich

gesagt, mir ist es egal, was sie tut. Ich hätte nicht so eilfertig ihre Partei ergreifen dürfen. Nun, ich bin wütend geworden.«
Orry versuchte der Verlegenheit die Spitze abzubrechen und sagte leise: »Wir alle sind wütend geworden.«
»Ich bin nicht gekommen, um anzuklagen, sondern um dich um Verzeihung zu bitten. Es ist mehr als klar, daß South Carolina beabsichtigt, aus der Union auszutreten, obwohl die Handlung meiner Meinung nach ein schrecklicher Irrtum ist. In bezug auf die Sklaverei sind Kompromisse noch immer möglich gewesen, doch wenn ich die in Washington herrschende Stimmung richtig auslege, so gibt es im Falle einer Auflösung der Union keinen Kompromiß. Dazu kommt, daß andere Staaten dem Beispiel dieses Staats folgen werden, und die Konsequenzen können nicht anders als schrecklich sein. Das Land kommt mir vor wie ein Schiff, das auf eine Sandbank aufgelaufen ist: Es ist unfähig, sich selber aus der Lage zu befreien und wird langsam zersplittern. Die Hazards und die Mains sind einander während Jahren sehr nahegestanden. Ich möchte nicht, daß diese Freundschaft auseinanderbricht.«
Orry sah seinen Besucher direkt an; der Damm in seinem Innern zerbröckelte langsam, und er fühlte sich erleichtert, als er sagte: »Ich auch nicht. Ich bin froh, daß du gekommen bist, George. Jetzt kann auch ich um Entschuldigung bitten. Begraben wir das Kriegsbeil.«
George ging auf seinen Freund zu. »So gut das in den heutigen Zeiten möglich ist.«
Sie umarmten einander wie Brüder.

Bald darauf plauderten sie gemütlich wie in alten Tagen. George wurde nachdenklich. »Ich befürchte wirklich, daß es zu einer harten Auseinandersetzung kommen wird, wenn South Carolina abfällt. Und nicht nur zu einer politischen.«
Orry nickte. »Die Frage nach dem Eigentum der bundesstaatlichen Forts hat sich aufs Äußerste zugespitzt.«
»Das wurde mir bei meinem kurzen Aufenthalt in Charleston klar. Jemand muß einen Ausweg aus diesem ganzen Schlamassel finden, bevor die Verrückten auf beiden Seiten uns in einen Krieg zerren.«
»Gibt es einen Ausweg?«
»Lincoln und einige andere haben eine Lösung vorgeschlagen: Auf-

hebung der Sklaverei und Entschädigung des Verlusts für den Süden. Entschädigung, auch wenn das Schatzamt die letzte Unze Gold hergeben muß. Sicher keine Ideallösung und auch nicht moralisch einwandfrei, aber wenigstens könnte damit eine bewaffnete Auseinandersetzung vermieden werden.«

Orry blickte skeptisch. »Du hast Ashtons Ehemann noch nie gehört, und er vertritt die für diesen Staat typische Haltung. Der Konflikt soll gar nicht vermieden werden.«

»Wenn der Hurensohn jemals ein Schlachtfeld gesehen hätte, würde er anders denken.«

»Zugegeben, aber das hat er nicht.« Orry seufzte. »Manchmal habe ich das Gefühl, daß du in der Sklavereifrage recht hast.«

Er kniff die Lippen zusammen und fuhr mit einem bekennenden Seufzer fort: »Ist dir klar, was es einen Mann aus South Carolina kostet, so etwas zu sagen? Doch abgesehen von mir — ich kenne die andern Pflanzerfamilien am Ashley sehr gut. Alles Gold in der Staatskasse wird nicht ausreichen, um sie davon zu überzeugen, die Sklaverei aufzugeben. Und das gleiche gilt für die Reispflanzer an den andern Flüssen und für die nördlicheren Baumwollplantagen. Kein Mann außer einem Heiligen würde sich damit einverstanden erklären, das System, das seinen Reichtum garantiert, aufzugeben. Ich glaube, meine Nachbarn würden sich eher von Gott den Tod wünschen.«

»Den werden sie vermutlich auch haben können«, sagte George durch die blaue Rauchwolke seiner Zigarre hindurch. »Die Hitzköpfe auf beiden Seiten wollen Blut sehen. Aber es muß doch noch einen andern Weg geben.«

Wieder Schweigen. Keiner der beiden Männer wußte, was für ein Weg das hätte sein können.

Orry hatte sich seit Monaten nicht mehr so ruhig und glücklich gefühlt. Die lang angestaute Spannung, die sowohl auf die äußeren Ereignisse als auch auf die innere Unzulänglichkeit zurückzuführen war, hatte plötzlich ein Ventil gefunden. Er war in einer offenen und empfänglichen Stimmung, als George den zweiten Grund für seinen Besuch ins Gespräch brachte.

»Ich möchte über meinen Bruder und deine Schwester mit dir reden. Sie wollen heiraten. Weshalb erlaubst du es ihnen nicht?«

»Oh, ich habe den Eindruck, daß Brett in letzter Zeit durchaus tut, was ihr gefällt.«
»Verflucht nochmal, Orry, weich mir nicht aus.«
Orry errötete schuldbewußt und blickte weg. George ließ nicht locker. »Sie hat sich dir immerhin nicht so weit widersetzt, daß sie ohne deine Erlaubnis geheiratet hätte! Und ich kann einfach nicht begreifen, warum du damit zurückhältst.«
»Nein? Wir haben den Grund doch diskutiert. Es wird Unruhen geben, möglicherweise Krieg!«
»Ein Grund mehr für die beiden, das Glück so lange zu genießen, wie es ihnen möglich ist.«
»Aber du kennst doch Billys Pflichttreue der Armee und der Regierung in Washington gegenüber? Und er hat ja auch vollkommen recht. Brett hingegen —«
»Verdammt noch mal«, explodierte George, »du läßt es zu, daß der Haß von einer Handvoll von Fanatikern und politischen Opportunisten ihr Leben ruiniert! Das ist ungerecht. Und völlig unnötig! Billy und Brett sind jung. Das verleiht ihnen Kraft, Schwung. Natürlich werden sie einem Druck ausgesetzt sein. Ich kenne das, Orry. Doch zusammen werden mein Bruder und deine Schwester die Zukunft besser als wir alle meistern. Sie lieben einander — und zufällig kommen sie aus zwei Familien, die einander tief verbunden sind.«
Die Worte widerhallten in dem mit Büchern vollgestopften Zimmer. George ging zum Schrank, in dem der Whiskey stand. Seine Stimmung sank langsam, seine Hoffnungen zerstoben. Orry runzelte die Stirn.
Zum drittenmal senkte sich Schweigen über den Raum. Schließlich: »Einverstanden.«
George nahm den Zigarrenstummel aus dem Mund. Er wagte es kaum, seinen Ohren zu glauben.
»Sagtest du —?«
»Einverstanden«, wiederholte Orry. »Ich war schon immer der Meinung, daß du viel zu kühn bist. Aber meistens hast du ja damit recht gehabt. Ich schätze, daß Billy und Brett eine Chance haben sollten. Geben wir sie ihnen.«
George brach in ein Freudengeschrei aus und hüpfte herum. Dann rannte er zur Tür, rieß sie auf und sagte: »Ruf einen deiner Diener

und schicke ihn geradewegs nach Charleston. Das arme Mädchen soll nicht länger in ihrem Elend schmoren.«
Orry ging hinaus, schrieb einen Passierschein für Cuffey und war überrascht, wie wohl er sich fühlte: wie ein Junge, voll einfacher Freude — ein Gefühl, das er jahrelang nicht mehr gekannt hatte.
Als er wieder in die Bibliothek zurückgekehrt war, nahm George eine ironisch ernste Haltung ein und beglückwünschte seinen Freund für seine Klugheit. Sie hörten, wie Cuffey davonritt und gingen dann dazu über, die letzten Neuigkeiten auszutauschen. George erzählte von Constance und den Kindern; Orry schilderte den überraschenden Rückzug von Madeline, ihre angeblich angeschlagene Gesundheit. Dann kam George auf die *Star of Carolina* zu sprechen.
»Wie bereits gesagt, ich habe mit Cooper gesprochen. Ich muß zugeben, daß es mir etwas schwerfällt, mich mit einem Zwei-Millionen-Dollar-Verlust abzufinden.«
»Cooper könnte jeden Cent zurückbezahlen, wenn alles liquidiert würde, aber ich nehme an, daß er das nicht tun möchte, weil es das Eingeständnis einer Niederlage wäre.«
»Obwohl er selbst sagt, daß das Schiff nicht fertiggestellt werden kann? Na ja —« George zuckte die Achseln, »ich glaube, ich bewundere das — oder ich würde es bewundern, wenn ich nicht so viel investiert hätte. In welch fürchterlichen Schlamassel haben wir alle diese Welt gebracht!«
»So klagen alte Männer«, murmelte Orry.
»Möchtest du damit sagen, daß wir alte Männer sind?«
»Ich weiß nicht, wie es um dich steht, aber was mich betrifft, ja.«
»Tja, ich glaube, ich bin auch alt. Entsetzlicher Gedanke.«
George kaute auf seiner Zigarre herum. »Stiel, komm, wir wollen uns betrinken.«
Orry strahlte, als er seinen alten Spitznamen wieder hörte. Auch wenn die Dinge niemals mehr so sein würden, wie in jenen ersten, jugendfrischen Tagen an der Akademie, so konnten sie beide sich zumindest etwas vortäuschen. Weshalb sollten alte Männer sich nicht mit einem Spiel trösten? Die Welt versank in Dunkelheit.
»Stumpf, du gestattest«, sagte er und griff als erster nach der Whiskeyflasche. »Ich bin ein Experte für Betrunkenheit geworden.«
Sie lachten beide und glaubten, daß es ein Witz war.

57

Am selben Nachmittag, an dem George in Mont Royal eintraf, reisten die Abgeordneten des Sonderkongresses mit dem Zug von Columbia nach Charleston, denn in der Hauptstadt South Carolinas befürchtete man eine Pockenepidemie. Huntoon kam folglich früher nach Hause, als es Ashton erwartet hatte. Doch wie die meisten Bürger der Stadt fand sie es höchst aufregend, daß die gewichtigen Debatten demnächst in der Institute Hall über die Bühne gehen sollten, und sie freute sich königlich darüber, daß ihr Mann daran teilnehmen durfte. Sicher würde er es im neuen Staat zu einer Machtposition bringen, und sie würde mit ihm aufsteigen.

Sie war gerade dabei, ihre Garderobe für die erste Tagung in der Halle in der Meeting Street zusammenzustellen, als Brett unangekündigt in ihr Schlafzimmer platzte.

»Oh, Ashton — herrliche Nachrichten! Cuffey kam gestern abend aus Mont Royal. George Hazard ist da —«

»Was will denn der? Sich über unsre patriotischen Absichten lustig machen?«

»Sei nicht so zynisch! Er kam, um sich mit Orry über Billy und mich zu unterhalten. Und weißt du, was dabei herauskam?«

Die Wut stieg bereits in Ashton auf und verdarb ihr die gute Stimmung. »Ich habe keine Ahnung«, sagte sie und trat vor den Spiegel.

»Orry hat seine Meinung geändert! Billy und ich können heiraten, wann immer wir wollen!«

Ashton hatte bereits befürchtet, daß ihre Schwester das sagen würde, und sie mußte ihre ganze Willenskraft aufbieten, um nicht in Raserei zu geraten. Brett plauderte munter drauflos.

»Ich habe Cuffey zum Fort geschickt. Ich kann es nicht fassen! Nun ist doch noch alles gut geworden.«

»Ich freue mich ja so für dich.«

Noch nie in ihrem Leben hatte Ashton es so schwer gefunden, zu lächeln. Aber sie lächelte. Dann umarmte sie ihre Schwester und drückte ihr einen Kuß auf die Wange. Brett war zu aufgeregt, um die Wut in den Augen ihrer Schwester zu bemerken. Ansonsten spielte Ashton perfekt.

»Wir müssen uns unbedingt über die Hochzeit unterhalten«, sagte

Ashton, als sie zur Tür eilte. »Es wird mir ein Vergnügen sein, dir bei den Vorbereitungen zu helfen. Aber wir müssen noch ein, zwei Tage warten, bis der Kongreß vorbei ist. Noch nie war Charleston so voller Leben —«

Und weg war sie. Von Haß und Eifersucht überwältigt, war sie mehr denn je davon überzeugt, daß sie um jeden Preis gegen ihre Schwester und Billy Hazard vorgehen mußte.

Schweigen herrschte in der Institute Hall, eine gespannte Atmosphäre. Die Zuschauer auf der Galerie lehnten sich vor, um jedes Wort vom Bericht des Ausschusses, der mit der Ausarbeitung der Sezessionserklärung beauftragt worden war, mitzubekommen.

Seit der Ankunft der Delegierten waren zwei Tage verstrichen. Anträge waren vorgelegt, abgeändert, angenommen worden. Sondergruppen von Beobachtern aus den Staaten Mississippi und Alabama waren mit großem Zeremoniell empfangen worden. Doch nun, am Nachmittag des zwanzigsten Dezember, kamen die Abgeordneten auf den Kern der heiklen Angelegenheit zu sprechen. Der Vorsitzende las den Entwurf vor.

Cooper saß in der ersten Reihe der Galerie, die Ellbogen auf die Rampe gestützt. Der Platz war eng. Seine Blicke wanderten über den Saal unter ihm, vom früheren Senator Gist zu Senator Chestnut zu Huntoon, der mit rotem Gesicht da saß und wie ein mörderischer Cherub lächelte.

Die Zuschauer auf der Galerie setzten sich zur Hälfte aus Frauen zusammen, von denen die meisten Sezessionshüte trugen. Zu seiner Rechten konnte Cooper in der Ferne Ashton entdecken, die den Verhandlungen mit feuchter Stirn und geöffneten Lippen folgte. Sie sah aus, als ob sie etwas weitaus Erregenderes erlebe als die Lesung der Proklamation. Cooper fand ihren Gesichtsausdruck nicht nur überraschend, sondern geschmacklos.

Er hörte dem Vorsitzenden zu, obwohl er am liebsten nichts gehört hätte. Sein Schädel brummte. Würde es morgen schon zwei verschiedene Postsysteme geben? Zwei Bankensysteme nächste Woche? Die Leute schienen sich überhaupt keine Gedanken zu machen. Als er einigen führenden Finanzleuten diese Fragen gestellt hatte, hatte er nur bestürzte Blicke geerntet, die rasch in Feindseligkeit umgeschlagen

waren. Armer alter Main, sagten diese Blicke. Du bist und bleibst verrückt.
Traurig schweifte sein Blick wieder über den Saal. Die Männer, die sich für diese Sache eingesetzt hatten, waren fast ausnahmslos Berühmtheiten. Männer, die intelligent waren und etwas geleistet hatten. Er konnte ihre Wut, die sich seit einer Generation angestaut hatte, verstehen. Aber er würde niemals die Mittel verstehen, mit denen sie dieser Wut Luft zu machen suchten.
Der Vorsitzende fuhr mit der Lesung fort. Zwischendurch Applaus. Cooper erkannte unter den Zuschauern einen Beamten der Zollbehörde der Vereinigten Staaten sowie die Frau eines Pfarrers. Er hätte nicht sagen können, wer von den beiden am lautesten schrie. Cooper beugte sich über die Rampe und erntete verächtliche Blicke.

»— und daß die unter dem Namen Vereinigte Staaten von Amerika bestehende gegenwärtige Union mit South Carolina und andern Staaten hiermit aufgelöst ist.«

Es war wie ein Pandämonium. Die ganze Galerie stand wie auf Befehl auf. Cooper blieb sitzen. Der Zollbeamte packte ihn an der Schulter.
»Steh auf, verdammt noch mal!«
Cooper faßte das Handgelenk des Mannes und schob es ruhig beiseite. Der Mann fluchte. Cooper sah ihn einen Augenblick lang an und richtete seine Aufmerksamkeit dann wieder auf den Saal.
Dort unten klopfte man sich auf den Rücken, schüttelte einander die Hände und beglückwünschte sich gegenseitig mit viel Lärm. Er würde diese kollektive Verblendung niemals begreifen. Wie, um Himmels willen, wollten der Staat oder der Süden im Alleingang bestehen? Wie konnte es einen Kontinent, ein Volk und zwei Regierungen geben?
Nach einer längeren Würdigung der Arbeit des Vorsitzenden und des Ausschusses setzten sich die Delegierten und Zuschauer wieder. Die Sezessionserklärung wurde ohne weitere Debatte mit 169 Stimmen ohne Gegenstimme angenommen. Sie würde noch am selben Abend unterzeichnet und besiegelt werden.
Nach dieser Ankündigung brach erneut die Hölle in der Institute Hall los. Cooper seufzte, stand auf und kämpfte sich zum Ausgang. Es gab nur wenig verdrießliche Gesichter. Darunter J.L. Petigru, ein be-

rühmter Rechtsanwalt und Vertreter der Whig-Partei in Charleston. Ihre Blicke trafen sich kurz, wie zwei Trauernde an einer Beerdigung. Cooper marschierte aus der Halle; er hatte seine Wut beinahe nicht mehr unter Kontrolle.

Das Abendessen an der Tradd Street wurde in grimmiger Stimmung eingenommen. Orry war am Vormittag mit George aus Mont Royal gekommen, um der Debatte in der Institute Hall beizuwohnen. Aber sie waren nicht mehr hineingekommen. Orry schien fast ebenso niedergeschmettert über die Sezession wie Cooper. George verzichtete darauf, erneut zu betonen, daß die Bundesregierung ohne Nachsicht reagieren werde.

Brett deprimierten die möglichen Folgen, die die Verfügung für ihre Zukunft haben könnte. Fort Moultrie war in Alarmbereitschaft, falls die unvermeidbaren Kundgebungen in Gewalt ausarten sollten. Sie würde Billy heute Abend nicht treffen können, und es war noch ungewiß, wann sie sich wiedersehen würden.

Schon den ganzen Nachmittag hatte man auf den Straßen Geschrei und Musik gehört. Nach dem Abendessen steigerte sich der Lärm. In der ganzen Stadt wurden die Glocken geläutet. Die melancholische Stimmung im Haus war praktisch unerträglich. Cooper langte nach seinem Hut.

»Nun, meine Herren, sie haben es unterzeichnet. Ein historischer Augenblick — sollen wir rausgehen, und sehen wie Charleston seinen eigenen Untergang feiert?«

»Wir kommen mit«, sagte Judith und kam mit ihrem und mit Bretts Schal an. Die Frauen ließen sich auf keine weitere Diskussion ein.

Als die fünf Menschen das Haus verließen und Richtung Meeting Street gingen, gingen die Böllerschüsse los.

Der Volksauflauf anläßlich Lincolns Wahlsieg war offenbar nur eine Probe für die heutigen Festlichkeiten gewesen. In den Straßen wimmelte es von Menschen, und ein Vorwärtskommen war fast unmöglich. Knapp einen Meter von George und den Mains entfernt explodierte eine Serie von Schwärmern. Judith kreischte, preßte eine Hand auf die Brust und versuchte dann zu lächeln.

Sie gingen die eine Seite der Meeting Street hinauf und die andere wieder hinunter. In vielen Auslagen hatte man Lichter und Photos

ausgestellt. Fässer mit brennendem Harz tauchten die Straßen in ein grelles, rotes Licht. Überall gingen Feuerwerkskörper los.
Auf der Battery wurden Böllerschüsse abgefeuert. Musikkapellen spielten. Die Menge drängte zurück, damit die Ashley-Garde vorbeidefilieren konnte.
Ein stämmiger Deutscher marschierte mit einem Plakat hinterdrein.

HURRA!
Die Union
ist
AUFGELÖST

»Wunderbar, ja?« schrie der Plakatträger und blies Cooper seine Schnapsfahne ins Gesicht. »Aber es hat viel zu lange gedauert. Viel zu lang!«
Cooper wurde kreideweiß, riß dem Mann das Plakat aus den Händen, zerfetzte die Pappe und zerbrach den hölzernen Träger. Judith war blaß.
Zuschauer bedachten Cooper mit Schimpfnamen und begannen ihn anzurempeln. Orry stellte sich neben seinen Bruder und schubste zurück. George ebenfalls.
»Ich bin ein Fremder in dieser Stadt, aber Ihr werdet Grund haben, Euch an mich zu erinnern, wenn Ihr nicht gleich weitermarschiert!«
Orry lachte. Für einen Augenblick war die Zeit verschwunden, und der junge Kadett Hazard aus West Point war plötzlich vor ihm gestanden. Die Leute und auch der Deutsche zogen schließlich weiter.
Es stank nach einem Gemisch aus Puder, Parfum, Tabak und Schweiß. Der Himmel war blau und zitronengelb erleuchtet. Die Kanonenschüsse waren so laut, daß die Musik darin unterging und nur gelegentlich ein Trommeln oder einige heisere Hörner zu vernehmen waren.
»Ich glaube nicht, daß ich dich jemals so wütend gesehen habe«, sagte Orry zu seinem älteren Bruder.
Cooper blieb abrupt stehen und sah diese vier Menschen, die er liebte, an. Wenn es irgendwo auf der Welt noch Menschen gab, die seinen bohrenden Schmerz verstehen würden, dann sie.
»Ich bin so wütend, weil diese verdammte Sezession mich in eine

unmögliche Situation gedrängt hat. Ich weiß überhaupt nicht mehr, wie ich reagieren soll, wohin mit meiner Loyalität! Ich hasse es, mich dem Staat gegenüber, den ich mein ganzes Leben lang geliebt habe, als Verräter zu fühlen. Aber noch schlimmer ist das Gefühl, die Nation verraten zu haben. Die Auflösung der Union! Es schreit zum Himmel, verdammt —«

»Cooper, wie redest du«, flüsterte seine Frau, aber er hörte sie nicht.

»— ein Main hat sein Blut vergossen für diese Union! Wenn ihr jetzt noch nicht das Gefühl habt, entzweigerissen zu werden — wartet's nur ab. Diese verrückten Idioten wissen nicht, was sie getan haben. Was sie sich, ihren Kindern, uns allen angetan haben. Sie wissen es nicht!«

Aschfahl im Gesicht, drehte er sich abrupt um und marschierte weiter — eine Schattengestalt gegen den feuerhellen Himmel. Die andern folgten dicht hinter ihm. Brett versuchte Judith zu trösten, die ansonsten nicht leicht zu schockieren war, aber nun völlig die Sprache verloren hatte. Orry empfand bereits etwas von der Verwirrung, von der Cooper gesprochen hatte.

George hatte Kopfweh wegen den Kanonenschüssen. Er schien bloß die donnernden Schüsse, nicht aber das Jubelgeschrei und Gelächter zu hören. Er dachte an Mexiko. Es war ein leichtes, die Augen halb zu schließen, die in den Feuerschein getauchten Gebäude verschwommen vor sich zu sehen und sich vorzustellen, daß Charleston bereits eine Stadt im Krieg war.

Gesichter schwebten an Orry vorbei, vom Feuerschein und von Leidenschaft verzerrte Gesichter. Mit jedem Augenblick schienen die glotzenden Augen und die gaffenden Mäuler unmenschlicher zu werden. Die primitiven Emotionen verwandelten normale Gesichter in Fratzen.

Brett schmiegte sich an Orry und umklammerte seinen Arm; sie hatte offensichtlich Angst vor dem Gedränge der Menge. Cooper und Judith gingen dicht hinter ihnen, gefolgt von George wie von einer wachsamen Nachhut. Man beobachtete sie jetzt nicht mehr.

Orry sah, wie drei junge Rowdies mit ihren Stöcken auf einen alten Neger einschlugen und dann den Inhalt ihrer großen, bauchigen Biergläser, die sie aus einer Bar mitgenommen hatten, über ihn gossen.

Er sah, wie ein ehrwürdiges Mitglied der Methodistenkirche, die Flasche in der Tasche, an einem Laternenpfahl Halt suchte und sich bekotzte. Er sah, wie die Frau eines bekannten Juweliers der Meeting Street sich in einem dunklen Hauseingang von einem Fremden betasten ließ. Überall kam es zu Exzessen.
Auch die Parolen, die man ihm ins Ohr schrie oder auf Plakaten oder scheinbar über Nacht hergestellten Seidenbannern zur Schau trug, ließen in dieser Hinsicht nichts zu wünschen übrig. Drei Männer rauschten mit einem ausgebreiteten Banner auf dem Gehsteig an ihm vorbei. Orry mußte sich ducken und die andern auffordern, es ihm gleichzutun.
Die Rechte des Südens dürfen nicht mit Füßen getreten werden!
Orry und die andern richteten sich wieder auf. Plötzlich bemerkte er Huntoon, der mit andern hinter den Bannerträgern hereilte.
»Orry! Guten Abend!« Huntoon tippte an seinen Hut, der mit einer auffälligen blauen Kokarde geschmückt war. Orry hatte die Dinger heute abend bereits dutzendweise gesehen. Huntoons Krawatte war lose, und der Hemdzipfel hing unordentlich über die Hose — ungewöhnlich für einen sonst tadellos gekleideten Mann.
Aber dies war ja auch eine ungewöhnliche Nacht, wie Huntoons außerordentlich breites Lächeln bezeugte. »Entsprechen die Feierlichkeiten Ihrem Geschmack?«
Die Frage war mit einem hämischen Unterton an alle fünf gerichtet worden, aber wohl hauptsächlich auf Cooper gemünzt, wie Orry sich vorstellte. »Nicht ganz«, antwortete er. »Ich hasse es, wenn anständige Leute sich lächerlich machen.«
Doch Huntoon ging nicht darauf ein. »Ich meine, daß Lustbarkeiten völlig in Ordnung und Exzesse durchaus verständlich sind. Wir haben der Welt unsere Freiheit proklamiert.« Sein Blick streifte Brett. »Natürlich rückt mit unserer Unabhängigkeit die Frage nach dem Bundeseigentum in Charleston ins Blickfeld, die Zollbehörde, das Arsenal, die Forts. Wir sind dabei, eine Gruppe von Unterhändlern zusammenzustellen, die Präsident Buchanan die Frage vorlegen werden. Die Übergabe des Eigentums an den souveränen Staat South Carolina ist nun zwingend geworden.«
George stellte sich neben Brett. »Und wenn der alte Buck die Dinge anders sieht?«

Huntoon lächelte. »Dann, Sir, werden wir die Frage mit andern Mitteln beantworten.«
Er tippte wiederum an den Hut, ging weiter und tauchte in der Menschenmasse unter, die sich lärmend und singend durch die Straßen schob: »Die Rechte des Südens! *Die Rechte des Südens!*«
Brett sah Huntoon nach, bis er verschwunden war. Orry spürte, wie sie seinen Arm fester umklammerte. »Das mit den Forts sagt er wegen Billy, nicht wahr?«
Cooper hörte die Frage. »Daran zweifle ich nicht. Menschlichkeit ist bei Mr. Huntoon, wenn überhaupt, nur in einer kleinen Dosierung vorhanden.«
Sie sahen ihn nochmals kurz auf der andern Straßenseite, als er sich die Stufen zum Mills House hinaufkämpfte und dann von oben einen Blick auf das Treiben der Menge warf. Seine Brillengläser widerspiegelten die Flammen eines Fasses mit brennendem Harz. Wie die Augen eines grinsenden Dämons, dachte Orry. Eines von vielen Spukbildern.
Er dachte an Major Anderson von Fort Moultrie. Er hatte Anderson in Mexiko gekannt: ein Offizier mit gutem Ruf, gewissenhaft und kompetent. Was mochte wohl in ihm vorgehen? Wem würde er in den nun kommenden Monaten die Treue halten? Den Sklavenbesitzern seines Heimatstaates Kentucky oder der Armee?
Viele Amerikaner — viele Männer aus West Point — würden jetzt auf eine harte Probe gestellt werden; sie wurden jetzt zu einer Entscheidung gezwungen. Orry hatte beinahe das Gefühl, daß die Welt in die Hände einer bösen Macht geraten war.
»Tja, wie du bereits gesagt hast, Cooper, ein historischer Moment!« sagte er. »Komm, gehen wir nach Hause.«
Das taten sie, schweigend und deprimiert.

Von den schwitzenden und schreienden Schaulustigen umgeben und beinahe erdrückt, fühlte sich Ashton auf der Battery unerwartet erregt. Es war, als ob gewaltige Energien vom Pöbel in die Erde abgeleitet würden und dann über ihre Beine bis zu ihrem Zentrum wieder aufstiegen. Sie fühlte sich ganz schwindlig und atemlos.
Doch wie gewöhnlich war es nicht die Welle von Patriotismus, die sie erregte, sondern dessen Bedeutung, die Chance, die sie darin erblick-

te. Die Flüche, Drohungen und Parolen waren die Geburtsschreie einer neuen Nation. James prophezeite, weitere Baumwollstaaten würden dem Beispiel South Carolinas folgen. Bald werde auch eine neue Regierung aufgestellt, und er, Huntoon, werde eine wichtige Rolle dabei spielen. Es konnte sich nur noch um Wochen handeln, und dann würde ein lange geträumter Traum endlich Wirklichkeit. Die Macht würde ihr zu Füßen liegen und sie brauchte nur noch danach zu greifen.

Eine neue Serie von Feuerwerkskörpern tauchte ihr Gesicht in ein scharlachrotes Licht. Die Schwärmer schossen in den Himmel und explodierten über Sullivan Island, wobei sie die Wälle des Forts kurz erleuchteten. Sie verzerrte das Gesicht.

Dann tauchte hinter dem Phantasiebild von Billy Hazard plötzlich eine ihr vertraute Gestalt auf.

»Forbes!« Sie umklammerte ihren Sezessionshut und kämpfte sich ein paar Meter zu ihm vor. »Forbes!«

»Mrs. — Huntoon«, sagte er mit jener übertriebenen Höflichkeit, die er jedesmal, wenn sie sich in der Öffentlichkeit trafen, an den Tag legte. Er verneigte sich. Sie roch Whiskey und Männlichkeit. Ihre Erregung steigerte sich, aber jetzt war nicht der Zeitpunkt, um solchen Gelüsten nachzugehen.

»Forbes, wir müssen uns unbedingt unterhalten«, flüsterte sie. »Morgen so früh wie möglich. Orry hat Billy und meiner Schwester die Heiratserlaubnis erteilt. Ich ertrage es nicht. Ich kann es nicht zulassen.«

Eben noch hatte Forbes LaMotte heiter betrunken ausgesehen; jetzt hing sein Mund schief, als hätte jemand mit einem Messer sein Gesicht aufgeschlitzt. Die Schwärmer, Kanonenschüsse und Glocken verursachten einen ohrenbetäubenden Lärm. Er mußte dicht an Ashton herantreten, um zu verstehen, was sie sagte.

»South Carolina ist zur Offensive angetreten. Ich glaube, es ist an der Zeit, daß wir das gleiche tun.«

Er lächelte wieder entspannt und schläfrig. »Da hast du recht«, murmelte er. »Ich stehe zu deiner Verfügung.«

58

Am Morgen des 25. Januar 1861 traf Hauptmann Elkanah Bent in New Orleans ein. Er war auf dem Weg nach dem einzigen Zuhause, das er kannte, nach Washington. Er hatte sich gerade rechtzeitig um eine Versetzung bemüht. Die Situation im ganzen Land war kritisch und verschlechterte sich von Tag zu Tag. Er war davon überzeugt, daß das Kriegsministerium Beförderungen vorbereitete und für den bevorstehenden Konflikt Umstrukturierungen vornahm. Oder zumindest würde dies der Fall sein, sobald der Gimpel Buchanan das Weiße Haus geräumt hätte.

Bent trug heute brandneue und teure Zivilkleider. Er hatte sie in Texas erworben, unmittelbar nach seinem Entschluß, in New Orleans einen Tageshalt einzulegen. Er hatte das Gefühl, daß es gefährlich sein könnte, in einer so vehement auf der Seite des Südens stehenden Stadt seine Uniform zur Schau zu tragen. Wie er erfahren hatte, würde Louisiana demnächst dem Beispiel der andern fünf Baumwollstaaten folgen und aus der Union austreten.

Als er durch Bienville schlenderte, stieg ihm der aromatische Duft von starkem Kaffee in die Nase. Die Stadt war für ihren guten Kaffee bekannt, ein Genuß, den er sich nicht entgehen lassen wollte.

Er war froh, nicht mehr in Texas zu sein. Auch dort stand die Sezession bevor, man sympathisierte offen mit dem Süden. Der alte Davey Twiggs und Bob Lee, die letztes Jahr aus Virginia zurückgekehrt waren, um das Kommando über die Zweite Kavallerie zu übernehmen, waren ohnehin zwei potentielle Verräter.

Aber es gab weitere Gründe, weshalb er sich glücklich schätzte, aus Texas weggekommen zu sein. Er mußte sich eingestehen, daß er den Versuch, Charles Main zu beseitigen, selber verpfuscht hatte, und er hatte Glück gehabt, nicht vors Kriegsgericht gekommen zu sein. Doch die Chancen für einen Krieg standen ziemlich gut, und so würde er erneut Gelegenheit haben, den Mains und den Hazards eins auszuwischen. Er brannte darauf, ihre Akten in Washington durchzusehen. Diese Aussichten machten ihm den Mißerfolg etwas leichter.

Auf eine Frage hatte Bent bis jetzt noch keine befriedigende Antwort gefunden: Kannte Charles den wahren Grund für seine Feindseligkeit? Zu diesem Zeitpunkt mußte er ihn eigentlich kennen, denn Charles und dieser verfluchte Orry Main hatten sicher Briefe zu diesem Thema ausgetauscht. Briefe, die die Beziehung Bents zu Orry und George Hazard enthüllt hatten. Sollte jedoch kein solcher Briefwechsel stattgefunden haben — was zwar eher unwahrscheinlich war —, so würde Charles das Geheimnis bestimmt bei seinem ersten Urlaub erfahren.

Sobald die Mains über Bents Rachedurst einmal Bescheid wußten, würden die Hazards es zweifellos auch erfahren. Doch er hatte immer noch einen Vorteil: Die Mitglieder beider Familien würden bestimmt damit rechnen, daß sein Haß in den Wirren des Kriegs verginge, wenigstens abnehmen würde. Und diese irrtümliche Annahme würde ihr Verderben sein.

Wenn Bent die Situation, in der sich das ganze Land befand, richtig interpretierte, so waren Feindseligkeiten unvermeidbar. Charleston stand im Brennpunkt. Einen Tag nach Weihnachten hatte die kleine Garnison von Anderson geheime Vorbereitungen getroffen und im Schutze der Dunkelheit mit Booten nach Fort Sumter übergesetzt. Die Palmettoflagge wehte jetzt also überall auf dem Bundeseigentum in und um Charleston herum, mit Ausnahme des von Anderson besetzten Forts mitten im Hafen.

Seine Garnison durfte sich immer noch auf dem Markt in Charleston mit frischem Fleisch und Gemüse eindecken, aber die Miliz des Staats drang vermehrt in die Stadt ein und kümmerte sich um die Kanonen von Fort Moultrie, Castle Pinckney und Fort Johnson.

In den vergangenen Wochen hatte Buchanan sein Kabinett von südlichen Einflüssen gereinigt und einen härteren Kurs eingeschlagen. Er weigerte sich, die Unterhändler aus South Carolina, die über die Übergabe von Fort Sumter mit ihm verhandeln wollten, zu empfangen und hatte ihr Memorandum ungelesen zu den Akten gelegt.

Am 9. Januar nahm der Konflikt zwischen Nord und Süd eine gefährliche Wendung. Buchanan hatte ein Schiff mit Nahrungsmitteln, Munition und 250 Soldaten nach Charleston geschickt. Als die *Star of West* an der Sandbank vorbeifuhr, eröffneten die Kadetten von The Citadel, die die Kanonen im Hafen besetzt hatten, das Feuer.

Die Truppen von Anderson verzichteten darauf, das einfahrende Schiff zu verteidigen. Schon nach dem ersten Treffer wendete die

Star of West und fuhr wieder aufs Meer hinaus. Damit war die Sache erledigt — außer in Washington, wo das Gerangel zwischen der Regierung und einer weiteren Delegation aus South Carolina weiterging.

Vor nur wenigen Tagen hatten Davis und weitere Südstaaten-Senatoren nach langen Abschiedsreden, deren künstliche Sentimentalität ihren Verrat verschleiern sollte, das Kapitol verlassen. Heute früh hatte Bent vernommen, daß Davis und die andern demnächst in Montgomery, Alabama, zusammentreten sollten, um eine neue Regierung zu bilden.

Es würde auf jeden Fall zwischen dieser Regierung und Washington zu einem ernsthaften Konflikt kommen. Der alte Buchanan würde nicht mehr lange im Amt sein, und der neue Mann, dieser komische Lincoln, vertrat in der Sklavenfrage zwar einen nachgiebigen Standpunkt, würde jedoch unnachgiebig sein, wenn es um die Erhaltung der Union ging. Der Krieg stand bevor. Die Zukunftsaussichten waren herrlich.

In dieser Geistesverfassung stieg Bent die Stufen einer wunderschönen schmiedeeisernen Treppe hinauf und klopfte an die Tür eines Etablissements, das ihm von einem Herrn auf der Reise empfohlen worden war. Als die Tür geöffnet wurde, stellte er sich unter fremdem Namen vor.

Zwei Stunden später führte ein finster blickender, riesiger Schwarzer den halbnackten Bent in das Zimmer der Besitzerin, drückte ihn in einen Plüschsessel und wartete mit verschränkten Armen den Ausgang des Streits ab.

»Einhundert Dollar ist eine Unverschämtheit!« ereiferte sich Bent, stopfte das Hemd in die Hose und knöpfte sich die Hemdsärmel zu. Hier hätte seine Uniform vielleicht Eindruck erwecken können.

Madame Conti wirkte hinter ihrem prunkvollen Schreibtisch äußerst entspannt; das indigofarbene Seidenkleid mit dem aufgestickten Pfau stand ihr hervorragend. Sie war groß, kräftig, etwa sechzig. Das ungewöhnlich weiße Haar war apart frisiert.

»Trotzdem, Monsieur Benton, einhundert Dollar ist der Preis. Das ist das, was einem so jungen Mädchen wie Otille gebührt.« Die Dame betrachtete ein Stück Papier. »Sie haben ebenfalls mehrere, mh,

Sonderdienstleistungen verlangt. Ich kann sie Ihnen aufzählen, falls Ihr Gedächtnis Sie im Stich lassen sollte. Hat sie Ihnen nicht gesagt, daß dafür ein Zuschlag erhoben wird?«
»Nein, davon weiß ich garantiert nichts.«
Madame Conti zuckte die Achseln. »Ein Versehen. Aber das ändert nichts am Preis.«
»Ich weigere mich, zu zahlen, verdammt noch mal. Ich weigere mich.«
Madame Conti quittierte den Wutanfall mit einem nachsichtigen Lächeln. Sie blickte an Bent vorbei und sagte: »Was sollen wir mit ihm machen, Pomp?«
»Weiterhin wie einen Gentleman behandeln«, knurrte der Schwarze. »Vielleicht ändert er seine Meinung?«
Schweiß perlte auf Bents Oberlippe. Der bedrohliche Ton war ihm nicht entgangen. Er versuchte tapfer die Fassung zu bewahren. Madame Conti lächelte unentwegt.
»Schenk unserem Besuch einen kleinen Champagner ein. Vielleicht hilft das.«
»Es wird nicht helfen«, sagte Bent. Sie lachte und verlangte auch nach einem Glas für sich selbst.
Bent verzichtete auf eine weitere Bemerkung und versuchte, seinen nächsten Schritt zu planen. Er würde sich den Weg aus dem Bordell nicht freikämpfen können und hatte auch nicht die Absicht. Er ließ es für einen Augenblick bei der gegenwärtigen Situation bewenden und akzeptierte den ausgezeichneten französischen Champagner von Pomp. Er kippte ihn hinunter und hielt das Glas ein zweites Mal hin. Madame Conti nickte dem Schwarzen zustimmend zu.
Der Champagner übte eine beruhigende Wirkung aus. Bent registrierte die Eleganz des Büros. An den mit rotem Samt tapezierten Wänden hingen mehr als ein Dutzend beleuchtete Ölbilder. Eines davon war eine lustige Studie von Pelzjägern auf einem Floß.
»Das ist mein Stolz«, sagte die Dame. »Ein Weststaatler namens Bingham hat es gemalt.«
Ihr Stolz ist falsch angebracht, dachte Bent und trank noch mehr Champagner. Er betrachtete das Porträt einer jungen Frau, das hinter Madame Contis linker Schulter hing. Irgendwie kamen ihm die Züge der wunderschönen, dunkelhaarigen Kreatur bekannt vor, aber er konnte sie nicht einordnen.

Madame Conti bemerkte sein Interesse. »Ah, Sie bewundern sie? Sie hat vor vielen Jahren einige Zeit hier gearbeitet. Sie war noch schöner als Otille. Und wesentlich teurer.«
Hure, dachte er. Sie achtete darauf, daß er die Rechnung keinen Augenblick vergaß.
Und plötzlich wußte er, wo er das exotische Gesicht des Porträts schon mal gesehen hatte: auf einem der Photos von Charles Main. Nein, Augenblick. Diese Frau mit dem verführerischen Lächeln war nicht dieselbe Kreolenschönheit, die er auf dem Bild in Texas gesehen hatte. Die Ähnlichkeit war zwar groß, aber es konnte sich nicht um dieselbe Person handeln. Waren es vielleicht Schwestern?
»Wer ist sie, Madame?«
Die mit Juwelen besetzten Armbänder klirrten, als die weißhaarige Frau ihren Champagner trank. »Ich glaube, ich brauche kein Geheimnis daraus zu machen. Sie war ein armes Mädchen, das, kurz bevor sie starb, zu einer hohen Position aufstieg. Sie gab ihre Stelle bei mir auf, um die ehrenwerte und anerkannte Frau eines reichen Fabrikanten aus New Orleans zu werden.«
»Der dunkle Schimmer auf ihrer Haut ist bezaubernd. Der Maler muß sehr inspiriert gewesen sein.«
»Nur von dem, was er tatsächlich gesehen hat.«
»Sie meinen, Ihre Haut war in Wirklichkeit so?«
»Ja, Monsieur Benton.«
»Ich bin fasziniert. Ein liebliches, romantisches Bild.« Er beugte sich leicht vor; als geübter Ränkeschmied konnte er subtil sein, wo es nötig war. »Wie ging die Geschichte aus — wenn ich Sie fragen darf, Madame?«
Sie drehte sich um und warf einen liebevollen Blick auf das Porträt. »Mein liebes Mädchen schenkte dem sie anbetenden Ehemann nach der Heirat ein Mädchen, aber leider ist die wunderschöne Mutter gestorben. Bevor auch den liebenden Vater das Zeitliche segnete, schickte er seine Tochter weit weg, um standesgemäß zu heiraten. Sie hat eine ebenso weiße Haut wie Sie und ich, aber einige Menschen in dieser Stadt wissen vom Vorleben ihrer Mutter.«
Das war es also: Mutter und Tochter. Bent konnte seine Augen nicht von dem Porträt abwenden.
»Und Sie wissen auch, daß das Kind weder Spanierin noch Franzö-

sin, sondern ein Achtel Negerin ist. Damals waren attraktive junge Frauen mit Mischblut noch bevorzugte Geschöpfe. Aber jetzt nicht mehr. Die ganze Aufregung um die Sklaverei hat dem ein Ende gesetzt. Heutzutage«, ein ausdrucksvolles Achselzucken, ein melancholisches Lächeln, »bedeutet ein Achtel Negerblut — wie hell die Haut auch immer sein mag — genausoviel wie ein richtiger Neger zu sein. Was ist, Monsieur Benton?«

Bent war die Hand ausgerutscht, und er hatte den Champagner auf den teuren Teppich geleert.

»Ein Ungeschick, Madame. Ich bitte um Entschuldigung.«

Er zog sein Taschentuch heraus und beugte sich nieder, um den Teppich zu säubern, was in Anbetracht seines Wanstes kein einfaches Unterfangen war.

Die Tochter einer Niggerhure stand also mit jener arroganten Main-Bande in einem Zusammenhang? Offensichtlich hegten sie keinen Verdacht; keine Frau mit Negerblut würde zu einer Gruppenaufnahme von Plantagenaristokraten zugelassen werden! Welch herrliche Information! Er wußte zwar noch nicht, wie oder wann er sie verwenden konnte, aber er zweifelte keine Sekunde daran, daß sie ihm nützlich sein würde.

»Madame, Sie haben völlig recht. Der Champagner hat tatsächlich eine beruhigende Wirkung.« Sein schweißfeuchtes Gesicht strahlte. »Die Dienstleistungen der jungen Dame waren äußerst zufriedenstellend, und ich bedaure, am Preis gemäkelt zu haben. Ich werde alles bezahlen. Wenn Sie gestatten, würde ich sogar gerne ein hübsches Trinkgeld hinterlassen.«

Madame Conti wechselte einen Blick mit dem riesigen Schwarzen, der seit einigen Minuten damit beschäftigt gewesen war, seine Fingernägel mit einem eindrucksvollen Messer zu reinigen. Auf ihr kaum merkliches Signal hin steckte er das Messer wieder ein.

»Aber selbstverständlich«, sagte sie mit einem höflichen Nicken.

In Texas war der Himmel grau, und es fiel ein kalter Regen. In niedergedrückter Stimmung sah Charles Main zu, wie der letzte Koffer neben den andern im Armeewagen verstaut wurde. Die Koffer gehörten Oberst Lee.

Vor fünf Tagen, am 8. Februar, hatten Charles und zwei Berufssoldaten Camp Cooper verlassen, weil sie dem Regimentskommandanten eilige Botschaften zu übermitteln hatten. Sie waren fast zweihundert Meilen in diesem miesen Wetter geritten und mußten bei ihrer Ankunft feststellen, daß Lee von General Scott nach Washington zurückbefohlen worden war. Zweifellos wollte Scott wissen, welche Absichten Lee für die Zukunft hegte — und wem er die Treue halten wollte.

Lees Abreise war ein weiterer Beweis für das Chaos, das mehr und mehr Besitz vom Land ergriff. Obwohl wichtige Grenzstaaten wie Tennessee und Lees Heimatstaat Virginia sich der sezessionistischen Bewegung noch nicht angeschlossen hatten, war Texas am ersten des Monats von der Union abgefallen. In Alabama war eine neue Regierung der Konföderierten Staaten mit Jefferson Davis als Präsident gebildet worden.

Der künftige Präsident Lincoln reiste aus Illinois mit dem Zug nach Osten. Er unterbrach seine Reise an mehreren Orten, um Reden vor seinen Wählern zu halten. In Washington hatte sich Senator Crittenden vergeblich um Kompromißvorschläge bemüht. Nachdem alle Baumwollstaaten von der Union abgefallen waren, war es für den Senat ein leichtes gewesen, Kansas als freien Staat in die Union aufzunehmen.

Major Anderson befand sich immer noch mit seiner Garnison in Fort Sumter, und Charles fragte sich, ob Billy noch dort war. Anderson hatte ja mehrere Männer nach Washington geschickt, um Instruktionen einzuholen, und vielleicht war Billy unter ihnen gewesen. Charles hoffte und betete, daß sein Freund lebend aus dem Fort herauskommen möge.

In Texas gingen Gerüchte um, daß die Grenzposten demnächst von den Staatsmilizen oder den Texas Rangers übernommen werden sollten. Obwohl General Twiggs dafür bekannt war, daß er mit dem Süden sympathisierte, hatte er sich mehrere Male an Washington gewendet, jedoch nur unklare Antworten erhalten.

In einer Zeitung aus San Antonio war zu lesen, daß einer der ehrenwertesten Absolventen der Militärakademie, Pierre Beauregard, im Januar zum Superintendent von West Point gewählt worden war. Er hatte das Amt jedoch nicht einmal eine Woche lang einnehmen können und war abgesetzt worden, weil durch den Abfall von Louisiana

ein Verdacht auf ihn gefallen war. Männer, die in Mexiko gemeinsam in die Schlacht gezogen waren, die Brot und Mühsal zusammen geteilt hatten, standen sich nun als Feinde gegenüber und waren zu allen möglichen Arten des Verrats fähig. All das deprimierte Charles, der sich über seine Zukunft und seine Entscheidungen noch nicht im klaren war.
Er wartete im Regen auf Lee. Mit ihm warteten neun weitere Offiziere. Schließlich kam der Oberst, und einer nach dem andern verabschiedeten sich die Offiziere. Charles war als letzter dran.
»Es ist mir eine Ehre gewesen, Ihnen zu dienen, Sir.«
»Danke, Leutnant.«
»Ich wünsche Ihnen eine gute Reise.«
»Ich freue mich nicht über die Umstände, die mich zu dieser Reise zwingen. Aber etwas möchte ich Ihnen noch sagen: Sie sind ein guter Offizier, das steht fest — welche Änderungen auch immer eintreten mögen.«
»Vielen Dank, Sir.«
Lee wandte sich ab. Charles befand sich in einer derartigen inneren Verwirrung, daß er das Protokoll mißachtete. »Oberst?«
Lee wandte sich neben dem Armeewagen wieder um. »Ja?«
»Welchen Weg werden Sie einschlagen, Sir? Norden oder Süden?«
Lee schüttelte den Kopf. »Ich könnte niemals die Waffen gegen die Vereinigten Staaten erheben. Aber ich weiß nicht, was ich tun würde, wenn ich meinen Heimatstaat Virginia verteidigen muß. Ich hatte gehofft, daß dieser Entscheid mir erspart bliebe und geglaubt, daß es Präsident Buchanan gelingen würde, durch einen Appell an die Vaterlandsliebe die Harmonie wiederherzustellen. Ich glaubte, daß mit dem Einfluß des Christentums die Sklavenfrage gelöst würde, aber auch das traf nicht ein. Ich habe selbst Sklaven besessen und mir die Gewissensfrage gestellt. Die Sklaverei wird langsam verschwinden — und das sollte sie auch. Was die Sezession anbelangt, so ist sie meiner Ansicht nach nichts anderes als eine Revolution. Und doch haben ehrenwerte Männer auf den Säulen der Sezession und der Sklaverei eine neue Regierung errichtet! Ich weiß nicht, was die Zukunft mir oder meinem Land bringen wird!«
Lees Gesicht sah im Regen abgehärmt aus. »Nur eins scheint mir gewiß: Wie der einzelne die Frage, die Sie vorhin gestellt haben, auch

immer für sich selbst beantworten mag, das Ergebnis wird stets dasselbe sein. Die Situation, in die wir uns von den Extremisten haben treiben lassen, wird uns allen das Herz zerreißen. Auf Wiedersehen, Leutnant.«
Er schritt zum Armeewagen, stieg ein und setzte sich neben den Kutscher. Das Gefährt rollte langsam durch den Schlamm und verschwand dann in der düsteren Ferne.
Charles ging zurück, brütete über seine eigene Verwirrung und kam zum Schluß, daß Lee recht hatte. Beide, der Norden wie der Süden, würden schwer leiden, bevor dieses schreckliche Geschäft erledigt war.

Zwei Tage später übergab der alte Davey Twiggs in San Antonio sämtliche Camps der Bundesarmee in Texas an die Milizen des Staates. Die uniontreuen Männer wurden aufgefordert, das Gebiet zu verlassen, und man sicherte ihnen sicheres Geleit zu, obwohl ungewiß war, für wie lange.
Charles traf gerade, eine Stunde, bevor die Truppe das Lager verlassen sollte, in Camp Cooper ein. Hauptmann Carpenter von der Ersten Infanterie führte das Kommando. Einige der Männer waren zu Fuß, andere zu Pferd.
Charles, der von den vielen Stunden im Sattel ganz erschöpft und abgekämpft war, sah zu, wie die Männer der Kompanie K aus Ohio in einer Zweierkolonne davonritten. Unter ihnen befand sich Korporal Tannen, der bei dem Gefecht um die Lantzman-Farm dabeigewesen war. Charles war für seine Beförderung eingetreten. Tannen drehte sich nach den Zurückbleibenden um, lehnte nach links und spie.
»Jeder Mann, der bleibt, ist unwürdig, das Armeeblau zu tragen.« Er sagte es laut genug, damit ihn alle hören konnten.
»Was sagen Sie da, Korporal?« rief Charles.
Tannen erwiderte seinen Blick. »Ich habe gesagt, daß Sie ein gemeiner Verräter sind, wenn Sie bleiben.«
»Offensichtlich bin ich meines Ranges enthoben worden«, sagte Charles, nahm sich die Abzeichen ab, spannte den Hahn seines Revolvers und reichte ihn einem neben ihm stehenden Kavalleristen aus Alabama.
»Damit es keine Schießerei gibt.«

Der Mann grinste, nickte und nahm die Waffe in Empfang. Charles ging auf Tannens Pferd zu.

»Sie haben mir einmal geholfen. Ich war dankbar dafür. Mit Ihrer Bemerkung sind wir nun quitt.«

Tannen blickte auf ihn herab. »Schön. Zur Hölle mit Ihnen.«

Mit einer schnellen Handbewegung packte Charles die Zügel, die Tannen ihm ins Gesicht schlagen wollte, und wand sie um das Handgelenk des Korporals. Das Pferd stieg hoch.

Tannen versuchte, den Säbel zu ziehen, Charles schlug ihn ihm aus der Hand. Dann zerrte er den Mann aus dem Sattel und schlug auf ihn ein, bis seine Nase ein blutiger Klumpen war und er sich nicht mehr regte. Keuchend wandte Charles sich an die andern, die stehengeblieben waren:

»Hebt ihn auf, wenn Ihr ihn mitnehmen wollt. Den nächsten, der mich einen Verräter nennt, bringe ich um.«

Er nahm den Fuß, den er auf Tannens Rücken gestellt hatte, weg und stand, die Hände in die Hüften gestemmt, da, bis man Tannen bäuchlings auf ein Pferd geworfen hatte. Bald darauf waren die Yankees außer Sicht.

Eine Stunde später verfaßte Charles sein Abschiedsgesuch und packte.

Da kein Berufsoffizier der Armee mehr da war, der das Gesuch nach Washington hätte weiterleiten können, nagelte er das Schreiben an die Tür. Wenige Minuten später war er bereits unterwegs in Richtung Golf.

Lee mochte über philosophische Haarspaltereien brüten, seine Zukunft war auf viel einfachere Art entschieden worden. Er war noch nie besonders tiefsinnig gewesen, sondern ein Draufgänger und ein Reitersoldat. Der Süden könnte jemanden wie ihn wohl ebenso gut gebrauchen wie Philosophen.

Er haßte es, das ihm liebgewordene Texas verlassen zu müssen. Die Sklaverei war für ihn eine idiotische, zum Aussterben verurteilte Institution. Aber der Süden rief ihn nach Hause. Er trieb sein Pferd schonungslos an, bis er die Küste erreicht hatte.

Viertes Buch

Der Marsch in die Dunkelheit

Ich sage Euch, da ist ein Feuer. Heute haben sie eine brennende Fackel in den Tempel der verfassungsmäßigen Freiheit geworfen, und, so Gott will, werden wir nie wieder Frieden haben.

Rechtsanwalt James Petigru aus Charleston, während der Sezessionsfeier am 20. Dezember 1860

59

Mit jedem Tag fühlte sich Sumter mehr wie ein Gefängnis an. Billys feuchtkaltes Zimmer aus unverputzten Backsteinen befand sich im Offiziersquartier. Die Trübseligkeit des Raumes wurde noch dadurch gesteigert, daß er die meiste Zeit über dunkel war. Die Garnison hatte fast alle Kerzen und Streichhölzer aufgebraucht, die Mrs. Doubleday im Januar, einen Tag bevor sie und die andern Garnisonsfrauen nach Norden gereist waren, gekauft hatte. Es blieb Billy nur noch ein kleiner Stumpf übrig, den er jeden Tag einige Minuten lang anzündete, wenn er einen weiteren Kalenderstrich in die Wand ritzte. Für den Februar hatte er jetzt bereits einundzwanzig Striche an der Wand.

Brett sah er nicht mehr. Er gehörte nicht zu denjenigen, die alle paar Tage in die Stadt abkommandiert wurden, um dort gepökeltes Schweinefleisch und Gemüse einzukaufen. Diese Art der Verpflegung wurde mit der Einwilligung von Gouverneur Pickens und unter dem Drängen einiger berühmter Persönlichkeiten aus Charleston so gehandhabt.

Andere Persönlichkeiten der Stadt machten keinen Hehl aus ihrer Abneigung gegen eine Versorgung der Garnison mit Nahrungsmitteln und Postsachen. In einem ihrer Briefe schrieb Brett, daß besonders Rhett vom *Mercury* dafür war, daß die Garnison durch Hunger zur Kapitulation gezwungen werde. Billy hegte den Verdacht, daß der Gouverneur das gleiche Ziel verfolge, wenn auch mit andern Mitteln. Pickens hatte es den dreiundvierzig Maurern und Arbeitern nicht gestattet, Fort Sumter zu verlassen. Wahrscheinlich würde somit der Nahrungsmittelbestand schneller zurückgehen und Anderson um so früher um Verhandlungen bitten müssen. Mehrere Offiziere behaupteten, der Gouverneur führe ein Täuschungsmanöver durch und habe überhaupt keine derartigen Rechte. Doubleday vertrat die Ansicht, daß Anderson die Arbeiter in der Nacht an Land bringen lassen könnte, wenn er sie wirklich los sein wolle. Er wagte es natürlich nicht, dies Anderson ins Gesicht zu sagen, und der Kommandant, der sich sehr wohl darüber im klaren war, daß eine Konfrontation gefährlich sein könnte, hütete sich vor jeder unbedachten Handlung. Brett berichtete, daß die Männer, die die Lebensmittel auf dem Markt in Charleston einkauften, mit Gewehren herumspazierten. Jedesmal trottete eine Menschenmenge hinter den Soldaten her, und ab und zu rief jemand Doubledays Namen. Er war der am meisten gehaßte Mann des Forts, ein bekannter Republikaner. Sollte er jemals einen Fuß in die Stadt setzen, so würde er sicher vom Pöbel gelyncht werden, meinte Brett.

Billy beschäftigte sich, so gut er konnte. Als die unter seinem Kommando stehenden Maurer sämtliche Fenster der zweiten Kasemattenreihe zugemauert hatten, wurden sie von Foster für Arbeiten am Haupttor abkommandiert. Das Tor wurde auf der Innenseite verkleinert, und sobald die Arbeiten soweit fertiggestellt waren, gab Anderson Befehl, eine leichte Haubitze vor dem Tor aufzustellen.
Alle Insassen des Forts waren einer Art Stumpfsinn verfallen. Man arbeitete viel und lange, und die Anspannung machte alle noch müder, als sie es sonst geworden wären. Hauptmann Seymour und Hauptmann Doubleday hatten ein besonders schweres Los: Sie fungierten abwechslungsweise jeden zweiten Tag als Offiziere vom Dienst und durchwachten jede zweite Nacht.
Der Ernst der Lage bewirkte, daß die Offiziere offener wurden und sich weniger starr ans Protokoll hielten. Der Beweis dafür wurde eines schönen Nachmittags erbracht, als Billy und Doubleday von der Brustwehr aus beobachteten, wie ein Schoner am Kai auf Morris Island festmachte. Er war mit Eisenschienenstahl beladen, der für den Bau eines Artilleriestandplatzes in weniger als zwölfhundert Meter Entfernung bei Cummings Point errichtet werden sollte.
»Schauen Sie sich das an!« rief Doubleday. »Wir erlauben es, daß sie in aller Gemütlichkeit ihre Kanonen und ihre Munition aufstellen.«
Es stimmte. Von dem nun schwer mit Baumwollballen und Sandsäcken befestigten Fort Moultire aus bis zu Dummings Point waren überall Kanonen aufgestellt, die eine schwere Bedrohung für das Fort im Hafen darstellten. Die Artillerieeinheiten des Staates South Carolina führten regelmäßig Übungen durch. Eben jetzt konnte Billy

Männer sehen, die geschäftig um die Kanonen herumflitzten, während die Palmettoflagge im Wind flatterte.
Wie die meisten Garnisonsmitglieder, war auch Billy der Meinung, daß Major Anderson ein anständiger, gewissenhafter, wenn auch alter und eher gottesfürchtiger Mann war. Er fühlte sich dazu veranlaßt, auf die unausgesprochene Kritik zu reagieren.
»Wenn der Major versuchte, der Sache Einhalt zu gebieten, könnte er damit dieses ganze Land in einen blutigen Krieg führen. Ich möchte diese Verantwortung nicht haben, Sir.«
»Ich auch nicht«, gab Doubleday heftig zurück. »Glauben Sie mir, es ist mir klar, in welchem Dilemma er sich befinden muß, aber das ändert nichts an der Tatsache, daß die Verzögerungstaktik unsere Lage nur noch verschärfen kann.«
»Glauben Sie, daß eine Friedenskonferenz helfen wird?« fragte Billy. Virginia hatte zu einer solchen Konferenz aufgerufen, und der frühere Präsident Tyler hatte sie im Willard's Hotel in Washington einberufen. Doch einige bedeutende Staaten wie Michigan und Kalifornien hatten keine Delegierten entsandt.
Doubleday beantwortete die Frage ohne zu zögern mit einem Nein. »Meiner Meinung nach können wir nicht beides, die Union und die Sklaverei retten.« Er hieb mit der Faust auf die Brustwehr. »Ich wünschte, der Major könnte seine Befehle für eine Stunde vergessen und es uns gestatten, die Batterien dort drüben zu vernichten. Wenn wir das nicht tun, werden wir demnächst von einem Feuerring umgeben sein.«
Ein Feuerring. Ein guter Ausdruck, dachte Billy, als er zusah, wie der Schoner entladen wurde. Aus allen Richtungen, außer vom Meer her, waren Kanonen aus South Carolina auf Fort Sumter gerichtet. War es nicht unvermeidlich, daß jemand früher oder später — auf Befehl oder aus Versehen — ein solches Ding losfeuerte und damit einen Krieg auslöste?

Bretts nächster Brief bestätigte die bevorstehende Gefahr. In Charleston ging das Kriegsfieber um. Doubleday und noch andere der Garnison vermuteten, daß Präsident Davis aus diesem Grund so sehr darauf bestand, die Artillerieeinheiten von Charleston im Namen der Regierung einzuziehen. Davis sandte auch offizielle Unterhändler der

Konföderation nach Washington, um eine sofortige Übergabe des umstrittenen Eigentums zu fordern.
Einige Tage später bekam Billy von Anderson selbst eine weitere überraschende Nachricht zu hören. »Davis schickt seinen eigenen Offizier, um das Kommando über die Batterien zu übernehmen.« Der Major seufzte. »Beauregard.«
Sie standen neben der Geschützbank. Die Hälfte der achtundvierzig brauchbaren Geschütze von Fort Sumter waren im Freien aufgestellt, die andere Hälfte befand sich in den Kasematten. Etwa in fünfzig Meter Entfernung vom Fort fuhr die *Nina* vorbei, eines der zwei Wachschiffe, die dauernd im Hafen patrouillierten. Die Scharfschützen im Heck erkannten Anderson und feuerten Salutschüsse ab. Der großgewachsene Mann mit den tiefliegenden Augen blieb reglos dastehen.
»Hauptmann Beauregard aus Louisiana?« fragte Billy.
»Jetzt Brigadegeneral Beauregard der Konföderierten Staaten von Amerika. Als ich in den Jahren '36 und '37 an der Akademie Artillerie lehrte, war er einer meiner besten Schüler. Er war so gut, daß ich ihn nach seinem Schulabschluß zu meinem Assistenten machte.« Der Major schweifte mit seinem Blick über die Batterie bei Cummings Point. »Ich nehme an, daß das Geschütz demnächst fachkundiger aufgestellt sein wird.«
Anderson wandte sich plötzlich seinem Untergebenen zu. In dem über die Dächer und Kirchtürme von Charleston fallenden Sonnenlicht sah sein Gesicht noch verhärmter aus. »Aber eigentlich wollte ich mich nach Ihrer jungen Dame erkundigen, Leutnant. Ist sie immer noch in der Stadt?«
»Ja, Sir, ich bekomme fast jeden Tag einen Brief.«
»Wollen Sie beide immer noch heiraten?«
»Sehr gern, Sir, aber das scheint unter den gegenwärtigen Umständen kaum möglich.«
»Sagen Sie das nicht! Sie wissen ja, daß Hauptmann Foster eigentlich dagegen ist, daß Ihr Herren von den Pioniertruppen Frontdienst macht; wenn Sie also mit Ihrer Arbeit zu Ende sind, werde ich an Ihre Situation denken.«
Billys Hoffnung flammte wieder auf, doch gleichzeitig stieg ein anderes Gefühl in ihm hoch. »Sehr liebenswürdig von Ihnen, Sir, aber ich

möchte nicht weggehen, wenn es tatsächlich zu Feindseligkeiten kommt.«

»Es wird keine Feindseligkeiten geben«, flüsterte Anderson. »Auf jeden Fall werden sie nicht von uns ausgehen. Können Sie sich die katastrophalen Folgen vorstellen, wenn Amerikaner auf Amerikaner das Feuer eröffnen würden? Ich werde alles tun, was in meiner Macht steht, damit es nicht zu einem solchen Zusammenstoß kommt, und ich schäme mich nicht, Ihnen zu sagen, daß ich jeden Abend auf den Knien zu Gott bete, damit ich dieses Versprechen auch halten kann.«

Der Gegensatz zu Doubledays schwelender Kampflust war offensichtlich. Billy betrachtete die untergehende Abendsonne und lenkte seine Gedanken auf die Hoffnung, der Anderson mit seinen Worten Ausdruck verliehen hatte. Aber er wagte es kaum, darüber nachzudenken, weil die Möglichkeit einer Enttäuschung zu groß war.

Langsam schweifte sein Blick über den Hafen mit dem Geschütz. Ein Feuerring, der absichtlich oder versehentlich entzündet werden konnte. Als die Sonne untergegangen war, hatte sein Pessimismus wieder die Oberhand gewonnen.

An jenem Abend verließ Orry ein Flußboot und betrat den Kai von Mont Royal. Zwanzig Minuten später gesellte er sich in der Bibliothek zu Charles.

»Wie stehen die Dinge in Charleston?« erkundigte sich der junge Mann und schenkte zwei Gläser Whiskey ein.

»Schlecht. Die Geschäfte gehen schlecht. Die Kaufleute fangen an, sich zu beklagen.«

»Ziehen die Menschen fort?«

»Im Gegenteil. So viele Touristen hat die Stadt schon lange nicht mehr gesehen. Aber sie geben nur das Nötigste aus. Dasselbe gilt für die Einwohner.«

»Nun, das überrascht mich nicht. Wer will schon Geld zum Fenster hinausschmeißen, wenn der Bürgerkrieg jede Minute ausbrechen und das Brot in zwei Wochen schon zwanzig Dollar kosten kann?«

Mit einem Lächeln, das eher einer Grimasse glich, sank Charles in seinen Sessel zurück und schwang ein Bein über die Lehne. Zwei Tage hatte er sich gefreut, wieder zu Hause zu sein, aber jetzt verebbte

das Gefühl. Er hatte sich mit Orry eingehend über Elkanah Bent unterhalten, und obwohl Charles kaum etwas Neues erfahren hatte, deprimierte ihn die Tiefe von Bents Haß erneut. Es war nur zu hoffen, daß dieser Haß von selbst ausbrannte, falls es Krieg gab. Charles war ohnehin sicher, daß sich ihre Wege nie wieder kreuzen würden.
Doch nicht nur Bent war für sein Unbehagen verantwortlich. Er vermißte den Westen und fühlte sich zu seiner eigenen Überraschung in seinem Heimatstaat nicht mehr ganz zu Hause. Er wagte es nicht zuzugeben, daß es nur ein einziges Mittel gegen dieses Mißbehagen gab: Kämpfen.
»Die Nachrichten werden immer schlimmer«, bemerkte Orry, nachdem er einen Schluck aus seinem Glas genommen hatte. »Es gibt einige Reaktionen auf die neue Regierung. Davis hat bei der Regierungsbildung South Carolina offensichtlich vergessen.«
Charles verdaute die Mitteilung und wechselte dann das Thema: »Wie geht es denn in der Tradd Street?«
»Cooper tut den Umständen entsprechend sein Möglichstes: das Schiff kann er ja jetzt endgültig abschreiben, und ein Teil seiner Werftanlagen wird als Geschützstandort benützt.«
»Ich nehme an, er hatte die Wahl, ja zu sagen oder sich die Werft vom Pöbel niederbrennen zu lassen. Judith und Brett kümmern sich zwar um ihn, aber er ist ziemlich verzweifelt. Seine schlimmsten Ängste sind Wirklichkeit geworden.«
»Hast du Ashton getroffen?«
»Nein. Man sagte mir, daß James mit Gouverneur Pickens befreundet ist, und obwohl man in Montgomery South Carolina übergeht, soll er sich dort schwer um eine Stellung bemühen. Ah ja, noch etwas — aus verläßlicher Quelle weiß ich, daß all diese Kriegsvorbereitungen den Staat in den Bankrott geführt haben.«
»Und was ist mit diesem Darlehen von siebenhunderttausend Dollar, das sie vergeben möchten?«
»Niemand ist daran interessiert.«
»Na ja, vielleicht kehrt alles irgendwie wieder zur Normalität zurück? Vielleicht kann die Frage des Forts auf friedliche Weise gelöst werden.«
»Präsident Davis hat gesagt, daß er das Fort entweder über den Weg von Verhandlungen oder mit Gewalt nehmen wird. In zwei Wochen

wird Präsident Lincoln sein neues Amt antreten — vielleicht erfahren wir dann mehr.«
Die beiden früheren Soldaten starrten einander in der düsteren Bibliothek an; keiner zweifelte an den Absichten der führenden Politiker des Staats.

Etwa achtundvierzig Stunden später stand Huntoon an der Reling des Spähschiffs *Nina.* In der einen Hand hielt er einen Teller mit Hühnchensalat, in der andern ein Glas Tokaier.
Etwa dreißig Herren hatten sich an Bord begeben, um das Fort bei Sonnenuntergang zu inspizieren. Am Heck des Schiffes waren unter einem gestreiften Sonnensegel kalte Speisen aufgestellt worden, die von einem ausgesuchten Damenausschuß vorbereitet worden waren. Ashton war es gelungen, unter den Damen zu sein. Etwa ein halbes Dutzend Sklaven aus ebensovielen Häusern waren damit beauftragt worden, sich um das Essen zu kümmern.
Von Nordosten her wehte ein kräftiger Wind und versprach eine kühle Februarnacht. Während Huntoon hörbar kaute, wendete die *Nina* im Hauptkanal und steuerte auf die Stadt los.
»Wissen Sie, Gouverneur«, sagte Huntoon zu dem neben ihm stehenden Mann, »die Tatsache, daß es bis jetzt noch nicht zu einer entscheidenden Aktion gekommen ist, ist für viele Bürger höchst irritierend.«
»Ich kann nichts tun«, gab Pickens zurück. »Bald wird General Beauregard hier sein und Präsident Davis hat mich in unmißverständlicher Weise wissen lassen, daß er während der Interimszeit der Verantwortliche ist und nicht ich.«
»Hmmm.« Huntoon nippte an seinem Wein. »Ich hatte geglaubt, daß der Palmettostaat abgefallen ist, um seine souveränen Rechte zu wahren. Haben wir diese Rechte nun bereits an eine neue Zentralregierung übergeben?«
Pickens blickte verstohlen über die Schulter, ob keine unerwünschten Zuhörer da seien. »Ich würde nicht so laut reden — oder nicht so kritisch. Zumindest nicht, wenn Sie immer noch auf einen Posten in Montgomery hoffen.«
»Ja, das tue ich. Es scheint mir, daß dort Männer mit Charakter und Mut vonnöten wären. Wir müssen die Dinge vorantreiben.«

»James, Sie sind zu voreilig«, wollte der Gouverneur fortfahren, aber der jüngere Mann unterbrach ihn unverzüglich.
»Unsinn, Sir. Wenn wir nicht handeln, dann werden uns die andern zuvorkommen. Gestern habe ich gehört, wie man ernsthaft von einer neuen Sezessionsbewegung sprach. Einige einflußreiche Pflanzer in diesem Staat wollen sich von der Regierung Davis distanzieren und Großbritannien darum ersuchen, aus South Carolina ein Protektorat zu machen.«
»Absurd!« rief Pickens, aber seine Stimme klang leicht nervös. Und mit gutem Grund. Vor kurzem hatte sein sezessionistischer Freund und Kollege, Bob Rhett, Gerüchte gehört, wonach Stephen Douglas sich immer noch um einen Wiedereingliederungsplan bemühe, um die Union zu retten. Der Gouverneur war nicht an wahnwitzigen Ideen einer britischen Kolonie interessiert, aber eine Versöhnung lockte ihn ebensowenig.
»Wir müssen noch eine Weile Zurückhaltung üben. Davis' Unterhändler werden eine Schlappe in Washington einstecken müssen. Bis dann wird Beauregard seinen Posten bekleiden, und wir werden unsern Krieg haben.«
»Das hoffe ich sehr«, murmelte Huntoon.
Da bemerkte er plötzlich einen Offizier auf dem Wallgang von Fort Sumter. Es war Billy Hazard. Huntoon erhob sein Weinglas, um ihn zu grüßen.
Der Yankee nickte nachlässig. Huntoon war beleidigt. Wir werden unsern Krieg haben, und du wirst zu den ersten Opfern zählen, dachte er, als das Schiff auf die Landungsbrücke lostuckerte.

60

Die Hand, die auf Bretts Arm lag, tat weh. Die Stimme verriet den typischen Akzent des ländlichen South Carolina.
»Aber, aber, Verehrteste, alles was ich wissen wollte, war —«
»Fragen Sie jemand anderen.« Sie versuchte, sich zu befreien, und stieß ihm die Schuhspitze gegen das Schienbein.
Er fluchte und beschimpfte sie. Sein whiskeygeschwängerter Atem

stieg ihr in die Nase, als sie sich endlich aus seinem Griff befreite und durch die Meeting Street flüchtete. Der Mann, ein stämmiger junger Kerl mit schmutzigen Kleidern und einem breitkrempigen Filzhut, latschte hinter ihr her.
Sie bekam es mit der Angst zu tun und rannte in die Februardämmerung hinein, bis sie schließlich die Tradd Street erreichte. Ihr Verfolger schrie irgend etwas über die Huren von Charleston, aber er kam nicht weiter als bis zur Ecke.
Jetzt erst wagte sie, sich umzublicken. Der Mann ging über die Meeting Street, ein Schatten unter anderen. Sie zitterte.
In Charleston wimmelte es von Besuchern, die aus allen Teilen des Südens kamen, um ihre Sensationslust zu befriedigen. Die meisten gaben wenig Geld aus, und viele gehörten zum Pöbel, wie der junge Mann, vor dem sie eben die Flucht ergriffen hatte. Er hatte sie angesprochen, als sie vom Markt kam, wo sie dem Einkäufer von Fort Sumter etwas Käse, Brot, Kerzen und Streichhölzer gebracht hatte. Auch dort hatte sie sich einer beträchtlichen Gefahr ausgesetzt. Sie konnte die giftigen Blicke und die üblen Worte, mit denen man sie bedacht hatte, immer noch spüren und hören, als sie dem Korporal den Korb ausgehändigt hatte. *Verräterin* war der mildeste Ausdruck, den man ihr an den Kopf geworfen hatte.
»Mr. Rhett und seine Kollegen beklagen sich doch immer über den Pöbel im Norden«, sagte sie zu Judith, als sie sich wieder zu Hause in Sicherheit befand. »Ich würde meinen, daß wir hier in Charleston unseren eigenen Pöbel haben.«
»Ja, die Spannungen scheinen mit jedem Tag zuzunehmen«, pflichtete ihr Judith bei. Sie ergriff das kräftige Handgelenk ihres Sohns. »Judah, hör auf, damit herumzuspielen.«
Doch der Knabe pflatschte weiterhin mit seinem Löffel im Austerngericht herum. Auf der andern Seite des Tisches rutschte Marie-Louise unruhig auf ihrem Stuhl hin und her. »Mama, wird Papa heute abend wieder fortgehen?«
»Ja, er hat in letzter Zeit sehr viel zu tun.«
Die Blicke von Judith und Brett trafen sich kurz; beide verstanden die eben ausgesprochene Lüge. Es waren nicht geschäftliche Gründe, die Cooper dazu zwangen, in der Dunkelheit auf der James Island auszuharren. Schon seit Wochen waren die Bauarbeiten an der *Star*

of Carolina eingestellt worden, und doch kehrte er Tag für Tag zur Werft zurück und blieb dort bis nach Mitternacht oder noch länger. Erschöpft und hohlwangig, benahm er sich wie ein gespenstischer Passagier, der nach einem Eisenbahnunglück immer wieder in den Trümmern herumwühlt, als ob er dort eine Erklärung finden könne. Brett machte sich ebenso viele Sorgen um ihren älteren Bruder wie um Billy.

»Oh, du mußt dir unbedingt den *New York Herald* ansehen, den Cooper vorgestern mitgebracht hat«, sagte Judith. »Er berichtet über ein neues Stück, das in New York aufgeführt wird — über Fort Sumter. Sogar der Name des Schauspielers wird genannt, der die Rolle von Leutnant William Hazard spielt.«

»Du meinst, daß die Rollen nach den wirklichen Leuten benannt sind?«

»In der Tat. Anderson, Doubleday — sie sind alle dabei.«

»Ist das nun Kunst oder Geldgier?«

»Ich nehme an, eher das letztere«, erwiderte Judith.

Brett seufzte. Wie grotesk die Stadt und die Nation sich doch in nur wenigen Wochen verändert hatten! Schritt für Schritt waren die Amerikaner in eine Art vornehmen Wahnsinn hineingedriftet; alles war von nun an möglich. Doch am schlimmsten war, daß der junge Mann, den sie liebte, durch diesen Wahnsinn gefährdet war. Überall war man sich darüber einig, daß es schon bald nach Lincolns Präsidentschaftsantritt zum Krieg kommen würde. Beauregard würde den Batterien den Feuerbefehl erteilen, und die achtzig Mann auf Fort Sumter würden im Kanonenfeuer oder durch die Bajonetts und Musketen umkommen.

Brett hatte Alpträume deswegen; sie träumte davon, wie sie an Billys Beerdigung teilnahm. Sie hatte solche Angst vor diesen fürchterlichen Träumen, daß sie in letzter Zeit kaum noch schlafen konnte. Seit ihrem Auszug aus Mont Royal hatte sie beinahe sechs Kilo abgenommen; um ihre Augen zeichneten sich große, dunkle Ringe ab.

Sie nahm eine Schere, um den Artikel aus der Zeitung herauszuschneiden, als sie von einem zweimaligen Dröhnen aufgeschreckt wurde.

Mörser, dachte sie. Die Batterie von Mount Pleasant. Sie hatte sich bereits so daran gewöhnt, daß sie genau wußte, woher die Übungs-

feuer kamen. Die meisten Einwohner von Charleston hatten in letzter Zeit dieses neue Talent entwickelt.
Als das Dröhnen in der Ferne verebbte, stieß sie einen leisen Schrei aus und bemerkte, daß sie die Schere fallen gelassen hatte. Ihre Handfläche war dabei verletzt worden, und sie hatte es nicht einmal gespürt. Blut trat aus und rann über ihr Handgelenk.
Das Blut, das Artilleriefeuer, die Erinnerung an den Betrunkenen, der sie verfolgt hatte, und die Schimpfworte, mit denen man sie auf dem Markt bedacht hatte, hatten ihr seelisches Gleichgewicht zerstört. »Billy«, flüsterte sie. Tränen strömten ihr über das Gesicht. »Billy.«
Sie preßte die blutende Hand auf den Mund und versuchte ihre Angst zu meistern.

»Du meinst, ihr verdammter Präsident mußte bei Nacht und Nebel nach Washington schleichen?«
»Ja, Sir. Er trug alte, abgetragene Kleider, genau wie sein Geheimpolizist Pinkerton. Sie sind mitten in der Nacht mit einem Schlafwagen eingetroffen. Wie Verbrecher!«
»Weshalb hat Lincoln nicht den normalen Zug benutzt?«
»Man sagt, daß er Angst hatte, ermordet zu werden. Wenn ich in der Nähe gewesen wäre, hätte ich das gleich besorgt — oh, guten Abend, Mr. Main.«
»'n Abend, die Herren.«
Cooper nickte den Herren angewidert zu. Es handelte sich um zwei Korporale der Artillerie von South Carolina, die unter dem Kommando von Major Evans auf James Island stand.
Cooper hatte das schadenfrohe Gespräch mitanhören können, als er von der Rückseite des Schuppens her kam, den die staatlichen Behörden auf seiner Werft aufgestellt hatten. Im Schuppen stand ein besonderer Ofen, mit dem während einer Bombardierung Brandgeschosse vorgewärmt werden sollten.
Tölpel, dachte Cooper, als er an den Männern und dem Schuppen vorbeistapfte. Die feuchte Nachtluft reizte ihn zum Husten. Auf Fort Sumter glühte ein blaues Signallicht. Wenn er dorthin blickte, dann war er wenigstens nicht gezwungen, das Kielschwein des unfertigen Schiffes ansehen zu müssen. Es kam ihm wie eine hämische Karika-

tur all seiner Träume vor, die er für den Süden gehegt hatte. Na ja, Brunel war es schließlich auch nicht anders ergangen. Der kleine Ingenieur hatte seine Träume ja auch begraben müssen.
Cooper bemerkte Lichter bei einer Mörserbatterie weiter unten am Strand. Er beschloß, nicht in dieser Richtung weiterzugehen. Er kauerte sich nieder, ließ Sand durch seine Finger rieseln und starrte in den Nebel über dem Meer.
Er stand vor einer Entscheidung. Mallory, der Marineminister, hatte aus Montgomery telegraphisch den Besuch von zwei Mitgliedern des Marineausschusses bei Cooper angekündigt. Die beiden würden am Vormittag eintreffen. Cooper wußte, was sie von ihm wollten.
Sein Lagerhaus. Seine Werft. Seine Schiffe.
Er fand, daß die neue Regierung irregeleitet war, in einem tragischen Irrtum befangen.
Weshalb zermarterte er sich dann auch noch eine Sekunde lang das Hirn und fragte sich, welche Antwort er den Besuchern geben wollte?
Er kannte die Antwort.
Er rang mit sich selbst, weil die Loyalität seinem Staat gegenüber ihm keine Ruhe ließ und hartnäckig wie eine Ozeanwelle immer wieder an ihm zerrte. Er haßte seinen Zwiespalt, war jedoch machtlos, etwas dagegen zu tun.
Er stand auf und kehrte zum Schuppen zurück. Sein Magen knurrte, und er erinnerte sich daran, daß er seit dem Frühstück nichts mehr gegessen hatte. Aber er hatte keine Lust mehr auf Essen, er war überhaupt an nichts mehr interessiert und quälte sich nur noch mit der bevorstehenden Entscheidung herum. Was sollte er tun?
Nein, das war nicht die richtige Frage. Jeder einigermaßen vernünftige Mann sollte den Süden verlassen, solange es noch Zeit dafür war. Er mußte die Frage anders formulieren. Was *würde* er tun?
Bis morgen früh mußte er sich entschieden haben.

»Rex, worüber habt ihr eben geflüstert?« Ashton war gerade an der Speisekammer vorbeigegangen und hatte gehört, wie der Sklave und der ältere Hausbedienstete sich aufgeregt miteinander unterhalten hatten.
Der Junge trat einige Schritte vor seiner Herrin zurück. »Hab' nichts geflüstert, Miz' Huntoon.«

»Verdammter Niggerbalg, ich habe dich gehört. Ich habe ganz genau das Wort *Linkum* verstanden.«

Rex schluckte. »Linkum? Nein, Ma'am, ich schwöre, daß ich nie und nimmer —«

Homer hatte seine dunkle Hand auf seinen Arm gelegt, und er hielt mitten im Satz inne. Homer, in seinen Vierzigern und von der jahrelangen Plackerei ganz gebeugt, blickte dem jüngeren Mann resigniert in die Augen. »Lügen helfen nicht. Im Gegenteil, es wird uns noch schlechter gehen. Schlucken wir lieber die bittere Pille.«

Er wandte sich Ashton zu und zeigte sich willens, die Wahrheit zu sagen, aber Rex blieb störrisch.

»Nein, Homer, ich will nicht —«

Homer packte ihn so hart am Handgelenk, daß der Jüngere aufschrie. Ashton keuchte laut und schwer, als sie sagte: »Laßt eure Hosen runter. Beide!«

Ihr Knüppel lag am üblichen Ort in der Küche. Der Koch und die beiden Hausmädchen tauschten besorgte Blicke aus, als ihre Herrin in die Küche stürmte, den Knüppel ergriff und wieder hinauseilte.

Ashton fühlte sich gezwungen, jede Faszination für Lincoln im Keim zu ersticken, bevor sie allzu gefährliche Ausmaße annehmen würde. Überall in Charleston und überall im ganzen Staat begannen sich die Sklaven zu rühren und flüsterten immer wieder dieses eine Wort — *Linkum*. Diejenigen, die lesen konnten, wußten, daß er der neue Präsident des Nordens war. Die meisten jedoch wußten kaum etwas über ihn, außer daß er ein Republikaner war. Da ihre Herren die Republikaner so abgrundtief haßten, konnte Linkum nur ein Freund der Schwarzen sein.

Homer und Rex hatten in der Speisekammer ihre Hosen heruntergelassen und sich mit dem Gesicht zur Wand gestellt. Ashton befahl ihnen, die zerrissenen Unterhosen ebenfalls fallen zu lassen. Sie zögerten zwar, aber dann gehorchten sie. Als Ashton die schlanken, muskulösen Lenden erblickte, durchfuhr sie ein leises Zittern.

»Fünf pro Nase«, sagte sie. »Und wenn ich jemals einen von euch wieder den Namen dieses Schuftes aussprechen höre, gibt es zehn oder mehr Schläge. Wer wird zuerst bestraft?«

Homer sagte mit ruhiger Stimme: »Ich, Ma'am.«

Ashtons Brüste spannten sich unter ihrem Kleid. Sie atmete heftig.

Sie sah, wie Rex rasch einen verstohlenen, ängstlichen Blick über die Schulter warf. »Nein, nicht du«, murmelte sie und schwang den Knüppel.
Der Schlag fiel laut wie ein Gewehrschuß. Rex hatte sich nicht fest genug gegen die Wand gestemmt und flog mit dem Kinn dagegen. Er brüllte und blickte nochmals zurück; ein wilder, rachsüchtiger, beinahe mörderischer Blick.
»Blick auf die Wand, Nigger«, sagte Ashton und schlug mit ihrer ganzen Kraft zu.
Homer ballte seine rechte Hand zur Faust, lehnte den Kopf vor und schloß die Augen.

Hinterher fühlte sich Ashton, als ob sie durch einen Sturm hindurchgegangen wäre und nun Windstille eingesetzt hätte. Sie zog sich auf ihr Zimmer zurück und döste genießerisch in einem Sessel vor sich hin. Ihre Glieder waren von einer lasziven Schwere.
Sie wiederholte die Bestrafungsszene in ihrer Phantasie. Erst stellte sie sich noch einmal alles ganz genau vor und genoß die Empfindungen, die sich dabei einstellten. Dann veränderte sie die Szene: Es war nicht mehr ein schwarzer Junge oder ein schwarzer Mann, den sie auspeitschte, sondern der sich windende und um Gnade bettelnde Billy Hazard.
Forbes LaMotte und sie waren beide zur Untätigkeit verurteilt, weil Billy in Fort Sumter festsaß und nie in die Stadt kommen durfte. Doch das würde sich vielleicht ändern, sobald General Beauregard die Zügel in die Hand nahm. Es wurde ihr jetzt klar, daß der frühere Versuch, Billy zu verprügeln und zu verletzen, idiotisch gewesen war. Natürlich hätte sie es vorgezogen, Billy selbst zu vernichten, aber sie und Forbes LaMotte würden es zufrieden sein, wenn er im Fort umkäme.
Ohne daß sie es merkte, glitten ihre Hände abwärts zur Taille. Schweißperlen glänzten auf der Oberlippe und Stirn. Sie schloß die Augen und sah ein neues Phantasiebild: Billy, umgeben von Feuer und berstenden Steinen. Die Artillerie South Carolinas verwandelte Fort Sumter in Schutt und Asche. Langsam verblaßte sein Bild. Keuchend befriedigte sie sich selbst.
Laß es geschehen, dachte sie. O Gott, laß es bald geschehen.

Sie stöhnte leise. Die ruckartige Bewegung ihres Körpers verschob den Sessel um einige Zentimeter.

Der Mann aus Georgia taumelte. Forbes LaMotte trat zur Seite, damit sein Opfer an ihm vorbeifallen konnte. Der Mann schlug mit dem Gesicht auf dem Kies der Allee auf. Donnergrollen kam aus dem dunklen Gewölk des Märzhimmels.

Forbes bewegte seine rechte Hand, die verletzt war, und zupfte sich dann die Krawatte wieder zurecht. Hinter ihm stand ein schlanker, bleicher, elegant gekleideter junger Mann. Er hatte Forbes den größten Teil des Kampfs überlassen.

Der Mann aus Georgia stützte sich auf die Ellbogen und versuchte aufzustehen. Forbes hatte ihm drei Zähne ausgeschlagen, Lippen und Kinn waren von Blut und Speichel bedeckt. Langsam näherte Forbes seine Schuhsohle dem Kopf des Mannes und stieß zu. Das Gesicht des Mannes wurde erneut in den Kies gedrückt.

Forbes suchte in der Innentasche seines Mantels nach einem silbernen Flachmann. Er schüttelte die Flasche. Halb voll. Er entkorkte sie, lehnte den Kopf zurück und kippte den Rest in sich hinein. Er steckte die Flasche sorgfältig in eine Seitentasche und lächelte dem vierten Mann in der Allee zu — einem weiteren, elegant gekleideten Mann aus Georgia, der ängstlich an einer Schuppenwand lehnte. Der Mann hatte zugeschaut, wie Forbes seinen Freund zur Bewußtlosigkeit geschlagen hatte.

»Nun, Sir«, sagte Forbes mit schwerer Zunge. »Sollen wir das Gespräch, das diese disziplinarische Maßnahme leider erforderlich machte, wieder aufnehmen? Mal sehen. Als Mr. Smith und ich Ihnen beiden auf der Battery begegnet sind, haben Sie die Einwohner von Charleston lauthals kritisiert. Sie sagten, daß wir es uns anmaßen würden, das Sprachrohr des ganzen Südens zu sein.«

Der schlanke junge Mann, Preston Smith, trat vor. »'Hochmütig anmaßten', das waren die genauen Worte.«

Forbes blinzelte. »Ich erinnere mich.«

Preston Smith warf dem entsetzten Mann aus Georgia einen bösartigen Blick zu. Preston liebte Schlägereien, besonders wenn er zusehen durfte. Er hoffte, daß dieser Streit noch nicht zu Ende sei.

»Er sagte ebenfalls, daß wir uns so benehmen würden, als ob die Tat-

sache, daß man in South Carolina geboren wurde, einem ein Ehrenrecht verliehe.«
»Ein Ehrenrecht«, wiederholte Forbes mit einem umnebelten Blick. »Das war die Bemerkung, die mich am meisten geärgert hat.« Er gab dem am Boden liegenden Mann einen Stoß mit der Stiefelspitze. »Ich würde sagen, daß etwas Wahres daran ist. Ihr beide habt heute eure Meister gefunden.«
Preston kicherte. »Ich bin nicht sicher, ob er dir das abnimmt, alter Freund.«
Forbes stieß einen übertriebenen Seufzer aus. »Nun, das glaube ich auch nicht. Ich befürchte, wir müssen ihm ebenfalls eine Lehre erteilen.«
Er stieg über den bewußtlosen Mann hinweg und ging auf den andern los, der am liebsten durch die Schuppenwand verschwunden wäre, wenn das möglich gewesen wäre. Er blickte nach rechts, dann nach links, und gerade als Forbes die Faust erhoben hatte, machte er sich aus dem Staub.
Beim Anblick des um sein Leben Rennenden prustete Preston los. »Am besten rennst du ohne Unterbrechung bis nach Savannah, du dummer Frosch.«
Der Flüchtende warf einen Blick zurück und verschwand dann. Forbes mußte so laut lachen, daß ihm die Tränen in die Augen traten. Preston wischte sich mit peinlicher Genauigkeit den Staub von den Knien und Ärmeln. »Verflucht, ich hasse all diese Touristen!« Forbes setzte seinen Hut wieder auf, und die beiden Freunde gingen in der entgegengesetzten Richtung durch die Allee. »Sie glauben wohl alle, sie können hierherkommen und sagen, was ihnen gerade beliebt.«
»Wir haben die Pflicht, ihnen eine Lehre zu erteilen. Aber das gibt Durst. Nimmst du auch noch einen mit mir?«
»Aber Forbes, es ist ja erst zwei Uhr nachmittags!«
»Was zum Teufel willst du damit sagen?«
Preston verzichtete auf eine Antwort. Wie hätte er seinem Freund mitteilen sollen, daß er zuviel trank? In letzter Zeit tat Forbes nichts anderes, als die Unabhängigkeit von South Carolina in den verschiedenen Bars zu feiern. Das Trinken war seinem Temperament nicht gerade bekömmlich. Fand er nicht gerade ein Opfer, so wandte er

sich gegen seine eigenen Freunde. Preston erkannte die Warnsignale und erfand schnellstens eine Entschuldigung.
»Nun, ich wollte bloß sagen, daß ich dir zwar gerne Gesellschaft leisten würde, aber ich kann nicht — ich muß um zwei bei Doll Fancher's sein. Komm, ich bring' dich zu deiner Kutsche, und dann muß ich weiter.«
»Brauch' die Kutsche nicht«, gab Forbes heftig zurück. »Alles, was ich will, ist etwas zu trinken.«
Die beiden gingen schweigend nebeneinander her. Über ihnen zogen sich die Regenwolken bedrohlich zusammen. Als Preston aus Versehen stolperte und gegen seinen Freund prallte, stieß Forbes ihn heftig beiseite.
Sie lenkten ihre Schritte von der Allee zur Gibbes Street und dann zur Battery, wo sie auf eine Gruppe von älteren Männern stießen, die mit nicht weniger alten Musketen Schießübungen machten.
Seit einigen Wochen befand sich die Reserve in Charleston. Es handelte sich um eine nicht offizielle Polizeitruppe, die die Sklaven einschüchtern und gefügig halten sollte, falls plötzlich alle jungen und kräftigen Männer zum Wehrdienst einberufen würden. Preston grüßte einen der Gardisten, einen graubärtigen Verwandten, Onkel Nab Smith.
Forbes spürte die ersten Regentropfen auf seiner Stirn. Der Rumpf von Fort Sumter ragte dunkel im nebligen Hafen empor.
Forbes' Kutsche und Fahrer warteten beim Seedamm. Preston half seinem Freund, der beim Einsteigen etliche Mühe hatte. Als er sich endlich ins weinrote Plüschpolster zurücklehnte, rief er Preston zu: »Steig ein! Ich nehm' dich bis zu Doll Fancher's mit.«
»Nein, danke, es lohnt sich nicht. Bis dein Kutscher die Karre gewendet hat, bin ich längst dort.«
Forbes' Lächeln verzerrte sich zu einer Grimasse. »Verdammt noch mal, Preston, ich habe dir gesagt, steig ein und —«
»Wir treffen uns in ein oder zwei Tagen«, unterbrach ihn Preston schnell, denn jetzt war nicht die Zeit für lange Dialoge. Forbes hatte in einer solchen Stimmung einmal einem Seemann das Rückgrat gebrochen. Obwohl Preston damals in der Hafenbar den Streit mit sarkastischen Bemerkungen angefeuert hatte, war er von der Gewalttätigkeit seines Freundes entsetzt gewesen.

Preston ging rasch von dannen. Forbes lehnte sich in die Kissen zurück. Der Regen wurde heftiger. Er versuchte sich mit großer Anstrengung daran zu erinnern, welcher Tag heute war. Ach ja, der dritte März. Morgen würde dieser verdammte Idiot in Washington sein neues Amt antreten.

»Wohin soll's denn gehen, Mist' LaMotte?« fragte der Kutscher.

»Ich weiß es nicht. Fahr mal in die Meeting, dann sehen wir schon weiter.«

Er fühlte sich müde und gelangweilt. Deshalb trank er auch so viel und fing mit irgendwelchen Fremden Streit an. Die gelegentlichen Stelldicheins mit Ashton brachten ihm auch nicht mehr viel. Verschiedene Artillerieeinheiten, die unbedingt ihre Dienstliste mit dem Prestige des Namens LaMotte anreichern wollten, flehten ihn an, in die staatliche Armee einzutreten. Aber das Angebot interessierte ihn nicht. Er haßte Disziplin.

Sein Geist war indessen noch klar genug, um zu bemerken, daß in seinem Innern eine merkwürdige Wut schwelte. Er wußte auch, daß seine Bekannten darüber im Bild waren. Sogar Preston, der, wenn die Chancen günstig für ihn standen, ein leidenschaftlicher Kämpfer war, ging ihm mehr und mehr aus dem Weg. Forbes hielt sich am Handriemen der schlingernden Kutsche fest und sann darüber nach, weshalb er so viel Wut in sich spürte und weshalb die Raufereien ihm keine Erleichterung verschafften.

Er starrte in den Regen hinaus, und plötzlich war ihm die Antwort klar. Die einzige Frau, die er über alles hatte heiraten wollen, hatte ihn zurückgestoßen. Seither haßte er Brett Main, aber paradoxerweise hatte sein Verlangen nach ihr nicht aufgehört.

Er setzte sich plötzlich bolzengerade auf und ließ den Handriemen los. War die draußen vorbeihastende Gestalt Wirklichkeit oder bloß ein Trugbild der Phantasie?

Nein, so betrunken war er nicht. Er klopfte an das Kutschendach: »James, fahr an den Straßenrand!« Dann lehnte er sich zum Fenster hinaus und winkte.

»Brett? Brett, hierher!«

Sie erkannte die Stimme sofort. Als sie sich umdrehte, stieg Forbes gerade schwerfällig aus der Kutsche. Mit einer einladenden Bewegung nahm er den Hut ab.

»Bitte gestatte mir, dich mitzunehmen, wohin du auch immer willst. Bei diesem Wetter sollte eine Dame nicht zu Fuß gehen.«
Das war klar. Als Brett sich auf den Weg zu einer ganz in der Nähe wohnenden Näherin gemacht hatte, hatte sie geglaubt, noch vor dem Regenschauer wieder zu Hause zu sein. Doch jetzt goß es in Strömen, und sie war schon fast durchnäßt.
Es schien nicht gefährlich, seine Einladung anzunehmen. Schließlich war er ja ein Kavalier. Ohne weiteres Zögern klappte sie ihren Schirm zu und stieg ein.
Mit einem Seufzer der Dankbarkeit ließ sie sich in das Plüschpolster sinken. Forbes schloß die Tür hinter ihr, setzte sich ihr gegenüber und gab dem Kutscher die Adresse der Näherin bekannt. Die Kutsche rollte davon.
Forbes legte sorgfältig den Hut auf seine Knie. Sein Lächeln hatte etwas Mürrisches, ja beinahe Wütendes an sich, wie Brett plötzlich mit einem Druckgefühl im Magen feststellte. Er hatte einen glasigen Blick. Sie fing an, ihre Entscheidung zu bereuen.
»Ich hab' dich eine Ewigkeit nicht mehr gesehen, Brett. Du siehst wie immer bezaubernd aus.«
»Auch du siehst gut aus, Forbes.« Sie hatte Mühe, die Worte über die Lippen zu bringen.
Er nestelte an seiner Weste herum. »Ich habe leider zugenommen. Wahrscheinlich verbringe ich zuviel Zeit in den Saloons. Aber es gibt nicht viel zu tun. Und auch nicht viel zu denken — außer, daß ich an dich denke.«
»Aber Forbes«, sie lachte gezwungen und nervös, »das haben wir doch längst alles besprochen.«
Sie blickte zum Fenster hinaus. Sie waren erst einen Häuserblock weit gekommen; die Kutsche fuhr langsam. Schön. Sollte er zudringlich werden, würde sie einfach hinausspringen.
Forbes betrachtete sie wortlos während einigen Sekunden; sein eigenartiges, listiges Lächeln erhöhte die Spannung, die zwischen ihnen herrschte. Dann fegte er abrupt seinen Hut auf den Sitz und hievte sich selbst neben sie. Die Federung quietschte. Seine unvermutete Bewegung verwandelte ihre Furcht in Entschlossenheit.
»Ich habe dein Angebot als Höflichkeit aufgefaßt. Enttäusche mich nicht!«

»Ich kann nicht höflich sein. Ich hab' dich verdammt gern.« Er ergriff ihr Handgelenk. »Brett —«
»Hör auf!« sagte sie keineswegs zimperlich, sondern bestimmt.
»Tut mir leid, aber das kann ich nicht, mein Herz.« Mit dem Daumen streichelte er die Innenseite ihres Handgelenks, gerade oberhalb des Rüschenbesatzes ihres Musselinhandschuhs. »Ich kann meine Gedanken keine fünf Minuten von dir abwenden. Mir scheint, du solltest einem Mann, der so tief für dich empfindet, den Vorrang geben.«
Mit der linken Hand suchte sie den Türgriff. »Ich muß aussteigen.«
Er packte sie an den Schultern und preßte sie in die weinroten Kissen.
»Den Teufel wirst du«, knurrte er, als er seinen Mund auf ihre Lippen preßte. Es tat weh.
Durch seinen geöffneten Mund strömte ihr sein ranziger Atem entgegen. Seine rechte Hand fiel schwer auf ihr Mieder. Mit der linken Schulter drückte er sie in die Kissen, fummelte grob an ihrem Busen herum und blies ihr den warmen Atem gegen Kinn und Hals.
»Gott, ich liebe dich, Brett. Ich hab' dich schon immer —«
»Laß mich los!«
»Nein, verflucht noch mal.« Mit dem rechten Knie versuchte er sie festzunageln. Der Druck seiner Finger nahm zu, und trotz der Kleiderschicht tat er ihren Brüsten weh.
»Brett, du bist nicht für diesen mickrigen Yankee-Soldaten bestimmt. Du brauchst einen Mann, der in jeder Hinsicht groß genug ist, um dir das zu geben, was eine Frau —«
Mit einem Schrei zuckte er zurück. Sie hatte ihm das Gesicht zerkratzt und drei blutige Fingernagelspuren hinterlassen.
Einige Augenblicke verharrte er reglos. Dann berührte er sein Gesicht, zog die Hand wieder zurück und sah die scharlachroten Flecken auf der gekräuselten Hemdmanschette. Der Anblick versetzte ihn in Raserei. Fluchend hob er die Fäuste. Sie hatte inzwischen die Tür aufgestoßen, doch bevor sie hinausspringen konnte, packte er sie am rechten Arm. Sie stieß einen Schrei aus und befürchtete, daß er sie verletzen würde. Sie bückte sich, griff nach ihrem Schirm, der auf dem Boden lag, und schlug auf seinen Kopf ein. Einmal, zweimal, dreimal —
»Mist' Forbes, was ist los?«

Der alte Kutscher lenkte das Fahrzeug näher an den Gehsteig heran und brachte die Pferde zum Stehen. Auf der andern Seite der Meeting Street blieben einige Fußgänger gaffend stehen — der Anblick einer elegant gekleideten weißen Frau, die mit einem Gentleman in der Kutsche kämpfte, war zu ungewöhnlich. Brett hatte keine Zeit, sich über Konventionen Sorgen zu machen. Sie schlug nochmals zu, riß sich dann von ihm los und stürzte sich aus der Kutsche. Sie verfehlte den Tritt und landete bäuchlings im Straßenschlamm.

»He, aufgepaßt!« rief ein Bierfuhrmann und lenkte sein Fuhrwerk in letzter Sekunde an ihr vorbei. Die schweren Räder bespritzten sie über und über mit Schlamm.

Sie rappelte sich auf; ihr Hut flog davon, und der Regen prasselte wieder auf sie nieder. Forbes hing in der Kutschentür, sein Gesicht zur Fratze verzerrt:

»Du gottverdammte Hure —«

Mehr hörte sie nicht; sie drehte sich um und rannte los.

Am ganzen Leibe zitternd bemerkte Forbes, wie Männer und Frauen auf dem Gehweg ihn anstarrten. Jemand erwähnte seinen Namen. Er schleuderte die Kutschentür zu und warf sich in die zerdrückten Kissen.

Er lehnte sich zurück und betupfte seine Wange mit dem Taschentuch. Der Anblick des Bluts trieb ihn erneut in einen Wutanfall. Beinahe hätte er mit der Faust ein Loch in das Kutschendach geschlagen.

»Weiterfahren!«

Aber die Flucht vor der Stätte seiner Erniedrigung half nicht. Er zog seine Flasche aus der Tasche, erinnerte sich, daß sie leer war, und schmiß sie zum Fenster hinaus. Mehr denn je haßte er Brett. Er würde sie am liebsten erdrosseln, dann nach Sumter hinausrudern und jenen Hurensohn von einem Yankee, der ihr den Kopf verdreht hatte, erschießen.

Das gleichmäßige Prasseln des Regens und das regelmäßige Schwanken der Kutsche vermochten ihn langsam etwas zu beruhigen. Er dachte an Ashton und klammerte sich wie ein Ertrinkender an ihren Namen und ihre Gestalt.

Ashton stand auf seiner Seite. Ashton würde ihm helfen, sich zu rächen.

An demselben Abend begaben sich, Hunderte von Meilen von Charleston entfernt, Stanley Hazard und Simon Cameron zu einem Empfang für den neuen Präsidenten.
Drei von Mr. Pinkterton organisierte Privatdetektive standen vor dem Empfangszimmer von Willard's Wache. Drinnen unterhielten sich die Gäste und die Kabinettsmitglieder gedämpft. Lincoln war vor wenigen Minuten aus seiner Suite gekommen. Stanley hatte sich mit ihm unterhalten. Er war nicht beeindruckt.
Er ließ Lincoln einen weiteren Witz erzählen und machte sich auf die Suche nach seinem Meister. Cameron war gerade mit Chase, dem steifen, affektierten Finanzminister, in ein ernstes Gespräch vertieft. Von allen Kabinettsmitgliedern sprach sich Chase am offensten und konsequentesten für die Notwendigkeit der Sklavenbefreiung aus. Stanley fand seinen Idealismus beleidigend.
Schließlich konnte Cameron sich von seinem Gesprächspartner losreißen und gesellte sich zu Stanley an die Sektbar. Der Boss sah mächtig und bedeutend aus. Zu Recht, dachte Stanley. Wie geplant, war es Cameron gelungen, genügend Stimmen für sich zusammenzubringen, um in der neuen Regierung den Posten des Kriegsministers übernehmen zu können.
Cameron nippte an seinem Sekt und klopfte dann auf seine volle Manteltasche. »Ein Freund hat mir eine Zusammenfassung der Antrittsrede übermittelt.«
»Welches sind die wichtigsten Punkte?«
»Ungefähr das, was in Anbetracht seiner früheren Reden zu erwarten war.« Cameron redete mit leiser Stimme; seine Sperberaugen blickten aufmerksam umher, um sicherzugehen, daß auch niemand zuhöre. »Er weigert sich, in der Frage der Auflösung der Union nachzugeben. Er sagt, es sei verfassungswidrig und letzten Endes unmöglich. Er wird weiterhin an Fort Sumter festhalten, doch falls es zum Krieg kommen sollte, muß es von den Konföderierten ausgelöst werden. Insgesamt gesehen«, wieder wanderte sein Blick aufmerksam umher, »eine gewöhnliche Rede von einem gewöhnlichen, um nicht zu sagen unfähigen, Mann.« Die letzten Worte murmelte Cameron bloß und beugte sich tief über sein Sektglas.
Unfähig war wohl nicht der treffende Ausdruck, dachte Stanley. Morgen schon würde General Scott Soldaten vor den Häusern und

auf den Dächern in der Pennsylvania Avenue postieren, um einem möglichen Aufstand zuvorzukommen. Ein beschämender Anfang für eine Regierung, die nicht sonderlich kompetent zu werden versprach. Natürlich mit einigen Ausnahmen.
Cameron hielt sein leeres Glas hin. Als man ihm nochmals eingeschenkt hatte, entfernte er sich von der Bar und fuhr fort: »Aber was halten Sie vom neuen Präsidenten?«
Stanley blickte über die Menge hinweg das häßliche, eckige Profil an. »Ein Possenreißer aus der Prärie. Ein Mann, der sich so jovial gibt und solch grobe Witze reißt, kann nicht viel taugen.«
»Genau. Meiner Meinung nach handelt es sich um den schwächsten Mann, der jemals ins Weiße Haus geschickt wurde. Aber das wird uns zum Vorteil gereichen. Wir werden um so mehr Macht übernehmen können.« Er wirkte plötzlich sehr belebt und gab Zeichen mit dem Glas. »Seward, alter Freund! Sie wollte ich gerade sprechen.«
Der Boß rauschte davon. Es dauerte nicht lange, bis er mit dem neuen Außenminister Arm in Arm herumparadierte. Sie unterhielten sich flüsternd. Stanley genehmigte sich noch mehr Sekt und sonnte sich im Schatten des Rampenlichts. Er war glücklich, hier zu sein, überglücklich.
Er würde in Camerons Ministerium einen Posten bekommen. Isabel wäre hell entzückt von Washington. Stanley seinerseits dachte mit Hochgenuß an seine zukünftige Macht und an all die Möglichkeiten, die sich ihm bieten würden, um seinen Reichtum zu mehren. Leute, die an den Hebeln der Macht saßen, schlugen immer Kapital aus ihrer Position, wie sein Boß sagte. Stanley hoffte im geheimen, daß die Rebellen nicht lockerlassen und in Charleston den Krieg auslösen würden. Denn damit würden die Chancen, zu Reichtum zu kommen, wesentlich besser werden.

61

Die Feldmütze unter dem Arm ging Billy am folgenden Nachmittag vor dem Büro von Major Anderson auf und ab. Er mußte warten, bis der Kommandant einen Brief fertig geschrieben hatte, in welchem er sich für eine Beschädigung von Baumwollballen bei Fort Moultrie durch eine Schießübung entschuldigte. Da sowohl die Sumter- als auch die Charleston-Artillerieeinheiten häufig Übungen durchführten, waren solche Unglücksfälle an der Tagesordnung. Ereignete sich ein solches Mißgeschick, so ließen die Schuldigen der gegnerischen Partei sofort ein Erklärungsschreiben zukommen. Die meisten Schreiben waren außerordentlich formell abgefaßt, aber da es sehr wohl möglich war, daß ein Krieg aus Versehen ausgelöst werden könnte, fand Billy ein Zuviel an Entschuldigungen besser als das Gegenteil.

Hart, Andersons Offizier vom Dienst, tauchte mit dem fertigen Brief auf. »Er möchte Sie jetzt sehen, Sir«, sagte der Offizier, als er durch den düsteren Gang davoneilte.

Billy betrat das Büro des Kommandanten, ein dunkler, von einem Kerzenstumpf erleuchteter, kleiner Backsteinraum. Anderson beantwortete das steife Salutieren des jungen Offiziers mit einer langsamen, müden Bewegung. Dann deutete er auf einen Stuhl. »Setzen Sie sich, Leutnant. In den nächsten Tagen werden Sie kaum zur Ruhe kommen.«

Andersons Finger zitterten leicht, als er einen dicken Beutel aus wasserdichtem Stoff berührte. »Ich habe General Scott einige neue Mitteilungen zu machen. Ich möchte, daß Sie sie überbringen.«

»Nach Washington, Sir?«

»Ja. Ich muß ihm mitteilen, daß meiner Meinung nach zur Überwindung der gegnerischen Hafenstreitkräfte und zur Verstärkung dieser Garnison jetzt schätzungsweise mindestens zwanzigtausend Mann erforderlich sind. Es sind noch weitere vertrauliche Mitteilungen in diesem Beutel enthalten. Packen Sie Ihre Sachen und halten Sie sich in drei Stunden bereit.«

Billys Gedanken überstürzten sich. Von diesem finsteren, niederdrückenden Ort wegzukommen, war das, was sich jeder einzelne Mann der Garnison wünschte, obwohl nur wenige dies zugaben. Würde ihm noch etwas Zeit bleiben, um Brett kurz in Charleston zu treffen, bevor er weg mußte?

»Ich kann schon vorher bereit sein, Sir.«

Anderson schüttelte den Kopf. »Nicht nötig. Hart wird demnächst mit dem Boot übersetzen, um Hauptmann Calhoun mein Entschul-

digungsschreiben zu überbringen. Er wird anschließend Gouverneur Pickens im Charleston-Hotel treffen. Doch auch mit der Einwilligung des Gouverneurs ist das Ganze ein heikles Unterfangen. Ich habe gehört, daß scharenweise Männer zur Battery drängen, wenn ein Boot unseren Kai verläßt. Sie hoffen jedesmal, daß es Doubleday ist.« Nach einem kurzen trockenen Lachen fügte Anderson hinzu: »Hart wird auf jeden Fall eine Weile fort sein. Sie werden bei Einbruch der Nacht oder etwas später gehen.«
»Ja, Sir.«
»Noch etwas, Leutnant — packen sie alles. Im Gegensatz zu einigen Kurieren, die ich nach Washington geschickt habe, werden Sie nicht mehr zurückkehren.«
»Sir?«
Leichenblaß starrte Billy seinen Kommandanten an. Die Nachricht war niederschmetternd; er würde Brett in einer Stadt zurücklassen, die von einer Minute zur anderen durch den Krieg verwüstet werden könnte. Aber das wußte der Major doch? Weshalb lächelte er dann so merkwürdig? Verlor er die Fassung?
Der Major ließ nicht mit einer Erklärung auf sich warten. »Bis morgen abend sind Sie auf Urlaub; dann erwarte ich von Ihnen, daß Sie einen Zug nach Norden nehmen. Hart hat alles Nötige für Sie vorbereitet. In der Zwischenzeit können Sie Ihre junge Dame treffen. Wenn Sie ihr rasch eine Nachricht zukommen lassen würden, hätten Sie eventuell sogar genug Zeit, um sie zu heiraten. Hart ist bereit, eine entsprechende Botschaft zu übermitteln, falls Sie sie in den nächsten zehn Minuten schreiben können.«
Billy war sprachlos. Er konnte seinem Glück kaum trauen. Anderson bemerkte seine Reaktion.
»Blicken Sie nicht so erstaunt drein, Leutnant! Jemand muß gehen. Warum nicht Sie? Ich habe Leutnant Meade nach Hause zu seiner kranken Mutter in Virginia geschickt — Ihre Umstände sind wesentlich erfreulicher. Ich bin mir darüber im klaren, daß ich in den Kompetenzbereich Ihres Vorgesetzten eindringe, aber ich nehme an, er wird sicher Verständnis dafür haben, wenn ich ihm die Sachlage schildere.«
Andersons Blick verdüsterte sich wieder. »Sogar mit der Zustimmung des Gouverneurs werden Sie möglicherweise Schwierigkeiten

haben, durch die Stadt zu kommen. Deshalb will ich Sie ja auch bis zum Einbruch der Dunkelheit hierbehalten.«

Billy beschloß, daß es an der Zeit war, sein Glück nicht mehr anzuzweifeln, sondern das Eisen zu schmieden, solange es heiß war. »Sir, wenn der Schoner mich zum Pier der C.S.C. oberhalb des Zollagers bringen könnte, könnte Cooper Main dort mit einer geschlossenen Kutsche auf mich warten. Er könnte mich zur Tradd Street fahren, und Brett und ich könnten Charleston noch vor Tagesanbruch verlassen.«

»Möchten Sie nicht im Haus der Mains heiraten?«

»Ich glaube, es wäre sicherer, nach Mont Royal zu fahren. Nicht weit von der Plantage befindet sich eine kleine Eisenbahnstation.«

»Nun, was auch immer Sie entscheiden werden, es wird schwierig sein, durch die Stadt zu kommen. Ich empfehle Ihnen dringendst, die ganze Zeit über einen voll geladenen Revolver bereit zu halten.«

Billy salutierte und machte auf dem Absatz kehrt. Der Kommandant starrte mit melancholischem Blick in die Kerzenflamme.

Anderson schüttelte Billy beim Landungskai die Hand. »Sie sind ein ausgezeichneter Offizier, Leutnant Hazard. Noch ein paar Jahre, und Sie werden hervorragend sein. Grüßen Sie Ihre Braut von mir.«

»Sir, das werde ich tun. Ich kann Ihnen nicht genug danken —«

»Doch, das können Sie. Bringen Sie Scott diesen Beutel. Ich möchte, daß er sich der Gefahren bewußt ist, sollte er die Sandbank mit einigen hundert Mann in Pinassen stürmen wollen.« Andersons Stimme wurde heiser vor Aufregung. »Ich kann nur wiederholen, was ich bereits vorhin gesagt habe: Falls es in diesem Land zu einem Blutbad kommen sollte, wird Washington dafür verantwortlich sein und nicht wir.«

Er trat zurück, die Dunkelheit verschluckte ihn. »An Bord, Sir!« rief eine Stimme vom Deck des kleinen Schoners.

Billy eilte die Stufen hinunter und hörte, wie die schlaffen Segel im Wind flatterten. Ein irgendwie unheilvolles Geräusch.

»Gott sei Dank war ich zu Hause, als Andersons Ordonnanz kam«, sagte Cooper, als Billy auf das C.S.C.-Pier sprang. »Judith wartet in der Kutsche.«

»Wo ist Brett?«
»Zu Hause. Sie wollte zwar mitkommen, aber Judith hat sie gebeten, zu Hause zu bleiben und zu packen. Es bleibt ihr nicht viel Zeit, um die Aussteuer zusammenzusuchen — wir werden noch vor Sonnenaufgang auf dem Weg sein. Ich habe bereits einen Boten nach Mont Royal geschickt. Orry soll den Pfarrer für morgen um eins bestellen.«
»Wann fährt der Zug?«
»Etwa drei Stunden später, um halb fünf.«
Sie unterhielten sich weiter, während sie eilends auf die wartende Kutsche zu marschierten. Billys Herz klopfte im gleichen Tempo, aber trotz der Anspannung fühlte er Heiterkeit; seit Monaten war er zum erstenmal wieder glücklich.
»Danke, Gerd«, sagte Cooper zu einem stämmigen Mann, der ihm die Zügel reichte. »Ich werde fahren, Billy. Halt dich ja vom Fenster zurück. Beim Zollager lungern immer irgendwelche Gestalten herum, und deine Uniformknöpfe wirken wie Laternen.«
Er versuchte angestrengt, einen humorvollen Ton beizubehalten, doch Billy merkte die unterschwellige Angst. Cooper rutschte aus, als er über die Speichen des Vorderrads klettern wollte. Er zog eine Grimasse, kletterte dann auf den Bock und sagte: »Manchmal ist es verdammt unbequem, wenn man keine Sklaven besitzt. Alles muß man selber tun. Kein Wunder, daß sich das System so lange gehalten hat.«
Billy grinste mit etwas Mühe, als er die Tür auf der linken Seite öffnete. Judith saß auf der rechten Seite. Er begrüßte sie und vergewisserte sich, ob die lederne Meldetasche noch sicher über seiner linken Schulter hing.
Cooper schnalzte mit der Zunge und fuhr los. Als sie am Warenlager vorbeifuhren, sah Billy im Licht der Giebellaterne Tränen auf Judiths Wangen. »Was ist?« fragte er.
»Ach nichts. Nichts.« Sie lächelte und weinte gleichzeitig. »Ich bin ein Kamel, daß ich mich so gehen lasse, aber ich kann nicht anders. Es gibt in diesen schrecklichen Zeiten so wenig Gelegenheit zur Freude, aber dies ist eine solche Gelegenheit.« Sie schniefte und schüttelte dann den Kopf. »Ich möchte mich entschuldigen.«
»Das ist nicht nötig. Mir ergeht es ähnlich.«
»Paßt auf!« rief Cooper. »Mehr Menschen als üblich.«

Billy verschob seinen Säbel, damit er sich freier bewegen konnte. Dann zog er den Revolver halbwegs aus dem Halfter. Vor ihnen, auf der rechten Seite, unterhielten sich einige Männer lachend und lärmend. Plötzlich rief einer von ihnen: »He da! Anhalten!«
Billy zog sich der Magen zusammen, als die Kutsche ihre Fahrt verlangsamte. Cooper stieß verärgert einen Fluch aus.
Die Stimmen wurden lauter. Billy verzog sich schnell auf die Mitte der Sitzbank, dort, wo es in der Kutsche am dunkelsten war. Schräg durch das rechte Fenster konnte er einen Blick auf das Zollager, das ehemalige Bundeseigentum, werfen.
Die Kutsche schwankte leicht und hielt dann an. »Ihren Namen! Und was haben Sie vor?«
»Ich heiße Main; ich bin ein Bürger von Charleston und ich bin in eigener Sache unterwegs. Bitte lassen Sie mein Pferd los und treten Sie zur Seite. Danke.«
»Scheint in Ordnung zu sein, Sam«, sagte ein anderer Mann. Der erste Sprecher murmelte irgend etwas vor sich hin. Billy hörte Schritte. Judith packte ihn am Arm. »Leg dich hin! Sie werden reinschauen.« Während sie noch flüsterte, knallte Cooper die Peitsche, aber die Kutsche rührte sich nicht vom Fleck. »Lassen Sie das Pferd los!« forderte Cooper. Ein grobes Gesicht tauchte im selben Augenblick vor dem rechten Fenster auf. Der Mann sprang auf das Trittbrett. Das Innere der Kutsche wurde von den Laternen des Zollgebäudes beleuchtet. Der Mann hielt sich am Fensterrahmen fest und äugte in die Kutsche.
»Hier ist ein Soldat!«
Ein lauter Aufschrei erfolgte. »Ist es Doubleday?« Weitere Gestalten drängten sich zum Fenster. Billy zog vorsichtshalber den schweren Revolver.
Gleichzeitig befahl jemand Cooper, vom Bock herunterzusteigen. Als Antwort war der Schlag einer Peitsche auf einem menschlichen Körper zu vernehmen. Ein Schrei. Cooper brüllte wie ein Fuhrmann und gab dem Pferd die Zügel.
Die Kutsche rollte los. Unterdessen war es dem Mann auf dem Trittbrett gelungen, die Tür zu öffnen, und er versuchte jetzt, sich um die Türe herum in das Kutscheninnere vorzuarbeiten. Mit der rechten Hand klammerte er sich immer noch an den Fensterrahmen. Billy

gab der Tür mit dem linken Stiefel einen Stoß. Sie flog auf, und der Mann fiel vom Trittbrett herunter.
Erhobene Fäuste und haßerfüllte Blicke schienen an der Kutsche vorbeizufliegen. Cooper raste in die Dunkelheit hinter dem Zollgebäude und bog in einem höllischen Tempo nach rechts ab. Billy mühte sich ab, um die Kutschentür wieder zu schließen, und wäre beinahe kopfüber aus der Kutsche geflogen.
Schließlich lehnte er sich wieder zurück, den Revolver aufs Knie gelegt, keuchte und rang nach Luft.
»Du hast sehr schnell reagiert«, sagte Judith voller Hochachtung.
»Mußte ich. Ich will ja schließlich nicht meine eigene Hochzeit verpassen.« Doch sein Lächeln war gekünstelt. Sein Herz hämmerte wie verrückt, und es dauerte eine geraume Weile, bis er die blutrünstigen Gesichter aus seinen Gedanken verbannen konnte. Er erkannte erneut, wie tief und schwer die Spaltung des Landes war.
Doch als er Brett wiedersah, verflogen alle düsteren und grimmigen Gedanken. Cooper hatte behutsam die Wohnzimmertür hinter sich geschlossen, und die beiden jungen Leute waren nun allein und küßten und umarmten sich während fünf Minuten.
Er hatte beinahe vergessen, wie herrlich ihr Haar duftete, wie süß ihre Küsse waren und wie straff ihre Brüste, die sie fest an seinen Körper preßte, sich anfühlten. Schließlich sanken die beiden lachend, nach Luft schnappend und händehaltend auf das Sofa.
»Ich wünschte, wir könnten heute abend heiraten«, sagte sie. »Ich weiß, daß ich vor lauter Freude auf morgen die ganze Nacht kein Auge zudrücken werde.«
Zögernd sagte er: »Ich werde nicht nach Charleston zurückkehren. Bist du sicher, daß du mit mir in den Norden gehen willst?«
Zum erstenmal wurde sie sich der Tragweite seiner Frage bewußt. Unsicherheit stieg in ihr auf und Angst. Es würde nicht leicht sein, weit weg von der Familie mitten unter lauter Yankees zu leben. Aber sie liebte ihn. Und alles andere war nebensächlich.
»Mit dir würde ich überall hingehen«, flüsterte sie ihm sanft ins Ohr. Überallhin.«

An jenem Abend begab sich Cooper kurz nach zehn zum Haus in der East Battery. Nur mit allergrößter Anstrengung vermochte Ashton,

während sie ihn anhörte, ihre Fassung zu bewahren. Als Cooper wieder gegangen war, eilte sie ins Studierzimmer, um Huntoon die Neuigkeit zu eröffnen.
Er schmiß die Akte, die er eben gelesen hatte, auf den Schreibtisch und sagte: »Ich habe wirklich keine Lust, zur Hochzeit eines verdammten Yankees zu gehen.«
»James! Sie ist meine Schwester. Wir gehen.«
Bevor er etwas hätte entgegnen können, war sie bereits aus dem Zimmer gerauscht. Sie blieb kurz in der Halle stehen, preßte die Handflächen aufs Gesicht und versuchte, ihre Gedanken zu ordnen. Morgen um diese Zeit würden Billy und ihre Schwester — sofern niemand eingriff — für immer weg sein. Sie hatte nur diese einzige Chance. Aber sie brauchte auch nur eine.
Ein Lächeln umspielte ihre Mundwinkel, als sie weiterging. Sie schrieb eine Mitteilung an Forbes und forderte ihn auf, am frühen Morgen flußaufwärts zu reiten. Er könne einen Helfer mitnehmen, aber es müsse jemand sein, dem man vertrauen könne. Er solle in Resolute das Weitere abwarten.
Sie schloß eilig, versiegelte dann den Brief, stellte einen Passierschein aus und rannte in die Küche.
»Rex, bring dies Mr. Forbes LaMotte. Versuch ihn bei Gibbes zu erreichen. Falls er nicht dort sein sollte, dann geh in die Bar vom Mills Hotel. Der Wirt weiß meistens, wo sich Mr. LaMotte gerade aufhält. Gib nicht auf und komm nicht zurück, bis du ihm diese Botschaft selber überreicht hast!«
Rex, der durch das Auspeitschen eingeschüchtert worden war, nickte immerfort, bis Ashton mit ihren Instruktionen zu Ende war. Doch als der Junge die Treppe hinunter zur Hintertür ging, glimmte dumpfe Wut in seinen Augen. Und der Wunsch nach Rache.

Am späten Vormittag traf Cooper mit seiner vollbesetzten Kutsche in Mont Royal ein. Die Märzsonne warf ihre milden Strahlen auf die Erde, und der wolkenlose Himmel zeigte sich in jenem weichen, reinen Blau, das es Bretts Meinung nach nur in South Carolina gab. Würde sie es jemals wiedersehen?
Sobald die Kutsche angehalten hatte, kletterten die Kinder heraus. Vetter Charles wühlte liebevoll in Judahs Haar herum, legte dann

seinen Arm um die Taille von Marie-Louise, hob sie hoch und wirbelte sie durch die Luft. Sie hielt sich an seinem Hals fest und jauchzte vor Freude.
Brett stieg aus, dann Judith, gefolgt von Billy, der sich in seinem feinen schwarzen Anzug nicht besonders wohl zu fühlen schien. Er schwitzte. Cooper hatte noch um Mitternacht einen Schneider aufgetrieben. Billy war höchst überrascht, Charles in voller Uniform mit glänzenden Knöpfen und Säbel vorzufinden.
Die Freunde umarmten einander. »Weshalb um Himmels willen hast du dich so herausgeputzt?« wollte Billy wissen.
Charles grinste. »Ganz zu deiner Ehre, Billy. Wenn schon ein Offizier einen andern bittet, sein Trauzeuge zu sein, dann, so dachte ich mir, sollte der Trauzeuge auch eine würdige Erscheinung bieten. Na, die Wahrheit ist, daß ich meine Uniform vermisse. Und auch die Armee.«
Orry trat aus dem Haus; seine düstere Erscheinung wurde noch durch den langen dunklen Mantel, den er trug, gesteigert. Er teilte der lärmenden Gruppe mit, daß seine Ehrwürden, Pater Saxton, um halb eins kommen werde. »Ich habe ihm absichtlich gesagt, daß er früher kommen soll. Er trinkt nämlich sehr gern, und ich kann mir vorstellen, daß er sich gern ein Gläschen genehmigen möchte, damit er die ganze Zeremonie durchsteht.«
Alle lachten. Cooper zerrte einen kleinen Lederkoffer herunter, in den Billy seinen Revolver, seine Uniform und die lederne Meldetasche eingepackt hatte. Cooper stellte den Koffer krachend neben Brett auf den Boden und wischte sich den Schweiß von der Stirn.
Brett fragte Orry: »Wie geht es Mutter?«
»Immer noch gleich. Ich habe ihr dreimal erklärt, daß du heiraten wirst. Sie hat zwar jedesmal behauptet, daß sie verstanden hat, aber ich weiß, daß es nicht stimmt.«
Judah sprang wild auf und ab und rief: »Es kommt jemand!«
Eine Kutsche rollte in einer Staubwolke durch die Allee. »Das ist Ashton«, sagte Brett ohne große Begeisterung, wie Billy feststellte.
Rasselnd und klirrend kam die Kutsche hinter derjenigen von Cooper zum Stehen. Homer saß auf dem Bock und betrachtete die weißen Menschen gleichgültig; Rex sprang hinunter, um Ashton und ihrem Ehemann die Tür zu öffnen.

Huntoon gratulierte dem Brautpaar mit völligem Desinteresse. Ashton rannte erst auf Brett, dann auf Billy los, umarmte sie und lächelte ihnen überschwenglich zu.
»Oh, ich freue mich ja so sehr für dich und für Brett! Ich darf das ganz offen sagen, weil ich ja selbst verheiratet bin.«
Ihre Augen blitzten wie Diamanten. Billy war nicht klar, was wirklich in ihr vorging, aber da er sich an die vergangenen Vertraulichkeiten erinnerte, errötete er, als sie ihre Wange an die seinige drückte. Sie spitzte die Lippen und gab ihm einen lauten, schmatzenden Kuß.
Cooper fiel auf, daß Homer seine Herrin verdrießlich betrachtete, und er fragte sich warum.
Charles zündete an einer der weißen Säulen ein Streichholz an — sehr zu Orrys Mißfallen. Billy zeigte mit dem Finger auf die lange Zigarre, die Charles sich zwischen die Zähne geklemmt hatte, und fragte:
»Seit wann hast du denn die Gewohnheit meines Bruders übernommen?«
»Seitdem ich wieder zu Hause bin. Irgendwie muß ich mir ja die Zeit vertreiben. Ich würde natürlich viel lieber kämpfen, aber man kann ja nicht alles haben.«
Es war ein etwas tapsiger Versuch, humorvoll zu sein, aber in Anbetracht der ernsten Angelegenheit und der tragischen Ereignisse in Charleston wohl etwas fehl am Platz. Die Bemerkung wurde mit allseitigem Schweigen quittiert. Charles errötete und beschäftigte sich intensiv mit seiner fünfundzwanzig Zentimeter langen Havanna.
»Na, ihr beiden«, zwitscherte Ashton und hakte sich rechts bei Billy und links bei Brett unter. »Seid ihr nicht völlig ausgehungert? Also was mich betrifft, ich hab' einen Bärenhunger und ich bin sicher, daß es im Haus etwas zu essen —« Orry nickte. »Ach, ist das nicht ein aufregender Tag? Ihr werdet beide Unvergeßliches erleben!«
Und mit diesen Worten zog sie die beiden mit sich ins Haus.
Charles blieb noch ein Weilchen draußen, nachdem alle gegangen waren. Er schämte sich über seinen Ausrutscher und wunderte sich über Ashtons aufgeregten Gesichtsausdruck. Sie schien sich echt über die Heirat ihrer Schwester zu freuen. Weshalb hatte er denn ein so ungutes Gefühl?
Das Gefühl, daß sie ein Theater vorspielte.

62

Das warme Wetter erfüllte Madeline mit schläfriger Schwere. Sie war eben aus der Küche gekommen, wo sie die Vorbereitungen für das Abendessen — gekochter Schinken — überwacht hatte. Die Küchenmädchen meinten, das Wetter sei angenehm und eher kühl. Wenn das wirklich zutraf, warum verschmachtete sie dann beinahe vor Hitze?

Justin tadelte sie dafür, daß sie sich immer wieder über Schweißausbrüche beklagte. In letzter Zeit litt sie darunter wie noch nie zuvor in ihrem Leben. Sie fragte sich, ob vielleicht eine körperliche Veränderung der Grund dafür sein könnte, aber sie war zu träge und schläfrig, um eingehend über diese Frage nachzudenken.

Als sie ziellos auf der Veranda des Erdgeschosses herumwanderte, versuchte sie sich zu erinnern, wo sich ihr Gatte aufhielt. Ach ja! Er war mit seiner alten Flinte aufs offene Feld gegangen, um Schießübungen zu machen. Justin nahm seinen Dienst bei der Ashley-Garde sehr ernst. Hämisch frohlockend prophezeite er, daß es nur noch Wochen dauern könne, bis die Übungen durch Taten ersetzt würden.

»Wie spät ist es?«

»Fast eins. Sie sollte etwa in einer Stunde eine weitere Mitteilung abschicken.«

Madeline blieb einen knappen Meter neben einem der offenen Fenster des Studierzimmers stehen, um zuzuhören. Sie brauchte mehrere Sekunden, um herauszufinden, wer soeben gesprochen hatte: Justins Neffe Forbes und sein unsympathischer, spindeldürrer Freund Preston Smith. Die beiden waren im Lauf des Vormittags unerwarteterweise zu Pferd eingetroffen. Forbes hatte keinerlei Erklärung dafür abgegeben, weshalb er nicht zur Plantage seines Vaters geritten war, die sich nur ungefähr fünfzehn Kilometer weiter flußaufwärts befand.

Madeline wurde jedoch nur noch ganz selten über irgend etwas informiert. Man behandelte sie als Objekt, als Gegenstand. Meistens war sie ohnehin zu entkräftet und zu gleichgültig, um sich deswegen Sorgen zu machen.

Doch die merkwürdig eindringlichen Stimmen schienen irgendwie ihren Zustand geistigen Stumpfseins, in den sie in letzter Zeit offenbar

unablässig hineinglitt, zu durchbrechen. Forbes hatte das Wort *sie* gebraucht. Wieso sollte ihm eine Frau eine Mitteilung nach Resolute schicken? Um vielleicht ein Treffen zu vereinbaren?
Doch sie verwarf diese Möglichkeit sofort wieder, als sie ihn fragen hörte: »Sind die Pistolen bereit?«
»Ja!«
»Hast du das Pulverfläschchen gefüllt?«
»Ja, hab' ich gemacht. Wir müssen höllisch vorsichtig mit dem Pulver sein. Es darf nicht zuviel davon in eine Pistole geraten!«
»Da hast du recht, verdammt noch mal.«
Die beiden jungen Männer lachten; es klang freudlos, beinahe brutal. Angst stieg in Madeline auf; ihr Puls schlug wie rasend.
Sie kniff mehrmals die Augen zusammen. Sie mußte dem Gehörten ihre Aufmerksamkeit schenken. Ihre *volle* Aufmerksamkeit. Sie verlagerte das Gewicht auf den linken Fuß. Die Planken unter ihr knackten.
»Forbes, ich hab' was gehört.«
»Wo?«
»Ich weiß nicht, vielleicht war's draußen.«
»Ich hab' nichts gehört.«
»Du hast nicht aufgepaßt.«
»Geh doch nachschauen, wenn du Angst hast«, sagte Forbes spöttisch. Madeline preßte benommen die feuchten Handflächen gegen die weiße Wand. Das durch die Moosgirlanden fallende Sonnenlicht zeichnete ein Schattenspiel auf ihr blasses, apathisches Gesicht.
»Ach lassen wir's«, murmelte Preston verlegen. »Wahrscheinlich war es bloß ein Nigger.«
Madeline wurde beinahe ohnmächtig vor Erleichterung. Sie löste sich aus dem Schatten der Wand, hob die Röcke so leise wie möglich hoch und eilte ans Ende der Veranda — weg von den offenen Fenstern. Die verschwörerischen Stimmen, das Gespräch über Mitteilungen und geladene Pistolen hatten sie aus ihrer Lethargie gerissen. Sie mußte unbedingt wachsam bleiben, um mehr zu erfahren, aber das war nicht einfach. Die matte Gleichgültigkeit wollte sie von neuem überfallen.
Als sie durch einen Nebeneingang ins Haus schlüpfte, versuchte sie dagegen anzukämpfen. Sie durfte nicht aufgeben. Irgend etwas war

in Resolute im Gange. Etwas Eigenartiges und — dem Tonfall des Gesprächs nach — auch etwas Schreckliches.

Charles überreichte Billy einen Umschlag.
»Fahrkarten zur — nach Washington. Ich hätte beinahe Hauptstadt gesagt. Aber es ist ja nur noch eure Hauptstadt. Alte Gewohnheiten lassen sich nicht so leicht abschütteln.«
Billy steckte den Umschlag ein. Charles streckte ihm noch eine kleine Samtschachtel hin. »Das brauchst du auch noch.«
Billy ergriff die Schachtel und errötete. »Guter Gott, die Ringe! Ich hab' völlig vergessen, daran zu denken.«
»Orry hat vermutet, daß es in der ganzen Aufregung untergehen könnte.« Charles traf Vorbereitungen, sich eine seiner Mammutzigarren anzuzünden. »Ich wollte, ich hätte ein paar übrig für George. Aber ich weiß nicht, ob er Manns genug ist, um sie zu rauchen!«
Billy lachte. Orry öffnete die Tür zur Bibliothek und steckte den Kopf herein. »Wenn Bräutigam und Trauzeuge soweit sind, sollten wir anfangen. Der Pfarrer hat schon drei Gläser Sherry getrunken. Noch eins, und er wird nicht mehr in der Lage sein, die Bibel zu lesen.«

»Oh, du siehst entzückend aus.« Ashton klatschte begeistert in die Hände.
Brett stand nervös vor einem Spiegel. Sie zupfte am Puffärmel ihres neuen dunkelorangenen Seidenkleides. »Ich bin so glücklich, daß ich Trauzeugin sein kann«, fuhr Ashton fort. »Ich bin so dankbar, daß du mich gefragt hast.«
Brett eilte zu ihrer älteren Schwester, ergriff ihre Hände und fühlte die Zuneigung, die zwischen ihnen war. »Du bist meine Schwester. Ich hätte nie jemand anderen als Trauzeugen gewollt. Aber ich bin diejenige, die sich bedanken muß. Ich weiß, was du früher einmal für Billy gefühlt hast.«
»Das war nur eine törichte Jugendliebe.« Ashton trat zurück und drehte Brett den Rücken zu. Mit etwas lauterer Stimme sagte sie: »Ich hab' den Mann, den ich wollte. James ist ein wundervoller, aufmerksamer Gatte. Er —«
Orrys ungeduldiger Ruf ertönte von unten.

Brett eilte zum Bett, um den Strauß getrockneter Blumen an sich zu nehmen.
»Wir sollten gehen.«
»Wann fährt euer Zug?«
»Ich glaube, Billy hat etwas von halb fünf gesagt. Wieso?«
»Ich möchte, daß Homer euch beide in unserer Kutsche hinfährt.«
»Ashton, das ist nicht nö—«
»Scht«, unterbrach sie Ashton, die sich nun wieder unter Kontrolle hatte. »Ich will es so haben. Unsere Kutsche ist viel bequemer als Coopers alter Klapperkasten. Und zudem hat Cooper keinen Kutscher. Es wäre eine Schande, wenn ein Mitglied der Main-Familie Niggerarbeit verrichten müßte.«
Ashton drängte ihre Schwester aus dem Zimmer heraus, indem sie sie mit einem Wortschwall bombardierte. »Du rennst schon mal nach unten; ich komme gleich nach. Ich will bloß schnell Homer suchen, damit alles bereit ist.«
Nachdem sie die Hintertreppe hinuntergeeilt war, suchte sie jedoch Rex und nicht Homer. Sie befahl dem Jungen, zu Fuß nach Resolute zu rennen, und schärfte ihm ein, die Mitteilung niemand anderem als Forbes LaMotte zu übergeben. Sie unterstrich ihren Befehl dadurch, daß sie ihre Fingernägel in den dünnen braunen Unterarm von Rex grub, bis sie Schmerz in seinen Augen lesen konnte. Seit sie ihn ausgepeitscht hatte, war der Nigger dreist gewesen. Sie wußte, daß er nur auf Rache sann. Aber er würde nicht wagen, etwas zu unternehmen, wenn er weiterhin Angst vor ihr hätte.
Sie stellte einen Ausgehschein aus und bugsierte Rex durch die Vorratskammer hinaus. Dann strich sie ihr sorgfältig gekämmtes Haar zurecht, setzte ein charmantes Lächeln auf und rauschte nach vorn, um am letzten glücklichen Augenblick im Leben von Billy Hazard teilzunehmen.

»Und nun dürfen Sie die Braut küssen.«
Nach dieser Äußerung atmete Pfarrer Saxton so tief aus, daß diejenigen, die in der Nähe saßen, in eine Sherrywolke getaucht wurden. Clarissa hielt die Hände wie ein entzücktes Kind gefaltet. Sie hatte die Zeremonie mit großem Interesse verfolgt, obwohl sie niemanden kannte.

Hinter ihr stieß Marie-Louise einen verzückten Seufzer aus und murmelte: »War das nicht toll?«
»So nah wirst du nie mehr an einen Altar herankommen«, sagte Judah mit einem boshaften Seitenblick. »Du bist ja häßlich wie eine Vogelscheuche.«
Das Mädchen gab ihm einen Tritt ans Schienbein. »Und du giftig wie eine Klapperschlange.«
Cooper gab beiden von hinten einen leichten Klaps auf die Ohren und ermahnte sie mit einem finsteren, väterlichen Blick zur Ruhe.
Brett hatte fast kein Wort von dem, was der Pfarrer aus dem Gebetsbuch vorgelesen hatte, mitbekommen. Billy hatte sie mit einem sanften Stoß darauf hinweisen müssen, daß sie sich niederzuknien hatten. Sie wußte zwar, wie heilig und wichtig die Zeremonie war, aber ihr Herz schlug zu schnell, als daß sie sich hätte konzentrieren können. In zwei Stunden würde sie ihre Heimat verlassen, um als verheiratete Frau in einem fremden, ja sogar feindlichen Land zu leben. Der Gedanke war schrecklich — bis sie in die Augen ihres Gatten blickte, die so viel Liebe und Zuversicht ausstrahlten.
Er legte die Arme um sie, und sie fühlte, wie sie von einer Welle von Kraft durchflutet wurde. Mit Billy an ihrer Seite würde sie das Schlimmste, das ihr im Norden widerfahren könnte, überstehen. Nie würde sie ihre Sehnsüchte oder Ängste zeigen, und sie würde für sie beide eine wundervolle Zukunft aufbauen.
Diesen stillen Schwur legte sie ab, als sie ihn überglücklich vor dem Altar küßte.
Orry hatte sich in der dritten und letzten Reihe niedergelassen — aus Angst, daß er seine Gefühle während der Zeremonie nicht verbergen könne. Glücklicherweise blieben seine Augen trocken, obwohl er sehr aufgewühlt war.
Er dachte an Madeline. An das Alter und an die Tage, die in einer einsamen Prozession dahinglitten. Er dachte an die Krise von Fort Sumter. Noch vor einem Jahr wäre es unvorstellbar gewesen, daß eine amerikanische Familie wie die Mains unter einer neuen Flagge leben würde.
Vielleicht quälten ihn die Gedanken an all die Schwierigkeiten, weil eine Hochzeit ein einschneidendes Ereignis war; ein fröhlicher Anlaß, aber dennoch ein Meilenstein in einem Leben. Er beschloß, den freu-

digen Aspekt zu sehen. Nach der Zeremonie küßte er seine Schwester auf die Wange und gratulierte ihr überschwenglich.
»Ich hoffe, daß du es wirklich ernst meinst«, antwortete Brett und schmiegte sich an Billy, der schützend einen Arm um ihre Taille gelegt hatte. »Ich möchte, daß die Heirat unsere zwei Familien zusammenhält — was auch immer geschehen mag.«
Orry sah den Bräutigam an: Ein gutaussehender, tüchtiger junger Mann und der Bruder seines besten Freundes. Aber derselbe junge Mann mit dem fröhlichen, beinahe abwesenden Lächeln trug im täglichen Leben keinen eleganten, schwarzen Hochzeitsanzug, sondern eine Uniform. »Auch ich möchte das«, meinte Orry und versuchte die Zweifel zu verheimlichen, die ihn auf einmal überwältigten. »Gehen wir ins Eßzimmer, bevor der Wein warm wird.«
Sie gingen hinaus, an Ashton vorbei, die sich bei ihrem gelangweilten, mürrischen Gatten eingehakt hatte. Ashton starrte die Neuvermählten unverblümt an, was glücklicherweise von niemandem bemerkt wurde.

In der Eingangshalle von Resolute hörte sich Forbes die Mitteilung an, die Rex überbracht hatte, und schickte ihn dann in die Küche, damit er sich zur Belohnung eine Schnitte warmen Maisbrotes holen könne. Justin und Preston Smith schlenderten eben aus dem Studierzimmer. Justins seidene Hemdärmel trugen immer noch Spuren seines Ausflugs auf das Feld — Überreste von Blättern und Zweigen. Preston hatte eine große Satteltasche über die Schulter gehängt.
Die beiden Männer blickten Forbes an, der nickte und sagte: »Halb fünf.«
Preston schaute an seinem Freund vorbei auf eine goldbronzene Uhr, die unter dem alten Säbel an der Wand auf einer Truhe aus Kirschbaumholz stand. »Dann haben wir noch viel Zeit.«
»Ich sattle mein Pferd aber trotzdem schon und mach' mich auf den Weg. Ich möchte sie nicht verpassen.«
»Ich auch nicht«, stimmte Preston mit einem verschlagenen Lächeln zu.
Auch Justin lächelte. Er stolzierte zur Wand, befeuchtete die Kuppe seines Daumens und wischte ein Fleckchen, das nur er sehen konnte, von der gezinkten Klinge. Die durch das Oberlicht einfließenden Son-

nenstrahlen tauchten die Wand und den wertvollen Säbel in ein Feuermeer.
»Ich wünsche euch viel Erfolg, Jungens«, sagte Justin, als er mit dem Daumen auf der Klinge des Säbels hin und her fuhr. »Ihr werdet der Öffentlichkeit einen großen Dienst erweisen, wenn ihr den jungen Mr. Hazard tötet. Ein Offizier weniger in der Yankee-Armee! Abgesehen davon ist es eine wohlverdiente Strafe für das Main-Pack.«
»Find' ich auch«, sagte Forbes grinsend, aber sein Blick war eiskalt.
»Ich bin auf euren Bericht gespannt«, rief ihnen Justin nach, als die beiden davonstapften. Mit einem selbstgefälligen Seufzer wollte er sich wieder ins Studierzimmer begeben, aber schon nach wenigen Schritten wurde er auf ein schwaches Geräusch aufmerksam, das vom oberen Ende der Treppe herkam. Seine Stimme klang ungewöhnlich harsch, als er fragte:
»Was zum Teufel machst du denn dort oben, Madeline?«
Es war vollkommen klar; sie hatte zugehört.
Sie stand in den langen Schatten der Nachmittagssonne und stützte sich auf das Treppengeländer. Ihre Bewegungen waren lebhafter als gewöhnlich, als sie zwei Stufen hinunterstieg. Plötzlich überfiel ihn Angst. War das Laudanum in letzter Zeit durch irgendein Mißgeschick zu schwach dosiert worden?
Sie klammerte sich mit weißen Händen an das Treppengeländer und stieg eine weitere Stufe hinunter — dann noch eine. Ihr Mieder aus schwarzer Seide hob und senkte sich; sie mußte sich offensichtlich stark anstrengen. Ihre von tiefen Schatten umrahmten Augen waren ekelerfüllt.
Die Situation erlaubte keinerlei Nachgiebigkeit. Justin marschierte zur Mitte der Empfangshalle, wo er sich mit gespreizten Beinen postierte und die Daumen über dem Gürtel in die Hose steckte. »Hast du unsere Gäste belauscht?« Die Frage enthielt eine unverhüllte Drohung.
»Nicht absichtlich. Ich«, ihre Stimme wurde kraftvoller, »ich wollte gerade ins Nähzimmer gehen. Worüber habt ihr euch unterhalten, Justin? Wen wollen sie töten?«
»Niemanden.«
»Ich habe den Namen Hazard gehört.«
»Das hast du dir nur eingebildet. Geh auf dein Zimmer.«

»Nein.«
Sie stieg zwei weitere Stufen hinunter und schloß die Augen; ihr Atem ging mühsam und ruckweise. Auf ihrer bleichen Stirn glänzten Schweißperlen. Er sah, daß sie immer noch gegen die Wirkung des Medikaments kämpfte.
»Nein«, wiederholte sie. »Nicht, bis du mir eine Erklärung gegeben hast. Sicher habe ich irgend etwas falsch verstanden. Du wirst wohl nicht deinen eigenen Neffen als Mörder gedungen haben.«
Panik überwältigte ihn. Unbesonnen schrie er: »Du verdammte Hure! Geh auf dein Zimmer! Und zwar sofort!«
Wiederum schüttelte Madeline den Kopf und nahm ihre ganze Kraft zusammen, um langsam und schwerfällig den Rest der Treppe zu bewältigen. »Ich gehe«, sagte sie.
Für die nächsten zwei Stufen brauchte sie beinahe volle zehn Sekunden. Es wurde ihm klar, daß er dumm gewesen war, in Panik zu geraten. Sie war viel zu schwach, als daß sie irgend etwas hätte unternehmen können. Es gelang ihm, sich etwas zu entspannen und einen belustigten Blick aufzusetzen.
»Ah ja? Und wohin willst du denn gehen?«
»Das«, sie fuhr sich mit einem zerknüllten Taschentuch über die Stirn, »geht dich nichts an.«
Unmittelbar nachdem Justin den Namen Hazard ausgesprochen hatte, war Madeline bewußt geworden, wie verzweifelt dringlich die Situation war. Nun, da sie sich unten an der Treppe befand, hörte sie, wie Pferde auf dem Torweg davonritten. Die Angst gab ihr neue Kraft, und sie konnte die fürchterliche Lethargie überwinden. Sie torkelte zum Eingang. Justin machte einen Schritt zur Seite und versperrte ihr den Weg.
»Laß mich bitte durch.«
»Ich verbiete dir, dieses Haus zu verlassen.«
Seine Stimme klang nun grell — der endgültige Beweis dafür, daß das Komplott eine Tatsache war. In Mont Royal sollte jemand ermordet werden. Der Grund war ihr unbekannt, aber sie wußte, daß sie versuchen mußte, diesen Mord zu verhindern.
Sie machte einen Bogen um ihren Gatten. Justin ballte die Hand zur Faust, machte eine leichte Drehung nach links und versetzte ihr einen Schlag auf die Schläfe. Schreiend fiel sie hin.

Sie lag auf dem Boden und starrte ihn eine Weile, die ihr wie eine Ewigkeit vorkam, benommen an. Schwer atmend stützte sie sich auf die Hände, stand auf und versuchte erneut, die Eingangshalle zu durchqueren.
Wieder schlug Justin zu. Diesmal schlug sie mit dem Hinterkopf auf die Kante der Kirschholztruhe auf — ein harter, schmerzhafter Aufprall. Ihr Schrei war markerschütternd. Mühsam stützte sie sich auf ein Knie und versuchte verzweifelt aufzustehen.
Eine Tür wurde geöffnet. Zwei schwarze Gesichter spähten in die Halle, als sich Justin drohend über Madeline beugte. »Wenn du darauf beharrst, dich wie ein starrköpfiges Tier zu benehmen, wirst du auch als solches behandelt.« Er versetzte ihr einen heftigen Tritt unter die linke Brust.
Madeline fiel erneut gegen die Truhe, die gegen die Wand prallte. Der Säbel an der Wand rasselte. Verzweifelt schnappte Madeline nach Luft. Tränen schossen ihr in die Augen, und sie sah alles wie durch einen Schleier hindurch.
Justin drehte sich ruckartig um und eilte durch die Halle. »Verdammt noch mal, was gafft ihr hier herum? Verschwindet, oder ich zieh' euch die Haut ab!«
Die zu Tode erschrockenen Sklaven machten sich aus dem Staub. Madeline sah inzwischen wieder etwas klarer. Sie hielt sich an der Truhe fest und zog sich mit letzter Willensanstrengung hoch.
Justin drehte sich um, sah, daß sie wieder auf den Füßen stand, und begann laut zu fluchen. Sie hörte hinter ihrem Rücken das Stakkato seiner Stiefelabsätze; mit den gemeinsten Flüchen stürzte er auf sie los. Mit übermenschlicher Anstrengung riß sie den Säbel von der Wand, wirbelte herum und schlug zu.
Die scharfe Klinge riß ihm das Gesicht von der linken Augenbraue bis zum Unterkiefer auf. Einen Augenblick lang klaffte die Wunde und ließ das Fleisch sichtbar werden, dann schoß das Blut hervor; es lief ihm über die Wange und tropfte auf sein Seidenhemd.
Er preßte die eine Hand auf die Wunde. »Du gotterbärmliche Hure du!« und raste auf sie los.
Sie schleuderte den Säbel fort und trat instinktiv einen Schritt zur Seite. Er konnte den Schwung seines Körpers nicht mehr bremsen und prallte Kopf voran gegen die Wand. Langsam sank er in die Knie —

wie in einem schlechten Schauspiel. Das blutende Gesicht auf der Brust, stöhnte er vor sich hin.
Zwei andere Sklaven, vom Lärm angezogen, standen unter dem Türrahmen. »Ezekiel, komm mit mir. Ich brauche den Wagen.« Sie zeigte auf den zweiten Schwarzen. »Du kümmerst dich um Mr. LaMotte.«
Zwei Minuten später lenkte sie den Wagen durch den Torweg in Richtung Fluß.

»Jung. *Jung* hat er gesagt.«
Das linke Hinterrad des Wagens knallte in ein tiefes Loch, und sie wurde beinahe vom Sitz geschleudert. Als sie an Six Oaks vorbeiraste, konnte sie nur knapp verhindern, daß der Wagen nicht im Straßengraben landete. Die frische Luft hatte ihre Sinne ein wenig geschärft, und sie hatte nun einen klareren Kopf. Es war ihr eben in den Sinn gekommen, daß ihr Gatte eine Anspielung auf den *jungen* Mr. Hazard gemacht hatte. Das Opfer mußte also der Bruder von George sein. Das hieß, daß er das Fort im Hafen von Charleston verlassen hatte; aber wo war er nun?
Sonnenbeschienene Bäume flogen an ihr vorbei. Der Wind peitschte ihr Gesicht. Sie war wirklich erzdumm gewesen, so lange bei Justin zu bleiben. Monat um Monat war ihre Widerstandskraft durch eine ihr rätselhafte Erschöpfung unterminiert worden, und zuvor war es ihr falsches Ehrgefühl gewesen, das sie in Resolute zurückgehalten hatte.
Aber der Mann, dem sie sich durch die Heirat verpflichtet hatte, kannte das Wort Ehre nicht — genau wie die meisten Mitglieder seiner Familie. Bis zu diesem Nachmittag war Madeline jedoch nicht klargeworden, wie niederträchtig sie wirklich waren.
Sie hatte am oberen Treppenabsatz gestanden, hatte nach unten geschaut und bemerkt, daß ein junger Sklave Forbes eine Nachricht zugeflüstert hatte. Der Junge lebte nicht in Resolute; er mußte also von jemand anders hergeschickt worden sein, und zwar mit einer Mitteilung, auf die Forbes ungeduldig wartete.
Dann war Justin mit dem jungen Smith in ihr Blickfeld getreten. Zuerst hatte sie geglaubt, es handle sich um irgendeinen derben Spaß. Als sie jedoch die rohen Worte hörte und den Gesichtsausdruck der

drei sah, wußte sie, daß die Anspielung auf den Mord wörtlich zu verstehen war.
Nun hoffte sie, den jungen Mr. Hazard in Mont Royal anzutreffen. Sie betete inbrünstig, daß — solle dies nicht der Fall sein — er rechtzeitig gefunden und gewarnt werden könnte. O Gott, sie hätte Justin wirklich schon vor langer Zeit verlassen und Orry heiraten sollen.
Die kühle Luft belebte ihren Körper und Verstand. Die Nadeln und Perlmutterkämme, mit denen sie das Haar hochgesteckt hatte, lösten sich, und lange, schwarze Strähnen wehten im Wind. Der feurige Wallach, der den offenen Wagen mit halsbrecherischer Geschwindigkeit hinter sich herzog, war bereits schweißbedeckt.
Sie fühlte sich ungemein erleichtert und glücklich. Nie mehr würde sie nach Resolute zurückkehren. Nie mehr zurück zu Justin —
Und zum Teufel mit den Konsequenzen!

63

Kurz vor drei Uhr versammelte sich die Familie, um sich von den Neuvermählten zu verabschieden. Billy wollte früh genug gehen, damit sie gemütlich zum kleinen Bahnhof im Wald fahren konnten.
Ein perfekter Nachmittag für eine Hochzeitsreise, fand Charles und zündete sich schon wieder eine Zigarre an. Die milde Märzsonne schimmerte durch die moosbewachsenen Eichen, und die Luft roch nach feuchter Erde. Es wurde langsam Frühling. Verflixt noch mal, er sollte wirklich nach Charleston reiten und ein Mädchen finden.
Charles half Homer, die Kisten und Koffer auf Huntoons Kutsche zu verstauen, während sich Brett und Billy von der Familie verabschiedeten. Ashton stand auf der Seite, um die letzte zu sein. »Ich wünsche euch von ganzem Herzen eine gute Reise, viel Glück und Erfolg. Und ein langes Leben«, fügte sie hinzu. Als sie Brett umarmte, funkelte das Sonnenlicht in ihren dunklen Augen.
»Vielen Dank, Ashton«, sagte Billy. Linkisch schüttelte er ihre Hand. Charles fand linkisch den passenden Ausdruck für Billys Verhalten Ashton gegenüber an diesem Nachmittag. Nun, das war nicht weiter erstaunlich, denn Billy war ja lange genug in sie vernarrt gewe-

sen. Aber sein Freund hatte schließlich das bessere Mädchen gewählt. Ashton war zwar intelligent und voller Elan, hatte jedoch auch eine böse Ader.

»Bison«, Billy trat zu Charles und streckte ihm die Hand hin, »paß auf dich auf, vor allem, wenn es auf Fort Sumter noch hitziger zugehen sollte.«

»Ich werd' mir Mühe geben.« Ihr Handschlag war lang und kräftig.

»Laß mal was von dir hören. Ich weiß natürlich, daß es eine Weile dauern wird. Schließlich ist ein frisch verheirateter Mann noch anderweitig beschäftigt.«

»Das möchte ich wohl hoffen.«

Beide lachten. Brett hatte eben ihre Mutter zum letztenmal umarmt. Sie wischte sich eine Träne von der Wange und sagte hänselnd: »Das tönt aber verrucht.«

Charles grinste. »Du hast recht, aber wir müssen jetzt noch ein paar Zoten reißen. Der Bräutigam ist schließlich um seinen Polterabend gekommen.«

»Er kann froh sein, daß er in diesen Zeiten überhaupt zu einer Hochzeitsreise kommt«, sagte Orry auf die ihm eigene mürrische Art.

Clarissa lächelte immer noch und blinzelte wie ein verwirrtes Kind, das trotzdem nett sein will. Einige der Hausdiener waren herausgekommen, um sich ebenfalls zu verabschieden, und so wurden die beiden von einer großen klatschenden und Glückwünsche rufenden Menschenmenge umringt, als Billy seiner Frau in die Kutsche half. Er lehnte zum Fenster hinaus und winkte. Brett ebenfalls. Die Sonnenstrahlen brachten ihre Tränen zum Glitzern. Homer gab den Pferden die Zügel. Als die Kutsche langsam davonrollte, winkten alle und riefen ihnen noch mehr Abschiedsworte zu. Spaßeshalber zog Charles den Säbel und salutierte den Neuvermählten formell.

Als er über die Klinge seines Säbels schaute, bemerkte er, wie Ashton sich mit dem Taschentuch in einer Hand die Augen wischte und mit der anderen Hand winkte. Dann huschte plötzlich ein selbstgefälliges Lächeln über ihr Gesicht. Niemand schenkte dem Beachtung, da alle der Kutsche nachsahen, die im Sonnenlicht auf dem Torweg davonratterte.

Charles spürte einen Stich im Nacken. Er trat einen Schritt zurück, so daß er sich hinter einer Säule vor Ashton verstecken konnte. Was

auch immer sie dem Brautpaar zuvor gesagt haben mochte, sie sah auf keinen Fall so aus, als würde sie ihnen etwas Gutes wünschen. Was in aller Welt war eigentlich los?
Etwas Merkwürdiges — soviel stand fest. Vielleicht würde er mehr erfahren, wenn er die Augen offenhalten und nicht zu viel trinken würde.
Er bat Cuffey, ihm ein Glas Champagner zu bringen. Dann öffnete er den Kragen seiner Uniform und ließ sich auf einen Schaukelstuhl im Schatten nieder. Er schaukelte gemächlich hin und her und war froh, allein zu sein. Bevor seine Geduld belohnt wurde, hatte er den Champagner schon in kleinen Schlucken leergetrunken. Ein schwarzer Junge, staubbedeckt und schwer atmend, tauchte bei der Hausecke auf. »Ist Homer hier, Sir?«
»Nein, er ist mit der Kutsche fortgefahren, aber er wird bald zurücksein.«
Charles brauchte einen Augenblick, bis er wußte, wohin der Junge gehörte. Sein Name war Rex — der andere Diener von Ashton. Wo war er gewesen? Sein verwaschenes blaues Flanellhemd triefte vor Schweiß, als wäre er eine große Strecke gerannt.
Der Junge wich Charles' Blick aus und kauerte in einiger Entfernung bei einer Säule nieder. Charles erinnerte sich genau daran, daß er nach der Zeremonie ein paar Worte mit Homer gewechselt hatte. Rex hatte er nirgends gesehen. Eigenartig.
Charles hob den Kopf. Er hörte Lärm; im Torweg erblickte er eine Staubwolke. Das Geräusch von Pferdegetrampel und quietschenden Wagenrädern wurde schnell stärker. Als er die verstörte, verängstigt dreinblickende Gestalt sah, die den Wagen lenkte, sprang er erregt auf.
»Madeline«, rief er, warf die Zigarre fort und eilte ihr entgegen. Einen Augenblick später ergriff er den Zaum des völlig erschöpften Pferdes und half Madeline beim Aussteigen. Er wollte sie loslassen, aber sie hielt ihn umschlungen.
»Madeline, Sie sehen zu Tode erschrocken aus. Was ist los?«
Mit einem verwirrten Ausdruck schaute sie zu dem jungen, großen Offizier hoch. Sie versuchte sich zusammenzureißen. Dann bemerkte sie Rex, der angespannt bei der Säule kauerte. Langsam begann sie die Zusammenhänge zu begreifen.

»Ich habe diesen Jungen vor kurzem in Resolute gesehen. Ich bin vollkommen sicher.«
Aber Rex war schon über die Veranda gerast und spurlos verschwunden.

Die Bewegung der Kutsche übte eine beruhigende Wirkung aus; die Stimmung stieg. Auf den ihnen gegenüberliegenden Kissen zeichneten die Sonnenstrahlen Schatten von Föhren und Eichen, die am Straßenrand standen. Billy hielt Brett eng umschlungen.
»Glücklich?« fragte er.
Sie seufzte. »Selig. Ich habe nicht mehr geglaubt, daß der Augenblick noch kommen würde.«
»Und ich habe nicht mehr geglaubt, daß Orry seine Erlaubnis geben würde.«
»Dein Bruder hat ihn umgestimmt, das weißt du ja.«
Billy gluckste. »Die Ehemaligen sagen, daß West Point dein Leben auf immer beeinflußt — und zwar so, wie man sich dies als Kadett nicht vorstellen kann. Jetzt glaub' ich ihnen endlich.«
Brett dachte einen Augenblick nach. »Wie lange, denkst du, wirst du in Washington bleiben müssen?«
»Das kann ich nicht sagen. Vielleicht Tage, Wochen oder sogar —«
»Es kommen Reiter, Leutnant Hazard.«
Als Billy Homers Stimme hörte, blickte er zum offenen Fenster hinaus. Der Sklave klang zwar nicht beunruhigt, aber allein die Tatsache, daß er die beiden darauf aufmerksam gemacht hatte, ließ etwas Ungewöhnliches ahnen. Billy konnte sie links hinter der Kutsche hören. Die Hufe trotteten auf Waldboden. Eigenartig.
»Wer ist es?« fragte Brett.
Billy lehnte sich aus dem Fenster. Staubwolken tanzten in den Sonnenstrahlen hinter der Kutsche. Zwei verschwommene Gestalten tauchten zentaurenähnlich in den Staubwolken auf, aber er konnte erst Einzelheiten feststellen, als die Pferde in Galopp fielen. Die zwei Reiter lösten sich aus dem Staub. Billys Hände ruhten auf dem Fensterbrett.
»Ein alter Freund von dir. Dieser Kerl namens LaMotte.«
Aber auch Brett war eher verwirrt als verängstigt. Forbes gab dem Pferd die Sporen. Sein Begleiter, ein schmächtiger, elegant gekleide-

ter Bursche etwa in Forbes' Alter, war dicht hinter ihm. Brett lehnte sich aus dem andern Fenster.

»Merkwürdig, das ist Preston Smith. Was um Himmels willen tun die beiden auf dieser gottverlassenen Straße?«

Billy hegte den Verdacht, daß sie nicht bloß einen Ausflug machten. Sicher waren sie auch nicht auf dem Weg zu Bekannten, denn die Kutsche war schon seit mehreren Meilen an keiner Siedlung mehr vorbeigefahren. Zu jeder Seite der Kutsche erschien ein Reiter.

»Homer, halt an!« rief Forbes. Er hatte ein breites Lächeln auf dem Gesicht, aber Billy kam es unecht vor. Forbes fuchtelte befehlshaberisch herum. »Anhalten hab' ich gesagt!«

Verwirrt zog der Kutscher die Zügel und trat mit dem Fuß auf die Bremse. Die Kutsche schlingerte hin und her; Staubwolken stiegen hoch. Herunterhängende Äste streiften das Gepäck auf dem Verdeck der Kutsche. An dieser Stelle verengte sich die Straße zu zwei schmalen, parallelen, durch hohes Gras voneinander getrennten Furchen. Preston Smith hustete und steckte dann das Taschentuch ein, das er vor Nase und Mund gehalten hatte. Forbes ritt hinten um die Kutsche herum auf Billys Seite. Brett lehnte sich über Billys Schulter.

»Ich hätte nicht erwartet, dich hier draußen zu sehen, Forbes.«

Forbes' Haar war staubbedeckt und einige Töne heller als gewöhnlich. Er schien entspannt und gut aufgelegt. Aber Billy war argwöhnisch, denn er bemerkte einen eigenartigen Glanz in Forbes' Augen. Billy dachte an seinen Dienstrevolver. Er befand sich in der Kiste auf dem Verdeck. Verdammt noch mal.

»Ich wollte euch gratulieren«, antwortete Forbes. »Du kennst meinen Freund Preston Smith, nicht wahr?«

Brett nickte und sagte: »Ja, wir haben uns schon gesehen.«

»Sir«, fuhr Forbes fort, »ich konnte Braut und Bräutigam nicht abreisen lassen, ohne ihnen zu gratulieren.« Sein Gesicht leutete auf. »Aber Sie werden mir sicher verzeihen, wenn ich nicht sage, daß der beste Mann gewonnen hat.«

Unter dem Fenster, unsichtbar für Forbes, ergriff Brett Billys Knie und drückte es. Billys Herz raste. Er sprach den Gedanken aus, der beiden durch den Kopf ging.

»LaMotte, woher wissen Sie, daß wir geheiratet haben?«

Smith beruhigte sein bockendes Pferd. »Oh, wir haben es irgendwo

gehört. Ich glaube nicht, daß ich schon die Ehre hatte, Sie kennenzulernen, Sir. Sie sind Leutnant Hazard, nicht wahr?«
Sein Tonfall machte deutlich, daß es alles andere als eine Ehre war, Billy zu treffen. Billy starrte ihn unentwegt an. »Das stimmt.«
»Preston Smith. Ihr Diener.«
Smith lächelte verächtlich. Billy hatte plötzlich das Gefühl, daß die Begegnung kein Zufall war. Waren sie in eine Falle geraten?
Homer räusperte sich. »Wir sollten weiterfahren, Leutnant, sonst verpassen wir den Zug.«
Forbes schaute den Schwarzen an. »Ihr fahrt zum kleinen Bahnhof im Wald, nicht wahr?«
Homer starrte geradeaus. »Ja, Sir, und ich finde, daß wir nun wirklich Dampf dahinter setzen sollten.«
»Nigger, du gehst nirgends hin, bis ich es dir erlaube.«
Wütend sagte Billy: »Fahr weiter, Homer.« Aus den Augenwinkeln heraus bemerkte er, wie sich Smith nach hinten lehnte, die Hand in die Satteltasche streckte und flink und beinahe mühelos eine riesige Duellierpistole mit bronzener Ziselierung und einem Feuersteinschloß herauszog. Lächelnd richtete er die Pistole auf Homer.
»Wenn du die Zügel berührst, wird die Straße voll von Niggerblut sein.«
»Wir wollen nicht streitsüchtig sein«, sagte Forbes mit noch breiterem Grinsen als zuvor. »Aber wir sind ein gutes Stück geritten, um Ihnen unsere Aufwartung zu machen, und das wollen wir auch tun. Und jetzt, Mr. Yankee-Soldat, steigen Sie aus und trennen Sie sich vom Rock Ihrer Frau, damit ich Ihnen geziemend gratulieren kann.«
Brett drückte Billys Knie stärker. »Billy, tu das nicht.«
Aber Billy schäumte vor Wut. Er stieß ihre Hand weg, riß die Türe auf und stieg aus.
Forbes seufzte. »Nein, Sir, ich kann wirklich nicht sagen, daß der beste Mann gewonnen hat. Obwohl es den Anschein erweckt, als wären Sie für eine Weile obenauf — wenn Sie verstehen, was ich meine.«
Billy errötete. Smith lachte wiehernd. Ein großer schneeweißer Reiher segelte über die Baumkronen. Billy machte einen Schritt auf Forbes' Pferd zu.
»Passen Sie auf, was Sie in Anwesenheit meiner Frau sagen.«
Forbes und sein Freund warfen sich kurze, zufriedene Blicke zu.

»Nun, Mr. Hazard, das klingt ja fast wie eine Drohung. Und eine Drohung betrachte ich als persönliche Beleidigung. Oder habe ich Sie vielleicht falsch verstanden?«
»Komm, Billy!« rief Brett. »Vergeude deine Zeit nicht mit diesen gemeinen Idioten.«
Forbes wandte sich ihr lächelnd zu. »Weißt du, Liebling, ich muß zugeben, daß ich dich immer noch liebe — obwohl dich deine spitze Zunge manchmal in eine giftspeiende Nutte verwandelt. Ich mache jede Wette, daß du auch herumhurst.«
»LaMotte, du Hurensohn, komm von diesem Pferd runter!«
Forbes lachte und schüttelte den Kopf, während er das Pferd außer Billys Reichweite lenkte. Dann glitt er vom Pferd, glättete sich mit den Handflächen das Haar und stolzierte herbei.
»Ich bin sicher, daß ich diese Bemerkung nicht falsch verstanden habe, Sir. Sie haben mich beleidigt.«
Mit ernstem Nicken sagte Smith: »Das hat er tatsächlich.«
Forbes starrte auf Billy herunter, der beinahe einen Kopf kleiner war. »Ich fordere Satisfaktion, Sir.«
Homer schaute fassungslos zu, wie Brett aus der Kutsche schoß. »Laß dich nicht mit ihm ein, Billy! Merkst du denn nicht, daß er hierhergekommen ist, um dich zu provozieren? Ich weiß zwar nicht, wie er herausgefunden hat, daß wir fortgehen, aber laß dich nicht in dieses Spiel hineinziehen!«
Billy war auf der Hut, fixierte seinen Gegner und schüttelte den Kopf. »Halt dich da raus, Brett. LaMotte —«
»Ich sagte«, unterbrach ihn Forbes, »daß ich Satisfaktion fordere.« Plötzlich riß er den Arm hoch und schlug Billy links und rechts ins Gesicht. Der mit der offenen Handfläche ausgeführte Schlag knallte wie ein Peitschenhieb. »Und zwar hier und jetzt«, fuhr er fort und setzte wieder sein charmantes Lächeln auf.
»Du gemeiner Hund!« explodierte Brett. »Ich wußte, daß du eifersüchtig bist, aber ich habe nicht gewußt, daß es dich in den Wahnsinn getrieben hat. Wie lange hast du auf diesen Augenblick gewartet?«
»Schon lange — das will ich nicht leugnen. Es ist für mich jedoch die angemessenste und ehrenvollste Art, meine Differenzen mit Mr. Hazard zu bereinigen. Preston hat eine zweite Pistole in der Satteltasche. Er wird als mein Sekundant agieren. Was den Ihrigen betrifft«, er

wandte seinen Blick der Kutsche zu, »so nehme ich an, daß du dieses Amt übernehmen wirst, Homer. Meiner Meinung nach macht es sich recht gut, daß der Sekundant eines Yankees ein Nigger ist.«
Bretts Stimme war heiser vor Angst. »Billy, du darfst das nicht tun!«
»Sei bitte still«, unterbrach er sie. Er legte ihr den Arm um die Schultern und führte sie hinter die Kutsche. Dann beugte er sich zu ihr nieder und flüsterte: »Ich muß mich ihm stellen. Ist dir denn nicht klar, daß er uns abgefangen hat, um mich zu töten? Wenn wir zu flüchten versuchen, findet er irgendeinen Vorwand, um mich auf der Stelle zu erschießen. Und so —«
Er schluckte leer. Schweiß rann ihm übers Gesicht. Ein Tropfen fiel von seinem Kinn, und sein Rockaufschlag verfärbte sich wie von einem Blutflecken.
»So hab' ich wenigstens noch eine Chance.«
Sie schüttelte den Kopf; erst sanft, dann immer heftiger. Tränen schossen ihr in die Augen. Billy drückte ihren Arm und ging dann wieder auf die andere Seite der Kutsche. Sie hörte ihn sagen:
»In Ordnung, LaMotte. Gehen wir zu diesem Feld dort drüben beim Sumpf.«
»Ihr Diener, Sir«, antwortete Forbes und verneigte sich.
Billy zog Mantel, Krawatte und Wams aus. Er schmiß alles über die stachligen Blätter einer Yukkapflanze, die neben den verwelkten Wedeln einer wilden Palme wuchs. Homer näherte sich, aber Billy winkte ab.
»Bleib bei Brett. Ich komm' allein zurecht.«
»Wieso eigentlich nicht. Es ist ja wirklich nicht schwer«, bestätigte Smith, als er die beiden Duellanten im Sonnenschein in die Mitte eines Bermudagrasfeldes abkommandierte. Die Halme wogten sanft im Wind.
Smith streckte die Hände aus, in denen je eine Duellierpistole lag. Billy bemerkte, daß es sich um zwei identische Modelle handelte — ein weiterer Beweis dafür, daß die Begegnung kein Zufall war. Für einen kleinen Ausritt hatte man nicht zufällig derartige Pistolen einfach in der Satteltasche.
»Meine Herren, ich werde die Pistolen vor Ihnen beiden mit Pulver und Kugel laden. Dann stellen Sie sich Rücken an Rücken und machen auf meinen Befehl hin genau zehn Schritte. Nach dem zehnten

Schritt können Sie sich umdrehen und schießen. Irgendwelche Fragen?«
»Nein«, sagte Forbes und rollte die Ärmel hoch.
»Beeilen Sie sich«, meinte Billy.
Höhnisch verbeugte sich Smith, kniete dann ins Gras, öffnete die Satteltasche und entnahm ihr zwei Pulverflaschen, die eine etwa dreimal größer als die andere. Aus der größeren schüttete er grobkörniges Pulver, das die Kugel antreiben würde, in die Mündung der ersten Pistole. Dann stopfte er die Kugel und einen Tuchfetzen hinein, und zum Schluß füllte er die Mündung mit dem feinkörnigen Pulver auf, das er der kleineren Flasche entnahm.
Er überreichte die Pistole Forbes, der sie oberflächlich begutachtete und nickt. Forbes schien es interessanter zu finden, seinem Freund zuzuschauen, wie dieser die zweite Pistole mit der nach oben gerichteten Mündung zwischen die Knie klemmte.
Billy sah, wie Smith nach der größeren Flasche griff. Forbes räusperte sich. Billy wandte sich ihm zu.
»Sie haben sicher nichts dagegen, wenn ein Mann vor dem Gefecht pissen geht?« Billy schüttelte den Kopf. »Dann würden Sie vielleicht so freundlich sein und dies hier halten, bis ich zurück bin.«
Er streckte bereits die Pistole hin; Billy mußte sie nehmen und konnte deshalb nicht sehen, daß Smith die Stellung der größeren Flasche veränderte. Beinahe das ganze grobkörnige Pulver fiel ins rauhe Gras. Das Ganze war gut geplant und in Sekundenschnelle durchgeführt worden. Forbes hatte Billy genau im richtigen Augenblick abgelenkt; der Kunstgriff war nicht aufgefallen. Man konnte nur Smith im wogenden Gras kauern sehen — die Pistole wurde fast ganz von seinen Knien verdeckt.
Smith legte die zweite Kugel in die Mündung, füllte diese mit dem feinkörnigen Pulver auf und sagte: »Hier.« Er stand auf und hielt Billy die schwere Pistole hin, die nun zu wenig grobkörniges Pulver enthielt, um die Kugel mit der üblichen Geschwindigkeit anzutreiben. Diese Waffe würde niemanden mehr töten können.
Billy bemerkte einige Pulverkörner an der Stelle, wo Smith gekauert war. Er fragte sich kurz, ob er einen Austausch der Pistolen verlangen sollte, verdrängte seinen Argwohn jedoch gleich wieder. Nicht einmal ein eifersüchtiger Verehrer würde sich dazu hinreißen lassen,

Waffen zu manipulieren, die in einer solchen Ehrensache verwendet wurden.
Forbes kam zurück. Billy reichte ihm die erste Pistole. Smith gab Billy die zweite. »Danke«, sagte Billy, als er sie in Empfang nahm.
Smith räusperte sich: »Gentlemen, sollen wir beginnen?«

64

»Ist Billy Hazard hier?« fragte Madeline. Seit ihrer Ankunft in Mont Royal waren etwa fünf Minuten verstrichen. Charles hatte sie in die Bibliothek geführt und nach Orry rufen lassen, der nun betroffen an der verschlossenen Tür lehnte.
»Er ist fortgegangen«, antwortete Charles. »Zusammen mit Brett. Sie werden im kleinen Waldbahnhof einen Zug nach Norden nehmen. Vor zwei Stunden haben sie geheiratet.«
»Geheiratet«, wiederholte Madeline verwirrt. »Das muß irgendwie damit zu tun haben.«
»Womit?« fragte Orry.
Sein Tonfall war schärfer als gewollt, aber die Gefühle übermannten ihn; einerseits Freude über ihren unerwarteten Besuch, andererseits herzzerreißender Kummer, wenn er ihr trauriges und apathisches Gesicht betrachtete. Sie hatte noch mehr abgenommen; aber es war noch etwas viel Schlimmeres mit ihr geschehen, obwohl er nicht sagen konnte, was.
»Forbes«, murmelte sie. »Forbes und sein Freund Preston Smith. Sie haben Resolute kurz vor mir verlassen. Ich habe gehört, wie sie Justin sagten, daß sie — daß sie Billy umbringen würden. Jemand von hier muß ihnen mitgeteilt haben, daß er und Brett abreisen würden.«
Charles kaute an der kalten Zigarre. »Kann es der Bursche gewesen sein, den Sie draußen gesehen haben?«
»Ich weiß nicht.« Ihre Augen waren merkwürdig glasig geworden. »Ja, er muß es gewesen sein.«
»Von welchem Burschen redest du?« wollte Orry wissen.
Charles' Gesichtsausdruck war frostig und bedrohlich geworden. »Rex, der Bursche von Ashton. Ich geh' ihn suchen.«

Er ging zur Tür. Orry schritt an ihm vorbei auf Madeline zu. »Sind Sie sicher, daß die zwei gesagt haben, sie wollten Billy etwas antun?« fragte Charles und wartete bei der Tür auf ihre Antwort.
»Das Wort, das ich gehört habe, war 'umbringen'.« Sie wollte die Tränen zurückhalten, was ihr aber nicht gelang. *»Umbringen.«*
Orrys Gesicht war wutverzerrt. »Bei Gott, ich werde mit Justin reden —«
»Dazu reicht die Zeit nicht«, schrie Madeline. »Und Justin ist nicht mehr wichtig. Ich habe ihn verlassen!«
Orry starrte sie verständnislos an.
»Verlassen«, wiederholte sie. »Ich geh' nie mehr zurück nach —«
Bevor sie den Satz beenden konnte, kippte sie ohnmächtig um.
Sie fiel gegen Orrys Brust, der durch den Aufprall rückwärts stolperte, sie jedoch auffangen konnte. »Geh und hol Hilfe«, schrie er Charles zu.
Charles nickte und verließ mit grimmigem Gesichtsausdruck die Bibliothek.

»Ashton, wo ist dein Bursche?«
Seine Cousine schaute vom silbernen Teeservice auf. Sie hatte im Salon eben Tee für sich und Clarissa einschenken wollen.
»Meinst du Rex?«
»Ja. Wo ist er?«
Sein eisiger Blick fegte ihr Lächeln weg. »Irgendwo draußen, nehme ich an. Wieso bist du so eingeschnappt?«
Verzweifelt versuchte sie, sich zu verstellen; sie hatte den Wagen kommen hören, als sie und ihre Mutter sich gerade setzen wollten, und hatte durchs Fenster gesehen, wie Madeline — schmutzig und häßlich wie eine Hexe — ins Haus geführt wurde. Aber Ashton hatte sich nicht getraut, den Salon zu verlassen — aus Angst, daß irgend etwas schiefgegangen war.
Charles beantwortete ihre Frage nicht. Als er hinausraste, zitterte der Boden unter seinem schweren Stiefelschritt.
Mit einem freundlichen, wißbegierigen Lächeln sagte Clarissa: »Ich kenne diesen jungen Mann nicht. Ist er ein Besucher?«
»Er ist dein Neffe, Mama!«
Ashtons Tonfall war so heftig gewesen, daß Clarissa Tränen in die

Augen schossen. Ashton trocknete ihr die Wangen mit kurzen, heftigen Bewegungen. »Tut mir leid, daß ich aufgefahren bin, aber ich habe ganz plötzlich fürchterliche Kopfschmerzen —«
»Vielleicht hilft der Tee ein wenig.«
»Ja. Vielleicht.«
Ihre Hände zitterten, als sie den Tee einschenken wollte. Sie goß ihn prompt neben die Tasse und hätte beinahe den Krug fallen gelassen.
»Verdammt noch mal!«
Clarissa atmete geräuschvoll, als sie die profane Bemerkung hörte. Ashton knallte den Krug auf das Tablett, stand auf und schritt nervös auf und ab. Charles mußte irgend etwas wissen; soviel stand fest. Doch wenn sie zu neugierig wäre, könnte sie sich selbst verraten. Aber konnte sie es wagen, ihn mit Rex allein zu lassen? Der Junge wartete ja nur darauf, ihr eins auszuwischen.
Etwa eine Minute lang war sie vor Unentschlossenheit wie gelähmt. Dann rauschte sie ohne Erklärung aus dem Zimmer. Clarissa faltete eine Serviette zusammen und wischte den Tee weg, den die junge Frau verschüttet hatte. Wie nervös dieses Mädchen doch war! Clarissa versuchte vergeblich, sich an ihren Namen zu erinnern.

Auf der Veranda vor der Küche neigte sich Charles über Rex, die eine Hand dicht neben dem Ohr des Jungen gegen eine graue Wand aus Zypressenholz gepreßt. Er hatte den Burschen gefunden, als dieser eben an einem Stück gepökeltem Schweinefleisch herumkaute, und bevor er fortkriechen konnte, hatte Charles ihn mit einer Drohgebärde festgenagelt.
»Rex, ich dulde keine Lügen! Hast du verstanden?«
Verzweifelte schwarze Augen blickten auf den hinter Charles liegenden Rasen. Der Junge wußte, daß er in der Falle saß. Mit leiser Stimme antwortete er: »Ja, Sir.«
»Du bist den ganzen Weg nach Resolute und zurück gerannt, nicht wahr?«
Rex biß sich auf die Unterlippe. Charles' Miene verfinsterte sich, und er beugte sich noch mehr vor.
»Rex —«
Rext antwortete mit schwacher Stimme: »Ja.«
»Mit wem hast du dort gesprochen?«

Erneutes Zögern. »Mist' LaMotte.«
»Justin LaMotte?«
Rex kratzte sich den Kopf. »Mist' Forbes. Man hat mir gesagt —« Er hielt inne. Charles stachelte Rex an:
»Wer hat es dir gesagt? Ich will, daß du den Namen der Person sagst, die dich nach Resolute geschickt hat.« Er wußte natürlich, wer es gewesen war; nachdem er die erste Überraschung und den Ekel überwunden hatte, war das Komplott nur zu durchsichtig und glaubwürdig geworden. Er zog die Hand von der Wand zurück und berührte sanft den Arm von Rex.
»Ich verspreche dir, daß dir nichts passieren wird, wenn du mir den Namen sagst.«
Der Junge kämpfte mit sich, prüfte Charles Gesichtsausdruck und entschloß sich schließlich zu einer Antwort. Ein sonderbares Lächeln umspielte plötzlich seine Mundwinkel. Charles verlor langsam die Geduld.
»Verdammt noch mal, Bursche, wir haben keine Zeit für solche Sachen. Sag endlich —«
»Rex? Hier steckst du; ich hab' dich überall gesucht!«
Charles stand auf, drehte sich um und sah, wie Ashton auf sie zugerannt kam.
Völlig atemlos trat sie auf die Küchenveranda. »Komm mit, du Bengel. Ich brauche dich, und zwar sofort.«
»Zuerst muß er mir eine Antwort geben«, sagte Charles.
»Aber Charles«, sie setzte einen niedlichen Schmollmund auf, doch er hatte das Gefühl, daß Angst dahinter steckte, »ich muß mich für die Heimreise bereit machen.«
»Du kannst nicht fortgehen, bis Homer mit der Kutsche zurückkommt.« Voller Ironie fügte er hinzu: »Und wenn wir Madelines Bericht Glauben schenken können, wird das noch eine geraume Weile dauern.«
»Madeline LaMotte? Willst du damit sagen, daß sie hier auf Mont Royal ist?«
»Du hast uns ja beobachtet, als ich sie über die Veranda geleitete. Ich hab' dich gesehen, als du dich hinter dem Vorhang verstecken wolltest.«
Ashton wurde puterrot und stotterte — eine Reaktion, die man von

ihr nicht gewohnt war. Charles benützte die Gelegenheit und wandte sich wieder dem Jungen zu.

»Ich warte auf deine Antwort, Rex. Wer hat dich mit der Nachricht, daß Billy und seine Frau verreist sind, nach Resolute geschickt?«

Ashton merkte, daß die Falle am Zuschnappen war. Es war sinnlos, sich noch weiter zu verstellen, aber sie hatte einen starken Selbsterhaltungstrieb. Sie drängte an Vetter Charles vorbei und erhob drohend die geballte Faust. »Falls du weißt, was gut für dich ist, Rex, dann hältst du den Mund — *oh!*«

Rex sah die Faust dicht vor seiner Nase zittern. Charles hatte den Schlag abgefangen, indem er Ashton am Handgelenk packte. Der Junge machte große Augen; Ashton wurde übel. Sie wußte, woran er dachte: an die Peitschenhiebe.

»*Sie* hat mich geschickt.«

Der Tonfall des Jungen war beleidigend und beißend. Charles seufzte und ließ Ashton los. Sie rieb sich das Handgelenk.

»Wovon redet er eigentlich? Ich habe nicht die leiseste —«

»Sei still«, unterbrach sie Charles. »Madeline hat Orry und mir alles erzählt, was sie in Resolute gehört hat. Es hat keinen Sinn mehr, wenn du noch weiter lügst oder diesen Jungen bedrohst.« Er packte Rex an der Schulter. »Es ist besser, wenn du dich aus dem Staub machst.«

Rex rannte davon.

Charles betrachtete die Veränderung, die sich auf Ashtons Gesicht vollzog. Sie wurde aschfahl, und ihr aufgesetztes, unehrliches Lächeln verschwand. Er traute seinen Augen kaum. Mit zorniger, aber leiser Stimme sagte er:

»Mein Gott — es ist also wahr. Du willst, daß dein Schwager verletzt oder getötet wird.«

Ihr Schweigen und ihr trotziger Blick bestätigten dies. Er verlor keine Zeit mit Beschuldigungen, sondern packte seinen Säbel und raste wie ein Verrückter zum Stall.

Ashton ging ihm einen Schritt nach und schrie der verschwindenden Gestalt hinterher: »Das nützt nichts mehr. Es ist schon zu spät. *Zu spät.*«

»Eins«, rief Smith mit lauter Stimme. Den Blick geradeaus gerichtet, die Pistole in der Hand, begannen die Duellanten in entgegengesetzte Richtungen zu gehen.

»Zwei.«

Der Wind spielte mit den Grashalmen und kräuselte das glitzernde Wasser im Sumpf. Schweiß rann über Billys Nacken und durchnäßte den Kragen seines feinen Hochzeitshemds.

Billy versuchte, sich zu konzentrieren, und starrte auf den tiefhängenden Ast einer Eiche, unmittelbar vor ihm. Er fühlte die Duellierpistole in seiner Hand und rief sich in Erinnerung, wie er sie hochhalten und abdrücken mußte.

»Drei.«

Brett hielt die Hände so stark zusammengeballt, daß ihre Unterarme schmerzten. Sie stand bei der Kutsche und fragte sich, wie es zu diesem schrecklichen Erlebnis hatte kommen können. Wer hatte Forbes von ihren Reiseplänen erzählt? Es konnte kein Zufall sein, daß er genau auf dieser Straße geritten war.

»Vier.«

Homer stand etwa zwei Meter rechts von Brett. Als die zwei Duellanten voneinander weggingen, sah er, wie sich der junge LaMotte und sein Sekundant verschwörerisch anblickten. Homer hatte einen grauen, faustgroßen Stein vom Boden aufgelesen und ließ ihn nervös und gedankenverloren von einer Hand in die andere gleiten. Etwas schien wirklich faul bei diesem Unterfangen.

»Fünf.«

Preston Smith stand bei seinem und Forbes' Pferd zu Bretts Linken. Er wollte nahe bei seiner Satteltasche sein — für den Fall, daß irgend etwas schiefginge. Er blickte zu seinem rechten Stiefel hinunter und war wieder beruhigt, als er die Tasche sah, die auf der Außenseite des Stiefelschafts aufgenäht worden war. Dann wanderte sein Blick über Brett zu Homer, der schwitzend mit einem Stein jonglierte. Sie hatten von einem verängstigten Nigger nichts zu befürchten. Ein Gefühl von Genugtuung durchflutete ihn; es war so stark, daß er beinahe vergessen hätte weiterzuzählen.

»Sechs.«

Billy konnte nicht mehr klar sehen. Panik stieg hoch, es wurde ihm übel, und er hatte einen trockenen Mund. Die Gedanken jagten sich:

Wieso sollst du sie anschauen?
Du wirst sie wiedersehen.
Aber vielleicht doch nicht.
Wie haben sie uns gefunden?
Ein Geräusch drang in sein Bewußtsein — ein sanftes, regelmäßiges Klopfen. Er hatte nicht gewußt, daß sein Herzschlag so tönte.
»Sieben.«
Homer verstand nun den verschlagenen Blick, den sich die beiden Freunde zugeworfen hatten. Seine Nase hatte ihn also nicht getäuscht. Die zwei hatten die Ermordung des jungen Hazard geplant. Er wußte zwar nicht wie und weshalb, aber er war vollkommen sicher, daß es so war. Als er daran dachte, was bald geschehen würde, wurde ihm ganz elend, und er mußte sich, den Stein umklammernd, an das Vorderrad der Kutsche lehnen.
»Acht.«
Auch Brett legte das klopfende Geräusch für einen Augenblick falsch aus. Doch dann wurde ihr klar, daß ein Pferd auf der Straße aus der Richtung von Mont Royal herbeigaloppierte. Ein Schrei tönte durch das Geklapper der Hufe.
Auch Smith hörte es. Eines der von ihm gehaltenen Pferde scheute und wieherte, wodurch ein Teil des Schreis verschluckt wurde.
»— Billy, paß auf —«
Brett riß die Augen auf. »Das ist ja Charles!«
»Neun.«
Forbes drehte sich um; sein Selbstvertrauen schmolz dahin. Er mußte den leichenblassen, verängstigten Smith gar nicht erst anschauen, um zu wissen, daß der Reiter ihren Plan durchkreuzen würde. Billy reagierte nicht mehr auf Smiths Zählen. Er stand da und starrte erwartungsvoll auf die Straße. Wut und Verzweiflung überwältigten Forbes. Billys Hinterkopf gab eine deutliche Zielscheibe ab—
Smith hatte vergessen, zehn zu rufen. Aber das war ja auch völlig unwichtig. Forbes hob die Pistole auf Schulterhöhe und zielte.

Homer war sich bewußt, daß er bestraft würde, wenn er einen Weißen angriff, aber er konnte nicht einfach zusehen, wie jemand ermordet wurde. Er holte mit seinem rechten Arm zum Wurf aus.
Smith begriff nicht genau, was der Schwarze vorhatte, aber er faßte

es als Bedrohung auf. Er schrie und raste an Brett vorbei. Im Rennen streckte er die Hand zum rechten Stiefel aus.
Der Stein segelte auf Forbes zu, als dieser dabei war, abzudrücken. Brett sah, daß er ihn um mindestens einen Meter verfehlen würde, aber er hatte seinen Zweck erfüllt, denn er durchquerte Forbes' Blickfeld, und jener mußte den Kopf nach links werfen — auch die Hand, in der Forbes die Pistole hielt, wurde mitgerissen. Eine Explosion — eine Rauchwolke —
Der Stein fiel ins windgepeitschte Gras. Forbes sperrte den Mund auf. Billy drehte sich um und starrte seinen Gegner an.
Brett hatte sich angsterfüllt gegen die Kutsche gedrückt, als Smith an ihr vorbeigerast war. Sie richtete ihren Blick auf das Feld: Billy stand immer noch aufrecht, er schien unverletzt. Der Reiter tauchte auf. »Charles!« rief sie. Der Ruf wurde durch einen gutturalen Schrei gedämpft.
Sie wirbelte herum und preßte eine Hand auf den Mund. Smiths Gesicht war zu einer Fratze verzerrt. Er zog die Klinge seines Jagdmessers, das er aus dem Stiefelschaft gezerrt hatte, aus Homers Brust. »Oh.« Homer starrte auf sein zerrissenes und blutbeflecktes Hemd. »Oh«, wiederholte er überrascht und voller Schmerzen, als er zur Seite kippte. Smith half mit seiner freien Hand nach. Homer starb im Fallen.
Mit geraumer Verspätung wurde Billy bewußt, daß eine Kugel an seinen Ohren vorbeigepfiffen war. Wenn Forbes nicht durch den Stein, den Homer geworfen hatte, abgelenkt worden wäre, so hätte ihn die Kugel mit großer Sicherheit getroffen.
Charles brachte sein schweißbedecktes Pferd zum Stehen. Er trug immer noch die Uniform. Als er vom Pferd sprang, schlug ihm sein Säbel ans Bein. Billy starrte wieder auf Forbes — Forbes, der zu früh geschossen hatte; der versucht hatte, ihn von hinten zu erschießen! Zitternd vor Zorn hob Billy die Duellierpistole, zielte und drückte ab. Aus der Mündung schoß eine Stichflamme, und man hörte einen Knall, der irgendwie zu leise tönte.
Forbes hatte sich keinen Zentimeter bewegt. Billy hatte genau auf die Mitte seines Brustkastens gezielt. Wie konnte die Kugel ein solch großes, unbewegliches Ziel verfehlt haben?
Dann stach ihm ungefähr zehn Schritte vor seinen Füßen, auf einem

Stück unbewachsener Erde, etwas Dunkles in die Augen. Er marschierte darauf los; ein bleifarbenes Metallstück wurde sichtbar. *Die Kugel aus seiner Pistole — dort lag sie.*

Er erinnerte sich wieder, wie Smith niedergekauert war, als er die Pistolen geladen hatte, und plötzlich erinnerte er sich auch an das verschüttete Pulver. Ein sorgfältig geplantes Manöver! Er stieß einen Fluch aus und warf die Pistole ins Gras.

»Forbes!«

Forbes drehte sich rasch nach Smith um, der sein Jagdmesser hochhielt und dann seinem Freund zuwarf. Forbes wartete, bis es nahe neben ihm ins Gras fiel, und packte es mit der linken Hand. Dann zerrte er aus dem rechten Stiefel ein zweites, genau gleiches Messer; nur war es nicht blutverschmiert und fünf Zentimeter länger.

Die Sonne zeichnete Silberflammen in Forbes' Händen, als er auf Billy zuschritt. »Es tut mir leid, daß Ihr Schuß danebenging.« Forbes stieß ein irres Lachen aus. »Ich bin aber ganz sicher, daß es Ihnen noch viel mehr leid tut.«

»Mein Schuß ging nicht daneben. Die Kugel ist gar nie in Ihre Nähe gekommen. Sie liegt dort drüben auf dem unbewachsenen Fleck. In meiner Pistole war nicht genug Pulver.«

»Sie sind aber wirklich ein verflucht heller Yankee.«

Der Wind wühlte in Forbes' Haar, das auf seiner schweißbedeckten Stirn klebenblieb. Billy trug keine Waffe bei sich. Er trat einen Schritt zurück; und dann noch einen. Forbes bewegte sich seitwärts wie eine Krabbe auf ihn zu.

»Sie hätten sich nicht an Brett heranmachen sollen. Und Sie hätten auch nie einen Fuß nach South Carolina setzen sollen. Jetzt wird man Sie dafür in einem Sack nach Hause schicken, und ich bin vollkommen sicher, Ihre Verwandten werden keine Lust haben, ihn zu öffnen, um Sie anzuschauen.«

Mit dem rechten Messer zeichnete er einen kleinen Kreis in die Luft und führte dann die gleiche Bewegung mit dem linken aus. »Auf jeden Fall nicht, nachdem ich Ihr Gesicht verschönert hab'!«

Billy trat wieder einen Schritt zurück. Er wollte zum nächsten Baum rasen und versuchen, einen Ast abzureißen, bevor eines dieser Messer —

»Billy!«

Als er den Ruf hörte, drehte er sich ruckartig zur Kutsche um. Smith war verschwunden. Charles stand nun neben Brett; sein Hemdkragen war lose, die hellblaue Hose schmutzig: mit wutverzerrtem Gesicht schleuderte er den Säbel aufs Feld.
Billy machte einen Schritt nach rechts, um dem Säbel möglichst nahezukommen. Gerade als der Säbel ins Gras fiel, tauchte Smith wieder hinter der Kutsche auf und rannte auf sein Pferd zu. Der Säbel landete einige Schritte von Billy entfernt, und Billy stürzte sich sofort auf die Waffe und riß sie an sich.
Smith hatte sein Pferd erreicht und zerrte eine Derringer mit vier Läufen aus der Satteltasche. Charles sah ihn, fluchte und stürzte sich auf ihn. Smith rannte einige Schritte auf das Feld hinaus, zielte auf Billy und schoß alle Läufe leer. Nach der letzten dröhnenden Explosion fühlte Billy, daß er getroffen war. Er stieß einen Schmerzensschrei aus und taumelte.
Charles packte Smith von hinten, wirbelte ihn herum, riß ihm die leergeschossene Derringer aus der Hand und hämmerte in wilder Wut rechts und links auf ihn ein — ungezielte, aber harte Schläge. Smith stöhnte; schon flossen rote Bäche aus seiner Nase.
Billy war umgefallen. Sein linker Ärmel oberhalb des Ellbogens färbte sich rot. Er lag auf dem Bauch und versuchte, sich mit beiden Armen hochzustemmen. Stechende Schmerzen durchfuhren seinen linken Arm. Seine Hand versagte ihren Dienst.
Silbernes Licht funkelte ein paar Schritte neben ihm im Gras. Er tastete nach dem Säbelgriff und hätte die Waffe beinahe fallen gelassen, als er sich mühsam aufrappelte. Ein langer Schatten fiel über das Gras. Billy wich zur Seite. Forbes' Messer verfehlte ihn nur ganz knapp.
Der Schmerz schwächte ihn und benebelte seinen Kopf. Es blieb ihm nichts anderes übrig, als sich zurückzuziehen und den Angriffen so gut wie möglich auszuweichen. Forbes' schweißnasses Gesicht grinste bedrohlich; in seinen Augen glimmte Mordlust.
Billy verteidigte sich auf instinktive Art. All die eleganten, schön geplanten Abwehrbewegungen, die er in West Point gelernt hatte, tauchten in einem Nebel von Schrecken und brennendem Schmerz unter. Forbes stach mit dem Messer der linken Hand zu. Billy parierte mit dem Säbel und wollte Forbes wegstoßen, war aber zu schwach.

Forbes gluckste kehlig. »Nun hab' ich dich — Yankee.« Er vollführte mit beiden Messern gleichzeitig schnelle Bewegungen in der Luft, um Billy zu verwirren, während er sich unaufhaltsam an Billy heranschob.

Wieder zog sich Billy zurück, um einen Ausfall vorzubereiten, war jedoch wegen des Blutverlusts zu schwach dazu. Er fühlte das warme Blut unter seinem Hemd bis zum Handgelenk; es tropfte nun von der Manschette.

Brett rief von irgendwoher, aber er wagte nicht, sich umzudrehen. Er stolperte über kräftige, freiliegende Wurzeln und stieß plötzlich mit dem Rücken gegen einen riesigen Baumstamm. Genüßlich fixierte Forbes seinen Gegner. Mit dem größeren Jagdmesser zielte er auf Billys Gesicht.

Billy tauchte blitzschnell nach rechts, die Klinge zitterte im Baumstamm. Forbes versuchte gar nicht erst, das Messer wieder freizubekommen, sondern stieß mit dem zweiten zu. Billy wich auf die andere Seite aus. Das Messer grub sich haarscharf an seinen Rippen vorbei in die dicke Baumrinde.

Mit einem verzweifelten Blick in den Augen streckte Forbes jetzt beide Hände aus, um die Messer aus dem Baum herauszureißen. Billy wußte, daß dies seine letzte Chance war. Er zog ein Knie an und rammte es Forbes in den Unterleib. Forbes schnappte nach Luft und torkelte zwei Schritte zurück. Billy hatte nun ein wenig Bewegungsfreiheit. Er bohrte Forbes den Säbel in die Brust. Forbes kippte vornüber. Beim Aufprall auf die Erde bohrte sich der Säbel bis zum Knauf in Forbes' Brust und ragte plötzlich aus seinem Rücken.

Zitternd drehte sich Billy um. Der Schmerz in seinem Arm war nicht halb so schlimm wie die aufsteigende Übelkeit. An den Baumstrunk gelehnt, übergab er sich.

Brett stieß erleichtert einen Schrei aus und eilte zu ihrem Gatten. Charles rief: »Bring ihn hierher, ich will mir seine Wunde ansehen.« Dann wandte er sich erneut Smith zu. Er packte Forbes' Kumpan am Hemdkragen und drückte ihn gegen die Kutsche. Smith hielt die Hände auf den Unterleib gepreßt; Tränen rollten über seine Wangen. Charles schüttelte ihn.

»Laß endlich dein Gejammer und hör gut zu! Ich hab' mir einmal deinen Verwandten Whitney vorgeknöpft, und eigentlich möchte ich mit dir das gleiche tun. Aber ich finde, wir haben schon genug Blut vergossen. Mach dich also aus dem Staub, bevor ich es mir anders überlege!«

Winselnd stolperte Smith auf sein Pferd los.

»Du gehst zu Fuß«, sagte Charles scharf. »Die Tiere bleiben hier.«

Ohne einmal zurückzublicken, wandte sich Smith zur Straße. Plötzlich wurde Charles von einem Wutanfall übermannt; er hob einen Stein auf und warf ihn der davonhumpelnden Gestalt nach. Smith heulte auf, rieb sich den Nacken und rannte los, als sei der Leibhaftige hinter ihm her.

Charles' Lächeln erlosch, als er zuerst Ashtons toten Sklaven bemerkte und dann seinen Blick zu dem Ort wandern ließ, wo Forbes' durchbohrter Körper im hohen Gras lag — die Spitze des Säbels leuchtete im Sonnenlicht. Fliegenschwärme summten bereits um den Toten herum.

Billy hatte inzwischen die Kutsche erreicht. Mit dem rechten Arm hielt er Brett umschlungen, der linke hing schlaff und blutverschmiert herab. »Das Duell war vorausgeplant«, keuchte er und beschrieb dann in ein paar wenigen Sätzen den Trick mit der Pistole und wie er ihn bemerkt hatte.

»Die Schweine«, knurrte Charles. Er zerriß Billys Ärmel und untersuchte die Wunde. »Sieht so aus, als wäre es nur eine Fleischwunde. Das Schlimmste ist der Blutverlust. Brett, zerreiß deinen Unterrock und gib mir ein paar lange Streifen. Ich werde die Wunde abbinden.«

Brett drehte sich um und hob den Rock. Charles warf den Kopf in den Nacken, um zu sehen, wie hoch die Sonne stand. »Wir müssen uns sputen, wenn wir den Zug noch erreichen wollen. Glaubst du, du schaffst es?«

»Ja, zum Teufel«, sagte Billy. »Ich will diesen schrecklichen Ort so schnell wie möglich verlassen.«

»Das kann ich mir gut vorstellen«, murmelte Charles.

»Ich habe nie gewußt, wie verrückt und bösartig Forbes eigentlich war«, sagte Brett über die Schulter, während sie den Stoff in Streifen riß. »Wie hast du uns bloß rechtzeitig finden können?«

»Madeline LaMotte hat ein Gespräch zwischen Forbes und Preston in Resolute mitangehört. Sie redeten über euch. Als sie gegangen wa-

ren, fuhr sie nach Mont Royal, um uns zu warnen. Ich sattelte gleich mein Pferd und ritt euch hinterher.«
»Aber — wie konnte Forbes wissen, daß wir gerade jetzt fortgehen würden?«
Charles nahm die Stoffstreifen aus Bretts Hand entgegen und machte sich daran, sie um Billys Oberarm zu wickeln. Billy preßte die Zähne mit aller Kraft zusammen. Er hatte bereits wieder etwas Farbe im Gesicht.
»Ist mir nicht ganz klar«, entgegnete Charles ausweichend und konzentrierte sich voll auf seine Aufgabe, um Brett nicht in die Augen sehen zu müssen. »Ich werde einige Fragen stellen, wenn ich Homers Leiche zur Plantage zurücktransportiere. Ihr beide setzt euch mal in die Kutsche und haltet euch ja schön aneinander fest. Ich werde nämlich den Rest der Strecke in einem Höllentempo hinter mich bringen.«

Charles hielt Wort und raste tollkühn der kleinen Bahnstation im Wald entgegen. Als die Kutsche quietschend anhielt, war bereits das Pfeifen der Lokomotive im Süden zu hören. Charles flitzte über die Schienen zum Unterstand aus Zypressenholz, riß den Deckel von der Kiste und hißte die Flagge.
Billy versuchte sich über das Schnauben und Gebimmel der Lokomotive hin verständlich zu machen. »Ich weiß nicht, wie ich —«
»Mach dir keine Gedanken. Die reinste Pflichtübung. Akademieabsolventen kümmern sich schließlich umeinander.«
»Aber du bist doch ausgetreten.«
»Das heißt noch lange nicht, daß West Point auch aus mir ausgetreten ist.« Charles stellte überrascht und leicht verlegen fest, daß er nahe daran war, in Tränen auszubrechen. Wahrscheinlich hatte die ganze Aufregung an diesem Nachmittag ihren Teil zu dieser Gemütsverfassung beigetragen.
Er versuchte, seine Gefühle so gut wie möglich zu verbergen, und rannte zur Kutsche, um das Gepäck abzuladen. Der Zug fuhr langsam ein; nach den Güter- und Postwagen folgten die Personenwagen. Die Gleichgültigkeit auf den Gesichtern hinter den staubigen Fenstern verschwand sofort, als sie des schmutzbedeckten Trios ansichtig wurden — des Offiziers, des Mädchens und des jungen Man-

nes mit dem Mantel über der Schulter und dem leicht blutigen, bandagierten Arm.
Brett warf Charles die Arme um den Hals. »O Vetter — ich danke dir. Erklär bitte alles zu Hause.«
»Das werde ich. Steig ein«, fügte er mit einem Blick auf den ungeduldigen Zugführer hinzu.
Billy folgte ihr. Er stand auf der zweituntersten Stufe und blickte seinen Freund an. Ein fester Handschlag.
»Hab' keine Ahnung, wann wir uns wiedersehen, Bison.«
Charles war plötzlich betroffen. »Nein, ich auch nicht.«
»Paß auf dich auf!«
»Du auch. Ich wünsche dir und deiner Frau eine sichere Reise.«
»Danke. Wir werden uns wiedersehen.«
»Ich weiß.«
Charles hegte Zweifel. Bei all den Unruhen im Land würden sie sich höchstens auf einem Schlachtfeld wieder treffen. In zwei verschiedenen Lagern.
Verdammt, laß diese Gedanken und verdirb nicht alles. Der Tag ist so schon hart genug gewesen. Es gelang ihm, sein altes, kühnes Lächeln wieder aufzusetzen; er hob die Hand und winkte, als der Zug langsam davonratterte.
Einige Reisende standen auf der Plattform des letzten Eisenbahnwagens, und als er vorbeifuhr, hörte Charles eine Zote. Etwas flog an seinem Gesicht vorbei. Er blickte an sich hinunter und bemerkte, daß jemand auf seine Uniform gespien hatte. »Scheiße«, sagte er.
Doch der Ärger verflog bald. Sein Lächeln kehrte wieder, und aus dem Schatten neben dem Gleis rief er spöttisch demjenigen — wer es auch immer gewesen sein mochte —, der auf seine Uniform gespuckt hatte, nach:
»Das haben Sie wie ein echter Südstaatler gemacht!«
Er rieb sich die Augen und schritt den Schienen entlang auf die Kutsche zu. Der Zug verschwand in einem natürlichen Waldtunnel. Charles konnte noch die letzten Vibrationen auf dem Gleis spüren. Am liebsten hätte er sich jetzt sinnlos betrinken wollen. Aber erst mußte er noch etwas auf dem Feld und dann in Mont Royal erledigen.

65

I know moon-rise
I know star-rise
Lay this body down —

Durch die geöffneten Fenster konnte man in der dunklen Bibliothek den Text der alten Gullah-Hymne gut verstehen. Die Sklaven sangen für Homer, den Charles in der Kutsche zurückgebracht hatte. Forbes hatte er den Kormoranen überlassen. Mitgefühl hatte schließlich seine Grenzen.

»So ungefähr ist das ganze über die Bühne gegangen, stelle ich mir vor«, sagte Charles. »Sie wollten Billy umbringen.«

Er steckte die Zigarre wieder zwischen die Zähne und streckte seine langen Beine vor dem Stuhl aus. Orry lehnte lässig an der Wand; sein Schatten fiel auf die alte Uniform. »Wenn du noch das, was Madeline uns erzählt hat, zu deinem Bericht hinzunimmst, ist die Geschichte klar. Gott im Himmel, Charles, ich hatte keine Ahnung, daß sie ihn so sehr haßten.«

»Brett sagte fast dasselbe vor ihrer Abreise. Ich nehme an, daß ein gutes Stück Eifersucht mit im Spiel gewesen ist. Wie geht es Madeline?«

»Ich hab' vor einer Stunde mit ihr geredet. Ich nehme an, daß sie wieder schläft.«

»Wahrscheinlich sucht LaMotte sie jetzt.«

Orry nickte. »Darum muß ich mich heute abend auch noch kümmern, aber eins nach dem andern.« Er klang sehr entschlossen. »Hast du Ashton schon gesehen, seit du wieder zurück bist?«

»Ja, gerade als ich ankam. Sie wollte sich um Homer kümmern, aber ich hab' nein gesagt, und dann ist sie verschwunden.«

Orry schlenderte in die von Kerzen beleuchtete Vorhalle. Cuffey, der auf einem Stuhl gedöst hatte, sprang eilfertig auf. »Such Mrs. Huntoon und ihren Mann«, sagte Orry. »Sag ihnen, ich erwarte sie in der Bibliothek. Und zwar sofort.«

Cuffey hastete davon. Charles wandte sich um, so daß er seinen Vetter sehen konnte. Im Kerzenschimmer bemerkte er Orrys starren Gesichtsausdruck.

»Hilf mir bitte, einige Kerzen anzuzünden, Charles. Ich möchte ihre erbärmlichen Gesichter sehen, wenn ich mit ihnen rede.«

Ashton war ziemlich aufgeregt, als sie das Zimmer betrat. Ihre Wangen glühten. Sie ging sofort zum Angriff über.
»Ich hasse es, wie ein Sklave herumkommandiert zu werden. Wenn du glaubst, daß ich auf Anschuldigungen von Niggern und Unruhestiftern«, hier lachte Charles, »eingehe, so irrst du dich gewaltig.«
Orry Feindseligkeit kam in seiner eiskalten, aber ruhigen Stimme zum Ausdruck. »Niemand möchte dich anklagen. Das ist gar nicht nötig. Die Tatsachen sprechen für sich selbst.«
Huntoon, der sich bis jetzt im Schatten seiner Frau gehalten hatte, stellte sich nun links neben sie. Die Kerzenflammen spiegelten sich in seinen Brillengläsern. »Aber meine —«
»Spare dir deine Rhetorik für Montgomery«, unterbrach ihn Orry. »Ich habe ein paar Dinge zu sagen, und ich möchte das so rasch wie nur möglich tun. Als erstes über deinen Sklaven Homer: Hat er — hatte er eine Familie?«
Ashton antwortete: »James hat Homer von einem Herrn aus Savannah mitgebracht. Ich glaube, er hatte dort Frau und Kinder.«
»Von denen ihr ihn, ohne Euch auch nur einen Gedanken zu machen, getrennt habt. Allmächtiger, kein Wunder hassen uns die Yankees.«
Erneut attackierte sie mit einer Mischung aus Drohung und Arroganz. »Orry, was ist denn mit dir los? Ich weigere mich, so von dir behandelt zu werden.«
Huntoon schien nicht weniger beleidigt als seine Frau. »Sie spricht für uns beide. Wir gehen.«
Orry nickte. »In der Tat.«
»Wir werden Homers Leiche mit nach Charleston nehmen.«
»Nein. Sie bleibt hier bei unsern Leuten. Ich werde versuchen, seine Familie ausfindig zu machen.«
Huntoon nahm die Brille ab und trat mit geschwellter Brust vor seine Frau hin. »Ich bestehe darauf, daß wir sie mitnehmen. Der Nigger mag zwar tot sein, aber er gehört immer noch mir.«
Orry blickte ihn ungerührt an. »Er bleibt hier. Ihr seid nicht würdig, ihn zu berühren.«

Huntoon neigte den Kopf und stürzte sich auf seinen Schwager. Er versuchte Orrys Unterkiefer mit der rechten Faust zu treffen. Orry trat zurück und schlug Huntoons Unterarm beiseite, als ob er ein Insekt verscheuchen würde.
Huntoon stolperte, schnaufte und kippte zur Seite; er landete auf beiden Händen und auf einem Knie. Die Brille, die er immer noch in der Hand hielt, klirrte auf dem Fußboden. Als Huntoon wieder aufstand, fielen Glasstücke zu Boden. Er war leichenblaß.
Orry ignorierte ihn und wandte sich Ashton zu. »Heute hast du dich selbst von dieser Familie abgeschnitten. Von Brett, Charles — von uns allen. Wenn du und James die Plantage einmal verlassen habt, so laßt euch nie mehr hier blicken.«
»Den Wunsch erfüll' ich dir gern!« schrie sie.
Huntoon erhob Protest. »Ashton, er hat kein Recht —«
»Halt den Mund und komm!« Sie gab ihm einen Stoß und rauschte zur Tür, wobei sie sich heftig Mühe gab, die Fassung nicht zu verlieren. Bei der Tür blickte sie zurück. Orry erkannte seine Schwester beinahe nicht mehr, so entstellend und tief war ihr der Haß ins Gesicht geschrieben.
»Vergiß eins nicht«, flüsterte sie. »James wird demnächst eine wichtige Stelle bei der neuen Regierung bekommen. Und die Regierung wird Leute, die unloyale Äußerungen machen, scharf im Auge behalten. Die Regierung wird die Verräter bestrafen.«
Sie stolzierte in die Vorhalle hinaus. Huntoon folgte ihr wie ein treues Hündchen. Ein letztes Stückchen Glas fiel von seiner kaputten Brille klirrend zu Boden.
»Mein Gott«, sagte Orry traurig und angewidert. »Ich weiß nicht, was mit ihr los ist.«
Charles zündete sich auf seiner Schuhsohle ein Streichholz an und hielt es an seine Zigarre. »Ich schon. Das gleiche, was mit vielen Menschen los ist, denen ich seit meiner Rückkehr begegnet bin. Sobald sie Macht riechen, fliegt der letzte Rest ihres gesunden Menschenverstands zum Fenster hinaus.«
Kopfschüttelnd setzte sich Orry an seinen Schreibtisch und entnahm einer Schublade einen Briefbogen. »Würdest du bitte Cuffey sagen, daß er hereinkommen soll? Ich sollte eine Mitteilung nach Resolute schicken.«

»Einverstanden. Ich möchte gern einige unsrer Leute als Wachen postieren. Wenn Francis LaMotte erfährt, was Billy mit seinem Sohn angestellt hat, könnte es sein, daß wir Besuch bekommen. Hast du etwas dagegen, wenn einige der Nigger für ein paar Tage mit Musketen herumlaufen?«

»Nein.«

»Dann werde ich mich darum kümmern.« Eine Rauchfahne wehte hinter ihm her, als er den Raum verließ.

Orry starrte das leere Papier an. Noch vor einem Jahr wäre es undenkbar für ihn gewesen, daß es zwischen ihm und seiner Schwester zu einem endgültigen Bruch kommen könnte. Was sich eben ereignet hatte, war nur ein weiterer Beweis dafür, wie weit die Familie bereits auf der dunklen Straße der Zwietracht gereist war.

Ehrlicherweise mußte er vor sich selbst zugeben, daß er Ashton nie besonders gemocht hatte. Es wurde ihm ebenfalls klar, daß sie eine gewisse skrupellose Härte besaß, wie sie eigentlich eher ein Mann hatte, und er würde ihre Drohungen deshalb nicht auf die leichte Schulter nehmen. Er mochte nicht einmal darüber nachdenken, welch abwegige Pläne sie und ihr Mann in Montgomery aushecken würden.

Es dauerte nicht lange, bis sein Gedankengang Wut in ihm wachrief, Wut auf die Huntoons, die LaMottes und all die Hitzköpfe, die den Süden in Unruhen und in eine Krise gestürzt hatten. Etwas von der Wut floß in schnellen Federzügen auf das Papier.

In fünf Minuten war er fertig. Er schickte Cuffey mit dem Brief, einem Esel und einem Passierschein los. Der Sklave machte sich in dem leichten Nieselregen, der eben eingesetzt hatte, auf den Weg. Orry sah ihm nach, bis das Licht, das Cuffey trug, in der feuchten Dunkelheit verschwand, und kehrte wieder ins Haus zurück.

Er hielt den Atem an: Im Schein der flackernden Kerzen stand Madeline oben an der Treppe und starrte auf ihn hinunter.

Justin hielt sich mit beiden Armen am Stuhl fest, als er seinen linken Fuß in den Stiefel hineinschob. Der Sklave, der ihm beim Stiefelanziehen half, war offensichtlich nervös. Der Herr von Resolute hatte den ganzen Abend lang getrunken, getobt und in Erwartung seines Bruders das ganze Haus auf Trab gehalten.

Justin hatte einen Verband auf dem Kopf, der bis über die Ohren reichte und unter dem Kinn zusammengebunden war. Er sollte die Nähte von Dr. Sapp verbergen. Der Whiskey dämpfte den Schmerz etwas, und zudem hatte Dr. Sapp Justin versichert, daß es in ein oder zwei Tagen vorbei sei. Aber er würde für den Rest seines Lebens eine Narbe behalten.

Er hörte Pferde auf dem Torweg. Mit verbissenem Gesicht gab er sich einen Ruck und kam mit dem Fuß in den Stiefel hinein, aber der Sklave verlor dabei das Gleichgewicht und landete auf dem Gesäß. Ohne ein Wort der Entschuldigung stapfte Justin in die Vorhalle hinaus.

Der Schein der Föhrenholzfackeln, die die Reiter in den Händen hielten, fiel durch das Oberlicht in die Halle. Als die Tür aufflog, fingen die Fackeln zu rauchen an. Francis stolzierte herein. Justin bemerkte, daß es mittlerweile stärker zu regnen angefangen hatte.

»Es dauerte eine Weile, bis ich drei Nigger finden konnte, denen man eine Muskete anvertrauen kann, aber da sind wir.«

»Schön«, sagte Justin. »Wir werden diese Hure noch vor Tagesanbruch wieder hier haben.«

Francis tupfte sich das feuchte Gesicht mit einem Taschentuch. »Ich hab' immer gedacht, daß sie dir nicht sonderlich viel bedeutet.«

»Tut sie auch nicht! Aber es geht um meine Ehre. Um meinen Ruf — was zum Teufel ist denn das?«

Beide rannten nach draußen, als Cuffeys Esel gerade auf den Eingang zuritt. Der Sklave trug seinen Passierschein an einer Schnur um den Hals; durch den Regen floß die Tinte wie ein kleiner Wasserfall über das Papier. Cuffey stieg von seinem Esel herunter und zog respektvoll seinen Hut. Dann zog er einen gefalteten und versiegelten Briefbogen hervor.

»Das ist für Sie, Mist' LaMotte.«

Justin schnappte es ihm richtig aus der Hand. Cuffey vermutete, daß der Brief nicht eitel Freude erregen würde, und deshalb schwang er sich hastig wieder auf seinen Esel und ritt davon.

»Der Hurensohn«, flüsterte Justin. Er war unfähig, mehr als die ersten beiden Zeilen zu lesen. Sein Gesicht hatte sich violett verfärbt. »Der gemeine, hochnäsige Hurensohn.«

Er bemerkte, wie die Neger, die Francis zusammengetrommelt hatte, ihn verwirrt beobachteten, und trat dann ins Haus zurück, um seine Betroffenheit zu verbergen. Sein Bruder folgte ihm. Er nahm Justin den Brief unsanft aus den Händen und begab sich damit zu einer Lampe, die nun dort an der Wand befestigt war, wo vor kurzem noch ein Säbel gehangen hatte. Francis las die kurze Mitteilung durch und schüttelte dann den Kopf. »Weshalb sollte Main deiner Frau Asyl gewähren?«

»Bist du ein Vollidiot, Francis? Der Schuft haßt mich doch! Er hat mich schon immer gehaßt. Er würde nichts lieber sehen, als daß ich vor der ganzen Nachbarschaft gedemütigt würde.«

»Er sagt, daß er dich erschießt, wenn du auch nur einen Fuß auf sein Grundstück setzt.« Francis faltete die Mitteilung wieder zusammen. »Glaubst du das?«

»Nein.«

»Aber ich.« Ängstlich fuhr Francis fort: »Laß sie gehen. Keine Frau ist dein Leben wert. Frauen sind wie auswechselbare Teile einer Maschine. Eine jede kann dir denselben Dienst erfüllen.«

Die rohe Scheinweisheit fand großen Anklang. Es stimmte zwar, daß Justin sich an Madeline rächen wollte, weil sie ihn geschlagen hatte, und an Orry, weil er ihn beleidigt hatte, aber er hatte nicht die geringste Lust, im ganzen Land herumzutrotten und seinen Verlust an die große Glocke zu hängen. Und — was weitaus wichtiger war — er war wirklich nicht darauf erpicht, einen Blick in eine Revolvermündung mit Orry dahinter zu werfen.

Mit Erleichterung stellte Francis fest, daß er seinen Bruder wahrscheinlich dazu würde überreden können, von seinem Racheakt abzulassen. Er lachte und klopfte Justin auf die Schulter.

»Schau mal, wenn dir soviel daran liegt, dich an Madeline zu rächen —«

»Ich möchte mich an beiden rächen.«

»Na schön, an beiden. Ich werde Forbes bitten, sich etwas auszudenken. Ich nehme an, er ist doch hier?«

»Nein.«

»Ist er nicht zurückgekommen?«

»Noch nicht.«

»Das ist merkwürdig.«

»Oh, ich vermute, daß er und Preston beim Feiern sind.«

Francis war mit der Erklärung zufrieden. »Ich hätte auch nichts gegen einen kleinen Schluck.«
Justin schenkte gerade zwei Glas Whiskey ein, als die im Regen wartenden Sklaven Lärm schlugen. Die beiden Brüder rannten hinaus und sahen Preston Smith ankommen. Er war über und über mit Dreck bedeckt und blickte wild umher. Er stolperte auf Francis zu. »Ich bin den ganzen Weg gerannt. Man sagte mir, daß Sie hier seien.«
»Preston, was ist los?«
»Der Yankeesoldat hat Forbes getötet.«

Der ohnehin kleine Francis LaMotte schien noch mehr zusammenzuschrumpfen. Preston schmückte die Geschichte noch etwas aus, wagte jedoch nicht, sie allzusehr zu verzerren. Es war offenkundig, daß Forbes und Preston ihren Racheplan verpfuscht hatten, und daß Forbes bekommen hatte, was ihm zustand.
Merkwürdigerweise verspürte Francis kaum Wut. Er fühlte sich alt, müde und geschlagen. Vielleicht würde er später einmal den Kopf von Charles Main haben wollen, aber im Augenblick spürte er bloß müde Trauer.
»Francis?« Justin berührte ihn am Ärmel. »Ich werde mit dir nach Mont Royal gehen.« Er haßte nur schon den Gedanken daran.
Geknickt und gebeugt schüttelte Francis den Kopf. »Ich muß nach Hause. Ich muß es seiner Mutter sagen.«
Er stieg auf sein Pferd und ritt langsam im Regen davon. Die Sklaven folgten ihm im Gänsemarsch.

»Ist es gut, wenn du auf bist?« fragte Orry von der Halle her.
»Ich fühle mich gut«, sagte Madeline. »Besser, als ich mich seit langer Zeit gefühlt habe.«
Er glaubte ihr. Obwohl sie außerordentlich blaß war, wirkten ihre Augen wesentlich klarer als vorhin, als er sich mit ihr unterhalten hatte. Er wartete unten an der Treppe auf sie; sie kam herunter und zupfte verlegen an ihrem losen Haar herum.
»Ich muß fürchterlich aussehen.«
»Du siehst herrlich aus.«
»Mein Kleid ist ruiniert.«

»Madeline, das macht doch nichts. Wichtig ist allein, daß du hier bist.«
Er sehnte sich danach, den Arm um sie zu legen, sie an sich zu drücken und zu küssen. Die Sehnsucht schmerzte. Bilder von ihren Treffen bei der Salvation Chapel stiegen vor ihm auf. Er erinnerte sich an den Kampf, den es ihn gekostet hatte, seine Gefühle unter Kontrolle zu halten oder zu leugnen. Plötzlich stand er wieder mitten in diesem Kampf.
»Ich würde gern nach draußen gehen«, sagte sie.
»Es regnet.«
»Ja, ich habe es gehört, als ich aufgewacht bin. Aber die Luft riecht so herrlich und ist so erfrischend. Ich bin monatelang müde gewesen — konstant müde.«
Und merkwürdig fern, unnahbar, dachte Orry im stillen. Ein Gedanke stieg in ihm auf. »Hast du irgendwelche Medikamente genommen?«
»Was?«
»Medizin. Es gibt bestimmte Mittel, von denen man sich dauernd erschöpft fühlt. Lonzo Sapp ist Justins Hausarzt, nicht wahr?«
»Das stimmt.«
»Hat er dir irgend etwas verschrieben?«
»Ein Sellerietonikum, aber das war schon vor — ach, vor einer Ewigkeit. Das alles liegt so weit zurück, daß ich mich kaum noch erinnern kann, aber ich weiß, daß ich es nur während einiger Wochen eingenommen habe.«
»Und seither hast du nichts anderes genommen?«
»Nichts.«
»Nun, ich freue mich darüber, daß es dir wieder besser geht, was auch immer der Grund sein mag. Es war ein harter Tag, eine harte Zeit, aber nun ist alles vorbei.«
Als er vorhin mit ihr gesprochen hatte, hatte er kurz erzählt, was unterdessen alles mit Billy und Charles geschehen war. Sie war zwar bestürzt über das Verhalten von Forbes, aber kaum überrascht. Orry hatte ihr noch nicht gesagt, daß er Ashton und ihren Mann zum Teufel geschickt hatte. Und was den Brief an Justin betraf, so würde er das wohl besser für sich behalten, zumindest bis er wußte, ob der Brief seine Wirkung nicht verfehlt hatte.

Medizin. Das Wort löste einen neuen verblüffenden Gedankengang in Madeline aus. Sie versuchte sich daran zu erinnern, wie oft ihr Essen einen merkwürdigen Geschmack gehabt hatte. Es war viele Male vorgekommen. Aber sie war nie klug oder raffiniert genug gewesen, um ihren Mann zu verdächtigen. Wäre es möglich, daß man dem Essen ein Medikament beigemischt hatte, um sie zu beruhigen? So erschreckend der Gedanke war — Justin war dies zuzutrauen, obschon sie wohl nie einen Beweis dafür haben würde. Aber immerhin, es erklärte die langen Monate ihrer Lethargie und Gleichgültigkeit.

»Madeline?«

Mit seiner sanften, besorgten Stimme unterbrach er ihre Überlegungen. Sie wandte sich ihm zu.

»Du sahst eben so verängstigt aus. Woran hast du gedacht?«

»Ich habe über Justin nachgedacht. Was, glaubst du, wird er unternehmen, nachdem ich ihn verlassen habe?«

»Vermutlich nichts.«

Sie durchquerte die Halle. »Ich werde nie mehr zurückgehen.«

Er folgte ihr und öffnete die Tür. »Das macht mich sehr glücklich.«

Er ließ die Klinke los und sah sie an. Seine Stimme verriet seine Sehnsucht, als er sagte: »Ich wäre noch glücklicher, wenn du bei mir bleiben würdest.«

Sie starrte in den Regen hinaus. »Ich freue mich, daß du das sagst, Liebster, aber bist du ganz sicher, daß du einen Skandal in Kauf nehmen willst?«

Er stand hinter ihr und lachte. »Was ist schon ein kleiner Skandal, wenn die ganze Welt dabei ist, den Verstand zu verlieren?« Mit seiner rechten Hand umschloß er ihre Schulter. »Ich würde die Hölle für dich in Kauf nehmen, Madeline. Weißt du das nicht?«

Sie drückte seine Hand mit ihrer Linken. »Ich rede nicht vom Klatsch über einen Ehebruch.«

»Wovon denn?«

Sie wandte sich um und holte tief Atem. »Ich rede von etwas, das niemand weiß, mit Ausnahme einiger Menschen in New Orleans, die jetzt schon sehr alt sind.«

Sie betrachtete sein blasses, müdes Gesicht. In Anbetracht all dessen, was heute vorgefallen war, durfte sie ihm diese Tatsache nicht verheimlichen.

»Meine Urgroßmutter ist mit einem Sklavenschiff von Afrika nach New Orleans gekommen. Ich habe ein Achtel Negerblut. Und du weißt sehr gut, was das in diesen Breitengraden bedeutet.« Sie hielt ihm ihre weiße Hand vors Gesicht. »In den Augen der meisten Leute ist meine Haut so gut wie kohlrabenschwarz.«
Die Eröffnung machte ihn einen Augenblick sprachlos. Und doch, verglichen mit allen anderen Schocks, die er heute erlitten hatte, konnte es ihn nicht erschüttern. Er fuhr ihr sanft mit der Handfläche über die Wange und flüsterte:
»Ist das alles, was du mir sagen mußt?«
»Nicht ganz. Aufgrund ihrer Herkunft durfte meine Mutter nur auf eine Art mit weißen Männern verkehren. Sie hatte nur diese eine Möglichkeit, um sich emporzuarbeiten. Sie war eine Prostituierte. Mein Vater fand sie in einem Bordell in New Orleans, aber er liebte sie genug, um sie dort herauszuholen und zu heiraten — trotz allem, was er über sie wußte.«
»Madeline, ich liebe dich ebenso.«
»Ich möchte nicht, daß du das Gefühl hast, du müßtest —«
»Ebensosehr«, wiederholte er und neigte sich zu ihrem Mund hinunter.
Ihr Kuß war scheu. Nachdem sie sich während so vieler Monate nicht mehr gesehen hatten, waren sie einander fremd geworden. Doch die Gefühle, die er so lange eingedämmt hatte, stiegen bald wieder hoch. Sie lehnte sich zurück und umschloß seinen Nacken mit ihren Händen. Der Wind trieb Regentropfen in die Halle, und sie glitzerten nun auf ihrer Stirn und in seinem Bart. »Natürlich«, Hoffnung schimmerte jetzt in ihren Augen, »sind die Chancen, daß das Geheimnis jemals ans Tageslicht kommen wird, gering. Die wenigen Menschen, die etwas wissen, sind sehr alt und sehr weit weg.«
Wieder küßte er sie. »Das ist mir egal, ganz egal, verstehst du? *Es ist mir egal.*«
Mit einem leisen Aufschrei drückte sie sich an ihn. »O mein Gott, ich liebe dich schon *so* lange.«
Er spürte ihren Körper dicht an dem seinen, ihre Brüste und Hüften. Der Wind blies ihm ihr Haar ins Gesicht. »Ich liebe dich auch.«
»Bring mich nach oben.«
»Madeline, bist du sicher?«

Sie unterbrach ihn mit einem Kuß. »Wir haben beide viel zu lange gewartet, Orry.« Sie küßte ihn erneut, inbrünstig. »Viel zu lange.«
»Ja«, sagte er und ging mit ihr zur Treppe, »das stimmt.«

Sie zog sich ohne irgendein Schamgefühl in seinem Zimmer aus und half ihm mit sanften, mitfühlenden Händen.
Orry befürchtete, daß der Anblick seines Stumpfs sie abstoßen könnte, und er war dankbar für die schützende Dunkelheit. Sie küßte ihn und berührte ihn überall, auch an seiner Verletzung. Sie nahm bedenkenlos an seinem Kummer teil, wie er vorhin an dem ihrigen. Sie schmiegte sich mit ihrem nackten Körper an ihn, und lang gestaute Gefühle brachen hervor, als wäre plötzlich eine Schleuse geöffnet worden. Beide fühlten sie eine überwältigende und unendliche Befreiung. Sie tauchten in eine Meer von Glück, ließen sich eine Weile treiben, um dann von der nächsten Woge wieder mitgerissen zu werden. Zufrieden und schläfrig lagen sie aneinandergekuschelt, ihr Arm auf seiner Brust, ihr leises Murmeln eine sanfte Untermalung der beruhigenden Melodie des Regens, die durch einen Halloruf von Charles unterbrochen wurde; offensichtlich rief er einem der Wachtposten etwas zu.
Nun, man konnte ihm die Bewachung von Mont Royal durchaus für ein oder zwei Stunden überlassen. Um nichts in der Welt hätte Orry auf diesen Augenblick verzichtet. Noch nie hatte er eine solche Glückseligkeit empfunden.

Im Verlauf der ersten Tage, die sie in Mont Royal verbrachte, litt Madeline an einer Reihe von Symptomen. Sie beklagte sich über Juckreiz und einen fast unstillbaren Durst. Tagsüber wechselten Schüttelfrost und Schweißausbrüche ab. Nachts phantasierte sie oft und redete im Schlaf. Der Arzt, den Orry hinzugezogen hatte, konnte keine spezifische Diagnose stellen und meinte mit beträchtlicher Unsicherheit, daß es sich um für Frauen typische Beschwerden handle. Er verschrieb drei Tonika, aber Madeline nahm nicht eins davon ein. Sie litt ebenfalls unter grundlosen Wutanfällen, obwohl diese etwa um den zehnten Tag herum nachließen. Auch die anderen Symptome wurden schwächer und blieben dann schließlich ganz aus.
Unmittelbar darauf setzte eine echte Besserung ein. Ihr Gesicht verlor

die Blässe, und ihre Haut nahm wieder eine kräftige Farbe an. Sie nahm viereinhalb Kilo zu und sah endlich nicht mehr so abgehärmt und verstört aus, wie dies so lange der Fall gewesen war.
Charles ließ die bewaffneten Sklaven während zwei Wochen auf ihrem Posten, aber keiner der beiden LaMotte-Brüder stattete Mont Royal je einen Besuch ab oder ließ irgendeine Drohung verlauten. Die Ereignisse auf dem Duellfeld waren offensichtlich nicht geheim geblieben. Als Cuffey einige Zeit später dort vorbeikam, stellte er fest, daß Forbes' Leichnam verschwunden war.
Eines Nachmittags, als er auf der Flußstraße dahinritt, begegnete Charles Francis. Er riß sein Pferd an den Zügeln; das Herz klopfte ihm bis zum Hals. Der ältere Mann sagte ihm ohne Umschweife in einem anklagenden Tonfall:
»Ihr Freund hat meinen Sohn ermordet.«
»Getötet«, korrigierte ihn Charles. »Er hat Forbes getötet, nachdem ihn dieser provoziert hatte. Der Kampf war überdies unfair. Preston Smith hatte die Waffe meines Freundes manipuliert. Es tut mir leid, daß Forbes tot ist, Francis, aber ich bin jederzeit bereit, eine Zeugenaussage zu machen. Vor dem Richter oder bei einem Duell. Sie haben die Wahl.«
Francis warf ihm einen verbitterten Blick zu und ritt weiter.
Und damit hatte sich die Sache.

Nach und nach nahm es Charles mit den Wachtposten in Mont Royal weniger ernst. Orry hatte sich in die medizinische Fachliteratur seines Vaters vertieft und entdeckt, daß Madelines Symptome mit denjenigen einer Person übereinstimmten, deren Laudanumdosis urplötzlich abgesetzt worden war. Weshalb hatte der Arzt sich so unwissend gestellt? Orry vermutete, daß er als ortsansässiger Arzt Madelines Ehemann kannte und sich nicht in eine unangenehme Privatangelegenheit einmischen wollte. Es war besser, einen Eindruck der Unzulänglichkeit zu erwecken, als sich den LaMottes zu widersetzen. Madeline und Orry hegten den Verdacht, daß Justin ihr während Monaten heimlich Opiumtinktur verabreicht hatte, um sie gefügig zu machen. Mit Hilfe der Haussklaven war dies ohne weiteres möglich gewesen. Die Theorie wurde auch dadurch erhärtet, daß sie sich jetzt wesentlich besser fühlte, neue Lebensenergien verspürte und wieder

einen vollkommen klaren Kopf hatte. Aber Gewißheit würde sie nie haben.
Abends, nachdem sie jeweils mit Charles zusammen das Essen eingenommen hatten, erörterten Orry und Madeline gern die letzten Neuigkeiten aus Charleston. Nur wenige davon stammten aus wirklich verläßlichen Quellen. Stand im *Mercury,* Andersons Garnison werde demnächst abgezogen, so war schon tags darauf zu lesen, es handle sich nur um ein Gerücht. In diesem Stil ging es bis Mitte März weiter; unterdessen ordnete Beauregard die Artillerieeinheiten neu, damit Sumter gegebenenfalls besser unter Beschuß genommen werden konnte.
Andern Gerüchten zufolge waren Schiffe mit Verstärkung aus dem Norden unterwegs, aber die einzigen Vertreter der Yankee-Regierung, die sich blicken ließen, waren drei Männer, die Andersons Lage beurteilen sollten. Einer der drei war Oberst Lamon, ein Anhänger Lincolns.
Vermutlich machte sich der neue Präsident Gedanken über das Fort. Gouverneur Pickens bestand weiterhin darauf, daß jeder Versuch, Sumter mit Lebensmitteln oder Truppen zu verstärken, abgewehrt würde. Auch Präsident Davis wiederholte seine Drohung, Sumter mit Gewalt einzunehmen, wenn keine friedliche Übergabe auf dem Verhandlungsweg erreicht werde.
All diese Äußerungen verstärkten die düstere Stimmung, in der sich Orry befand. Er hatte das Gefühl, der ganze Süden marschiere einer dunklen Straße entlang, die in stygischer Finsternis endete. In seinen Träumen hörte er Trommelwirbel, Schreie und Schüsse; die Idioten, die von einem siegreichen Krieg schwärmten, hatten noch nie den Verwesungsgeruch eines Schlachtfeldes kennengelernt.
In Anbetracht der Lage der Nation beschäftigten sich seine Gedanken auch mit dem Geld, das George in die *Star of Carolina* investiert hatte. Mit jedem Tag lasteten die Schuldgefühle schwerer auf ihm.
Anfang April gingen neue Gerüchte um, Verstärkungstruppen seien von New York auf dem Seeweg unterwegs. Huntoon und die andern Extremisten riefen wiederholt dazu auf, Schritte gegen das Fort im Hafen zu unternehmen. Das alles drängte Orry zu einer Entscheidung.
Charles versuchte, ihm die Sache auszureden und ihn davon zu über-

zeugen, daß er im Falle eines Krieges jeder Verantwortung George gegenüber enthoben sei. Orry hielt dem entgegen, daß der Krieg ihn von keiner Verantwortung enthebe, da George keinen Penny in ein solches Risikounternehmen gesteckt hätte, wenn es ihm dabei nicht um die persönliche Freundschaft gegangen wäre.
Orry nahm einen Zug nach Atlanta, wo er zweiundsiebzig Stunden verbrachte. Als er nach Mont Royal zurückkehrte, trug er eine kleine Tasche bei sich.
Er traf am Abend des 11. April in Charleston ein und kämpfte sich durch eine große Menschenmenge zum Haus in der Tradd Street. Cooper war höchst überrascht, seinen Bruder zu sehen.
»Ich bin nach Atlanta gefahren«, erklärte ihm Orry. »Ich habe Mont Royal verpfändet.«
»*Was?*« Cooper blickte ausdruckslos vor lauter Erstaunen.
»Wir schulden George einen Teil oder die ganze Summe dessen, was er investiert hat. Jetzt, bevor der Krieg ausbricht. Ich habe sechshundertfünfzigtausend Dollar zusammengebracht.« Er stieß die Tasche mit seinem Stiefel an. »In bar.«
»Für die ganze Plantage? Das ist ja ein Bruchteil dessen, was sie wert ist!«
»Ich habe Glück gehabt, daß ich überhaupt noch etwas bekommen habe. Ich möchte von dir so viel, wie du im Augenblick zusammenkratzen kannst, und ich möchte das Geld sofort haben.«
»Und wie glaubst du, soll ich das Geld auftreiben?«
»Du hast ja noch die Schiffsgesellschaft und dein Grundstück auf der James Island. Das alles hat ja auch noch einen gewissen Wert.«
»Aber Orry, die Banken hier geben doch keine Darlehen mehr.«
»Versuch's.«
Cooper sah das verhärmte Gesicht seines Bruders und sah keinen weiteren Grund für eine Diskussion. »Einverstanden.« Er seufzte. »Morgen früh. Ich kümmere mich jetzt um dein Zimmer. Du brauchst Schlaf.«

Orry wachte in der Dunkelheit auf und hörte etwas, das wie Donnergrollen klang. Durch die Läden, die er wegen des Frühlingswinds geschlossen hatte, drang rotes Licht. Er stieß die Läden auf. Eine Granate zischte hoch über die Hausdächer und explodierte in der Ferne.

Er eilte nach unten. Cooper, Judith und die Kinder standen alle am Fenster. »Wie spät ist es?«
»Vier oder halb fünf«, antwortete Judith mit schläfriger Stimme.
»Das klingt nach den Artillerieeinheiten im Hafen.«
Wieder ein Knall und roter Feuerschein über den Dächern. Der Boden zitterte. Cooper nickte und schlang schützend seine Arme um die Kinder. Orry hatte seinen Bruder noch nie so traurig gesehen.
»Jetzt ist es soweit. Es ist Krieg«, sagte Cooper. Nach einer Weile fügte er hinzu: »Ich glaube nicht, daß die Banken heute morgen noch Geschäfte machen werden.«

66

Bis in den späten Freitagnachmittag des zwölften April hinein erwiderte Major Anderson das Feuer von Beauregards weit überlegener Artillerie. Doch die Lage, in der sich die Garnison befand, war hoffnungslos; weder Anderson noch irgendeiner seiner Männer machten sich die geringsten Illusionen.
Wie durch ein Wunder war während der dreizehnstündigen Bombardierung niemand ums Leben gekommen; es konnte aber nur eine Frage der Zeit sein, bis der Krieg sein erstes Opfer forderte. Anderson überlegte sich, ob er wenigstens noch die Bedingung stellen konnte, dem auf dem Fort wehenden Sternenbanner einen letzten formellen Salut entgegenzubringen, bevor er den Befehl erteilen mußte, die Flagge endgültig einzuholen.
In Mont Royal war Orry dabei, eine kleine Reisetasche mit Rasiermesser, Streichriemen, Seife, einige Hemden und etwas Unterwäsche zu packen. Er verstaute die Tasche zusammen mit der Geldtasche in der Kutsche. Die Tasche wies ein kleines, billiges Schloß auf, dessen Schlüssel er in seiner Uhrentasche trug. Das Schloß war leicht aufzubrechen, aber er stellte sich vor, daß er mit zwei gewöhnlichen Reisetaschen — die eine in der Hand, die andere unter den Oberarm geklemmt — weniger Aufmerksamkeit erregen würde als mit einer Tasche und einem dicken Geldgürtel.
Madeline küßte ihn und versuchte ihre Tränen der Besorgnis und

Angst zurückzuhalten. Sie wußte, welches Risiko Orry mit einer Reise in den Norden zum jetzigen Zeitpunkt einging, aber sie sagte nichts.
Charles hingegen reagierte anders; er hatte sich widerwillig bereit erklärt, Orry zum kleinen Waldbahnhof zu kutschieren.
»Du solltest hierbleiben, Orry. Du schuldest George nichts.«
»Ich schulde ihm mein Leben. Fahr los.« Er knallte die Tür hinter sich zu.
Clarissa stand plötzlich neben Madeline, ohne daß sie sie erkannt hätte, und winkte dem abreisenden Fremden freundlich zum Abschied. Madeline fragte sich, ob sie Orry jemals wiedersehen würde.

Am Sonntag wurde Orrys Zug nach Norden wegen der Entgleisung eines Güterzugs in North Carolina für sechs Stunden aufgehalten. Die Reisenden in der ersten Klasse unterhielten sich kaum über etwas anderes als die Belagerung von Fort Sumter. Den Akzenten und Gefühlsausbrüchen nach zu schließen stammten die meisten Passagiere aus dem Süden. Einige hundert Kilometer weiter nördlich würde die Situation umgekehrt sein. Orry würde sehr darauf achten müssen, was er wie zu wem sagte.
Als es dämmerte, waren die Gleise wieder frei, und der Zug ratterte weiter. Kurz darauf hielt er in einem kleinen Bahnhof eines Städtchens. Der Schaffner gestikulierte und rief mit lauter Stimme:
»Sumter ist gefallen. Anderson abgezogen. Die neueste telegraphische Nachricht.«
Jubel brach im Eisenbahnwagen aus. Der Verkäufer, der im Gang Zeitungen vom Vortag feilbot, warf Orry einen mißtrauischen Blick zu, weil er nicht mitmachte, aber Orry starrte zurück, und der Bursche ging weiter. Offensichtlich gab es vor dem Mißtrauen und der Feindseligkeit, die durch das Land fegten, kein Entrinnen.
Am andern Morgen verließ er den Zug in Petersburg, um sich im Bahnhofsrestaurant eine Mahlzeit zu genehmigen. Er nahm die Tasche mit dem Geld mit und stellte sie sorgsam zwischen seine Füße unter den Tisch. Der Eßsaal, in dem unzählige Fliegen herumschwärmten, erinnerte ihn vage an den Halt, den er vor zwei Jahren in Baltimore eingelegt hatte. Doch diesmal stieß Orry nicht auf Feindseligkeit; die Leute waren zu sehr damit beschäftigt, die Ereig-

nisse vom Vortag in South Carolina zu erörtern. Mehrere Male fiel das Wort *Sieg*. Die meisten Kunden waren sich darüber einig, daß Virginia nach diesem ersten Schlag nun aus der Union austreten mußte.

Kopfschüttelnd beendete er rasch seine Mahlzeit. Dann kaufte er sich eine Zeitung. Als der Zug Petersburg verließ, setzte sich ein dickwanstiger, gut gekleideter Mann neben ihn. Orry beachtete ihn nicht, sondern widmete sich ganz den telegraphischen Nachrichten auf der Titelseite. Am Vortag, am Sonntag, hatte Anderson das Fort im Hafen von Charleston formell übergeben. Ironischerweise war der erste Mann im Lauf der Vorbereitungen für die Übergabezeremonie gefallen.

In der Zeitung war zu lesen, daß über fünftausend Kanonenschüsse auf Sumter abgefeuert worden waren. Der Beschuß hatte zwar keine direkten Verluste gefordert, aber die Festung war in Brand geraten und das Feuer hatte nicht ganz gelöscht werden können. Nach der Kapitulation Andersons hatten umhersprühende Funken eine Explosion einer Munitionskiste verursacht. Dabei hatte einer von Andersons Artilleristen sein Leben verloren, und fünf waren verwundet worden.

Das erste Blutvergießen, dachte Orry lakonisch. Er war überzeugt, daß noch viel mehr folgen würde.

Der Bundeskommandant hatte der Flagge einen letzten Salut entgegenbringen dürfen, bevor sie eingezogen wurde und seine Soldaten die wartenden Pinassen bestiegen. Die Kähne beförderten die Unionstruppen zu einer von der Regierung abkommandierten Verstärkungsflotille, die also offensichtlich nicht nur ein Gerücht gewesen war — die Schiffe waren während der Bombardierung vor Charleston angelangt. Bald darauf dampften das geheuerte Linienschiff *Baltic* und die begleitenden Kriegsschiffe mit ihrer Niederlage nach Norden. Orry vermutete, daß die Lincoln-Regierung demnächst zum Vergeltungsschlag ausholen würde.

Als er mit der Lektüre zu Ende war, unterhielt er sich mit dem dicken Mann, einem Handlungsreisenden namens Cobb aus Petersburg.

»Britische Nähnadeln und das beste Nähgarn, das es gibt«, erklärte Cobb mit seinem sanften Virginia-Akzent. »Wird nur den besten Firmen geliefert. Die Götter mögen wissen, was aus meinem Geschäft

werden soll mit all den Unruhen. Ich nehme an, Sie kommen ebenfalls aus dem Süden?«
Orry nickte. »Aus South Carolina.«
»Wie weit reisen Sie?«
»Bis nach Pennsylvania.«
»Darf ich Ihnen einen Ratschlag geben? Ich bin letzte Woche in Philadelphia gewesen und hatte dort etliche Schwierigkeiten. Man erkennt die Südstaatler zu leicht an ihrem Akzent. Einmal hatte ich das Gefühl, daß ich mich in Lebensgefahr befände. Ich fahre diesmal zwar nicht weiter als bis Washington, aber trotzdem habe ich Vorsichtsmaßnahmen ergriffen.«
Mit seinem plumpen Finger deutete er auf seinen Rockaufschlag; Orry bemerkte eine aus blau-weiß-rotem Band gefertigte Rosette.
»Ich würde Ihnen vorschlagen, dasselbe zu tun, Sir. Sie finden das Material für diese Unions-Rosette in jedem Kurzwarenladen.«
»Vielen Dank für die Empfehlung«, sagte Orry, obwohl er das ganze bereits innerlich abgelehnt hatte. Er war nicht voll und ganz von der Sache des Südens überzeugt, aber er würde auch nicht die Farbe der andern Seite tragen.

Das einzige, was er von Washington zu sehen bekam, war der Endbahnhof. Offiziere und Familien drängten sich auf den Bahnsteigen und in den Wartesälen. Die meisten Offiziere kamen an, die meisten Familien reisten ab. Wahrscheinlich Südstaatler, die ihre Stelle bei der Armee oder bei der Regierung aufgegeben hatten und nun nach Hause fuhren.
An jenem Montagabend wurde Orry im rußigen Schein der Bahnhofslampen klar, daß das Land im Begriff war, den nächsten torkelnden Schritt auf einen Bürgerkrieg hin zu machen. Ein Mann kratzte schwitzend und hemdsärmelig die letzten Nachrichten mit Kreide auf eine Tafel. Unter anderem stand zu lesen, daß Präsident Lincoln die Sezession des Südens zum Aufstand erklärt und fünfundsiebzigtausend Freiwillige zu den Waffen gerufen hatte.
Die kleine Menschenmenge, die sich vor der Tafel eingefunden hatte, brach in Beifall aus. Orry wandte sich um, um zu seinem Zug zu gehen. Die Menge drängte vorwärts und ließ den Präsidenten hochleben. Orry konnte sich kaum bewegen.

»Entschuldigen Sie, bitte.«
Niemand regte sich. Drei in seiner Nähe stehende Männer betrachteten ihn mit harten, prüfenden Blicken. Er wünschte, er hätte eine Pistole mit auf die Reise genommen.
»Was haben Sie gesagt, Mister?« fragte einer der Männer.
Orry wußte, daß er so wenig wie möglich reden sollte, aber er vergaß alle Vorsicht.
»Ich habe gesagt, daß ich gern durch möchte, wenn Sie nichts dagegen einzuwenden haben.«
»Aha, wir haben es mit einem Herrn aus dem Süden zu tun«, knurrte ein weiterer Mann. Die Menge schloß sich um Orry, es schien sich mehrheitlich um unrasierte, schwitzende und feindselig blickende Männer zu handeln. Orry war auf drei Seiten blockiert. Hinter seinem Rücken ging ein unheilversprechendes Tuscheln los. Sein Mund fühlte sich plötzlich trocken an.
Jemand schubste ihn, und er hatte kaum noch genügend Platz, um sich die Geldtasche unter den rechten Arm zu klemmen. Hände wollten nach der Tasche greifen, Stimmen gingen durcheinander.
»Was hast du denn da in der Tasche, Rebell?«
»Wetten, daß es Geld ist.«
»Schaun wir's uns doch an.«
»Ja, schaun wir's an, schaun wir's an!« schrie ein ganzer Chor.
Orry wurde von Panik erfaßt. Er spürte, wie die Tasche rutschte. Rasch machte er eine gezielte Handbewegung in Richtung der Manteltasche. Der Mann, der seine Hand auf die Geldtasche gelegt hatte, erschrak über die heftige Bewegung.
»Wenn ich Sie nicht durch Höflichkeit dazu bewegen kann, mich durchzulassen, meine Herren, dann muß ich eben zu andern Mitteln Zuflucht nehmen.«
Orry ließ seine Finger unter den linken Rockaufschlag gleiten. Der Mann ließ die Geldtasche los. »Aufgepaßt! Der Kerl ist bewaffnet.« Diejenigen, die dicht bei ihm standen, waren plötzlich nicht mehr von der Situation begeistert. Orry behielt die Finger unter dem Rockaufschlag, während die ersten Männer beiseite traten und ihn passieren ließen. Es war nicht einfach, die Tasche nur mit dem Druck des Oberarms zu tragen, aber es gelang ihm. Mit schnellen Schritten ging er durch die Menge; sein Herz pochte rasend unter seiner Hand.

Als er die Menge endlich hinter sich hatte, hastete er davon. Vereinzelt rief man ihm Beleidigungen nach, aber er drehte sich nicht mehr um.
Er versuchte während der Fahrt zu schlafen, war jedoch zu aufgewühlt und saß mit der Tasche zwischen den Füßen in verkrampfter Haltung da. Am nächsten Morgen in Philadelphia fand er einen Kurzwarenhandel und deckte sich mit einer kleinen Schere, einer Nadel, Garn und dem dreifarbigen Band ein. Mit Geduld und der Hilfe einer freundlichen Frau hinter der Theke eines Saloons wurde eine Rosette angefertigt.
Die Frau schien glücklich und stolz, daß sie ihm helfen konnte. »Virginia?« fragte sie, als sie glaubte, seinen Akzent erkannt zu haben. »Dort sind viele Leute gegen die Sklaverei, wie man hört.«
Er lächelte kaum. Hegte sie noch eine Spur von Verdacht, so verschwand dieser letzte Rest, als sie die Rosette an seinem Rockaufschlag befestigte.

Am Dienstag, dem 16. April, traf Orry zu später Stunde in Lehigh Station ein. Die Stadt hatte sich ausgedehnt; auf der andern Seite des Flusses war ein neuer Ort, South Station, mit einigen Dutzend Hütten und billigen Häusern entstanden. Auf dem Bahnhof kleisterte ein Mann im gelben Licht einer Laterne ein Plakat an die Wand. Orry sah, daß es sich um einen Rekrutierungsaufruf für Lincolns Freiwilligenarmee handelte.
Er ging in die Dunkelheit hinaus, fiel jedoch mehreren vor dem Station House herumlungernden Gestalten auf. Ein großer, hagerer Mann mit staubbedeckten Kleidern, zwei Reisetaschen und nur einem Arm mußte ja auffallen. Orry hoffte, daß man seine Rosette sehen konnte.
Als er am Hotel vorbeiging, hörte er einen der Müßiggänger sagen: »Komischer Kauz. Kennt ihn jemand?«
Die andern verneinten. Einer bemerkte: »Sieht ein bißchen wie der alte Abraham aus, nicht wahr.«
»Tja, könnte sein Bruder sein.« Der Mann, der zuletzt gesprochen hatte, trat unter der Tür des Hotels hervor und rannte hinter Orry her. »Wollen Sie ein Mietpferd, Mister? Nur zehn Cents bis zur Stadt. Egal wohin.«

Orry zog fragend die Augenbrauen hoch und deutete gleichzeitig mit dem Kopf in Richtung der Lichter von Belvedere oben auf dem Hügel.
»Und bis zu den Hazards?« Der Mann fingerte an seinem Kinn herum; jeder, der dem einzigen Millionär in Lehigh Station einen Besuch abstattete, mußte selbst ziemlich wohlhabend sein. »Das macht fünf Cents mehr.«
Orry nickte zustimmend. Der offene zweirädrige Wagen fuhr den steilen Berg hoch. Plötzlich tauchte eine dünne, weißglühende Linie im dunklen Himmel über Belvedere auf. Der Lichtstrahl fiel beinahe senkrecht zu Boden. Bevor Orry klarwurde, daß es sich um eine Sternschnuppe handelte, war schon alles vorbei.
Es dauerte nicht lange, und die warmen Frühlingsdüfte wurden von den rauchenden Schornsteinen der Hazard-Werke verzehrt. Die drei Hochöfen tauchten die Hügel der Umgebung in ein kräftiges Rot. Aus jedem Hochofen quoll der Rauch empor, und der Frühlingswind trug den stampfenden Rhythmus der Maschinen in die Welt hinaus. Irgendwie wirkte es bedrohlich.
Als der Kutscher Orry vor der Villa absetzte, wurde er von Panik erfaßt. Er hatte nicht daran gedacht, vorher zu telegraphieren. Und wenn George nun nicht zu Hause wäre?
Ein lebhafter Knabe öffnete atemlos die Tür. Er war größer als sein Vater und weniger stämmig, aber die Ähnlichkeit war frappant.
»William, erkennst du mich nicht mehr?« Orry zog den Hut und lächelte. Immer wenn dieses Lächeln mitten in der Wirrnis seines Barts auftauchte, sah er weniger abschreckend aus. Williams ängstliche Zurückhaltung schmolz denn auch prompt dahin. Er wirbelte herum.
»Pa? Pa, komm hierher! Rat mal, wer an der Tür ist.« Dann trat er beiseite. »Kommen Sie herein, Mr. Main.«
»Danke, William.« Orry ging hinein, und William nahm ihm das Gepäck ab. »Du bist riesengroß. Wie alt bist du jetzt?«
»Dreizehn.« — »Fast«, fügte er hinzu.
Orry schüttelte den Kopf und betrat die Vorhalle mit dem blendenden Licht. Er hörte, wie im zweiten Stockwerk eine Tür geöffnet und dann geschlossen wurde, und als er hinaufschaute, sah er George mit großen Schritten, hochgekrempelten Hemdsärmeln und der unver-

meidlichen Zigarre in der Hand die Treppe mit Riesenschritten heruntereilen.
»Orry? Allmächtiger, das glaub' ich nicht!«
Er stürzte auf Orry zu. Constance kam nicht weniger erstaunt aus der Küche. George führte einen Freudentanz auf wie ein Kind. »Was zum Teufel machst du in Pennsylvania? Und was ist denn das?«
Orry schielte auf seinen Rockaufschlag. »Ich mußte das Ding anstecken, um die feindlichen Linien zu durchqueren.«
George und Constance lächelten über den gutgemeinten Witz, doch bald tauchten dräuend die Erinnerungen an die jüngsten Ereignisse wieder auf. Dies zeigte sich besonders deutlich, als Constance Orry umarmte und sagte:
»Es ist so herrlich, dich wiederzusehen! Die Nachricht über Sumter ist schrecklich, nicht wahr?«
»Schrecklich«, antwortete er zustimmend. »George, ich bin aus geschäftlichen Gründen hierhergekommen.«
Das war die zweite Überraschung für George. »Ich kann mir nicht vorstellen, daß jetzt noch irgendwo große Geschäfte getätigt werden. Ich frage mich immer wieder, welche Auswirkungen die Sezession auf das öffentliche Leben haben wird: die Transaktionen der Banken, das Postwesen — ach, aber wir wollen nicht hier herumstehen und über diese Dinge diskutieren. Hast du Hunger? Wir sind eben mit dem Abendessen fertig. Entenbraten. Es ist noch mehr als genug für dich übrig.«
»Ein Häppchen könnte mir nicht schaden.«
»Na, dann komm. Mein Gott, ich kann es nicht glauben, daß du hier bist. Wie in alten Zeiten.«
Constance legte den Arm um ihren großen Sohn. Sie lächelte, als die Männer ins Eßzimmer gingen. Orry wünschte sich sehnlichst, daß es wieder wie in alten Zeiten wäre, aber alles, was er während der Reise erlebt hatte, deutete auf das Gegenteil hin. Nie wieder würde es einen Tag geben wie 1842, als die beiden mit noch ungetrübten Hoffnungen und Träumen an der Reling ihres Schiffes lehnten und über den Hudson schauten.
Jetzt waren sie beide alte Männer: alt und grau. Georges Haar war bereits von ein paar kräftigen Silberstreifen durchzogen. Und irgendwie hatten sie es zugelassen, daß ihre Welt in den Abgrund des Kriegs

gestürzt worden war. Dieses Wissen raubte ihm die Freude über das Wiedersehen. Mit grimmiger Miene ging er hinter George in das Eßzimmer.

Orry aß, und sie tauschten Neuigkeiten aus. Billy war sicher mit seiner Frau in Washington angelangt. »Und mit einer kleinen Wunde«, fügte George hinzu. »Billy hat sich nicht ausführlich darüber geäußert, aber ich vermute, daß es zu einem Streit mit einem von Bretts früheren Verehrern gekommen ist.«

»Ja.« Mehr sagte Orry nicht.

»Man hat ihm einige Tage Urlaub versprochen. Ich erwarte die beiden eigentlich jeden Augenblick.«

»Ich würde sie gern wiedersehen, aber ich kann nicht warten. Zu Hause herrscht das Chaos.«

»Ja, das Chaos ist überall«, sagte Constance seufzend.

George nickte mit düsterer Miene. »Man sagt, daß Virginia morgen oder übermorgen aus der Union austreten wird. Und diejenigen Staaten, die bis jetzt unentschlossen gewesen sind, werden dem Beispiel folgen. Wahrscheinlich die meisten Grenzstaaten. Die Emotionen schlagen hohe Wellen« — er deutete mit der Zigarre auf die Rosette — »wie du wohl bemerkt haben wirst.«

Orry trank noch seinen Kaffee; er fühlte sich zwar jetzt etwas weniger müde, aber seine Stimmung hatte sich nicht gehoben. Er freute sich darüber, wieder bei seinem alten Freund zu sein, aber irgendwie hatte er das Gefühl, daß sie einander lange Zeit nicht mehr sehen würden.

Nach einer längeren Redepause sagte Constance zögernd:

»Virgilia ist nach Hause gekommen.«

Orry hätte beinahe die Kaffeetasse fallen gelassen. »Von wo?«

»Das«, knurrte George, »wollen wir lieber nicht fragen.«

»Ist sie heute abend hier?«

George nickte, und Orry erinnerte sich daran, daß bei seiner Ankunft eine Türe einen Spaltbreit geöffnet und dann wieder geschlossen worden war. Hatte Virgilia ihn gesehen?

Nun, eigentlich spielte es keine Rolle. Obwohl er unten in der Stadt einige elementare Vorsichtsmaßnahmen ergriffen hatte, hatte er nicht die Absicht gehabt, seinen Besuch total geheim zu halten.

»Das arme Geschöpf ist völlig mittellos —« wollte Constance anfangen, aber George unterbrach sie.
»Es ist ihre eigene Schuld. Ich möchte nicht darüber reden.« Seine Frau wandte ihren Blick ab. George wandte sich Orry zu: »Nun sag mir, welch wichtiges Geschäft dich dazu bringen konnte, die lange Reise hierher auf dich zu nehmen? Die *Star of Carolina* wird doch wohl nicht zum Stapellauf bereit sein?«
»Ich wünschte mir, daß das der Fall wäre. Aber ich glaube nicht, daß das Schiff die Werft jemals verlassen wird. Deshalb bin ich gekommen und habe die Tasche mitgebracht, die draußen in der Halle steht. Sie enthält sechshundertfünfzigtausend Dollar. Ich bedaure, daß es nicht mehr ist, aber das ist alles, was ich auftreiben konnte.«
»Auftreiben? Wie auftreiben?«
»Ach, das spielt keine Rolle. Ich wollte nicht, daß das Kapital, das du investiert hast, im Süden blockiert und schließlich konfisziert wird. Das war ja nicht Sinn und Zweck deines Darlehens.«
George runzelte die Stirn, warf seiner Frau einen Blick zu und blickte dann seinen Freund an. »Vielleicht sollten wir das in der Bibliothek besprechen?«
»Komm, Billy«, sagte Constance und fuhr ihrem Sohn, während sie aufstand, über den Kopf.
»Billy.« Orry lächelte. »Nennst du ihn so?«
Sie nickte. »Wenn Georges Bruder zu Hause ist, dann ist er Big Billy und William ist Litlle Billy. Manchmal ist es etwas verwirrend, aber wir mögen es so.«
William schnitt eine Grimasse. »Nicht wir alle.«
»Er hat recht«, sagte Constance und versuchte ein ernstes Gesicht zu machen. »Stanley findet es entwürdigend.«
»Und deshalb finden wir es gut«, sagte George und stand auf. Orry brach in ein spontanes, herzliches Lachen aus. Für einen kurzen Augenblick waren die alten Zeiten fast wieder gegenwärtig.

»Du sagst also, daß Billys Wunde gut heilt?« fragte Orry, als George die Tür schloß und das Licht anzündete.
»Ja, das hat man mir gesagt. Er und Brett sind glücklich, auch wenn rundum alles in Aufruhr ist.« Er war auf der Suche nach Gläsern und einer Karaffe. »Ich glaube, wir könnten einen Whiskey gebrauchen.«

Er schenkte zwei Gläser ein, ohne zu fragen, ob Orry seine Meinung teilte. Immer noch derselbe alte Stumpf, dachte Orry. Er hat einfach jede Situation im Griff.
»Ja, unser Land befindet sich wirklich in einer schlimmen Lage«, stimmte Orry seinem Freund zu und nahm den Whiskey entgegen. Er trank die Hälfte des Glases in zwei Schlucken leer. Die Wärme breitete sich in seinem Magen aus und beruhigte ihn etwas. Er suchte den Schlüssel zur Tasche, die er aus der Halle mitgenommen hatte, öffnete das Schloß und machte die Tasche weit auf, damit die großen Banknoten zu sehen waren. »Wie ich dir schon gesagt habe — das ist der Grund, weshalb ich gekommen bin.«
George nahm ein Päckchen der gebündelten Noten in die Hand; für eine Weile war er sprachlos. Anschließend sagte er mit sanfter Stimme:
»Das ist eine sehr ehrenwerte Tat, Orry.«
»Das Geld gehört dir. Ich glaube, du hast es eher verdient als die Regierung in Montgomery, die, Spaß beiseite, mit zuverlässigen und eher konservativen Männern bestückt worden ist.«
»Ja, das hab' ich auch festgestellt. Jeff Davis. Alec Stephens aus Georgia —«
»Die Kandidaten aus South Carolina, unter ihnen unser gemeinsamer Freund, der junge Hitzkopf«, George schnitt eine Grimasse, als Orry auf Huntoon anspielte, »sind praktisch völlig ignoriert worden. Sie freuen sich nicht besonders darüber.«
»Weshalb hat man sie nicht beachtet?«
»Ich weiß es nicht genau. Ich vermute, die Konservativen fanden sie zu extremistisch. Wahrscheinlich befürchteten sie, daß sie dem Ansehen der neuen Regierung schaden könnten. Wie dem auch sei, ich wollte es auf jeden Fall vermeiden, daß Männer, deren Grundsätze nicht unbedingt mit den deinigen übereinstimmen, dein Geld beschlagnahmen.«
George sah ihn kritisch an. »Stimmen ihre Grundsätze denn mit den deinigen überein?«
»Der Teufel soll mich holen, wenn ich das noch weiß, Stumpf.«
Er setzte sich auf einen Stuhl. George ließ das Schloß der Tasche zuschnappen und setzte sich neben den Tisch, auf dem immer noch der Meteorit stand. Gedankenverloren nahm George das dunkelbraune

Stück in die Hände und sagte: »Nun, wie ich bereits sagte, du hast etwas außerordentlich Ehrenvolles getan, Orry.«
Verlegen prostete Orry seinem Freund zu. Dann erlosch sein etwas melancholisches Lächeln, und er deutete auf den rauhen Gegenstand in Georges Händen.
»Ist das der gleiche, den du auf den Hügeln oberhalb der Akademie gefunden hast?«
»Ja.«
»Das dachte ich mir. Ich erinnere mich noch vage an das, was du damals sagtest. Irgend etwas über das Eisen der Sterne, das die Macht hat, Familien, Reichtum, Regierungen — die ganze angestammte Ordnung der Dinge zu zerstören. Ich glaube, es wird sich demnächst zeigen, ob das zutrifft. Du hast von Ehre geredet. Die Menschen haben verdammt wenig davon, und«, seine Stimme wurde leiser und nahm einen beinahe höhnischen Ton an, »vielleicht einmal in einem Jahrhundert taucht ein bißchen bei Nationen, politischen Parteien und Bewegungen auf, die dann ihren heiligen Krieg führen. Aber wenn der Krieg demnächst ausbricht, dann werden Fabriken wie die deinige dafür verantwortlich sein, daß noch das letzte bißchen Ehrgefühl unter den Menschen ausradiert wird. Cooper weiß das schon seit langem. Er hat es uns immer wieder gesagt, aber wir wollten nicht auf ihn hören. Wenn es einen Krieg gibt — und es sieht verdammt danach aus, — so wird es ein neuartiger, ein totaler Krieg sein, wie Mahan ihn vorausgesagt hat. Nicht nur die Soldaten werden dabei ihr Leben lassen; alles wird vernichtet werden.«
Er schüttelte den Kopf. Die Erschöpfung von der Reise und der hastig getrunkene Whiskey lösten in seinem Kopf ein merkwürdiges Gefühl leichter Benommenheit aus; seine Gedanken strömten frei und fanden wie von selbst die Worte, um ihnen Ausdruck zu verleihen.
»Und worauf kann sich der Süden für diese Art von Kampf stützen? Auf eine Zukunftsvision, die bereits hoffnungslos veraltet ist. Auf unsere Redegewandtheit. Auf unsere Parolen — und — auf unsere Soldaten.«
»Vergiß nicht, daß die Offiziere aus dem Süden die Elite der Armee bilden.«
»Zu Befehl«, sagte Orry nickend. »Und wer wird ihre Befehle ausführen? Eine Menge hartgesottener Farmer, die, obwohl sie noch nie

etwas von Mahan oder Jomini gehört haben oder ironischerweise nie auch nur einen einzigen Sklaven besessen haben, kämpfen werden wie der Teufel. Aber gegen wen werden sie kämpfen? Gegen ein Riesenheer aus dem Norden. Gegen Millionen und Abermillionen von Bürokraten und Mechanikern. Gegen eure infernalischen Fabriken.« Er war jetzt kaum noch zu hören, als er sagte: »Ein neuartiger Krieg . . .«
Orry schwieg einen Augenblick lang und fuhr dann schließlich fort: »Egal, wie es auch immer herauskommen mag, egal, welche Seite die Bedingungen diktieren wird — wir werden alle zu den Verlierern gehören. Wir haben abgedankt, George, und Verrückten den Thron überlassen.«
Er warf den Kopf in den Nacken und kippte den Rest des Whiskeys hinunter. Dann schloß er die Augen und schüttelte sich. Langsam und sorgfältig stellte George den Meteoriten auf den Tisch zurück und starrte ihn an.
Orry öffnete die Augen wieder. Er hatte den Eindruck, aus der Ferne Lärm und Aufruhr zu hören.
George hob die Hand. »Ja, es sind Verrückte, die regieren. Aber was hätten wir tun können?«
»Ich weiß es nicht. Cooper hat uns doch immer mit Burkes Worten gewarnt.« Er überlegte, um richtig zitieren zu können. »Wenn sich schlechte Männer zusammentun, dann müssen sich die guten verbünden, denn sonst fallen sie, einer nach dem andern.«
Er war plötzlich aufgestanden und langte nach dem Whiskey. »Verdammt noch mal, ich weiß wirklich nicht, was wir hätten tun können, aber ich weiß, daß wir uns die Frage nicht früh und nicht eindringlich genug gestellt haben. Oder nicht oft genug.«
Er schenkte ein und trank zwei Drittel des Glases leer. George dachte über die Worte seines Freundes nach. Dann schüttelte auch er den Kopf. »Das ist eine sehr einfache Antwort. Vielleicht zu einfach. Das Problem ist unendlich verzwickter. Manchmal denke ich, daß ein Mensch etwas ungeheuer Mickriges ist. Wie kann er irgend etwas verändern, wenn gewaltige Kräfte am Werk sind? Kräfte, die er nicht versteht oder die er nicht einmal erkennen kann?«
Orry antwortete mit derselben deprimierenden Wahrheit wie vorhin: »Ich weiß es nicht. Aber wenn diese gewaltigen Kräfte und Ereignisse nicht rein zufällig sind, dann müssen sie vom Menschen geschaffen

und geformt werden. Positiv oder negativ. Ich glaube, daß wir eine Chance hatten. Und ich glaube, daß wir sie nicht wahrgenommen haben.«
Aus unerklärlichen Gründen wurde seine Stimme bei diesen Worten brüchig. Er spürte Tränen in den Augen. Tränen des Schmerzes, des Versagens, der Frustration und der Verzweiflung — ach, und woher sie sonst noch kamen, was wußte er denn schon. Wie betäubt starrten sich die Freunde einen Augenblick an, bar jeglicher Emotionen, mit Ausnahme des Bewußtseins ihrer Schuld und der Angst, die sie erzeugte, jetzt da der Parolen skandierende Pöbel im Norden und Süden durch die Straßen marschierte, unerschütterlich der neuen Apokalypse von Mahan entgegengehend.
Pöbel. Das Wort und gewisse Geräusche schüttelten Orry aus seinen düsteren Träumen. Er ging zu einem der Fenster. Von draußen waren Stimmen zu hören. Nicht viele Stimmen, aber sie klangen äußerst bedrohlich.
George runzelte die Stirn. »Eine Horde Rowdies aus der Stadt? Ich frage mich, was sie hier oben wollen?«
Er streckte die Hand nach den Samtvorhängen aus. Plötzlich flog die Tür auf. Er drehte sich blitzschnell um.
»*Virgilia!*«
Sobald Orry ihrer gewahr wurde, wußte er, weshalb der Pöbel gekommen war.

67

Der Tumult draußen nahm zu. George deutete auf das Fenster und sagte mit vor Schock und Zorn erschütterter Stimme: »Bist du dafür verantwortlich, Virgilia?«
Ihr Lächeln war Antwort genug.
»Wie zum Teufel sind sie hierhergekommen?« wollte George wissen.
Ein Stein flog durch eins der Fenster. Dank der schweren Vorhänge splitterte das Glas nicht im ganzen Zimmer herum, aber es fiel laut klirrend zu Boden. Orry glaubte, daß er jemanden das Wort *Verräter* rufen gehört hatte. Er fuhr sich mit der Hand über den Mund.

»Ich habe einen der Hausdiener zum Hotel geschickt.« Virgilia blickte Orry an. »Gleich nachdem ich ihn zur Tür hereinkommen sah.«
»Aber um Gottes willen — *warum?*«
Orry hätte George die Frage beantworten können. Er war kaum fähig, den Widerwillen, den Virgilias Anblick in ihm hervorrief, zu verbergen. Sie war nur wenige Jahre älter als er, aber sie sah mindestens zwanzig Jahre älter aus. Ihr bedrucktes, verwaschenes Kleid war ihr zu eng geworden; sie hatte mindestens zwanzig Pfund zugenommen, aber das war nur eines der Anzeichen ihrer zunehmenden Verwahrlosung. Ihr Teint war schwammig, ihre Augen wirkten eingefallen. Verfilzte Haarsträhnen fielen ihr auf die Schulter, und als sie sich umwandte, sah Orry, daß ihr Hals dreckig war.
»Weil er ein Verräter ist«, flüsterte sie. »Ein Südstaatler und ein Verräter. Er hat Grady ermordet.«
»Er hatte nichts mit Gradys Tod zu tun. Du —«
»Ermordet«, wiederholte sie, den Blick auf Orry geheftet. In ihren Augen glühte der Haß so abgrundtief, daß seine Kraft fast physisch spürbar war. »Sie haben es getan. Sie und Ihr Volk.«
George fuhr sie an: »Die Bundestruppen haben Grady getötet!« Aber sie war der Vernunft nicht mehr zugänglich, und nun wußte Orry plötzlich, was es war, das sie mit ins Zimmer gebracht hatte. Es war mehr als nur der Gestank ungewaschener Kleider oder eines ungewaschenen Körpers; es war der Geruch des Todes.
»Ich habe diese Männer holen lassen«, sagte sie zu ihm. »Ich hoffe, daß sie Sie töten werden.«
Plötzlich rannte sie wie ein wildgewordenes Tier zu den Vorhängen vor der zerbrochenen Fensterscheibe. »Hier ist er!« schrie sie. George machte einen Satz, packte sie am Arm und stieß sie zurück.
Sie fiel hin und landete unsanft auf Händen und Knien. Haltlos begann sie zu schluchzen: tiefe, hemmungslose Schmerzensschreie. Das Haar fiel wie ein Vorhang auf beiden Seiten ihres gebeugten Kopfes hinunter und verdeckte barmherzig ihr vom Wahnsinn gekennzeichnetes Gesicht.
George warf einen verstohlenen Blick auf die Vorhänge, die sie beinahe geöffnet hätte, und sagte mit leiser Stimme: »Um elf Uhr fährt ein Güterzug nach Osten. Ich glaube, daß es sicherer für dich wäre, wenn —«

»Einverstanden«, unterbrach ihn Orry. »Ich gehe sofort; ich will deine Familie nicht gefährden. Ich werde das Haus durch die Hintertür verlassen.«
»Den Teufel wirst du. Wahrscheinlich haben sie dort Wachen postiert. Überlaß das ganze mir.«
George ging in die Halle hinaus. Virgilia rappelte sich mühsam hoch. George wandte sich nach ihr um. »Virgilia —«
Die Gefühle überwältigten ihn, und er konnte nicht weiterreden, aber er brauchte eigentlich auch keine Worte. Seine Augen und sein rotes Gesicht zeigten deutlich, was in ihm vorging. Virgilia scheute vor ihm zurück, und er ging in die Halle hinaus.
Constance, die beiden Kinder und ein halbes Dutzend Bedienstete beobachteten ängstlich die Eingangstüre. Durch das Oberlicht fiel ein Feuerschein, die Männer vor dem Haus waren mit Fackeln ausgerüstet. Orry sah, wie jemand von außen an der Türklinke rüttelte, doch ein Hausdiener war geistesgegenwärtig genug gewesen, um den Riegel vorzuschieben, als der Pöbel aufmarschierte.
»Wer sind diese Männer?« fragte Constance ihren Mann. »Was wollen sie hier?«
»Sie wollen Orry. Virgilia ist schuld daran. Bring die Kinder nach oben.«
»*Virgilia?* Du lieber Gott, George —«
»Bring sie nach oben! Und ihr geht alle aus der Halle!« Zu Orry sagte er: »Warte einen Augenblick hier.« Während die Bediensteten davongingen und Constance die Kinder nach oben brachte, öffnete George die Tür zu einer Abstellkammer unter der Treppe.
Er nahm als erstes einen Uniformmantel heraus. Orry bemerkte eine Unionsrosette auf dem Aufschlag; sie war kleiner und hübscher als die seinige. Als nächstes holte er einen Patronengurt der Armee hervor, an dem ein 1847er Colt befestigt war.
George legte den Gurt auf einen Stuhl und untersuchte rasch die Waffe. »Ich habe den Colt immer geladen und griffbereit in dieser Abstellkammer, da ich manchmal unerwünschte Besucher habe — Angestellte, die ich entlassen habe, und ähnliche . . .«
Er prüfte den Lauf und drehte sich dann zur Tür um. Ein Stein flog durch das Oberlicht und zersplitterte das Glas, das in alle Richtungen flog. »Verdammtes Dreckpack«, knurrte George. »Folge mir.«

Mit seinen kurzen, stämmigen Beinen ging er geradewegs auf die Tür zu und schob ohne Zögern den Riegel zurück. Orry war dicht hinter ihm, ängstlich, aber auch eigenartig entzückt. Die Uhr schien zurückgedreht, und sie waren beide wieder in der Schlacht — George wie immer an der Spitze.
George stieß die Tür auf, mit genau kalkulierter Grandezza, wie Orry dachte. Doch der Pöbel, der bereits die Treppen von Belvedere erklommen hatte, schien überhaupt nicht beeindruckt, sondern lärmte weiter. Orry zählte fünfzehn mit Steinen und Stöcken bewaffnete Männer. »Da ist der verdammte Südstaatler«, schrie einer, als Orry hinter George auf die Türschwelle trat. »Da ist der Verräter!«
Ein anderer Mann schwenkte eine rauchende Fackel. »Wir wollen ihn haben!«
George straffte die Schultern. Er sah kampffreudig und kraftvoll aus, als er den Colt hob und den Arm ausstreckte. Er richtete die Mündung auf den Kopf des Mannes, der eben gesprochen hatte, und krümmte den Daumen über dem Abzug.
»Hol ihn dir. Ich garantiere aber, daß du und einige deiner Kumpane den Versuch nicht überleben werdet.«
Orry trat links neben seinen Freund, nur ein paar Fuß weit von den Männern auf der Treppe. Er glaubte zwei der vor dem Hotel herumlungernden Gestalten zu erkennen.
»Los, auf ihn!« schrie jemand.
George richtete den Colt auf ihn. »Komm doch! Es gibt einen alten militärischen Grundsatz: Wer den Befehl erteilt, führt den Angriff auch an!«
»Verdammt noch mal, Hazard«, schrie ein andrer, »er ist ein Südstaatler. Ein Mann aus dem Palmettostaat. Wir wollen ihm nur zeigen, was wir von Sezessionisten — von Verrätern, halten.«
»Dieser Gentleman ist kein Verräter. Wir haben beide im selben Jahr in West Point abgeschlossen und haben unter General Scott die ganze Kampagne bis nach Mexiko-City mitgemacht. Mein Freund hat ebenso hart für dieses Land gekämpft wie ich, und jener leere Ärmel zeigt euch, was seine Belohnung war. Ich kenne die meisten von euch, und ich möchte nicht, daß auch nur ein einziger durch meine Hand umkommt. Aber wenn ihr einem Ehrenmann wie ihm ein Leid antun wollt, dann müßt ihr zuerst mich beseitigen.«

Der Pöbel wurde etwas ruhiger. Orry sah, wie Blicke von Georges Colt über die Tür wanderten. Einige Männer überlegten sich offensichtlich, wie sie ihn und George in die Zange nehmen und dann überwältigen könnten. Zwei Gestalten lösten sich von der Gruppe, aber George nahm sie sofort ins Visier.
»Den ersten, der noch einen Schritt macht, erschieße ich.«
Die beiden Männer blieben stehen. Fünf Sekunden. Zehn Sekunden. Fünfzehn—
»Wir können sie überwältigen«, rief eine Stimme. Keine Antwort.
Orrys Herz hämmerte. Alles war möglich —
»Zum Teufel«, sagte jemand. »Es lohnt sich nicht, dafür zu sterben.«
»Das nenne ich gesunden Menschenverstand«, sagte George in einem immer noch etwas pathetischen Tonfall. »Wenn der Rest ebenso denkt, könnt ihr gehen. Achtet bloß darauf, daß ihr euch von der Tür entfernt, den Hügel hinuntergeht und von meinem Grundstück verschwindet.« Er legte eine Kunstpause ein und schrie mit seiner besten West-Point-Stimme: »Verschwindet!«
Sie reagierten auf den Befehl und auf die Bedrohung mit dem Colt. Vereinzelt und in Grüppchen schlurften sie davon und hinterließen bloß noch einige Flüche.
Eine Minute verstrich. Eine weitere. George und Orry blieben bei der Tür stehen, für den Fall, daß es sich der Pöbel wieder anders überlegen könnte. Schließlich ließ George den Colt sinken und lehnte aufatmend gegen eine Säule.
»Das hätte ins Auge gehen können«, sagte er sanft. »Aber wir sind noch nicht auf dem Trockenen. Hol deinen Koffer, und ich schicke jemanden los, um die Kutsche zu holen. Je schneller du deinen Zug erwischst, desto besser.«
Orry erhob keinen Einwand.

Einer der Diener betätigte sich als Kutscher, der andere ritt neben der Kutsche her. Beide waren bewaffnet. George ebenfalls. Er hatte bereits veranlaßt, daß der Diener, der Virgilias Botschaft überbracht hatte, gesucht werden sollte. Der Mann würde entlassen werden.
George und Orry waren immer noch erschüttert über das Ereignis. George saß schweigend und in nachdenklicher Stimmung da, wäh-

rend die Kutsche den Hügel hinunterholperte. Schließlich fragte ihn Orry: »Worüber denkst du nach?«

»Über diese schrecklichen Zeiten. Wir hätten dies alles vermeiden können, wenn wir mit dem Guten, das in uns allen ist, reagiert hätten. Aber statt dessen haben wir mit dem Bösen in uns reagiert. Mit dem Schlimmsten. Ich frage mich, ob wir überhaupt zu etwas anderem fähig sind.«

Erneutes Schweigen. Orry versuchte die düstere Stimmung etwas zu heben, indem er seinem Freund erzählte, wofür er bis jetzt noch keine Gelegenheit gefunden hatte — daß Madeline nun endlich bei ihm war und bei ihm bleiben würde. Sie hatten vor, einen Rechtsanwalt zu konsultieren und die Scheidung einzureichen, sobald die düsteren Wolken am Horizont verschwunden waren.

»Das ist herrlich. Schön«, murmelte George, als die Kutsche an einigen abgelegenen Häusern vorbeifuhr. Sein ständig umherwandernder Blick flog über schattige Veranden, erleuchtete Fenster und über die Straße. Plötzlich lehnte er sich vor. Vor ihnen waren vier Männer im Licht der Hotel- und Bahnhofslampen auf die Straße getreten und warteten auf die Kutsche.

»Aufgepaßt, ihr beiden!« schrie George seinen Männern zu.

Keuchend rannte Virgilia über den Pfad, der auf den Hügel hinter Belvedere führte. Sie wagte es nicht, in die Stadt zu fliehen, wo sie vielleicht George begegnen würde.

Dornen rissen an ihren Kleidern und zerstachen ihr die Hände, in denen sie eine riesengroße, vollgestopfte Reisetasche hielt. Sie war zwar eine kräftige Frau, vermochte aber trotzdem die Tasche kaum zu schleppen. Jedesmal, wenn sie gegen ihr Bein schlug, war ein klirrendes Geräusch zu hören.

Sie war einmal zu oft zur Villa zurückgekehrt. Das war ihr jetzt völlig klar. Nie wieder würde sie auch nur einen Fuß nach Lehigh Station setzen.

Wozu auch? Sie haßte die ganze Familie. Den aufgeblasenen kleinen George und den selbstgefälligen Stanley, ihre Ehefrauen und ihre Kinder mit der ach so kostbaren weißen Haut. Sie verstanden überhaupt nichts von dem Kampf, der in der Welt draußen geführt wurde. Sie behaupteten zwar das Gegenteil, aber sie hatten ja keine Ah-

nung, wie mühsam und grausam das alles war. Wohlgenährte Heuchler waren sie, alle.
Ihre lauten, raschen Atemzüge klangen wie Schluchzer. Plötzlich strauchelte sie und fiel hin. Aber die Tasche ließ sie nicht für eine Sekunde los.
Sie stand wieder auf und hastete weiter den steilen Hügel hinauf, als hätte sie eine ganze Schar von Verfolgern auf den Fersen. In dem Moment, als George sie wortlos angeblickt hatte, war ihr klargeworden, daß sie fliehen mußte.
Schultern und Oberarme taten bereits entsetzlich weh. Sie hatte die Tasche zu voll gestopft, bevor sie das Haus verließ: Kerzenhalter, Silber, Kleidungsstücke aus der Garderobe von Constance und einige ihrer kostbarsten Juwelen — alles Gegenstände, die Virgilia gut verkaufen konnte, um Geld zum Leben zu haben.
Sie betrachtete es nicht als Diebstahl, sondern fand, daß es ihr rechtmäßig zustand. Stanley und George hatten sie immer erniedrigt, weil sie eine Frau war. Und als sie sich in einen Schwarzen verliebt hatte, war ihre Verachtung nur noch stärker geworden. Eines Tages würde sie es ihnen heimzahlen, gelobte sie sich, als sie den Hügel hinaufkeuchte. Allen würde sie es heimzahlen.

Die Kutsche rollte auf die wartenden Männer zu, die in der Mitte der Straße stehenblieben. George berührte den Kutscher am Arm.
»Halt nicht an und fahr auch nicht um sie herum. Gib mir deinen Colt.
Der Kutscher gab George seine Waffe. Während etwa einer halben Minute war nur das Geklapper der Hufe und das schwache Quietschen der Hinterachse zu vernehmen. George hielt den Atem an und hob die beiden Revolver hoch, so daß sie gut sichtbar waren.
Als der Zaum des Pferdes noch einen knappen Meter von den schweigenden Männern entfernt war, traten sie beiseite.
Orry erkannte im Zwielicht zwei der Männer, die vor Belvedere seinen Kopf gefordert hatten. Der eine spuckte auf die Straße und starrte dabei Orry ins Gesicht. Doch Orry fühlte keine Wut mehr, er war zu erschöpft, um zu reagieren. Die Kutsche rollte weiter.
»Geschafft!« rief George mit einem etwas mühseligen Lächeln.
Sie warteten etwa eine Stunde lang im Bahnhof; die beiden Diener

standen draußen Wache. Von den Unruhestiftern war nichts mehr zu sehen.
George schien jetzt ebenso erschöpft wie sein Freund. Ihr Gespräch verlief dementsprechend. Orry erwähnte Elkanah Bent, aber George winkte mit einer müden Handbewegung ab. Nun, da der Krieg ausgebrochen war, meinte er, gab es Schlimmeres zu befürchten als einen verrückten Offizier. Billy war gewarnt, und George schien ihn endgültig vergessen zu wollen. Damit war die Sache auch für ihn erledigt.
Schweigen. Genau wie George fragte sich auch Orry, wie das Land in eine solche Krise hatte hineinschlittern können. Wo hatten sie versagt? Was hatten sie nicht berücksichtigt? Es waren einige Vorschläge zur Lösung des Problems vorgebracht worden, aber man hatte sie nie ernsthaft geprüft. Wie zum Beispiel der von Emerson und anderen ausgearbeitete Plan für eine kompensierte Emanzipation. Die Wiederansiedlung von befreiten Sklaven in Liberia, damit der Norden nicht von billigen Arbeitskräften überschwemmt würde. Hatte auch nur die geringste Hoffnung auf eine Verwirklichung dieser Ideen bestanden? Wären Garrison und Virgilia damit einverstanden gewesen? Oder Calhoun und Ashtons Ehemann? Er wußte es nicht. Er würde es nie wissen.
Die Lokomotive tauchte auf, die Schienen blitzten im Lichtschein auf. Der Bahnhofsvorstand hatte die Fracht mit einer Flagge gekennzeichnet. George begleitete Orry zu der Stelle, wo der Bremswagen mit größter Wahrscheinlichkeit halten würde.
»Sonderpassagier«, erklärte George den verblüfften Bremsern und drückte ihnen Geld in die Hand. Er wollte sich eben von seinem Freund verabschieden, als sein Blick auf Orrys lieblos angefertigte Rosette fiel. »Augenblick noch.«
Er löste die Rosette und warf sie weg. Dann nahm er seine eigene vom Rockaufschlag und befestigte sie an Orrys Kragen.
»Warum sollst du nicht eine echte tragen. Verdammt noch mal, ich will nicht daran schuld sein, daß sie dich in Maryland lynchen.«
Sie umarmten einander. Orry stieg in den Zug.

68

Am nächsten Morgen traf Orry in Philadelphia ein. Um vier Uhr nachmittags ging der Zug nach Washington. Es regnete stark. Orry saß mit der Stirn an das feuchte Fenster gelehnt, wie in Trance. Nur die Erinnerung, der Gedanke an Madeline, hielt ihn aufrecht.
Die Dunkelheit war bereits hereingebrochen, als der Zug mit einem Ruck anhielt. Ein schäbiger Bahnsteig wurde von einigen Lampen beleuchtet, und Orrys Blick fiel auf einen Zug nach Norden, der auf dem andern Gleis stand. Die Passagiere drängten sich auf dem Bahnsteig; sie benutzten die Gelegenheit, um den verrauchten Eisenbahnwagen für eine Weile zu entkommen und etwas frische Luft zu schnappen. Auch um Orry herum stand man auf, um sich nach draußen zu begeben. Er hatte keinerlei Lust, sich zu rühren.
»Wo sind wir?« fragte er den Schaffner.
»Realy House.«
»Weshalb halten beide Züge an?«
»Um Reisende aus einem Bummelzug aus dem Osten aufzunehmen. Einige werden nach Norden, andere nach Süden reisen.«
»Ist ja klar«, meinte Orry. Der Schaffner blickte ihn an, als ob er nicht ganz bei Sinnen wäre.
Orry starrte in den Regen hinaus, und plötzlich fiel sein Blick auf vertraute Gesichter. Er sprang wie von der Tarantel gestochen auf, raste den Gang hinunter und blieb dann abrupt stehen.
Er beugte seine hohe Gestalt und schaute durchs Fenster auf seine Schwester und deren Ehemann. Würde er das junge Paar kompromittieren, wenn er mit ihnen redete? Billy trug die Uniform.
Er stieß einen Fluch aus. Für einen kurzen Augenblick war ihm der Pöbelhaufen vor Georges Haus wieder in den Sinn gekommen: *Wenn du ein Südstaatler bist, dann bist du ein Verräter.* Rasch ging er zum vorderen Ende des Wagens.
Der Regen schlug ihm ins Gesicht, als er sich einen Weg durch das Gewühl auf dem Bahnsteig bahnte. »Brett? Billy?«
Überraschung und Verwirrung spiegelte sich auf ihren Gesichtern, als sie ihn erkannten. Einige Leute warfen ihm mißtrauische Blicke zu, als er vorbeiging.
»Was in aller Welt tust du denn hier?« rief Brett.

»Ich bin auf dem Weg nach Hause. Bin in Lehigh Station gewesen. George sagte, daß er euch erwartet.«
»Ich bin auf Urlaub«, sagte Billy. »Was dann kommt, wissen die Götter.«
»Wie geht es deinem Arm?«
»Gut. Kein dauernder Schaden.« Er legte den Arm um Bretts Taille. »Jene zwei oder drei Stunden nach der Trauung kommen mir, mehr als alles andere, wie ein böser Traum vor. Ich weiß bis heute nicht genau, weshalb das alles geschehen ist.«
»Ich auch nicht«, fügte Brett hinzu. Orry war sich immer noch nicht darüber im klaren, ob er ihr etwas von Ashtons Machenschaften erzählen sollte.
Sie bemerkte seine Rosette. »Wo hast du denn das her? Ist gar am Ende eine wundersame Wandlung in dir vorgegangen?«
»Nicht ganz. Ich hab' es von George für die Reise bekommen. Damit ich durch die feindlichen Linien komme, wie man das nennen könnte.«
Der Bummelzug aus dem Osten ratterte in den Bahnhof ein. Reisende stiegen aus und rannten mit ihrem Gepäck auf die beiden wartenden Züge los. »Wie geht es George?« erkundigte sich Brett.
»Gut, wie immer.«
Sie berührte sanft seinen Arm. »Und wie geht es dir?«
»Besser als ich es je erwartet hätte. Ich nehme an, du weißt nicht, daß Madeline LaMotte ihren Mann verlassen hat. Sie ist nun in Mont Royal. Wir sind schon seit Jahren — befreundet gewesen.«
Brett wirkte nicht überrascht. Sie lächelte. »Ich habe so etwas geahnt. Ach Orry, es gäbe so viele Fragen, die ich dir stellen möchte, und jetzt fällt mir nicht einmal ein Viertel davon ein.«
Der Schaffner vom Zug nach Norden rief voller Ungeduld: »Alle einsteigen bitte! Wir sind schon eine halbe Stunde zu spät.«
Brett warf ihrem Bruder die Arme um den Hals. »Wann werden wir dich wiedersehen?«
»Ich nehme an, es wird ein gutes Weilchen dauern. Ich glaube sogar, daß weder Mr. Lincoln noch Mr. Davis wissen, was demnächst auf uns zukommen wird. Was auch immer geschehen mag — die Bande zwischen den Hazards und den Mains dürfen nicht zerreißen. Es gibt auf dieser Welt wenige Dinge, die so wichtig sind wie die Freund-

schaft und die Liebe. Beide sind höchst fragil. Wir müssen sie bewahren, bis diese Zeiten vorüber sind.«
»Das werden wir, ich verspreche es«, sagte sie unter Tränen.
»Hier ist bereits das stärkste Band.« Billy hob ihre linke Hand, um den Ehering zu zeigen.
Orry nickte. »Das ist mir schließlich klargeworden, und deshalb habe ich meine Meinung in bezug auf eure Heirat auch geändert.«
»Dafür danke ich dir«, sagte Billy lächelnd.
»Eeeinsteigen!« schrie der Schaffner. Sein Kollege von Orrys Zug brüllte ebenfalls. Der Schaffner des Nordzugs sprang auf die Stufen eines Wagens und winkte dem Zugführer. Sofort stieg der Geräuschpegel: Dampf zischte, Glockengebimmel, Stimmengewirr.
Billy und sein Schwager schüttelten sich die Hände. Orry eilte zu seinem Wagen zurück. Die Lokomotive spuckte eine Dampfwolke aus, die den Bahnsteig, der sich in Sekundenschnelle geleert hatte, in einen Nebel hüllte. Ein erster Ruck, gefolgt von einem Keuchen, und bald ratterten die beiden Züge in entgegengesetzten Richtungen davon; zurück blieb eine kleine Lichtinsel, während die Züge immer schneller in die Dunkelheit rasten.

Orry mußte in Washington nochmals umsteigen, diesmal auf einen Eilzug. Gerade bevor er losfuhr, stiegen noch vier Männer in Zivilkleidern mit einer Unmenge von Koffern und Paketen ein. Ihrer Haltung und ihren Bewegungen nach zu urteilen, wußte Orry, daß es sich um Soldaten handelte, Soldaten aus dem Süden, dic nach Hause fuhren.
Sie nahmen zwei Reihen hinter ihm Platz. Er hörte ihrem Gespräch zu. Würden Lincoln und Jeff Davis Armeen gegeneinander losschicken? Würden die Züge nicht mehr fahren? Würde in Montgomery neues Geld herausgegeben werden? Endlose Fragen; keinc Antworten.
Der Regen ging in Nieselregen über. Langsam ratterte der Zug durch die sumpfigen Landstriche des District of Columbia. Auf einem von Unkraut überwachsenen Feld sah Orry eine Armeeinheit beim Exerzieren. Es standen vereinzelt einige Laternen herum, aber die dunklen Gestalten waren hauptsächlich deshalb zu erkennen, weil irgendwo in der Ferne eine ihm unbekannte Lichtquelle gespenstisch glühte. Er

sah ganze Reihen von Bajonetten auf Gewehrläufen; eines der Bajonette blitzte kurz wie ein Stern auf. Die Soldaten exerzierten im Regen. Kein Wunder, wurden so viele Anstrengungen gemacht: Washington befand sich jetzt in einer verwundbaren Position. Auf der andern Seite des Potomac lag Virginia — jetzt feindliches Territorium.

Wo mochte Lee sein? Wo einige von Orrys alten Kameraden aus Mexiko? Der kleine McClellan, den er beneidet, aber nie gemocht hatte? Jackson, der am Militärinstitut von Virginia Kadetten unterrichtete? Der flotte George Pickett, der ein so guter Soldat war und so selten ernst? Ach, wie gerne hätte er einige von ihnen wiedergesehen!

Aber nicht auf einem Schlachtfeld. Nicht, wenn ihr Wiedersehen von einander feindlich gesinnten Generälen organisiert würde. Männer, die einander an der Akademie wie Brüder nahegestanden waren, planten unter Umständen gerade in diesem Augenblick ihre gegenseitige Vernichtung. Das Unvorstellbare war also doch Wirklichkeit geworden.

Das blinde Marschieren dieser namenlosen Einheit schien ihm der schlagendste Beweis dafür zu sein — eine Vision von finsteren, seelenlosen Gestalten, von messerscharfem, blitzendem Stahl. Die Kriegsmaschinerie lief schon auf Hochtouren.

Gott helfe uns allen, dachte er.

An jenem Abend fiel ein leichter Regen in der Tradd Street. Cooper schrieb einen Brief, über den er schon seit einer Weile nachgedacht hatte. Als er damit zu Ende war, suchte er seine Frau. Judith hatte eben die Kinder zu Bett gebracht. Mit dem zunehmenden Kriegsfieber im ganzen Staat waren Judah und Marie-Louise überreizt und wollten immer zu lange aufbleiben.

Ohne Umschweife teilte Cooper Judith seine Entscheidung mit. Judith verharrte einen kurzen Augenblick in bestürztem Schweigen. Dann:

»Ist es dir ernst?«

»Ich habe den Brief bereits geschrieben, wie es die Herren von mir verlangt haben. Morgen schicke ich ihn nach Montgomery. Nach dem ersten Mai wird das ganze Vermögen der Carolina Shipping Company, einschließlich unsrer Schiffe, der Marine gehören.«

Kopfschüttelnd setzte sie sich. »Wie kannst du mit deiner Überzeugung und deinen Ansichten eine solche Entscheidung treffen?«
»Neutralität ist der Ausweg des Feiglings. Entweder unterstützen wir den Krieg — oder wir ziehen in den Norden. Die Sezession ist ein Fehler, und das System, das dazu geführt hat, ist ein noch schlimmeres Übel. Ich glaube, daß wir bestraft werden. Zermalmt. Und doch —«, ein sorgenvoller Blick, eine zögernde Handbewegung »fühle ich eine gewisse Loyalität, Judith.«
Sie blickte ihn skeptisch an. Er holte tief Atem. »Ich habe noch etwas mit den Mitgliedern des Ausschusses besprochen, von dem du noch nichts weißt. Sie haben mich gebeten, nach London zu gehen. Als Agent der Marine.«
»London? Weshalb?«
»Weil ihnen klar ist, daß die Konföderation ohne Lebensmittel und Güter von andern nicht wird überleben können. Auch Mr. Lincoln weiß das. Die Yankees werden bestimmt die Blockade als Waffe gegen uns benützen. Und dann müssen wir zu einem Gegenschlag ausholen können. Ein Schiff wie die *Star of Carolina* —«
»Wovon zum Teufel redest du?« rief Judith aufgebracht. »Sie wird niemals in See stechen!«
»Ich habe gesagt: ein Schiff wie sie, das in der Lage ist, schweres Geschütz zu befördern. Ein Kriegsschiff. Ein Handelsschiff. Ein Schiff, das auf allen Meeren herumfahren und der Schiffahrt der Yankees beträchtlichen Schaden zufügen würde.« Er warf seiner Frau einen kurzen Blick zu. »Weil ich hier in Charleston Erfahrungen gesammelt habe, möchte die Marine, daß ich in Großbritannien die Möglichkeiten —«
»Das heißt, daß wir die Kinder mitnehmen müssen?«
»Und ein Jahr oder vielleicht länger bleiben müssen.«
»Ach Cooper, das können wir doch nicht! Wir kämpfen für eine falsche Sache!«
»Und haben den Kampf vielleicht schon verloren«, sagte er mit einem Kopfnicken. Da tauchte eine flammende Vision von Hazard-Eisen vor seinem geistigen Auge auf. »Und doch habe ich das Gefühl, ich muß gehen, obwohl ich dir meine Beweggründe nicht ganz oder auch nur einigermaßen erklären kann. Nein, ich will ganz ehrlich sein: Ich möchte gehen.«

Sie blickte ihn prüfend an. »Einverstanden. Ich hasse zwar das ganze und begreife deine Logik keineswegs — wenn überhaupt Logik dahintersteckt —, aber du weißt, daß ich dich nie im Stich lassen würde. Ich schlage vor, daß du die Überfahrt auf dem Dampfer buchst.«
»Hab' ich bereits getan. Freitag in einer Woche schiffen wir uns im Hafen von Savannah ein.«
Er nahm sie in die Arme und hielt sie umschlungen, während sie weinte.
Am nächsten Morgen sorgte er dafür, daß auf der James-Island-Werft ein großer Eisenmast aufgestellt wurde. Als der Flaschenzug und die Taue bereit waren, sah er zu, wie zwei seiner Männer eine Riesenflagge entfalteten. Sie bestand aus drei waagrechten, breiten Streifen; der obere und der untere waren rot, der mittlere weiß. In der oberen linken Hälfte war ein Kreis aus sieben weißen Sternen auf tiefblauem Grund.
Er war verblüfft über die Ähnlichkeit der neuen Flagge mit derjenigen der Nation, von der die sezessionistischen Staaten abgefallen waren. Sogar jetzt, wo wir unsere Unabhängigkeit verkünden, sind wir nicht fähig, alle Bande durchzuschneiden, dachte er, als die neue Staatsflagge gehißt wurde, den ersten Windstoß einfing und sich gegen den Himmel ausbreitete.

69

In der Frühe des darauffolgenden Tages holperte eine Kutsche auf einer staubigen Straße durch Alabama in Richtung Montgomery. Das Kutschendach war mit gut einem Dutzend Koffer und Reisetaschen beladen. Rex saß auf dem Bock und hielt die Zügel. In der Kutsche mühte sich Huntoon an einem lackierten Eichenklapptisch ab. Er hatte nun doch einen allerdings nicht sonderlich wichtigen Posten in der Regierung erhalten. Im Augenblick war er damit zufrieden, hatte er doch wesentlich mehr Glück gehabt als viele der führenden Sezessionisten von South Carolina. Bob Rhett zum Beispiel war als Präsidentschaftskandidat der Konföderation abgelehnt worden, weil man ihn als zu extrem befunden hatte.

Huntoon war bereit, gewisse Risiken auf sich zu nehmen, um sich eine Position zu schaffen. Während der ganzen mühseligen letzten Etappe ihrer Reise von Columbus, Georgia, bis nach Montgomery hatte er sich mit der Abfassung einer Denkschrift für den Kongreß der Konföderation beschäftigt. Sie bestand zur Hauptsache aus einem Angriff auf den konservativen Charakter der neuen provisorischen Verfassung des Südens, die sich seiner Meinung nach sprachlich und inhaltlich zu stark an die alte Verfassung anlehnte, außer daß sie die Sklaverei ausdrücklich befürwortete. Bemerkenswerterweise wurde der Sklavenhandel mit Afrika von der neuen Verfassung verboten. Diese Bestimmung mußte abgeändert werden.
Huntoon forderte in seiner Denkschrift die neue Konföderation auf, sich 'Vereinigte Staaten von Amerika' zu nennen, um der Welt zu zeigen, daß sie die einzig wahre, verfassungsmäßige Regierung auf dem ganzen Kontinent repräsentierte. Aus seiner Sicht waren es die Yankees gewesen, die die Grundsätze der Gründerväter pervertiert hatten.
Allerdings war er bei der Conclusio steckengeblieben. Er hatte geschrieben: »Wir müssen den Beweis erbringen, daß die Aristokratie besser regieren kann als der Pöbel«, und nun kam er nicht mehr weiter. Vielleicht war es der Anblick seiner Frau, der ihn ablenkte und seine Gedankengänge blockierte.
Ashton lehnte an der Wand und starrte zum Fenster hinaus auf die lieblichen Baumwollfelder, durch die die Straße sich hindurchwand. Trotz der allgemeinen Aufregung, die eine solche Reise mit sich brachte, sah sie immer noch äußerst attraktiv aus, dachte James Huntoon. Er spürte, wie er körperlich reagierte, und erinnerte sich daran, daß er schon seit mehr als einem Monat nicht mehr mit ihr geschlafen hatte. Ashton schien dies offensichtlich überhaupt nichts auszumachen.
Er räusperte sich. »Liebling? Ich komme nicht mehr weiter. Vielleicht kannst du mir zu einem treffenden Abschluß meiner Denkschrift verhelfen?«
Er hielt ihr das letzte von mehreren eng beschriebenen Blättern hin. Schmollend schlug sie es ihm aus der Hand.
»Ich bin nicht an dem blöden Gequassel interessiert, Jamie.«
Er fühlte, daß seine Erregung wieder nachließ. Ashton sah ihm an,

daß sie wohl etwas zu hart gewesen war, und lehnte sich vor, so daß ihre Brust wie zufällig auf seinem Arm zu liegen kam.
»Montgomery wird für uns eine herrliche Erfahrung werden. Es kommt nicht auf die Rhetorik, auf die Philosophie an, sondern auf die Macht, die wir — die du erlangen und einsetzen kannst. Wir haben lange auf diese Gelegenheit gewartet, und wir wollen sie nicht mit sinnlosen Übungen vertrödeln.«
Sie war ganz erregt geworden; der Gedanke an Macht übte jedesmal diese Wirkung auf sie aus. Sollte es ihrem Mann nicht gelingen, sich schnell genug eine hohe Position zu verschaffen, so gab es in Montgomery sicherlich andere Männer, die ihres Wohlwollens würdig waren. In Montgomery oder in Richmond, wie sie sich im stillen korrigierte. Man munkelte bereits davon, daß die Hauptstadt demnächst vom Baumwollgürtel nach Virginia verlegt werden sollte.
Das Gespräch, wie auch eine lange Periode der Abstinenz infolge von Forbes' frühzeitigem Tod, hatten bei Ashton zu einer sexuellen Spannung geführt. Auch wenn sie ihren Mann nicht besonders mochte, war er doch nicht ganz unbrauchbar.
»Jamie, Jamie — leg das blöde Papier zur Seite. Merkst du denn nicht, daß ich deine Gesellschaft sehr vermißt habe?«
»Wirklich? Das ist mir nicht aufgefallen.«
Doch sein Zynismus war nur von kurzer Dauer. Eine leichte Berührung mit ihrer Hand genügte, um ihn zu erregen. Ashton war etwas über die Intensität und Heftigkeit ihres eigenen Verlangens überrascht.
Er bugsierte sie auf den gegenüberliegenden Sitz; mit der einen Hand drückte er ihren Busen, mit der andern fummelte er unter ihren Röcken an ihrem Bein herum. Ein scheußlich grober Mensch, dachte sie, aber er würde seinen Zweck erfüllen. Mit geschlossenen Augen stellte sie sich einen Galaball vor, bei dem sie Präsident Davis vorgestellt wurde; er war von ihrer Intelligenz und Schönheit völlig hingerissen.
Unterdessen holperte die Kutsche weiter, und Rex kratzte sich am Kopf und lehnte zur Seite. Er wunderte sich sehr über das laute Quietschen und Schreien, das aus der Kutsche zu kommen schien, aber leider war der Blickwinkel zu eng, und er konnte überhaupt nichts sehen.

Am selben Abend stand Elkanah Bent an der Bar im Willard-Hotel. Er schlürfte seinen Whiskey und addierte Zahlen auf einem Fetzen Papier.
Das Ergebnis beglückte ihn. Nach Abzug der Schneiderkosten für seine neuen Uniformen würde ihm gerade genug bleiben, um die Miete für die kleine Wohnung, die er gefunden hatte, zu bezahlen. In letzter Zeit waren in Washington viele schöne Häuser und Wohnungen frei geworden, weil ganze Scharen von verräterischen Offizieren und Beamten nach Hause in den Süden geflüchtet waren.
Es ziemte sich für ihn, etwas Besseres als nur ein Hotelzimmer sein eigen zu nennen. Dank seiner einflußreichen Freunde hatte er es jetzt zum Brevetoberst geschafft, eine für einen Berufsoffizier nicht ungewöhnliche Beförderung in diesen Zeiten hektischer Kriegsvorbereitungen. Bent hoffte inständig, daß der Krieg länger als nur einige Monate dauern würde. General Scott verwies häufig auf »die verhängnisvolle Unfähigkeit der Südstaatler, sich einigen oder zusammenarbeiten zu können«. Er sagte voraus, daß dies sich nachteilig auf ihre Armee auswirken würde.
Nun, er hatte später genügend Zeit, sich mit solchen Gedanken zu befassen. Heute abend wollte er feiern: ein gutes Essen und dann Gesellschaft für eine Stunde. Allerdings würde er für letzteres einen Kredit aufnehmen müssen, aber er kannte ein schäbiges schwarzes Bordell, wo so was möglich war.
Der Gedanke an den bevorstehenden bewaffneten Konflikt beflügelte ihn. Blut würde fließen. Tausende und Abertausende würden sterben. Endlich, endlich könnte er seine Talente einsetzen und den Ruhm und Glanz erwerben, die ihm seiner Meinung nach rechtmäßig zustanden.
Und so ganz nebenbei würde er auch noch einige alte Rechnungen begleichen. Es wurmte ihn immer noch, daß er seine Rachepläne in Texas selbst vereitelt hatte. Und nun war dieser verdammte Charles Main, wie so viele andere ehrlose Soldaten, die wirklich nichts anderes verdient hatten, als vor ein Exekutionskommando gestellt zu werden, einfach in den Süden abgehauen. Doch der Krieg hatte seine eigene merkwürdige Art, Schicksale miteinander zu verknüpfen, und vielleicht würde sich doch noch eine Gelegenheit finden, den Mains eins auszuwischen. Er durfte nicht vergessen, daß sie mit einer Frau

in Zusammenhang standen, die sich als Weiße auszugeben versuchte, eine Frau, die nicht nur eine Negerin, sondern die Tochter einer Hure aus New Orleans war.
Und was Billy Hazard anbelangte, so würde er seine Wege verfolgen können. Der junge Offizier leistete ja noch Dienst in der Armee. Bent hatte sich dessen bereits im Büro des Generaladjutanten versichert. Er würde sie kriegen, beide Familien. Weder die Mains noch die Hazards würden ahnen, daß Bents Rachegelüste das bevorstehende Chaos überdauern würden. Ihre Dummheit war seine Trumpfkarte.
Er trank seinen Whiskey aus und bestellte sich einen neuen. Er bewunderte sich in seiner schmucken Uniform im Spiegel hinter der Theke. Dann fielen ihm zwei Männer auf, die sich neben ihm laut unterhielten. Der eine vertrat den Standpunkt, daß ein Wiederaufbauplan ausgearbeitet und unverzüglich veröffentlicht werden solle, damit der Süden, das verlorene Schaf, zur Herde zurückkehren könne.
Bent knallte sein Glas mit Wucht auf die Theke. »Wenn Sie das wirklich glauben, Sir, dann gehören Sie auf die andere Seite des Potomac.«
Der Mann war offensichtlich auf eine Diskussion aus. »Unser Herr, Jesus Christus, hat selbst gesagt, daß Barmherzigkeit —«
»Keine Barmherzigkeit«, unterbrach ihn Bent. »Nicht für einen Cent. Niemals!«
Einige der Zuhörer applaudierten. Bents Gesprächspartner merkte, daß seine Ansichten nicht gefragt waren, und schwieg.
Bent plusterte sich vor dem Spiegel auf. Welch herrlicher Tag war das doch gewesen. Ein Mann hatte Glück, wenn er einen Krieg erleben durfte.
Krieg. Gab es überhaupt ein herrlicheres, ein süßeres Wort? Bent fühlte sich so glücklich, daß er dem Barkeeper einen Vierteldollar Trinkgeld hinterließ.
Er stolzierte aus dem Hotel und gab sich einem seiner Lieblingsgedanken hin. Bent und Bonaparte: zwei Namen, die mit demselben Buchstaben anfingen. Kein gewöhnlicher Zufall. Bei Gott, nein. Es war von enormer historischer Bedeutung. Demnächst würde die Welt es zu schätzen wissen.

Wenige Tage später stattete Virgilia in der Gegend der Blue Ridge Hills bei Harper's Ferry dem Grab von Grady einen Besuch ab.
Es war an einem milden, warmen Aprilnachmittag. Sie hatte am Bahnhof eine Kutsche gemietet und am Rand der staubigen Straße am Fuß des mit Ahorn bewachsenen Hügels angehalten. Nachdem sie das Pferd an einem Ast angebunden hatte, war sie den Hügel hinaufmarschiert und neben einem von Bäumen umstandenen Grabhügel auf die Knie gefallen.
»O Grady! Grady!«
Sie ließ sich in das noch junge Gras fallen. Mit ihren eigenen Händen hatte sie das Grab ausgehoben, Grady begraben und den Grabhügel geschaufelt. Während der allgemeinen Verwirrung kurz vor Browns Gefangennahme war sie heimlich nach Harper's Ferry gekommen, hatte Gradys Leichnam gesucht und versteckt. Später hatte ihr eine befreundete Negerin geholfen, den toten Grady hierherzubringen, wo er von niemandem entdeckt und entehrt werden könnte.
Brown gab es nicht mehr; sein Traum einer glorreichen Revolution war mit ihm am Galgen gestorben. Auch Grady gab es nicht mehr. Doch mit ihrem Blut hatten sie ein wertvolles Geschenk erworben: den Krieg. Es wurde zwar noch nicht gekämpft, aber sie war davon überzeugt, daß es nicht mehr lange dauern würde. Sie ergötzte sich an diesem Gedanken, während sie ihre Schenkel und Brüste gegen den Grabhügel drückte, als ob es Gradys Körper wäre.
Sie stellte sich Reihen um Reihen von Leichen vor, Südstaatler, ohne Köpfe, mit Armstümpfen, aus denen Blut hervorquoll, und Löchern, wo einmal Genitalien gewesen waren. Sie stöhnte und zitterte beim Gedanken an die bevorstehende triumphale Geburt ihrer Revolution. Es würde Arbeit für sie geben, blutige Arbeit, vor der andere entsetzt zurückscheuen würden.
Aber sie würde diese Arbeit auf sich nehmen. Sie würde dem Ruf ihres eigenen Hasses auf diejenigen folgen, die andere zu Sklaven machten, die wunderschöne schwarze Männer zu Sklaven machten. Sie hatte ihre Familie verlassen, diese unerträglichen, selbstgefälligen Moralapostel — für immer. Sie hatte sich von der Menschheit losgesagt und lebte jetzt einzig für ihre Erinnerungen und für einen Gefährten:
Der Tod, der ihr Freund und das gerechte Werkzeug Gottes war.

In Mont Royal schienen die Schatten länger und die Frühlingsnächte finsterer als je zuvor. Orry war weder am Anbau und an der Ernte von Reis interessiert, noch hatte er das geringste Vertrauen in den von Jeff Davis angekündigten Plan, wonach die Anerkennung der Konföderation seitens Europas durch die Handelswaffe Baumwolle erreicht werden sollte. Davis war seiner Meinung nach ein verdammter Idiot. Der europäische Markt war mit Baumwolle gesättigt, und wen würde es scheren, wenn der Süden seine Ernte zurückbehielt?

In Orrys Innerem drängte in letzter Zeit alles auf eine Veränderung. Ruhelos irrte er in den ihm vertrauten Räumen — in den gewohnten Geleisen — umher. Nur die Anwesenheit von Madeline und ihre einfache Art, sich in sein Leben einzufügen, machten ihm die Existenz noch erträglich.

Verwirrung und Zweifel schienen sein Schicksal zu sein. Während einer seiner schlaflosen Nächte begab er sich in die Bibliothek und fing an, dort herumzustöbern. Er nahm ein Buch in die Hand, das er seit Jahren nicht mehr angeschaut hatte. *Notes on the State of Virginia,* das einzige je von Thomas Jefferson geschriebene Buch.

Er zog das Nachthemd etwas hoch und setzte sich hin, um eine Weile in dem Buch zu lesen. Ein Satz, der unterstrichen worden war, stach ihm ins Auge. Am Rand waren drei Worte mit Tinte niedergeschrieben worden: *Amen und amen.* Die Zeile lautete wie folgt:

»Ja, ich zittere wirklich um mein Land, wenn ich bedenke, daß Gott gerecht ist, und daß seine Gerechtigkeit nicht auf ewig schlafen kann.«

Jefferson, ein Südstaatler und Sklavenbesitzer, hatte über die Sklaverei geschrieben. Was Orry bestürzte, war der Vermerk am Rand. Er hatte genügend alte Akten der Plantage durchgesehen, um die Handschrift seines Vaters erkennen zu können.

Den drei Worten nach zu schließen, mußte Tillet, der die Sklaverei nach außen zwar heftig verfochten hatte, doch Zweifel am System gehegt haben, Zweifel, die er sein ganzes Leben lang geheimgehalten hatte. Der alte Sünder, dachte Orry in einem Anflug von Zuneigung. Nun, gab es einen vernünftigen Mann auf der Welt, der keine Zweifel hegte, besonders jetzt, da die Folgen so grausam offensichtlich geworden waren?

Tillets Zweifel vergrößerten seine eigenen, die bereits stark waren.

Sie bezogen sich auf die ganze Entwicklungsgeschichte der Mains und auf jeden Mann, der das System unterstützte und folglich davon lebte. Später bedauerte es Orry immer wieder, damals diesem merkwürdigen Impuls nachgegeben und gerade jenes Buch vom Bücherregal genommen zu haben.

An einem nebligen Morgen, wenige Minuten nach Sonnenaufgang, ritten Orry und Charles auf der Plantage herum. Blasse Dunstwolken umhüllten sie, als sie wie Phantomgestalten auf Phantompferden durch eine Landschaft von Grau mit rauchigem Orange galoppierten. Die bewässerten Felder schimmerten unter den Nebelwolken wie blankes Metall.

Zu ihrer Rechten trottete eine Reihe von Sklaven über das Feld. Der Mann an der Spitze wandte sich kurz um, um dem Herrn der Plantage einen lakonischen Gruß zu entbieten. Sogar aus der Distanz konnte Orry eine gewisse Ironie in der Haltung des Schwarzen, einen gewissen Groll auf seinem Gesicht erkennen.

Die gespensterhafte Kolonne der Männer tauchte bald darauf wieder in einem Nebelwirbel unter, doch es befanden sich noch weitere Gruppen von Arbeitern an jenem Morgen auf den Feldern, und Orry mußte feststellen, daß er mitten durch sie hindurch geritten war, ohne daß er sie bemerkt hatte. Sie gehörten irgendwie zum Ganzen, wie die Schleusen auf den Feldern oder das Küchengebäude. Sie gehörten zum Besitz.

Wiederum dachte er an das Buch von Jefferson. Besitzgegenstände. Das war es doch, nicht wahr? Das war doch der Grund, weshalb der Norden, weshalb die Welt, ja vielleicht sogar Gott selbst den Süden zur Rechenschaft zog.

»Wade Hampton ist dabei, eine berittene Legion zusammenzustellen«, sagte Charles plötzlich. »Ich werde mich in zwei Wochen zum Dienst melden.«

»Das wußte ich nicht.«

»Ich habe erst gestern Bericht erhalten. Ich habe die Warterei satt; ich möchte das tun, wozu ich ausgebildet worden bin.« Er sprang mit seinem Pferd über einen Graben. Sein viel zu langes Haar tanzte lustig in seinem Nacken auf und nieder. »Es wird einen glorreichen Kampf geben.«

Diese Bemerkung machte Orry deutlich, wie groß der Graben war, der sie voneinander trennte. Es war nicht bloß der Altersunterschied, der schuld daran war. Sogar nachdem Charles in Texas dem Tod ins Auge gesehen hatte, war seine Kampflust nicht kleiner geworden. Orry wollte nicht, daß Charles sein Schweigen als Zustimmung auffassen könnte. »Glorreich?« rief er. »Ich glaube nicht. Diesmal sicher nicht.«

Doch Charles hatte bereits seinem Pferd die Zügel gegeben und lachte so laut, daß er die ernste Stimme hinter ihm nicht mehr hörte. Mit wehendem Haar galoppierte er in den dunstigen Sonnenaufgang hinein — ein vollendeter Reiter.

Am nächsten Tag erhielt Orry einen Brief von der Regierung. Er versteckte ihn bis zum Abend und besprach ihn dann mit Madeline in ihrem gemeinsamen warmen Bett.

»Sie haben mich gebeten, das Kommando einer Brigade zu übernehmen. Offensichtlich macht es bei dem Dienstgrad nichts aus, wenn man nur noch einen Arm hat! Sie schreiben, meine Erfahrungen seien von unschätzbarem Wert. Unschätzbar — man stelle sich so was vor!«

Er lachte, doch der Humor kam nicht von Herzen. »Madeline, weißt du, daß Calhoun vor Jahren gesagt hat, West-Point-Männer würden große Armeen anführen? Er wird sich aber dabei kaum gedacht haben, daß sie diese Armeen aufeinanderhetzen würden.«

Nach einer Weile sagte sie: »Was hältst du von dem Vorschlag?«

Er legte sich hin und streichelte ihr Haar. »Er ist verführerisch, aber ich würde dich nicht allein hier zurücklassen wollen.«

»Ich habe keine Angst vor Justin.«

»Es geht mir nicht um Justin. Ist dir aufgefallen, wie sich viele Leute auf der Plantage benehmen? Sie sind faul geworden, und einige haben in letzter Zeit ein arrogantes Glimmen in den Augen. Noch heute Nachmittag habe ich Cuffey dabei erwischt, wie er mit einem andern Haussklaven flüsterte. Ich habe den Namen ‘Linkum’ gehört.«

Madeline versicherte ihm, daß er sich keine Sorgen um sie zu machen brauche, sollte er sich dafür entscheiden, den Vorschlag anzunehmen. Er dankte ihr, wußte jedoch, daß seine Entscheidung viel elementarere Gründe haben würde. Sein Land, das Land der Mains, war jetzt bedroht. Wollte er es verteidigen oder nicht?

»Morgen früh zeige ich dir den Brief«, sagte er. »Ich glaube, ich muß ihnen eine positive Antwort geben.«
»Das habe ich bereits geahnt, als der Ruf an dich erging.«
Der Ruf. Das Wort löste eine Welle von Erinnerungen in ihm aus, vor allen Dingen akustischer Art. Er hörte die schon fast vergessenen Trommelwirbel wieder; sie forderten ihn zur Antwort auf.
»Und was würdest du davon halten, wenn ich das Angebot annähme?«
Sie küßte ihn auf den Mund. »Ich würde es bedauern.« Noch ein Kuß. »Und stolz auf dich sein.« Ein dritter Kuß, länger, süßer. »Und darauf warten, daß du bei der ersten günstigen Gelegenheit wieder zu mir zurückkommen würdest.«
Sie umschlang ihn eng mit den Armen. Er hatte sich noch nie so glücklich gefühlt. Sie flüsterte ihm zu:
»Ich liebe dich zu sehr, als daß ich dich verlieren möchte, Orry. Wenn du fortgehst, werde ich so heiß und innig zu Gott beten, daß er dich unbedingt heil und gesund zurückschicken muß.«

Stanleys Mentor, Boss Cameron, hatte ihm einen Posten in der Hauptstadt verschafft. In Washington waren bereits Anzeichen dafür vorhanden, daß die Stadt zu einem Paradies für Kriegsgewinnler, Aasgeier der Macht und politische Söldner werden würde. Stanley, der unermüdlich für seine Karriere arbeitete, wirkte voll neuer Lebenskraft, und Isabel freute sich auf ein aufregendes Gesellschaftsleben. Sie hatten beide bereits ihr Haus ausgesucht und ihre Zwillinge an einer von Washingtons Eliteschulen eingeschrieben. Beide waren nun vierzehn und undisziplinierte Grobiane. Ganz Lehigh Station würde ihre Abwesenheit begrüßen.
In Rhode Island zerstörte ein heftiger Sturm einen beträchtlichen Teil des Daches von Fairlawn. Die Nachricht wurde George telegraphisch mitgeteilt, und er beschloß, am nächsten Tag mit dem Zug dorthin zu reisen, um sich den Schaden zu betrachten. Constance sagte, sie würde ihn begleiten. Sie hatte dringend Ferien nötig; sie war über die ganze Welt verärgert und brachte kaum noch Geduld für William und Patricia auf. Brett und Billy versprachen ihr, sich um die Kinder zu kümmern; Billy wollte vor der Wiederaufnahme seines Dienstes ohnehin noch einige Tage in Belvedere verbringen.

George hatte eine längere Sitzung in seinem Büro im Werk abgehalten und konnte an jenem Abend einfach nicht einschlafen. Um halb zwölf begab er sich in die Bibliothek und setzte sich an den Tisch. Sein volles Glas Whiskey stellte er neben den grobflächigen braunen Gegenstand, den er während so vielen Jahren wie einen Schatz gehütet hatte.
Lange starrte er den Meteoriten an; er war nicht mehr so stolz auf sein Geschäft wie früher, und er war auch nicht mehr so sicher, ob der Eisenhandel wirklich die enorme Bedeutung hatte, die er ihm in der Vergangenheit beigemessen hatte. Er sann darüber nach, wie oft das Eisen im Lauf der Jahrhunderte für destruktive Zwecke eingesetzt worden war; dies würde bald einmal mehr geschehen. Schließlich, gegen drei Uhr morgens, trank er seinen Whiskey aus, löschte die Lampe und ging ins Schlafzimmer, wo er sich neben seine schlummernde Frau in die Wärme kuschelte. Doch der Schlaf blieb ihm verwehrt.

Newport wirkte unter dem grauen Himmel verlassen, tot. George und Constance fühlten sich merkwürdig, so ganz allein in dem großen Haus, und doch genossen sie die ihnen unvertraute Intimsphäre. Am Nachmittag des ersten Tages, den sie in Fairlawn verbrachten, setzte sich George für eine Stunde mit dem Baumeister zusammen, der das Dach reparieren würde. Dann machten er und Constance einen Spaziergang am einsamen Strand, wo sich hohe, weißschäumende Wellen brachen. Obwohl es Frühling war, herrschte eine fast winterliche Stimmung. Constance hatte sich bei George eingehakt; sie suchte seine körperliche Nähe.
»Du hast mir nicht gesagt, weshalb du diese Sitzung im Werk abgehalten hast, George.«
»Ach, da ist nichts Geheimes dran. Ich habe alle Vorarbeiter zusammengetrommelt und ihnen mitgeteilt, daß wir ab jetzt auf einen 24-Stunden-Betrieb umstellen. Das Kriegsministerium hat uns schon einiges in Auftrag gegeben, und Stanley wird sicher darum bemüht sein, noch viel mehr Aufträge hereinzubekommen. Das Ganze wird uns reicher machen als wir es je gewesen sind.«
»Auf Kosten einer bestimmten Anzahl von Leichen.«
Er runzelte die Stirn. »Ja, vermutlich.«

Er blieb stehen und wandte ihr das Gesicht zu. Er mußte ihr etwas sagen. »Stanley sagt, daß Washington alle Akademieabsolventen haben wolle, die aufzutreiben sind.«
»Für die Armee?«
»Oder für Posten bei der Regierung.«
Sie blickte ihn ernst an. »Willst du Dienst leisten?«
»Wollen ist nicht der richtige Ausdruck. Irgendwie, irgendwo«, er holte tief Atem; es war bei weitem nicht das glücklichste Eingeständnis, das er je gemacht hatte, aber er verspürte eine große Erleichterung, »habe ich das Gefühl, ich muß.«
Sie fing an zu schluchzen, kämpfte jedoch sofort die Tränen nieder. »Es ist deine Entscheidung, Liebling.« Sie nahm ihn wieder beim Arm. »Gehen wir wieder ins Haus zurück? Ich habe plötzlich das dringende Bedürfnis, mit dir zu schlafen.«
Sie lächelte zwar, aber er konnte immer noch Tränen in ihren Augen schimmern sehen. Er warf einen verstohlenen Blick auf das dürre Gestrüpp hinter den großen Felsen am Ende des Strands.
»Wie wäre es hier?« Er setzte ein schelmisches Lächeln auf und küßte ihre Nasenspitze. »Es sei denn, daß Sie für so was zu konservativ empfinden, Mrs. Hazard.«
»George«, sie hielt kurz inne und warf ihm einen neckischen Blick zu, »hast du solche Sachen des öfteren gemacht, bevor wir geheiratet haben? Zum Beispiel in West Point? Es scheint nichts Ungewohntes für dich zu sein.«
»Darüber schweigt des Sängers Höflichkeit.«
Sie dachte nach. »Und wenn man uns sieht?«
»Wer sollte uns sehen? Keine Seele weit und breit.«
»Es ist ziemlich kühl.«
»Ich werde dir warm geben.«
»Glaubst du, wir können es wirklich wagen?«
»Natürlich. Die Kriegszeiten haben eine verheerende Wirkung auf die Konventionen. Die Leute wissen, daß sie vielleicht keine zweite Chance mehr haben werden.«
Sie stellte fest, daß sein kleiner Scherz eigentlich einer düsteren Stimmung entsprungen war. Seine Augen waren sehr ernst. Sie umklammerte seine Hand. Sie drehten dem leblosen Himmel den Rücken zu und rannten auf die Felsen los.

70

Billy und Brett nahmen in Belvedere gemeinsam das Abendessen ein, und Billy schlug vor, anschließend einen Spaziergang zu unternehmen; es war ein wirklich herrlicher Frühlingsabend. Doch beiden war sofort klar, daß dies nicht der einzige Grund sein konnte; in den vergangenen Stunden war die Stimmung zwischen ihnen merklich gespannter geworden. Am frühen Nachmittag war ein Telegramm eingetroffen; Billy hatte Befehl erhalten, am nächsten Morgen nach Washington zurückzukehren. Der Gedanke an seine unmittelbar bevorstehende Abreise deprimierte Brett und verdarb ihr den Appetit. Gegen Ende der Mahlzeit wurde plötzlich das Stückchen Himmel, das durch die Eßzimmerfenster in der Dämmerung zu sehen war, von einem Lichtstrahl überflutet. Als Billy, Brett und zwei der Hausmädchen ans Fenster eilten, spürten sie die leichten Erschütterungen eines fernen Bebens. Eines der Mädchen stieß einen leisen Schrei aus. Ein Diener stürzte ins Zimmer und verkündete aufgeregt, eine Sternschnuppe habe taghell aufgeleuchtet und sei dann im Nachbartal verschwunden.

Wenn ein Meteor auf die Erde gefallen war, so ließe sich damit die Erschütterung erklären. Der erschrockene Diener erzählte von den vielen Sternschnuppen, die in letzter Zeit über dem Tal niedergegangen waren. Er zitterte und flüsterte etwas von Gottes Zorn, der auf die Erde niederging.

Brett nahm die Bemerkungen zwar mit äußerlicher Ruhe auf, aber das merkwürdige Licht und die Erschütterung beunruhigten sie noch mehr, als sie mit Billy den Hügel hinaufstieg, von dem aus man die Hochöfen der Hazard-Werke überblicken konnte. Es war ein herrlicher Abend, warm und wolkenlos. Tausende von Sternen funkelten atemberaubend hell, ihr Glühen durch vereinzelte phosphoreszierende Lichtschleier gedämpft.

Vom Hügel her wehte ihnen ein merkwürdig beißender Geruch entgegen, der einer dünnen, beinahe unsichtbaren Rauchwolke zu entstammen schien. »Was brennt?« fragte sie, als sie beide leicht außer Atem auf dem Hügel angelangt waren. Sie standen mitten in den dichten Lorbeersträuchern, deren Blüten weiß in der Dunkelheit aufleuchteten.

Billy schnupperte. »Ich weiß nicht, aber es scheint nicht weit weg zu sein. Dort unten. Warte hier, ich seh' mal nach.«

Er kletterte durch die Lorbeersträucher hinunter. Der Rauch wurde etwas dichter und der Brandgeruch intensiver. Noch bevor er den Krater sah, ahnte er ihn bereits; Hitze schlug ihm ins Gesicht. Schließlich sah er die Einschlagstelle im fahlen Licht, einige Meter weit entfernt, ein dunkler Fleck auf der hellen Flanke des Hügels. Den Meteoriten konnte er nicht ausmachen, aber er wußte, daß er dort war.

»Kein Grund zur Beunruhigung«, sagte er, als er wieder oben auf dem Hügel stand. »Die Sternschnuppe, oder ein Stück davon, ist ganz in der Nähe heruntergefallen.«

Sie suchte in seinen Armen Schutz vor ihrer Angst und ihrem Gefühl der Einsamkeit. Natürlich taten George und Constance ihr Möglichstes, damit sie sich wie zu Hause fühlte. Aber sie hatte sich noch nicht wirklich an das Leben in Pennsylvania, an das Tal, an die Leute oder ihre Art gewöhnt. In den Psalmen stand, daß Gott die Fremden beschütze, aber sie zweifelte ein bißchen daran.

Und jetzt konnte sie ihre Gefühle nicht länger für sich behalten.

»Billy, ich habe Angst.«

»Vor dem Krieg?«

»Ja, und auch davor, daß du gehst. Ich habe Angst, weil ich nicht weiß, wo du sein wirst. Ich habe Angst vor den Leuten in der Stadt und davor, wie sie mich manchmal vorwurfsvoll ansehen, weil ich aus dem Süden komme. Ich habe vor allem Angst. Ich schäme mich, es zuzugeben, aber ich kann nicht anders.«

Ihrer Stimme fehlte die Stärke, die Billy immer von ihr erwartete. Sie redete ganz leise, und er bemerkte plötzlich, daß er ebenso viel Angst hatte wie sie. Er wußte nicht, wohin die Armee ihn schicken würde, obwohl er sich einigermaßen vorstellen konnte, welche Art von Pflichten ihn erwartete. Er würde Schanzen instandstellen, Straßen freimachen oder Pontonbrücken für die großen Armeen bauen. Pioniere waren den andern Truppen oft voraus und damit als erste dem feindlichen Feuer ausgesetzt.

»Alles ist so ungewiß«, murmelte Brett. »Es gibt soviel Haß und soviel Vorfreude über das bevorstehende Töten. Manchmal frage ich mich, ob überhaupt jemand überleben kann.«

»Wir lieben uns genug, wir können alles überleben. Unsere Familien ebenfalls. Und das Land auch.«
»Glaubst du wirklich?«
»Ja. Einmal, als ich traurig war, hat George mir hiermit geholfen.«
Er brach einen Lorbeerzweig ab und legte ihn ihr in die Hand. »Dort, wo andere Pflanzen sterben, gedeiht der Lorbeer. Meine Mutter sagte immer, daß unsere Familie dem Lorbeer gleicht, und ich glaube, dasselbe gilt für deine Familie. Da wir einander fast alle lieben, sind wir stark genug, um alles überleben zu können.«
Sie betrachtete den Zweig mit den kleinen weißen Blüten und steckte ihn dann in eine Tasche ihres Kleids. »Danke.«
Er beugte sich hinunter, um ihr Gesicht zu küssen, und spürte ihre Tränen, aber ihre Stimme klang wieder kräftiger.
»Sobald ich weiß, wo ich stationiert bin, werde ich dir eine Nachricht zukommen lassen. Wir werden dies alles schon irgendwie durchstehen.«
Sie küßte ihn. »Ach, ich liebe dich, Billy Hazard.«
»Ich liebe dich, Brett. Und deshalb werden wir durchkommen.«
Sie küßten sich lange; dann drehte sie sich um und lehnte ihren Rücken an seine Brust. Sie betrachteten die Sterne, während der Frühlingswind über den Hügel hinwegbrauste. Der Lorbeer wogte im Wind und raschelte leise. Billy hatte seiner Hoffnung Ausdruck verliehen, Gewißheit hatte er nicht. Er wußte wohl, daß die Hoffnung zerbrechlich war.
Auch die Dunkelheit schien ungewiß. Sie wandten ihre Blicke von den Hazard-Werken ab, merkten jedoch bald, daß ihr Licht überall um sie herum war, ein stärker werdendes rotes Glühen, das das ganze Tal zu erfüllen schien. Dahinter wirkten die Lichter der Stadt blaß, und einige waren gar nicht mehr zu sehen.
Billy wollte sich nicht umsehen oder die Existenz der Fabrik zur Kenntnis nehmen, aber es war unumgänglich. Der blutrote Glanz der drei Hochöfen ertränkte die Sterne. Er hörte das Rufen der Männer, die während der Nacht in Rauch und Feuer arbeiteten, und den ohrenbetäubenden Lärm der auf Hochtouren laufenden Maschinen.
Für einen Augenblick schloß er die Augen. Umsonst. Scharlachrote Lichtwellen überfluteten Haar und Schultern seiner Frau. Der Wind hatte umgeschlagen und trug jetzt den Qualm und Rauch der Hazard-

Werke zu ihnen herüber. Das Tal und die ganze Welt schienen vom Gehämmer der Maschinen zu widerhallen, welche die ersten Tonnen Eisen für die Waffen, für die Union, für den Krieg ausspuckten. Der Wind vermischte den Rauch des Eisenwerks mit dem Rauch des Meteoriten, der den Lorbeer auf der Hügelflanke weggefressen hatte, als ob dort nie etwas gewesen wäre.

Nachwort

Die Sklaverei bringt das Strafgericht des Himmels über ein Land. Da die Nationen nicht in einer andern Welt belohnt oder bestraft werden können, muß es in dieser Welt geschehen.

George Mason aus Virginia
1787

Die Erben Kains ist der erste Roman einer Trilogie über eine Gruppe von Amerikanern, die in den Strudel der Ereignisse vor, während und nach dem Bürgerkrieg hineingerissen wurden.
Gewisse Leute vertreten die Ansicht, der Wilde Westen bilde das Kernstück der amerikanischen Geschichte. Zweifellos ist es der Teil unserer Geschichte, der am meisten verherrlicht worden ist. Doch für viele Amerikaner ist und bleibt der Bruderkrieg zwischen den Nord- und Südstaaten das zentrale Erlebnis der Geschichte unserer Republik.
Wie Richard Pindell, Professor an der State University of New York, in einem Artikel über 'Vom Winde verweht' schreibt, ist der Bürgerkrieg in allererster Linie »unser ureigenster Krieg«. Die Ursachen liegen lange vor Jefferson bei den ersten weißen Spekulanten, die an unserer Ostküste Fuß faßten, und die Auswirkungen werfen mit unverminderter Kraft ihren stürmischen Abglanz auf die fünfziger, sechziger, siebziger und achtziger Jahre unseres Jahrhunderts.
Die grundlegenden Probleme der Sklaverei und der Sezession haben Glanz, Elend und Mythen hervorgebracht. Robert Penn Warren bemerkt irgendwo, der Krieg sei für den Norden ein Unterpfand der Selbstgerechtigkeit und für den Süden ein großes Alibi gewesen. Er hat auch den Schwarzen Amerikas, wenn nicht die De-facto-Freiheit, so doch die gesetzlichen Grundlagen dafür vermittelt. Amerikanische Familien zu beiden Seiten der Mason-Dixon-Linie bescherte er mit ungefähr 600 000 Toten.
Historiker sagen, daß unsere Nation mit dem Krieg mündig geworden ist. In der kurzen Zeitspanne von 1840 bis 1860 haben wir mehr über uns und über die amerikanische Gesellschaft gelernt als in all den Jahren seit der Ankunft der ersten Siedler. Mehr als wir vielleicht wissen wollten.
Und doch übt dieser Zeitraum unsrer Geschichte immer wieder eine gewisse Faszination auf uns aus. Die großen Schlachten werden in Büchern, Zeitungsartikeln, Klassenzimmern und Diskussionsrunden nachvollzogen. Manchmal sinnen wir über die warnenden Lektionen nach, manchmal schieben wir sie beiseite, und oft müssen wir feststellen, daß wegen der zentralen Probleme jener Zeit auch heute noch

Blut in unsern Straßen vergossen wird. Diese Macht vergangener Ereignisse mit ihren manchmal tragischen Auswirkungen auf unsere heutige Zeit haben mich letztlich zu einer Auseinandersetzung mit diesem Thema bewogen, wie dies schon viele Schriftsteller und Akademiker vor mir getan haben.
Während meiner Arbeit an diesem Buch bin ich auf einige interessante Reaktionen gestoßen. So zum Beispiel fragte mich auf einer Party eine Frau in ziemlich gereiztem Tonfall, wie ich zugeben muß: Wie kommen Sie als Yankee dazu, über den Süden, über *uns* zu schreiben?«
Dieses 'uns' verwirrte mich. Eigentlich hätte ich ihr gerne gesagt, daß ich mich als Amerikaner und nicht als fanatischer Verfechter einer bestimmten Region oder Sache betrachte, doch ich habe versucht, ihr eine bessere Antwort zu geben: »Genauso, wie irgendein Schriftsteller, der über einen Zeitraum schreibt, den er nicht selbst erlebt hat. Das heißt, indem ich Nachforschungen betreibe, mich mit der Region vertraut mache und versuche, mich in das Denken und Fühlen der Hauptdarsteller hineinzuversetzen.« An dieser Stelle ist es vielleicht angebracht, etwas über den historischen Gehalt des Buchs zu sagen. *Die Erben Kains* soll in erster Linie unterhalten. Dennoch wollte ich in meinem Roman jene Epoche so authentisch wie möglich darstellen. Es ging mir weniger darum, jedes Ereignis zu beschreiben, das letztlich zum Ausbruch des Kriegs im Hafen von Charleston führte, als vielmehr um eine ausgewogene Darstellung der auf beiden Seiten vorherrschenden Haltungen und Vorurteile. Stimmen wie diejenige von Cooper Main waren durchaus im Süden zu hören, und wenn der Kavallerist O'Dell von der Notwendigkeit der Wiederansiedlung befreiter Sklaven in Liberia spricht, so macht er sich damit zum Wortführer vieler Nordstaatler, nicht zuletzt von Lincoln selbst. Viele eifrige Befürworter der Abschaffung der Sklaverei konnten sich die Schwarzen nicht als vollwertige Bürger der amerikanischen Demokratie vorstellen; eine solche Haltung mag heute zwar beschämend anmuten, würde man sie in einem historischen Roman jedoch verzerren oder gar völlig unterschlagen, hätte man damit der Geschichte und all denen, die so sehr für eine neue Haltung gekämpft haben, einen Bärendienst erwiesen.
Obwohl ich mich in dem Buch um historische Korrektheit bemüht

habe, bin ich vereinzelt von den historischen Aufzeichnungen abgewichen, und zwar nie ohne Grund, wie folgendes Beispiel zeigen soll. Es ist eine Tatsache, daß die Kompanie K des Zweiten Kavallerieregiments in den 1850er Jahren tapfer in Texas gedient hat. Die Offiziere und Männer meiner Kompanie K sind natürlich erfunden, wie auch der Vorfall auf der Lantzman-Farm, obwohl sich ähnliche Zwischenfälle zu jener Zeit ereignet haben. Einzelheiten aus dem Leben und Wirken des berühmten Regiments sind historisch getreu wiedergegeben worden.

Eine Frage, die mir im Laufe meiner Arbeit immer wieder gestellt wurde — manchmal, wie mir schien, mit einer gewissen Schärfe —, war folgende: »Und auf welcher Seite stehen *Sie?*«

Ich habe die Frage nie beantwortet, weil ich fand, daß sie nie richtig gestellt wurde. Für mich gibt es nur eine »Seite«, die betrachtet werden muß, die Seite derjenigen, die gelitten haben. Die Seite derjenigen, die ihr Leben in der Schlacht verloren haben, und derjenigen, die ihr Leben langsamer, und vielleicht noch schrecklicher, in der Knechtschaft verloren.

Hier stoßen wir auf einen weiteren packenden Aspekt der gesamten Thematik, auf den Widerspruch zwischen Faszination und Tragik. Die Spaltung hätte nicht geschehen dürfen, und doch mußte sie geschehen — aber das ist meine persönliche Interpretation. Ein Historiker hat es einmal sehr schön formuliert: »Jeder Mensch schafft sich seinen eigenen Bürgerkrieg.« Diese Aussage erklärt vielleicht, weshalb der Konflikt eine derartige Faszination nicht nur auf die Amerikaner, sondern auf Millionen von Menschen überall in der Welt ausübt.

JOHN JAKES

Hilton Head Island
24. August 1981